海明威全集

海明威短篇小说集（上）

Ernest Hemingway Short Stories

〔美〕海明威 著
雪 茶 译 俞凌婷 主编

中国出版集团 现代出版社

图书在版编目（CIP）数据

海明威短篇小说集 ：全3册 /（美）海明威著 ；雪茶译. — 北京 ：现代出版社，2018.6

（海明威全集 / 俞凌娣主编）

ISBN 978-7-5143-7133-8

Ⅰ. ①海… Ⅱ. ①海… ②雪… Ⅲ. ①短篇小说－小说集－美国－现代 Ⅳ. ①I712.45

中国版本图书馆CIP数据核字（2018）第109904号

海明威短篇小说集

著　　者　（美）海明威
译　　者　雪　茶
主　　编　俞凌娣
责任编辑　杨学庆
出版发行　现代出版社
地　　址　北京市安定门外安华里504号
邮政编码　100011
电　　话　010-64267325　64245264（传真）
网　　址　www.1980xd.com
电子邮箱　xiandai@cnpitc.com.cn
印　　刷　三河市金元印装有限公司
开　　本　880mm×1230mm　1/32
印　　张　35
版　　次　2019年1月第1版　2020年5月第2次印刷
书　　号　ISBN 978-7-5143-7133-8
定　　价　118.00元

序

众所周知，海明威是一个生活经历异常丰富的知名作家，同时也是一个在世界上享誉盛名并且写作风格鲜明的文学大师。海明威复杂的生活经历描绘了他所有作品的故事曲线，也构成了他作品中丰富多彩的主题。

首先，就个人浅见，有必要剖析一下海明威的成长经历。海明威出生于美国芝加哥以西的一个郊区城镇，人口并不密集，因此给了海明威一个平静、安逸的童年生活。幼时的海明威喜欢读图画书和动物漫画，听稀奇百怪的故事，也热衷于缝纫等各种家事。少年时期，他更喜欢打猎、钓鱼，内心充满了对大自然的好奇与敬畏，这一点在他多部作品中都有体现。在初中时，海明威为两个文学报社撰写了文章，这为他日后成为美国文学史上一颗璀璨的明星打下了基础。高中毕业以后，海明威拒绝上大学，他到了在美国媒体具有举足轻重地位的《堪城星报》当了一名记者。虽然他只在《堪城星报》工作了 6 个月，但这 6 个月的时间，使他正式开始了写作生涯，并且在文学功底上受到了良好的训练。1918 年，第一次世界大战爆发，海明威不顾家人反对，毅然辞掉了工作，去战地担任了一名救护车司机。战场上的血流成河，令海明威极为震惊。由于多次目睹了战争的残酷，给海明威的创作生涯提供了丰富的素材和灵感。在他早期的小说《永别了，武器》中，他进行了本色创作，揭示了战争的荒唐和残酷的本质，反映了战争中人与人之间的相互残杀以及战争对人的精神和情感的毁灭。1923 年海明威出版了处女作《三个故事和十首诗》，使他在美国文坛崭露头角。1925 年，海明威出版了《在我们的时代里》这一短篇故事系列，显现了他简洁明快的写作风格。继而海明威出版了多部长篇小说和大量的短篇小说，令他成为了美国“迷惘的一代”作家中的代表人物。《老人与海》获得了 1953 年美国的普利策奖和 1954 年的诺贝尔文学奖，将海明威推上了世界文坛的制高点，可以说，《老人与海》是他文学道路上的巅峰之作。

其次，海明威的感情生活错综复杂，给海明威的作品增添了大量的情感元素。海明威有过四次婚姻经历，这些经历赋予了海明威不同寻常的爱情观。司各特·菲茨杰拉德曾打趣道：“海明威每写一部小说都要换一位太太。”连他自己都没有想到，竟然一语成谶。世人皆知，海明威有四大巅峰之作，分别是《太阳照常升起》《永别了，武器》《丧钟为谁而鸣》和《老人与海》，在时间上，他的确先后娶了四位太太。据考证，1917 年海明威和一位护士相爱，但是不久后，这位护士便嫁给了一位富有的公爵后代。海明威对爱情始终抱有完美主义，所以这样的结局令海明威无法接受，甚至愤恨。因此，海明威常常将女人比作妖女，这一点在他的多部作品中有所反映。1921 年，海明威与他的第一任妻子哈德莉结婚，但是婚姻观的差异最终使两人分道扬镳。不得不说，哈德莉对海明威的文学创作起到了至关重要的作用。在她的帮助下，海明威学会了法文并结识了著名女作家斯泰因。这段时期，海明威佳作不断，哈德莉却毫无成长，这促使了两人的婚姻关系更加恶劣。1926 年海明威出版了《太阳照常升起》，这部小说使他声名大噪，也间接宣告了海明威与哈德莉婚姻关系的破裂。1927 年，海明威与第二任妻子宝琳结婚，两人在佛罗里达州和古巴过了几年宁静而美满的婚姻生活。海明威在这几年中完成了他的不朽名作《永别了，武器》。然而，没过几年，海明威对宝琳开始厌倦，他遇见了他的第三任妻子——战地女记者玛莎。最开始，海明威以玛莎为荣，并为她创作了《丧钟为谁而鸣》，令人叹息的是，这对最为相配的夫妻也在1948年结束了婚姻关系。海明威的第四任妻子维尔许是一名战时通讯记者，研究分析政治和经济形势，为三大杂志提供背景资料。婚后，维尔许放弃了自己的工作，专心照顾家庭，但这仍未给两人的婚姻关系带来一个美满结局。1961年，海明威在家中饮弹自尽，享年62岁。

对大自然的喜爱之情和对生命的敬畏丰富了海明威小说五彩斑斓的主题，纷然杂陈的情感生活和不同寻常的生活环境造就了海明威作品中跌宕起伏的故事情节。因此，海明威的每篇长篇小说、短篇小说、新闻及书信都有着鲜明的个人风格。海明威用最简洁明了的词汇，表达着最复杂的内容；用最平实轻松的对话语言，揭示着事物的本来面貌。他的每部小说不冗不赘，造句凝练，丝毫没有矫揉造作之感。即使语言简洁，但是海明威的故事线索依然清晰流畅，人物对话依然意蕴丰富。海明威曾这样形容自己的写作风格："冰山在海里移动之所以显得庄严宏伟，是因为它只有八分之一的部分露出水面。"这无疑是个非常恰当的比喻，十分形象地概括了海明威对自己作品的美学追求。海明威最开始创作了众多短篇小说，使他在文坛新秀中占有一席之地，后来《太阳照常升起》的出版，奠定了他在"迷惘的一代"代表作家中的超然地位。"迷惘的一代"是美国两次世界大战期间涌现的一类作家的总称，他们共同表现出的是对美国社会发展的一种失望和不满。他们之所以迷惘，是因为这一代人的传统价值观念完全不再适合战后的世界，可是他们又找不到新的生活准则。海明威将"迷惘"这一形容词表现得淋漓尽致，他用深刻而典型的对话将第一次世界大战后青年的彷徨与迷惘的心声书写出来。可以说海明威的大量文字都散发着战时与战后美国青年对现实的绝望。海明威不只竭尽所能地发挥着对“迷惘”的认知，同时也表现着海明威内心的“硬汉观”。海明威一向以文坛硬汉著称，他是美利坚民族的精神丰碑，代表着美国民族坚强乐观的精神风范。在《老人与海》中海明威用风暴、鲨鱼等塑造了一个“人可以被消灭，但是不可以被打败”的硬汉形象，同时也反映了海明威英勇、坚定的生活态度。海明威的众多作品中不仅充斥了“迷惘”“硬汉”等思想，不可忽视的还有他对自然与死亡的理解。作为一个对生命有着独特理解的文学大家，海明威形成了对死亡的坦荡、豁达的人生态度。《午后之死》就明确指出：“所有的故事，要深入到一定程度，都以死为结局，要是谁不把这一点向你说明，他便不是一个讲真实故事的人。”海明威想要表达“死亡是人生的终点，任何人不可逃避”这一观点。《老人与海》中也有海明威对自然生态的想法，海明威利用圣地亚哥、环境、鱼类的关系形象地阐述了：人不能过于追求物质享乐，要尊重自然、节省资源、保护生态环境，才能达到人与自然的和谐。总之，海明威光彩夺目的主题思想和艺术风格都在探究着人类文明进程中对生命的思考。

海明威的创作经历了一个复杂的发展变化过程。在海明威早期的作品中，海明威表达对西方资本主义日趋腐朽的绝望和内心痛恨战争的不满情绪，文字中蕴藏着一种悲观和颓废的色彩。海明威在创作中期才改变了这种思想，开始对西方资本主义和战争的本质有了新的认识，这是海明威心理历程上的一个重大发展。海明威的后期作品依旧延续着早、中期的写作风格和迷惘情绪，但是却比早、中期的作品反映的情绪更加明显。值得一提的是，海明威的创作中也充斥了大量的意识流和含蓄表达，从而使读者在真假变换中感受到人物或强烈、或浪漫的内心世界。

为了方便海明威文风的欣赏者了解海明威，我们特出版海明威全集系列丛书，内包含海明威的多部小说、书信、新闻稿、诗等作品。读者可从中感受到海明威享受心灵的自由却求索不得的无奈，也可感受到海明威对内心对生命最强烈的回响。海明威的作品无论在中心思想层面，还是语言风格都有其独到之处，因此他的作品读来令人回味无穷。对于欣赏者来说，要具备独特的艺术鉴赏力和审美修养才能发掘海明威“海面下的宏伟冰山”，从而产生更多对生命的思考。

目　录

在密歇根北部

吉姆·吉尔摩是从加拿大来到霍顿斯湾的。为了生计，他把霍顿老汉以前经营的那个铁匠铺买了下来。吉姆是个打马蹄掌的好手。他有着一双有力的大手，粗糙的脸上长满了胡子，他身材不高，又矮又黑，不过他看上去却不怎么像个铁匠，即使他站在铁匠铺旁边，腰上系上皮围裙，挥舞着手里的大家伙。他就在铁匠铺的楼上住着，平时就在迪·吉·史密斯家里搭伙。

史密斯太太是一个长得一般、块头很大、挺爱干净的女人。在他们家里干活儿的女仆叫作莉芝·科茨，史密斯太太常常夸她是自己见过的最整洁的女仆。莉芝常常系着一条方格花布围裙，显得那么好看而干净。莉芝的腿长得很美。吉姆注意到她脑后的头发总是整整齐齐的。吉姆喜欢她的面孔，每次看见莉芝的时候，发现她总是显得那么快活，不过他并没有把她放在心上。

莉芝倒是非常喜欢他。她喜欢看着他从铁匠铺子走过来的样子，所以每到吃饭的时候，她常常会守在厨房门口看吉姆从大路上走过来。她喜欢他胡子的模样，喜欢他微笑时露出的洁白牙齿，她像喜欢迪·吉·史密斯和史密斯太太那么喜欢他，她也很喜欢他并不像个铁匠的样子。有一天，她无意中看见吉姆在屋外的澡盆里洗澡，吉姆手臂上没被太阳晒到的部位那么白，她忽然发现自己居然也喜欢他的手臂。这种莫名其妙的感觉，她自己也弄不清楚，反正就是喜欢。这让她自己也觉得有些好笑。

霍顿斯湾小镇，位于博伊恩城和夏勒伏瓦之间的大路上。这个镇上一共有五户人家居住着，他们分别是史密斯家、梵霍逊家、斯特劳家、狄尔华绥家和霍顿家。此外，还有一家百货店同时担任着这个地方的邮局，一个高大的假门面矗立在这家百货店的门口，旁边套着一辆马车。一大片榆树林将这些人家都围了起来，那是一条很宽阔的沙土路，耕地和树林在大路两旁延伸着。大路的前方是卫理公会教堂，另一个方向不远处你就会看见一所乡镇学校。在学校的对面，就是吉姆那漆成红色的铁匠铺。

穿过一片树林后的沙土路一直通到了下面的港湾。从史密斯家的后门向外望去，就会看到远处的港湾，还可以看到那一片一直伸到湖滨边缘的树林。整个港湾的水面是非常亮丽的蓝色，每年春夏季里这里的景色都十分美丽，当微风拂过水面，一层层的洁白的浪花常常会在湖面上荡漾起来。站在史密斯家的后门向湖上看过去，莉芝看见一条条的矿砂船从湖里开出来，朝博伊恩城的方向驶去。莉芝发现这些船好像纹丝不动似的，虽然她每次都是很仔细地看着这些船，但是当她回屋去擦干了几只盆子之后再出来的时候，她就发现那些船已经驶出很远，几乎消失不见了。

莉芝现在一直想着吉姆·吉尔摩。不过吉姆似乎并不很注意她。他对迪·吉·史密斯谈到詹姆斯·吉·布莱恩①，谈到共和党，也会谈到他自己的铺子。到了晚上他有时会和史密斯一起拿着篝灯到海湾去叉鱼。有时他会坐在前面屋子里的桌子上，在灯光下看看《托莱多②喉舌报》和《大急流报》。吉姆会约上史密斯和查利怀曼在秋天驾着马车，带着斧头、帐篷、食物、猎枪以及两条狗到梵德比尔特另一边的松树平原去猎鹿。在他们出发前，史密斯太太和莉芝要花整整四天时间来给他们准备许多吃的。每一次准备食物的时候，莉芝都想要做些特别的东西让吉姆带去，可是到头来却还是做了那些普通的吃的，因为，做那些食

---

① 詹姆斯·古·布莱恩（1830—1893），是美国的一位政治家。

② 托莱多，是位于美国的港市。

物所需要的鸡蛋和面粉是要她自己去买呢。她不敢向史密斯太太要，而且，她又怕被史密所太太当场发觉她在做那些食物。虽然史密斯太太认为没什么，可是莉芝就是不敢呀！

吉姆不在的时候，她食不知味，夜不能寐，没过多久她就发觉，这样想念他，倒也挺有意思的。要是她能什么都不用想，那就好过得多了。她在他们要回来的前一天晚上，根本睡不着，她甚至也不知道自己到底睡着了没有。她看到马车从路上驶过来时，心里涌上一阵难过，她太想看见吉姆了。不过等吉姆回来了，一切都会好了。马车在外面那棵大榆树下停了下来，莉芝和史密斯太太飞快地跑了出去。有三头鹿在马车后面载着，它们纤细的腿硬邦邦地伸了出来在车厢边上都可以看到。所有男人的脸上都长出了胡须，史密斯太太吻了吻自己的丈夫，史密斯先生也紧紧拥抱了她。吉姆向莉芝咧着嘴笑着打了声招呼。莉芝原本料想吉姆回来的时候准会有什么事发生的，虽然她并不知道会发生什么事情，不过，什么事情都没有发生。吉姆拉掉了绑在鹿身上的粗麻布袋，那是一头很大的雄鹿，莉芝看着男人们的战利品。从马车上将大雄鹿拿下来的时候，它已经是又僵又硬了。

“吉姆，这只大雄鹿是你打的吗?”莉芝看着这只大雄鹿问道。

“当然，是不是很棒?”吉姆一下子就把大雄鹿撂到肩膀上，扛到熏肉房去了。

查利怀曼在这天晚上留在史密斯家吃晚饭。由于时间太晚了，查利怀曼不可能再回到夏勒伏瓦去了。于是，男人们都去洗了个澡，洗完澡后他们坐在前面房间，等女人们做好晚饭。

“我记得，在那只瓦罐里好像还有什么东西剩下来吧？是不是，吉姆?”迪·吉·史密斯向坐在一旁的吉姆问道。“当然。”吉姆走出屋子，将罐子从马车上取了下来，他摇了摇，还有不少威士忌在罐底晃荡着。在回屋子的路上吉姆自己先喝了一大口，有一些威士忌从嘴角流在了他衬衫前襟。把这样的罐子举起来喝里面的东西是挺困难的，所以当吉姆拿着罐子进来的时候，坐在桌子旁的那两个男人都笑了。迪·吉·史密斯叫莉芝拿玻璃杯来，迪·吉倒了满满的三大杯威士忌。

“迪·吉，干杯。”查利怀曼说道。

“大家为那头大雄鹿干杯。”迪·吉说道。

“为我们的失而复得干杯。”吉姆说完，一口气就喝光了他杯子里的酒。

“这味道，”吉姆咂了咂嘴，“对男人来说真是好极了。”

“这年头，想要对付那些烦心事，这无疑是最好的选择了。”

“那咱们再来一杯怎么样？”

“一切顺利。”

“祝大家身体健康！”

“祝大家明年运气会更好！”

吉姆非常喜欢威士忌的味道和感觉。这一切让吉姆开始感到心满意足了。他为有自己的铺子、舒服的床和热乎乎的食物而感到高兴。他又喝了一杯。进来吃晚饭时男人们都显得欢天喜地的，并且举止可敬。将食物摆放好后莉芝也围坐在桌边，大家坐在桌子旁一起吃饭。这真是一顿丰盛的晚餐。男人们在吃完晚餐后离开了餐桌，他们又去一起聊天去了，就在前面的屋子里，史密斯太太则和莉芝一起开始收拾餐桌上吃剩的食物。将一切收拾干净后，史密斯太太就回到楼上的房间里去休息了，过了一会儿，史密斯先生也上楼去了。就剩下吉姆和查利怀曼还在那儿聊着什么。厨房里莉芝正挨着火炉边上坐着看书，但是她却不知道书上写了些什么，现在她脑海里在想着吉姆呢。她明白吉姆一会儿就出来了，所以她还没有回自己房间，她不想这么早就一个人去床上睡觉。她想要在吉姆从前屋出来的时候再看看他，这样，她在床上的时候就能想着他了。

她拿着书，坐在火炉边上心里却想着吉姆，没过多久吉姆就从前屋出来了。这时，她的头发有点儿乱糟糟的。他看见了坐在火炉旁低头看书的莉芝。火炉照着吉姆的脸，吉姆的瞳孔中闪着火光，吉姆走了过来，来到了莉芝的椅背后，他就在椅子背后停住了。莉芝能感觉到吉姆的呼吸，然后吉姆紧紧地抱住了莉芝，用他那双健硕有力的大手抓在了莉芝坚挺的胸脯上，在吉姆的双手抚摩下，她感到自己的乳房正变得胀实丰满，乳头也逐渐变得坚挺起来。她以前还没被人抚摩过那里呢，莉芝的心像小鹿一样跳个不停，显然，莉芝被吓坏了。“他到我这儿来了。”莉芝这样想着，“他真的来了。”

她太紧张了，身子紧紧绷着，一动不动，显然是被吉姆突如其来的举动吓坏了，没有一丝心理准备，她不知道该怎么办。然后，吉姆走到她面前，用自己那长满胡子的嘴唇吻在了莉芝柔软的嘴唇上，让她感到如此揪心、痛苦和刻骨铭心，莉芝的心跳得更快了，以至于耳畔回响着自己“咚咚咚”的心跳声，她自己会受不了的。就在她觉得自己快要受不了时，好像听见自己身体里面有什么东西“咔嗒”响了一下，随后她就感觉到自己的身子开始变得柔和些、温暖些了。现在她也需要这样了，而吉姆把她紧紧地抱着靠在椅子上。好像过了很久，吉姆才将自己那长满胡子的大嘴从她的嘴唇上移开，然后，他深情地望着莉芝说：“咱们出去走走吧。”

莉芝从厨房墙壁的钉子上拿下自己的上装，然后他们走出门去。莉芝紧紧地靠在吉姆身旁，吉姆用他坚实的手臂搂着她向前缓缓走着，天空中没有月亮，只有寥寥几颗星星在夜空中眨着眼睛。他们相互依偎着在沙土路上走着，穿过树木朝港湾上的码头仓库走去。每隔一会儿，他们就会停下来紧紧拥在一起，这时吉姆就会深深地亲吻她。湖水轻微地在木桩间荡漾着，碰撞出一阵阵细碎的哗哗声。从港湾望过去，远处的湖面一片漆黑。这个季节的晚上气温是有些凉凉的，可是因为和吉姆在一起，莉芝却感到浑身发热。他们一起坐在仓库的遮雨棚下，吉姆拉莉芝在身边紧紧贴近着。莉芝竟然感到些许害怕。这时，她感到吉姆将一只手伸进她的上衣里面，紧紧握住她丰满的乳房，来回轻轻搓揉着，而另一只手则放在她的膝盖上。吉姆的举动把她吓坏了，不知道吉姆接下来还会干出什么事呢！莉芝不知道自己现在该怎么办，她只有紧紧地倚在吉姆身旁。接着，莉芝感觉到吉姆那只放在她膝上的手移开了，然后，那只手挪在了她的大腿上，并且还在慢慢地向上移动。

“吉姆，听我说。”莉芝说，“别这样……”莉芝按住了吉姆那只不断向上移动的大手，然而却于事无补，它依旧顽强地向上移动着。

“咱们不可以这样。”莉芝说道，可是无论怎样吉姆都没有理会她。

吉姆将莉芝压在地板上，并且掀起了她的衣服。莉芝很害怕，害怕即将发生的事情，可是她心里却很需要它，很想它，想接受它，但是同时她又为它的即将发生而感到害怕。女人真是矛盾。

“吉姆，听我说，吉姆，不可以做这样的事情，吉姆。不可以的呀！”莉芝再一次说道。

“我要的，我一定要，为什么不呢？我就是要。听着，莉芝，我爱你，你知道我们迟早会这样的。你不喜欢我吗？”

“但是这是不对的呀！而且你弄痛我了，吉姆。”

吉姆的身子是那么重，码头的铁杉木板又冷又硬又粗糙，吉姆就这样睡在铁杉木板上。莉芝却无法入眠，刚才吉姆压得她有些难受，莉芝坐起来伸手推了推旁边的吉姆。吉姆沉沉地睡过去了。他现在精疲力竭，动弹不得。莉芝站了起来，把头发弄好，并且把上装和裙子拉直。吉姆睡得很沉，嘴巴微微张开呼吸着。莉芝俯身过去吻了吻他的脸颊。然后她把他的头抬起一点儿来，摇了摇。他咽了咽口水，把脑袋转向了另一边。莉芝抽泣了起来，裹紧上衣踱到码头边上，向远处的湖面望过去。薄雾正在港湾上徐徐升起。这不禁让她开始感到有些寒冷，现在一切都结束了，莉芝抽泣着，这让她感到非常难受。她回到仓库的遮雨棚里，吉姆还躺在那里，她再一次用力摇了摇吉姆，但是毫无用处，吉姆仍旧熟睡着。莉芝哭了。

“吉姆，醒醒啊!”她哽咽着说。

这次吉姆动了动，不过他并没有醒，反而将身子蜷得更紧了。莉芝将她身上的上装脱了下来，轻轻盖在了他的身上，然后把上装在他四周掖好，她的动作看上去是那么小心谨慎，干净利落。做完这一切后，莉芝独自穿过码头，顺着笔直的沙土路回到了自己的房间。她睡了，也许睡一觉明天起来就好了，莉芝在床上这样想。此时在港湾上，薄薄的冷雾正穿过树林徐徐升起来。

在士麦那[1]码头上

“一群奇怪的女人，”他说，“为什么一到了半夜她们就乱叫乱嚷，不让你睡个好觉。不知道她们干吗偏在那个时刻叫嚷，难道她们就不睡觉吗？”

她们都在码头上，而我们的船就停在港口，只要一到了半夜，就能听见她们尖锐的叫嚷声。我们大家都认为她们就像一群疯子。唯一的办法就是打开探照灯来照射着她们，因为只有这样才能止住她们。至少到现在，这一招还是挺管用的。只要我们的探照灯对她们来来回回地扫射个两三遍，她们就会停止那歇斯底里的叫嚷。在很长的一段时间我都是在码头上值班的所有高级军官中军衔最高的一个。一次，有个土耳其军官向我走来，他怒火中烧地告诉我，我们船上的一个水手侮辱了他，这可不是一件小事。我跟他说，一定要把那个毫无规矩的家伙押上船来并加以严厉惩罚。我请他把那个人指认出来。一看见那位副炮手我就感到奇怪了，在我所了解的所有船员中，这老兄是最不会惹是生非的。我倒是相信他会被别人一而再地侮辱；要是说他去侮辱别人，我是不可能相信的。一个翻译将那位土耳其军官的话翻译出来，说我的副炮手是如何侮辱他的。这时，我忽然想到，这个副炮手是什么时候学会那些土耳其话的？他是怎么听懂那么多的土耳其话的，不仅能够听懂而且还可以用土耳其话来侮辱土耳其人。要知道，到目前为止，除了那位翻译，我的船上没有第二个

---

① 士麦那是位于小亚细亚西部的一个港口，曾被希腊占领，第一次世界大战后为土耳其收复，现在被称为“伊兹密尔”。

能听懂并且说出土耳其话来，那么在我看来那位副炮手要么是个土耳其人，要么就是个天才。不过可惜，他两种都不属于。于是，我就把那位副炮手叫过来说：“听说你跟那些土耳其人吵嘴呢?”

“我没有和他们其中任何一个人说过话，长官。”

“我完全相信你说的一切，”我说，“不过你今天还是待到船上去不要下来为好。”

然后我来到那个愤愤不平的土耳其军官面前，告诉他说，那个毫无规矩的家伙已经被我押上船去了，我一定对他严惩不贷。对，必须要对这种无礼的士兵严惩不贷，一定要。听了我所说的，他愤怒的脸上露出了笑容，看来他感到满意极了。他说，现在我们是好朋友了。

“看看那些可怜的女人，”他说，“孩子都死了还一直带着，真是糟糕透了。”但是又不忍心让那些女人抛弃自己的孩子。在她们的孩子当中，甚至有一些已经死了六天了，可是她们就是无法抛弃。到最后，实在是没有办法了，就只好把那些女人押走。最让人感到奇怪的是一个老妇人。当时那些抱着死孩子的女人们正被我们赶出码头，要知道死尸总得清理掉，老是这么抱着也不行啊。士兵们将一副担架抬到了我面前，这个老妇人就躺在担架上面。士兵们看着我说：“您能看一看她吗，长官?”“当然。”我点了点头，看了她一眼，就在这时候她死了。她下半身挺直，两腿伸着，直挺挺的，完全僵硬了。我摸了摸她的颈部，再探了探她的鼻息，已经死了，就像昨晚就死了一样。“这可真是奇怪。”我低声说道，旁边的几个士兵也感到非常纳闷儿。后来我将这件事告诉一个医学界的家伙，他瞪大了眼睛跟我说，不可能。

所有的人都在码头上，像要发生地震这种事根本就不会知道，包括对土耳其人的情况。你还记得他们命令我们进港并不准我们再开走的事吗？那天早晨我们进港的时候我很紧张。我亲眼所见他们布置了好多门大炮，可能会将我们轰得片甲不留。我们的舰船一只接一只紧挨着向码头开来，所有的舰船都已做好了进港的准备，只要一进了港口我们就会抛下前锚和后锚，然后向城里的土耳其营地发动猛烈的炮轰。本来我们可以把这城市炸光，但他们也可以一开始就把我们从海面上肃清。事实上他们只是对我们开了几下空炮，我们进港的时候就听见寥寥的几声炮响，然后就安静了下来。后来，我们才知道原来是那个土耳其司令好像因为越权还是什么的被开除了。凯末尔①做出的决定，他认为那个司令太狂妄自大了。这样的话，事情就很可能被他弄得一团糟。

如果这些你都忘记了，那么你总还记得海港吧。在海港周围，漂浮着不少好东西。这种事在我一生中还是头一回碰上。在后来的几天夜里我都梦见东西了。你对那些带着死孩子的女人也许并不在意，你对带着孩子的女人也许一样并不在意，带着孩子对她们来说并没有什么不好，令我感到奇怪的是少数的孩子究竟是怎么死掉的。她们总是带着孩子待在货舱最阴暗的角落里。如果有什么事需要离开，她们随便用什么东西把孩子盖住就独自走开了。而且只要一离开码头她们就什么事都不管了。

希腊人也真是够厉害的，当他们要撤退时，那些驮载牲口都没法带走，他们干脆就将那些无法带走的牲口的前腿统统打断。所有断了前腿的骡子都被抛进浅水里。这简直就是妙事一桩。哎呀，真是绝妙。

---

① 凯末尔（1881—1938），原为土耳其的一个将军，在1923—1938年间任土耳其第一任总统。

印第安人营地

夜晚，两个印第安人站在湖边等待着。没多久就将一条船拉到了岸边。

他们把船推下水去，其中一个跳上船去划桨，尼克和他的父亲一起跨进了船艄。另外一个年轻的则把停在湖岸上的一艘营船也一起推下了水。乔治大叔在营船的尾部，年轻的印第安人随即跳进去给乔治大叔划船。

在浓雾中，两个印第安人不停地划着桨，水波在桨周围漫延。就这样两条船向湖的中心缓缓划过去。在前面那条船的船桨划水的声响不断传来。尼克躺倒下去，偎在父亲的胳膊里，静静地听着。夜晚的湖面有些冷。坐在船尾抄桨的那个印第安人使出了很大的劲儿，但是始终却赶不上划在前面的那条船。

“爸爸，这是要去哪儿呀?”尼克抬头看着父亲。

“我们要到印第安人营地，有一位印第安妇女的病情非常严重。”

“哦。”尼克应道。

当他们划到海湾对岸时，乔治大叔一口口抽着雪茄。载他的那一条船已经靠岸了。等到印第安人把那条船推上岸后，乔治大叔给他们每人发了一支雪茄。

他们穿过沙滩，接着穿过一片满是露水的草坪。年轻的印第安人提着一盏灯走在前面，大家都在后面跟着。穿过草坪，然后沿着一条羊肠小道走去，小道的尽头就是一条伐木的大路。这条路向小山那边折去，因为两旁的树木都被砍伐了，这里就显得明亮很多。他们一起沿着伐木大路往前走去，就在这时年轻的印第安人吹灭了提在手里的灯。

在他们绕过了一道弯之后，有一只狗从不远处窜了出来，对着他们狂吠。前面印第安人住的棚屋里，有昏黄的灯光透了出来，又有几只狗叫着向他们跑过来，被印第安人打发回棚屋。从棚屋的窗口有灯光透射出来。在最靠近路边的棚屋那里，一个老婆子提着一盏灯站在门口。

屋里，一名年轻的印第安妇女痛苦地躺在木板床上。她遭遇了难产，已经两天了，孩子还是没有生下来。营地里的所有的老年妇女都来照应她、帮助她，但是孩子还是无法分娩出来。她痛苦地不停哀号。男人们跑到了听不见她叫喊的地方，坐下来焦虑地抽着烟。当两个印第安人，还有尼克，跟着他爸爸和乔治大叔走进屋时，可怜的女人又尖声号叫起来。她痛苦地躺在那张双层木板床的下铺，身上盖着被子，肚子鼓得高高的，把头侧向一边。而她的丈夫此时就躺在她的上铺。就在三天以前，他的腿不幸被自己的斧头砍伤了，伤势有点儿重。他正焦急地抽着烟，烟味在屋子里弥漫。

尼克的父亲叫人在一个大壶里装满水，然后放在炉子上烧。在烧水时，他与尼克说着话。

“现在这位太太快生孩子了。”他说。

“我都看到了。”尼克说。

“事情并非你看到的那么简单，”父亲说，“她现在正忍受的痛苦叫阵痛。如果她要把婴孩儿生下来，就必须承受这种必然发生的痛苦。她全身的肌肉都在用劲就是为了把孩子生下来，但是这会给她带来巨大的疼痛，方才她不停地大叫就是这么回事。”

“爸爸，我知道了。”尼克说道。

就在这时，那个妇女又开始叫了起来。

“你能不能给她吃点什么让她止止痛，让她不这么大叫?”尼克问道。

“我没有带麻药。”他父亲看了看木板床上满脸痛苦的女人。“让她叫去吧，我现在什么都听不见。”

在上铺的丈夫翻了个身，将身子面向墙壁。

在厨房间里烧水的那个妇女向尼克的父亲做了个水烧热了的手势。尼克的父亲赶忙走进厨房，将大壶里的水倒了一半在盆里。然后他打开随身带着的箱子，从里面拿出一点儿药，放在壶里剩下的水里。

“这半壶水一定要烧开。”他将还有半壶水的大壶递给厨房的那个妇女，接着就在一盆热水里用肥皂把手仔细地洗擦了一番。尼克看见父亲小心地把双手涂满了肥皂。十分专注地揉搓着双手，然后用干净的热水将手上的肥皂沫冲得干干净净，互相又擦了擦，然后父亲对他说道：

“按照正常的规律，小孩儿在出生时头部总是先出来的，不过，也有可能不是头，而是其他部位，比如脚。那样的话，就会比较麻烦，说不定还要动手术呢。有可能这位女士就是遇到这种情况了，等会儿我们就会知道了。”

当尼克的父亲把手洗干净后，便准备接生了。

“乔治，你过来帮我把被子掀开好吗?”他说，“我现在不能碰它。”

尼克的父亲仔细地检查了产妇后，他决定要动手术了。三个印第安男人和乔治大叔一起按住产妇，防止她乱动。她咬了乔治大叔的手臂一口，“该死的臭婆娘!”乔治大叔说。那个年轻的印第安人听见了就咧着嘴笑他。整个手术花费了较长一段时间，还好手术成功了。尼克一直在一旁给他父亲端着盆。

他父亲拎起了那个刚刚出生的孩子，用手拍了拍他，孩子

“哇”的一声大哭起来，等婴儿透过气来以后，他将婴儿递给了那个老妇人。

“真不错，是个男孩，尼克，”父亲说道，“实习大夫，你是何感受?”

“还行。”尼克说，他把头转到一边，不敢看他父亲现在正做的事。

“终于结束了。”他父亲说着，把什么东西放进了盆里。

尼克始终把头转向一边不敢看一下。

“现在，我要将伤口缝起来，”他父亲说，“看不看随便你，那个切开的口子我得缝起来，这样才是一个完美的结局。”

尼克早就没有了好奇心，还是没有将头转过来。

手术做完后，他的父亲直起身来。那三个印第安男人和乔治大叔也都站了起来。尼克把盆端进了厨房。

乔治大叔看了看被咬的手臂。在一旁的那个年轻的印第安人想起什么，又咧开嘴笑。

“现在，乔治，我要在你那伤口上放些过氧化物。”大夫说。

产妇也安静下来了，她脸色灰白，眼睛紧闭，已经昏睡过去，她实在太累了。她现在什么都不知道，孩子怎么样了，她也不知道。

“天一亮我们就回去，”大夫站起身来说，“会有护士在中午的时候从圣依格那斯来，给你们带来一些所需的东西。”

这时，他的劲头来了，话也多了起来，就像一场足球比赛后运动员在更衣室里的那股得意劲儿。

“真是无法相信，乔治，用一把大折刀做了剖宫产手术，还用九英尺长的细肠线将伤口缝起来，”他说，“这个手术简直可以上医药杂志了。”

乔治大叔看了看自己的手臂，靠在一边的墙壁站着休息。

“你真是个了不起的人物。”乔治说道。

“那个扬扬得意的爸爸呢？现在该让我们去看看他了。要知道，在这种事情上做爸爸的往往是最痛苦的，”大夫说，“不过他倒是真能沉得住气。”

于是他将蒙着那个印第安人的头的毯子揭了起来。但是，就在他就这么往上一揭的时候，他忽然感觉到手湿漉漉的。他用一只手提过灯来，踏着下铺的床边，往上铺一看，只见那印第安男人的脖子贴两个耳根处不知道被什么东西割开了一道大口子，鲜血不停地冒出来。男人的尸体就这样躺在血泊里。

他的头枕在他的左臂上。一把剃刀打开着。

“快把尼克带到棚外去。”

上铺的一切已经被尼克看得一清二楚，那时候他就站在厨房门口，当时他父亲正一手提着灯，一手把那个印第安人的脑袋轻轻推过去。

天刚刚发亮，父子两人就沿着回湖边的伐木道路并肩地往回走。

“这次我真不该带你来，尼克，”父亲显得有些沮丧，没有了做了手术后的那种得意，“真是太糟糕了，让你从头看到尾。”

“每个女人在生孩子的时候，都要受这么大罪吗？”尼克问道。

“不，这只是很少见的例外。”

“可那个男的为什么要自杀呢，爸爸？”

“这我不知道。我想，他可能受不了一点儿痛苦吧。”

“有很多的男人都会自杀吗？”

“不，那也只是很少见的。”

“那么自杀的女人多不多？”

“同样也很少见。”

“那到底是有还是没有呢?”

“有是有的，但是很少。”

“爸爸?”

“什么事?”

“为什么乔治大叔没和我们一起呢？他去哪里了?”

“等一下他就会来的，孩子，别担心。”

“那么……死，难不难？爸爸?”

“死？我想这可能要看情况。在我看来死是极其容易的吧!”

他们把岸边的船推回到了湖里，上了船后，尼克在船艄，父亲在船尾，他们坐了下来，大夫将船桨伸进水里划起来。太阳缓缓地从地平线升起来。一条鲈鱼从湖里跳起来，又跌回湖里，波纹就在湖面上四散开来。尼克俯下身子，将一只手伸进湖水里，手跟船一起从湖水里滑过。尼克忽然发现，湖水里倒是比清晨的空气温暖多了。

清早，在湖面上，尼克坐在船艄，他父亲划着船，他蛮有把握地想他永远不会死。

医生夫妇

迪克·博尔顿从印第安营地过来，替尼克的父亲锯木材。印第安人比利·泰布肖以及儿子埃迪和他一起来的。他们穿过树林，从后门走了进来，埃迪扛着长长的横锯。一走路锯子便会发出一阵“啪嗒啪嗒”的声音。比利·泰布肖拿着两把活动大铁钩。迪克则挟着三把斧子。

尼克的父亲转身关闭了院门。其余的三个人径自走在他前面，直奔湖岸。在岸边沙滩里就掩埋着他们所需要的木头。

这些木头是从大筏堰①口漂来的，它们原是“魔法”号轮船拖运到湖边工厂里来的。如果没有什么阻挡，木头就会一直漂流到沙滩上来，“魔法”号上的水手有时会乘一条筏子，沿着湖岸一路划过来，寻找那些漂失的木头，找到木头后，他们就会在每根木头的顶端用带环的铁钉钉住，然后重新把木头拖到湖面上，做一个新的筏堰。不过伐木工很少会来找木头，因为对于水手来说，区区几根木头用不着他们来捞取。要是没人来捞，这些木头就会烂掉在沙滩里。

一直以来尼克的父亲总是将这些木头据为己用，他会从营地雇一些印第安人来替他用横锯锯断木头，再用楔子把木头劈开，这样就可以做敞口壁炉用的柴火和木材。绕过小屋后，迪克·博尔顿向湖边走去。有四根大山毛榉被掩埋在沙滩里。迪克在小小的码头上把三把斧子放下。埃迪将锯子的一个把手挂在旁边的树

① 用来防止由水上拖运来的木头漂走的横拦于河面上或港口的一大批浮木或大铁链。

杈上。迪克很懒，不过一干起活儿来，还是一把好手。他是个混血儿，不少人都认为他是白人。他从口袋里掏出一块嚼烟，放进嘴里嚼了一口，然后就开始和埃迪以及比利·泰布肖用奥杰布华[①]语说着话。

他们将活动铁钩扎进一根木头的一端，然后使劲儿转动，想把木头从沙滩里松动。他们把自己浑身的力量都压在铁钩杆上面。终于，埋在沙滩里的木头松动了。迪克·博尔顿回过头来对着尼克的父亲说："医生啊，你偷的这根木材可真是够大的啊！"

"可别这么说啊，迪克，"医生说，"这些木头都是自己到岸上来的。"

比利·泰布肖和埃迪合力把木头从湿沙里摇了出来，然后，将它滚到水里去。

"就这样，把木头放在水里。"迪克·博尔顿大声地对那两个人说道。

"为什么要把它推进水里？"医生问道，"要是不小心漂走了怎么办？"

"木材上沙子太多了，必须洗干净了才好锯。顺便我也想看看这木头是谁的。"迪克说。

迪克和比利·泰布肖身子靠着活动铁钩，让木头就那样在湖水里漂荡着，日头下的两个人早已汗流浃背了。迪克跪在沙地里，抬起头看着木头顶端上过秤人的锤印。

"原来是怀特·麦克纳利的。"他站起身，拍了拍裤膝上的沙土。

医生开始不安。

"那你就别锯了。"他很不耐烦地说。

"别发火啊，"迪克说，"我可不管你偷谁的，这不关我的事。"

---

① 是印第安部族的一支，居住在北美苏必利湖一带。

“如果你认为这是偷来的木头，那就让它漂走吧，然后你回自己营地去吧，”医生说，“别忘了带着你的工具。”他的脸红了。

“别呀，医生。”迪克说。他把烟草汁唾在木头上，烟草汁从木头上滑到水里，在水里马上就被冲淡了。“这都与我无关，反正你我都很清楚这木头是偷来的。”

“好好好。你这个可恶的家伙，你要是还这么认为这木头是偷来的话，那你就带着自己的家伙滚吧。”

“医生，听我说。”

“带着家伙滚吧。”

“你听我说呀，医生。”

“别号叫了，如果你要是再叫我一声，当心我敲碎你的狗牙。”尼克的父亲已经发火了。

“不过我想你不会的，医生。”

迪克看着怒火中烧的医生。他知道自己是个大个儿，他非常乐意能和别人比画比画。在活动铁钩上面埃迪和比利·泰布肖他们身子就靠在那儿，他们瞧着医生。医生瞧着迪克，嚼着自己下唇的胡子。然后他转身就朝山上的小屋走去。他们光是从他的背影就能知道他有多么生气。他们就这样一直看着他上山，看着他走进自己的小屋里去。

迪克向河滩上剩下的两个人说了一句奥杰布华语，埃迪笑了，不过比利·泰布肖却非常严肃。他们在吵架时，比利不懂英语，一直在卖力干活儿。他身子有点儿肥胖，几根稀稀拉拉的胡子挂在下巴上，活像个中国佬。他收起了他那两把活动铁钩。埃迪从树上摘下他的锯子，迪克捡起自己的斧子。他们就开始往回走，绕过小屋，迪克将院门打开。他们从院子的后门走出去，穿过树林走掉了。

回到小屋的医生，坐在床上，看见大书桌旁的地板上有一堆医学杂志。这些杂志还没拆封。他一看见这些就火了。

“你不会是回来工作吧?”医生太太问道，她正躺屋里，拉上了百叶窗。

“不是!”

“怎么了?”

“没事,”医生说，“就是跟那个该死的迪克·博尔顿吵了一架。”

“是吗?”太太说，“希望你没有因此而动肝火。”

“怎么会。”医生说。

“记住，克己的人胜过克城的人。①”医生太太说。她是个基督教科学派。那本《科学与健康》和《季刊》，还有《圣经》，就放在她床边的桌上。

她丈夫沉默不语。这会儿他正坐在床上，擦着猎枪。他推上装满了沉甸甸、黄澄澄子弹的弹夹，又抽了出来，子弹都散落在床上。

“亨利。”他太太喊道。过了一会儿，他太太又喊道：“亨利!”

“怎么了?”医生说。

“你说过什么话让迪克生气了?”

“没说什么。”医生说。

“那就是有什么烦心的事?”

“没有。”

“那究竟发生什么了?请不要隐瞒我。”

“可能是因为，上次迪克老婆得了肺炎被我治好了，但他因此欠了我一大笔钱，我想他是存心想和我吵上一架，这样就不用靠帮我干活儿来抵债了。”

这次，医生太太不作声了。医生坐在床上，手里拿着一块破

---

① 出自《圣经·旧约全书·箴言》，此句强调有自制能力之重要。

布仔细地擦拭着猎枪。他把子弹推了回去，并顶住了弹夹的弹簧。他就这样把枪搁在膝上坐在床边擦着。这支枪他非常喜欢。一会儿他听到太太的说话声从昏暗的房里传出来。

“我倒认为，谁也不会真的做出来那种事。”

“你这么认为？”医生说。

“我真不信哪个人会去存心做出那种事。”

医生站起身来，走到镜台前面，把猎枪放在镜台后面的墙角里，然后朝屋外走去。

“你打算要出去吗，亲爱的？”太太说。

“是的，想出去走走。”医生说。

“那好吧，如果你看见尼克了，就跟他说我有点儿事要找他。”他太太说。

医生走了出去，来到门廊上的时候，他顺手关上了身后的纱门。纱门撞在门框上发出“砰”的一声，他听见太太倒抽了一口气。显然，她被突然发出的声音吓了一跳。

“我很抱歉。”他面对着拉上百叶窗的窗户对屋里说。

“没关系。”她说。

炙热的阳光直射着大地，一阵阵热浪袭来，一下子就将他包裹得严严实实。沿着小径，他来到了铁杉树林子里。林子里对比外面可以说非常阴凉了。他看到尼克正背靠在一棵树下坐着看书，即使在这么炎热的夏天，他还是专心致志，丝毫不被影响。

“你妈妈找你有事呢。”医生低头对儿子说道。

“我想跟你一起去。”尼克说。

“嗯，那咱们就快走吧，”医生说，“把你的书给我，放在我的口袋里。”

“现在我知道黑松鼠在哪儿了。”尼克说。

“是吗？”医生说，“那咱们可以先到那儿去看看。”

了却一段情

霍顿斯湾以前是一座以木材业闻名的城市。每一个住在城里的人都能清晰地听见湖边木材厂里大锯子的声音，直到后来某一年中再也没有木头可做木材了。运木材的双桅帆船一艘艘开进湖湾，把那些厂里原来已经锯好的、在场地上堆放的木材全部装上了船，准备搬走了。那些在厂里干过活儿的工人，把凡是能搬动的机械都从大厂房里搬了出来，一起运进了其中一艘双桅船。那艘双桅帆船装载着往旋转圆锯口里抛木料的滑车、两把大锯子，还有全部轮子、滚轴、铁器和皮带以及所有的木材。帆布将露天货舱严严实实地盖着，它的四周被紧紧地系在船身上面。鼓满了风的船帆，载着那些曾把霍顿斯湾这个城市弄得像个大工厂的东西，缓慢地驶向前方宽阔的湖面。

剩下一座座空无一人的大厂房、平房工棚、食堂和工厂办公室，无数的锯木屑在湖湾岸边草地上堆得到处都是。

十年以后，玛乔丽和尼克沿岸划着船来到这里。工厂已荡然无存，只有厂基那断裂的白灰石还露出在沼泽地的二茬草木之间。那边的水底已经不再是浅沙滩，而已经是下降为十二英尺的深水处了，就在那里他们沿着航道岸边在用轮转线钓鱼①。他们正一路划到岬角，准备在那里投放夜钓丝②钓虹鳟鱼。

“尼克，咱们老厂的废墟在那里。”玛乔丽指着不远处说。

尼克一边看着绿树丛里的白石，一边划着船。

---

① 就是在缓慢划行的船尾后拖着钓丝钓鱼。

② 夜钓丝就是我们所说的连同安下钓饵的鱼钩留在水中过夜的钓丝。

“对的，在这里。”他说。

“那么你还记得这个工厂的情景?”玛乔丽问。

“我当然记得。”尼克说。

“那时候它看上去更像是一座城堡。”玛乔丽说。

尼克划着船，没有说话。他们就这样一直划到看不见工厂了。尼克才抄近路穿过湖湾。

“可惜啊，竟然没有鱼儿咬钩。”他说。

“是啊。”玛乔丽说。她喜欢和尼克一起钓鱼。他们每次钓鱼的时候，她两只眼睛总是全神贯注地盯着水面上的浮头。

就在这时一条条大鳟鱼在船的一边跃出水面。尼克使劲划着单桨让船转过来，在大鳟鱼觅食的地方，拖在船尾后飞速移动的鱼饵就会从那上面掠过。当那一条鳟鱼的背露出水面的时候，那些可做饵的小鱼跳得正欢。像一梭枪弹射进水里似的，跳得水面浪花四溅。不久，他们又看见另一条鳟鱼也在小船的另一边破水而出，开始在那里觅食。

“快看，尼克，在吃呢。”玛乔丽说。

“是的，我在看呢，不过他们却不会上钩。”尼克说。

尼克特意又把船划了一圈就为了能够让在船尾上拖着的钓丝掠过这两条觅食的鳟鱼，然后又径直朝岬角的方向划去。等到船靠岸后，玛乔丽才慢慢地将钓鱼线往回收。

当船被他们拖上湖滩后，尼克拿过装着活鲈鱼的水桶。鲈鱼在水桶里欢快地游来游去。尼克用两只手抓了三条，把它们去头去皮。而玛乔丽此时却还在摸鱼，终于她抓住了一条，她也把它抓了出来去头去皮。尼克瞧着玛乔丽手里的鱼。

“它们的腹鳍你可以不用去掉，”他说，“最好留着鳍做鱼饵，但是去掉鳍的话也行。”

每根钓竿的钩线上都挂着两个钩子。尼克把鱼钩从每条去掉皮的鲈鱼尾部穿过去，这样鱼饵就做好了。于是玛乔丽就划着船再一次来到航道的岸对面。她一边朝尼克望去，一边用牙齿紧紧咬住钓丝。尼克正拿着钓竿，站在岸边，卷轴里的钓丝在不断被放出来。

“现在可以了。”他朝对岸的玛乔丽喊道。

“要我现在把钓丝放下吗?”玛乔丽把钓丝拿在手里，大声向尼克问道。

“对，现在就放吧。”钓丝被玛乔丽放到了船外，并随着鱼饵缓缓地沉入水中。

玛乔丽又把船划了回来，将第二根钓丝用同样的方法放下。每一次，尼克都在钓竿柄上放一大块冲来的木头，把钓竿柄压严实，接着再将钓竿用一小块木片斜支着。为了让钓丝绷紧，他慢慢地把松弛的钓丝收起来，这样便于让鱼饵正好落在航道水底的沙土上，最后尼克再在卷轴上把闸安好。如果鳟鱼在水底咬住了鱼饵，就会拖动它，猛一下子从卷轴里抽出钓丝，这时卷轴上的闸就会发出鸣响声。

将一切布置好后，玛乔丽把船朝岬角那边的空处划过去，以免妨碍钓丝。船很快就靠到了沙滩上，一阵小浪花在船尾激起。尼克在她从船上跨下来后用力把船拖上了河岸。

“发生什么事了?”玛乔丽问。

“我也不清楚。”尼克一边说，一边拿了木头生火。

他们用冲上岸来的木头生了篝火。夜风吹着轻烟。玛乔丽上船去拿了一条毯子铺在火堆和湖之间。

玛乔丽背对着火，坐在毯子上等着尼克过来，尼克过来了就坐在了毯子上。生长在岬角的密密麻麻的二茬树木在他们背后矗立着。霍顿斯河的湾口就位于他们的前面。天色还没有完全暗下来，木材燃烧发出的火光照到水面上。在篝火的照射下他们都能够看见两根钢钓竿斜斜地支在黑黝黝的水面上。卷轴在火光下一闪一闪地发亮。

“需要吃点儿东西吗？”这时玛乔丽打开饭篮。

“你吃吧，我还不饿。”尼克说。

“一起吃吧，尼克。”

“那好吧。”

他们边吃东西边盯着水面上的火光和在火光照映下的两根钓竿。

“今晚一定会有月亮的，我想。”尼克说。他望着不远处的山丘，就在湖湾对面，在天色的衬托下山丘的轮廓渐渐鲜明了。山那边的月亮正在慢慢升起。

“我知道了。”玛乔丽忽然兴高采烈地说。

“你什么都知道。”尼克说。

“别那样嘛！”

“你的确这样，我没法不说。”尼克说，“毛病就出在这儿。你的确是这样。”

玛乔丽望着湖面，一言不发。

“不管怎么样，我什么都教过你了，你怎么会不知道？”

“别再说了，”玛乔丽说，“快看，月亮。”

他们坐在毯子上谁也不挨谁，就那样坐着，眼望着月亮从天边升起来。

“告诉我，究竟怎么回事？”玛乔丽说，“你不用胡说。”

“我不知道。”

“你当然知道的。”

“我不知道。”

“说出来听听。”

尼克坐在毯子上看着月亮从山丘上面升起来。

“太没意思了。”

过了一会儿尼克才转过头去看了看玛乔丽。他不敢看着玛乔丽的眼睛。玛乔丽背对着尼克，坐在毯子的另外一边。他看着她的背影。“真是太没意思了。”

玛乔丽背对着尼克没有说话。尼克自顾自地说下去：“我真的不知道说什么才好。玛吉①，我感到万念俱灰。”

尼克看着玛乔丽在月光下拖出长长的背影。

“就连爱情也没意思吗？”玛乔丽低声说。

“嗯，没意思。”尼克坐着，双手抱头。玛乔丽从毯子上站起身。

“我现在就去划船，”玛乔丽说，“你从那边绕着岬角走过去，行吗？”

“没问题的，我帮你把船推下河去。”尼克说。

“不用了，船已经在水里了。”玛乔丽说。在清凉的月光下玛乔丽跨上了那漂浮在水上的船。尼克又走了回来，他用毯子蒙住脸，然后躺在火边。不远处传来玛乔丽的船桨拍打水面的声音，他躺在毯子上听得一清二楚。

他就这样在毯子上躺了老半天。然后他听到一阵脚步声由远及近。那一定是比尔从林子里走过来了，尼克想。当比尔从林子里来到空地上的时候，尼克依旧还躺在毯子上。尼克能够感觉到比尔走到了篝火边。但比尔就站在他身旁并没有碰他。

“玛乔丽走了吗？”比尔说。

“走了一会儿了。”尼克躺着说。

“你们吵架了？”

“没有。”

“你现在觉得怎么样？”

“走开，”尼克叹了一口气，“让我安静一会儿。”

比尔在饭篮里挑了一份三明治后，就到湖边去看那些钓竿了。

① 玛吉是玛乔丽的爱称。

三天大风

当尼克拐进果园踏上穿过果园的那条路时，雨不知道什么时候停了。已经进入了深秋，成熟了的果子早已都被摘了下来。一阵秋风吹过，无数的枯叶随风飘落，果树便光秃了。在雨水的浇淋下，显得透亮透亮的一只瓦格纳苹果从路边枯黄的野草里露出了身影。尼克停下脚步弯腰捡起了草丛中的苹果，他想："这准是被主人漏掉的。"然后撑开厚呢短大衣的口袋将苹果放在里面。

那条路在转出果园后，便一直延伸到山顶。山顶上有一座小屋孤零零地立着，烟囱里冒着烟，门廊空荡荡的。车库、鸡棚都在屋后，二茬树紧挨着后面的林子，如同一堵树篱。他抬头望过去，大风把上空的树刮得一阵一阵地斜倒向一边。像这样的大风今年秋天还是头一遭刮呢！

尼克刚刚走过小屋前的那块空地时，小屋的门"吱嘎"一声打开了，一下子屋里灯光冲了出来，然后消失在黑夜里，比尔的身影出现在门口。他来到门廊上往外张望。

"威米奇，是你吗？"比尔说。

"是我。"尼克一边说着一边走上台阶。

他们就那样静静地站在一起，站在门廊上，眺望着低处田野和凸出湖面那岬角的林子，眺望着果园、路，眺望着更远处的原野。湖面上大风直直扫过，惊起了一湖的浪花。他们能看到湖面惊起的浪花在不断地拍打着十里岬的沿岸。

"开始刮大风了。"尼克说。

"看这样子，恐怕要连着刮几天呢。"比尔点了点头。

“你父亲在吗?”尼克问道。

“不在。咱们先进屋吧，他带着枪出去已经有一会儿了。”

尼克跟着比尔进了屋。火在壁炉里熊熊地燃烧着。不时发出“噼啪噼啪”的声音，风从开着的门口刮了进来，吹得炉火“呼啦啦”直响。比尔转身关上了门。

“要不要来一杯?”比尔说。

比尔进了厨房里，出来的时候，他的手里拿来了一壶水和两个玻璃杯。尼克却伸手将一瓶威士忌从壁炉架上拿了下来。

“行吗?”尼克晃了晃手里的威士忌。

“当然,”比尔耸了耸肩，“只要你喜欢。”

两个人喝着爱尔兰的威士忌，坐在温暖的火堆前，他们在威士忌里兑了些水。

“我闻到一股挺冲鼻的烟味。”透过玻璃杯，尼克两眼盯着烧得正旺的柴火。

“我加了一些泥炭。”比尔说。

“不会放在酒里了吧。”尼克说。

“那和酒没什么关系。”比尔说。

“你见过泥炭什么样子吗?”尼克问。

“没有。”比尔说。

“我也没。”尼克说。

尼克伸出腿搁在炉边，在温暖的火堆前阵阵水汽很快就从鞋子上冒起来了。轻烟缭绕。

“你最好还是把你的鞋脱了，会舒服些。”比尔说。

“可是我没穿袜子。”尼克挪了挪双脚。

“我去找找看，你把鞋脱了，在火堆边烤烤。”比尔一边说一边朝阁楼上走去，比尔的脚步声从尼克的头顶上传来。楼上房间就在屋顶下，门是敞开的。有时比尔和他的父亲、还有尼克，他们三个人就在楼上睡觉。还有一间梳妆室紧挨在后面。他们把橡皮毯盖在床铺上面，然后把床铺往后挪到雨淋不到的地方。

没多久比尔就走了下来，他手里拿着一双厚羊毛袜。

“天冷了，如果不穿袜子就到处走动的话会显得非常不方便。”比尔说。

“可我实在是不想再穿上了。”尼克说。他把厚羊毛袜套在了脚上，然后他又把身子倒在椅子里，将腿随意搁在了炉火前的屏风上。

“当心，你会把屏风压坏的。”比尔说。尼克于是把两腿向旁边一跷，这次搁到了炉边。

“有什么可以看的吗？”尼克问。

“现在就只有报纸。”

“你知不知道卡斯队①的上一场比赛打得怎么样？”

“太糟糕了，输给巨人队②了，一天连续两场比赛都输了。”

“他们本来应当是稳赢的。”

“是呀，我也这么认为。这两场球很明显都是白送的，真是太糟了。”比尔说，“要是球队俱乐部联合会中的每一个球员，麦克劳③都能够买通的话，那肯定就能够稳赢了。”

“但那是不可能的啊，他想要把大家全买通。”尼克说。

“他都买通了，只要是他用得着的人，”比尔说，“实在不行，他就会弄得大家都不满，大家拿他没办法只好同他做买卖。”

“海尼齐姆应该算是一个。”尼克喝了一口威士忌，附和道。

“说得对极了，伙计，特别是那个笨蛋对他可大有好处呢。”

比尔从椅子上站起身来。

---

① 卡斯队是美国圣路易市的卡迪纳尔棒球队。

② 巨人队是美国纽约市的一支棒球队。

③ 美国球星约·N.麦克劳（1875—1934），曾在1902—1932年担任巨人队教练。

“他的得分能力很强。”尼克说道。他现在感到他的腿被炉火的热气烤热了，又挪了挪自己的双腿。

“是的，他还能出任外野手的位置，而且在这个位置上还做得相当不错。”比尔说，“但是，他也输过球，谁也不例外。”

“也有可能是麦克劳故意要他输的。”尼克提出了自己的看法。

“是的，很有可能，我也是这么想来着。”比尔附和说。

“比尔，在一件看似简单的事情的背后往往隐藏着我们不知道的更为复杂的真相。”尼克忽然故作一本正经地对比尔说道。

“看来咱们内幕消息倒是知道得不少啊，虽然咱们隔得那么远。”比尔也立刻一脸严肃。

“虽然我们没有看见赛马，但是选马的眼力我们却照样具备，而且还是很高明的那种。”尼克朝比尔举起了酒杯，“为我们高明的眼力干一杯。”

“我完全赞同。”比尔拿过自己的酒杯和尼克碰了碰，一口喝光了里面的酒。接着，他们俩为刚才的玩笑一起大笑了起来。

比尔拿过放在一旁的威士忌酒瓶。他往自己的酒杯里倒完，接着将自己的大手伸出老远去给尼克倒酒，这样在尼克端在手里的酒杯里就再一次出现了威士忌的身影。

“咱们这次兑多少水？”

“和刚才一样。”

比尔直接坐在了尼克椅子旁边的地板上。

“这风，刮得可真带劲儿，是吧？”尼克说。

“是挺带劲儿。”比尔望着烧得很旺的壁炉，点点头。

“这是一年中最好的季节。”尼克说。

“这个时候城里的情况怎么样？该不会闹翻了天吧？”比尔说。

“我可喜欢看世界职业棒球锦标赛了。”尼克说。

“我知道，如今锦标赛举行的地点不是在纽约就是在费城。”比尔说，“不过这对咱们来说没有一点儿好处啊！”

“这一次不知道卡斯队能不能够夺标？”

“如果卡斯队没有什么新的变化的话，我们这辈子是没法看到卡斯队夺标了。”比尔说。

“要真是这样的话他们可就气疯了。”尼克说。

“你还记得他们那回的情况吗？就是在碰到火车出事之前。”

“我对那件事印象很深刻的！”尼克想起来后说。

在窗下的桌上倒扣着一本书，比尔伸出手去拿起了那本书，那是他刚才出去开门时，走到门口后顺手就放在窗下的桌上的。他一手拿着书，一手端着酒杯靠在尼克的椅子旁边。

“你看的什么书？”尼克转过头问道。

“《理查德·菲弗里尔》[①]。”

“我对这书可不怎么感兴趣。”

“这本书写得还可以，”比尔说，“威米奇，值得看一下，不是坏书。”

“还有没有其他的我没有看过的书？”尼克问。

“你有没有看过《森林情侣》[②]？”

“我记得那本书里写每晚只要他们一上床，一把出了鞘的剑就会放在两个人的中间。”

“是呀，有趣的两个人，有趣的故事，是本好书，你觉得呢？威米奇。”

“那本书是写得不错。不过我始终搞不懂在两人的中间放这

---

① 英国作家乔治·梅瑞狄斯（1828—1909）的长篇小说，书的全名为《理查德·菲弗里尔的磨难》。

② 英国作家莫里斯·休利特（1861—1923）最著名的一部长篇小说，讲的是一则发生在中世纪的浪漫故事。

把剑到底能够有多大的用处。虽然这把剑的剑锋得始终朝上，但是如果把它翻倒的话，那么你就可以很轻松地翻到对方那边去，而且也不会被剑锋划伤。”

“当然，这只不过是个象征，你知道的。”比尔说。

“可这不符合实际。”尼克说，“不是吗？”

“那你读过《坚忍不拔》这本书吗？”

“也读过了，是沃尔波尔①写的。”尼克说，“我认为这书倒是一本写得很真实的书。他老爹一直在找他，那本书好像就是写的这样的一些故事。沃尔波尔的作品你还有吗？”

“我这里还有一本他写的《黑森林》，”比尔说，“不过内容是发生在俄国的一些故事。”

“他能够了解俄国些什么啊？”尼克问。

“我也不清楚。说不定他小时候在那儿住过一段时间吧。有不少有关俄国的内幕消息都是和他有关系的，谁又能够说清那些家伙的事呢？”

“我倒真想见见他呢！”尼克说。

“如果真要我去见一个作家的话，我倒是想见见切斯特顿②。”比尔说。

“好想法，要是切斯特顿现在就在这儿就好了，那么明天咱们就带他去夏勒伏瓦钓鱼了。”尼克说，“当然只是想想而已。”

“不错的想法，只是不知道他喜不喜欢去钓鱼。”比尔说。

“那还用说？肯定啊！”尼克说，“只有一个钓鱼老手才能写得出来《短暂的客栈》③。”

---

① 休·沃尔波尔（1884—1941），英国著名作家，写有多部在当时非常流行的小说。《黑森林》（1916）和《坚忍不拔》（1913）都是他的主要作品。

② 吉尔伯特·切斯特顿（1874—1936），英国作家，著有《白马谣》《黑骑士》等诗集，以及《布朗神父的纯朴》《布朗神父的丑行》等小说。

③ 《短暂的客栈》是作家切斯特顿在1914年出版的小说，诗句引自小说正文。

天使下凡尘，
赐你一杯羹，
受宠先谢恩，
倒进污水盆。

“这首诗写得不错吧。”尼克将一口威士忌吞下肚去，“我觉得在诗歌创作这方面他应该比沃尔波尔还要强。”

“你说得对，”比尔说，“这方面他是比沃尔波尔强一些。”

“但是如果只是写文章，我倒认为沃尔波尔写的文章比切斯特顿要强些。”

“这我就不清楚了，但切斯特顿无疑是个文豪。”尼克说。

“当然，不过沃尔波尔也是个文豪。”比尔坚持道。

“那好吧，那最好他们两个现在都在这儿，”尼克说，“咱们两个明天就可以和他们一起到夏勒伏瓦去钓鱼了。”

“咱们今晚一醉方休怎么样？”比尔举了举自己手里的酒杯。

“这提议不错。”尼克附和道，“不过万一被你父亲看见怎么办？”

“我老子才不管这种事呢！”比尔说。

“真的吗？”尼克说。

“当然，我了解他。”比尔一口气喝光了手里的威士忌。

“我现在就有点儿醉了。”尼克说。

“我可没看出来，你怎么看都不像醉了的样子。”

现在，比尔从地板上站起身来，伸手把放在不远处的那瓶威士忌拿了过来。尼克将自己手里的酒杯伸到比尔面前。当比尔在往尼克的酒杯里斟酒时，尼克两眼直勾勾地盯着酒杯中逐渐变多的威士忌。

在向尼克的杯里斟了半杯威士忌后，比尔又给自己倒了半杯。

比尔说："瓶子里没剩多少酒了，你自己再加点儿水吧。"

"其他的应该还有吧？"尼克问。

"当然，我这儿酒可多了。可是父亲只肯让我喝那些已经启封了的。"比尔无奈地晃了晃手里只剩下小半瓶威士忌的酒瓶子。

"那是，"尼克说，"他和我父亲一样总是那么固执。"

"要是你想要成为酒鬼的话，那么喝那些新启封的酒无疑是最好的办法了。"比尔解释说。

"你父亲说得太好了。"尼克说。以前他总是认为只有酒鬼是独自喝闷酒才会喝醉的。关于这一点他以前倒从没想到。这让他印象深刻。

"你父亲现在怎么样？"尼克肃然起敬地问道。

"他身体还不错，"比尔说，"就是有时候会不时有点儿胡来。"

"在我看来他一直是个好人。"尼克说。他从椅子里面站起身来，提起一旁的水壶将水往自己杯里缓缓地加进去。水慢慢地就同酒融合在了一起。

"他人确实挺好的。"比尔说。

"我觉得我父亲也不错，其实。"尼克说。

"我也这么认为。"比尔说。

"他曾对我和母亲说过自己从不喝酒。"尼克一本正经地说，就好像他现在是在发表一项科学事实似的。

"你父亲可是个大夫呢！我父亲是个画家。"

"但他却错失了不少好机会。"尼克忧伤地说。

"这倒不一定，"比尔说，"塞翁失马焉知非福。"

"有不少良机他自己都没把握住。"尼克直说道。

“我父亲有一段日子也挺倒霉的。”比尔说。

“彼此彼此，”尼龙说，“一群可怜的人。”

他们就这样坐着，彼此沉默了一会儿，一边想着这深刻的真理，一边望着炉火里边欢快跳动的火苗。

“我再去后门廊那儿拿些柴火来。”尼克说。就在他刚刚望着炉火里边的时候，他忽然发现炉子里的火似乎快熄灭了，同时他也希望在比尔面前展示一下自己还没有喝醉，自己头脑还管用的。他想，比尔休想灌醉他，他自己还没醉。尽管自己的父亲一生从不喝酒。

“好的，记得拿块大一点儿的山毛榉木头来。”比尔说。他也故意摆出一副头脑还清醒的样子，虽然他的脑袋昏得厉害。

尼克在后门廊拿了柴火，关上后门，穿过厨房向屋子里走去，他不小心在经过厨房时把桌上的一口锅碰翻了。于是他放下手里的柴火，弯下腰将锅捡了起来。那是一口用水浸泡着杏干的锅。锅被打翻以后杏干撒了一地，有几颗已经滚到炉灶下面了。尼克蹲在地板上仔细地把杏干一颗一颗捡起来，然后把杏干放回锅里，再用水瓢从桌边用来装水的桶里取出些水来将锅里的杏干重新泡上。这一切做完后，他感到十分得意。此举至少证明了他还没醉，他的头脑现在还完全管用呢，尽管有点儿昏沉沉的，但是还没醉呢，尼克想。

他把柴火搬进了屋子里来，比尔也从地板上起身，帮着尼克往炉子里添柴火。

“看，比尔，这块柴看上去真不赖。”尼克说。

“我可是一直留着像这样的一大块儿好柴呢，这是专门等天气变得糟糕的时候才用的，”比尔说，“它可以燃烧几乎整整一夜呢！”

“而且那些未燃尽的木炭到了早晨又可以用来生火了。”尼克说。

“完全正确!”比尔附和道。他发觉他们现在的谈话水平可是越来越高。

“咱们再来一杯，怎么样?”尼克说。

“让我再找找看，”比尔说，“我记得还有一瓶已经启封的酒，应该就在柜子里。”

比尔来到墙角柜前，并跪了下来，他打开柜门，从里面取了一瓶廉价烈酒。

“看来我的记性还不错，”比尔显得有些兴奋，“这可是苏格兰威士忌。”

“我会在酒杯里多兑些水的。”尼克说，他站起身子，将已经没有剩下多少水的水壶拿起来，走进了厨房。他用一只手拿着水壶另一只手拿起勺子将冰凉的泉水从桶里舀到水壶里面，灌满水壶后，尼克提起水壶转身向屋子里走去。在经过饭厅时，尼克发现了一面镜子，他凑上前去照了照。在镜子里他的脸看上去怪怪的，他冲着镜中的脸咧嘴笑笑，镜中的脸也对着他咧嘴笑笑。后来他又对着镜中那张脸眨眨眼睛，就提起水壶往前走了。

比尔再次给两个人都斟了酒。

“这一大杯可真呛的。”尼克端起酒杯喝了一口。

“这不算什么，咱们才不在乎呢。”比尔说。

“咱们来干一杯吧?”尼克举杯问，“但是为什么事情干杯呢?”

“为咱们钓鱼来干杯吧。”

“真是个好主意，”尼克说，“先生们，举起你们手里的酒杯。我提议，为钓鱼来干杯。”

“就为钓鱼，干杯!”比尔说。

“就为钓鱼，咱们就为它干杯。”

“这可比棒球强多了。”比尔说。他们的杯子碰撞在一起，发出“当”的一声。

“这怎么能扯到一起？这可不能相比，伙计。”尼克摇了摇脑袋，“棒球怎能和钓鱼扯到一起呢？”

“也对，”比尔说，“那些大老粗们才会去玩棒球呢。”

他们一仰脖子，把杯里的威士忌一饮而尽。

“那现在咱们为什么干杯？就为切斯特顿吧，如何？”

“好极了，再加上沃尔波尔。”尼克插嘴说。

尼克开始向杯中倒酒。比尔紧接着倒水。他们对视了一眼，都不由得咧着嘴笑了，这种感觉非常不错。

“来，先生们，”比尔说，“举起你们手中的酒杯，我提议，这次咱们为切斯特顿和沃尔波尔干杯！”

“说得对，干杯！”尼克说。

他们又一口气喝干了杯子里的酒，比尔拿过酒瓶把杯子斟满。然后，他们坐在了炉火前的两张大椅子里。

“你非常聪明，威米奇。”比尔说。

“为什么这么说？”尼克问。

“我想说的是，你放弃了同玛吉的爱情①。”比尔说。

“可能是吧。”尼克说。

“如果你没和玛吉吹，要知道，你肯定就要想法子攒足钱用来结婚，这会儿你可就得回家去干活儿了。只能这么办。”

尼克沉默着。

“男人一旦结了婚就彻底完蛋了，你也见过那些结了婚的男人的。”比尔继续说，“男人只要一结婚，就马上变得一无所有。”

尼克没有说话，他依旧沉默着。

“那些结了婚的男人，那种结过婚的傻样儿他们基本上都

---

① 这两篇小说可以说是姐妹篇，此事参见《了却一段情》。

有，”比尔说，“你一看就知道。他们完蛋了。”

“是的，比尔。”尼克说。

“你这人总是会不断爱上别的人，”比尔说，“尼克，吹了可能很可惜，但很快你就会好的，你还会爱上别的女人的。记住别让她们毁了你啊，如果只是单纯地的爱上她们那倒没什么可担心的。”

“是的。”尼克说。

“你娶了她，就等于娶了她一家子，她母亲和她母亲嫁的那家伙，这可真是件可怕的事情。”

尼克喝了口酒，点点头。

“你想想看，平时总得要请他们来吃饭吧，到了星期天还得上他们家去吃饭吧，到时候你会听见她母亲老是‘玛吉，玛吉’地叫个不停，不停叫玛吉做什么，怎么做。你还会看见他们一天到晚围着屋子转。”

尼克坐在那里，就这样默默地坐在那里，谁也不知道他在想什么。也许是在想玛吉，也许什么都没想。

“但是现在好了，”比尔说，“现在玛吉可以成个家，嫁给一个和她自己处境差不多的人，他们会在一起愉快地过日子。那种事要知道是不能掺和在一起，就像水跟油不能掺和在一起一样。所以，对于在斯特拉顿家干活儿的艾达，我也不能够娶她。大概艾达也是很想这样的吧。”

尼克继续坐在那儿，不说话。现在他忽然觉得自己的脑袋变得异常清醒，刚才那浓烈的酒意现在已不见了踪影。他现在不再坐在炉火前了。比尔也不在那儿了。啊，什么？明天跟比尔和他父亲去钓鱼？没有这回事。他现在并不醉。他知道自己以前拥有过玛乔丽，现在又失去了她。她就那样走了，是他自己让她走的。显然那才是关键。他可能永远也不会再见到她了。再也见不到她了。这一切都过去了。都过去了，全完了。

“比尔，咱们再来一杯，你觉得怎么样。”尼克说。

比尔拿起酒瓶给尼克斟酒，又给自己倒了些，尼克舀了些水兑在了两个人的酒杯里。

“你那个时候要是和玛吉结了婚，那咱们现在也许就不能这样坐在屋子里一起喝酒了。”比尔说。

比尔说得不错。尼克原本就打算整个冬天都留在夏勒伏瓦。然后在家里去找份活儿来干，这样他就可以亲近玛吉。可是现在听了比尔所说的话后，他对自己的打算开始感到犹豫了，到底该如何去做？

“当时你那一招是非常明智的做法，”比尔双眼直直地盯着酒杯里的威士忌说，“大概咱们明天连鱼也钓不成了。”

“我实在想不出其他的办法了。”尼克说。

“这我知道。”比尔说，“你能这么做。”

“我不知道这究竟是怎么回事。”尼克说，“就那么一瞬间，一切都结束了，就像现在外面呼啸的大风把树叶一下子全都扫光了，就那么一下子。”

“现在好了，无须多言，”比尔说，“一切都结束了。”

“但是，我觉得这都是我自己的错。”尼克说。

“无所谓谁是谁非。”比尔说。

“但是，”尼克说，“我可不这么认为。”

以前他们两个人在一起的时候是那么开心，他们曾说过要一起去意大利，还说过要一起去其他地方。可是如今这一切全都过去了。玛乔丽已经走了，自己大概这一辈子也不会有机会再见到她了，那才是大事。

“现在好了，万事大吉，这事已经了了。”比尔说，“说真的，要是这事继续拖下去我还真挺担心呢，你做得对，威米奇，我听说她母亲后来气得要命。因为她之前已经在许多人面前都说过你们已经订婚了。”

“事实上我们并没有。”尼克说。

“但是，关于你们已经订了婚的消息大家都在传。”

“可事实并非如此，”尼克说，“我们并没有订婚。”

“原来你们不就是一直打算结婚来着吗？”比尔问。

“是啊，我们是打算结婚来着，可是我们并没有订婚。”尼克说。

比尔像法官似的问，“那有什么不同吗？”

“我不清楚。应该总有些区别吧。”

“我倒是觉得都差不多。”比尔说。

“好了，不管它了，这和咱们没关系。”尼克说，“来，比尔，让咱们痛痛快快地一醉方休吧。”

“如你所愿，”比尔说，“就让咱们一醉方休，真正喝它个酩酊大醉。”

“咱们喝醉之后就去游泳吧。”尼克说。这可真是个古怪的提议。尼克想。

他一口气把杯子里的威士忌喝了个精光。

“我常常会对玛吉深感内疚，可是，我却无能为力。”尼克说，“她母亲的德行你是知道的，谁都受不了。”

“我知道，”比尔说，“她真的太厉害了。”

“现在好了，忽然一下子全都了结了。”尼克说，“我真不该在这里谈起这件事。”

“别自责了，尼克，这是我谈起的。”比尔说，“这件事不是你谈起的，开始谈起它的是我，我现在不谈了。这件事不该让你想起，否则你又会陷进去了，这件事以后咱们再也不谈了。”

这事应该是早就成定局了。那些也只是自己的一个想法而已。这事尼克原来并没有想到过。不过他发觉就这样想想，他倒会感到好受些。

“不错，”他说，“那种危险总是有的。”

现在他发现已经毫无挽回的可能了。于是他现在开始感到有点儿高兴了。今天星期四了。这样到了星期六晚上他就可以进城了。

“无论这个机会在什么时候出现，每个人，都总会有一个机会的。”他说。

“那你自己可得当心了。”比尔说。

“谢谢，比尔，”他说，“我会小心的。”

没有失去过什么事。没有完结过什么事。他现在有些高兴了，突然感到自己的心情轻松很多，就跟在开头这件事比尔没提起的时候那样。他决定星期六就要进城去。事情并没有想象的那么糟。车到山前必有路，船到桥头自然直。

“咱们拿上枪到岬角那儿找你父亲去吧？”尼克说。

“好主意。”

两支猎枪被比尔从墙壁架上取了下来。他拿在手里掂了掂，接着打开子弹匣，看看是否有子弹。尼克穿上他的鞋子和厚呢短大衣。他的鞋已经被烤得硬邦邦的。他整个人也已经醉醺醺的了，不过头脑还算清楚。这一点尼克自己心里明白。

“比尔，你还能走吗？”尼克问。

“还行，只是微醉。”比尔一边努力扣上毛衣的纽扣，一边说道。

“看来喝醉了也没啥好处。”

“我也这么认为，咱们该出发啦。”

大风刮得起劲儿。他们拿着枪，走出了屋子。

“一般在刮大风的时候鸟儿都会躲在草地里。”尼克说。

他们沿着小路开始朝山下果园走去。看上去有些摇摇摆摆，不过他们自己并不觉得。

“今天早上我看见一只山鹬，就在那里。”比尔指着果园里的某一处地方说。

“咱们就这样过去，它也许会被咱们惊动。”尼克说。

“那又有什么关系，”比尔说，“咱们没法在这么大的风中开枪。”

在屋子外边，在刮得“呼呼”响的大风中，尼克开始觉得关于玛吉那档子事变得没那么惨了。所有的一切都被大风呼呼刮跑了。玛吉那事也一样。

“风一直是从大湖那个方向刮来的。”尼克指了指远处的湖面说。屋外漆黑一片，尼克也只是大致指着湖面的方向。

“砰!”风中传来一声清脆的枪响，传到了他们的耳朵里面，他们顶着风正好能够听得到。

“一定是父亲，”比尔说，“就在那边，应该就在沼泽地。”

“不错，比尔，咱们就顺着那条路穿过去吧，”尼克说，“这样要近一些。”

“咱们可以从下面草地穿过去，顺便看看能不能惊起些什么鸟来。”比尔说。

“就这么办。”尼克说。

现在尼克不记得还有什么了不得的事了。大风把他头脑里所有的事情都刮走了。这风刮得可真够大的。

幸亏有备无患啊！尼克想，这样在星期六晚上他照旧可以经常进城去。

拳击家

尼克一翻身站了起来，居然一点儿事都没有。他抬头望着沿着铁轨渐行渐远的火车，车头的灯光在拐过一个弯后消失不见，最后一节车厢也很快从他的视线中消失。雨刚停没多久，铁轨的两旁随处可见一个个大小不一的水坑。

刚才他的裤子被划破了，擦伤了两只手，身上的皮肤也擦破了，煤渣和沙子都嵌在了指甲缝里。他揉了揉膝盖，来到铁轨另一边，走过一个小坡蹲在一处小水坑边，用水坑里的水洗了洗手。他在凉水里仔细洗着，直到把指甲里的污垢都洗干净，然后洗了洗膝盖。

那个扳闸工可真会捉弄人，早晚有一天他要找到那个混账家伙，也要叫那家伙领教领教他的厉害。

就刚才，就在火车上，那家伙对他说，“小子，到这儿来，我给你看样东西。”他走了过去，于是，他上当了。“来啊，小子，我给你看样东西。”正说着，“轰”的一下，他双手双膝就磕在铁轨旁边了。他被那家伙从车厢里推了下来，但是下回他们休想捉弄他。这实在是个让人觉得够呛的玩笑。

尼克从水坑边站了起来，他伸手去揉了揉眼睛，因为他感到眼睛有些痛。那里肿起了一个大疙瘩。那个混账扳闸工！尼克咒骂道。眼圈准保肿了。

他摸了摸眼睛上的肿块，然后又用手指摸了摸另一只眼睛。另一只眼睛还好没事。这代价还好不大。他总共就受这么点儿伤。他又蹲下去，使劲儿看着水坑中自己的倒影，希望能看清倒影中自己眼睛的模样。不过天太黑了，水里根本就照不出影子来。这前不挨村后不着店的鬼地方，真是糟糕透了。他将手在裤子上擦干了水渍，站起身来，爬上路堤，来到了铁轨上。

他顺着铁轨开始朝前走去，道砟匀整地铺在路基上，每个枕木之间铺满了小石子和黄沙，路面挺结实的，走起来倒也容易。平滑的路基在尼克的脚下向前延伸，一直通向前方。尼克就这样一路向前走着。现在他得先找个落脚的地方才行。

刚才尼克趁着货车在开往沃尔顿交叉站外面的调车场减慢速度的时候，才趁机爬到了这辆货车上。现在天刚刚擦黑，尼克刚搭的那列货车在不久前才开过卡尔卡斯卡。要是没被踢下来的话，这会儿他说不定已经到了曼斯洛纳了。而他现在却不得不在水洼地走上三四英里。“那该死的扳闸工！别让我再看见你！”尼克再次咒骂道。薄雾开始逐渐在夜里升腾起来，尼克一步一步踩在枕木之间的道砟上，顺着铁轨继续一路向前走去，在逐渐升起的薄雾中，水洼地看上去也显得朦朦胧胧的。他一连走了好几英里，肚子饿了起来，眼睛又很痛，但是只能不停地走着。他发现铁轨两旁的水洼地仿佛一直就没变过，始终都是一个模样。

不久，一座桥出现在尼克面前。尼克走在桥上，铁桥的桥面被他的靴子踩踏发出空洞的“嗒嗒”声。枕木的缝隙间所显露出来的桥下的水流是那么黑乎乎。尼克不小心踢着了一枚已经松落的道钉，道钉在桥面上翻滚了几下，从枕木的缝隙间掉到桥下流水里去了。在铁轨的两旁耸立着一座座高大的群山，看上去黑咕隆咚的。忽然尼克看见有火光就在铁轨那头的不远处一闪一闪。

他谨慎地顺着铁轨向火堆走去。才发现这堆火是在铁路堤下面，在铁轨的一侧。铁轨在穿过一条开凿出来的山路后，消失在黑夜里。他所看到的火光被树林遮住了一大部分，应该是从林子中间的一片空地上传出来的。这是个山毛榉林子，尼克小心地顺着路堤走到林子边缘，走进树林，向火堆走去。掉在地上的坚果被他踩得“嘎吱嘎吱”的响。在林子中间的空地上，火堆就在他眼前，火光很明亮。在火堆旁有个人坐在那儿，尼克在树后静静地等待着，他仔细打量着四周。这儿只有一个人坐在那儿，他双手捧着脑袋，一动不动地坐在那儿，盯着熊熊燃烧的篝火。尼克一步从林子里跨了出来，来到火堆旁。

那个人依旧一动不动地坐在那儿，双眼盯着火堆。当尼克走到他的身旁时，他依然一动不动。

“你好。”尼克说道。

那人抬起头，看了看尼克。

“你的眼睛怎么弄了个黑眼圈?”他问道。

“被一个扳闸工一拳揍的。”

“这么说，你一定是从直达货车上下来的?”

“对的。”

“我刚才看见那孬种来着。他在车厢顶上走着，一边甩着胳膊一边唱歌。看上去兴高采烈，大约就在一个半小时以前路过这儿。”那人说。

“那该死的家伙!”

“他现在一定感到非常爽，”那人正色道，“因为他刚刚揍了你。”

“我迟早会让他知道我的厉害。”尼克愤愤地说。

“那就等下次他经过这里时，咱们拿石头扔他。”那人说道。

“我迟早会找他算账的。”

“看你这样子，一定是条硬汉。”

“我不是。”尼克回答道。

“我不会看错的，”那个人看看坐在一旁的尼克，说，“你们全都是硬汉。”

“没办法啊，”尼克说道，“不硬不行啊！”

“我就说嘛。”那个人笑了。

那人瞧着尼克。尼克在火光的照映下第一次看清了他的脸，他感到有些吃惊。那人的眼睛眯成了两条缝，塌下去的鼻子，和两片奇形怪状的嘴唇。整个脸让人感觉变了相。不过尼克只是大概地瞅了一下，并没有看得清楚，他只是觉得这个人的脸庞长得有些奇特，像个大花脸，又像是毁了容。在火光下神色同死尸差不多，反正让人感觉不舒服。

“我这副尊容让你感到挺不舒服吧？”那人问道。

这回，尼克不知道该怎么回答了。

“怎么会呢？”他说。

“瞧这儿，年轻人！”那人脱了帽。

尼克瞧见他脑袋一边的耳朵就只剩下了耳根，而脑袋另一边，却有一个耳朵牢牢贴在那儿。

“你看见过这样的长相吗？”

“没有。”尼克说道。他忽然觉得有点儿恶心。

“无所谓的。难道你以为我忍受不了？”那人说道。

“我不知道！”尼克站了起来。

“尽管他们的拳头落在我身上开了花，但他们谁也伤不了我。”那人说道。

他瞧了瞧站起身来的尼克，“多坐一会儿。”他说道，“想要吃点东西吗？”

“谢谢，”尼克说道，“我还要急着赶到城里去，不用麻烦了。”

“听着！小伙子，”那人说道，“你可以叫我阿德。”

“没问题!”

“听我说，有时候我这人会不大对劲儿。”那小个儿说道。

“怎么了?”

“实际上我是个疯子。”他将帽子重新戴在了头上。

尼克这时忍不住想笑出声来，真是好笑，居然有说自己是个疯子的。

“你觉得自己不正常吗?”他说。

“是啊，我就是不正常。你发过疯吗?呃，我其实就是个疯子。”

“没有。”尼克说道，“你怎么知道自己发疯的?”

“这……我也不清楚，”阿德说，“但是，自己是不会知道自己得了疯病的。以前我们认识吗?”

“从未相逢过。”

“告诉你，”阿德说，“我就是阿德·弗朗西斯。”

“真的吗?”

“怎么，你不相信吗?”

“我当然相信，相信。”

凭直觉，尼克知道阿德说的是真的。

“你知道我是怎么一个个击败我的对手的吗?”

“不知道，没听说过。”尼克说道。

“我心脏跳得慢。”阿德说，“来按按我的脉。一分钟只跳四十下。”

尼克犹豫该不该去。

“来啊，按下你就知道了。”阿德抓住了他的手，“手指按在脉上，就是这儿。”

阿德的手腕很粗壮，肌肉一块块鼓鼓地凸起在手臂上面。在指尖的触摸下尼克感到阿德脉搏的确跳动得很慢。

“你戴表了吗?”

“没有。”

“我也没戴。”阿德说道,“没个表真不方便。”

尼克将自己的手从他的手腕上收回了回来。

“来,再按一下脉。这次咱们这样,我数到六十,你来数脉搏。”阿德·弗朗西斯说道。

当他听到这小个儿开始大声慢慢数着,一,二,三,四,五……的时候。尼克也开始数起指尖下的缓慢有力的搏动来。

“六十!”阿德数完了,“刚好一分钟脉搏跳了多少下?”

“四十下。”尼克说道。

“你看,我没骗你吧。”阿德高高兴兴地说,“它就是跳不快。”

这时又有一个人从铁道路堤上下来,顺着林子边缘,来到了火堆边。

“喂,柏格斯!是你吗?”阿德说道。

“喂!是我。”柏格斯回应道。尼克发现这是个黑人。他刚才从那边走过来时,尼克就发现了他是个黑人。他背对他们站着,正弯着腰烤火。尼克不由得直起身子。

“来,给你介绍下,他是我的老朋友了,叫柏格斯,”阿德说道,“他也是疯子。”

“你好,”柏格斯说道,“你从哪儿来?”

“芝加哥。”尼克说道。

“好地方。”那黑人说,“你还没告诉我们你的名字呢。”

“尼克·亚当斯。”尼克说。

“柏格斯,你知道吗?”阿德说道,“这个小伙子说,他从没发过疯。”

“真是个运气不错的家伙。”黑人说完,坐在火堆旁,打开了自己身边的一包东西。

“柏格斯，”矮个子阿德问道，“咱们还要多久才吃饭？”

“那现在吧，你觉得怎么样？”

“你饿吗？”

“肯定饿，从日落前到现在我连一粒面包渣都没见过。”

“柏格斯，你听得到吗？”

“当然能，”黑人在一旁忙碌着，看样子是在准备吃的，“你们说的话我大半都能听到。”

“我不是这个意思。”

“我也听到了这位先生说的话。”

柏格斯正在照看他的平底锅，油在热锅中吱吱直响。柏格斯蹲在火边，仔细往一个平底锅里放火腿片，并不断翻炒。然后他又将几个鸡蛋打在了锅里，让蛋浸着热油，他不时翻着面，免得将食物煎煳了。

“能帮我切几片面包下来吗，亚当斯先生？”柏格斯从火边回过头来说道，“对，就在那边的袋子里。”

“没问题！”

尼克拿起袋子，把手伸进去，从里面掏出一个面包来，并把它切成了六片。阿德盯着尼克的一举一动，忽然他朝尼克探过身去。

“尼克，”他说道，“把你的刀子给我，好吗？”

“别给他，”黑人说道，“攥紧了，千万别给他。”

听见柏格斯的喊声，那个矮个子的职业拳击家就又坐了下来。

“亚当斯先生，”柏格斯对尼克说道，“那能把你切好的面包给我吗？”

尼克伸过手去，将切成六片的面包递给了柏格斯。

“咱们用面包蘸火腿油，怎么样？”黑人问道，“你喜欢吗？”

“真是个不错的提议！”

“还是等咱们快吃完时再说吧。给！”

黑人将一片火腿搁在一片面包上，再给火腿上盖上一个煎蛋，最后再盖上一片面包。

“请你把三明治夹好，亚当斯先生，”黑人将三明治递给尼克说道，“先给弗朗西斯先生吧。”

阿德接过三明治，狠狠咬了一大口。

“小心里面的鸡蛋，别淌下来了。”黑人警告了一声，“亚当斯先生，这个给你，剩下的都归我了。”

尼克手中的三明治被他迫不及待地咬下了一大口。火腿煎蛋热乎乎的味道简直美味无比，这是他吃过的味道最好的火腿煎蛋，尼克发誓。黑人柏格斯就坐在他的对面，阿德坐在他的旁边。

“看来你是饿极了。”黑人对正忙着狼吞虎咽的尼克说道。

自从黑人说起刀子的事以后，那小个儿就再也没开过口。尼克对这个小个儿拳击手慕名已久，他在过去可是一个非常出名的人物，拳击冠军的金腰带在很长的一段时间里都被缠在他的腰上。

“还需要再来一片蘸热火腿油的面包吗？”柏格斯问道。

“好好好。”尼克一边含混不清地说道，一边接过了柏格斯递给他的面包，而他的嘴里正嚼着一大块儿煎蛋。

那小个儿阿德盯着尼克。

“阿道夫·弗朗西斯先生，”柏格斯将一片面包从平底锅里取出递给阿德，“你也来点吗？”

阿德没有回答柏格斯的问话，自顾自地瞧着尼克。

“你需要再来一片吗？”黑人柔声说。

阿德依旧盯着尼克看，还是没有搭理他。

“听见我跟你说话了吗，弗朗西斯先生？”黑人柔声说。

虽然阿德将头上的帽檐拉下来，罩住了自己的眼睛。但他还是一个劲儿地瞧着尼克。这让尼克开始觉得有些紧张不安。

“你怎么能够这样？”小个子厉声喝问尼克，从压低的帽檐下传出他愤怒的声音。

“没人请你，你自己找上门来，把人家的东西吃了。人家问你借刀子，你倒还神气得不行。你把自己当成什么人来着？”

他脸色煞白，狠狠地瞪着尼克。

“是谁让你这个怪人来多管闲事的？你这个神气活现的东西。到底谁把你请到这儿来的？”

“没有人叫我，我自己来的。”

“没人请你来，而且也没人请你待在这儿。你到我这儿，喝我的酒，抽我的雪茄，说话还神气活现，居然当着我的面神气活现的，你认为我们会一直容忍你吗？”

尼克没有理会他。看来这个小个子拳击手自己说得没错，他的确会发疯。

“你给我听好了，你这个从芝加哥来的神气活现的胆小家伙。”阿德站起身来，“赶快好好护住自己的脑袋，因为它马上就会开花啦。你明白了没？”

小个子站了起来，慢慢地，一步步向着尼克逼近，尼克退后一步。小个子习惯性地用上了训练时的步伐，就像是在拳击场上面对对手一样，他小幅度地跳跃着，左脚先迈出一小步，然后右脚就紧跟着迈了上去。

“来呀，你这个神气的家伙。来揍我啊！”他放低了重心，双手握成拳头，护在脸前，踩着小碎步，跳跃着，“来呀，试试看嘛，看你敢不敢？”

“我可不想这样。”尼克看着眼前这个架势十足的拳击手，又向后退了一步。

“嘿，你可别想就这么脱身了。小家伙。”小个子拳击手摇晃着上身说道，“来啊，出拳啊，让我看看你的速度有多快。”

“听我说，别胡闹了！弗朗西斯先生！”尼克喊道。

“别废话，来自芝加哥的小家伙。”小个子跳跃着又向前逼近了一步。

尼克又向后退了一步。出于职业习惯看到尼克动了，小个儿将目光移到了尼克的双脚，他要知道尼克的下一步动作，以便自己能够做出最正确的反应。可是他却忘记了他的老朋友柏格斯先生，就在刚才，当他站起身子离开火堆的时候，柏格斯就发现他的不对劲儿，一直跟在他的身后，这会儿，趁他低头望着尼克移动的双脚的时候，黑人早就稳住身子举起手中的木棒，对准他的后脑就是一下。小个子拳击手只觉得眼前一黑，“扑通”一声就趴倒在了尼克的面前，脸埋在草堆里。柏格斯赶紧把手里那根裹着布的棍子扔在一旁，迅速将他抱起，坐回到火堆旁边。阿德耷拉着脑袋，眼睛直愣愣的，脸色苍白得有些怕人。柏格斯轻轻把他放在火堆旁的草地上。

“亚当斯先生，你能帮我从那边桶里弄些水来吗?”柏格斯说道，“这次恐怕下手有点儿重了。”

黑人用手捧起了些水，往阿德脸上泼去，又伸手轻轻地拉了拉他的耳朵。阿德的眼睛这才闭了起来。

做完这一切后，柏格斯才放心地站起身来。

“他没事，不用操心了。”他说，“真是对不起，我替他刚才的所作所为向你道歉。”

“没关系。”尼克低头望着已经昏迷的小个子。顺手把草地上的那根棍子捡了起来。棍子轻的一头是个有柔韧性的把儿，重的一头裹着手绢。把手是拿一块旧的黑皮革做成的。尼克随意挥动了几下，棍子拿在手上倒是很得心应手，分量十分合适。

“这是用鲸骨做成的把儿。可是，这玩意儿如今再没人做了。”黑人笑道，“以前他很厉害的，所以我不希望他把你打伤，况且我不知道你自卫的能耐怎么样。不管怎么着，我不希望你们伤及彼此。”

黑人又笑了。

“可你现在却把他打伤了。”

“放心，我知道怎么办，每当他这样发作的时候，我总是只好给他来一下，叫他换换脑筋。他醒来后就都记不得了。”

那小个儿就在火堆旁边的地上躺着，尼克低头望着他，他脑袋耷拉在一边闭着眼。柏格斯又往火堆里面添了些柴。

“他这模样我以前见得多了，”黑人看着尼克说，“用不着为他操心啦，他睡上一觉就会醒的。”

“他为什么突然就发疯了？”尼克不解地问。

“一时半会儿说不清的，”黑人在火边回答，“有各种各样的原因，来杯咖啡吗？”

“非常感谢。”

垫在昏迷不醒的小个子脑袋下的衣服被尼克捋平。然后他接过柏格斯递给他的一杯咖啡。

“最主要的原因之一，作为一名拳击手他挨打的次数不计其数。但这些也只是让他的头脑变得有些简单而已。”黑人喝了一口咖啡继续说，“还有一个原因就是，当时报纸说他的经纪人是他的妹妹，你懂得，他们总是喜欢煽风点火，拿一些什么妹妹和哥哥互相深爱啊这一套来做文章去吸引读者的眼球。一点儿小事大做文章，什么他有多爱他妹妹，她有多爱她哥哥之类的，于是他们后来干脆就在纽约结了婚，可这一下子各种各样的麻烦就接踵而至了。”

“我好像记得有这事。”

“实际上他们根本就不是什么兄妹啊！可是因为报纸大肆传播，不少人在背后嘀嘀咕咕地嚼舌根，慢慢的他们无法融入别人。终于在某一天，她离开了他，再也没有回来。”

他将咖啡喝完了，然后用他那淡红色的掌心抹了抹嘴。

“后来的事，你也知道了，他就变成现在这样了。”黑人看了看尼克手里空着的杯子，问道：“还需要加点儿咖啡吗？”

“不用了，谢谢！”

“那个女人长得很漂亮。”黑人接着说道，“我见过她几次。他们俩看上去简直跟双胞胎一样，不知道实情的还真以为他们是兄妹。他长得其实也不难看，不过是在他的脸没被揍扁之前。”

他说完沉默不语，看来故事讲完了

“你们又是怎么认识的？”尼克问道。

“我是在牢里认识他的。她离开他之后，他脾气变得很暴躁，一句话不对就上去揍别人，于是人家就把他关进牢里。”黑人说道，“而恰巧我当时也在里面，因为我砍伤了一个人。”

他朝尼克笑了笑，接着说下去：

“第一次见面我就非常喜欢他。后来我出狱了，也常常去看望他。可能在他看来我就是个莫名其妙的疯子吧，不过我不在乎。我乐意和他在一起，陪着他，可以见见世面，我也想过体面的生活，不想再当小偷了。”

“那你们平时都是靠干些什么来维持生计的？”尼克问道。

“噢，他可是个有钱人哪！所以我们什么也不用干。就四处游荡。”

“他以前一定挣了不少钱吧？”

“当然，他以前可是个冠军来着，而且在很长的一段时间内都是。虽然出事以后他就把自己的钱全花得差不多了。再加上，有些人又夺走了一些。不过，她一直在给他寄钱呢！”

他拨了拨火堆，篝火燃得更旺了。

“虽然我只见过她几次，但是我知道，她是个好女人。”他说，“他们俩长得太像双胞胎了，这并不算是一件好事。”

黑人细细地看着这个躺在火堆旁直喘大气的小个子。一头金发披散在他的脑门儿上。那张脸已经没有了往日的英俊，但看上去显得那样恬静，就像一个熟睡的孩子。

“亚当斯先生，很抱歉，请你还是早点儿走吧。并不是我不想好好招待你。他随时都有可能醒来。我怕他醒来后见到你又要犯病了。实际上，我一点儿都不愿意拿棒子去敲他的脑袋，可是没有别的办法，只有这样才能阻止他，可怜的阿德。所以，我尽量不让他看见别的人。你不介意吧？亚当斯先生。你不用谢我。我应该一早就提醒你留意他，只是刚才我看他好像还挺喜欢你的，心想这下可太平了呢，所以就没说。希望你不会怪我，毕竟遇到一个他喜欢的人可不容易。你沿着铁轨一直朝前，大概再走两英里就能够看见城市了。大家都叫它曼斯洛纳。我本来很想留你过夜，现在看来是不行了。我这里还有点儿火腿面包，你需不需要带上？不要？那这一份三明治你还是带上吧，饿了的时候好吃。”黑人的声音柔和低沉，显得十分彬彬有礼。

“那就这样吧。一路顺风！有缘再见！”

尼克站起身来，接过了柏格斯给他的三明治离开了火堆，朝着铁轨的方向走去。当他穿过林子来到铁道铁轨上时，隐隐约约听见身后的火堆旁传来了说话的声音，由于距离有点儿远，听不太清楚在说什么，黑人的声音模糊地传到耳边，还是那么低沉柔和，然后，他听到小个子大声叫道：“我怎么感觉我的脑袋这么痛啊！”

“没关系的，弗朗西斯先生，来杯咖啡怎么样？不用担心，只消喝上这么一杯热咖啡你就会好的。”黑人轻声劝慰道。

尼克此时已经爬上了路堤，来到铁轨上。他将手里拿着的三明治，放进了自己外衣的口袋。准备拐进山间的那个弯道时，在越来越高的斜坡上他回过头，还是可以看得见空地上的那片火光。

小小说

在帕多瓦的那一个傍晚有些炎热，他被他们抬到了屋顶上面，在那里可以将整座城市尽收眼底。不时有飞燕在傍晚的天空中一闪而过。天渐渐黑了，没过多久探照灯亮了起来。其他人都下去了，带走了先前被放在一旁的酒瓶。屋顶上就只剩下他和卢芝两个人，偶尔能听见下面阳台上人们说话的声音。卢芝坐在他身边的床上。夜里，阵阵凉风从屋顶上刮过，让人感到一阵清凉，在炎热的夜晚，屋顶真是个不错的地方。

在卢芝自己的坚持下，她值了三个月夜班。没问题，就让卢芝去做吧。当人家要给他动手术时，她替他将手术台准备好，虽然他上了麻药，可还硬挺着保持着清醒，以免自己在失去知觉的时刻多嘴多舌说漏了嘴。人家都在讲，是朋友还是灌肠剂①的笑话。他用了拐杖以后，自己就常去量体温，免得卢芝铺床。医院里没有多少病人，他们都喜欢卢芝。关于这事他们每个人都清楚。他拄着拐杖，顺着过道走回来，一路上想着卢芝跟他同床。

他回到前线去之前，他们到大教堂里去祈祷。教堂里静悄悄，暗沉沉的。就在他们准备离开教堂时，又有人来祈祷了。他们想要结婚，可是来不及请教堂公布结婚预告了，而且两个人都没有出生证。他们俩自己感觉像已经结了婚一样，不过要让事情办成，他们还要大家都知道这事，这样这事就不会告吹了。

卢芝在他在前线的那些日子里，给他写过好多信，不过这些

① 英文中灌肠剂 enema 同敌人 enemy 仅差一个字母，常常会因为被相互混淆而闹笑话。

信停战以后他才收到。十五封一束。根据日期他把它们分好，然后一封一封地从头看到尾。信上写的都是医院的事，写她多么爱他，没有他，她真没法过下去。还写她夜里多么想念他。

停战后，他们俩商定他该回国找份差使，两人就可以结婚了。等到他有了份好差使，可以到纽约去接她了，她就回国。不用说，在这期间他不得喝酒，也不用去看望在美国的朋友或任何人。唯一重要的就是找份差使，然后和卢芝结婚。但是，在列车上，就在那列从帕多瓦出发开往米兰的列车上，他们吵了架，仅仅就是为了她不愿意立刻回国。站在米兰车站上，在他们不得不面临告别的时候，虽然吻别了，不过还是没吵完。对这样的告别他感到有些难过。

在热那亚的港口，他乘船去了美国。卢芝那时已经回到了波尔多恩①，并在当地开了家医院。波尔多恩偏僻而又多雨，有一营冲锋队驻扎在城里，整个冬季都是泥泞而多雨，卢芝就生活在这个小城里，后来营部少校向卢芝求爱。要知道，在来到波尔多恩以前卢芝连一个意大利人都不认识。最后，卢芝就写了封信寄给美国的他。信里卢芝告诉他，过去那档子发生在他们之间的事只是少男少女的玩意儿。说她虽然一如既往地爱他，不过她现在明白他们之间只是少男少女之间的爱罢了。她知道他大概不能谅解，她真的很抱歉，现在她要结婚了，不过总有一天他会感激她的并且原谅她的。她预定在明年春天结婚，这倒是让他完全没想到。她希望他前程远大，对他完全有信心。她知道这样是最好的选择。

可是到了第二年的春天，少校却没跟她结婚，等了很久，少校也没有再跟她商议过结婚的事宜。卢芝寄到芝加哥去的那封信杳无音信。没多久，少校染上了淋病，就在那次他乘出租汽车经过林肯公园时，从一家位于闹市区的百货店的售货女郎身上染到的。

---

① 波尔多恩是位于意大利东北部的一座城市，在乌迪内市西南。

士兵之家

1917 年克莱勃斯入伍时，他还是堪萨斯州一所卫理会学院的学生，那一年他参加了海军陆战队，上了前线。直到 1919 年夏天他所在的第二师从莱茵河撤回来时，他才跟随部队回到美国。他和团契弟兄们的那一张照片至今都还完好地保存着，照片里大家都戴着一模一样的高领，穿着同样的军装。

还有一张照片是在莱茵河畔照的，照片里除了另一名军士和他以外还有两个德国姑娘。在照片上莱茵河只是个背景，看不出来有多美。德国姑娘看上去倒是长得挺迷人。那个军士和克莱勃斯穿的军装在身上绷得紧紧的，在照片上看起来显得有点儿小。

他家乡的人们向凯旋英雄致敬的热潮已经过去了很长的一段时间，克莱勃斯才回到了他在俄克拉何马家乡的小镇。前段时间那些镇上应征入伍的男人从战场上返回小镇时，的的确确喧闹过一阵，他们都受到了镇上居民的热烈欢迎。但是他显然回来得有些晚了。

因此，他的归来在镇上的人们中间则产生了反作用。似乎人们认为，克莱勃斯现在才单独回来，实在有点儿不合情理。毕竟战争已经过去这么久了。

在香巴尼、贝鲁森林、苏瓦松、阿尔贡和圣米耶尔[①]等诸多战役中都能够看见克莱勃斯英勇的身影，起初对于这场世界性的战争克莱勃斯压根儿不想谈起，但到了后来当他想找人谈谈的时

① 这五处都是在第一次世界大战中发生激战的战场，并且都是在法国境内。

候，大家都缺乏兴趣。那些真实的战争已经引不起家乡人们的兴趣了，而对于有关战争暴行的故事他们倒显得更有兴趣，即使他们已经听过太多这样的故事了。一次偶然的机会，克莱勃斯在谈论战争的时候撒谎了，可他发现，只有当他在撒谎的时候，人们反而更加积极。但是，他自己在这样做了两次以后，再也不愿意去谈论战争了。对于自己以前曾参加过的战争连他自己也产生了反感。他亲身经历过的每一件事，现在都使他感到深深的厌烦，因为他撒了谎。在那些遥远的日子里，在过去那些时刻，那些只要他一想起来就会让他感到清醒而宁静的每一个夜晚，他完全可以像其他那些人一样也不那么做，但是他去做了，他做了一件一个男子汉理应做的事情。但是现在它们开始在他的记忆中模糊并且消失了，它们那些宁静可贵的特质，令脑海里印象深刻的时刻也开始丧失了。

对于我们来说，克莱勃斯说的那些谎话其实无伤大雅。他只不过是把那些每一个士兵都熟知的无稽之谈说成是事实，或者把别人听到的、看到的，以及别人做的事都归到了自己身上而已。不过，没过多久，就连他的谎话在弹子房里也引不起什么轰动了。

对于在阿尔贡森林里发现有德国女人被铁链锁在机关枪上，但没有一个德国机枪手被铁链锁上的这个故事，只要是和他熟悉的人都听他详详细细地说过，不过，对于克莱勃斯讲的这些，他们丝毫不觉得有趣，并且他们对这些有些不合常理的传闻也感到无法理解。而由于他们所具有的爱国心，他们对此丝毫不感兴趣。

其实，克莱勃斯自己也对这种只为了博取眼球而编造的荒唐夸张的假话，感到十分恶心。有一次他在一个舞会上碰巧遇到了一个当过兵的人，那是一个真正的军人，克莱勃斯看一眼就知道。在更衣室里两人交谈了几分钟，可就在这短短的几分钟里他感受到久违的舒适的感觉，那是一种可以毫无顾忌地敞开心扉，惺惺相惜的感觉，而这种感觉往往只有在两个或更多真正的士兵在一起时才会感受得到，他明白，其实自己一直是处于一种害怕跟周围的生活脱离的十分病态的恐惧当中。因为正是这样，他才会丧失了他的一切，他的记忆，他的朋友。

现在是夏末，每天他起来得都有些晚，起床吃过早饭后，会独自一个人步行到位于市区的中心图书馆里去借一本书。然后，他又继续步行回家吃午餐，用过午餐后，他便坐在前廊的一张椅子上读他早晨从图书馆借来的书，一直就这样读到他感到有些腻烦了为止，然后他又会步行穿过市区，到位于市区边缘的弹子房去，他喜欢射击。这时候弹子房里的暑热已经被阴凉所代替，在弹子房里克莱勃斯会将一天中最热的几个小时消磨掉。

到了晚上，吃过晚餐，他会去市区散散步，然后回到屋里练练单簧管，最后再看看书，上床睡觉。在他的家人和两个妹妹心目中，克莱勃斯一直都是个英雄。有时候如果他想睡个懒觉，他妈妈甚至会把早饭端到床上给他吃，当然这种情况非常少，更多的时候，他妈妈会常到他房里来，想听听他讲打仗时的那些事儿。不过每一次她的注意力都不怎么集中。他父亲对此则不表示什么意见。

以前在克莱勃斯还没参军的时候，家里的汽车是从来不许克莱勃斯驾驶的，这向来是他父亲专用的。他父亲经营着地产生意，每当顾客想亲自去看一看自己买卖的农场的时候，他父亲就需要用车把顾客带到乡间。他们家的汽车总是停在第一国家银行大楼的外面，他父亲的办事处就在大楼的二层。虽然现在战争已经结束了，但他们家的这辆车却依旧还在服役。

小镇什么变化都没有，始终都是那个样子。不过，以前小镇上的那些小女孩现在都已经亭亭玉立了。是的，现在姑娘们都长大了。在她们生活的天地里，既有已经确定的各种联合，又存在着变化不定的敌意，这让克莱勃斯感觉到挺头大的，他感觉已经没有了足够的精力和勇气融入她们那个复杂的圈子里去了。虽然漂亮的姑娘真不少。她们大多数都剪着短头发，穿着现在最流行的式样：荷兰式圆领衬衫和毛衣。而克莱勃斯记得，他还没有参军离开小镇的时候，以前那样的短发只有小姑娘或者特别赶时髦的姑娘才留。每当她们三三两两从街对面走过时，他便会站在前廊看着她们，他喜欢看她们。他喜欢她们走路的样子和她们蓬松的短发，他喜欢她们穿的平底皮鞋和丝袜，他喜欢她们露在毛衣外的荷兰式圆领。他喜欢看她们在树荫下走路的身影。

但是，当他走在市区里时，克莱勃斯却发现姑娘们对他的吸引力并不是特别强烈。即使是在冷饮室里也是如此，他跟她们接触时发现自己并不太喜欢她们。顺便说句，这家冷饮室是一个希腊人开的。克莱勃斯认为这些姑娘太复杂了。也许自己需要的并不是她们本身，他所要的应该是另外的一种什么东西。到底是什么呢？他感觉很模糊，他似乎是需要个女朋友，当然如果能找上个女朋友也不错，他也会因此而感到很高兴的，不过他不愿意为了找女朋友而费很多时间，交女朋友需要浪费他许多精力，而这又是他所不情愿做的。他不愿意再撒谎。他也不想为此非搞什么浪漫不可，如果要是卷进去钩心斗角，去伤脑筋，他也不干。那样做太不值得了。

他希望自己能够毫无牵挂地生活着。要承担后果的事情他不想做。无论是什么后果他再也不想承担了。因为对于女朋友他也并不真的需要。他在几年的军队生活中早已懂得这一点了：装出一副好像非找个女朋友不可的姿态是没有什么必要的，不过真滑稽，几乎人人都那么干，但你知道这并不是件非做不可的事情，其实你并不是真的需要一个女朋友。有一个家伙说他自己根本看不上姑娘们，胡吹一通说她们连碰碰他都休想，他从来不想交女朋友；另一个家伙又吹嘘他没有姑娘根本过不下去，每时每刻都离不开她们，甚至每天晚上自己都要抱着她们才睡得着觉。

在他看来，两种说法很明显都是撒谎。除非你想要女人，那么你根本就是不需要一个姑娘。只要你成熟了，你就会得到一个姑娘的，是的，你会得到一个的，那是迟早的事。他在军队里学会了这一套。迟早会来临的事情。用不着费心思多去想它。

这会儿要是他用不着多费口舌就有个姑娘来找他，他会喜欢这样的一个女朋友。可是当他回到家时，才发现这里的一切都变得太复杂了，都变得和以前不一样了。他知道这一切他都不可能融入进去。不过，也根本不值得他费心思去那么干。他想，要是同德国姑娘和法国姑娘交朋友就用不到说那么多话。因为你根本就会不太会讲几句德语和法语。所以当然也用不着多说。就是那样，你们就交了朋友，挺简单，是不是？于是他开始想念起德国，接着又想念起法国来。但相比之下他更喜欢德国。他本来并不想离开德国，回到家里。不过他还是回来了，现在就坐在自己家里的前廊里。

他喜欢坐在门廊那里看那些姑娘们，看她们从街对面走过。她们的相貌其实同法国姑娘或德国姑娘比起来更令他喜欢。不过他们生活的天地太不一样了。她们都那么时髦，看了真叫人动心。他喜欢这种时髦。要是找上她们中间一个倒不错。不过他还达不到非找个女朋友否则就受不了的程度，所以实在不想去受那份谈个没完没了的罪。不值得费那么大劲儿，不值得。不过他喜欢看她们，而且现在事情似乎正是处在渐渐好起来的时候。

在屋子的前廊里，克莱勃斯坐在椅子上，正在饶有兴趣地读着一本描写战争的历史书，书里面描写的那些战役他几乎都亲身参加过。这真是本有趣的历史书，迄今为止，在他读过的所有的书里面，要数他现在读着的这一本最有趣了。不过，他始终觉得书里面好像还缺点什么，是什么呢？他突然如醍醐灌顶——地图，是地图，书里所缺少的正是地图，他觉得书里应该附上更多地图，才能够让这本书更加完整。他虽然是个好样的战士，但现在他才真正开始了解到这场战争。他满怀兴趣地期望将来出版的战史书里面会附有详细地图，这样会更加完整，这个想法显然是非常不错的，那时这些所有关于战争的书他一定要都读个遍。

大概是在他回家已经有一个月之后的一个清晨，他的妈妈来到他的房间，并坐到他床上。她用手理了理自己的围裙，亲切地看着他。

“亲爱的哈罗德。我和你爸爸在昨晚上谈了一谈。”她说，“你爸爸认为现在你晚上可以把汽车开出去，他答应了。”

“真的吗？我亲爱的老妈！”克莱勃斯用力揉了揉眼睛，显然他还没有完全睡醒。“你是说，我爸同意我把汽车开出去是吗？”

“是的，他同意了。你爸爸说如果你需要的话，晚上无论什么时候，都可以把车开出去，其实这件事你爸爸已经考虑好久了，只不过我们昨天晚上才认真谈的。”

“太好了！”克莱勃斯看着坐在床边的母亲说，“我打赌，是你要他这么办的吧！”

“当然不是，是你爸爸自己先提出来后，我们才商量决定的。”

“可我还是认为是你要他这么办的，”克莱勃斯从床上坐起来，“我确定。”

“你现在要下楼吃早饭吗?”母亲问。

“等我把衣服穿上，”克莱勃斯说，“我很快就下来。”

妈妈起身走出了他的房间。那时他正在洗脸。楼下传来母亲煎东西的声音。

他穿好衣服，刮完脸下楼去吃早饭。吃早饭的时候他妹妹手里拿着邮件走了进来。

“哈尔，”她惊讶地说，“今天怎么这么早就起来啦?”

这是克莱勃斯最喜欢的妹妹。他看看她笑了笑。

“你去拿报纸了?”他问。

她把报纸递给他，是《堪萨斯城星报》。他一下揭开报纸，直接翻到体育版，他把报纸折了折，让它背靠着水壶竖起来，再用碟子挡住，这样报纸稳稳地立在了他的面前，他就可以一边吃早餐一边看报纸了。

“哈罗德，待会儿你爸爸还要看，你要当心别把报纸弄脏了，”妈妈站在厨房门口，看见了这一幕，“弄脏了你爸爸就没法再看了。”

“放心，”克莱勃斯说，“我不会弄脏的。”

他的妹妹这个时候坐在他的旁边，一边看着他读报一边说。

“今天下午我们学校又要进行室内垒球比赛了。”她说，“我现在是我们半山垒球队的投手了。”

“不错啊，”克莱勃斯说，“那要胳膊有力气才行，就像我这样。你胳膊有劲儿吗?”克莱勃斯伸出手臂用力弯了弯，凸现出一块块肌肉。

“可是在我们班上，好多男同学都没有我投得好，当然更别说女同学了。我跟他们说这些都是你教我的。”

“真的吗?”克莱勃斯说。

“我还告诉他们说你就是我的男朋友。”妹妹朝他做了个鬼脸，“你是我的男朋友吗?”

“你说呢?”克莱勃斯一脸宠溺地看着这个古灵精怪的妹妹。

“哥哥当然也可以是男朋友!”

“这个调皮的小家伙。”

“难道不可以吗?”克莱勃斯的妹妹扬扬得意地继续说道，“哈尔，等我长大了，就让你做我的男朋友吧?”

“那我真是受宠若惊呢，我亲爱的小公主。你现在就是我的女朋友了，我真为此感到骄傲。”

“等等，哈尔，你是说现在吗？这我得考虑考虑。”他的妹妹用双手托着腮帮子，一本正经地沉思起来。

思考了一会儿，她做出一副勉为其难的样子说道：“好吧，我就暂时答应你的请求，如果你表现不好的话，我会拒绝的。”

“那真是太感谢了!”

“你爱我吗?”

“呃……嗯。”

“你会一直都爱我吗?”

“当然。”

“那你今天下午来看我打室内垒球好吗?”

“这个……也许会来。”

“你说谎啦。看来你并不是在真的爱我，要是你爱我的话，你一定会非常乐意来看我打室内垒球啦。”小女孩儿识破了哥哥的谎言，一脸兴奋。

这时，克莱勒斯的妈妈手里端着两个盘子，个盘子里盛着的是荞麦面饼，另一个盘子里盛着几片脆炸咸肉和两个煎蛋。从厨房里来到餐厅。

“海伦，到外面玩儿去，”母亲说，“我跟哈罗德有些话要说。”她先将装着荞麦面饼的盘子放在桌子上，顺手将放在一边的一罐枫糖浆拿了过来，这是配荞麦面饼吃的，然后把煎蛋和咸肉放在他面前。母亲在克莱勃斯对面的椅子上坐了下来。

“等一会儿再看报纸。”母亲说。

克莱勃斯把报纸折好，放在一旁。

“你对自己未来的工作有什么打算吗?”妈妈摘下眼镜，对正在咬着煎蛋的克莱勃斯说。

“还没有。”克莱勃斯将煎蛋吞下肚去，回答道。

“你不觉得现在是该认真地考虑一下这些事情吗?”妈妈在说这话的时候。看起来很忧虑，显然她并没有尖酸挖苦的意思。

“我还没考虑过。”克莱勃斯说。

“亲爱的孩子，上帝给我们每个人都安排了工作，”妈妈说，“是不会有闲人出现在他的王国里的。”

“妈妈，你说得不错，”克莱勃斯说，“但我不在他的王国里。”

“哈罗德，我们都是上帝的孩子，”母亲平静地看着他，“我们大家都在他的王国里。”

克莱勃斯跟平常一样，感到有点儿尴尬和生气。

“我很担心你，”妈妈继续说下去，“你亲爱的外公给我讲述过许多关于内战的事。我一直在为你祈祷。我知道男人受不起引诱。你一定受过很多不好的影响。”

克莱勃斯盯着盘子里的咸肉上正在凝冻起来的肥油。

“你爸爸也很为你担忧。”妈妈说，“小伙子们都对未来斗志昂扬，决心要干出点儿名堂来，而且个个都差不多安顿下来了。查莱西蒙斯年纪跟你差不多大，他有一份好工作并且就快要结婚了。总有一天，像查莱西蒙斯那样的小伙子会成为我们镇上的光荣。而你爸爸感觉你现在没有一个明确的生活目标，慢慢会丧失一个小伙子应有的雄心大志。”

克莱勃斯一言不发地沉默地听着母亲说。

“哈罗德，我们都很爱你，”母亲说，“为了你的将来着想，我得把你的处境告诉你。别再浑浑噩噩地生活了，你得找个工作了。哈罗德。至于你开始干什么工作你爸爸并不在乎。因为每个工作都值得尊重，但就像他说的，你总得开始干点什么。你爸爸不想干涉你的其他自由，他愿意让你随意开车，要是你想把哪个好姑娘带出去玩玩，我们只会感到很高兴，因为你快乐所以我们也会快乐。但是，前提是你要找份工作了。今天早晨你爸爸让我跟你谈谈，待会儿你可以去他的办公室，顺路去看看他。”

“还有什么要说的吗？”克莱勃斯说，“就这么多了是吗？”

“我想要跟你谈的就是这些。亲爱的孩子，难道你不爱你妈妈吗？”

“当然不。”克莱勃斯说。

他隔着桌子看着妈妈。她的眼睛里开始涌现出泪花，母亲哭了起来。

“我不爱任何人。”克莱勃斯说。

话一出口克莱勃斯就后悔了，自己为什么会说出这么愚蠢的话呢？这么说有什么好处呢？他自己也搞不清楚，也没法跟她解释。他知道这样说只不过会使她伤心。母亲正用双手掩脸在抽泣。目前唯一知道的，就是他来到母亲的而前握住她的胳膊安慰她。

“亲爱的妈妈，我并不是那个意思，”他说，“我不是说不爱你，只是有些事情让我感到生气。”

克莱勃斯用手臂轻轻地搂着母亲的肩膀。妈妈还在伤心地哭着。

“你不相信我说的话吗，亲爱的妈妈？”

母亲摇了摇头。

“请你相信我，并没有想要故意伤害你。”

“好吧，”妈妈抬起头，望着他。她哽咽着说：“好吧，孩子，我相信你。”

克莱勃斯吻了吻她的头发。

“你还是个娃娃的时候，”她说，“总是那么的可爱，也是那么的听话。”

每一次克莱勃斯听到母亲这么说的时候心里老是会隐隐约约感到不好受。

“我会做个好孩子的，”他说，“为了亲爱的妈妈。”

“真的吗，哈罗德？”母亲破涕为笑，说道，“你爸爸知道了也会高兴的，你愿意和我一起跪下来祈祷吗？”

他们在餐桌旁一起跪下，克莱勃斯的妈妈将双手握在胸前，闭上了眼睛，认真地祷告。

“现在轮到你来祈祷了，我亲爱的孩子。”克莱勃斯的母亲祷告完后，对跪在自己身旁的克莱勃斯说。

“可是我从来没有祷告过，”克莱勃斯说，“我不会。”

“来吧，哈罗德，试试吧。”

“可我并不会。”

“那你需要我替你祈祷吗?”

“那只有这样了，亲爱的妈妈。”

于是克莱勃斯的妈妈开始替他向上帝祷告，祷告完后，他们一起站了起来，在吻了吻母亲之后，克莱勃斯走出了屋子。但是这样做并没有让他的心有所触动。迫于他亲爱的母亲他撒了谎，他为这些感到难过。他不想去他爸爸的办事处，但是他要在堪萨斯城找个工作，这样他的母亲也就会安心了。之所以这样做是避免他们的生活复杂化。也许就在他走之前，还得再经历一场哭笑。他很希望像以前一样自己的生活能够过得顺顺利利。可现在看来这样的生活要完结了。他必须要到他父亲在城里的办事处去一趟，虽然这件事情他并不想践约。不过在去父亲那里之前他还要去就在不远处的学校，看看海伦打室内垒球赛。

革命党人

1919 年，他从党部拿了一块油布，油布上面用铅笔写了一些字，那些字的笔迹都是擦不掉的，油布上说现有一名同志正在布达佩斯忍受着白匪的折磨，党部请求同志们对那位受折磨的同志进行多方援助。当时他正坐火车在意大利旅行，十分年轻，非常腼腆，他没钱，列车人员把他当皮球似的踢来踢去。后来他用这来代替火车票。人家便让他在铁路食堂的柜台后面吃饭。

他说，他非常喜欢意大利，意大利是个美丽的国家，人民也都很亲切。他走过不少路，到过意大利的许多城市，看到过许多画。他把画包放在一本《先锋》杂志里，他还买了乔托①、马萨丘②和皮埃罗德拉·弗朗切斯卡③的复制品。不过，他不喜欢曼特尼亚④。

在波伦亚⑤他向我报到，我就带着他一起到罗马涅⑥去，因为我要到那里去看一个人，而且必须要见到那个人。他是个有些腼腆但非常不错的小伙子。这时正值 9 月初，乡村景色十分宜人。在波伦亚到罗马涅的整个旅途中，我们两个人都相处得十分愉

---

① 乔托（1267—1337），是意大利文艺复兴初期的建筑师、画家和雕塑家，他所塑造的人物造型构图重点突出，十分注意空间效果，有立体感。

② 马萨丘（1401—1428），是意大利文艺复兴时期佛罗伦萨画家乔凡尼的外号，他常常创作宗教题材世俗化的人物画。

③ 弗朗切斯卡（1420—1492），是意大利文艺复兴时期安布利亚画派画家，他一般会创作气势庄严、造型结实、色彩纯净的壁画。

④ 曼特尼亚（1431—1506），是意大利文艺复兴时期巴社亚画派画家，开创仰视透视法天顶画装饰画风，注重学习古罗马雕塑造型。

⑤ 波伦亚是艾米利亚—罗马涅区首府，是一座位于意大利北部的城市。

⑥ 罗马涅在意大利北部，现包括在艾米利亚—罗马涅区内，东临亚得里亚海。

快。他是匈牙利马扎尔人，在匈牙利，霍尔蒂[1]的手下对他干了很多缺德事。但是对于这些事他只是寥寥数语。即便是这样，他对世界革命还是信奉不已。

“意大利如何？”他问，“我是说运动进展怎么样？”

“情况很严峻。”我说。

“别太担心，一切都会变得好起来的，”他说，“这里是人人都深信不疑的国家。许多不错的有利条件，你们样样具备。意大利在我看来是作为一切的起点。”

我沉默不语。

在波伦亚，他和我告别，然后乘上了到米兰后再转奥斯塔[2]的列车，到了奥斯塔以后，他还要再徒步走过关口，从而进入瑞士。在告别的时候，我跟他提起了米兰的著名画派——曼特尼亚画派。但是他不喜欢曼特尼亚，于是他不好意思地拒绝了。我把同志们的地址写在了他的备忘录本子上，同时还写了到米兰该去哪里吃饭的餐厅。他非常感谢我的帮助。他现在一颗心早就已经飞过关口了，他爱秋天的山，趁着这段时间天气还不错，迫不及待想走过关口呢。但就在不久后，我得到消息说，他被瑞士人关进西昂[3]附近监牢里了。

---

① 霍尔蒂（1868—1957），1919 年任匈牙利“国民军”总司令，镇压匈牙利苏维埃共和国，然后在匈牙利王国摄政（1920—1944）。

② 奥斯塔是意大利西北部的一座城市，位于阿尔卑斯山谷地中，是通往瑞士与法国的交通枢纽。

③ 西昂是瓦莱州首府，以盛产名酒而出名，位于瑞士西南部。

艾略特夫妇

艾略特夫妇目前最大的心愿是能够有一个自己的孩子，并且他们正在为此不断努力着。他俩经常进行各种努力，只要太太受得了。结婚后在波士顿他们尝试过，现在他们在旅游船上也没有放松过。但是艾略特太太跟所有的南方女人一样，晕船晕得挺厉害，一晕就不可收拾，所以显然他们在船上并不经常努力。大概是艾略特太太早晨起得太早，而船从来就没有停下过的原因，即使是在夜里，船依旧航行着。这回刚开始旅游，艾略特太太就被这该死的晕船折磨得一下子憔悴了许多。实际上她已四十岁。在船上众多乘客中，知道他俩是夫妻的人则以为艾略特太太可能是怀孕了，而不知道的以为她是艾略特的母亲。

事实上，艾略特娶她时，她看上去还非常年轻漂亮。那时，她皮肤好得看上去就像少女一样白嫩水灵。她当时在茶室里做服务员，艾略特就是在这个茶室里认识她的。他最初只是把她看成自己的红颜知己，不过随着他们相处时间的不断增长，艾略特渐渐喜欢上了她，然后开始了猛烈的追求。在艾略特的爱情攻势下，她被打败了，于是他们开始了热恋。交往了较长的一段时间后，在一个浪漫的晚上艾略特吻了她，随后一枚精美的戒指像变魔术般出现在艾略特的手上，他向她求婚了。虽然她当时很感动，但她并没有立即答应艾略特。艾略特也没有因此而气馁。经过他之后几个星期不断地努力，她才终于答应和艾略特结婚。

他是一位很有才华的诗人，他经常才思泉涌，一挥而就。那时艾略特二十五岁，是一名研究生，正在哈佛攻读法学。每年都有将近一万元的收入。在跟艾略特夫人结婚之前，他可从来没跟其他任何一个女人同过床。艾略特认为要将自己纯洁的心灵和身体给予自己最爱的妻子，所以他一直都洁身自好，而对于生活艾略特也有着同样的要求。像他自己说的就是“要过正直的生活”，他也的确这样做了。在认识他太太以前，和其他的姑娘谈情说爱的时候，艾略特总是会或迟或早向他喜欢的那些姑娘透露，自己还是个童男子。不过，出乎他的意料的是，不久之后这些姑娘几乎都在逐渐与他疏远了。这使他愕然，他同时发现，就在他身边的某些男人风流成性，而那些姑娘明明清楚这一点，可是她们却偏偏愿意跟他们交往订婚，这让艾略特感到不解，甚至觉得不堪。有一次，他几乎有真凭实据，可以证明他所认识的一个人在大学时是个下流坯子，可现在这个人正好成为了一个他恰好相识的少女的心上人，于是，他试图提醒这个被蒙在鼓里的少女，结果他自己却讨了个没趣。

艾略特太太的名字叫科妮莉亚，不过，她更喜欢艾略特叫她的小名加鲁蒂娜，她在南方的娘家人都这么叫她。婚后，当艾略特把科妮莉亚带回自己家中的时候，他的母亲哭了。但是，当后来艾略特告诉她，自己准备要和妻子到国外定居后，他的母亲又破涕为笑了。

每当艾略特告诉妻子，为了她一直保持着自己的童贞的时候，科妮莉亚便把他紧紧地搂在怀里，亲昵地呢喃着“亲爱的宝贝”。这时她常常会说：“亲爱的，再亲亲我，就像刚才那样。”科妮莉亚也是纯洁的。

对于自己为什么会接吻，艾略特曾对他的妻子这样解释：那是因为某一次，他和一个家伙闲聊时，那个家伙无意中讲起过这种道儿。显然，他们两个人对一切新鲜的方式都很感兴趣，于是二人只要一有时间就会相互尽力琢磨。艾略特的誓言总是会让妻子感到心里甜甜的。有时，在他们深吻过后，科妮莉亚都喜欢要艾略特再重复一遍：他是为了她而守身如玉的。

事实上在他们最初认识的时候，艾略特还从没想过同科妮莉亚结婚。因为当时在他看来她只是他的一个知心朋友而已，并没有把她看作自己的女朋友，就更谈不上结婚对象了。但是就在那一天，他俩待在科妮莉亚的茶室里后面的小间里跳舞，科妮莉亚的女伴则在店堂内忙着张罗，美妙的音乐伴奏声从留声机里传出来。她抬起了头神情专注地望着他，他看着那张娇媚的面孔，情不自禁地吻住了她。至于自己究竟是什么时刻决心要结婚的，现在他也想不起了，反正事实是他俩最后成了夫妻。

他们在波士顿一家旅馆里度过了新婚之夜，不过两个人却都感到索然无味。科妮莉亚好不容易入睡了以后，艾略特翻来覆去丝毫没有睡意，他几次走出房门，身上披着崭新的特地为了蜜月旅行而买的那件猎人牌浴衣。在走廊里踱来踱去。他忽然注意到门廊外面，几乎每个房间的门口都摆着，一双双大小不一的鞋子。这景象让他不由得感到十分尴尬，他的心怦怦直跳，于是他赶紧快步回到了自己房中。科妮莉亚还在熟睡，她看上去睡得那么甜。艾略特不忍心叫醒她。他轻轻地躺在妻子旁边，温柔地看着妻子那睡梦中恬静的面孔，他的心渐渐安定了下来，不知不觉艾略特也进入了梦乡。

翌日，夫妇俩回家探望了艾略特的母亲后，第二天就起身搭船去了欧洲。他们梦寐以求想要拥有一个属于自己的小天使，即使是在船上他们也为了这一目标而努力，可惜科妮莉亚晕船，所以他们不能经常尝试。在瑟堡①他们终于结束了倒霉的船上旅行上了岸，然后他们来到巴黎。在巴黎他们过得很愉快，当然也在不断尝试着怀上孩子。接着他们决定要去下一个目的地——第

---

① 位于法国西北部的一座城市。

戎[1]，因为那儿的大学现在正在开暑期班，有不少和他们坐同一条船的乘客也都要到第戎去。不过他们在第戎却过得并没有想象中完美，那儿的生活常常让他们感到百无聊赖。还好艾略特可以利用这些空余时间写诗，科妮莉亚则为他打字。艾略特写了大量的长篇诗。他对科妮莉亚十分吹毛求疵，绝不允许任何一处瑕疵，只要被他发现有一处失误，科妮莉亚就不得不把整整一页全部推掉重新再打。为此，科妮莉亚哭过好几次。就在第戎的这一段无聊的日子里，他俩仍然三番五次尝试着造人计划。

在第戎没住多久，他们就对在那儿的生活感到厌倦，后来他们和他们同船的一些旅伴一同回到了巴黎，不管怎么样，现在他们可以向其他人夸口说，在离开华柏希或哈佛或哥伦比亚之后，他们也曾去位于科多尔区的第戎大学进修过一段时间。如果在蒙贝里埃、贝比尼翁或朗格道克[2]有大学的话，他们的许多同伴就打算到那儿去。不过这些地方并没有什么大学，而且相比较都显得有些太远。第戎在这里面，显然是一个不错的选择，如果是坐火车从巴黎到第戎的话，仅仅需要四个半小时，而且在火车上还配有餐车。

回到巴黎后，艾略特夫妇和他们的一些朋友们常常会在圆顶咖啡馆里聊天，圆顶咖啡馆对面的罗东德咖啡馆里，常常会有许多外国人，因此他们从不上那儿去。几天后，艾略特夫妇无意中发现，在纽约《先驱报》[3] 广告栏中，位于都兰的一所由古堡改建的别墅准备出租，艾略特夫妇商议了一下，觉得不错，于是便把它租下来了。艾略特这时已结交了不少的朋友，他们都很欣赏他写的那些诗。艾略特经太太劝说，将以前她在茶室里的女伴从波士顿邀请到他们家里来做客。当那位女友到达后，艾略特太太

① 位于法国东部的一座城市。
② 以上几个地方均为法国城市。
③ 全称为《国际先驱论坛报》，是在巴黎出版的美国报纸。

显得非常高兴，艾略特太太的那位女友也出身于南方古老的世家，比科妮莉亚大几岁。相似的家庭背景让她们两人一见如故，交谈甚欢。她常常称科妮莉亚为“心肝”。

他们三人后来一同去了艾略特夫妇位于都兰的别墅，同行的还有艾略特的另外几个朋友（他们都亲切地叫艾略特为休皮①）。他们发现都兰这个地方很像堪萨斯，气候炎热，并且都是一片平原。这些时候艾略特已经写了很多的诗，完全可以刊印成诗集了。艾略特于是决定将自己的诗集交给在波士顿的出版商出版，他同出版商签订了合同，并把支票寄给出版商。

在都兰待了一段时间后，艾略特的那些伙伴发觉这个地方渐渐不再像他们初次看到的那样美妙了，他们便纷纷回到了巴黎。到后来，艾略特所有的朋友又都到位于特鲁维尔②附近的海滨胜地去了，他们在那里都非常称心。因为他们又结交了另一个有钱的未婚的青年诗人。

由于都兰别墅的租期要到秋天才满，艾略特三人依旧待在这里。此时他和太太正在他们的那间大卧室里硬邦邦的棕垫床上，大汗淋漓地进行着造宝宝计划。生活在这里的时间，艾略特太太开始学习有关打字的指法，但是她发现，这种方法虽然速度快却更容易将字打错。不过，这时候艾略特所有的诗稿基本上都是由那位女友打了。她打得利索，效率也高，而且看来很乐意做这件事。艾略特写了许多诗，不过他却因此而常常熬夜，早晨往往显得精疲力竭。艾略特独自住在另一间房中。太太和女友同睡一张中世纪的大床。他现在喜欢上了喝白葡萄酒，晚上，他们三个人会坐在花园里一株法国梧桐树下一起用餐，夏日晚风轻抚，太太和女朋友聊天谈笑，艾略特呷着白葡萄酒，三个人各得其所，显得悠然自得。

---

① 休伯特·艾略特的昵称。

② 法国境内的一个地名。

雨里的猫

他们从房间里进进出出，经过走廊时，那些一路上碰到的人都不认识。在旅馆里留宿的客人中，就只有他们两个美国客人。他们住在旅馆的二楼，从这间屋子的窗户望出去可以看见远处蔚蓝的大海。在距离旅馆稍近一些的地方，有一处公园供人们休闲，一座高高的战争纪念碑矗立在公园的中心。用青铜铸成的纪念碑，在雨里闪闪发光。一些意大利人会专门从老远的地方赶来参观战争纪念碑。在公园的各个角落错落有致地分布着高大的棕榈树，在树荫下专门安有一些绿色的长椅，方便人们休息。公园和海的旅馆的那种鲜艳的色彩，以及公园里棕榈树的那种蓬勃的长势，无疑都是艺术家们所钟爱的。天气好的时候，一个艺术家常常会带着画架来到公园，获取灵感，开始他的艺术创作。一连几天，雨水都在这里徘徊。屋外的石子路上聚集着一汪汪的小水坑。雨滴顺着棕榈树叶不断下坠，坠落到地面上时，便四下飞溅着散开了。雾蒙蒙的细雨中，远处的海滩上，海浪带着雨水一股劲儿“哗啦啦”地冲上海滩，随后又安静地顺着海滩退了回去，过一会儿，又带着雨水“哗啦啦”冲上海滩。战争纪念碑旁边的广场在阴雨中显得空空荡荡的，原来停在那里的汽车都已经开走了。广场对面的一家餐厅，一个侍者独自伫立在门口，看向在雨水中一片湿漉漉的广场。

那两个美国客人正在自己的屋子里，美国太太站在屋子的窗边，在认真眺望着雨中的什么，就在他们的窗子底下。有一张不断往下滴着雨水的绿色桌子，下面一只猫正蜷缩着躲雨。为了不让自己的身子被雨水淋着，那只猫拼命地将自己缩成一小团。

“这只小猫好可怜，”美国太太说，“我要下去把它带上来。”

“外面还在下雨，”她丈夫正躺在床上看书，“我去捉吧。”

“没关系的，我去。”美国太太说，“它为了不被淋湿都快缩成了一个小球球了，真是可怜。”

丈夫枕着高高的两只枕头，躺在床上继续在看书。

“那好吧，”他说，“当心别淋湿了。”

美国太太走出了屋子，朝楼下走去。她走出屋子时，看见旅馆主人坐在屋子的另外一头——他自己的写字台那儿，这时，旅馆主人也看见了她。他从写字台后站起身来，向美国太太哈哈腰。旅馆主人是个个子很高的老头儿。

“这鬼天气，又在下雨啦!”太太对旅馆主人说。她觉得这个旅馆老板挺不错。

“是的，真是个坏天气。”

这个太太喜欢他。她喜欢那张上了年纪而略带皱纹的脸和他那一双大手；她喜欢他作为一个旅馆老板的认真工作的态度，庄严而认真；她喜欢他愿意为她效劳的态度；她喜欢他听到任何怨言时那种非常认真的态度。而现在，他正站在昏暗的房间那一头的写字台后面。

她一面打开了门，一面想着给她留下不错印象的旅馆主人。门开了，美国太太伸出头向外张望。一个披着橡皮披肩的人正急匆匆地穿过空荡荡的广场，向对面的餐馆走去。这时，雨下得更大了。她猜测着小猫的位置，应该就在这座旅馆的右边吧，她沿着屋檐也许就可以走到那里去。正当她站在门口，思索着自己该如何走时，一顶雨伞在她背后张开了。太太回头望去，那个打扫他们房间的侍女正一脸微笑地看着她。显然是那个旅馆老板差她来的。

“我们可不希望客人被雨淋湿了。”侍女微笑着，用一口意大利语说。

于是侍女撑着伞，她们两人一同沿着石子路走到了窗底下。这就是那张桌子，在雨水的浸润下，绿得格外耀眼。可是，那只猫不见了。美国太太突然感到非常失望。那个侍女望着一脸忧虑的她，说道：

“太太，您丢了什么东西吗？”

“没有，我在找一只猫。”年轻的美国太太说。

“一只猫？”

“是的。”

“太太，你说是猫吗？”侍女忍不住轻笑，“一只猫，在雨里？”

“没错啊，刚刚就在这桌子底下躲雨，”她说，“我从窗户里看见的。它看上去很可怜，我很想要它。”

“没关系，太太，它现在说不定躲到一个更好的地方去了。”侍女说，“你看，你都要淋湿了，我们得回去了。”

“希望如此吧。”年轻的美国太太说。

她们沿着坑坑洼洼的石子路走了回去，到了旅馆的大门。侍女在门口处把伞收拢，晾在一旁。美国太太朝楼上自己的房间走去，经过办公室时，她看见了旅店老板依旧坐在写字台的后面。老板起身，在写字台后面向她哈哈腰。这次太太心里忽然觉得，这个老板非常无聊，她感到一阵尴尬，同时一股骄傲油然产生。于是，她感到自己非常了不起。她登上楼梯，然后掏出钥匙打开了自己住的房间门。她的丈夫乔治依旧躺在床上看书。

“猫找到啦？”乔治放下书本，看着走进屋子的妻子问道。

“没有，我下去时，猫已经跑了。”

“下这么大的雨，会跑到哪里去呢？”他不再看书了，现在需要好好休息一下眼睛。

她走过来，坐在床边。

“我好想要那只可怜的小猫，它待在雨里太可怜了，这可不是什么有趣的事。”她说，“我很担心它，但我不清楚我为什么那么想要那只猫。”

乔治没有说话，继续看他的书去了。

她站了起来，来到另外一边的梳妆台。坐在梳妆台镜子前，她拿着手镜，看着自己。她偏过头开始审视自己的侧影，先看了看左边，然后又看了看右边。接着，她又把手镜拿到自己的脑袋后面，看了一下自己的脖子和后脑勺。

“嘿，亲爱的，”她又看向镜子里自己的侧影，问道，“如果我把头发留起来，你觉得怎么样?”

乔治抬起头看了看坐在梳妆台前的妻 子，她的头发剪得很短，留着像个男孩子那样的短发。

“我觉得你现在这个样子挺不错，我喜欢。”

“可女孩子头发短了看上去就和男孩子的样子差不多了。”她说，“刚开始的时候，还觉得挺有新鲜感的，可是时间一长我就腻了。”

乔治一直目不转睛地看着妻子，从她坐在梳妆台前向他问话开始到现在都在认真听她说话。他换个姿势重新躺在床上。

“无论你是什么发型，”他说，“你在我心中永远是最漂亮的。”

屋外的天色逐渐暗了下来。她将手里的镜子放到梳妆台上，站了起来，然后来到窗边，轻靠着窗户向窗外眺望。

“我想要留一头长发，那样我就可以把我的头发，挽在后脑勺后面，扎个又紧又光滑的大结儿。”她说，“我还想要一只小猫，这样它就可以坐在我的膝头上，只要我一抚摩它，它就会温柔地冲我撒娇。”

“哦，你是这样想的?”乔治在床上说。

“我要现在就是春天，添几件新衣服，对着镜子梳自己的一头长发，我还要点上蜡烛，用自己的银器来吃饭。这时候有一只温顺的小猫趴在我的膝盖上。”

“好了，亲爱的，”乔治又开始看书了，“我觉得你还是找点儿东西来看看，打发无聊的时间吧。”

天越来越黑了，他妻子依旧靠着窗户望向窗外。雨点打在棕榈树的叶子上，发出阵阵“滴答滴答”的声音。

“无论如何，我想要一只猫。”她说，“要是我不能有长头发，或者其他任何有趣的东西，那我总可以有只猫吧，我现在要一只猫。”

乔治低下头继续看自己的书，不再理会妻子。广场上路灯渐渐亮起来了，而他的太太依旧靠在窗边。

这时，一阵清脆的敲门声打破了房间的寂静。

“请进。”乔治将眼睛从书本上挪开，对着门口说道。

门打开了，是那个侍女，她怀里紧紧抱着一只大玳瑁猫。她走进了屋子，将猫放了下来。

“我们老板让我把这只猫拿来送给太太的。”她微笑着说。

禁捕季节

佩多齐已经在餐厅里喝得烂醉了，酒钱是他在旅馆花园铲土挣来的四个里拉。一位年轻的先生正神秘地跟他说话，这位年轻先生给他说自己到现在都还没吃过饭，不过他准备用完午饭马上就走。他亲眼看见这一位年轻的先生是从哪一条小径走过来的。四十分钟，至多一个小时。

他又找桥边的那个酒店里的店家赊了三瓶白兰地，虽然对午后的差使让他感到十分诡秘，但是他却显得挺有信心的。那天真是钓鳟鱼的好日子。太阳从云层中露出来没多久，很快就又被云层隐没在了背后，风很大，不一会儿，居然下起淅淅沥沥的小雨来。

走出旅馆后，这位年轻先生向佩多齐询问钓鱼的事。他问佩多齐，他的太太也想带着钓竿和他们一起去，行不行。“没问题，”佩多齐说，“就让她跟咱们去吧。”年轻先生回到旅馆后，将这一消息告诉了妻子。他们准备好所需的东西后，便出发了。年轻先生的肩上背着一只背包。佩多齐看见他妻子同他一样年轻，戴着蓝色贝雷帽，穿着登山靴，一手拿一截已经拆开的钓竿。他们和佩多齐一同出了门，沿路走着。年轻先生的妻子似乎跟不上两个男人的脚步，老是走着走着就落在了后面。对于她落在后面佩多齐并不怎么厌烦。

在沿着科蒂那的街上走的时候，佩多齐尽量让他们三个保持一致的速度。

“小姐，”他对落在后面的年轻先生的妻子大声叫道，“快点儿过来，跟我们一起走吧。太太。”

那位太太老大不高兴地跟着，显然她不想和他们走在一起。“小姐，”佩多齐友好地叫道，“跟我们一起吧，上这儿来。”年轻先生回头看着在他们后面的妻子，大声地朝他的妻子说了句什么。太太才走了上来，不再落在后面。

佩多齐一路上无论碰到谁，都热情地打着招呼。就这样，他们沿着大街穿过了城区，路过法西斯咖啡馆的门口时，一个银行职员正看着佩多齐，“阿图罗，你好啊！”佩多齐一边用手触触帽檐，一边大声叫道。人们三五成群地在店铺门前看着他们三个。当他们走过一处新旅馆工地时，那些工人抬眼看了他们一下，工人们外套上沾满了石粉，正忙着打地基。没人跟他们打招呼，也没人跟他们说话，他们路过时，只有城里的那个胡子拉碴、又瘦又老的叫花子，向他们脱帽行礼。

在一家卖酒的铺子前，佩多齐停下了脚步，各种各样的酒摆满了橱窗。佩多齐从身上穿着的旧军服里面的一个口袋里，掏出了一个空酒瓶。那是他给他酒瓶的专属位置。

“咱们得来点喝的，然后买点儿马沙拉[①]给太太。”佩多齐用酒瓶连连做着手势，“你喜欢马沙拉吗，太太？来点儿，怎么样？”

真是个钓鱼的好天气。

那位太太站在一边，紧绷着脸。

“他说的话我一句都听不懂。他喝醉了吧？”她说，“你只好凑他的兴了。”

年轻先生此时却在想，佩多齐怎么会提起马沙拉的？那种酒可是马克斯比尔博姆[②]喝的啊！看来他并没有认真在听佩多齐说话。

“钱呢？”佩多齐一把揪住年轻先生的衣袖，然后他用德语

---

① 马沙拉是意大利西西里岛产的一种白葡萄酒。

② 马克斯比尔博姆是英国漫画家、散文家、剧评家，曾在意大利侨居二十年左右。

说："里拉。"

说完后，佩多齐咧开嘴笑了，他认为这位年轻先生有必要掏出钱来，虽然他嘴里不愿强调"钱"字。

年轻先生从上衣口袋里掏出钱包来，然后拿出了一张十里拉的钞票递给了佩多齐。佩多齐踏上了酒铺门前的台阶，来到这家专门经营国内外名酒专卖店的门口。结果发现店门锁上了。

"要到两点钟这家店才会开门呢。"一个过路人嘲笑的声音传来。佩多齐多少感到有点儿伤心，他失望地走下台阶。"不用在意，"他对自己说，"到了康科迪亚那里咱们可以再买。"

他们三个人一路并肩走到了康科迪亚，生锈的大雪橇堆在康科迪亚的门廊上，年轻先生站在康科迪亚的店门口对佩多齐说："你需要什么？"

佩多齐把那张十里拉钞票交给他，那张钞票已经被他折成几叠了。

"随便什么都行，"他说，"无所谓。"

"我不知道。马沙拉？马沙拉也行。"这时他感到有些不好意思了。

这对年轻夫妇推开康科迪亚店的门，走了进去，随后门自己关上了。

"我要三杯马沙拉。"年轻先生对站在小吃柜台后面的一位姑娘说。

"你说的是两杯吧？"她问。

"三杯，"他说，"一杯给外面的那个老头儿。""好的。"柜台后面的那位姑娘说，"一个老头儿。"说着不由得大笑地放下手里的酒瓶，三份泥浆似的饮料被她倒进三个玻璃杯里。而那位年轻先生的太太则在一张挂着报绳的桌子旁坐了下来。年轻先生把一杯马沙拉端到自己的妻子面前。"这是你的，喝了吧，喝了以后，说不定你会感觉好受些。”他说，“喝吧。”她一声不吭地坐着，看着杯子。这位年轻先生拿了一杯来到门外准备给佩多齐，可是现在佩多齐却不见了人影。

“我不知道他去哪里了。”年轻先生端着那杯酒，回到屋子里的小桌子旁边说。

“我想，他恐怕需要的是一夸脱酒。”太太说。

“你们这儿一夸脱要多少钱？”年轻先生问站在柜台里的那姑娘。

“如果是白的，只需要一里拉。”姑娘说。

“我说的是马沙拉。”他说，“把这两杯也倒进去。”然后他把倒给佩多齐的那杯和自己这杯都交给了站在柜台里的姑娘。她从柜台里拿出了个漏斗，然后用漏斗把一夸脱酒量满。“请帮我装在瓶子里好吗？”年轻先生说。

她转身去帮他找瓶子。真是好笑极了，她这样认为。

“真对不起，小宝，让你心里那么不好受。”他说，“我对刚才我在吃饭时说的话感到抱歉，有时候我们对事情的看法和角度有些不一样。”

“没关系，你不需要抱歉。”她说。

“你冷吗？”他问，“再穿上件毛衣也许你就会感觉好点儿。”

“我身上已经有了三件毛衣。”

姑娘拿了一个细长的棕色酒瓶出来，然后她把马沙拉倒了进去。年轻先生又付了姑娘五里拉。那姑娘觉得好笑。他们拿着酒瓶出了门。发现在背风那头，佩多齐手里拿着钓竿，正不停地走来走去。

“咱们得赶快走，”佩多齐对他们说，“钓竿就让我来拿吧。就算钓竿被人家看见有什么关系？我认识村政府里的人，在科蒂那①没人会找我麻烦。我以前当过兵，也卖过青蛙，这城里的每一个人都喜欢我。说真的，这里的大鳟鱼好多好多呢，要是禁止钓鱼，又怎么样呢？”

太阳已经隐没了，天空中开始下起小雨了。他们下了山一直朝着河那边走去。

城市早就被他们落在了后面。

“你们瞧那儿，”他们路过了一座房子，佩多齐指了指一个站在门口处的姑娘说，“那就是我的女儿。”

“他有必要把他的医生②指给咱们看吗？”那位太太说，“他的医生。”

“可是我好像听他不是这么说的，”年轻先生说，“他说那是他的女儿。”

那姑娘看见佩多齐用手指着他，她瞪了一眼佩多齐就转身进屋了。

他们下了山，穿过田野，拐过一道弯，然后来到了一条河边并沿着沙滩朝前走。佩多齐一路上拼命挤眉弄眼，自作聪明地“叽叽呱呱”说着话。当他们三个并肩走在一起时，那位太太就尽可能屏住了气，迎着风走。有一回他还用他的手肘捅了捅她的肋骨。佩多齐和他们说话时，由于他拿不准这对年轻夫妇最听得懂哪种话，所以他有时候用蒂罗尔③人的德国方言说话，有时候又用丹比佐方言说话。当他发现用蒂罗尔人的德国方言说话时，那位先生连声说“是”的时候比较多，看来他们更听得懂蒂罗尔人的德国方言。于是后来佩多齐就干脆完全说蒂罗尔话了。这下，那位年轻先生和太太就一句话都听不懂了。

---

① 科蒂那是一座位于意大利东北部的小城，为国际冬季运动胜地，那里的居民讲丹比佐方言。
② 在英语中女儿 daughter 和医生 doctor 发音有些相似。
③ 蒂罗尔位于奥地利西南部地区和意大利北部，其大部分为阿尔卑斯山地。

“我想，现在咱们大概已经被禁捕警察盯上了。刚才我们从城里经过的时候，人人都看见咱们手里拿着钓竿。这个混账的老糊涂也喝得烂醉。咱们别惹上什么麻烦就好了。”年轻先生转过头对一旁的妻子说道。

“那又怎么样？你除了继续走下去以外，还有其他办法吗？”那位太太说，“我看你没这份胆量回去。”

“回去啊，小宝。那你干吗不回去啊？”

“要是你坐牢了，我也要跟你在一起。一个人坐牢，还不如两个人一起坐呢。”

他们开始朝下折向河滩，河水混浊泛黄，右边有个垃圾堆。佩多齐站在河边，他的上衣在风中不住飘动。他对着河指手画脚。

“你用意大利语跟我说吧，”年轻先生说，“这样我还能听得懂一些。”

“得半个小时。”

“他说咱们至少还要走半个小时。你回去吧，小宝贝，今天天气坏，在这风口里你会受凉的。你还是回去比较好。”

“那好吧，”他的妻子一边说一边朝回走，不一会儿她就爬上了草滩。

等她翻过山脊，走得几乎看不见人影，佩多齐才注意到她不在了，当时佩多齐正站在山下的河畔边。“嘿！太太！”他朝着远处的她大声喊道，“嘿！你别走。太太！小姐！”

她没有听见，继续朝前走着，她的身影很快就消失在了山脊的另一边。

“她走了！”显然佩多齐吃了一惊。他对还在一旁的年轻先生说。

佩多齐将扣住几截钓鱼竿的橡皮圈解了下来，然后把几截钓竿紧紧地连接起来。

“就在这儿钓吗?”看见佩多齐在开始准备钓竿，年轻先生有些惊讶地问道，“你刚才不是告诉我说还要走半小时吗?”

“哦，当然。”佩多齐一边准备钓竿一边说，“再走半小时也可以。不过这儿也不错。”

“就在这里?”

“都可以。”

于是这位年轻先生坐在了河滩上，同佩多齐一样将一支钓竿连接起来，然后将卷轴安在了钓竿上，接着再从导线里将钓丝穿过。做完这一切后，他忽然感到有些不自在，他站在河滩边，那矗立在山丘边上的钟楼和城里的房屋都能够看得见。他开始有点儿担心起来，生怕渔场看守或民防团成员会从城里随时来到河滩来。他忐忑地将带来的蚊钩轴箱打开。一边的佩多齐弯下腰去，将自己扁平粗硬的食指和拇指往里面抠去，把弄湿的钩子绕住。

“你准备铅子了吗?”

“没有。”

“怎么不准备呢？你一定要有那些铅子的啊!”佩多齐看上去有些激动了，“铅子。你一定要有铅子。就放在钓钩上，不然你的鱼饵就会浮到水面上来了，喏，就放在这儿。这是非有不可的。”

“那你带铅子了吗?”

“我也没有。”他仔细翻看了一下口袋，就连里面的军装口袋夹里的布屑也找了个遍。然后绝望地说：“我一点都没带，没有铅子是不行的。”

“那咱们弄点儿铅子，明天再钓吧。”这位年轻先生说，一边把钓丝从导线里抽回，一边将已经接好的钓竿拆开。“看来咱们今天是钓不成鱼了。”

“等会儿，我说，你一定得要有铅子让钓丝平浮在水面上。”佩多齐眼看着好机会就要成为泡影了。“铅子只要一点儿就够了。我本来打算带点儿来的。可是你还说你样样都有呢，你钓鱼的家伙倒是崭新的，可就是没有这个。”

“我知道了，”这位年轻先生看被融雪染污的河水说，“那明天咱们搞点儿铅子再来钓吧。”

“也只有这么办了，那明天早上什么时候?”

“7 点钟。”

不知不觉雨已经停了，太阳再次从云层后面钻了出来。天气变得暖和晴朗起来。现在这位年轻先生不再违法了，他松了口气。坐在河滩上，从上衣口袋里将买好的那瓶马沙拉掏了出来，递给佩多齐。佩多齐喝了几口将酒瓶递了回来。年轻先生接过酒瓶喝了几口，又将酒瓶递给佩多齐。佩多齐喝了几口后再次递给了年轻先生。“你再喝点吧，”他说，“这是你买的。”年轻先生接过酒瓶，并再一次对着瓶嘴喝起来时，佩多齐目不转睛地盯着酒瓶里的酒。年轻先生喝了几口后就又把酒瓶交给了他。佩多齐急匆匆拿过酒瓶，迫不及待地倒转瓶口喝起来，他两眼直勾勾地盯着那个细长的酒瓶的底。很快就将瓶子里的马沙拉消灭得一干二净了，他一口气喝光了。天气真好。和煦的阳光下，佩多齐喝酒时脖颈褶皱上的白发在微风的吹拂下轻盈飘拂。今天可真是个好天气。

“亲爱的，明天早上 7 点，不见不散!”佩多齐喝了这么多马沙拉，但感觉自己一点儿事都没有，虽然他叫这位年轻先生“亲爱的”已经有好几回了。他的眼睛发着光，还在回味着马沙拉的好滋味。明天早上 7 点，好日子就要开始了。

在河滩上休憩了一小会儿，他们开始动身上山，沿着小路朝城里走去。这一次年轻先生走在佩多齐的前头，走到差不多半山腰的时候，佩多齐朝前面的年轻先生大声喊道：

“你能帮我个忙吗，能给我五里拉吗？”

“五里拉？”年轻先生皱了皱眉问，“你现在就要用吗？”

“不，当然不是现在，但我等会儿必须将我们明天用的东西备齐。你啊，你太太啊，还有我啊！得准备一些吃的吧。买萨拉米香肠啊、奶酪啊，还有硬面包啊！还要准备钓鱼用的鱼饵，不光用蚯蚓了，我们还需要用鲦鱼。剩下的钱我还可以再买些马沙拉。帮个忙，只需要五里拉就好了。我保证所有的费用都在五里拉里面。”

这位年轻先生从上衣口袋里掏出钱包仔细看了看，然后将两张一里拉和一张两里拉的钞票从钱包中掏了出来。

“谢谢你，你真是个好人。”佩多齐说，那口气就好像是卡尔顿俱乐部里的一个会员正从另一个会员手里接过一份《晨邮报》。这才是生活哪，他想，好生活才开个头呢。他厌倦了旅馆花园里的活儿，再也不愿拿着粪耙把冰冻的粪肥堆耙碎了。

“明天早上 7 点钟，记住啊亲爱的！”他拍拍这位年轻先生的背。

“佩多齐先生，”年轻先生把钱包放回口袋里说，“我明天早上可能去不了了。”

“为什么不去呢？”佩多齐说，“先生，我会弄到鲦鱼的。我也会弄到萨拉米香肠的，样样我都会准备齐全。就咱们三个去，你，你太太，还有我。”

“我想我是不去了，”年轻先生说，“我肯定。到时候我会让旅馆老板替我留话的。”

越野滑雪

缆车在又一次的颠簸后彻底停了下来。车子无法继续前进了，凛冽的寒风中车道被厚厚的积雪堵得严严实实。那些位于高山裸露表层上的雪被狂风刮成一层坚硬的冰壳。尼克正坐在行李车厢里给他的滑雪板上蜡，上完后，他把靴子塞到靴尖铁夹里，然后用夹子牢牢扣住。他用双手将车门打开从车厢里一跃而下，落在了硬邦邦的雪壳上发出“啪”一声脆响。尼克做了一个漂亮的弹跳旋转后就放低重心蹲下身子，双手猛撑着滑雪杖，一溜烟儿就消失在远处的山坡中。

从车厢中跳出来的这股冲势再加上猛然下滑，他觉得自己就像在不停地下落，又有一种飞翔的美妙感觉，让他忘乎一切。尼克顺着陡起陡伏的山坡滑下去时，乔治在他前面白雪上时起时落，转眼就落得不见人影了。尼克挺起身，本想稍稍换个上滑姿势，但是一下子他又开始往下滑，冲下一个陡峭的长坡，继续往下滑，并且速度越滑越快，越滑越快，积雪纷纷从他脚下四散飞落。他蹲下身子把重心尽可能地放低，几乎是已经坐到滑雪板上，飞雪犹如沙暴一般迎面拍打过来，脸上甚至都感觉有些痛了，速度真是太猛了，他这样想。他可不想失足摔倒。他刚刚稳住，随即他就被绊倒了，是被一团柔软的雪绊倒的，那团柔软的雪正好被大风刮进坑里，他接连翻了几个跟头，他觉得自己当时就像只挨了枪子儿的兔子，两腿交叉，不停地翻滚，带着滑雪板磕磕绊绊。当他好不容易停下来的时候，他的鼻子、耳朵里都是雪，滑雪板朝着天空斜斜地翘起，已无法再动弹了。

站在坡下稍远处的乔治，正在掸去风衣上的雪，“噼噼啪啪”地一阵乱响。

“你这滑雪姿势真漂亮啊，尼克，”他对尼克大声叫道，“我刚也是被那堆乱糟糟的雪绊倒了，真该死！”

“不知道在峡谷滑雪会是什么滋味？”尼克踢开滑雪板，双手撑着地面，挣扎着站起来。

“你滑行时得靠近左边一点，而且在飞速冲下来时一定要来个大旋身，因为在谷底有堵栅栏。”

“好了，现在咱们一起去滑，等等再听你说吧。”

“不，你先去吧，我想看你滑下峡谷。”

尼克·亚当斯这一次超过了乔治滑在了前头，还能隐隐在他金黄的头发和宽阔的背部看到刚刚摔倒时蹭到的雪。在开始时他的滑雪板先侧滑，然后再一下子猛冲下去，晶莹的雪糁儿被滑雪板擦得呲呲直响，他的身影在一片雪白的峡谷中起伏不定的积雪里浮浮沉沉，就如同游泳一样，时而浮上来时而又沉下去。尼克这一次一直坚持靠左滑行，在他快要到谷底的时候，也就是在他快要冲向栅栏的时候，尼克立即紧紧并拢双膝，然后像拧紧螺旋一样猛地旋转身子，滑雪板紧跟着向右来个九十度的急转弯，滑雪板扬起不少白雪，尼克下滑的速度这才渐渐地慢了下来。在完美完成这一颇具技巧的减速动作之后，尼克便向铁丝栅栏和山坡平行滑驶。尼克抬头看到山上乔治正在屈着膝盖、放低重心用外旋身姿势滑下山来；乔治一条腿在后面拖着，另一条腿在前面弯着；滑雪板像虫子的细腿就那样荡着，阵阵白雪从乔治的杖尖与地面接触的地方掀起；然后，他一腿屈膝下跪，一腿拖随，身子倾斜，蹲在滑雪板上滑行，双腿一前一后，飞快移动，这种姿势可以更好地防止旋转。两支滑雪杖像两个光点，把弧线衬托得更突出。待接近谷底，乔治来了个漂亮的右转弯，他整个身子三百六十度旋转，漫天飞舞的白雪将一切都笼罩在其中。

“你真厉害，”乔治说，“雪深的时候我很怕做大转身。”

“你也不赖啊！”尼克说，“你刚才做得漂亮的外旋身我就做不来。”

尼克把铁丝栅栏最高一股铁丝用滑雪板压低了后，从中间滑了过去。尼克紧跟在乔治身后，来到了大路上。道路边堆满积雪。他们屈着膝，一路快速地滑行前进，随后他们进入一片松林。路面上结着一层光亮的冰层，拖运木料的骡马队把地面弄脏了，染得一片橙红、一片烟黄的。两个人一直沿着路边两旁的那片雪地滑行。通往小河的大路开始变得陡峭往下倾斜，又来到了一个笔直的上坡。在林子里，他们远远地看见一长排泛黄的屋檐低矮的房子，从斑驳的墙上不难看出，这些房屋无疑都已饱经风吹雨打。等到他们走近以后一看，才发现窗框被漆成了绿色。不过大部分的油漆都剥落了。尼克用一支滑雪杖把滑雪板的夹子敲松，然后踢掉滑雪板。

“嘿，乔治，”他说，“我认为，咱们还是拿着滑雪板比较好。”

尼克将滑雪板扛在肩上，每一步都把靴跟的铁钉扎进冰封的立脚点，然后一步一步爬上陡峭的山路。他回头看了看，乔治紧随其后，一边跺掉靴跟上的雪，一边喘着气。他们来到客栈门口，把扛在肩上的滑雪板堆放在客栈的墙边处，各自掸掉裤子上的雪，把靴子放在一旁的一块石头上磕干净后才推开客栈的门走了进去。

客栈灯光昏暗，天花板有些低矮。屋子四边酒渍斑斑的暗黑色桌子后面摆放着一排长椅。墙角的壁炉里面正燃烧着木柴。在温暖的炉边，两个瑞士人正坐在那儿，一边喝着两杯浑浊的新酒，一边抽着烟斗。乔治和尼克脱去外面的夹克衫，在靠近壁炉的另一边墙的一张桌子旁坐下。这时优美的歌声从隔壁房里传了出来，很快从里面走出来一个围着蓝围裙的姑娘，向他们问道："需要来点什么吗？先生们。"

"给我们来一瓶西昂酒吧，"尼克说，"你觉得呢，吉奇①？"

"听你的，"乔治说，"我对酒不怎么在行。喝什么都可以。"

那姑娘转身离开了。

"当你第一次滑了很长的一段路后歇下来时，你会感觉到，"尼克说，"没有几样运动比得上滑雪了。"

"是的，"乔治点了点头，赞同道，"特别是每当你从高处直冲下来的时候，那种感觉可真是妙不可言。"

篮围裙姑娘把他们要的酒拿了进来，放在他们的桌子上，打开酒瓶让他们很费了一些时间。不过尼克最终还是把酒瓶打开了。篮围裙姑娘又转身朝隔壁的房间走去，他们听到她在唱德语歌。

"瓶塞渣子撒到酒里了，"尼克说，"不过没关系。"

"不知道这里有没有糕点。"

"问问吧。"

篮围裙姑娘来到屋里。这次，尼克注意到她怀着孕，围裙底下挺着大大的肚子。刚才她第一次进来的时候我怎么没发现呢？尼克心想。

"你刚刚在唱什么歌？"他问她。

"德国歌剧。"她冷淡地回答，"我们这里有苹果馅奶酪卷，你们要吃的话可以给你们端来。"

"她对我们的态度看上去不怎么好啊，尼克？"乔治说。

"没事。说不定她以为咱们是在拿她唱歌开玩笑呢。我猜，

---

① 吉奇是大家对乔治的爱称。

她有可能是从讲德语的地区来的，后来因为未婚先孕，脾气变得有点儿坏了。再加上她又不认识咱们，在这里待久了脾气本来就容易暴躁。”

“你怎么知道她未婚先孕的?”

“这还用说吗？你难道没有注意到她的手上没戒指啊!”尼克说，“而且，这一带的姑娘很多都是未婚先孕的。”

一阵刺骨的寒风挟带着雪花猛冲了进来，门被猛地推开了，一帮伐木工人吵吵嚷嚷走了进来，他们身上直冒水汽，在门口跺掉了靴子上的雪。进来后，伐木工人们脱了帽，抽着烟，分坐两桌，有的趴在桌上，有的背靠着墙，又都不作声了。篮围裙姑娘又从隔壁出来了，把三升新酒给这帮人送了过来。屋外，不时会传来一阵清脆的铃铛声，是从运木雪橇的马脖子上发出来的。

在温暖的桌子旁，尼克和乔治很开心。他们两个人很合拍。回去还有一大段路程可以滑雪呢。

“你准备什么时候回学校去?”尼克问。

“今天晚上就得回去了，”乔治答，“所以，我必须得赶上10点40分从蒙特罗①开出的车。”

“其实我非常希望你能够留下来，这样咱们明天就能再去滑雪了。”

“我也想留下来，不过我得上学啊!”乔治说。

“可你不想在一起四处逛逛吗？乔治，我们可以想滑到哪儿就滑到哪儿，累了就停下来找客栈投宿，还可以一起乘上火车，带上我们的滑雪板。一直穿过奥伯兰②，直奔瓦莱③，跑遍恩加丁④，我们只需要带好随身替换的衣服和睡衣，还有滑板的修理

① 蒙特罗是位于瑞士日内瓦湖东北岸的疗养胜地。
② 奥伯兰，是瑞士地名，属于瑞士伯尔尼州。
③ 瓦莱为疗养胜地，是瑞士的一个州名，首府是西昂，在那里有许多山峰。
④ 恩加丁在因河上游，瑞士旅游胜地。

工具。学校啊什么的，让它们统统都见鬼去吧。”

“不错，咱们就那样走遍施瓦兹瓦德①。”

“你今年夏天就是在那个地方钓的鱼吧？”

“对的。”

他们喝光了剩酒，开始吃着苹果馅奶酪卷。

乔治闭上眼，仰身靠着墙。

“每一次我在喝了酒以后总是会产生这样的一种感觉。”他说。

“感觉不舒服？”尼克问。

“恰恰相反。”乔治闭着眼睛说，“感觉很好，只是有点儿怪。”

“我知道。”尼克说。

“你也有这种感觉吧？”乔治说。

“是的，咱们再来一瓶？”尼克问。

“不了，”乔治说，“我不喝了。”

尼克用双肘撑在桌上，乔治则颓然地靠在墙上。

“海伦肚子里的孩子快生了吧？”乔治把身子离开墙凑到桌上说。

“快了。”

“什么时候生？”

“大概就是在明年夏末吧。”

“你一定很高兴吧？”

“当然啦。”

“你准备要回美国去吗？”

“应该吧。”

“那你想回去吗？”

---

① 施瓦兹瓦德位于德国西南部，即黑森林山。

"其实我并不想。"

"海伦呢，她想回去吗?"

"她也不怎么想。"

乔治盯着桌子上的空酒瓶和空酒杯，靠在墙上默不作声。

"可真麻烦，是不是?"过了一会儿，乔治说道。

"这还不是最麻烦的。"尼克说。

"你怎么想的?"

"不知道。"尼克说。

"今后你们要一块儿滑雪吗?"乔治说，"我是说在美国。"

"以后的事情谁知道呢?"尼克说，"也许吧。"

"这里的山太少。"乔治说。

"是啊，"尼克说，"而且树木也太多，岩石也太多，并且太偏僻了。"

"没错，"乔治说，"就像加利福尼亚一样。"

"不仅是这一块。"尼克说，"我发现，我去过的每个地方都差不多这个样子。"

"对啊，都是这样，"乔治说，"的确都是这样。"

一旁的瑞士人从桌子边站起身，付了账以后，推开客栈的门走出去了。

"咱们如果是出生在瑞士就好了。"乔治说。

"这也不好，"尼克说，"他们都有大脖子的毛病。"

"你相信?"乔治说，"反正我不信。"

"其实我也不信。"尼克说。

两人对视一眼，然后哈哈大笑起来。

"尼克，"乔治说，"也许以后咱们再也没机会在一起滑雪了。"

"怎么会，咱们一定有机会的，我们要一起活到老，滑到老。"尼克说，"在我的人生中，要是不能滑雪，那可就太没意义了。”

“没错，”乔治说，“我们要一起滑到老。”

“就是，”尼克附和说，“要去滑，咱们一定得滑。”

“那好，就这样，”乔治说，“咱们说定了以后还要一起滑雪。”

尼克推开椅子站起身，他把风衣的纽扣扣紧，拿起靠墙放着的两支滑雪杖，并把一支滑雪杖戳在地上。

“乔治，”他朝乔治弯下身子，看着他说，“但愿我们就这么说定了。”

他们推开门出去了。一阵寒意扑面而来，外面很冷。雪硬邦邦地结在客栈的门前。大路沿着山一直蜿蜒到松林深处。

他们把搁在了客栈的墙跟前的滑雪板拿起来，当乔治已经扛着滑雪板上路时，尼克刚刚把手套戴上。现在他们需要一起跑回家了。

我的老头儿

我家老头儿生下来就是个小胖子，就是你到处可以看见圆圆滚滚、平平常常的小胖子，当然还没胖到那种程度啦，不过我想也快了吧。他最近这一段时间以来有点儿稍微显胖，不过这也不能怪他不好，那时他还能够负担得起不少重量，他只不过是参加跳障赛。我还记得他让我陪他在中午热辣辣的太阳下一起跑步，那时他在最外面穿了一件大汗衫，在大汗衫的里面是两件运动衫再套一件橡皮衫。有时他就从托里诺[①]赶来，一般是凌晨 4 点，这时晨曦微露，万物披着珍珠般的露水。为了能够尽快赶去赛马训练场，他常常会乘一辆出租汽车前去，一到赛马场他就迫不及待地立即找一匹赛马来试骑一回。他穿着这么多运动衫和一双橡胶底帆布鞋，我帮他把靴子脱掉后，我们就开始了。

“孩子，快，”他一边在骑师更衣室门前来回踏步，一边忙个不停地说，“咱们的行动可得赶快。”

随后我们先在内场骑着马慢跑了一圈，我感觉还不错，当然有可能是有他在前面带路的缘故，然后我们拐弯出了大门，选择无数条跑道中的一条。这些路两旁都种着树，都是从圣西罗通往这儿的。我骑马很不错，当我们跑上路时，我已驾着马跑在他的前头了，我回头张望，他在我后面慢悠悠地骑着，我们一直朝山坡跑去。过了一小会儿，我又回头看看，他已经浑身冒汗了。他一路紧随着我，当他一瞧见我在看他时，就咧开嘴笑着说：“是

---

① 托里诺也就是都灵，意大利西北部城市。

不是出了不少汗？”谁见了都禁不住咧开嘴笑的，老头儿也不例外，咧开嘴一笑。又跑了一会儿，我听见他大声叫道：“嘿，乔！”我回头望去，老头儿已经坐在那儿一棵树下休息了，拿着一条毛巾擦着脖子周围的汗水，平时这条毛巾他都是随身带着的。

我于是掉转马头，慢慢地跑了回来，在他身边坐下。他从口袋里掏出来一根绳子，然后就在太阳底下跳起绳来，绳子“啪嗒啪嗒”地挥响，汗水顺着他的脸“啪嗒啪嗒”向下滴着。天气越来越热，他就在扬起的白色尘土里跳着绳，看老头儿跳绳也是一大乐趣呢，哎呀！跳出花式来了。他可以懒洋洋地跳得很慢，也可以“呼哧呼哧”跳得飞快，他把绳子挥得呼呼直响，不过小路越跳越费劲儿。不时有意大利佬赶着他们的白色大公牛拉的车一路走进城，路过时他们就目不转睛地看着我们。哎呀，你真应该看看他们瞧着我们的样子，他们会突然呆呆地看着他，一动不动地停在那儿，等回过神来对公牛吆喝一声，用赶牛棒捅一下，就又上路了。他们那眼光的确像把老头儿当疯子似的。

不得不说，这时他看上去的确挺逗，我坐在树荫底下看着他在火热的太阳底下锻炼，他锻炼得如此卖力，脸上的汗珠大颗大颗往下滴，我可心疼他呢。跳完绳后老头儿“唰”的一下把脸上的汗水挥掉，随手把绳子扔在树上，朝树荫底下走过来。坐下来，用毛巾和一件运动衫围着脖子后，将背往树上一靠。

“乔，我这样坚持锻炼，肯定能减肥，”他一边说着一边闭着眼，往后一靠，大口呼吸，“比不得以前了。”还没等歇个凉快，他就又站起身，骑在了马背上，沿着来时的道路我们又慢慢骑着马回到了赛马训练场。大多数骑师赛前量体重时，都很想要尽量减轻自己的体重。一个骑师每骑一次，就基本上会轻掉一公斤左右，那就是老头儿减轻体重的法子。虽然老头儿已经戒了酒，可是他还是老担心，自己如果不这么拼命，那么自己的体重就很有可能减不下来。

我记得有一次在圣西罗，一个小个子意大利佬里戈利，他是为布佐尼赛马的骑师，他刚做完赛前体重检查，正从练马场这边出来，然后他走到酒柜前去要了点冷饮，一边喝一边不时用鞭子轻轻敲敲靴子。这时老头儿也刚做完体重检查出来，面容显得有些疲倦，不过脸色还是很红润，他夹着马鞍，宽大的赛马绸服在他那样大个儿的身上显得有点儿小。他一直站在那儿看着年轻的里戈利站起身，看着他走到外边酒柜前，一脸稚气，神态冷静，我以为兴许是里戈利撞上他啊什么的，于是我走上前去说："怎么啦，父亲？""没什么，"他只是看着里戈利，说了句，"唉，去他的。"然后继续朝更衣室走去了。

说起来，我们要是也住在米兰的话，如果在米兰和托里诺赛马的话，也许就什么事都不会发生了，因为在当时就数这两个地方有相对适合赛马的跑马场，老头儿参加了一场障碍赛马并且获得了胜利，不过在意大利佬眼中这可真是一场是活见鬼的比赛。获胜后老头儿在赛马的马厩里下马时对我说："真是太容易了，乔，不是吗？"我曾经问过他有什么技巧，他这样告诉我："你所需要费神的只是马的步法，步法一乱跳越障碍就危险了。这个跑马场本身就适宜于跑马，其实障碍也并不难跳越。往往最容易失误的是马的步法，并不是障碍，但这里不训练什么步法。"

老头儿常常会来回奔走于米拉菲奥尔和圣西罗之间，每隔一夜都要乘趟火车，一周里几乎天天都在路上跑。其实圣西罗是我所见到的最出色的跑马场，可是老头儿却说这种生活过得连牛马也不如。

每当赛马出场，顺着跑道走到起跑标时，那种感觉真是妙不可言。我对马也像老头儿一样很是着迷。最让我紧张的事，就是来到赛马出发栅。而骑师们则显得相当冷静，他们有时会紧挽缰绳，有时松开一会儿，让它们活动一下马蹄，那姿势可以说非常优雅。特别是在圣西罗的那一大片绿油油的赛马场里，整座场地坐落在群山之间，骑师安抚着赛马，胖乎乎的意大利起跑发号员在一旁拿着根大鞭子，随着“啪”的一声，出发栅打开了，紧接着铃声就响了起来，赛马纷纷从出发栅里一跃而出，风驰电掣地朝前跑去，在你追我赶之下，飞速奔跑中的赛马开始拉成一个长串。如果你还戴了副望远镜站在高高的看台上，你就会看见这些马在争先恐后向前猛冲，急促的铃声一直缠绕在耳边，在弯道处这些马也如闪电般飞掠而过。这可真是太精彩了，对我来说绝对没有什么能与之相比。

就是在那一天，他刚赢得了商业性大赛奖的那天，赛马场的更衣室里，老头儿脱下了比赛服正在将平时逛街穿的衣服换上时，他忽然对我说：“乔，你知道吗？那些老弱的赛马通常会在巴黎被他们宰杀掉，然后将它们的马蹄和马皮剥下来。不开玩笑。”那天，就在那场比赛上，我们的老朋友兰托纳就像一阵旋风似的一溜烟儿冲出场外一百来米。

在商业性大赛之后我们就离开了意大利，再也不干了。霍尔布鲁克和意大利肥佬，他们就在风雨街廊①里，和老头儿谈什么事，争论不休。意大利佬头上戴着草帽，不断用手绢擦汗，他们都说法语，叽里呱啦的。那两个人说个不停，先是这个人说，接着那个人说，那意大利肥佬还老是打断霍尔布鲁克的话。后面老头儿干脆沉默不语看着他们。那两个人依旧还在说个不停。

“乔，”老头儿说，“你出去帮我买一份《运动员报》回来，

---

① 装有顶篷和玻璃窗的街道，一般只有商店区才有。

好不好？”老头儿从钱包里掏出两个索尔多[1]递给了我，眼睛仍旧看着霍尔布鲁克。

我接过钱，从风雨街廊里走了出来，走到对面位于斯卡拉[2]附近的一个报摊前，买了一份《运动员报》，然后就又走了回来，因为我不想打扰他们，所以就站在距离老头儿不远的地方。这时我看见霍尔布鲁克就站在意大利肥佬的旁边，那个意大利肥佬一边摇着头，一边擦着脸。而老头儿呢，对那两个人置若罔闻，他悠然地坐在椅子上，看上去一脸的惬意，低头用匙搅拌着咖啡。看见我走上前去，老头儿说：“乔，来一份冷饮怎么样？”霍尔布鲁克生气地低头看着坐在椅子里的老头儿，半天才从牙缝里蹦出几个字，说：“真见鬼，你这个该死的。”说完后，他就带着意大利肥佬气冲冲地穿过餐桌，走了出去。老头儿坐在那儿，看着我略带几分笑意，不过他的脸色看上去却一片煞白，看样子气得够呛，我还没反应过来怎么会有人对老头儿骂完脏话还一走了之。不过很快，我想我就知道出了什么事，我忽然感到不舒服，心里有些害怕，老头儿接过我买来的《运动员报》，在他面前的桌子上打开，对我说：“活在这个世界上，你必须得忍受某些事。”随后，他坐在那儿研究了一会儿让步赛马。三天之后就乘上开往都灵的列车，离开米兰，直奔巴黎，一去不回。不过，在出发之前，我们在特纳赛马训练场的前面，把一只手提箱和装不下的东西统统都拍卖了。

列车一大早就抵达了巴黎，不久就开进位于巴黎的车站，不过，这个车站看上去又长又脏，“乔，你看，这就是里昂车站。”老头儿告诉我说。在米兰，电车有自己的路线，一切显得井然有序，可是巴黎却正好相反，这里看上去是那么混乱不堪，他们好

① 索尔多是意大利钱币，二十索尔多为一里拉。
② 斯卡拉是建于意大利米兰的世界著名歌剧院。

像从来就不整顿。要知道，巴黎可是个仅次于米兰的大城市。不过说起来倒也奇怪，即使巴黎是这样混乱，我却偏偏喜欢上了这个城市，虽然不是喜欢得死去活来的那种，但总是有几分喜欢吧。比方说，这个城市看上去似乎靠赛马来维持一切运转，它有着世界上最好的跑马场。这里的公共汽车每天都非常准时，这成了我现在唯一指望的事，汽车笔直地来到道路上，在其路线上来回穿梭。我们那个时候住在梅松，我每星期只是跟老头儿来巴黎市区一两回而已。每次来巴黎，老头儿总是跟他在梅松的一帮子人坐在歌剧院附近的和平咖啡馆里，所以我从来没有真正好好认识一下巴黎。那里也许是巴黎最繁华的地方之一吧，我常常这样想。不过，我却发现，在巴黎这么大的一个城市里竟然连一个风雨街廊都没有，这说起来不是很滑稽吗？

在巴黎，我们住在郊外的梅松—拉斐特[①]小镇上，除了香蒂伊[②]那帮人之外，大家几乎都住在当地的一个公寓里。那个公寓是由一个叫梅耶的太太经营的。我这辈子见过的最妙的住处无疑要算梅松了。虽然整个镇子看上去并不怎么样，可是在这个镇子的外面却有个湖泊，湖泊的另外一边还有一片郁郁葱葱的森林，老头儿给我做了一个弹弓，于是我们几个小伙子，常常相邀去森林里玩耍，一待就是一整天。我们用弹弓打到了不少野物，最让人高兴的要数那只飞得很快的喜鹊。小迪克·阿特金森有一次用弹弓打到了一只兔子，兔子昏过去了，于是大家把那只兔子放在树下，围坐在一起休息，迪克刚抽完一支烟，那只兔子忽然一下子跳了起来，三两下就跑进树丛里，我们慌忙追了上去，可它早已没了踪影。在梅松我们玩得非常开心。我时常一出去就是一整天，所以梅耶太太经常在早上就给我把午饭也做好。法语也变得

---

① 梅松—拉斐特是位于法国巴黎西北部的一个小镇，在塞纳河和圣日耳曼森林之间。

② 香蒂伊是以赛马场著称的位于法国巴黎东北部小城。

容易多了，我很快就学会了法语。

老头儿一直为我没有执照的事情提心吊胆，当我们刚搬到梅松的时候，他马上就为了这个事情写信寄到米兰，没过多久执照寄来了，老头儿才放下心来。空闲的时候，在梅松的巴黎咖啡馆里常常可以看见他跟那帮人的身影，他们在那儿闲坐、聊天。那帮家伙中，有不少都是他在战前认识的，那是他还在巴黎当骑师时候的事，他们有不少都住在梅松。清晨 5 点半钟，他们就要把第一批赛马牵出来遛遛，8 点钟，再把第二批马牵出来遛遛。每天早上 9 点钟，骑师在赛马训练场的工作就都做完了。也就是说，他们都有不少时间可以闲坐，虽然那确实需要起得挺早，但睡得也挺早。他们也喜欢喝酒，但是如果骑师要为别人赛马，那么他就不能贪杯。他如果不是个小伙子的话，就得严格要求自己了；他如果还年轻，那么他的教练就会对他一直严密注意。所以只要骑师不工作的话，他们就有足够的时间跟一帮人在巴黎咖啡馆里闲坐。他们常常在那里一待就是两三个小时，他们有的打台球，有的在一起谈天说地，他们的面前放置着各种味美思酒和塞尔兹矿泉水之类的饮料，这样倒有几分像是米兰的风雨街廊，或者俱乐部。不过，总的说起来和风雨街廊还是有着一定的差别的，因为在风雨街廊，大家一向都是围桌而坐，路过的时候都需要绕一绕道。

当米兰收到老头儿申请执照的信后，他们立马就把执照直接寄给他。老头儿就这样顺利地拿到了执照。在亚眠[①]，以及法国内地的一些地方，他参加过两三回赛马，但似乎并没有什么人聘用他。我每次上午走进咖啡馆，总是能够看见有人陪他喝酒，看得出来大家都喜欢他，因为和当年在圣路易[②]举行世界博览

① 亚眠是位于法国北部的城市，在索姆河畔。

② 圣路易是位于美国密苏里州东部的一座城市。

会时的，那些参加赛马挣得了第一块美元的大多数骑师比起来，很明显老头儿要大气多了。这话乔治·伯恩斯和老头儿开玩笑时就常常被他笑称。但是现在看来，大家都尽量不给老头儿赛马机会。

凡是有地方举行赛马，我们就会从梅松开着车赶到那里去，这是我觉得最有趣的事情之一了。最令我高兴的是，就在那一年的夏天，所有参赛的马都从多维尔[①]回来了。我们就开车到昂恩[②]和特伦布莱[③]或圣克卢[④]去，在骑师和教练的看台上观看这些马，不过这也就意味着我再也不能到林子里去闲逛了。我是跟那帮人一起出去的时候学会的赛马经验，其秘诀就是每天不落。我记得有一次，有场二十万法郎的大奖赛会在圣克卢举行，参赛的赛马一共有七匹，其中一匹名叫克扎的赛马是这次比赛的大热门。我顺便跟老头儿一起到练马场去看看那些参赛的马匹，“那么棒的马你还从没见过吧。”老头儿看着我说。这名叫克扎的赛马是一匹非常高大的黄色马匹，看上去它好像除了只懂得拼命地朝前跑以外，就什么都不懂了似的，不过作为一匹速度赛马所需要的不正是这个吗？这匹马低着头，绕场转了一圈，它跑过练马场时，经过我眼前。我从没见过一匹如此神气、生来善跑的骏马。它眼睛里有一股煞气，行动从容，沉着谨慎，既不颠动、也不竖起后腿来发威，四脚落地总是恰到好处，似乎心中自有主见，我从没见过这么棒的马，虽然你所看见的那些马有的也表现得不错，但通常是身上注射过兴奋剂准备出售的劣等赛马。人群很快就挤得密不透风，我被拥挤的人潮挡在了后面，我只能从人群的缝隙中看到它一闪而过的身影，老头儿费劲儿地挤过人群，我紧跟在他

① 多维尔面临英吉利海峡，是法国北部旅游胜地。
② 昂恩靠近比利时西部，是法国北部旅游胜地。
③ 特伦布莱是位于法国北部的旅游胜地。
④ 圣克卢位于法国北部，以跑马场闻名。

的身后，来到位于赛马场后面树丛间的骑师更衣室里，有一大群人也在那儿围着。站在门口的那个戴着圆顶礼帽的人朝着老头儿点点头后，我们就挤开人群进了门。骑师们都在里面，有的在换衣服，有的闲坐在一旁，他们穿上靴子，把衬衫从头上套下身去，这时你会闻到一股汗津津、热辣辣和搽剂的味，人群在门外不住地往里张望。

老头儿慢慢地走了过去，在乔治·加德纳身边坐下，他正在忙着穿上裤子。老头儿用稀松平常的声调向他问道："乔治，有什么内部消息吗？"我们都很清楚瞎猜毫无用处，但我们说不准乔治会不会告诉我们。

"头马这次不会是它。"乔治一边慢条斯理地说，一边弯下腰来，将马裤的扣子扣上。

"那谁会跑头马？"老头儿将身子稍微朝乔治凑了过去，免得自己说话的声音被别人听见。

"这次是柯克平，"乔治压低了声音，"只有让它跑头马，我才不会滚蛋。"

然后，乔治恢复了稀松平常的语调半开玩笑地对老头儿说："我也不是什么都知道，这些也只是猜的，别全把赌注押在我跟你说的这些上面。"老头儿跟乔治寒暄了一下，我们就立即起身朝休息室的门外走去，穿过那些还在拥挤着，不断往里张望的人群，径自走到摆放在前面的投注机那里。我想我知道待会儿可能会有什么大事要发生，因为克扎的骑师正是乔治。老头儿随手拿起了一张印着起码价的黄色的纸，那是一张赌注赔率表，从赌注赔率表上，我看见表上排行第五的这匹柯克平，赔率是八赔一①，

① 按赛马场常规，一般彩金越高的马中奖的机会越少。据本文所述，因为柯克平跑头马、二马的机会远比克扎小得多。所以在柯克平身上押一法郎，那么中奖的彩金就有八法郎，而如果在克扎身上押十法郎，那么中奖的彩金只有五法郎。

克扎的赔率是五赔十，而塞非西杜特的赔率是三赔一。老头儿将五千法郎押在了柯克平这匹马身上，赌它跑头马，然后又押一千法郎赌它跑二马。做完这一切后，我们接着便绕到大看台后面，上了楼梯，找了个座位坐下来观看马赛。

但是前来观看赛马的人实在是太多了，我们被挤得从座位上站了起来，即使是这样也被挤得动弹不了。最开始出场的，是一个头戴一顶灰色高帽子的人，穿着长大衣、手执一根折拢的鞭子。接着每匹参赛马都由一个马童牵着笼头一一出场。参赛马匹的背上是它们各自的骑师，他们依次出场。克扎，也就是那匹高大的黄色骏马排在第一位。如果只是在远处看的话，这匹马第一眼并不怎么出色，但是等你看到它迈动步伐时的姿势，动作从容而优雅，整个显得体型非常匀称，这时你会感到惊叹，天哪，这么棒的马可真的少见。那个头戴灰色的高帽子的老家伙，像马戏团的班主似的一路走来，紧随其后的，正是乔治·加德纳骑着的那匹名叫克扎的马。而后一匹也非常英俊而神气的黑马，平平稳稳地在阳光下一路走过来，汤米·阿奇博尔德骑着它。然后有五匹马在黑马后面一次出场，老头儿跟我说柯克平就是那匹黑马，我不由得再次仔仔细细地打量了它。虽然它的确是匹好看的马，但和克扎比起来显然还差上一截。这时全部马匹都在列队前行，他们迈着步子慢慢地走过大看台和出入口。

克扎真是一匹神气的骏马，它走过时，大家都不断对它欢呼。马队经过观众站立的草坪，绕到赛马场的另一边，那个马戏团班主吩咐马童把参赛马的马笼一一卸掉，让看台上的观众们都能够好好看清楚它们。它们在看台边飞奔而过，然后又回到赛马场的这一头，顺着跑道跑到起跑标的位置。当锣声响时，这些马全都迅速地冲出了起跑标，你可以看见它们像许多小玩具马似的，在内场那一边，迈着轻快而有节奏的步伐成群地朝前奔驰。

我站在看台上通过望远镜紧紧地跟随着它们的身影，一匹栗色马正领着头，而克扎此时却还远远地跑在后面。它们风驰电掣地一路扬尘而去，转个圈后又绕过来，场地上蹄声发出阵阵“嗵嗵”的声音，当这群追风的精灵再一次跑过我们面前时，柯克平开始一路领先，稳稳地占据了第一的位置，而克扎此时还在后面。你目送着它们从你面前经过，朝前面飞驰。急转弯的时候它们会拥挤在一起，接着在直线跑道又加快速度，它们的身影越来越小，天啊，可真要命。在这种气氛下胸腔里就像有一股力量想要奋力冲出来，你忍不住大声呐喊，骂得越凶越感到舒畅。它们终于跑到最后一圈了，那匹黑色的柯克平已经遥遥领先，并率先跑进了直线跑道。看到这样的情况，大多数观众们的神色都有些不对头了，不少观众都难掩失望的神色，他们还在低声地念着“克扎”，几乎就在一眨眼间，所有的马都“嗵嗵嗵”地跑进了直线跑道，这时我忽然觉得好像有什么进入我的望远镜视野，就像是一道黄色闪电在马群中飞快穿梭着，观众席上顿时爆发出疯狂的呐喊声，大家大声地叫着“克扎”“克扎”，克扎如旋风般从后面一下子就冲了上来，很快就赶上了柯克平，它无疑是我这辈子见过的跑得最快的马了。柯克平跑得也不慢，并且它的速度还在逐渐加快，不过，克扎还是渐渐地赶了上来。刹那间，两匹马几乎就是并驾齐驱了，这时候克扎连续来了几个大跳跃，速度再一次得到了提升，现在变成克扎领先一头，不过在终点时它们几乎是一同冲了过去。经过裁判们仔细辨认后，最终名次亮出来了，二号马得了第一名，也就是柯克平得了头马。

这让我感到有些不对劲儿，心里一阵不安，不过，我们还是随着大家一起挤下楼去。来到了标着兑付柯克平彩金的牌子时，我才知道我们买中了头马。说真的，在看赛马时我真恨不得克扎跑第一，竟忘了老头儿在柯克平身上押了不少钱呢。不过现在一切都结束了，倒让我不由得感到有点儿得意了。

“爸爸，这场赛马真是精彩极了，对吧?”我兴奋地看着老头儿说。

老头儿后脑勺上戴着一顶高顶礼帽，眼神奇怪地看着我。“没错，乔治·加德纳是个非常厉害的骑师。”他说，“要想驾驭住克扎，不让它跑头马，并不是每个骑师都能够办到的，必须要一个非常厉害的骑师。”

此刻老头儿轻描淡写地把这个事情说穿了，我的兴奋劲儿就像被戳破的气球，一下子消失殆尽，我也感觉这事有蹊跷。四下里人们都在说：“可怜的克扎！可怜的克扎！”我心想，我要是个骑师就好了，那样我就能够替下那狗娘养的，同克扎一起比赛。其实我一向喜欢乔治·加德纳，而且他还让我们买中头马了，可我现在觉得，把他看成狗娘养的倒是一件十分有趣的事，没错，因为他就是这么个人。现在他们开始在牌子上标出了这次赛马的名次，我们看见柯克平的赔率是押上十法郎得六十七个半法郎彩金，兑付彩金的铃声也开始响了起来，不过这时我已打不起一点兴趣。

自从在那场赛马中老头儿成了“独赢”之后，就拥有了一大笔钱，于是巴黎便开始成了他经常去的地方。如果有赛马比赛会在特伦布莱举行，老头儿就会搭人家的顺风车回梅松去，在到达城里时他就要求让他下车，然后我们就会在和平咖啡馆前坐着，看着对面街道上的人来人往。我就喜欢跟老头儿坐在那儿。在那里，不时会有各种各样的家伙上来要向你兜售东西，他们一上来，老头儿就会跟他们开玩笑。骑师总是很容易就被大家认出来，所以几乎那儿所有的家伙都认识老头儿，他法语说得像英语一样好。街道上路过的行人川流不息，他们习惯了我们在那儿，因为我们总是坐同一张桌子。有人上来兜售有趣的兔子，你一捏兔子旁边的一个球，兔子就会跳。有些姑娘兜售有趣的橡皮蛋，你一捏蛋，一只鸡就会从蛋里钻出来。有些家伙则在兜售征婚广告报纸，还有人兜售巴黎明信片，不过那个人看上去有点儿面目可憎，他逢人便会把明信片拿给人家看，如果人家犹豫不决，那么他又会回来，把那沓明信片的反面拿出来给人看，原来那些明信片的内容都是淫秽的，于是不少人就会乖乖掏腰包买下。坐在那儿，是让我们感到非常有趣的时候。那可真有趣，真的。

还有，我还记得一些有趣的人经常从我们坐的桌子旁边路过。到了吃晚饭的时刻，姑娘们就出来了，她们想要找人带她们去吃饭，她们看见老头儿就会跟他说话，他同她们开玩笑，当然用的是法语，她们总是会被逗得大笑，临走时拍拍我的头。有一回咖啡馆里来了一对美国母女，母亲和她的小女儿就坐在距离我们不远的邻桌，她们俩都要了一杯冷饮。那个小姑娘长得好看极了，我忍不住一直看着她，我们恰巧对视的时候会冲对方笑笑，但是也就仅此而已。从那以后，我坐在那儿，几乎天天都在盼着能再见到她一面，我常常会发呆，自顾自地想各种能够跟她说上话的办法，不知我能不能认识她，她母亲让不让我带她去奥图或特伦布莱玩，可是从那天以后母女俩再也没有出现过。现在回顾一下，我记得我当时能够想出跟她说话的最好办法，最多只是说：“很抱歉打扰了，如果你们需要的话，我想我今天可以在昂恩帮你买中头马。”我想，不管怎样，说到头来，她也许会当我是个赛马情报员吧，不会认为我真的可以帮她买中头马。然而，现在这显然一点儿用也没有了。

时间长了，我们同和平咖啡馆里那些招待也逐渐熟络起来。我们父子俩坐在和平咖啡馆里，老头儿喜欢喝一点儿威士忌，一杯威士忌在那里要五法郎，我平时从没见过老头儿喝得这么多。

这就意味着在清点小碟结账时会有一笔不少的小费，不过老头儿说喝威士忌还可以减轻体重，何况他如今也根本不当骑师了。但是后来我却发现他体重不但没有减下来，反而还有增加的趋势。他离开梅松那帮子老伙伴以后，老头儿现在似乎比较喜欢跟我在林荫道上闲坐，不过在喝酒这方面他每天都在花钱。自从那次赛马赢了以后，他总会不时感到有些难过，好像他在那天并没有赢而是输了似的，直到有一天我们来到咖啡屋坐到他以前和他的那一帮老伙计常坐的桌边，将第一杯威士忌喝下肚后他才感到好受。

我把那天坐在我们邻桌的姑娘那事讲给他听了，他只是笑了笑。他喜欢看《巴黎体育报》，在他看报纸时，他偶尔会打量我一下，然后突然问道："乔，你女朋友呢？"我一听就脸红。现在他就总会拿这事来开我的玩笑，"她会回来的，乔，"父亲总会接着说，"到时候要把握住机会。"这话让我听了没那么失落了。其实，我还是挺喜欢他开这种玩笑的。

偶尔老头儿会忽然问起我的一些事，然后我就会告诉他，不过有些事在我还没说完时他就会笑个不停。后来他就开始给我讲他的往事，给我讲到大战期间，法国南部的一般赛马，没有观众，没有奖金，没有赌注啊什么的，只是保持纯种马的繁殖而已。他还会讲我母亲在世的时候，在埃及赛马的事和圣莫里兹冰上赛马的往事。还有一般赛马的骑师都拼命赶着马跑的一些趣事。老头儿可以把他以前的那些事讲上个把钟头，哎呀，我就不得不在那儿听上个把钟头。特别是在他喝了两三杯之后。他会跟我讲老早以前美国没出毛病的好时光，以及他小时候在肯塔基打浣熊的事。每次讲到这些时，他最后总是会不由自主地说："等咱们赢到一大笔奖金，乔，咱们俩就可以回美国去了，你就可以在美国上学了。"

“我为什么非要回美国去上学?”我问他，“你不是告诉我说美国一切都出毛病了吗?”

“那是完全不相干的两码事。”他总是这样对我说，然后就会叫招待过来，将我们的酒账付清，接着就会雇一辆出租汽车把我们送到拉扎尔车站去，再乘火车到梅松去。

有一次我们应该是在奥图，参加了一次障碍赛马的胜马拍卖会，老头儿花了三万法郎买下了那一匹头马。如果还有谁想要这匹马，那么他出的价钱就必须比老头儿出的价钱要再高一些才行。不过最终没有人再在老头儿价钱上加价，赛马训练场也终于把马脱了手，一星期内老头儿就拿到了马主的色彩标志和这匹马的执照。太好了，老头儿也成了马主了。现在我心里甭提多高兴了。他跟查尔斯·德雷克将马厩的空位安顿好，老头儿就准备到巴黎去，重新开始出汗减重和练习跑马，我和老头儿加起来就是他的整个赛马训练班子。这是一匹来自爱尔兰种擅长跳越障碍的可爱良马，我们把这匹马取名叫作吉尔福德。在老头儿看来这无疑是一笔绝好的投资，所以他想亲自训练，并且亲自来驾驭。在我看来，吉尔福德是一匹同克扎不相上下的好马，我对老头儿所做的一切都感到得意，因为吉尔福德不仅仅是拥有一身好皮囊的栗色毛发的骏马，而且还是一匹颇具实力的好马。它不仅能够跳越障碍，在平地赛马时，它的速度也是非常惊人呢，如果你想要它跑得够快的话，你就会发现我所言不虚。

老头儿第一回骑上它比赛，它就驮着老头儿跑了个第三，我记得那应该是两千五百公尺的跳栏赛。哎呀，我真是越来越喜欢它了。在前三名的单间马房里，老头儿浑身大汗地站在吉尔福德旁边，看得出他满心欢喜，过了一会儿他径自到一旁去称体重了。我真为老头儿感到骄傲，就好像这是他第一次得到前三名似的。如果一个骑师在很长一段时间内都不曾骑过马了，那么人们就觉得他不再拥有以前的实力了。但是现在，整个事情都开始变得与以前不同了，以前我们还在米兰，就算是大规模的马赛，对于老头儿来说也和他没有什么关系，他就算是获胜了也不会感到一点儿兴奋，或别的什么的，但是现在不同了，老头儿参加比赛前我无比紧张，以至于在赛前的头一天晚上我差点儿激动到失眠，尽管老头儿并没有在脸上表现出来，但我知道老头儿那段时间肯定也十分兴奋，要知道亲自骑马参赛和在一旁观看，这两件事情可是截然不同的呢！

一个下雨的星期天，我们在奥图，老头儿骑着吉尔福德参加了第二回赛马，那是一场马拉奖四千五百公尺障碍赛。我在看台上拿出老头儿买给我看他们比赛的新望远镜直折腾，终于到吉尔福德驮着老头儿出场。这时起跑屏障那儿出了点儿乱子。有匹戴着眼罩的马在那儿折腾，它竖起后腿，起跑屏障还被它冲破了，不过很快工作人员就把事情处理好了。于是在跑马场那边他们开始出发了，即使相隔甚远，我还是能够从望远镜中一眼找到骑在吉尔福德身上的老头儿，他戴着顶黑帽子，穿着黑夹克，那上面有我们的标志，其实就是一个白十字，老头儿骑在吉尔福德背上，用手拍了拍吉尔福德的脖子。于是他们瞬间一跃而出，闪电般向前奔驰。很快，当他们跑到树后面时，我从望远镜中渐渐看不见他们了，投注站的窗口“哗啦啦”地拉下了，锣声在拼命响个不停。我那时真是太激动了，我把望远镜定在他们从树丛后面跑出来的地方，可是我又不敢看着他们，过了一会儿，他们就都从树背后跑出来了，跑在第三位的是一个穿旧黑夹克的，在遇到障碍时他们像群鸟似的轻轻一掠而过。很快他们又消失在我的视线里，转眼又不见踪影，接着一座小山坡上出现了他们的身影，在“嗵嗵”的蹄声中，他们又一阵风似的冲下了山坡，每一匹马看上去都跑得那么从容、优雅而轻快，他们跑得那么稳，排列整齐得好像你能从他们背上走过去似的。他们一个接一个地稳稳跳过每一个栅栏，然后又齐齐整整地从我们的面前跑过。随即马儿们开始一个个地从一个高大的双排树篱障碍上一跃而过，这时，我似乎看见有一匹马摔倒了。不过是哪一匹马我并不清楚，可是没过多久这匹马就再次站了起来，奋力地向前面的马儿追去了。赛场上，马儿们依旧是挤成一长串，在掠过一个长长的左弯道后，全部都进入直线跑道。它们在一一跳过石墙后，就开始争先恐后地沿着跑道向看台面前的大水沟飞奔而去。几乎是在眨眼间它们就冲了过来，老头儿身手矫捷，此时正领先一个马身，我对着从我身边飞快掠过的老头儿大声欢呼，他们又一阵风似的离开了看台，朝前方最后一道障碍——大水沟奋力奔驰。在大水沟的前面是一排大树篱，他们必须先跳过大树篱才能够到达大水沟那儿，就在他们成群地跳过水沟前的大树篱时，一场意外发生了，有两匹马猛地摔倒在了旁边，它们就这样离开了比赛，此时赛场上就剩下三匹马在继续朝着终点跑下去，从望远镜里，我看见三匹马都拥挤在一起。我努力地分辨着老头儿在哪里。让人意想不到的是，就在大水沟那儿，三匹马不知怎么全都摔倒了。其中一匹马自己站了起来，马缰挂在头的一边，它径自朝前飞跑着，而它的骑师却跌跌撞撞地走到靠栅栏的跑道一边。另一匹马自己屈膝撑起身子，骑师抓紧笼头，顺势上了马，继续猛冲以争取二马的奖金。这时滚到一边的吉尔福德，径自站起身，晃着右前蹄，靠三条腿跑起来，老头儿被甩了下来，满头鲜血，看上去他已经精疲力竭了，仰天躺在草地上一动不动。我慌忙跑下看台，一下子冲进人堆里，拼命挤到栏杆边，我看见老头儿被两个魁梧的担架手抬出场去，我被一个警察紧紧抓住不放。这时在跑马场的另一边有三匹马跳过障碍，一溜烟儿地跑出了树丛。

当我来到他们把老头儿抬进的急救室时，一个医生正用听诊器听他心跳。不过此时老头儿已经停止了呼吸，随后我听见一声枪响从跑道那头传来，我意识到这枪声意味着吉尔福德被他们打死了。后来他们把担架抬进医院病房时，我紧紧抓住担架，趴在老头儿的担架旁边，突然发现他脸色那么苍白，老头儿就这样死了。死得这么突然，我哭得停不下来，但是我心里却在想，如果老头儿没有死，那吉尔福德也许就不会被他们打死了。这样的话，不久它的蹄子就会慢慢地好起来的。可是事情为什么会这样呢？我不知道。我真的不知道，我多么爱老头儿啊！

这时从病房外面走进来两个家伙，其中一个用法语在打电话，让他们叫辆救护车来把老头儿送到梅松去，另一个人拍了拍我的后背后，走到老头儿病床边站立了一会儿，然后他将一条被单从床上拉起来，将老头盖住。我再也忍不住大哭起来，不知道哭了多久，觉得自己快有些缓不过气来了，不知道乔治·加德纳什么时候走了进来，他在我身边的地板上坐下，紧紧地搂住我，对我说："来吧，老弟，咱们要出去等救护车了。乔，咱们得站起来。"

我在乔治的搀扶下走出了病房，一直走到大门口时，我都还在痛哭不止，乔治一直用他的手帕替我擦去脸上的泪水，我竭力想止住哭，但是没用。我们在一旁等候人群走出大门，当人群走出大门时，我们往后稍微退了几步，这时，我看见有两个家伙并没有走，就在我们附近站着，其中一个正在点着一沓同注分彩的马票一边说："现在好了，巴特勒肯定已经将他那份好处捞到了。"

"他有没有捞到我才不管呢，那个该死的家伙。他总是靠玩弄手段捞钱。"另一个家伙说。

“他肯定在中间做了手脚。”另一个家伙一边附和，一边把那沓马票撕得粉碎。

乔治·加德纳转过头来看了看我，他准是想看看我是不是听见了，很显然我是听见了，而且听得清清楚楚，“要知道你家老头儿可是个不错的大好人，”乔治·加德纳说，“别听那些懒鬼胡说。”

可我不清楚。他们这些话一直萦绕在我的脑海里，挥之不去。

大双心河（第一部）

火车在绕过那些树木被烧掉的小山坡中的一座后，继续顺着轨道向前驶去，转眼就无影无踪。尼克在刚才行李员从行李车门内扔出的一捆帐篷和铺盖上坐了下来。向远处望去，视野里什么也没有，既没有镇子，也没有农田，只有被火烧过的山丘和仿佛永远没有尽头的铁轨。在森奈镇上曾经屹立的广厦旅馆现已成了一片瓦砾，火把基石烧得破碎而迸裂了，屋基撅出露在地面上。森奈镇上到处可见这些残砖断瓦了。曾有十三家酒馆在森奈镇唯一的街道上，现在已经毫无影踪了。火把土地的表层也烧得一塌糊涂了。

尼克顺着铁路轨道走到河上的桥边，他再次看了看远处，原指望能看到该镇的那些房屋散布在上面，但是那里只留下了被火烧毁的那截山坡，除此之外就再也没有其他东西了。尼克低头向脚下的河水看去，在桥墩的圆木桩上，河水激起一个又一个的漩涡。河还在那里。尼克俯视着清澈的河水，就连河水也由于河底卵石映衬呈现出一种褐色，鳟鱼在激流中抖动着鳍尽量稳住自己的身子。有时，它们会猛然一下拐弯，变换一下位置，然后又在急流中稳定下来，尼克对着它们看了好半天。

那些挡住去路的由圆木桩组成的桥墩在水潭表面的流水拍打下，不断激起一层层的波浪。从桥上俯视水潭，尼克发现有许多大鳟鱼在水潭底部藏着。起初尼克并没有注意到它们，到后来他才发现它们在潭底。他看它们把鼻子探进激流，然后稳定了身子，他透过水潭的水面一直望到水底深处，光线经过水面的折射后，这些在飞速流动的深水中的鳟鱼在尼克眼里就显得稍微有些变形，潭底的砾石和沙子像游移不定的迷雾般时有时无。

这是个大热天。一只翠鸟在发出一声清脆的鸣叫后朝上游飞去。尼克已经有很长一段时间没有观望过像眼前的这种小溪，也没有见过鳟鱼了。眼前的这一切尼克感到非常满意。正当那翠鸟朝上游飞速掠去时，翠鸟在水面上的影子被一条大鳟鱼紧跟着也飞速朝上游蹿去，在它的身后拉出了一道长长的弧线。忽然，它猛地一下跃出水面，鱼鳞在阳光的照射下闪闪发光，这时刚才它在水中的身影勾勒出了那道弧线便在尼克眼里消失不见，很快，它就又落回水面回到水里，然后你就会看见随着水流一路向下漂去的身影，最后一直漂到桥底下那些它常待的地方，在那里毫无阻碍地绷紧着身子，任凭流水冲着它。看着鳟鱼的动作，尼克觉得过去的感受在那一刻全部都涌上了心头。他的心一下子抽紧了。

他转头望向河水的下游。河流向前伸展开去，一些卵石在河水的底部，就在不远处的河滩上有着一些大漂石和浅滩，在那块峭壁的脚下河水在拐弯处形成了一个深水潭。

尼克踩着一根根的枕木开始往回走，他要去带上在铁轨边的一堆灰烬那儿放着的自己的包裹。他先把包裹上的挽带用手绕好，然后拉紧背带，把包裹一下子挎到背上去，两臂从背带圈里穿进，前额牢牢地顶在宽阔的背物带上，这样可以减少一些把肩膀朝后拉的重量。由于包裹太过于沉重，尼克只能让身子稍微前倾，好让包裹的重量尽量都压迫在肩膀的上部分，然后将皮制钓竿袋拿在一只手里，顺着平铺的铁轨一直朝前走，不再理会那处在烈日中的已经被焚毁的镇子。他显得很愉快。在一处小丘边拐弯后，尼克径直走上直通内地的大路，在他拐弯处的那座小丘的两旁各有一座被火烧焦的高山。他顺着大路不停地朝前迈着脚步，大路在不断地上坡。尼克渐渐感到沉重的包裹勒在肩上的痛楚。天气越来越热，肌肉也越来越酸疼，登山可真是件不容易的事啊，尼克心想。但是现在他把任何事情都抛之脑后了，不需要做任何事，不需要想任何事，也不需要写作。什么都不用做，除了走路。他感到快乐。

自从行李员把他的包裹从敞开的车门内扔了出来。他下了火车，情况就已经发生了改变。他看见那一带土地被烧遍了，完全换了模样，森奈镇也被焚毁了，不过这些都没有关系。总会有没烧掉的东西。他正在跨过那道山脉，就是那道把铁路和一片松树覆盖的平原分隔开的山脉。他在阳光下、浑身冒着汗、爬着坡在大路上向前走着。

尼克眼前偶尔会有段下坡路出现，但终归是往向高处攀登的，他继续朝上走。大路和那被火烧过的山坡平行伸展了一程，一直往前延伸到山顶。终于，尼克好不容易来到了山顶。尼克坐到地上气喘吁吁的，将身子从背带圈中溜出，无力地靠在一截树桩上休息。他的面前出现了那片松树覆盖的平原，是一望无垠的翠绿。在左面的山脉前被焚烧的土地就到那儿为止了。前面，一个个小岛似的黝黑的松林在平原上凸起。那道河流就在他左面的远方。尼克手搭凉棚，将目光顺着河水流经的方向望去，他看见河水在阳光中波光粼粼。

再远一点儿的地方是连绵不断的青山，那是苏必利尔湖①边的高地，只有他前面这片平原被松树覆盖。这抹青山太远了，它显得又遥远又模糊，隔着平原上的一片热浪，尼克站在那儿看得不大清楚，当他努力地想看清楚它时，他发现竟然一点儿都看不到了。但如果随便一瞥的话，尼克又发现这抹高地上的远山明明就在那儿。

---

① 美国东北部的密歇根州位于美国和加拿大交界处的五大湖地带。该州北部有一东西向的大半岛，在它的北面以苏必利尔湖与加拿大为界，南面则是休伦湖和密歇根湖。

尼克背靠着烧焦的树桩坐在那儿抽起香烟来，对他来说这是更加舒服的姿势。在这树桩上搁着他的包裹，这样他就可以随时将包裹套上背脊，刚刚他背部把包裹的正面压出来一个凹处。眺望着山野的尼克坐着，抽了一会儿烟。他可以根据河流的位置知道自己正在什么地方。

他惬意地往前面伸展两条腿，一口口抽着手里的香烟，无意中他看到地面上有一只蚱蜢正在朝他身上爬，这只黑色的蚱蜢已经慢慢地爬上了他的羊毛短袜。他刚才顺着大路登山时，肯定把不少草丛里蚱蜢都给惊动了。它们不是那种大蚱蜢，它们全是黑色的，这些仅仅是一般的蚱蜢，不过颜色都是烟灰般黑的。起飞时黄黑两色或红黑两色的翅膀会从黑色的翅鞘中伸出来“呼呼”振动。尼克刚才一路走过时，并没有好好地打量过它们，只是曾经感到有点儿纳闷。此刻，他打量着这只爬上他羊毛短袜的黑蚱蜢，这只黑蚱蜢正用它那分成四片的嘴唇使劲儿啃着尼克脚上的羊毛袜的毛线。它们全都变成黑色，可能是因为生活的这片土地被烧焦了吧，尼克心里突然想到。如今这里的蚱蜢已经都变成黑色的了，不过在尼克看来这场火灾该是去年发生的。不知道这些蚱蜢能保持这样子多久。

他把这只蚱蜢的翅膀抓在手中，然后把它翻过身来，看着它那有着环节的肚皮，它的六条腿儿在空中不停地划动着。尼克发现，它的肚皮也是黑色的，不过它的脑袋和背脊却呈现出一种灰暗的颜色，并闪着彩虹。

“飞吧，飞去别处吧，小蚱蜢，”尼克对着手里的蚱蜢说道，“飞吧。”

他用力把蚱蜢抛向空中，在空中下落后蚱蜢便本能地抖动着双翅，“嗡嗡”飞到大路对面的一个树桩上，黑乎乎的树桩显然已经被烧成了炭了。

尼克站起身来。包裹就竖放在树桩上，他背对着包裹靠了过去，然后从背带圈把两臂穿了进来，将包裹再一次背在背上。他站在山顶上背着包裹，抬头眺望远方的河流，目光越过一片片山野，然后离开大路，迈开脚步，朝山坡下走去。脚下的坡地非常好走，又平整又硬实。火烧的痕迹距离下坡大约两百码的地方就消失了。周围又是一片生机盎然的光景。接着尼克又穿过一簇簇短叶松，还有一片高齐脚踝的香蕨木。脚下是沙地。远处在尼克眼里是好长一片有起有伏的山野。

尼克知道要走到河边的什么地方。尼克根据头顶上的太阳确定了自己前进的方向，他继续穿行在这被松树覆盖的平原上，有的时候，当登上小山包时，他会发现还有其他小山包出现在前面。有时候，当他登上一个小山包时，又会发现有密密层层的一大片松树出现在这个小山包的右方或左方。他为了一路都可以闻到这个香味将几小枝石南似的香蕨木折下把树皮磨碎，插在自己包裹的带子下。

当尼克跨过这没有树荫、高低不平的平原，他感到很热，也感到有些疲乏。他知道自己现在随时都可以走到河边，至多一英里地。朝左手拐弯就行。只是朝着北方不停地走，才能在一天的步行中尽可能地抵达河的更上游。

就这样尼克不停地走着，有时他常常会望见一大片松林耸立在他正在跨越的丘陵地上。他走下了一个小山坡，随后又慢慢地爬上另一个小山坡，一直走到桥头，然后再转身朝松林里走去。

在这松林中所有的树身几乎都一直朝上长，呈棕褐色的树身，没有枝丫，笔直地刺向空中。枝丫都在高高的树顶上，有的枝丫相互纠结在一起，浓密的阴影在阳光的照射下在褐色的林地上显现出来。偶尔也会有一两根彼此倾斜。矮灌木丛无法生长在这样的环境中。树林四周有一道褐色的空地出现。空地上铺满了掉落的松针，踩在上面，尼克觉得软绵绵的，非常舒服。树长高了，枝丫移到了高处，影子曾遮盖过的空地现在让阳光来普照了。香蕨木地带在这道林地延长地带的边缘，也线条分明地开始了。

树荫中尼克卸下包裹面朝天躺在那里，望着松树的高处。他在地上自由地伸展着身子，腰部、背脊和脖子都觉得非常舒坦。背部贴在软绵绵的地上，他感到十分惬意。抬眼穿过枝丫罅隙望望天空，接着闭上眼睛，然后再张开眼睛，又抬眼望望天空。阵阵凉风在高处的枝丫间刮着，他又合上了眼，感受着树林间清爽的凉意，渐渐地睡着了。

尼克在太阳快要落山的时候醒了过来，他感到身子又麻又僵。他又把沉重的包裹背在背上，尼克的肩膀被带子勒得很痛。他弯下身子，拎起皮钓竿袋，背着包裹，再一次从松林出发，跨过长满香蕨木的洼地，一直朝着河边走去。现在路程不超过一英里。

尼克从一座布满树桩的山坡走下来，一片草场出现在他的眼前。那条河就在草场对面的边缘流着。尼克看见了那条河感到非常高兴。他迈开脚步开始穿过草场朝河边走去。炎热的白天一过，草地上很快就凝出浓密的露水，没走多远，尼克的裤腿竟然被露水弄得湿透了。尼克走完草场，来到了河滩边。这流得又急又平稳的水面，竟然没有一丝水声发出来。尼克没有止步，继续沿着河滩朝河道上游走去。没走多久，一片高地出现在尼克的视线里，尼克仔细打量着这块高地，这地方宿营还真不错，尼克心想，今晚就在这里安营扎寨吧。在他还没有登上那块高地之前，尼克转过头朝下游望去，鳟鱼们进晚餐的时候到了。日落后从河道对面沼地上飞来不少的虫子，这些虫子在河面上上下飞舞。不时有鳟鱼从河水中跃出水面跳起来享受丰盛的晚餐。他此刻朝下游望去时，可能是这儿的虫子大概都栖息在水面上的缘故，下游都有鳟鱼在一个劲儿地捕捉水面上的食物。其实在尼克刚才穿过那一段草场时，就开始有鳟鱼在高高地跃出水面享用晚餐了。尼克随即又朝河道的上游望去，只见鳟鱼都在跳跃，一直到这一长截河道的尽头，就好像雨点敲击在河面上一样荡起不少涟漪。

尼克开始朝那座他准备扎营的高地走去，地势在他的脚下逐渐变得越来越高了，直到高得可以俯瞰那截河道、沼地和草场，上有树木，下有沙地。尼克将背上沉重的包裹和钓竿袋放在他刚寻找到的一块平坦的地方。然后开始动手搭帐篷，尽管他现在感到非常饿，但是他还是决定先搭完了帐篷再做饭。就在两棵短叶松之间尼克找到一块很平坦的土地。为了弄平一块足够大的可供睡觉的地方，尼克用从包裹中取出的斧子，砍掉地面上两个撅出的根条。因为他不希望自己的毯子底下有什么隆起的东西，所以他把长在沙地上的香蕨木全都连根拔掉，再伸手将拔掉了香蕨木的泥土踏得平平坦坦的。在将泥土全都踏平了以后，他从包裹里拿出了三条毯子。他把其中的一条对折起来，铺在踏平了的沙地上。把另外的两条摊在上面。香蕨木把他的双手熏染得很好闻。

他用斧子把一块闪亮的松木劈成了一些用来固定帐篷的木钉，那块闪亮的松木是从一个树桩上劈下来的。只有把木钉做得又长又坚实，才能使敲进地面的木钉无比牢固。然后他从包裹里把帐篷取出来，摊在地上，靠在短叶松上的包裹这时候看起来就比刚才小了很多。尼克找出帐篷顶上作为帐篷横梁的绳子，把绳子的一端牢牢地系在一棵松树的树身上，接着尼克握着绳子的另一端把它同样也在另一棵松树上牢牢地系紧。这时候挂在绳子上的帐篷就像是一块晾在晒衣绳上的大帆布片儿。尼克用他砍下的一根树干撑起了帆布的后部来，最后帐篷的四角被尼克用四颗木钉牢牢地固定在地上。尼克用斧子平坦的一面把它们深深地敲进地面，直到绳圈被埋进泥里，这样木钉把帐篷的四边绷得紧紧的，而整个帆布帐篷绷得像铜鼓一般紧。这样就搭成了一座帐篷。

为了防止晚上草地上的蚊子钻进帐篷里来，尼克把一块薄纱安在帐篷的开口处。从包裹中取出一些东西后，尼克掀起挡蚊布爬进了帐篷。一股好闻的帆布气味扑鼻而来，爬进帐篷时，尼克心里很快乐。在帐篷里，通过棕色帆布，天光渗透了进来，整个帐篷现在已经带有一些神秘而像家的气氛了。他并不是这一天始终都不开心。尼克把刚才从包裹里拿出来的东西放在帆布帐篷斜面下的床头。现在事情办好了。他搭好了野营地，他安顿了下来。这些需要办的事现在办好了。这样一来什么东西都不会来侵犯他。他就在这儿，在这个好地方，这是个扎营的好地方。他正在自己搭起的家里。这次旅行对尼克来说是那么辛苦，现在他感到十分疲乏，而且他也感到更饿了。

天已经很黑了。从帐篷里爬了出来的尼克发现帐篷里倒比外面要亮些。

尼克走到紧靠在松树旁的包裹前，在包裹底部用手指将一枚长钉从一纸包钉子中掏出来。他用一只手将长钉对准松树的树干，另一只手用斧子平坦的一面把长钉轻轻地敲进树干里然后他便把包裹挂在这枚已经定好的钉子上。这包裹里装着他的全部用品。现在它们受到了保护，离开了地面。

尼克在做完这一切后觉得饥饿难忍了。他将打开的一听意大利式实心面条和一听黄豆猪肉倒在刚刚拿出的平底煎锅里。现在，尼克开始弄吃的了，他从来没有这样饿过。

“它们是我不辞辛劳地一路背过来的，所以我当然有权利来吃掉它们。”尼克说。尼克的声音在这越来越黑的林子听上去显得有些怪，于是他决定沉默。

他生了一堆火，生火用的木柴是他用斧子从一个树桩上砍下的几大片松木。接着他将一个铁丝烤架安在火上，用自己穿着的皮靴跟使劲儿把铁丝烤架的四条腿踩进了地面。尼克在烤架上搁好煎锅，熊熊的火焰在欢快地舔着煎锅。豆子和面条热了，开始散发出阵阵香气。这下尼克更饿了。尼克用叉子把它们搅和在一起。过了一会儿它们就开始在煎锅里沸腾了，一些小气泡艰难地从煎锅的下面挤了上来。香味更浓了。尼克切了四片面包，又将一瓶番茄酱拿了出来。这会儿更多的小气泡开始不断冒了出来。尼克把煎锅从火上端起来后，就在火边坐下。他将锅中大约一半的食物都倒在了后来拿出的一个大的白铁盘子里面。食物在盘子里慢慢地不断扩散。食物还太烫，尼克知道暂时还不能吃。一些番茄酱又被他倒在了上面。他望了望帐篷，又望了望盘子。面条和豆子现在还是太烫了，他可不想因此烫坏自己的舌头，从而导致自己的这番享受全部被破坏掉，那可真是太不划算了。他的舌头总是那么敏感。因此许多年以来，他从没有一次能够好好地享受过煎香蕉，因为他总是在它还是热的时候就迫不及待地将其吞进自己的肚子里，从来都没有让它冷却了才吃。他现在饿得慌。他看见一片薄雾在一片漆黑的夜色中从河对面的沼地逐渐升起。他再回头看了一眼帐篷，一切正常。于是他用勺子从盘子里舀了满满一匙食物送到嘴里。

“哦，其（基）督啊，哦，”尼克说，“哦，也（耶）稣其（基）督啊！”他十分高兴地说。当他将手里的一盘食物全部吃完时，才想起还有面包被放在一旁。于是尼克又从煎锅里舀了一盘，这一次他没有忘记一旁的面包，他把第二盘食物和面包和在一起也吃了个精光，最后用面包把盘子擦得锃亮。他从圣伊格内斯①火车站上车一直到现在，还没吃过东西呢，而在圣伊格内斯

① 位于休伦湖和密歇根湖之间的狭窄水道的北面，处于密歇根州北部那个大半岛的东南端。

火车站他只在一家车站食堂里吃了块火腿三明治、喝了杯咖啡。这段经历对于尼克来说也许是非常美好的。由于当时没法满足自己的食欲，他曾经不得不这样饿过。这条河边分布着许多不错的宿营的好地点。虽然他可以在好几个小时之前就安营扎寨，而且只要他高兴随时都可以。不过能够有这样的一次经历也不错啊，不是吗？

忽然尼克想起来自己刚才竟然忘记烧水煮咖啡了。于是他又将两大片松木塞进了烤架下面。一下子火苗就蹿了上来。尼克将一只折叠式帆布提桶从包裹里取了出来，然后来到山坡下，沿着满是露水的草场边缘，一路走到河边。草变得又冷又湿，他蹲在岸边，将手里的帆布提桶整个浸在河里。水面下帆布提桶慢慢鼓了起来，开始被流水拖动着似乎就要脱手而去。这时候，水的温度已经变得很低，就像冰一样。对岸被一片白雾蒙得严严实实。尼克将提桶在河水里漂洗了一下，然后拎着装满了水的提桶回到宿营地。尼克发觉河水在离开了河流以后，奇怪得不像在河水里那么冰冷了。

尼克又从包裹中拿出一枚大钉，钉在一旁的松树树干上，他把装满水的帆布提桶挂在钉子上。又加了几块松木片给烤架下的火，用咖啡壶从挂在树干上的提桶里舀了半壶水，然后把咖啡壶在烤架上放好。最好用什么方法煮咖啡尼克已经想不起来了，不过，他记得自己以前曾和霍普金斯因为这件事有过争辩，但是他现在已经忘记了最后自己到底赞成用哪种方法来煮咖啡了。但是他还记得霍普金斯的办法——让咖啡一直煮，直到沸腾。没错，这正是霍普金斯的办法。在以前，无论什么事情尼克都喜欢跟霍普金斯来上一场激烈的辩论。尼克对开听罐显得情有独钟。现在一小听糖水杏子刚刚被他打开了，就在他等着咖啡煮沸的那一小会儿时间里。他往准备的白铁杯里一股脑儿倒完了听中所有的杏子。他一边喝着美味的杏子甜汁，一边注视着烤架上的咖啡，刚开始为了避免甜汁从杯子中溢出来，尼克一口一口小心地嘬着，到了后来他仿佛想起了什么事，即使喝得很大口，但是却比刚才喝得慢了许多，他慢慢嚼着杏子肉，许久才咽下肚去。尼克认为，和新鲜杏子比起来它们可好吃多了。

他一边喝着杏子的甜汁，一边看着燃烧的火堆，咖啡在不知不觉中煮开了。咖啡壶盖被朝外冲出的蒸汽顶了起来，渣子和咖啡不断从咖啡壶口溢了出来，滴落在火堆上“扑哧扑哧”响个不停。尼克直起身子，取下烤架上的咖啡壶来。尼克想，看来还是霍普金斯胜利了。他在吃完杏子的空杯子里放了一些糖，由于咖啡壶在烤架上被火烧得太烫了，尼克就用自己的帽子来把咖啡壶柄包住。由于尼克不想壶里面的咖啡浸在自己的帽子上，因此这种方法并不好倒。但是无论如何，他也终究是将一些咖啡倒在了杯子里面，让它自己在空气中慢慢冷却。反正倒第一杯时不能让自己的帽子浸在壶里面，尼克这样想。尼克现在也不得不承认霍普金斯是个非常地道的咖啡爱好者了，因为霍普金斯的办法的确挺不错的。霍普应该得到我们的尊重，尼克想，我会一直都采用他的方法煮咖啡的。在尼克所认识的所有人当中霍普金斯无疑是最认真的一个。霍普金斯可以在嘴唇不动的情况下讲话这是让尼克印象最深刻的。这曾让尼克在很长的一段时间里惊叹不已。不过这些事都是很久以前的了。霍普金斯那时候还是比较喜欢打马球的。他们待在得克萨斯州的那阵子，由于霍普金斯的运气非常不错，那时候他就赚到了几百万美元。那时霍普金斯接到一个电报，电报上说他的大油井出油了，就是他的第一口大油井。他本来可以通过拍电报去要求把钱汇来的，但是霍普金斯认为这样太慢了。于是霍普金斯就借了车钱迫不及待地跑去芝加哥了。霍普金斯早就在电报送到得克萨斯州来时坐火车走了。霍普金斯有个人称金发维纳斯的女朋友。他对这个女朋友并不是很在意，因为在霍普金斯自己看来她并不能够算得上是他真正的女朋友。所以，霍普金斯曾十分自负地对大家说对于自己的真正的女朋友，谁也不能开她的玩笑。显然，他说的是非常有道理的。八天以后，当电报送到霍普金斯的手里时，他已经到达黑河边了。在那天他们送霍普金斯走的时候，霍普金斯把一支手枪送给了尼克，以前他可从来没让别人动过那支手枪，因为那支点二二口径的科尔特牌自动手枪可是他的宝贝。他送给比尔一架照相机，那是他众多最爱之一。他告诉他们这些东西将会作为对他的永久纪念一直留在他们的身边。他们曾说，霍普金斯决定买一条游艇用于下一个夏天和他们一起去钓鱼用。而且这样他们大家就可以一起乘坐他的游艇沿着苏必利尔湖的北岸航行。因为这个吸毒鬼①现在发财了。霍普金斯做事十分认真，但是也很容易冲动。那天，在火车站要分别的时候，大家心底都感到不怎么好受，不过最后他们还是彼此说了再见。那次旅行最后也是不了了之，因为从那以后他们再也没有见到霍普金斯。这些事都是很久以前发生的了。

尼克坐在火堆旁喝着杯子里的咖啡，咖啡有些苦，这可是按照霍普金斯的方式来煮的咖啡。想到这里，尼克不由自主地笑了。他的思想开始活跃起来了。看来这样结束这段故事倒是非常不错。他开始感到有些困了，所以他掐断了这一思路不再继续回忆下去。他揭开壶盖，将壶中还没有喝完的咖啡泼到火堆上，一股轻烟在不断的“扑哧”声中冒了起来，尼克把壶口朝下使劲抖了抖，壶底的咖啡渣纷纷从壶中掉落到已经熄灭的火堆里，烟一下子变得浓重很多。他钻进帐篷后，脱掉鞋子和长裤，并点上一支香烟，在毯子上坐了一小会儿。等到烟抽完以后，他掐灭烟

① 在原文中为Hop Head，hophead为美国俚语，意思是“吸毒鬼”，作者在这里是故意把它分开写成两个字的，并且把开头一个字母大写，看上去就像是霍普的姓名。

头，用长裤把鞋子卷在当中来做枕头，然后翻身钻进了毯子里面。

不远处的沼地在宁静的漆黑的夜里寂静无声。偶尔会传来树叶的沙沙声，那是夜风吹过树林了。尼克在温暖的毯子里舒适地伸展着自己的身体。尼克注视着帐篷开口处在夜风中摇曳的树枝。这时，不知是什么时候钻进来一只讨厌的蚊子，在尼克的耳边不断地“嗡嗡”作响。“真烦人。”尼克极不情愿地坐了起来，伸手划燃了一根火柴。蚊子的“嗡嗡”声在这时消失了，不过尼克还是在他头顶的帆布帐篷上找到了这只讨厌的蚊子。“别以为躲在上面我就找不到了。”尼克说道，他瞅准时机，把火柴“唰”的一下伸到蚊子身上。在火中蚊子发出“嘶”的一声响，火柴熄了。这声音如同天籁，尼克想。尼克又将毯子重新盖上躺了下来。他感到自己已经昏昏欲睡了。他闭上了眼睛，翻了个身侧着睡，在毯子下将身子蜷起，睡意一阵阵袭来，尼克很快就入睡了。

大双心河（第二部）

太阳很早就出来了，在阳光的照耀下，气温开始慢慢升高，帐篷里很快就开始热了起来。从帐篷开口处的蚊帐纱下，尼克一手拿着鞋子和长裤一手掀开蚊帐纱爬了出来。晨光明媚得让他几乎睁不开眼。昨夜还未退去的露水在清晨的阳光中闪着晶莹的光。尼克起身朝远处望去，沼地、草场和河流都在他的面前。一些白桦树在河对面沼地边的绿草地上。太阳正在努力地从小山后一步一步朝上爬。

清晨的河水总是显得那么清澈，平稳而迅速地流淌着。在大约两百码的地方，三根原木横搁在流水上将小河的两岸连接了起来。被原木拦住的河水，速度开始变得缓慢下来，形成一个又平又深的水潭，从原木的缝隙中间依旧有河水不断地溢出来，朝下游流去。就在这时，尼克的视线里出现一只在原木间灵活得上蹿下跳的水貂，它没用多久便穿过原木跑到河岸上去，“哧溜”一下就消失在了沼地里。这清晨的一切让尼克很兴奋。他虽然不想吃早饭，但是他又知道自己必须得吃。于是他生起了一堆火，支上烤架，放上咖啡壶。

趁着壶中的水还没烧开，尼克从包裹中拿出一只空瓶，来到草地上。尼克想在露水尚未被太阳晒干前在草地上捉些蚱蜢来当鱼饵。在草丛里过夜的蚱蜢，它们基本上都是躲在草茎下面。不过它们有的时候也会依附在草茎上。于是它们的翅膀都会被露水打湿，如果等太阳将它们的身子晒热了它们就又能蹦跳飞走了。尼克收获颇丰，找到了好多蚱蜢。他在草丛当中发现了一根原木，然后把那根原木翻过来，成百上千只蚱蜢就出现在了尼克的眼前。那是个蚱蜢的寓所。尼克专门挑中等大小的褐色蚱蜢，把它们挨个捡起来，放在空瓶子里。就在尼克把蚱蜢一只只捡起的时候，其他的蚱蜢渐渐被阳光晒热了身子，开始四处跳散。它们用自己那强有力的后腿猛地一蹬，跳到半空中就撒开身上的翅膀，就会向前飞一段不小的距离，然后再次落在草叶上，一动不动仿佛死了似的伏在那里。大约五十只中等大小的褐色蚱蜢被尼克放进了瓶子里。

尼克知道，等草地上的露水晒干了，要想抓到这么满满的一瓶好蚱蜢最少得花上一整天工夫，而且他还必须用他的帽子猛扑上去，如果这样的话难免会有不少蚱蜢被压死。他又将那块原木翻回原处，这样每天清晨他就可以毫不费劲地抓到足够多的蚱蜢了。过不了多久，太阳就会把草地上的露水晒干，或许就在他吃完早饭后，蚱蜢们就会又像平时一样活跃了。尼克在河里洗了手，然后回到了自己的帐篷前面。蚱蜢在草丛间已经开始四处蹦跳了。瓶子在阳光的照射下逐渐被晒热了，里面的蚱蜢朝瓶口处一个劲儿地蹦着。尼克从地上捡起一截松枝，当作瓶塞，大小刚好把瓶口塞上。这样就既能够保证有足够的空气流通，同时又能够让蚱蜢没法跳出来。真是个不错的办法，尼克感到有些得意。

壶里的水已经烧开了，尼克随手把装满了蚱蜢的瓶子放在地上，瓶子里的蚱蜢还在不停地蹦跳着。尼克揭开壶盖抓一把咖啡放了进去，然后他拿出一个盘子，将一杯荞麦面和一杯水倒在了盘子里混合在一起，并用叉子迅速地搅拌着，直到他觉得已经搅拌均匀了，而后在罐子里舀了出来一勺牛油，小心放入旁边的煎锅里。这个时候咖啡煮好了，尼克依旧用自己的帽子包着咖啡壶柄，将它从烤架上拿下来，再将装有牛油的煎锅放在烤架上。煎锅很快就被烧得滚烫，牛油逐渐在煎锅里融化开来，并不时发出阵阵“毕剥”声。待油温差不多的时候，尼克将先前和好的芥麦糊“哧溜”一下倒进了冒着烟的煎锅里。煎锅里荞麦糊的表面像滚烫的岩浆般四下扩散开来，不断发出“哧……哧……”的声音，不一会儿，一个个的气泡在荞麦饼的表面上慢慢冒起，然后破裂，无数的气孔就出现在了荞麦饼的表面，荞麦饼的四周开始逐渐变得硬了起来。慢慢地整个荞麦饼逐渐变黄，然后又逐渐变脆。尼克拿过一片早已准备好的干净的松木插进了荞麦饼的底面。他把松木片直插进整个饼子的底面，从外向里地逐渐铲动饼子，待饼子与煎锅完全脱离开来，他然后把松木片插到饼子的正中间，猛地一翻手腕儿，将饼子翻了一个身。这时饼子的一面已经被烤成了棕色，另一面则继续在锅面上毕剥作响。他想他可不能用锅子给它翻身，万一掉出去了那可就糟了。

尼克把第一块烤好的饼子倒在一个盘子里，让它自己晾着，又重新给煎锅上涂上一些牛油，他把盘子里剩下的那些面糊全都倒了上去。做成了一块大的煎饼。

尼克在那一块大煎饼上面涂上了些味道不错的苹果酱，可他吃完后还是觉得不怎么饱，于是他又从另一块上切了一小块，同样也涂上了苹果酱。尼克吃完后满足地摸了摸自己的肚子，这下可算是吃饱了。然后他将苹果酱给剩下的饼子全都涂上了，又对折了两次，并且用油纸把饼子包好后，放进了自己衬衫的口袋里。接着把那瓶苹果酱放回包裹里，顺便又从里面掏出了个面包，切了两块用来做三明治。

他又从包裹里拿出来一颗洋葱。剥去外皮再用刀将它切为两半。接着再把那两个半只洋葱挨个儿切成一片一片的，夹在两片面包中间，一个洋葱三明治就这样做成了。他同样找出一张油纸把它们包好，然后放进了他衬衫另一个口袋里，最后将口袋的纽扣扣上。放在一旁已经不再烫嘴的咖啡被他一口气喝光了，由于这次他在咖啡里面加了炼乳，所以喝起来有一丝甜甜的味道，美味的咖啡。咖啡喝完后，尼克把煎锅翻了个面，让它底儿朝天搁在烤架上，然后就开始收拾起宿营的家什来。这里的确是个很不错的宿营地。

尼克从皮钓竿袋中取出他的假蝇钓竿来，把已经空了的钓竿袋塞进帐篷，坐在帐篷前，把一节节的假蝇钓竿连接起来。成功地装上卷轴后，尼克开始把钓丝穿过系线环。他现在穿的是一根很粗的双股钓丝。那是尼克在以前花八块钱买来的。由于这根双股钓丝比较粗，所以可以很方便地利用钓丝自身的重量将很轻的蝇饵甩到更远的水里。在将双股钓丝穿过系线环的时候，尼克不得不用两只手将钓丝轮流地握住，以免它会靠着自身的重量往回溜。尼克将钓丝穿好后，又将放接钩绳的铝匣打开。然后把嵌在湿漉漉的法兰绒衬垫之间卷起的接钩绳用力地嵌了进去。尼克早在朝圣伊格内斯开的火车上，就事先用火车上的水把衬垫弄湿了。不一会儿这些嵌在湿衬垫之间的羊肠接钩绳就开始变得柔软起来，尼克解开其中的一根，在粗钓丝的末梢上用一圈细线把它紧紧地扎稳。尼克坐下来，把钓竿横放在自己的双膝上，把一个钓钩从钓钩匣中取了出来。接着在接钩绳的另一端他把刚取出来的这个钓钩安在了上面。这是个不太大很纤细却富有弹性的钓钩。

为了感觉钓竿的弹性他用力拉了拉钩丝，顺便试试那个结有没有捆结实。他小心翼翼地做着，尽量防止自己的手指被钓钩钩住，然后他脸上露出了满意的笑容。

装蚱蜢的瓶颈上被他系了一根打了个活结的皮带，好把那瓶蚱蜢挂在脖子上面，他肩上搭着只很长的面粉袋，是用绳子系好挂在肩上的。面粉袋的四只角上都被尼克打了个结。这样面粉袋就会在他走动的时候不停拍击着他的大腿。抄网就挂在他腰带的一个钩子上。当他把所有的东西都准备好后，拿起钓竿，拔腿朝着小河边走去。

挂在脖子前的那瓶蚱蜢随着他走动的脚步，一下一下撞击着他的胸膛。他衬衫的口袋由于被放假蝇的小匣和午餐的吃食塞满了，因此他的身上看起来凸出来饱鼓鼓的一团。尼克感到自己更像是个行家了，因此心里乐滋滋的，虽然身上挂着这么些家什，走路实在是有些不便。

他一步就跨进小河。小腿一下子就被冰冷的河水淹没了，裤腿在水流的冲击下紧紧地沾连在腿上。他不由自主地打了一个冷战。接着继续朝里面走了走，他现在感到自己的鞋底已经踩在河底的沙砾上了。但是，冰冷的河水却仍旧使他不住地打冷战。

等到河水淹没到他的膝盖以后，尼克才停止了脚步不再向前。他转了个方向，又顺着河流朝下游走了几步。他鞋底擦过河底的沙砾。尼克低头看了看在自己腿下打着旋儿的流水，现在河水正温柔地抚摩着他的腿，而且已经没有了刚下水时的那种冰冷感。尼克拿起挂在胸前的玻璃瓶，打开用松枝做的塞子，打算从里面捉一只蚱蜢出来钩在吊钩上做饵。

第一只蚱蜢从瓶口露出了大半截身子一跃，尼克伸手过去没有抓住，蚱蜢用有力的后腿一蹬，一下子就跳到了水里。很快就被打旋的河水吸了下去，接着尼克又看见它从不远处的河面上冒出来。河面上蚱蜢不住地踢动着它的六条腿，顺着河水朝下游漂去。没多远，在它的身子下面出现了一个旋儿，蚱蜢倏地转了一圈，瞬间便又沉到河面下了，一条鳟鱼摇着尾巴从蚱蜢消失的水面下游过，把蚱蜢吞了。

捂住瓶子的手被尼克松开了，另一只蚱蜢很快就将脑袋从瓶口探了出来。它抖动着触须。当它感觉到前面没有什么障碍后，紧接着把两只前脚也从瓶口伸了出来。就在它正准备跳跃的时候，尼克伸过手去一把将它的脑袋抓了个正着，这次可不能再让它逃跑了。尼克重新用松枝将瓶口塞好，依旧让瓶子挂在自己的胸前，他一只手捏着蚱蜢，另外一只手拿着细钓钩，将钓钩小心翼翼地从蚱蜢的下巴穿过，穿过咽喉一直刺到它肚子最下部的那几个环节。蚱蜢的前脚紧紧地攥住钓钩，烟草般的汁液开始从它嘴里不断地冒出。尼克放开蚱蜢，拿着钓竿，把它抛进水里。

钓竿被尼克放在右手里握着，他用左手将钓丝从卷轴上解开，这样钓丝就能够没有阻挡地滑出去。然后慢慢顺着蚱蜢在流水中产生的拉力将钓丝放了出去，起初，尼克还能看见那蚱蜢在河面上随着细小的波浪时沉时浮。后来钓丝越放越长，蚱蜢也就越漂越远，渐渐就不在他的视线里了。

忽然，钓丝猛地抽动了一下，然后马上就绷得笔直，尼克知道有鱼上钩了。于是他赶紧把这绷紧的钓丝往回收。他右手紧握住那不断颤动的钓竿，左手则慢慢地回收钓丝。钓竿在尼克手里左右摇晃着一次次被拉弯，渐渐地那条鳟鱼体力不支被钓钩拉着浮出了水面。这条鳟鱼不算大，它依旧在水里挣扎着，努力想摆脱钓钩的控制。尼克看见条鳟鱼是个小家伙后，便放心地把钓竿一直拉到空中。在河水的冲击下钓竿被鱼拉得直朝前弯曲。这可是尼克今天第一次收获的东西。

鳟鱼的头和身子猛烈地在水中摆动着，企图挣脱钩在自己嘴唇上的钓钩，不过显然于事无补。

尼克依旧用左手慢慢地收拢着钓丝，精疲力竭的鳟鱼逐渐被他拉到水面上，它现在挣扎得已经没有刚开始那么激烈了，只是偶尔象征性地摆动一下身子。尼克将钓竿夹在自己的右胳肢窝下，左手依旧紧紧地拉住钓丝，弯下腰去，用右手抓住了已经被自己拉到脚下水中的鳟鱼。他把它拿出水面。阳光下的鳟鱼背部就像水底沙砾，斑斑驳驳的，它的胁腹则反射着太阳光一闪一闪地发亮。尼克用左手解了它嘴里的倒钩，顺手把它抛到自己脚下的河水里。

它在流动的水中不停地左右摇晃着，最后卡在了河底的一块石头缝里。它在河底沙砾上的一块石头缝里一动不动地待着。尼克从水里伸过手去摸它，河水一直浸到了他的齐手腕处。手指刚碰到它，它尾巴一摇，身子一扭，一下子就从石头缝隙游了出去，溜到了另一块石头的阴影里。尼克感到它在水下又凉又滑。看来它只不过是累了而已，尼克想。

尼克一直以来都保持着用湿手去捉鳟鱼的习惯，因为这样才不致抹掉覆盖在鳟鱼身上的那一层薄薄的黏液。如果你用干手去捕捉鳟鱼，那么在你握住它的地方，它身上的那层黏液就会被弄掉，然后它身上那处被弄掉黏液的地方就会被一种白色真菌感染。记得在以前，尼克自己曾到小溪边钓鱼，那里钓鱼的可不少，小溪的两旁人头攒动，基本上都是用假蝇钓鳟鱼的人，他在那里不止一次看到那些被水冲到石头边，或者在水面上翻着白肚，浮在水潭里的死鳟鱼，在这些死鳟鱼的身上都长满毛茸茸的白色真菌。从此，尼克就再也不喜欢跟别人一起在河边钓鱼。因为他们总会让人扫兴。除非同你一起钓鱼的是你的好伙伴。

他将钓竿举在手里，迈开脚步朝下游走去，涉水而行，这里的流水刚好能够没过他的膝盖，他一直朝前走着，穿过了小河上游大约五十码左右的浅水区。他心里非常清楚，在早晨的这个时候，大鳟鱼是根本不会到浅水里来的，所以浅水里是不可能钓到大鳟鱼的。因为他不想要那些小鳟鱼，所以他蹚着水朝前走着。在这片浅水区里尼克没有再在钓钩上重新安上鱼饵。

尼克朝下游走了大概十多码的距离，被原木拦住的平静的水潭出现在了他的眼前。乌黑平坦的水面像一大块墨镜似的，那片草场的下缘就在水潭的左面，右面是一片沼地。这时冰冷的河水已经深得淹没到了他的大腿处。

尼克从瓶子里取出一只蚱蜢穿在钓钩上．这次尼克朝它唾了一口唾沫，据说这样做能够让自己求得好运。接着他把钓丝从卷轴上拉出几码来，在站稳了脚步后，尼克在流水中猛地后仰然后向前来，借着这股冲劲儿，把攥在双手里的钓竿用力朝前一甩，穿着蚱蜢的鱼钩在空中划过一道优美的弧线，“咚”的一声轻响便落在了面前平缓、乌黑的水面上。蚱蜢在水面上滑动着自己的六条腿朝着原木的方向漂去，但是很快被钓丝的重量拖到了水面下去了。尼克将钓竿稳稳地握在右手里，从左手的手指间慢慢地放出钓丝。

水里站着的尼克静静地等待着，钓丝忽然一紧，被“唰”的一下拉走了一大截。看来是有鱼上钩了，钓丝还在不断地向外延长，尼克迅速卡住钓竿上转动着的卷轴，猛地朝空中拉了一下钓竿，一瞬间钓竿几乎被拉弯成九十度，钓丝也被尼克这一拉绷得紧紧的。尼克知道现在很危险，如果他再继续用力拉的话，接钩绳就有可能因为承受不住巨大的拉力而断裂。现在，尼克手里的钓竿深深地弯曲着，拴在钓竿顶端的钓丝，从钓竿顶端笔直地插入水中，绷得太紧了，持续而危险地绷紧了。越来越紧几乎快要承受不住了，就在尼克感到钓丝快要被拉断的一瞬间，他赶紧松开了用手卡住的卷轴，卷轴再一次飞快地转动起来，钓竿也稍微得到了一点儿松弛。

卷轴发出“吱吱”的响声飞快地转动着，钓丝也不断地飞速滑出。它的速度太快了以致尼克觉得自己简直无法控制这钓丝。钓丝依然飞快地朝外溜着，随着钓丝朝外滑去的速度不住地加快，高速转动的卷轴也发出阵阵更加刺耳的尖厉声。

尼克太紧张了，他尽量在没过大腿的冰冷的水里稳住自己站立的身子，他甚至能听到自己的心脏正在“咚咚”地跳着。钓丝很快就要被放完了，卷轴的轴心也开始显露出来，他不得不使劲儿将左手的大拇指伸进卷轴的外壳好将卷轴卡住。这并不是一个好办法，尼克想。

钓竿被尼克双手紧紧握住，再一次用力朝上一撤，钓丝在一刹那间又绷得硬邦邦的，而这时就在原木的那一头，一条大鳟鱼也随着绷紧的钓丝高高地跃出水来！就在这条大鳟鱼跳出水面的同时，尼克把钓竿的末梢顺势朝下一沉。随着大鳟鱼重新落入水里，尼克感到考验他的钓竿绑的是否牢固的时刻来到了；太紧了，越来越紧了，绷得太紧啦，比刚才都还要紧了。就在这当口，“嘣”的一声响，尼克只感到手里一轻，整个身子由于惯性差点向后一下子坐到了水里。尼克知道那段接钩绳断了。钓丝一下子就变得松弛了，浮在水面上完全失去了弹性。

尼克苦笑着摇了摇头，尽力稳住向后倾的身子，他感到嘴里发干，心情低落。他从未见过这么大的鳟鱼，它力气那么大，分量那么重，它一定很大的，以至自己几乎都拉不住它，而且，它跳出水面时看上去像鲑鱼般宽阔。它的个头多大啊！

尼克慢慢将钓丝收绕在卷轴上，他能感到自己的双手在微微颤抖。刚才实在是太刺激，他觉得现在还是坐下来休息一会儿的好，刚才太累人了。

尼克看了看钓竿，在系钓钩的地方接钩绳断了。尼克把它取下来握在手里。他想，那条鳟鱼一定正在水里的某个角落偷偷地笑呢，可能就在那些原木的下面，在那些阳光照射不到的潭水的深处，不过那条大鳟鱼嘴里叼着吊钩呢。尼克知道钓钩上的那段钓线迟早都会被这鳟鱼的牙齿咬断。但是由于钓钩本身已经嵌进它的颌部，所以它无法把钓钩吐出来。他敢打赌那条大鳟鱼现在一定正在为怎么弄掉这个该死的钓钩而大伤脑筋。天哪，那可真是一条大鱼。它是那么沉，尼克在拉它时感觉就好像是在拉着一块沉重的大石头。这可是一条大鳟鱼啊，大鳟鱼啊！它曾上了自己的钩啦。但是它却像石头般沉重。不过它最后还是逃走了。天啊，它可是自己目前为止见过的最大的鱼了。

尼克在草场上站住了脚步，他转身看着刚才那条大鳟鱼消失的地方，他的裤腿和鞋子上不停滴落着清凉的河水，不一会儿就把他站着的地方打湿了。他抖抖裤脚上的水，踩着湿漉漉的、一走路就“咯吱咯吱”直响的鞋子，来到不远处的一根原木边坐了下来，把手里的钓竿放在脚边。

他鞋子里被灌满了水，浸泡在鞋中的脚趾就如同浸泡在水中鳟鱼一样，很轻易就能够扭动。脱了鞋的尼克，将里面的水倒干，然后把鞋立着靠在树桩上，他的双脚在太阳的照射下感到暖和了许多。尼克将一支烟和一包火柴从胸前口袋里掏了出来。他将点完烟的火柴顺手扔到原木下面的河水中。河水在通过拦在河面上的原木后再次变得湍急起来。湍急的河流中熄灭的火柴棍不停打着转儿，一条小鳟鱼从水下面冒出个脑袋去啄它。看到此情此景的尼克不由得哈哈大笑。抽完这支烟，待他休息一会儿，再接着干。

坐在原木上的他边抽着烟，边任凭太阳晒得他浑身暖洋洋。他的裤腿在阳光的照射下逐渐变干。河水蜿蜒向前钻进了一片树林，消失不见。尼克望着草丛里绿油油的青草，望着在青草中被阳光晒暖的、没有树皮给人一种沧桑感的原木，望着在河滩边上被河水冲得光滑圆润的大石头，望着在阳光下闪闪发亮的河面，望着河边错落有致的白桦树和雪松，他不再感到失望。他平静地看着一旁的钓竿，没问题了，再来。钓竿被尼克直直地搁在原木上，他给钩绳上重新系了一个新钩，使劲儿把那截羊肠抽紧了，让它紧缩成一个硬硬的结。

又从装蚱蜢的瓶子里捉出一只蚱蜢，待穿好后，拿着钓竿，来到了面前相对较浅的一边，原木这边的水并不太深。尼克从沼地附近的浅滩绕了过去，一步步蹚进水中，一直来到一片浅水河床上。

尼克向四周看了看，在他的左手边，草场和树林接壤的地方，有一棵朝着树林的方向倒下的大榆树。它被一场暴风雨连根拔了起来，依然还有泥土凝结在树根上，在树根的根株之间已经长满了青草，远远看上去就像是一段坚实的堤岸矗立在河边。河水直冲到这棵树边打着旋儿又继续朝下游流去。站在那儿的尼克，可以清晰地看见浅水河床上被水流冲出的有一道道像车辙一样的深槽。而在不远处的深水下也有一道道的深槽，有绿色的水藻在那些深槽中间随着流水左右摇摆。尼克站在一大片卵石铺满的地方，距离他脚下再过去一点儿的地方也是一大片的卵石和澡石铺满了的河床；而在那棵大榆树的树根边河流拐弯的地方，河床则又是泥灰岩的了。

钓竿被尼克举过头顶甩到身后，再猛然间使劲儿朝前甩去，钓丝就在向前的惯性的作用下“嗖”的一下朝前猛蹿，一下子蚱蜢便被尼克准确无误地投在一道深槽的水藻之间。一条鳟鱼游过来，一口便咬住了鱼饵，一扭身子，带着钓丝就开始朝深处游去。

钓竿被尼克紧紧地抓在手里。流水里的尼克开始一步步朝岸边退去，而那条鳟鱼还在河面上不停地挣扎着，“哗啦啦”激起阵阵水花，尼克手里的钓竿也在鳟鱼的一次次拉扯下一次次地朝下弯，钓丝则在鳟鱼一次次的拉扯下绷得笔直。他缓缓后退着，鳟鱼也被钓丝逐渐地从水藻间一点儿一点儿地拉到了开阔的湖面上。到了湖面上，鳟鱼的挣扎变得没有刚才那么激烈了，尼克牢牢地握住手中不断晃动的钓竿，在水面上同鳟鱼展开了拉锯战。有时鳟鱼会突然发力，在水里使劲儿扑腾着往深水的地方游去，这时尼克就适当放松钓丝，顺着鳟鱼的性子让它往回游一截。每当鳟鱼停在水中歇气时，尼克就又慢慢把它拉向岸边。就这样来来回回了很多回合，鳟鱼猛烈挣扎的次数越来越少，距离岸边也越来越近，最后鳟鱼终于力竭，见到时机成熟的尼克尽全力收回钓丝。没用多久，鳟鱼就被他拉到了自己的脚边。尼克把钓竿高高举过头顶，取下套在腰间的抄网，直接把抄网伸到在水里的鳟鱼的身下，然后一用劲儿便把抄网抬了起来。

鳟鱼竖在抄网中，跟随着抄网一起露出了水面，尼克感到手里的抄网一下子变沉了许多。鳟鱼那银色的肋腹和斑驳的背部从抄网的网眼间露了出来，大腭向前凸出着，嘴唇不住地一张一合。尼克带着抄网走上河滩，连网带鱼一起放在了河滩的沙地上，他伸出手去紧紧地握住鳟鱼厚实的肋腹，把它从抄网中取了出来，又顺手取下钩住它上腭的钓钩，最后将这条还在不停喘息的鳟鱼塞进了他肩上的长布袋中，这个布袋可以从尼克的肩上一直垂到水里，这样放在布袋里的鱼就不会因为缺水而干死。

尼克来到河边逆着河水张开了布袋的袋口，很快河水就灌满了整个布袋，他把沉重的布袋提了起来，然后将布袋中多余的水放了出去，让布袋的底部始终保持在水里。那条大鳟鱼在布袋底部不停地滑动着它的胸鳍。

他蹚着河水朝下游走去。浸在水里的布袋，沉甸甸地拖在他身后拉扯着他的肩膀。

炎热的阳光晒在他的脖颈上火辣辣的，天气可真热。

河道开始变得又浅又宽。两岸都长着一些树木。在正午阳光的照射下，河道左岸的树木将自己那并不长的阴影投射在河面。尼克十分清楚地知道鳟鱼就躲在那一摊摊的阴影中。下午的时候，太阳开始渐渐朝西边的群山移去后，鳟鱼们又都会游到河道右边的阴影中。不过，现在尼克已经钓到了一条好鳟鱼。他用不着再钓其他的鳟鱼了。

那些大鱼你总能在黑河上钓到的。太阳下山前，你可以轻易地在深水区中的任何一处水里让一条大鳟鱼上钩。但是，因为太阳会让河面像镜子一样反射出耀眼的光使你的眼前白花花的，所以这并不是钓鱼的最佳时候，什么都看不清楚，所以这时简直无法钓鱼。不过，你也可以到上游较浅一点的水域去钓，可是在黑河或者是像这里的这条河的河道上，由于水流湍急，激流不断冲击你的身体，逆水而上是非常吃力的。可以想象在这样湍急的激流中行走到上游去钓鱼并不是什么好主意。等到太阳逐渐下山，那些大鳟鱼全都朝激流的外面游去，它们会待在靠近河岸的地方。此时，一天中钓鱼的最佳时机来临了。

尼克拖着肩上的布袋不紧不慢地朝前走着。穿过这片浅滩时，他不住地打量着四周，寻找沿岸是否有较深的水潭。一棵山毛榉紧靠着河边生长着，它的枝丫低低地朝下一直垂到河水里面，仿佛一只温柔地轻拂着河面的手。在山毛榉垂到水面的枝丫下面，河水在这里形成了一个回流。根据尼克的经验这个地方总是会有鳟鱼停留的。

但尼克并不想在那个水潭中垂钓。因为他知道山毛榉的枝丫肯定会把钓钩钩住，那样的话可就麻烦了。

不过，尼克最终还是决定碰碰运气。尼克站在浅滩处，看了看水潭，水潭看上去相当深。他朝水潭中投下蚱蜢，在钓丝重量的拉动下蚱蜢很快就沉没到了水里，被水流直直送到山毛榉垂在水面的树枝下面。这一次，没等多久，他手中的钓丝就一下子绷紧了，尼克猛地将钓竿朝身后一拉。一条鳟鱼的半截脑袋露出了水面，鳟鱼在树叶和枝丫之间用力地折腾着。尼克开始往回收的时候，不幸发生了，鳟鱼被卡在了水里的枝丫中间。尼克使劲儿一拉钓钩竟从鳟鱼嘴里脱了出来。鳟鱼在枝丫间不断地扭动着身子，最后成功摆脱了枝丫的限制游回水底。尼克只能把钓钩重新卷收回来握在手里朝着河道的下游走去。

下游河道里的水慢慢变得越来越深了。在距离尼克不远处的河道前，有一根空心的大原木紧靠着河道的左岸。看上去比较干燥的空心原木顶端呈现出一种灰色。它的下部分则泡在河水里。它的一头正对着上游，流水从原木的一头穿过它中间的空心毫无阻碍地灌进去，又从另一头流了出来，在原木的两边仅仅激起了一小片涟漪。

尼克把挂在胸前装着蚱蜢的瓶子的瓶塞拔了出来，正好有一只蚱蜢附着在瓶塞上面。

他小心翼翼地把它穿在钓钩上，朝着空心原木那个地方甩了过去。握在手里的钓竿也被一同远远地伸了出去，这一次，这只在水面上的蚱蜢恰好就被甩在了流进空心原木的那股水流中间。尼克握着手里的钓竿，尽量让其与水面保持平行，蚱蜢顺着流水漂进原木的空心当中。很快，尼克就感到钓钩被一下子重重地咬住了，并且还在不断地朝前拉。尼克立刻甩动钓竿以便对抗这股拉力。钓竿所传来的重量让他感到好像是钓钩钩住了原木本身，可钓竿还时不时传来的一阵阵的弹跳感，让他否认了这个想法。

尼克现在唯一要做的，就是必须千方百计地要迫使这鱼从原木的空心中出来，到原木外面的水流中来。尼克努力尝试着，终于在经过一番挣扎后，这条鳟鱼还是乖乖地被尼克拉出了原木的空心。

这时，尼克忽然感到钓竿上的钓丝一下子松弛下来，想不到还是让这条鳟鱼逃掉了，尼克不由得再次感到有些失望。于是他开始收回已经松弛的钓丝。让他意想不到的是，他刚收了几圈钓丝，就感到它再一次绷得紧紧的，阵阵弹动顺着钓丝传到了他的手上，尼克猛地一拉，那条他本以为跑掉的鳟鱼出现在了他的眼前。他清楚地看见了它，就在那儿，就在不远的河流中，钓钩还钩在它的嘴上呢。它正在不停地摇头晃脑，努力地想把钓钩甩掉。

尼克用右手提起钓竿让钓丝逐渐绷紧，然后把钓丝一圈圈地绕在左手上往回收，慢慢地把鳟鱼朝着自己的身边拉，要拉到抄网可以够到的地方。鳟鱼就好像它已经跑了一样沉到水里看不到了。尼克手中不断上下抖动着的钓丝告诉他，鱼儿还在钩上。逆着流水尼克跟它做起了游戏，鳟鱼在水里不断地挣扎着，一会儿浮出水面使劲儿地扑腾，一会儿又沉到水里左右摇晃着脑袋，尼克手里的钓竿随着鳟鱼的晃动弹跳个不停。他把钓竿移到左手，一边慢慢朝岸边退去，一边缓缓地拉着那条鳟鱼。当鳟鱼被他拉到抄网可及的范围后，尼克让它在钓竿下挣扎着，然后把抄网朝下伸到鳟鱼的身下。他提起水中的抄网，那条鳟鱼在仍滴水的网里弯成个半圆，无力地待着，尼克把鳟鱼从钓钩上解下来，顺手放进了布袋。

尼克向张开的布袋里张望，两条活蹦乱跳的大鳟鱼正待在袋中的水里。

尼克穿过不断变深的河水，来到靠近左岸的那根空心原木前。他取下肩上的布袋，布袋刚离开水面，鳟鱼就在布袋里使劲儿地拍打扭动着，尼克又重新把布袋挂在了自己的身上，这样鳟鱼就可以深深地待在水里。接着他爬上了那根空心的原木，骑在了原木上面，他的裤腿和皮靴上不断地有水滴落到原木下的河里。他搁下钓竿，将身子移动到原木背阴的那一端，然后从口袋拿出了三明治。他把三明治在原木下面的河水里浸了一下，一些面包屑被流水带走了。他吃完三明治，又取下帽子从河水里舀满了水来喝，水从嘴角不断地溢出来。

这地方用来休息可真是惬意，尼克坐在阴影里的原木上，感到很是凉快。他从口袋里掏出了一支香烟，划燃了一根火柴正准备点烟。但是火柴却掉在了灰色的原木上，在原木的表面烧出一小道凹痕。尼克在原木的一边，又另外找到了一块坚硬的地方，再次划着了火柴，这次烟点着了。他坐在原木上一边抽烟一边看着不断在脚下流过的河水。

前方的河道变得狭窄，伸进一片沼地以后，河水变得又深又平，长在沼地里的雪松，它们的树干相互靠拢在一起，枝丫密密层层到处都是，看上去似乎十分密实。不过，那些枝丫垂到沼地上，长得非常低，尼克知道他是根本不可能步行穿过这样的一片沼地的。你没有任何办法能够从树枝之间硬冲过去。即使是想在里面挪动身子也必须得平伏在地上才行。那些生活在沼地里的动物为什么天生就是在地上爬行，也许就是因为这个原因吧，尼克想。

他抬起头朝河的下游望去。一棵大雪松在那儿斜着从河面上穿过横跨两岸。再往下，河道就流进了那片沼地。他不想进入那片沼地所以他不再前进了。尼克忽然很想读些书报。但愿自己的包裹中带了这些东西来，尼克想。

尼克坐在原木上，今天就这样吧，他不想再朝下游走了。下游河旁的沼地里，除了长着一些雪松外什么也没有，显得光秃秃的，雪松巨大的枝丫在沼地顶上相互纠结在一起，遮天蔽日，只有一些斑驳的光点稀稀疏疏零零散散地掉在沼地的水面上。尼克不想再朝前走进沼地了。这里的水就够深的了，已经达到了他的腋窝下。他从来都不主张在深水中涉水而行。要知道在昏暗的光线中，在湍急的深水中钓鱼也可能成为一件非常可悲的事情的。而在沼地里钓鱼，即使钓到了大鳟鱼也没法拿上岸，不仅是悲剧中的悲剧，还非常冒险。尼克可不想这样干。

他从口袋里掏出折刀，打开了以后顺手将它插在原木上。接着他将布袋从水里提起，伸手从布袋里面把一条鳟鱼捉了出来。鳟鱼在他的手里不停地蹦跳，尼克只能使劲儿握住它，然后将它举过头顶，用力向原木上地砸了过去。鳟鱼轻微抖了几下后，就再也一动不动了。尼克把它放在原木上的一边，接着用同样方法让剩下的一条鱼也安静了下来。这鳟鱼好极了。现在尼克把它们并排放在了原木上。

尼克用折刀熟练地把它们一一开膛破肚。从下腭一直划到肛门一股脑儿取出了全部鱼鳃和内脏。尼克看见在两条鱼的鱼肚子中都有灰白色的既光滑又洁净的长条生殖腺。尼克心想，两条都是雄的。在将两条鳟鱼的全部内脏完整地挖出来后，尼克顺手把内脏抛在了河岸上，让水貂来吃吧。

他将鳟鱼在河水中冲洗干净。然后把它们翻过去背脊朝上放在水中，它们身上的血色还没有完全消失，使它们看上去就如同是活鱼一般。尼克将双手在河水里洗干净后，把布袋平铺在原木上，然后又把鳟鱼摊在布袋上，拿布袋把它们卷在里面，用绳子扎好，放进自己的抄网里。他的折刀还插在原木上，刀刃竖立着。他把它在水里洗干净，然后在原木上擦干，放进上衣的口袋里。

尼克直起身子，带上钓竿，一只手把沉甸甸的抄网往自己的肩上一挂，一下子就从原木上跨进水里，涉着河水朝岸边走去。接着穿过一片树林，朝扎营的高地走去。他现在要回宿营地去了，今天的收获还真不错。他回头朝那条河流望去。在林子里河流隐约可见。往后有的是时间到沼地去钓鱼呢。尼克这样想到。

没有被斗败的人

曼纽尔·加西亚提着手提箱朝楼上走去，堂米盖尔·雷塔纳的办公室就在那儿。曼纽尔在办公室门口放下手中的手提箱，敲了敲门。然后就在办公室门前的过道上等了好一会儿，没人应答。不过虽然隔着门曼纽尔依然能感觉得房间里面应该是有人。

“雷塔纳，您在吗?”他一边敲门，一边听着里面是否有动静。

还是没有人回答。

这次他清晰地听到里面的响动。他一定在里面，错不了，曼纽尔想。

“雷塔纳!”这次房间门被他用力地敲得砰砰直响。

“谁啊?”从办公室里面终于传出一个人的问话，“谁在外面?”

“是我，”曼纽尔说，“曼诺洛。”

“曼诺洛?”屋子里的人继续说道，“有何贵干?”

“我想找一份工作。”曼纽尔说。

从门后传来了“咯咯”几声响动，似乎是什么东西被扭动了发出的，随后，门“吱嘎”一声打开了。曼纽尔提起放置在一旁的手提箱走进屋子里去。

在房间那一头一个小个子男人正坐在一张办公桌后面。他头顶正上方悬挂着一个公牛头，那个公牛头是由马德里动物标本剥制者剥制的。几幅斗牛的海报和装在镜框里的照片挂在对面的墙上。

坐在办公桌后面的那个小个子男人盯着走进来的曼纽尔。“我还以为你被他们弄死了。”他说。

曼纽尔来到小个子男人办公桌对面的一把椅子边，用他的指关节一下一下有节奏地敲着办公桌。办公桌对面，小个子男人目不转睛地看着他。

“你今年斗过几次牛？”雷塔纳问。

“不多，”他回答，“就一次。”

“你是说那一次吗？”小个子男人问。

“就是那一次。那就是今年唯一的一次。”

“嗯，我在报上看到过。”小个子男人说。他将身子朝后倾斜，惬意地靠在椅背上，依旧目不转睛地看着对面的曼纽尔。

曼纽尔站在桌子对面抬头看了下悬挂在小个子男人头顶上那个公牛头的标本。以前他常常看到它。他一直对它们都有着一种兴趣，而这无疑是他们家族所特有的兴趣。大约是在九年以前，他的哥哥就是被这头牛挑死的，他的哥哥在他们弟兄中可是最有前途的一个。那一天的情形曼纽尔至今都还记得非常清楚。现在，曼纽尔抬头望着顶上的公牛头，一块写着字的铜牌嵌在它的盾形橡木座上。铜牌子上这样写着：“贝拉瓜公爵的公牛‘蝴蝶’，曾九次受到七匹马上的矛刺，于1909年4月27日将见习斗牛士安东尼奥·加尔西亚挑死。”

虽然曼纽尔目不识丁，但是他坚持认为那就是为纪念他哥哥而写的。嘿，他可是一个不错的好小子。

雷塔纳看着曼纽尔，他正在望着自己头顶上的那公牛头的标本。

“前几天公爵送我的都是些不好的牛腿，”他说，“在星期天的时候一定会出丑。那些坐在咖啡馆里的人是怎么议论那些牛的？”

“我刚到这儿，我不太清楚。”曼纽尔说。

“你看我都给忘记了。”雷塔纳说，“你还带着手提箱呢。”

他在那张大办公桌后面一边将自己的身子往后靠着，一边目不转睛地望着曼纽尔。

“来吧，坐下吧，伙计，”他指了指曼纽尔身旁的椅子说，“顺便把你的帽子脱下。”

曼纽尔脱下头上的帽子，脸色苍白的他坐在了椅子上，看上去不怎么好。头顶的短辫子（斗牛士都有一条短辫子）正从后面往前别在上面，戴上帽子时别人就看不出来。但是这样却让他看起来有些古怪。

“你脸色可不太好。”雷塔纳说。

“当然，”曼纽尔说，“我刚从医院里出来。”

“他们都说你的腿被锯了？”雷塔纳说。

“没那回事，”曼纽尔说，“这不是好好的？”

雷塔纳在桌子的对面那边俯身向前，把桌子上放着的一只木制香烟盒朝曼纽尔推了过去。

“抽支烟？”雷塔纳看着曼纽尔说。

“谢谢！”曼纽尔从香烟盒中拿出一支。

他划着了一根火柴点了一支。

“你抽吗？”曼纽尔把火柴递给雷塔纳。

“谢谢，我从不抽烟的。”雷塔纳摇摇手说道。

雷塔纳看着曼纽尔，香烟在他的嘴上发着红光。

“你为什么不找点儿其他适合你的活儿干呢？”他说。

“我可是斗牛士，你觉得让一个斗牛士去干那些活儿，有意义吗？”曼纽尔说。

“可是现在，”雷塔纳说，“谁还能够算得上斗牛士呢？”

“我就是。”曼纽尔说。

"是啊，你是，"雷塔纳说，"不过，那也要你在场上的时候才能够算是个斗牛士。"

曼纽尔咧开嘴笑了。

雷塔纳在办公桌后面坐着，望着曼纽尔，什么话也不说。

"如果可以的话，安排你到今天晚上，"雷塔纳建议，"你觉得怎么样？"

"具体时间是？"曼纽尔问。

"那就明天晚上，行不？"

"如果是叫我去给哪个斗牛士当替身，"曼纽尔说，"那我看还是算了吧。"他用指关节有节奏地叩着桌子。曼纽尔知道萨尔瓦多就是那样被牛挑死的。

"这个星期我这儿就只有这个活儿了。"雷塔纳说。

"下个星期呢？"曼纽尔建议，"把我安排在下个星期如何？"

"不行，现在人们所想要看的只有拉托雷、李特里和鲁比托。这些小伙子个个都是好样的。可是你，"雷塔纳摇了摇头说，"你已经过时了，卖不了座。"

"他们会看到我是如何干掉牛的。"曼纽尔满怀着希望地说。

"不，他们早就忘了你是谁了。"

"可是，我体质还是和以前一样的强壮。"曼纽尔使劲儿拍了拍自己的胸膛。

"现在你只能被安排在明天晚上了。"雷塔纳对此显然无动于衷，"到时候另一位年轻的斗牛士埃尔南德斯会和你搭档，在查洛特[①]结束以后你们将杀两头新牛。"

"新牛？"曼纽尔问，"谁的新牛？"

"我不知道。可能就是他们那些牛栏里的牛吧。估计白天兽

① 查洛特是一种模仿查理·卓别林动作的马戏团式的斗牛表演。

医不会让它们通过的。”

“我不喜欢做替身，”曼纽尔说，“你知道的。”

“那随你便吧，”雷塔纳说，“干不干是你的事。”他低下头，往前俯下身子，去看桌子上的文件，不再看他了。现在他对曼纽尔已不再感兴趣了。但是刚才，曼纽尔的求情让他一下子回忆起了从前的日子，这曾一度有些让他动心，很快那种情绪就消失了。他也曾想过让曼纽尔来替代拉里塔，因为这样他可以用很便宜的价格雇下他。当然，他也可以用便宜的价格雇下另外的一些人。但这样做对他自己好像并没有什么好处。对于曼纽尔，他最终还是想帮一下。所以他给了曼纽尔这个机会。现在去不去得由曼纽尔自己决定了。

“我能够得到多少？”曼纽尔问。他有些犹豫，因为他心中并不怎么愿意接受。但是，他知道他现在的处境又别无他法。

“二百五十比塞塔。”雷塔纳说，他原来打算准备说给五百，可是他一开口却习惯性地将其减少了一半。

“嘿，雷塔纳，”曼纽尔说，“大家都知道，你给比里亚尔塔七千呢。”

“是没错，”雷塔纳说，“可是你并不是比里亚尔塔。”

“是，这我明白，”曼纽尔说，“我以前可是很棒的，才给我这么低吗？”

“我的老伙计，你也知道那可是以前。”雷塔纳解释说，“他现在可卖座了，人们都喜欢他呀，曼诺洛。”

“好吧，”曼纽尔沉默了一阵子后从椅子里站了起来，“就三百吧，怎么样，雷塔纳？”

“就这样定了。”雷塔纳点点头表示认同。他拉开了办公桌下的抽屉，伸出手去，从抽屉里将一张纸拿了出来。

“能先给我预支五十吗？”曼纽尔问。

“没问题。”雷塔纳说。他从上衣口袋里掏出一个皮夹，从里面抽出一张面值为五十比塞塔的钞票来，摊平在桌子上推到了曼纽尔的面前。

曼纽尔伸手拿起钞票，放进了自己的口袋里。

“斗牛助手是如何安排的?”曼纽尔收下钞票后问道。

“那是一群年轻又强壮的小伙子，一直都是晚上给我干活儿的。”雷塔纳说。

“嗯，他们都还可以。”曼纽尔点了点头。

“可是长矛手[1]并不多。”雷塔纳朝曼纽尔摊了摊手。

“我知道，”曼纽尔说，“可我需要有一个好的长矛手。”

“那你自己去找吧，”雷塔纳说，“你自己去找你觉得合适的。”

“也行，总不能让我付酬金给长矛手吧，”曼纽尔说，“我可不会从仅有的六十个杜洛[2]里拿出多余的钱来付给哪个斗牛助手。”

雷塔纳坐在大办公桌后面的椅子上望着曼纽尔，没有说话。

“我一定得需要一个长矛手，”曼纽尔说，“而且必须是个好的长矛手。”

雷塔纳依旧沉默着远远地望着站在对面的曼纽尔。

“难道不行吗?”曼纽尔盯着坐在椅子上的雷塔纳说。

雷塔纳依旧沉默地看着他，他靠在椅背上，远远地，目不转睛地，凝望着曼纽尔。

“正式的长矛手我有的是。”过了半晌，他终于开口了。

“我知道，”曼纽尔说，“我知道你那些正式的长矛手。”

---

① 斗牛士在斗二三龄的新牛时，由于新牛年轻力壮，体力十分持久，这时就需要长矛手出场。

② 杜洛是西班牙的一种银币，五比塞塔合一杜洛。

雷塔纳再一次沉默地盯着曼纽尔。好吧，事情显然是到此就结束了，曼纽尔知道。

“既然我要出场，那我就要求能够把牛扎中，你知道的，这是我对自己的一贯要求。”曼纽尔分辩说，“只要一个好的长矛手就行了。我只不过是想让两边尽量势均力敌。”

曼纽尔现在是跟一个当他已经不存在的人在讲话。

“在我看来你现在需要的肯定是一些额外的东西了，”雷塔纳终于再一次开口了，“那种东西只有你自己去找。抱歉我无能为力。”

“就在外面，就在那儿，就有一批正式的斗牛助手。”雷塔纳用手指了指窗户外面，“你要带多少自己的长矛手随你喜欢。但是你要记住，滑稽斗牛必须要在10点半结束。”

“好吧好吧，”曼纽尔有些无奈说，“如果你觉得你是正确的话。”

“当然啊，我觉得没问题。”雷塔纳说。

“那咱们明天晚上再见。”曼纽尔说。

“明天见，我明天会亲自去现场的。”雷塔纳说。

曼纽尔提起身边的手提箱，转身出去了。

“记得把门关上。”雷塔纳朝着曼纽尔的背影喊道。

曼纽尔走到门口，回过头来。小个子男人已经把脑袋埋在了一堆文件里。曼纽尔“咔嗒”一声带上了房门，转身朝楼梯走去。

他走下楼梯，出了大门，在强烈阳光照射下的大街上到处是白晃晃的一片。周围白色建筑物上反射的太阳光猛然全都刺进他的瞳孔中，一阵阵热浪不断袭来。他沿着街道有着阴影的一边向“太阳门”走去，那是一段相比之下较为陡峭的街坡。在阴影中，一股如同流水那样凉爽和纯净感让人觉得非常舒服。当他横穿过街道的时候，热浪再一次朝他喷涌过来。来来往往的行人从他旁边不断经过，来来往往的行人中曼纽尔没有看到一个熟人。

曼纽尔来到“太阳门”的前面，没有进去，转身进了旁边的一家咖啡馆里。

这是一个非常安静的咖啡馆。绝大多数人在里面都是背靠着椅子坐着悠闲地吸烟，他们面前小桌上都摆放着空空的玻璃酒杯和咖啡杯。其中的一张小桌上，四个人正围坐在那儿玩牌。还有几个人在靠墙的桌子边低声交谈着什么。曼纽尔穿过这间长方形的房间，径直走到靠近后面的一间小房间里面。一个人在这间房间里的一张桌子上趴着睡着了。曼纽尔在小房间里的另外一张桌子边坐了下来。

这个时候一个侍者走了进来，站到了曼纽尔坐着的那张桌子边。

“舒里托来过这里吗?”曼纽尔看着侍者问道。

“他在吃午饭前来过，”侍者回答，“下午的话一般5点以后他会再回来。”

“哦，来一点牛奶和咖啡吧。”曼纽尔说，“嗯，再来一杯普通的酒，谢谢!”

没过多久，侍者和一个小孩来到了这间屋子里。侍者右手端着一个托盘里面摆放着一只玻璃杯和一只稍微大点的玻璃咖啡杯，左手拿着一瓶白兰地，小孩的两只手则分别提着两个亮闪闪的长把壶。侍者手腕灵活地一转，伸长手臂将这些东西稳稳当当地放到了桌子上。这时跟在他后面的孩子把咖啡和牛奶从两个长把壶里分别倒进玻璃杯里。

曼纽尔摘下了头上的小帽儿，他那向前别在头上的小辫子一下子就映入了侍者和小孩儿的视线。送咖啡的孩子睁大双眼好奇地打量着曼纽尔那张苍白的脸。侍者在一边使劲儿给一旁的孩子眨着眼睛，一边把左手里拿着的白兰地酒倒进曼纽尔桌子上的小玻璃杯里。

“您是斗牛士?”侍者一边将瓶塞盖在酒瓶上，一边问。

“是的，”曼纽尔说，“而且明天晚上，我就要上场了。”

侍者站在曼纽尔的身旁，酒瓶就在他手里，握靠在大腿上。

“您是在查理·卓别林班里吗?”侍者问。

送咖啡的孩子为自己刚才不住地打量曼纽尔而感到有些窘，他将脑袋转往别处看着。

“没有，我就在普通班里。”

“噢，我一直都以为他们会安排恰维斯和埃尔南德斯做搭档呢。”侍者说。

“不。我会和他们其中的一个人搭档。”

“谁?是埃尔南德斯还是恰维斯?”

“估计是埃尔南德斯。”

“哦，那恰维斯呢，他怎么啦?”

“恰维斯?我想他可能是受伤了吧。”

“你怎么知道他受伤的?”

“雷塔纳告诉我的。”

“嘿，路易埃，”侍者转头向隔壁房间高声喊道，“恰维斯被公牛挑了!”

曼纽尔拨开方糖的包装，将一块方糖投进了放在桌子上的咖啡里。用勺子搅拌了一会儿，端起咖啡杯一口气喝了个精光，温度和甜度刚刚好，在他空空的肚子里升起一阵暖意。接着，他端起桌子上装着白兰地的酒杯，一仰脖子，喝了个精光。

“伙计，再来一杯，”曼纽尔把空杯子放在桌子上对侍者说。

侍者揭下白兰地的瓶盖，又给曼纽尔斟了满满的一玻璃杯酒，以致有一些已经溢到茶托里面了，那些溢出来的酒估计就有一杯。没过多久另一个侍者来到曼纽尔的桌子跟前。而刚才送咖啡的那个孩子不知道什么时候已经走开了。

“他伤得严重吗？”第二个侍者向曼纽尔问道。

“那我可不知道，”曼纽尔说，“雷塔纳没和我说。”

“他才懒得去管那么多呢，”一个高个儿的侍者说。曼纽尔转过头去看了看说话的侍者，他准是那个刚走过来的。刚才他没有看见过他。

“你要是能和雷塔纳搭上了关系，那你的好运气就到了，”高个儿侍者说，“不然就去自杀吧。”

“没错，”这时，又有一个侍者从门口走了进来，“说得太对了。”

“那是，我会胡说吗，”高个儿侍者说，“我是从来都不会胡说关于那个家伙的事的。”

“就是，知道比里亚尔塔吗？知道雷塔纳是怎么对待他的吗？”第一个侍者说，“这些事我们可都清楚。”

“并不是只有比里亚尔塔，”那高个儿侍者说，“你知道他怎么对待纳西翁那尔第二①和马西亚尔·拉朗达②的？”

“你说得没错，孩子。”矮个儿侍者点了点头表示同意。

他们就站在他桌子跟前叽叽喳喳地议论着，曼纽尔拿着酒杯，饶有兴趣地看着。很快就喝光了第二杯白兰地。站在他身旁的侍者们把他完全忘了。显然他们对他并没有对其他斗牛士那么大的兴趣。

“看看，看看那一帮子人，可真是一群笨蛋，”高个儿侍者接着往下说，“这个纳西翁那尔第二你见到过吗？”

---

① 纳西翁那尔第二，是西班牙著名斗牛士胡安·安略（1898—1925）的绰号。胡安是理卡多的弟弟。

② 马西亚尔·拉朗达曾是西班牙著名的斗牛士。纳西翁那尔，是西班牙著名斗牛士理卡多·安略的绰号。

“我上星期天还见过他呢。”第一个侍者说。

“他简直就是一只长颈鹿。”那矮个儿侍者说。

“那些人都是雷塔纳的手下，”高个儿侍者说，“你还记得吗？我以前应该告诉过你来着。”

这时，曼纽尔开始把刚才从酒杯里溢到茶托里的酒倒进了自己的空玻璃杯里。

“嘿，我说，伙计，能再给我来一杯白兰地吗？”曼纽尔说。就在侍者们还在兴致勃勃地谈话的时候，曼纽尔又将杯中的白兰地一饮而尽。

最先那个侍者机械地给曼纽尔倒了满满的一杯酒后，和其他两个侍者边谈边走出屋子。

那个人还在远处的屋角里熟睡着，轻微的鼾声随着他的每一次吸气不断发出来，现在他已经把头仰靠在了墙上，这样也许更舒服些。

很快杯中的白兰地又被曼纽尔喝光了，他感到自己的脑袋有些昏昏沉沉的，开始不由自主地想瞌睡了。他想在这儿等舒里托，干脆就在等他的空档先睡一会儿吧。反正他 5 点以后才会来这儿呢，况且，现在又没事做。这么热的天，这么强烈太阳光，到城里去简直就是活受罪，还不如就待在这儿呢。曼纽尔踢了踢放在桌子底下他的手提箱，发出一阵“咚咚”的声音，嗯，还在那儿。曼纽尔确定了它还在自己坐着的那张桌下，也许把它放在靠墙的座位底下更安全些吧，曼纽尔想。他俯下身子，伸出手去把手提箱推到了座位底下。然后他便伏在桌子上睡觉了。

一觉醒来，曼纽尔发现他桌子的对面坐了一个人。深棕色的脸，个子比较大，如同一个印第安人。看样子他已经坐在那里有些时候了。他挥手支开了侍者，拿着一份报纸坐在桌子边看，看一会儿报，他就会低头望望曼纽尔，看见曼纽尔把头搁在桌子上睡得正香，他便又会继续去看他手里的报纸。他看报时一边看一边轻声念出来，显得非常认真。读累了，他就望着趴在桌子上睡觉的曼纽尔。他头上的科尔多瓦[①]帽子歪向前面，静静地坐在椅子里。

曼纽尔睡醒后，从椅子上坐直起来看着他。

“你好啊，舒里托。”他说。

“你好，老伙计。”那个大个儿说。

“我想我刚刚肯定是睡着了。”曼纽尔用手掌背面擦了擦自己的前额。

“我也这么认为。”

“你过得怎么样？”

“还不错。你呢？”

“不怎么好。”

长矛手舒里托仔细看了看曼纽尔那张有些苍白的脸。两人都沉默着。曼纽尔也打量着舒里托，他看见舒里托的报纸被他用那双握长矛的有力的大手折了起来，放进他自己的口袋里。

“铁手，能帮我一个忙吗？”曼纽尔问道。

以前，他们常叫舒里托为“铁手”，那是他的外号。而舒里托每一次听到别人叫他这个外号时，都会不由自主想起自己那双大手，这常常会让他感到有点儿不好意思。于是舒里托把双手伸到桌子上。

“要不咱们喝一杯？”他说。

“好主意。”曼纽尔说。

侍者到这个屋子里进进出出了几次。每一次当他走出屋子时，他都会回过头来看一眼坐在桌子边的这两个人。

---

① 位于西班牙的一个城市。

“要我帮你什么?”舒里托喝了一口酒后，将手里的玻璃杯放在桌子上。

“明晚你能帮我扎两头牛吗?”曼纽尔抬头看着坐在桌子对面的舒里托，说道。

“恐怕我无能为力了,”舒里托说，“我已经很多年不扎牛了。”

曼纽尔低头看着握在自己手里的玻璃酒杯。显然，这个回答是在他意料之中的，现在他亲耳听到了。是的，亲耳听到了。

“我不扎牛已经很多年了，非常抱歉。”舒里托望了望自己那双大手。

“没关系，我的老伙计。”曼纽尔说。

“你也看见了,”舒里托说，“我现在已经太老了。”

曼纽尔说：“我也就顺便问问而已，没事。”

“你会上明天夜场，对吧?”

“是的。可我想我还是需要有一个好的长矛手，那样我才有绝对的把握获胜。”

“你能拿到多少?”

“三百比塞塔。”曼纽尔伸出了三根手指比画着。

“才三百比塞塔?这还没有我扎牛拿得多呢!”

“我清楚的,”曼纽尔说，“你看我是没有任何权利要求你的。”

“为什么你还继续做这个?”舒里托问，“你应该把你的辫子剪掉的，为什么不剪?”

“为什么会这样，我想我自己也不知道。”曼纽尔说。

“咱们都已经老了，伙计。”舒里托说。

“我不知道除了这个我还能干什么呢?为了生计我不得不继续啊，铁手,”曼纽尔说，“我要是自己能够安排好，只要能够做到力量相当那就没问题了，我现在所需要的就只是这个。”

“但是你错了，其实很多事你都能做的。”

“不不不，我现在只能干这个呢。就像你刚才说的不干这一行，我以前也试过，但是不行啊，伙计，我尝试了，不行的。”

“你不能这么想，伙计。咱们都老了，是时候脱离这一行了，别再干了。起初你可能不太适应，慢慢就习惯了。”

“我觉得我办不到，我还没有老呢，我还能行的，我的身体还很棒呢。”

舒里托仔细地端详着曼纽尔的脸。

“你住过院?”

“嗯，但是，那又能怎样? 我受伤前还是挺出色的，对吧?”

舒里托没有说话。他拿起桌子上面的茶托把它侧过来，溢在茶托里面的科涅克白兰地酒被他倒进了玻璃酒杯。

“你看过那张报纸了吗?”曼纽尔说，“报上是怎么说来着，说人们迄今为止都没有看到过比这更好的绝技。”

舒里托坐在一旁望着他没有说话。

“只要我一旦干起来，我就会干得很好的，”曼纽尔说，“我自己清楚地知道这一点。”

“伙计，”长矛手说，“可是你和我一样已经老了。”

“不，我和你不一样?”曼纽尔说，“你可是足足比我要大上十岁呢，不是吗?”

“那倒也是。”

“听我说，”曼纽尔看着眼前的舒里托说，“至少，我还不算太老。”

舒里托再次保持了沉默，曼纽尔抬头望着长矛手的脸，他们就这样默默地坐在那儿。

“我以前没受伤的时候干得那么出色。”曼纽尔开口说。

“铁手你应该来的，”曼纽尔略带有点儿责备的口气说，“你应该来看我斗牛的。”

“不不不，我不想看你斗牛了？”舒里托说，“那太叫我神经紧张了。我老了，吃不消了。”

“这段时间以来你几乎都没看过我参加的斗牛赛。”

“我难道看你斗的牛还不够多吗？”

舒里托转过头，将目光望向别处，他避开了曼纽尔的眼光。

“你早就该退出这行了，曼诺洛。现在决定也不晚。”

“我不会退出的，”曼纽尔说，“我会和以前干的一样出色。真的。”

舒里托将身子俯向桌子前面，把双手放在了桌子上。

“听着，老伙计，这次我就帮你扎一次牛，仅此一次。但是你要答应我，如果明天夜里你干得不好，那么你就转行，不再做这个。”

“好吧，一言为定。”

听见曼纽尔这么说，舒里托就放心了，他将身子重新向后背靠在了椅子上。

“你真的该剪掉这根辫子，不再做这一行了。”他说。

“可是，我觉得我还没有到非退出不可的时候啊！”曼纽尔说，“我身体还壮着呢！”

舒里托从桌子边站了起来。太累了，他不想在这个问题上再过多地争执了。

“等你今晚斗完牛，我一定会亲自把你的辫子剪掉的，一定。”他说。

“不，伙计，我不会给你这个机会的，”曼纽尔说，“你剪不了。”

舒里托叫侍者，结清了账单。

“走吧，去旅店吧。”舒里托朝还坐在桌子旁边的曼纽尔说。

曼纽尔将自己的手提箱从座位底下拿出。他知道舒里托是他见过的最好的长矛手，他会扎牛。现在舒里托答应了，一切都办了，他很高兴。

“咱们上旅店去，然后在那里吃一点儿东西，”舒里托说。

曼纽尔已经准备好了，他直着腰站在马场上，舒里托站在他的旁边。查理·卓别林班里的人还没下场正在表演着。他们只能站在马场昏暗的地方等着。马场这儿马厩总会充斥着一股气味，不过曼纽尔对此并不讨厌。恰恰相反，在他看来黑暗中马厩的气味还挺好闻。一扇高高的门在他们面前紧闭着，在那道门的另一边就是斗牛场。斗牛场内观众们的叫喊声不断从那扇门后面传过来，先是一阵叫嚷，紧接着又传来一阵大笑。随后就一下子寂静了下来。没过多久斗牛场里又响起了另一阵吼叫声，接着便是观众们此起彼伏的喝彩声，连续不断。

“你见过这些家伙吗?”舒里托问站在自己身边的曼纽尔。在黑暗中舒里托高大的身材依旧隐约可见。

“从未见过。”曼纽尔说。

“他们的表现可真是非常逗人。”舒里托站在那儿独自微笑着说。

他们面前的那个高大结实的双开门在这时候打开了，通向斗牛场的通道出现在他们的眼前。在弧光灯强光的照射下整个斗牛场如同白昼，相比之下周围高高升起的观众席则反而显得漆黑漆黑的。两个男人从斗牛场内向他们跑来，这两个人穿得像乞丐似的，他们一边跑一边不断向观众席鞠躬，一个穿着旅馆侍者制服的人跟在他们后面，将他们刚才在表演中扔在沙地里的手杖和帽子俯身拾了起来，把它们扔回一边的黑暗中。

马场上的电灯就在这个时候亮了起来，黑暗一下子消失得无影无踪。

从他们身后传来了骡子脖颈上铃铛发出的“叮叮当当”的声音。几头骡子经过他们身边走到斗牛场的边上，它们是待会儿用来拴住死牛，然后拖走死牛的。

“我先骑上马，”舒里托说，“你负责去把大伙儿召集过来。”

这会儿斗牛助手们纷纷从围栏和座位之间的通道上走了回来，他们刚刚在那里看了滑稽的斗牛表演，现在他们正簇拥在一起，站在马场的灯光下谈着话。一个英俊的小伙子来到曼纽尔跟前，曼纽尔看见一件银色和橘红色的衣服穿在他的身上，小伙子朝曼纽尔微笑着走了过来。

“嘿，你好，我是埃尔南德斯。”他向曼纽尔伸出手来说。

曼纽尔朝他点了点头，也伸出手来和他握了握手。

“今晚我们的对手可是如同一头大象一般的大家伙。”小伙子说。看上去他显得挺高兴。

“是啊，它们都是些大家伙，”曼纽尔同意地说，“而且还是有角的。”

“最坏的签被你抽到了，你的运气看起来并不怎么好?”小伙子说。

“我并不这么认为，我都觉得我的运气挺好的，越大的牛就越可以给穷人分更多的肉。”曼纽尔耸了耸肩说。

“那个高个子你是从哪儿找来的?”埃尔南德斯咧嘴笑着，看了看前面的舒里托，问道。

“他是我的一个老伙伴，”曼纽尔说，“你现在去把你的斗牛助手都安排好，我顺便也看看这些家伙们都怎么样。”

“那些小伙子中有的还是非常不错的。”埃尔南德斯说。到目前为止，他在夜场已经有过两次成功的斗牛表演了，在马德里，也有了一批人开始捧他。因此他十分高兴，再过几分钟，他的第三次斗牛就要开始了。毋庸置疑，他认为自己今晚也一样会成功，所以他也十分开心。

“长矛手呢?”曼纽尔问，“都在哪儿?我怎么一个也没看见?”

“就在那儿，他们都到后面畜栏里去了，”埃尔南德斯咧开嘴笑着说，“他们都在相互争抢，想要骑一匹好看的马。”

鞭子“啪啪”的抽打声传了过来，刚刚从他们身边经过的那几头骡子现在从门口冲了进来，脖子上铃铛发出一阵急促的“叮当”声，在它们身后，拖着那头刚才在场上死去的小公牛，沙地上被它们犁出了一条凹痕。

死掉的公牛被拖走后，他们就开始列队准备入场了。

站在队伍最前端的是曼纽尔和埃尔南德斯。其他年轻小伙子们都站在后面，在他们的胳膊上都搭着叠起来的沉重的披风。四个骑马的长矛手在最后跟着，他们手里握着的笔直的钢尖长矛在半明半暗的畜栏里发出阵阵幽幽的寒光。

“雷塔纳可真是怪人，”一个长矛手说，“他竟然连看马的足够的亮光都不给我们。”

“如果看不清这些又瘦又小的老马的话，我们可能就会开心一些。”一个长矛手回答。

“你瞧我骑的这个东西，”那头一个长矛手说，“我敢打赌，它能勉勉强强地让我离开地面就很不错了。”

“没错，但他们终究是一匹马呀。”

“没准儿那些骡子都比他们要好。”

在黑暗中他们骑在皮包骨头的马上相互抱怨着。

前面的舒里曼没有说一句话。他骑着的是这群马里边最强壮的一匹。在这之前，他已经很仔细地试过它了，他拉着它在畜栏里转来转去，他拉拉它的马嚼子、踢踢马刺，它的反应都还不错。这正是他所需要的一匹强壮的好马，它四条腿稳稳当当地站在马厩里。他将它在齐耳根处把耳朵捆紧的绳子割断，然后又将它右眼上的布带给拉掉。他在黑暗中骑上马，坐在填得鼓鼓的大马鞍上，等着入场，他打算在整场斗牛中都骑着它。他现在脑子里一直想着等会儿如何去扎牛。其余的几个长矛手在他的两边继续抱怨着。他们在谈什么他却一点都没听到。

另一个剑手和曼纽尔站在一起，在他们每一个人的身后都站着三个杂役，在他们的左臂上都一个式样地搭着叠起来的披风。曼纽尔背后站着的三个小伙子，都差不多是十九岁左右的马德里人。同埃尔南德斯差不多。其中有一个小伙子是个脸黑黑的沉稳的吉卜赛人。对于这人的模样曼纽尔还比较有好感。于是他转过身去。

"孩子，"他问吉卜赛人，"你叫什么名字？"

"富恩台斯。"吉卜赛小伙儿说。

"不错的名字。"曼纽尔说。

那个吉卜赛小伙儿咧开嘴，露出两排洁白的牙齿，朝曼纽尔笑了笑。

"等会公牛一出场，你就迎上去，"曼纽尔说，"先逗它跑一会儿消耗下它的体力。"

"没问题。"吉卜赛小伙儿一脸严肃地说。他心里已经开始盘算等一会儿该怎么做了。

"准备好了吗？小伙子，"曼纽尔对站在自己身边的埃尔南德斯说，"开始表演了。"

"上，我都已经等不及了。"

在弧光灯强烈的光线下，他们一行人入场了，穿过那扇高高的大门，出现在了铺沙的斗牛场上。他们随着音乐的节奏欢快地摇晃着右手，他们昂起的骄傲的头也开始一摇一晃。紧随而后出来的是斗牛队的队尾，跟在斗牛队后面的是骑着马的长矛手，长矛手的后面跟着杂役和脖子上的铃铛“叮叮当当”响个不停的骡子。当他们威风凛凛、大摇大摆地穿过在被弧光灯照得如同白昼的斗牛场的时候，观众席上的人们开始欢呼起来，很显然大多数是在为埃尔南德斯喝彩的。他们昂首挺胸迈步向前，眼睛直视前方，英姿飒爽。

他们一直走到主席①面前，礼貌地向主席鞠了一躬，接着队伍就四散开来，各就各位。斗牛士将沉重的披风放在围栏那儿，重新换上较轻的斗牛披风。骡子们则被牵出了斗牛场，它们暂时还没什么用。长矛手们开始骑着马绕着场子奔驰，其中两个在场内跑了几圈后从他们进来的那扇门里出去了，他们等着进行轮换。杂役把地上的沙扫平。

曼纽尔接过由雷塔纳代理人给他倒的一杯水，一饮而尽。这个人是雷塔纳叫来做他的管事和专门负责给他拿剑的。在跟自己的管事谈完话后埃尔南德斯朝曼纽尔走了过来。

“你看起来很受欢迎啊！”曼纽尔向他祝贺。

“谢谢，他们都挺喜欢我的。”埃尔南德斯高兴地说。

“你觉得入场式怎么样?”曼纽尔转头向雷塔纳派来的人问道。

“就像是一场盛大的婚礼，太棒了，”那个拿剑的人说，“真不错！你出场的风度就跟何塞里托②和贝尔蒙特③没有什么两样。”

舒里托就如同一座巨大的骑马人的雕像，从他们旁边经过。然后他掉转马头，正视牛栏，牛栏是就斗牛场远远的那一段，公

---

① 主席，在斗牛场中一般由省长担任，或由省长指定专人担任，是指挥整个过程的人，在他的一旁有懂行的人给予指点。

② 何塞里托是何塞的昵称。这里说的是著名斗牛士何塞·戈麦斯·奥尔泰加。他又叫加里托。

③ 这里指的是著名斗牛士胡安·贝尔蒙特。

牛一会儿就将会从那儿入场。他已经习惯了在儿午后灼热的儿骄阳下扎牛，但在今天这样的弧光灯下，他感觉有点儿奇怪，有点儿不适应。说实话在弧光灯下扎牛这类的玩意儿，他并不喜欢。所以他巴不得快点开始。

曼纽尔来到他的跟前。

“铁手，使劲儿扎它，让它知道你的厉害。”他说。

“必须的，伙计，”舒里托往沙地上啐了一口唾沫，“我会让它自己跳出斗牛场的。”

“铁手拼尽你的权利，让它在你的面前颤抖。”曼纽尔说。

“我会让它知道我的力量的。”舒里托说，“它什么时候出来?”

“你瞧，就在那儿，它已经过来了。”曼纽尔指着远处的牛栏说。

舒里托的双脚套在马鞍下的盒式马镜里，他那两条粗壮的腿上分别穿着厚实的鹿皮甲，长矛被他牢牢地握在右手中，他左手则挽着缰绳，双腿紧紧把马夹住，稳居马背，他把阔边帽朝额头下压了压，好遮住顶上的灯光，他双眼目不转睛地注视着远处牛栏的门。他胯下的马有些不安地抖动着耳朵。舒里托为了不让他的马那么紧张，他用手轻轻拍了拍马脖子。

牛栏那紧紧关闭的红色大门终于被打开了，舒里托隔着宽阔的斗牛场紧紧地盯着牛栏前面那空空的过道。一头公牛刹那间从牛栏里猛冲了出来。当它刚猛冲到灯光下突然一下子停在斗牛场的中间，它的四条腿由于强烈的惯性向前滑了一下，然后它抬起硕大的脑袋，打量着四周，随后就又开始狂奔着冲了过来，它飞跑着，本应沉重的身体却显得灵活无比，它宽阔的鼻孔在奔跑的时候“呼呼”地出着气。这时，热闹的斗牛场随着它的出现，而一下子变得鸦雀无声。现在，它自由了，它终于从那个该死的黑暗的畜栏里出来了，这让它非常高兴。

在观众席的第一排位子上，《先驱报》的那个后备斗牛评论员正向前俯着身子，坐在那里，在身前的水泥墙上草草地写道："42 号，冈巴涅罗，黑种，以每小时九十英里的速度气吁吁地出场……"他已经开始感到有些厌倦，总是做着同样的事情。

背靠着围栏的曼纽尔，冷静地望着那条从牛栏冲过来的公牛，他猛地一挥手，那个吉卜赛小伙儿就赶忙跑了出来，在他的手里拖着一条披风。那条在场地中间兴奋不已的公牛，看见了吉卜赛小伙儿手中火红的披风，于是它低下头，转过身子，翘起尾巴，朝着披风狂奔而来。吉卜赛小伙儿灵活地左右摆动不断变换着方向，公牛从他身边经过时发现了他，于是它就朝着吉卜赛小伙儿冲过去。吉卜赛人立即转身朝着场边上的围栏处飞跑着，就在公牛把牛角撞到他的背上时，他敏捷地从板壁上奋力一跃而过。公牛用角朝围栏的红板壁上一阵猛抵，但也只是碰到了围栏上而已。

坐在看台上的《先驱报》的评论员划燃了火柴点了一支香，他把火柴扔到了牛身上，接着拿起笔记本写道："牛个儿非常大，牛角非常粗，现场买票的观众非常满意。冈巴涅罗现在似乎急切地想切入斗牛士的地区。"

就在公牛朝着板壁一阵猛撞的时候，曼纽尔迈开脚步走到硬沙地上。在围栏附近，他用眼角瞥了舒里托一眼，他正骑着白马在场地圆周左边大约四分之一的地方转悠着。准备随时出手。曼纽尔把披风举起来紧靠在自己的胸前，两只手分别提着披风的一个褶层，对公牛大声喊："喂！你这个蠢货，我在这儿呢！"公牛转过身，对着叫喊中的曼纽尔，四脚一发力就奔了过去，这势不可当的气势，如同旋风一般，勇往直前，冲向披风，就在公牛接近的一瞬间，曼纽尔不慌不忙地往旁边跨了一步，脚跟一转，在牛角前把披风急转着挥了过去。当他转过身来停下这一次挥动的时候，他又再一次面对着刚才这头猛冲过去的公牛，披风被他用和刚才一模一样的姿势靠在胸前，公牛掉转身子再次冲来时，他脚跟再次灵活地一转。随着他每一次挥动手中的披风，在看台上的观众就会发出一阵惊呼。

一连四次他都向牛挥动着手中的披风，披风在他手中就像是一道道滚滚的巨浪，每一次都把牛逗得围在他的身边团团转。在他第五次挥动结束以后，披风被曼纽尔放在臀部上，并不停地转动着脚跟，他身后的披风就像是芭蕾舞演员的裙子似的随着曼纽尔的转动而飘摇着，公牛被逼得像一条腰带一样绕着曼纽尔不停地打转。曼纽尔突然闪开一步，让它面对骑在白马上，手执长矛的舒里托。公牛停住身子，稳稳地站在那儿。舒里托胯下的马朝着公牛，耳朵紧张地向前伸着，嘴唇有些微微发抖，舒里托把帽子遮在自己的眼睛上，他向前俯下身子，在灯光下泛着寒光的长矛被他紧握在手中，他将长矛从腋下穿过，斜着向前下方伸出，三角铁尖直指公牛。

一边吸烟一边看着场中公牛的《先驱报》后备评论员，在本子上写道："老将曼诺洛展示了一组让观众们热血沸腾的招数，然后以和贝尔蒙特非常相似的风格结束，博得了看台上所有老观众的热烈喝彩。现在开始骑马扎牛。"

舒里托骑在马背上，眼睛却紧紧锁定着面前的公牛，他心中默默盘算着，牛与矛之间的距离。公牛的眼睛直直盯着马前胸，它趁着舒里托在打量它的时候，突然鼓起全身肌肉朝着舒里托胯下的白马冲了过去。就在它低下头正准备用自己锋利的牛角去挑马的时候，舒里托瞅准时机"扑哧"一下，就把矛尖精准无比地扎进了公牛肩上隆起的那块肌肉里，然后他用全身的力量使劲儿把长矛刺进那块肌肉里，越扎越深，同时舒里托用左手猛地一拉，白马在他的拉扯下本能地腾空，前蹄在空中不断踢蹬着。他一边把牛往下面推，一边把马拉往右边转，牛角就从马肚子下面平安地穿了过去，白马打着哆嗦重新又四脚着地了。公牛不但没能挑着白马，反而自己还受了伤，这让它感觉到有些愤怒，它又转过身子向正在不停逗它的埃尔南德斯的披风冲了过去，牛尾巴从白马的胸膛扫了过去。

公牛被埃尔南德斯用披风引出来带走，它斜着朝场边的另一个长矛手奔过去。在到了一个离长矛手合适的距离后，埃尔南德斯把手里的披风一挥，牛一下子被镇住了，这时它正好面对着另一个马背上的长矛手和在他胯下原地踏步的马匹，埃尔南德斯自己退了回来。一看见马公牛就猛冲过去。长矛手慌忙用手中的长矛扎向公牛，但是没有命中，长矛顺着牛背滑到另一边。马被猛冲过来的公牛吓得跳了起来，还没有来得及抓稳缰绳的长矛手就已经从马鞍上跌出一半身子来，再加上刚才那一枪从牛背上滑了过去，长矛手在马上一下就失去了重心，他的右腿被马跳起来的惯性抬了起来，“砰”的一声跌到了左边的场地上，尘土飞扬。马这时正好在他和公牛的中间。公牛用粗壮的牛角毫不费劲儿地把马给挑了起来，牛角“扑哧”一下便抵进了马的身子，马也“砰”的一声倒在了地上，长矛手的一只脚被这突然倒地的马压住了，他急忙用另一只脚蹬开压在他身上的马，脱出身来，一动不动地躺在地上，等着救援的人来把他抱起来拖走。

曼纽尔站在一旁，他不必着急，公牛还在那儿不住地去抵那匹倒下的马。长矛手的小命算是被保住了。这些长矛手技术实在糟透了！这次的经历对这样的一个长矛手来说，可是好好上了一课。下一次斗牛时，他就可以因为这次的失败而表现得更好一些。舒里托骑着马就在不远处的围栏附近，曼纽尔隔着沙地望着他。他的马直愣愣地站在那里等待着。

“嘿！小宝贝儿，”他对牛叫喊，“来吧！到我怀里来！”他将披风用两只手举起，以便充分引起公牛的注意。公牛听见曼纽尔的叫喊声，撇下马扭头就朝曼纽尔手中的披风冲锋而来。曼纽尔马上开始斜着朝着舒里托的方向奔跑，他举在手里的披风随着他的跑动在空气中完全张开。在觉得离舒里托的距离已经可以的时候他停下脚步，一转脚跟，后面公牛跟随他的披风来了个急转弯，正好面对着前面的舒里托。

“英勇的冈巴涅罗轻易就把一匹劣马挑死了，可它却被长矛扎中两次，埃尔南德斯和曼诺洛引走了它。”《先驱报》评论员写道，“现在它正再一次向着马镫冲去，显然它丝毫不知道爱惜马匹。老将舒里托手中的长矛再一次向人们展示了他当年的勇猛，他的绝技真是让人们叹为观止……”

“噢！好啊！好啊！”他旁边的一名观众大声地喝彩。很快他的喝彩声就被淹没在更多的喝彩声浪潮中，他拍了拍评论员正在弯腰写字的背。评论员抬起头一看，发现舒里托就在他的下面，骑在马上，整个身子几乎都向外扑了出去，正将长矛牢牢地固定在腋下，形成一个锐角，向斜下方刺去。舒里托用尽全身的力量使劲儿往下扎，以致他的手几乎握到了矛尖处，他的长矛下，公牛推推搡搡的，想努力用自己粗壮的牛角去将马匹挑起，舒里托全力把身子向外扑出去，把长矛紧紧地插在牛肩上面，公牛被牢牢地抵住了，任凭公牛如何用力就是不能走近一步，而舒里托借着那股压力，慢慢地把马转了个身，终于马还是安全地脱身了。舒里托看见马安全脱身，就可以放牛过去了，于是他稍稍放松了刚刚死死抵住公牛的长矛。很快公牛就从长矛下挣脱出来，它肩部高高隆起的肉被三角钢矛尖撕裂了。忍着这股剧痛的公牛抬起了因充血而通红的双眼，映入眼帘的就是嘴前的埃尔南德斯的披风，何须多想，它一股脑地拼命朝披风猛冲去，那小伙子出色地把公牛引到了空旷的斗牛场上。

舒里托骑在马背上，用手拍着马脖子，在明亮的灯光下公牛正朝埃尔南德斯手里挥动着逗它的披风猛冲去，这时候，看台上再次爆发出人们的叫喊声。

“你注意到那头牛吗?”他对一旁的曼纽尔说。

“嗯，看得清清楚楚，”曼纽尔说，“那是简直就是个奇迹。”

“刚刚它就被我扎中了，”舒里托说，“你看看现在的它。”

埃尔南德斯手中的披风急转一下，过去的公牛脚下一滑，跪倒在沙地上。它立刻就又站了起来，在弧光灯的照射下，在沙地另一边的曼纽尔和舒里托却远远地发现血从公牛的肩膀处涌出来时闪出的一点亮光，公牛黑色的肩膀处不断地有鲜血涌出使它黑色的肩膀显得更加光滑。

“那一次它被我扎中了。”舒里托说。

“我看的一清二楚，老伙计，”曼纽尔说，“这真是头很不错的牛。”

“要是我再扎一下它，准保能让它趴在地上，永远起不来。”舒里托说。

“你的表现实在是太好了，伙计，”曼纽尔说，“下一场还是给我们一些表现的机会吧。”

“你瞧它现在。”舒里托望着远处那头公牛说。

“我现在得过去了。”曼纽尔同样望着远处的公牛说，那儿长矛手的几个助手正拉着一匹马的缰绳把它牵到公牛那儿去。他们的队伍不断用棍子什么的在马腿上使劲儿抽打着，想要把马赶到那头发怒的公牛跟前。公牛就那样低头站着，急促地喘着粗气，蹄子在斗牛场的沙地上抓扒着，它还没有决定好是否现在要冲出去。曼纽尔这时朝场子的那一头跑去。

舒里托坐在自己的马背上，骑马在远处慢慢地徘徊着，他紧绷着脸密切注视着场上发生的一切，不放过场上任何一个细微的细节。

公牛终于开始往前冲了，牵马的人一窝蜂似的朝围栏那儿拼命逃去。骑在马上的长矛手将手里的长矛一下扎在了牛背上，但是位置不好扎得太靠后，公牛乘着冲劲儿，一下子就将自己的脑袋钻到了马肚子底下，然后它猛地一抬头就把马挑了起来，马在空中转了个圈儿，结结实实地摔在了公牛的背上。

舒里托在一旁冷静地看着。从马上摔下的长矛手被一群连忙跑过去的红衬衫助手①们扶了起来，他赶忙跑到了安全的地方。长矛手站在那儿，一边活动自己的两条胳膊一边咒骂这该死的公牛。曼纽尔和埃尔南德斯站在一旁拿着披风时刻关注着场上的公牛。公牛庞大的背上还驮着那匹可怜的马，马缰绳缠绕在公牛角上，马蹄子从公牛身上无力地耷拉下来晃动着。黑牛就这样背着一匹马，用它那短短的腿踉踉跄跄地走了几步，接着它就弓起脖子开始猛烈扭动着身子，又是冲、又是顶、又是抵，想要把自己背上的马甩掉，最终马被它甩了下来。于是公牛就朝曼纽尔手中拉开了的披风猛冲过来。

曼纽尔发现公牛的动作比起刚才慢了许多。它流了很多血，而且还在不停地流着。那些留下的血在灯光映衬下，它的半边身子看上去闪闪发亮。

曼纽尔又开始拿着披风逗它。瞪着血红的眼睛的公牛，可怕地朝披风猛奔而来，曼纽尔开始展示他的绝招，他高高举起双臂，把披风在公牛眼前绷得紧紧的，就在公牛快要撞上他的一刹那，他看准时机，往旁边跨出了一步，成功躲开了公牛的冲撞。

---

① 长矛手的助手身上穿的红衬衫主要是为了引牛冲向长矛手。

“哗啦啦!”看台上的观众爆发出一阵阵雷鸣般的掌声。

公牛现在直勾勾盯着曼纽尔。它的头开始慢慢地往下垂下去。它垂下去了一点儿，它把头再垂得低了一点儿。能够取得现在的局面，那无疑都是舒里托的功劳。

曼纽尔手中的披风依然不断地抖动着。一下子公牛猛冲过来了，他又展示了个绝招——就在公牛近身的一瞬间往旁边跨了一步，接着把手里的披风转了过去。它可抵得真准啊，他想。它的眼睛一直在盯着我，它这会儿一定是正在搜索。这会儿它应该已经冲够了，所以它停下来只是看着。可是我还是想用披风再逗它一会儿。

他还是将手里的披风不住朝公牛抖动，公牛又冲着披风冲了过来，他又往旁边跨了一步。他们这次之间的距离近得恐怖，他可不想和它靠得这么近，曼纽尔的头上不由得冒出了一些冷汗。

当公牛从他身边冲过去的时候，他手里的披风在牛背上掠过，公牛的鲜血沾到了披风的上。

再来最后一次就结束吧。

曼纽尔再一次将身子正面对着公牛，前几次当他用双手举着披风逗牛的时候，公牛每次冲过来的时候都会跟着他一起转身。现在公牛站在那儿盯着他看，脑袋上粗壮的牛角笔直地伸向前面。

“嘿！小牛!”曼纽尔大喊了声，“来，到这儿来!”牛冲过来了。曼纽尔把披风向前一挥，接着身子往后一仰。往旁边跨了一步，脚跟一转，披风在他背后挥动，牛不由自主地跟着披风转圈，接着牛就呆呆站在那里一动不动，显然它被这一招镇住了。曼纽尔用一只手挥动披风，就在公牛鼻子下，公牛依旧纹丝不动，这就说明牛已经被镇住了，于是曼纽尔便走开了。

刚才那绝对是精彩的表演！但是并没有人喝彩。

就在刚才曼纽尔斗牛的时候，他并没有注意到场地边上已经吹过喇叭表示要换到插短枪的一场了。曼纽尔穿过斗牛场中间的沙地朝一边的围栏走去，舒里托这时候已经骑马走出了场地。长矛手的助手们在一旁忙着给两匹死马盖上帆布，然后给它们周围撒上木屑。

曼纽尔来到围栏跟前，拿起一个杯子喝水。雷塔纳派来的那个人将一个沉甸甸的素烧瓷大口壶递给他。

站在围栏边的高个子吉卜赛人富恩台斯手里拿着一对短枪，他站在那儿，两支枪被他并在一起用一只手拿着，红色的杆细细的，枪头像鱼钩似的有些弯曲地露在外面。他扭过头来望着曼纽尔。

“该你上了，”曼纽尔说，“尽你的全力来一场表演吧。”

吉卜赛人拿着短枪快步跑上场。曼纽尔放下手中的水壶。用一块手帕擦了擦脸上的汗水，接着望向跑向场地中间的吉卜赛人。

《先驱报》的评论员伸手将放在双脚中间的热乎乎的香槟酒拿了起来，对着瓶口灌了一口后他的这一段文章也就结束了。

“明智的观众并没有给上了年纪的曼诺洛表演的那一组庸俗的挥动披风的动作给予喝彩，我们总算进入了第三场。”

公牛依旧呈现出被镇住的样子，孤零零地站在场地中央，一动也不动。高个子富恩台斯，挺直着脊梁傲慢地朝牛走去，两根细细的红杆在被他两只手上分别牢牢握着拿着，他两臂直直地朝前伸着，尖头笔直地指向站在前面一动不动的公牛。富恩台斯大步往公牛前面走去。有一个拿着件披风的杂役，紧跟在他后面。公牛看到富恩台斯后，开始回过神来。

公牛笔直朝那个手里拿着闪闪发光的东西的人猛冲过来。富恩台斯站在那儿，一动不动，身子往前俯着，短枪尖笔直地指向前面。公牛冲进他的身边低下头用牛角来挑他，富恩台斯保持着身子往前俯的姿势，两只手臂一下子并拢然后举了起来，两手也一下子碰在一起，两把短枪顿时变成了两条飞速下垂的红线，牛的肩膀被他俯身向前用枪尖死死地扎住了，他借着那股冲劲儿把自己的整个身子俯在了牛角上面，双手支着插在牛肩膀上的笔直的枪杆，两腿并拢转过身来，身子向一边弯曲，让公牛顺势冲过去。

“太棒了!”看台上人声鼎沸。

阵阵剧痛从肩膀传来，公牛发狂地扭动自己庞大的身体，就像一条鳟鱼似的胡乱蹦跶，四个蹄子都离开了地面，狂野地用角到处乱挑着。短枪的红杆随着它不住地蹦跳，在它的肩上晃动着。

曼纽尔严密地注视这场上的一切，他现在就站在围栏那儿，忽然，他注意到那头疯狂的公牛总是不住地往右边挑。

“一定要他将他的下一对枪扎在牛的右边。”他跑去跟正准备把另一对短枪给富恩台斯送过去的小伙子说。

这时，他感到有一只重重的手放在他的肩上。他转过头，看见了舒里托。

“你觉得如何，老弟?”他问。

曼纽尔注视着场中依旧在不住跳动的牛。

舒里托将身子趴在围栏边上，全身力量都压在了他的胳膊上。曼纽尔转过头去看着他。

“你做得很好。”舒里托说。

曼纽尔摇了摇头。他知道，在下一场轮到他们上场以前，他基本上没事可干，那是一头不错的牛。吉卜赛人的短枪用得非常出色，扎得非常好。在下一场公牛朝他冲来时就会处在一个很不错的状态。到现在为止，整个过程斗得还是比较轻松的，最后如何用剑把牛扎死才是他所担心的。事实上，他也不是真的担心。这件事他至今甚至都没有好好考虑过。可是现在那些莫名的焦虑突然出现在他的脑海里。他望着场地中间的那头牛，心里盘算着他到时候应该怎样搏斗，应该怎样用自己手中的红巾斗倒公牛，并最终把它制服。

拿着短枪的吉卜赛人再一次出场了，他气势汹汹地走了过去，朝着场地中间的公牛走了过去，就他轻盈灵巧的步伐就像一个在舞厅里跳舞的人一样。随着他向前走动的步伐，拿在他手中的短枪的红杆，一上一下有节奏地摆动着。公牛一动不动地站在原地，只是用红彤彤的双眼注视着他，现在它没有再发呆了，它双眼紧盯着他，但是它却没有动，它在积蓄力量，它在等待他靠近，以便它更能够有把握地冲到他那儿，用它的大角将他击杀。牛突然低头朝富恩台斯前进的方向冲了过来。看到牛冲过来了，富恩台斯开始奔跑起来，他围绕着场地疾奔，牛在他跑了四分之一圆周的时候便从他身边经过，富恩台斯突然一个急停，猛地将身子向前一转，踮起双脚，两臂笔直地朝着公牛的背上伸了出去，正好在躲过牛角的时候，把手里的短枪准确无误地扎进了牛背上巨大而结实的肩胛肉里。

看台上的观众们看到这里激动得简直都要疯狂了，他们涨红了脸卖力地喝彩着。

“夜场这小伙子应该斗不了多久了。”雷塔纳派来的那个人对站在一旁的舒里托说。

“他表现得可真不错。”舒里托说。

“瞧瞧，他现在的表现。”

他们全神贯注地盯着场地中间的公牛和富恩台斯看。

富恩台斯这时正背靠围栏站着。在他后面是斗牛队里的两个人，他们的手里拿着披风，准备等会儿在板壁上面不住地抖动以便来分散牛的注意力。

公牛伸着舌头，不停地喘着粗气，它死死地盯着吉卜赛人，舌头伸着，满是鲜血的身子随着它的喘息一起一伏的。你这个可恶的家伙，这下可让我逮住了吧，它想，这下我要将你狠狠地抵在红板上，让你为自己愚蠢的行为付出代价。现在，我只需要冲很短的一段路就行了。公牛铜铃般的双眼紧紧盯着他。

吉卜赛人身子往前倾，将双臂缩了回来，手里的两把短枪直指着公牛。他向着牛吼了一声，接着又用脚跺了一下地面。公牛有点儿犹豫是否要顶这个人。它瞥了瞥那在灯光下闪着寒光的短枪，显然它可不再不希望被那个玩意儿扎到自己。

富恩台斯向前走了一步，往公牛的身边逼近了一点儿。身子往前倾。又大声吼了一声。在看台上的观众当中，有人大声向他发出了一个警告。

“这蠢货在做什么呢！他想死吗?”舒里托说。

“快看!”雷塔纳的那个人说。

富恩台斯先把身子往前倾着，用手里的短枪逗着牛，然后他瞅准时机，双脚蹦地用力一跃而起，他的身子就离开了地面。就在他跳起来的一瞬间，公牛尾巴一翘，粗壮有力的四肢再次发力猛地便朝他冲了过来。富恩台斯在空中像苍鹰扑兔般双臂平伸，整个身子从空中直直扑向冲来的公牛，他的左手抓住公牛的一只角，右手闪电般将紧握在手里的两支短枪狠狠地插下去。“噗”的一声，紧握在他右手的两把短枪再一次准确无误地扎在了公牛的肩上，然后富恩台斯用脚尖着地，双腿一屈一弹，左手顺势在牛角上一推，便轻松跳到了一边，躲过了公牛的冲击。

公牛笨重的身子“嘭”的一声重重地撞在了围栏上。那个让它憎恶的人从它的眼前消失了，不住抖动的披风随之而来。

吉卜赛人一边接受着看台上观众们如雷鸣般的喝彩声，一边沿着围栏朝曼纽尔跑来。他的背心有一处因为没有能够及时躲开牛角尖，被牛角划破了。那就如同他的奖牌，他绕着斗牛场跑了一圈。把“奖牌”指给观众看。舒里托看见富恩台斯走过去，便微笑着指了指富恩台斯的背心。富恩台斯也对他报以微笑。

最后一对短枪被另外一个人插上了牛肩。不过，却没人注意到他。

雷塔纳的手下把一根棍子塞进了红巾的布里面，再在棍子上把布折好，然后从围栏上给曼纽尔递了过去。接着他又从皮剑鞘里拔出一把剑看了看，然后握剑柄连同皮剑鞘一起，从板壁上递给了站在围栏外的曼纽尔。软软的剑鞘随着曼纽尔用右手握住红色剑柄“唰”的一下把剑抽了出来而掉落到了地上。

舒里托望着他。大个儿看到了他在冒汗。

“老弟，轮到你上场了，”舒里托说，“你可以干掉它了。”

曼纽尔盯着场中的公牛，点了点头。

“你看，老弟，”舒里托说，“它现在的状况非常不错。”

“他说得没错，”站在一旁的雷塔纳的手下也跟着说道，“如你所愿。”

曼纽尔点点头，没吭声。

屋顶底下的喇叭手吹响了最后一场的喇叭。左手拿着红巾右手握着剑的曼纽尔，大步朝着场地的中间走去，在横过场时，他走到一些黑乎乎的包厢下面，在其中一个包厢里准是坐着主席。

《先驱报》的那个后备斗牛评论员坐在前排位子上，他又拿起装香槟的酒瓶，又吞下一大口热乎乎的香槟酒。他断定他不值得在下一场的斗牛中写一篇特写，于是他准备回办公室去了，至于这场斗牛的报道以后再来把它写完吧。无论如何，这也只是场夜场斗牛罢了，即使他错过了什么精彩的地方，他也可以在第二天将他所需要的那些从晨报中摘一些出来。那又算得了什么呢？

他又吞下一口热乎乎的香槟酒。他还有个约会在马克西姆饭店，必须要他在12点钟赶过去。这些夜场的斗牛士算得了什么呢？只不过都是些叫花子和小孩儿罢了。他把本子和笔放进了自己的口袋，向斗牛场中间望了望，曼纽尔还站在那儿，似乎在说着什么。管他呢，他想。偌大的斗牛场上，曼纽尔一个人孤零零地站在那里，朝黑乎乎的观众席高处他并不能看见的一个包厢挥着帽子行礼。场地上的公牛默默地站着，什么也不看。

“主席先生，这头公牛我献给您，献给世界上最慷慨、最聪明的马德里公众。”这就是曼纽尔要说的话。这只是每个斗牛士不得不说的客套话而已。只是要他把它再一次从头到尾讲一遍。但是对夜场来说，却显得未免有些长了一点儿。

他将帽子拿到胸前朝暗处鞠了一躬，然后他把帽子向后抛去，挺直了身子，一手拿着红巾，一手握着剑，阔步朝默默站在一边的公牛走去。

公牛瞪着朝它走去的曼纽尔，公牛的眼神依旧十分敏锐。曼纽尔也紧盯着离他越来越近的公牛，他看到吉卜赛人插在公牛左肩上的此时已坠下来的几把短枪，他还看到在被舒里托用长矛扎的此时在公牛的肩胛上还不停淌血的口子。他盯着它，他注意到了牛蹄的姿势。如果不收拢蹄子牛是不可能往前冲的。曼纽尔紧紧盯着牛蹄子，左手握红巾，右手握剑朝它走去。现在公牛正四个蹄子分开呆呆地站着。

一步步朝公牛走去的曼纽尔，并未放松警惕地注视着公牛的蹄子。这些都不是太难的，他可以胜任。他现在只能想尽一切办法让牛低下头来，只有这样他才能用剑从牛角之间直直地插进牛的脖子上，将牛杀死，给这个斗牛表演画上一个漂亮的句号。他这时候既没有考虑杀牛，也没考虑用剑。他现在只需要一件事情一件事情慢慢考虑。不过，让他感到烦恼的却是即将来临的事。

他一边注视着牛蹄一边缓慢地朝前逼近，曼纽尔注视着粗壮的，分得很开、往前伸着的牛角，公牛血红的眼睛，公牛潮湿的嘴。公牛眼睛盯着曼纽尔。在它的眼睛周围有淡淡的一圈血丝，现在这个白脸的小东西就要被它干掉了。它能感觉到。

曼纽尔一动不动地站着，用手里的剑把红布挑开，船帆似的红法兰绒被他握在左手的剑挑开，剑头刺进了红布里面，现在，他面前的不远处就是牛角尖儿，他能清楚地看到。有一只角尖锐得如同豪猪身上的刺，而另一只则在因为刚刚撞在围栏上而裂开了。在挑开红巾的时候曼纽尔还注意到牛血把牛角的白色底部染红了。就算是他看到这些东西的时候，视线也丝毫没有离开过牛蹄。公牛一动不动地站在那儿目不转睛地望着曼纽尔。

它正在采用防守姿势慢慢积聚着自己的力量。曼纽尔想，我不能让它继续保持这样的状态了，必须让它低下头，这样才能一剑击中要害，了结了它。它刚才曾一度被舒里托斗得低下了头，不过现在它又将头抬了起来。嗯，现在我必须要它动起来，只要它一旦被我惹得走动，它一定就会流血，这样它的头就会自然低下来。

他一手握着剑，一手将拿着的红巾展开后，他开始呼唤那头牛。

牛盯着他，丝毫不动。

他猛地把手往后一扬，红法兰绒随即在空中摇晃着展开。连续几下，那条红巾在弧光灯的照耀下显得更加鲜红，更加刺眼。看到了那条在空中展开的红巾，公牛开始把自己的四个蹄子并拢了。

“咚咚咚咚”，它冲过来了，它再一次发起了冲刺。呼！就在牛冲到曼纽尔身边的时候，曼纽尔一扭腰转了个身，红巾被他高高地举起，从牛角上让红巾扫了过去，从公牛的头到它宽阔的背一直到它的尾巴。公牛这一次冲的是那么勇猛无畏，以致它的四脚都差不多腾空了。曼纽尔转过身后，看着从他身边呼啸而过的公牛，他站稳了身子没有动。

公牛这一次又扑了个空，不过公牛没冲多远就转过身来，重新面对着曼纽尔。它居然灵活得如同一只在墙角的转过身的猫，第二轮主动攻击又要开始了。它身上刚才那种呆滞和迟钝一下子消失了，公牛的肩膀上不停有亮闪闪的鲜血从黑色的肩膀上淌下来，曼纽尔站在那儿看得一清二楚，鲜血顺着牛腿"滴答滴答"不断往下滴落到地面上。他用左手把红巾握得低低的，用右手把剑从红巾上拔出来，牢牢地握在手里，他向左边偏了偏。"喂！我在这儿呢！"曼纽尔冲牛大吼一声。牛并拢四腿，眼睛死死地盯着红巾。它又朝他冲过来了，曼纽尔低低地吼了一声："哟！"

他清楚地看到公牛冲过来了，然而就在公牛近身的一刹那间，曼纽尔顺势一转，把红巾从公牛的前面挥了过去，红巾在空中划过一道优美的弧线，跟着那曲线，在弧光灯的照射下剑身闪出一道寒光。他双脚站稳，停在了原地。

刚结束了这一下自然挥巾①，公牛又一次掉转身子冲了过来，曼纽尔将红巾提在手里做了一次漂亮的胸前挥巾②。在提起的红巾下公牛稳稳地从曼纽尔的胸前冲过去。紧接着曼纽尔把身子往后稍稍一仰，躲开了公牛肩膀上"咔嗒咔嗒"乱响着的短枪杆。他们这次是如此接近，以他的胸膛在它擦肩而过的时候，感受到了它身上的温度。

真见鬼，这一次靠得太近了，曼纽尔想。俯在围栏上的舒里托一直全神贯注地注视着场上的曼纽尔，当他看到公牛紧挨着曼

---

① 自然挥巾是指剑手右手垂直持剑，左手持巾。剑头朝下，靠近右腿，身体略向左倾，让牛从剑手的左侧冲过。

② 胸前挥巾是指剑手将披风高举，从外伸向身旁，引牛冲来，让牛角从自己的胸前擦过。

纽尔擦身而过时，他转过头对站在一旁的吉卜赛人匆匆说了几句话，吉卜赛人立即转身拿着件披风朝场地中间的曼纽尔快步跑去。舒里托把帽子低低地压在自己的额头上，在场地那头的围栏边望着中间的曼纽尔。

现在曼纽尔又开始面对着公牛了，那块红得刺眼的红巾就紧紧地握在曼纽尔的左手上。一看见红巾公牛就低下了头，预备下一次的冲刺。

“要是贝尔蒙特用这一招，”雷塔纳的手下说，“我敢肯定，人们一定会疯狂的。”

舒里托没有理会他。他正聚精会神地注视着场地中央，观察着站在那儿的曼纽尔的一举一动。

“老板从哪儿找来这个家伙的?”雷塔纳的手下问道。

“医院。”舒里托说。

“那可不妙，”雷塔纳的手下说，“说不定他马上又要去那儿了。”

舒里托转过头去看着他。

“你得敲敲这个①。”舒里托指着围栏说。

“开个玩笑而已，老兄，”雷塔纳的手下说，“别这么认真，呵呵。”

“敲敲木板。”舒里托说。

雷塔纳的手下只好将身子向前俯下，用手指在围栏上敲了三次。

“仔细地瞧着这场搏斗吧，”舒里托说，“在没有结束之前，谁都不会知道结局的。”

在场地中央，强烈的弧光灯下，曼纽尔跪在沙地上面对着公

---

① 是一种迷信，如果说了不吉利的话，就要敲敲木板，以免应验。

牛，当他把红巾用双手高高举起的时候，公牛又摇晃着脑袋，尾巴翘起“咚咚咚”地猛烈地冲过来了。

曼纽尔灵活地转身避开了公牛的再一次攻击，牛在不远处急刹住向前冲的身子，再次扭转脑袋朝曼纽尔冲过来，曼纽尔熟练地把红巾绕着自己的身子挥舞了半圈，牛跟随着红巾的弧线跪坐在地上。观众席上顿时爆发出阵阵喝彩声。

“嗬，这一手真漂亮！”雷塔纳的手下说，“看不出来那个老家伙还是个厉害的斗牛士呢。”

“你错了，”舒里托说，“他不是斗牛士。”

曼纽尔从容地站起身来，右手握着剑，左手拿着红巾，向着观众席欠了欠身，接受着座无虚席的观众席上爆发出的阵阵喝彩声。

公牛不再跪着了，但是它却开始把身子弓起，硕大的脑袋低低地耷拉着，它站在那儿，显然是在等待。

舒里托转过身子，对站在他身旁的斗牛队里的其中的两个小伙子说了些什么，他们立刻就拿了披风跑到场上，一起站在曼纽尔背后。现在他背后有了四个人了，他们每个人手里都拿着披风。

埃尔南德斯拿着披风紧跟着曼纽尔的，自从曼纽尔拿着红巾第一次出场的时候，埃尔南德斯就一直寸步不离在他的身旁。富恩台斯站在曼纽尔的身后，把披风紧靠身子拿着，注视着不远处的那头牛。他高高的个子很悠闲地站着，用懒洋洋的目光注视着公牛。现在又有两个同伴走过来了。于是埃尔南德斯叫刚刚走过来的这两个同伴一人一边站着。好让曼纽尔能够很好地独自面对着公牛。

曼纽尔向拿披风的人挥挥手让他们往后退一些。他们都朝后退了几步，显得小心翼翼。这时，他们发现曼纽尔脸色越发地苍白，浑身直冒着汗。

现在牛已经被镇住了，随时都可以了结牛的性命。这个时候难道还需要用披风吸引牛的注意吗？他们为什么现在还不后退呢？想到这儿曼纽尔就感到一阵心烦。

曼纽尔左手挥动着红巾。牛四脚分开，站在那儿，一动不动地望着眼前的红巾。曼纽尔手中的红巾被公牛充血的眼睛死盯着。越发沉重的身体由四只脚支撑着。曼纽尔看了看公牛的头它已经开始向下垂了，但是还不够，还要再低一点儿。再低一点儿，只要低一点儿就好，他心想。

曼纽尔朝着公牛提起了手里的红巾。但是这次公牛并没有动，只是眼睛死死地盯着红巾。

公牛骨架非常好，很结实，宽阔的背部经受住了目前为止所受到的所有伤害。它就像是用铅铸的一样，曼纽尔想。

有的时候在场上，他想的这些事情其实并不是他自主地去思考事情，而是他自己的潜意识和本能自主地在思考。然后在他的脑子里用言语的形式慢慢地想着、表达着。在他的脑子里用斗牛的术语想着。但是在他的心里那特定的术语却并不出现，他不需要专门去想。对于有关公牛的那一套他全都非常清楚。现在，他只要做好当下就好了。他的眼睛密切注意着公牛的一切，他的身体根据公牛的动作本能地做出准确的反应，一切都来源于经验和知识，不用临场思考。如果等到场才开始动脑筋想自己该如何去做的话，那他就注定完蛋了。

如同现在这样，虽然他全神贯注地面对着公牛，但同时他的脑袋里又意识到其他许多同斗牛有关的事情。牛角就在距离他身前的不远处，一只又尖又光滑，另一只则裂开着，下次他要做的就是将身体躲向快速逼近的那对牛角的左侧，并同时放下手中的红巾，好让牛能够跟着自己手中的红巾从下面过去，然后自己再看准时机从牛角上面扑过去，把剑准确无误扎进公牛身上的一小块地方，那地方就在公牛两块隆起的肩胛之间，就在公牛脖子的后面。只有五比塞塔硬币那么大。所有这一切都是他必须要做的，在成功地做完这一切后，他还必须要将自己的身子从两个牛角中间安然无恙地缩回来。他能很快地意识到自己要做的每一件事情、每一个步骤，但是他心中却只有几个字回响着："快、准、狠。"

"快、准、狠。"他一边这样想着，一边挥动着手里的红巾。又快又准、又准又狠。他将身子朝着裂开的那个牛角侧向一边，然后从红巾上把剑抽出来，同时将红巾放低让它横在自己的身前，让自己紧握着剑的右手与自己的眼睛平行，这样，一个由红巾和剑组成的十字形就在自己的身前形成了，然后曼纽尔踮起脚，以下垂的剑锋为基准，牛肩中间的隆起的地方被他瞄准了。

他猛地一下子又快又准又狠地扑到牛身上。

曼纽尔一个猛跳一下子腾空而起。如同大鹏展翅一般"呼"的一下跳到了公牛的背上，将双手紧紧握住的剑柄狠狠用力扎下去，然而这次剑却没有像他预料的那样插进公牛的脖子里，在刺眼的弧光灯下，他手中冒着寒光的剑从他手里飞了出去，曼纽尔被牛从背上摔了下来，正好就摔在了公牛的脚下，公牛开始俯身在地上用牛角去抵他。摔倒在地的曼纽尔仰卧在沙地上，用双脚不停地踢着牛脑袋，踢向公牛的鼻子和嘴。踢着，踢着，公牛则低着头在地面上寻他，有时用自己的脑袋去撞他，有时因为头低得太低用角抵着了沙地，有时又因为太兴奋看不见曼纽尔了。躺在那儿的曼纽尔，因为双脚踢公牛脑袋踢得太准确了，公牛反而很难准确地用角去抵他。

曼纽尔忽然感到一阵风从的背后传来，一定是别人挥舞着披风帮助他将牛引开。后来牛受到了披风的吸引，四肢用力一跃，曼纽尔眼前忽然一片黑暗，公牛庞大的身躯就从曼纽尔的身上一跃而过。曼纽尔居然很幸运地没有被从他身上跳过去的公牛踩到。

曼纽尔连忙捡起他掉在地上的红巾从沙地上站了起来。富恩台斯递给他刚才被弹飞的剑。原来刚才剑插到了公牛身上肩胛骨的地方，被公牛坚硬的骨头抵弯了。接过剑的曼纽尔把它放在自己的膝头上用力扳直，然后就朝着场地中的公牛跑去。现在公牛正在一匹死马旁边站着。外衣被刚才公牛撕破的地方随着曼纽尔的跑动，在他身后“啪嗒啪嗒”地飘动着。

“快引开它！”曼纽尔边跑边向吉卜赛人大声嚷道，“快让它离开那儿！”受到死马的血腥味的吸引，公牛正不住地用自己的角抵着被帆布盖着的死马，公牛很快就把盖在马尸体上面的帆布抵破了。在远处不停冲它挥舞披风的富恩台斯，他成功吸引了公牛的注意，它放弃了死马，低头朝富恩台斯手里挥动着的披风冲了过去，一片破帆布挂在它裂开的牛角上，就像是它举着的一面旗帜，公牛滑稽的举动把观众逗得哈哈大笑起来。跑到场子中央的公牛忽然停了下来，它站立在那儿不住地摇着头，似乎要把角上的那块讨厌的破帆布甩掉。埃尔南德斯又跑到公牛前面，伸出手将挂在公牛角上的破帆布的一角，稍微一用力便轻松地把它从牛角上拉了下来。

公牛掉过头开始朝帆布追去，刚冲了没多远，它就发觉不对劲儿，于是就停了下来，站在场地中间不动了，看来它又准备要采取守势了。曼纽尔手里拿着剑和红巾朝着站着不动的公牛走去。来到公牛面前，曼纽尔开始将手里的红巾在它面前挥动。但公牛仿佛瞎了一般，无论他怎么挥动，都对在自己眼前不断晃动的红巾就是不加理睬，看来它是打定主意就是不冲了。

曼纽尔再一次将自己的身子侧身朝着公牛，顺着手里下垂的剑锋瞄准了那处公牛身上他将要把剑刺进去的地方。公牛盯着眼前的曼纽尔，就那么站着，丝毫不为之所动，仿佛死掉了一般在那儿站着，它的四只蹄子分开，一动不动，再也不打算向前冲似的。

曼纽尔将自己的脚踮了起来，顺着手里钢剑瞄准的地方，用力一跃，又一次跳到牛脖子的旁边，将剑猛地扎了下去。

“咚”的一声曼纽尔感觉好像是一只巨大的铁锤砸中了自己，那猛烈的冲击将他猛地顶了回去。接着“啪”一声他又狠狠摔在公牛旁的沙地上了，激起尘埃无限。由于这次公牛就在曼纽尔的上方，他没机会再踢它了。他趴在沙地如同一具死尸。曼纽尔把头伏在两只胳膊上，就那么趴在地上被公牛不断地用脑袋冲抵，抵他那埋在沙土里的脸，抵他的背，抵着他的腰。他把脸埋进沙土里一动不动。牛角一会儿戳进他交叉着的胳膊中间的沙土里。一会儿又抵穿他的一只袖子，曼纽尔的袖子在公牛抬起脑袋的时候被扯了下来。后来公牛一下子抵住曼纽尔的腰，把他挑了起来甩到了场地上，然后，公牛看见了不远处挥动着的鲜红的披风，于是公牛撇下了曼纽尔转身朝披风追去。

曼纽尔趁着公牛跑开时挣扎着从地上爬起，快速捡起掉在地上的剑和红巾，他用拇指试了试剑头，已经钝了，于是他只能跑到围栏那儿重新换了一把剑。

在围栏边沿上，雷塔纳的那个手下把另一柄剑递给他。

“擦擦脸吧。”他同时还递给他了一块手帕。

一边用手帕擦着被血染污的脸，一边朝牛跑过去的曼纽尔猛然想起自己好像没看见舒里托。舒里托跑到哪儿去了呢?

看见曼纽尔重新跑过来后，斗牛队便散开了，拿着披风在一旁等着。牛又一动不动地站在那里发呆，公牛在经过这么久的一场搏斗以后已经开始变得迟钝和呆滞了。

曼纽尔手里依然拿着红巾朝它走去。这次，他就在牛的脑袋跟前停住脚步，开始挥动红巾。牛对曼纽尔的动作没有任何反应，只是静静站在那里。曼纽尔把红巾在牛嘴跟前从右到左、从左到右地不停地来回摆动。牛没有像曼纽尔想象中的那样朝红巾冲过去，它只是用眼睛盯着红巾，身子随着红巾转动而转动，可它就是不冲，就不冲。很明显它是在被动地等待着曼纽尔。

曼纽尔这下可真着急了。他现在除了亲自走到牛身边，毫无他法。他侧着身子挨近公牛。又快又准又狠，他心中默默地盘算着。曼纽尔把红巾在身前一横，猛地朝前就是一扑。公牛在曼纽尔开始跃起的同时也开始有了动作，它把自己的脑袋抬了起来，直直地迎向从空中扑过来的曼纽尔。看准时机的曼纽尔把手里的剑朝着牛脖子狠狠地扎了下去，与此同时他将自己的身子往左一闪，避开公牛撞上来的牛角。曼纽尔的身体被公牛紧贴着冲了过去，再一次剑被弹飞到了空中，在弧光灯下打着转儿闪闪发光，接着“哐当”一声带着红把儿掉在了沙地上。

曼纽尔跑向剑掉落的地方，捡起地上的剑。剑又折了，曼纽尔只能又把它放在自己的膝盖上扳直过来。

他又朝着牛追过去了。公牛从埃尔南德斯面前经过，埃尔南德斯站在那儿，手里还拿着披风。这会儿牛又站着一动不动了，看来它又被镇住了。

“这可真是个结实的家伙，对不对?”那小伙子鼓励他说，“它的骨头遍布全身。”

曼纽尔朝小伙子点点头，拿出手帕擦擦脸。然后把沾有血污的手帕放进上衣的口袋。

公牛站在距离围栏很近的地方。真是该死。也许现在看来在它身上好像没什么地方可以让剑扎进去。没准它真的全身都是骨头。真是该死！就算它全身都是骨头又如何？我就让他们都好好瞧瞧，看我怎样让这头全是骨头的公牛倒下的。

曼纽尔在公牛的眼前挥动着红巾试了试，公牛依旧稳如泰山。曼纽尔把手里的红巾像剁肉似的在公牛的眼前疯狂地前后挥动着。公牛还是一动不动。

曼纽尔收起红巾，侧过身子，拔出剑，就往牛身上扎下去。他感到再次插入牛身上的剑又弯曲了，他把剑朝牛身上用尽全力往里面压，可剑依旧被弹飞到了空中，朝看台上的观众当当地打着转儿飞去。就在剑弹出去的一刹那，曼纽尔将身子朝旁边一闪，躲开了抵过来的牛角。

黑乎乎的观众席上第一批坐垫被扔了过来，他没有被击中。不过，后来有一个坐垫打中了他的脸，曼纽尔抬起那血污的脸朝观众席上望去。黑压压的观众席上无数的坐垫被丢了下来，散落在斗牛场内的沙地上。曼纽尔的脚被附近不知谁丢下的一个空的香槟酒瓶砸中了，他抬起头望着不断从暗处扔出来的东西。接着“呼”的一声从空中飞来一样明晃晃的东西，掉落在了他身边，曼纽尔弯腰把它捡了起来。那是他刚才被弹飞的剑。他把剑放在自己的膝头上扳扳直，然后拿着它向着黑乎乎的观众席挥了挥。

“谢谢，谢谢。”他说，“非常非常感谢。”

曼纽尔转身朝公牛跑去。呸，你这可恶的杂种！呸，你这可恶的杂种！让人讨厌至极、厌恶至极的杂种！在他跑过去的路上，一个坐垫在曼纽尔脚底下把他绊了一下。

公牛就像之前一样，就站在那里，一动不动。你这可恶的、讨厌的杂种，来啊！你这全是骨头的，讨厌的杂种！

曼纽尔将手中的红巾又一次递到公牛的黑嘴跟前使劲儿挥动着。

牛呆呆地站在那儿一动不动。

好极了！曼纽尔朝前跨了一步，准备把挂红巾的杆子的尖头塞进公牛的潮湿的嘴里。这下看你还动不动！

一个被丢在地上的坐垫在他抽身往回跳的时候绊了他一下，顿时他仰面摔倒在了沙地上，这时候公牛朝前扑到了他的身上，曼纽尔感到他的身子被牛角抵住了，粗壮的牛角抵进了他的腰部。他双手用尽全力抓住抵在自己腰部的牛角，只能不断地后退。公牛猛地一甩脑袋一下子把他甩开，曼纽尔脱身了。他一动不动地躺在地上，就那么一动不动的。牛已经走开了。没关系。

他挣扎着站起身来，阵阵剧痛在全身蔓延开来，就如同自己已经粉身碎骨，已经死掉了一般。他开始咳嗽着，该死的杂种！这些该死的杂种！

“我的剑呢？我的剑在哪里？”他大声嚷嚷，“把剑给我！”

富恩台斯手里拿着红巾和剑跑了过来。

埃尔南德斯用胳膊搂着曼纽尔。

“兄弟，别傻了。”他对他十分担心地说，“快上医务所看看去吧。”

“走开，别挡着我，”曼纽尔说，“给我走开。看我今天怎么切了它。”

他从埃尔南德斯的怀里挣脱了身子。接过红巾和剑，朝公牛奔去。埃尔南德斯无奈地耸耸肩膀。

公牛庞大的身躯如同泰山一般稳稳地扎在地上。

该死的东西，你这该死的！你这全是骨头的该死的东西。剑被曼纽尔从红巾中抽了出来，他用同样的动作再一次瞄准它，他用同样的动作再一次猛扑到它身上去。终于，他终于感觉到剑顺利地扎下去了，从上面一直扎到齐护圈。他感觉到自己握剑的整个手掌几乎都伸进了牛的身子里了，他的指关节上甚至能够感受到热乎乎的鲜血直往外涌。

公牛的身子在曼纽尔伏上去后开始变得踉踉跄跄起来，看样子似乎要倒下；接着他从公牛的身上离开站在地上。站在地上的他望着公牛，公牛前蹄开始慢慢地跪倒在地上，接着整个身子一下子朝向一边倒翻在地；然后突然就四脚朝天了。

曼纽尔站在地上向观众挥动着他刚刚被牛血暖得热乎乎的手。

曼纽尔突然开始不由自主地咳嗽起来打断了他正打算说的话。好吧，你们这些杂种！忽然曼纽尔感觉到自己又热又闷。他低头望望红巾，却一屁股坐在了沙地上，他抬头望着主席台。该死的，他还得过去向主席行礼。该死的主席！那头公牛就在他旁边。它粗大的舌头从潮湿的嘴里伸了出来，四脚朝天。该死的牛。让牛见鬼去吧！这该死的全身都是骨头的牛。让这一切都见鬼去吧！曼纽尔看到倒在身边的黑牛腿底下和肚子上好像有什么东西爬，有什么东西在毛稀的地方爬。都见鬼去吧，这该死的。现在这一切都不关他的事了。曼纽尔挣扎着想站起来，他刚一动就又开始咳嗽起来。他不得不再次坐下来，不住地咳嗽。场地外面有人走过来，扶起了地上的他。

他们把曼纽尔抬着准备将他抬到医务所去，他们抬着他快速地跑过沙地，跑到斗牛场的门口，因为他们正好遇到骡子要进来结果被堵在了门口，不过他们很快就处理好了这一切，他们抬着他拐进了黑黑的过道。将他抬上楼梯的时候，人们有些不满地小声咕哝着，最后他们把他抬进了一间屋子，并把他放了下来。

在屋子里两个穿白衣服的人和一个医生正在那儿等着他。他们将他放到了手术台上，他的衬衣也被前来的医生剪开了。曼纽尔这时候觉得整个胸腔都在发着烧。他再一次咳嗽起来。他感到自己疲乏极了。一样东西被他们放在了自己的嘴边，他看见整个屋子里的人都显得十分忙碌。

一道强烈的电灯光一下子照到了他的眼睛，刺得他闭上了眼睛。

楼梯上很重的脚步声传到他耳朵里，那是有人上楼来了。然后又什么声音都没有了。接着他又听见了远远的声音，那一定是观众们发出呼喊声，他想。是啊，还有另一头牛呢，总得有人将他杀死吧。医生已经用剪刀将他的衬衣完全剪开了。曼纽尔睁开眼睛，他看见雷塔纳就站在那儿，他还看见医生正朝着他笑。

“你好，雷塔纳！”曼纽尔嘴唇轻微动了动，但是他却没有听见自己的声音。

雷塔纳朝他笑了笑，曼纽尔看见他的嘴唇在不停地动，好像在对他说了些什么，但是曼纽尔却什么也没听见。

然后，站在手术台旁边的舒里托被曼纽尔看到了，他正在那儿俯身看着医生工作的地方。他还没来得及将身上的衣服换了，依旧还是穿着长矛手的衣服，只不过帽子被取了下来。

舒里托低下身子对他说了些什么，结果他还是什么也没听见。

接着舒里托和站在一旁的雷塔纳开始说话，还跟站在雷塔纳身后的一个穿白衣服的人笑了笑，递给雷塔纳一把不知从哪儿找来了的剪刀。雷塔纳接过剪刀把它交给了一旁的舒里托。舒里托手里拿着剪刀，又弯下腰对曼纽尔说了些什么。可曼纽尔依旧听不见。

真该死，这手术台真该死！他不会死。在以前，曼纽尔曾在许多手术台上躺过。所以他非常清楚，如果他要是快没命的时候，现场一定会有一个神父在那里。

舒里托弯下腰对他说了些什么，然后他举起了手里的剪刀。

曼纽尔瞬间就明白了，他们是要剪掉他的小辫子，肯定的！他们要把他头顶上的小辫子剪掉了。

曼纽尔可不允许让他们这样做，手术台上的曼纽尔一下子坐了起来。马上就有人从一旁过来抓住他，扶着他。医生也不由自主地后退了一步。

“不行，不准这样做！”他大声叫道，“铁手！”

接着舒里托的声音突然传进了他的耳朵里，这次他听见了，而且听得很清楚了。“行行行，”舒里托说，“别激动，我就开个玩笑而已，不剪。”

“我干得很不错了，伙计，”曼纽尔说，“就是运气有点儿差。”

在手术台上重新躺下的曼纽尔，被他们把一样什么东西放在了脸上。曼纽尔对那东西很熟悉。他感到十分疲乏。他深深地吸着气，感到自己非常疲乏。没过多久那东西就被他们从他脸上拿开了。

“我做得很棒了，”曼纽尔有气无力地喃喃地说，“我做得很棒了。”

雷塔纳转头朝舒里托看看，然后向门口走去。

“我留下陪他。”舒里托说。

雷塔纳无所谓地耸耸肩膀。

曼纽尔突然睁开眼睛，盯着舒里托。

“铁手，难道我做得不好吗？”他向舒里托征求他的看法。

“很棒，”舒里托说，“你干得很棒。”

一个圆锥形的东西被医生的助手拿了过来并罩在曼纽尔的脸上，曼纽尔深深地吸着。舒里托站在一旁手足无措地看着他。

在异乡

战争到了秋天还在继续进行着，我们却不再去打仗了。寒风不断从山冈上吹来，让这个秋天显得特别冷。深秋的米兰[①]黑得很早，转眼间就已经是华灯初上，秋风萧瑟吹过，让人感到阵阵冷飕飕的寒意。许多野味被沿街的店铺挂在门外：内脏被掏空的、僵硬的鹿肉沉甸甸地吊在那儿；羽毛被风吹得不住翻舞的、一串串被绳子串起来的小鸟在秋风中飘摇着；蓬松的尾巴在寒风中左右摇摆的狐狸的卷毛上依稀可见几点飘落下来的雪花。就这样在街边，一边走着，一边看着橱窗，让人感到十分惬意。

每天下午，我们都会到医院去。薄暮时分，我们会在穿过市区，在那儿一共有三条路通往医院。因为其中有两条比较长的路是紧挨着运河的，所以人们总是会从横跨运河的桥上穿过去医院。一共有三座桥横跨在整个运河上，你可以选择任意一座桥，因为它们都可以走的。其中一座上面常常有个卖炒栗子的女人在那里叫卖。只要站在她的炭火前你就会感到周身暖洋洋的，如果你把她炒好的炒栗子放在口袋里，那么你会发现即使是过了好一会儿炒栗子都还是热乎乎的。医院很幽静，但是也很古老。庭院就在大门里，一进大门就能够看见，在庭院的对面又有一扇门，穿过庭院，从那扇门出去就到医院了。葬礼每次的仪式都是从院子里开始的。几幢新造的砖砌房屋矗立在老医院的对面。每天下午，大家都坐在能够治好我们病的手术椅中，聚在庭院里，互相

---

① 米兰是位于意大利西北部的城市。

关心地询问各自是什么病，大家在那里总是那么彬彬有礼。

一位医生走到我的手术椅旁问我：“你战前最喜欢的运动是什么？是踢球还是其他？”

“当然是踢足球了。”我说。

“好的，”他说，“很快你就又能踢足球了，而且我敢确定会比之前踢得好得多。”

准确地说我是腿部的膝关节出了毛病，从膝盖到踝关节之间，我的整个小腿都是僵直的，毫无知觉，这让我常常觉得自己好像从来就没有腿肚子似的。虽然医院用来辅助治疗的医疗器械能使人们的膝关节弯曲得像骑三轮自行车那样灵活。眼下的我的腿却远远没有恢复到哪种程度，现在依旧无法弯曲，当医疗器械转到我的膝关节时便不灵了，倾斜了。医生告诉我说：“小伙子，你是个幸运儿。很快你就会能重新踢足球了，就像一个职业锦标赛选手那样。一切都会顺利的。”

我旁边的一个手术椅中坐着一位少校。他的一只手萎缩了，大小变得人和一个娃娃手一样。现在手术椅中两条上下翻动的牵引带夹着他的那只小手，他那僵硬的手指也被不断拍打着。轮到医生开始检查他时，少校转过头来对着我眨眨眼，然后问医生：“亲爱的主任大夫，我也可以重新踢足球吗？”他在战前曾是意大利最优秀的剑术家。他的剑术非常高超。

医生回到庭院后面的诊所里，没有回答他，医生手里拿着一张照片很快又走了回来。照片上面拍着一只几乎同少校的手差不多的一只萎缩的小手，医生告诉少校，他现在在照片上看见的那是整形之前照的，后来经过治疗后这只手就显得大一些了。少校接过照片目不转睛地看着，他问医生：“是怎么弄成这样的？是枪伤吗？”

“不，”医生回答，“是工伤。”

“不错，挺有意思的，”少校说着便把照片递还给医生，“真的，挺有意思。”

“你现在对你自己有信心了吧?”

“还是没有。”少校说道。

每天，到医院里来的还有三个同我年龄相仿的小伙子。他们三个全都是米兰人。一个立志参军，一个想成为一名律师，另一个则要做一位画家。在一天的疗程结束后，有时候我们大家就会一起步行到医院外面走走，我们或者会去咖啡馆坐会儿，就是那家名叫柯华的咖啡馆，它就位于斯卡拉的隔壁。由于我们四人结伴同行，所以就常常大着胆子去抄捷径，这样我们就会经过一个共产党人的聚居区。那个聚居区居住的人都恨我们这些军官。每次我们从那儿走过的时候。总会有人从一家酒店里朝我们喊叫：“Abassogliufficiali ![1]”有时候还会有另外一个年轻人和我们同路，这样就能够凑成五个伙伴。那时. 他的脸上常常蒙着一块黑丝绢，他的鼻子不幸被毁了，正等着医院给他做手术整形。他是刚从军校毕业就直接去了前线，才到前线一小时鼻子就被毁了，这家伙可真够倒霉的，对吧。即时他被大夫们用手术整了形，可医生却也无力回天使他的鼻子像没受过伤以前那么端正了。那件事已经过去很久了。他是一个非常古老的世家的后裔，他还到南美洲去过，并在那里的一家银行里工作过一段时间。对于以后的战事将如何发展我们谁都不清楚，只知道仗还在打，并且也一直在打，根本没有任何停战的迹象。但是无论怎么样，终究我们是不用再上前线了。除了那个因为鼻子被毁而在脸上包着黑丝绢的小伙子以外，我们四个人都佩着同样的勋章；那个小伙子因为他在前线待得并不长，所以就没有勋章。我们三个每个人只得到了一

① 意大利语，意思是“打倒军官”。

枚，而那个脸色有些苍白、一心想成为一名律师的高个子小伙子却得了三枚勋章。因为高个子小伙子曾担任意大利突击队上尉在前线待过的时间最长，九死一生，所以常常会显得有些超然物外。实际上，并不仅是他，而是我们几个人都有些超脱。我们每天下午准时在医院里相遇，除此之外就没什么特别深的交情了。但是，每一次当我们到柯华咖啡馆去，因为抄捷径而不得不穿过那片被称为城里的禁区的时候，或者是我们在黑夜中并肩前行，街道两旁的酒店里歌声不绝、灯光闪烁之际，又或者，当我们不得不推开人行道上熙来攘往的男男女女，费尽力气挤到大街上去的时候，我们大家便会因为感到具有某种共同的遭遇而息息相通，而所有那些讨厌我们的人对于这些都是无法理解的。

柯华咖啡馆位于斯卡拉的隔壁，因为我们几个经常去，所以我们对它都很熟悉，那儿既温暖，又美丽，而且灯光非常柔和，一天中，那里总会有人声鼎沸、烟雾弥漫的一段时间。在桌边经常会有一些姑娘们，几份有插图的报纸在壁架上摆着。在柯华咖啡馆里的姑娘们都非常有爱国心。我曾发现在意大利这个国家里，无疑咖啡馆的姑娘们才是最爱国的人。我想，虽然现在她们还是爱国的。

因为我佩着勋章，那些伙伴起初对我颇有礼貌，他们常常会好奇地问起我是怎样获得勋章的这个问题。于是我便给他们看我的奖状，奖状上面，写着诸如“FRATELLANZA”“ABNEGAZIONE”① 等一系列冠冕堂皇的词语。其实真正的含义，是可以透过这些辞令看出来的：因为我是个美国人所以才被授奖的。伙伴们对我的态度从那以后就开始有点儿变了。虽然同其他的那些外人比起来，他们还是把我当作朋友。然而，止步于普通朋友而

① 意大利语，意思是“友爱”“克己”。

已，不再把我当成知心朋友了，这些变化无疑都发生在他们看过奖状上的评语之后，其主要原因是他们的勋章都是在历尽艰险以后才得到的，我们的境遇都不同。虽然，我也在战争中负了伤，但是，大家心里都清楚，人人都可能在战争中受伤，那只不过是在战场上偶然的不幸罢了。但是，我并没有因此而感到自己受奖有愧，从来没有。黄昏时分，当我在咖啡馆里喝得有些醉意以后，我也曾经想象过自己经历过如同其他伙伴们得到勋章所干过的那些英勇事迹。但是现在街道两旁的店门都关上了，我独自一个人，在昏黄的街灯下，在秋风飒飒的夜晚，在空无一人的街上缓步而行，这时我便想到自己是绝不可能去冒伙伴们的那种危险。事实上，无故独自躺在床上的夜里，我就不禁地惧怕死亡。

我多么惧怕死亡啊！我时常还会担心如果自己在重返前线后的光景会怎么样。

那如同勇猛的猎鹰一般佩戴勋章的三个人。虽然我可能也会被从未打过猎的人看作是兀鹰，但是我知道我不是。对于这一点，就算是，他们三个心里也很清楚，于是没过多久他们就跟我分道扬镳了。不过，同我没有分道扬镳的还有一个小伙子——就是那个刚上前线第一天就挂彩的家伙，他现在根本没有意识到以后他自己会变成一个怎样的人。我觉得他是不会变成一只鹰的，所以这样一来，他也就决不会被别人看作是知己。我喜欢他。

至于那位剑术高超的剑术家少校，他从来都不相信人是勇敢的。他总是不厌其烦地纠正我的意大利语法，特别是当我们一起坐在手术椅中进行治疗的时候。不过他也总是夸奖我流利的口语。我们在用意大利语闲聊时总是非常轻松自如。有一天，我对少校说，其实说起来意大利语挺容易的，一学就通，我已经开始对它没有什么兴趣了。“嘿，的确是这样，”少校说，“但我还是建议你试着去研究一下意大利语的语法，你会有许多不同的发现的。”从那以后，他开始教我语法。没学多久，我就发现我以前所了解的意大利文完全变了样。我居然因为脑子里面的语法概念变得模糊而不敢再同他交谈了。

看得出，少校并不十分相信我们现在进行的机械治疗，我可以肯定这一点。不过，即便这样他还是依旧会按时上医院来接受治疗，从未耽搁一天。起初的一段时间，我们谁都不信这些机械玩意儿。有一天，少校对我说，你认为这些东西能治好我们吗？我看全是胡闹。那时，正是那种医疗器械刚刚被用于临床实验，所以我们大家都成为了检验这些东西是否有用的试验品。这些花样一看就知道准是那个白痴想出的，少校说：“这只是想当然的纸上谈兵，如同没有任何实际依据的空洞理论一样。”少校个子不高，但是当他总是腰杆笔直地坐在手术椅中的时候，将右手背伸入机器里，手指被牵引带夹着不断地翻动，双眼则直直地盯着对面的墙壁。每当他看到我在学习意大利语法总是学不好时，他常常会骂我是个大笨蛋，是个丢人的笨蛋，骂完我后他又会骂他自己，说他自己也是个笨蛋，丢人的笨蛋，居然会煞费心思地来教我。

“你准备在战争结束后做些什么？”少校问我，“如果真有那么一天的话，要注意回答的语法，要正确！”

“回美国。”

“小伙子你结婚了吗？”

“我倒是想，不过还没。”

“你这个蠢货。”对我的回答他看上去显然并不满意，“年轻人，听清楚了，一个男人是不应该结婚的。”

“你为什么这么想呢？少校先生？”

“嘿，小伙子，请别称我少校先生。”

“好吧，可你总得告诉我，为什么男人不应该结婚？”

“不能，就是不能，”他有些冒火了，一脸的愤怒，“一个人无论如何不该使自己落到要失掉一切的地步，即便上帝注定了这个人要失去一切。他应当去追寻一种东西，一种永远不会丧失的东西。他不该让自己陷入那种一无所有的境地。”他双眼睁得大大的，直勾勾瞪着眼前的地面，显得十分地恼怒和痛苦，他有些激动地说着。

“可是，你怎么能够知道那些东西一定会失掉呢?”

“你这个笨蛋！那还用说吗？肯定会的，肯定会失掉。”他死死地盯着墙壁说，然后，他低下了头看着整形器，抽出他的那只在牵引带里“吱吱咯咯”响的小手，狠狠地在自己的大腿上拍了几下。“一定会失掉，”他大声吼道，“你这个语法都学不会的笨蛋，别和我争辩！”然后，他转过头对着在不远处看管机器的护理员嚷道：“过来，关掉这该死的东西！”

少校愤愤不平地朝屋子门口走去，他应该是去接受光疗和按摩了，我想，那是医院里的另一间诊室。没过多久，我坐在那儿听见他的声音，他正在恳求医生借电话给他一下，后来，外面传来了关门的声音。没多久，上校就又重新回到了这间房间，他进来的时候我恰好在另一把手术椅中坐着。他戴着帽子，披着斗篷，朝我坐的地方径直走了过来，然后他把一条胳膊直接搁在了我的肩上。

“伙计，听我说，刚刚真对不起。”他用那只好手轻轻拍了拍我的肩膀看着我，“希望你能够原谅我，刚才我太没有礼貌了，我妻子前不久刚去世。”

“噢?”我对少校的遭遇感到十分惋惜，“没关系的，但是对于你的妻子，我非常遗憾。”

他双眼木然地望着窗外，默默地站在那儿，好像在回想着什么。半晌，他咬着下嘴唇对我说：“太难了！”他说，“有些痛苦是你无法忘掉的。”

“无论……无论……我怎么努力，我都无法忘掉那些悲痛。”少校哽咽着说。然后，少校流下了眼泪。接着少校失声痛哭起来，过了一会儿，少校停止了哭声，又抬起了头，茫然地呆视着窗外，泪流满面。然后，少校咬紧嘴唇，挺直了自己的腰杆，用军人所特有的姿态，昂然地迈过一排排的手术椅，朝屋外走去。

我后来从医生那儿得知，少校的年轻的妻子不幸死于肺炎；少校是在自己残废不能再打仗之后同她结婚的。她只是病了短短的几天，就被死神带走了。一个活生生的人就这样匆匆香消玉殒，谁都没有想到她会死。在她去世后少校一连三天都没有上医院来。当少校后来出现在医院时，他的袖子上出现了一块黑纱。那个时候，一些拍着在治疗前后的不同形状的各种病例的照片，已经被镶着大镜框挂在了医院的墙上。其中三张都和少校的病情类似，就挂在少校所坐的那张手术椅的对面墙上，只是那些手已经经过整形和正常的手一样了。这些照片是医生打哪儿弄来的，我并不清楚。一直以来我都以为，我们这些人是这些医疗器械的第一批试验者。不过，少校对于那些照片显得非常非常淡漠，他只是常常漠然地凝望着窗外，凝望着。

白象似的群山

埃布罗河[1]河谷的对面是白色的连绵起伏的山冈。而河谷这一边，则是一片连一棵树木都没有的白地，在阳光的照射下，车站位于两条铁路线的中间。一幢笼罩在闷热的阴影中的房屋，紧靠着车站的一头，酒吧敞开着的门口挂着一串串用竹珠子编成的门帘为了阻挡那些令人讨厌的苍蝇。一个姑娘和那个跟她一道的美国人就在那幢房屋外面阴凉处的一张桌子旁坐着。天气实在太热了，他们至少还需要再等待四十分钟，那列从巴塞罗那[2]开来的快车才能够到站。列车一般只在这个中转站停靠两分钟，然后就会继续朝前行驶，一直开往终点站马德里。

“喝点什么?”姑娘问。她把自己的帽子取下来，顺手放在了身前的桌子上。

“好，实在太热了，这鬼天气。”男人点点头说。

“那咱们来两瓶啤酒吧。”

“Doscervezas[3]!”男人朝门帘里面喊道。

“大杯吗?”在门口处传来一个女人的问话。

“是的。两大杯。”

很快两大杯啤酒和两只毡杯垫就被那个女人拿了过来。她把杯垫和啤酒杯一一在桌子上放好。然后她看了看坐在桌边的他们。桌边的姑娘正抬起头眯着双眼眺望着远处群山的轮廓。在阳

① 埃布罗河：位于西班牙境内，流经西班牙北部，最后注入地中海。
② 巴塞罗那：位于西班牙东北部地中海沿岸，是西班牙最大的商港之一。
③ 西班牙语，意思是“来两杯啤酒”。

光的照耀下群山看上去呈现出一片白色，而位于山脚下的乡野则呈现出一片灰褐色的干巴巴的景象。

“它们远远看去就像一头头白象。”姑娘说。

“是吗？我可从来没有见过大象是什么样子的。”男人把桌子上的啤酒一口气喝了个干净。他觉得还真不错。

“你不会有机会见到它们的。”

“谁知道呢，也许我见到过的，”男人说，“仅仅凭你说我会不会有机会见到他们，这无法说明任何问题。”

姑娘打量着挂在门口的珠帘子。“他们在那上面画了些东西，”她说了，“似乎是什么文字，你能看清吗？”

“Anisdel Toro①。就是一种饮料而已。”

“啊，那咱们尝尝这个可以吗？”

“嘿！”男人又朝着珠帘子喊了一声。很快从酒吧间那女人又走了出来。

“一共消费两杯啤酒，四雷阿尔②。”

“我们还想再来两杯 Anisdel Toro。”

“好的，需要掺水吗？”

“你需要掺水吗？”男人转过头看着姑娘。

“我没有喝过这个，”姑娘说，“掺了水的味道怎么样，好喝吗？”

“当然，我认为味道还不错。”

“请问，你们需要掺水吗？”女人再一次问。

“来两杯，都掺水。”

“这酒喝起来有一股甜丝丝的味道，就像是甘草一样。”姑娘放下手里的酒杯说。

---

① 西班牙语，茴香酒的意思。

② 雷阿尔：是旧时的一种银币，在西班牙和拉丁美洲等国家流通。

“没错，的确如此，就像其他的任何东西一样。”

“是啊，我也这么觉得，”姑娘说，“啥都像甘草一样，让人感到甜丝丝的。特别那些被一个人在盼望了许久以后才得到的东西，那种感觉简直就同喝艾酒时的感觉一模一样。”

“嗯，好了，别说了。”

“嘿，这可是你先说起来的，”姑娘说，“不过，刚才我倒觉得挺开心。真的，刚才我觉得挺有趣的。”

“那就好，咱们就想想法子怎么样开心开心吧。”

“不错的提议。刚才我就一直在想办法。你看，从我们这儿看上去这些山就像一群白象。这比喻是不是够妙？”

“妙，妙不可言。”

“所以我提议让咱们喝些饮料还有这种咱们以前从来没喝过的饮料，再看看四周的风景，这不咱们做点儿事嘛。”

“你说得不错。”

姑娘将背靠在椅子上又眯着双眼朝远处的群山眺望。

“这山看上去可真美，”她说，“实际上它们并不是很像真正的一群白象，我的意思是说，它们透过树林间的缝隙，这些山表面的颜色和白象一样，都是白色的。”

“还需要再喝一杯吗？”

“当然，为什么不呢？”

珠帘被一阵热风吹得拂到了桌子上。

“这啤酒让人感到凉丝丝的，也挺不错。”男人说。

“说得对极了，”姑娘说，“味道的确不错。”

“那种手术[①]实在是太简便了，”男人说，“甚至可以说它根本就算不上是一个手术。”

---

① 指人工流产手术。两个人谈论这个微妙的话题，作者有意一直没有点明。

姑娘这下低着头看着桌腿下的地面。

“其实没什么大不了？仅仅只是需要用空气一吸就行了。我知道你不会在乎的。”

姑娘依然看着桌腿下的地面，沉默。

“我会一直陪着你的，我会一直待在你身边的。他们要做的就只是注入空气，然后一切就好了。”

“咱们以后怎么办？等那手术做完以后。”

“还像以前一样啊。”

“你怎么会这么认为呢？”

“让咱们烦心的也就现在这一件事情。”

姑娘伸手抓起两串掉落在桌子上的珠子，那是刚才被风吹落到他们桌子上的。

“你觉得咱们以后就没什么事了，可以高兴地生活了？”

“不用怕。做过这种手术的人有很多呢，他们都非常成功，我还认识好多她们之中的人呢。我肯定咱们以后会幸福的。”

“是，我也认识许多做过的人，”姑娘说，“我也知道在做完手术以后，她们的确也都照样过得非常开心。”

“你要是不想，就别勉强自己。”男人说，“如果你实在是不想做的话。不过这种手术的确很简单的。”

“但是你非常希望我做，是不是？”

“目前这是最好的，最妥善的办法了。要是你本人真心不想做，我也不会勉强你的。”

“只要我去做了，你就一定会高兴，所有的事情就又会变得和从前一样，你就会爱我，是吗？”

“我爱你，永永远远。”

“这我清楚。假如我做了，那么就算我说什么东西看上去像一群白象，你还会同以前一样和和顺顺的，你就又会喜欢了，对吗？”

“我当然会非常喜欢的。你刚才那么说的时候我就可喜欢了，只是我当时的心思还没有集中到那上面去。我心烦的时候就会那样。”

“那我做了手术，你就不会为这事心烦了吧?”

“那个手术非常简单，如果你去做了，我就用不着再为这事儿烦心了。”

“那就去做吧。事实上我现在对自己已经毫不在乎了。”

“你为什么会这么说?”

“我是对我自己毫不在乎。”

“我对你可是非常在乎。”

“但我已经对自己毫不在乎了，所以我才决定要去做手术的。等做完了，所有的事情就会又全都变得万事如意了。”

“如果你现在是这么想的，而且你确定自己是这么想的，咱们就别去做那个该死的手术了。”

姑娘从桌子旁边站起身来，一步一步走到了车站的尽头。在铁路的对面，埃布罗河的两岸，到处都是树木和农田。再往埃布罗河的远处，河的那一边是层峦起伏的山。粮田上一片云影在热风的吹动下掠过大地。透过远处的树木，她看到了那条奔腾的大河。

“我们本可以尽情享受眼前这一切的。”她说，“可随着时间一天天过去，我们却原来越不开心了。本来我们可以舒舒服服地享受一切生活的美好。”

“什么?”

“本来我们可以舒舒服服地享受一切生活的美好。”

“你知道这一点我们是能够做到的。”

“可我们现在不可能了。”

“我们能的，我们连整个世界都可以拥有。”

“不可能了。”

“走吧，咱们到四处去逛逛。”

“不可能了，这不是属于我们的世界了。”

“这个世界依旧是我们的。以前是，现在是，将来也是。”

“已经不是了。一旦它被他们拿走，就永远失去它了。”

“但是现在它还没有被他们拿走呢。”

“一定会的，咱们等着瞧吧。”

“吉格，咱们到那边的阴凉处去吧。”他说，“站在这儿太热了，你不应该有那种想法。”

“我能有什么想法呢，”姑娘说，“我只是陈述事实罢了。我又能够有什么想法呢？”

“吉格，任何一件只要是你不想做的事，我都是不希望你去做。”

“也包括那些对我不利的事情，”她说，“我知道，都知道，那么咱们再来杯啤酒吧，怎么样？”

“没问题。但是，吉格你要知道……”

“我当然知道。不说了好吗？”姑娘说，“我不想再谈了。”

他们重新回到桌边坐下。姑娘抬头凝望着远处的群山和干涸的河谷，男人则注视着眼前的姑娘和桌子。

“这点你必须明白，”他说，“你要是不想，那咱们就不做了。也没什么，如果这对你很重要的话。我甘心情愿，我能够承受到底的。”

“咱们总不能就这样对付着过下去吧。”

“但是，我只要你，其他人我都不在乎。再说，真的只是个简单的小手术。”

“是的，它是非常简单的。”

“事实就是那样的，随便你怎么说。”

“你现在能为我做点事吗？”

“我当然愿意为你做任何事情。”

“那我就请你闭嘴，不要再说了，好吗？”

他闭上了嘴巴不再说话了，只是朝车站那边望着，有一些旅行包靠墙堆着。包上贴着的标签清楚表明了他们曾过夜的所有旅馆。

“其实你做不做对我来说都没什么影响的，”他又开口说，“我并不希望你去做手术。”

“你要是再说，我就要尖叫了！”

珠帘这时候被撩开了，端着两杯啤酒的女人走了出来，把装着啤酒的酒杯放在杯垫上，杯垫不知什么时候变得湿漉漉的。“五分钟之内火车就会到站。”她说。

“她刚才说什么？”姑娘问。

“她说火车五分钟之内就会到站。”

姑娘对着那女人友好地一笑，表示对她的感谢。

“我现在提旅行包放到车站那边去吧。”男人说。

“放完快点回来，咱们一起把这两杯啤酒喝光。”

男人绕过车站来到另一条铁轨处，他手里拎着两只沉重的旅行包。放下手中的旅行包，站在铁轨旁边，手搭凉棚，望着火车即将开来的方向，不过，他并没有看见火车。他从铁轨上走回来，穿过酒吧间的时候，他看见那些在候车的人们都在安静地喝着酒等待火车到来的人。他打量着周围的人，同时在柜台上喝了一杯茴香酒。他们都在等候着列车到来，看上去是那么安静。然后他撩开珠帘子走出了酒吧间。她依旧坐在那张桌子旁边，她看到他回来了，投给他一个微笑。

“你现在感觉好些了吗？”他问。

“我觉得挺好的，”她说，“我又没病，我感觉挺好的。”

杀人者

有两个人从外面进入，刚刚开门的亨利开的小饭馆。他们挨着柜台坐了下来。这是一个主要提供快餐的小饭馆。

“请问两位先生需要点什么?”乔治问他们。

“我还没有想好，”其中一个人转头望着另外一个人说，“你打算吃什么，艾尔?”

“我也没想好。”艾尔说。

饭馆外，天渐渐暗淡了下来。窗外街道两旁路灯的不少灯光漏了进来。那两个人坐在柜台边看着菜单。在柜台的另一端尼克·亚当斯正瞧着看菜单的两个人。刚才当这两人从外面进来的时候，尼克正在柜台里同乔治谈天。

“我要这个，一客烤猪里脊加苹果酱和马铃薯泥。”第一个人抬起头朝着乔治说。

“对不起，烤猪里脊还没准备好。”

“那你把它写菜单上?”

“那是给晚餐准备的菜，”乔治解释说，“一般要到6点钟才有得吃。”

乔治看一眼那只挂在柜台后面墙上的钟。

“现在才5点整。”

“可是钟面上是5点20分?”第二个人说。

“它快了20分钟。”

“那么，现在你们这儿有些什么吃的?”头一个人说。

“你们喜欢的任何一种三明治我都随时可以供应，”乔治说，

“此外还有肝加熏肉、火腿蛋、熏肉蛋，或者牛排你们都可以要。”

“那就给我来份炸仔鸡饼，配上马铃薯泥、青豆和奶油生菜。”

“对不起，还是没有准备好，因为它是晚餐的菜品。”

“你们就是这么做生意的吗？只要是我要的，全部都是晚餐的菜，对吗？”

“先生我刚刚说了的，我可以供应给你们的有火腿蛋、熏肉蛋、肝……”

“那就给我来一份火腿蛋好了。”那个叫作艾尔的人说。他身上穿着一件黑大衣，是横排纽扣的那种，头上戴着顶常礼帽。脖子上围一条丝围巾，戴着手套，他嘴绷紧着，那张脸看上去又小又白。

“那就给我熏肉蛋，这个总有吧。”另一个人说。他们两人穿的黑大衣紧绷在身上。他们像是一对双胞胎，可是却有着不同的面孔。二人都身材比起来倒没有多大差别。他们坐在柜台那儿，身子稍微朝前倾，胳膊肘就搁在柜台上。

“有什么能喝的？”艾尔问道。

“姜汁酒，啤酒，葡萄酒，随您喜欢。”乔治说。

“我意思是这里什么好喝？”

“就是刚才我说的那些啊！”

“这是个专门买卖私货的城市。”另一个人说，“这里有一句俗语，你还记得吗？它叫什么来着？”

“山高皇帝远，一点都管不着。”

“这种说法你听到过吗？”艾尔问他的朋友。

“没听说过。”那个朋友说。

“晚上你们这里都做什么？”艾尔问道。

“当然是来吃晚饭嘛，”他的朋友说，“到这里来的人们当然是为了吃正餐。”

“没错。”乔治说。

“你也这么认为吗？”艾尔问乔治。

“是的。”

“你还真是聪明啊！”

“那是，许多人都这么认为。”乔治说。

“我不这么觉得，”男一个小个子说，“你真这样认为吗，艾尔？”

“他只不过是个哑巴。”艾尔说。他转身又向尼克说：“小伙子，你叫什么名字？”

“亚当斯。”

“又是一个聪明小伙子，”艾尔对他的同伙说，“他也是个聪明的家伙，麦克斯，你觉得呢？”

“这城里居住的都是些聪明的家伙。”麦克斯说。

乔治这时候端来了两盆东西，他将它们放在柜台上，一盆熏肉蛋，一盆火腿蛋。他又放下两碟炸马铃薯，那是作为添菜的，然后他转身关上了那扇通向厨房的便门。

“哪一盆是你点的？”他问艾尔。

“你忘性怎么这么大？”

“火腿蛋这盘。”

“这可真是个聪明的小伙子。”麦克斯说。他向前探身将那盆火腿蛋拿到了自己跟前。站在一旁的乔治瞅着他们。两个人都戴着手套吃饭。

“你瞅啥？”麦克斯抬起头望着乔治说。

“没有，没看什么。”乔治摇了摇头。

“浑蛋，你休想骗我，你瞅啥呢？”

“这小伙子也许只是闹着玩的。”艾尔说。

乔治不由得哈哈一笑。

“你还敢笑?”麦克斯对着乔治说，“我觉得你根本不需要笑，懂不懂?”

“我知道。”乔治说。

“你看他多聪明的，一下子就知道了，”麦克斯对艾尔说，“我没看错。”

“他一定是个思想家。”艾尔附和着说。然后他们继续低下头吃东西。

“你知不知道那个聪明小伙子叫什么名字?”艾尔问麦克斯。“喏，就是站在柜台那头的那个。”

“嘿，聪明小子，”麦克斯朝着尼克说，“你就不能和你那里的朋友一起到柜台另一边去?”

“为什么要我过去?”尼克说。

“没什么别的意思。”

“你还是过去吧。”艾尔说。尼克于是走到柜台后面去。

“为什么呢?”乔治问道。

“问那么多干吗?”艾尔说，“谁还在厨房?”

“就是一个黑鬼。”

“他在厨房干吗呢?”

“他是我们这儿的厨子。”

“把他叫进来。”

“为什么?”

“让你把他叫进来。”

“你们最好搞清楚，你知不知道你们在哪里?你们以为这是你的家?”

“不用你管，我们很清楚我们在哪儿，”那个叫作麦克斯的人说，“你难道觉得我们两个很像白痴?”

“别说傻话，”艾尔对他说，“你干吗和这个小子争辩?”他转过头对乔治说，“我给你说，你现在就让那个黑鬼出来，立刻马上。”

“你们想对他干吗?”

“我们能够做什么呢？用你的脑袋想一想，我们能对一个黑鬼做什么?”

乔治转身打开通向后边厨房的小门，对着厨房喊道：“嘿，萨姆，过来一会儿。”

没过多久，那个叫萨姆的进来了。“啥事?”他问乔治。柜台边那两个人都抬头朝艾尔看去。

“别动，你就站在那里。”艾尔说。

黑鬼萨姆就站在那里，甚至都没解掉围在身上的围裙，“好的，先生。”他说。他站在那儿，用双眼不住地盯着坐在柜台边那两个人看。这时艾尔从凳子上起身过来。

“我现在和这聪明小子还有黑鬼去厨房吧，”他说，“走吧，黑鬼，现在咱们回厨房里去。还有你，聪明小子，咱仨一起走。”尼克和厨子萨姆走在那个小个子的前面，他们一起回到厨房里去。小个子进入那扇门后，随手将门关了起来。乔治则和剩下的另一个叫作麦克斯的人面对面隔着柜台坐在那儿。那个叫作麦克斯的人却并没看乔治，而是眼睛一直看着镶在柜台后面的那排镜子。亨利这家快餐小饭馆原先是一间酒吧，后来才改装成快餐小饭馆的。

“干吗不说话?”麦克斯一边用眼睛望着镶在柜台后面那排镜子，一边对乔治说。

“到底怎么了?”乔治问道。

“艾尔，你能够听见吗?”麦克斯对着厨房高声说，“我面前这个聪明小子竟然问我怎么回事!”

“那你就告诉他啊?”从厨房里传来了艾尔的声音。

“这是怎么回事?”

“我不清楚。”

“你应该知道是怎么回事吧。”

麦克斯在对尼克说话的时候，依旧一直望着镶在柜台后面的那排镜子。

“说不上来。”

“嘿！艾尔，这个聪明小伙子说他说不上来这是怎么回事!”

“够了，别傻乎乎地在那儿大喊大叫了，我都听清楚了。”从厨房里传来艾尔的声音。不一会儿，他用番茄酱将平时客人给厨房递盘子的小洞洞顶开。“听我说，聪明的小伙子，”他在厨房那里对乔治说，“你朝那边站点儿，到卖酒柜台那边去。对，就是那边，再站过去点儿。好了，麦克斯，你往左边移一移，嗯，不错，非常好。”他那模样同一个在准备拍团体照的摄影师没什么两样。

“现在同我说说吧，”麦克斯说，“说说你认为即将发生的事情。”

乔治一言不发。

“聪明的小伙子，让我来告诉你，”麦克斯说，“奥利·安德烈森，一个大个子瑞典佬，你认识不认识?我们准备送这讨厌的家伙去见上帝。”

“当然认识。”

“他是不是每天晚上都要过来吃饭?”

“是，他有的时候会到我们这儿来。”

“一般在六点钟的时候他就会到这儿来的，对吗?”

“他要是到这儿来的话差不多就是这个点儿。”

“所有这些我们全都知道，”麦克斯说，“现在让我们换个话题来谈点别的事吧。你看过电影吗？聪明小伙子。”

“看过，会偶尔去看下。”

“那不行，对一个像你这样聪明小伙子说来，那些电影你应该多去看看，要知道看电影实际上是一件多么快活的事。”

“奥利·安德烈森哪里对不起你们？为什么要杀他呢？”

“没有，他没有对不起我们，我们也从没见过他。”

“他所需要的，就是和我们见一次面，一次就够了。”艾尔在厨房里说。

“那么你们为什么还要杀他呢？”乔治问道。

“我们受一个朋友所托。”

“闭嘴！”艾尔从厨房大声喊道，“你这蠢货，你话真他妈多！还废话啥呢！”

“别生气啊，我就想逗聪明小伙子乐一乐。”

“你话真他妈太多了，蠢货，”艾尔说，“这样，在我这里的这个聪明小伙子和这个黑鬼就会自得其乐。虽然现在他们已经被我捆在了一起，就像修道院里一对女朋友那样紧紧地捆在一起。”

“我还以为你真是在修道院里呢。”

“你知道个屁。”

“你就是在修道院里，一个清静的修道院里，你就是待在那儿！”

乔治抬头看了看挂在墙上的时钟。

“如果等一下还有什么人要进来，你就告诉他们，厨子有事出去了。如果他们依旧还是赖在这里不走，那么你就对他们说，如果他们坚持不走你就亲自进去弄东西给他们吃。懂吗？”

“当然，我当然懂，这很容易，”乔治说，“可事情过后，我们怎么办？”

“这个嘛，看情况啦，”麦克斯说，“显然，你现在是不会知道的，这也是你们不会知道的许多事情的其中之一。”

乔治再一次抬起头看了看挂在墙上的时钟。时钟上面显示六点一刻。这时，小饭馆的临街的那扇门一下子被打开了，进来一个在市内负责开电车的司机。

“嘿，乔治，”他说，“今天晚上准备了什么好吃的？”

“对不起，今天恐怕不行，萨姆刚刚有事出去啦，”乔治说，“他说可能得半个小时才能赶回来。”

“那我还是去别的地方看看吧。”那个司机一脸失望。乔治又抬头看了看时钟。6 点 20 分。

“果然我没有看错，”麦克斯说，“你简直就是个地地道道的小绅士。”

“他很清楚这一点——他如果不那样做，我会让他的脑袋瓜搬家的。”艾尔在厨房里说。

“不对，艾尔，”麦克斯说，“并不像你说的那回事。这小伙子顶呱呱。他的确是个聪明的小伙子。我开始喜欢他了。”

时间就在这样的等待中，渐渐流逝。乔治抬头看了看时钟，这时，时钟的指针指向了 6 点 55 分，乔治说道：“估计他今天不会来了。”

还有其他两个人在这段时间内也到小饭馆里来过。因为其中一个人需要带走一客“袋装”的火腿蛋三明治，所以乔治就去了厨房为他准备了。他到厨房里时，看到艾尔正坐在便门旁边一只凳子上，他头上的常礼帽戴在了后脑勺上，在他身旁的架子上搁着一支锯断了枪管的霰弹枪。不远处的角落里厨子和尼克正背靠背地捆在一起，他们嘴里被各赛了一条毛巾。乔治用油纸将做好了的三明治给包好，并把三明治放进了一只纸袋里，然后从厨房里拿了出来交给那个人，那个人付完钱，转身走了。

“这小伙子可真聪明，事情做得非常好，”麦克斯说，“你真是全能型人才，又能烧又能煮，还真不错。哪个姑娘要是和你待在一起的话一定会在你的影响下变成个贤妻良母的，真是个聪明小伙子。”

“你这么认为吗?”乔治说，“看来你们的那个朋友瑞典人奥利·安德烈森，今晚是不打算来了吧。”

“但愿吧，不过，我们还是再等他十分钟吧。”麦克斯说。

麦克斯看了看对面的镜子，又看了看挂在墙上的时钟。现在已经是 7 点钟了，他盯着时钟看了一会儿，时钟又走到了 7 点 05 分。

“嘿，你可以出来了，艾尔，”麦克斯说，“他可能今天不回来了，咱们走吧。”

“最后等他五分钟，”艾尔打厨房里说，“如果五分钟之内没来，咱们就走。”

五分钟的时间很快就过去了，这时，又有一个人从门外走了进来，于是乔治按照他们的要求说，先生，厨子生病了，今天不提供晚餐。

“那你干吗不去再找一个厨子?”那人问道，“这难道不是你开的餐厅吗?”他有些气恼地走了出去。

“嘿，艾尔，”麦克斯说，“你还想待多久呢，出来吧，咱们该走了。”

“好吧，那这个黑鬼和这两个聪明小伙子怎么办?”

“他们都没问题，放心吧。”

“你真这么认为?”

“当然。我就是这么认为的，他们可都是聪明的小伙子。”

“你太多话了，”艾尔说，“不干脆。对这玩意儿我一点儿都不喜欢。”

“啊，你这么说一点儿道理都没有，”麦克斯说，“难道咱们不得找事情乐一乐嘛，不是吗？”

“无论怎样，你的话都太多了。”艾尔说。他很快就从厨房里出来。那支锯掉了枪筒的霰弹枪就在他那件太紧的大衣腰部放着，使得他的腰部看上去显得有点儿胀鼓鼓的。他用自己那双戴着手套的手把身上那件紧绷绷的上衣拉了拉。

“再见了，我聪明的小伙子，”他对乔治说，“看来，你今天的运气非常不错。”

“对的，这倒是一句实话，”麦克斯说，“趁着这股好运，你快去赌赌赛马，收获一定不菲，聪明小伙子。”

推开饭馆大门他们俩走了出去。透过饭馆的窗门乔治看着他们从昏黄的路灯下面走过去，一直穿过大街，逐渐在视线里消失。他们戴着常礼帽，大衣又穿着紧紧的，看上去就像是两个耍杂技的。直到那两个人都走远了，乔治才转身打开厨房的门，进入厨房，为黑人厨子和尼克松绑。

“我可再也不想玩这样的游戏了，”厨子萨姆显然现在还显得有些害怕，“再也不想玩这样的游戏了。”

尼克拔掉了自己嘴里的毛巾，站起身来，在以前可从来没有什么毛巾塞进过他的嘴里。

“该死的，”他说，“真是该死的家伙！”当他正想用豪言壮语把这事情打发了的时候。

乔治告诉他们说：“那两个人刚才打算趁奥利·安德烈森今晚进来吃完饭的时候，把他给枪杀了。”

“你刚说的谁？奥利·安德烈森？”

“对，就是他。”

那个厨子没有说话，只是站在一旁用自己的两个拇指摸了摸嘴角。

“确定他们已经走了?”他问道。

“是的，刚走，还没多久，”乔治说，“我亲眼看着他们走远的。这会儿他们都走挺远啦。”

“这种事没人会喜欢的，我也不喜欢，”那个厨子说，“我也不喜欢，绝对不。”

“伙计听我说，”乔治对站在一旁的尼克说，“我觉得，最好现在你去把这件事告诉一下他，对，就是现在，把这事去告诉奥利·安德烈森吧。”

“好的，我现在就去。”

“嘿，伙计，我觉得这事情咱们还是别去插手的好，也别去，”厨子萨姆说，“你还是别卷进去的好。”

“你要是不想去的话，也可以不去，反正没人强迫你去。”乔治说。

“我觉得你最好别卷进去，”那个厨子说，“搅在这种事情里面去，对你又能有什么好处?”

“不，我还是去告诉他比较好，”尼克对乔治说，“你知道他住在哪儿吗?”

那个黑人厨子不见了，转身就朝屋外走去。

“就连小孩子也知道现在应该做些什么。”他边走边说。

“应该是住在赫希的小公寓里，”乔治对尼克说，“就是那里。”

“那好，我马上就上他那儿去。”

街道两旁的光秃秃的树枝被弧光灯照射的影子长长地拖在地面上。尼克沿着路上电车的车轨向赫希的小公寓走去，在另一只弧光灯的灯柱下，尼克拐了个弯儿，向另一条小街走去。赫希的小公寓就是那条街上的第三幢房子。尼克踏上了门口的两个踏级，按了按门铃。没多久，门开了，一个妇女站在了门口。

“请问奥利·安德烈森是住在这儿吗？”

“你想要见他吗？”

“当然，如果他真的住在这儿的话。”

妇女转身进了屋子，尼克跟在那妇女身后，他们登上了楼梯，然后又折回到走廊的另一头。妇女来到一间屋子前，敲了敲门。

“谁在外面？”

“安德烈森先生，有人找你。”那个妇女说。

“是我，安德烈森先生，我是尼克·亚当斯。”

“进来吧。”

尼克打开门，一个人走进了房里。奥利·安德烈森正和衣躺在屋子一边靠墙的床上。床太短而他个子大，两只枕头在他的脑袋底下枕着。他本来是个重量级职业拳击家。当尼克进来后，他并没有朝他看。

“有什么事情吗？”他问道。

“我得告诉你一件非常重要的事情，”尼克说，“我本来是在亨利小饭馆那儿上班的。刚才有两个人到我们饭馆，把我和饭馆里的那个厨子一起给捆了起来，告诉我说他们准备要杀死你。”

当他站在那儿讲起这话的时候，他忽然感觉自己看起来傻里傻气的。奥利·安德烈森躺在床上，静静地听着尼克的话，沉默着，一句话也没有说。

“我们被他们关在了厨房里，”尼克继续接着说下去，“他们说当你走进饭馆的时候，他们就会打死你，他们打算杀了你。”

奥利·安德烈森还是什么也不说，只是出神地望着对面的墙壁。

“后来，你没有去吃饭，他们等了半天，没办法才把我们放了。在他们走了以后，乔治觉得还是应该把这番情况告诉你，所以我就来了。”

“哦，这样啊！”奥利·安德烈森说，“那我该怎么办好呢？”

“我是不是应该告诉你他们详细的样子。”

“不用了，谢谢你。我对他们长什么样子，一点都不关心。”奥利·安德烈森说。他依旧望着自己床对面的墙壁。“非常感谢你告诉我这件事情。”

“没事，不用谢。”

尼克望着那个躺在床上的大汉，站在那里。

“你觉得我现在就去一趟警察局，怎么样呢？”

“你觉得有什么事是我能够帮上忙的吗？”

“这种事情你帮不到我的。”

“也许那只是一种恐吓吧。”

“不，那并不是恐吓。”

奥利·安德烈森在床上将身子翻了过去，让自己面对着墙壁。

“我现在考虑的唯一的事情就是，”奥利·安德烈森向着墙壁说，“我就是不知道自己要不要出去下。还是我就整天躺在这儿。”

“你考虑过离开这儿吗？”

“没有，我不想再到处跑了。”他说，“我已经受够了四处漂泊的日子。”

奥利·安德烈森望着墙壁。

“现在什么办法也没有了。”

“就不能再想个什么方法，把这件事情给了结掉吗？”

“不知道，我现在已经想不出什么方法了，人家已经对我很不满意了。”奥利·安德烈森用一种异常平静的声音说，“我现在再也没有什么其他的办法了。也可能我等会儿就去外面一会儿，等我想好之后。”

“你自己拿主意吧，我现在该回去看看乔治他们了。”尼克说。

“再见，非常感谢。”奥利·安德烈森说。他依然侧着身子，面对着墙壁，双眼还是没有朝尼克那边看，“我对你专门跑一趟来通知我，深表感谢。”

尼克转身打开房门出去了。当他将房门关上的时候时，尼克朝着床上看了看，就在靠墙的那张床上奥利·安德烈森和衣躺在上面，眼睛望着墙壁。

“他总是这个样子，整天都待在房里，不出门。”看见尼克出来了，在楼下的女房东说，“我觉得他可能是身体不太舒服。我常常对他说：‘今天的天气不错，奥利·安德烈森先生，你该出去走走了，去外面感受一下这秋高气爽的好日子。’但是，他对此并不感兴趣。”

“他只想一个人静静地待着。”

“他是个不错的人。他是个拳击手，”那妇女说，“可惜他身体不舒服，这可真叫人遗憾。”

“是的。”

“他是个非常和气的人，”那个妇女继续告诉尼克。在临街的门廊里，他们就站在那儿谈话，“除非你能够从他脸上的样子看得出来，不然这一点你是决不会知道的。”

“我该回去了，就这样吧，”尼克说。

“我是贝尔太太，”那妇女说，“这地方是赫希太太的。我只是暂时来替她照看房子的，因为赫希太太有事要离开一段时间。”

“晚安，贝尔太太。”尼克说。

“先生，晚安。”那妇女说。

尼克从暗黑的大街里来到拐角处，那里正好处在弧光灯的照射之下，然后他再沿着电车的车轨走回到自己的小饭馆。乔治还在柜台后面，他就在里头等着他。

“你找到奥利了没有啊?”

“当然,”尼克说,“可他一直都待在屋子里,从来都没有出去过,是他自己不愿意出去。”

这时厨房那扇门也打开了,那个厨子听到了尼克的声音,从厨房里探出脑袋。

“我不是说了嘛,不要掺和这样的事情,”他说完,又关上了,“那种话我可不要听,你们别在那里说了。”

“你是不是把情况全部都跟他讲了?”乔治问道。

“是的。我一字不差地全都告诉他了,但他早就知道这件事了。”

“他有什么打算?”

“他告诉我,他没有什么打算。”

“要知道他们可是要来杀他的呀!”

“但是他就是这么说的啊。”

“他在芝加哥一定是惹上了什么麻烦事情。”

“你也这么想?乔治,”尼克说,“其实我这样觉得。”

“真那样可就糟糕透顶了。”

“嗯,可怕的事情。”尼克说。

乔治伸手到柜台下面取了一条毛巾出来,揩了揩柜台。他们相互都没有再说什么。

“其实我挺好奇他在芝加哥做了什么,”过了一会儿,尼克说,“以至于惹得别人要来杀他。”

“要不就是出卖了什么人,所以他们才要杀死他。”尼克说,“我打算离开这个城市。”

“好主意,”乔治说,“这主意可真不错。”

“他明明知道自己眼看就要碰上什么事情了但是他却一点儿办法都没有,除了待在屋子里。我现在只要一想起这事就感到害怕。”

“你是对的,”乔治说,“别再想这事情了。”

祖国对你说什么[1]

清早，山路坚硬平坦的路面上，尘土还没有飞扬。丘陵的下面长着橡树和栗树，一片蔚蓝的大海在山的远方。另一边则是白皑皑的雪山。

星期天那天，我们沿着山路下山，沿途经过一片林区。山路的地势显得有些高，路面随着山坡蜿蜒起伏，但总的来说路面还是一直向下延伸的，山路从一个个灌木林带穿过，也从一个个村庄穿过。在树丛间我们看见了烧炭人的小屋，路边堆着一袋袋烧好的木炭。

葡萄地基本上覆盖了每一个村子外面大部分的地方，葡萄藤又粗又密，看上去一大片一大片的棕色交错在一起。在街上，男人们都穿着盛装，在玩滚木球。房屋都被漆成了白色，有些屋墙边种了些梨树，茂盛的枝丫分着杈，紧挨着一旁的粉墙。在屋墙上偶尔会看见一层金属粉的青绿色，那是在为梨树喷洒杀虫药的时候，不小心被喷雾沾上的。树木和葡萄被种植在许多一小块一小块的围绕在村子周围的开垦地里。

这个村子在位于离斯培西亚[2]二十公里的山上，有一群人正在广场上，一个提着一只手提箱的年轻人，来到我们的汽车前，他问我们能否带他到斯培西亚去。

“先生，很抱歉，你也看到我们这辆车上仅有的两个座位都被坐满了。”我说。我们开的是一辆老式的福特小轿车。

---

① 原文是意大利语。

② 斯培西亚是意大利西北部的港市，也是意大利的一处海军基地。

“没事，我可以站在车门外吗?①”

“当然，可是那样会让你感到不舒服的。”

“没关系。因为我有非常非常重要的事情，我不得不去斯培西亚去办。”

“盖伊？你觉得呢?”我朝身边的同伴问道，“我们要不要捎上他?”

“当然，只要他愿意，而且看来他也打定主意要走了。”盖伊点了点头。年轻人把他的一件行李箱递进了车窗里。

“非常感谢，”他说，“麻烦你们照应一下。”盖伊帮着他把他的手提箱捆在了我们的车后，就捆在我们手提箱的上面，与我们的手提箱紧紧捆在一起。然后他一一跟大伙儿握了手，他说对于一个像他这样经常出门的人、一个法西斯党员来说是没有什么困难不能够克服的，接着他就站在了位于车子左侧的踏脚板上，将右臂从敞开的车窗伸进去，牢牢地将身体钩在车上。

“先生，我已经准备好了，可以出发了。”他说。广场上的人群向他招手告别。他使劲儿地挥着空着的左手也向大家。

“他刚才说什么?”盖伊问我。

“哦，他告诉咱们说可以出发了。”

“他倒真是不错啊!”盖伊说。

这条路沿着一旁的河流一直向远方延伸着。河的对面是连绵不绝的高山。

草叶上的霜早已被太阳晒干了。敞开的挡风玻璃不停吹进凉风到车里，整个天气显得寒冷而晴朗。

“你觉得他能在车外忍受这样寒冷的天气吗?”盖伊抬起头看着车窗外不断向后退去的路面。我们这位挂在门外的乘客把他那

---

① 在老式汽车车门外一般都有踏脚板，人可以站立在上面。

边的视线给遮挡住了。这年轻人活像船头雕像似的伫在车侧。他压低了帽檐，竖起了衣领，看得出来鼻子一定在风中受冻了。

“我觉得他快承受不了了，”盖伊说，“他那边正好是那个不中用的轮胎。”

“嗯，如果我们轮胎不幸放炮的话，我想他就会离开咱们了，”我说，“因为谁也不愿将自己的行装弄脏。”

“是呀，我不管他，”盖伊说，“我就怕等下车子遇到拐弯的时候不小心将他甩下去。”

穿过了一片树林，山路同河流分道扬镳，汽车开始爬上陡坡了。车头里的引擎水箱开锅了，看着不断从车头冒出来的蒸汽和锈水，年轻人的神色不禁有些恼怒疑虑；盖伊两脚稳稳地踩着高速挡的加速器踏板，引擎被弄得发出阵阵“嘎嘎”的响声，汽车蜗牛似的慢慢腾腾地爬啊爬啊，慢慢腾腾地折腾着，慢慢冒着白烟的汽车终于上去了，在陡坡上面稳住了。引擎发出的“嘎嘎”声也停了下来，就在这一切刚安静下来的时候，水箱却又开始“咕嘟咕嘟”冒泡了。现在我们在最后一段路的高处了，就处在斯培西亚和大海的上方。汽车沿着山路开始下坡，这条下坡路基本上没有缓和的大弯，都是些急转弯。每一次拐弯，我们这位乘客身子就会因为惯性的作用而不得不吊在车外，他常常差点儿把我们这辆头重脚轻的车子拽到翻车的边缘。

“你不能阻止他这样。”我告诉一旁的盖伊说，“很明显他只是处于一种本能意识。”

“只不过是十足的意大利意识罢了。”

“不错，的确是十足的意大利意识。”

我们不断地绕着弯儿沿着曲折的山路下山，那些原本在山路上积得厚厚的尘土，随着汽车呼啸而过在汽车后面形成了一条长长的尾巴，然后又纷纷撒落在山路两旁种着的橄榄树上。在山下就是斯培西亚，整个城市沿着海岸线扩展开去。到了城外道路就变得平坦多了。这时，我们的这位乘客从车窗外把头伸了进来。

“我在这里下车。”

“盖伊，快停车吧，”我说，“他要下车了。”

我们靠在路边停车。年轻人从踏板上下了车，径直走到车后，解开了绑在后面的手提箱。

“我在这里下车的话，你们就不会因为载客而惹上不必要的麻烦了。”他说，“麻烦你把我的包递给我，谢谢。”

我从车窗里把包递给他。他伸手到自己的上衣口袋里去掏钱。

“我要给你付多少钱呢?”

“我们不收钱，免费的。”

“为什么不要?”

“我也不知道，反正就是不要钱。”我说。

“既然这样，那就谢谢了。”以前在意大利的时候，如果遇到人家把一份时刻表递给你，或者是热心帮你指路，一般你都会说“多谢你了”，或“万分感谢你”，或“谢谢你”，可他却只是说了“谢谢”，当盖伊开始将车子发动的时候，他还是多少有些疑虑地盯着我们。我对他挥了挥手，表示告别。不过他架子很大，并没有搭理我。我们继续朝着斯培西亚开去。

“看来在意大利，这个年轻人在以后的日子里要走的路可还长着呢。”我跟盖伊说。

“行了吧，”盖伊说，“他这不都跟咱们一起走了二十公里了嘛!”

斯培西亚就餐记

我们将车开进了斯培西亚准备找个地方吃饭。我们沿着电车轨道一直开进了市中心。十分宽阔的街道，十分轩敞的都是黄色的房屋。墙上刷着一幅幅墨索里尼瞪着眼珠的画像，除此之外，还有手写的 Aivas[①] 这字，两道漆黑的“V”字墨水的痕迹沿墙壁正一路往下滴。一直朝前通往海港的小路。这天是天气晴朗、风和日丽的周日，人们全都从家里走了出来。刚刚洒过水的铺石路面上尘土显出一片片湿迹。我们将车紧靠着街边开着，这样就可以避开电车。

在两家饭店的招牌对面我们将车停了下来。

“咱们在那儿简单应付一顿吧。”盖伊说。

两家饭店并排在街对面挨着。我们从车上下来，我买了一份报纸。一个女人站在其中一家店的门口冲着我们笑着，我们过了马路后就朝那家饭店走了进去。

里面光线不是很好，我们选了一张桌子坐下来。店堂后面一张桌旁坐着一个老太婆和三个姑娘。我们对面的一张桌旁坐着一个水手。他既没有要吃的也没有要喝的就那样坐在那儿，一个人就那样坐着。有个穿套蓝衣服的青年坐在我们身后再往后的一张桌子上写字。他衣冠楚楚，头发晶光油亮，看上去仪表堂堂。

饭店外面的阳光从门口照了进来，照到了橱窗里面，橱窗那儿有个玻璃柜放着，里面陈列着各种蔬菜、水果、牛排和猪排。我们的桌子旁边来了一个姑娘，她请我们点菜，还有一个姑娘就在门口站着。我们发现在她的家常便服里什么都没有穿。请我们点菜的那位姑娘在我们看菜单时，伸出胳膊搂住盖伊的脖子。一共有三个姑娘在这个店里，她们轮流去站在门口。那个老太婆就坐在店堂后面的桌旁，只有当她跟她们说话的时候，姑娘们才重新坐下陪着她。

---

① 意大利语，是“万岁”的意思。

在整个店堂里面就只有一道门是通到厨房里的。门口挂着一幅门帘。过了一会儿，请我们点菜的那姑娘从厨房里端进来两盘通心面。一瓶红酒也被她端了过来，通心面被她放在桌上后，她便在我们的桌边坐了下来。

“这下好了，”我跟盖伊说，“这就是你要简单吃一顿的地方。”

“这事情好像变得复杂不少。”

“你们说什么，为什么我都听不清楚呢?”那姑娘问，“你们应该是德国人吧?”

“我们是南德人，”我说，“我们可是和善可亲的南德人啊!”

“还是不清楚。”她说。

“为什么她非要用胳膊挽着我的脖子呢?”盖伊问，“这是怎样的一个地方?”

“那当然，”我说，“妓院不是被墨索里尼取缔了吗?这只是一家饭店而已。”

那姑娘穿着一件好看的连衣裙，靠着桌子，双手抱胸，微笑着探过身来。忽然我发现她有一半边脸的笑容并不好看，另一半边脸的却笑容好看，所以她就用她那好看的半边笑容对着我们。不知道是怎么回事，就像温热的蜡会逐渐变得柔润一样，现在，我发现她那半边鼻子也逐渐变得柔润起来了，于是她那半边好看的笑容也就因此而魅力倍增。当然，这都仅仅只是我的想象而已，实际上她的鼻子看上去和温热的蜡并不像，反而是那种非常坚定、冷峻，只是偶尔看上去有一点儿柔润而已。“你喜欢我吗?”她问盖伊。“他喜欢你，”我说，“只可惜他并不会说意大利语。”

“没关系的，”她说，“我会说德国话①。”她伸出手去捋捋盖伊

① 原文是德语。

的头发。

“盖伊，你就用你的本国话和这小姐聊聊天吧。”

“你们是从哪儿到这里来的？”女人问。

“我们从波茨坦过来的。”

“你们是不是要在这里住一段时间呢？”

“你是说，在斯培西亚这块宝地吗？”我问。

“咱们不会待在这儿的，很快咱们就走了，”盖伊说，“快跟她说咱们很快就要走了，而且咱们没钱，又病重。”

“不好意思，小姐，我朋友对女人从来都不怎么好，”我说，“老派德国人对女人可都不怎么好。”

“那么请你告诉他，说我爱他。”

我转过头去跟盖伊说了。

“别和我说这些，咱们现在就离开这儿，怎么样？”盖伊说。这时，女人用她的另一条胳膊搂住了盖伊脖子。“他现在是我的人了。”她说。我将这话告诉了盖伊。

“喂，你够了，能不能告诉她让咱们离开这儿，好吗？”

“你们吵架了？”女人说，“看来你们不够互相友爱啊！”

“我们是德国人，”我有些骄傲地说，“还是老派的南德人。”

“我觉得他长得挺好看，挺帅的。”女人说。今年已经三十八岁的盖伊，对自己也会感到有几分得意，因为常常会被人们当成一个法国的流动推销员。“你可真好看。”我说。

“谁说的？”盖伊问，“是你还是她？”

“当然是她说的喽。我可能会觉得你比我帅吗？你要我陪你出门的目的，不就是要我做你的翻译吗？”

“她什么都没有关系的，”盖伊说，“但是如果是你说的话，我就和你在这儿分手，我不希望非得要在这儿跟你也分手。”

“真是让人意料不到啊！斯培西亚的确是个不错的地方。”

“斯培西亚，”女人说，“这里我听懂了，刚才你们是在谈斯培西亚。”

“我们说这儿是个好地方啊！”我说。

“那是，那还用说，我的家乡就在这里，”她说，“意大利可是我的祖国，斯培西亚可是我的老家。”

“意大利是她的祖国，她刚说。”我把姑娘说的话翻译给盖伊听。

“你给她说，我可不认为意大利是她的祖国。”盖伊说。

“有什么甜食可以吃的吗？”我问。

“有新鲜的香蕉可以吃。”她说。

“香蕉也行，就是，”盖伊说，“有皮。”

“哦，我听他说他吃香蕉。”女人说。她用双手搂住盖伊。

“她说什么？”盖伊把脸转过来问我。

“她说，因为你喜欢吃香蕉她很高兴。”

“我可没说我喜欢吃香蕉，告诉她说我不吃香蕉。”

“这位先生刚刚说他不吃香蕉。”

“是吗？”女人显得有些扫兴地说，“他竟然不喜欢吃香蕉。”

“你告诉她说我每天清晨都要冲凉水澡的。”盖伊说。

“先生说他每天早上都会洗个凉水澡。”

“这是什么意思？”女人一脸的茫然地问。

坐在我们对面的那个水手一动也不动，就像个活道具似的。所有在这家饭店里坐着的人都没有去在意他。

“我们要结账了，小姐。”我说。

“难道你们真的不想留下来吗？你们可得留下来呀。”

“听我说，”坐在我们身后的那个在餐桌边写字的仪表堂堂的青年说话了，“留下这两个人也没什么用。留下来也没什么用，让他们走吧，他们一文不值。”

女人依旧拉住我的手，“难道你也不想留下？难道你不叫他留下？”

“我们还有事要办，我们真的得走了，”我说，“我们还要到比萨[①]去，如果时间充裕的话，我们今晚还得赶到翡冷翠[②]去。到夜里在那儿我们就可以尽情玩乐了。我们必须在白天赶路。”

“就一小会儿，就待一小会儿好不好嘛！”

“真的很抱歉，我们白天真的必须赶路。”

“听我说，”那个仪表堂堂的青年再一次说话了，“他们其实真的一文不值，老实说你这是瞎子点灯。”

“去拿账单吧。”我说。她松开了搂住盖伊脖子的双手，从盖伊的身旁站了起来，转身走到老太婆那儿，把账单拿来了就回去，坐在老太婆的桌边。从厨房里另一个姑娘走了出来。她径直穿过店堂，站在了门口。

“这是两个一文不值的家伙。”仪表堂堂的青年厌烦地说，“听我说，别再跟这两个人白费口舌了。”

我们付清了账，从桌子旁站起身来。那个仪表堂堂的青年，几个姑娘和老太婆依旧坐在桌边。在我们吃饭的整个过程当中，一旁的水手还是像个活道具般用双手蒙住头坐在那儿，一直没有任何人跟他说过话。那姑娘从老太婆那儿把算给她的找头拿来送给我们，又回到了自己的那张桌边的座位上去。我们将小费留在桌上就出去了。当我们来到汽车边上，上了车，盖伊准备启动汽车时，那姑娘从饭店走出，在门口站着。我从车窗里对她招招手，这时，我们的车开始缓缓地开动了。她看着我们，只是站在门口目送我们，并没招手。

---

① 比萨是意大利西北部的古城，闻名于世的比萨斜塔就在这个城市。

② 翡冷翠指的是意大利的中部城市佛罗伦萨。

雨 后

当我们开过热那亚郊区时，雨点越来越密集，尽管我们小心翼翼地跟在电车和卡车后面，慢慢地开车前行，可汽车在经过街边的水洼时，还是将带起的泥浆溅到了人行道上。看见我们开来，行人们都尽量走到人行道的里侧，以免汽车带起的泥浆溅到他们的身上。好在热那亚市郊的工业区竞技场码头有一条双车道的宽阔大街，为了避免将泥浆溅到下班回家的人们身上，我们就开始沿着街心开车。现在地中海就在我们的左边，豆大的雨点洒落在大海上，激起阵阵密密麻麻的涟漪，滚滚而来的海浪又很快将它们吞没了。海花拍打在海边的礁石上四处飞溅，强烈的海风把破碎的浪花吹到了车上。我们开进意大利时，路过一条原来宽阔多石而干涸的河床，现在，那个干涸的河床迎来滚滚而来的混浊河水一直漫到两岸。褐色的河水搅浑了海水，把海水也变得一片混浊，当海浪碎成浪花时才能够变淡变清，变成透着亮的黄褐色的水。浪头被大风刮起，不时冲到了马路上。

飞驶而过一辆大汽车，溅起了一片泥浆，一时间泥浆洒在我们的引擎的水箱上挡风玻璃上。不断来回摆动的自动挡风玻璃清洗器将玻璃上滑落的雨水抹成薄薄的一层。在塞斯特里饭店的门口，我们停下车进去吃饭。因为当我们走进饭店的时候发现饭店里没有暖气，所以我们并没脱衣帽，我们能够透过橱窗看见停在外面的汽车。车身被泥浆溅满了，停在几条小船的旁边，这几条小船是为了不让海浪冲到才拖上岸的。这家饭店里，你还能够看见自己呼出来的热气。

我们先要了一份意大利通心面和一瓶酒。通心面味道很不错，不过有一股明矾味混合在酒的味道里，所以我们不得不在酒里掺了水。后来侍者才陆续将牛排和炸土豆端了过来。饭店的那一头坐着两个人，一个男人和一个女人。男人看上去好像已是中年，女的很漂亮，身着黑衣，而且看上去还比较年轻。她在吃饭的时候一直不断地从嘴里呼出热气。男人看着在湿冷的空气中的热气，摇了摇头。他们自顾自地吃饭并没有言语，在餐桌下男人握着她的一只手。看上去两人似乎都显得有些伤心。在他们的桌子旁边放着一个旅行包，应该是他们随身带的。

我们坐在桌子的边上，然后我拿出了在斯培西亚买的报纸，我将报纸上刊载的有关海上战斗的报道对着盖伊大声念着。在我们吃完饭后，盖伊与饭店里的侍者交谈着为了打听一个并不存在的地方，我回到了车上，用一块抹布将汽车的执照牌、挡风玻璃和车灯给擦净了。后来侍者带着他走过马路，一直走进一幢旧屋子里面。住在屋子里的人对这个闯进来的陌生人起了疑心，于是侍者就和盖伊留下来一会儿，让他们看看其实并没有什么东西被偷走。

从饭店里出来的盖伊回到车上后，我们就把车从那几条小船的旁边倒了出去，发动了引擎。“这到底算什么事，”盖伊后来回到车上说，“仅仅就是因为我不是个水管工，他们就可以怀疑我偷了什么东西。”

当我们开车来到城外一个海岬的时候，这里的海风刮得是那么猛烈，我们的汽车不断地受到呼啸而至的海风的袭击，以致差点把我们的车子给掀翻了。

“还好这猛烈的风是从海上吹过来的。”盖伊说。

“你还记得吗?”我说，“雪莱[1]就是被海风在这一带什么地方给刮到海里淹死的。”

“记得，我当然还记得那个地方，就是在维亚瑞吉奥[2]的附近。”盖伊说，“为什么咱们要到这地方，你还记得吗?”

“必须记得，我的记忆力并不糟糕，”我说，“但咱们现在不是还没到吗?”

“瞧这风刮得，看来今晚咱们应该是没戏唱了。”

“没错，咱们在这样恶劣的天气当中要是能够开过文蒂米格利亚[3]就算相当不错的了。”

“就是，咱们还是能走多远就走多远吧，实在不行也不要勉强，瞧着办吧。要我在这海岸上开夜车，我可不喜欢。”

狂风暴雨在刚过午后不久，就停了下来，太阳从厚厚的云层中钻了出来。海岬的下面是湛蓝湛蓝的大海，白浪层层叠叠一波接着一波朝着萨沃纳[4]滚滚流去。在距离岬角的不远处，蓝色的海水和褐色的河水汇合在了一起。在我们前方的海面上一艘远洋货轮正向海岸缓慢地驶来。

“热那亚，现在你还看得见吗?”盖伊问。

“嗯，当然能够看到。”

“等我们开到下一个大海岬的时候，那时我们就看不见了，它就会被遮掉的。”

“是啊，但在这之前，我们还可以看见它，而且还能看见它好一阵子的。现在就连在它外面的波托菲诺海岬[5]我都还看得见呢。”

热那亚终于在转过那个大海岬以后从我们的视线里消失了。当

---

① 雪莱，英国著名的浪漫主义诗人，主要作品有长诗《伊斯兰起义》，抒情诗《西风颂》、《云雀》等。不幸客死意大利。

② 维亚瑞吉奥是位于意大利北部的渔业中心，紧挨着第勒尼安海，雪莱被淹死后就葬在此处。

③ 文蒂米格利亚是位于意大利西北部的城市。

④ 萨沃纳是意大利西北部的港市。

⑤ 波托菲诺海岬是地中海上的一个渔港，是意大利西北部利古里亚区的一座小城。

我们从大海岬开出来时，我回过头朝身后看了看，映入眼帘的只有茫茫的大海。在海岬下面的一处海湾里停满了渔船，在海岬上面的一处山坡上，有一个不大的一个城镇，在远处，又有几个海岬出现在了海岸线的上面。

“热那亚现在完全看不见了。”我对一旁正在开车的盖伊说。

“嗯，我知道，本来应该是早就看不见了。”

“不过，我认为现在还不能这样肯定，至少得等咱们在找到出路以后。”

我们的面前。出现了一块上面画着“S”形弯道的图标和注意环岬弯道的字样的路标。这条路在海岬上不断地蜿蜒前进，从挡风玻璃的裂缝里老是有海风刮进来。透过车窗，我看见在海岬下面，就在靠近海的边缘处，出现了一片平地。路面上的泥浆已经被海风吹干了，汽车开过后，一阵尘土在车轮下扬起。这个时候，在这条平坦的路上，一个骑自行车的法西斯分子出现在我们车子的前面，一把沉甸甸的左轮手枪插在他背上的枪套里。他蛮横地霸在路中心骑车，以致我们不得不让他。我们相互错车时他抬头望了望我们。一个铁路闸口就在前面的不远处，不巧的是，当我们刚刚开到那儿时，闸门正好放下来。

我们停下车，等着开闸，刚才被我们抛在后面的那个骑自行车的法西斯分子赶了上来。等到火车开过，闸口重新升起以后，盖伊发动汽车的引擎。

“嘿，我说，等一等，”在我们汽车后面骑自行车的那人大声喊道，“看看你们的牌照，它可真脏啊！”

吃午饭时已经擦过牌照了。但是，我还是掏出一块抹布，下了车。

“现在你看得清了吧。”我将牌照擦了擦。

“你认为呢？”

“我看得清了。”我说。

“可是，我还是看不清。它实在是太脏了。”

我用抹布再一次使劲儿擦了擦。

“现在可以了吗?”

“二十五里拉。”他说。

“什么?”我说，“你现在不是看得清了嘛，而且，这都是这该死的路才把它弄脏的。”

“看来你对意大利的道路有意见喽?”

“这路，太脏。”

“五十里拉。”他朝路上啐了一口，毫不犹豫地说，“看来不仅你的车子脏，你的人也一样脏。”

“你开张收据给我吧，把你的名字签上。”我懒得再和他争辩。

他从口袋里将一本收据簿掏了出来，这是一种一式两份，中间还打有眼儿的收据簿，其中的一份是交给罚款人，而另一份在填好后则留作存根。不过我发现，在两页的中间可没有垫上复写纸。

“现在，给我五十里拉。”

他撕下收据条，将它交给我，我接过纸条看了一下，上面是他用擦不掉笔迹的铅笔写的字。

“这不是五十里拉的收据，只是一张二十五里拉的。”

“我看看，可能是我给搞错了。”他说着就把另一张五十里拉的给我，把那张二十五里拉的收据收了回去。

“不要忘记了在你留底的那一份上面填上五十里拉。”我看着他说。

他咧开嘴，脸上堆出了一副甜甜的笑容，典型的意大利的笑容。然后他快速地将一些字写在了存根上，很快就把它捏在自己的手里，动作快得我看不清。

“好了，你现在可以走了，”他说，“趁你牌照没弄脏。”

天色渐黑之后，我们依旧还是开了两个小时，当晚到达了蒙托内[①]，并在那儿住宿。我们住的那家旅馆，看上去还不错，整理得干净利落，非常舒适。我们从文蒂米格利亚出发，先是开到了比萨和佛罗伦萨，然后过了罗马涅，来到了里米尼[②]。接着我们又开过弗利、[③] 伊莫拉、[④] 博洛尼亚、[⑤] 帕尔马、[⑥] 皮亚琴察[⑦]和热那亚，后来我们又到达了文蒂米格利亚。这段长长的路程我们仅仅只用了十天。当然，我们一直没有机会好好欣赏当地的风景或者体验当地风俗民情，因为我们必须要不停地赶路。

① 蒙托内是位于意大利北部的一座城市，紧靠着蒙托内河。

② 里米尼是位于意大利北部的一座城市，位于圣马力诺东北的马雷基亚河附近。

③ 弗利是意大利北部的城市位于亚平宁山脉东北麓，靠着蒙托内河。

④ 伊莫拉是意大利北部的一座城市罗马古城。

⑤ 博洛尼亚也被译为波伦亚，意大利北部城市，是艾米利亚—罗马涅区的首府。

⑥ 帕尔马位于意大利的北部在波河平原南侧。

⑦ 皮亚琴察是意大利北部的一座城市位于波河南岸。

五万元

“你感觉自己的情况怎么样，行不行？杰克？”我问他。

“那个沃尔科特，你们之前认识吗？”他说。

“有见到过几次，基本上都是在健身房里。”

“嗯，那小子不错。”杰克说，“跟那小子较量，如果我想要获胜的话，需要好运气。”

“你不会被他打败，杰克。”士兵说。

“我也希望如此。”

“他是不会打败你的，就凭他那几下鸟枪子弹似的拳头，他绝不可能打败你的。”

“鸟枪子弹？我一点儿也不在乎，”杰克说，“鸟枪子弹似的拳头，对于我来说倒不是什么问题。”

“他看上去应该很容易被打败。”我说。

“你说得不错，”杰克说，“我也是这么认为的，他不会像你那样，跟我一直坚持下去的，杰里。我认为他是不会坚持太长久的。但是，他竞技状态在眼下看来非常不错。”

“用你的左勾拳，杰克，用你的左手狠狠地教训他。”

“当然，”杰克说，“我当然会那样做，我有的是机会。”

“对付他，就像对付小孩刘易斯那样。”

“那个臭犹太人！”杰克说，“他只是个臭犹太人。”

杰克·布伦南，士兵巴特利特和我，三个人坐在汉利的店里。坐在我们旁边一张桌子旁的是两个正在喝酒的妓女。

“臭犹太人？嘿，你这话是什么意思？”其中一个妓女忽然转过头来微愠看着杰克说，嘿，你这个爱尔兰大草包。”

“我有说错吗？难道不是臭犹太人，”杰克说，“本来就是嘛，我说得很对。”

“好啊，臭犹太人，”那个妓女盯着杰克继续说，“你们这些四肢发达、头脑简单的爱尔兰人老是谈到臭犹太人。嘿，我叫你告诉我，你这话是什么意思，臭犹太人？”

“好了。我们走吧，离开这儿。”

“臭犹太人，”那个妓女继续说，“你的口袋每天早晨都被你老婆给缝了起来。谁看到过你买过一杯酒？特德·刘易斯也能狠狠地把你给揍趴下。这帮爱尔兰大草包，还说什么臭犹太人！”

“那还用说嘛，”杰克说，“你也喂他许多东西，白白赔送，是不？”

杰克是那种只要他想要说的，他就能毫无顾忌地说出来。我们一起走出去。

他离开家已经有一段时间了，现在开始待在泽西的戴尼·霍根的健身场训练。戴尼·霍根的健身场很不错，不过杰克不怎么喜欢。大多数时间他都显得有些烦躁，动不动就会发牢骚、恼火，因为他不舍得和他的妻子以及孩子们分开。不过他却比较喜欢我，我们一起相处得非常不错；他也喜欢霍根，但是没过多久，他就开始对士兵巴特利特感到有些腻烦了。在营地上如果一个笑话从一个爱开玩笑的人的口中讲出来后开始变得有点儿叫人讨厌的时候，那这一个爱开玩笑的人就会逐渐变成叫人受不了的人了。杰克几乎一直都在被士兵拿来开玩笑，几乎是在任何有空的时间内士兵就会拿杰克来开玩笑。这些玩笑开得却并不是很好，也很无趣，反正总是一类差不多的笑话。士兵无聊的玩笑很快就把杰克就给惹恼了。每到这个时候，杰克会停止打沙袋和举重，将拳击手套戴在手上。

“你是不是想找点事情做？”他对士兵说。

“太好了。你准备要我怎么干活？”这个时候士兵往往会这样问，“想要我狠狠地对付你吗？就像沃尔科特那样，你想要我把你揍倒几回吗？”

“你说得对。”杰克则会这样说。但是，他并不喜欢这样做。

一天清晨，我们在外面公路上进行锻炼。我们在那条公路上已经走得很远了，现在我们就开始往回走。我们一般是先一起快跑三分钟，然后再走一分钟，接着再快跑三分钟，接着又走一分钟，就这样循环着往前走。假如杰克在你心中会是一个像短跑冲刺能手那样的人，那么你就会失望了，因为他根本就不是。如果他这样做那就只有一种可能，就是当他在拳击场上非得迅速转动不可的时候，但是在公路上他是绝不会跑得很快的。我们一路朝前边跑边走，士兵一直在我们走过的整条路上，不住地拿杰克开玩笑。我们来到了通往健身场住房的小山的那条路上，开始朝小山上走去。

“喂，士兵。”杰克说，“我觉得你最好还是回城去。”

“为什么叫我回城？”

“你待在那儿会更好，赶快回城去吧。”

“为什么想叫我回去？”

“原因很简单，”杰克说，“实话跟你说，我讨厌听到你说话。”

“哦，是那样吗？”士兵说。

“那还用问！”杰克说。

“别急，”士兵说，“等你被沃尔科特打败了的时候，无论什么滑稽的东西都会让你感到讨厌的。”

“可能就像你说的，”杰克说，“我可能会。不过，我知道我现在就开始讨厌你了。”

这让士兵感到非常恼火。那天早晨，士兵就气冲冲地离开了，我送他上了乘进城的火车。

“我只不过是跟他开开玩笑罢了，”士兵说，“他怎么能这样。”我们在月台上等车。“他怎么能这样和我说话，我只是开个玩笑而已。”

“别放在心上，”我说，“他只是因为神经紧张才变得脾气有些暴躁，别放在心上，士兵。”

“他以前人明明还不错来着，他妈的，真该死。”

“就这样吧，车来了，”我说，“咱们回城再见，士兵。”

火车开始进站了。士兵带着他的提包上了火车。

“再见了，”他说，“你会在城里吗？我是说在比赛以前。”

“可能要等到比赛以后我才能去城里了。”

“咱们到时候再会。”

他转身走进了车厢，随后售票员大摇大摆地上了火车关上了车门，火车开走了。我搭运货车回去的健身场。杰克就在走廊上给他妻子写信。今天的邮件我们已经收到了，我拿过一份报纸，走到走廊的另一头，在地上坐下来，拿出报纸来看。霍根从训练场的门里走了出来，来到我的跟前。

“看来杰克跟士兵闹翻了，对吗？”

“并没有闹翻，”我说，“他只不过是叫他早点儿回城去。”

“我知道他们之间早晚会这样的，”霍根说，“杰克从来没有喜欢过士兵。”

“能够被霍根喜欢的人，很少。”

“他看上去给人的感觉总是相当冷淡。”霍根说。

“不过对我，他倒是一直都挺好。”

“是啊，他是个生性冷淡的人，不过，对我也不错，”霍根说，“他好像从来都没有对我发过脾气。”

霍根转身穿过训练场的纱门，朝屋里走了进去；我坐在走廊上继续看我的报纸。我们现在待的泽西，这一片乡区正好处在许多的小山中间，这里的地势较高，但是却是个训练的好地方。没一会儿，报纸就被我从头至尾浏览了一遍，于是我把报纸放在一边，坐在那里眺望着远处的层峦的小山和小山下面那一片茂密树林旁的公路，不时会有车辆在那条公路上匆匆而过，每当有车来往，车尾巴的后面总会扬起一阵细小的尘土。这会正是初秋，天高气爽。这是一个风景非常美丽、气候也非常不错的乡区。霍根又从屋子里走到门前，我转过头看着他说："嘿，我说霍根，在你这儿可以打猎吗？能打到什么东西呢？"

"没有，"霍根说，"我们这儿只有燕子。"

"想要看报吗？"我指了指放在一边的报纸对霍根说。

"有什么值得看的新闻吗？"

"昨天桑德骑马赢了三场。"

"还有其他的没有？这条消息昨儿晚上从电话里已经得知了。"

"你一直都在密切注意着他们？"我问。

"我们一直都保持着联系。"霍根说。

"杰克怎么样？"我说，"他还在赌赛马吗？"

"杰克？"霍根说，"我不清楚，你这段时间看到过他赌赛马吗？"

就在这个时候，杰克从走廊的角落里走了过来，他的身上穿着一件厚运动衫，下面穿的是旧裤子和拳击鞋，手里拿着一封信。

"你那儿有邮票吗？"他朝霍根问。

"我现在没有，我可以等会儿帮你把信给寄出去。"霍根说。

"嘿，杰克，"我说，"以前你是常常回去赌赛马的吧？"

"是的，怎么了？"

“我就说嘛，从前在‘羊头赛马场’那儿我就常看到你。我记得从前你喜欢玩赌赛马的。”

“那你现在为什么不玩了呢？”霍根问。

“这段时间，运气太差，总是输钱。”

杰克走到我身旁坐了下来。他将背靠在走廊的一根柱子上，那里正好可以照着温暖的阳光，他靠在那里闭上眼睛，尽情享受着秋日阳光的温暖。

“要椅子吗？”霍根问。

“不用，谢谢，”杰克说，“我觉得就这样挺好。”

“今天的天气真不错，”我说，“我现在发现，在乡下的感觉真是好极了。”

“我倒是巴不得跟老婆一起待在城里。”

“快了，最多再待一个礼拜你就可以回去和你老婆在一起了。”

“是啊，”杰克说，“的确是这样。”

霍根转身回到了他位于里面的办公室里。我跟杰克继续坐在走廊上。“你感觉我现在的状态如何？”杰克问我。

“我现在也说不准，”我说，“但是别担心，你还有一个礼拜的时间可以将你的竞技状态尽量恢复到最好的水平。”

“能说得明白点吗？别用些模棱两可的话来敷衍我。”

“嗯，那好吧，”我说，“确切地说，你现在的状态并不是很理想。”

“其实我知道，”杰克说，“我每天晚上都睡不着觉。”

“别担心，就这一两天，你会好起来的。”

“没用的，”杰克说，“我想我是患上了失眠症。”

“你是不是有什么心事？”

“我非常想念我的妻子。”

"叫她来不就行了。"

"不行。我觉得自己已经老了。"

"是这样的，就好像是咱们要先走一段很长的路，然后你再从那边按照原路拐回来，这样肯定就会让你感到非常累。"

"不过我的确感到累！"杰克说。

确实，这一个礼拜以来他一直都是这个样子。每天临到了晚上他都会睡不着觉，而早晨起来的时候他就会感觉特别力不从心，这种感觉我们每个人都有过，特别是当你连你自己的拳头都捏不紧的时候，就会特别强烈。

"看来杰克彻底不行了，"霍根说，"他现在看上去就差劲得像救济院里的饼。"

"我不知道，"我说，"关于沃尔科特比赛我反正是从没有看过，"

"他很厉害，"霍根说，"他会被他一顿狠揍的，杰克会被他一扯两半。"

"我不知道沃尔科特这么厉害，"我说，"不过，无论谁有一天都会遇到这种情况的，这是谁都避免不了的。"

"也只有这样想，"霍根说，"他们才会相信他经过了一段很正规的训练。这样，在健身场才不会丢丑。"

"你听到那些记者说的了吧？"我向霍根问道，"记者们是怎么谈论他的？"

"我当然听到了！他们说他根本不应该来参加比赛，说他简直是糟糕透了。"

"嗯，这些记者就是这样，"我说，"他们总是喜欢夸夸其谈。"

"他们的确一直都是这样，"霍根说，"不过，我觉得他们这一回讲得没错。"

“怎么？你也相信他们说的？他们根本就什么都不懂，有什么资格去评论谁行还是不行。”

“但这一次我不这么认为，”霍根说，“他们并不一直都是傻瓜。”

“是啊，那他们可真是够聪明的，他们要是有那么聪明的话，就不会在托莱多将威拉德[①]惹得直恼火。就是那个叫什么拉德纳[②]的，他可真聪明呢，在托莱多批评威拉德不行的就是他，你现在就可以去问问他有没有那回事。”

“拉德纳吗？他当时好像并没有在场，”霍根说，“他一向都是只写大比赛。”

“他们是些什么人我才不去管那么多。”我说，“他们可以写文章，可以写各种各样的文章，可以写许许多多的文章，可是他们到底懂什么？”

“但是对杰克的竞技状态你也并不知道不怎么好吧？”霍根问。

“他的状态糟糕透了。可让科贝特[③]批评他不行，这是他现在唯一所需要的，这样他才能够横下心来打赢一场，然后从此退隐拳坛，洗手不干。”

“不错，但如果他不行的话，科贝特会批评他的。”霍根说。

那天晚上，杰克还是一整晚都没有睡着。第二天早晨，也就是比赛前的最后一天。我们三个坐在一起吃早饭，吃完早饭，我和杰克又来到走廊上。

“杰克，你都会想些什么？”我说，“特别是当你睡不着的

---

① 威拉德（1883—1968），是著名的美国重量级拳击手，曾在美国拳击比赛中获得冠军。

② 拉德纳（1885—1933），是美国的一位短篇小说家。他曾经一度在纽约和芝加哥、圣路易斯当过记者，写过不少关于体育的文章从而获得大量的读者。

③ 科贝特，在文章中作者可能是指詹姆斯·科贝特（1866—1933），是美国的一位重量级拳击手，曾在世界重量级的拳击比赛中获冠军（1892）。

时候。”

“我只是在担心，”杰克说，“我很担忧我老婆、我的孩子们、我在佛罗里达和布朗克斯置的产业和股票。我还会想到马上就要进行的比赛。一想到比赛就会想到那个臭犹太人，就会想到那个特德·刘易斯的臭犹太人，这些常常在我脑海盘旋，让我感到非常烦人。他妈的，还有什么我没有想到呢?”

“听我说，”我说，“你完全不用担心，过了明天夜晚，所有的事情就都会过去了。”

“你说得不错，”杰克说，“这些问题始终都是会解决的，只要明天晚上的比赛一过，所有的事情都可以就此结束了。”

这一天，从早上一开始，他就感到心情烦躁。于是我们什么事情也不干。杰克只是悠闲地四处转悠，松弛松弛一下他那过度紧张的神经。在后来，杰克回到训练场练习同假想的对手打了几圈。可是即使是这种练习，看上去杰克也做得并不好。接着他又跳了一会儿绳。但是他始终都出不了汗。

“他状态还是不行，”霍根说。我们俩在一旁站着看杰克跳绳。“他无论怎样也出不了汗吗?”

“是的。”

“你觉得他会不会感染上了肺病？在体重方面杰克从来就不会有麻烦，是吗?”

“他的身体倒是健康得很，没有肺病。他只是脑袋里想的事情太多了，静不下心来。”

“可是他还是应该可以出汗的。”霍根说。

杰克朝我们这边跳了过来。他来到我们的面前跳着绳，先是上下跳，然后是前后跳，接着每跳三次交叉一下胳膊。

“你们这两个家伙在那里嘀嘀咕咕地唠叨着些什么?”

“没什么，只是我认为你应该停下来休息一会儿了，”霍根说，“再这样跳下去你会累坏的。”

“那样就会更糟的。”杰克一边把绳子甩得啪啪响，一边说，又从我们这儿跳到了场地的中间去。

就在那天下午，约翰·科林斯就来到了健身场。约翰从一辆城里开来的汽车里走了出来。他的两个朋友紧随其后。杰克当时正在训练场上，他自己的休息室里休息。

“杰克呢，他在哪儿？”约翰问我。

“在他自己的房间里，在床上躺着休息，就在上面。”

“你是说躺着吗？”

“没错。”我说。

“他身体情况现在怎么样？”

我并没有马上回答，只是望了望那两个同约翰一起来的人。

“哦，不用担心，他们都是杰克的朋友。”约翰说。

“实际上并不是很好。”我说。

“什么地方出了问题？”

“他失眠，整夜睡不着觉。”

“我去，”约翰说，“这个爱尔兰人难道连一天晚上都没有睡着过。”

“他的状态不行。”我说。

“真是该死，”约翰说，“我跟他打了十年的交道了，他好像从来状态就没有好过。十年前就是这样不行，十年以后他仍然还不行哪。”

大家都笑了，跟他一起来的那两个人也哈哈大笑起来。

“给你介绍一下，这两位是斯坦菲尔特先生和摩根先生。”约翰分别指着他旁边的那两个人说，“这一位是多伊尔先生，就是杰克的训练师。”

“你们好，先生们，见到你们很高兴。”我跟他们握了握手，说。

“走吧，咱们去楼上看看他。”那个叫摩根的人说。

“走。”斯坦菲尔特说。

于是我们全都上了楼。

“霍根在哪儿?”约翰问。

“他现在正在跟他的两个顾客在那所大房子里。”我说。

“现在经常有许多人来吗?”约翰问。

“只有两个。”

“那这儿平时倒挺安静吧。”摩根说。

“是的。”我说。

我们走上楼梯，来到了杰克房间的门口。约翰伸手敲了敲门，但是没有人回答。

“看来他睡着了。”我说。

“大白天的他睡什么觉呢?”

约翰把手放在了房门的把手上，打开了门，我们全都走进了杰克的房间。杰克趴在床上，两条胳膊搂着枕头，把整个脑袋都埋在了枕头里。他的确是睡着了。

“嘿，杰克！醒醒!”约翰对着趴在床上的杰克大声喊道。

杰克埋在枕头上的脑袋稍微移动了一下，但是他并没有醒。“嘿！杰克!”约翰弯下腰去，将头凑近了杰克埋在枕头里的脑袋大声说。可杰克他只是把脸朝枕头里埋得更深了。约翰伸出手摇了摇杰克的肩膀。杰克突然一下子翻身坐了起来，双眼直直地望着我们。他的脸上胡子拉碴的，身上穿着一件旧的运动衫。

“为什么吵醒我?”杰克朝着约翰喊道。

“我并不是故意要吵醒你，”约翰说，“别生气。”

“当然不是，”杰克说，“你当然不是故意的啦。”

“看看他们是谁?你应该认识他们吧，”约翰说，“摩根和斯坦菲尔特。”

“嘿，很高兴能看到你们。”杰克说。

“你现在感觉怎么样，杰克?”摩根问他。

“我不知道，”杰克说，“我哪里知道呢?”

“我倒是认为你看上去还行。”斯坦菲尔特说。

“是挺好，”杰克说，“喂，约翰，”他对约翰说，“你不是我的经理人吗?那些讨厌的记者们在外面的时候，你去哪儿了?你可是拿了酬金很大一部分的。难道你想要杰里和我来亲自跟那些讨厌的记者去谈吗?”

“杰克，那不怪我，我的事情太多了。”约翰说，“那个时候我正在忙着安排刘在费城的比赛，这不能怪我。”

“你自己的事情管我什么事情?”杰克说，“是我在费城为你挣钱，对不?你拿很大的一份，对不?你也是我的经理人，对不?当我需要你出来应付的时候，你干吗不来?”

“可是霍根不是在这儿吗?”

“霍根，别提他了，”杰克说，“霍根还不跟我一样是个哑巴。”

“是不是士兵巴特利特原来也在这儿训练，他还陪你训练了一阵?”斯坦菲尔特为了改变话题道。

“是在这儿，”杰克说，“但他原来是在这儿。”

“嘿，杰里，”约翰看着我说，“你可以去找一找霍根吗?告诉他半个小时后我们在这儿跟他见面，行不?”

“没问题。”我说。

“为什么要杰里去?就待在这儿，杰里。”杰克说，“你哪儿都不用去，就待在这儿。”

摩根和斯坦菲尔特对望了一眼。

“别这样，杰克。”约翰对他说。

“没关系，杰克，”我说，“我去找霍根。”

“你去吧，如果是你自己愿意去的话，”杰克说，“这里从没有人撵你走开。”

“我知道，”我说，“我去找霍根。”

霍根跟两个顾客正戴着拳击手套在健身场上。就在外面那所空洞洞的大房子里的健身房里，那两个在健身场上戴着拳击手套的顾客因为怕对方赶回来打他，谁都不敢打对方。

看到我走进来后，霍根就说：“今天就到这儿吧，两位先生现在可以去洗个淋浴。到时候布鲁斯会给你们按摩的，你们也不用再互相残杀了。”

他们从长方形的绳圈里分别爬了出来，霍根径直走到我跟前。

“约翰·科林斯来看杰克了，”我说，“一起来的还有他的两个朋友。”

“当时我就看见他们从汽车里出来了。”

“你知不知道跟约翰一起来的那两个家伙是干什么的？”

“你认识他们两个吗？”霍根说，“他们难道不是聪明人吗？”

“不认识，我以前从来没有见过他们。”我说。

“是吗？大家都叫他们幸运的刘摩根和斯坦菲尔特，那两个人开着一个赌场①。”

“我离开已经有很久了，”我说，“我不认识他们。”

“这我知道，”霍根说，“那个被称作幸运的斯坦菲尔特的人可是个大骗子。”

“斯坦菲尔特？”我说，“我倒是好像听到过他的名字。”

---

① 赌场，原文是“poolroom”，是指那些以赛马、拳击比赛等为赌注的赌场。赌客将赌注押在比赛的某一个拳击手或某一匹马上，只要他们所押的该人或该马获胜，那么他们就可赢钱。如果在大多数赌客的心目中某人或某马获胜机会最大，而另一些赌客认为其他的某人或某马可能出冷门，那么输赢就不是一比一，而是一比几。

“他们可是专业弄虚作假的。”霍根说。

“嗯，对了，”我说，“半个钟头以后他们要跟咱们见面。”

“要等半个钟头以后他们才愿意跟咱们见面？”

“完全正确。”

“那咱们就先到办公室里坐会儿，杰里，”霍根说，“让那些虚伪的家伙见鬼去吧。”

很快三十分钟就过去了，我和霍根沿着楼梯上楼去。我们来到杰克的房门前，他们还在房间里谈话。于是，我伸手敲了敲杰克的房门。

“等一下。”房间里有人说。

“真是见鬼了，”霍根说，“我是霍根，现在我回自己的办公室去。等你们准备见我了，就到我的办公室里来吧。”

我们正准备转身下楼，从我们身后的房门上传来开门锁的声音。门很快就被斯坦菲尔特打开了。

“哟，霍根，快进来，”他说，“快进屋里，咱们来喝一杯。”

“嗯，这倒是个不错的提议，”霍根说。

我们从打开的房门走进去。斯坦菲尔特站在我们身旁。摩根和约翰坐在房间里的一对椅子上。杰克则是坐在他的床上。

“你们总是显得那么神神秘秘。”霍根说。

“你好啊，戴尼。”坐在椅子上的约翰朝着霍根说。

“戴尼，你好，很高兴能够见到你。”摩根一边同霍根握手，一边说。

杰克一句话都没有说，只是坐在他自己的床上。他看上去那么的孤僻，不喜欢同其他人在一起。

杰克就像个结实的爱尔兰人那样坐在自己的床上，他现在看上去非常需要刮脸，而且还需要换一身衣服，他现在身上穿着的是一套旧的蓝运动衫裤和拳击鞋。摩根和斯坦菲尔特对穿着非常讲究。当然，约翰也和他们一样是个对穿着相当讲究的人。

斯坦菲尔特拿了一瓶酒出来，霍根又去拿了几个玻璃杯出来。房间里的每一个人都被倒上了一杯酒。我和杰克只喝了一杯：其他的人则继续喝，他们每人都喝了两三杯。

“我看咱们还是剩点酒吧，”霍根说，“好留着你们回去的时候在汽车上喝。”

“没关系，再来点儿，霍根，”摩根说，“别担心，我们有的是酒。”

杰克从床上站起来，他只喝了一杯，就再也不喝了。杰克站在那儿望着他们。摩根坐到了杰克刚才坐的床上，他们还在继续喝着。

“再来一杯吧。”约翰一边把酒瓶和杯子递给杰克，一边说。

“不了，”杰克说，“那些下葬前的守夜我是从来都不喜欢参加的[①]。”

除了杰克大家全都哈哈大笑起来。

后来，他们上车的时候，心情看上去都很不错的。杰克就站在走廊上。他们开车离开的时候，他们向杰克挥手。

“伙计，再见了。”杰克说。

我们一起坐在餐桌旁和那两个顾客同桌吃晚饭，他们现在就住在健身场上。他们看上去人都非常不错。杰克从头至尾一句话也没有讲，当然除了“能不能麻烦你将那个递给我，行不”或者“请你将这个递给我，行不”这些不得不说的话以外。吃罢晚饭，我和杰克来到走廊上。秋天的夜晚总是来得很早。

“你觉得散步怎么样，杰里？”杰克问，“你喜欢吗？”

“那是一项很棒的运动，”我说，“它能帮助我很好地消化那

① 在死人下葬前爱尔兰人有守夜喝酒的风俗。第二天杰克就要举行拳击比赛。那些人这时在他的卧房里饮酒，就使他不由得想起那个风俗。

些美味。”

于是我们把外套穿上就出发了。从训练场到大路上的这段路十分长，上了大路我们又大约走了一英里半。路上车来车往，我们每次在有汽车开过的时候就不得不躲到一边去，好让它们开过。在整个路程中杰克依旧还是一句话也不说。后来，我们为了避让一辆朝我们驶来的大卡车而不得不走进一边的灌木丛时，杰克才说：“真是见鬼，咱们回霍根那儿去吧，真是见鬼的散步。”

回去的时候，我们沿着一条小路穿过田野，翻越小山，回到了霍根的训练场那儿去。当我们来到训练场的那座小山脚下的时候，小山顶上那所房子的灯光出现在我们的视线里面。当我们走回房子前的时候，看见霍根正站在门口等着我们。

“散步感觉怎么样，挺舒服吧？”霍根对我们说。

“挺痛快的，”杰克说，“你那里有什么酒吗？”

“当然，”霍根说，“想要来一杯？”

“是的，我今天晚上要好好睡上一觉，”杰克说，“记着待会儿送一点到我的房间里来。”

“没问题。”霍根说，“现在你倒变成了医生了。”

“杰里，”杰克对我说，“我有话要对你说。”

楼上杰克在自己的房间里用双手捧着自己的脑袋，坐在靠墙的床上。

“这算什么？”杰克说，“难道这就是生活吗？”

霍根拿了一夸脱白酒和两个酒杯进来。

“我再去拿点儿姜汁啤酒来怎么样，杰克？”

“我为什么要喝那种东西？你以为我生病了？”

“那算了。”霍根说。

“你要不要来一杯？”杰克对霍根说。

“不了，谢谢！”霍根说。然后他就转身走了出去。

“杰里，你想要来一杯吗?”

“好吧，”我说，“我就陪你喝一杯。”

杰克拿过两个酒杯倒了两杯。“嘿，伙计，”他说，“这次我要慢慢地品味。”

“要兑水吗?”我说。

“好主意，”杰克说，“我想这样喝下去应该没有那么冲。”

我们将杯子里的酒喝掉了，但都没有说话。杰克开始给他自己倒第二杯，接着他又准备给我倒。

“不用倒了，”我说，“我不喝了。”

“那行。”杰克说。他给自己的酒杯里又倒了许多，然后兑上水。他现在的情绪看上去好了一点儿。

“就在今天下午，咱们这儿来了一伙人，”他说，“他们从来不会去做冒险的事。”

“不过，”过了一会儿，杰克继续说，“冒险的确一点儿好处也没有，他们没有必要这么做。”

“杰里，要不要再来一杯?”他说，“就一杯，再陪我喝一杯，就咱们俩。”

“我已经够了，我不想喝了，”我说，“就像现在这样，我感觉非常舒服。”

“再来一杯吧。”杰克说。他已经喝得有些软绵绵了。

“好吧，”我说，“那就最后一杯。”

杰克在我的酒杯倒完后，给他自己的酒杯里倒了一大杯。

“我实际上是非常喜欢喝酒的。”他说，“我喜欢喝酒而且还喝得很厉害，可我干了拳击这一行，就必须得克制。”

“确实要这样。”我说。

“我损失不小，”他说，“我为了拳击，付出了太多。”

“但是它也让你挣了许多钱。”

“我虽损失不小，但拳击也正是我追求的。”

“拳击是让你损失不小，可是你为什么要这么认为呢?”

“嗯，”他说，“譬如说，因为我干这个，就经常不在家，不能和老婆孩子天天在一起。这对我那几个女儿并没什么好处。在她们的生活圈子中总有几个小伙子会问她们‘你爸爸是谁’‘杰克·布伦南就是我爸爸’。你知道这对她们可没有一点好处。”

“你认为这对她们来说很重要吗?”我说，“看来你还并不了解现在的孩子们，对现在这些孩子们来说他父亲是谁并不重要，最重要的是他们是否有钱。”

“这样吗?”杰克说，“那这些年我倒是为她们赚了不少钱。”

他将杯中的酒喝光了，然后又为自己倒了一杯。瓶里的酒快要完了。

“记着兑点儿水。”我说。

杰克朝自己的酒杯里对了一点儿水。

“杰里，”他说，“你没法知道想念一个人有多痛苦，我是那么的想念我的老婆。”

“我的确无法知道。”

“你完全体会不到这是什么滋味。”

“是啊，不过在我看来，在乡下训练应该比在城里训练的效果更好些。”

“对于现在的我来说没什么区别。”杰克说，“一点儿区别都没有，你是完全体会不到这是一种什么样的滋味的。”

“你还要再来一杯吗?”

“你一定觉得我喝醉了吧?”

“我觉得你挺清醒的。”

“没有任何一个人能够想象得出这是什么滋味?”

“我知道还有一个人能想象得出来，”我说，“那就是你老婆。”

“你说得很对极了，”杰克说，“她确实知道。”

“记着兑水。”我说。

“杰里，”杰克说，“这到底是什么滋味你没法体会。”

杰克现在喝得大醉。他的眼光开始有点儿发直了，就那样呆呆地望着我。

“你今晚会睡一个好觉的。”我说。

“你想过要弄点儿钱吗？”杰克说，“从沃尔科特身上弄点儿钱。”

“为什么这么说？”

“你知道我在沃尔科特身上整整下了五万赌注。我可没喝醉。”杰克放下酒杯。

“五万元，可是不少的钱。”

“是啊，”杰克说，“二比一，五万元。到时候到我手上就会有两万五千元。怎么样？”

“这倒是个不错的主意。”我说。

“我现在这个样子怎么能打败他呢？”杰克说，“这可并不是欺骗。既然如此，那咱们为什么不干脆在沃尔科特身上弄点钱呢？”

“记得兑水。”我说。

“这一场打完我就不干了，”杰克说，“我就退休了，从此再也不干了。不过我这次得挨一顿打，这可是我应得的。”

“你说得没错。”

“我整整一个礼拜都没有睡着过，”杰克说，“我就躺在那里担心，我担心自己在上台以后被他打得屁滚尿流。你知道那是什么滋味，你睡不着的时候。”

“我知道。”

“事情就是这么回事。我现在就是睡不着。既然你一直睡不着，那你再怎么担心自己的身体都没用。”

“那还真是太不幸了。”

“你能想象得出整晚整晚睁着眼睛那是什么滋味吗？”

“记着兑水。”我说。

他就这样一直在喝着酒，终于就这样大约到了11点的时候杰克醉倒了，他不能一直不睡觉，这对他来说可没什么好处。我帮他脱去衣服，然后把他扶到床上，接着把被子替他盖上。

“今天晚上你会睡个好觉的。”我说。

“是的，”杰克说，“我今晚会睡得很好。”

“晚安。”我说。

“明天见，你是我唯一的朋友。”杰克说。

“当然。”我说。

“你是我唯一的朋友。”杰克说。

“我的朋友，睡吧。”我说。

“好的，我很快就要睡了。”杰克说。

霍根坐在他的办公桌旁看报，听见我进去了，就抬起头来对我说：“怎么样了，你让你的朋友今天晚上睡着了吗？”

“他喝醉了，今晚他会睡个好觉的。”

“这样也比他总整夜睁着眼睛盯着天花板发呆要好多了。”霍根说。

“的确。”

“不过，当你跟那帮体育记者说明这个情况的时候就不得不多花费一些口舌了。”霍根说。

“我也要去睡了，不管了，”我说，“晚安，霍根。”

“晚安，杰里。”霍根说。

第二天早晨大约8点钟，我从自己的房间里出来到楼下去吃了点儿早饭。在那所空洞洞的大房子里，霍根的两个顾客已经在他的陪同下开始了一天的练习。我朝他们走了过去。

“一！二！三！四！”霍根正帮他的两个在训练的顾客计数。“早上好，杰里，”他说，“杰克起床了吗？”

“估计还在睡觉吧，他昨晚可喝了不少。”

我转身上楼，回到自己在楼上的房间里，我得去为今天进城收拾好行李。杰克就住在我隔壁的房间里。杰克在大约9点半的时候起床了，我听到从隔壁房间里传来了他起床的声音。过了一会儿，房间外面传来了他下楼去的声音，于是我打开门跟着他走下楼去。杰克已经坐在餐桌旁开始吃早饭。不知什么时候霍根已经进来了，他就站在餐桌旁。

“现在感觉怎么样，杰克？”我问他。

“还行吧。”

“昨天晚上睡得好吗？”霍根问。

“还不错，”杰克说，“估计昨天晚上有点儿喝醉了，当时头倒不觉得难受，只是舌头有点儿不听使唤。”

“能睡着觉就是好事，”霍根说，“那可是我这儿最好的一瓶白酒。”

“是吗，”杰克说，“酒的确不错，记在账单上。”

“今天要进城了，你打算什么时候去？”霍根问。

“午饭前吧，”杰克说，“11点有趟火车。”

“杰里，过来坐下。”杰克说。霍根转身走了出去。

我在桌子的一旁坐了下来。杰克用叉子插一个葡萄柚送到嘴里。然后他把匙子放到嘴边将吃到的一颗核吐在匙子里，接着放在一旁的盘子上。

“杰里，”他开始说，“我昨天夜晚喝醉了吗？”

“昨晚你喝了不少。”

“那我一定说了不少蠢话吧？”

“那倒没有。”

“霍根呢？他又跑到哪儿去了？”他问，“刚才我还看见他在这儿。”他已经将葡萄柚吃完了。

“就在前面，他的办公室里。”

“昨天晚上关于比赛打赌的事我讲了些什么？”杰克问。他手里拿着匙子，随意用匙子拨弄着放在一旁盘子里的葡萄柚的皮。

这时，一盆火腿蛋被女仆给端了上来，她又拿走了吃完葡萄柚的空盘子。

“可以再给我一杯牛奶吗？谢谢！”杰克对她说。

“好的。”她转身走了出去。

“你说你就在沃尔科特的身上下了五万块。”我看见女仆走远了才说。

“的确。”杰克说。

“杰克，这可不是一笔小数目。”

“我知道，杰里，”杰克说，“我只是，只是对这件事感到不怎么好受。”

“你能够保证不会出什么事情吗？”

“会出什么事情呢？”杰克说，“他们会跟他谈妥的。对于冠军，沃尔科特可是想了很久了。”

“你怎么能这么肯定？”

“伙计，放心吧，对沃尔科特来说这可值更多钱。他可是一心想要当冠军的。”

“五万块可不是一笔小数目。”我说。

“是不小，但我赢不了，”杰克说，“你认为就我现在这种情况能够赢得了吗？这只不过是个买卖。”

“你可以的，杰克，只要你站在场子里，你就有机会。”

“不行的，杰克，这我很清楚，我完了，”杰克说，“这只不过是个买卖。”

“你自己觉得自己怎么样?”

“精神十足，”杰克说，“我现在正需要的就是那么好好地睡一觉。”

“那就对了，你一定会打得很好。”

“他们会看到我的一场精彩表演。”杰克说。

吃完早饭后，杰克去了电话间，他在那里给他的妻子打长途电话。

“他这是第一回给他的老婆打电话，”霍根说，“他自从上这儿来以后。”

“是啊，他可是天天都会给她写信的。”

“没错，”霍根说，“一封信只需要花两分钱就可以寄出去。”

我们同霍根说了再见。我们被那个黑人按摩师——布鲁斯，开着货车送到了车站上。

“再见了，布伦南先生，你一定能够将他揍得屁滚尿流的，我相信你能办到。”站在火车跟前布鲁斯对杰克说。

“谢谢，再见。”杰克说。布鲁斯为他干了不少活儿，他给布鲁斯两块钱。这让布鲁斯看上去有点儿失望。我望着在布鲁斯手里捏着的两块钱，杰克看了看我。

“我付过了所有的账，”他说，“那些按摩费霍根已经向我收过了。”

杰克坐在进城的火车上角落的座位里没有说话，出神地望着窗外。他的车票在他帽子上那圈丝带里插着。许久，他收回了望着窗外的目光转过头来和我说话。

“我打电话告诉了我的老婆，明天早晨我就可以回家去，”他说，“今天晚上在谢尔比旅馆我们会租一个房间。就在公园附近，就在那儿的一个拐角上。”

“这真是个不错的主意，”我说，“你老婆会来看你的比赛吗?”

“不，”杰克说，“她从来不会看我的比赛。”

我想，他自己如果估计到自己会狠狠被揍一顿的话，比赛结束后他是不会想回家的。下了火车，我们就乘坐一辆出租汽车到谢尔比旅馆去了。旅馆门口走出来一个侍者，将我们手里的提包接过；然后带着我们走进旅馆里，来到了登记房间的办公桌前。

“住一天的房租大概要多少?”杰克问。

“现在我们这儿就只剩双人房间了，”那个职员说，“你只需要花十元钱就可以住一个很好的双人房间。”

“那不划算。”

“那么你就租一个七元钱的双人房间，这种比较划算。”

“七元钱的双人房间里有浴室吗?”

“当然有。”

“你还是跟我今晚一起住一宿如何，杰里?”杰克说。

“我就不用了，”我说，“我会去我内弟家睡。”

“嘿，伙计，我只是想要我的钱花得值得，一间花了七元钱租的双人间却只住一个人这多么不划算，”杰克说，“这笔钱我并不是为你花的。”

“请您登记一下，”那个职员指着登记簿说，“布伦南先生，238 号房间。”

我们乘电梯上楼。来到了房门上写有 238 号的房间前，领我们上来的那个侍者打开门，带着我们走了进去。这是一个挺不错的大房间，在里面，有两张床，有一扇门通向一个浴室。

“这儿看上去挺不错的。”杰克说。

侍者拉开窗帘，然后将我们的提包帮我们拿了进来。杰克坐在椅子上一动也不动，于是我将一个两毛五分的硬币给了侍者作为小费。我们在房间里洗了脸，杰克告诉我说我们还是出去吃点东西。

我们走出旅馆，在一家名叫杰米汉利的馆子里吃午饭。约翰后来走了进来的时候，我们都差不多快吃到一半了，他坐在我们的旁边。约翰话说得不多。在那家馆子里吃饭的还有许多小伙子。

“你现在的体重怎么样，杰克?”约翰问他。杰克正忙着应付一份丰盛的午餐。

“你不用担心这个，我就算穿着衣服称也能够过关的。”杰克说。是啊，他是一个天生的次中量级拳击手。他从来都不会胖，无论他吃些什么。所以他从未为减轻体重而操心过，甚至在霍根那里他的体重已经在开始下降。

“没错，只有这一件事从来都用不着担心。”约翰说。

“就是这一件事。”杰克说。

午饭吃完后，我们一起走到公园里，在那里杰克要称体重。在三点钟的时候，两个比赛的对手的体重都不得超过一百四十七磅。沃尔科特刚称完，还站在那里，许多人围在他的身旁。杰克站到磅秤上，一条毛巾围在他的脖子上。杰克站上去后秤杆一点儿也没有移动。

“杰克，让我瞧瞧你现在有多重。”沃尔科特的经理人弗里曼说。

“行啊，那叫他来称一下，”杰克把头向沃尔科特猛地一扭，“我也瞧瞧他有多重。”

“拿掉你脖子上的毛巾。”弗里曼说。

“你看看磅秤，有多重?”杰克问那个管磅秤的人。

“一百四十三磅。”那个称体重的胖子说。

“杰克，看来你的体重可减轻不少。”弗里曼说。

“叫他再过来称称。”杰克说。

沃尔科特从那边走过来。他长着一头金发，他看上去大腿倒不怎么粗壮，可是他宽阔的肩膀和胳膊却棒得像个重量级拳击手。沃尔科特站着只比杰克矮半头。

“你好，杰克。”沃尔科特说。在他的脸上全是一些瘢疤。

“你好，沃尔科特，”杰克说，“你觉得怎么样？”

“不错。”沃尔科特说。他的肩膀和脊背绝对是你看到过的最宽阔的。他站到磅秤上，顺手将围在腰里的毛巾拿掉。

“一百四十六磅十二盎司。”

沃尔科特咧开了嘴对着杰克笑了笑，然后跨下磅秤。

“嗯，”约翰对沃尔科特说，“看来杰克让了你大约四磅。”

“现在我要去吃东西啦，”沃尔科特说，“等我进来的时候，还不止这些呢。”

杰克在穿衣服，我们打算出去。“这个家伙长相挺结实的。”杰克对我说。

“他看上去好像被人揍过许多回。”

“哦，不错，”杰克说，“看上去他是不难打败的。”

“你们现在打算上哪儿去？”约翰等杰克穿上衣服以后问道。

“当然是回旅馆，你必须什么都要关心吗？”杰克说。

“是啊，这可是我的工作啊！”约翰说。

“我们回旅馆去，”杰克说，“现在我想回去躺一会儿。”

“那好吧，我会在 6 点 3 刻的时候来找你们，咱们到时候一起去吃点儿东西。”

“行。”

杰克一回到谢尔比旅馆里，就脱掉自己的皮鞋和上衣，躺到了床上。我趴在写字台上写了一封信。其间我看了杰克两次，他都一动也不动地躺着，也没有睡着，因为每过一段时间，他的眼睛总会睁开一会儿。最后，他从床上坐了起来。

“咱们俩来玩一会儿克里贝奇①怎么样?”他说。

“好主意。”我说。

他从床上坐了起来，从他放在床铺跟前的手提箱里将纸牌和记分板拿了出来。我们坐在床上玩着克里贝奇。没过多久传来一阵敲门声，随后约翰走进来。杰克这时已经赢了我三块钱了。

“你要一起吗，约翰?”杰克问他，“一起来玩一会儿克里贝奇怎么样?”

约翰走了进来，我们发现他的帽子和上衣湿了。

“外面下雨了?”杰克问，“瞧，你浑身都湿透了。”

“是啊，特别大，就像瓢泼下来一样。”约翰说，“我是下了车走过来的，街道上堵车了，我坐的出租汽车堵住了，动不了，我只能走过来。”

“来吧约翰，”杰克说，“咱们来玩一会儿。”

“不玩了，我们现在应该去吃东西了。”

“来吧，约翰，”杰克说，“就玩一会儿，再说我现在还不想吃东西。”

约翰于是坐了下来，开始玩起了克里贝奇，过了大约半个钟头杰克便赢了约翰一块五毛钱。

“嗯，我有点儿饿了，”杰克说，“现在咱们可以去吃些东西了。”他来到窗前，向外望去。

“外面还在下雨吗?”

“当然。”

“那咱们就别出去了，”约翰说，“就在旅馆里吃吧。”

---

① 是一种二人、三人、四人都能玩的纸牌戏，用木板记分。

“好啊，”杰克说，“正好咱们再玩一次，看谁付饭钱。”

很快这一局就以约翰的失败而告终，杰克从床边站起来，说：“看来你要付这顿饭钱了，约翰。”然后，我们一起下楼去，就在旅馆的大厅里吃饭。

吃完饭，我们坐电梯上楼，回到了房间里来；杰克又拉着约翰玩克里贝奇，一直到我们出发为止，这次杰克又赢了约翰两块五毛钱。这让杰克感到十分高兴。约翰随身带着一个提包，他的东西都是放在包里。杰克脱下自己穿在身上的衬衫和硬领，重新穿上拿出的一件针织运动衫和一件厚运动衫，以免一会儿出去的时候着凉，然后他的拳击服和一件浴衣也被他放在了自己的提包里。

“我现在要打电话了，”约翰问他，“你们都准备好了吗？准备好了的话，我就通知他们叫一辆出租汽车过来。”

约翰打完电话没过多久，我们房间内的电话铃就响起来，电话的那一头说出租汽车已经来了。

我们乘电梯下楼，出租汽车已经在门口等着了。待我们上车，出租车便载着我们朝着公园的方向驶去。公园早已售罄了门票。雨一直下，而且犹如瓢泼，但却有许多人在外面的街上。我们在公园门口下了车径直朝着更衣室走去，到了更衣室，我站在门口朝外望去，整个公园到处都挤满了人，除了绳圈上面有灯光以外，一片黑暗。从更衣室到拳击场的长方形绳圈旁看上去足足有半英里远。

“这场雨下得还真挺好，”约翰说，“这样，他们就没法把这场比赛安排在棒球场了，真是件好事情。”

“今天来的人可真够多的。”杰克说。

“这场比赛吸引来的人真够多的，公园里都快容纳不下了。”

“天气的好坏，我们谁都无法预料。”杰克说。

杰克穿着浴衣交叉着两只胳膊坐在更衣室里，他低着头望着地板。约翰走了进来，两个照料杰克比赛的人跟在他的身后。杰克抬起头来。

“沃尔科特怎么样呢?”他问，“他进场了吗?”

“沃尔科特嘛，刚下去不久。”约翰说。

于是，我们开始沿着进场的道路朝拳击场走去。这时沃尔科特已经准备进绳圈了。他从两根绳索中间爬到了拳击台上，站在拳击台的中间，将两个拳头合在一起，他微笑着绕着拳击台对着观众摇摇自己的拳头，先是绳圈的这一边，然后又转到绳圈的另一边，最后在自己的位置上坐下来。观众们向他报以热烈的鼓掌。穿过观众走到拳击台边的杰克，也同样受到了观众们热情的欢迎。对于爱尔兰人观众们总是会非常热情地欢迎的，而杰克正是爱尔兰人。一个爱尔兰人在纽约总是会受到观众热情欢迎的，虽然他不像一个意大利人或者犹太人那样吸引人。当杰克弯下身子从两根绳索中间钻了过去的时候，沃尔科特从他坐着的角落里走过来帮杰克把下面的绳索压低，好让杰克从它们之间钻过去，爬上拳击台。这可真是个奇迹，观众们想。他们在那儿只站了短短的一秒钟。杰克的肩膀上有沃尔科特友好地放着的一只手。

“嘿，伙计，能不能把你那只手从我肩膀上拿开，”杰克对沃尔科特说，“你今天晚上就要成为一个冠军了，一个出风头的冠军。”

“伙计，打起精神来，咱们好好干一场。”沃尔科特说。

看着赛前站在拳击台上的两个小伙子之间表现得如此客气，这对在台下观看的观众来说无疑是件非常难得的事情。显然，两个小伙子都希望对方能够幸运。

当两个小伙子分别在自己的角落里坐下的时候，索利·弗里曼按照惯例从他那边的角落走到了我们这边角落里来，杰克在这个时候正认真地用绷带包扎着他的手，而约翰也按照惯例走到沃尔科特坐着的那边角落里去。杰克把他的大拇指从缠在手上的绷带的裂口中伸出来，然后又用绷带把他的整个手包得平平整整。我从口袋里拿出一卷胶布，用胶布在杰克的手腕和指关节上再给绕了两圈。

“嘿，杰里，这个办法可真棒，”弗里曼说，“你是从哪儿弄来这些胶布的?”

“给，自己摸摸看，弗里曼，”杰克把缠好绷带的双手伸到弗里曼的跟前说，“好好摸摸，是软的，弗里曼，对不? 别像个乡巴佬似的站在那儿。”

刚才杰克在包扎他的另一只手的时候，弗里曼就一直站在杰克的身旁看着他的一举一动。小伙子递过来拳击手套，我将拳击手套戴到杰克手上，然后将它们在杰克的手上缚紧。那个小伙子是专门负责照料杰克比赛的。

“嘿，弗里曼，你知道沃尔科特是哪儿人吗?”杰克说。

“我不大清楚他是哪里人，”索利说，“不过，我看他有点儿像丹麦人。”

“他是波希米亚人。”那个递手套的小伙子说。

裁判员这时开始叫杰克和沃尔科特集合到拳击台的中央去。沃尔科特微笑着走出来，杰克抖了抖肩膀也走到中间。台子的中间，他们在面对面地相遇了，裁判员把自己的两只胳膊分别放在了他们两人的肩膀上。

“祝你今天晚上好运。”杰克对沃尔科特说。

“记得打起你的精神来好好干。”

“为什么你替自己取名叫‘沃尔科特’?”杰克说，“难道你不知道他可是个黑人吗?”

“好了，安静，现在听我说——”裁判员说，他开始宣布拳击比赛上的那些规则，这对于杰克和沃尔科特来说都是些老规则了。在裁判宣布规则的时候，沃尔科特却说话打断了裁判一次。他用手抓住杰克的胳膊对裁判说："如果我被他这样抓住，那我还能继续攻击他吗？"

"你以为这是在拍电影吗？"杰克朝沃尔科特嚷道说，"我刚才告诉过你了，别把你的手放在我身上。"

规则被裁判宣布完后，他们又回到了自个儿的角上。杰克身上披着的浴衣被我脱掉，接着杰克站起来，趴在一边的绳索上弯了一两次膝关节，算是热了下身，接着他又把拳击鞋拿在松香上摩擦。第一回合的铃声在这时候响起了，杰克灵活地将身子转了过去朝台子的中间走去，沃尔科特也正在向他走来。当他们两个到达台子中间的时候，他们相互用戴着拳击手套的双手在空中碰了一下，就在沃尔科特刚把双手放下的时候，倏地杰克就率先发起了进攻，他举起自己的左手闪电般地击出两拳，还没有准备好的沃尔科特脸上立刻就被揍了两下。杰克的拳法一直都是那么出色，谁也无法撵上他。沃尔科特一直低着头把自己的下巴抵在胸口向前冲，他在追他。明眼人一看就知道他是个打勾拳的，因为沃尔科特的手总是摆得很低。这种选手一般只知道贴近了打。就连沃尔科特也不例外，但是只要沃尔科特贴近杰克，杰克的左手拳就会准确无误地朝他的脸上轰去，杰克的那只左手就好像是装有自动装置似的。只要杰克的左手一举起来，沃尔科特的脸就准会被它给狠狠地揍一下。不过，每当杰克用右手发拳时，他却总是打在沃尔科特的肩膀上，要不然就是打得太高，打在了沃尔科特的头上。这样的情况出现了有三四次。沃尔科特同那些所有习惯用勾拳的拳击手一样。唯一能够让他们害怕的只有和他们是同类型的另一个拳击手。因为他对脸上挨到左手拳一点儿都不在乎。因为他会好好地保护好那些能够被伤害到的地方。

在台子上就这样打了四个回合，杰克已经把沃尔科特的脸全都打破了。杰克把沃尔科特揍得鲜血直流，但是每一次沃尔科特贴近杰克身后，他也会被沃尔科特打得很重，杰克肋骨底下的两面都出现了两个很大的红斑，那就是被沃尔科特打出来的。每一次当沃尔科特贴近杰克的时候，杰克就把沃尔科特给逼住，然后腾出自己的一只手，用上击拳对着沃尔科特一阵猛揍。不过，这时沃尔科特却腾出了自己的一双手，狠狠地也在杰克的身子上一阵猛揍，他是个拳头很重的狠手。当他的拳头打在杰克身上的时候，就连外面街上的人都听得到他的拳头揍在杰克的身体上所发出的声音。

台子上，两个人你来我往，一句话也不说，只要逮着机会就会用拳头猛揍对方，就这样又打了三个回合。台子上的激烈较量一直在他们之间进行着。在每一个回合的休息期间，我们也不断给杰克按摩，尽力让他恢复得最好。不过，一连几个回合打下来，杰克开始显出一些疲劳，他的脸色也慢慢变得不好起来，但他知道自己该如何节省自己的体力，杰克在台子上从来不会拼命地蛮干。他不会毫无目的地移动，杰克的左手拳就像是有自动装置似的本能地一次又一次地挥出。它就好像同沃尔科特的脸连在一起，一次又一次准确击打在沃尔科特的脸上，而当沃尔科特每一次贴近他时，杰克也只是不得不这样做。在沃尔科特贴近他的时候，杰克一直保持着冷静，他冷静地看着沃尔科特贴近，冷静地出拳，他从会不浪费自己一丁点儿的精力。对于在被对方贴近的时候使用的那一套本领杰克也完全熟练地掌握，他能使出许多对付这种贴身攻击的招式。当他们移动到我们所处的那个角的时候，我看到沃尔科特再一次贴近了杰克，但是杰克再一次将他给逼住了，杰克腾出自己的右手，在空中把它弯曲起来，打出一下标准的上击拳。杰克有力的右拳在划出一道完美的弧线后，落在了沃尔科特的脸上，很不幸他的鼻子被杰克右手拳击手套的后部给打中了，鼻血一下子就流了出来。他现在顾不上这一切，因为他也要给杰克来一下。突然杰克只是把肩膀稍稍一抬，这一下又打到了沃尔科特的鼻子，沃尔科特的鼻血淌得更厉害了，紧接着垂下自己的右手的杰克，又照着刚才的动作给沃尔科特来了一下上击拳。

对于这样的一种情况沃尔科特感到非常恼火。他现在肯定恨透杰克了，这时候在他们之间已经有过五个回合的激烈较量，杰克也开始有点儿恼火了，不过仅仅只是一点儿，仅此一点儿而已，确切地说，和上一次比起来这次可完全算不上什么。从前那些和杰克比赛的人我敢说一定会因为自己的对手是他而开始憎恨拳击比赛，这就是为什么一提起刘易斯这个小伙子他就愤愤不平的原因。因为刘易斯在台子上比他更加冷静，那一次在整场的比赛中，从始至终杰克都没有能让刘易斯发火，那个小伙子一直都表现出出奇的冷静。小伙子刘易斯对付杰克总是大约有三种的新花招是杰克所不会的。而杰克却仅仅凭着自己结实的身子，就在比赛场上能够始终给人一种可靠的安全感，就如同教堂的感觉一样。杰克在比赛进行到目前位置，一直在台子上掌握着主动权，而沃尔科特好像除了贴身进攻以外就再也没有其他的招儿了，因此他只能一直在狠狠地挨揍。有趣的是，杰克因为掌握了所有的拳击招式。所以在台子上，杰克看上去好像一个第一流的拳击手，是一个大方的第一流的拳击手。

铃声响了，第七个回合结束了。我们立刻上去给回到了我们的角上的杰克按摩，给他喝水，并用毛巾不住扇着风以便让他能够感到一阵凉意，他坐在那里，不停地喘着粗气。杰克对我说："我开始感到左手变得重了。"

于是，从第八回合开始起，逐渐失去了主动权的杰克开始挨打了。这种情况在一开始还并不明显。但是，随着时间的推移，杰克在台子上开始渐渐不再控制比赛，慢慢地主动权也朝沃尔科特的手上转移。杰克现在遭到了麻烦，教堂不再是始终安全的了。从场面上看上去好像同前几回合没有什么区别，但是，我却发现杰克现在已经不能再用左手来有效避免挨打了。沃尔科特现在的那些猛击也不再像开始那几回合一样落空，而是几乎每一下都结结实实打在杰克的身上。杰克从这一回合开始就遭到了一顿痛打。回合结束的铃声响起，杰克跌跌撞撞地回到我们这边的角儿上。

"第几回合了？"杰克问。

"第十一个。"

"看来我还真是厉害，"杰克说，"但是现在我撑不住了，我的两条腿迈不动了。"

当开始的铃声响起，杰克戴上牙套，他抖了抖肩膀重新又回到了拳击台上。沃尔科特一直在疯狂地揍他。他的拳头一下下击打在杰克的身上不断发出"砰砰"的响声，如同垒球的接手在猛地挥杆击球那样。沃尔科特从这时起开始了绝地反击，他一拳又一拳狠狠地揍着眼前这个让他感到非常恼火的家伙。他一定是个狠手，一个拳头很重的狠手。杰克现在在场上只能处处尽力招架。在台下的观众们并看不出他实际上是在挨沃尔科特的痛打。在回合中间，当我去按摩他的腿的时候，在手下我感觉到他腿上的肌肉一直不停地抖动。他的脸色也变得难看得要命。他的脸全部肿起来了。

"打得怎么样？"杰克转过头去问站在一旁的约翰。

"现在很明显局面已经被他控制了。"

"这个浑蛋波希米亚想把我打垮，我不会让他这么容易得逞的，”杰克说，“我想我还能够撑得住。”

杰克的身子已经不再结实了。对于能不能打败沃尔科特杰克心里非常清楚。不过，对他来说这些都不要紧。他的五万元钱也不要紧。只要他乐意，现在无论用任何方式让这场比赛结束都成。只不过他不愿意自己在台上被打倒。现在，整个比赛无疑正按着杰克自己在赛前所预料的情况发展。

比赛开始的铃声响了，杰克被我们从座位上推了出去。他朝台子中间慢腾腾地走了过去。在铃声一响之后沃尔科特就马上朝杰克追了过来。杰克慢腾腾走着，他在等待着沃尔科特进入他的攻击范围后，杰克就开始出拳了，他的左手拳狠狠地被沃尔科特的脸接上了；沃尔科特在挨了杰克的一下重拳后，头部被打得朝右边一偏，但是他还是从杰克的胳膊下逼了进来，刚一贴近杰克沃尔科特就开始朝着杰克的身子一顿猛揍。杰克想要用自己的双手逼住他，那姿势就好像要把一个圆锯抓住一样。可是效果却不是很好，沃尔科特仍然紧紧地贴在他的身边挥之不去。在挨了几下以后，杰克突然将身子朝后倒退一步，他的右手拳趁着闪开的这一空当朝着沃尔科特的脑袋就轰了过去，沃尔科特眼看着杰克的拳头在自己的眼前不断放大本能地将自己的脑袋朝下一低，杰克打空了。看来他的确是太累了，已经开始影响到了他出拳的速度了。在低头躲过杰克攻击后，沃尔科特看见杰克重心未稳，就猛地朝着杰克打出了一记左勾拳，那一记正中杰克的下巴，杰克在晃了几下以后摔倒在了拳击台上。他趴在台子上手和膝盖着地，用浮肿的双眼望着在台下的我们。杰克一动不动地趴在那儿看看我们，他无奈地摇摇头。这时候裁判员开始报数：“一……二……”在裁判员报数的时候，他一直用一只胳膊拦住站在一旁的沃尔科特。等裁判数到了八，约翰向趴在台子上的杰克做了个手势。因为观众的叫嚷声太大，根本无法听到别人在说什么。杰克摇晃着身子站了起来。

杰克从台子上起来，沃尔科特在杰克刚刚站稳身子后又朝杰克逼了过去。

“当心，吉米。”索利·弗里曼对杰克大叫。

沃尔科特靠近了杰克，他紧挨在杰克的跟前，望着杰克。杰克用他的左手去打他，但是力量和速度都小了许多。当拳头落在沃尔科特的身上时候，沃尔科特只是摇了摇头。紧接着他就开始逼着杰克不断地后退，一直打得杰克的背靠在了绳圈上，沃尔科特打量着杰克，紧接着他就开始出拳了，沃尔科特的左勾拳打中了杰克的半边脑袋，但是让杰克感到奇怪的是，这一拳简直就是软绵绵的，显然沃尔科特的这一拳并没有用力，但是紧接着沃尔科特用右手挥出的一拳则肯定会让杰克一生难忘。沃尔科特的右手开始动了，积蓄了他全身力气的右手带动着空气中的气流朝着杰克的身子猛击过去，这一拳打得是那么低，“噗”的一声闷响，沃尔科特的右拳重重地轰在了杰克腰带下面五英寸的地方①。杰克的嘴猛地一下张开了来。他的眼珠也在那记猛击中一下子朝外凸了出来。痛苦中他整张脸都变了形。就那么一瞬间，我感觉到杰克的眼睛好像要从他的眼眶掉出来。

裁判员将沃尔科特从杰克的身边分开。杰克用只手死死撑着绳圈尽力稳住自己的身子，好不让自己倒下。他知道自己一旦倒了就无法再爬起来了，那样他就会失去他的五万块钱。杰克走上前去。虽然他静静走着，但这时他感觉到自己的五脏六腑就好像都要掉出来似的。

“这仅仅是个意外，”杰克说，“实际上并没有击低②。”

---

① 在拳击比赛中明确规定腰带以下的部位是不准打的。如果在比赛中，其中的一方打了对方腰带以下的部位，那么他就会被判犯规和输掉这场比赛。

② 原文 Low，是拳击比赛的术语，就是指击中腰带以下部位的一击。

观众在拳击台的周围不停地大嚷大叫，所以你根本就听不到拳击台上的三个人在讲些什么。

杰克说：“我还可以。”我们面前是拳击台上的三个人。裁判员转过头望了望站在台子旁边，一脸紧张的约翰，然后摇了摇头。

“来啊，别停啊，你这个该死的波兰杂种，”杰克对沃尔科特说，“你认为这样就可以轻松打倒我？”

手里拿着一条毛巾的约翰趴在绳圈上，随时准备插手干涉。杰克就站在他的眼前，离开约翰趴的绳圈那儿很近的地方。杰克艰难地向前迈了一步，豆大的汗水就从他脸上不断冒出来，就如同他的脸在被人使劲儿地用力挤似的，从他鼻子上有一大滴汗珠掉下来，落在了他身前的台子上。

“来呀！接着打啊！”杰克对沃尔科特说。

裁判员在看了看一旁的约翰后，向站在杰克身前的沃尔科特挥挥手。

“该你了，你这愣小子。”他说。

这下沃尔科特也不知道如何是好，但他还是走了过去。他实在没想到杰克居然能承受他这一下，这是他压根儿没有想到的。杰克用左手拳打沃尔科特的脸。整个场子几乎吵得翻了天。那两个人就在我们面前。沃尔科特又击中了杰克两次。看看杰克的那副鬼样子。现在，我断定肯定杰克的脸是我一生所看到过的最糟的一张脸了。他一直想要硬熬下去，虽然他被打伤的那些疼痛不住地折磨着。为了不让自己倒下去，杰克在台子上硬撑着，即使他感觉到自己浑身就要散架似的，他的脸上已经将他所忍受的所有痛苦完完全全地表现出来。

杰克的脸色一直都是非常难看。可是接下来，拳击台上的情形却忽然发生了大逆转，开始用低贴在身旁的双手的杰克，向着一直在他身前的沃尔科特挥舞了过去，杰克已经开始恶狠狠地还击了。他开始发狠了。沃尔科特在杰克如暴雨般的拳头下毫无还手之力，他所能做的就是将双手死死护在自己的面前。发疯似的杰克使劲儿挥舞着双拳朝着沃尔科特的脑袋一阵猛打。然后趁着沃尔科特抬起双手护住面部的时候，杰克猛地发出一记漂亮的左手拳，拳头带着呼啸声重重地落在了沃尔科特的腹股沟上，还没等沃尔科特痛苦地弯下腰，杰克的右手拳又呼啸着“砰”的一下猛轰在了沃尔科特刚才打中他的地方。可杰克的这一拳大大低于他腰带。沃尔科特立刻蜷曲着身子倒了下去，从腰部传来的阵阵剧痛让沃尔科特在台子上扭曲着身子，滚来滚去。

一阵不停的嚷叫声从观众席立刻爆发出。一把抓住站在一旁的杰克的裁判员，把他朝我们的这个角上推了过来。约翰一下子跳进绳圈，扶着杰克坐在了座位上。裁判员走到位于拳击台下一旁的评判席里同坐在那里的评判员们谈话；一个拿着传声筒的报告员没过多久就走进了绳圈，他说：“经裁判和评判员们一致裁定，沃尔科特被犯规打中。”

裁判员走过来同约翰谈话，他说：“我这是没办法，杰克刚才被沃尔科特犯规打中后自己不愿意接受这个判定。谁知道后来他昏头昏脑的，却那么一下子也犯规打了沃尔科特。”

“嗯，现在好了，无论怎么说，反正杰克输了。”约翰说。

乏力地坐在角落边的椅子上的杰克。有了支撑以后，他的脸色也终于变得好些了。我帮他从手上摘掉了拳击手套，他用两只手按着自己腰上的痛处熬着。

“杰克，咱们得过去向沃尔科特说一声对不起。”约翰凑在杰克耳朵旁说，“这样大家都会好看些。”

我拿起一件浴衣披在杰克的身上，他把一只手伸向浴衣下按压着自己的痛处，不断有汗水从杰克的脸上冒出来。喘着粗气站了起来，在绳圈里朝着沃尔科特的角落走过去。沃尔科特那个角儿上有许多人。沃尔科特已经被他们扶起来坐在椅子里，他们正在忙着照料他。杰克径直走到沃尔科特的身边，他弯下腰凑近沃尔科特的脑袋。

“伙计，非常抱歉，我不是故意的，”杰克说，“我没有想到自己那一拳会犯规打着你的。”

沃尔科特用手捂着自己的痛处一句话也没有说。他的脸色看上去太糟糕了，比杰克都还要差。

“这下好了，你是冠军了，我希望你会为此而感到高兴。”杰克对他说。

“嘿，别跟这小伙子说话。”站在一边的索利·弗里曼说。

“喂，索利，非常抱歉，刚刚我犯规打中了你的小伙子。”杰克说，“可我敢发誓我真的不是故意的。”

弗里曼朝他看了看没有理睬。

杰克转身朝我们这边走了过来，迈着他那让人忍俊不禁的一上一下的步子走到他的角儿上。我们帮他拉高绳索，扶他下台，穿过记者席，然后朝更衣室走去。过道上，当杰克穿着浴衣从一帮气势汹汹的观众中间穿过时，有许多观众都想伸手去打杰克的脊背。不过，我们最终还是平安地回到更衣室。在大多数人的预料中杰克是不会打赢沃尔科特的，公园里的观众都在这个结果上押上了自己的赌注。

一进更衣室，杰克马上就躺在了长椅上，闭上眼睛，纹丝不动。

“现在需要马上给你请一个医生，咱们必须回旅馆去。”约翰朝着躺在椅子上的杰克说。

“那家伙的拳头简直太重了，”杰克说，“我这次想我可能连身子里都被他打伤了。”

“杰克，”约翰说，“我对此感到十分抱歉。”

“事情总会是那样，没什么可道歉的。”杰克说。

杰克闭着眼睛，一动不动地躺在那里。

“这两个该死的家伙，”约翰说，“这一定是他们设法安排的巧妙的双重骗局[①]。”

“摩根和斯坦菲尔特？你交的朋友，他们不错，”杰克说，“你交到的朋友简直好极了。”

躺在那里的杰克，身体上不断传来的剧烈疼痛使得他扭曲得难看的表情在脸上不断显露出来。不过现在他的眼睛倒是睁开了。

“我现在才发现，当你自己有那么多钱被牵涉到一件事情里的时候，你的思路就会在不知不觉中开始变得如此敏捷，”杰克说，“这可真是有趣。”

“你这个家伙，真是好样的。”约翰说。

“没什么的，别这样说。”杰克说，“只是你没看出来，我一向如此的。”

---

① 双重骗局是拳击界的一种黑话，是指双方在比赛前就事先讲定了胜负，而在比赛时一方却违背双方事先说好的约定。摩根和斯坦菲尔特在比赛前预先同杰克约定，让杰克打输，所以杰克把巨额赌注压在沃尔科特会打赢这场比赛上。但是后来，他们又通知沃尔科特自己犯规，这样杰克就会被判打赢，而这样杰克就会输去他那笔五万元的赌注。杰克在比赛中忍住剧烈的痛苦，不接受沃尔科特的犯规，最后他自己犯规打倒了沃尔科特，就这样杰克输掉了这场比赛，不过却赢得了两万五千元，破坏了这样的一个双重骗局。

简单的调查

现在已是3月下旬。明晃晃的太阳高高挂在屋外天空中，在小屋外面堆着几处大大的雪堆，雪堆的顶部已经超过了窗户。从雪堆顶上照进屋来的明亮的阳光，穿过小屋的窗户，直接照到挂在小屋里的地图上面，挂在小屋的松木板墙上的地图。在小屋外，沿着小屋的空旷的一边有一条挖好的战壕，只要一到晴天，太阳透过小屋的窗户照射在小屋的墙上，战壕就会被反射在雪堆上的热气拓得更宽了。少校坐在靠墙的一张桌旁，他的副官在紧挨着少校的另一张桌旁坐着。

少校脸上眼睛之外的部位都被晒黑了、晒伤了，由于他戴着雪地眼镜，这才使得雪地的阳光并没有对他双眼的部位造成同样的损伤，但是却在少校双眼周围出现了两个白圈。因为少校的脸被雪地的阳光给晒黑并且晒伤了，所以他的鼻子也因此而肿了起来，一块块脱落的表皮从少校鼻子上长过水疱的地方露了出来。少校坐在桌子旁，他边伸出左手，用指头给自己整个脸部抹着油盏里的油，边处理文件。他非常仔细地把手指在油盏的边缘沥干，等到手指上只有薄薄的一层油的时候，再用指尖非常轻柔地在自己的脸上抹着，他先把前额和两颊抹了个遍儿，然后又用指缝非常细致地抹着自己的鼻子。待抹完整张脸后，少校站了起来，他一手拿着油盏，走进他睡觉的小房子。“我现在要去睡一会儿，”他对副官说，“剩下来的这些就由你来负责办完。”在那支部队里，副官并不属于委任的军官。

“放心吧，少校大人①，我会完成任务的。”副官站起身来，朝着少校敬了个礼答道。等到少校的背影在他的小房间里消失了以后，副官打了个哈欠，重新坐下来往椅背一靠。他从自己的衣袋里掏出一本平装书来，放在面前的桌子上，接着划燃了一根火柴，将烟斗点上。打开那本书。一边抽烟，一边趴在桌上看书。没多久他就合上书本，重新将它放回自己的衣袋里。现在他必须要工作了，只能等办完正事才能看书。可是他觉得自己的案头工作实在是太多了，很可能今天一天都办不完。屋外，太阳渐渐地落到了山的背后，屋子墙上的亮光也消失了。一个士兵从屋外走进来，在燃着火的炉子里放进一些砍得长短不一的松枝。“小声点儿，皮宁，”副官跟他说，“里面的小屋里少校还在睡觉。”

皮宁是个黑脸小子，他是少校的勤务兵，皮宁仔细地往炉子里添加着松柴，又用铁钩将它们弄好，转身走出小屋，关上门，走到后屋那边去了。副官继续埋头处理桌子上那堆文件。

“托纳尼。”少校叫道。

“我在，少校大人？”

“去把皮宁叫来，我有事要找他。”

“皮宁！”副官来到小屋的门口，打开门，朝着后屋叫道。皮宁很快地来到小屋门口。“少校有事要找你。”副官说。

皮宁进门后，穿过小屋正房，径直向少校那间小屋的房门走去。皮宁在半开半掩的房间门口伸出手在门上面敲了敲。“少校大人？”

“进来吧，记得把门关上。”副官回到小屋里听见少校对他的勤务兵皮宁说。

皮宁推门走了进去，接着顺手关上了房门，站在少校的铺

① 在原文中是意大利话。

旁。在房里少校正躺在铺上。一个塞满替换衣服的帆布背包被少校临时当作枕头来使用，少校的脑袋现在正枕在那个背包上面。两只手搁在盖住身子的毯子上。站在一旁的皮宁看着少校那张晒伤了的、涂着油的长脸。

“你今年十九岁了?”少校问。

“是的，少校大人。”

“有没有谈过恋爱?”

“恋爱？什么意思，少校大人?”

“我是说你有没有跟一个姑娘谈恋爱?”

“姑娘嘛，以前有过几个呢。”

“我问的不是这个。我是问你到底有没有谈过恋爱……只是跟一个姑娘?”

“哦，有谈过，少校大人。”

“那你为什么不给她写信？你写的那些信我都看过了。你现在还爱她吗?”

“我现在依然深爱着她，虽然我没有给她写信。”皮宁说。

“你确定自己还爱她吗?”

“当然，我肯定。”

“托纳尼，”少校用同样的声调朝门口外面说，“你能听到我说的话吗?”

托纳尼的回答并没有从隔壁房里传来。

“看来他是听不见，”少校说，“你真的肯定你还爱着她，真的确定吗?”

“是的，少校大人，我肯定。”

“好吧，挺好，”少校飞快看了自己的勤务兵一眼，“看来你还没变坏?”

“我没听懂你的意思，什么是你没变坏?”

“好吧，皮宁，”少校说，“你不用这样自以为了不起。”

少校上上下下仔细地打量着皮宁那张晒黑的脸，又把他的双手看了看。站在那儿的皮宁看着地板。然后，少校一脸严肃地接着说下去：“你并非真要……”少校忽然顿住话头，不再往下说。站在那儿的皮宁依然看着地板。“其实你最大的心愿并非真正……”站在那儿的皮宁还是看着地板。少校把自己的脑袋朝枕着的背包上靠了靠，然后他笑了。看得出，现在他真正地放心了：部队里的生活同样是那么复杂。“你这小子还真不错，”少校说，“皮宁，你是个好小子。但是你要记住，千万别自以为了不起，小心别让人家来要你的命。”

皮宁还是站在铺旁一动不动。

“别害怕，我是不会碰你的，”少校把自己搁在毯子上的两手交叉起来，“如果你愿意的话，你可以回到部队里去。不过我觉得你留下来当我勤务兵还是要好些。要比前线安全些，至少没那么容易送命。”

“我知道了，少校大人，请问你还有什么吩咐呢？”

“没了，”少校说，“你走吧，有什么要办的事就去办。出去时候别关门。”

皮宁走了出去，他依照少校的吩咐没有关门，将自己埋在文件中的副官抬起了脑袋，看着从少校屋子里走出来的勤务兵。涨红着脸的皮宁，与刚才抱着柴火进屋时的动作有些不大一样。他从副官身边经过时显得有些尴尬，他穿过正房出了小屋。副官看着皮宁消失在屋外的背影，笑了。没多久皮宁又抱着一些柴火进了屋。少校依旧躺在自己小房间里的铺上，望着对面挂着的自己那顶遮着布的钢盔和雪地眼镜，上校把它们就挂在对面墙壁的钉子上。他听着皮宁走过的脚步声从地板上传来，他心里想，这个小鬼，不知道他对我说的是不是真话。

十个印第安人

那一年独立纪念日刚过了没多久，尼克同乔·加纳一家子一起坐着大篷车，从镇上赶回家来的时候已经很晚了。在路上，他们遇到了九个印第安人，这九个印第安人都喝多了。在黑夜中，乔·加纳从马车上跳下来，把一个印第安人拉了出来，拖到小树林后面之后，就回到车厢里，那人却在地上睡着了。

“为什么我们在那么短的路程中，会遇到那么多的印第安人?”乔·加纳说。

“我们遇到了哪些印第安人?”加纳太太说。

尼克跟加纳家的两个小子坐在后座上。他从后座上转过头往外看着那个印第安人被乔拖到路边。

“这个印第安人是比利·泰布肖吗?”卡尔问。

“不会是他。”

“不过他看上去怪像比利的，特别是看他的裤子。”

“几乎所有的印第安人穿的裤子差不多一模一样的。”

“我怎么什么东西都没看见呢，”弗兰克说，“我只看见爸跳到路上又回来了，我根本没看见他。我还以为他是在那边打蛇呢。”

“今天晚上肯定有不少印第安人要去打蛇呢。”乔·加纳说。

“那些印第安人哪。”加纳太太说。

他们忙着赶车，从一个主路转入了一个上山的上坡路，路面坑坑洼洼，崎岖不平，沙子和泥土遍布，为了让马更加轻松地上山，年轻的男人们就跳下马车，飞快地走着，到了山顶之后，尼克回过头看了看他们走过的路，灯火辉煌的皮托斯基显得更加动人，隔着小特拉弗斯湾，对面的斯普林斯港的灯光也是时隐时现的，回过神来，他们又坐上马车。

“那条路上布满了沙土，”乔·加纳说，“如果在这条路上铺些石子就更好了。”沿着林间那条路大篷车朝前跑着。紧靠着坐在前座的是乔和太太。在两个小伙子当中坐着的是尼克。在出了林子后，那条路进入一片空地。

“那只死臭鼬就是在这儿被爸轧死的。”

“不是这里，应该是再往前一些。”

“无论在什么地方，压死那只臭鼬不都是一样的事情吗？”乔头也不回地说，“在什么地方压死它都一样。”

“就在昨晚，我又发现两只臭鼬。”尼克说。

“哪儿？”

“就在湖那边。它们正在寻找死鱼，就沿着那条湖边。”

“你没看错吧，也有可能是浣熊吧。”卡尔说。

“我没看错，就是臭鼬。我想，臭鼬我总认得出吧。”

“你当然应当认得出，”卡尔说，“你的女朋友是个印第安人嘛。”

“别这么说话。”加纳太太说。

“哎，闻上去味都差不多呢。”

乔·加纳在听到卡尔说完后自己也忍不住哈哈大笑了。

“卡尔！我不准你那样说话，”加纳太太说，“你怎么也掺和在一旁笑。”

“尼基[①]，那么你有没有印第安女朋友啊？”乔问。

“当然没有。”

---

① 尼基是对尼克的爱称。

“他也有的，”弗兰克说，“普罗登斯·米切尔就是他的女朋友。”

“不是她。”

“我可是看见你天天都去看她呢。”

“我可没有这么做过。”尼克夹在两个小伙子中间，坐在暗处里，听他们拿普罗登斯·米切尔打趣，心里感到非常高兴。“我的女朋友不是她。”他说。

“别听他说的，我可是看见他们天天都在一块儿。”卡尔说。

“卡尔，说说你自己，你为什么就找不到女朋友，”他母亲说，“甚至连个印第安妞儿都没有。”

卡尔一下子沉默了，坐在那儿一声不吭。

“只要一碰到姑娘，卡尔就不行了。”弗兰克说。

“你给我闭嘴。”

“我觉得你这样挺不错的，卡尔，”乔·加纳说，“对男人来说女朋友可是连一点儿好处也没有，瞧瞧你爸。”

“对啊，你就一直会这么说，”这时大篷车颠了一下，加纳太太顺势紧紧地挨住了乔，“得了，你一生有过的女朋友还不多吗？”

“在爸的女朋友当中是绝不会有印第安女朋友的，我敢打赌。”

“你还是别这么想好一点儿。”乔说，“尼克，你还是留神看着普罗迪[1]好一些。”

后来，加纳太太在乔·加纳的耳边同他说了句悄悄话，乔·加纳不由得哈哈大笑。

“什么好笑的啊？”弗兰克问。

---

① 普罗迪是对普罗登斯的昵称。

“可别对他说，加纳。”加纳太太警告他说。乔又笑了。

“尼克，你尽管放心跟普罗登斯做朋友吧，”乔·加纳说，“这样，我就会娶个好姑娘。”

“这还差不多。”加纳太太说。

在黑暗中乔伸出手扬扬鞭子。马在沙地上费劲儿地拉着车。

“加油走啊，好马儿，好好拉车。到了明天你拉的车还更重呢。”

大篷车一路上不停地奔波，马不停蹄，大家都收拾好，从车上下来。加纳太太敞开大门，欢迎大家回来，一家人其乐融融地聚在一起，加纳太太提着盏灯走了出来，卡尔和尼克正在把货物卸下来，放在大篷车的后面，把货物卸下并整理好，弗兰克爬上马车，把马赶进了马棚，安置好。尼克踏上了厨房前面的阶梯，顺手推开了厨房的门，只见加纳太太正在忙着生火，干燥的木柴上淋满了柴油。她正忙着的时候，听到了门吱扭的响声，她忍不住回过头看了看。“我是来向你道别的，加纳太太，非常感谢你们能让我搭车。”尼克说。

“嘿，别这么说，尼基。”

“今天我玩得很痛快，非常感谢。”

“我们欢迎你来。”加纳太太说，“你不留下吃饭吗？”

“不用了，我必须得走了。”尼克说，“我爹在等着我呢。”

“那我就不强迫你了。你出去的时候帮我把卡尔叫来。”

“好的。”

“明天见，尼基。”

“明天见。”

尼克走出院子后，径直朝着牲口棚走去。在牲口棚里弗兰克和乔正在那儿挤奶。

“明天见，”尼克说，“感谢你们，我今天特别开心。”

“明天见，尼克，”乔·加纳大声说，“你不留下吃饭吗？”

“不了，我爹在等着我呢。对了，请你转告卡尔，他妈妈要找他。”

“我知道了，尼基。”

尼克赤着脚，在牲口棚旁边的小径往前走着，小路在草地的中间穿过，冰凉露水浸透了脚背，夜间的露水洒落在宁静的小路上，湿润的小路显得有些光滑。尼克一直走到小路的尽头，穿过篱笆、峡谷，又经过一处泽地，他的脚在沼泽地里沾满了泥水，他翻越山毛榉树林，小屋的灯光终于出现在他的眼前。他越过小院的篱笆，走到回廊前面。他透过窗户往屋里看，只见父亲在大桌上的灯光下看书，尼克走进了屋里。

“你回来了，”父亲说，“今天玩得开心吗？”

“我玩得非常痛快。今年独立纪念日真带劲儿。”

“你还没有吃东西吧，饿了吗？”

“饿坏了。”

“你怎么光着脚，你的鞋呢？”

“鞋子被我落在加纳家的大篷车上了。”

“快到厨房里来吃点儿东西。”

尼克的父亲拿着灯走到厨房里。他来到冰箱前，将冰箱盖揭开。尼克紧跟在父亲的身后径自走进厨房。这时他父亲已经端来一个盘子，一块冻鸡正装在里面，然后他又再将一壶牛奶拿了出来，等到把这些都放在了桌上以后，他才放下手里的灯。

“够了吗？”他说，“不够的话，这儿还有些馅饼。”

“够了，够了，可把我给饿坏了。”

在铺着油布的饭桌前，尼克的父亲拉出一张椅子坐下，在餐桌上灯光的照射下巨大的身影就映在厨房的墙壁上。

“今天的球赛最后是哪队赢了？”

“皮托斯基队。比分是五比三。”

他吃的时候，父亲在一边默默地看着，尼克的父亲看着他把盘子里的食物都吃完了，他的父亲又给他倒了些牛奶，尼克三下五除二就把杯里的牛奶喝光了，用纸巾把嘴巴擦擦。他的父亲又走过去，把搁板上的馅饼拿了下来，切了一大块馅饼给尼克。

“今天你都在家干了些什么？”

“早上我钓鱼去了。”

“那都钓到了些什么？”

“除了鲈鱼就没有其他的了。”

尼克大口吃着饼，他父亲坐一旁看着。

“那今天下午呢？下午你又干了些什么？”尼克问。

“下午我就在印第安人营地的附近散散步。”

“有什么人在那儿吗？”

“没有，印第安人全都在镇上，个个都喝得烂醉。”

“这么说在那儿一个印第安人你也没见到？”

“也不是，我看见你的朋友普罗迪了，她还在那儿。”

“普罗迪吗，她在哪儿？”

“她跟弗兰克·沃希伯恩在营地附近的林子里。我想他们应该在一块儿有好一阵子了。”

这一次尼克的父亲没看着他。

“他们在林子里做什么？”

“不知道，我只是从那儿路过，并没有停下来细看。”

“跟我说说吧，他们在那儿干什么？”

“我没看清楚，”他父亲说，“我只模模糊糊地看见他们好像在拼命扭动。”

“你怎么就肯定是他们？”

“因为他们被我看见了。”

“我还以为你会告诉我说你没看见他们呢。”

“是啊，我的确是看见他们了。”

“你刚才说她是跟谁在一块儿啊?”尼克问。

“弗兰克·沃希伯恩。”

“他们可……他们可……”

“你想说什么？什么他们可啊?”

“他们可……可开心?”

“应该是吧。”

尼克的父亲朝厨房外面走了出去。当他掀开厨房门口的纱门时，他不由得回头一看，尼克正呆呆地坐在那儿眼巴巴地看着桌子上的盘子。原来刚才他在哭呢。

“需要再吃些饼子吗?”他父亲拿起刀来切馅饼。

“我饱了。”尼克说。

“再吃一块，怎么样?”

“我一点儿也吃不下了。”

尼克的父亲开始忙着收拾饭桌。

“他们在树林里的什么地方?”尼克问。

“就在营地后面的林子里。”尼克看着盘子沉默了。他父亲又说，“好了，尼克，现在去睡吧，一切都会好的。”

“好的，爸爸。”

尼克回到了自己的房间，脱掉了衣服，躺在了自己的床铺上。尼克把脸蒙在枕头里躺在了床上。父亲在隔壁起居室里走来走去的脚步声传到了他的耳朵里。

“我想我的心已经碎了，”尼克想，“是的，我的心一定碎了，我这么难受，一定全都碎了。”

过了一会儿，父亲把灯吹灭了之后，就走进了自己的房间。寒风在屋外呼啸，树林沙沙作响，尼克感觉非常寒冷，就好像风透过窗户，吹到他的被子和身上。他把头埋进被子里，裹在身上，他感觉非常温暖，过了一会儿，他渐渐地忘了那个地方。终于进入了梦乡。到了后半夜，尼克醒了，他注视着天花板，房间外的小溪哗哗地响起来，风声穿过树林，传入了他的耳朵里。尼克躺在床上，感受着环境的静谧，看着天花板，感受着屋外的声响，他又睡着了。早上，尼克醒了之后，发现风越来越大，湖水越涨越高，一直漫延到湖边，他躺在床上，不想起床，他静静地待在房间里，他突然发现自己很伤心。

美国太太的金丝雀

一长排红石头房子从飞快行驶的火车窗户外一闪而过，在红石头房子里有个花园，四棵棕榈树在院子里茂密地生长着，一张桌子被放在了树荫下。大海就在另一边。在红石和泥土间有一条路堑横穿而过，而且远在下面，紧靠岩礁。这样远处的大海就只是偶尔才会跃入人们的眼帘了。

“我是在巴勒莫[①]把它买下的，它唱得可好听呢。那天早上应该是星期天，我们只有一个小时能够待在岸上的时间。当时这人要求我付美元，所以我就拿了一块半美元给了他。”美国太太说。

太热了，火车上太热了，卧铺车厢里也太热了。没有风从窗子外吹进来。火车窗户上的百叶窗被美国太太给拉了下来，这样从火车里就此再也看不见远处的大海了，连偶尔的一次也看不见了。座位的另一边是一排明亮的玻璃，过道在外面，一扇开着的窗就在对面，窗外是一片片平展展的葡萄田，灰不溜丢的树木，一条精光溜滑的路，后面则是一片玄武石的丘陵。

火车到了马赛，开始减低速度准备进站，许许多多条其他的铁轨在窗户外不断地朝前延伸，火车沿着自己的一条铁轨进了站。许多高高的烟囱冒着烟。在马赛站火车停靠了二十五分钟，美国太太下车在站台买了半瓶埃维矿泉水和一份《每日邮报》。然后她紧挨着火车踏级那一面，沿着车站的站台走了一小段路，

① 巴勒莫位于西西里岛西北部，是意大利西西里首府。

美国太太耳朵不是很好使，她生怕自己听不见发出的开车的信号。记得在戛纳[①]的时候，当时火车在那个站台只停靠了十二分钟，火车在出发时并没有发出开车信号，美国太太好不容易才及时赶上了火车。

二十五分钟后，火车离开了马赛站，慢慢地工厂和调车场上的烟在火车的周边扩散，回头望去，夕阳西下，海面洒着余晖，以及背靠石头丘陵的海港和马赛城都已慢慢地留在后面。天色渐晚，列车外的闪过一家着火的农舍，在天色快要黑的时候，田野边一所着火的农舍从火车的车窗外闪过。着火的农舍的路边停着一排汽车，许多从农舍里搬出来的被褥衣物摊在农舍附近的田野上。在着火的农舍周围有许多人在围观，许多人都围在着火的房子的周围观看。当火车到了阿维尼翁[②]的时候，天色已经完全黑了下来。旅客们匆忙地在站台周围上上下下。那些准备回巴黎的法国人正在买当天的法国报纸。站台上出现了很多黑人士兵。他们穿着棕色的军装，黑黑的脸庞，个子高大，让人无法直视，他们在电灯光下笔直地站着，脸上被灯光照得闪亮，有个矮小的白人中士跟他们在一起。当火车离开阿维尼翁站的时候，他们还站在那儿。

乘务员来到卧铺车厢里，把车厢里的三张床铺从壁间拉下来，铺开后让旅客们准备睡觉。晚上，美国太太躺在不住地轻微晃动着的床上，睡不着觉。她在担心，她担心得睡不着觉。因为她知道自己乘坐的这趟火车是快车，火车开得很快，美国太太就怕夜里的车速快。美国太太的床正好靠着一扇窗，她的金丝雀——她从巴勒莫买的，现在正挂在去洗手间的过道上的通风处，一块布盖在鸟笼子上。一盏蓝灯在车厢外亮着，火车整个通宵都开得

---

① 戛纳是位于法国东南部的港市，是法国的旅游胜地。

② 阿维尼翁是法国南部沃克吕兹省的首府。

飞快，美国太太没有睡，她一直醒着，等着撞车。

到了上午的时候，火车开进了巴黎，到了早上的时候，火车终于快开进巴黎了，美国太太从洗手间里出来，她将鸟笼上的布拿了下来，把笼子挂到了能够照到阳光的地方，就去吃早餐，虽然她一夜未眠，但是她的脸色非常不错，看了一下，就知道她是个年近半百的美国妇女。她吃完早餐回到卧铺车厢，乘务员已经把床推回了壁间，重新弄成了座位。明亮的阳光透过窗户照进车厢，照到了装着金丝雀的鸟笼子里，金丝雀在阳光里抖动着自己美丽的羽毛，火车离巴黎越来越近了。

“看啊，它喜欢温暖的太阳，”美国太太说，“它就要准备了，快要唱歌了。”

金丝雀在阳光里抖动着翅膀，不断地偏着小脑袋啄自己身上的羽毛。“我最喜欢小鸟了，它们总是那么可爱，”美国太太说，“我的小女儿也非常喜欢它们，我准备把它带给她。啊，瞧啊……它开始唱了。”

金丝雀站在笼子里的横杆上“叽叽喳喳”地开唱了，喉间的羽毛在它高声鸣叫时竖了起来，在敞开喉咙叫了一阵后，它又凑下嘴去啄自己的羽毛了。火车开过一片精心护养的森林，开过一条清澈见底的小河。当车从许多巴黎郊外的城镇边开过的时候，迎面能够看见在城镇房屋的墙上挂着潘诺、贝佳妮和杜博涅等名酒的大幅广告画。在镇上不时有电车来回开动，火车开过这一切时看上去似乎应该是在早餐前。因为那个美国太太有好几分钟都没有同我的妻子说话。

“他也是美国人吧？”那位太太问，“我是说你的丈夫。”

“当然，我们俩都是美国人。”我妻子说。

“是吗？在这之前，我可是一直以为你们是英国人呢！”

“啊，看来你猜错了，不是吗？”

“我想这可能是由于我在自己的裤子上用背带[①]的缘故。”我说。我本来是想开口说吊带的，但是后来我想，我应该保持我的英国特色，所以才改了口说成背带。美国太太听力真是差极了，她似乎完全听不见，在平时，她总是通过观察别人嘴唇的动作来辨别他们所说的话的意义，我当时在说话的时候是一直望着窗外的，并没有朝她看。所以她就看不见我的嘴唇在动，当然也就不知道我是在和她讲话了。现在她正在同我妻子说话。

“你们是美国人，那真是太好了，我很高兴。美国的男人可都是好丈夫，”美国太太说着，“不瞒你说，在沃韦[②]我女儿和一个男人相爱了。他们疯狂地爱上了对方。”她停了一下，“所以我们才不得不选择离开大陆。”她又停了一下，“当然，我得把自己的女儿带走。”

“是吗，那太遗憾了，他们现在断了吗？”我妻子问。

“没有，至少在我看来还没有，”美国太太说，“她现在对所有的事情都不闻不问。似乎对什么都失去了兴趣。她既不吃也不睡。尽管我想尽了办法，却一点儿效果也没有。但是，无论怎么样，我不能让她嫁给一个外国人啊！”她顿了一下。“因为在以前，我有个很好的朋友，有一回我们在一起聊天时，她告诉我：‘一个外国人是不能成为美国姑娘的好丈夫的。’”

“是啊，的确是这样。”我妻子说，“我也是这么认为的，的确做不了。”

美国太太对我妻子的旅行装总是赞不绝口，我妻子的衣服是在圣昂诺路一家裁缝店买的，我的妻子总是特别喜欢这家裁缝店里卖的衣服，后来在与美国太太的闲聊中才知道原来这二十年来这位美国太太也是一直在那儿买衣服的。现在这家店的店员名叫

① 英国男子常在长裤上系背带，在美国则将其称为吊带。

② 沃韦是瑞士西部的城镇，在洛桑和蒙特勒之间，日内瓦湖东岸。

泰雷兹，从前的那一个店员叫阿梅莉。这是二十多年以来这家裁缝店一直用的两个店员。裁缝倒是没有换，始终是原来的那一个。美国太太的身架尺寸一直被保存在店里，有个了解她口味、熟悉她尺寸的店员替她挑选衣服，样式简单朴素，既没有金边，也没有装饰品，也一点儿看不出这件衣服是昂贵服装。然后他们再通过包裹把衣服寄到美国给她。衣服会直接寄到她在纽约的住宅区附近的邮局，由于邮局会当场打开来看，所以关税并不算高，现在，价钱倒是比以前上涨了。不过，在外汇兑换这一方面还是相等的。现在她女儿的身架尺寸在那家裁缝店里也有了。因为她的女儿已经长大成人了，身体的尺寸不会再有什么明显变化了。

正说话的时候，火车驶入了巴黎。以前的那些防御工事都被夷为了平地，一些野草才刚刚开始发出了一点新芽，可是还没有完全长出来。许多节车厢都停在铁轨上——包括有棕色木头的卧铺车以及棕色木头的餐车，这些车厢上都写着巴黎—罗马的字样。晚上 5 点钟的时候，我们现在乘坐的那列车还要发车的话，这些停在铁轨上的车厢就全都要被运到意大利去。在铁轨上还停着许多的车皮，这些车皮都是定时在市区和郊区之间来往的，座位就安在车顶上，座位上和车顶上都是人，过去如此，现在还是如此。我们乘坐的那列火车经过了许多房屋的窗子和粉墙。我们没有早餐吃。

“做丈夫还是美国人最好，”美国太太跟我妻子说，“在我看来这个世界上唯一值得嫁的人就只有美国男人了。”当时我正往下拿行李包。

“你什么时候离开沃韦的?”我妻子问。

“嗯，让我想想，应该是在前年的秋天吧，到今年的秋天就两年了。告诉你吧，我这一次去就是专门给她把金丝雀带去的。”

“哦，那这么说来你女儿爱上的那个男人一定是个瑞士人喽?”

“嗯，是的，他们是在沃韦相遇的。他们常常散步到很远的地方。”美国太太说，“他家庭背景不错，他们家在沃韦还算得上是一个很好的家庭。据我女儿讲他现在就要当工程师了。”

“沃韦是个不错的地方，那儿我熟悉，”我妻子说，“我们的蜜月就是在那儿度过的。”

“啊，真的吗?这么说来那一定很美啦。当然，她和他结婚，我其实并没有什么意见。”

“是的，那个地方的确是非常可爱的。”我妻子说。

“你说得对极了，”美国太太说，“我也认为那儿是个可爱的地方，对了，在那儿你们住在什么地方?”

“我们吗?住在三冠饭店。”我妻子说。

“噢，三冠饭店可是一家高级的老饭店，在当地非常有名。”美国太太说。

“对啊，许多人都这么说，我们在那儿租了间很讲究的房间。特别是到了秋天，那地方真是可爱极了。”我妻子说。

“整个秋天你们都待在那儿?”

“不错。”我妻子说。

三节出事的车皮出现在火车窗户外的一截铁轨上，我们的这列火车从它们的旁边轰隆隆地开过。车顶凹了进去，车皮也都四分五裂了。

“你们瞧，”我说，“出事了，真是不幸。”

美国太太朝窗户外面瞧了瞧，正好看见最后一节出事车从窗户外经过。“啊，这事就是我整夜担心的，我常常会有一种可怕的预感，”她说，“我想一定还有别班的火车，既开得不这么快又坐着舒服。今后夜里我决不乘坐快车了。”

这时候火车开始慢慢停下来了，缓慢地开进了里昂车站，渐渐地在车站里停了下来，我把自己的行李包从窗口递下，乘务员走到窗口前帮我接住放在站台上。我们下车来到站台上，到处都显得暗沉沉的，美国太太就找了一个科克斯旅行社[①]的人员，那人告诉美国太太说："请你等一下，太太，现在我需要查一下你的姓名。"

我们的一只箱子被乘务员提着，放在我们在站台上的那堆行李上。科克斯旅行社的人找到美国太太的姓名，就在一沓打字纸中的一页上，然后他又把那沓纸放回自己的口袋里了。美国太太跟我妻子告了别，她也跟我告了别。

我们走到火车旁的一长溜儿水泥站台上，提着箱子的乘务员就在我们的前面走着。有扇门在站台尽头，一个人把我们的车票收了。

回到巴黎后我们就去办理了分居手续。

① 科克斯旅行社全称为托马斯科克斯旅行社，是世界著名旅行社。

阿尔卑斯山牧歌

虽然现在还只是春天，但是，太阳照在我们身上却让人感到十分的热。我们到了山谷，山谷里依旧很热，我想就算是一清早就下山，走进山谷也肯定很热。我们随身带着的滑雪屐上的积雪都被太阳给融化了，就连木头也被太阳晒干了。我们随身带着帆布背包和滑雪屐，沿着大路来到加耳都尔。当我们从一座教堂的墓地经过时，一场葬礼刚刚在那儿举行过。一个神父从位于教堂的墓地出来，经过我们身旁的时候，我对神父说“感谢主”，神父对我哈一哈腰。

“让我觉得奇怪的是，神父为什么老是不跟人说话。”约翰说。

“哦，你一定以为他也会回答说‘感谢主’吧。”

“是啊，可事实上他们却从来都不会搭腔。”约翰说。

在靠近教堂墓地的路上我们停了下来，站在路边看着教堂司事在那儿一下一下地铲着新土。在墓穴旁边，站着一个长着一脸黑黑的络腮胡子，脚上蹬着一双高筒皮靴的农民。每当教堂司事铲累了伸伸腰、歇一歇的时候。那个穿着高筒靴的农民就会从教堂司事的手里把铲子接过来，继续一铲一铲地把刚挖的新土重新填进墓穴——把土很均匀地泼在墓穴里的棺材上，就像是在菜园里撒肥料那样。在这个5月的早晨，在这个阳光灿烂的早晨，我简直不能想象会有什么人不幸死亡。这桩填墓穴的事，在我的眼里看来好像并不是真实的。

“你能想象得到吗？约翰，像在今天这种大好的日子里，竟然会有人不幸死亡。”我对一旁的约翰说。

“嗯，无论是在什么日子，这档子事我都不喜欢。”

“不错，”我说，“我也是这么想的。”

我们在大道上一直往前走，到了镇子上，途经许多房屋后，我们进入了一家客店。在西耳夫雷塔我们已经整整待了一个月，也在那儿整整滑了一个月的雪。能够在西耳夫雷塔滑雪虽然不错，可是，现在已经是春天了，如果我们要在春天滑雪，那只有在清晨和黄昏的时候雪才会达到一天中的鼎盛。而在剩下的其他时间里，强烈的太阳光会把整个西耳夫雷塔山的白雪融化干净。我们两人厌倦了这可恶的太阳。整座山都在太阳的照射下，你逃也逃不掉。阳光底下不能好好休息。岩石和一间茅舍投下的阴影，就是这儿唯一的休息地，茅舍在冰川的旁边依偎着，在一块巨大的岩石下。即使如此，你也不能在这个地方长久待着，时间一长，你的汗水就会凝结在你的内衬衣里，如果你要想坐到茅舍外面去，那么你就必须要戴上墨镜。在太阳底下，人会感觉到非常疲惫，原本将自己的面孔晒得黧黑这件乐事也变得一点意思也没有。这会儿能够离开雪，能够下山，来到山谷，真是不错。下山来，我感觉非常的开心。其实在春天上西耳夫雷塔山，时间显得太迟了。而且由于我们在西耳夫雷塔山待得时间太长了。我也厌烦滑雪了。直到现在，在我的嘴里还留着我们当时在山上一直喝的雪水的味道，那些雪水都是茅舍的铅皮屋顶上的雪融化后形成的。这股味道也组成了我对于这次滑雪的感受的一个部分。除了滑雪，还有其他一些事情，让我高兴。能够下山，能够置身在这种 5 月早晨的山谷里的天气中，能够离开高山上那种反常的春天天气，我也很高兴。

在客店门廊处客店老板正坐在那儿，他的座椅抵着墙壁，向后翘起。在他身旁坐着客店的厨师。

“嘿！不错，滑雪。”客店老板说。

“嘿!”我们朝客店老板打了一声招呼，把我们的帆布背包从背上拿下，把滑雪屐靠在墙根处放着。

“山上的情况怎样啦?”客店老板问道。

“不错，不错。太阳就是稍嫌多了一点儿。”

“是呀。同以前比起来今年这个时候的太阳的确是太多了。”

客店老板陪我们走到他的办公室里，将我们的邮件取出来交给我们，是一些报纸和一捆信。厨师仍旧坐在门廊处的椅子里。

“咱们来点啤酒吧，怎么样?”约翰说。

“这个主意不错。到里头去，咱们坐着喝。”

客店老板把两瓶啤酒拿来放到了我们身前的桌子上，我们一边看信一边喝着酒。

“还有啤酒吗？最好再来些。”约翰说。这回是一个姑娘给我们送酒来的。她微笑着将酒瓶放在我们的桌子上，然后替我们打开瓶盖。

“信太多了，是吗?”她说。

“的确是的，太多了。”

“那真是要祝贺你们了。”姑娘说着，把桌子上的空瓶拿了出去。

“在山上喝了这么久的雪水，啤酒是啥味道我都已经给忘记了。”

“我可时刻惦记着这玩意儿，没有忘记，”约翰说，“在山上的那段时间里，我总是非常想喝啤酒。”

“嗯，”我说，“现在我们不是正喝着嘛。”

“嘿，伙计，你发现没有，我觉得任何事情，对于一个人来说都绝不能够干太长的时间。”

“你说得不错，在山上我们这一次待得时间太长了，以致我都对滑雪开始感到有点儿厌烦了。”

“是啊，太长了，真的是他妈的太长了。”约翰说，“在长时间里总是干着同一样的事，对任何一个人来说都是没有好处的。”

穿过敞开的窗户太阳光照了进来，透过放在桌子上的啤酒瓶，照在桌上。还有一半的啤酒装在瓶子里面。有一些浮沫覆盖在瓶子里的啤酒上面，因为室内的气温不高，所以沫子并不是很多。不过当你往高脚杯子里倒进啤酒后，沫子就会在高脚杯里浮上来。我抬起头，从一旁敞开的窗户朝外望出去，一条白色的大道一直延伸到远处。一排排的树木挺立在道路的两旁，树木的叶子上面满是尘埃，远处，一条小溪在碧绿的田野间潺潺流过。在小溪边除了那一溜儿青翠的树木以外，那儿还造有一个磨坊，显然这个磨坊是利用水力的。我继续朝远处望去，就在磨坊的空旷的另一边，横着一根长长的木头，在木头里一把锯子不断地上下起落。我朝木头周围看了看，在旁边似乎没有人照料。田野里四只老鸦在走来走去。而就在一旁的树上一只老鸦蹲在枝丫上监视着。我收回目光，门廊外面，厨师站起身来，离开他的座椅，朝后面的厨房走去。他穿过门厅，经过一扇房门后走进后面的厨房。在我们坐着的屋子里边，从窗户照射进来的阳光透过放在桌子上的空玻璃杯，落在桌上。约翰坐在椅子上身子往前倾，头靠在双臂上。

这个时候，我透过一旁的窗户看见，在客店的外面，有两个人正朝着客店走来，他们踏上了客店门前的踏级。推开门，走进饮酒室。一个正是我们刚才在教堂墓地看见的教堂司事。另一个则是长着络腮胡子、脚蹬高筒靴的农民。他们坐在了另一边靠窗的桌子旁。客店的那个姑娘走过去，走到他们的桌边。那个农民穿着一套已经旧了的军服。在他的肘腕上有一处补丁。他坐在那儿，将自己的双手放在桌上。他好像并不朝那个姑娘看。

“怎么样了？”教堂司事朝农民问道。那个农民没有回答他，只是将自己的双手放在桌上，坐在那儿。

“你想要喝点儿什么?”

“烧酒。”农民的嘴里蹦出一个词。

“一瓶烧酒，再来点红葡萄酒，四分之一升就足够了。”教堂司事对那个姑娘说。

他们需要的酒很快被姑娘取来了，农民毫无顾忌地喝光了烧酒，之后就呆呆地看着窗外。教堂司事则一边喝着红葡萄酒，一边看着他。坐在我对面的约翰已经完全趴在桌子上睡着了。

客店老板这时候从屋子外面冲了进来，他匆匆忙忙地跑到教堂司事坐着的那张桌子那儿。那个农民没有看客店老板，仍然望着窗外。客店老板用方言对教堂司事说着什么，教堂司事也用方言回答。然后客店老板就走出了房间。农民从桌子旁边起身站了起来。他将一张折叠的一万克罗宁①的钞票从自己的皮夹子里取出，在手里把它展开来。那个姑娘已经走了上去。

“是一起算吗?”她问道。

“嗯，一起。”他说。

“等等，不用，”教堂司事说，“葡萄酒我自己来给。”

“一起算。”那个农民将钞票递到姑娘面前又说了一遍。姑娘收下农民递过来的钞票后，把手探进了她身上穿着的围裙口袋里，从里面拿出许多硬币来，将找头儿数出来给了农民。农民接过找头，转身走出门去。等农民的背影在客店门口处消失后，客店老板又从屋子外走了进来，他在教堂司事的桌旁坐下，同教堂司事谈话。他们是用方言谈话的，我一句也听不懂。不过教堂司事的脸上显出一副很有兴趣的样子，而客店老板则是一脸厌恶的神情。教堂司事留着一撮小胡子，个子并不高。他打桌旁站了起来，把身子伸出窗外，望着客店门前伸向远处的大道。

---

① 是在德国流通的货币，一克罗宁大约等于四个半马克。

“他已经走进去了”他说。

“他速度还挺快，到‘狮子’去啦？”

“显然。”

高高的个子的老头儿是客店老板。紧接着，他们聊了会儿天。后来，客店老板朝着我们这边的桌子走过来。约翰趴在桌子上睡着了。

“他给人的感觉非常疲惫。”

“大概是吧，因为他们很早就起来了。”

“你们有什么想吃的东西吗？”

“可以，你们有些什么可吃的呢？”我说。

“那姑娘会将菜单卡拿来。只要是菜单卡上有的你想吃什么都行。”

姑娘把菜单卡拿来递给了我。菜单是用墨水事先写在卡片上，然后这些已经写好菜单的卡片被嵌在了一块木板上。这时约翰醒了。

“这是菜单，你快看看。”我对刚刚睡醒的约翰说。约翰愣愣地看看菜单，看起来他还是非常疲惫。

“来，伙计，过来我们一起喝喝酒聊聊天？”我朝站在桌子旁的客店老板说道。他坐了下来。“那些农民真不是人。”客店老板说。

“我们在不久前看到那个农民在举行葬礼，就在我们进镇来的时候。”

“哦，为了他刚刚去世的妻子，举行了葬礼。”

“啊，那可真是太遗憾了。”

“那个农民不是人。他们都不是人，所有这些农民都不是。”

“你为什么会这么说？”

“你是根本不敢想象，那个农民是什么个情况，你根本就不敢想象。

“他到底是一种什么样的情况？你说来听听看。”

“好吧。真的，其实就算我说了你也简直不会相信。”客店老板对坐在另一张桌子上的教堂司事说，“弗朗兹，到这边来，咱们坐在一起。”教堂司事手里拿着他那只酒杯和小瓶酒朝我们这儿走过来。

“弗朗兹，我来给你介绍一下，”客店老板说，“威斯巴登茅舍，你知道吧。这两位先生刚从那儿下来。”教堂司事伸出手来，我们互相握了握手。

“你还想要喝点什么？”我问道。

“不用了。”弗朗兹晃晃手指头。

“嗯，那么，再来四分之一升，你觉得如何？”

“这个，当然。”教堂司事耸了耸肩。

“你听得懂方言吗？”客店老板问。

“那对我来说就是门外语。”

“有什么事吗？”约翰终于完全清醒过来。

“哦，是这样，我们进镇来的时候不是看到那个农民在填墓穴吗？我想要老板把那个农民的情况告诉我们。”

“事实上，我们听不懂他们在说些什么，”约翰说，“他们说话的语速太快了。”

“今天那个农民，是到教堂送他的妻子来入土的，”客店老板说，“大约在去年 11 月里的时候她就去世了。”

“12 月。”教堂司事纠正道。

“好吧，这又有什么关系呢？嗯，她是去年 12 月死的，他当时向村社报告过。”

“确切地说应该是 12 月 18 日。”教堂司事插嘴说。

“好吧，好吧，总之，那段时间大雪纷飞，大雪经久不化，根本没有办法把他的妻子安排入土。

“他是属于我们这个教区，”教堂司事说，“但是，他住在巴兹瑙那边。”

“哦，那么大的雪，道路全都给雪掩埋了，他根本就找不到路送她出来，他真的一点儿办法都没有？”我问道。

“那是必然的，当开始融化的时候，他才能坐着雪橇从他住的地方来。所以今天他才把她送来入土，神父看了看被盖在毯子后面他妻子的脸，不肯让她入土。后面的事情你接下去讲吧，我不是很清楚，”他对教堂司事说，“别说方言，说德国话。”

“神父觉得有些奇怪，”教堂司事说，“那个农民给村社的报告里说他的妻子是心脏病发作而死的。她没有力气爬山，有时候在教堂里也会忽然昏厥。不过都是很久以前的事。神甫当时揭开毯子，看了她的脸以后，就问奥耳兹，‘看上去你老婆一定病得很厉害吧？’

‘不清楚，’奥耳兹说，‘当我回到家的时候，她已经死了，横在床上。’

“神父并不喜欢看她。不过他还是又看了她一下。

“‘她的脸是什么情况？怎么会变成那个样子？

“‘这个我也不是很明白。’奥耳兹说。

“‘我感觉，你最好把情况弄明白些。神父一边说，一边把毯子重新盖了回去。奥耳兹站在那儿一句话也没说。神父抬起头望了望他。奥耳兹也望了望神父。‘你一定要知道吗？’

“‘是的。’神父说。”

“嘿，伙计，你听着，”客店老板说，“精彩的地方马上就要开始了。往下说吧，弗朗兹。”

“‘嗯，是这样的，’奥耳兹说，‘我向村社报告过我妻子死的事情，然后我就把她放在柴间里，搁在一块大木头上面。后来她就变得僵硬无比，再后来我要用那块大木头就把她搬下来挨着墙竖起来。她死了以后，嘴巴就一直是张开的，每一次，我在晚上提着灯笼走进柴间，要从那块大木头上去劈柴来用时，就把灯笼顺手挂在她张开的嘴上。'

"'为什么非要挂在她的嘴上？'神父问道。

"'鬼使神差，我也不清楚为什么要这样做。'奥耳兹说。

"'你做了多少次那样的事情？'

"'不知道，我没数过，反正每一次我晚上到柴间去干活儿的时候，都把灯笼挂在那儿。'

"'你爱你的妻子吗？'神父说，'你怎么能够这样做呢？你可真是个不折不扣的傻瓜。'

'我爱她，'奥耳兹说，'没有人比我更爱她了。'"

"现在你对那个农民的情况全都明白了吧？"客店老板问道，"对他妻子的情况你也都明白了吧？"

"我知道了。"

"咱们吃东西好吗？"约翰说。

"你来点菜吧！"我说，"你会相信那个农民说的话吗？"我问客店老板。

"那可不，"他说，"现在你知道我为什么说这些农民真不是人了吧？"

"那这会儿他到哪里去啦？我刚才看见他走了。"

"哦，他现在到其他地方去喝酒了，就在我的同行'狮子'那儿。"

"他并不愿意跟我一起喝酒。"教堂司事说。

"自从我知道他妻子的情况以后，他就很少和我在一起喝酒了。"客店老板说。

"嘿，伙计，"约翰说，"别说啦，吃东西了，好吗？"

"好，好，"我说，"不说了，吃东西。"

追车比赛

从匹茨堡那时起，威廉·坎贝尔就同一个杂耍班子投入追车比赛了，他一直在杂耍班子的后面跟着。在追车比赛中，赛车手之间骑着自行车比赛，他们在隔开相等的距离后相继出发。由于比赛常常只是限于短程，所以他们个个都骑得很快，如果一个赛车手骑得不快，那么另一个骑得足够快的赛车手就会逐渐把他们在出发时彼此相等的差距缩短。一个赛车手只要被自己后面的人赶上并超过，那么他就得下车离开跑道，退出比赛。如果在整场比赛中都没有被任何一个人赶上，那么当他们到达终点后距离拉得最长的那个赛车手就是优胜者。在大多数追车比赛中，如果在一场比赛中只有两个赛车手的话，那么其中一个肯定会在跑不到六英里的时候就会被另一个追上了。在堪萨斯城[①]，杂耍班子就赶上了坎贝尔。

本来坎贝尔是希望在到达太平洋沿岸前而略略领先于杂耍班子他们的。因为只要他领先到达，作为打头阵的人，那么他们就会付给他钱。但当他在堪萨斯城已睡觉的时候，杂耍班子赶上了他。那天，他正睡得正香时，杂耍班子的经理走进他的房里。经理走后，他索性赖在床上不起来了。他一点儿也不喜欢堪萨斯城。堪萨斯城太冷了，没有什么事，他不忙着出去。他从被子里伸出手，到床下把一瓶酒拿了出来。杂耍班子经理特纳先生刚才不肯喝。现在他喝了几口后自己的肚子好些了。

---

① 堪萨斯城是位于美国密苏里州西北部的工商业城市，在密苏里河岸，同东边一些城市以及河西堪萨斯州的堪萨斯城合并为大堪萨斯城。

就在那一天晚上，特纳先生同坎贝尔的会见本来就有点儿怪。特纳先生敲了敲门，坎贝尔说："进来!"特纳先生推开门走进屋，看见一只敞开的手提箱，床边一张椅子上搁着一瓶酒，一张椅子上放着衣服，在床上有个人蒙着被子躺着。

"坎贝尔先生。"

"解雇我的原因难道就是因为我下了车?"坎贝尔在被窝里说。

"你看起来醉得很厉害。"特纳先生说。

"嗯，你说得不靠谱。"坎贝尔的嘴唇贴在被单上说话。

"你真是一个小糊涂。"特纳先生一边说，一边关掉整个晚上都亮着的电灯。现在已经是上午 10 点了。"你这个小糊涂，什么时候来到城里的?"

"昨天晚上进的城，"坎贝尔喜欢隔着被单说话，"你没有隔着被单说话的经验吗?"

"别开玩笑了。"

"没有开玩笑。我只是隔着被单在说话。"

"你现在的确是隔着被单说话。"

"我以后不再为你服务了，你可以走了。"坎贝尔说。

"原来你都已经知道了。"

"还有很多事我都非常清楚，"坎贝尔的声音隔着被单传了出来。很快他就拉下被单，瞧着特纳先生。"我觉得现在都懒得看你，你可以了解一下我的事吗?"

"没有。"

"那就这样好了，"坎贝尔说，"我不知道发生了什么事，就是和你开开玩笑。"他将自己的脸蒙在了被单的下面。"在被单下说话的感觉让我感觉非常棒。"他说。特纳先生是个中年人，秃脑瓜，大肚子。他现在就站在坎贝尔床边，还有好多事情要等着他做呢。“我觉得你应该先行休息一会儿，比利[1]，你当务之急应该治疗一下，”他说，“你可以安心，我会去安排这所有的一切，如果你感觉到了该治疗的时候，及时通知我。”

“我非常健康，不需要你的帮助。”坎贝尔说，“我一生都会过得非常开心，所以说，我肯定不会需要别人替我治疗。”

“你有这样的情况，大概多长时间了？”

“什么多久！”坎贝尔隔着被单说。

“你这样喝醉后出现这种情况多长时间了？”

“难道是我没有能力做好这个工作吗？”

“我问的是，你像这样喝醉了有多久了，比利。”

“我不清楚。不过，我记得那时候我的狼刚刚回来，”他用舌头舔舔被单，“在一星期以前我的狼就回来，一转眼就一个星期了。”

“真是不可思议。”

“我的宝贝狼回来了。每次我喝酒的时候，它就偷偷地跑出房间。它受不了酒精的味道。”坎贝尔用自己的舌头在被单上画圈儿。“它可爱极了。”他闭上了自己的眼睛，深深吸了一口气。

“看情况，你必须接受治疗，比利，”特纳先生说，“基利[2]的效果很好。你应该不会反对。”

“基利吗？离伦敦并不远啊[3]。”坎贝尔说。他躺在床上，一下闭上眼，又一下睁开眼，眼睛贴着被单朝着特纳先生不停地眨巴眨巴。“不错的被单，我就爱被单。”他说。他瞧着站在旁边的特纳先生。

“听我说，你肯定感觉我喝醉了。”

---

① 威廉的爱称。

② 基利在这里指的是基利疗法，专治酒精中毒与吸毒患者。

③ 坎贝尔把基利误认为地名，所以他会说离开伦敦不远。

“你确实是这样啊!”

“你肯定误会我了，我一定不会喝醉的。”

“你是喝醉了，你不仅喝醉了，你还患上了震颤性谵妄症。”

“没有，”坎贝尔把脑袋用被单裹住，“真是我的宝贝，我最爱被单。”他说。他轻轻贴着被单呼吸。“多么美丽的被单，你也爱我吧，被单？在房租里这都已经包括了。”他说，“亲爱的滑头比利，我并没有喝醉。我有一件事要跟你讲，这件事绝对让你意想不到。嘿，我现在乍看起来胡话连篇。”

“不用了。”特纳先生说。

“给你瞧瞧这个，”坎贝尔在被单下将自己睡衣的右袖拉起，然后把右前臂伸了出来。“看看这儿。”在他的前臂上，都是一些蓝色的小圈在深蓝色的小孔周围，小圈一个紧挨着一个，从他的手腕一直到肘拐，“你以前没见过吧，这可是新鲜玩意儿，”坎贝尔说，“如果我现在想要把那狼赶出屋外，就会偶尔喝一点儿，只是一点儿。”

“对于你这个病，我们有一套完整的治疗方案。”

“你错了，”坎贝尔说，“他们什么病的治疗办法都没有。”

“比利，你不能就这样自己放弃自己。”特纳一边说，一边坐在床上。

“小心我的被单。”

“你不要因为自己感觉非常痛苦，就不停地喝酒，你这样的年纪，可不能不放弃自己。”

“你是想告诉我有规定禁止我喝酒，对吗?”

“我只是觉得你应该不要放弃自己，你要与困难战斗到底。”

“这是我的宝贝被单，”他说，“告诉你吧，我不仅可以吻这被单，我还能够透过我的宝贝被单看外面。”坎贝尔用嘴唇和舌头亲了亲拉在头上的被单。

"听着，你不能老是和被单纠缠不清，赶快离开那玩意儿吧。"

坎贝尔忽然有点儿恶心了。他闭上了眼睛。随着时间的推移这股恶心会不断加剧。如果这股恶心的感觉没有用某种办法把它给压下去，而且也没有什么东西可以缓解一下它，就在这个节骨眼上，坎贝尔从床铺底下拿出了一瓶酒，建议特纳先生同他一起喝一杯。特纳先生没有接受。坎贝尔便自己从酒瓶里倒了一杯喝到肚子里面去。显然这是个临时的措施。特纳先生站在那儿眼巴巴地看着他。在这间屋子里，特纳先生现在待的时间比原定的时间可要长多了。有好多事还要等着他做。对毒品特纳先生一向深恶痛绝，尽管在平时他也常常同吸毒的人打交道，他一直都比较喜欢坎贝尔，他为威廉感到难受。他不想将他扔下，特纳先生觉得威廉去接受一下治疗应该有好处。他知道堪萨斯城的治疗条件好。可是现在他不得不走了。他从床边站起身。

"仔细听我说，"坎贝尔说，"有些事我要告诉你。为什么你会叫作'滑头比利'。那是因为你会滑。而为什么我只叫比利，那是因为我根本不会滑。比利，我不会滑。我试过很多次，每一次总是卡住。"他闭上眼睛。"比利，我不会滑，因为我被卡住了，不过这没什么关系。但是你会滑，如果你不会滑才是真要命。"

"对啊，"特纳说，"滑头比利。"

"有什么不对的地方？"坎贝尔从被单后露出眼睛瞧着他。

"你说的是这样吗？"

"不是，"坎贝尔说，"我什么也没说，你一定是搞错了吧。"

"我听见你刚才说滑。"

"没有。我怎么会谈到滑。不过，我有一个秘密告诉你。记着别离开被单。还要避开马，避开女人，还有，还有……"他停一下，“……还有就是鹰。如果你爱马的话，你就会得到马的……如果你爱鹰的话，你也会得到鹰的……”他把脑袋蒙在被单下，不再说话。

“我马上就要离开了，滑头比利。”

“如果你爱女人的话，你就会得到梅毒，”坎贝尔说，“如果你爱马……”

“你已经说过很多次了。”

“我说过什么呢？”

“马，还有鹰。”

“对。如果被单是你的爱。”坎贝尔把自己的鼻子在被单上不断摩挲着，他现在开始隔着被单呼出气。“被单怎么了？谁的被单？我刚刚只是才对被单产生一点儿爱，”他说，“不要问我被单的事。”

“比利，我还有很多事要忙，我现在立刻要出发了。”特纳先生说。

“那好吧，大家都要走。”坎贝尔说。

“我现在就要走了。”

“你先走吧。”

“你一个人没事吧，比利？”

“我一直感受不了那种快乐。”

“你现在没有什么问题吧？”

“你离开吧，我还要在这边睡一会儿，我很幸福，我会醒来的，到了中午的时候，我会起来的。”

到了中午，当特纳先生再一次来到坎贝尔屋里的时候，坎贝尔还是躺在床上，显然他还在睡。特纳先生没吵醒他，他非常清楚人生中什么事最宝贵。

今天是星期五[①]

在一家酒馆里，无数的酒桶靠着酒馆的四壁放着。一个希伯来卖酒的就在木酒柜的后面。晚上 11 点，三个罗马士兵还在酒馆里，三个罗马士兵都喝了不少的酒，他们都有点儿醉意。

罗马士兵甲：你觉得红酒的味道怎么样？

士兵乙：我不喝红酒。

士兵甲：味道不错，你最好试一试。

士兵乙：那咱们就来一巡红酒吧，乔治，怎么样？

希伯来卖酒的：你们的酒来了，这可是好酒啊。先生们，保证你们一定会满意。（他将手里的陶壶放下，他从酒桶里把酒打起来再把陶壶里面灌满）

士兵甲：你自己先喝一口吧。（他转过身去朝着罗马士兵丙，罗马士兵丙正靠在酒桶的边上）你看上去好像不舒服，怎么啦？

士兵丙：我胃里特别不舒服。

士兵乙：你刚刚不是没有沾酒吗？

士兵甲：来点儿红酒尝尝吧。

士兵丙：不用了，我只要一喝这种酒肚子就泛酸。

士兵甲：我看你是出来太久了。

士兵丙：真是不可思议。

士兵甲：乔治，这个爷儿们的胃能有什么办法治疗呢？

希伯来卖酒的：我这马上就来。

---

① 星期五耶稣被钉在十字架上。

（卖酒的替士兵丙兑好了酒，他尝了尝）

士兵丙：你是放了骆驼在里面吗？

卖酒的：老总，你别管我放了些什么，你只管把这喝下去。喝了你就准好。

士兵丙：我感觉非常不适。

士兵甲：看看你运气如何，上回我就是让乔治治好的。

卖酒的：治肚子的办法我知道，老总。看上去你状况不妙。

（士兵丙把酒一口气喝了下去）

士兵丙：我亲爱的耶稣基督啊！（他做了个鬼脸）

士兵乙：看来我们是白白担心了。

士兵甲：真是让人感觉不可思议，今天他竟然完好无损。

士兵乙：他为什么不离开那个十字架呢？

士兵甲：他不是你想象的那种人。他自己不愿意从那上面走下来呗。

士兵乙：那个家伙不愿从十字架上走下来？

士兵甲：只是见鬼，关于这你啥也不懂。还是问问乔治吧。他愿意从那上面走下来吗，乔治？我是说十字架上。

卖酒的：我当时并不知道发生了什么。

士兵乙：仔细听着，伙计们。这种人我见得多了。到时候你指给我看看，不愿意从十字架上走下来的到底都有谁，如果他不愿意下来我就爬上去陪他。

士兵甲：今天他好好地待在那儿。

士兵丙：是啊，他一点儿事都没有。

士兵乙：看来我刚才说的那些话你们这些家伙并没有听明白。我的意思是说，到那个时候，也就是他们开始动手把他钉在十字架上的那会儿，如果有人会出来阻止这一切的话，当然谁也不会出来阻止的。

士兵甲：乔治，你怎么连这些都听不明白呢？

卖酒的：我一点儿都没明白。

士兵甲：他竟然这样，我是一点儿也想不到。

士兵丙：你要知道把人钉在上面是非常残忍的，这是我非常看不惯的。

士兵乙：在开始的时候他们会把人给吊起，那时还是能够忍受的。（他张开自己的两掌做了个吊起来的手势）不过，到了后来他被重量勒紧的时候，他送命的时候到了。

士兵丙：每每到了那个时候，人就会感觉非常痛苦。

士兵甲：这样的人我见得多了，可是他竟然一点儿事都没有。

（士兵乙朝着卖酒地露出了个笑脸）

士兵乙：好家伙，你可真是个地地道道的老古板。

士兵甲：就是那样没错，继续跟他逗逗乐，开开玩笑。可是，当我在对你说话的时候，你可得好好听着。今天他竟好好地在那儿呢。

士兵乙：再来点酒怎么样？

（士兵丙坐在一旁耷拉着脑袋。卖酒的眼巴巴地望着他。士兵丙的气色看上去不好）

士兵丙：你们喝吧，我就不要了。

士兵乙：好吧，乔治，这次就只来两杯吧。

（卖酒的将一壶酒端了出来，看上去比刚才那壶要小些。他将自己的身子趴在了木酒柜上）

士兵甲：他的妞儿[①]你看见了吗？

士兵乙：当然啦，她就在我身边呢？

---

① 指的是一个改邪归正的妓女，麦大拉的马利亚。

士兵甲：她不是一般的漂亮。

士兵乙：我早就认识她了，说起来还在他认识她之前。（他看了看卖酒的，并对他眨了眨眼）

士兵甲：嗯，在城里我常常能够见到她。

士兵乙：他带给她不少运气和金钱，他经常带着不少金钱在街上走来走去。

士兵甲：唉，他运气也并不是一直都好。不过今天我看他竟好好地在那儿。

士兵乙：平时一直跟在他身旁那帮人怎么样了？

士兵甲：那些人呀，他们早就不知道跑到哪儿了。当时还在他身边的就只有几个跟随他的女人①。

士兵乙：他上了十字架，他们就吓得四处逃脱，不再愿意追随左右，胆小如鼠。

士兵甲：还是有那么几个女人倒是一直紧跟着他。

士兵乙：就是啊，她们一直紧跟着他。

士兵甲：哦，对了，我用旧矛悄悄刺进他身子的时候，你看见了吗？

士兵乙：你老是做这种事，麻烦会不停地缠绕着你。

士兵甲：我能做到最基本的事情，也是我能做到的唯一的事情，这所有的所有都是为了他，虽是这样，今天他竟然会好好的在这里。

卖酒的：我得要关门了，爷儿们。

士兵甲：现在还不算太晚，我们还想着再喝一些呢。

士兵乙：这玩意儿对你有什么用？它对你可是一点儿好处也没有。快走吧，走吧。

---

① 在耶稣被押解到刑场的整个途中，从加利利开始就有不少妇女一路跟随耶稣去照顾他。麦大拉的马利亚等人也在其中。（见《圣经·新约全书·马太福音》《马可福音》等）

士兵甲：还不算晚啊，再喝一巡。

士兵丙：（起身离开酒桶）不要再继续下去，我们快点走吧，我今天特别不舒服。

士兵甲：再喝一些，只是一点儿。

士兵乙：别喝了，快走，你这个酒鬼。乔治，明天见。我们这就走了。酒钱记在账上。

卖酒的：明天见，伙计们。（他看来有点儿担忧）现在你先付一点儿，行吗，老总？

士兵乙：真见鬼，乔治！你又不是不知道，发饷日是星期三。

卖酒的：好吧，老总。明天见，伙计们。

（三个罗马士兵从酒馆里走出门，走上了大街）

（在外面街上）

士兵乙：和他们一样，乔治也是个犹太人。

士兵甲：嗯，不过乔治是个很不错的人。

士兵乙：在你眼里今晚每一个人都是好人。

士兵丙：快走，今天晚上我感觉难受极了。咱们最好还是赶快回到营房里去。

士兵乙：一定是你自己出来太久了。

士兵丙：不是的，不是你说的那种情况，我是真的很难受。

士兵乙：一定是你自己出来太久了。在我看来实际上就是这么回事。

陈腐的故事

吃了一个橘子后，他就这样慢悠悠地在嘴里嚼着，然后慢悠悠地吐出核来。屋外，纷飞的雪花正在逐渐地变成冰冷的雨水。屋内，电炉一直开着，似乎并没有一丝热气。他从椅子上站起身，走到写字台的对面，在电炉边坐了下来。感觉真是不错啊！是啊，生活就应该是这样呢。

一个饱满的橘子被他伸出手去拿了过来。在遥远的巴黎，丹尼弗罗许在第二回合就被马斯卡特揍扁了。再远一些，在美索不达米亚，一场鹅毛大雪足足将地上堆积了二十一英尺高后，停了下来。在遥远的澳大利亚，地球的另一头，英国的板球手在整场比赛中都力保优势。其内容甚至具有十分强烈的浪漫色彩。

他看到，《论坛》被那些文学艺术的资助人发掘了出来。《论坛》不仅是一本指导读物，同时它也是一本哲理性非常深刻的读物，是得奖短篇小说，是少数爱思索的人的朋友——写《论坛》这本书的作者，在明天也会写出我们畅销的作品吗？

这些朴实、温馨的美国故事你都将欣赏到，安乐的家庭、空旷的牧场或拥挤的住房里那些真实生活的一点一滴，健康的幽默情趣会在里面的每一篇中都得以体现。

这些作品有机会我一定要看看，他心想。

他继续朝下看去。这对于我们以后的子孙后代，他们又将会怎么样的发展？他们又将会发展成什么样的人？为了能够进一步寻求我们在这世界上的生存空间，我们必须要找出一个新的方法来，这并不是一定要诉诸战争才能够办到的事，用和平方式我们也一样能够办到。

所以我们并不需要都得移居到加拿大去。

现代社会的文明难道会比旧制度的文明更低一等吗？我们头脑中最深刻的信念将会被科学扰乱吗？

在另一方面，砍伐橡胶树的“叮叮”的斧声，不断在遥远的、湿淋淋的尤卡坦丛林①里此起彼伏地响着。

关于大人物我们还会需要吗？只是需要他们有文化教养就可以？请看乔伊斯②。请看柯立芝总统③。在我们的大学生中间，他们又会立志成为什么的明星呢？请看杰克·布里顿④。亨利·范戴克博士⑤。关于这两者之间我们能够很好地调和一下吗？再看看扬斯特里布林⑥。

如果必须自己进行探测成了我们的女儿一辈子所必须掌握的生存技能的时候，那么又将会怎么样呢？南茜·霍桑就不得不用她的理智和勇敢面对每个十八岁的姑娘都会碰到的难题，亲自去探溯人生海洋的深浅。

这本小册子是那么绝妙。

你是个十八岁的姑娘吗？如果是，那么就请你看看圣女贞德⑦的故事，萧伯纳⑧的故事，贝茜罗斯⑨的故事。

---

① 尤卡坦位于中美洲北部尤卡坦半岛，在其南部是热带森林。

② 指詹姆斯·乔伊斯（1882—1941），是爱尔兰著名的小说家，他写的名著《尤利西斯》脍炙人口。

③ 柯立芝（1872—1933），美国第三十三任总统（1923—1929）。

④ 杰克·布里顿（1885—1962），美国人，三次荣获世界次重量级拳击冠军。

⑤ 亨利·范戴克（1852—1933），是美国牧师，同时也是教育家、作家，曾在普林斯顿大学任英国文学系教授。

⑥ 扬斯特里布林（1881—1965），是美国著名的小说家。

⑦ 圣女贞德（1412—1431），是法国的民族女英雄，曾领导法国民众奋起反抗英国，后来被烧死。

⑧ 萧伯纳（1856—1950），是英国著名的小说家、剧作家及社会改革家，曾写有剧本《圣女贞德》。

⑨ 贝茜罗斯（1752—1836），是在美国的传说中设计缝制第一面美国国旗的妇女。

想想在1925年的这些事例吧。有伤风化的一页在清教徒的历史上从来就没有过。波卡洪塔斯[①]也不会有两面性，她也更不会有第四围。

现代诗歌以及绘画能不能够算作艺术？可以算又可以不算，那么就看看毕加索。

流浪汉是否应该有行为准则？这些大胆想象就让你聪明的头脑来完成吧。

浪漫色彩会在本刊的每一篇中都得以毫无保留体现。《论坛》的一批作者绝对不会废话连篇，喋喋不休，也一定不会自作聪明。他们充满了机智和幽默，句句都会实实在在地说到点子上。

新的思想会让你的精神受到鼓舞，不同凡响的浪漫色彩会让你的精神受到陶醉，能够有机会过着这种充实的精神生活不正是你一直所期盼的吗？他将这本小册子放了下来。

另一方面，曼努埃尔·加尔西亚·马埃拉[②]在自己屋内，在位于在特里安纳一间阴森森的房里他意外得了肺炎，所以每天都躺在床上，肺部出现了严重的积水，他每只肺上都插着导管，即使是这样，他还是没有逃过疾病的魔爪。安达卢西亚[③]的所有报纸都出了特刊，以此来纪念他的去世，其实早在几天以前，大家就预料到他活不长了。他的彩色全身像被孩子和男人买来纪念，人们逐渐淡忘了他的形象，由于平版印刷画的出现。所有斗牛士对于他的去世，都大大松了一口气，因为他在斗牛场

① 波卡洪塔斯（1595—1617），是印第安人首领帕哈顿的女儿，传说中为了促进印第安人同英国统治者媾和，而嫁给英国人约翰·罗尔夫。

② 曼努埃尔·加尔西亚·马埃拉是西班牙著名斗牛士，参见《没有被斗败的人》。

③ 安达卢西亚位于西班牙南部地区，南临地中海、大西洋。

上常常表演出的那些惊人的动作往往是他们偶尔才表演出的绝技。他们送着他的灵柩出殡的那一天正下着雨，就在那一天有一百四十七名斗牛士冒雨送他到墓地去，他被安葬在何塞利托[①]的墓旁。葬礼后，在咖啡馆里坐满了避雨的人，马埃拉的彩色像在那一天特别好卖，人们把买来的画像仔细卷好，插在自己的兜里。

① 何塞利托（1895—1920）：西班牙著名斗牛士。

我躺下[1]

“沙沙”的声音不断从桑叶架上传来，蚕就养在那里，蚕在吃桑叶发出的声音整夜你都能够听得见。那天晚上，我听着蚕在吃桑叶发出的声音，还有蚕粪在桑叶间掉落的声音，静静地躺在房间的地板上。长期以来我一直都认为我的灵魂会出窍，只要在暗处我一闭上眼，什么都不想，那么我便会感觉到自己的灵魂就会开始出窍，走掉了再回来。自从不久前在晚上挨了炸以来，我就发觉自己开始出现这种情况了，所以从此每到晚上要睡觉的时候，我都会尽量不去想这事，因此我只是静静地躺在那儿并不想要睡觉。可是，就在我感觉到自己快要睡着的那一刻，我的灵魂就开始出窍了。我不得不花很大的功夫才将其制止住了。虽然如今我已经深信灵魂是绝对不会真的出窍的，但是在那一年的夏天，我却不是这么认为的。

每一次在我躺着睡不着的时候，我就会不由自主地想到许许多多的事情。小时候一直去钓鳟鱼的一条小河会一下子出现在我的脑子里，于是在当时我仔仔细细沿河一路钓鱼的情景就会像放电影一样，一幕一幕地出现在我眼前：无论是在河畔的每个湾口，还是在大木头底下，又或者是在清澈的浅滩和深潭，我都会一一去钓个明白。到了中午我就休息，该吃吃午饭了，有时我会坐在高坡的一棵树下吃，有时候，我会坐在小河对面的木头上吃东西，我常常慢慢地品味我的食物，一边品味一边欣赏着河流的

---

① 引自《圣经·旧约全书·诗篇》的《晨祷》，整句是：“我躺下酣睡，我睡醒起来，主都在扶持我。”

风景，由于我在出发之前，只是带上十条蚯蚓装在一个香烟罐里，所以我的鱼饵常常会被用完。每一次当我带来的蚯蚓用光以后，我就必须得再找些蚯蚓，在小河附近的由于太阳被长在山坡上的雪松遮住了，所以在河坡上有时很难挖到，坡上只有光秃秃的湿土，没有草，我常常找不到蚯蚓。不过我还是能够找到一些当鱼饵的小虫子代替鱼饵，可是有一回在沼泽地的时候我便始终都没有找到鱼饵，于是我只有把钓到的一条鳟鱼拿来切碎，用来当鱼饵。

在沼泽草地里，在那些茂盛的草丛间，在羊齿植物的叶子下面，我有时能够找到些虫子，这些虫子就被用来当鱼饵。这些虫子当中有腿如草茎的虫子，有甲虫，也有金龟子幼虫。白色金龟子幼虫躲在旧烂的木头里，长着瘦削的棕色脑袋，在钓钩上往往挂不住，一抛到河水里就会从钓钩上脱掉。还有藏在木头底下的扁虱，有时在木头底下我也能找到蚯蚓，可是有一次当我一掀开木头，蚯蚓飞快地钻到地里去了。有一回我在一根旧木头底下发现了一条蝾螈，这条蝾螈的颜色非常可爱，很小，但是轻巧而且灵活。我把它穿在钓钩上当鱼饵。蝾螈四只纤小的脚在空中不断晃动竭力想抓住钓钩，从这以后，我虽然常常会找到蝾螈，不过我却再也没有用它们当鱼饵。蟋蟀也不能用来当鱼饵，因为在钓钩上蟋蟀总是会不住地活动蹦跳。

有时一片空旷的草地会出现在小河流经的地方，在干燥的草丛里会有许多蚱蜢在蹦跳，我就会去逮蚱蜢，然后用来当鱼饵。我逮到蚱蜢后有时就会直接把它给扔到河里去，站在草地上看着蚱蜢在河水里随波逐流，它一会儿在水面上打转，一会儿又会在水里拼命地游，直到一条鳟鱼高高跃起后蚱蜢才会在河面上不见影踪。有的时候，在夜间我会想象自己一连会在四五条河上钓鱼，每到一条河，我都尽量先从这条河的源头开始钓，然后一直顺流而下，沿着河水流动的方向一路钓下去。如果有的时候钓得太快，在一条河走完了以后时间还没过完，在这条河上我就会溯流而上再重新钓一遍，先从这条小河流与大潮交汇处开始，从下游逐渐朝上游走，在途中顺便把在顺流时没钓上的鳟鱼再一一钓上。有几个晚上我也会在自己的脑子里编造出几条假想的河流来，就像是醒着做梦一般，我会想象自己在那些河流里钓过鱼，而且在我假想中有几条是非常带劲儿的。有需要徒步走上好几英里路到那儿去的，也有需要乘火车才能到那儿去的。有一段时间这些我想象中的河流跟我认得的真正的河流搅浑了。于是我就不得不给这些河流都分别取上名字，至今我还记得那几条想象中的河流。

有几天夜里，我都异常清醒，在清醒的那几日，我没有办法再去钓鱼，在那几天夜里，我为我所有的亲朋好友进行祈祷，如果在某个瞬间，你忽然又想起你人生中的某个瞬间出现过的一个人，你又会花费大量的时间再次为了他进行祈祷。你要不断地回想你人生中最先发生的事情，而我记忆中最早发生的事情是我父母结婚时的蛋糕的铁皮匣一直都吊在我出世的那个屋子顶楼的一根椽子上，还有我父亲在他小时候收集的一瓶蛇和其他动物标本，都浸泡在酒精里，放在顶楼。由于时间太长酒精蒸发掉了一部分，有些蛇和动物标本的背都露了出来，发了白——如果你能够想得像我那么远，那么你就自然而然地记得一大批人。如果你为你所能够记得的每一个人都做祈祷，为每一个记得的人都念上一句“天父”和一句“万福马利亚”，就要会让你花上相当长的一段时间，也许在你还没有为他们逐个祈祷完的时候天就已经亮了。这样到了白天，当你找到一个能睡觉的地方的时候，你就可以好好地睡上一觉，而不用再担心灵魂出窍了，因为在白天它是不会出窍的。

所以在那些无法入眠的夜晚，我总会一件事情一件事情地回想过去，先从我去打仗之前开始，尽量回想自己在以前经历过的每一件事。后来我发现自己每一次最早也就只能回想到那个顶楼，也就是我祖父住房的那个顶楼，挂着一个铁皮匣的顶楼。于是我便再从我祖父住房的那个顶楼开始依照着时间的发展一路想下去，直到想到我去参军打仗时为止。

我记得，搬出那幢住房搬到新住房去时，是在我们的祖父死了后，新住房是母亲设计建造的。在后院里我们把那些搬不走的东西全部都烧毁了，我还记得当把顶楼上那些装着各种动物标本的瓶子扔到火堆里后，瓶子由于受了热爆裂开了，里面的酒精流了出来，一遇着酒精，火焰就猛地蹿了上来。我记得在后院里只有东西，那些蛇标本都在后院的火堆里焚烧。不过后院里有没有人，我想不起来了。我连在后院里还有没有人在烧东西都不记得了。于是我就使劲儿地一直想下去，一直想到了有什么人我就开始为他们祈祷，并停止继续朝下想。

我忘记了许多我搬进新房的事情，不过我还记得我的母亲经常打扫房间，屋子里里外外被清理得很干净。有一次，我们在对新房子的地下室进行大扫除，正好赶上父亲去打猎，母亲把里面所有用不到搁置的物品全部清理干净。父亲回家的时候，火还在屋外熊熊地燃烧着，记得当时父亲跳下火车，拴好马。我就欢快地跑出去去迎接他。父亲一边把随身物品递给我，一边问我家里为什么会着火？

“我今天在地下室里大扫除呢，我把那些不用的东西都找出来烧掉了，就在那儿，亲爱的。”母亲站在门廊那儿朝着父亲说。她微笑地看着站在火堆旁的父亲。父亲仔细地盯着火堆，用脚对着火堆里的什么东西踢了一下，接着他弯下了腰，把什么东西从灰烬里捡了出来。“给我拿个火拨来，尼克。”父亲转过头来看着我说。于是我跑到地下室去，将一个火拨拿了出来递给父亲，父亲接过火拨就蹲在灰烬旁仔仔细细地朝外面扒着。不一会儿剥兽皮的石刀，做箭头的工具、石斧，还有陶器和不少箭头，都被他从灰烬里一一扒了出来。不过，这些东西现在全都已经残缺了，烧焦了。父亲把这些东西仔仔细细地从灰烬里全扒出来，在路边草地上把它们一一摊好。在一旁的草地上他把那装在皮套里的猎枪和狩猎袋也放在那儿，那是他刚才扔在那儿的，刚才他下马车时就扔在那儿了。

母亲收拾完，就转身走进了屋子，“尼克，帮我从房间里拿出一张纸，顺便把枪和袋子都放回房间。”父亲对我说。我拿着猎枪，另外还将两个狩猎袋也一起拿了，然后就朝屋子里走去。我感觉拿着枪特别吃力，所以感觉走起路都特别费劲。“你不要一股气都拿进去，要分开依次拿进去。”父亲说。于是我把拿在手里的狩猎袋放下，先把猎枪拿进了屋去，放下猎枪后我把一份已经看过的旧报纸从放在父亲诊所的那堆报纸里拿了出来，递给了在外面等着的父亲的手里。父亲接过报纸，把它摊在一旁的草地上，然后用报纸把刚才从灰烬中找出来的所有残缺和烧焦的石器都包起来。“尼克，这些箭头虽然已经破坏了，但是它们仍然是很好的箭头。”父亲说。他拿起纸包转身走进屋里，我依旧留在屋外，守着还放在草地上的两个狩猎袋。后来，狩猎袋就被我拿进屋去。当我一想到这件事时，我就只能够记得两个人，所以我就为他们俩祈祷。

可是，在有那么几天的晚上，当我想起一些人，并准备为他们祈祷时，我却忽然发现自己居然连祷告词都忘了。我躺在那儿，努力想将祷告词回想起来，可是无论我怎么使劲儿，想来想去最后只能够想到“在地上如同天上”[1] 这半句，于是我不得不

---

① 据《圣经·旧约全书·路加福音》旧译本，主训人的祷告全句为：“我们在天上的父，愿人都尊你的名为圣，愿你的国降临，愿你的旨意行在地上如同行在天上。”而现行《圣经》英译本、中译本都无此句“愿你的旨意……”。

从头再开始想，可是，我还是没法将其完全记住。我只得放弃，放弃做祈祷，承认自己的确是记不得了，然后我就会试试去想些别的事。所以在这几天的晚上，世界上一切走兽的名称就成了我尽量回想的对象，等我把自己知道的所有走兽的名字想完了我就再开始想飞禽的名字，等到飞禽想完了我就再想鱼类，再想国家的名字，再想城市的名字和各种各样的食品的名字，以及在我的脑子里所能够记得的芝加哥的那些街名。等到我将这些全都想完了，完全连一点儿都想不起来了的时候，我就躺在那儿只是听着。无论什么声音，在每一天的夜里总是都会有的，我不记得有哪一夜连一点声音都没听到。我知道只有在黑漆漆的夜晚时我的灵魂才会出窍，所以只要能够有亮光我就不会再怕睡觉了。在那一段时间里我经常犯困，几乎总是觉得累，因此好多个夜里我都会选有亮光的地方躺下，这样我才会放心地安然入睡。我知道我有好多次在毫无防备的情况下，大家都睡着了，我却强制自己保持着清醒。在那天晚上，我眼睁开着，静静地躺在地上，耳朵听着蚕吃桑叶的沙沙响声，那么安静的夜晚，我一动也不动，静静地感受着蚕吃桑叶的声音，那种声音特别清晰，我的耳朵清晰地感受到了这种感觉。

在这间屋子里，还有另外的一个人，他也躺在地板上，醒着。在我们都躺着的毯子下面都垫着稻草，可是他并不能像我那样安安静静躺着。他每过一段时间就会翻一下身，他一动稻草就窸窸窣窣地响，看来他没睡着也已经有好一会儿了，也许，他睡不着的经验还没有像我那么多。另外，那个人在屋里尽量安安静静躺着。可是，后来他又动了。于是我也动了，然后他知道我也醒着。不过桑叶架上的蚕倒没有被我们弄出的声音所惊动，它们照样吃着自己的美食。现在我们这处于离前线七公里的后方，虽然在屋外也有夜间的声响，但是跟屋里暗处的细小声响比起来却并不相同。他在芝加哥居住了整整十年。1914 年当他回家探亲时，他被当成兵，因为他会讲英语，所以他拨给我做勤务兵。我知道他也在听，于是我就又在毯子里动了动。

“中尉先生，你也醒着吗？”他问。

“是啊，我难以入睡。”

“我也是，我也难也入睡。”

“有什么事困扰着你吗？”

“我就是睡不着啊！”

“你的身体是不是特别不适呢？”

“没有。我身体没有不舒服，不知道什么原因难以入眠。”

“那我们可以谈谈吗？”我说，“正巧我也难以入眠。”

“好哇。可是，我们在这个破地方有什么可谈的吗？”

“我感觉这地方还不错啊！”我说。

“当然，”他说，“的确不错，真是没说的。”

“我们聊聊在芝加哥的事情。”我说。

“芝加哥吗？”他说，“我和你都聊过了。”

“是吗？你结婚的事情也和我说说吧。”

“哎，这件事我们说过了呀！”

“也谈过了？哦，好吧，还有你上星期一收到的信是她写给你的吗？”

“是啊。她一直都在给我写信。在那个地方她赚了很多钱。”

“是吗？那可真是不错，这样当你以后回去的时候就有个好去处了。”

“当然。她在经营这方面总是非常有办法的，这让她赚了一大笔钱呢。”

“你看，我们的谈话声会把大家吵醒吗？”我问。

“他们不会听见我们的谈话的，他们睡得太沉了。”他说，

“可是我就不同了，我感觉自己太紧张了。”

“我看咱们还是小声些好点儿，”我说，“嘿，想要来根烟吗？”

我们在暗处熟练地抽着烟。

“中尉先生，我发现你抽烟的次数越来越少了。”

“是的，我的烟瘾都快被我戒掉了。”

“是啊，吸烟有害健康，”他说，“听你这样说，我也想去戒烟了。你没听说吗？瞎子为什么不抽烟？那是因为他根本就看不见香烟冒烟。”

“你真的很幽默，我可不觉得可信啊！”

“是啊，我自己也认为这个说法一点儿也不可信。”他说，“不过，这也是我从别人那里听来的。要知道，听说的总是听说的，不是吗？”

接下来的一段时间里，我们俩都静静地躺在毯子上，默不作声，蚕吃桑叶的声音又一次在我耳朵里变得清晰起来，我躺在毯子上听着。

“真该死，你听见蚕吃桑叶的声音了吗？”他问，“它们在吃桑叶的沙沙声音你听得见吗？”

“我听得见，我感觉很不错啊！”我说。

“中尉先生，我说，你难道有什么难言之隐让你寝食难安吗？你夜里一直寝食难安，自从我成了你的勤务兵以来，我就一直没看到你睡得很舒服。”

“约翰，我不知道为什么会这样，”我说，“我觉得我的身体状况有了严重的问题。自打春天刚刚开始的时候，就感觉特别不舒服，一到夜里就会异常严重。”

“嗯，我现在也是跟你一样，”他说，“这场战争我本来就不该被卷进来的。你看，我太紧张了。”

“嗯，别担心，约翰，过段时间，你就会越来越好的。”

“我说，中尉先生，你是用什么方式来到这里的？我是说，你为什么卷入这场战争？”

“我也不是很明白，也许当时，我自己愿意吧。”

“呦？”他说，“那是什么意思？中尉先生，那并不能够成为理由啊！”

“我们的声音再小一点儿，好吗。”我说。

“中尉先生不用担心，他们睡得很沉啊，”他说，“而且，他们什么也听不明白。他们也不懂我们的语言。战争结束后，咱们就该回到自己的国家了，你想做些什么呢？”

“我也许会找一份喜欢的工作，在报馆里也不错啊！”

“你是说在芝加哥吗？”

“也不是很确定。”

“中尉先生，阿瑟布里斯班这家伙写的东西，你看过吗？每一次，我妻子总是会把这家伙写的东西剪下来寄给我。”

“当然，我看过。”

“他跟你见过面吗？”

“没有。”

“他是个优秀的作家，如果可能的话，我很想会会他，我妻子一直在继续订报纸，不过，她听不懂这个语言，所以她就把体育版和社论剪下来寄给我。”

“你的孩子们还好吗？”

“都还不错，其中一个女儿现在念四年级了，孩子们都很听话。实话告诉你吧，中尉先生，现在我之所以能够当你的勤务兵，主要还是因为我的这些孩子们。如果没有这些孩子，那么我就一直留在前线了。”

“很好啊，很庆幸你还是有孩子的。”

“是啊，我也感到很高兴。孩子都很听话，可我有了三个女儿，却没有儿子。我倒是很想要个儿子。”

“我觉得你现在最好还是想法睡一觉。”

“我一点儿睡意都没有，我最大的担心是你始终无法入眠。”

“你一点儿也不用担心我，放心好了，约翰。”

“想一想，我总是觉得有些不对劲儿，中尉先生，像你这么年轻的小伙子居然不睡觉。”

“我不是不想睡觉，只是需要时间啊，再给我一些时间。”

“是啊，人是一定要睡觉的。你在为什么事担心吧？要不然就是你有什么心事。中尉先生，一个人不睡觉是挺不住的啊！”

“没有的事情，我一点儿都没有事情，请放心。”

“中尉先生，听我说，你应当结婚。结婚之后，你会很少有烦恼。”

“真的是这样吗？我还是不太明白啊！”

“当然，你应当结婚，就像我。你又年轻，人又帅，得过几枚勋章。你还挂过两三次彩呢。你想挑谁都很容易嘛。我看，意大利姑娘就不错，又有钱，你干吗不挑个呢？”

“是吗？可是我的意大利语说得并不流畅啊！”

“不是这样啊，你已经很好了，而且你为什么一定要讲意大利话呢？结婚又不是当翻译，两者没有太大的关联。”

“是啊，我得好好想想你说的事情。”

“你现在应该认识一些姑娘吧？”

“当然，认识一些。”

“那就对了，你看在她们当中哪一个最有钱，你就娶哪一个。在这里，她们中的任何一个都可以做你的好妻子，因为她们受的教养都是不错的。”

“嗯，这事我现在倒要考虑考虑。”

“没错的，我说的没问题啊，你要好好想想。”

“好吧。”

“每一个男人都是应当结婚的。人人都是应当结婚的。就像我，不用担心，你绝不会后悔的。”

“好吧，”我说，“咱们现在还是想法子睡一会儿吧。”

“我会再试试的。你可要记住我说的话。”

“放心，我记住的。”我说，“现在，约翰，咱们想办法睡一会儿吧。”

“好的，”他说，“希望你也能睡着，中尉先生。”

紧接着，他在垫着稻草的毯子里翻来翻去的声音传出来，接着就是一阵宁静，紧接着传来了他均匀的呼吸声。接着又听见他打起呼噜来了。他的呼噜声连续着很长时间，我也不想去注意他的呼噜声，转而，我开始关注蚕吃桑叶了。蚕不停地吃着，桑叶间掉下来许多蚕粪，我听着很长时间的沙沙声。在和我的勤务兵聊过之后，有一件新鲜的事情又可以让我久久地思索了，我非常清醒地想着，静静地躺着，我想起了我这一生中遇到过的所有姑娘，试着把她们都想成我的妻子，哪个类型的妻子都对号入座，哈哈，这样的想象也是非常有趣的，反而让我忘记前段时间祈祷的事情，也忘记了钓鳟鱼的事。不知道怎么回事，我的思绪又回到钓鳟鱼的事上，我能够清楚地记得所有的河流，同时，我发现在每一条河流上都发生过许多有趣的事情。让我好好思考，在我想了想那些姑娘几次之后，我就越来越记不清楚她们的容貌了，脑子里的回忆也越来越模糊，最后竟形成一个样子。终于都越来越模糊，竟然都消失了，最后，我就不再去想她们了，把她们全部忘掉，但是，我还是依旧保持着祈祷的习惯。每天晚上，我常常会为约翰做祈祷，后来，跟他同年入伍的士兵都调离了现役，嗯，我记得应该是在 10 月攻势前。他不在我旁边我很开心，因为如果他还留在我身边的话，我就会多了很多牵绊。之后的几个月，我被送到了米兰的医院进行治疗，因为我不小心受了伤，他知道了我的状况，专门来到我所在的医院看我，不过知道我还没有结婚时，他非常失望。我想，如果他要是知道至今我都还没结婚的话，肯定会很难受的。战争结束后，他回美国去了，对结婚他还是深信不疑，他相信只要男人一结了婚就必定万事大吉了。

暴风劫

其实就连我自己都不知道到底是为了什么事，到底是为了什么值得我们拳脚相加的事，反正，我们两个，你一下我一下地一下子就打了起来。后来，我脚下一滑，没站稳，一下子就摔倒在了地上，他顺势就蹲下身来，两脚叉开坐在我胸膛上，用双手死死地扼住我的脖子，就像要把我扼死似的。他一边扼住我，一边不断把我脑袋往地板上撞，这时大家都喝得醉醺醺的，没有人会想到将他从我身上拉开。我一直试着想从自己的兜里掏出刀子来，给他一下，以便自己好脱身。后来，我终于将刀子掏了出来，将刀子打开，然后就在他的胳臂上划了一刀，他肯定是感到了疼痛，要不然他是不会放了我的。现在他想抓住我也抓不成了，因为他的胳膊被划伤了。所以他不得不就地一滚，坐在一边，用一只手紧紧握住被我划伤的那只胳膊，哭了起来，我说："你想要扼死我吗?"

我知道，我差点将他杀了。可是，我喉咙被他扼得痛极了，以致我在很长的一段时间里都不能下咽。我翻身站起来跌跌撞撞地离开了那里，当时在那里跟他是一伙儿的有不少人，在我离开那里的时候，有些人从那里跑出来追我，我在大街上拐了个弯后，就一直顺着码头朝前走去，后来我在路上遇到一个家伙，他说有个人在街上被杀了。我问他："是谁把他杀了?"他说："我不知道，我没有看见杀他的那个人，不过他现在确实是已经死了。"这时已经是晚上了，一点儿灯火也没有，街道上房屋的窗子全都碎了，树木也被风刮断了，原本靠在岸边的小船都被冲到了镇上，一切都刮掉了，街上到处都是积水。我在一个角落里找到一条小筏子，我把它拖到水里，我得去把我停在曼戈礁里面的小船找回来。还好，我今天的运气并不坏，小船除了被灌满了水以外，居然平安无事。我把小船里的积水戽掉，剩下那些无法戽掉的我再用水泵来抽。这个时候，月亮从天上的云层中显了出来，亮堂堂的，不过云倒不少，没过多久就又被云层遮住了。风暴已经没有刚才那么大了，不过仍然不小，我顺着风一路划着小船。到天亮的时候，我已经把船划出了东港。

知道吗？兄弟，那天，我竟然是首个把船驶出去的，虽然暴风雨越来越小，可还是不可小觑，大水从东港一路波涛滚滚地涌到西南礁，就像白雪一样雪白雪白的，人们都不知道哪里是海岸，我生平没有遇到过这么大的水，海滩的中间出现了一条长长的河沟，那是被大风刮出来的。海滩上斜斜地穿过一条长沟，里面的水像雪一样洁白无瑕，各种各样的物品漂浮在水面上。树木被大风刮断了，断掉的整棵树啊，无数的树枝啊，身子僵硬的死鸟啊，全都在大沟里的水面上漂浮着。在岩礁的里面，躲着各种各样的飞禽和世界上所有的鹈鹕。它们躲到岩礁的里面才避过了这一场猛烈的风暴，从而活了下来。

在西南礁那里我歇了整整一天，并没有人追上来。我是在这天第一个把船开出港口来的，我看见在水面上漂着一根桅杆，我想一定有船被大浪掀翻了，于是，我就划着我的小船动身去找。那是条三桅纵帆船，我找到这条船的时候，发现船沉在水里太深了。我看见船上露出水面的就只剩下桅杆残柱了，我在这条沉船的周围转了一圈，从船里什么也没捞出来。我知道是我先发现这条船的，我有这一切的优先权。不管我拿到手了什么东西都是应当的，所以我并没有灰心，继续寻找别的东西。在那条三桅纵帆船下沉的沙洲的周围我继续把小船开来开去，结果还是没找到什么东西，不过，我还是继续朝前开去。我朝不远处的流沙滩那儿开去，开了一大段路，可依然还是什么也没找到，离开流沙滩后我又继续朝前开。后来吕蓓卡灯塔出现在我的视线里，在那儿，在什么东西上面，有各种各样飞禽在那儿聚集，盘旋，我将小船朝前开去，我想看看那儿到底有些什么。渐渐地，随着小船的不断接近，原来在那儿聚集、盘旋的确实是一大群鸟。

我看得见一根矗出水面的东西好像船的桅杆，在我开过去以后，那些鸟受到了惊吓一下子全都飞到空中，在上面盘旋着，围着我不走。我将小船划近一看，的确是一根桅杆般的东西从清澈的水面上露出来，往水里望去，好像有个长长的黑影在水里面，黑乎乎的一团，我把小船再朝那儿开近了些，这次我看清楚了，原来躺在水底下的是一艘大客轮。就在水里，大得不得了。大客轮船尾深深朝下，整个船身侧卧着。船身两侧的舷窗全都紧闭，我看得见水底下窗玻璃在闪闪发光，现在这艘躺在那儿的船无疑是我这辈子见到过的最大的一艘船，我开着小船从它的上面漂流而过，顺着客轮我先开了一段距离，等到开过了一小段距离后我再抛下锚，然后把我原先搁在小船的前甲板上的小筏子推了出来，用力把它从小船上推下水中，就朝着大船沉下去的地方划了过去。一大群飞鸟在我的头顶上簇拥着。

我拥有一种水底观察镜，它可以用来采海带，但是，我却没有办法拿起它，由于我的手瑟瑟发抖。在那艘大船上的所有窗户都紧紧地关闭着，海水清澈见底，我看得清清楚楚，刚刚坐船驶过来的时候。可是，水底一直涌现出一片片不知名的东西，可想而知，在那个地方，一定有什么被打开了。我看见的只是一块块的碎片，说不出是什么玩意儿。许多鸟群在大船周围翻飞，不停地为这个，不停地争来争去，我从没有见过那么多的鸟，它们的叫声围绕着我。

清澈的海水，我能够清晰地看清楚水底的一切事物。我非常仔细地观察船身，船就躺在那一片洁白的沙滩上，它在水底下看着只有一英尺长。按照它现在侧身躺在沙滩上的样子看来，斜里露出水面的东西有可能是什么帆的滑车索具，或者是船的一种前桅。船头在水下并不长，当我站在船头的船名字母上面的时候，我的脑袋刚刚可以露出水面。在水下十二英尺深的地方是整个船身距离水面最近的一个舷窗。我将鱼叉杆伸过去刚好能够够到，我用鱼叉杆朝着舷窗使劲儿地撞去，想用鱼叉杆将舷窗打破，可是玻璃太结实了，无论我怎么用力，就是打不破。于是我不得不回到小船上，从小船里面将一个扳钳拿了出来，在鱼叉杆的头上把扳锚牢牢地捆上，不过，这也不行，还是无法打破舷窗。我是第一个接近这艘客轮的，可是我却进不去。无奈之下，我就只好透过水底观察镜在那儿往下观察着那艘大客轮。这艘船里面一定装有不少值钱的东西，说不定那些东西值五百万美元，或者更多呢！

这艘船里面的那么多价值连城的东西，让我的手不停地颤抖。透过水底观察镜我看得见一个壁橱在舷窗里，另外好像还有个什么东西也在里面，不过隔着水底观察镜看过去就是显得有些模糊，辨不清那到底是什么。而在这种情况下，我拿在手里的鱼叉杆又派不上什么用处，于是，我决定亲自潜到水里去看个明白。我站在筏子上，脱掉了衣服，站着，将扳钳拿在手里，深深地吸了两口气，“扑通”一下跳进水里，往水下游去。很快我就潜到了船尾那边，我觉得自己应该还能再坚持一会儿，于是我憋着一口气游到了舷窗边上，伸着脖子朝里边看去，原来还有个女人在里边，我清清楚楚地看见她在里边浮着，在水中漂浮着头发四下披散开来。我用手里的扳钳朝着舷窗上的玻璃一阵猛击，“当当”的声音不断传到我的耳边，可是就是砸不开。这时，我感到自己已经快憋不住气了，就只得浮到水面上来。

我浮出水面，死死地抓住小筏子，大口大口地吸着气，等到我缓过气来以后，我才爬进小筏子里休息，等我觉得自己恢复得差不多了以后，我又在筏子上站起来，深深地吸了两口气，再一次朝着大船的舷窗潜了过去。我游到刚才的舷窗那儿，透过玻璃，我能够很清楚地看见那在水中漂浮的女人。也许原先她的头发是紧紧扎住的，不过现在却全披散在水中了。她恰好就靠近舷窗这边，我看得见她的一只手上的戒指。我用左手的手指将舷窗边紧紧抓住，抓稳了再用拿在右手里的扳钳使劲儿地猛击玻璃。我尽力地砸玻璃，可是这玻璃却显得异常坚固，无论我怎么砸，玻璃上连一点儿裂纹也没有。后来，在我憋不住气的时候，我再一次浮出了水面。我躺在筏子上休息时心里就想，下一次不到万不得已的时候我决不轻易冒上水面换气。

我在猛吸了几口气后又一次跳下水，我使劲儿地砸了玻璃，只是砸砸，该死的玻璃还是一点儿反应也没有。后来，我不得不浮上水面来换气，我就站在那艘大船的船头上面，就站在写在船头的船名字母上，一双光脚踩在上面，正好可以将我的脑袋露出水面，这时我的鼻子正在流血，我就地歇了歇，然后朝着小筏子那边游去。我吃力地爬到筏子上，一面在筏子上等待着因为下潜太久而产生的头痛的消除，一面通过水底观察镜朝着水底里面瞧，可是当我把头低下时，我的鼻血流得更厉害了，淌了好多在水底观察镜上，我只好在水里把淌在水底观察镜上的鼻血冲洗一下。然后我将手放在自己的鼻子下止血，仰面躺在了小筏子里。我仰卧在筏子里，睁着眼睛看着头顶上的天空，只见有成百上千只海鸟在我头顶的上空四下盘旋着。

等鼻血止住后，我透过水底观察镜再朝那艘沉在水里的大船看看，我想我应该找一件比扳钳更沉的东西，于是我就将筏子划回了小船。可是，在小船上却找不到一件能够比扳钳更沉的东西，甚至连个铁钩都没有，就是用来捞海绵的那一种铁钩。我划着筏子回到沉船的地方，海水依旧是那样清澈见底，在那片白沙滩上凡是漂着的东西几乎都能清楚地看见。我在四周寻找着鲨鱼的踪迹，不过一条都没有看到。在如此清澈的海水和如此白净的沙滩上，要是有鲨鱼出现的话，你老远就能够看得到。这时，我发现有个泊船用的多爪小铁锚在小筏子上，是用来固定小木筏子的，我把锚割下了来，带着锚跳下水，一起往下沉。这锚带着我一直往下拖，很快就将我拖到了舷窗处，我伸出手去抓舷窗，没想到铁锚带着我下沉的速度太快，我什么都没抓住，于是就随着铁锚继续不断往下沉啊沉的，不断朝下滑下去，滑过了曲线形的船身。我不能再跟着铁锚朝下沉了，于是我只得放开锚，朝水面上浮去：然后我听见“砰”的一声，我就感觉到上浮的速度一下子变得非常的缓慢，最后等我终于将自己的脑袋冒出水面时，我感觉好像已过了一年的时间。没有锚的小筏子顺着潮水漂走了，我浮出水面后就向小筏子划过去，我一边游，鼻血一边不停地流到水里，还好在这片水域里没有鲨鱼，我心里想。

我躺在小筏子上休息了好一阵，我头痛欲裂，我想我是太累了。然后又把筏子朝沉船的地方划回去。现在已经是快到下午了。我又一次跳下水，带着那把扳钳。在水里，那把扳钳显得太轻了。最后我还是无功而返。除非你有一样更沉的东西，或者一把大铁锤，只要它们够沉，这样也许才能派上用场，否则就像现在这样潜下去也没什么意思。于是当我再一次从水里回到小木筏上后，我就打算不再下去了。我在小木筏上透过水底观察镜朝下面的水里看着，又把捆在鱼叉杆上的扳钳从木筏上伸到了大船的舷窗处，在舷窗玻璃上使劲儿地捶着，也许是我用力过猛，也许是扳钳在鱼叉杆没有绑紧，反正最后扳钳被捶得从鱼叉杆上震脱了，扳钳沿着船身一直朝下滑去，落在了船的尾部，弹了一下，接着一下子朝着一旁滑开，最后落到了海底的沙滩上，陷到流沙里面去了。透过木筏上的水底观察镜我清清楚楚地看着扳钳落在沙滩里并逐渐地陷了进去，这下子扳钳没了，小铁锚也丢了，我一事无成了。所以不得不将木筏划回小船。太阳已经快要沉到地平线以下了，在天空中不断盘旋着的鸟群也全都飞走，离开沉船了。我太累了，已经没有足够的力气来把小筏子拉上小船，后来我只好将小木筏拖在小船的尾部，开着小船，拖着小筏子，径直往西南礁划去，在我周围的天空中鸟群到处飞着。我太累了。

可是就在那天晚上，风暴又刮了起来，而且一连刮了整整一个星期。在风暴没有停下来之前，我是没有办法出海到沉船那儿去的。他们从城里来并且找到了我，他们告诉我说被我伤的那家伙没什么事，除了胳膊被我划一刀之外一切都是好好的，这样我就跟着他们回到城里，因为在他们当中有几个人都是我的朋友，我就把发现沉船的事情告诉给了他们。他们知道后都显得非常兴奋，发誓要跟着我一起去找，于是我就同他们订了五百美元的约定，然后我们就带着工具出发了。可是让我们没想到的是，当我们兴致勃勃地回到沉船那儿时，才发现沉船早已被炸开了，里面的东西也全都被拿空了。我们围着沉船转了好几圈，什么值钱的玩意儿都没找到。后来，我们才知道是希腊人抢先了一步，他们用炸药炸开沉船，炸开保险箱。这艘船上载着的黄金和所有值钱的东西，全都被他们拿走了。他们总共弄到手多少钱，没人知道。这艘沉船是我最先发现，可是希腊人却把船洗劫一空。最后我却一个子儿都没有得到。

那天的暴风确实非常厉害。他们说当时这船就在哈瓦那港口外，由于风暴太大了，这艘船无法进港，原本船东们是没有让船长将船开进港来的，因为那样做的风险太大了，但是船长还是想要试一试，于是，在剧烈的风暴中，这船就只好顶着风暴朝港口开来。这船在风暴中艰难地行驶着，天黑的时候，这艘正冒着风暴行驶的大船企图闯过托吐加斯和吕蓓卡之间的海峡，然而不幸的是，他们就在这时撞上了流沙。也许是因为他们连舵都没掌，也许是因为船舵早冲走了，总之他们没有察觉到这里会有流沙，在他们同流沙撞上后，船长为了将船稳住，他一定命令船员们将压舱层打开。可是因为这船撞上的不是别的东西，而是流沙，所以当他们把压舱层打开时，船尾一下子就先沉了下去，紧接着整个船舷尾端也都跟着陷了进去。当时还有四百五十名乘客和船员在这艘船上，我想当我后来发现这船时，这些不幸的乘客和船员们一定都还在船上。船身一撞上流沙，他们一定马上就把压舱层打开了，可是就在船身刚刚被稳住的时候，水面下流沙发出的强大的吸力就把船身吸了下去。船上的锅炉后来也一定爆炸了，我看见的那些漂出来的碎片儿可能就是因为锅炉爆炸产生的。可是让我感到奇怪的是，在沉船的这片水域里居然连一条鲨鱼也没有。不仅没有鲨鱼，就连一条普通的鱼我当时也没有看见。那片海水是那么清澈透明，沙滩是那么白净，如果有鱼的话，我是一定能够看见的。

可是现在，在沉船的那片水域里倒有不少鱼了，有一种石斑鱼是生活在那里的那些鱼当中最大的。在这些鱼中，最大的那一种石斑鱼有的可以达到三四百磅重。它们就生活在船里。我们一直计划着几时出海去打几条。在海湾边流沙底沉船就静静地躺在那儿。流沙把这艘船的大部分都掩盖了，在沉船处不远的地方就是吕蓓卡灯塔。现在设了个浮标在那上面。只差一百码，就只差短短的一百码，这艘船就能够幸运地闯过来了。可是这艘船最终没有闯过来，那一天雨势那么猛，在昏天黑地的风暴中，他们一点儿都看不见前面的吕蓓卡灯塔。当然，他们这种事也并不常遇到。像那天晚上的那样疾驶，大客轮的船长不习惯。他们习惯有自己的航道，后来我才知道，大客轮上安了一种可以自动导航的装置，他们叫它罗盘。当他们碰上那阵猛烈的风暴的时候，对于自己现在处在什么地方当时他们也许并不知道，不过他们还差一点儿就可以闯过去了，还差那么一点儿。可是，现在回想起来，也许他们当时丢失了舵。反正，只要他们一进了那个海湾，那么他们就不会再撞上什么东西而可以顺畅地一路开到墨西哥了。可是，就在那场昏天黑地的暴风雨中，一定是有什么东西撞上了他们的船，船长才下命令叫他们把压舱层打开的。而在那种猛烈的暴风雨中，人们是不会站在甲板上的。大家肯定都是留在舱里，因为在剧烈的风暴中，在甲板上他们全就没命了，只有待在船舱中才是最安全的。当时这船一头牢牢地栽到海里面去的时候，那些待在船舱里的人们一定是非常惊慌失措。你要知道，我是亲眼看见我那把扳钳是如何沉进流沙里的。而显然那艘大客轮的船长对这片海域并不熟悉。当船撞上流沙时，船长凭着自己的经验只知道不是遇上岩礁，可他当时绝没有想到撞上的会是流沙。不过后来，船一栽进去的时候，站在船桥上的他那时一定全看见了，他肯定一下子就明白是怎么回事了。我无法想象这船沉得多快。不知道跟他在一起的是不是还有大副。你猜他们是在船桥外面呢，还是待在船舱里执行任务？好赖人们没有找到任何一具尸体，一具也没有。在不幸发生的时候他们肯定还在里面执行任务。有救生圈的话他们可以趴在上面漂浮一大段海面呢。好了，现在那些值钱的东西全都被希腊人弄到手了。他们把整艘船搜刮得一干二净，一个子儿也没有给我留下。他们动作是那么快。先是鸟群，接着是我，然后才是希腊人，从船上得到的东西就连那群傻鸟也比我得到的要多。我却一个子儿都没有得到。

一个干净明亮的地方

在白天，繁忙的街上到处都是尘埃，等到晚上，街道渐渐安静下来后，路上的尘埃才被潮湿的露水压住。大家都陆陆续续地离开餐馆，现在时间已经不早了，在树叶挡住灯光的阴影里还有一个老人坐在那儿。这个老人是个聋子，他在那儿喜欢坐到很晚，现在已经是晚上，原本喧嚣的街道在此时已经变得十分寂静，他感觉得到眼前的这个时间跟白天不同。这个老人看上去有点儿醉了，那两个待在餐馆里的侍者一看就知道，他们非常清楚地知道，这个老人虽然是个好主顾，可是，如果他喝得太醉了，那么在他走的时候，本来没有付账的他却会坚持自己已经付过账，然后在侍者们无奈的目光中摇摇晃晃地朝餐馆外面走去。所以，那两个侍者一直在留神地看着他。

“嘿，你清楚吗，那个人前段时间想自杀。”一个侍者说。

“怎么会这样？”

“我也不明白具体的情况，怎么会这样，可能感觉非常绝望。”

“绝望？有什么事情可以让他那么绝望？”

“这我就不清楚了，不知道是什么原因。”

“你是怎么知道的呢？”

“他有花不完的金钱。”

在紧靠着餐馆大门墙边他们一起坐在摆放在那儿的桌子旁，时不时地望着平台。原本坐在平台那儿桌子边的人现在全都回去了，除了那个坐在随风轻轻飘拂的树叶的阴影里的老人外，早就已经空无一人。餐馆外面的大街上，有一个大兵和一个少女一起走过。大兵那领章的铜号码在街灯的照射下一闪一闪的。在大兵的身旁，那个没戴帽子的少女紧跟着一边匆匆地走着。

“他应该会被警卫队抓走的。”一个侍者说。

“那又会怎么样？她需要的东西早就已经被找到了。”

“我觉得，这个时间，他必须要抓紧逃跑啊。警卫队五分钟前才经过这里，他们每时每刻都有可能找他的麻烦。”

这时，那个坐在阴影里的老人，用杯子在茶托上敲了敲。那个年纪比较轻的侍者听见后就朝他那儿走去。

“你还想要些什么呢?”

老人看了看那个年纪较轻的侍者，说：“那给我些白兰地。”

“如果你还要喝的话，会喝醉的。”侍者说。老人朝侍者看了一看。侍者转身走开了。

“我感觉今天一整晚都会待在这里，”那个年轻的侍者对他的同事说，“已经很长时间，我从没有睡过觉，在3点以前，现在，我就想安静地躺在床上啊，他差不多自杀了就在上星期。”

从餐馆里的柜台上，年轻的侍者拿了另一个茶托和一瓶白兰地，然后朝着老人坐的那张桌子大步走了过去，将白兰地送到老人桌上。他将茶托放在桌子上，把白兰地往老人的空杯子里倒满了。

“你差不多自杀了在上星期。”年轻的侍者对那个聋子说。老人伸出一根手指一晃。“多给我倒一些。”他说。侍者听后，接着又给他原本满满的酒杯里加了一些，酒完全洒落下来，酒水一直顺着杯子流下来，流到了托着高脚杯的一沓茶托的第一只茶托里。“差不多，谢谢你。”老人说。侍者拿着酒瓶转身回到柜台。他又来到他的同事桌旁坐下。

“现在的情况看，他已经喝多了。”他说。

“是的，他每次喝多，都这样。”

“你知道吗？他怎么会这样？”

“我不清楚。”

“那他是用什么方式自杀的呢？”

“用绳子，他准是用绳子把自己绞死的。”

“真的吗？谁把它放下来的吗？”

“应该是他的侄女。”

“嘿，为什么要把他放下来？”

“我不清楚，应该是让他安息吧。”

“你刚才说他有很多的财富？”

“是啊，他的财富非常多。”

“他年纪看起来多大啊？我觉得他已经是七八十岁了吧。”

“我觉得也差不多。”

“我从来没有在3点钟以前睡觉过。我是希望他现在就回家去。3点钟以后，每次都是天都快亮了我才能够睡觉，那是个什么样的睡觉时间呀？”

“我感觉他不是为了睡觉而睡觉。”

“是啊，他就一个人，挺寂寞的。可是我不寂寞啊！我老婆还在床上等着我呢。”

“他也有过老婆，当然是从前。”

“是啊，还好是在以前，要是他这会儿有老婆的话，对他来说可没好处。”

“是吗？我感觉他有老婆对他会好很多。”

“他有个侄女，他的侄女会照料他。”

“他有个侄女，我知道。你刚才说过了，你说就是她把他从绳子上放下来的?”

“老人总是不能自己照顾自己，我才不会活那么久，让自己自取其辱。”

“不一定，并不是所有的老人都是那样邋里邋遢。这个老人就是干干净净的。你瞧他。虽然他这会儿已经喝醉了，可是，他现在喝起酒来并没有像一般的醉汉那样滴滴答答地往外漏。”

“我才不看他，我为什么还要看他?我只是想他能够快点儿回去。他从来不关心那些天天干活的人。”

那个喝醉酒的老人慢慢从桌子上把自己的头抬起来，他迷迷糊糊地看着饭店外面的广场，又看了看坐在不远处的桌子旁的那两个侍者。

“再加些白兰地给我。”他指着自己身前的空杯子说。那个着急的侍者朝着老人跑了过去。

“没有酒啦，”他现在顾不上什么句法地说，在对外国人或醉汉说话时蠢汉就是这么个说法，“今晚上没酒啦，卖光了，打烊啦。”

“再给我些白兰地。”那老人又说道。

“已经被买完了。”侍者一边摇摇头，一边拿着毛巾揩揩桌沿。

老人从桌子旁站了起来，慢慢地数着摆在桌子上面的一沓茶托，然后老人把一个装硬币的皮夹子从自己的口袋里摸出来，在付清了酒账后，老人又把半个比塞塔①放在桌子上作为小费。

老人出了餐馆大门后一路顺着寂静的大街朝前走去，那个侍者在餐馆里瞅着他，这个年纪很大的人已经有些醉意了，走起路来不由自主地有些摇晃，不过老人脚步虽然不是很稳，却显得很

① 比塞塔是西班牙的货币单位。

有神气。

“你说，为什么不让他在这里继续喝酒呢？现在时间还早者呢。”另一个不着急的侍者说道。这个点儿，他们拉下了百叶窗。

“这还用说吗？我这就要回家睡觉了，我可不会3点之后才睡觉。”

“时间不还是早着来吗？算个什么事啊？”

“是啊，就一个钟头，这点儿时间对他无所谓，可是我却很在乎。”

“就只是一个钟头而已。”

“嘿，我说，伙计，我怎么觉得你说话就跟那个老人一模一样。他要是还没喝够的话，可以自己买瓶酒带回家去喝嘛，我可要回家睡觉了。”

“是这样，可是情况不一样啊！”

“是不同，确实是不同。”那个有老婆的侍者对自己伙伴的话表示同意说。他只是有点儿着急回家，他并不希望自己做得不公道。

“你现在在想什么呢？不到时间就回家，你不用担心吗？”

“我有什么可担心的，我就想早点儿回家，你是在小看我吗？”

“怎么会，伙计，我只是和你闹着玩呢。”

“我为什么要怕？”那个着急的侍者一边将铁百叶窗拉下了，一边说。

将百叶窗在窗户拴上捆好后，那个着急的侍者站了起来：“我有信心。我当然有信心。”

“不错，你有信心，有青春，还有工作，”那个不着急的侍者说，“你什么都有，什么都有了。”

“你说得对，可是你什么都拥有，你没有什么呢?”

“我啊，什么都缺，除了工作。”

“可是，我却觉得我有的那些，你也都有了。”

“我没有，我年纪大了，而且缺少很多的信心。”

“好啦，咱们还是把门锁上，早点儿回家吧，不要在这儿瞎聊了。”

“我非常同情那些永远不想睡觉的人，我也非常可怜那些在夜里需要光亮的人。我和那些喜欢在餐馆待得很晚的人一样，我也是一样。”年纪大些的那个侍者说。

“行了，行了，我明白了，赶快弄好，我们回去休息。”

“伙计，虽然信心和青春对我们来说非常重要，只不过，这不仅仅是信心和青春的问题，我们是不同的，每天晚上我都很不乐意关门，是因为很多人会来饭店。”那个年纪大些的侍者说。现在这时候，我们就要回家啦。

“嘿，老兄，这里多的是开一夜的饭店。”

“这你就不明白了。我们这个饭店灯火通明，而且非常干净，是个充满欢乐的地方，每到这时候，还会有朦胧的树影。”

“好了，明天再说吧，伙计，再见啦!”那个年轻的侍者一边朝餐馆外面走去，一边对他说。

“好的，明天见。”年纪大些的侍者说。他继续一个人在那儿自言自语，这时餐馆里的电灯已经灭了。明亮，当然要很明亮，不过一个干净愉快的地方也是必需的。你喜欢听音乐。你肯定不会喜欢听音乐。你也不会在酒吧前面神气活现地站着，虽然在这个时候那里什么都有。他到底在怕什么?不，他不怕，他不是怕。那是什么?他心里慌吗?不，不是，他也不是心里发慌。他心里很明白，也很有数，所有的那些都是虚无缥缈的。是啊，全都是虚无缥缈的，所有的，就连人也一样，是虚无缥缈的。那么，人所需要的又是什么？是环境优美，清洁明亮，整洁有序。有些人虽然是每天生活在这种环境中，但是很少感受到这种感觉。但是，他自己知道，他自己知道这所有的一切都是虚无缥缈[1]的，所有的一切都是为了虚无缥缈，没有错，一切是虚无缥缈，一切是为了虚无缥缈，在虚无缥缈中的就是我们的虚无缥缈，你的名字就是虚无缥缈，虚无缥缈也就是你的王国，你将是这所有虚无缥缈中的那一个虚无缥缈，因为虚无缥缈本来就是你自己，把这个虚无缥缈给我们吧，虚无缥缈是我们的日常，我们拥有虚无缥缈，虚无缥缈是我们的，因为我们的虚无缥缈，我们是虚无缥缈的，我们随时都处在虚无缥缈中，可是，为了虚无缥缈，从虚无缥缈中把我们拯救出来吧，虚无缥缈的欢呼全是虚无缥缈，与汝同在的也是虚无缥缈。他站在一个酒吧前，面带微笑地看着站在台子后面的侍者，一架闪光的蒸汽压咖啡机就在那儿，就在那个侍者的身后。

“你要些什么？”酒吧招待问道。

“一点儿意义都没有。”

“又来了一个神经病。”酒吧招待说完之后，就将头转过一边去。

“给我点儿酒吧。”那个侍者说。

酒吧招待给他倒了一杯。

“这个酒吧不是很干净，但是灯火通明。”侍者说。

酒吧招待转过头来看了看他，但是，他没有说话，夜已经很深了，他不想谈话。

“你还需要再来一小杯吗？”酒吧招待问那个侍者。

---

① 在原文中都是西班牙语。

“不用了，谢谢你!”侍者说完后，就转身走出去了。对于酒店和酒吧他并不是很喜欢。不过，如果是一个餐馆，特别是一个干净明亮的餐馆则又不同了。现在他要回家，到自己屋里去。他什么也不再想了，他唯一要做的就是去躺在床上，然后，屋子外的天逐渐亮了，他也就要开始睡觉了。到头来，有可能又是失眠，他这样对自己说。是啊，许多的人一定都会失眠。

世上的光[1]

看见我们从外面走进门来，酒保抬起头朝我们望了望，然后不由得伸出手去用一个玻璃罩子把两盆免费菜[2]盖了起来。

“给我一杯啤酒。”我说，他往玻璃杯里倒满了满满的一杯酒，紧接着，飞快地用手把上面的泡沫清理干净，他紧紧握住杯子，久久没有放下杯子的意思。直到我拿出五分镍币放在柜台上，看到之后，他才把啤酒杯递到我的手里。

“你需要些什么呢？”他朝汤姆问道。

“我和他一样，一杯啤酒。”

酒保倒了一杯酒，同样熟练地刮掉泡沫，同样是在看见汤姆给的钱后才把啤酒推到汤姆的身前。

“今天是怎么啦？”汤姆问道。

酒保只是径自地朝我们脑袋上面看过去，并没搭理他，又冲着一个刚刚从门口进来的人说：“你想要点什么？”

“一杯黑麦酒。”那人说道。酒保将酒瓶和杯子摆出来，另外还摆了一杯水。

汤姆伸出手把玻璃罩从免费菜上面揭开。这次的免费菜是一盆腌猪腿，一把像剪子似的木头家伙在盆里搁着，有两个木叉在这个木头家伙的头上，那是用来让人叉肉的。

“不行，”酒保一边说，一边在盆上重新把玻璃罩盖上。可是木叉还在汤姆手里拿着。“把你手上的那个家伙放回去。”酒保

① 典出《新约全书·约翰福音》，耶稣说：“我在世上的时候，是世上的光。”
② 这些所谓的“免费菜”是西方酒吧在20世纪三四十年代摆出来用以招揽顾客的。

说道。

“可以了，你不要再说些什么呢?”汤姆说。

“那好吧。”于是，在酒柜下酒保将一只手伸了出来，然后一直盯着我们俩看。我拿出五毛钱放在了酒柜上，酒保才重新挺起身揭开了玻璃罩。

“你还需要什么?”他说。

“啤酒。”我说。他先将盖在两个盆上的罩子揭开后再转过身去倒酒。

“嘿，伙计，我吃的猪腿是坏掉的。”汤姆一边说着，一边把咬在嘴里的一口东西全吐在了地上。喝黑麦酒的那人付了账以后，头也不回地转身就走了。酒保没有说话。

“你们这帮阿飞才坏掉了，你们都坏掉了。”酒保说道。

“他说咱们是阿飞。”汤姆跟我说。

“咱们走吧，别闹了。”我说道。

“快滚蛋。”酒保说道。

“我们离不离开是我们的权利，你们没有权利让我们离开。”我说道。

“给我记着，我们还会再来的。”汤姆说道。

“你们一辈子都不要再来了。”酒保对他说。

“我们一定要给他们点儿颜色看看，让他获得些教训，我们不是这么软弱的。”汤姆回过头来对我说。

“走吧，汤姆。”我说道。

酒馆的外面一团漆黑。“这里是什么地方?”汤姆说道。

“我不知道，不过，我觉得咱们现在还是上车站去吧。”我说道。

我们从城镇的这一头进来，又从城镇的那一头出去。进城时天刚黑，一股鞣树皮和皮革的臭味充斥着整个城镇，此外一大堆木屑发出的味也直朝我们的鼻子里面钻。这个时候，天已经变得又黑又冷，道上水坑里的水几乎都快结冰了。

很小的车站里，非常拥挤，有五个妓女等着火车缓缓地进站，与此同时，还出现四个印第安人，六个白人。车站的火炉烟雾腾腾，接连不断发出阵阵难闻的气味。当我们进去的时候，车站里显得非常安静，票房的窗口关着，听不到一点讲话的声音。

“可以把门顺便关上吗？”有人说。

我仔细寻找这声音的源头，发现是个瘦瘦的白人，而且穿着花格子衬衫，下半身穿着被截断过的长裤。在他的脚上穿着一双伐木工人的胶皮靴套，头上光秃秃的，脸色苍白，全身都苍白无力，同行的还有几个穿着打扮一样的人。

“嘿，我说，别老是站在那儿，你到底关不关啊？”

“当然要关，马上就关。”我一边说着一边就把门关上。

“麻烦你了。”他说道。坐在旁边的一个人在嘿嘿地笑着。

“你以前喜欢和厨师开玩笑吗？”他跟我说道。

“没有。”

“是吗？那你可以试试跟这位开一下玩笑，他可非常乐意哪。”他指了指旁边的那个叫厨子的人。

厨子紧紧地闭着自己的嘴唇，看都没有看他。

“他这双手多白。他从来都不会将他的这双手泡在洗碗水里。告诉你吧，他手上抹着香油呢。”这人说道。

在一个窑姐儿那儿传来一阵阵大笑声。我看着那个放声大笑的窑姐儿，在她的身上穿着一件绸子衣服，是当时最时髦的会变色的那种。在她旁边还有另外两个窑姐儿，她们的个头儿跟她差不多高，我猜这大个儿的体重准有三百五十磅。另外两个窑姐儿的身上也都穿着会变色的绸子衣服。她们并肩坐在长凳上，头发染成金黄色。模样就跟一般窑姐儿差不多，唯一不同的就是她们个头都特大。说实话，个头这么大的窑姐儿和娘儿们我还是头一回看到。你如果不仔细地瞧她，甚至还会以为她不是真的人呢。

“就是，看看他的手。”那人把自己的脑袋朝着厨子那儿点了点。那个大个子的窑姐儿又笑了，浑身在笑声中颤动不已。

厨子回过头去看着因为大笑而浑身颤动的窑姐儿，冲着她说：“你这个女人，怎么那么胖啊！”

窑姐儿听了，笑得更厉害了，身子直打战。

“噢，我的上帝啊！”她说道，“噢，我最最亲爱的上帝啊！”她的声音听起来倒是怪甜的。

在一旁的另外那两个窑姐儿，安安静静地在旁边待着，感觉好像没有听见我们的对话。安安分分地待。她们都是个子很高的人，我感觉她们的体重已经完全超重了，跟个头最大的那一个差不了多少。不过，不同的是这两个窑姐儿都是一脸严肃地待在那里。

坐在里面等车的男人中，除了说话的那个和厨子以外，还有两个伐木工人，一个似乎打算说些什么，另一个在听着，虽然他对我们的谈话感到有趣，但是却一直红着脸，另外还有两个瑞典人和四个印第安人。其中的两个印第安人都坐在长凳较远的那一端，另一个印第安人在靠墙站着。

打算说话的那个伐木工人，靠近我的身旁悄悄地跟我说：“肯定和躺在干草堆上一个样。”

我听了不由得大笑起来，然后我把这话告诉我身旁的汤姆听。

“讲句实话，我还没有来过这样的地方，”他说道，“看看她们三个人。”厨子在这时开腔了。

“你们两个人多大年龄？”

“我们吗？他六十九，我九十六。”汤姆一本正经地说。

“哈哈哈……”那个大个儿窑姐儿又开始大笑起来，她声音听上去的确很甜。她的身上也的确在打战。和她在一起的另外几个窑姐儿依旧没有笑。

“哈，不要开玩笑了，我是非常好，才这样和你说啊！”厨子说道。

“我们一个十九，一个十七。”我说道。

“噢，我说朋友们，这到底是怎么了？”汤姆冲我说。

“好了，好了。”

“嘿，小伙子，我叫艾丽斯。”大个儿窑姐儿朝我们说道，她的身子又在打战了。

“嗯，艾丽斯就是你的名字？”汤姆问道。

“当然，”她说，“艾丽斯。是不？”她转过头来朝坐在厨子身边的那个人看了看。

“你说得不错啊，她确实就叫艾丽斯。没有一点儿错”

“这个名字难道就是你们的名字，而不是另外取得名字？”厨子说道。

“不是，这不是我真正的名字啊！”艾丽斯说道。

“哦，那么，我想问一下另外的几位姑娘的名字是什么呢？”汤姆问道。

“黑兹儿和埃塞尔。”艾丽斯指着一旁的两个姑娘说道。黑兹儿和埃塞尔脸对着我们勉强地微微一笑。看上去她们不大高兴。

“那么，姑娘你呢？你叫什么名字？”我朝一个金发娘儿们问道。

“弗朗西斯。”她说。

“弗朗西斯……什么？”

“弗朗西斯·威尔逊。你干吗要问这个？”

“你又叫什么呢？姑娘。”我朝弗朗西斯旁边的另一个金发娘儿们问道。

“为什么要告诉你！”她说。

“我感觉他只是希望和我们交交朋友，不会有什么问题？”刚才第一个说话的那人说道。

“我不愿意，我不知道有什么理由和他们交朋友，我也不愿意同他们交朋友。”另一个染着金黄色头发的娘儿们说道。

“她真是一个地地道道的小泼妇，一个典型的泼辣货。”那人说道。

这一个金发娘儿们瞧着那个叫弗朗西斯的女人，摇了摇头。

“活脱脱是个乡下人。”她说道。

在一旁的艾丽斯又禁不住张开嘴巴哈哈大笑了起来，声音听起来真甜，浑身又开始直打战。

“这很好笑吗？”厨子说，“明明没什么可笑的，可为什么你们大伙儿都笑？你们准备上哪儿去啊？你们两个小伙子。”

“你要去哪里呢？”汤姆问他道。

“我要到凯迪拉克去。我妹子就住在那儿。你们以前去过那儿吗？”厨子说道。

“事实上，他是本地的人。”坐在厨子身旁的穿着截短的长裤的那人说道。

“我们难道不能好好说话吗？我们不要这样说话了，好吗？”厨子说道。

“史蒂夫·凯切尔的故乡就是在凯迪拉克，艾达·沃盖斯特的故乡也是在那儿。”那个一直脸红的人说道。

“史蒂夫·凯切尔！”听到这个名字后，一个金发娘儿们忽然大声说道，好像这名字就是枪子儿似的把她给打中了。“他不是已经被他的亲老子开枪杀了吗？从此在世界上再也找不到史蒂夫·凯切尔这号人了。”

“不对吧，难道不是叫作史坦利·凯切尔吗?”厨子问道。

“不要说些没有用的话！对史蒂夫你又了解什么？叫什么史坦利？他才不会叫什么史坦利呢。史蒂夫·凯切尔可是我从没见过的英俊潇洒、有才华的人。他慷慨大方，他出拳的行动就像老虎凶猛和迅捷，行侠仗义，乐善好施，是有名的好人，我看天下已经找不出第二个像他这样的大好人来了。要知道，像史蒂夫·凯切尔这么纯洁、这么干净、这么漂亮的男人我在以前可是从没见过。”金发娘儿们说道。

“你认识他?”一个男人问道。

“我和他很熟吗？我和他认识吗？我爱他吗？你是要问我这些吗？我们之间可是非常熟悉呢，就同你跟那些无名小鬼那样，熟悉得不得了，我非常非常爱他，就像你对上帝的爱那样，深得不得了。要知道，他可是史蒂夫·凯切尔哪，他可是前所未有的大好人、大伟人、美男子、正人君子，可是他竟然被他那该死的亲老子一枪打死了，就像打死一条狗似的，毫不在意。”

“你一直和他一起，到沿岸去了吗?”

“那就没有了。很久以前，我才认识他。我喜欢的唯一的人就是他。”

这些事从那个头发染成金黄色的娘儿们口中说出来就好像演戏似的，在场的每一个人听了都不由自主地对她肃然起敬，可是艾丽斯却又开始打着战了。我坐在她的身边都能够感觉得到。

“真遗憾，你没有嫁给他。”厨子说道。

“我也曾一度打算嫁给他，可是他要的是他的事业不是老婆。我也不愿害他的前程。所以，我就只好打消这个念头。他可真是了不起的人哪!”那个头发染成金黄色的娘儿们依旧一脸正经地说道。

“你这样说起来，他可是非常优秀，可是后来他不是被杰克·约翰逊[1]打倒了吗？”厨子说道。

“都是因为那个黑人耍诡计。本来杰克·约翰逊这大个儿黑王八已经被他打倒在台子上了。可是那大个儿黑人后来趁裁判不注意偷打了一个冷拳。这样，那黑鬼才碰巧得胜的。”头发染成金黄色的娘儿们继续说道。

这时票房窗口打开了，三个印第安人相继走到了票房窗口前。

“当那个黑鬼被史蒂夫打倒后，史蒂夫还站着冲站台子下的我笑呢。”染金头发的娘儿们说道。

“不过你不是说你没陪着他到沿岸各地去吗？这句话我刚才好像听你说过。”有人说道。

“不错，可是我第一次出门，就是因为这场拳赛。当时史蒂夫冲着我笑，那个该死的黑狗崽子一下子就跳起身来，在他分神的时候给他一下冷拳。按常理，史蒂夫以一当百，也是小菜一碟。”

“他十分厉害，是个不折不扣的拳击大王。”伐木工人说道。

“你想的一点儿都没有错，很难再有和他一样的拳手了。他就像是一位神明，那么纯洁，那么漂亮，那么有才华，真的，出手就像一只猛虎或一道闪电那样干净利落，凶猛而迅速。”染金头发的娘儿们说道。

“我也看到过他，不过基本上都是在拳赛电影中。”汤姆说道。染金头发的娘儿们讲的那些，让我们听了以后全都非常感动。艾丽斯依旧在一旁浑身直打战，我转过头一瞧，发现她竟然在哭。这时那几个印第安人已经走到月台上了。

---

① 杰克·约翰逊（1878—1946），英国第一个重量级的黑人拳王。

“我感觉没有任何人的丈夫能够比得上他，”染金头发的娘儿们说，“之后，我们就在上帝的见证下结了婚，我从那一天起，我和他就永远在一起了，在以后的时间里我整个儿都是他的，一辈子都是他的了。人家能够占有我，我不介意，我的灵魂是他的，我的灵魂始终都是史蒂夫·凯切尔的。上帝啊，他真是个优秀的男人。”

染金头发的娘儿们所说的一切让人听了以后只是感觉到又伤心又不安，人人都觉得心里不是滋味。过了一会儿那个一直在打战的艾丽斯开口说话了，不过这次她的嗓门儿低低的：“你别再骗自己了，这辈子你根本就没和史蒂夫·凯切尔睡过，这你自己清楚。”

“这种话亏你说得出来！”染金头发的娘儿们显得十分神气。

“因为这是事实我才说这话的。”艾丽斯说道，“你知道在这里的所有人中，真正认识史蒂夫·凯切尔的就只有我一个人，这是事实。我在曼斯洛纳当地认识了他，因为我也是从那儿来的，这是事实。这件事你自己也知道，我要说过半句假话就叫天雷把我打死。”

“我说的没有一句假话，如有虚假，让我天打五雷轰。”染金头发的娘儿们说道。

“我所说的这些都是千真万确的，这个你明明很清楚，他以前跟我说过的那些话我每一句都记得十分清楚。是千真万确的，绝对不是瞎编的。”

“是这样吗？还记得对你说过什么话吗？”染金头发的娘儿们看上去有些扬扬得意地说。

艾丽斯身子不停地颤动，哭得泪人儿似的，几乎连话也说不出了。“他这样对我说：‘你真是我的小甜心，艾丽斯。’他就是这样亲口对我说的。”

“你真是个谎话连篇的人。”染金头发的娘儿们说道。

“我一点儿都没有说谎话，这是真话，我说的这绝对是真话。他那时实实在在对我这么说的。”艾丽斯说道。

“你一点儿真话都没有。”染金头发的娘儿们越发神气活现地说道。

“我绝对没有撒谎，这是千真万确的，一点儿都不假的。”

“这不是史蒂夫平素说的话。这种话他是绝不会说出来的。”染金头发的娘儿们高高兴兴地说道。

“他真的是这么说的。”艾丽斯用她那甜甜的声音说道，“信不信随便你。”她停止了哭泣，现在她的情绪总算平静下来。

“史蒂夫是不会说出这样的话的。”染金头发的娘儿们大声说。

“史蒂夫说了。”艾丽斯说着，她的脸上露出了笑容，“要知道，他跟我说这话的时候，我那时的确像他说的那样，是个人人喜欢的可爱的小宝贝，就算是现在，和你比起来我还是要强得多。你这个干得没有一滴水的旧热水袋。”

“我一点儿都没记错，你不要想用这种方式侮辱我。”染金头发的娘儿们说道。

“你记性很好。不过你记得的没有哪一件是真的。你唯一能够记得的，就是你什么时候吸上可卡因跟吗啡以及你什么时候光腚的。其他的那些事都是你自己从报上看来的。我和你就不一样了，我做人一向都很清白，我从来都不说假话，虽然我个头大，可是男人还是喜欢我。”艾丽斯依旧用她那甜得可爱的声音说道。

“我记得哪些事，需要你来管吗？反正我记得的那些事，全都是些美事、真事。”染金头发的娘儿们说道。

艾丽斯看看我们，再回头看看她，她脸上的忧愁慢慢消失了，她对着我们微笑着，我忽然发现她有着还有着一条动人的嗓子，一张漂亮的脸蛋，一身细嫩的皮肤。而且她人特别的友善，我现在才觉得没有办法用语言来形容她的好。但是，她因为个子非常高大，她的身架真的足足和三个娘儿们那样差不多大，我的天哪。汤姆看见我目不转睛地瞧着艾丽斯就朝我大声地说："嘿，伙计，别看了，咱们该走了，快呀！"

"再见，小伙子。"艾丽斯说。她的声音听起来的确非常甜。

"再见，艾丽斯。"

"你们哥儿俩打算走哪条道啊？"厨子在一旁问道。

"跟你走的反正不是一条道。"汤姆回过头来对他说道。

先生们，祝你们快乐

那个时候的差距和现在比起来可是完全不一样的，从如今已被削平的丘陵上，干燥的泥土被风吹下来，堪萨斯城就变得跟君士坦丁堡[①]差不多了。如果只是听我说起来你也许不会相信。是的，要是没有亲眼看见的话是没人会信的，包括我自己。不过，这的确是千真万确的。就在今天的下午，雪花还在不断地朝这座城市飘落，冬天的夜晚总是很早就降临了，街道两旁的商店里都早早地亮起了灯，一辆漂亮的赛车陈列在一个汽车商行的橱窗里。整个赛车的车身完全是银白色的，并且，经过了仔细的抛光，陈列在那里亮锃锃地反射着橱窗里的灯光。Dans Argent 的字样清晰地印在赛车银白色车头上的引擎盖上。我看了一下这两个字，心想这也许是银舞或跳银舞的人[②]的意思，但是让我感到有些疑惑不解的是，生产商为什么会把这样意思的两个字印在车头上，不过看来自己懂得一门外文，对此也觉得有些得意，而且看见这漂亮的赛车也很高兴。我沿街边朝前走着，雪花不断地飘落到我的身上。在圣诞节和感恩节期间沃尔夫兄弟酒馆会向前去喝酒的顾客供应免费的火鸡大菜，我刚刚从那里出来，现在正准备朝市立医院走去。医院坐落在一座高山上，在那里你可以看到全城建筑、街道还有烟尘。医生威尔科克斯和费希尔医生，是医院的两个救护队的外科大夫，现在，他们正在医院的接待室里坐

① 君士坦丁堡是土耳其的港口城市，伊士坦布尔的旧称。在奥斯曼帝国时期，曾将其作为首都，市容脏乱。

② 小说主人公把法文 Dans Argent（银制品）中的 Dans 与英文中发音相似的跳舞 dance 和跳舞的人 dancer 给相互混淆了。

着，有一个坐在一张椅子里，靠着墙，另一个则坐在桌前。

费希尔医生长着一头沙金色的头发，一对时常含着笑意的眼睛，薄薄的嘴唇和一双赌徒的手，个子瘦瘦的。威尔科克斯医生则是个黑皮肤的矮个子，在威尔科克斯医生的手里正拿着一本名叫《青年医生顾问指南》的书，书中附有索引，许多的病例在这本书里都有列举，你可以随时在这本书里查考各种病症的症状和治疗方法。在这本书里还编著有对照索引，医生凭诊断也可以从里面的对照索引很快查到相应的症状。费希尔医生以前曾一度建议，这本书在以后再版时应该再对照索引进行进一步的补进，那样的话，医生如果只是凭疗法去进行查考，也可以很快地查到病名和其表现的症状。“这样就可以更好地帮助记忆。”他说。

对这本书威尔科克斯医生很敏感，不过他又离不开这本书。书的皮面是软的，刚刚可以放入他的上衣口袋里，这是在他的一位教授的忠告下他才将这本书买了的。那位教授当时曾这么告诉他：“威尔科克斯，仔细地听我说，已经尽了一切努力在我的职权范围内阻止你获得医生资格证书，因为在我看来你现在还并不具备做医生的资格。不过现在我以人道主义的名义，奉劝已经成为这项需要专门学问的行业中的一员的你，去买一本《青年医生顾问指南》来好好看看吧，在今后的工作中它对你会非常有帮助的。学着用吧，威尔科克斯医生。”

威尔科克斯医生默默地听着教授的话，就在那一天离开教授后他就去把这本顾问指南手册给买了。

“嘿，霍勒斯。”我刚刚一走进医院的那间接待室的门口，费希尔医生就跟我打招呼。一股怪味从室内扑鼻而来，有石炭酸味，有香烟味，有碘味，还有暖气管因为热量过高而产生的味。

“嘿，大家好啊，男士们。”我说。

“市场上，今天有什么新闻啊?”费希尔医生问。虽然他说起话来有些过于夸张和阴声怪气的，不过，我却感觉有些风度翩翩。

“有免费火鸡，”我回答道，“就在沃尔夫酒馆。”

“很好啊，你品尝过了吗?”

“丰富多彩的一顿大餐。”

“一起去了吗，我们在医院里的同事?”

“没有一个不去的。”

“这次圣诞节一定其乐融融，充满欢声和笑语吧?”

“还行吧，还算是欢乐。”

“这位是威尔科克斯医生，他刚才也稍微吃过了。”费希尔医生对我说。威尔科克斯医生抬眼看了看我，再看了看费希尔。

“要来一杯吗?”威尔科克斯问。

“不行，感谢啊!”我说。

“如果我叫你霍勒斯，你会在乎吗?”费希尔医生说。

“不在乎。”

“霍勒斯老弟，刚刚我们遇到一个特别搞笑的病例。”

“确实是这样的。”威尔科克斯医生说。

“那个昨天来这儿的年轻人，你记得吗?”

“你说的是哪个人啊?”

“就是找我们做阉割手术的那个小伙子。”

“他吗?我想我认识。”那是个十六岁的小伙子，体格强壮，长着一头鬈发，嘴唇凸出。他进来的时候头上并没有戴帽，看上去显得有些害怕又有些激动，不过决心倒是大。当时他进来的那时我正好在场。

“孩子，你有什么问题吗?”威尔科克斯医生问他。

“我……我想要做手术……”那小伙子支支吾吾，“嗯，是做阉割手术。”

“这样的手术，你确定?”费希尔医生问。

“我尽了一切努力，可是一点儿也没用，我很用心做了一整夜祷告。”

“是什么情况，你说清楚啊?”

“就是那股该死的肉欲。”

“该死的肉欲？你说的又是什么意思呢?”

“就是那股肉欲，我没法抑制那股子劲儿。那股子劲儿一直在我的心里不住地朝外冒。对此我做了整整一夜祷告。”

“嗯，年轻人，不要慌乱，有什么困扰，直接可以告诉我?”费希尔医生问。

小伙子把他的烦恼告诉了他。“嗯，这样孩子，你听我说，”费希尔医生说，“每个男孩儿到了你这个年纪都会有那股子劲儿，所以，现在你有那股子劲儿是非常正常的。真的，小伙子，听我说，你非常健康，没有什么问题。”

“可是，我感觉，那种感觉非常不好，那是一种罪过，是一种玷污清白的罪过，是一种触犯救世主和上帝的罪过。那是坏事。”小伙子说。

“你错了，小伙子，”费希尔医生说，“听着，仔细地听我说，你有那股子劲儿是每一个男孩子都会有的。这事是天生的，是自然的，你长大之后，会发现你有这种能力是非常重要的事情。”

“啊呀，医生，其实你们不能明白我的心思。”小伙子说。

“听我说，孩子。”费希尔医生将一些人的基本生理知识告诉了那个一脸苦闷的小伙子。

“不。你怎么会说这些给我听呢，我是不希望听到这些的，我不会听的。”

“孩子，不要这样好不好，听听我们的劝告。”费希尔医生说。

“好了，孩子，别再胡闹了，你知道吗？在我们看来，你现在简直就是个大傻瓜，是个十足的大傻瓜。”威尔科克斯医生跟小伙子说。

“这么说，你们是不肯给我做手术了？”小伙子问。

“你并没有什么毛病，那还需要做什么手术？”

“阉割手术啊，替我做阉割手术啊！”

“孩子，给我仔细听着，”费希尔医生说，“你身体很好，根本就没什么毛病。没人会替你做阉割手术的。那些只是一个人正常的生理反应罢了，你完全不用为这件事而感到苦恼，你也别在这儿胡闹了。如果你是信教的，那我告诉你，你所抱怨的并不是你所认为的什么罪恶，那只是你完成圣礼的一条途径而已，每一个虔诚的新教徒都是通过这一途径来完成他们的圣礼的。”

“可是，医生，我没有办法控制我那种由内而外的罪恶感，我没有办法控制我的思想，那种想法，太强烈了。”小伙子说。

“咳，抓紧时间回家罢了，不要再在这里胡闹了。”威尔科克斯医生说。

“我始终不会听你们的劝告，”小伙子对威尔科克斯医生神气十足地说，“再次请求你帮帮我，行不行？”他向一边的费希尔医生说。

“不可以，我不会同意的。孩子，你很好，身体很健康，干吗非要做手术呢？”费希尔医生说。

“得了，小伙子，再胡闹就要把你给撵出去了。”威尔科克斯医生说。

“好，好，我自己会走，不要赶我走，你们。”小伙子说。

我记得那是上一天发生的事了，就在下午5点钟的时候。

“后来呢？你知道那个年轻人的情况吧？”我问。

“在今天凌晨1点钟的时候，一个用剃刀自伤的青年被送到了我们医院里来，我们接纳了，这个青年就是那个要求做阉割手术的小伙子。”费希尔医生说。

“啊，难不成，他自己完成了这个手术？”

“没有，他根本不懂得什么是真正的阉割。”费希尔医生说。

“但是，今天凌晨他被送过来的时候，情况十分危急，当时他随时都会送命的。”威尔科克斯医生说。

“怎么会那样？”

“大量失血呗。”

“今天凌晨正好是轮到威尔科克斯医生当班，我的同事威尔科克斯医生，他在他的手册里竟找不到有关的这种急救法，可真是位好大夫。”

“嘿，兄弟，很是不该说这样的话。”威尔科克斯医生说。

“我有说错吗？这种说话的方式已经是我能用的最客气的了。大夫，这个年轻人做的只是个切除呢，霍勒斯。这种说话的方式已经是我能用的最客气的了，霍勒斯可以替我做证。”费希尔医生一边看着自己的一双手，一边说，这双手曾给他找来过麻烦，那主要还是因为他本人不够尊重联邦法令，再加上他愿意替人效劳。

“得了，费希尔，不用再挖苦我。你别总是拿这事来挖苦我。”威尔科克斯医生说。

“挖苦你？大夫，你认为我会在这一天挖苦你？在我们的救世主的诞辰这一天，你认为我会挖苦你？”

“老天啊，瞧你都说了些什么？什么我们的救世主？好像应该是我的救世主吧，你难道忘了你自己是个犹太教徒吗？”威尔科克斯医生说。

“什么，我是犹太教徒？啊，是啊，我是犹太教徒。这点老是被我给忘了。多谢你好心提醒我，多谢。我从来没给予应有的重视。是啊，是你们的救世主。不错，就是你们的救世主，显而易见就是你们的救世主——圣枝主日①居然也被我挖苦。”

“看啊，这就是你的自作聪明。”威尔科克斯医生说。

“大夫，这一次你不用查书都诊断得这么准确，真的，诊断得确切极了。的确，我是太自作聪明了。一向以来我都太自作聪明。霍勒斯，记住，关于这点你一定要防止。虽然你这人在这一点上就目前看来还没多大倾向性，但是我有时还是看出有一点儿苗头。大夫，这一次你的这个诊断多准确啊——居然还没有查书。”

“该死的，费希尔，我看你还是见你的鬼去吧。”威尔科克斯医生说。

“是啊，大夫，到时候我一定会去的，这一点请你不用担心，我到时候一定会去的。我一定会去看看的，如果真有那么个鬼地方的。不过，我想我可能已经看过一眼那个地方了。嘿，别用那种眼神看着我，只不过是偷看了一眼而已，真的，只是一眼，我保证。我几乎是立刻就掉转头没有再看下去了。霍勒斯，你知道那年轻人被这位好心的大夫给带进来时，年轻人是怎么说的吗？他说，‘唉，我请求过你给我做这手术。我请求过你给我做手术了已经许多回了。’”费希尔医生说。

“圣诞节那天非常重要。”威尔科克斯医生说。

“这个节日的意义对于我们来说并不重要。”费希尔医生说。

“那是你，不是我们，对于你来说，意义一般。”威尔科克斯医生说。

---

① 圣枝主日是指在复活节前的星期日，也就是纪念耶稣在受难前进入耶路撒冷的节日。

“好吧，霍勒斯，你听到他说什么吗？现在我的弱点被这位大夫发现了，他就趁机大大利用了，大大地利用了可以说是我的致命伤。他开始这样说了，他说了，你听见了吗？”费希尔医生说。

“看啊，你又来了，你又开始自作聪明了。”威尔科克斯医生说。

海明威全集

海明威短篇小说集（中）

Ernest Hemingway Short Stories

〔美〕海明威 著

雪 茶 译 俞凌娣 主编

中国出版集团 现代出版社

大转变

“是吧，就这样办吧，就这样吧？”男人说。

“不可以，我们不可以做这样的事情。”姑娘说。

“你不愿意，你确定是这样的意思吗？”

“是啊，我就是那样认为的，你没说错。”姑娘说。

“你不愿意，确定要这样吗？”

“好了，好了，你们爱怎样想都行，我无所谓了。”姑娘说。

“哦，要是真像你说的这样倒好了，可是，实际上我却并不能要怎样就怎样。”

“是吗？可是我认为你早就这样了。”姑娘说。

夏天的傍晚，天色尚早，可是酒馆里没有其他什么人了，显然，还有对坐在桌角的男女和酒馆的酒保。那个姑娘的身上穿着一套粗花呢服装，有一头剪得短短的金发，一身皮肤光滑柔嫩显出一种健康的金棕色，男人都看着她。她非常漂亮。但是在巴黎他们看上去很不协调，因为他们俩都被阳光晒得好黑。

“我有杀了她的想法。”男人说。

“可不可以不这样啊！”姑娘说。男人一直在瞧着姑娘的手。这双手是那么纤细，就算是晒黑了，也一样显得很美，她有一双美丽的手。

“我发了毒誓，一定要杀了你。”

“如果你这样做，你会后悔终身的。”

“你不会又遇到其他困境了吧？”

“不会的，你怎么会这么想呢？”姑娘说，“那你现在准备怎么办?”

“我刚刚已经清楚地告诉你了。”

“我对这句话特别认真，不要开玩笑了。”

“别问我，我自己也不知道该怎么办才好。”他说。她看着坐在对面的他，将自己的手伸了过去。“嗯，可怜的菲尔。”她说。他看着朝自己伸过来的手，她的手可真是美丽，不过，他并没用自己的手去碰它。

“谢谢你，不用了。”他说。

“是吗?那么说，现在就是对你说声对不起，也不会再有什么作用了?”

“是的。”

“那么，如果我清楚地告诉你结果的话，你会有怎样的想法呢?”

“可是同时，我已经不用听了。”

“菲尔，我是非常喜欢你、在乎你的。”

“是啊，我早就明白了?”

“哎，看来你还是没有明白，要是你一直这样，始终都不能够明白的话，那我也无能为力。”她说。

“你不用担心，我也明白这点，可就是因为这样过才有麻烦。”

“你说你明白?真的吗?你是真的明白吗?看来，这下事情比我想象中的更糟。”她说。

“不是吗，”他瞧着她美丽的面孔说，“我全都明白，整天整夜。我也会一直明白的。尤其是整夜。我全都会明白的。这用不着你担心。”

“不好意思。”她说。

“如果……如果是个男人。”

“这并不是男人不男人的问题。这个你自己也应该非常清楚。别说什么男人。难道你对我还不信赖吗？”

“不会吧？不会吧？让我相信你？让我信赖你？太可笑了吧。”他说。

“对不起，”她说，“要我说，我没有话要告诉你，除了这句。我们俩不用什么都揣个明白装糊涂啊，我们太了解对方了。”

“你说得对，”他说，“我感觉也没有必要装来装去。”

“如果你还想要我，我会再回到你身边来的。”

“我现在不再想你了。”

于是两个人都沉默了，在很长的一段时间里两个人都没说一句话。

“看来，你已经不再相信我爱你了吧？”姑娘问。

“不要再说下去了。”男人说。

“难道你还在怀疑我的能力，你不相信我了吗？”

“是啊，你还爱我，可是这只是说说，我没有证据证明你还在爱我。”

“菲尔，那可不礼貌。要知道，过去你从不会要求我证明什么事的。你变了，以前的你可不是这样的。”

“是啊，我确实变了很多，可是，你也成了一个奇怪诡异的姑娘。”

“嗯，你是个好人，你一点儿不古怪。可是你却要我一走了之，你却要我离开你，你知道吗？你那样做真是叫我伤心……”

“我不会留下你，你离开吧，你确实要离开。”

“是啊，我得走，你说的没错，我得走，这你没说错。”她说。

他再次沉默了，什么话也没说，她又将自己的手朝他伸出去，瞧着他。在酒柜那一头，酒保站在那儿。他的脸色看上去有些白，也许是由于他穿着白色上衣的缘故。这两口子他认识，他们看上去是一对年轻的佳偶，酒保一直这么认为。他看到过许多的年轻佳偶，他们从来不白头到老，他们总会因为这样或那样的事情而分手，然后再分别和另外的人结婚。不过他现在想的可不是这件事，现在在他的脑子里想的却是一匹马。因为再过半个小时那场马赛就会结束，然后他就可以派人到对面的马路那边去看看自己押的那匹马最后有没有跑赢。

“你就不能让我去吗？你就不能对我宽容些吗？”姑娘问。

“不能，你认为我能够那样做吗？”

这时，从酒馆的门口进来了两个顾客，他们径直走到酒柜前。“好的，先生。”酒保把他们点的酒记了下来。

“我想要你原谅我，在我说完那件事之后，能吗？”姑娘问。

“不能。”

“哦，菲尔，你不能这样，你是了解我的，咱们在一起那么久，你是了解我的，不是吗？”

“伤风败俗是永远不能原谅的错误，”青年说道，他的语气显得有些辛酸，“下句是不是必须得什么什么的，然后接下来就是但必须将眼睛擦亮了看看。下面还有我们怎么怎么的，然后拥抱。”他说，“再往后我就没法引述了。”显然他记不得原句①了。

“伤风败俗，可以不这样说吗？”她说，“如果那样说的话，真的是太伤人了。”

“好吧，堕落。”他想了想，换了个词。

“嘿，詹姆斯，”一个顾客对站在酒柜那儿的酒保说，“你今天看起来非常不错。”

“谢谢，你今天看起来，感觉状态也非常好。”酒保说。

---

① 他引述的是英国诗人蒲伯（1688—1744）的诗句。原句实际上是“伤风败俗是面目极其狰狞的妖魔，必须深恶痛绝，但需擦亮眼睛看看……”。

“听我说，老兄，詹姆斯老兄，”另一个顾客说，“你有没有感觉你又发福了？詹姆斯老兄。”

“是啊，难看死了，我都没想到自己竟然发福成这个鬼样子。”酒保说。

“呵呵，老兄，别忘了给我加进白兰地。”第一个顾客说。

“放心先生，我怎么会把这件事给忘了呢？忘不了的，相信我。”酒保说。

坐在酒柜边的那两个顾客同酒保闲聊了一阵后，不由得朝桌边的那两个年轻的男女看了过去，不过，他们很快就又回过头看着酒保，继续闲扯着。在他们看来还是朝酒保这方向看比较顺眼。

“为什么呢？菲尔，为什么非要用这样的字眼呢？没有必要用这样的字眼啊！你最好还是别用这字眼。”姑娘说。

“那么，你想我用什么词来形容你呢？”

“你根本就不用想，别用词来形容我。”

“可是，我就觉得这个词用来形容你再合适不过了。”

“咱们能不能不要闹了，”她说，“我们以前遇到一样的事情，最后不都和解了吗？那些各种各样的事。你应该都已经见惯了。不是吗？这你自己也是有体验的。”

“好了，闭上嘴巴，我不想再听了。”

“好吧，我不说了，是因为，我说得非常清楚了。”

“好了，别再说了，”他说，“不要再说了。”

“你理解错了，知道吗？你所了解的意思完全不对。完全不对。你知道吗？告诉你吧，我是会回来的。我一定要回来的。马上我就会回来。”

“不，你永远不要再回来了。”

“为什么不？我一定要再回来的，一定要回来的。”

“不，别回来，你别回来。不要回到我这里。”

“好吧，我们等着办。”

“看啊，糟就糟在这里，我知道，你是一定会的，对吧？”他说。

“当然，这你很清楚，我当然会。”

“那好吧，那你走吧。”

“真的？你真的让我走？”她不相信他会这么说，可是她的声音听上去是愉快的。

“嗯，走吧，我说的。”他忽然感到自己的嗓音听上去变得那么怪。他抬起头看着她，看着她脑袋上那一头柔顺的长发，看着她明亮的眼睛，看着她小巧的耳朵，看着她柔和线条的颧骨，看着她娇艳欲滴的嘴巴，看着她修长的脖子。

“你说的是真的吧。唉，你对我总是那么好。”她说。

“走吧，那些事情等你回来后再告诉我吧。”他的声音听上去显得怪怪的。

那是自己的声音吗？连他自己都不敢确定了。他看见她赶快瞧了他一眼。然后他的心渐渐定了下来。

“你一定要我离开吗？”她一本正经地问。

“当然，我确定，”他一本正经地说，“快走吧，马上就走。”他觉得自己的嘴巴很干，他的嗓音完全变样了。“走吧，就是现在，我说了，走吧。”他说。

她站起身来从桌子旁边起来，转身往酒馆的大门外走了出去，不久便消失在街道上。他看着她的背影，直到从他的视线里消失，没想到她就这样走掉了，竟没回头看他一眼。他觉得自己完全变成另外一个人，和刚刚的那个自己简直是天壤之别。刚才他还吩咐她走来着。他将两张账单拿在手里，从桌边站起来，走到酒柜边付账。

“詹姆斯，你发现没有，我完全变了个人啦。”他对酒保说。

“你是什么意思？先生？”詹姆斯说。

“那真是一件非常怪异的事情。”黑皮肤的青年站在柜台前对酒保说。然后他转过头，看着门外，看着她消失的街那头。接着他又照了照放在柜台后面的镜子，酒柜前那两个顾客挪动了一下让他过去。他从镜子里打量着自己，看来自己的确是变了个样。

“嗯，你说得没毛病，确实非常怪异啊！”詹姆斯说。

那两个顾客再往一旁挪动了一下自己的位子，以便让他能够更好地在镜子里看见他自己。那青年站在柜台外，目不转睛地看着镜子里的自己。“詹姆斯，我变了个人啦，我确实是变了个人了。”他说。他看着镜子，没错，是变了，他想，他从镜子里面看见自己果然是变了。

“哦，先生，你今天的状态特别好，感觉你这个夏天过得非常舒适快活。”詹姆斯说。

你们绝不会这样

部队在攻进镇子以后就再没有遇到什么顽强的抵抗，一路势如破竹地攻过了田野，一直攻到了河边。在这之前，部队曾遭到过机枪火力的猛烈阻击，就在那一带农舍的前方和低洼的公路那一截。顺着公路，骑了辆自行车的尼古拉斯·亚当斯一路过来，有时他也不得不下车推着走，主要是路面有些地方实在坎坷难行，根据那些横七竖八躺在地上的遗尸的位置，亚当斯在自己心中大致揣摩出了战斗的经过[①]。

到处都是尸体，沿路有，路旁茂密的野草里也有，有许多个在一起的，也有单个的，无论成堆的还是单个的，口袋兜底都给翻了出来。一有人经过，无数的苍蝇便从尸体身上“嗡嗡”地飞了起来，尸体的四周到处都是被撕碎了的纸片，一片狼藉。连公路上的有些地方都是狼藉满地，许多物资都被丢弃在路旁的野草丛和庄稼地里。亚当斯看到一个野外炊事场在公路旁的一块空地里，那些东西一定是从后方运上来的，看来当时的仗打得还是比较顺利的，无数的步枪、手榴弹、钢盔，还有小牛皮盖的挎包，在地上到处都是。有时亚当斯还看到有些刺刀插在泥土里，枪托朝天的步枪。药品箱，弹药箱，防毒面具，装防毒面具用的空筒，信号枪，散落一地的信号弹，一挺架在三脚架上的机枪，一大堆空弹壳散落在机枪下，机枪的后膛早已炸坏，机枪手东歪西倒，机枪的三脚架低低地架着，夹得满满的子弹带从子弹箱里露了出来，在地上翻倒着一个加冷水用的水壶，水早就干了，除了

① 这故事的背景是在第一次世界大战后期（1918 年）的意奥前线。

步枪、手榴弹、钢盔，还有一些家伙是用来挖壕沟用的，看来他们最后还在这里掘过好些壕沟。前后左右的野草里，照例又到处都是纸片，一片狼藉。

乱纸堆里什么东西都有，有已经散开成一页一页的弥撒经，有已经开始发黑的明信片，上面印着许多人的合影照，看上去照片里的那些红光满面的人好像就是这个机枪组的成员，如今他们都东歪西倒地躺在野草丛里，浑身肿胀，不过在照片上他们一个个就好像足球队员似的高高兴兴地排着队，准备将自己的这张照片登上大学年刊一样。还有一些明信片印着宣传画，画的是一个女人正被一个穿奥地利军装的士兵按倒在床上，整个画面看上去有着一种印象画派的味道，这种煽动性的画显然都是在进攻之前发出来的，而且数量还不少。如今在地上散得到处都是，同那些弄得污黑的照相明信片混在了一起。如果单单只是看画面，画得倒也不错，只不过和现实情况比起来却完全不符，实际上，那些强奸妇女的人都会把妇女们穿的裙子掀起来然后蒙住她们的头，这样她们就无法喊出声来，如果还有个同伙的话，那么他的同伙就一定会骑在那个妇女的头上。除了这些明信片以外，还有一些乡下姑娘的小相片，那些照片都是乡下照相馆里拍的，偶尔也会看见一些儿童照，剩下的就是家信，除了家信还是家信。不管怎么样，这次进攻留下的遗迹和以前所有的进攻留下的遗迹一样，只要有尸体的地方就一定会出现有大量的乱纸。

这些阵亡者除了腰包被翻了个底朝天以外，身上的其他地方还完好，看来他们才死没有多久。一路上尼克注意到，在地上躺着的我方的阵亡将士倒是并没有多少，这有点儿出乎他的意料。虽然有些尸体已经面目全非了，可是至少在他心目中也将那些认为是我方的阵亡将士。他们的口袋也毫无意外地兜底翻过来了，有一些就连外套也给解开了，他们也都一样被太阳烤得浑身肿胀，要知道炎热的天气可是不分国籍的，根据他们现在躺在地上的位置，尼克还可以大致地推断出他们这次所采用的进攻方式是什么，用的战术是什么。

看来沿着这条低洼的公路一路过去，显然镇上的奥军最后都是严防死守的，基本上可以说就没有退下来的。在镇子里的街上，尼克总共才看见三具尸体，看来他们应该都是想逃跑的，不过最后却被打死了。整个镇子现在已经变成了一片焦土，镇子上的人全都走光了，连个人影也没有。炮火把镇上的房屋基本上全给摧毁了，零零落落的墙粉屑、灰泥块，还有断梁、碎瓦在街上到处都是，开花弹的弹丸在瓦砾堆里到处可见，地上更是弹片累累。你还会看见无数的弹坑，有的弹坑边上都发了黄，那是被芥子气给熏的。

自从尼克·亚当斯离开福尔纳齐以来，迄今为止他都还没有看到过一个活人。不过当他一路上沿着公路骑车过来时，曾从一片树木茂盛的地带经过，在那里尼克曾经看到一阵阵热浪就在公路左侧的桑叶顶上不断地腾起，这说明在那里一定是有大炮隐蔽在茂盛的桑叶后面，炮筒因为被太阳给晒得发烫而冒出了阵阵的热气。现在当他看见镇上居然连一个人都没有的时候，他不由得感到有点儿意外，于是尼克便不再打算在镇子上停留，而是骑车从镇子中间一路穿过。随后尼克出现在镇口，这儿有一片光秃秃的空地，一条公路就从这里顺坡而下，公路紧靠河边但是却低于堤岸。在坡上尼克看到了对岸曲折的矮堤和一直流淌着的平静的河水，不远处那些被太阳晒得发白的泥土，都在奥军挖掘的战壕前高高地垒起。后来，在战争结束后的许多年后，这一带已经再一次在树木的覆盖下，显得郁郁葱葱，不过这一段浅浅的小河却没有什么变化，依旧还是浅浅的，虽然如今这里已成了历史性的地点。

在河的左岸，部队就部署在那儿。尼克站在河岸边朝远处望去，看到有的地方焰火信号弹上了发射架，有的地方还架着机枪。堤岸顶上有一排坑，坑里有些士兵。堤坡上也有一些坑，不过里面的士兵则都在睡大觉。尼克过了河，继续朝前走，一路上谁也没来向他查问口令。他只管往前走，随着土堤刚拐了个弯，一个满眼都是血丝、眼皮红肿、胡子拉碴的年轻少尉忽然一下子闪出来，拿着一把手枪对准他。

“你来自哪里，为何而来?”

尼克将自己的情况告诉了他。

“你有什么证据证明自己的说法吗?”

尼克把通行证出示给那个年轻少尉看，证件上有他的姓名身份，有他的照片，还盖上了第三集团军的大印。少尉一把把通行证抓在手里。

“好吧，通行证就放在我这儿吧。”

“那怎么能行？证件必须得还给我，快把你手里的手枪收起来，将它放回到枪套里去。”尼克说。

“不行，通行证不在，我们怎么证明我们自己的身份呢?”

“证件上不都有吗？明明白白的介绍。”

“不行，我必须保管着这些证件，一直到你的身份被证明。”

“好了，快带我去见你们连长吧，不要再胡闹啦。”尼克朝那个年轻的少尉笑着说。

“嗯，我还要把你们送到营地里。”

“好啊，”尼克说，“你认识帕拉·维契尼上尉吗？就是那个个子高高、留着个小胡子、会说英国话的，他以前当过建筑师。”

“好吧，你熟悉他吗?”

“一点点而已。”

“他现在指挥的是几连?”

“二连。”

“现在他已经是营长了。”

“哦，那还不错。”尼克说。听到帕拉依旧还活着，尼克不由得放下心。“好吧，咱们这就到营部去吧。”

尼克刚才从镇口出来的时候，三颗开花弹正好在右边一所破房子的上空爆炸，不过从那以后到现在就一直也没有打过炮。可是这军官却老像在挨排炮一样，看上去非常地紧张。不但脸色显得非常紧张，连声音也因为紧张而听起来都有些不大自然了。他的手枪一直都紧握在手里，这让尼克感到十分不自在。

“敌人距你还有一条河的距离，你不用太担心。”他说。

“谁能看出来我的担心？”少尉说，“我要真是当了你的奸细，你就一枪杀了我。”

“咱们还是赶快到营部去吧。”尼克被这个军官弄得很不自在。

营部就设在不远处的一掩蔽部里，在桌子后边代营长帕拉·维契尼上尉就坐在那儿，看上去他比从前更消瘦了，不过他的那股子英国气派也显得更足了。尼克在桌子前面朝他敬了一个军礼，帕拉·维契尼上尉马上就从桌子后边站了起来。

“好小子，”他说，“不仔细看的话，还真没有认出来是你。这身军装是怎么回事啊，你干吗穿它呀？”

“我不想穿，可是，他们逼着我，要我穿着。”

“呵呵，不管怎么说，在这里能够遇到你，我非常开心，尼古洛。”

“是啊，能够见到你还活着，我也是太高兴了。你看上去面色不错呢！这场仗打得怎么样啊？”

“那还用说，就两个字，‘完胜’！哈哈，真的，简直是漂亮极了。我们这场进攻战真的是打得漂亮极了。来，到这儿来，听我来好好给你讲讲，你来看。”

帕拉·维契尼上尉一边说着，一边就在地图上比画起来，开始向尼克讲起了进攻的过程。

“嗯，我是从福尔纳齐那边过来的，一路上的一些情况我也看得出。的确打得很不错。”尼克说。

“你要清楚地了解，这都是些了不得的战士，实在了不得。

你现在被调往团部了？”

“没有。我现在的任务就是到每一处阵地都去走走，让大家能够看到我穿的这一身军装。”

“什么意思？如果有这样的任务，那可就太奇怪了。”

“是啊，当初我才接到这个任务时也觉得纳闷儿，后来他们告诉我说，要是有这么一个身穿美军制服的人被那些在阵地上的士兵们看到，那么对于美国军队快要大批开到的事情，大家就会自然而然地相信了。”

“嗯，很好，这个主意非常不错，不过如何才能够让他们知道你穿的这一身制服是美国军队的制服呢？”

“这简单啊，你告诉他们不就行了？”

“啊，是啊，我明白了，你瞧我，都差点儿被炮弹给炸傻了。那好，现在我就派一名班长给你带路，带你到营地里的各处部队去转一转。”

“这让我感觉自己就像个臭政客似的。”尼克说。

“嘿，我说伙计，他们其实应该让你穿便服呢，在部队这个全是穿军装的地方，你要穿了便服才真叫万众瞩目呢！你要是穿了便服，那就要引人注目多了。”

“不错，不过不要忘了戴一顶洪堡帽。”尼克说。

“那可真是妙极了，或者戴一顶毛茸茸的费陀拉[①]也不错。”

“嗯，就是，按照规矩呢，我一定要有香烟啦、明信片啦这一类的东西，并且把我的口袋里装得满满的，”尼克说，“哦，还应该有一大袋的巧克力，见人就发，而且还要捎带着慰问几句，友好地用手拍拍背脊，以示鼓励。可他们现在是一没有给我香烟、明信片，二也没有给我巧克力。所以他们就只好叫我来随便走上一圈就行。”

---

① 费陀拉，一种软呢浅顶帽，首次出现在法国戏剧家萨尔杜（1831—1908）的戏剧《费陀拉》（1888）中，故名。

“呵呵，是啊，不过我相信你穿着这一身美国军队的制服来，对我们的部队来说多多少少也是个的鼓励。”

“你可千万不要那么想才好，要是按我的一贯宗旨，我倒非常想带一瓶白兰地来给你。说实在的，像这样我心里实在觉得腻烦透了。”尼克说。

“哈哈，你这话说得可真妙极了。那么你现在要不要喝点土白兰地？按你的一贯宗旨。”帕拉笑道，一排发黄的牙齿从他的嘴里露了出来。

“算了，不用了，谢谢。”尼克说。

“为什么不来点儿，我这里的可都是好酒。保证没有乙醚呢。”

“我都还觉得嘴里有股乙醚味。”尼克一下子全想起来了。

“那次同你一起坐卡车回来的时候，要不是在路上听你胡说一气，我还根本不知道你喝醉了呢。”

“是啊，每次进攻前我都要灌个醉才行。”尼克说。

“像你这样，我就不行，”帕拉说，“当我第一次参加战斗的时候也像你这么做过，那可是这一生当中打的第一仗，我紧张得要命，所以我就将自己灌醉了。没想到的是一喝醉反而觉得更加难过，到后来酒醒了的时候又觉得渴得要命，真是见鬼。”

“其实，说起来我倒是觉得像你这样很不错，至少不用靠酒来帮忙。”

“可是打起仗来你却比我勇敢多了。”

“我怎么没发觉？不过，我倒不觉得这有什么难为情的，我知道自己还是喝醉为好，至少不会那么紧张。我有自知之明。”尼克说。

“你喝醉过吗？我怎么从来没有发现你喝醉过？”

“怎么会没见过？那天晚上我们乘卡车从梅斯特雷到波托格朗台，在卡车上我想要睡觉，就把自己自行车拉过来，打算当作毯子齐胸盖好。”尼克说。

“那次我倒是记得，可是那并不是在前线啊！”

“好了，伙计，咱们也别讨论我这个人是好是坏，我可不愿意再想了，这个问题我自己有自知之明。”尼克说。

“那好吧，这会儿天还热，出去走走还早。我看，你还是先在这儿休息会儿吧，这个洞子修得挺结实的，要想睡一觉都没什么问题，打几炮还是受得住的。”帕拉·维契尼说。

“也行，我觉得也不用忙。”

“唔，对了，你的身体完全康复了吗？”

“瞧瞧，完全和以前一模一样。”

“尼克，你可不要骗我，我要听的是实话。”

“我怎么会骗你呢，当然完全好了。不过还有一点儿小毛病。就是没有个灯就睡不着觉。”

“尼克，虽然我不是医生，但是我还是觉得你应该动个开颅手术。我记得我以前就同你讲过。”

“怎么啦？难道你觉得我的神经不大正常？你说的那些，我也问过医生了，医生告诉我说还是让它自己吸收的好，那我还能有什么办法。”

“呵呵，我怎么会这么认为，绝对正常。”

“哎，看来，只要一旦被医生下了个精神失常的诊断，无论是谁，那都够你受的，从此就再也没有人相信你了。”尼克说。

“你现在还是不要出去，犯不上的，这会儿天气还有些热。我说你还是休息一下，在床铺上躺一会儿。”帕拉·维契尼说，“不过，由于我们现在就等着转移，所以跟我们以前见惯的营部比起来这个地方会显得有些不同。”

“好吧，那我就先躺一会儿吧。”尼克说。

尼克静静地躺在床铺上，并没有睡。所以现在尼克的心里感到有些灰心丧气。本来他身体并没有完全康复，这让他心里一直就很不舒服，没想到现在被帕拉·维契尼上尉一眼看出来了。和从前的地下掩蔽部比起来这个要小得多，他不由得想起当初他带的那一个排，所有的士兵都是1899年出生的，那次是他们第一次上前线，进攻前的猛烈炮轰，把他们吓得全都躲在掩蔽部里不敢出来，他呢，拿钢盔皮带紧紧地扣住了下巴，不让嘴唇动一动。心里明知道这种毛病一发作就别想止得住。帕拉命令他带他们出洞去走走，每两人一批互相掩护，这样才能够让他们明白不会有什么危险。看着那群被吓得窝在掩蔽部里不敢出来的年轻士兵，尼克不由得想，谁要是还不停地哭闹，我倒真想去枪毙一个，可现在来不及了。进攻的时间改在5点20分了。咱们只剩下四分钟了。怕他们会越闹越凶。这群窝囊废，我还是去揍他们个鼻子开花吧。将他们鼻子揍开花了，看他们还有没有心思在那儿哭闹，揍完以后就一脚踢在他们的屁股上把他们给踢出去。这样一来他们也许就会出去了吧？要是还赖在掩蔽部里不敢出来，那就枪毙两个，把剩下的那些人全部都一起轰出去。可是班长，你自己可不能走在前头，你要在后面压队啊。要是你自己在前面走了，没有一个人在你后面跟上来，那有屁用。你的任务是要把他们也一块儿带出去啊！好了。这就对了。真是胡闹一气。于是尼克看了看戴在手腕上的表，然后用平静的口气，用那种非常有分量的、平静的口气说了声："真是萨伏依人。"地洞在炮火的轰击下倒塌了，洞子的一头整个儿坍了下来了，他想起了自己的酒，可是现在洞子塌了，哪还找得到呢？来不及弄酒喝了，他没有酒喝也只好去了。就只这一次他没有喝醉就上前线了，他没喝酒就带着自己的士兵冒着炮火朝那山坡上去了。一切都是由此而起的。回来以后，那改成临时医院的架空索道站好像着了火，四天后，可我们还是从攻上去的地方又退了回来，退到了最初发起进攻的山下。为什么总是退到山下？有些伤员开始逐步往后方撤了，不过也有一些留下来的，呵呵，盖蓓·台里斯居然在这个时候来了，奇怪的是，怎么满身都是羽毛啊？不过那又有什么关系呢，有羽毛也好，没羽毛也好，那可永远是我的好盖蓓，记得就在一年前你还叫我好宝贝呢……“嗒嗒嗒”……你还告诉我说你挺喜欢我呢……“嗒嗒嗒”……那么我呢，我就叫哈利·皮尔塞，每一次我们俩坐车上山，一到陡坡，我们总是会从右边的车门里跳下出租汽车。每天晚上他都会梦见这么一座山，还会梦见圣心堂[1]，就像个肥皂泡一样，晶莹透亮。他还会梦见他的女朋友，有时他的女朋友跟他在一起，但有时却跟别人在一起，至于为什么会这样他也不明白，反正只要是他没有梦到她的那些夜晚，一条涨得异样高的河水就会出现在他的梦中，而且水面也一定是异样平静。他总还梦见有一所黄漆矮屋，一条运河从屋前流过。在小屋的旁边还有一间矮矮的马棚，四周柳树环绕，这间小屋就在福萨尔塔镇外。实际上福萨尔塔镇这个地方他去过无数次了，可是他却从来没有在那儿见过有这么一所屋子，但是现在那间小屋好像比什么都重要，他每天晚上都会见到。每天只要一到了晚上，这所矮屋就会跟那座山一样出现在他的梦里，也跟那座山一样清清楚楚，只是不知道为什么他见了这屋子就感到有些害怕。其实他倒也希望每天能够看一看，奇怪的是，他每次见了都会感到有些害怕，特别是当他有时见到还有一条船静静地停在屋前柳下运河岸边时，那就会莫名其妙地怕得更厉害了。不过跟这里的河岸比起来，那运河的河岸显得要更加低平一些，看上去跟波托格朗台那一带的河岸差不多。他记得当初他们看到那一批人就是在波托格朗台的水面上，他们在水里一步一挣扎，将手里的步枪高高举着，好不容易爬上淹没的河滩，最后却一个个连人带枪全都倒在了水里。是谁下的那个命令？他一下子想不起来了，本来他是可以想得起来的，可是他脑子里现在乱得跟一锅粥似的。也就是由于了这个缘故，所以遇到任何事情，他总是会弄个

---

① 圣心堂是位于巴黎的一座教堂。

明白，看个仔细，这样在自己的心里才会有个准儿，开始做的时候才能够应付自如，可是有的时候他的脑子偏偏会莫名其妙地说糊涂就糊涂，就像现在，他又糊涂了。他躺在那儿的一张床铺上，穿着一套倒霉的美军制服，帕拉现在当了营长。他从床铺上仰起身来朝四下望望，帕拉已经出去了。他就又躺了下来。在营部里进进出出的人都会好奇地瞅他一下。

论时间还要早一些的经历，就是自己在巴黎的那一段经历，他倒不是怎么害怕回想起这一段事，就算有些害怕那也不过就是因为她跟着别人走了，要不然就是担心早先照过面的那个车夫，他们还会碰上他，不过这些也只是偶尔吧。在巴黎的那一段时间里他所害怕的也就只有这些。前线的景象也不再出现在他的眼前了，实际上对前线的事他倒是一点儿也不怕，现在使他无论如何也摆脱不开的、一想到就会不由自主地感到胆战心惊的，倒是那阔得异乎寻常的河面，以及那所长长的黄漆矮屋。今天他又一次重来这里，去过了镇上，也到了河边，可是却并没有看到那么一所屋子。而且这里的河也跟梦中的完全不一样。那么那个地方到底是哪儿呢？为什么他每天晚上都会梦到呢？为什么又会让他感到可怕呢？为什么一所屋子、一间长长的马棚、一条运河，竟会让他感觉到自己比受到炮轰还吓得厉害呢？为什么他每次一醒过来就会遍体冷汗呢？

他从躺着的床铺上坐了起来，把自己的腿小心地放下，只要伸直的时间一长自己的这双腿就会发僵。在营部里的信号兵、副官和门口的两个传令兵都抬着头盯着他，他也看了他们一眼，然后就把他那顶放在一旁的钢盔戴上，在钢盔上蒙着布罩。

“很抱歉，我没明信片和香烟，也没带巧克力来，不过我还是来了，穿着这身军装来了。”他戴好钢盔后朝着营部里的人说。

“再过一会儿营长就回来了。”那副官说。在他们部队里副官不是个官，只是个军士。

“你们瞧，我身上穿的这身军装并没有完全符合规格，不过让大家也可以在心里有个数。过不了多久几百万美国大军就要到了。”尼克对他们说。

“你说什么？美国人会被派到我们这儿来？这是真的？”那副官问。

“是啊。过不了多久他们就会来支援我们了，这些美国士兵呀，全都是些出色的小伙子，很快你们就会看到的。他们的身体健壮，个儿都有我两个那么大，从来没有受过伤、挨过炸，也从来没有碰上过地洞倒塌，也不爱喝酒，从来不知道害怕，晚上睡得着觉，心地纯洁，对家乡的姑娘永远都不会变心，而且多数从来都没长过虱子……”

“你是哪儿的人？意大利人？”那副官问。

“我是美洲人。这身军装，是斯帕诺里尼服装公司特地裁制的，不过目前，这身军装缝得还不完全合乎规格。”

“是北美还是南美？”

“北美。”尼克说。不行，得沉住点气。现在他开始觉得那股气又要上来了。

“但是你怎么会说意大利话。”

“嘿，这和我是哪儿的人有什么必然的关系吗？难道连意大利话我都不可以说吗？难道美洲人说意大利话不好吗？”

“你还有意大利勋章呢。”

“那些勋章是后来补发的。我只不过是拿到了些证书和勋章罢了。后来连同我的行李一起都遗失了。不过要紧的是证书。反正那些勋章在米兰还买得到。你们在前线待久了，也会得到几个勋章的。所以你们也不要觉得不高兴。”

“我是厄立特里亚战役①的老兵，我曾在的黎波里打过仗。”

---

① 是在1911—1912年爆发的意土战争。

副官对尼克说，口气显得有些生硬。

“是吗？那可太幸会了，”尼克伸出手去，“你的勋章刚才我就注意到了。那一定是打得挺苦的一仗吧？卡索[①]那个地方你可能也去过了吧？”

“本来按年纪来看，我已经超龄了。最近我才应征入伍参加这次战争的。”

“我原先应征入伍的时候倒正好是适龄的，”尼克说，“不过现在我也退役了。”

“是吗？那今天你还来干什么呢？”

“我这次来的目的只是想让大家看看我身上穿着的这一身美军制服，这可真有意思的，不是吗？”尼克说，“领口感觉稍微紧了点儿，不过过不了多久穿这种军装的士兵就会来好几百万，你们到时候就可以看到，好几百万啊，就像蝗虫那样密密麻麻的一大片。你们应该知道吧，平日我们美国人所说的那些蚱蜢，实际上也就是和蝗虫是一类的。真正的蚱蜢蹦跶的劲头没有蝗虫那么大，皮色绿，个子也没蝗虫那么大。你们一定要搞清楚，我说的不是蝉[②]，也不是知了，而是蝗虫。如果是蝉的话，它会连续不断地发出一种叫声，那种叫声非常独特，可惜我现在一时记不起来那种声音了。哎，刚刚要想起来，一下子又逃得无影无踪了。是什么声音呢？见鬼，现在怎么就想不起来了。好吧，请让我歇一口气，非常抱歉。”

“是啊，嗯，我看得出来的，你受过伤了。”他对尼克说。然后副官转过头对站在门口的一个传令兵说：“去把营长找来吧。”

“我倒可以给你们看看我身上的几个非常有趣的伤疤，我可受过好几处伤呢，”尼克说，“可是，我现在还是比较喜欢谈谈蚱蜢。那些蚱蜢，实际上也就是蝗虫一类啦。在我的生命史上，这

① 卡索，即喀斯特，是位于伊斯的利亚半岛东北的高地。1917 年此地发生过激战。

② 在英文中，蝗虫和蝉是同一个词。

种小小的昆虫曾经起过很大的作用。你们一定会感兴趣的，这样，你们一边看我的军装，一边听我说。”

副官转过头对着站在门口的另一个传令兵做了个手势，于是那个传令兵也出去了。

“这套军装可是斯帕诺里尼服装公司裁制的。来，好好看看，好好地看着这套军装。”尼克又冲着一旁的那几个信号兵说，“你们也请来看一看吧。请随便看，睁大了眼睛随便看，不要紧，没有什么不好意思的。我们是归美国领事管的。我没有军衔，不骗你们，真的没有军衔。好吧，你们一边看我的军装，一边听我来给你们讲讲美国的蝗虫。其中有一种蝗虫叫作‘茶色中个儿’的，‘茶色中个儿’你们知道吗？根据我们一直以来的经验，那种‘茶色中个儿’蝗虫做鱼饵是最好的，鱼最喜欢吃，因为它们肉肥，汁水足，又结实，浸在水里也不容易泡烂。还有一种蝗虫，它们个儿要大些的，翅膀的色彩都很鲜艳，有黄底黑条的，也有全是鲜红的，它们飞起来会发出刺耳的响声，就像甩响了尾巴的响尾蛇似的，不过这种蝗虫的翅膀一着水就糊，做鱼饵嫌太烂。我想也许各位永远也不会跟这种小家伙打交道，不过我倒觉得这是非常值得向各位推荐的，假如可以冒昧推荐一下的话。只是我觉得我还应该着重说一下一个关键的地方，就是这种虫子你要是拿个网拍去捕，或者空手去捉，那么，即使是你捉上一辈子，你捉到的那些也不够你钓一天的。那种捉法简直是白白地浪费时间，简直就是胡闹。再仔细地听我说一遍，那种捉法是绝对不行的，各位。正确的办法，是拿普通的蚊帐纱做一张网，或者使用拉网，就是捕鱼用的那一种。嗯，在这里请允许我发表一点儿自己的意见（说不定在以后的有一天我还真会提个建议呢），我认为在军校里给每个青年军官上轻武器课的时候，这个办法也应该都教给他们。就像这样，把这样长短的一张网子由两个军官一人拿一头拉好，或者也可以对角拉好，一手捏住网的上端，一手捏住网的下端，弓着身子，迎着风就这样快跑。当蚱蜢被惊动后就会顺风飞来，然后它们便一头扎在网上，就逃不掉了，全都给兜住了。用这样的办法就可以毫不费劲地捕到好大一堆，好了，现在各位都应该听懂我说的意思了吧。如果各位对这一课还有什么不清楚的地方，请提出来。大家还有什么问题吗？有问题的话请尽管提出来，我们一起来讨论讨论。没有问题吗？那好，最后我还给大家提个小小的意见。我要借用一位名人说过的一句话，那位伟大的军人兼绅士亨利·威尔逊爵士①说过的一句话告诫大家：各位，如果你们不想被统治，那就得做统治者。请仔细听我再说一遍：你们不想被统治，那就得做统治者。各位，这一句话我想请你们一定要记住。希望你们都能牢牢地记在心上，不仅是在讲堂上，就算是走出本讲堂的时候也要牢记。好了，各位，我的话完了，明天见。”

他把那蒙着布罩的钢盔脱下，然后又重新将它戴在头上，从掩蔽部的矮门里一弯腰走了出去。在低洼的公路上，帕拉·维契尼跟着那两个传令兵正远远地走来。外面的阳光依旧很强，照得尼克热极了，于是他不得不把钢盔脱了下来。

“看来这里应该搞个冷水设备，也好让人家把晒得滚烫的帽子用水冲冲，现在只有到河里去浸一浸了。”他一边说，一边朝堤岸上走。“嘿！尼古洛，”帕拉·维契尼喊道，“你这是准备到哪儿去呀？”

“不过，现在想起来把这玩意儿拿去浸一浸也没什么意思，”尼克提着钢盔，又从堤岸上走了下来。“无论是干的也好，还是湿的也好，反正戴在头上都是令人感到讨厌。顺便问一句，你们就从来不脱钢盔？”

“那还用问吗？当然不脱，那对你的小脑袋瓜儿可是有好处

---

① 亨利·休士顿·威尔逊爵士（1864—1922），是英国陆军将领，曾在海外殖民军队中任要职。

的，我戴得都快变成秃顶啦，我也没脱过。快进去吧。”帕拉说。

一回到营部里边，帕拉就让尼克坐在一旁。

“就凭着这玩意儿，保护我们的脑袋？根本屁用也没有，我记得我们第一次拿到手的时候，也把它戴在头上，倒也可以胆子一壮，可后来，你也知道，脑浆四溢的场面到处都能够看见。”尼克说。

“尼吉洛，你要是没有什么慰劳品的话，依我看你还应该回去，在这里你什么事也干不了，到前线来反而不好。”帕拉说，“就算你带了慰劳品可以给士兵们发发吧，可是你要是朝前边去一走，士兵们肯定都会拥到一堆，那不正好成了敌人的活靶子吗？我可不希望看见这样的事情发生。”

“其实这本来就不是我的主意。显然这都是胡闹，我也知道。”尼克说，“听说我们的部队在这儿，我就想趁这个时机来看看我的一些老相识，看看你。要不然的话我就到圣唐或增宗者那儿去了。我真想再去看看那座桥呢，再到圣唐那儿去一趟。”

“在这个地方参观左逛右逛是不被允许的，这样的做法没有任何价值。”帕拉·维契尼上尉说。

“你说得没错。”尼克说。他觉得自己的怒火已经在噌噌地往上升。

“我觉得你一定能够理解我的吧？”

“是啊，当然。”尼克说。他又尽自己最大的努力把那冒起来的怒火压下去。

“你是知道的，一般像这一类的行动应当都是在晚上进行的，这你自己也清楚，是吧，尼古洛。”

“当然，我知道。”尼克说。他能体会到自己的怒火很快就要控制不住了。

“现在这里的营长是我了。”帕拉说。

“确实，这不是理所当然的吗？”尼克无法再好好地控制自己的火气了，于是终于收不住地全爆发出来，“你不是既会写字又能读书吗？”

“没错。”帕拉的语气相对比较缓和。

“你领导的士兵们真是少的罕见。也许以后士兵们人数足够了他们依旧会请你继续当你的连长，有什么理由不去把尸体都给埋了吗？越早埋掉那些尸体对你们大家就越有利，这一点是毫无疑问的。继续任由它们受阳光的强烈照射，你们是撑不了太久的，甚至后果可能是你们无法承受的。我从开始到现在走的这一趟可真是让我感触良多。显然，我也很清楚，别人是否埋它们是别人的选择，也确实和我一点关系都没有。”

“你的自行车呢？它被你停在哪儿啦？”

“就在那边，在那边最后的一幢房子里。”

“你觉得自行车放在那儿没关系吗？”

“没关系，等一下我就去。”尼克说。

“那行。不过，你现在最好还是躺一会儿，尼古洛。”

“好的。”

他重新在床铺上躺下，慢慢地合上了眼睛。这一次在他眼前出现的，不再是那个大胡子，可是他仍然沉住了气，端起步枪对着自己，瞄准了，手指一扣扳机，一道白光在他眼前闪过，恍惚之间他好像被一个闷棍打在了身上，他两腿一软，跪了下去，从嗓子里顿时冒出一股又热又甜的东西，就堵在了他的喉咙口，呛得他一下子把它们全都喷在石头上，千军万马从他的身旁飞快涌过——很快，一所黄墙长屋出现在他的眼前，有一间矮马棚紧挨在小屋的旁边，从屋前流过的那一条河，异样宽阔，也异样平静。“上帝啊，”他说，“我看，我还是现在就走吧。”

他从床铺上起来。

“帕拉，我看我还是提前走比较好，”他说，“目前时间还不是很晚，我正好可以骑自行车回去。如果我回去看到有什么慰劳品，今儿晚上我就将慰劳品给你们送来。要是那些慰劳品还没有，那么只有等哪天到了，我再给你们送来，当然也还是在天黑以后。”

“等一会儿天凉快了再骑车走吧。”帕拉·维契尼上尉说。

“你别太担心了，我较之前确实好了许多。”尼克说，“嗯，现在每当发作，我自己已经可以知晓，并不是特别厉害。只要你们一看见我说话开始唠叨了，那一定就是毛病犯了。”

“好吧，要不我派个传令兵送你。”

“不用了，路我是熟悉的。真的不用了。”

“那好，那么下次再见，好吧？”

“好的，一定。”

“要不然，我觉得还是派……”

“好了，你要给我点儿信心，别在派这派那的了。”尼克说。

“好吧，那就 Ciaou① 了。”

“Ciaou.”尼克说。他转身顺着低洼的公路朝他刚才放自行车的地方走去。到了下午，但凡穿过运河上某一段公路，剩下的一些地方就都是阴凉。因为在那片地方，炮火并没有侵蚀到公路两边的任何树木。尼克突然记起他们的之前的一次行军，同样也是行走在那片地区，恰好与当时的第三萨伏依骑兵团碰到，骑兵团的人们举着长矛，踏着积雪，呼啸而过。当时天气冰冻恶劣，因此可以清晰地看到战马一直喷出的鼻息像白烟似的。尼克又仔细一想，又好像不是在那儿碰见的。可是，既然不是在那个地方碰到，又是在哪个地方碰见的？

“唉，算了不去想了，现在最重要的是要先把自行车给找到啊，要不然找不到去福尔纳齐的路，那可就倒霉了。”尼克自言自语说。

① 意大利语，意思是回头见。

一个同性恋者的母亲

他的父亲在他还是少年的时候就与世长辞了，他的经理是帮他把父亲长期安葬的那个人。理所当然地，他能够长期一直使用这块墓地。然而到之后他的母亲也死亡时，他的经理认为，毫无疑问的这夫妻俩是一对，但他们绝不会一直如此亲密。你也知道，他是个搞同性恋的，他一定是个搞同性恋的。所以经理就替他暂且安葬五年。

后来，他就收到一份通知，那是他从西班牙回到墨西哥后收到的第一份通知。通知上面告诉他说，他母亲墓地租的五年时间到期了，要他前去办理续租事宜，永久租用费只有二十美元。这是他回到墨西哥收到的第一份通知。因为钱柜当时由我管着，于是我就告诉他说让我来办理这件事吧，帕科。没想到他却说不行，他要自己亲自料理。他说因为葬的是他母亲，所以他一定要亲自去办。他会很快就去料理的。

后来，一个星期过后，第二份通知又送到了他的手里。我把通知念给他听，念完后，我说我一直以为他都已经料理完了呢。

“没有，我根本就没有料理过。”他说。

“要不然这事情交给我来解决吧，钱就在钱柜里。”我说。

没必要，他说。等他时间充足他一定会自己来料理这件事。“说到底就是花钱的事，提前花或者迟些花并没有任何区别。”他向来比较自由，拒绝别人的使唤。

“嗯，那行，”我说，“不过这事你一定要给料理了。”这个时候，他已经订了一份合同，规定他必须参加六场斗牛，还不算他参加的各种义赛。一句话，他忙得不亦乐乎。每场报酬是四千比索。也就是说光是在首都他就挣了一万五千多美元。

很快，一星期又过去了，接着第三份通知送到了他的手里，我念给他听。通知上面说如果等到下星期六他还没有去付钱，那么他们就会将他母亲的墓挖开，把他母亲的尸骨扔在万人冢上。于是他说自己会去办的，下午他就到城里去。

“我明明能够给你帮助，为什么不由我来解决呢?”我问他。

“既然是我自己的事，我自然可以独自料理。更无须你来插手我的事，这是我的事。”他说。

“好吧，那你就自己去办吧。”我说。

既然他都说了他会亲自把事情解决，又见他从钱柜里取了钱，即使他身上一直都会有大概一百多比索钱。于是，我想当然地以为他一定是亲自去解决事情去了。

然而，让我无比吃惊的是，一星期过后，通知又来了。通知上说，他们已经把他母亲的尸骨扔在万人冢上了，他们告诉他说已经向他发出了最后警告，可是他们一直没有收到回音，所以他们就这样做了。

“上帝啊，你为什么要做出这样的事情？你母亲死后竟然遭遇到这样的事情，沦落到这般地步，动动你的脑子，那个尸骨被别人抛弃在万人冢的是生你养你的母亲啊！给我个理由你为何就是不愿意我帮你解决这件事呢？我原本在接到第一份通知时就能够直接去解决好这件事的。”我跟他说，“你当时不是专门从钱柜里取了钱去办理的吗？你告诉过我你会去付钱。”

“这只是我的母亲。可不关你什么事。”

“是啊，这是你的事，的确和我一点儿关系也没有。可是如果一个人对他自己的亲生母亲如此作践，你认为在这种人身上还有人味吗？你真不配有母亲。”

“你根本就什么都不懂，这是我的母亲，”他说，“现在我用不着总是考虑该将她葬在哪一个地方，并一直为此伤心了。现在她就像鲜花和飞鸟一样，时时刻刻都在我周围的空气中。现在她跟我比以前更亲了。现在她可随时都和我在一起了。”

“你还是不是人？你还有没有人的七情六欲？”我说，“你最好别理我，我无法忍受和如此残忍的人交流。”

“你根本就不懂，这样很好，这样她随时都在我周围，我现在再也不会伤心了。”他说。

那个时候，他花了不少钱在女人身上，其实但凡略微知晓他的人都不会受他蒙骗，即使他一直用尽一切办法把自己装饰一番好去欺骗别人。他直到现在仍旧没将六百比索还我，我想他应该是一点儿都不想还我了。不过，我还是决定再一次找他要回来。“你现在不信任我了吗？现在你要钱干什么？咱们难道不是朋友吗？”他说。

“这不是信任不信任、朋友不朋友的问题。你不在的时候，我是拿自己的钱替你付的账，这你也是知道的，所以我就需要将我自己的这笔钱讨还回来，现在你有钱，你就得还我。”

“没有，我没钱。”

“你有没有钱我还不知道吗？就在钱柜里，你还我吧。”我说。

“我的钱都有它的用处，你不会理解，太多的情况下我都很需要钱来帮我做事。”他说。

“你在西班牙的那段时间里，委托我，屋里的全部开支全都由我来支付，无论是什么开支都由我来付，可是你呢？却连一个子儿都不寄来，那时我一直待在这里，我拿自己的钱替你付掉了六百比索的账。现在我就是要钱用，你还我吧。”

“根本用不了多长时间，我一定会还你的钱，”他说，“不过，就目前来说，我很需要钱。”

“你需要钱去做什么？”

“那是我自己的事。”

“先还我一点儿总可以吧？”

“不行，现在不行，放心，我会还你的。”他说，“要知道，我现在太急需钱用了。”

在西班牙的时候他只斗过两场，在那儿他们受不了他，他很快就被他们看穿了，他在西班牙一共做了七套斗牛时穿的新服装，他就是这种东西。从西班牙回来的时候，他把这些服装马马虎虎地打了包，结果有四套在回国的途中遭到海水损坏，现在都不能穿了。

“简直无法理解，”我跟他说，“你在西班牙度过了全程的斗牛季节，你又明明仅仅进行了两场斗牛。所有的钱又让你全花在你的斗牛新衣服上，又因为你的马虎对待，你的新衣服全被海水损坏，搞的它们没法再次利用。这就是你的所谓的斗牛季？这就是你所谓的在西班牙度过的斗牛季？目前你还有脸和我在这理论，大谈特谈说这是什么你自己的事，你能够处理好自己的问题既然你这么有本事，你倒把自己欠我的债还清，我好能够离开啊？”

“我会还你的，你不要走，就留在这儿，我不久一定会还你的，可是现在我需要钱。”他说。

“你该不是要打算重新安葬你母亲而急需钱来付墓地租金吧？”我说。

“你不懂的，我很高兴我母亲碰上这种事，你不能理解。”他说。

“是啊，说得不错，我的确不能理解，”我说，“你最好现在就把欠我的钱还我，要不我就准备自己从钱柜里拿了。”

“你要是这么做的话，那我就要亲自保管钱柜了。”他说。

“不行，你不能。”我说。

那天下午，一个小流氓被他带了来找我，这小流氓身无分文，不过是他的同乡。他说：“这位老乡的母亲病重了，他想回家但是缺钱花。”要明白这个家伙他以前可是从没见过的，这家伙虽然是他的同乡，也只不过是个小流氓而已，而他居然想充当慷慨大度的斗牛士在同乡面前表现一下。

“给他五十比索，就从钱柜里拿。”他跟我说。

“刚才我叫你还我钱的时候，你不是跟我说没钱吗？”我说，“现在你却叫我从钱柜给你拿五十比索给这小流氓。”

“他落难了。他是同乡。”他说。

“你可真是个大浑蛋，”我说。我把钱柜的钥匙拿出来甩在桌子上。“我有事要上城里去一趟。你自己拿。”

“嘿，我说，别发火行吗？欠你的钱我会付给你的。”他说。

我根本不想搭理他，只准备驾驶车子往城里赶。虽然车子不是我的，但我开车技术却比他好得太多，我们彼此心知肚明，无论是什么事情我都能比他处理得好。他几乎一无是处，连读写能力都不行。我之所以赶着往城里去，就是想着到那里找人帮忙，好让他能够把欠我的债偿清。他跟在我身后走出来说：“别生气，咱们用不着吵架。咱们可是好朋友，不是吗？我打算现在就还你钱，走吧，我跟你一起到城里去。”

我们一起驱车进城，他坐在一旁，我负责开车。汽车刚要进城的时候，他将二十比索从口袋里掏出来。

“我先还你这些，我现在只能还你这么多。”他说。

“你都能给一个穷困潦倒的小流氓五十比索，你就只给我二十比索？你还敢就只给我二十比索？你的良心被狗吃了吗？你可真够无耻的。”我跟他说，还告诉他拿着这钱会怎么着。“你明明少了我六百的债，你自己不会一点儿数都没有。你很清楚如果我接着你这笔钱事情会怎么样。我可不会接着你这一分钱的。”我一气之下立即便下了车，同样是身无分文，甚至无法想象自己去什么地方来度过那个夜晚。后来我同一个朋友一起，从他那儿把我的东西全部都拿走了。从那以后我再也没有跟他说过话，直到今年，在马德里，好像是在某天傍晚，我遇到他跟三个朋友正一起到位于格朗维亚的卡略电影院去。当时他向我伸出手来。

“你现在怎么样啊？我听人家说你在讲我坏话。”他跟我说。

“哪里有说你的什么坏话，我仅仅告诉大家你不曾有母亲。”我跟他说。在西班牙话里这句话无疑是最损人的。

“我母亲去世时我还很年轻，所以看上去我好像根本就没有母亲。不过，这话倒没有说错。”他说。

他们同性恋的人都是这样令人无语。没有谁可以搞得定他们。他们一贯都是花别人的钱，要么把自己装饰得人模人样，要么就是爱在他人那里显摆显摆以用来装模作样。他们总是竭尽全力用尽一切手段好让别人花钱，他们真的是其他的什么都不在乎，没有其他任何东西可以干扰到他们，因此不得不承认，没谁搞得定他们。犹记得那次在格朗维亚的对话，即使他的三个朋友都在现场，我可是根本没有顾及他的颜面，直截了当地表达了自己对他的认识，令人惊讶的是，他竟然还好意思用一种我们仍然是好朋友的语气和我交流。我的天啊，他真的还是一个人吗？

读者来信

在她卧室里的桌前，她坐在那儿，从从容容地写了这封信，没有一处画掉或重写。然后她停下来抬头看着窗外不断飘落的雪花，雪落到屋顶上就化了。一张报纸摊开在她的面前。

亲爱的医生：

我向您寄出这封信的很大一部分原因是我目前的生活要求我必须做出一个重大的决定，而这个决定的做出需要您给我一些专业的建议。而且由于它太过重大，我周围的人让我无法轻易地给予他们信任。我虽然可以信任我的父母，但我又没那个勇气去向他们咨询。当然的，您就成为我可以倾诉的对象，我们既不需要面对面交谈，我还可以安心地镇静地把这事诉说给你听。事情是这样的：1929 年我嫁给一个现役的美国军人，就在那一年他奉命派往中国上海——在那儿一待就是三年，后来他回到国内，在距离现在的两三个月前他退了伍，然后就到他母亲位于阿肯色州海伦那①的家。在他退伍不久后就给我写了信，信的内容主要是喊我回去——于是我去了。当我见到他时，我发现他正处于接受注射期间，我控制不住地询问他，究竟是怎么回事？他自己说接受注射是为了治愈他身上的某种病，那种病我不知道该怎么拼写，不过，这个字的发音听起来有点儿像“Sifilus②”——你能够明白我说的是什么吗？如果你知道这种病，那么希望你能够告诉我，如果跟他重新一起过日子我是否安全——我现在任何时候都没有

① 海伦那是位于美国阿肯色州的东部城市，濒临密西西比河。

② 原文应是 Syphilise（梅毒）。

同他亲近过，自他从中国回来以后。他一度给过我承诺说，只需医生给他治疗完这一疗程，他就健康了，他的病就可以痊愈。您觉得呢？您觉得他的健康还会不会有问题？我仍然记得父亲之前的告诫，他一直说无论是谁得了那种疾病，无论何种医疗手段都是无法治愈的，患那种病的人的结局只有死亡。我父亲的话我一直都相信，可是我也应该相信我自己的丈夫，不是吗？所以，我正居于两难处境，我究竟能做些什么？我究竟应该如何抉择？现在只有您能够帮我，请你一定告诉我，我该怎么办才好。我现在有一个女儿，她出生的时候，她的父亲正好在中国。

谢谢，望指教。

1933年2月6日

弗吉尼亚州罗阿诺克①

写完签上名。

我到底该怎么办，他也许能告诉我，她自言自语地对自己说。是的，他也许能告诉我。从刊登在报上的他那张照片上，看上去他好像知道该怎么办似的。一点儿不错，他看上去挺聪明。他应当知道的。每天他都在告诉人家该怎么办。所以只要是正确的方法我都会去照办。这段时间过得真长啊！这可真是一段很长的时间啊！可是这段时间多长啊。天哪，这段时间过得真长啊！我明白军人是没什么自由的，领导们做出决策，他们只需执行。让我疑惑的是，他究竟是如何染上这种疾病的。唉，要是他没得过这病可真好啊！他干过什么勾当才得这病的，我并不在乎。可要是他从没得过这病该多好啊！看上去他并不是非得这病不可的。我到底怎么办才好，我不知道。

① 罗阿诺克是位于美国弗吉尼亚州的西部城市。

向瑞士致敬

第一部 惠勒先生在蒙特勒[①]掠影

在车站的咖啡馆里，摆放着一张又一张干净的木头桌子，桌子被擦得光滑发亮，在咖啡馆柔和灯光的作用下，一个个又显得十分光亮。有光纸包装的一篮篮椒盐脆饼[②]在桌子上摆着。桌子旁是雕花的椅子，虽然座位有点儿旧，不过还是挺舒服的。一只雕花的木钟挂在咖啡馆墙上，店堂尽头是一个酒柜。窗户外面雪花飘的十分恣意。整个咖啡馆里又亮堂又暖和。

两个车站的服务员正坐在雕花木钟下的一张桌边，喝着新酿的酒。另一个服务员从门外进来对他们说从辛普朗方向来的东方快车[③]在圣莫里斯[④]误点一个小时了。然后他就出去了。女招待这时走到惠勒先生桌边。

“先生，今天快车要晚点一个小时，需要再给你来杯咖啡吗?”她说。

“如果还喝咖啡，我晚上那就不用睡觉了。”

“要不要再来一杯咖啡，先生?”女招待问。

---

① 蒙特勒是瑞士的西部城市，位于日内瓦湖东岸。

② 是一种纽结状椒盐脆饼，德国人常常喜欢用这种饼佐啤酒。

③ 东方快车指的是从法国巴黎经过中欧、巴尔干到伊斯坦布尔的快车的名称，自 1883 年经营到 1977 年止，以供应舒适、设备豪华著称。

④ 圣莫里斯是位于瑞士西南部的一座小城，濒临罗恩河畔。

“好吧，给我来杯吧。”惠勒先生说。

“好的。”

女招待的效率很高，不一会儿就从厨房把咖啡端来了。惠勒先生就这么静静地看向窗外，恣意的雪花在灯光的照耀下更添几分灵动。

“你是否还掌握其他别的什么语言？当然，我是指除了英语以外。”他问女招待。

“当然，我会说法语、德语和一些方言，先生。”

“你可以一起坐下来喝点什么吗?”

“嗯，这恐怕不行，先生。我们是不准陪顾客一起吃喝的，这是咖啡馆里的规定。”

“那来支雪茄，怎么样?”

“哦，那也不行，先生，我是不抽烟的。”

“那好。”惠勒先生说。然后他开始喝着咖啡，还点了支烟。转过脑袋继续向着窗外眺望。

“小姐①。”他过了一会儿又叫道。女招待很快就走到他的桌子边。

“你还需要什么，先生?”

“你，可以吗?”他说。

“先生，我觉得这种玩笑并不好笑。”

“没有，我没开玩笑，我是说真的。”

“好吧，可是你也不该说这话。”

“火车还有四十分钟就到。我现在没时间和你多争，我没开玩笑，我是认真的，如果你跟我上楼去，我就给你一百法郎。”惠勒先生说。

“先生，这种话你不该说。如果你一定要这么说，那么我就叫服务员来跟你说话。”

---

① 原文是法语。

“我以为你了解，我并非在和你说笑，我只要你。显然地，我并没有要服务员，更不要那些卖香烟的家伙，更不需要警察。”惠勒先生说。

“先生，我再告诉你一次，你不能待在这儿那么说话。要是你还要那么说话，那么就请你出去。”

“既然如此，我也不能强求什么，那你接着去忙吧，这样我根本就很难找你聊天了。”

女招待转身走开了。惠勒先生紧紧地凝视那位女招待的背影，他想知道女招待是不是真的会跟服务员反映刚刚的情况。未出他所料，她并没去。

“小姐!”他过了一会儿又叫道，“能拿一瓶西酒给我吗?”女招待过来了。

“好的，先生。”

惠勒先生看着她到厨房去，没多久就拿着酒进来，接着送到他桌上。他抬头看了看挂在墙上的钟。

“两百法郎，怎么样?”他说。

“先生，我刚才说过了，你不该说这种话。”

“两百法郎，咱们都心知肚明，可绝非一笔小数目。”

“你最好别再和我多说一句刚才的话!”女招待有点儿生气了。气得她几乎都无法再用英语来组织自己的语言。惠勒先生却觉得事情开始变得有趣了，所以他兴致勃勃地看着女招待。

“两百法郎。”

“你真是可恶。”

“既然这么生气，你大可转身离开啊！你知道的，你转身离开的话，我们哪还有什么机会聊天。”

女招待转身离开桌子径直走到酒柜那边。惠勒先生一边喝酒，一边对事情的发展越发感兴趣，禁不住地在心里笑得开怀。

“小姐!”喝了一会儿酒，他又叫道。这次女招待假装没听见。“小姐!”惠勒先生又叫了一声。这次女招待走了过来。

“你还想要点什么吗?”

“当然，我是很想要。三百法郎，总可以了吧。”

“你真是浑蛋。”

“三百怎么样？瑞士法郎。”

这次女招待根本没给他机会让他再多说一句话，径直转身决绝离开，惠勒先生则是兴致盎然地盯着女士渐行渐远的身影。这时门开了，一个服务员走了进来。那个服务员就是专门负责惠勒先生行李的。

“先生，火车来了。”他用法语说。惠勒先生从桌子旁边站起身来。

“小姐，酒钱是多少?”他叫道。女招待朝他的桌子这边走来。

“七法郎，先生。”

惠勒先生从钱夹里数了八法郎，留在桌上。然后他将自己的外衣穿上，跟着负责他行李的那个服务员走出了咖啡馆，走向月台。外面，雪还在不停地下着。

“再见，小姐。”他在出门时转过头来对女招待说。女招待有些厌恶地看了他一眼，他出去了。这个男人算得上是一个浑蛋了，她心想，真是让人无比厌烦，屁大点事都愿意花三百法郎，真是钱多傻了吧。自己对那种小事可谓是轻车熟路了，之前也向来不要钱的。而且稍微有点儿脑子的人都会看出来，这里根本没有地方去做那种事。这里地方太小，空间不足。况且她也真是没有时间。那些美国人也是太过疯狂了些，为了那种事竟然愿意花三百法郎。

站在水泥月台上的惠勒先生，顺着铁轨朝着不断在眼前越来越亮的灯光看去，那灯光是从穿过风雪迎面开来的火车的车身发出来的。他的行李就放在他的身边，他想着刚才的那件事，这可真是个非常划算的消遣。显而易见的，他只是付了自己的酒钱，那个被他气疯了的女招待算差了钱，根本忘了将他的晚餐应付的费用算进去，做了赔本买卖，他到最后只用付七法郎，哦不，他还漏算了自己支付的小费，那是一法郎。此时，惠勒先生突然想起一个更妙的做法，干吗给一法郎的小费呢？那也太多了，明明给七十五生丁小费就够了，而且真的是刚刚好，如果给七十五生丁小费，这会儿他心情会更好。一个瑞士法郎可是值整整五个法郎。惠勒先生在钱的方面很吝啬，而且他并不喜欢女人。他现在是要到巴黎去。这车站他以前来过，他也知道其实咖啡馆的楼上并没什么地方可去。因为惠勒先生从来不会冒险。

第二部　约翰逊先生在沃韦[①]谈离婚

车站的咖啡馆里总是又亮堂又暖和，摆放着一张又一张干净的木头桌子，桌子被擦得光滑发亮，在咖啡馆柔和灯光的作用下，一个个又显得十分光亮。有些桌子上铺着印有红白条子的桌布，还有些桌子铺着的则是印有蓝白条子的桌布，每一张桌子上都摆着用有光纸包装的一篮篮椒盐脆饼。雕花的椅子就靠在桌子的旁边，虽然座位已经有点旧了，可是坐上去还是挺舒服的。有一只雕花的木钟挂在墙上，在店堂尽头是一个镀锌的酒柜，窗户外面雪花飘的十分恣意。两个车站的服务员正坐在雕花木钟下的桌边，品尝着咖啡馆里新酿的酒。

这时，另一个服务员从咖啡馆的外面走了进来，对那两个还在喝酒的服务员说，从辛普朗方向开来的东方快车在圣莫里斯误点一个小时了。然后女招待走到了约翰逊先生的桌边。

“先生，快车会晚点一个小时，”她说，“你想来杯咖啡吗？”

① 沃韦是瑞士西部的城市名，是瑞士的旅游中心。

“当然可以，不过希望不会给您带来太多麻烦。”

“再来一杯咖啡，行吗？”女招待问。

“就来杯咖啡吧。”

“谢谢。”

女招待的效率很高，不一会儿就从厨房把咖啡端来了。约翰逊先生就这么静静地看向窗外，恣意的雪花在灯光的照耀下更添几分灵动。

“你是否还掌握其他别的什么语言？当然，我是指除了英语以外。”他问女招待。

“我会说法语、德语还有一些方言。”

“你可以坐下来陪我一起喝点什么吗？”

“咖啡馆规矩不准陪顾客一起吃喝。”

“那给你来支雪茄，怎么样？”

“对不起，我不会抽烟。”她笑了。

“您做得很对，抽烟对身体不好，其实，我也不抽。”约翰逊说。

女招待转身走开了，约翰逊一边喝着咖啡，一边给自己点了支烟。现在墙上的钟面上，指针指的是9点3刻。他看了看自己的表，他的表要快了一点儿。火车本来应该是在10点半到——现在晚点一个小时也就是说要11点半才到。于是约翰逊朝柜台处的女招待叫道：

“小姐[①]！”

“你需要什么吗，先生？”

“不知道你是否有空，我希望能够约你玩玩。”约翰逊问。或许是他说得太过直白了些，或者女招待想得太多或者有歧义，女招待控制不住地红了脸。

“不行，先生。”

“我看你可能理解错了，我只是想能不能找上一些人一起玩

① 原文是西班牙语。

一玩，如果可以的话，当然欢迎你也喊上你的女性朋友。我单纯地有点儿好奇沃韦的夜生活是什么样的。”

“听起来是不错，不过我必须在这继续上班，你也看到了，我还有工作要做。”女招待说。

“要是你找个人替班，不就可以了吗？内战时人们常这么做。”约翰逊说。

“我必须亲自在这儿上班。先生。”

“你的英语是在哪儿学的？”

“是在伯利兹学校里。”

“那好吧，咱们来聊聊伯利兹学校，”约翰逊说，“司各特·菲茨杰拉德听说也是那个学校的？不知道你是否在那里遇到过他？在学校里一定会有许多献殷勤的人吧？像他们那么搂着脖子没完没了地亲嘴好不好？在伯利兹学校重读书的那些大学生是帮胡来的家伙吗？”

“我不知道你说的是什么？”

“我是说你一生中最快活的日子一定是在你的大学时代，是吧？伯利兹在去年秋天都有些什么球队啊？”

“你不是认真的吧？你给我的感觉像在说笑。”

“你说得不错，刚刚真的只是想和你开个无伤大雅的玩笑。不过你真的要拒绝我吗？你难道一点儿都不想和我玩玩吗？你自己想必是十分清楚的，你看起来真的是一个相当讨人喜欢的好姑娘。”约翰逊说。

“我刚刚已经给出我的理由，我必须完成自己的工作，我要继续留在这工作，先生，”女招待说，“请问，你还需要点儿什么？”

“不错，你还要上班，那你把酒单给我拿过来好吗？”约翰逊说。

“没问题，先生。”

约翰逊走到三个服务员坐着的那张桌子边，酒单就拿在他的手里。他们抬起头来望着他。他们看上去年纪都不小了。

“你们还想要喝酒吗[①]?”他问。其中一个人朝他笑了笑然后点了点头。

“当然喝，先生[②]。”

“嗯，你能够说法语?”

“是的，先生[③]。”

“那可真是太好了，咱们应该一起喝一杯，怎么样？想一想咱们要一起喝点什么呢？我觉得香槟不错，你们呢？你们了不了解这个东西？知道得多不多[④]?”

“不懂，先生[⑤]。”

“好吧，不过我想她应当懂[⑥],”约翰逊说，“小姐[⑦],”他叫女招待，“能给我们来一点儿香槟吗?”

“当然，先生，你希望喝哪个牌子的香槟?”

“既然要喝自然是要最好的那种,”约翰逊说，“你们知道哪一种最好吗[⑧]?”他问那三个坐在一起的服务员。

“嗯，你是说最好的[⑨]?”刚才首先说话的那个服务员问。

“是啊，最好的。”

那服务员将一副金丝边眼镜从自己的上衣口袋里掏出，戴在了眼睛前面，拿过酒单看了看。在四种打印的酒名和价格上他用手指一一掠过。

“这个怎么样？运动员牌,”他说，“我觉得运动员牌的最好。”

---

① 原文是德语。

② 原文是法语。

③ 原文是法语。

④ 原文是法语。

⑤ 原文是法语。

⑥ 原文是法语。

⑦ 原文是德语。

⑧ 在原文中是法语混夹着英语。

⑨ 原文是法语。

“好吧，你们呢？你们觉得怎么样？”约翰逊向另外两个服务员问道。一个点了点头。另一个则用法语说道，“说实话，我真的是一点儿都不懂这些酒，但是却也一直听身边的朋友提起过运动员这个牌子。由此可见，它应该也是不错的。”

“那好，就运动员牌，”约翰逊对女招待说，“来一瓶运动员牌的。”然后他又拿过酒单看了看上面运动员牌的价钱：十一个瑞士法郎。“噢，等等，来两瓶。”接着他又向那个提出喝运动员牌的服务员问道，“不知道我和大家一起坐着喝酒，你们同不同意？”

“当然不，来吧，请这边坐。坐下吧。”服务员对他笑笑。他将眼镜折好后放回到自己的上衣口袋里，“今天是你的生日吗，先生？”

“哪里是谁的生日，只不过我老婆决定要跟我离婚了。”

“是吗？那可真是太不幸了，”服务员说，“唉，说什么呢，依我看，最好还是别离婚。”坐在一旁的另一个服务员摇了摇头。而第三个服务员依旧像是没有听到任何对话，不知道他是否有点儿聋。

“离婚的事最近也是一直在干扰我的情绪。说白了点，也就是小事一桩，没什么大不了的，”约翰逊说，“就像有着一口好牙的人第一次去看牙医生，或者女孩子第一次会来月经一样，都是寻常小事。”

“嗯，这我理解。”最老的服务员说。

“我看你们几个都不像离过婚的，怎么样，离过吗？”约翰逊问。这几段对话他倒是操着一口正宗的法语，和之前那开玩笑的语气大相径庭。

“自然也是有离婚的，”那个服务员说，“虽然也有，只不过不是很多罢了。”就是刚才点运动员牌香槟的那个服务员。

“如果是这样，你们还真不错，我们那事情可就不一样了，离婚在社会中那可是个非常普遍的现象。”

“你说得一点儿没错，我曾经在报纸上见到过类似的信息。”服务员证实说。

“这样看起来还挺滑稽，我三十五岁才刚开始自己的初次离婚，和其他大多数人相比还是落于人后了。”约翰逊说。

“三十五岁也是个年轻的年龄，你应该高兴自己还年轻。[①]”服务员说。随后他又向旁边的服务员们介绍道：“先生现在还只有三十五岁[②]。”

“嗯，看来他很年轻。”一个说。

“你第一次离婚，是吗？”服务员问。

“是啊，”约翰逊说，“快快请你帮我们把酒瓶打开，行吗？小姐[③]。”

“那离婚的费用应该很贵吧？”

“是啊，至少要一万法郎。”

“一万瑞士法郎？”

“不是，一万法国法郎。”

“哦，那也挺贵的。大概差不多合两千瑞士法郎了。看来果然不便宜。”

“不错，挺贵的。”

“这离婚也太贵了，怎么就能下定决心要离婚呢？这可是不小的一笔钱。”

“没办法，我说没用，我的老婆坚持离。”

“为什么要求离呢？总得有个原因吧。”

“还不是想嫁给别人？”

“那可真是个愚蠢的想法。”

“嗬，我的想法和你一样，那就是个糟糕又愚蠢的主意。”约

---

① 原文是法语。

② 原文是法语。

③ 原文是法语。

翰逊说。这时，女招待已经倒好了四杯酒。于是大家都举起了杯。

“来，为我们大家的健康干杯。”约翰逊说。

“不错，为我们的健康干杯，先生①。”服务员说。坐在一旁的另外两个则说，“向你致意②。”香槟味喝起来就像跟粉红色的甜苹果汁的味差不多。

“我想请教一件事情，瑞士有那种如果你回答一个人的提问，你就应该用另一种不同的语言去回答这样类似的规矩？是不是有这样的一种制度？”约翰逊问。

“你误会了，我们喜欢用法语主要是因为法语比较高雅。而且，法语也是瑞士的拉丁系语言。”服务员说。

“虽然你们说法语，不过你们本来就掌握德语啊！”

“当然。在我们那个地方，人们都说德语。”

“哦，原来是这样，”约翰逊说，“我刚才听你说你从来都没有离过婚，是吧？”

“我的确从来没离过婚。再说离婚也太贵了。”

“噢，那他们两位先生呢？”约翰逊说。

“他们都是已经结过婚了。”

“那么你觉得结婚怎么样？你喜欢吗？”约翰逊问一个服务员。

“什么？”

“你对你现在的婚姻现状满意吗？”

“当然。我很满意③。”

“很好，”约翰逊说，“那么你呢，你觉得怎么样，先生④？”

---

① 原文是法语。

② 原文是法语。

③ 原文是法语。

④ 原文是法语。

“我也觉得很满意[1]。”另一个服务员说。

“你们似乎婚姻都进行得挺不错的，不像我[2]，我就没有那么顺利，我的婚姻状况可就没这么好了[3]。”约翰逊说。

“先生就快要和他的太太离婚了。”第一个服务员对其他的两个服务员说。

“那真是太不幸了。”第二个服务员说。

“的确如此。”第三个服务员说。

“再说这个真的是一点儿意思都没有。不如咱们来换个话题，咱们再聊聊别的吧。”约翰逊说，“我的这些困扰可不能影响到大家的兴致，说多了无益。”他对第一个服务员说。

“说得不错。”服务员说。

“来，咱们聊些别的话题。”

“随你便。”

“可是咱们谈点儿别的什么呢？”

“体育，你喜欢吗？”

“我对那个没什么兴趣，可是我老婆却非常喜欢。”约翰逊说。

“你生活中都爱做些什么呢，有什么兴趣爱好吗？”

“实际上我是个作家。”

“做你们那一行赚钱多吗？”

“赚不赚钱是要分人的，不怎么出名的作家，没什么钱可以赚。混到有了名声之后，就可以赚很多的钱了。”

“看上去还挺有趣。”

“你认为这很有趣吗？”约翰逊说，“可是我却并不觉得。好了，诸位，对不起，我现在得离开你们了。另一瓶请你们也喝了好吗？”

---

① 原文是法语。

② 原文是法语。

③ 原文是法语。

“现在就走吗？可是还有三刻钟火车才到呢！”

“这我知道，可是，我现在想出去走走。”约翰逊说。他将女招待叫过来了，然后付清了酒钱和饭钱。

“你准备出去，先生？”女招待问。

“嗯，我打算出去散一会儿步。我的行李还是先留在这儿。”约翰逊说。

他将放在一旁的外套穿上，戴上了自己的帽子，接着又围上围巾。他离开了咖啡馆，走到了外面，雪花仍是下得十分恣意，鹅毛大雪不断从天而降。他又往那些刚刚和他坐在一张桌子上喝酒的三个服务员瞧了瞧，已经开了口的剩酒被那个女招待依次倒给了那三人，不过，他们并没有喝那未开的酒，他们把它退给女招待用来换钱，约翰逊心里想，退了那瓶酒他们至少可以每人分到三法郎。然后他转身迎着飞舞的雪花朝月台走去。他原是打算把自己要离婚这件事在公共场所找人聊聊至少可以让自己心里好过点儿，不过，和他们聊来聊去，不仅没让自己更舒心，反而让自己更不舒服了。

第三部　一个会员的儿子在特里太特

在特里太特车站里的咖啡馆一直都是温暖而又亮堂。明亮的灯光照得整个咖啡馆亮堂堂的，咖啡馆里摆放着一张又一张干净的木头桌子，桌子被擦得光滑发亮，在咖啡馆柔和灯光的作用下，一个个又显得十分光亮。在每一张的桌子上面都摆着用有光纸包装的一篮篮椒盐脆饼，为了防止木头桌面上被湿杯子印出一圈圈水迹，一块块用硬纸板做成的啤酒杯垫紧挨着脆饼放在一起。在木头椅子上，有着精美的雕花，虽然椅子的年岁不少了，可是坐着确实令人感到意外的舒适。在墙上挂着一只木钟，酒柜就在店堂的尽头。窗户的外面，天空飘下鹅毛大雪，雪花又急又多，纷乱恣意。在咖啡馆里，有个老头儿正坐在木钟下的一张桌子边，一边看晚报，一边喝咖啡。哈里斯先生刚刚用完晚餐。这时，一个服务员推开咖啡馆的门走了进来，他说，在圣莫里斯那儿从辛普朗方向开来的东方快车误点一个小时。女招待来到哈里斯先生桌边。

“先生，快车要晚点一个小时。你需要还来一杯咖啡吗?”

“你认为可以的话当然就没问题。”

“再来一杯咖啡，怎么样?”女招待问。

“好吧，再来一杯。”哈里斯先生说。

“谢谢。”女招待说。

女招待将咖啡从厨房里端了出来，哈里斯先生加了一些糖在咖啡里，糖块在咖啡杯里被哈里斯先生用汤匙碾得“嘎吱嘎吱”响，他抬头望着窗外，雪花在车站月台灯光下翩翩起舞。“你是否还掌握其他别的什么语言？当然，我是指除了英语以外。”他问女招待。

“哦，当然，先生。我会说法语、德语和一些方言。”

“你最喜欢哪一种呢?”

“这个不太好说，我个人认为它们彼此没什么太多区别，先生。其实我自己并不是十分清楚自己更偏爱哪种语言。”

“你可以坐下来和我一起喝点什么吗？咖啡，怎么样?”

“哦，这恐怕不行，先生。咖啡馆里规定我们在上班的时候是不准陪顾客一起喝的。”

“哦，那来支雪茄，怎么样?”

“嗯，对不起，先生，我不会抽烟。”她笑了。

“抽烟确实不是个好习惯，我自己也不会抽，”哈里斯说，

"同样地，我本人也不是很喜欢大卫·贝拉斯科。[1]"

"你想表达什么？我不太明白。"

"嗯，贝拉斯科。大卫·贝拉斯科。你难道不认识他吗？我还以为你会认识的，他的特点是一直都把他的领子倒过来，这和正常人可很不一样。可是，我不喜欢他。不过，现在他也已经死了。"

"哦，原来是这样，不好意思，我还有其他工作要做，假如你没有其他要求的话，我可以离开了吗？"女招待问。

"当然，我没别的需要了，你请便。"哈里斯说。他依旧出神地看向窗外，并且将自己的身体向前倾着。那个坐在木钟下的老头儿将看完的报纸折好，他抬头看了看哈里斯先生，随后端起自己的咖啡杯和碟子，来到了哈里斯的桌边。

"不好意思，希望不会打扰到你，"他用英语说，"如果我没猜错的话你应该是全国地理协会的会员吧？"

"一点儿都不会，请坐，先生。"哈里斯说。这位老先生就在一旁坐下了。

"假如你同意，我们一起喝杯咖啡如何？或者再一起喝杯杯利口酒，如何？"

"荣幸之至。"这位老先生说。

"这里的樱桃酒还是不错的，您要不介意的话，咱们就来杯吧，怎么样，要一起喝吗？"

"当然。是个不错的主意。"

"好吧，那咱们一人一杯。"哈里斯招呼女招待过来。老先生将一只皮夹从自己外套里面的口袋中取了出来。然后将一根缠在皮夹上的宽橡皮筋取下，从皮夹里抽出几张纸，挑了一张，递给哈里斯。

---

① 大卫·贝拉斯科（1853—1931），是美国著名的剧作家和演员，曾在演出和舞台设计上做出过重要革新。

“这是我的会员证，美国的弗雷德里克·杰·罗塞尔你认识吗?”他说。

“我并不认识，没有听说过。”

“是吗？他可是十分有名的。”

“他是哪儿人？我是说他是美国哪个地方的人?”

“华盛顿。地理协会的总部不就是设在那儿吗?”

“是吗？嗯，我想是吧。”

“你不会连这都不知道吧，你竟然不知道!”

“嗯，我没有在国内已经很久了。”哈里斯说。

“既然这样，就是说，你根本就不是全国地理协会的会员。”

“是啊，我的确不是。不过我的父亲是。他可是地理协会多年的老会员了。”

“既然是老会员，那他肯定是熟悉弗雷德里克·杰·罗塞尔。他是地理协会里的一位理事。我能够成为全国地理协会的一名会员就多靠罗塞尔先生亲自为我提名。”

“是吗？那真是太好了。”

“自然，确实是相当不错，只不过很遗憾你不是其中之一。但是你也可以通过你父亲来得到成为会员的提名的。”

“嗯，如果真的能够那样就太好了，等我回去后，我也一定要成为它的会员。”哈里斯说。

“嗯，一定记着去办，我也希望你能够去办。我想，那份杂志①你应该也看喽?”这位先生说。

“毫无疑问，我一直都看。”

“那一期你看过吗？就是刊有北美动物群彩色插图的那一期。”

“那一期吗？看过，当然看过。我记得当时我是在巴黎看到的。”

“那么，那一期呢？就是刊登阿拉斯加的火山全景的那一期。”

① 指美国全国地理协会出版的刊物《全国地理杂志》，销路非常好，达三百几十万份，以插图精美著称。

“噢，那可是我见过的最壮丽的一大奇观。”

“还有那一期，就是乔治·希拉斯第三拍的野生动物照片的那一期，我也非常喜欢。”

“确实，我和你的想法一致，那一期他拍得确实很好。”

“啊，你能够再说一遍好吗?”

“拍的真是精彩极了。希拉斯那家伙……”

“什么?那家伙你叫希拉斯……那家伙?”

“是啊，我总是这样称呼他的，我和他相识很久了，我们关系很好。”哈里斯说。

“噢，我想我是明白了。原来你和乔治·希拉斯第三认识。他这个人一定很风趣吧。”

“的确是这样。在我认识的人中他无疑是最风趣的一个。”

“那乔治·希拉斯第二你认识吗?他是不是也很风趣?”

“他么，我想你可能会失望了，他并不怎么风趣。”

“是吗?我还一直以为他很风趣呢。”

“不错，大多数人可能都会有那种感觉，不过，奇怪的是，他还真不是一个很有趣的人。说实话，我自己都搞不清楚为什么会这样。”

“嗯，”这位先生说，“我以为他们全家都会是有趣的人，看样事实并非如此，如此说来想象终归是想象，实际永远是实际。”

“哦，对了，撒哈拉沙漠的全景你还记得吗?”哈里斯问。

“你是说撒哈拉沙漠吗?没想到你竟然知道那一期，大概都是十五年之前出版的一期了。”

“是啊，我父亲可是最喜爱那一期了。”

“比较新的几期他不喜欢吗?”

“我想也应该喜欢吧，但对于撒哈拉全景他却是非常爱看。”

“那可是太好了。不过在我看来，图片的科学趣味远远不能够像它的艺术价值那样更能吸引我。”

“确实如此，不过让人惊讶的是，在那一大片大风刮起的黄沙中，竟然还有一个阿拉伯人牵着他的骆驼正面向麦加跪着。”哈里斯说。

“向麦加跪着？我的记忆中怎么是那个牵着骆驼的阿拉伯人应该是站着的吧，似乎并没有跪。”

“是吗？看来是我记错了，我想我是把它和劳伦斯上校[①]那本书里的场景给搞混淆了。”哈里斯说。

“是啊，这也很有可能，劳伦斯的那本书写的是阿拉伯吧。”

“是啊，就是关于阿拉伯，”哈里斯说，“就在刚刚我们聊到那个阿拉伯人时，我就突然联想到劳伦斯上校的那本书。”

“嗯。这么说来，劳伦斯上校一定也是一个非常风趣的年轻人。”

“确实，我也认为他会是一个很幽默的年轻人。”

“他现在干什么你知道吗？”

“在皇家空军里。”

“他怎么会想到在皇家空军里工作？”

“我还真是不太清楚这个事，也许就是他个人的爱好兴趣班决定的吧。”

“那么他是不是全国地理协会的会员，你知道吗？”

“不知道，我想我不知道。”

“这可太棒了，你觉不觉得全国地理协会会很需要他那种人才吗？假如地理协会同意接纳他，我想我会十分高兴能够作为他的提名推荐人，我非常乐于提名推荐他，毋庸置疑的，他可是位优秀的协会会员。”

“他们应该会愿意吸收这样一个人的。”

“我以前曾提名洛桑，我的一个同事，还有沃韦的一位科学家，他们俩后来都被选上了。我想如果我向他们提名劳伦斯上

---

① 指托马斯·爱德华·劳伦斯（1888—1935），是英国的一位军人、学者，在第一次世界大战期间加入阿拉伯军队，并且从事间谍活动，一生富有传奇色彩。以“阿拉伯的劳伦斯”而闻名于世。曾著有《七根智慧柱》。

校，他们一定会对他很满意的。”

“这主意真是太好了，”哈里斯说，“这咖啡馆你常来吗?”

“是啊，我一般在吃完饭后都会到这儿来喝喝咖啡。”

“你在哪里工作？大学?”

“没有，我现在已经不工作了。”

“哦，我准备要去巴黎，再从勒阿弗尔港[①]乘船去美国。现在我只是在这儿等火车。”哈里斯说。

“你要去美国吗？这是个好主意，我一直都很希望能够去一趟，因为之前我可是从未到过美国，如果有机会的话，我可能通过参加协会总部的会议而能够去美国参观。假如还有机会见到你的父亲，那可就真是极好的。”

“如果你们真的可以见到，那真的是太好了，我的父亲肯定也会相当高兴，不过，遗憾的是，我父亲于去年开枪自尽，他已经去世许久了。其实直到现在我也无法理解，究竟他为什么会自杀。”

“噢，那可真是太遗憾了。我不得不说他的去世对他家属和整个学术界来说无疑都是一个沉重的打击。”

“我个人认为，我父亲的去世对于学术界还没什么太大影响，他们至少没什么特别的感觉。”

“这是我的名片，他名字的缩写不是 E. D. 而是 E. J.，我知道他对于能够认识你，一定会非常乐意的。”哈里斯说。

“那可真是莫大的荣幸。”这位先生也将一张名片从自己的皮夹里掏出，递给哈里斯，上面印着：

美国华盛顿特区

全国地理协会会员

西格·蒙德怀尔哲学博士

“好的，感谢，我并将认真保存。”哈里斯说。

---

① 勒阿弗尔港是位于法国北部的港市。

等了一整天

当他推开门走进屋来，并把窗户关上的时候，我一下子就看出他病了。那时我们还睡在床上。他的步伐十分缓慢，而且浑身似乎都在抖个不停，脸色更是不好，惨白惨白的，似乎身上的每个部位都在承受这巨大的痛苦。

“沙茨，你看起来很不好，出了什么事，是不是身体不舒服?”

“是啊，头痛，我感到很不舒服。”

“为什么会头痛，看起来情况很糟，你赶紧去床上多休息一会儿。”

“不用了，没事的，我想过一会儿就好了。”

“听我的，立刻回到床上多躺一会儿，你需要休息。等一下我把衣服穿好就过来看你。”

可是等我穿好衣服下楼来的时候，他并没有回到床上去，而是蜷缩着身子坐在火炉边，一看就知道他病得不轻，真是个可怜的小男孩儿。我走到他的身旁，把手放在他脑门儿上，挺烫的，看来他是发烧了。

“你在发烧，还是上楼去躺着吧。”我说。

“不用，我没事的。”他说。

没多久，医生来了，他拿出体温计给孩子量了量体温。

“怎么样?”我问医生。

“一百〇二度。”

在初步的诊断后，医生根据孩子的病情，开出了三种不同颜色的药丸，随后又将这些药的服用方法依次告知了我。这三种药丸中，一种是泻药，另一种是退热的，第三种是控制酸的。医生对治疗流感这种疾病看起来十分得心应手，他给我解释说，只有在酸性状态中流感的病菌才能够存在。孩子现在患的是轻度流感，如果没有并发肺炎就没有什么危险。只要他的体温没有超过一百〇四度就不用担心。

回到屋子里后我记下了孩子的体温，还把吃各种药丸的时间也一起记了下来。

“想要听我给你念会儿书吗？”

“不怎么想，不过你要念就念吧。”孩子说。他躺在床上，脸色仍是惨白惨白没有起色，还多出了黑眼圈，他仍旧是一点儿都不动弹地躺在床上，很安静可能也是没什么精神。看上去好像对什么都没有兴趣似的。

我坐在他的身旁，开始念着《海盗集》，那是霍华德·派尔[①]写的一本书；很明显地，他对听书并没有什么兴趣，可能是在出神。

“你现在感觉好点儿了吗，沙茨？”我问他。

“没什么变化，和刚才差不多。”他说。

我不再念书，只是坐在他的脚边一边安静地看书，一边等着给他吃另一种药的时候到来。根据常识来看，患有疾病虚弱的人相对于他们健康的时候，一定是更容易睡去，更容易有睡意，不过，他可不是这样，在我观察的这段时间里，他并没有睡意而是很是奇怪地在盯着床脚。

“等会儿到了要吃药的时候我会叫醒你的。你现在为什么不好好睡一会儿？”

“我现在不想睡，倒是情愿醒着。”

过了一会儿，他又对我说：“爸爸，如果你觉得心烦的话，就可以不用在这儿陪我。”

“谁说的，我并没心烦。”

“嗯，我的意思是说，假如这样做让你感到心烦的话，你就

---

① 霍华德·派尔（1853—1911），是美国著名的作家、插图家、画家，曾为杂志工作多年，作品大多取材美国殖民地时期及内战时期的史实及传说，除了撰文外，还亲自设计封面。

可以不用在这儿陪我。”

我觉得他应该是由于疾病的原因，不知道自己在说些什么，于是到了11点的时候，我把医生开的药丸给他吃了后，就离开了他的房间到外面去走了一会儿。

还记得那天很是寒冷，四处冰冻，太阳倒也不错，之前飘下来的雪已经成为地面上的冰冻，到处看起来都是亮晶晶的冰，掉光树叶的树木，修剪过的灌木，没有修剪过的灌木，空地的上面和全部草地都涂上了一层冰。我并不是独自一人，一条爱尔兰长毛小猎狗一直在我旁边陪着我散步，我们一起沿着路旁一条早已经结冰的小溪散了一会儿步，到处都是冰冻让我们的行走变得有些困难，不管你是怎么走，甚至只是站着，路面相对于我们还是非常光滑，以致我们难以保持身形，即使是那只四条腿的狗也是没走几步就摔得很狼狈，更别说我了，我还是相当狼狈地摔了一跤又一跤，十分惨烈，摔得我随身携带的枪都被我甩出很远。

在悬垂着灌木的高高土堤下一群鹌鹑正躲在那儿，毫无疑问的，是我们摔倒弄出的动静把它们吓得一哄而散，就在那时我举起枪，瞄准从土堤顶上飞起来的它们，然后开枪打死了两只。要知道大部分的鹌鹑不会集聚在一起，它们大都会彼此分离开来躲在灌木丛中，不过也有小部分的会待在树上。这种情况不利于捕获它们，所以必须想办法弄出动静让它们受惊吓而自己飞出来，所以有时候你必须在那个长着灌木丛的结冰的土墩上使劲儿地蹦几下才行，要不就像我们刚才一样使劲儿地摔几下也行，不过，我还是比较喜欢选择前一种方式。一听到声音，它们一下子就飞了出来，而此时你却还在富有弹性的、覆盖着冰的灌木丛中东倒西歪，极力地想保持住自己身体的重心。其实在那个当口想举着枪就打中它们，可绝非一件易事，很简单的道理，在你重心都不稳的情况下还想稳稳地握住枪，几乎不太可能。不过，我最终还是打中了两只。当我们动身回到屋子来时，在靠近屋子的地方发现也有一群鹌鹑，这让我心里感到非常高兴，这样我们在第二天的时候就可以找到更多的鹌鹑了。

等我回到家后，家里的人告诉我说孩子不想见任何人，也不让任何人到他屋里去。

“你们全都不要进来，我的东西你们也千万不能拿走。”他说。

于是我走上楼，到他的房间里去看他，我发现他依旧还是躺在床上，他仍是呆呆地盯着床脚，躺在床上也还是一动不动和之前的动作没什么区别，他可能一直都没怎么动弹，他的脸色仍旧是惨白惨白，没什么精神头儿，不怎么想说话，不过脸蛋则由于发烧而显得绯红。

我拿出体温计给他量了一下体温。

“几度?”

“嗯，好像是一百度。”我说。实际上是一百〇二度四分。

“错了，应该是一百〇二度。”他说。

“你怎么知道，谁说的?”

“刚才那个医生说的。”

“听着，孩子，没什么好担心的。你的体温并没有再次升高。”我说。

“我没有担心，爸爸，可是我却不得不想。”他说。

“也没什么可想的，孩子，别急，你现在需要的是好好休息。”我说。

“我理解自己需要休息，我心里很清楚，我对自己的病情并不着急。”他虽然嘴里说着话，我还是可以感觉到他的呆滞的眼神，他只是无神地看着前方，我想他一定是有着什么心事。

“来，含着水把这药吞下去，孩子。”

“你觉得我吃了以后就会好起来吗?”

“当然，我们可都是这样好起来的。”

等他吃完药重新躺下后，我拿起放在一旁的那本《海盗集》，在他的床边坐下，又开始给他念了起来。念了一会儿，我发觉他并没在听，于是我就停了下来。

“你看我什么时候才会死？”他问。

“什么？”

“我还能有多长的时间可活？”

“你怎么会有这么奇怪的想法呢？谁告诉你你会死的？”

“哦，我要死了，我知道。是的，他说的是一百○二度，我听得清清楚楚。”

“傻小子，谁告诉你发烧到一百○二度就会死的。别在那儿胡说。”

“我会死的，你骗不了我，我知道。在法国学校读书的时候同学告诉过我，要是发烧时体温到了四十四度时你就活不成了。可我现在已经都一百○二度了。”

这个傻孩子，原来从早上听见医生告诉我他自己的体温时开始，他就一直在那儿等死，现在都傻傻地等了一整天了。

“真是个傻孩子，”我说，“怎么能这么想，你们同学告诉你的那个体温计量出来的温度和刚刚用的那个体温计量出的温度是截然不同的东西，它们计算温度的标准不同，这两种体温表没有任何关系，各自有各自的计算方式，是你自己误会了。那种表上三十七度算正常。这种表要九十八度才算正常。这就好比公里和英里。你个傻小子，你是不会死的，再说了，你这么傻，上帝才不会要你呢。”

“你说的是真的？”

“我可不会骗自己的孩子，”我说，“你爸爸对如此简单的事怎么会搞错？它们之间的区别就如同英里和公里的区别，那好，我问你，车速达到七十英里合多少公里，你知道吗？”

“嗯。”他说。

他内心终于不再紧张了，逐渐放轻松了起来，他也不再一动不动地躺在床上用呆呆的眼光盯住床脚了。到了第二天的时候，他完全一点儿也不紧张了，也不会为了一点儿小事就动不动哭鼻子了。

一篇有关死者的博物学论著

我总是觉得那些博物学家们几乎从不将战争这个话题纳入他们探讨研究的范围。比如，我们大家都熟悉的，已经去世的威廉·亨利·哈得孙①给我们留下了他对巴塔哥尼亚②的动物群和植物群的各种形象具体的描绘；像吉尔伯特·怀特大师③，他给我们带来了戴胜鸟对塞尔伯恩村④无规律的到访这种令人惊奇的现象；不仅如此，我们还有优秀的斯坦利⑤主教书写的相当有价值的同样又非常简单朴实的《鸟类驯服史》。这些书籍都给我们带来了很多的知识，让我们对自然界的现象有了更多的了解。不过让我费解的是，我很少见到有哪一位优秀的博物学家写过关于死者的东西，所以我对于他们能够为大家多带来一些自然而然的具体的形象的关于死者这种话题的描写更怀期待。

那个百折不挠的旅行家芒戈·派克⑥，当年在横穿广袤无垠的非洲沙漠的途中曾一度昏倒在沙漠里，那时他单身一人，浑身精光赤条，已经处在了绝望的边缘。当他觉得自己的来日已经屈指可数的时候，他躺下来等死。然而就在这个时候，他无意中发

---

① 威廉·亨利·哈得孙（1841—1922），是英国著名的散文家、小说家及博物学家。

② 巴塔哥尼亚属于南美洲地区，位于阿根廷和智利南部。

③ 吉尔伯特·怀特（1740—1793），是英国著名的博物学家、牧师，著有英国第一部有关博物学的著作《塞尔伯恩博物志及古迹》。

④ 塞尔伯恩村是位于英国罕布什尔的一个村子，该地不时有颜色鲜艳、长喙尖锐、冠呈扇形的戴胜鸟栖息，是吉尔伯特·怀特的故乡。

⑤ 阿瑟·斯坦利（1815—1881），是英国著名作家，同时也是一位教士，1864 年为西敏寺大教堂的主教，写有多部博物学论著。

⑥ 芒戈·派克被（1771—1806），是苏格兰著名的非洲探险家。他的著作《非洲腹地旅行记》中的一段话将在下文引用。

现了一种特别美的小青苔花。他说：“我仔细地端详着小青苔花的花荚、花叶和花根，虽然整棵花看上去那么地娇小，甚至还没我一个手指大，但是我却不得不惊叹其构造之微妙。在惊叹之余，我又不禁有感而发，即使小青苔花身处于如此荒凉、偏远、干旱而环境相当恶劣的沙漠，它的生命是如此脆弱而卑微，但上帝仍然没有遗忘它，上帝给它一切好让它活下来，上帝不愿意让它失去生命。想至此，他感到内心一阵振奋，要知道，人类可是上帝按照自己的形态而创造出来的生命，他们如果受着煎熬，上帝绝不会袖手旁观。不错，一定是这样，只要我考虑到这些，我就越加振奋，不再像之前那样静待死亡，我能够感觉到生的希望。这种精神力量帮我再次站起来，即使我现在非常虚弱、几近崩溃，我还是坚守着活下去的信念，一步又一步地拖着自己的身体往前走。同时我内心坚定地认为，我绝不会停止前进，无论怎样无论发生什么，因为上帝会帮我，会在冥冥之中让我走出困境。实际上，我的做法十分正确，上帝确实救了我。”

就像斯坦利主教所说的那样，像博物学这样一门有意同样以崇敬和惊叹的态度研究任何事物的学科，必能增强我们每一个人身上的那种爱心、希望和信心，而我们每一个人在穿越人生荒野的途中所需要的也正是这些爱心、希望和信心。既然如此，我们可以一起来思量思量死者能够给活着的人带来何种启示，何种感想。

在战争中，我们会发现死去的人常常都是人类中的男性，不过，对于牲畜来说，这种论调明显不能成立，在生活中，我时常观察到在一堆牲畜尸体中，雌性牲畜的尸体也会常见，比如，在一堆马的尸体中，就会有不小数目的母马的尸体。不过，有趣的是，博物学家们在平时可没什么途径去观察到这些，有趣的是，他们唯一可能观察到那些的途径可能就是通过战争，因为在战争中他们可以看到死去的骡子，这也许可以成为战争吸引别人兴趣的有意思的一面。让我不明白的是，在我自己这二十年的日常生活中，我也仔细留心过，我可以确定自己一直以来都没接触过任何一种死去的骡子。以至我对那些牲畜越发地好奇，越发地疑惑，越发想知道它们究竟会不会死。说起来好笑，有很多次，我误将一些牲畜当成死去的骡子，不过，禁不住我的近距离观察细看，后来都被我自己证实它们根本不是死去的骡子，它们只是一群进入梦乡的活着的骡子。也许是太累了也许是别的什么原因，它们睡得很香，它们只是在那里静静地躺着，像没气了似的，以至给我一种它们已经死了的感觉。大家都很清楚，不论是什么样的牲畜，无论是吃苦耐劳的骡子，还是那些十分平凡但不如骡子耐劳的马，一旦发生战争，只要置身于战争之中，它们都活不下去，它们都得死。

而且，据我观察，特别是在山路一带那些骡子死得最多，要不然就是在陡峭的斜坡脚下躺着，那显然是被人们把它们从坡上推下来的，而这样做的目的只是为了不让道路堵塞。这种景象在死骡屡见不鲜的山里似乎倒也相称，与我在士麦那[①]看到它们的遭遇比起来，这里的似乎更协调些。在士麦那，所有的辎重牲口的腿都会被希腊人打断，然后它们再被希腊人从码头上推到浅水里面去淹死。需要一个戈雅[②]才能来描绘这些大批淹死在浅水里的断腿骡马。可是，这个世界上毕竟只有一个戈雅，他是一个人，况且，他还是一个去世很久的人。实际上，并不是说十分期待某个戈雅的出现。戈雅确实善于画画，前提至少得是那些受苦的牲畜能够说话，这还不是最重要的，即使它们掌握了语言，它们就一定会请求画家戈雅通过画画来将它们所遭受的痛苦传达出

① 参见《在士麦那码头上》一文。

② 戈雅（1746—1828），是西班牙著名画家，以版画集《战争的灾难》闻名于世，其作品对欧洲世纪绘画有很大影响，大多是控诉侵略者的凶残。

来吗？这个我们就不得而知了，没人可以想象那种情况，没人可以确定它们会怎么做。可是，有件事我认为它们一定会做，如果它们神奇地掌握了语言这种技能，它们最先做的事应该是请求人类别再在它们身上施加这么多的折磨。

现在，还是让我们继续回到关于死者性别的问题上来。为什么在战场上你要是见到死了一个女人就万分震惊，那主要是因为你见惯了战场上的死者都是男人的原因。可是在一家军火厂爆炸之后，我第一次看见了死者性别的颠倒，那家军火厂就坐落在意大利米兰的近郊。当时我们是乘坐卡车赶到出事现场的，一路上，一排排的白杨树荫遮着公路的两旁，由于卡车扬起漫天尘土，让我无法观察清楚位于公路两边的壕沟里的不少细小的动物生态。一赶到出事的军火厂，其他人就奉命去扑灭由于爆炸而引起的大火，那些大火现在已经蔓延到邻近田野草地，我们几个人则奉命在没爆炸的大堆军火里四下巡逻，不知什么原因那些军火并没有和其他的军火一样爆炸。在我们将大火扑灭了之后，剩下的工作就是要在周围和附近的田野去找到那些遭此横祸的可怜的人的尸体，在爆炸殃及的大部分地区，我们搜寻到了相当多的因此灾祸而失去生命的人的尸体。不过最让我惊讶的是，我发现在那些尸体中女性尸体竟然比男性尸体多很多，这让我久久不能平复心情。在那个年代，那里的女性还是大多都会留着长头发，反而不像欧美那些国家一度流行女性剪成短发，反而，就是这种细节性的东西更加冲击我们的视觉，因为在那些死难者中，长头发的女人占了绝大多数，相对地，短头发的男人则是少得可怜。在整个搜寻过程中，我们都被这种现象深深地冲击着，十分不适，甚至感觉无法接受。不过工作还是要继续下去，在将完整的尸体安顿好之后，我们还必须继续寻找那些因为爆炸冲击而导致的零碎的身体部位。军火厂的范围比较大，它的周围还被围成了一层又一层的篱笆一样的由铁丝做成的网，这是简单的物理知识，爆炸自然会将物体向四周重重地抛出去，于是我们在那些网状物上发现了大量的身体碎片。这次爆炸也将军火厂炸得支离破碎，于是我们在它的仅存的残骸上又发现不少的碎片，甚至是在离军火厂很远的田间草地上也有不少身体碎片，这种残缺零碎的身体部位有很多，散落得到处都是。由此可见，这次的爆炸确实不同凡响，那些炸药的威力极大，它们摧毁了军工厂，它们导致了很多人的死亡，让人不寒而栗。

后来，我们有一两个人在我们返回米兰的路上讨论这场事故，他们还是为这次爆炸的威力而感到震惊，甚至觉得不可思议，可能大部分是由于在我们整个的救援过程中，没有人发现任何一个只是受伤的人，没有幸存的人，没有谁从这次爆炸中活下来。这真是匪夷所思的威力。其实对于救援的人来说，没有哀号痛苦的受伤的人反而可以减轻他们的压力，也可以相应地减少众人对这次事件的恐惧。显然，如果我们要直面那些受伤而悲惨的活生生的人，对我们的冲击只会更大，那种场面会让人十分不安。再说也许是因为事故来得如此突然，所以当我们在对死者的搬运和处理起来还并没有感到不舒服，这与我们平时战场上的经历倒是差不多。车子一路尘土飞扬地开过风景优美的伦巴第[①]郊区，远处的风景看上去倒也赏心悦目，我觉得这不错的风景确实让我们的心情好了很多，毕竟刚刚执行的那个悲惨的任务真的是挑战大家的情感底线，很容易就会让一个正常的人情绪低落。大家还坐在车上，车子行进在路上，周围又是好的风景，所以车上的气氛稍微缓和了一些，大家便逐渐开始聊起刚刚的经历，有一件事情我们倒是没有任何异议，幸亏我们及时赶到，要不然这次

① 伦巴第是意大利北部区名，靠近瑞士边境，首府是米兰。

的爆炸所导致的后果会更加不堪设想。因为我们的及时处理，火势被恰当地控制住，使它没有引爆那些成堆成堆的剩余的炸药，如果那些炸药也被点燃，天知道会发生什么更可怕的事。所以这也算是这件悲惨的事件中唯一可以感到庆幸的事。我们大家还一致认为在这次任务中，比较奇特的差使就是四处收集那些断肢残骸，按解剖学的原理来说人体理应该被炸得一块一块的，谁知道，事实上在一颗烈性炸药炮弹的爆炸下，人体反而是随着弹片任意四分五裂。

为了能够最大地达到观察的精确性，把观察局限于一段有限的阶段是一个博物学家常用的观察手段，我将首先把 1918 年 6 月，意大利被奥地利进攻以后作为一个阶段。在这个阶段期间，死亡人数非常多，意方在最初的时期被迫撤退，后来为了能够收复失地又大举进攻，这样一来整个局面就又变得跟战前的局面一样，只不过是在战争中的死者变了样而已。在没有将死者埋葬以前，那些暴露在空气中的尸体每天多少都有些变样。白种人尸体的肤色变化就是先从白变成黄，然后变成黄绿，最终变成黑色。当然，如果尸体在太阳的长期暴晒下，肤色又会再次发生变化，到最后就会变成像是煤焦油似的那种颜色，而且变化最突出的部分肯定是人体中伤口溃烂的部位，所以在那些伤口的部位会出现异常突出的那种色调。尸体会随着时间的推移而一天一天地胀大，有时候会胀得非常大，以至于连军服都快包不住了，整个尸体胀鼓鼓的一团，好像是马上就要绷裂开似的。个别人的腰围会胀到令人吃惊的程度，脸部的皮肤会胀得紧绷，像气球一样圆滚滚的。尸体会随着物理的原因随着时间的推移和阳光的照射愈加肿胀，这还不算完，尸体的周围大部分的时候被一些细碎的纸片环绕，它们就静静地四散在尸体旁边。在军中有这么一种规矩，在掩埋尸体的时候，大家都靠判断尸体上所穿的军服的口袋的位置来决定如何掩埋该尸体的最终姿势。在奥地利军队里，他们穿的军服的口袋都是开在马裤后面的，在那些士兵死去后不久，他们必然都会脸朝下、背朝上躺着，位于他们臀部上的两个口袋必定都给兜底翻了出来，于是那些原本装在口袋的纸片就全都散落在尸体附近的草地上了。草地上四散的纸片之多，尸体所呈姿势，这些留下的印象都是非常深刻的。时间过去太久，在炎热暑天时飘散的战场的气味，我几乎很难再记起来。那个气味很特殊，特殊到在你正常的生活中你遇不到其他东西与它相似，所以你知道自己曾经闻到过它，只不过没有其他东西可以让你再重新想起它。那种特殊的气味和一群人的气味不同，比如你如果要乘坐公共交通工具，在那里你可以嗅到一群人的气味，你可以通过观察周围，你可以判断是谁的气味。神奇的是，那个特殊的气味就此从我生活中消失，再也寻不见，再也不曾遇到过。最相似的例子应该就是，大家还记得自己谈恋爱那会儿的刺激、浓烈和开心，但随着时间推迟它会消失，很快恋爱的感觉就会失去，连同之前一切的新鲜感和刺激。到后来，你只会想到啊，我的恋爱中原来发生过这些事。

不知道在大热天的战场上那个百折不挠的芒戈·派克会看到什么能够让他恢复信心的景象。在6月底到7月里，罂粟花总会出现在麦子地里。还有长得茂盛的桑葚树，透过重重树叶屏障，太阳光照在枪杆子上，就看得见热气从上面冒出来。弹坑边缘变成金黄色，那是被芥子毒气弹炸出的，与那些挨过炮轰的房子比起来一般的破房子显然就要比它们好看些，至于那些旅行的人对于那个初夏的空气则很少会舒畅地去呼吸一下，也从来不会产生像芒戈·派克在沙漠中的那种想法。

在那些死去的人身上，你最开始只会觉得震惊：原来这些所谓的人死的惨象和牲畜死的惨象很像，他们剩下的只是支离破碎。大家可能都以为只有重伤不治的人才会死，受了伤的人大部分是可以活下来的。其实，那不是现实发生的事。即使有些人仅仅挂了点儿彩，他们依旧是无法痊愈，他们仍然活不下去，他们也会死。可笑的是，就像兔子有时中了三四粒似乎连皮肤都擦不破的霰弹微粒那样，连兔子都不会因为这点伤而送命。不只是兔子，有些人甚至会像猫那般的情形死去。他们被武器打中脑袋，他们没有立刻死去，折磨人的武器碎片被卡在脑袋里，他们要在疼痛、受伤的脑袋和不属于脑袋的碎片的陪伴下继续喘着气。就像那些被枪子儿打中脑袋的猫一样，蜷缩在煤箱的一角，一直要等到你把它们的脑袋割下后才会死。谁知道呢，猫这种生物到底有多少条命可以活，我可不能确定，反正不像人那样，就一条命，死了就真的死了。战争这个东西，确实自有它的能力，就它有能力让众多的人死的像牲畜一般，死的一点儿也不似人的样子。在战场上，就我的经历来看，我一直没见过有谁可以像正常生活那般正常死亡，当然，战场就是战场，生活只是生活，战争可以改变的可不止这点儿东西。就像那个旅行家芒戈·派克一样，不错，就是我们在前面提到过的那个百折不挠的旅行家，他一定知道还有其他什么事例。而且在我的感觉中总是觉得似乎少了点儿其他什么，不过在后来总算被我看到了一件。

除了并不严重的失血之外，在大流感①中不幸去世的，我见到过唯一一件自然死亡事例。得了这病的人就会感到自己好像始终都在憋着气，而且浑身黏液湿淋淋，知道患上这种病的人是怎么死的吗？在他们死的时候虽然依旧会有一身力气，可是他们还是会像一个小孩子一样，人虽然去了，但他们的被单被他们给湿透了，就像小孩子的尿布那样，黄浊的黏液一大片一大片的，像

① 指1917—1918年在全世界蔓延的流行性感冒，当时是一种病毒性急性传染病，无数的患者不断地死去。

瀑布似的不断地淌着，流着。所以到了如今，我倒想要看看哪位自诩的人道主义者①是怎么样的一个死亡情况，因为像芒戈·派克那样一个百折不挠的旅行家，或者像我这样的一个博物学家，就是靠观察他们体面的下场和眼看这种文学流派成员的真正死亡而活着的，而且我们还会一直要活下去看着。我是一个博物学家，我经常会思考很多东西，有时候甚至会禁不住地想到，社会中，大家都去称赞体面，都去追捧体面，这对社会秩序而言可是一件好事。不过，假如大家还想继续去传承的话，又需要做出一些明显不大体面的事情来。因为，我认为，首先不成体统的就是传宗接代的姿势，这是非常不成体统的，后来我不由得又想到也许这些人是（或者曾经是）不成体统的人在同居后生下的子女。可是不管他们的出世是用的什么方式，对于一小撮人的结局我倒是非常希望看到的，思索一下那个长期保留的不育问题是如何被寄生虫给完美地解决的，为什么他们的所有肉欲都已经成了次要问题，那都只是由于他们的奇特的小册子已经消失不见的缘故。

虽然，这些自封的公民在一篇有关死者的博物学论著中被涉及也许是正当的，尽管这种封号可能在本著作发表的时候一文不名，然而，这对你所看见的其他的那些死者是不公正的，对你所看见的在大热天下有半品脱蛆虫在他们嘴巴上忙碌着的那些死者是不公正的，他们就这样死去并非自愿，他们还那么年轻，他们也从来不会去办杂志，甚至连一篇普通的评论文章也从来没有看过。躺在土地上的时候，天气不一直都是炎热的暑天，也许他们会碰到接连不断的下雨天，雨水可以下个不停，他们可无从选择，他们也无法挪动自己，他们只能就这样一直待在雨水里。有

① 本文提到一个绝迹的现象希望读者能够见谅，同所有的时尚附注一样，这条附注注明故事时代背景，不过因为其还是具有一定的历史重要性，如果删去的话就会破坏韵律，所以就保留了下来。

时候这也是一件好事，雨水给他们已洗礼，雨水可以把他们身上的脏东西冲刷干净，让他们稍微体面些。不仅如此，雨水还能够把他们身下的泥地松动，它们会变得更软，这无疑是在帮他们，会让他们在被掩埋时更顺利一些。那还只是一种情况，雨下着下着便停了的时候。不过在某些情况下，事情又会变得不一样，比如，这雨一直下，片刻都不停的情况，雨水落在泥地上会把泥土和成泥浆，对于某些埋得比较浅的尸体而言，可就不太妙，雨水很有可能会把他们冲刷出来。这时候就别无他法，只能等天晴的时候再去把那些尸体埋上。这还是天气炎热的时候，有时候到了冬天，而且战场还是在山上，天气寒冷，会下很多的雪，厚重的积雪会将尸体连同泥地都一起埋在下面，这时候大家都无能为力，只有等积雪融化天气转暖之后，由那些还待在山里的人去把尸体埋掉。就我的观察而言，在全部的战地中，只有战场位于山地中，这战争才是最赏心悦目的。积雪飘落，尸体被掩盖，他们的山地坟墓会很漂亮。记得有一次，军队里的某一位将军就被埋在一个叫波科尔的地方，据说他生前是个有作为的人，死因是脑袋被武器打穿，听说是死在一个战壕里面。他的头上当时戴着的是一顶登山帽，一支鹰翎插在他的帽上。他的头部正面中弹，据别人形容，他头部正面所形成的弹孔其实很小，甚至比正常人的小手指的围度还小。可令人惊讶的是，子弹在他脑袋后面造成的创伤面却是非常之大，都要比正面的那个创伤大了好多倍。当然，这么大的伤口自然要流出大量的血，当时地面到处都是积雪，他的血染红了很大的一片雪地。冯贝尔将军就是这么一位好将军，他曾在卡波雷托战役①中，指挥过巴伐利亚阿尔卑斯军团，

① 卡波雷托战役：卡波雷托原为意大利边境城市，在乌迪内东北，伊松佐河畔。第一次世界大战时，1917 年秋，新成立的德奥联军巴伐利亚阿尔库斯军团在冯贝尔将军的率领下，大举进攻意大利，并企图将意大利东北吞并，意军被迫于 11 月 7 日撤至皮阿维河。

当时他乘坐在参谋的汽车里，在战斗进行中身先士卒，当部队开进乌迪内市时，冯贝尔将军率领的先头部队在遭到意大利后卫部队的猛烈阻击后，冯贝尔将军不幸被一颗流弹打死的。所以我说，那些撰写书名叫《将军死于病床上》的作家无疑是写错了，如果对这一类事情我们非要讲究什么精确性的话，那么，所有这类书显然都应改名为《将军通常死于病床上》比较合适。

有时在山里，包扎站通常都是设在靠山那边挨不到炮轰的地方，一些停放在包扎站外面的死者的身上，往往也会堆满鹅毛般大雪。在地面封冻前，人们就必须在山坡上挖好能够埋葬他们的洞，然后再将他们都给抬到洞子里埋掉。就是在这些准备被埋在山洞里的死去的士兵里，还有一位受着重伤的士兵有着微弱的呼吸，他确实还没死，但是炮弹将他的头部炸的破碎不堪，像是脑袋分裂成了很多块。不忍心就这么让他的大脑碎开，医护人员还是尽力用那种薄膜仔细地把他那四散的脑袋包了起来，他们还用一层又一层的绷带在薄膜外面缠绕了很多圈，他们没办法救他了，他们也无能为力，他受的伤太重，炮弹的威力太大，他的脑部组织已经受损严重，这都是碎的弹片冲击的。他就这样又多呼吸了一天又一天。担架手每一次将死去的士兵抬到山洞里时都能够看见他，甚至还没有走到他的身边就能够听到他在呼吸。于是他们请医生进去看看他。医生的双眼通红，眼皮也是肿胀的，那都是给催泪瓦斯熏的。医生去山洞看了那人两回，一回在大白天，一回是用手电筒照着。因为伤势太重惨不忍睹，戈雅画家如果只是匆匆一瞥肯定也会非常惊讶。医生第一次在白天去看他的时候并没有相信他还活着，直到他去了第二趟，他才真正相信那些士兵说的话，原来他还活着。“你们想我怎么做?”他问。

担架手想不出什么更好的办法。可是没过多久他们就要求把他从山洞里抬出去，让他跟那些重伤员安顿在一起。

“这绝对不行！你们不可以把他抬出去。你们担心什么？”正忙得不亦乐乎的医生说。

“我们不想听到他在死者洞里发出的呼吸声。”

“不想听你们就别去听。任由你们把他抬出来，要不了多久你们还得把他送回去，瞎折腾什么。”

“没关系，上尉大夫，我们不在乎。”

“你们不在乎我在乎，”医生说，“都聋了吗？我不想再重复第二遍，绝对不行。”

“你难道就不能给他打一针大剂量的吗啡？”一个炮兵军官问，他正在等候包扎，他的臂部受了伤。

“吗啡已经够紧缺的了，不是哪个地方都可以想用就用，你自己也希望自己做手术室可以有它止痛。既然你这么有同情心，你不是有手枪吗？你干吗不亲自进去把他打死啊！”

“可是他已经中了枪，大夫，”那军官说，“如果中了枪的是你们中间的有些大夫，那么你就一定会另眼相待了。”

“真是不可理喻，你可真是会看人，”医生生气地把拿着的镊子在自己脸前挥动着说，“你可真是有趣。你知道这双眼睛是怎么回事吗？”他用镊子指指眼睛。“你怎么看这样一双眼睛？”

“嗯，催泪瓦斯。如果的确是的话，那就算走运了。”

“因为你跑到这儿来说要清除你眼睛里的催泪瓦斯，所以你就离开前线，”医生说，“然后葱头就被你揉进你眼睛里了。”

“医生，你有毛病，我不和你计较。”

担架手走了进来。

“上尉大夫。”其中一个担架手说。

“别叫我！滚出去！”医生说。

担架手出去了。

“我这个人很讲情义，我在乎别人的痛苦和生死。他很值得同情，所以我不会任由他有这般遭遇。我待会儿就会儿给他解脱，我会给他一枪让他好过。”炮兵军官说。

“太好了，真是个好主意，去啊，你去啊，那就去打死他啊！”医生说，“打死他啊！然后你自己去承担责任。我会向上面写份报告。在急救站炮兵中尉将伤员打死。去啊，你去啊，浑蛋，尽管去啊！”

“你他妈无情无义漠视生命。”

“你给我仔细地听着炮兵军官老爷，我的职责不是打死他们，而是治疗伤员。打死他们正好是炮兵军官老爷干的勾当。你还在这儿做什么？去啊！”

“狗屁的职责，我怎么没看见你去帮他，你怎么还在这儿？”

“屁话，你的狗眼瞎了吗？他已经接受过治疗了，这里再也没有什么治疗能够为他提供了。目前的条件我已经做了最大的努力。”

“你可以用缆车道把他送到山下去接受更好的治疗的。”

“你少他妈在这跟我废话？你以为你是谁？你是个什么身份？你有什么资格在这对我提出质疑？这个包扎站的指挥官是你吗？请你回答我。”

炮兵中尉不说话了。而在屋里的其他人全都是士兵，除了他俩外，在场的没有一个军官。

“怎么啦，变成哑巴了吗？回答我啊，浑蛋。”医生用镊子钳起一个针头说，“回答我啊，你这个自以为是的浑蛋。”

“操你。”炮兵军官说。

“很好，这可是你说的，”医生说，“很好，咱们走着瞧吧。”

炮兵中尉从凳子上站起身，朝着医生迎面走去。

“我就说了，怎么样？”炮兵中尉说，“操你。操你妈。操你妹子！”

愤怒的医生将他身边满满的一碟子碘酒对着那位朝他走来炮兵中尉的脸就掷了过去。中尉躲闪不及，碘酒直接扑面而来，还有一些进入了他的眼睛，他吃痛地紧闭双眼。可这并不能阻挡他的怒火，他仍然继续朝着医生的方向走去，同时不忘伸手去拿自己的手枪。医生可不想他把手枪拿出来，他于是心生一计，他快速地躲到中尉的后方，并且对着中尉的腿伸出了脚，无法睁眼的中尉果不其然摔得很狼狈，医生为了表达自己的愤怒，还恶狠狠地赏了中尉几脚。医生心想为了自己的安全，他得控制中尉的枪，于是他又快速地将中尉掉落的枪拿在自己手中。中尉此时十分狼狈，摔倒给了他很大冲击，他身形不稳，只能用最大的努力让自己坐着。眼睛还在痛，但他现在只有一只没受伤的手，他只能用那一只手来捂着自己的眼睛。

“你这个该死的浑蛋！我要杀了你！等我眼睛一看见我就要杀了你。”炮兵中尉怒气冲冲地说。

“我劝你还是收敛点儿，在这个地方我才是长官，”医生说，“你也不看看你现在靠什么杀我，你已经没枪了。不过既然我是你的上司，那么我就原谅你刚才所做的一切。中士！副官！副官！”

“副官现在正在缆车道那儿。”中士说。

“替这位军官用酒精和水清洗一下他的眼睛。碘酒钻到他的眼睛里了。顺便拿个盆子来让我洗手，下一个我就替这位军官看眼睛。”

“滚开，都给我滚远点。”

“谁都不能放开他，都给我精神点儿用点劲儿。不用理他，他只是气疯了。”

一个担架手走了进来。

“上尉大夫。”

“什么事?”

“山洞里那个人……”

“给我滚出去。”

“那个人死了，上尉大夫。我还以为将这个消息告诉你，你听到了以后会高兴呢。”

“可怜的中尉?咱们刚才做什么来着?毫无意义争了一场。咱们在这炮火满天飞的时期里毫无意义地争了一场。”

“操你。”炮兵中尉说。他仍然用手紧紧捂住自己那双看不见的眼睛，“你把我弄瞎了，该死的。”

“没谁会把你眼睛弄瞎，更不会是我。它们要不了多久就不会疼了。你不要这么夸张。”医生说。

“哎哟!哎哟!哎哟!我眼睛被你弄瞎了!”中尉突然尖声叫唤起来。

“抓住他!他开始痛得厉害了。紧紧抓住他。”医生说。

怀俄明葡萄酒

令人不解的是，每当下午来临而无论是哪一天，怀俄明州就会变得异常炎热。像这么一个风和日丽的日子，四周大山矗立重峦叠嶂，可能因为山顶温度过低，之前厚厚的雪依然还在，没有融化。阳光虽然很强，不过显然没有将群山照出重重叠影。一片金黄的庄稼地在山谷里时隐时现，在火辣辣的阳光下，这个小镇子旁边的木屋也是无可奈何，只能就这样直直地静待在原地接受太阳的炙烤。在镇子的中间横贯一条马路，交通挺繁忙，驶过的车子很多，有时候会带起不少灰尘。方丹的房子后面种了一棵大树，树木长得很旺盛，大树浓密的枝丫正好在门廊外遮出一大片阴凉的地方，在树荫下放着一张桌子，我就坐在桌子边，方丹太太从地窖里拿来凉爽的啤酒。一辆汽车从大路上拐到小路这边来，最后停在屋子边。从汽车上下来两个男人，他们径直穿过大门朝我们走了过来。方丹太太站起身来。我则顺手把酒瓶放在桌子底下。

“请问，山姆在这儿吗？”其中一人站在纱门门口处问道。

“你找山姆吗？他现在在矿上，你可以到那儿去找他。不在这儿。”

“嗯，谢谢，你这儿有啤酒吗？”

“没有了，一瓶也没有了。”

“他在喝什么呀？”

“嗯？那是最后一瓶，他喝的那是最后一瓶了。全喝光了。”

“我知道，你认识我的。给我们来点儿啤酒。”

“真的一点儿也没有了。最后一瓶都刚刚被他给喝了。一点儿也没有了。”

“行了，不要再耽误时间了，我们时间紧急，咱们还是赶快到真正弄得到啤酒的地方去吧。”其中一人说道，于是他们就转身出去上车了。其中一人走路的时候显得有些跌跌撞撞的。在发动汽车时车身晃动了几下，然后在“突突”的发动机轰鸣声中，转到大路上飞快地开走了。

“真是莫名其妙，不知所云，算了，应该是没什么问题了，不用把酒藏起来。安心地喝酒吧。”方丹太太说。

“他们是什么人？你知道吗？我一个都不认识。”我说。

“这真是一眼就能看出来，他们就是喝多了的醉鬼。哎，对了，万一这两个醉鬼跑到别去喝多了，再冤枉我说是在我们这喝多了，那可真是给我没事找事①。算了，就醉鬼的德行，喝多了自己姓什么都不知道，谁还指望他们记得什么。”她说。方丹太太说法语，不过她的法语也只是偶尔说说，而且好多的英语单词和一些英语句法结构还会被夹在她的法语里一起说出来，叫人有时候理解起来非常费劲儿。

“咦？这么半天方丹去哪儿了？这么久了也没他的踪影。”

“他现在正在做葡萄酒。哦，你知道吗？他对葡萄酒可真是喜欢。”

“是啊，可是你却喜欢啤酒。”

“确实，我可是啤酒忠实的爱好者，不过方丹和我不同，他对葡萄酒可谓情有独钟。”

方丹太太是伦斯②人。她满头银发，肤色红润可爱，是个身体非常健康的老妇。她浑身上下都收拾得干干净净的，屋子也被

① 在英国，如果醉汉开车肇事，那么他刚才喝过酒的酒店也要被警方追究责任。

② 伦斯是法国北部地区。

她收拾得整整齐齐、干干净净。

“你一般在哪儿吃饭?”

“哦，当然是在旅馆里。”

“今天就在我这儿吃。方丹可不喜欢在饭店或旅馆吃。今天就在我这儿吃!”

“真是十分感谢你的邀请，可我怎么好意思给你带来麻烦，这样对你们而言不大方便，我不能如此。而且我住的那个宾馆的伙食还不错。”

“是吗？也许是吧。这辈子我在美国只上过一次饭店。他们给我吃什么你知道吗？生猪肉！他们竟然给我吃生猪肉！于是，我发誓从此以后不会再在旅馆吃饭。”

“是吗?”

“当然，我骗你做什么。那猪肉可是没煮过的。一个美国女人嫁给了我儿子，她经常拿罐头豆子给他吃。”

“他结婚多长时间了?”

“我记不得了。他老婆既不干活儿也不煮饭。她拿罐头豆子给他吃。她现在的体重竟然达到两百二十五磅。”

“那她平时都干什么?”

“她只是看书，什么都不干，只是看书，经常看书，躺在床上看书。她太胖了，以致她已经不能再生孩子，肚子里容不下孩子了。”

“她怎么啦?”

“她什么都不干，既没有工作也不干些家务活儿。只知道一直看书。幸亏我儿子是个好家伙。他之前的工作是在一座矿上，不过现在他换了工作，在一家牧场里工作。我儿子是个努力工作的男人，他很有责任心，家里全靠他的收入来支撑。他是家里的顶梁柱。我可没有夸大其词，牧场主称赞他的工作，说他是所有工人中最敬业的那个，其他那些工人都没他有责任心。他之前可从来没有在牧场工作的经验。在辛苦工作回到家后，我的儿子本指望能吃上准备好的饭，不过那个美国女人竟然根本不做饭给她辛苦的丈夫。”

“既然这样，他为什么不和她离婚呢？”

“你可不知道，目前可不是谁都随随便便离婚的，离婚是要花很多钱的，我儿子可没这么多钱去离婚。而且我知道，他对那个女人仍有爱意。”

“她一定很漂亮喽？”

“我还真的不认为她是很漂亮的女人，不过方丹倒是觉得那个女人长得还不错。我记得我儿子当初还是在那个矿上工作，之后就把她领回了家。那个印第安女人一开始就挺重，我记得是一百八十五磅。记得他领她回来和我们初次相见的时候，见到那个女人我真是觉得非常惊讶，离我对儿媳的预期相差也太远了。而且我儿子也真是让我吃惊，他向来始终是一个很乖的小伙子，他不胡闹从不胡来，对待自己的工作也十分认真又很努力，他真的是特别让我喜爱的好儿子啊！”

“是吗？你刚才说她是印第安人？”

“是啊，印第安人，不过她是不是印第安人倒没什么。可是，天哪，让人不能忍受的是，她的嘴里老是挂着该死的、狗娘养的这种粗话。她也从来不干活儿。”

“现在她在做什么？”

“还能做什么，一定是在看戏。”

“做什么？”

“看电影。看戏。她除了会看戏和看书以外，其他的什么都不会。”

“哦，方丹太太，啤酒还有吗？”

“当然有，当然有啦。今晚你就到我们这儿来吃饭吧。”

“那好吧。需要我带些什么东西来呢？”

“不用，一点儿也别带。什么东西也别带。到时候，方丹也许会弄点葡萄酒来尝尝。”

盛情难却，方丹太太真的是太过热情，拒绝反而显得虚伪。于是，我接受了她的邀请，我的晚餐时光就是和方丹一家人一起度过的，在他们家的餐室里，我们所有人都依着餐位坐好，除了他们夫妻，他们的小儿子安德烈也在。整个房间的布局十分温馨，餐室的环境给人的感觉就像方丹太太那样，一切都有条不紊，又颇为洁净。我还有幸尝到了下午听方丹太太提到的，方丹自己酿的葡萄酒。酒的味道相当好，入口有清爽的果味，喝着很是舒适，是个很好的体验。

“今天你都干了些什么？”方丹问。方丹是圣艾蒂安①附近的中部人。他看上去已经显得有些苍老了，明亮的眼睛，灰白的胡子飘垂在胸前，矿里的活儿把他矮小的身躯都给拖累坏了。

“我在专心地搞我的书呢。”

“没什么问题吧，你的书？”方丹太太问。

“他现在在写书，就像个作家那样。一本小说。”方丹解释说。

“爸，我可以去看戏吗？”安德烈问。

“可以。”方丹说。

“你猜猜我真实年龄是多少？你觉得我的脸像是十四岁的少年吗？”安德烈回过头来问我。他真的很瘦削，和同龄人相比应该都瘦了太多。真的只是观察他的脸的话，我倒觉得他像是比实际年龄还要年长两岁。

① 圣艾蒂安也被译为圣大田，是法国东南部的城市，卢瓦尔省的首府。

“怎么会不像，你呀，就是个十四岁孩子的样子。真的是太年轻了。”

“每一次我到戏院时，我要是只给他们一毛五，他们就让我进去，可要是我给他们一个两毛五的硬币，他们照样也收下了。所以我总是这么样地低着头弯着腰，拼命将自己装得小一点。”他在变声，嗓音听上去很尖。

“是吗？那好，这是一毛五，拿去吧。”方丹说。

“爸爸，你最好还是给我一个两毛五的硬币，在路上我自己会去把钱兑开的。”

“看完戏后他马上就会回来。”方丹太太说。

“是啊，看完戏我很快就回来。”安德烈推开门走了出去。一阵凉风吹了进来。晚上外面很凉快。

“你东西吃得也太少了，还不赶紧再尝尝其他的东西。别停下啊！”方丹太太对我说。可是，事实上我当时已经吃了三个甜玉米、两份鸡和法式炸土豆条，两份蔬菜沙拉和一些黄瓜片。

“也许，他会更希望吃点儿蛋糕。”方丹说。

“哎呀，对啊。我真是的，竟然给忘了，怎么就没有想到准备些蛋糕来款待你呢？”方丹太太说，“你可别把叉子放下，我都没见你吃多少东西。你可千万不要客气，像在自己家里那样随意啊！要不你吃点奶酪。我应该弄点蛋糕来的。来，吃点干酪。美国人总是喜欢吃蛋糕。”

“不用了，真的不用了，我今天已经吃得很尽兴了。”

“不用客气，吃啊！我们最好什么也不要剩。再吃点儿，全吃光。”

“蔬菜沙拉，再来点儿，怎么样？”方丹说。

“我再去给你们拿点儿啤酒来，你们多吃点儿，”方丹太太说，“如果你在书厂里干上一整天的活儿，你的肚子很快就会饿的。”

“她对作家并不了解。”方丹说，“他是自己在写书。”他对太太解释说。方丹说话的时候一般都用俚语，他是个心细体贴的老头儿，对19世纪90年代的一些流行歌曲也非常熟悉。那时他正在军队里服役。

“哦，是吗？你自己写书？”方丹太太问。

“嗯，有时会写。”

“天啊！这很好啊！你真是优秀，那可不是件容易的事。很费人的脑力和体力的活儿，那你可得再多吃点儿，要不然到中途肯定会因为消耗很多而容易饿的，那可不能再推脱了，再吃点儿吧。我再去找点儿啤酒。吃啊！”她说。

方丹对我笑笑。他是位很和蔼重视礼节的先生，他待人接物很是宽容，即使对方和自己很不相同，他也是毫无芥蒂地交流。方丹太太转身朝放酒的地窖走去，没多久，我们就听见从通向地窖的梯级上传来了她的脚步声。

吃过晚饭后，我们坐在厨房里讨论打猎，安德烈看完戏后回来了。

“在劳动节那天我们大家都到清水河去了，那天正好是星期天，我们一早就动身。大家坐卡车去的。坐的是查理开的卡车。大家都坐的卡车，哦，天哪，你真应该和我们一起到那儿去。”方丹太太说。

“那天可真是高兴，我们一边吃东西，一边喝酒，有葡萄酒、啤酒，还有一瓶苦艾酒，是一个法国人，一个加利福尼亚的法国人带来的。”方丹说。

“是啊，我们还一起唱歌来着。记得是不是还有个农民在旁边听到咱们唱歌，还特地很好奇地专门走到近前想知道我们到底在干什么。他真的很有意思，我们热情地请他喝酒，大家聊天交谈，他还和我们大家一起待了好一会儿，真的是有趣的经历。哦，对了，之后还有几个意大利人也来到我们这里，大家并不是十分高兴他们的加入，出于待客的礼节，我们还是热情地合唱了一首意大利歌，遗憾的是，他们听不太明白。就这样，他们也和我们聊了一些时候，不过不久之后，他们就离开了，大家也确实和他们没什么共同语言。”

“那天你们去钓鱼了没有？你钓到几条鱼？”

“当然。我们去钓了一会儿，可后来我们还是又回来唱歌。鱼倒是没有钓到多少，不过，我们唱了歌，这你知道。”

“到了晚上，男人就都围在火堆边睡觉。女人就全都睡在卡车上。”方丹太太说，“晚上的时候，我听见方丹叫我再拿些酒，于是我就告诉他说，天哪，留些明天喝吧，方丹。今天喝完了，明天可就没什么喝的了，到时候大家就要后悔了。”

“可是他们还是喝了，”方丹说，“而且第二天他们照样把还没喝完的酒全都喝了，一点儿也没有剩。”

“你们后来又都干了些什么？”

“钓鱼，第二天我们就开始一本正经地钓鱼。”

“是的，第二天就开始钓鱼，哦，天哪，都是好鳟鱼。”

“多大一条？”

“半磅一盎司。都一样大小，半磅一盎司。吃起来刚刚合适。”

“你认为美国怎么样？”方丹问我。

“怎么说呢，我生在美国也长在美国，我很爱它。可它的食物确实并不吸引人，如果是在以前的时候就还好，现在就越发地不行了，太过粗糙。”

“这我可太赞成了，美国的食物确实不够精细。”方丹太太说，她摇了摇头，“你可能不知道，像波兰那个国家也不好，听说波兰人胃口相当大，非常能吃。我还是听我妈妈说的，那时候我还小，她一直告诉我说，‘你可真能吃，就像波兰人一样吃得多’。那个年龄的孩子怎么可能知道波兰人是个什么意思。不过现在我确实也知道美国人也真的是吃得多，可不仅仅是吃得多，我还听说啊，他们口味还很重，偏爱咸。”

“这地方不错，倒是挺适合打猎钓鱼。”我说。

“不错。钓鱼和打猎最合适不过。”方丹说，“你一般喜欢用什么枪?”

“气枪，十二口径的那种。”

“嗯，不错，气枪很好。”方丹点点头。

“我要去打猎，我要自己一个人去。”安德烈那小男孩儿的尖嗓门开始发出声音来。

“不行，你现在还不能去。”方丹说。

“男孩子总是非常顽皮，你要知道。他们都是捣蛋鬼。谁知道他们会不会互相开枪打来打去的。”他回过头来跟我说。

安德烈把枪紧紧握住。

“你年龄太小独自打猎是个危险的事，对你来说不安全，和大人们一起去倒是没有问题，你可以跟去瞧瞧，瞧一瞧还是没事的。”

“他就喜欢开枪，每一个男孩子都是这样，不过他现在还太小。”方丹太太说。

安德烈站起身把紧握在手里的那支二十二口径的来复枪放回碗柜里。

“年龄再大点儿，我就能够独自去打猎，我很期待自己独自打猎的那一天。我会去猎任何自己想猎的动物，像野兔或者麝鼠。”他用英语说，“有一回我跟爸爸出去，看见了一只野兔子，他先开枪，没打中，只将野兔子的皮毛擦伤了一点儿，后来还是我开了枪才打中的。”

“嗯，的确是这样，”方丹点点头，“那一只野兔子的确是他打中的。”

“那次可不是我自己一个人的狩猎，那是陪着爸爸去的，”安德烈说，“总有一天，我会长大，我会进行自己的狩猎。我真的都快等不及了。我很向往那样的一天。”他朝一个角落里看了看，走过去，拿起一本放在那儿的书，坐下来看了起来。那本书我刚才看过，是本丛书——《弗兰克在炮舰上》。那时，我们吃过晚饭，我拿起这本书翻了翻。

“安德烈爱看书，这相较于那些一到晚上就胡闹，或者去盗窃的孩子，真是好太多了。”方丹太太说。

“是啊，喜欢看书倒不是什么坏事，先生也写书的。”方丹说。

“是啊是啊！孩子爱看书是个好习惯。不过书也不能太多，你知道的，太多的书就会带来问题，书就是这样。”方丹太太说，“就说个咱们都清楚的例子吧，你看看现在的教堂是不是多得很不合理，什么教堂都有。在法国就只有新教和天主教，而且新教徒并不多。不像咱们这教堂遍地都是，真是让人不能理解，搞不懂弄这么多教堂是为了什么。”

“的确是这样，”方丹说，“这儿的教堂的确太多了。”

“就在几天前，有个法国小姑娘和她母亲一起，也就是方丹的表妹来我们这里，”方丹太太说，“她对我说：‘在美国做个天主教徒没好处。那儿不需要天主教徒。就同禁酒法一样。美国人也不喜欢自己去做个天主教徒。’我就对她说：‘你不做天主教徒，你想做什么？哎，我看你还是别瞎想了，没什么更好的选择，相比之下还是天主教徒更好一些。’可她却说：‘真的不是如您想的那般，在美国干吗去当天主教徒，它可是一点儿作用都没有。’你说的当真？要是真的让我去选择的话，我仍然会选老老实实的继续当个天主教徒，前提是你得是个天主教徒。你难道不知道吗？随便改变咱们信仰的宗教那才不是一件好事。”

“你是在哪儿望弥撒，美国吗？”

“不。在美国我不望弥撒，难得有时间去一回。可即使是这样我依旧还是个天主教徒。改信别的教对我们来说可没什么好处。”

“那个史密特据说就是个天主教徒。”方丹说。

“是啊，可那也只是据说而已，至于到底是不是我们根本就不知道。”方丹太太说，“反正，对于史密特是天主教徒这种话我可是不信的。要知道，天主教徒在美国的并不多。”

“我们可都是天主教徒。”我说。

“那当然，可是你是住在法国啊，”方丹太太说，“那个史密特在法国住过吗？我可不信他是天主教徒。”

“不过，有一点可以相信，波兰人一定都是天主教徒。”方丹说。

“是啊是啊，我十分同意，”方丹太太说，“他们虽说也是名义上的天主教徒，但他们充其量也只是他们波兰的天主教徒。他们又不是货真价实的正宗的天主教。你们可别不相信，他们哪里像是按照咱们的教义行的事？听说，就在回家的路上，都能真刀真枪地打起来，伤害别人，这也太过残忍了，这种人怎么会是虔诚的天主教徒？”

“别这么吃惊，我倒是觉得天主教徒彼此根本不会有什么区别，大家应该都是相差无几的。大概不会有太多的差距。”方丹说。

“史密特要是天主教徒那才怪哪。我呀，我才不会相信他是天主教徒，我可不信。”方丹太太说。

“可是，事实上，史密特的确是天主教徒。”我说。

“什么？上帝啊，这是真的吗？这简直是令我无法相信，他怎么可能是啊，他怎么可能是啊！”方丹太太沉吟着。

“去拿瓶啤酒来，玛丽，我渴了，先生也渴了。”方丹说。

“好吧，我现在就去。”方丹太太在隔壁屋子里说。然后我们听见楼梯“吱吱嘎嘎”响，她下楼去了。我跟方丹坐在桌边，最后一瓶啤酒被他倒进我们两个的空玻璃杯里，瓶底里只剩下一点儿酒。安德烈坐在一旁的角落里看书。

“这个地方非常适合打猎，”方丹说，“我特别喜欢打鸭子。”

“是啊，环境确实不错。不知道你是否认可，法国也是个打猎的好地方。”我说。

“没错，我们那边的野味也是挺多的。”方丹说。

方丹太太这时从楼梯上走了过来，手里拿着几瓶啤酒。“史密特是天主教徒。天哪，他是天主教徒。”她还在嘴里念叨着。

“你认为他这一次能够当得上总统吗？”方丹问。

“我看希望不大。”我说。

隔天的午后，我驾驶着自己的车子，顶着大太阳，穿过那车来车往的马路，直直地往方丹家开去，四周的树木也是不少，一路上也是有一些树荫的。要想开到方丹家还需要下了大路，往小路上拐去。方丹家的房子四周环绕着栅栏，我就把车停在栅栏外。天气仍然很热，方丹太太眼神很好，她隔了很远就发现了我。她还是和之前一样，精神很好，整个人看起来非常干净清爽，我看着她一步一步慢慢地移到后门来迎接我，很是亲切和蔼。

“来了啊，欢迎欢迎，赶紧坐下休息休息，肯定热坏了吧！”她说。我在后面的门廊里坐下，看着远处的群山。方丹太太进屋去拿啤酒。透过门廊上薄薄的纱窗和屋子外面冒着暑气的叶丛，看得见远处褐色群山上的道道沟痕，三座山峰和一条积雪的冰川还在远处的山上，清晰可见。就在我坐的位置往外望去，山顶上的雪还没有融化，整个山顶都是雪白一片。明明自己的周围很炎热，那里看上去可截然不同，这真是反差极大，总有一种似真非真的错觉。方丹太太拿着啤酒出来，把几瓶酒放在我身旁的桌上。

“你在看什么？”

“山上的雪。”

“嗯，这雪不错，看上去总是那样漂亮。”

“你也来一杯，怎么样？”

“好啊。”

她拉过一张椅子在我身边坐了下来。“要是这一次史密特当上了总统，那我们总不会愁没有啤酒和葡萄酒吧？”她说。

“当然，他不会让我们失望的，我们应该相信史密特。”我说。

“我们被政府抓了一回，被警察抓了两回。我记得，方丹被他们逮捕的时候，我们已经付给了他们七百五十五块罚金。这些年来，我给别人洗衣服挣到的钱，再加上方丹在矿上干活儿挣到的钱，我们所能够挣到的所有的钱，全部都被他们拿走了。要知道，方丹从来没有干过什么坏事。可是他们却依旧把他关进监狱。”

“简直让人气愤，他们凭什么这样对他，方丹可是多么好的一个人啊！”我说。

“我们的啤酒只卖一毛钱一瓶，葡萄酒只卖一块钱一升。我们的价钱十分公道，做生意也十分真诚，我们向来都不做那种故意敛财占顾客便宜的事。就我所知，有很多其他的酒馆根本不在乎顾客的健康，只在乎自己的利益，他们不负责任到直接就把那些还没酿好的啤酒端给客人。那些酒喝着倒霉的可都是顾客，他们第二天大部分都会头疼难受。我可以保证的是，我们这里可一直都不存在那样的事，方丹十分在意这些。唉，对顾客们再怎么负责任又能如何呢？我们做得再好又能如何呢？可怜的方丹仍然是遭受了牢狱之灾，我们辛辛苦苦挣到的七百五十五块钱还是被他们拿走了。”

“不错，他们真是太可恶，方丹在哪儿?”我说。

“他正在酒窖里，忙着做酒。现在他必须要多留点儿神看着，以免出岔子。”方丹太太笑了。那笔钱的事她也不再去想了。“他最喜欢的就是葡萄酒，这你知道。昨晚他带了一点儿新酒回来，是最新的。他尝了一点儿，酒还差一点儿酿好，可是今天早上他还在咖啡里放了一点儿新酒。他们家乡的人都是那种性格，都爱做那样的事，他们都爱酒，都很喜欢酒。他呀，尤其钟爱葡萄酒，这你也是知道的。不像我们家乡的人，我的家乡是在北方，天气寒冷，大家都对啤酒情有独钟。别的其他酒，大家根本喝不惯，就是爱啤酒。在我小时候，我的家的附近就是一家大型的酿酒厂。要知道我那时候还是小孩子，根本受不了那些啤酒花的气味，那时候四处都是啤酒花，那个味道简直要把我逼疯了。我妹妹也和我一样，我们都讨厌那个味道。一次，酿酒厂老板告诉我和妹妹说，让我们到啤酒厂去喝啤酒，他向我们保证说，我们现在讨厌那个味道是因为我们还没有尝过啤酒，一旦我们尝过啤酒的滋味，我们一定都会爱上啤酒花。他吩咐给我们喝啤酒。喝了我们就喜欢上啤酒了。他真是聪明，自打我和妹妹尝过了啤酒之后，我们就再也离不开它了，连带着，我再也不讨厌啤酒花的味道了，反而是越发地喜欢。可是方丹，他最喜欢的还是葡萄酒呢。有一回他将一只打死了的野兔子拿回家来，他告诉我说将酒做成调味汁来烧兔子，用黄油、酒、葱和蘑菇全部合在一起调制成黑色的调味汁来烧那只兔子。后来我竟然把那种调味汁做成了，方丹把调味汁连同兔子全吃光了，他说：‘同野兔子比起来，调味汁显然要更好吃。’他就是这样，他那地方的人都这样。他吃了不少葡萄酒和野物。可我呢，我倒比较喜欢大腊肠，土豆，还有啤酒。啤酒可是不错的。对我们的健康可大有好处。”

“是啊，啤酒的确很好，”我说，“不过，我觉得葡萄酒也不错。”

“怪不得你和方丹比较投缘，你们两个对这个确实是观念一致。既然你在这儿，我有一个困扰自己很久的问题想问你，不知道你是否清楚缘由。我观察到来我们这里的很多美国人，他们似乎都习惯于在啤酒中再加入一些威士忌。为什么会有这种做法？这是你们的习惯吗？”

“不错，我也知道他们为什么会这样。”我说。

“是啊。这可都是真的啊！天哪，当时在餐桌上，还有一个女人忍不住呕了。”

“发生什么事了？”

“真的。她喝醉了，呕在了餐桌上。当他们走的时候，他们告诉我说他们下次还要再来，下个星期六还要再在我这儿请一回客。我对他们说，不行！天哪，后来他们真的又回来了，不过他们回来的时候，我进屋去把门锁上了，没让他们进来。”

“你做得没错，他们喝醉了可是非常麻烦的。”

“在冬天里的时候，小伙子们一起去跳舞，他们开着汽车去，经过我这里时，他们跟方丹说：‘嘿，山姆，卖一瓶葡萄酒给我们吧。’有时候他们也会买一瓶啤酒，他们拿过啤酒，接着再将一瓶走私酒从自己的兜里掏出，将走私酒掺在啤酒里，然后喝下去。天哪，他们居然将威士忌掺在啤酒里。天哪，我可还是第一次看到这种事。我真弄不明白他们怎么会想到这么做！”

“在我看来，他们并没什么太多的想法，只是为了把自己灌醉，他们应该是只想喝醉，他们在用尽一切办法让自己真正醉倒。”

“不止那一次，曾经也是一个美国人，来到我们这里希望能够在这里吃上一餐晚饭，我按照约定为他们精心准备了菜肴，还预备了葡萄酒。之后他们应约来到这里吃饭，还带着他们的女朋友们一起。经过我的观察，我确定他们在晚饭开始前就提前喝了一些酒。这就已经让我开始有点儿担心，没想到的是，他们在餐桌上继续喝着我准备的葡萄酒，这已经够多的了，还有更让我吃惊的是，他们还不仅仅满足于喝葡萄酒，他们甚至将威士忌也倒入葡萄酒中，这可不得了了。我当时就和方丹都很担心他们会喝得大醉。结局也是不出我们所料，那些女孩儿们根本扛不住这些酒精，她们吐得一个比一个厉害。方丹努力地想搀着她们，将她们搀到洗手间去让她们能够好好吐一吐，可是那些家伙却告诉他不用这么麻烦，她们在桌上吐就行了。那些装扮时尚，身材也管理得很好，又是青春洋溢的姑娘们直接就在餐桌上呕吐起来，真是让人大跌眼镜。吐了对他们而言好像也不是什么大事，因为之后他们又都跑出去跳舞去了。”

方丹进了屋。“等他们跳完舞再回来的时候，我就锁上门，没让他们再进来。‘不行，给我再多的钱也不行。’我说，天哪，我可不愿意看见他们再那样做。”

“在我看来当你看见这些人在胡来的时候，有一句法国话，你就一定用得上。”方丹站在那儿说。他看上去被热得不行了，脸上的神色显得十分苍老疲惫。

“什么话？”

“猪。”他在说这个词的时候显得有些不自然，这么厉害的字眼儿他是不大愿意使用的。“这么说似乎是难听了点儿，可是但凡正常人去想一想，有谁会醉酒之后直接就吐在桌子上，可他们就能干得出来，而且很是理所当然的。那个画面我都尽量不去想，因为实在是相当恶心。”他摇了摇头。

“他们就是一群愚蠢的猪。”我说。

对于粗话，方丹一向都不喜欢听。和这些比起来，他更高兴能够说些别的。

“不过，有些人还是很通情达理，也很亲切，就像要塞里的军官，人都很好。好人啊！他们也常来的，我看得出，他们也确实喜欢酒。”他说，“凡是到过法国的人，他们都会想来喝葡萄酒的。”

“不错不错，我们这儿有一个客人，他自己很喜欢喝酒，可是他老婆明令禁止他碰酒。有很多次，他就得自己想办法骗他的老婆。好像是每当他控制不住酒瘾时，他就会对他的老婆谎称说自己困了要先去床上休息。其实他可不会真的去休息，他只是在等他的老婆外出。每次他老婆前脚离开家，他后脚就会溜到我们这儿来。”方丹太太说，“有时他连睡衣裤都没有换就在外面套了件上衣，就来了。‘玛丽亚，给我来点啤酒吧，噢，看在上帝分儿上。’他说。然后他喝着啤酒，穿着睡衣裤，啤酒一喝完他就跑回要塞，先回到床上去，在他的老婆看完戏回家之前。”

“嗯。这人有点儿古怪，可是人却不错，真亲切。是个好人。”方丹说。

“是啊，没错，他是个好人。”

“天哪，他总是会在他老婆看戏回家时就先睡在床上。”方丹太太说。

“明天我得出门了，”我说，“猎捕北美松鸡的季节马上就要开始了，我要到乌鸦自然保护区去。我要去那儿凑凑热闹。”

“是吗？那好吧，哦，你可得抽时间再到这儿来一趟。在你临走前，你一定得抽时间再来一趟，行不行？”

“好的，没问题，我到时候一定来。”

“到你临走的那个时候，这一批新酿造的葡萄酒也差不多就做好了，到时候，咱们正好可以一起来喝一瓶。”方丹说。

“三瓶，还有我。”方丹太太说。

“好的，到时候我一定会来的。”我说。

“那行，我们等你。”方丹说。

“明天见。”我说。

这次狩猎结束得比较早，可能是因为我们出发的时间很早，凌晨5点左右吧。记得第一天狩猎的情况还挺不错，我们的运气也是比较好。不过，运气似乎在昨天用完了，显然这个清晨我们是没碰到什么运气。甚至连只小小松鸡的面都没见到过，动物们也不知道去哪儿了，实在是找不到猎物，天气又越发炎热，于是我们只好顶着炽热的阳光驾车回城。这个鬼天气，真是热起来要人命。我们都被搞得十分狼狈，浑身汗臭，又十分疲惫，一个个饥肠辘辘，只好停在路边有树荫的地方吃午餐。因为阳光太强中午又几乎是垂直照射，阴凉的地方很少，周围的热气真的是把人烤得十分难受。午餐结束后能量得到补给，所以大家重新上路时，心情又好了很多。我在路上开始观察附近的风景，又是一个风和日丽的日子，万里无云，重峦叠嶂，惠风和畅，群山山顶上的积雪依旧是终年不化，铺在群山上又是大片的雪白。很快就要和夏天说再见了，秋天应该是要到了。天气一冷雪又会重新积上去。路上碰到一群草原犬鼠和我们一起往城市的方向去。我们等着等着，终于在快要回城的一个地点跳下车来用随身携带的手枪去打他们。我们弄死了其中两只。就因为离城里很近，我们也不敢再继续向他们开枪，周围已经陆续有住户出现。流弹很可能会伤到别人，这种事情不可以去冒险，我们还足够理性。谁都不想给自己没事找事。我们收起枪，重新上车，继续上路。还只有一小段路，我们就该回到城镇了。我们太热了，都快被太阳晒焦了。我们要来点阴凉的地方。我们太渴了，嘴唇都起皮了，我们要喝点凉的水。我们从大路里拐到小路上，径直把车开到方丹的店外，把车停好后，我们走进屋去。餐室里边可真是凉快啊！只有方丹太太一个人坐在那儿。

“全喝光了，现在只剩下两瓶啤酒了。新酒还没酿好呢。”她说。

我把打到的几只鸟给了她。“好啊，谢谢！不坏，”她说，“谢谢，不坏。”她把鸟拿出去放在阴凉处。将啤酒喝完后，我就站起身。“我们得走了。”我说。

“方丹的酒差不多要酿好了。今晚你会再来吗？”

“嗯，今天晚上不行，不过，临走前我们会再来的。”

“你准备要走了？”

“是的，明天一大早我们就得走。”

“真太糟糕了，你准备要走了。方丹的酒差不多快酿好了。那你今晚来啊！趁你没走我们先送送你。”

“临走前我们会来的。”

让人没有想到的是，那天下午我进城去发电报，当我检查汽车准备开车进城时，我却发现汽车的一只轮胎不知道什么时候被石子划破了，这下就需要热补才得行。不能开车，我就不得不徒步进城，看来在事情没有办理完之前，我是走不成了。到了吃晚饭的时候，我已累得不行了。我只想早点儿上床睡觉。我不想再和谁去说外国话了。

窗子开着，我躺在床上，凉飕飕的山风从窗子外吹进来，我还没有睡着，准备打点的暑天用品在房间的四下堆着，我躺在床上，心里想，今天晚上没有能够到方丹那里去实在是不好意思，可是我的确是太累了，没过多久我就躺在床上睡着了。第二天一大早我们就都忙着打行李，暑期生活该结束了。我们准备两点钟上路。

“我说，咱们还是应该到方丹夫妇那儿去一趟，向他们告别。”在吃过午饭以后，我说。

“不错，咱们的确应该去一趟。”

“在昨晚，他们恐怕就在等咱们去呢。”

“是啊，我想昨天晚上我们本该去的。”

“那咱们现在就去好了。”

我们跟城里其他的朋友和拉里告了别，然后又跟旅馆里的接待员告了别，随后我们就开车来到方丹店里。不错，正好方丹夫妇都在家。见到我们他们显得非常高兴。不过，方丹的神色看上去有些苍老疲惫。

“哎呀，一心以为你们昨天晚上肯定会来，我们还特地预备了好几瓶方丹新酿的酒呢，”方丹太太说，“谁承想你们没来，真是太可惜了，你们应该尝尝那些酒的。实在没有办法，倒是便宜了他自己，那几瓶酒全被他自己喝光了。”

“唉，真是不好意思，我们本来计划是要过来喝酒的，你也知道，顶着大太阳，狩猎又奔波在路上真是把我们给累坏了。累的真是一点儿都不能动弹，所以才没能过来，辜负了你们的一番美意。现在时间不多了，临走之前特意向你们辞行。”我说。

“好吧，那咱们还是来喝点儿酒吧。”方丹说。

“可是，你昨天晚上不是把酒都喝光了吗？”

方丹的神色看上去显得有些不安。

“那好吧，这个不是问题，我还可以去弄一些酒过来。也不会花什么时间，都是怪我，为什么昨晚一不留神都喝光了呢，明明是给你们大家准备的。”他说。

“好了，别再磨蹭了，去搞点酒来吧，方丹。我就知道你们一定是累了。我对他说：‘天哪，看来他们是来不了，他们一定是太累了。’”方丹太太说。

“等等我，咱们俩一块儿去，坐我的车。”我说。

“好啊，那样更快些。”方丹说。

我们开着车沿着大路朝前走，在开到大约一英里外后，我们拐上了一条小路。

“那种酒酿得不错，你喝过之后就会喜欢那种酒的。”方丹说，“你今晚吃晚饭的时候就可以喝这酒。”

我们驾车来到了离方丹家不远的木屋门前。方丹下车去敲门不过无人回应。我们不甘心地从前门绕道后门，后门同样锁得严严实实的。大门和房屋的窗子都关着，似乎家里是没人。放眼望去，院子周围全都围满了那种空的铁做的罐子，应该是装酒用的吧。我们在外面往里头仔细观察，却是一点儿动静都没有，没有见到一个人影。趴在的位置应该是他们的厨房，看起来可一点儿都不卫生，不怎么干净。

“这个该死的，这个时候跑到哪儿去了?”方丹说。看来他是豁出去了。

“你在这儿待一会儿。我知道能够从哪儿拿到一把钥匙。”他说。我站在那儿，看着他沿路走到邻居家的屋门前，他伸手敲了门，一个女人打开门出来，他们在门口交谈了一会儿，那个女人就将一样东西交给了他，然后他又沿路走了回来。他把钥匙借到了。我们试着用钥匙打开前门，不行。然后又试着打开后门，还是不行。

“这个该死的，”方丹说，“到底跑到哪儿去了。”

站在窗户外朝里面看进去，可以清楚地看见放酒的地方。紧靠着窗子时，你还能够闻得到屋里的那股子酒味，闻起来挺香的。不过有点儿像印第安人屋子里的味道，这时，方丹不知从哪里找来一块木板，竟然开始在后门边挖起土来。

“该死的。我能进去，我一定能够进去。”他说。

在不远处的邻屋的后院，有个人正在那儿修理着一辆旧福特车的一只前轮。

“我看还是算了，你会被那人看见的。方丹，算了，你别这样做，那人正在看着呢。”我说。

方丹丢掉手里的木板，挺直身子。“看来咱们还是只有再试试这把钥匙了。”他说。我们又试着转动钥匙，和刚才一样，无论朝哪一边都还是只转动一半，还是不行。

“不行，打不开，咱们还是回去吧。”我说。

“我能进去，我要挖后门。”方丹提出道。

“不行，我决不能让你冒这个险。”

“我一定要挖。”

“不行，你会被那人看见的。这一来咱们就会被当作小偷抓住了。”我说。

方丹还是接受了我的劝告，我拉着他不愿让他冒那种险，那可是会进监狱的事情。没有别的办法，我们只能重新回到车上离开那里还是将房子的钥匙送还给了邻居，然后驾车回方丹的家。没能拿到酒让方丹很是气愤，他很失望又无可奈何，于是就只好通过痛骂来发泄自己的怒火。以致我们也没太敢和他有其他的交流，之后我们便回到了他家。

“那个该死的！”他说，“不知道跑到哪里去了，我们没有拿到酒。那酒可也是我亲自酿的。”

本来满脸喜色的方丹太太顿时一脸的失望。方丹在角落里坐下双手抱着自己的头。

“这没什么，你们的心意我们很理解。你们都是很好的人。我们来就是要在临走之前和你们好好告别，喝酒还是其次。等那个人回来，你们替我们多喝几杯不就好了。我们没什么时间了，真的要离开了。”我说。

“见鬼，那个疯婆子在这个时候能够上哪儿去?”方丹太太问。

“我不清楚，我也很想知道她上哪儿去了。看来，这下子你们要走了，一口酒也喝不到就要走了。”方丹说。

“没事的，真的没事的。”我说。

“那怎么能行，怎么能够这样。”方丹太太一边说，一边直摇头。

“这真的是没什么，你们已经帮了我们这么多，你们都是热情好客的好人，我一定还会想念你们的，你们让我的这次旅行收获颇丰，我一直都很感谢你们，不要为这个事再烦忧了，感谢你们这段时间的陪伴。我们立马就得走了，祝你们幸福快乐下去，亲爱的朋友。”我说。

方丹坐在那里，摇了摇自己的脑袋。在他看来，他这次丢了面子了。而一边的方丹太太则一脸的愁容。

“别再为这件事难受了，没关系的，真的。”她说。

“他非常希望你能够喝上他酿的酒，明年你还能再回来吗?”方丹太太说。

“明年可能不行。下一次要来的话，可能是要到后年，后年我一定来。”

“看吧，你看吧。”方丹对她说。

“嘿，好朋友，你别懊恼了，我之前不是好多次喝过你酿的酒吗，我知道你的心意，我理解你的感受，所以你真的没必要再为这个发愁。你们下次再喝的时候多喝一点儿，就当是帮我们喝了。希望后年能够再见，亲爱的朋友。”我说。方丹依旧摇了摇头。他知道，他今天的运气不好，倒霉的时候他自己心里有数。

“那个该死的女人。”方丹还是在那儿自言自语道。

“他原来有三瓶酒的，就在昨晚，”方丹太太想安慰一下他。方丹摇了摇头。

“再见了，我的朋友们。”他说。

这时，方丹太太的双眼已经湿润了。

“再见，朋友们。”她替方丹感到十分难受。

“再见了，别再难过了，没关系的。”我们说。我们开始和他们一起都感到难受起来。我们上了车，我发动了汽车的马达，他们俩都来到了门口。方丹太太愁容满面，方丹则显得神色很苍老。我们在车子上朝他们挥挥手告别。他们站在门廊上也一起朝我们挥手，看上去十分忧伤。我们的车拐到了大路上。方丹转身进了屋，方丹太太还站在门廊处跟我们挥挥手。

“他们看上去是那么难受。方丹肯定难受死了。”

“嗯，昨天晚上咱们应当去的。”

“是啊，说得没错，咱们昨天晚上应当去的。”

我们出了城区，来到了城外的大路上，大路很平坦，两边大片大片的庄稼地里，庄稼都已经收割了，只剩下一片残茬还在田野里，连绵的群山在公路的右边起伏不断。这一切看上去好像在西班牙，可是我知道这里是怀俄明。

“希望他们能够交好运。”

“他们不会交好运，至少今天不会，史密特也不会当上总统。”我说。

水泥的马路很短，车子还没有开多远就没了。后面的路程可不是十分好走，地表还是填满了各种石子，名副其实的石子路。平原地区的路也没了，我们必须开车行驶在山谷之中，四周都是雄伟的高山。又没过多久，山路越来越不好走，弯弯曲曲的考验人的开车技术。在红色的山土里，一丛丛灰蒙蒙的鼠尾草随着微风轻轻地晃动，随着山路的不断延伸，我们也在山上越爬越高，现在已经能够看得见山谷平原对面和小山对面的那些山峦。就这样开着开着，顺便欣赏周围的风景，不知不觉我们将大山们抛在了身后。我们离他们越来越远了，看上去这里的景色也开始越来越像西班牙了。崎岖的山路又开始蜿蜒向上，有几只松鸡在前面路上的尘土里打滚。当我们将车子朝松鸡开去时，它们却急速拍打翅膀，朝着草丛那边飞走了，然后轻轻松松地落在下面的山坡上。

“这些松鸡真是可爱，而且又大，和欧洲的松鸡比起来，这里的无疑要大多了。”

“你说得没错，方丹前几天告诉我，这里很适合打猎。”

“那么，要是等到狩猎季节过去以后呢？”

“那个时候，他们有可能都死掉了吧。”

“是啊，可是那小伙子一定不会死。”

“为什么？可没什么事情能够证明他不会死。”

“昨天晚上咱们应当去的。”

“对啊，咱们昨天晚上是应当去的。”我说。

赌徒、修女和收音机

那个俄国人被他们送进来的时候，已经是午夜了。整整一个晚上，住在这条走廊两边房间里的人们都听得到他的叫声。

“他哪儿被打中啦?”弗雷泽先生问值班的护士。

“应该在大腿上吧，我想。”

“嗯，那另外的那个人怎么样了?”

“啊，他吗?我猜他可能快不行了。”

“他哪儿被打中啦?”

“肚子上，两枪都打在了肚子上。可是医生们却在那儿只找到一颗子弹。”

他们一个是俄国人，一个是墨西哥人，他们的工作倒也不是很特殊，他们专门给别人种甜菜。他们本来只是好好地待在一家全天候营业的餐馆里，一起喝着咖啡，就这么闲聊着，突然就从餐馆外面突然出现了一个人，见到那个墨西哥人就立马从衣服里掏出随身携带的手枪，并且朝那个墨西哥人射击。一切发生得太快，没有任何一个人反应过来，几声枪响，墨西哥人的肚子被子弹击中两次。出于本能，俄国人直往桌子底下钻去，那个杀手没有想杀他的意思，只不过在枪击倒霉的墨西哥人的过程中没有顾及他，他也跟着走了霉运，结果腿上被流弹击中。其实所有的子弹都指向墨西哥人，这一切都本应和他无关。别的什么除了他们两个，其他人估计也是不太清楚，目前的报纸大概是这么像公众解释的。

后来，警察向墨西哥人询问时，他说，他连开枪打他的那个人长什么样子都没看清楚。在他看来这应当是一个偶然的事故。

“真的吗？这就是你的看法？你把这一切归咎于偶然性的事件？我可得提醒你，所有的子弹都是冲你去的，他想干什么我认为你很清楚？”

“就是这样，先生。”那个墨西哥人说，他的名字叫卡耶塔诺·鲁伊斯。

“那个该死的浑蛋，我敢肯定这只是一起偶然事件，真的，这只是一起偶然的事故。”他转过头对站在一旁的那个译员说。①

“他刚才对你说什么？”那个警官看着坐在床对面的译员，问。

“没什么，他自己对这个事件的看法是：这是偶发性的。”

“那你给我认认真真仔仔细细地跟他说，他可没剩什么时间了，他是个将死之人，所以，本着对这个案子负责的原则，他要说真话，不可以欺骗咱们。”警官说。

“我可不会死，让他别咒我。”卡耶塔诺对那个译员说，“我受了这么重的伤，我浑身很痛，也没什么精力在这儿和你们说话，我现在需要休息。你跟他说，我很累我不想继续这次对话。”

“他刚才说，他对我们讲的全都是实话。”译员说。接着，他自信地对警官说：“到底是谁开枪打伤他的，他也不知道。我看他们应该是从他的背后开枪打的他。”

“不错，”警官说，“可是为什么子弹都是从他的前面打进去的呢？”

“要不然他就是在撒谎欺骗咱们。”译员说。

“你最好给我听清楚了，”警官说，“你以为我会关心是谁对你开了这些枪？这和我没什么关系，既然这是我的案子，我就需

① 对译员讲话的时候，墨西哥人是用西班牙语说的，所以在下文中警官会问他说什么。

要做好工作发现真相。还是说你疯了，根本不在乎是谁枪击了你，你自己也会想找出凶手好让我们制裁他对吧?”警官的手指头在卡耶塔诺的鼻子前晃了晃，几乎碰到了那个突出在死人样的脸上的蜡黄的鼻子。然后他又对一边的译员说：“你把我刚才说的这些话告诉他。”

“警官说叫你把打伤你的人讲出来。”

“叫他见鬼去吧，该死。”卡耶塔诺说，他开始感到非常累。

“他说朝他开枪的那个人，他根本就没有看到。”译员说，“警官，我可以非常肯定地跟你说，他们一定是从他背后开枪打他的。”

“嗯，那你现在问问他，那个俄国人又是谁打伤了。”

“那个俄国人?真是个可怜的家伙，”卡耶塔诺说，“当时他用自己的胳膊抱着头，身子缩成一团趴在地板上。他被开枪打中的时候，就开始叫起来，一直到现在都还在叫。真是个可怜的俄国人。”

“他说开枪打中那个俄国人的是个他不认识的家伙。也许打中他的人就是和开枪打中俄国人的家伙是一个人。”

“行了，我没工夫听他在这儿编故事，”警官说，“你给我最好聪明点儿，我们调查过了，你不是黑帮成员，你现在重伤在医院，你还以为自己在芝加哥吗?还是说你觉得自己是电影明星之前是在演电影?我也没工夫和你在这儿闲扯，我没这么多时间，你给我老实交代，那个枪击你们的到底是谁?这才是你唯一需要做的。就我以往的经验来看，无论是谁受伤，都能够说出行凶者是谁。你可别忘了，他伤害了一个人之后他还会继续伤害其他人。你可没有这个权力去纵容他，他必须受到法律的制裁，他绝不可以逃脱。你替我跟他说。”他对弗雷泽先生说，“那个该死的译员，我不信任他。”

“先生，我可是非常靠得住的。”译员说。卡耶塔诺抬头望着弗雷泽先生。

“听我说，朋友，”弗雷泽先生说，“警官说了，咱们现在不是在芝加哥，咱们现在是在蒙大拿州的海利①。你也并不是强盗，这跟演电影也没有任何的关系。”

“他的话我相信，”卡耶塔诺轻轻地说，“他的话我相信。”

“说出那个对自己造成这种痛苦的坏人是一件正确的事情，这里的人任谁都会这么做。这是一件需要勇气的事。警官说，要知道你的检举会是他人的一件幸事，天知道那个人还会对哪些人犯罪，而你可以阻止他，只有你目前可以阻止他继续作恶。如果你不把打伤你的那个人说出来的话，要是那个人以后又去开枪又去打伤其他的孩子和女人，那该怎么办？”

“我现在还没有结婚。”卡耶塔诺说。

“嗯，那只是泛指任何一个女人和任何一个孩子。这你应该明白。”

“那个人难道是个疯子？”卡耶塔诺说。

“警官说，不管那个人是不是疯子，有没有病，你都必须检举他。”弗雷泽先生说完了。

“我感激你的建议，”卡耶塔诺说，“先生，您的翻译水平很高。实话说，我会说英语，简单的交流还是可以的，不过没有大家这么好罢了。你也受伤了？你的腿是出了什么事吗？”

“是我自己不小心从马上摔下来弄断的。”

“真的吗？也真是挺倒霉的，运气这个东西真是说没就没，你一定会很痛吧？”

“嗯，现在可好多了。不过，当时才摔下来的时候，可真是

① 海利：这个地方有可能是作者的笔误。海利并不在蒙大拿州，而是在爱达荷州的一个城市，紧挨着蒙大拿州。

够痛的。”

“听我说，朋友，”卡耶塔诺开始说，“你应该可以理解的，我现在的身体状况很差，我的伤太重了，我也在担心自己活不下去，浑身没有一处不疼的，每一分每一秒都过得很辛苦。你就当帮我的忙，把这个警察给我弄出去。请原谅我无法奉陪，我现在异常困倦。”他翻了一下身子，侧向了一边，然后就默不作声了。

“好的，你的话我会一字不漏地告诉那位警官的。他说，告诉你，到底是谁开枪打伤他的他确实不知道，他还说他现在非常虚弱，很想好好地休息一下，希望你能够等以后再问他。”弗雷泽先生说。

“说什么将来，什么狗屁的将来，他就剩半条命，说不定一会就死了，那时候我找谁去问问题去?”

“不错，这的确非常有可能。”

“所以现在我就要问他。”

“一定是有人从他背后开枪打的他，这我刚才就告诉过你。”站在一旁的那个译员说。

“啊，谁知道呢。”警官一边说，一边把笔记本放进了自己的口袋。

外面走廊里，译员同那个警官都站在弗雷泽先生的轮椅旁。

“难道你也认为打伤他的人的确是从他背后开的枪吗?”

“当然，”弗雷泽说，“打伤他的人是从他背后开的枪。你怎么看呢?”

“别发火，”警官说，“我还是一直都希望自己也能够讲西班牙话。”

“是吗？那你干吗不学?”

“你语气给我放好点，有什么值得争论的，我向他提问了很多问题，他什么都没给我说。屁线索都没有。很有可能就是中间翻译的问题。如果我能掌握西班牙语，一切自当别论。”

“我可是一个非常可靠的译员，先生，你完全用不着讲西班牙语。”那个译员说。

“是吗？谁知道呢。”警官说，“好了，就这样吧，再见了，我一有空就会来看你的。”

“好的。再见，我现在是不会到处乱跑的。”

“我觉得现在你挺好的了。不过，在当时你的运气确实是糟糕透了。很糟糕，非常糟糕。”

“现在好了，他的运气已经在变好了，骨头不是都已经接好了吗？重新站起来只不过是时间问题了。”

“是啊，不过那也许需要的时间很长。很长很长的一段时间。”

“嗯，还要记住一点，千万别让哪一个人在背后朝你开枪。”

“对极了，”他说，“你说得对极了。嗯，这次你没有发火，我很高兴，真的，很高兴。”

“再见。”弗雷泽先生说。

因为工作很忙，弗雷泽很久都没有再去看那个墨西哥人，他没什么时间。不过，他也不需要天天去打探什么，自会有赛西莉亚修女告诉他，她很热心也很善良，她会在清晨向他诉说那个墨西哥人的情况。她告诉弗雷泽说，卡耶塔诺因为被感染而患上腹膜炎，身体的健康状况更为严峻，他看样是很难恢复过来了。不仅如此，伤口难以愈合，气味也是越发大起来了。卡耶塔诺自己也很尴尬，因为他自己也很难忍受那样的气味。不过，他却非常坚强而又勇敢，他不去呻吟不去哭喊，他只是默默地扛下这些。大家好像都认为他没剩多长时间了，唉，也是个悲惨的人，修女说道。他长得一表人才，看起来还很温柔，他常常会微笑着先用一个手指头指着自己的鼻子，然后再摇摇头。赛西莉亚修女说，上帝啊，他明明是一个很配合的患者，他向我承诺向上帝祈祷，不过他拒绝去忏悔自己的罪恶。他又是那么孤苦无依，他没有任何亲朋好友前来探望，他总是自己一个人在面对这些。他可真是太坚强了。不像那个俄国人，只不过是被流弹击中了大腿稍稍感染发炎，就在那一直鬼哭狼嚎，闹得大家都不得安生，我可不会关心他这种没用的人。他一点都不如卡耶塔诺，赛西莉亚修女说。况且我又是一直喜欢坏人。那个可怜的卡耶塔诺，他一定不是什么好人，而且一定是个不容小觑的恶人。不知道你有没有仔细观察到，他虽然声称自己是种甜菜的，可你见过哪个工人的手是像他那样漂亮的吗？他的手可一点儿都不像去干农活儿的人。他肯定在隐瞒着什么。而且他周身的气度可比我见到的那些什么工人好太多了。所以，我断定他绝不是工人。现在我这就下楼去为他祈祷。哦，他可真是个可怜的人，他们为什么非打伤他不可？他现在的伤势发展得这么严重，他一定很痛苦，可是他却一声也不哼。天啊，我这就马上下楼去为他祈祷。这个可怜的卡耶塔诺！

她真的就马上下楼去了，下楼去为他祈祷去了。

在黄昏以前，在这所医院里，任何一台收音机的音响效果都一直不怎么好。据他们说，那是因为医院面前那一座座高山的关系，要不，就跟有地下有许多矿石有关，不过，无论怎么样，只要外面的天还没有开始黑，那么收音机的音响效果就肯定不好。但是只要一到了晚上，天一黑下来，它的效果就开始变得出奇的好了，而且在一个电台的广播结束以后，你还可以将旋钮再向西捻，这样你就可以收听到另一个还在广播的电台。整个晚上华盛顿州的西雅图①是你可以收听到的最后一个电台；在早晨4点钟

① 华盛顿州位于美国的西部，濒临太平洋。西雅图是华盛顿州的一个海港城市。

的时候他们才停止广播，而由于时差关系，这个时候，医院里正好是早晨的5点；而到了早上的6点钟你就又可以听到那些早晨演奏狂烈的音乐，它们都来自明尼阿波利斯①。当然，这也是因为时差的关系。每一次弗雷泽先生在听到这些音乐的时候，他就会不由自主地开始想象那些演奏者在每天清晨，天还没亮，到播音室去的情形，想象从电车上带着乐器下来，是一副什么模样。有时候，他认为自己也许想得不对，他们也许是把他们的乐器放在他们演奏音乐的地方，可是他还是宁愿想象他们一直将乐器随身带着。至于明尼阿波利斯他倒是从来没有到过，而且他也一直认为自己也许永远不会到那里去了，不过对于那座城市一大清早是什么模样他还是知道的。

医院的外面都是大片大片的雪地，天气很冷，不过野苋这种植物还是可以在冰冷的雪地中长出一大片，生命力也真是顽强。雪地之外又是一堆又一堆土堆成的小山头，上面什么也没有，天气太寒冷了，外面很少看到什么生机。不过有一次早上真的发生了很搞笑的事，弗雷泽先生无法自由活动，所以需要医生的协助好让他能看到外面的情景。记得当时是因为有野鸡在雪地上找食物，医生出于好心就拉着他的床往窗边推去，一不小心，台灯不知道怎么自己掉落了下来，医生没有反应过来，弗雷泽先生又躲闪不及，所以台灯正好落在他的脑袋上，现在想想这一幕，还是觉得相当搞笑。那时，每个人的注意力都集中在了窗外，就是那个医生，他一边用一只手指着窗外的野鸡，一边用力把弗雷泽先生的床朝窗口处拉过去，接下来发生的一切就像在滑稽连环画上画的那样，那盏灯正好在这个时候掉了下来，然后那盏灯的铅底座又正好打中弗雷泽先生的头顶，于是弗雷泽先生就这样昏过去

① 明尼阿波利斯是位于美国明尼苏达州的一座城市。

了。这发生的一切看起来正好同医生治病救人的行为截然相反，也可以说，这正同医院里的医生所应该做的事情截然相反，所以当时在场的每一个人都认为这件事是那么滑稽，是对那个医生和对弗雷泽先生开了一个让人忍俊不禁的玩笑。实际上在医院里任何事情都会变得比较简单，就连开玩笑也不例外。

如果你来到床的另外一头，从这边的这个窗口看出去，你就可以很清楚地看到那座城市，一片淡淡的烟雾在城市的上空围绕，道森山①在边缘峰峦起伏，在冬雪覆盖下给人的感觉就像是一座真正的高山。时辰还早，他还不用坐在轮椅上，这就是他的遗憾了，因为他就只能观察到那两处风景。实际上，病人住在医院里，我非常建议他们不要坐轮椅，那样会很麻烦，直接卧床对他们反而更好。在你的住院病房内，你可以把温度控制在自己的喜好上，这样你还有足够的时间去欣赏风景。因为不是所有病房都可以自己控制温度的，有些时候会很热，在一个炎热的不舒服的环境下还怎么去好好欣赏风景。坐着轮椅的坏处就是你要一直跟着那些不同的一批又一批的病人出入各种病房，真是一刻不得消停。始终待在一个房间就不会有这些问题，生活会惬意许多。你就会更加珍惜你所能够看到的风景，它们也变得越发重要和有意义。更不会尝试主动去改变什么，你会十分享受一成不变的感觉。这就跟听收音机差不多，对于那些你已经听习惯了的节目，你就很有兴趣听，而对于那些陌生的，新出来的节目你就会感到讨厌。在那一年的冬天，《没有恶意的小小的谎话》《唱一件简单的事情》和《歌女》则是他们听到的最好的曲子。而对于收音机里播放的其他的曲子，弗雷泽先生觉得就不能够像那几首那样叫人满意了。虽然对弗雷泽先生来说《女同学贝蒂》也是一支不错

① 道森山：位于加拿大不列颠哥伦比亚省的东南部。

的曲子，但是那些滑稽的模拟歌词总是会不可避免地从弗雷泽先生的耳朵里传进去，让他觉得越来越难以忍受，以至于他最终不再听这支歌，而重新去收听橄榄球比赛。

在每天早晨9点钟的时候，医院里的那台X光机就会开始工作，而海利的广播也正好这时候在收音机里播出，可是由于那台X光机的干扰，收音机就会连一个广播都收不到从而变得毫无用处。虽然在医院里，对于医院在人们听收音机的时候使用X光机，许多人都表示了自己的不满。特别那些有收音机的海利人，对于医院里的X光机破坏了他们早晨的节目更是表现出强烈的抗议，可是他们却从来没有采取过任何行动。

到了不得不要关收音机的时候，赛西莉亚修女从房间外走了进来。

“嗯，赛西莉亚嬷嬷，卡耶塔诺现在的情况怎么样，他有好转吗?”弗雷泽先生问。

“啊，没有，这个可怜的人情况越来越糟糕了。”

“是吗？他开始处于昏迷状态了吗?”

“没有，那倒还不至于，可是他现在的情况越来越糟糕了。”

“你这么认为?”

“是啊，我可真是为他担心。你知道吗？没有一个墨西哥人来看过他，根本就连一个人都没有来看过他，他也许会一个人这样孤独地死去。”

“今天下午你想到楼上来听有关橄榄球比赛的广播吗?”

“啊，下午的时候我要待在教堂里祈祷。不上来了，每一次听比赛我都会太激动的。”她说。

“这一次我们应该可以听得很清楚，他们这一次比赛的地点是在太平洋沿岸，由于时差的关系，比赛开始的时间在我们这儿已经有点儿晚了，所以这一次我们能够听得比较清楚。”弗雷泽先生说。

“不用了不用了，我可没法过来听，我太容易激动了。上一次我在收听世界垒球锦标赛的时候，根本无法控制好自己激烈的情绪，兴奋得不能自已，心脏都是莫名的狂跳。我可不敢再有这种体验了。每一次轮到运动员队[1]开始击球的时候，我都更加激动，就像自己也在场上那种感觉，我会尖叫地向上帝祷告：‘上帝啊，请你一定帮帮他们啊，上帝啊请你一定要站在他们这边，上帝啊，你一定要保佑他们啊，上帝啊，我求您了，请一定让他们得分啊！’那次比赛你还记得吧，他们后来在第三局的时候跑到了第四垒，我简直无法平复自己的情绪。我又继续向上帝祈祷，‘帮帮他们吧，帮帮他们吧。让他们击中得高分啊，让他们把球打出围墙啊，上帝啊，如果他们能把球打出场地就更好了！’到了后来，又轮到红雀队开始击球了，这对我来说简直更可怕。‘啊，万能的主啊，让他们压根儿看不见球！啊，万能的主啊，但愿他们打空！啊，万能的主啊，但愿他们看不见球！’而今天晚上的这次比赛对于我来说则是更事关重大了。是 Norte Dme[2] 圣母队。不行，我不能再来听了，我怕自己会受不了的，我必须得待在教堂里。我必须得为圣母队祈祷。要知道，他们可是将要为圣母而比赛的。我希望哪一天你能为圣母写一点儿东西。你一定能够写得出的。你知道自己一定能够写得出的，弗雷泽先生。”

“至于自己在以后还能不能再写什么关于她的东西，我自己也不清楚。我能够写的大多数都已经被我写出来了，”弗雷泽先生说，“我写作的那种方式你是不会喜欢的。我想圣母也是不会在意的。”

“我知道你一定能够会再写出来的。你一定能够会再写出关

---

① 运动员队是宾夕法尼亚州费城的垒球队。红雀队是密苏里州圣路易斯的垒球队。

② 法语，意思是圣母。

于圣母的那些东西的。我相信你，迟早一定能够会再写出来的。”赛西莉亚修女说。

“我说，你晚上还是上楼来听比赛吧。”

“不行。这会让我受不了，晚上我就待在教堂里为他们祈祷，做我自己能够做得到的事情。”

那天晚上，在比赛开始了大约五分钟以后，从弗雷泽的房间外走进来了一个见习护士，她对弗雷泽说：“赛西莉亚嬷嬷叫我来问问你比赛进行得怎么样？”

“嗯，你可以告诉她，他们已经有了一次得分，靠的是持球触底。”

没过多久，那个见习护士又走进了弗雷泽的房间。

“嗯，现在可以告诉她，对方被他们打得手忙脚乱了。”弗雷泽先生说。

又过了没多久，弗雷泽按铃叫病房的值班护士进来。“麻烦你亲自告诉在教堂里祈祷的赛西莉亚嬷嬷，或者你托人转告她也行，就说圣母队现在以十四比零领先，不过现在第一个四分之一场的比赛已经结束了，告诉她，她可以不用再继续祈祷了。这真是太棒了。”

几分钟以后，赛西莉亚修女急匆匆地走进弗雷泽的房间。她看上去非常激动。“弗雷泽先生，真的是十四比零吗？优势竟然是这么明显吗？他们可真是太厉害了，这是真的吗？我简直不敢相信。他们现在是稳赢了吗，不不不，也许不一定吧。你能多给我介绍介绍吗。不行不行，我还得接着为他们祷告，现在还不能管这些，我得坚持为他们祈祷。比赛结束时的获胜才是真正的获胜。”

“哈哈哈，别去了，和我在这一起听吧，不需要祈祷了，他们现在已经稳赢了，赶紧在这儿和我一起庆祝，亲爱的修女，别担心了，他们的对手已经不堪一击了。”弗雷泽说。

“不，不，我得马上下楼去，我必须得马上回到教堂里去，我还得继续为他们祈祷。”她说。

后来，每次圣母队得分，弗雷泽就托人把消息转告给赛西莉亚修女，最后，当比赛最终以圣母队获胜而结束后，弗雷泽托人把这个让人兴奋的结果转告给了在教堂里祈祷的赛西莉亚修女，这时，天已经黑了很久了。

“赛西莉亚嬷嬷怎么样?”弗雷泽向替她转告消息的护士问道。

“她们现在都在教堂里祈祷。”她说。

第二天早上，赛西莉亚修女走到弗雷泽的房间里来。她今天看上去非常高兴，而且信心十足。

“我一直相信他们一定可以赢，”她说，“我对他们十分有信心。对了，告诉你一个好消息，我刚从卡耶塔诺那里回来，他好了很多，脸色也好了很多，身体可能正在恢复吧。就连他肚子上那恐怖的伤也好了许多，我的祈祷又见效了，上帝啊，他庇佑了他们。很快就会有人到医院来看望他了。我今天上楼来的时候，在楼下遇到了警察总局的那个小伙子，好像是叫奥布赖恩来着，我将卡耶塔诺的事情告诉了他，并希望他能够找几个墨西哥人到医院来看看这个可怜的卡耶塔诺。他告诉我说今天下午他就会叫几个人来。眼下那些人也快要到了，这真是太好了，他不会再有被抛弃遗弃的感觉了。这对他的病情一定会很好。他也一定会恢复得更快。可不能真的没有任何人来探望他，真的是那样也太惨了些。”

在那天下午大约5点钟的时候，三个墨西哥人走进了弗雷泽的房间。

“我可以在这儿喝一杯吗?”个子最大的那一个墨西哥人问，

他人长得有些胖，嘴唇比较厚。

“当然可以，”弗雷泽先生回答，“各位先生，大家随便坐吧。你们都来一点儿吗?”

“好的，非常感谢，如果可以的话。”大个子墨西哥人说。

“谢谢。”个子最小、皮肤最黑的那一个墨西哥人说。

“我就不用了，谢谢，”那个瘦子说，“我喝了会头晕。”他拍拍脑袋。

“这酒可是从‘红人棚屋’那里买来的。”

护士将几个玻璃杯拿进屋子里来。

“麻烦你把酒瓶递给他们。”弗雷泽说。

“‘红人棚屋’的酒比‘大栅栏’的要好得多。”大个子说。

“那是当然啦，这还用说，价钱也比较贵。”个子最小的那一个说。

“‘红人棚屋’里出的酒每一样可都是非常名贵的。”大个子说。

“嗯，你这个收音机是几管的?”不喝酒的那一个问。

“它吗？七管。”

“它看上去可真漂亮，”他说，“这大概要值不少钱吧?”

“值多少钱我就不清楚了，这是我租来的。”弗雷泽先生说。

“你们各位都是他的朋友吗？我是指卡耶塔诺。”

“当然不是，”大个子说，“不过，打伤他的那个人倒是我们的朋友。”

“是警察叫我们今天下午到这儿来的。”个子最小的那一个说。

“我和他，我们在这里都有点儿小地位。”大个子指指那个不喝酒的说。

然后他又指指黑皮肤的小个子：“他也是个有点儿身份的人，

接到警察的通知说要求我们到这个医院，虽然不知道什么事，我们还是如约来了。”

“哦，是吗？你们能来，我感到非常高兴。”

“当然，彼此彼此，这也让我们感觉荣幸。”大个子说。

“咱们再来一小杯，怎么样？”

“我简直不能再同意，我需要它。”大个子说。

“非常感谢你的招待。”个子最小的那一个说。

“不好意思，请你们原谅，我的酒量可不太好，喝多容易难受，你们几个人请便吧。”那个瘦子说。

“的确是好酒。”个子最小的那一个说。

“要不还是尝试着喝点儿吧，好久不喝多可惜，大男人头晕点儿没什么事。”弗雷泽先生问那个瘦子。

“可是，晕过之后，接下来就会非常痛。”瘦子说。

“卡耶塔诺的朋友呢？你没法叫几个他的朋友来看他吗？”弗雷泽问。

“卡耶塔诺？他可没有什么朋友。”

“真的吗？只要是个人他的周围总是会有朋友的吧？”

“是啊，但是这个人，没有。”

“你知不知道他是做什么工作的？”

“牌手，他实际上是个牌手。”

“哦，这么说他的纸牌玩得非常精明喽？”

“从我的了解看，他的纸牌打得确实很好，比一般人要好得多。”

“他从我这儿就赢了一百八十块，只是从我这儿，一百八十块很快就从我身上消失得无影无踪。”个子最小的那一个说。

“那算什么，他从我这儿赢了二百一十一块。”瘦子说。

“幸亏我没和他一起打过纸牌，看样他的水平确实不错。”那个胖子说。

“哦，这么说来，他一定非常有钱。”弗雷泽先生提出了看法。

“不不不，并不是你想的那样，他可是穷得身无分文，可笑的是，他比我们几个要穷很多，他唯一值钱的东西可能是他的仅有的衬衫吧。”那个身材矮小的墨西哥人说。

“现在看来，那件衬衫现在也变得不值钱了，已经有了两个窟窿。”弗雷泽先生说。

“说得没错，先生。”

“开枪把他打伤的那个人也是个牌手吗？”

“不是，他只是一个负责种甜菜的普通工人。不过，现在他必须得离开这个城市了。”

“在我们这个城里，就数他吉他弹得最出色，弹得最好，可是他现在却不得不离开了。”个子最小的那一个说。

“是吗？那可真是非常遗憾。”

“他的吉他弹得可棒了。”个子最大的那一个说。

“难道城里就没有其他吉他弹得比他好的人了吗？”

“除了他以外，一个没有，就连一个勉强能弹弹吉他的人也没有。”

“我倒是知道有一个人，不过不是弹吉他，他是拉手风琴的，拉得也非常不错。”瘦子说。

“嗯，不错，的确是还有几个人，不过他们都不是弹吉他，而是玩其他各种乐器。”大个子说，“对于音乐，你喜欢吗？”

“我当然喜欢啦。”

“是吗？那可太好了，哪一天晚上我们到这儿来给你演奏点儿音乐，怎么样？你认为那个修女同意我们这样做吗？我觉得她看上去显得挺和气的。”

“如果能够让卡耶塔诺听到，那么，我保证她一定会同意的。”

“你那样以为她？和和气气？你是在开玩笑吗？我可是一直觉得她是神叨叨的。”瘦子问。

“你在说谁？哪个女人神道道？”

“还有谁，当然是那个修女。”

“哎呀，小伙子，是你想的不对，我和修女相处了很久，她是个善良又有智慧的女人。你应该改变自己的看法了。”弗雷泽先生说。

“是吗？也许是吧，不过对于任何一个修女、教士和僧侣我都不信任。”瘦子说。

“别怪他，他有过一段不幸的经历，那还是在他年轻的时候。”个子最小的那一个说。

“我以前曾经当过神父的助手，不过，我现在却什么都不信。我也从来不去望弥撒。”瘦子骄傲地说。

“怎么了？去弥撒会让你不舒服是吗？还是说就像喝多了酒一样的反应？”

“并不是那样，我只有喝了酒，才会头晕。”瘦子说，“告诉你吧，宗教对穷人来说就是鸦片。”

“这个说法可真是新鲜，我还总以为穷人的鸦片是毒品呢。”弗雷泽说。

“你抽过鸦片吗？”大个子问。

“从来没有。”

“我也根本没有试过。那个东西真的看起来相当邪恶，一想到沾到一次就得上瘾，我就觉得头皮发麻。真的只是用来祸害人的邪恶东西。”他说。

“宗教就像是鸦片。”瘦子说。

“看得出，他就是这样一个人，强烈地反对宗教。”身材最矮小的那个墨西哥人说。

“这没关系，大家都会有自己的想法，这是咱们的权利不是嘛。用力的讨厌某种东西是应该的，其实有很多那种东西存在于咱们的生活中。”弗雷泽先生有礼貌地说。

“的确是这样，所以尽管在我看来那些信仰宗教的人是无知的，可是我还是尊重他们的。”瘦子说。

“啊，说得好极了。”弗雷泽先生说。

“您还有什么是我们可以帮忙的？你还缺点儿什么？给我们说一说，下趟来的时候一定给你预备齐了。”大个子墨西哥人说。

“那可太好了，啤酒，要是有好啤酒的话，我倒是非常想买一点儿。”

“好吧，我们下次就会给你带啤酒来的。”

“那可太好了，咱们再来一小杯，怎么样？”

“非常乐意。”

“唉，这真的是麻烦你了，我们还在这喝你的啤酒，真是汗颜。”

“你们喝吧，我就不喝了。喝了我就会头晕。接下来还会头痛，很快胃里也会感到不舒服。”

“那么再见，各位先生。”

“再见，非常感谢你的款待。”

他们同他告别。吃过晚饭后，弗雷泽就躺在床上开始听收音机，收音机的声音被他尽可能地调到最低，限制在一个他可以听到的范围里面。随着时间的推移，各地的电台都陆陆续续地相继停止了广播，先是丹佛，然后是盐湖城，接着是洛杉矶①和西雅

① 丹佛是位于美国科罗拉多州的一座城市。盐湖城是位于美国大盐湖附近，犹他州的一座城市。洛杉矶是位于美国加利福尼亚州的一座城市。

图。从收音机里弗雷泽先生无法得到有关丹佛的景象。不过从《丹佛邮报》上他却可以看到丹佛，然后再从《落基山[①]新闻》上对他看到的景象进行校正。光是凭着他从收音机中听到的一些零零散散的描述，对于洛杉矶或者盐湖城到底是一个什么的模样他是一点儿也想象不出来。而对于盐湖城，他唯一的感觉就是沉闷，但是却清洁，至于洛杉矶，他也无法想象那里是个什么样的景象。他只是听说那里有许多的舞厅，也有许多的大旅馆，光是凭着舞厅和旅馆这些东西，他也是没法去想象的。只有西雅图，倒是他知道得最清楚的一个城市，在出租汽车公司里的那些白色的出租车里都会有收音机，每天晚上，他都会坐着出租汽车到那家小客店去，那家小客店就在加拿大境内，在那家小客店，他一边喝着酒，一边听着其他的客人们通过电话点播的音乐。根据这些音乐，他追随着一个又一个晚会的进程。每一天晚上大概是在两点钟的时候开始，他就在那个小客店内，听着不同的人点的不同的曲子，这就让他感觉到自己好像生活在西雅图一样，于是西雅图在他的脑袋里就开始变得同明尼阿波利斯一样真实。每天一大早，在明尼阿波利斯的音乐演奏者们就会准时起床赶到广播室去，从没间断过。现在，对于华盛顿州的西雅图，弗雷泽先生是越来越喜欢了。

没过多久，那几个墨西哥人便如约回来找弗雷泽先生聊天，他们还记得自己的承诺，他们带来了给先生的啤酒，只是啤酒的质量不是多好。这些天，弗雷泽先生的精神状态不太好，他自己也很清楚，所以他只是在自己的病房里和那些人一起说了会儿话。不过，他已经没有那个精气神去再进行一次像上次那样的对话。所以，他并没怎么多说，他的神经几乎要到崩溃的边缘，他

① 落基山是北美洲最大的山脉，分南、中、北三部分，在美国境内穿过亚利桑那州、新墨西哥州、科罗拉多州、犹他州、内华达州、怀俄明州、爱达荷州、蒙大拿州等地。

是在强撑着不让自己倒下。他其实已经没有精力再去见什么朋友，他很累，尤其是根本不想开口说话。可能那些墨西哥人也感觉到了，因为他们几乎就坐了这么一会儿就离开了。

弗雷泽先生心里很清楚的想到那些人肯定不会再回来。至少还是挺过了一个多月的时间，即使他的神经已是十分衰弱，他的内心还是有些许满意的，因为毕竟他可是又挺过了这么长时间。弗雷泽先生十分清楚相同的试验只会有相同的结局，他现在反而不会太过在意，他已经可以接受这个事情。他也不必再次被逼做这个事，也算是一种轻松吧。一直以来，能够让他始终感到新鲜的就只有一件事情——听收音机。每天晚上，他都会收听整整一宿，他正在学习如何不动脑筋就可以收听，所以，他总是尽可能地把收音机声音调到最低，低到他刚好能听得到为止。

那天早晨大约 10 点钟的时候，赛西莉亚修女走进了弗雷泽先生的房间，将一些信件带给了他。弗雷泽先生喜欢看到她，也喜欢听她讲话，赛西莉亚修女长得很漂亮，信上并没有什么能够引起人兴趣的东西。不过在他们看来信件是从另一个世界来的，所以每一封都显得非常重要。

“看上去你比以前好多了，”她说，“说不定用不了多久你就可以出院了。”

“是啊，我也是这么认为的，嗯，今天早晨，你看上去非常高兴。”弗雷泽先生说。

“你说得没错，我的确感到非常高兴。因为，我再过不久就可以成为一个圣徒了。”

一听赛西莉亚修女这话，弗雷泽不由得微微愣了一下。

“这就是我一直想要做到的，没错，成为一个圣徒，是我一直想要的。”赛西莉亚修女接着说，“我记得，当我还是个小女孩儿的时候，我就梦想着自己有一天能够成为圣徒。那时候我还是个小女孩儿，我就常常忍不住想，如果我出家进修道院的话，总会有那么一天，我是能够成为圣徒的。我总是把成为圣徒作为自己毕生的追求，我觉得那很光荣，我把它当作我人生为数不多的一定要完成的事，我从内心深处知道那就是我的热忱所在。不怕你笑话，在我很小的时候，我就有了这个梦想，并且坚信自己可以完成。很神奇的，在刚刚的一刹那，我突然发觉自己似乎已经是圣徒了，就是很突然的那种感觉，我当时真的觉得很快乐很幸福。它有时候就会来得这么突然，不禁给我一种成为圣徒是一件轻松而又容易完成的事，不过我们都清楚，它可一点儿都不简单。之前，几乎每天清晨睁眼的那一刻，我都觉得上帝啊，请你让我成为圣徒。不过每次都只会让我更加失望，现在已经失望了这么些年了，因为我知道我还不是圣徒。今天早晨，我开始感到自己好像能够成为圣徒了。啊，我这一次一定能做到。”

“我相信你，你一定会成为圣徒的。每一个人都能够得到他们想要的东西。他们老是这样对我说。”

“真的吗？其实我自己反而不能太确定了。我以前可是一心一意地要成为圣徒的，那是我的志向和理想。因为在我的印象中这件事很简单，会很容易。所以我一直矢志成为圣徒的一员，到后来我年龄见长，经历的事情越多，我就越发觉得是自己之前太天真了，成为圣徒远比我想象中的要难。于是，我就劝自己不要太着急，这一定是个过程而不是一朝一夕的事，说来可笑，到了目前这个阶段，成为圣徒突然又变得离我如此遥远。”

“是吗？不过我却认为，你这一次是非常有希望的。”

“你相信我？你打心眼里对我有信心吗？唉，我不能相信你，你只是在给我鼓励，你很善良。不过，我还是怕自己心怀期望。”

“你一定会成为圣徒的，不用担心。”弗雷泽先生说。

“我对自己真的是一点儿信心都没有。我不知道自己到底行不行。我自己也很纠结。有可能行也有可能不行。成为圣徒可是我的梦想啊，我可真的是很想成为圣徒啊！”

“我保证你会成为圣徒的！要不咱们打赌，三比一。”

“你是在安慰我，你还是别再安慰我了。你是个好朋友很善良，我仍然是要感谢你。谢谢你听我说这些！你知道的，有朝一日能够成为圣徒，我真的会高兴坏的。”

“哦，对了，你的那位朋友怎么样？我是说卡耶塔诺。”

“卡耶塔诺正在逐步地好起来，可是他瘫痪了。在等到他伤势开始好转，已经可以移动的时候，他们才发现他的一条通向大腿的大神经被一颗子弹打中了，这就导致他的一条腿瘫痪了。”

“是吗？也许过段时间神经自己会再生的。”

“不错，我们都希望他的神经可以重新长出来。我一直在帮他向上帝祷告，希望上帝可以庇护他，你为什么不去看看他呢？”赛西莉亚修女说。

“不，我现在不想见其他的人，不想见任何人。”

“嘿，我认为你可以见见，他会被他们用轮椅送到这儿来的。你会喜欢他的。”

“是吗？你这样认为吗？”

他坐在轮椅上，他们把他推了过来，他的眼睛里充满笑意，微笑起来就露出坏牙，黑头发已经长得需要去理了，身材有些瘦小，皮肤看上去却好像有些透明。

“嘿，朋友！你感觉好些没有？”

“没什么变化，一直都是你看到的这样，”弗雷泽先生说，“你怎么样？”

“不错，性命保全了，不过一条腿可是瘫痪了。”

“那也算幸运了，”弗雷泽先生说，“放心，神经是自己能够再生的，再过一段时间就能和以前一样好。”

“是啊，他们也是这么跟我讲的。”

“现在痛得还厉害吗?”

“现在好多了，没有刚开始那么厉害了。刚受伤那会儿，真的是疼得我死来活去的，回头再想想都不知道是怎么挺过来的。我心里总是觉得，嗯，伤口要不了我的命，疼痛可能会要了我的命，很庆幸，自己还是撑过了那段时间。”

赛西莉亚修女站在一旁快活地打量着说话的两个人。

“我听修女说，你很厉害很能忍，再怎么辛苦都不吭声。”弗雷泽先生说。

“是吗? 我可不怎么记得了，那个病房可并不是只有我一个人。”那个墨西哥人不以为然地说，“你呢? 你现在还痛得厉害吗?”

“当然还是很疼，真是已经让我难以忍受了。只是还是没法和你得比，我的某些腿部神经好像是不能用了。我可比不了你，疼得厉害的时候我可是会叫唤的。大男人面子还是要得，我基本上会在护士们不在的时候自己偷偷叫唤。也不知道是心理因素还是怎么的，自己在那嚷嚷了一会儿之后还真的觉得不那么疼了。”

“可是你有收音机，又是一个人住一间房。我要是有一个收音机，而且一个人住一间房间的话，我就会整晚地大叫大嚷。”

“你这个人还挺幽默的。”

“我那可是真心话，如果我有你的条件，我一定也要叫上几句。如果能给我减轻疼痛，我可是什么都愿意做。我这真的是条件不允许那样，这么多的人待在一个房间里，怎么好意思去吵到别人。”

“嗯，至少，现在你的一双手还是好好的。我听他们说，你可是靠这双手吃饭的。”弗雷泽先生说。

“说得没错，不过还要靠这儿，”他一边说，一边拍了拍自己的脑门儿，“可是和这双手比起来，脑袋的价值还是要差一些。”

“你知道吗？之前你的几个墨西哥同胞来过。”

“是啊，不过他们都是警察叫来看我的。”

“我看见他们带了一点啤酒来。”

“确实，实际上，你也许知道，他们带的啤酒味道真得不怎么好。”

“嗯，就是，的确是很差。”

“我告诉你，那几个家伙还奉警察的命令晚上得来这儿弄音乐给我听！哈哈哈……”他哈哈大笑起来，十分开心的样子，可能牵扯到了伤口，他又不自然地摸了摸自己的肚子。“不好意思不好意思，我真的觉得太好笑了，不过我的伤口还会提醒我别笑的幅度这么大。他们可不懂什么音乐，想想就可怕。”

“那个人呢？就是开枪打伤你的那个人呢？”

“那个人嘛，简直就是个蠢货。赌纸牌的时候，我只是赢了他三十八块。仅仅只是三十八块而已，这个蠢货根本就不必杀人嘛。”

“你一定赢了许多钱吧，我听那三个人说的。”

“可我还是比他们任何一个人都穷。”

“怎么会这样？”

“我是一个幻觉的受害者。我也是一个可怜的理想主义者。”他咧开了嘴笑起来，接着又用手拍了拍自己的肚子。“我喜欢赌钱，我是个职业赌徒，我喜欢真正的赌。那些小规模的赌博没什么意思，我也只是用些小手段和他们玩玩。不过，在你真正赌博的时候，你需要的就只有运气。可是我却没有运气，一点儿也没有。”

“一直都没有吗？”

“是啊，从来没有，一直都没有。哪怕是连一丁点儿运气都没有。唉，就说不久前用枪把我打伤的那个浑蛋吧。他从来都没开过枪，根本就不会开枪。所以，他的第一枪就打空了。那个可怜的俄国人挨了他的第二枪。这样看起来，我的运气似乎并不坏。可是最后呢？我的肚子上被这个浑蛋打了两枪。看吧，这就是我的坏运气，而那个浑蛋却是一个非常幸运的人。我敢打赌，他骑在马上要是没有踩着马镫的话，恐怕连马都踢不到。所以我说这一切全凭运气。”

“事情的经过竟然是这样，我之前还推测说最先被击中的是你，那个俄国人是在你受伤之后被误伤的。”

“错了，是俄国人先被打中，然后我才被打中。报纸上说得不对。”

“他都给你那么多枪了，你怎么不反击，也给他来几枪？”

“我这个人一直都不拿枪的。我很是有自知之明，赌运这么差，生活中的运气又能好到哪里？所以我可不敢拿枪，如果我真的一直佩枪，那我可能都活不到现在吧。这下你就更理解我了，我是个玩牌的人，还是个没运气的穷苦的玩牌人。没办法，就是这么衰。”他休息了一下，又接着说道：“我就是生性好赌，每次手里一有点儿钱，就会拿去赌光。你说能赌赢还好点，不过我就是很惨，逢赌必输的那种人。有一回，我将三千块都在骰子上输个精光，可是依旧没有扔出一个六点。要知道，那些骰子用的可都是好骰子。像这样输得很彻底的时候还真的不是一次两次的事，对我而言，输才是常态。”

“既然你的运气那么差，那为什么还要赌呢？”

“我的赌瘾很大啊，而且我对未来很是期待。我期待着自己霉运走开的那天，这该死的坏运气已经跟了我十五年了。我始终坚信自己总会有幸运的那天，只要在未来的某一天我被幸运女神照顾，我就能挣到很多钱了。”他再一次咧开嘴笑了，“我会非常享受发财带给我的乐趣的，因为我是个好赌徒。”

“你的运气一直都是这么差吗，不管你赌什么？”

“谁说不是呢，真的是坏运气我走哪儿它跟哪儿。甚至影响着我交女朋友的运气，真是想甩也甩不掉。”他又朝着弗雷泽微笑，露出坏牙。

“是这样吗？”

“当然是。”

“那你自己想没想过改变现在的状态啊，毕竟也不能总是这么倒霉吧。”

“除了等待，还是等待，等到自己时来运转的那一天。”

“对于跟女人打交道呢？你总不能够等吧？”

“说实话，我还真没发现哪个赌徒有很好的女人缘。作为一个赌徒，他的思想必须高度集中，没有空去想其他方面的事。而且他们一般是在夜晚干，要是有女人的话，就只能够跟她们待在一起了。一边和一个女人交往，一边又得在晚上出去赌，这任谁都很难做到吧。”

“我看你是一个哲学家，而并不是赌徒。”

“我只是一个赌徒，而且只是一个小城市里的赌徒。我会不断地到一个小城，然后再到另一个，接着又换一个，然后又到一个大城市，然后又到下一个。”

“然后就挨了两枪在肚子上。”

“这可是我第一次遇到这样的事，”他说，“我以前可从没遇到过。”

“咱们聊了这么长时间，有打扰到你吗，你会不会觉得有些疲惫？”弗雷泽先生提醒他。

“一点都不累，和你聊天我很开心，”他说，“你会不会觉得咱们聊得太久?”

“你的那条腿现在怎么样了?”

“我不是多在意它，只是条腿而已，我觉得它不会对我的生活有太大的影响。我自己会有办法四处流动的。有没有那条腿都没什么关系。”

“不过我还是非常衷心地，也是非常真心地希望你在以后能够交上好运。”弗雷泽先生说。

“太感谢了，我也同样希望你能够交上好运，还希望你能够好起来。”他说。

“谢谢，我也希望会好的，很快就会好起来的。”

“希望你很快就会好起来。”

“我也祝你好运。”

就在那天晚上，在墨西哥人的病房里一片快乐的气氛，从他的病房里传出各种乐器的声响，打击乐器声、鼓声、铃声和闹哄哄的手风琴开合声在病房和走廊里响起。警察叫来的那些墨西哥人演奏的音乐逗得他们兴高采烈哈哈大笑的声音，沿着走廊传到了弗雷泽先生的耳朵里，他躺在床上能够非常清楚地听到。在墨西哥人住的那个病房里，有一个摩托车驾驶员，他是在马戏团中负责表演飞车走壁的，在那个炎热的灰尘蒙蒙的下午，他在“午夜游艺场”表演飞车走壁的时候，在大量观众的眼前从斜坡道上摔了下来，脊骨被摔断了，等到他的伤好了以后，今后就不能再去表演飞车走壁了，而不得不改行去学做藤椅和皮革制品了。还有一个木工，他从脚手架上摔下来的，他像猫那样落到地上，不过却没有猫那样的弹力。因为，不幸的是脚手架也同他一起倒了下来，压在了他的身上，他的脚踝和手腕都被摔断了。他的骨头能够被他们都接好，让他在以后的日子里能重新工作，不过这显然需要一段不短的时日。还有一个十六七岁的男孩儿，从农场来的，他的那条断腿在接的时候没有接好，现在不得不弄断重新接上。还有就是卡耶塔诺·鲁伊斯，一个赌徒，一个小城市里的赌徒，他的一条腿瘫痪了，躺在床上。看得出，那伙墨西哥人在那天晚上玩得非常愉悦。后来他们进来看弗雷泽，每个人看上去都很兴奋。他们想知道弗雷泽先生有无什么曲子需要他们演奏的。当他看到他们来问他自己希望听什么样的曲子时，他向他们点了《柯卡拉恰》[①]，许多人们喜欢的活泼和轻松的曲调都包含在这种舞曲里面。他们演奏得富有情感而热闹。这支曲子在弗雷泽先生心目中比大多数的这一类曲子都要好得多，不过效果却是一样的。后来，在晚上他们主动又来演奏了两回。

弗雷泽躺在他的房间里，他们最后一回演奏的时候，他的房门开着，拙劣而喧闹的音乐从屋子外面传来，他不由得思索起来。

弗雷泽先生躺在自己的床上继续在思索，尽管在之前他的情绪受到感染。事实上在平时他都会尽一切可能避免思索，当初除非他那时在写作，但是现在他却在思索那个瘦子和那些演奏音乐的人在不久前说过的话。

宗教是人民的鸦片，那个瘦子这样说。他觉得这话说得很有道理。在那个小饭馆的掌柜看来是什么呢？啊，不错，音乐是人民的鸦片。至于那位只要一喝酒就会头晕的老兄又是怎么看的呢？啊，现在应该是经济问题成为了人民的鸦片，在德国和意大利，爱国主义这种人民的鸦片[②]同这种人民的鸦片联系在一起。那么性生活呢，会不会也是人民的鸦片？对有些人来说也许是的。对那些最好的人来说也许是的。但是，难道喝酒不也应该是

① 《柯卡拉恰》在西班牙语中原意指的是蟑螂，在这里则是指墨西哥的一种流行舞曲。

② 希特勒和墨索里尼就是利用德国和意大利的经济萧条，通过煽动人民的沙文主义，从而得以登上政治舞台的。

人民最好的鸦片吗？啊，太对了，这确实是很不错的鸦片。照这样看起来听收音机，显然也是另外一种鸦片，另一种人民的鸦片，另一种廉价的鸦片。同这些算在一起的当然也有赌博，这毫无疑问也是一种鸦片，也是一种人民的鸦片，而且还是最古老的一种鸦片，如果那些什么人民的鸦片在这个世界上真的有的话。哦，一定不要把抱负忘记了，它也是一种人民的鸦片，同时我们还要知晓的是，对任何一种新形式的统治产生的信念也是和这种抱负在一起的。你所希望的那一种最低限度的统治，在现在的社会当中始终是很少的统治。我们所信仰的“自由”，现在是一本出版物的名字，它的出版商正是麦克·法登[①]。这玩意儿一直都是我们所信仰的，尽管它还没有被他们所能找到的一个新名字替代。但是，真正的自由到底是什么呢？货真价实的、真正的人民的鸦片又是什么呢？他知道，它在那里，在黄昏他独自喝了两三杯以后，它就一直在那儿；他很清楚地明白，它已经溜到那里去了，它就在他脑海里的那个明亮部分的角落附近——当然，实际上这都只是弗雷泽先生的想象。那是什么？弗雷泽先生自己知道得很明白。那些究竟是啥。当然啦，他会被这个记住吗？是啊，就是那样，面包就是人民之鸦片。可是这在白昼又会有何意义呢？是啊，面包确实就是人民的鸦片。

“你帮我去把那个瘦小的墨西哥人找过来，行吗？”弗雷泽对一个刚走进来的护士道。

“这支曲子不错，你喜爱吗？”那个墨西哥人在门口说。

“当然，我很喜欢。”

“这是一支革命的曲子，是一支真正的、有历史意义的曲子。”那个墨西哥人道。

---

① 麦克·法登（1868—1945）：美国的一个出版商，他出版的《自由》杂志在当时很流行，销量非常大。

“为何给人民动手术不用麻醉剂?”弗雷泽先生道。

“啥?”

“为啥那些人民的鸦片并不是全都是良好的，所有的那些人民之鸦片。你认为人民应该怎样?”

“应该将他们从无知里救出来。”

“不要瞎扯。你不是受过教育吗?你应该很清楚这一点。教育也算是一种人民的鸦片。”

“难道对教育你都不相信?”

“你说对了，对于教育我确实不相信，我只相信知识。”弗雷泽先生道。

“对不起，你的这些意见我并不赞同。”

“没关系，事实上在很多的时候，我对于能够有那些同自己的意见相反的看法总是很开心的。”

“下一次你还想听《柯卡拉恰》吗?”那个墨西哥人显得有些担心地问。

“为什么不呢?”弗雷泽先生说，“下次还听《柯卡拉恰》。同收音机里面的比起来，你们演奏得可好听多了。”

弗雷泽先生还在想，革命只不过是一种欣喜，一种只能被暴政延长的欣喜，只不过是一种感情的净化，革命绝对不是鸦片。鸦片总是出现在革命前和革命后的。是啊，一定是这样，他忽然觉得自己想得可真好，真的，太棒了。

他们过一会儿就会走了，他想，《柯卡拉恰》也会被他们带走。然后他就会倒一点儿烈酒来喝，接着将收音机打开，把收音机的声音尽量地调得特别低，只要自己刚好能听到就可以了。

两代父子

一块牌子被立在了那儿，正好在位于城里大街的中心地带，牌子上写着“车辆绕道行驶”的字样，可是这块牌子却没有起到它所应该起到的作用，几乎所有到此的车辆都是无视这块牌子的存在，公然穿越而过。尼古拉斯·亚当斯心想那可能是由于修路工程已然完工的缘故，所以也就只好跟着其他的车辆一样顺着大街往前驶去，星期天来往的车辆比较稀少，整条砖铺的大街显得空落落的。在十字路口的红绿灯依旧尽职地行使着自己的使命，每隔一段时间就变来换去，公家要是在明年连这笔电费都无力筹措的话，那么这些红绿灯也就要停职了。这里是标准的小城风光，再往前走，街道的两侧是两排浓荫大树，如果你是当地人，你一定会很喜爱这些大树的，它们会在炎炎的烈日下带给你一片清爽。不过在外乡人的眼中，这些大树的枝叶显得太茂密，以致让大树底下的那些房子终日晒不到阳光，里面的潮气一定非常重。随着最后一幢住宅从路边消失，脚下的那条笔直向前的公路便开始变得高低起伏起来，在修得平平整整的红土路堤的两旁，全都种上了第二代新长的幼树。虽然这里并不是他的故乡，不过在中秋的时候，开车从这一带经过，看看一路上美丽的景物，也确实让人觉得心旷神怡。公路两旁的田地里一片一片的玉米已经被翻种好了，棉花铃子这时早已摘完，有的地方在玉米当中，你还能看到一道道红高粱。一路上公路都还算得上平坦，所以车子倒也非常好开，一天的路程到现在这个时候已经基本上赶完，儿子早已在尼克的身旁睡着，而今晚他们准备过夜的那个城池又是尼克所了解的，所以尼克现在一边开车，一边悠闲地看着不远处的玉米地哪儿是种的豌豆，哪儿又是种的黄豆，他一路开车过去，看着公路两边的景色，心里还在不断地琢磨着在这儿打猎的话可以打到什么猎物，在那儿打猎的话又可以打到什么猎物。每经过一片空地他都要留心一下那里的飞禽野鸟会在哪里找窝，会在哪儿寻找食物，暗暗在心里估计到什么地方去找准能够找到一大窝，鸟儿在蹿起来以后又会朝哪个方向飞。

如果你要准备去猎杀鹌鹑的话，那么一旦鹌鹑被猎狗找到后，对那些鹌鹑逃到老窝的路你千万不要去给它们堵住，要不然那一群鹌鹑就“哄”的一下蹿出，然后一股脑儿地全部向你扑来，有的会在你的眼前冲天飞过，有的则会紧挨着你耳边擦过，有的则会“呼”的一声从你的眼前飞过，然后你就会知道你从来也没有见过鹌鹑会有这么大的身影。如果遇到这种情况，你如果想打中它们的话就只有唯一的一个办法，那就是将你的身子背过去，让那些到处扑腾的鹌鹑从你的身体后面飞过去，在它们展开翅膀就快要滑翔进林子里时，瞄准开枪。想到这里，尼吉拉斯·亚当斯不禁有些怀念自己的父亲，这种攻击鹌鹑的诀窍还是当年他父亲教给他的呢。一想起自己的父亲，首先出现在尼克眼前的总是父亲那双有神的双眼，然后是父亲脸上那弯弯的鹰钩鼻头，老好人式的下巴底下的一把胡须，以及父亲那宽阔的肩，魁伟的身躯和他那敏捷的动作，不过，和这些比起来，最先让尼克想到的还是父亲那双有神的眼睛。父亲的那双眼睛总是深深地嵌在他的头颅中，就好像是一件无比贵重的仪器，需要加以特殊的防护。而两道浓密的眉毛摆在眼睛之上，构成了一道天然屏障，父亲得天独厚之处就是眼睛尖，看得远，他的视力比起平常的那些人来都要胜过好多。父亲的眼光同巨角野羊以及雄鹰比起来都差不离。

小的时候，尼克跟父亲常常会一起站在湖边，那个时候，尼克自己的眼力也很不错，他们站在湖边父亲有时就会对他说："对岸开始升旗啦。"尼克睁大了眼睛使劲儿朝湖对面瞧，可是怎么也看不见湖对岸的旗子，当然就更看不见有啥旗杆了。过会儿，父亲接着又告诉他说："瞧，你妹妹多萝西正站在旗杆的下面。刚才旗子就是由她升上去的，现在她开始走上码头来了。"

隔着湖，尼克极力朝对岸望，看见了对面那一长溜儿的湖岸长满了各种苍翠的林木，那远处的光洁的山冈，那突出在里湖口的尖角地，那在绿树掩映下的他们家的白色的小宅，可是，就是没有看见旗杆，更没有看见码头，看到的只有一湾湖岸和岸边那一片白茫茫的浅滩。

"有一群羊正在靠近尖角地那面的山坡上，你看见了吗?"

"我看得很清晰。"

他看见就在远处的青灰色的大山上，有一块缓缓移动的淡淡的白斑。

"哦，没错，不过我还数得清楚有几只。"父亲说。

父亲有时候会有些神经质，其实，一个人只要在身体机能的某一方面超过了常人，那么，这个人就难免会有那么一些神经质。而且尼克发现父亲还非常感情用事，往往感情用事的人也总是如此，心肠虽然狠，可是最后却常常自己受欺。不仅这样，倒霉事他也非常多，这也并不都是他自己的运气不良。只是他常常会被人陷害，在父亲生前，其实对于这帮子人形形色色的陷害他早就受够啦。事实上，那些喜欢感情用事的人就是如此，总是会受到别人的陷害。对于自己父亲的那一些事情，尼克现在还没法把它们写出，那只有等以后看有没有机会了。不过，现在，当他看见眼前的这片打鹌鹑的好地方的时候，就不由自主地想起了他心目中的爸爸。有两件事让他一直非常感激他的爸爸，那就是爸爸教会了他钓鱼和打猎。他今年已经三十八岁了，可是他喜爱钓鱼、喜爱打猎的那一股子劲头，从不曾有过丝毫的衰减，甚至跟当年他第一次跟随自己的父亲出猎的时候比起来有过之而无不及。他至今都还非常感激父亲培养起了他这股热情。在这两件事上，尼克发现父亲总是有着自己独到的见解，不过在有些问题上，他的看法就没有什么道理可讲了，比如，在两性问题上。不过，后来，尼克觉得，幸亏父亲有道理的不是后者而是前者，因为，无论是谁，他一生当中所用的第一把猎枪总是有个明确的来路的，要不然就是有人给你的，要不然就是有人帮你拿来让你使用的。

对另外的那一个问题，也就是父亲几乎不在行的那个问题，尼克发觉这也根本就不需要在行，因为这种事情对每一个人来说都是无师自通的，无论你是哪一类人，也无论你住在哪里，全都是一个样，在他的记忆当中，父亲在这个问题上总共给过他两条知识。尼克记得，有一次他和父亲一起出去打猎，在一棵青松上尼克将一只红松鼠打中了。松鼠受了伤，从树上摔了下来，当尼克跑过去一把将松鼠抓在手中时，让他没有想到的是，他的拇指居然被那个小东西咬了一口。

“该死的，这下流的小狗日的！咬得我可真够痛的。”尼克一边把松鼠的脑袋“啪”的一声往树上砸去，一边骂道。

父亲看了尼克的伤口说：“先用嘴吸吸，然后将血连同唾液一起吐掉，等回到了家里再在伤口上涂点碘酊。”

“该死的，这狗日的！”尼克忍不住又骂了一句。

“狗日的是什么意思，你明白吗？”爸爸问他。

“骂人的话啊，大家平常都是用这样一句话来骂人的。”尼克道。

“呵呵，是啊，确实是一句骂人的话。但是，实际上狗日的这个意思就是指人跟畜生乱交。”

“是吗？人为何要这样呢？”尼克说。

“为什么会这样我也不清楚，”父亲说，“反正这是一种伤天害理的坏事。”父亲的这句话让尼克不由得开始胡思乱想起来，他越想越感觉害怕，越想越感到汗毛直竖，他一种种畜生地想过来，觉得全都是那么令人恐怖，不过，他又觉得他想的这些都不可能。除此之外父亲传给他直接明白的性知识还有一桩。有一天早上，在报上他看到这样的一条消息，说是恩立科·卡罗索①因犯诱奸罪②已被警方逮捕。

“啥是诱奸？”他问在一旁吃早餐的父亲。

“这种事无疑是所有坏事当中最最伤天害理的。”父亲这样回答道。于是尼克就只好发挥他丰富的想象，设想当这位著名的男高音歌唱家在见到一位女士后，特别是在见到这位女士的花容月貌同雪茄烟盒子上面画的安娜·海尔德③一样漂亮的时候，于是就拿了个捣土豆的家伙在自己的手里，对那个美丽的女士做出了许多让他想象不出的伤天害理的事来。尽管尼克当时的心里非常害怕，可是他依旧还是暗暗打定主意，等自己以后长大了，也要这么来试一下。

父亲后来还是在这方面给他补充了两点：一是手淫会让精神错乱、眼睛失明，甚至还会危及生命，而宿娼则要染上一种叫作什么花柳病的怪病，而那种病显然是人人为耻的；二就是要坚持一个宗旨，那就是，别人的事最好不要去干预。不过说真的，父亲的视力的确非常好，到目前为止尼克还从来没有见到过在视力

---

① 恩立科·卡罗索（1873—1921），是意大利著名的男高音歌剧演员，曾一度成为纽约大都会歌剧院的“明星”。

② 原文 mashing，在土语中是“诱奸”的意思，而在普通英语中的意思则是“将（土豆）捣成泥”，所以尼克才会产生下面的联想。

③ 安娜·海尔德（1873—1918），是著名的女歌唱家、歌剧演员，以容貌美丽著称，出生在法国，长期在美国表演。

方面有比父亲更好的人，尼克非常喜欢自己的父亲，从小就非常喜欢他。可是现在，他又开始想起自己的家在衰败前的那早年的岁月，心情也就一下子沉闷了起来。要是自己能够将那些烦恼的事写出来的话，倒也可以让自己的心情能够感到舒坦一些。尼克发觉许多让自己烦恼的事情，只要自己把它们都写出来，那么自己的心情就会舒服多了。可是现在将这些事写出来还有些为时过早。因为好多人都还好好地活在这个世上。父亲的事情他不知道已经翻来覆去地想过多少回了，可以肯定的是无可挽回的了。在父亲去世后发生的许多事情他都记忆犹新，就像在父亲的脸上，那殡仪馆老板是怎么化的妆，父亲生前又遗留下多少债务，等等，尼克至今都还没有忘记，都还历历在目。他还记得自己当时对殡仪馆的老板说了几句恭维的话。那老板就马上表现得相当得意，一副沾沾自喜的样子。其实，当时殡仪馆老板只不过是看见有什么不好的地方，便用自己的笔将那些缺陷弥补过来。而父亲的最后遗容并不是由殡仪馆老板的手艺来决定的。尼克知道，父亲是在内外两方面因素的长时期影响下才逐步形成那时的相貌的，特别是最后的三年，对父亲的影响非常大，父亲的相貌也就是在那段时期完全定了型了。说起来这件事倒是非常有意思，不过由于牵涉到的人大多都还在世，所以眼下也还是不便写出来。嗯，还是换点别的事情来想想。

至于年轻人的那种事，尼克还是自己开蒙的。他到现在都还记得就在印第安人营地后面的那一片青松林里，有一条小径经过他们当时住的小宅子背后，沿着那条小路穿过树林就可以直抵牧场，到达牧场再转上另外的一条同样蜿蜒曲折的路，穿过林子中间的那一片空地，印第安人的营地就出现在眼前。在他离开那儿许多年以后，他一直都希望有一天自己还能到那林间小径上光着两只脚去走上一回。一大片的青松林郁郁葱葱地长在小宅子的背后，一进林子，腐熟的松针遍地都是，无数的木屑堆随处可见，那些都是倒地的老树形成的。还有许多被雷击劈开后像标枪一样挂在树梢的长长的枝条。在潺潺流动的小溪上，一根独木桥横架在上面，如果你要是不小心踩了一个空，那么桥下黑乎乎的淤泥就会弄得你满身都是。从一道栅栏上翻过去，就走出了这片树林子，在阳光的照射下，小道开始逐渐变硬，并从田野中穿过。田野里有的地方长着些天蕊花和小酸模草，不过大部分都只剩些草茬。田野的左边是个泥水塘，小溪穿过树林后就流进了那个泥水塘里，对于水鸟来说，这可是个不错的觅食所在。在这条小溪里还修盖着牧场的水上冷藏所。牲口棚的下边大都是一些新鲜的畜粪，也有一堆陈粪，在太阳光下顶上已经被晒干了。从牲口棚的边缘再翻过一道栅栏，沿着到牧场房子的那条又硬又烫的小道一直走，一条烫脚的沙土大路就会出现在小路的尽头。沙土大路一直通到树林边，在沿着大路到树林边的中途又会跨过小溪，不过这一次在小溪上的倒是一座桥，一些香蒲长在桥下的一带，这种香蒲可以在浸透了火油后，当作篝灯点着了用。这样你晚上带着鱼叉出去捕鱼的时候，就可以用篝灯来照明了。

到了树林边，大路就直接朝左一拐，沿着林子的边缘朝山上延伸过去，这时候要到林子里面去的话，就得另走一条宽阔的黏土碎石子路。碎石子路踩上去是凉凉的，路特别开阔，强烈的阳光被浓密的树荫挡在了上面，一路上都感觉到非常凉快，印第安人常常会沿着这条路将他们剥下的青松皮往外拖运。他们将大树砍倒，然后剥去树皮，剩下的那粗大的黄色的树身，就都扔在原处，也不砍掉，也不烧掉，任其在树林子里枯烂，他们只是要树皮。一层一层的青松皮被整整齐齐地叠好，在那儿一长排一长排堆着，然后再将另外的树皮盖在这些叠好的青松皮顶上，远远看去就像是一间间的房子一样，波依恩城的鞣皮厂正在大量地收购这种树皮。到了冬天，湖上封冻的时候，他们就都拉到冰上，一直拖到湖的对岸。所以渐渐地树林里的树木就一年比一年少，那种满地杂草、光秃秃，不见绿荫的林间空地的地盘也就逐渐变得越来越大。

不过，在尼克小时候，那里的树林还挺茂密的，而且每棵树木都长得十分高大，都长到老高了树干才开始分出枝丫来。你走在林子里，脚下踩着的全都是一片褐色的松软的松针，树木之间没有一些乱丛杂树，显得干干净净的，不管外边的天气有多热，林子里面也总是一片阴凉。那天，在一棵粗大的青松的树干上，他们三个就靠在那儿，那根粗大的树干，足足比两张床的宽度都还要粗。斑驳阴凉的天光透过茂密的青松叶漏下来，树顶上不时拂过阵阵微风。比利说：“你还要特萝迪吗？”

“你说呢？特萝迪。”

“嗯。”

“那咱们走吧。”

“不用了，这儿挺好。”

“可是比利在……”

“没关系。比利是我哥哥。”

于是他们三个就又静静地坐在那里，仔细地听，在枝头的高处有一只黑松鼠，他们看不见它。他们现在坐在下面，就等着上面的这小东西再叫一声，只要黑松鼠一叫，一竖它的尾巴，尼克就会发现那儿有动静，然后他就可以朝有动静的地方开枪。他的猎枪枪筒比较长，是一把二十号单筒猎枪，父亲只给他三发子弹，却要他打一天的猎。

“一动也不动，这该死的黑松鼠。”比利说。

“要不你先打一枪，尼克。吓一吓它。这样，它就会跑出来，等它朝外跑的时候，你就瞄准了再来一枪。”特萝迪说。平时，很难听到她说几句这样连贯的话。

“不行，我现在只剩下两发子弹了。”尼克说。

“这个该死的。”比利说。

他们背靠着大树，静静地坐在那儿。尼克开始觉得自己的肚子有点饿了，可是他的心里却很快活。

“我曾听埃迪说过，说他总有一天会在晚上跑来跟特萝迪睡上一觉。”

“他这样说过吗?”

“没错，他当时确实是这么对我说的。”

特萝迪点了点头。

“嗯，不错，我就知道他想这么来。”她说。埃迪今年十七岁，是他们的同父异母的哥哥。

“要是埃迪·吉尔贝胆敢来跟特萝迪说一句话，要是他晚上敢来，你们猜我会怎么对付他?我就会这样把这个浑蛋宰了。”尼克说着把手里猎枪的枪机一扳，连瞄也不瞄，直接就是一枪，把那个浑蛋小子埃迪·吉尔贝的脑袋也许是肚子打上一个透明的窟窿。“嗯，就像这样。就像这样宰了他。”

“那就告诉他最好别来，”特萝迪说。她把自己的手伸进了尼克的口袋。

“嗯，告诉他自己小心点儿。”比利说。

“我看他也只不过是嘴上说说，吹吹牛而已，他根本就不敢来。”特萝迪在尼克的口袋里把他的手摸了个遍，“但是就算他来了，也万万不可杀他，杀了他是会惹大祸的。”

“只要他敢来，我还是会像刚才那样，就那样宰了他。”尼克说。埃迪·吉尔贝无力地躺在地上，胸口上有个巴掌大的窟窿，神气活现的尼克还将一只脚踏在了他的身上。

“我要将他的头皮剥下来。”他兴高采烈地说。

“太恶心了，别那么做。”特萝迪说。

“我要把他的头皮剥下来后给他妈送去。”

“他妈不是早就死了吗？尼克，求你了。看在我的面子上，放过他吧。”特萝迪说。

“将他的头皮剥下来，其余的拿去喂狗。”

比利正在想他自己的心事。“是啊，咱们得告诉他小心点儿。”他说，看上去有点儿不高兴。

“他会被狗撕得粉碎。”尼克说。一想到这个情景，尼克就觉得得意极了。这个浑蛋无赖，得先把他的头皮剥掉，然后把剩下的扔去喂狗，眉头也不皱地看着狗将这个浑蛋撕得粉碎。忽然他的脖子被紧紧钩住了，身子一仰就朝后面倒去——原来是特萝迪从后面搂住了他，搂得太紧了，以致他几乎喘不过来气。特萝迪搂住他，不断地大声嚷嚷：“别杀他呀！别杀他呀！尼克！尼克！尼克！”

“特萝迪，你怎么啦？”

“别杀他呀。”

“一定要杀了他不可。”

“他其实也只不过是吹吹牛罢了。”

“快放开我，我快晕过去了，我不杀他还不行吗？只要他不上门来。”尼克说。

“这还差不多，现在这样还有意思吗？”特萝迪说。

“当然，只要比利能够走开点儿。”尼克本来要杀了埃迪·吉尔贝，后来又饶他不死，在他看来，所谓的男子汉大丈夫也就是这样了。

“比利，别待在这儿，一边去。”

“该死，”比利骂了一声，“真够让人心烦的。咱们到底是来做什么的，打猎吗？”

“拿去吧，枪里只有一发子弹了。”

“放心，肯定会有收获的，搞不好还是大猎物呢。”

“祝你好运，等一会儿我再叫你。”尼克说。

时间过得好快，很久了，比利依旧没有回来。

“你觉得我们将来会生个孩子出来吗？”特萝迪依偎在尼克身边，盘着腿，把头靠在他的肩膀上。尼克倒是没有想到这么多，他现在正在想其他的事情。

“怎么会呢？应该不会吧。”他说。

“是吗？我觉得应该会吧。”

远处传来一声清脆的枪响，这一定是比利。

“不知道他有没有打到。”

“打没打到都无所谓。”特萝迪说。

对面的树林里走来一个人，手里提着一只黑松鼠，肩上挎着枪，那正是比利。

“看看，比一只猫还大。”比利一边展示着自己的收获，一边得意地说。

“真不错，你在哪儿把它打到的？”

“就在那边。它逃出来的时候，很不幸撞到了我的枪口上。”

“回家吧。”尼克说。

“这么早就回家吗？”特萝迪说。

“这还早吗？我得回去吃晚饭了。”

“那好吧。”

“明天还出来打猎吗？”

“出来呀，反正也没什么事。”

“你们把松鼠拿去吧。”

“行。”

“吃过晚饭还出来溜一会儿吗？”

“不出来了。”

“没有什么其他的事了吧？”

“没有了。”

“那行。”

“来，亲亲我。”特萝迪说。

天色快要黑透了，尼克开着车行驶在回去的路上。之前他一直想着自己父亲的事，但是只要到了黄昏，他就不会再想任何事情了，所以尼克轻易不会允许别人打搅自己安静的黄昏时刻。如果晚上的时光能清清静静地度过，第二天他就会觉得浑身难受。每年的初春或者秋天，他都会不由自主地想起自己的父亲。或者因为看见架在地里的玉米堆，或者因为看见清澈的湖水，或者因为看见草原上飞来的小鸟，他都会想起他的父亲。有时他又或者因为听见了雁声，看见了雁阵，或者因为看见了一辆马车，或者因为隐蔽在水塘边上打野鸭，他也会想起他。有时，当他踏上新耕的田地，走进荒芜的果园，走到了小山上，走到了树丛里。有时，当他踩过满地黄叶，走过磨坊、榨房[①]、水坝，或者当他去劈柴、去提水的时候，又或者看见野外烧起了篝火的时候，父亲的影子总会猛一下子出现在他眼前。不过，他从十五岁起就离开了父亲，他后来住过的城市，父亲都没见识过。

在寒冷的天气里，霜花会结在父亲的胡须上，到了热天，父亲又会汗出如雨。他喜欢干些力气活儿，尤其爱在地里顶着太阳干活儿。虽然这些事不是他的活儿，可他还是干得津津有味，不知疲倦。尼克不喜欢那样，尼克喜欢父亲，却十分讨厌父亲身上的味道。有一次，父亲选出一件自己不能穿的衬衫送给他。尽管衣服才洗过，但是还是遮不住那浓郁的味道。尼克觉得这味道难

① 用来榨苹果汁的作坊。

以接受，不愿意穿。父亲拿起来一闻，说不错啊，挺清香，没什么味呀。尼克顿时觉得穿着更恶心了。后来他出去钓鱼的时候，把衬衣脱下来，裹上两块石头扔到了小溪里。尼克钓鱼回来后，父亲发现衬衣不见了，就问他是怎么回事，尼克告诉父亲说是被他弄丢了，父亲很生气，狠狠地揍了他一顿。

挨完打，他孤零零地坐在小柴间里，满脸的委屈。柴间的门虚掩着，尼克清楚地看见父亲正坐在门廊的纱窗下看报。尼克拿着猎枪，装上子弹拉开枪栓，心里想着："我完全可以送他去见阎王，只需要一枪。"过了好一会儿，尼克慢慢地消了气。他摆弄着手里的猎枪，突然想起这把猎枪还是父亲给的，顿时感到有点儿恶心。于是他就跑出了屋子，跑到印第安人的营地上，他要把这股气味散散。在家里，只有妹妹的味道不让他感到讨厌。除了妹妹，他根本就不会接触其他人。

"爸爸，你小时候不是经常跟那些印第安人一起出去打猎吗？你们当时都是怎么打的呀？"

"怎么说呢？"尼克刚刚想得太入神了，到了忘我的境界，没有注意到孩子已经醒了，也不知道孩子是什么时候醒的。孩子忽然说话让他吃了一惊。尼克转过头看了看坐在自己身边的孩子。孩子也睁大了双眼看着他。

"我们会经常到树林子里去打黑松鼠，一般在那里一待就是一天，"他说，"我的父亲，也就是你的祖父，告诉我说小孩子拿了枪就胡乱地放，是学不到真正本领的。所以，那个时候，他一天只给我三发子弹，他说只有这样才能把自己打猎的功夫学精。当时有一个小伙子叫比利·吉尔贝，还有他的妹妹特萝迪，再加上我，我们三个一块儿去打。记得在有一年夏天，我们基本上每一天都会去。"

"啊，真让人感到有点奇怪，这种名字印第安人也有叫的。"

“那是当然。”尼克说。

“他们都是什么样的，跟我说说吧，爸爸。”

“嗯，他们人都是挺好的，是奥杰布华族人。”尼克说。

“嗯，和他们做朋友，有趣吗？”

“当然，当然有趣。”尼克·亚当斯说。尼克想起了一些往事，不由得结巴了几句。那时候确实很有趣，但是不好说呀，难道告诉自己的孩子说，就是她第一个让他满足了对女人全部的好奇心？难道能对孩子提起那光滑如缎的肌肤，那结实而坚挺的乳房，那丰满黝黑的大腿，那动人的双眼，那搂得紧紧的胳臂，那灵活的舌尖，那散发着一股美妙味道的红唇？难道能够告诉他，随后的那种刺激，那种亲热，那种滋润，那种甜蜜，那种体贴，那种温存，那种不安？能讲那种没有穷尽的、永远没有穷尽的、永远永远也不会有穷尽的境界？那种无限完美、无限圆满的境界，可是这些一下子全都结束了，消失得无影无踪，就像石子扔到湖面上一样，留下的只有几朵涟漪。还有就是树林子里斑驳的光点，和那些还枯在树上的松针。尽管如此，那种感觉真是让人难以忘记啊！以后无论到任何一个地方，只要那儿有印第安人住过，就一定能够闻得到他们在那儿留下的气息，那种烟火的气息，那种香草的气息，还有那样一种新剥貂皮似的气息，不管“嗡嗡”的苍蝇再多，空药瓶的气味再浓，也是压不倒的。即便是看到已经苍老干枯的印第安老婆子，听到那些挖苦印第安人的玩笑话，这种感觉也是从来不会改变的。不管他们最后都去做了什么，这种感觉还是从来不会改变的。

其实这就和打猎一样。打遍天上飞过的鸟，跟打下一只鸟，到最后的感觉都是一样的。虽然天上飞过的鸟各式各样，飞翔的动作也各有不同，可是，打下它们带给你的快乐却始终都是一样的，无论是打哪一只鸟，头一只也好，最后一只也好，那种快乐的感觉都是一样的。尼克觉得自己能够懂得这一点，不得不应该感谢自己的父亲。

“在我看来，他们是挺惹人喜爱的，不过也许你不会喜欢他们。”尼克对儿子说。

“爷爷小的时候也喜欢和他们在一块儿玩吧？”

“我那时也像你一样，我也向他问过那些印第安人是什么样的，他告诉我说那些印第安人心肠很好，爱交朋友，好多印第安人都是他的朋友。”

“将来我也可以和他们成为朋友吗？”

“现在我可说不上，这可得由你自己来决定了。”尼克说。

“我要到什么时候才能够有一把自己的猎枪呀？我也想像你那样独自去打猎。”

“十二岁吧，到那时我再看看你能不能行。”

“时间过得好慢呀，我真希望明天我就十二岁了。”

“你也不用着急。”

“爸爸，能再给我讲讲爷爷的故事吗？他是什么样的？我现在只能记得，我从法国来的那一年，他送给我了一面美国国旗和一把气枪。其他真的记不起来了，你能讲一些我不知道的吗？”

“你爷爷视力非常好，对于打猎呀，捕鱼呀，很是擅长。”

“比你还厉害吗？”

“那当然，我的本领还都是你爷爷教的呢。在当时，你爷爷打鸟百发百中，是咱们当地出了名的神枪手呢。那枪法，不知道比我好到哪里去了。”

“我不信，就他会比你还厉害？”

“傻小子，你爷爷可厉害着哩，我的枪法在他面前就是小儿科。他瞄得准，打得也准。只要他举起枪，啪的一声枪响，总有猎物会倒下。看他打猎，真是一种享受。”

“可为什么咱们从来都没有到爷爷坟上去为他祷告?”

“咱们的家乡在离这儿很远的地方，你爷爷死后埋葬在那儿。”

“在法国的话，我就可以到爷爷的坟上去为他祷告。”

“孩子，相信我。如果以后有机会，我会带你去爷爷的坟上祷告的。”

“爸爸，咱们两个以后可别住得太远了，要不然，我就不能够到你的坟上去为你祷告了，就像现在我们不能到爷爷的坟上去为他祷告一样。”

“好啊，不过以后的事谁也说不准。”

“那以后咱们最好都葬在法国，这样就方便去给你祷告了。”

“我可不想自己死后葬在法国。”尼克说。

“不想葬在法国，那就只好在美国了。不过无论葬在那里，都得选一个方便的地方。嗯，葬在牧场上怎么样?”

“这倒是个不错的主意。”

“这样的话，我以后在去牧场的路上，也可以顺便在爷爷坟前停一停，为他祷告一下。”

“你这孩子，想的倒是挺周到的。”

“唉，我总觉得心里不是滋味。不管怎么说，我一次也没去过爷爷的坟上。”

“爸爸一定会带你去一次的。咱们总要去一次的。”尼克说。

弗朗西斯·麦康伯短促的幸福生活

现在是午饭时间，他们在双层绿帆布帐篷下团团坐下，装出什么事情也没发生过的样子。

“柠檬汽水，还是酸橙汁?”麦康伯问。

“我要一杯杜松子，加酸橙汁，谢谢。”罗伯特·威尔逊微笑着告诉麦康伯。

“我和威尔逊先生一样，”麦康伯的妻子说，“哦，对了，我想来点儿酒。”

“我也喝点儿酒吧，现在真需要来点这玩意儿，”麦康伯点点头，然后他转过头对仆人说道：“调三杯杜松子酒，要兑有酸橙汁的。”

侍候吃饭的那个仆人将一个个酒瓶麻利地从帆布冷藏袋里掏出来，按照客人们的需要调起了杜松子酒。风吹进覆盖着帐篷的树林，带来一阵凉爽。

“给他们多少小费才合适?”麦康伯同威尔逊轻声商议着。

“最多一英镑，”威尔逊告诉他，“给多了，会惯坏他们的。”

“头人会分配吗?”麦康伯继续问道。

“当然，只要他愿意。”威尔逊不置可否地耸了耸肩。

在三十分钟以前，营地里的那些搬运工人、剥野兽皮的人、侍候的仆人们甚至还有厨子，扬扬得意地把麦康伯从营地的边缘抬到现在他面对的帐篷跟前，只有扛枪的人没有参与其中。麦康伯开始接受他们的祝贺，并同他们一一握手，在所有的仆人都散去以后，他才走进帐篷，坐在床上等着妻子进来。他的妻子走进来，没有同他说什么。他站起身来，整了整外衣，拍拍尘土，走到外面，在旅行用的洗脸盆里洗了洗脸和手上的灰尘，接着他走进就餐帐篷，选了一张头顶有树荫的帆布椅子，舒舒服服地坐了下来，享受着一阵阵微风吹来的凉意。妻子跟在他身后也走了进来，坐在他旁边。麦康伯太太长得极漂亮，保养得非常好，虽然和弗朗西斯·麦康伯结婚已经十一年了，却很难看出岁月在她脸上留下的痕迹。在几年以前，凭着她的美貌和社会地位，她用几张相片为她从来没用过的美容品的生产厂家做广告，还得到了高达五千元的酬谢。

“你打到了一头狮子，而且还是一头非常不错的狮子。”威尔逊说。

听见威尔逊问自己的丈夫，麦康伯太太不由得看了看威尔逊一眼。她的眼光从他的脸上移到他那件宽大的短上衣覆盖着的肩膀上，那时短上衣没有左胸袋，四个带圈代替了左胸袋的那个地方，四颗大子弹被牢牢地插在带圈里面。接着她将眼光移到他棕色的双手上、旧长裤上以及很脏的皮靴上，然后又重新回到他的红脸上。这时，她注意到他的斯坦逊毡帽留下的一圈白色的纹儿，而现在这顶帽子就挂在帐篷支柱的一个木钉上。

罗伯特·威尔逊，这一个以打猎为职业的白人[①]，身材不算高大，长着一头黄里泛红的头发，胡子拉碴，但是脸庞上却透出健康的红色。一双神情极冷淡的蓝眼睛，微笑的时候，眼角的皱纹就变深了。麦康伯夫人肯定自己以前确实不认识他。

“当然，那是一头好狮子，不是吗？”麦康伯微笑着说，一丝自豪出现在他的脸上。这会儿他的妻子又转过头来注视他。

“嗯，为您打到狮子而干一杯吧。”威尔逊举起酒杯对麦康伯

---

① 这里所提到的猎人，是指那些以奉陪有钱人打猎为职业的人。

说道。然后他又微笑地注视着麦康伯夫人；不过她却没有一丝笑意，只是古怪地望着她的丈夫。

已经三十五岁的弗朗西斯·麦康伯个子很高，穿着和威尔逊同款的打猎服装，不过他的是崭新的；他身体非常健康，并且身材也显得比较匀称。他顶着一头像桨手那样的短发，尽管皮肤黑黝黝，嘴唇较薄，不过大多数人认为他长得漂亮。麦康伯先生对于场地球类运动[①]十分精通，曾钓到过许多大鱼。不过刚才当着很多人的面，却显露出他胆小的一面。

“为打到狮子干杯，”麦康伯先生也举起酒杯，“对于你刚才干的那件事情，我得永远感谢才对。”

玛格丽特，他的妻子，这位漂亮的妇人把眼光从丈夫身上移开，回到威尔逊身上。

“咱们谈点别的，别谈那头狮子。”玛格丽特说。

威尔逊打量着她，却没有流露出一丝笑意，这次她倒向他微笑了。

“这个非常奇怪的日子，不是吗?”玛格丽特对威尔逊说道，“哪怕是中午待在帆布帐篷里，那顶帽子你不是应该一直戴着吗?你告诉过我的。”

“哦，是的，我的确这样说过。”

“仔细看一下，你脸色是那么红润，威尔逊先生。”她微笑着告诉他。

“哦，脸色有点儿红，可能是喝酒的缘故吧。”威尔逊晃了晃装酒的玻璃杯说。

“可不是有点儿红，现在已经非常红润了。”玛格丽特说，“弗朗西斯喝得也挺厉害，可他的脸从来不红。”

---

① 手球、网球、篮球之类的运动。

“可是今天红啦。”麦康伯笑着说道。

“哪里有，”玛格丽特说，“今天我的脸才红啦。可是我发觉，自从我们见到威尔逊先生以来，他的脸就一直是红的。”

“嘿，你不会喜欢拿我英俊的脸庞做话题吧?”威尔逊说，“我想那准是血统的关系。”

“我只不过是无意中发现，随意提了一下而已。”

“呵呵，那咱们不谈这个。”威尔逊笑着摆了摆手说。

“怎么现在想找个新的话题也开始变得这么困难了。”玛格丽特说。

“别傻啦，亲爱的玛戈[①]。”麦康伯说。

“我不觉得有困难，”威尔逊说，“麦康伯先生轻而易举就能打到一头强壮的狮子。你看，这不就是一个新的话题吗?”

玛戈失望地望着他们，叹了口气说：“唉，我真的不希望看到这种事情发生。”她一边说，一边向自己的帐篷走去。那件玫瑰红的防晒衬衫遮不住她瑟瑟发抖的肩膀。坐在餐桌旁的两个男人看到她快要哭了。威尔逊很快就发现了，感觉不妙，有些害怕；然而对于麦康伯来说已经是司空见惯，不再害怕了。

“好了，别太担心，应该是翻不出几朵浪花来的。女人天生就是这样感性，总是动不动就使性子，”威尔逊反而安慰麦康伯说，“一遇到这样那样的事情，她们难免会神经紧张。”

“这么多年了，一直在忍受这样的事情。估计到我咽气那一天，就解脱了。”麦康伯脸上露出一丝苦笑说，“不过没什么，习惯就好了。”

“那好。来，再加点儿烈酒，”威尔逊说，“喝点儿酒，把这些烦恼都忘掉，反正也没出什么事情，不是吗?”

---

① 玛格丽特的爱称。

“我很乐意来试试。”麦康伯说，“不过你为我做的事情，我会永远记住的。”

“那又算得了什么。”威尔逊说，“别老是说废话。”

远处有几棵枝叶繁茂的刺槐，他们的营房就在树底下安扎着，他们就坐在树荫里，阴凉极了。树林的尽头是一面陡峭的悬崖。悬崖下的草地上流淌着一条清澈见底的小河，小河蜿蜿蜒蜒地，一直延伸到远处的森林里。威尔逊和麦康伯两人悠闲地喝着杜松子酒，那酒兑了酸橙汁，冰得非常可口。喝一口，沁人心脾，舒服极了。仆人们在安排餐桌的时候，他们俩的眼光互相避免接触。那帮仆人现在全知道了，对于这一点威尔逊心里雪亮，当他发现那个侍候麦康伯的仆人一边用古怪的眼光望他的主人，一边把盆子放在桌上的时候，他就用斯瓦希里语①声色俱厉地对其加以责备。那个仆人脸色一变，很快转过身离开了。

“你对他说了些什么？”麦康伯问。

“没什么，我只是告诉他做事麻利点儿，要不然会狠狠地挨上十五下。”

“用什么揍呢？鞭子还是棍子。”

“也就是故意吓吓他们而已，真要是这么做的话，会违法的，”威尔逊一脸狡黠地说，“和这比起来我倒是更乐意扣他们的工钱。”

“可是你有时候却仍然鞭打他们，不是吗？”

“噢，当然。不过他们从来不去控告。因为他们不愿扣钱，情愿挨揍。如果他们要是决定去控告的话，那就难免会闹出一场风波。”

“这个现象真是奇怪，平时倒是很难见到。”麦康伯说。

---

① 非洲附近海岸以及桑给巴尔的一些信仰伊斯兰教的班图族人的语言。

“一点儿也不奇怪，”威尔逊说，“被人用桦树条狠狠揍一顿和拿不到工钱，要是让你去选择，你会愿意挑哪一种？”

这话刚一出口，威尔逊顿时感到有点儿窘迫。“要知道，我们每个人天天都在挨揍，”还没有等麦康伯反应过来，威尔逊就又接着说，“或者这个方面，又或者其他方面。”

“怎么越说越不像话了。”威尔逊想，“一个外交家的逻辑也不过如此。”

“你说得没错，我们确实每天都在挨揍。”麦康伯眼光望着别处，喝了一口酒说道，“那件狮子的事情发生后，我真的非常难受，不能再把这件事情往外传了。我的意思是说，除了现在知道的人，别再让其他的人知道了。”

“我的朋友，你是担心我会在马撒加俱乐部里谈起这件事吗？”威尔逊没有料到麦康伯会这么说。

现在威尔逊冷冷地望着麦康伯，心中想道：天哪，直到现在，我还是非常欣赏他。真的没想到这个美国佬，就是个下流胚、胆小鬼。这个该死的家伙，这些该死的美国佬，性格真是难以捉摸。

他现在打定主意了，即使和他闹翻了，也没什么大不了的了。相反，闹翻后自己会感觉自在得多，真实很多，轻松很多。

“您尽可放心，作为一名职业猎人，我们有自己的职业道德和操守。无论出现什么情况，我们都不会谈论主顾的，”威尔逊一字一句地对他说，“不过，由你来要求我别谈论这件事，这让我感到无法接受，这是对我的不尊重，是对我职业的蔑视，显然这是我无法理解的，也是不对的。”

说完这些后，威尔逊感到浑身轻松了许多。他可以独自一边看书，一边吃饭。他们之间的接触最好只有一些非常正式的，比如，只有在他出去打猎的时候他才会遇到这些主顾。要是掺杂一些私人的接触，真是让自己很矛盾很为难。法国人管这种方式叫崇高的敬意。正式的接触总要比现在不得不应付这种无聊的感情纠纷要自在得多。

他决定侮辱他，通过这种方式闹翻。那么，他就可以离这样的无聊的感情纠纷远远的，就可以一边看书，一边吃饭，独自享受美好的时光，仍然可以喝他们的威士忌嘛。在当地，这是表示陪打的猎人与打猎的主顾关系不好的一句习惯语。

“对不起，威尔逊先生，”麦康伯抬起那张娃娃脸望着威尔逊，带着歉意说道，“你知道的，许多事情我都还不太明白，今天的事情，我深表歉意。有得罪的地方，我说声对不起。”威尔逊看着他水手似的短发、端正的鼻子，薄薄的嘴唇、漂亮的下巴以及目光有点儿躲闪的双眼。

现在我该怎么办呢？威尔逊想。他本来已经决定马上同麦康伯彻底闹翻，去享受自己的快乐时光去了，但是现在这个美国佬侮辱了他之后竟然又向他赔礼道歉了，这个该死的美国佬。威尔逊顿了一下，平淡地说：“你放心吧，我是不会说出去的，我得混饭吃哪，所以一定会替你保守这个秘密的。在非洲没有一个女人打不中一头狮子，没有一个白种男人会被吓得逃跑，不是吗?”

“你说得对，当时我的确跑得比兔子还快。”麦康伯微笑着回答他。如果你忽略掉他的自尊心受到伤害以后是什么表情，他的微笑倒是挺可爱的。

我的上帝，一个这么说话的男人怎么就让我遇到了，天哪，我要疯了，我还能有什么办法呢？威尔逊望着眼前的麦康伯，像一个孤独的孩子一样无助。

“也许我能在野牛上找补回来，”威尔逊面无表情地望着麦康伯说，“下一回咱们去猎野牛，怎么样?”

“非常愿意。你要是喜欢的话，咱们明天早晨就去。”麦康伯的回答让威尔逊不由得一愣。也许自己刚才真的想多了。对于一个美国人，真的猜不透他的性格，压根儿拿不准他任何事情。很快他对麦康伯又有些同情了，自己要是能忘掉这个糟糕的早晨就好了。不过，这显然是不可能的，早晨真是糟糕透了。

“你的夫人过来了。”威尔逊说。玛格丽特从帐篷里走了出来，看上去精神抖擞、兴高采烈，非常可爱，和刚刚进去的时候判若两人。

玛格丽特长着一张美丽的鹅蛋脸，美到你会认为她是个蠢货，是个花瓶，但她绝对不是。威尔逊想，不，不蠢，这一点从自己与麦康伯的谈话前后，她所表现出来的表情就能说明。

“英俊的红脸威尔逊先生，你好啊。”她一脸笑容，“亲爱的弗朗西斯，你感觉好点儿吗?”

“啊，我感觉好多了。”麦康伯说。

“这件事我看开了，可以完全抛开了。弗朗西斯会不会打狮子，又有什么关系呢?毕竟这不是他的职业，那是威尔逊先生的行当。”她一边说，一边来到桌子旁坐下，“威尔逊先生，我真的由衷地佩服你打猎的本领。你什么猎物都打，对吧?”

“是的，我确实是什么都打。”

威尔逊看着眼前这个一脸笑容的妇人，不由得想到：这世界上最冷酷、最狠心、最掠夺成性的，绝对是女人，可她们也是最迷人的。一旦她们变得冷酷以后，她们的男人就必须软下来，要不然会被她们摧残得精神崩溃。难道她们能够控制这些被她们挑中的男人吗?她们在结婚的时候，是不可能懂得这么多的啊，他想。不过能够和玛格丽特打交道，他还是很开心的，和自己从前打交道的那些美国女人比起来，她无疑是最迷人的。

“我们决定明天早晨去打野牛!”威尔逊告诉她。

“太好了，也叫上我吧!”玛格丽特很兴奋。

“算了，你就别去啦。”

“不行，我一定要去。”玛格丽特看着一旁的丈夫，问道：“带上我可以吗?”

“待在营房里不好吗?”

“不行，我一定要去，”她兴奋地说，“我可不想再错过像今天这么刺激的场面。”

看着一脸坚定的玛格丽特，威尔逊不禁想到，难道女人都是这样吗？她刚才离开帐篷的时候，边走边哭，看上去非常通情达理，为丈夫和她自己感到痛心，而且知道是怎么一回事。可是这才过去短短的二十分钟，她就像变了一个人似的。想必这个美国女人是去涂上了一层美国人所特有的那种狠心的油彩。她们真是该死的女人。

“那好吧，明天我们将为你另外表演一场精彩的好戏。”对于眼前的这个女人，麦康伯真的很无奈，拿她一点儿办法也没有。

“夫人，我认为你最好还是别去。”威尔逊摇摇头，依然坚持自己的观点。

“你这话就说得不对了。”她看着威尔逊说道，“你知道吗?如果你开枪打烂野兽的脑袋这个画面是可爱的话，那么今天早晨你真的很可爱。说实在的，我确实非常想看到你打猎的场面，真是一种享受。”

“赶快吃午饭吧。”威尔逊说，“你现在看起来挺高兴的，我没说错吧?”

“为什么不高兴呢？我来这就是寻求开心的呀!”

“嗯，过得还不算烦闷吧。”威尔逊眯着眼，望向远处。正午的阳光很强烈，有点儿刺眼，河里的那些圆石以及河岸两边高高的树都清楚地出现在他深邃的双眼里——他不由得想起了早晨发生的一切。

“我不觉得烦闷，这一切都很有趣。”她很是期待得说，“明天，我真的在盼望它早早到来。”

“看这盘旋角羚羊肉，刚刚端上来的。”威尔逊看了看那盘烤肉，正散发着热气，帐篷里飘散着浓郁的香味。

“就是那种模样像母牛、跳起来像兔子的大玩意儿，对不?”

“我想你说得没错。”威尔逊点了点头。

“美味极了。”麦康伯用餐叉叉住一小块羚羊肉，送进嘴里慢慢地嚼了起来。

“这里也有你的功劳吗?”玛格丽特一边用餐刀切着，一边向她的丈夫麦康伯问道。

“当然。”麦康伯很自豪。

“羚羊没有任何攻击性吗?”

“除非你扑到它们身上。”威尔逊觉得这个问题实在是有点儿可笑。

“太开心了。”

“玛戈，收敛一点儿这股泼妇劲儿，好吗?”麦康伯一边说着，一边在叉着羚羊肉片的弧形叉上加一点儿胡萝卜、土豆泥，再浇上一点儿肉汁。

“这只是小事而已，”她说，“你总把话说得这么漂亮。”

“朋友们，为了庆祝打到这头狮子，晚上来点儿香槟酒怎么样?”威尔逊大声地向两人说道，“但是中午太热了，喝香槟不太合适，晚上最好。”

“啊，狮子?”玛格丽特一脸茫然，“我快把这事忘到九霄云外去了。”

真的这么快就忘了吗?威尔逊心中暗暗好笑，装得可真像啊。显然，她并没有忘记，而是在捉弄她的丈夫，不然你以为她是在演一场好戏吗?你想，如果一个女人发现她的丈夫是个胆小鬼，那么她会有什么样的反应？女人是狠心的，当然要控制一切，包括她们的男人。也难怪，人在这时候不得不狠心。不过对我来讲，她们那套毒辣的手段，我早已经看够啦。

“需要再来点儿羚羊肉吗？”威尔逊礼貌地问她。

就在那天下午，威尔逊和麦康伯坐汽车又出去了，和他们一起的还有两个扛枪的人和那个开汽车的土人。麦康伯太太独自待在营房里。虽然这会儿时间已经不早了，但是气温还是很高，“这会儿这么热，我就不去了，”她说，“等明天早上，天气凉爽一些，我再跟你们一起去。”在汽车出发的时候，威尔逊无意间回头，看见玛格丽特站在一棵大树底下，在向他们挥手。她穿着淡玫瑰红的卡其衫，脸色那么的滋润，黑头发被绾成一个髻，耳边几缕碎发低低地垂在颈窝上，她看上去美极了，说漂亮极了似乎更恰当。他想，就像她在英国似的。等他回过神来，汽车一路行驶，穿过了一片洼地，那里的野草长得极其茂盛。而后又拐过一个弯，穿过树林，开进一座座长满果树的小山中间。

他们在果树丛中穿行者，突然发现了一群羚羊，便迅速地跳下车，蹑手蹑脚地靠近一只长角叉得很开的老公羊。他们距离这头老公羊大概有两百码，麦康伯稳住呼吸，举枪瞄准后扣动了扳机，“啪！”那只老公羊应声而倒。不得不佩服威尔逊的枪法很好。羚羊群被突如其来的响声吓得四下乱窜，它们四条腿一曲再一弹，跳得老远。无数的羚羊相继跳起，此起彼伏，就像是在水上漂似的，这场面真是难以置信，或许只有在梦中，才能够这样跳。

“这一枪打得真不错。”威尔逊说，“距离那么远，它们又那么小，一枪命中真是不简单。”

“羚羊的脑袋珍贵吗，我们要不要？”麦康伯问。

“极其名贵。”威尔逊看着远处那些四散而逃的羚羊群，“你枪法这样准，还愁打不到名贵的猎物吗？”

“你觉得明天我们能够找得到野牛吗？”

“有的是好机会。要是运气好的话，在原野上咱们就可能碰到它们。”

“对于那件狮子的事情，”麦康伯停顿了一下，继续说道，“自己的妻子要是知道自己干出这样的事情，确实是有些尴尬的。”

威尔逊心想：我倒是认为，干出这种事情还要谈才是更尴尬的，至于妻子看没看到，那倒不是最重要的。他拍了拍沾在身上的杂草，还是安慰他说：“不用那么耿耿于怀。老兄，要知道，头一回遇到狮子，任何人都会非常紧张的。这件事就这样吧，反正都已经结束啦。”

那天晚上，在篝火旁吃罢晚饭，麦康伯又喝了一杯威士忌苏打，躺在罩着蚊帐的帆布床上，他聆听着大草原夜晚特有的闹声的时候，他想，这件事还没有完全结束。它既不是正在开始，也没有完全结束。它就同发生的时候一样，确实存在着，不但没有磨灭，有些部分反而显得更突出了。他感到非常害臊。但是比害臊更厉害的是，现在他心里感到一阵阵空洞的、寒冷的恐惧。这样一种恐惧，如同一个黏糊糊、冷冰冰的空洞，占有了他四周的一切空间，将他的信心从身体完全排挤了出去，令他感到十分难受。

这种情况从昨天夜晚就开始，那时候他被河上游不时传来的一阵阵奇怪的吼声惊醒。吼声浑厚而深沉，结尾有点儿像“咕噜咕噜”的咳嗽声，麦康伯迷迷糊糊地回想着这就是狮子的声音，这下他再也睡不着了，狮子的吼叫声似乎就在帐篷外面，一丝恐惧不由得从他心底升起。他转头看了看睡得很好的妻子，这更加让他感到害怕，因为没有人同他一起害怕，他也没有人可以告诉。他独自躺在那里，忽然觉得自己是那么的孤独。在索马里地区有着这样的一种说法，狮子总是会将一个勇敢的人吓三次：第一次是他看到狮子的脚印的时候，第二次是他听到狮子的吼叫的时候，第三次是他面对着狮子的时候。

这天营地里的人都醒得很早，太阳还没有出来，他们就着马灯的亮光开始吃早饭。那头狮子又开始吼了，麦康伯以为它就在营房边上。

“听起来像是老家伙。”威尔逊侧着耳朵仔细聆听了一会儿，从他的咖啡和鲱鱼上抬起头来，“听它吼叫的声音像是在咳嗽。”

“它离我们有多远？”

“嗯，大约在这条河上游一英里的地方。”

“咱们会碰见它吗？”

“咱们去看看怎么样？这可真是个千载难逢的好机会。”

“它的吼叫声能够传到这么远？为什么我听起来感觉它就在帐篷里，真是奇怪。”

“狮子的吼声传得可远哪。”威尔逊说，“我也一直很纳闷儿，为什么狮子的吼叫声能够传的这么远，确实是不可思议。听那帮手下人说过，他们常常看到挺大的一只狮子在这儿附近转悠。”

“如果是我开枪射击的话，打它的哪个地方最致命？”麦康伯问。

“打它两个肩膀的中间，打它的脖子这里，”威尔逊用手比画着，“使劲朝它的骨头打，只要你打得准，轻易撂倒它真的不是问题。”

“希望我能够瞄得准。”麦康伯的眼皮跳了跳。

“别担心，你的枪法非常不错，”威尔逊告诉他，“瞄得准重要，把握好射击的时间才是最重要的。第一发子弹很关键，首发就要命中目标。”

“那距离多远开枪才是最合适的?”

“嗯，这个不好说，这个得看你发现狮子的时候距离它有多远。但是有一点很关键，除非它离我们相当近，并且你已经能瞄准它，否则千万别贸然开枪。”

“需要在一百码以内吗?”麦康伯问。

威尔逊用手摸了摸自己的下巴。

“差不多吧。也许在更近的距离，你就不得不去面对，去应付这个凶猛的家伙了。如果距离太远，千万别开枪。一般来讲，一百码是个相当合适的距离。在这样的距离下，你想要打它哪儿，就可以打它哪儿。哦，你的太太过来了。”

“早上好。”玛格丽特说，“咱们今天去猎杀那头狮子吗? 从它的吼声判断，好像离我们很近啊!”

“说得没错，不过要等你吃过早饭以后，再去寻找这个头狮子，可以吗?”威尔逊说。

“太好了!”玛格丽特大声说，“这真是一件让人兴奋的事。”

“那好，我现在就去看一下，有没有准备好所有需要的东西。”威尔逊一走，狮子又吼了。

“让人心烦的老家伙，”威尔逊说，“等着吧，我们会叫你安静下来的。”

“你没事吧，亲爱的?”玛格丽特发现她丈夫麦康伯的脸色有点儿不对劲。

“哦，没什么。”麦康伯叉起一片鱼肉，慢腾腾地放进嘴里咀嚼起来。

“得了，不用瞒我。”她说，“我看得出来你很心烦，心事都写在你脸上了。”

“真的没什么，不用担心。”他说。

“你是哪里感到不舒服吗?”玛格丽特望着她的丈夫。

“该死，是那该死的狮子，”麦康伯有点儿沮丧，“吵死了，害的我整整一宿都没睡好。”

“真可怜，你干吗不叫醒我呢?”她说。

“我得去干掉那该死的畜生。”麦康伯可怜巴巴地说。

“你不正是为了猎杀狮子，才专门上这儿来的吗?”

“不过，我现在感到十分紧张。这该死的畜生不停地吼叫，我一听到这家伙的吼声，就感觉自己的神经绷得更紧了。”

“去干掉它，按照威尔逊教你方法，把它打死，它不就安静下来了吗？也就没有声音拨动你的神经了。”

“亲爱的，我只是说说而已。”麦康伯望着妻子，“真的去猎杀狮子的话，很难，你说对吗?”

“你害怕了吗？不会吧?”

“怎么会？当然不怕。”麦康伯挺了挺胸膛，“我听它吼了整整一晚上，一夜翻来覆去没睡着，神经有些紧张而已。”

“我相信你会将它利索地干掉的，”玛格丽特喝了口咖啡，“要知道你的枪法是那么准，我巴不得马上看到它了。”

“等你先吃完早饭，咱们才能够出发。”

“可是，现在天还没亮呀!”玛格丽特望了望帐篷外的天空，“现在就去的话，太早了，有点儿不合适。”

“嗷……呜……”这时候，那头狮子的吼叫声好像是发自胸腔深处的悲叹，再一次传来，后来又逐渐变成了喉音，四周的空气好像也随之震动了起来，最后像是一声长长的叹息，远远地传来，由远及近，带着些许凄凉。

“快听，它好像就在我们附近，离我们真的不远。”玛格丽特兴奋地说。

“该死，”这吼声让麦康伯显得有些烦躁，“这该死的叫声真让人讨厌!”

“可我觉得这吼声很特别，至少让人印象深刻。”在仔细地聆听之后，玛格丽特继续喝着她的咖啡。

“印象很深，简直就是可怕。”

这时候，威尔逊带着他那支吉布斯猎枪走了进来，那枪短短的，样式也很难看，只是枪口大得吓人。

“来吧，伙计，”威尔逊笑着说道，“你的扛枪人把那支大枪和那支斯普林菲尔德都带上了。它们都被放在了汽车里，随时待命。对了，你有实心弹吗？”

“有。”

“我也准备好了。”麦康伯太太站起身来。

“一定要阻止这个家伙乱吼乱叫，这声音真是很烦人。”威尔逊说，“麦康伯先生，你坐在前排，太太跟我一起坐在后排。”

天空刚刚泛着灰蒙蒙的晨光，他们上了汽车，穿过树林，向河上游驶去。坐在汽车前排的麦康伯仔细地检查了他的金属铸的子弹，拉开枪栓，给来复枪上了保险。他发现自己的手有些颤抖。于是，他伸手摸了摸口袋里的子弹，又用手指头摸摸他短上衣胸前带圈的子弹，心情总算是稍微平静了下来。他们乘坐的这辆汽车没有车门，整个车身就像盒子一样，让人觉得很是压抑，他转过头望向后排，威尔逊同他的妻子就坐在那里，他们两人在笑着谈论着什么，看得出来，他们都很兴奋。忽然，威尔逊向前探了探身子，指着不远处的天空，低声说：“瞧，在天上盘旋的秃鹫都飞下去了。这也就是说，那只老家伙已经离开了被它咬死的那只野兽。”

在树梢的上空，在小河的对岸，飞翔着几只秃鹫。有的在天上盘旋着，有的一下子就向地面垂直落去。

“这家伙睡觉之前，应该会到这一带来喝水，”威尔逊说，“我们要留神河边的动静。”

他们开着车，沿着高高的小河岸，慢腾腾地向前驶去。湍急的河水把河床冲得很深，河岸上的树长得很是茂盛，他们的汽车弯弯曲曲地在大树中间穿来穿去。麦康伯紧张地望着对岸，突然威尔逊抓住他的胳膊，汽车也停了下来。

“它在那儿，”威尔逊低低地说，“在右前方。咱们下去把它撂倒，让它安静下来。”

现在麦康伯也发现了那头狮子。它侧身站在河岸边的高地上，深色的鬃毛在清晨草原上的凉风中徐徐飘动。这家伙有着浑厚的肩膀，庞大的身躯像个圆桶似的，油光水滑。这头狮子看起来非常巨大，此时那颗抬起着的大脑袋正在向他们这个方向转过来。

“它现在离我们大约有多远?”麦康伯一边问，一边举起猎枪。

“可能有七十五码。咱们下车去，给它一个惊喜。”威尔逊说。

“为什么不让我就在车上开枪?”

“当然不能在汽车上开枪，要知道它是随时会离开的，”威尔逊在他耳边压低了声音说，“下去吧，它不会像个傻瓜似的一整天都在那儿不动。”

麦康伯先稳稳地站在汽车的踏级上，然后才跨到地面上，他小心翼翼地从前座边的半圆形的缺口里跨出来，尽量不发出一点儿声音。那头狮子仍然威武而沉着地站在那里。麦康伯只能从侧面看到它正在望过来。由于他们处于下风，因此没有人味吹到狮子那儿去；不过，狮子显然发现了他们的汽车，大脑袋一会儿转那儿，一会儿转这儿。虽然它并不害怕，但是在走下河岸去喝水以前，从没见过这种一直面对着它的东西，它不得不感到犹豫。然后，它看到从那个东西中走出来一个人影，于是，它就扭过它那颗沉重的大脑袋，朝长着树的地方大摇大摆地走去，它打算离开，因为它知道，人类可不是好惹的，特别是在他们手中还拿着像一个木棍似的东西的时候。这时，“砰”的一声在它耳边响起，一颗30－06－220谷①的实心子弹打进了它的身体，迅速洞穿了它的胃，火烧似的疼痛立刻传遍了它的全身，胃里也极度不舒服，很想呕吐。它忍着剧痛摇摇晃晃地站起身来，跑向不远处高高的野草丛和隐蔽的所在。接着，又是“砰”的一响，一颗子弹撕裂了空气，从它身旁擦过，距离非常近，近到它几乎可以感觉到这颗子弹发出的灼热。紧接着，又是“砰”的一响，这次它没能躲过这颗子弹，子弹打中了它的下肋，而且一直穿进去，一股热乎乎的、尽是泡沫的血开始从它的嘴里涌出。它不由得加快了速度，开始飞也似的向高高的野草丛跑去。然后它就趴在那里，只要那些带着那砰砰会响的东西的可恶的人进入它的攻击范围，它就可以扑向那个让它受伤的人，咬断他的喉咙，让他为自己的所作所为付出代价。

第一眼看到那头狮子的时候，麦康伯就感到害怕极了，自己的手在不听使唤地发抖。当他从车上站起身子打算走下来的时候，两条腿都几乎挪不动了，他自己都不清楚自己是怎么跨下汽车的。虽然他感到大腿上的肌肉在颤动，但是他的大腿僵直了。麦康伯用尽全力将来复枪举起，无论他怎么用力扣动扳机，他手中的猎枪却一点儿反应也没有。原来他太紧张，猎枪的保险都忘记拉开了。于是麦康伯放下枪，拉开保险，身体僵硬地向前迈了一步。现在那头狮子显然看见了他，于是转过身去，迈开大步打算离开河边的高地。这时，“砰”的一声，麦康伯扣动了扳机，他终于开枪了。开枪的时候，狮子的身子猛烈地晃动了一下，这

① 谷：相当于64.8毫克，英美最小的重量单位。

就是说，这一枪他打中了，可是这时，狮子却开始跑起来。麦康伯又开了一枪，这一枪没打中，子弹打在了小跑的狮子前面，扬起一阵尘土。很快，麦康伯略微压低了枪口，再次扣动了扳机。这次，那头小跑的狮子再次剧烈地晃动了一下身子，显然这一次打中了。奇怪的是，那头狮子跑得更快了，像飞一样。当麦康伯推上枪栓，准备再次瞄准时，狮子早已跑出他的视野，钻进了高高的野草丛里。

麦康伯感到胃里一阵阵的难受，他站在那儿，双手握着斯普林菲尔德枪，瑟瑟发抖。威尔逊和他的妻子就站在他身旁。还有两个扛枪的人也站在他的旁边，在说着什么。

“我打中狮子了，”麦康伯语气有些颤抖，“我打中了两枪。”

“是的，你打中它了。不过你只是打中了它的胃，还有它前身的什么地方。”威尔逊的脸色变得十分严肃。两个扛枪人的脸色也显得十分阴沉。现在他们抿着嘴，保持着沉默。

“原本你可以将它一枪打死的，”威尔逊说，“现在我们需要先在这里待一会儿，才能进去找它。”

“为什么要等？你这是什么意思？它中了我两枪，已经受伤了呀。”

“必须等它不行了，咱们才能一路顺着它留下的血迹将它找到。”威尔逊目不转睛地望着狮子消失的地方。

“该死！”麦康伯有些懊恼。

“这家伙很狡猾，它藏身的地方很糟糕。”威尔逊说，“你是知道的，它可是一头强壮的狮子。”

“糟糕的地方？”

“在那里面，只有走到它身旁，才能看到它。”

“的确够糟糕的。”麦康伯说。

“走吧，”威尔逊拿起手中的猎枪说，“咱们去看一看血迹。

你太太就坐在汽车里。”

“就在这儿待着，玛戈。”麦康伯对玛格丽特说道。他忽然发觉自己的嘴巴变得很干，说话都感到困难。

“为什么我要留在这里？”

“威尔逊说的。”

“你老老实实待在这儿，这种事还是交给我们男士来做吧，”威尔逊说，“女士留在这儿可以看得更清楚。”

“好吧。”玛格丽特点点头。

威尔逊转过头交代了驾驶员几句话，驾驶员点了点头。

顺着威尔逊的带领，麦康伯和两个扛枪的仆人从陡峭的岸上走下去，穿过小河，沿着在铺满圆石的弯弯曲曲的河岸往前走，拉着山坡上突出的树根，一路往上爬，一直到那头狮子开始逃跑的地方。矮矮的青草上面沾着深红的血液，很是醒目。顺着血迹望去，血迹一路延伸到了不远处的树林里面。

“现在咱们怎么办？”麦康伯用枪拨弄着地上的青草。

“没有其他的办法。”威尔逊说，“这里的河岸太陡，汽车开不进来。现在咱们只能在这等着它，等它血液流失过多变得僵硬了，再一起进去将它找出来。”

“咱们不能放火将这些野草烧掉吗？”麦康伯。

“草太青，烧不着。”

“那叫人进去把它赶出来呢？”

“这倒是个好主意。”威尔逊说，“可是这是在叫人去送命。你可以随便去撵一头没受伤的狮子，那倒不会有什么大的危险。可是如果你撵的是一头受了伤的狮子，那就很危险了。它一听到闹声，就会毫不犹豫地扑上来伤害我们。如果我们不走到狮子的身边，根本发现不了它的藏身之处。而且你一靠近它，它就会将你扑倒在地，然后咬断你的喉咙。这么危险的事，派那些手下人去做真的很不合适。”

“那么，等一下就只有我们俩进去吗？扛枪的人呢？”

“合同上清楚地写着呢，他们自然要跟我们进去。但是这会让他们看上去不太高兴，你说是吗？”

“我可不想去那儿。”这话刚一出口，麦康伯就感到有点儿后悔，这足以说明自己是相当胆小。

“我也不想去！”威尔逊倒是非常干脆地说，“可是，现在我们实在是没有别的办法嘛。”忽然，他灵机一动，转头向麦康伯看去，发现这个家伙瑟瑟发抖着，露出一副可怜相。

“当然啦，你不一定进去。”威尔逊握了握手中的猎枪，“为什么我的价钱这么贵？因为你雇我来就是干这种事的。”

“你的意思是说，你独自一个人进去吗？我们就在这等它死透了，再去收拾它不行吗？”

一直以来，威尔逊都是在考虑狮子和有关狮子的问题。他一直认为自己的雇主麦康伯除了有点儿心惊肉跳以外，没有什么不对头，毕竟每一个人第一次见到狮子都会害怕，这没有什么值得羞愧的。现在他突然感到，好像自己在旅馆里开错了一扇房门，看到了一件丑事似的。

“你这是什么意思？”威尔逊盯着发抖的麦康伯。

“等它撂在这儿不行吗？”

“你是说，咱们就装作没有打中它吗？”

“当然不是。我的意思是咱们现在别去管它，再等一会儿，等它彻底消停了。”

“这可不行。”

“为什么不行？”

“第一，如果它死了，别人也许会碰到它。第二，如果它没死，它就得受痛苦。”

“我想我明白了。”麦康伯无奈地低下了头。

“不过你不一定要跟它打交道。”

“我并不是这个意思，”麦康伯说，“我就是有点儿心慌。”

“我走在前面，你待在我后面。”威尔逊对着麦康伯说道，“咱俩一起进去，让康戈佬[①]跟在我们后面。别害怕，有我在呢。咱们要是发现它的话，就一起开枪。”

看见麦康伯没有什么反应，威尔逊说道：“要不这样吧，你还是跟你太太待在一起吧，你不去也许会好得多。我自己去了结这件事，怎么样？”

“不，我要去。”

“好吧。不过，如果你要是真的不想去的话，不要勉强自己，”威尔逊说，“现在这是我的分内事了。”

“我要去。”麦康伯说。

“你不回去跟你太太说一声吗？”威尔逊递给麦康伯一支香烟，“反正咱们得等上一会儿，还有时间。”

“我就在这儿等。”麦康伯接过香烟，点燃后，深深地吸了一口。

“那我走回去。”威尔逊看了看远处汽车里的妇人，“告诉她耐心点儿。”

“那好。”麦康伯说。

他靠着树干，静静地坐在那里，感到胃里空洞洞的。他嘴里很干，胳肢窝里全是汗，他很想鼓起勇气去告诉威尔逊，自己实在是没有勇气同他一起去找那只受伤的狮子。可是他看得出来威尔逊在发火，一再打发他回到他的妻子那儿。“拿着，这是你的大枪。”威尔逊再次从汽车那里过来，将大枪递给麦康伯，“咱们

---

① 住在刚果南面，非洲班图族的一支。

已经等了一段时间了，我想可以进去了，走吧！”

麦康伯接过那支大枪。

“紧跟在我后面，大约偏右五码的距离，不要离我太远。”威尔逊说，“如果不想受伤的话，一切行动都要按照我说的做。”

“咱们走吧。”威尔逊抬脚就开始往树林方向走去。

“我可以先喝一点儿水吗？”麦康伯问。威尔逊转过头，向那个年纪大一点儿、皮带上挂着一个水壶的扛枪人交代了几句，那个人解下水壶，递给麦康伯。麦康伯接过来拧开盖子，忽然觉得水壶从来没有像现在这么沉过。他举起水壶喝了一大口水。一阵微风吹过，野草在风中轻轻摇动。他发现扛枪的人其实也在经受同样的恐惧。

那头大狮子平静地趴在野草丛里，距离大约有三十五码远，一动也不动。它的耳朵向后耷拉着，它唯一的动作就是那条长着黑毛的长尾巴在微微地上下摇动。圆滚滚的肚子被打穿了，肚皮上的那一处枪伤让它感到非常难受；打穿肺部的那一处枪伤让它每呼吸一次，嘴里都会冒出掺杂着泡沫的、稀薄的鲜血。随着时间的推移，它感到自己越来越衰弱了。它躲到这个隐蔽的所在，就准备和那些让它受伤的人拼个你死我活了。不断流出的鲜血让它的两肋变得湿漉漉、热乎乎的；在实心子弹打开的小窟窿上，讨厌的苍蝇不停地飞来飞去；它那双带着仇恨的黄色大眼睛向前望着，眯成了一条缝，只有在它呼吸时感到痛苦的时候，才眨巴一下；它的爪子深深地刨进松软的干土里。全身的疼痛和难受让它充满了仇恨，全身残余的体力都被它调动起来了，随时准备着对那些可恶的人发动致命的一击。它能够听到那几个人在说话，它耐心地等着，积聚全身力量在等着，只等那些人走进野草丛，它就会拼命一扑。随着那几个人越来越近，它那条尾巴开始变硬起来，上下摇动。他们一走进野草丛边缘，它就发出一声咳嗽似的咕噜，猛扑上去。

康戈人，那个上了年纪的扛枪的人，在领头查看血迹；威尔逊密切关注着野草丛中的一举一动，拿着大枪随时准备着；另一个扛枪的人则留神地听着，眼睛向前望；麦康伯紧紧跟在威尔逊的身后，双手紧紧握着那支来复枪。他们刚刚跨进野草丛，麦康伯就听到一阵好像是血哽住的咳嗽似的咕噜，紧接着就看到一团黄色影子从野草丛里扑了出来。他发疯似的慌慌张张地逃到空地上，跌跌撞撞地向小河边逃去。

“咔——啦——轰！”一声巨响从他身后传来。“咔——啦——轰！”紧接着又是一声震耳欲聋的巨响传来。他停下了脚步，转身看到了那头狮子。那副模样真是可怕，血淋淋的脑袋几乎被轰碎了一半。更可怕的是，它还朝着站在野草丛边缘的威尔逊爬过去！这个时候威尔逊还傻站在那儿不跑，他到底想干什么？麦康伯快要疯了。威尔逊稳稳地举着他那支短枪，冷静地推上枪栓，仔细瞄准着只剩下半条命的狮子，“咔——啦——轰！”伴随着第三下震耳的巨响，那只伤痕累累的狮子终于停止了爬行，巨大的脑袋无力地向前耷拉了下去。麦康伯呆呆地站在河边的空地上，当一个白人和两个黑人转过头来轻蔑地看他时，他才知道狮子死了。他向威尔逊走去，他那高高的个儿好像对他也是一种赤裸裸的谴责，威尔逊望着走过来的麦康伯，说：“需要照相吗？”

“不用了。”麦康伯挥了挥手，平时很随意的动作，现在却感到特别吃力。

整个回程都是在沉默中度过的，直到他们回到河岸边的汽车前，他们一共才说了这两句话。坐到车上，威尔逊说：“多好啊，一头呱呱叫的狮子。咱们待在这阴凉的地方好好休息一下。他们会去把狮子的皮剥下来的。”

玛格丽特没有看麦康伯，麦康伯也没有看她，他来到汽车的后座上，坐到了妻子的身旁，威尔逊则坐在前面的座位上。过了一小会儿，他伸出手来，握住了妻子的一只手，眼睛却躲躲闪闪的不敢看她；玛格丽特冷冷地把手抽了出来，依然望着河对岸，扛枪的人正在那剥狮子皮。麦康伯可以肯定的是，她看见了事情的全部经过。他们坐在那儿，玛格丽特向前探过身子，把手搭在了威尔逊的肩膀上。威尔逊转过头来，她从低矮的座位上向前探出身子，亲了亲威尔逊的嘴。

“哟，哎呀。”威尔逊那张本来就红的脸现在更红了。

“罗伯特·威尔逊先生，”玛格丽特说，“美丽的红脸罗伯特·威尔逊先生。”

随后她又在麦康伯身旁坐下来，扭头望着河对岸狮子躺着的地方。狮子的皮已经剥掉了，两条前腿朝天伸着，露出雪白的肌肉和腱子瓣儿，还有白色肚子高高地鼓了起来。黑人们正在忙着将皮上的肉刮掉。过了好一阵，狮子皮终于被扛枪的人抬着走了回来，他们在车下把狮子皮卷好，爬上了车以后再把皮拉了上来，很快，汽车开了。沿着来时的路回到营房，他们没人说一句话。

这就是狮子的故事。麦康伯并不知道，那头狮子在发动突然袭击前有什么感觉；他也不知道，狮子嘴上被一颗时速每小时两百英里的子弹猛击打中时，又有什么感觉；他也不知道，直到它挨了第二下，在半身已经被打坏的情况下，还在不断地向那个发出“砰砰”的爆炸声、把它毁了的东西爬去时，到底是一种什么力量。不过，威尔逊倒是知道一点儿，他也只能用这样一句话来表达他的敬佩：“呱呱叫的狮子。”但是至于威尔逊对这些事还有什么其他的感觉，麦康伯也就不知道了。对于他刚才表现出来的行为，他也不知道，他的妻子有什么感觉，只知道他和她闹翻了。

虽然在这以前，他的妻子也同他闹翻过，但是从来没有发展到像现在这样闹得不可收拾的地步。但是他知道，即使闹到现在这个地步，她也不会离开他的。因为他不仅有钱，而且还将更有钱。这是他真正了解的仅有的几件事情中的一件。他了解这件事，就像他了解摩托车，了解汽车，了解打野鸭，了解钓鱼，大海鱼啊、鳟鱼啊、鲑鱼啊，了解书上的性爱故事，了解狗，了解马，了解所有的球场运动，了解他那个圈子里的人干的大多数事情，了解他的妻子不会离开他。

即使是在非洲，他的妻子仍然算得上是一位大美人儿。但是如果是在美国，她想离开他，想去过更阔气的日子，已经不太可能也不太现实了。他知道这个情况，他的妻子也清楚地知道，她已经错过了能够离开他的机会。如果麦康伯常常会去讨其他女人的欢心，她也许会开始担心，怕他另外去娶一个美丽的妻子，但是玛格丽特对麦康伯知道得也太清楚了，所以她压根儿用不着担心这事。而且，他是那么宽宏大量。如果说，这不是他的致命的弱点，那么，似乎就是他最大的优点了。

不管怎么说，他们是被外界认定为比较幸福的夫妻，尽管他们经常被谣传要散伙儿，但从来就没有实现过。正像有个作者写的那样，要不是为了仅仅要给他们始终经得起考验和非常受人羡慕的爱情添上一层惊险色彩，他们才不会深入非洲最黑暗的地方来打猎。这是一片黑暗的大陆，直到马丁·约翰逊[①]夫妇把它在许多银幕上放映出来。他们在那里猎取大象啦、狮子啦、野牛啦，并负责给自然史博物馆收集标本。同一个专栏作者至少三次报道过，他们濒于分离，他们也确实是这样。但是他们总是言归于好。他们有健全的结合基础。玛戈长得太漂

---

① 马丁·约翰逊（1884—1937），是美国的一位电影摄制者，专门在非洲拍摄当地人的原始生活。

亮了，麦康伯舍不得同她离婚。麦康伯太有钱，玛戈当然不愿离开他。

麦康伯再也不去想那头狮子以后，睡着了一会儿，醒来一次，又睡过去。大约在清晨3点钟的时候，他突然梦见那只脑袋血淋淋的狮子站在他的面前，一下子就被吓醒了，心咚咚乱跳，出了一身冷汗。他专注地听了一会儿，确定外面没有狮子的吼声后才再次躺在床上。然而他的妻子并不在帐篷里的另一张帆布床上。他静静地躺着，眼睛直勾勾地望着帐篷顶，就这样的姿势整整保持了两个小时。

两个钟头以后，玛格丽特走进了帐篷，她撩起蚊帐，舒适地爬上了床。

“你上哪儿去了？”麦康伯在另一张床上问。

“哦，”她说，“你醒了吗？”

“你到哪儿去了？”

“我在帐篷外面，呼吸了一会儿新鲜空气。”

“该死的，你干的好事。”

“你到底想要说什么呢？”

“我问你到底去哪儿了？”麦康伯有些恼怒了。

“我不是告诉过你，到帐篷外面去呼吸一下新鲜空气吗？”

“这真是一个好借口，你这条骚母狗。”麦康伯愤愤地说。

“那你就是一个胆小鬼。”

“好啊，我是胆小鬼，”他说，“又怎么样呢？”

“对于我来说，当然无所谓。亲爱的，我现在很困，暂时别和我说话好吗？”

“那么在你看来，无论什么事我都会忍受吗？”

“我知道你会的，亲爱的。”

“嘿，我就受不了。”

“亲爱的，我困得很哪。请别跟我说话了。”

“你答应过我不干这种事了。”

“但是，我现在又干了。”她柔情蜜意地说。

“你答应过我，咱们要是这次出来旅行的话，绝不会有这种事情。”

“是的，我的确是这么说过的。不过，昨天的事情就已经把这次旅行毁了。咱们现在没有必要再去谈它吧？”

“只要有机会你就会露出本性，你真是一刻也不能等啊！”

“我很困，亲爱的，请别跟我说了。”

“我就是要说。”

“随你吧，我快要睡着了。”她真的很快就睡着了。

天灰蒙蒙的，还没有完全亮，他们三个人坐在桌子旁，已经开始吃早饭了。麦康伯忽然发现，在所有憎恨的人当中，他最憎恨威尔逊。

“你昨晚睡得好吗？”威尔逊一边装烟丝，一边问麦康伯。

“你睡得好吗？”麦康伯反问道。

“从来没有这么好过。”威尔逊回答。

你这该死的畜生，麦康伯想。

看来她进去的时候把他闹醒了，威尔逊冷静地望着两人，心想。嗯，他把我当成什么玩意儿，一个该死的石膏圣徒像吗？他为什么不让他的妻子待在她应该待的地方呢？这是他自己的错，怪不得别人。

“咱们今天能够找得到野牛吗？”玛戈用手推开一盆杏，问道。

“如果运气足够的好，也许能遇上，”威尔逊对她微笑着道，“你为什么非要跟着我们去冒险，待在自己的营房里不是更安全吗？”

“我是不会那样做的，”她看着这个红脸的男人，“那样做很无聊。”

“你为什么不让她待在营房里？”威尔逊对麦康伯说。

“你应该自己去吩咐她。”麦康伯冷冷地说。

“咱们不要什么吩咐，”玛戈转过脸去对麦康伯说，“不要傻头傻脑，弗朗西斯。”今天她显得非常高兴。

“威尔逊，准备好了吗？”麦康伯放下了手里的刀叉。

“我随时都行，”威尔逊问道，“你要带着太太一起去吗？”

“有什么不一样吗？”麦康伯反问道。

这可真够糟糕的，威尔逊想。到头来事情总是会闹成这个样。

“没什么不一样。”威尔逊耸了耸肩。

“你不是很喜欢跟她一起待在营房里吗？你能肯定你不是跟她待在一起，而是和我一起出去打野牛吗？”麦康伯问。

“你说什么呢，”威尔逊说，“换作我是你的话，一定不会这么胡说。”

“我没胡说。我只是感到厌恶。”

“厌恶？这不是个什么好词。”

“弗朗西斯！”他的妻子再也沉不住气了，“请你说话尽可能通情达理点儿。”

“我就是他妈的太通情达理啦，我都这样了，你还想要我怎样！”麦康伯不由得恼羞成怒，“你吃得下这么脏的东西吗？”

“吃的东西不干净吗？”威尔逊的脸色也低沉了下来。

“比别的干净不了多少。”

“别激动，我会把你的意见告诉给厨师的，”威尔逊冷静地说，“桌子旁侍候我们吃饭的一个仆人懂一点儿英语。”

“叫他见鬼去吧！”

威尔逊站起身来，走到了帐篷外边。扛枪的人在外面等他，他一边抽烟斗，一边与之闲聊。麦康伯的妻子和他坐在桌子旁。麦康伯一直冷冷地盯着他的咖啡杯，沉默了好一会儿。

“听着，亲爱的，”玛戈低沉地说，“你要是再这么大吵大闹，我会选择离开你。”

“不，你不会。”

“你不妨试一试，就会知道。”

“我当然不信，”麦康伯盯住了她，“你是不会离开我的。”

“好吧，你是对的，”她感到有些无奈，“我是不会离开你的，可你得给我规矩点儿。”

“真是太可笑了，”他脸上露出一丝讥笑，“你居然叫我规矩点儿。”

“没错，给我规矩点儿。”她一脸的严肃。

“你自己干吗不试着规矩点儿？”

“我可是一直都在试着让自己规矩点儿。试了好久，只是并没有成功。”玛格丽特忽然觉得他的问题很好笑。

“我讨厌他，那个该死的红脸畜生，”麦康伯说，“我一看见他那张红脸就恼火。”

“我倒是觉得他很可爱，”玛格丽特笑了，“尤其是那张红脸。”

“别说啦。”麦康伯被她气得暴跳如雷。这时，汽车开过来了，威尔逊跳下汽车，走向帐篷里。汽车停在就餐帐篷前，两个扛枪的人和驾驶员也都下了车，眼睛直勾勾地望着坐在餐桌旁的那一对夫妻。

“去打猎吗？”威尔逊问道。

“去，”麦康伯推开椅子站起身来，“为什么不去呢？”

“坐在汽车上有点儿凉，带上一件毛线衣吧，保暖。”威尔逊说。

“谢谢提醒，我会把皮上衣穿上的。”玛格丽特对着这个红脸男人微笑着说。

“那个仆人取来了。”威尔逊告诉她。他上了车，坐在驾驶员身旁，麦康伯和他的妻子一声不吭，坐在后面的座位上。

威尔逊暗想，这个蠢货不会想到在背后把我的脑袋打烂吧？有个女人在打猎队里真是麻烦。

地平线上启明星，伴随了他们一路。汽车渡过一个尽是卵石的浅滩小河，到达了河对岸，这条路是威尔逊在头一天就吩咐人在那里开出来的。这里地形起伏，树木生机勃勃，非常适合猎苑。

这里露水很重，汽车轮从矮树丛和野草上滚过去的时候，能够闻到一阵青草的芬芳，就像碾碎了的蕨薇的气味。真是个美好的早晨，威尔逊想。嗯，这次又是马鞭草的气味。当汽车开过这片人迹罕至的天然狩猎场的时候，他喜欢这种碾碎了的蕨薇气味、清晨的露水气味以及那些在清晨的薄雾中显得黑油油的树干。他在想如何能够顺利地打到野牛，不再管那两口子，他知道，野牛在白天一般都是待在沼泽里，不可能被打到。只要一到了夜晚，它们就会聚集到空地上，找东西填饱肚子。他要是能够用汽车把这些野牛同沼泽隔开，麦康伯就有机会打到它们。他其实一点也不愿意同麦康伯一起在树荫稠密的隐蔽的地方打野牛。就算是打别的野兽，他也不愿意。但是他是一个非常具有职业道德精神的猎人。要是他们今天打到了野牛，那么就只剩下犀牛了，这样，事情就可能好办了，他也不会再跟那个女人有什么瓜葛了。麦康伯回去后，不用多久也会把这件事彻底忘掉。看样子，这种事情他以前一定受过许多。不管怎么说，这是这个可怜的高个子自己的过错。

威尔逊在被雇期间，为了应付可能碰到的艳遇，会带着一张双人帆布床来到打猎队。在这之前他被许多有钱人雇用过，那都是一些花天酒地、生活放荡的不同国籍的顾客。对于那些有钱人中的女人来说，如果不同这个白种猎人在一张帆布床上睡觉，她们就觉得花的钱不值得。尽管他当时还算喜欢她们当中的几个，但是分手以后，就再也想不起她们。不过他是靠这种人过活的，他们的标准就是他的标准，只要他们雇了他。

因此他们的标准就是他的标准，在生活上的任何一个方面，除了打猎和枪法。对于打猎，威尔逊有着他自己的一套标准，要是雇主们不遵守他的标准，他就会立即终止合同，让那些有钱人另外雇人去陪他们打猎。因此，他们全都尊重他。不过，麦康伯显然很古怪。再说，他的妻子。嗯，这个妻子……不管她了，他已经把这一切抛到脑后。他看了一下：麦康伯一副气冲冲的模样，阴沉着脸；玛格丽特则向他微笑了一下。今天她看上去似乎更娇嫩、更年轻、更天真，说话不多，并没有显露出平时那种做作的美。威尔逊想，没有人知道这个妇人的心里到底在想什么。至于昨天夜晚……一想到这件事，威尔逊转回了头，很快就会忘掉的，这和以前没有什么两样。

汽车爬上一个平坦山坡后，穿过一片树林，来到一片草原似的、长满了野草的空地上，并沿着空地边缘，在树荫下继续向前开着。驾驶员放慢了车速，威尔逊用双筒望远镜仔细地打量着草原及更远的草地边缘。他时而吩咐驾驶员停车，时而又示意继续开车，汽车就这样慢腾腾地走走停停，绕过一座座蚁山，避开一个个疣猪洞。没多久，威尔逊突然转过脸来，说："快看啊！它们在那儿哪！"

威尔逊用说得很快的斯瓦希里语同驾驶员交谈着，指挥着汽车加速开去。麦康伯顺着他所指的地方望过去，看到三头庞大的黑色野兽，又长又笨重，就像是黑的大油槽车，身子和脖子都是直僵僵的，在飞快地跑着，穿过开阔的草地，向着另一头边缘跑去。在汽车上，他清楚地看到它们的脑袋上那一对宽阔的、向上翘起的黑犄角，脑袋却一动也不动。

“那是三头老公牛，咱们得切断它们的去路，”威尔逊说，“咱们今天要想有收获，千万要阻止它们跑进沼泽。”

汽车的速度提升到每小时四十五英里，在草地上飞驰着。汽车距离野牛越来越近，麦康伯全神贯注地注视着眼前的野牛。在他的视野里，野牛的身影不断变大。这是一头庞大的公牛，灰色的躯体长满痂癣、没有毛，一对黑犄角闪闪发亮，它的脖子居然是肩膀的一部分，这让麦康伯感到有些新奇。这头野牛跑在其他两头野牛的后面，它们迈着一致的步子，排成一排向前冲。他们就快要赶上的时候，汽车好像碾过了一块石头，猛然摇晃了一下。在这个距离，他已经可以看到那头公牛那稀稀拉拉的长着毛的牛皮上的尘土、庞大的向前冲的身子和脑袋上的鼻子，以及犄角的凸出部分。距离太近了，第一枪就可以命中猎物，麦康伯下意识地举起了手中的来复枪，准备扣动扳机。

“别在车上！”威尔逊大声嚷叫起来，“你想害我们都没命吗？你这蠢货！”

该死的！这时麦康伯觉得威尔逊看起来更加讨厌了，这么近的距离，这么好的机会，错过了就真的没了。

虽然驾驶员已经踩住了刹车，但是车速太快了，汽车还在不停地滑动，吱吱嘎嘎地向一旁斜过去。威尔逊一跃就跳下了车，麦康伯也连忙跳了下来，打了个趔趄，脚好像踩在移动的地面上。他刚一站稳就举起了手中的猎枪，瞄准开始逐渐跑远的野牛，连连扣动了扳机，只听见“砰！砰！砰！”……枪声不断从猎枪里传来，一颗颗的子弹全部打中跑在最后的那头野牛的身上。当他看到那头野牛倒下去跪在地上，大脑袋往后仰着，他才记起应该把子弹从野牛前面的肩膀中间打进去。不过，反正已经将它撂倒了。当他看到另外两头仍然在飞快奔跑的野牛，开始笨手笨脚地装子弹。他向着已经跑远的带头的那头野牛开了一枪，打中了它。他又开了一枪，但是没打中。然后他的耳边传来了一声巨响，“咔——啦——轰！”接着他看到那头带头的野牛向前倒了下去，鼻子碰到地面上，威尔逊开枪了。

“嘿，你快开枪啊！”威尔逊对着麦康伯大声叫道，“把另一头也撂倒！”

“砰！砰！砰！”麦康伯又是一连几枪打了出去，可惜他没有打中，子弹扬起一阵尘土。威尔逊手中的短管猎枪也发出了怒吼，但是这一次他也没有打中，子弹打在地面上，尘土像云雾似的升起来。那头野牛用不变的步子飞快地向前跑着。接着威尔逊对着麦康伯嚷道：“来吧！咱们上车！它太远啦！”说罢，他抓着麦康伯的胳膊。他们重新上了汽车，站在汽车两边的踏板上。汽车跌跌撞撞地追着那头野牛向前飞驶，渐渐逼近了那头脖子直僵僵、用着不变的步子一直向前飞跑的野牛。

麦康伯把子弹壳都卸到地上，给枪重新装上子弹。眼看他们要赶上那头野牛了，枪却卡壳了。幸运的是，这只是一点儿小麻烦，他很快就排除了故障。威尔逊高声喊道：“停车！”不过汽车还在滑动，差点儿就翻倒了。麦康伯从车上飞快地跳下来，他刚一站稳就猛地拉开枪栓，平稳地举起猎枪，想着威尔逊教他的方法，尽可能向前瞄准那头野牛的背。他连续开了好几枪，每枪都打中了那头野牛。奇怪的是，这并没有给野牛带来多少伤害，它仍然健步如飞地向前奔跑着。“咔——啦——轰！”紧接着威尔逊也开枪了，巨大的声音几乎将他的耳朵震聋了，然后，麦康伯就看到那头野牛的脚步开始摇晃了。麦康伯再次举起了猎枪，仔细瞄准，“砰！”又开了一枪。这时，野牛倒了下来，跪在了地上。

“干得不错!”威尔逊脸上露出了赞扬的神情,“这次真不赖,一共三头。”

麦康伯高兴极了,脸色就像喝醉了酒那样红润。

“你开了几枪?”他望向威尔逊。

“我只开了三枪,”威尔逊伸出三个手指比画了一下,“三头公牛都是你打死的,包括最大的那一只。为了防止它们向隐蔽的地方逃窜,我帮忙补了三枪。你的枪法可真是太棒了。”

“我觉得还行,”麦康伯显得有些自豪,“我想喝点儿酒,咱们到汽车上去吧。”

“咱们得先把那头公牛干掉,”威尔逊指了指那头受伤的公牛。它跪在地上,愤怒地扭动脑袋,瞪着那双凹下去的小眼睛,对着向它走近的人暴躁地大声吼叫。

“小心,千万别让它站起来。”威尔逊说。接着,他来到了野牛的侧面,“站在这里,打它的脖子。”

麦康伯来到威尔逊身边,仔细瞄准它脖子的正中心,“砰”的一枪,野牛彻底没了动静,硕大的脑袋慢慢地耷拉了下来。

“打得真准,”威尔逊说,“正中它的脊骨。”

“走,咱们去喝点儿酒。”麦康伯把猎枪扛在肩上,从来没有像现在这么痛快过。

玛格丽特坐在后排的座位里,脸色煞白。“你真是太出色了,亲爱的,”她对麦康伯说,“这可真是一次惊险的狩猎。”

“汽车颠得厉害吗?”威尔逊问。

“当然太厉害了,我这一辈子从来没坐过颠得这么厉害的车,而且还这么惊险。”玛格丽特说。

“来,亲爱的,你也来喝点儿酒吧,”麦康伯说,“这样你会感觉好一点儿。”

“这个主意不错,”威尔逊说,“先让你太太喝一点儿。”她喝了一口纯威士忌后，不由自主地打了个冷战，然后把酒瓶递给麦康伯，麦康伯随手递给了一旁的威尔逊。

“太刺激，太吓人了，”玛格丽特说，“这汽车颠得我头痛得要裂开了。真是没想到你们还可以在车上开枪，还能打中这些野牛。”

“没有人能够从颠簸的汽车上开枪。”威尔逊冷静地说。

“我是说，咱们坐着汽车追赶它们。”

“这显然是不合狩猎规矩的，”威尔逊说，“咱们这么撵的时候，倒是符合运动道德的。坐车打猎，可以越过旷野上的一切窟窿和其他碍手碍脚的东西，但是风险比步行更大一些。咱们每一次开枪的时候，看似是我们在猎杀野牛，其实也是野牛向咱们进攻的好时机。这件事是违法的，千万别跟任何人提起。”

“这好像很不公道，在我看来，”玛格丽特说，“你们就是坐着汽车去撵那些走投无路的大牲口。”

“是这样吗？”威尔逊说。

“要是刚才的情况，被在内罗毕①的那些人听到，会有什么后果？”

“如果他们知道了，第一，闹得挺不愉快；第二，我的执照会被吊销，”威尔逊举起扁酒瓶喝了一口，“也就是说，我会失业的。”

“真的吗？”

“当然，我什么时候骗过你们？”

“你要小心了，”麦康伯在这一天头一回微笑，“现在你被玛戈抓住一个把柄啦。”

“你倒是真会说话，亲爱的弗朗西斯。”玛格丽特看着自己的

① 内罗毕现在是肯尼亚的首都，原来是英国在东非的殖民地。

丈夫说。

威尔逊望着他们两人。他在想，如果一个骚母狗似的女人嫁给了一个下流坯，那么他们生的孩子会怎么样呢？想到这里，威尔逊忽然感到那是世界上最滑稽的事。不过，他嘴上却在说："你们注意到了吗？咱们少了一个扛枪的人。"

"有吗？"麦康伯四处望了望。

"看来他来了，"威尔逊说，"他没事，刚刚咱们离开第一头野牛的时候，他不小心摔倒了。"

不远处走来一个人，一瘸一拐的，正是那个扛枪人。他穿着卡其色短上衣，灰色的短裤和橡胶凉鞋，戴着编织的便帽。他阴沉着脸色，神情让人害怕，朝着威尔逊大声嚷嚷着些什么，然后他们全都发现那个白种猎人脸上的表情一下子就变了。

"他在说什么？"一股不祥的预感在玛格丽特的脑海里浮现出来。

"他说第一头牛站起来了，"威尔逊一脸的严肃，"走进灌木丛去了。"

"哦。"麦康伯松了口气。

"你的意思是说，像昨天狮子的事情又要上演了？"玛戈说。

"我想你弄错了，这跟狮子的事情没有关系，"威尔逊把酒递给了麦康伯，"再喝一口吗？"

"谢谢。"麦康伯接过酒瓶，灌了一口。他以为自己会像昨天那样感到害怕，可是他现在竟然没有。这种完全没有恐惧的感觉他也是头一回碰见，现在的他一点儿也不害怕，反而很兴奋。

"我让驾驶员把车停在附近的树荫下，咱们去看一看那第二头公牛，怎么样？"威尔逊说。

"你们打算去哪儿？"玛格丽特问道。

"我们准备去看看刚刚撂倒的那头野牛。"威尔逊说。

“我也要去。我可不想一个人待在这里。”

“行，那走吧。”

第二头野牛静静地躺着在不远处的空地上，他们三人很快就来到了这里。它身躯庞大，显得黑黢黢的，一对大犄角叉得很开，巨大的脑袋无力地耷拉在野草上。它已经死了。

“这是一头脑袋很不错的野牛，”威尔逊用枪托推了推野牛那巨大的脑袋，用手在那两只犄角之间比画了一阵，“如果我估计得没错的话，这头公牛两只犄角之间最大的距离大约有五十英寸。”

“我也是这么认为。”麦康伯高兴地望着它。

“它可真难看，”玛格丽特说，“咱们能到树荫底下吗？”

“当然。”威尔逊对麦康伯说，“注意到前面那片灌木丛了吗？”

“我看得很清楚。”

“第一头野牛被我们打中的时候，就是逃到这里的。刚刚扛枪的人告诉我，他不小心摔倒的时候，这头牛躺在地上不动。但是，当我们在拼命地撵着另外两头牛的时候，它在血泊中站了起来，并死死盯着他。他吓坏了，转身就跑开了。就这样，那头牛走进了这片灌木丛。”

“现在咱们能进去把它撵出来吗？”麦康伯热切地问。

威尔逊古怪地打量着麦康伯，心想他是个奇怪的家伙——昨天他吓得逃跑，今天却变得胆大。

“当然不行，”威尔逊摆了摆手，“咱们得在外面多等一会儿，让它自己再待一会儿，等到它没了力气，我们再进去收拾它，就像昨天那样。”

“那咱们都到树荫底下去吧？”玛戈有些憔悴。

他们来到一棵孤零零的大树底下。汽车停在那里，他们全上了车。

“它也许已经死了，”威尔逊说，“过一会儿，咱们就去瞧瞧。”

一种奇怪的感觉在麦康伯的心底升起，真是从来没有过的快活。

“这真是一场追猎，”麦康伯显得有些兴奋，“它是那么精彩，玛戈，这样的感觉我可从来没有过。”

“我讨厌它。”

“为什么呢?”麦康伯好奇地问。

“反正就是讨厌它。”玛格丽特咬牙切齿地说。

“我想现在再也不会害怕了，无论面对什么我都不会再害怕了。”麦康伯转过头对威尔逊说，“咱们一看到那些野牛，就开始撵它，那一刻起我的心里就变化了，好像是堤坝猛然间决口，让人感到太刺激了。”

“你说得对，我觉得你的胆子比以前大多了，”威尔逊点了点头，“什么奇怪的变化都有可能发生。”

“你是知道我发生了巨大的变化，”麦康伯的脸上闪着自信的光芒，他说，“我脱胎换骨了。”

此时他的妻子紧靠在座位上，神情古怪地盯着他，一句话也没说。麦康伯兴奋地同威尔逊谈话，向前探出身子坐着。

“我现在非常想再打一只狮子，”麦康伯很自信，“我真的不再怕它们了。它们又能把你怎么样呢?”

“说得不错，”威尔逊拍了拍麦康伯的肩膀说，“如果有人想要你的命的话，你就会不顾一切地去这样做，所以人类是最狠的生物。以前我经常引用莎士比亚的几句话，现在还记得一些，说给你听听：‘老实说，其实我根本就一点儿也不在乎；一个人只能够死一回。所以咱们每个人都欠上帝一条命。无论怎么样，反正只要死一次的就不会再死一次。'①"

他以前每当看到一个男子长大成人，总会感动。但是这跟他们的二十一岁生日毫不相干。现在他在麦康伯面前无意中说出了支撑他生命的看法，不由得让他感到有些窘迫。

现在，在那一次奇怪的、偶然的打猎中，毫无疑问，麦康伯终于长大成人了，不管在这中间发生了什么样变化，反正这些变化已经发生了。让我们瞧瞧眼前这个家伙，在很长的一段时间里，他们还都是稚气未脱。有时候，他们一辈子都是。即使是到了五十岁的年纪，这些人依旧充满了孩子气，地道的孩子气，真是奇怪得要命。不过现在，他发现自己开始喜欢麦康伯这个奇怪的家伙了。这可真是一件好得要命的事情。以前，可能是几十年以来，这家伙遇到危险都会害怕，但那真的是以前了，现在绝对不会，虽然不知道是什么原因引起的。刚才还在发火的麦康伯没有时间去害怕野牛，汽车也起了不可替代的作用。汽车消除了出发时拘束的气氛。曾经的胆小鬼变成现在这个天不怕、地不怕的人啦。他在战争中也看到过这种情形，比丧失童贞变化更大。害怕一下子消失了，像动手术割除似的。失去了一些东西，另一些东西就会冒出来代替它，这是做男人所具备的主要东西。想从一个男孩变成一个男人，就必须要具有这东西，做男人根本不用害怕。

玛格丽特缩在后排角落里，看着这两个男人。她看着威尔逊，他没有什么变化。昨天，当他把那只狮子一枪解决掉的时候，她第一次发现这个男人的本领有这么大。她又发现麦康伯身上发生着一些变化。

"对于我们将要去干的事情，你很兴奋吧？"麦康伯仍然对他

① 引自莎士比亚所写的剧本《亨利四世（下篇）》。

宝贵的新发现沾沾自喜。

“倒不如说，你感到心慌，这样要贴切得多。”威尔逊盯着另一个扛枪人的脸看，“以后你还会心慌的，还要慌好多回。你真不应该提到它的。”

“那么你难道就没有感觉到一点儿快活的滋味吗?”

“当然有，”威尔逊说，“但是能不能别总是提起，翻来覆去说个没完就没有意思了。不管什么事情，你要是唠唠叨叨讲个不停，就会毫无乐趣可言。”

“你们俩说的全是废话。你们不过是坐着汽车去撵了几头走投无路的野兽而已，”玛格丽特忍不住开口了，“说起话来好像自己是英雄好汉似的。”

“对不起，我确是说了太多的空话。”威尔逊想，她已经在担心这种情况了。

“你根本就没有必要来插嘴嘛。”麦康伯对她说。

“你现在变得勇敢得很。”她轻蔑地说，但是她的轻蔑丝毫没有把握。麦康伯哈哈大笑，很明显，他是由衷地大笑。“你也看出来我变了，”他说，“我的确是变了。”

“是不是迟了一点儿?”玛格丽特有些沉痛。

“但是对于我来说，一点儿不迟。”

玛格丽特挑了一个角落里的座位，坐在那里一声也不吭，思绪纷飞着。过去的这么多年，她为此尽了最大的努力，两个人变成现在这个样子不是一个人的过错，怪不得谁。

“咱们让它待在里面的时间够了吗?”麦康伯问威尔逊。

“你还有实心子弹吗?”威尔逊问道，“有的话就将猎枪填满，咱们可以进去了。”

“扛枪的人那里有一些。”

威尔逊对着那个扛枪的人叫了一声，那个上了年纪，正在给一头野牛的脑袋剥皮的扛枪人站起来，从口袋里掏出一盒实心子弹，递给麦康伯。麦康伯将子弹装满了子弹仓，把剩下的放进口袋。

“你还是用斯普林菲尔德射击的好，”威尔逊说，“用惯了。咱们把曼利切留在汽车上，给你太太。那支大枪让你的扛枪人带着。我来用这支火铳。你仔细地听一下我们必须要注意的事。”他最后才说这些话，因为他不想让麦康伯担心。

“野牛跑起来的时候总是会将脑袋抬得老高，它们会笔直地朝你冲过来。它头上长犄角的凸出部分保护着它的脑袋，那是子弹打不进的。只有将子弹从它的鼻子里打进去，才能给它致命的一击。不然子弹就只能从它的胸脯打进去，或者你就瞄准它的脖子或者肩膀中间。如果一次打不死野牛，想再一次干掉它们太难了。记住，一定要向最有把握的部位开枪，别再异想天开地试什么花点子。那头牛脑袋的皮已经被他们剥了下来。咱们出发吧?”

威尔逊招呼那两个扛枪的人，他们擦擦手，拎着牛脑袋走了过来，那个年纪比较大的人上了车。

“留一支枪在这儿赶鸟儿，”威尔逊说，“我带着康戈佬。”

汽车穿过这片空地，向着那个小岛似的灌木丛开去。那是一片狭长地带，沿着穿过洼地的干涸的河道伸展开，长满了簇叶。麦康伯的心在怦怦地跳，他的嘴又干了，不过他一点儿也不害怕，是兴奋！

“停车！它就是从这儿进去的，”威尔逊指着灌木丛的一处对扛枪的人说，“你去找一下野牛留下的血迹。”

威尔逊、麦康伯和那个扛枪的人都下了车。汽车同那片灌木丛平行，玛格丽特的身旁摆着一支来复枪，正望着麦康伯。麦康伯向她挥了挥手，她并没有挥手回答。

他们继续往前走，越往里走，灌木丛里的树叶越是茂盛，地面则有些干。那个中年的扛枪人走在最前面，热得大汗淋漓，威尔逊紧紧跟在他的后面，帽子压低了视线，双手紧握着那支火铳。突然那个扛枪的人对威尔逊说了几句，然后飞快地向前跑去。

“看来咱们运气不错，”威尔逊说，“它已经死在那儿啦。”他转过身子，一把握住麦康伯的手。他们互相望着，咧开嘴笑了。

就在这时，那个扛枪的人突然大叫一声。他斜着身子像一条立起身子的蜥蜴，从灌木丛里跑出来。那头公牛追着他冲了出来，野牛向前伸出鼻子，紧闭着嘴，巨大的脑袋笔直向前，浑身鲜血淋淋的，一下子猛冲过来！它盯着他们，眼睛里布满了血丝。威尔逊本能地跪在地上，举起手中的猎枪狠狠地扣下了扳机，“咔啦轰！”麦康伯也端起枪打出了里面的实心弹。由于威尔逊那支枪的响声太大了，他根本没有听到自己的枪声，只看到在野牛头上那长犄角的凸出部分，一片片碎片不断地向四处飞溅，脑袋向后猛地一仰，然后他瞄准野牛的鼻子眼开了一枪，紧接着，无数的碎片又飞了出来。麦康伯不知道威尔逊在哪儿，眼看着野牛就要扑到他的身上，他的脑子里一片空白，他本能地瞄准野牛，又开了一枪。他的来复枪已经和牛脑袋上伸出来的鼻子一样高低。野牛那双恶狠狠的小眼睛就在他的眼前。很快那颗脑袋便耷拉下来。与此同时有一道白热的、亮得让人睁不开眼睛的闪电“轰”的一下在他的头脑里爆炸开来，这一切都是他倒下之前的感觉。

实际上，在野牛冲过来的时候，麦康伯正直挺挺地站在野牛的前方，所有的实心弹每次都偏高了点儿，打中了野牛脑袋上那沉重的犄角。而威尔逊刚才正低下身子从侧面瞄准野牛的肩膀中间开枪。坐在汽车上的玛格丽特眼看丈夫就要被野牛的犄角冲到身上之时，就用那支曼利切向野牛开了一枪。谁知道子弹刚好打中了麦康伯颅底骨上约莫两英寸高、稍微偏一点儿的地方。

现在，麦康伯躺在那里，脸朝下，离那头野牛不到两码的距离。妻子跪在他的前面，威尔逊就站在她的身旁。

“我不会搜他的身的。”威尔逊说。

玛格丽特不停地大哭。

“那支枪是从什么地方冒出来的呢?”威尔逊问道。

她摇摇头，脸因为痛苦而变了样。

“我要回到汽车里了。”威尔逊说。

那个扛枪的人捡起那支来复枪。

“不要动那支枪，”威尔逊告诉那个扛枪的人，“这里的一切都要被好好保护，去把阿布杜拉找来，他必须要到出事的现场看一看。”

他跪下，从口袋里掏出一条手绢，盖在麦康伯那颗无力地歪斜在一旁的、头发剪得像水手一样短的脑袋上。鲜血很快渗进了松土。

威尔逊站起来，他注意到野牛那长着稀稀拉拉的毛的肚子上爬满了无数的虱子，它的四条粗壮的大腿向前伸得笔直。他不由自主地估量起来，“看样子两个角中间最大的距离大约有五十英寸长，或者还出头一点儿。一头呱呱叫的野牛。”他把驾驶员叫来，吩咐他给尸体盖上一条毯子，并叫他守在他们旁边。他回到汽车那里，那个女人坐在后排座位的角落里哭泣。

“他早晚都会离开你的，”他平淡地说，“干得漂亮。”

“拜托啦，不要这样说，好吗?”

“我知道，”他继续说道，“这看起来不是故意的。”

“别再说啦。”她用手捂住了脸，再次抽泣起来。

“不用担心，这不会和你有什么关系的。”威尔逊仍旧自顾自地说，“这免不了会让人有一连串不愉快的事情，不过，等一下我会用相机去照一些相片，在验尸的时候，这些相片会非常有用。还有驾驶员和两个扛枪的人做证。你完全不用害怕。”

“别说啦。”她说。

“真是麻烦啊，还有很多事要等着我去料理，”威尔逊说，“首先，我得去湖边发电报，我还要去找一架飞机，把咱们三个人全都接到内罗毕去。顺便问一句，你干吗不下毒呢？在英国她们可都是这么干的。”

“别说啦，别说啦！”那个女人开始大声嚷叫起来。

威尔逊用他那双没有表情的蓝眼睛望着她。

“我的工作终于是结束了，”他说，“看起来，我刚刚已经喜欢上你的老公了，我脾气有点儿大，不好意思哈。”“啊，不要继续说下去了，好吗？”玛格丽特快被眼前这个男人弄疯了，“不，不要再说啦！”

“刚开始就这样就好了，”威尔逊说，“说一声请，比刚才要好得多。好啦，现在我不说啦！”

世界之都

“帕科”这个名字是弗朗西斯科的爱称。在马德里有很多叫这个名字的男孩儿。因此，在马德里流传着这样的一个笑话：有一位丢失孩子的父亲来到了马德里，在《自由报》的寻人栏中刊登了一则寻人启事：“帕科，往事一概不咎。在星期二中午到蒙塔尼亚饭店来见我。爸爸。”没想到的是，那天中午去的青年竟有八百人之多，最后一中队的骑警不得不过来将他们赶散。但是，还有一个帕科却并没有去饭店，此时他正在卢阿卡寄宿公寓里当餐室侍者，是因为他没有父亲原谅他，他也没有做过什么错事被父亲原谅。不过，他还有两个姐姐，她们都在卢阿卡做女侍，获得这份工作是因为她们跟这家寄宿公寓原先的一个女侍是同乡，那个女侍朴实善良，又勤奋能干，因此就给她的村子和同村的人都赢得了好名声。帕科拿着姐姐们给的盘缠乘长途汽车来到了马德里，并且还在她们的帮助下在卢阿卡寄宿公寓弄到这份当侍者学徒的工作。他的家乡位于埃斯特雷马杜拉①的一个偏僻的小村庄，这里一切还是原来的模样，我真的不能相信，基本的衣食住行都满足不了。从刚落地的那刻时，他就不停地工作，为了吃饭而不停地工作。

帕科身材魁梧结实，黑油油的头发，卷卷的头发，一口洁白的牙齿，他每时每刻都喜欢微笑，皮肤特别好，姐姐们都很喜欢他。

---

①

他速度飞快，干活儿出色，他和姐姐都非常爱对方，姐姐们长得都很漂亮，因为很早就进入社会打拼，所以她俩都显得格外的圆滑，马德里是个让人着迷的地方，简直不敢相信，他热爱自己的工作，穿着晚礼服和干干净净的亚麻布衬衫在明亮的灯光下干活真的不敢相信。厨房里的东西又好吃又丰盛。这工作对他来说充满了华丽的诱惑。

住在卢阿卡，在餐室就餐的还有另外八到十二个人，在帕科的眼里就只有那些斗牛士，在仅有的三个侍者中他是最年轻的一个。

住在这家公寓里的那些二流的剑刺手①，全都是因为圣赫罗尼莫路地段好，伙食精美，膳宿费用便宜。对于一个斗牛士来说，他至少得显得体面些，即使不用显得阔气，因为体面和尊严对于居住在西班牙的任何一个人来说，无疑是人们最重视的东西，至于勇敢那倒是其次的。除非斗牛士们花光了最后几块比塞塔，他们总是会住在卢阿卡。从来没有听哪个斗牛士说过搬出卢阿卡，除非二流斗牛士成了一名一流斗牛士，那么他们就会住进一家更高级或者更豪华的旅馆，不过，至少在现在是不可能的，那是多么困难！但是一个二流斗牛士想要从卢阿卡公寓潦倒下去倒是非常容易。只要是能挣点儿钱的人，都可以住在这里，账单是从不会主动拿给住在这里的客人们的，除非自己主动提出，不过，显然这样做的客人很少。当然，还有一种情况就是，这个客人已经到了山穷水尽的地步，并且经营这家膳宿公寓的女主人已经知道了这一切，那么账单就会主动送到这个客人手上。

① 一般斗牛士可分为三种：主要斗牛士是斗牛队里的“剑刺手”，“剑刺手”是唯一可以用剑刺杀公牛的人；“骑马长矛手”于斗牛开始时，骑在马上，用带有钢尖的长矛刺牛，将其激怒；“短枪手”手持两把短枪，将短枪插入已被激怒的牛之胸部和颈部。通常一名剑刺手、两名骑马长矛手和三名短枪手就可以组成一个斗牛队，其他五人须服从剑刺手的指挥，剑刺手为一个队的领导者。

眼下，正有三名正式的剑刺手住在卢阿卡公寓，还有一名出色的短枪手和两名很好的骑马长矛手。对于短枪手和骑马长矛手来说，住进卢阿卡无疑是一种奢侈的享受，因为他们的家在塞维利亚，只有每年的春季他们才会住在这里。不过他们工作固定，在即将到来的斗牛季节中那些雇用他们的剑刺手们全都和他们签订了大量合同，因此他们的收入相当不错。这三位副手和那三个剑刺手比起来，作为副手的他们所挣的钱却比任何一个剑刺手都要多。不幸的是，现在那三个剑刺手中，有一个是胆小鬼；有一个生了病，却想装得没病似的；而第三个则是刚出道的毛头小伙，没红几天便成了过眼云烟。

那个胆小鬼的斗牛技艺却十分的高强，曾一度勇猛非凡，但是当他第一次作为正式剑刺手出场上一个斗牛季节时，不小心被牛角狠狠地戳了一下小肚子，让他伤得很重，从那以后，他便成了胆小鬼，不过以前走红时的许多派头至今仍然保留着。这个胆小鬼不管有没有人逗他，他总是挂着一副笑脸，一天到晚乐呵呵的。当年得意之时他常常会恶作剧，但现在恐怕没有心思了吧。这一套他已经不再来了。这位剑刺手举止很有派头，也有着一张让人看上去非常坦率的、聪明的面孔。

生病的那位剑刺手为了显得自己很健康，没有什么问题，做什么事都处处小心，对于摆在餐桌上的菜，他都会竭尽地去多吃一点儿，而且他的行为看起来是特别认真的。他总是自己去洗自己的手帕，那段时间，他把自己的斗牛服取出来卖。到了这里，他都卖出去两套服装，要知道这服装被保存得很好，所以卖得很快。圣诞节前他卖掉了一套，到 4 月的第一个星期又卖掉了一套。他现在只有一套斗牛服留在身边。他以前很健康的时候，他曾是名震一时的斗牛士，人们都对他的无限前途充满了希望。他喜欢收集一些有关他在斗牛场上获胜的报道剪报，尽管不识字。

其中一则剪报这样报道：他在马德里的首场斗牛表现上，比贝尔蒙特①更胜一筹。现在，他总是独自坐在公寓餐厅的一张小桌旁进餐，很少抬起头。

那位曾经昙花一现的剑刺手皮肤黝黑，个子有些矮小，但是更有气派。和那个生病的剑刺手一样，他也是单独坐在餐厅的一张小桌子旁就餐。他总是板着一张脸，很难看出情绪的变化，更不用说露出一丝笑意了。他来自瓦利阿多里德②，那里的人基本上都是不苟言笑的。他可是个有才能的剑刺手，不过在他还没有凭着自己镇静自若、临危不惧的长处来赢得公众喜爱的时候，他在斗牛场上所表现出来的风格就已经过时了。在海报上披露他的大名也难再吸引观众到斗牛场去。他身材矮小也是当年的新奇之处，虽然站在公牛的面前，他连公牛的肩隆都看不到。因此公众们始终没能对他留下持久的印象。

还有两位骑马长矛手，一个长矛手是长着一副秃鹫般的面孔，头发花白的瘦子，他的体格虽不健壮，不过他的腿和胳膊却像铁打的一般坚硬，裤子下面总是穿着一双牧牛人穿的长筒靴。每天晚上，他总会喝得醉醺醺的，色眯眯地盯着公寓里的随便哪个女人。另一位则身材魁梧，容貌英俊，皮肤黝黑，有一张古铜色的面孔，两手大得特别，头发像印第安人那样乌黑。这两位骑马长矛手都是技艺高强，非常了不起的，不过据大家说，第一位因为过于沉迷酒色，技艺大不如前。而第二个据说脾气暴躁，过于任性，常常会因固执己见而跟人吵架，所以跟任何剑刺手共事，都是最长只有一个斗牛季节。

那个短枪手是个中年人，头发已经斑白，不过在斗牛场上，他的行动仍然像猫一般敏捷。他坐在那儿，看上去更像一个生财

① 生于1892年的贝尔蒙特曾是西班牙著名斗牛士。
② 瓦利阿多里德是位于西班牙北部的一座城市。

有道的商人。现在，他的腿脚还算得上利落，到了上场的时候，他丰富的经验和聪明的才智还足以使他在面对发怒的公牛时具备绝对的优势。如今不管在场内场外他都镇静自若，胸有成竹。至少对于今年这个斗牛季节说来，不愁找不到正式雇用他的人。除非脚底下不够敏捷时他才会惊慌失措。

这天晚上，餐厅里只剩下了为数不多的几个人。其中就包括了那位喝了过多酒的、长着秃鹫面孔的骑马长矛手，以及那位脸上带有胎记、同样也喝了过多的酒的商人，每到逢年过节的时候，在西班牙集市上，他都会来拍卖表。另外还有两个从加利西亚①来的教士，他们是坐在餐厅墙角的一张桌子旁边喝着酒，看样子他们喝了不少酒。除了这几个人以外，其余的人都离开了餐室。在当时，酒是包括在卢阿卡的膳宿费用中的，这时又刚新拿来几瓶巴耳德佩尼亚斯②红葡萄酒的侍者，沿着餐桌的顺序，先将红葡萄酒送到了拍卖商的桌上，然后再送到骑马长矛手的桌子上，最后才送到两个教士的桌子上。

三名侍者站在餐厅的一头，这里的规矩是要等他们所负责的餐桌上的客人全部走光以后才能下班。由于负责两个教士那张餐桌的侍者，预约好要去参加一个无政府工团主义者的集会，帕科爽快地答应帮他照料那张餐桌。

在公寓的楼上，那位在斗牛场上昙花一现的剑刺手正望着窗外，准备出去上咖啡馆坐会儿。那个生病的剑刺手则独自一人伏在床上。而那位胆小鬼剑刺手则把帕科的一个姐姐关在自己的房间里，想要让她干什么事，可她却笑嘻嘻地不肯答应。剑刺手对她说："来啊，可爱的姑娘。"

"不是这样的，"她笑呵呵地说，"我为什么要听你的？"

---

① 加利西亚是位于西班牙西北部沿海的一个省份。

② 巴耳德佩尼亚斯是位于西班牙中南部的一个小村庄，以盛产红葡萄酒而闻名。

“行行好吧。”

“你刚才吃胖了，不会又想拿我当点心吧。”

“不会有什么不好的地方。”

“离我远点儿，离我远点儿。”

“很小的事情，不用太担心的。”

“离我远点儿，我说，离我远点儿。”

在下面餐室里，那个个子最高的侍者对一旁的同伙不耐烦地说：“瞧瞧，这些人喝酒的样子真像死猪一样。”这时，他已经误了开会的时间，显得有些懊恼。

“嘘，小点声，”第二个侍者说，“其实他们酒喝得不算太多，又都是些体面的顾客，咱们不能这么说话。”

“我确实感觉我说得没错，”高个子侍者说，“大家都说公牛和教士是西班牙的两个大祸害。”

“那并不只针对个别的教士和个别的公牛。”第二个侍者说。

“怎么不是?”高个子侍者说，“你要想向整个阶级发动进攻，就只有通过个别的人开始。要想把他们统统杀光，必须先杀死个别的教士和个别的公牛。如此，那些新的公牛和教士才不会再冒出来。”

“是吗?”第二个侍者说，“这些话你还是留着到会上说吧。”

“现在都已经11点半了，这些家伙还在大吃大喝，也不知道看看时间，”高个子侍者说，“这就是马德里的野蛮劲儿。”

“他们刚开始吃的时候是10点钟左右，”第二个侍者看了看他，“那种酒物美价廉而且不容易喝醉，而且菜品有很多，再说，他们都是花了钱的。”

“唉，”高个子侍者叹了一口气，“正是因为有你这样的人的存在，我们才不能团结在一起。”

“听我说，”第二个侍者瞪了他一眼，“我毫无怨言地干了半辈子活了，我要而且我下半辈子也一定要干活。”他现在已经是个五十岁的人了。

“是呀，干起活来，大家真是不要命。”对于这个问题，高个子侍从还是表示了赞同。

“至少我一直在努力工作。”年纪较大的侍者说，“你走吧，我看你也没有心思待在这里了。去开你的会吧。”

“上帝保佑，你真是个好同志，”高个子侍者说，“但是你的思想相当匮乏。”

“Mejor si me falta eso que el otro，（意思是没有思想总比没有活儿干好点儿）”年纪较大的侍者说，“你快走吧。”

帕科一直没有吭声，他还不懂得政治。在他看来，高个子侍者就代表着革命，而对于他来说革命也是富于浪漫色彩的。因此，每次帕科在听高个子侍者讲到必须杀死教士和宪警时，总会有一阵莫名的激动。他本人倒很想成为一个革命者，一个虔诚的天主教徒，一个斗牛士，同时，还有一个像现在这样的固定工作。

“开会去吧，伊格纳西奥，你的工作我来照应，我应付得过来。”他说。

“我们俩一起来照应。”年纪较大的侍者对着帕科笑了笑，他还是非常喜欢这个做事勤奋的小伙子的。

“放心，我一个人就足够了，”帕科说，“你走吧。”

“Pues，mevoy，（那我走了）”高个子侍者说，“太感谢了。”

同时，在楼上，帕科的姐姐再一次摆脱了那个剑刺手的拥抱，动作就像一个摔跤运动员摆脱对手的擒拿那样熟练。现在她开始恼怒，发起火来，厉声说：“你这讨厌的家伙，一个不够格的斗牛士。别在我面前装得跟饿狼似的，谁不知道你在斗牛场上胆小如鼠。要是够本事，就把它用到斗牛场上去吧，用在女人身上算什么?”

“你这说话的方式和妓女没什么区别。”

“我不是妓女，可是妓女也是女人。”

“虽然说不是这样的，可离那也不远了。”

“这是我的事情，和你无关，”这个女人面无畏惧地拃着腰说，“反正第一个来糟践的绝对不会是你。”

“快滚出去，真是不要命!”剑刺手说，“尽快滚出我的房间。”他没有想到会被拒绝，碰了一鼻子灰，有些胆怯心寒了起来。

“让我走，你不是让我帮你收拾房间的吗?”帕科的姐姐说，“还有什么东西没有离开你呢?”

“快滚开，你这个小妓女。”剑刺手那样子像是在哭泣。那张原本看上去还算英俊开朗的脸变得愁眉苦脸了。

“剑刺手，”帕科的姐姐说，“我的剑刺手。”她出去了，顺手把门关上。

在她走了以后，剑刺手一屁股坐在床上，眉头仍然那样紧蹙着。每当他这样在斗牛场上时，坐在第一排的观众常常会被他总是勉强装出的一副笑脸吓上一大跳，他为什么会这样，观众们都知道。“怎么会落到这步田地?”他用双手痛苦地抱着脑袋，大声嘶哑地说。

他还没有忘记自己得意的日子，那不过是三年前的事情。他也还没有忘记5月里那个炎热的下午，他身上披着那件盘着金丝花的、沉重的斗牛服，他那时候在斗牛场上的噪声就像现在在咖啡馆里一样响亮，一样从容。他记得准备好动手去刺杀公牛时，牛角正低下来，他握紧宝剑，剑锋朝下，全神贯注地看着那头朝他冲过来的公牛，只看见两只可以撞倒木栅、尖端已经裂开的、足够宽大的牛角，在他的眼前不断变大，他吁了一口气，身子灵巧地躲过公牛的冲撞，对准牛肩膀的顶端，将短剑很容易地刺了进去，就像扎进一堆硬黄油。接着他将左臂低低地伸过去，左肩朝前，他用手掌推着剑柄，把全身的重量压到了左腿上，接着，不知怎么回事，他身体的重量忽然落到了小肚子上。说时迟，那时快，公牛抬起头来，将一只牛角戳进了他的小肚子，暴怒的公牛将他顶在头上转了两下，再用力将他甩在一边，这时负责救援的人才将他救了下来。从那以后，即使是在他难得有机会去动手刺杀公牛的时候，他也不敢正眼盯着牛角了。一个婊子怎么能够了解他每次斗牛之前所要经历的思想斗争？这帮人经历过什么场面，居然敢嘲笑他？她们都是婊子，不指望她们能够干出什么来。

在楼下餐室里，那个骑马长矛手坐在那里，打量着两个教士。要是有女人在，他肯定会一直盯着她们。要是没有女人，他就会有兴趣地盯向任何一个外国人，un inglés①，但是现在这里没有女人和外国人，他只好傲慢无礼地盯着那两个教士。脸上带有胎记的拍卖商站起身来，折好餐巾，走了出去，剩下了一大半的葡萄酒是他要来的最后一瓶。倘若他在卢阿卡的账目早已付清的话，这瓶酒准会被他全部喝光的。这时，那个骑马长矛手仍旧盯着两个教士看。

两个教士并没有对这个骑马长矛手加以理会。一个教士说："我常常是一整天都坐在接待室里，可他就是不肯见我。我为了等着见他，来到这里已经有十天了。"

"还有什么办法呢？"

"怎么可能有办法？我实在想不出有什么办法。想要抗拒权贵，至少在目前，像咱们这种身份的人还是办不到的。"

① 西班牙语，意思是"一个英国人"。

"在我看来，我们俩一样，半个月，我一直待在这里，什么事都没做成，等到什么时候，我和他们一直没有见面的机会。"

"钱被用完之后，我们就要走了。我们都是被人抛弃到乡下的。等钱花光后，咱们就得回去。咱们都是从被人遗弃的乡下来的。"

"马德里会对加利西亚什么好关心的呢？咱们那儿是个穷省份。咱们得再回去。"

"不过对于巴西略兄弟所干的事咱们还是可以理解的。"

"但是我对巴西略·阿尔瓦雷斯还缺乏真正的信心，我们还不知道他是否诚实。"

"在我看来，西班牙的生机无疑是被马德里扼杀了。只要人到了马德里，他就学会懂事了。"

"就算是他们准备拒绝我，只要他们肯见我。"

"他们是不会这样做的，他们的目的就是要让你等得焦头烂额，精疲力竭，我们只有无穷无尽地等待。"

"好吧，别人能等，我们就能等，没有什么难过的。"

正在这时，在教士们的餐桌旁，那个秃鹫面孔、花白头发的骑马长矛手站起身走了过来，他面带微笑盯着他们看了一会儿。

"如果没有看错的话，一位斗牛士。"一个教士对另一个说。

"而且是个非常出色的斗牛士。"骑马长矛手说，然后便走出了餐室。他穿着灰色夹克衫、紧身马裤，腰身很漂亮，足蹬一双牧牛人的高跟皮靴，双腿呈弓形。他一边微笑着，一边大踏步走出去的时候，皮靴碰撞地板而发出了"咔嗒咔嗒"的声响。他生活在一个安排合理的职业小天地。在这个天地里，他过着快乐而舒适的日子，夜夜在纵酒狂欢之中陶醉，什么事都不放在眼里。此刻，在门厅里把帽子歪戴在头上，然后点起一支雪茄，向咖啡馆的方向去了。

两个教士很快就意识到自己成了餐室里最后两个人后，也很快就离开了。餐室里除了帕科和那个中年侍者外空无一人。他俩收拾好餐桌，并把酒瓶拿进了厨房。

厨房里还有一个专门负责洗盘子的小伙子。他比帕科大三岁，为人特别自私，不考虑别人的感受。

“快过来，小伙子，来陪我喝几杯。”中年侍者倒了一杯巴耳德佩尼亚斯红葡萄酒，递给他。

“真是可以。”小伙子把酒杯接了过去。

“Tu①，你也来喝一杯？”中年侍者问。

“谢谢你。”帕科说。他们三个人都喝了。

“我要离开了。”中年侍者说道。

“晚安。”那个小伙子和帕科对他挥了挥手。

现在整个餐厅就只剩下他们俩了。帕科将一个教士用过的餐巾拿在手里。两脚站定，笔直地立着，然后放低餐巾，把双臂一挥，低下头去，模仿着斗牛士摆动披风的架势。接着他转过身来，右脚稍稍向前移动了一下，又做了一个摆动披风的动作，对着假想的公牛占据到一个较为有利的地位，然后再一次做了一个摆动披风的动作，这一次动作恰到好处，虽然并不是很快，却显得中规中矩，最后他把餐巾收到腰部，脚步移动着，身子灵活一闪，躲过了公牛。

那个名叫恩里克的洗盘子的年轻人，用挑剔嘲笑的目光望着帕科。

“你认为这头公牛怎么样？”他说。

“啊，非常勇猛无敌。”帕科说。

帕科再一次挺直了瘦长的身子，又做了四个摆动披风的动

① 西班牙语，意思是“你呢”。

作，一气呵成，干净利落，样式优美，无懈可击。

“那头公牛呢?”恩里克腰上系着围裙，手里拿着酒杯，背靠洗碗槽站着。

“干劲儿十足啊!”帕科说。

“帕科，”恩里克说，“我心里特别难过，每当你这样看起来。”

“为什么?”

“瞧我的。”

恩里克脱下围裙，做了四个吉卜赛式的、漂亮的挥动披风的慢动作，逗引着假想中的公牛，最后把围裙的一端放开，用手成弧形非常熟练地一摆，掠过那头假想中的正在从他身边冲过的公牛的鼻子，再绕回到自己的腰上。

“可以看看我的手，”恩里克说，“可我可以洗盘子啊!”

“怎么会这样呢?”帕科好奇地问道。

“因为在面对一头真正的公牛时，我害怕，”恩里克耸了耸肩说，“Miedo①. 你知道吗? 在斗牛场上当你面对着真的公牛时，你也会同我一样感到害怕的。”

“你错得一塌糊涂，”帕科说，“我一点儿也不会恐惧。”

“Leche②!”恩里克很不屑，“每个人都会感觉痛苦，斗牛士之所以能挑衅公牛，他不害怕吗? 不，当然不是，只是因为，我们能控制自己内心的恐惧罢了，以前，在举办的业余斗牛会上，我曾参加过一次，结果当我一看见那头打着鼻息，双眼直勾勾地盯着你不放的公牛，就怕得要死，只好逃走。到时候你也会害怕的。如果不是因为害怕，那么在西班牙那些擦皮鞋的也都成了斗牛士了。你，一个乡下小伙子，说不定还会比我怕得更厉害。”

---

① 西班牙语，意为“害怕”。

② 西班牙语里，原意为“奶水”，在俚语中表示“去你的”意思。

“不会，”帕科说，“我是不会害怕的。”

在他的印象中，在以前的斗牛表演中，他不止一次地看到牛在抽动的耳朵，不停晃动的牛角，不停嚼动的牛嘴。当他一次又一次猛挥披风时，牛就一次又一次地猛冲过来，蹄子蹬在地面上啪啪直响，被激怒的公牛与他擦身而过。最后他做了一个熟练而潇洒的闪身动作，使得公牛兜来绕去。然后公牛一动也不动地站在那里，像中了圈套那样。观众欢乐地鼓起掌来。他礼貌地向观众示意，又有点害怕。他从来就没有想过自己会害怕，他才不会感到害怕呢。他相信自己是不会害怕的。即使他曾经感到过害怕，那么他也知道自己一定能够应付的。“我不会害怕。”帕科说。

“Leche.”恩里克又说了一遍。

“既然是这样，我们试试看，好了？”恩里克接着说。

“用什么样的方式试呢？”帕科来了兴趣。

“听我说，”恩里克说，“在你的想象当中，你只想到了牛，可你并没有想到它头上那对恐怖的牛角。牛的气力非常大，而且牛角十分锋利，划起人来像小刀子一样快，杀起人来像棍棒一样凶狠，戳起人来就像刺刀一样准。”恩里克说着将一只抽屉从桌子里打开，把两把切肉刀取了出来。“这两把刀将被我绑在椅子腿上，然后我再把椅子举在自己的脑袋前面，这样我就来给你扮演公牛，刀子就是那对锋利的牛角。如果你还能将刚才那些漂亮的动作做得出来，那才算是真的有本事。”

“我们去吃饭的地方多试试，这里不太合适，”帕科说，“你的围裙借我用一下。”

“算了，”恩里克突然变得不那么咄咄逼人了，“不要这样，我只是不太好受罢了。”

“我是不会感到恐惧的。”帕科说。

“当刀子过来的时候，你再说一下这样的话。”

“那我们就看到最后结果是怎样的，”帕科向恩里克伸出手去，“把围裙给我。”

恩里克用两块油迹斑斑的餐巾缚住刀身的中央，打了个结，把这两把刀身沉重、刀锋跟剃刀一样锋利的切肉刀牢牢缚在椅子的腿上。这时候，帕科的两个姐姐，正在一起去电影院的路上。今天晚上要上演葛利塔·嘉宝主演的《安娜·克里斯蒂》①，她们非常喜欢这部电影。至于那两个教士，一个正穿着睡衣在念玫瑰经，另一个则穿着内衣坐在那里读祈祷书。除了那位生病的斗牛士以外，所有的斗牛士在这个时候都到了福尔诺斯咖啡馆。那位有着深色头发的、身材魁梧的骑马长矛手，正在咖啡馆里的一个角落打弹子。那位矮小的、严肃的剑刺手正同其他几个一本正经的工人和那位中年的短枪手挤坐在一张桌子旁边，面前的桌子上摆着一杯牛奶咖啡。

那位头发花白、喜欢喝酒的骑马长矛手坐在咖啡馆的另外一张桌子边，在他的桌子上面摆着一杯卡扎拉斯白兰地，此时的他正乐滋滋地盯着另一张桌子，因为另一名已经抛弃了剑并重新去做短枪手的剑刺手正跟那位早已泄了气的剑刺手坐在一起，坐在他们旁边的还有两个面容憔悴的妓女。

拍卖商正站在街道拐角地方跟朋友谈天。高个子侍者正在无政府工团主义者的会议上等候机会发言。中年侍者正坐在阿尔瓦雷斯咖啡馆的平台上品尝着一小杯啤酒。卢阿卡公寓的女老板已经躺在自己的床上睡着了。她两腿夹着垫枕，仰面躺着；她长得又高又胖，为人随和，诚实而清白，十分笃信宗教。丈夫死后的二十年里，她每天都想念他，为他祈祷。那个生病的剑刺手独自

---

① 葛利塔·嘉宝，1906年生于瑞典，一位著名的女影星，在英国拍过许多电影。《安娜·克里斯蒂》是根据美国著名剧作家奥尼尔（1888—1953）所写的同名剧本改编的电影。

一人待在自己的房间里，伏在床上，嘴巴顶着一块手帕，真是奇怪。

现在，在空荡荡的餐室里，恩里克已经用餐巾把切肉刀缚在椅腿上，打好了最后一个结，然后他把椅子举起来。他把缚上刀子的两条椅腿朝前，头的两边就各有一把刀子，笔直朝前。现在他就像一头公牛。

“帕科，这事很危险，咱们还是别来了吧，”他说，“这椅子很重。”

帕科正面对他站着，把围裙展开，食指朝下，拇指朝上，两手各捏着围裙的一边，这样，便能更好地引起“公牛”的注意。

“来吧，”帕科说，“像公牛那样笔直冲过来再转过身吧，想冲多少次就冲多少次。”

“什么时候该停止挥披风呢?”恩里克将椅子顶在头顶，“我看咱们最好是斗三个回合以后，中间来个休息。”

“行，”帕科说，“现在，看着我这儿，冲过来。‘小公牛’!来呀!”

恩里克也配合着稍低脑袋，假装自己是头公牛，便朝他这个方向冲来，当然手里还拿着刀子，帕科并不退让，也不闪躲，他就这么直面刀子，还一边挥动着他的披风，他看着锋利的刀子从自己的肚子前一闪而过，就只把它们当作公牛的角，它们都是白色的，都是亮晶晶的，它们也都同样危险。恩里克紧挨着帕科的身边冲了过去，与他之间的距离是那么的接近。然后，恩里克又再一次转过身子向着他冲来。一头暴怒的“公牛”，两边血迹斑斑的、硕大的身躯正在帕科的眼前不断放大，他冷静地挥动围裙，成功躲过了这次冲击。

“做得太好了，很成功!”帕科兴奋地叫道。

在不远处停住向前冲撞的脚步后，那头“公牛”再次冲过来。帕科将脚向旁边一迈，一扭腰，躲过了“公牛”的再一次冲击。

“再来！”帕科仿佛是一位英勇的斗牛士了。

“公牛”斗志依旧，不会停歇，于是“公牛”再次冲向帕科。没有像前两次那样完美躲过，帕科的左脚无意向前多迈出了两英寸，这次，他失去了以往的灵活，而是僵在原地一动不动，连同他的手都只是这么静静地停在中途，刀子不再是从他肚子前面闪过，恩里克的“牛角”插在了他的肚子上，一切都是这么让人措手不及，他们俩一时都没有反应过来，直到鲜血染红了那把刀，并且顺着那把刀喷涌而出。

恩里克慌了神，他大声喊道：“你别动！快让我拔出来！”

帕科手里仍然拿着围裙，身子却向前扑倒在椅子上。恩里克拉着椅子，想把刀子从帕科的身体里拔出来，事发突然，他仍然是惊慌不已，浑身颤抖，手也是一直哆嗦个不停，所以他一时更难把刀子拔出来，结果更是搞得刀子在帕科的肚子里来回搅动，更是增加了他的伤势。当刀子终于被抽出来的时候，帕科就坐在地板上一大摊热乎乎的鲜血里。

“我去请医生，”恩里克说，“把餐巾遮在上面，紧紧捂住。快捂住！不让血出来。”

“应该预备一只橡皮杯子的。”帕科说。他曾经在斗牛场上看见过那种杯子。

“我真的不是故意的，我不是故意的，我纯粹只是给你演示那个动作的危险性。”

“你去找医生吧，”帕科低沉微弱地说，“别担心。”

如果在斗牛场，负责救援的人往往是把受伤的斗牛士抬起来，送到手术室。如果还没到手术室，你股动脉里的血就流光了，那么就得请教士来。

“去通知两个教士中的随便一位。”帕科一边捂住自己的肚子，一边微弱地告诉他。他无法相信自己会遇到这事。

恩里克很是惊慌，走的也非常匆忙，他没有注意帕科的话，只是一心顺着圣杰罗尼莫赛马场的道路拼命地向急救站跑去。而此时在他们公寓的餐厅里，帕科是孤身一人，尽管他很想坐起来，其实他也确实这么尝试了，只不过失败了。因为腹部的伤口真的让他痛得难以忍受，而且稍微移动身体，腹部就会受到拉扯，更让他疼痛难当。他无法再支撑自己的上半身，整个人便直接狼狈地躺在地上，痛得他竭力想把身体缩成一团。他就这样躺在那儿，想着自己大概是要死了，他甚至觉得自己腹部的伤口就像一个出水的水龙头似的，只不过平常流出的是水，到他这成了流血，而且他体内的血可不是取之不竭的。失血过多使他的大脑开始晕眩，他现在才突然感到一阵害怕。他想做一次忏悔。还好，还都记得开头：“仁慈的上帝啊，我因为触犯了您而感到深深的悔恨，您是那么值得我敬爱，我决心……”他急着说完所以他说得很快，时间紧迫，他心想自己一定得在失去意识之前完成这次忏悔。不过，死神可不会因为人们未完成某件事就放过他们，血还在往外流，他渐渐地无法继续下去，他的头脑已经不太清晰了，他的意识也逐渐地散去了。他再也挺不住了。当然，他的忏悔并没有完成，终于，他眼前一黑，脑袋朝下伏在地板上，他死了。股动脉一经割断，血液总是一下子便流光，那速度叫人难以相信。

当一名警察陪同急救站的医生一起走到公寓的餐厅时，为了防止恩里克跑掉，警察抓住他的一只手臂。而这时候，帕科的两个姐姐还在大马路的电影院里观看着她们喜欢的电影。她们对嘉宝演的这部电影很失望。过去看惯她扮演的角色都是在富丽堂皇、豪华奢侈的场面中，而在这部影片中她却生活得那样卑微、凄惨。她们不停跺脚、吹口哨，表示抗议。在帕科出事的当时，旅馆里所有其他的客人几乎都在做着他们正在做的事情，只有那两个教士祈祷完毕正准备睡觉。那个头发花白的骑马长矛手把自己的酒也移过去，已经跟那两个面容憔悴的妓女坐在一张桌子上。过了一会儿，他便跟她们中间的一个走出了咖啡馆，准备回公寓去了。刚才她们喝的酒都是那个胆小鬼的剑刺手付钱买来的。

帕科死了，他没有机会去知道任何事了，无论是什么人生活中发生的任何一件事情他都无从知晓了。他永远失去了了解那些人会如何度过一生，以后还有什么打算，接下来还要干些什么的机会，有些人也许很早就会结束自己的生命。毫无疑问，帕科是“充满着幻想”死去的，就像在西班牙当地的人们中间流传的那句谚语常说的那样。在他临死之前他没来得及做完忏悔，甚至更没有时间去经历幻想的破灭，因为他的一生实在是太短促了。

他不知道嘉宝演的这部电影使整个马德里的观众失望了一个星期，甚至对嘉宝演的那部电影表示失望的时间他也没有。

乞力马扎罗的雪

乞力马扎罗的山顶上常年积雪，据说海拔达到了一万九千七百一十英尺，无疑是非洲最高的山。常年居住在那里的马萨伊人[①]将它的西高峰称为上帝的庙殿。一具已经风干冻僵的豹子尸体，一直躺在西高峰的近旁。豹子为什么会到这样高寒的地方来？它是来寻找什么吗？没有人解释过这个奇怪的现象。

“它这个豹子从我见的第一眼就是这般姿势，直到现在。”一个男人说，“真的很让我惊讶，它难道感觉不到痛吗？”

“你确定从开始到现在都没变？”

“千真万确。我感到十分抱歉。这股气味太难闻了。”

“并没有，你太客气了！”

“看见那几只鸟没有？”他说，“你说它们是因为什么来到这儿？”

在一棵含羞草树的浓荫里，一个男人躺在一张帆布床上，他向不远处那片平原上望去，整个平原在阳光的照射下，让人感到有些炫目，三只硕大的鸟蜷伏在那儿，还有的在空中翱翔，当它们掠过时，投下了迅疾移动的影子。

“它们好像在卡车抛锚那天起就开始盘旋，”男人说，“今天倒是第一次落到地上来。我仔细观察过它们飞翔的姿态，当时想也许会把它们写进我的小说里。这种想法还真是可笑。”

“要我说，你还是别写这些。”一旁的女人说话了。

---

① 马萨伊人是坦桑尼亚和肯尼亚的一个游牧狩猎民族。

"好的，你说不写就不写，我可不能因为这些而让它们惹你不高兴。"男人说，"我只是开个玩笑罢了，还是说说话让人心情好些。"

"我现在心情还好，不会被它们打扰，"她说，"我只是因为对你现在的情况无能为力而觉得焦虑，我希望自己能更多点儿用处。在飞机来到以前，咱们轻松点儿。"

"飞机很有可能就不会来了，我们则不得不一直等下去。"男人耸了耸肩。

"不要这么说，飞机会来的。怎么可以让你更好受些？你告诉我，我这就去做。"

"你可以帮我把这条腿锯下来，伤口就不会再蔓延了。要不你打死我。我教过你打枪。你现在可是个好射手。"

"能不能不要这样说啊！"女人哀求，"不然，我读书给你听，感觉会不会好些呢？"

"读点什么好呢？"男人盯着一直在天上盘旋的大鸟。

"什么都可以。都是我们以前没有学过的。"

"可是现在的我没有多余的心思去听啊，"他说，"我们还是聊会儿天吧。只有聊天最轻松了，不然的话吵吵架也可以，这样消磨时间很快的。"

"我从来就没想要吵架。说不准今天飞机就会来到了。说不准他们会用其他方式回来。"

"现在离开已经没什么意义了，"男人说，"而且我也不想动了，除非能够让你心里轻松一些。"

"你表现得非常软弱无力，"女人说，"不要这样，我一直都没有改变过。"

"我想你能够做到让一个男人到死都感觉非常轻松吧。"男人仍旧望着天空。

“不要这样说，你是不会死的。”

“笨蛋。人怎么不会死呢，那样我不就成了长生不老的人?”男人朝那三只讨厌的大鸟蹲伏的地方望去，“我快要死的事情，连鸟都知道。”

不远处，那几只大鸟将它们光秃秃的头缩在耸起的羽毛里。又有一只，在着陆的时候，飞奔了一段距离后，才将翅膀收起来，接着，它向早已停在地面上的那几只缓步走去。

“你不会死的，只要你不自暴自弃。你没注意过这些鸟在任何一个营地都有。”

“你是从哪儿读到的?”

“那你可以去想想其他的事情。”

“这是我一向的行为，”他说，“看在上帝的面子上吧。”

他静静地躺了一会儿，眺望远处灌木丛的边缘。有几只看上去又白又小的野羊在黄色的平原上悠闲地吃着草，他还看见一群斑马，就在稍微更远一点儿的地方，在灌木丛的映衬下，它们白花花的。这里背倚山岭，大树遮阴，一条清冽的河水流淌而过，真是个不错的营地。每当清晨时分，沙松鸡就会在营地的另一面飞翔，附近有一个干涸的水穴。

“你相信吗?”她又一次问道，“微风拂面。”

“谢谢你，我真的不需要。”

“卡车待会儿就会儿来了。”

“我都不介意了。”

“可是我非常介意啊!”

“很多的东西你都介意，可我不介意。”

“可是，我并没有感觉不舒服的地方。”

“喝杯酒怎么样?”

“不行，一滴酒都不能喝，在布莱克出版的书里是这样说的。你现在受伤了，你不应该喝酒啦。喝酒对你是有害的。”

“莫洛!”他唤道。

“我在这儿。”

“拿杯威士忌苏打来。”

“你是不能喝酒的，你知道的，医生这样告诫的。”她说，“刚才我说你自己放弃自己，你还不承认。”

“怎么会，”他说，“谁说酒对我有害？酒对我有好处。”

他再没有机会了结这一切了，他这样想。在为能否喝一杯酒这种小事的争吵中一切就会自然了结。好像从右腿开始生坏疽以来，他就感觉不到右腿的疼痛了。现在他的恐惧随着疼痛一起消失了，唯一感受到的是一种强烈的愤怒和厌倦，这就是结局。对于这，他并不感到奇怪。虽然现在它本身并不说明任何意义，但是多年来这个结局一直萦绕着他。真感觉非常的怪异，当一切都理所当然地发生时，自己会非常疲惫和难过。

“哈里，你还可以吧？你知道你自己在说些什么吗?”

“我知道，不用担心，我已经没有办法再喝了。”

“拜托你别喝酒啦，”她说，“你别再喝酒了。咱们现在得尽力去干对我们有利的事情。”

“可是我太疲倦了，”他将一口威士忌吞下肚，“你去干吧。”

此时，他的脑海里不由自主地出现这样一幅场景，卡拉加奇①的一座火车站出现在了他的眼前，他背着背包站在站台上。现在正是辛普伦—奥连特列车的前灯划破了无尽的黑暗，当时在

① 卡拉加奇是位于欧洲部分的一座城市，在土耳其西北部。

撤退，以后他正准备离开色雷斯[①]。这是他准备留着写入他将来小说中的一段情景，还包括下面一段情节：清晨，在旅馆里吃早餐的时候，他眺望着窗外保加利亚群山的积雪，“山上那片是不是雪？”南森的女秘书问那个老头儿，老头儿望了望窗外，说道：“细的不是雪，还没有到下雪的时候呢。”可是等他把她们送往山里去，并且提出交换居民的时候，那年冬天她们脚下踩着的正是积雪，她们就这样艰难前进，直到死去。

就是那一年的圣诞节，在高厄塔耳山上，大雪整整下了一个星期。在那个寒冷的季节里，他们正好住在一间伐木人的屋子里，大约半间屋子都被那口正方形的大瓷灶占了，他们睡的垫子是用山毛榉树叶装成的，温暖而舒适。这时，一个逃兵无意间闯进屋来，他说有宪兵在追赶他。他的两只脚被冻得鲜血直流，他们给他穿上了羊毛袜子，并且与宪兵闲扯，直到雪花盖没了逃兵的足迹。

圣诞节那天，在希伦兹，雪轻盈飞舞着，那么晶莹闪耀，你从坐在酒吧间的窗户望出去，刺得你眼睛发痛，你看见每个人都从教堂出来赶向自己的家里。他们背着沉重的滑雪板，就是从那儿走上松林覆盖的陡峭的群山旁的那条被雪橇磨得光溜溜的、尿黄色的河滨大路的。他们滑雪就是从那儿直接滑到“梅德纳尔之家”上面那道冰川的大斜坡的。那雪轻柔得像粉末似的，平滑得像糕饼上的糖霜，对于那次悄无声息的滑行他至今都还记忆犹新，当时速度之快，让你感觉自己仿佛一只从天而降的飞鸟。

他们在“梅德纳尔之家”被大雪封了整整一个星期，在暴风雪肆虐期间，他们围坐在灯光下，在烟雾弥漫中玩牌，伦特先生的运气并不好，赌注越下越大，输得越来越多。到了后来，他输

① 色雷斯是爱琴海北岸的一个地区，分属保加利亚、希腊和土耳其。

得精光，把那一季的全部收益和滑雪学校的钱全都输光了，还有他的资金也输光了。伦特先生拿起了牌，小心翼翼地翻开牌说："不看。"这时，他能看到伦特先生那长长的鼻子变得十分的显眼。那时候总是赌博。天不下雪，他们赌博；雪下得大的时候，他们还是赌博。他认为，他这一生恐怕消磨在赌博里了。

关于以前的这些事，他一行字都没有提过。还有那个圣诞节，那是个晴朗而凛冽的圣诞节，在冬日阳光的照耀下，连绵不断的群山在平原的边缘显现了出来。那天为了去轰炸那列运送奥地利军官去休假的火车，当火车上的军官们在四散逃命时，他就用机枪对他们进行扫射。加德纳后来走进食堂，向大家谈起这件事以后，大家鸦雀无声，有人说："你这个杀人恶魔，真是该死。"对此，他也没有提到。

那些被他杀死的奥地利人，在不久前还跟他一起滑雪，不，不是奥地利人。汉斯，那年跟他一起滑雪的奥地利人，一整年都是一直住在"国王－猎人客店"里，那时，他们一起到那家锯木厂上面的小山谷去猎兔的时候，他们还谈起在帕苏比奥[①]的战斗和向波蒂卡和阿萨洛纳的进攻，关于这些，他一个字都没有写。关于阿尔西陀[②]，孟特科尔诺，西特科蒙姆，他还是一个字也都没有写。

他自己都不清楚自己在阿尔贝格[③]和福拉尔贝格[④]住过几个冬天，好像是四个冬天。于是那个卖狐狸的人出现在了他的脑海里，在布卢登茨[⑤]，当时他们正好到了，那回好像是去买礼物，

① 帕苏比奥是位于意大利东北部的一座山峰。

② 阿尔西陀是意大利地名。

③ 阿尔贝格是奥地利西部蒂罗尔州的一个乡村，以滑雪著称。

④ 福拉尔贝格是奥地利西部的一个州。

⑤ 布卢登茨是游览胜地，位于奥地利福拉尔贝格州一区。

他想起了具有特有的樱桃核味的樱桃酒。记起那次在像粉一般的结了冰的雪地上面快速地滑行，你一面滑过最后一段坡道，一面唱着“嘿！嗬！罗利说”，然后笔直向那险峻的陡坡飞冲而下，接着在途中转了三个弯，从果园出来又越过那道沟渠，最后登上客店后面那条滑溜溜的大路。你松开了缚带，踢下滑雪板，把它们靠在客店外面的木墙上，灯光从客店的窗里照射出来，屋子里，在冒着新酷的酒香的温暖中，在烟雾缭绕中，人们拉着手风琴欢快地唱着歌。

“在巴黎的时候，咱们住在哪个地方？”他转过头，向正坐在他身边一只帆布椅里的女人问道。

现在，他们在非洲。

“你不知道了吗？在克里昂。”

“为什么我不应该知道？”

“你忘记了我们始终在这儿？”

“不，我们好像还在其他地方住过。”

“咱们也住过圣日耳曼区的亨利四世大楼，在克里昂那儿也住过。你说过爱那个地方。”

“我是一只趴在粪堆上咯咯叫的公鸡，”哈里说，“爱就是那一堆粪。”

“那些你没法带走的东西，你是不是都要毁掉？”她说，“要是你离开人间，是不是把你所有的东西都带走？你的盔甲、你的鞍子都要烧掉吗？你的妻子、你的马都要杀死吗？”

“是的，”他说，“你那些该死的钱就是我的盔甲。我的马和我的盔甲都是。”

“不要说成这样。”

“我不会去伤害你的感情。”

“可惜太晚了啊。”

“那好吧，我会一直伤害你。这样有趣多了，这是我真正喜欢跟你一起的原因，也是我们唯一一起干的事，我现在不能再干了。”

“不，你喜欢干的事情有很多。这可不是你说的实话，而且你喜欢干的那些事，我也全都干过。”

“看在上帝的分儿上，请别那么夸耀啦。”

她开始哭了起来，他就这样望着她。

“你以为我说的话很幽默吗?”他说，“我的确想用毁灭一切来让自己活着。我自己都不知道为什么要这样说。咱们刚开始谈话的时候，我还是好好的，可是，我跟一个老傻瓜一样蠢，对你狠心到了家。我说什么，你都不要在意。我从来没有爱过任何别的女人，除了你。”

他在不知不觉之中将那套平时用来谋生糊口的谎话顺口说了出来。

“我知道，你是很不错的。”

“这是诗，你这个有钱的坏娘儿们。现在我满身都是腐烂和诗。”

“哈里，你现在为什么一定要这样呢?”

“任何东西我都不愿留下来。”男人说。

到了傍晚，夕阳已隐没在山后。现在他熟睡了一会儿。一些小动物正在营地近旁吃食，它们不停摆动着尾巴，看着它们现在正从灌木丛那里跑掉了，那几只大鸟不再在地上等着了。它们全都回到一棵树上栖息去了。那个随身侍候的男仆正站在他的床边。

“太太呢?”他问道。

“太太打猎去了，有什么需要吗？”男仆说。

“不需要什么。”

她为了一点儿瘦肉去打猎了，打猎，大家都特别喜欢，有心人都跑得很远很远，让他看到她打猎的目的就会实现了，这片平原也不会被打扰。他觉得她总是温柔体贴，别人想到的，她总会周到地做好。

她又没有什么错，他们在一起时他很落魄，她又不会判断真假，不知道你的话都只是出于习惯，难道是因为贪图享乐？在他对自己说的话不再当真以后，他便开始用谎话来对付女人，没想到他靠谎话却和她们相处得更成功。

他并不都是因为他没有真话才撒谎。他曾经享有过生命，但是已经完结，接着他又有更多的钱，而且跟一些不同的人，在另外一些新的地方从以前那些最好的地方重新活了下来。

你学会了一项了不起的技能，让自己思想不再运动。你因为有这样一副好内脏，才没有垮掉，他们大部分都垮下来了。你抱定一种态度，你现在再也不能干了，你就毫不关心你经常干的工作了。不过，你说你要写这些人，这些非常有钱的人，你说你实在不属于他们这一类，而只是他们那个国度里的一个间谍，你说会离开这个国度，而且第一次由一个熟悉这个国度的人来写它。可是他永远不会写了，因为每天什么都不写，贪图安逸，扮演自己所鄙视的角色，就磨钝了他的才能，松懈了他工作的意志，最后干脆什么都不干了。唯一能够让那些他现在认识的人都感到惬意的，就是他不干工作的时候。非洲无疑是他感到最幸福的地方，不过是在他一生幸运的时期里。为了要从头开始，他才上这儿来。他们这次是以最低限度的舒适来非洲狩猎旅行的。没有奢华，也没有艰苦，这样他就能重新进行训练了。或许这样才能够去掉他心灵上的那些厚厚的脂肪，就像一个拳击手，为了消耗掉体内的脂肪，到山里去干活和训练一样。

她曾经非常喜欢这次狩猎旅行。他也爱这次狩猎旅行，她也说过。凡是能够看到愉快的事物，能够经历激动人心的事情，能够变换一下生活的环境，能够结识新的人，她都喜爱。他也曾经感到工作的意志力重新恢复的幻觉。如果现在就这样了结，他知道事实就是如此，不必变得像一条蛇那样，因为背脊打断了就啃咬自己。这都不是她的错。如果他是以谎言为生的话，他就应该试着以谎言而死。如果不是她，也一定会有别的女人的。他听到从山那边传来一声枪响。

她的枪打得挺好的，这个有钱的、善良的娘儿们，这个他的守护人和破坏者，他的才能的守护人和破坏者。毁了自己才能的其实是他自己。为什么要责怪这个女人，难道就因为她好好地供养了他吗？他虽然有才能，但是因为怠惰，因为出卖了自己所信仰的一切，也出卖了自己，因为弃而不用，因为傲慢和偏见，因为懒散，因为势利，因为酗酒过度而磨钝了敏锐的感觉，由于其他种种缘故，他毁灭了自己的才能。这算是什么？是一张旧书目录卡？到底什么是他的才能？就算是才能吧，他只是利用它做交易，而没有充分利用它。他决意靠别的东西谋生，而不再靠钢笔或铅笔谋生了。这可真是奇怪。

为什么每次他都会爱上另一个女人？为什么另一个女人总是要比前一个女人更有钱？可是就像现在那样，当他只是撒谎的时候，当他不再真心恋爱的时候，现在的这个女人比他以前所有爱过的女人都更有钱，她有过丈夫、孩子，她找过情人，但是她不满意那些情人，她倾心地爱他，她有的是钱，她把他当作一个男子汉，当作一位作家，当作一份引为骄傲的财产，当作一个伴侣来爱他。不过说来也怪，当他根本不爱她，为了报答她为他花费的钱，他开始对她撒谎，这时能给予她的，比他过去真心恋爱的时候还多。

他想，也许一切都是注定了的。这就是你的才能所在，无论你是靠干什么生活的。而出卖生命力是他的一生都在做的事，无论是以什么样的形式。而当你越是看重金钱，那么也就是你并不十分钟情的时候。尽管这点很值得一写，但他不会写。

现在她开始向营地往回走了。她穿着马裤，穿过了那片空地，手里拿着狩猎用的来复枪。两个男仆扛着一只死去的野羊，跟在她后面。现在她仍然是一个很好看的女人。他想，她的身材是那么的动人，她对床笫之乐很有领会，也很有才能，她的脸庞是他最喜欢的，她喜欢骑马和打枪，读过大量的书，也很能喝酒，有时会喝得太多。当她还是一个比较年轻的女人的时候，丈夫就死了，于是她倾尽了全部心思在两个刚长大的孩子身上，不过孩子并不需要她。只要她在身边，孩子们就不自在，她还曾专心致志地养马、读书和喝酒。她喜欢在吃晚饭前伴着夕阳的余晖，一面喝威士忌苏打一面阅读。到吃晚饭的时候，她已经醉醺醺的了，在晚饭餐桌上再喝上一瓶甜酒，她就很容易入睡了。

这就是她以前在没有情人的情况下的生活。现在，有了情人以后，她就再也没有必要靠喝醉了酒才能够入睡。长期处于这种情况也会使她感到厌烦。以前她曾嫁过一个丈夫，她从来没有感到他很厌烦，对这些情人她感到厌烦透了。

后来，她的一个孩子在一次飞机失事中不幸死去，这无疑让她再一次品尝到失去亲人的痛苦，从此，她必须建立另一种生活，不再依靠酒精，也不再需要情人了。这件事件以后，有一天，她突然发现自己会因为孤身独处而心惊胆战。她不会再去找什么情人了，她需要跟一个她所尊敬的人一起生活。

她非常喜欢他写的东西，她也一向羡慕他过的那种生活。她认为，他做了他自己想做的事情。事情就这样发生了，其实很简单。她为了获得他而采取的种种步骤，以及她最后爱上了他的那种方式，都是一个正常过程的组成部分，在这个过程中他出售他旧生活的残余，而她则给自己建立起一种新生活。

他出售他旧生活的残余，是为了换取安逸，也是为了换取安全，除了这些，他还为了什么呢？他自己也不清楚。无论他要什么，她就会给他买什么。她是一个非常温柔的女人，跟任何人一样，能够和她同床共枕，他非常的愿意。因为她从不大吵大闹，因为她很有欣赏力，也很风趣，而且因为她更有钱。可是现在她重新建立的这个生活就快要结束了，因为两个星期以前，他的膝盖被一根荆棘刺破了，而且他并没有及时给伤口涂上碘酒。当时他们想拍下一群羚羊的照片，这群羚羊站立着，仰起了头窥视着，一面用鼻子嗅着空气，耳朵向两边张开着，只等一声响动就准备奔入丛林。因为碰到了荆棘，他没有能拍下羚羊的照片，它们已跑掉了。

过了一会儿，她就回来了。

“你好。”他说。

“你有什么样的感觉呢？我得到了一只野羊。”她指了指身后，“这样，等下你就可以喝上一碗鲜美的羊肉汤了。另外，我还让他们捣了一些土豆泥用来拌奶粉。”

“我真的感觉特别的棒。”他看了看那只绑在棍子上被抬回来的野羊。

“真的好极了，我就知道你也许会好起来的。当我离开的时候，你睡得可真熟。”

“是的。你会走得更远吗?”

“我一枪打中了这只野羊，就在那座山的后面。”

“你有着出众的枪法。”

“我已经爱上非洲了。我爱打枪。这可是我玩得最痛快的一次了。我已经爱上这个地方了，和你一起狩猎是一件多么有趣的事。不过，现在最重要的是你平安无事。”

“我真的很爱这个地方。”他对着她笑了笑。

“能够看见你觉得好起来了，那是一件多么了不起的事，我是多么高兴。你答应我，再不要那样跟我说话了。”

“放心，我再也不会了。”他说，“我已经忘记了我刚才说了些什么了。”

“我已经是个中年的妇女了，可从来没有改变过爱你，你喜欢做的事情，我都会陪你做，你会害了我吗?我已近被害了几次了。”

“不，我还想在床上把你害了。”他微笑着看着她。

“那可是让人愉快的伤害。明天飞机就会来了。”

“你怎么会知道呢?”

“飞机明天一定会来。今天我又到那块空地去看了一下。那儿足够让飞机着陆，仆人已经把木柴都准备好了，还准备了生浓烟的野草。咱们准备好两堆浓烟在空地的两头。”

“你凭什么认为明天飞机就一定会来呢?”

“反正我就是有把握。到了城里，他们就会把你的腿治好，这样，咱们就可以继续再搞点儿毁灭，不用再进行讨厌的谈话。现在它已经耽误了。”

“夕阳西下，我们俩喝几杯?”

“你真这样认为?”

“我确实想喝几杯酒。”

“咱们就一起喝一杯吧。莫洛，拿两杯威士忌苏打来!”

“你有穿防蚊靴吗?”他看着眼前的这个不再忧郁的女人，问道。

“等我洗过澡以后再穿。”

在他们喝着酒的时候，天色渐渐暗了下来，黑得没法瞄准打枪时，一条鬣狗穿过那片空地往山那边跑过去了。

“两个星期以来，每晚都是这样。”男人看着那条匆忙跑过空地的鬣狗说，“那个杂种每天晚上都跑到那儿。”

“嗯，这真是一种讨厌的野兽。看来每天晚上发出那种讨厌的声音来的就是它，不过我不在乎。”

他们一起喝着酒，只是因为他一直躺着不能翻身而感到有些不适，并没有痛的感觉，两个仆人生起了一堆篝火，人们的光影在帐篷上跳跃，他忽然觉得，今天下午自己对她太狠心了，她是个了不起的好女人，她确实对他非常好。他看着不停跳跃的火苗，这样想着。可是很快，不自觉地，他又想起他快要死了。

这个念头就像是一种突然而至的冲击，就像是一股无影无踪的臭气的冲击，而不是像疾风或者流水那样的冲击。令人奇怪的是，那条鬣狗却悄悄地溜过来了，就好像是被这股无影无踪的臭气所吸引。

“怎么回事，哈里?”她问他。

“这不算回事，”他说，“你最好坐在上面。”

“莫洛刚才给你换过药了吗?”

“刚敷上硼酸膏。”

“那你的感受是什么？不适了吗?”

“没什么，就是有点颤抖，过会儿就好了。”

“那我怎么办呢?”她说，“不用担心，我很快就会出来的。我还要跟你一起吃晚饭，然后我再叫人把帆布床抬到帐篷里面去。”

他在篝火旁自言自语，“看来你是做对啦，咱们没有必要吵嘴”。他们从来没有大吵大闹过，以前他跟他爱上的那些女人在一起时，常常争吵得十分厉害，由于频繁的吵嘴，最终将他们共同怀有的感情毁于一旦：原因很简单，他要求得太多，那是因为他爱得太深，正是这样，他们之间的一切就在不停的争吵中全都耗尽了。

他想起那次自己在吵了一架之后，独自离开巴黎，来到君士坦丁堡①，一个人孤零零地在那里的情景。那一阵他由于无法排遣寂寞，便夜夜宿娼，这让他的寂寞更加难忍，于是他给他那第一个情妇，就是那个离开了他的女人，写了一封信，告诉她，他对她的思念始终割不断……他会在林荫大道跟踪一个女人，仅仅是因为这个女人的外表有点像她，但是他不敢看清楚是不是她，生怕她在他心里引起的感情就此失去了。他还告诉她，有次在摄政院外面看见了她，为了能够追上她，他跑得头昏眼花。他不介意她干了些什么，他永远都摆脱不掉对她的爱恋。他跟不少女人睡过，可是这使他更加想念她。他还央求她把回信寄到他在巴黎的事务所去。那天晚上他觉得心里空荡荡的直想吐，他特别想念她，他溜过塔克辛姆，一直在街头踯躅，后来他碰到了一个女郎，并带她一起去吃晚饭。再后来他们一起到了一个俱乐部，在那里他同她跳舞，不久，他又和一个风骚的亚美尼亚女郎搞上了，原因很简单，她的舞跳得太糟了，所以他丢下了她。当他在

① 君士坦丁堡现在名叫伊斯坦布尔，是土耳其最大的城市。

和风骚的亚美尼亚女郎跳舞时，她的肚子贴着他的身子不断摆动，擦得他的肚子几乎要被烫坏了。后来他就把她从一个炮手手里带走了，当然是在他跟那个少尉衔的英国炮手吵了一架之后。不过那个炮手并没有轻易地放弃，他被那个炮手叫到外面去，于是他们在大街上打了起来，就在大街的圆石地面，他们打了起来。他对着炮手下巴颌上狠狠地揍了两拳，可是炮手却依然好好地站在那里，一场恶战开始了。那个炮手的拳头狠狠地打中了他的身子，紧接着他的眼角又被炮手不幸打中。他也看准时机，又一次用力地挥动着左手，并将炮手击中了，炮手恶狠狠地向他扑过来，他的上衣被炮手的手一把抓住了，他的袖子被炮手扯下了，而此时，他却瞅准时机，在炮手的耳朵后面揍了两拳，用力将炮手推开，紧接着用右手一连几记重拳，把炮手撂倒在地。炮手重重倒在了大街上，脑袋靠在一边。听见宪兵来了，他带着女郎跑掉了。他们乘上了一辆出租汽车，并沿着博斯普鲁斯海峡①向雷米利希萨驶去，在兜了一圈以后，回到城里睡觉。在凛冽的寒夜中最好的选择还是躲进被窝里，那样要舒服得多，特别是和一个女人在一起时。他感到她过于成熟了，不过她的肌肤却柔滑如脂，像糖浆，又像玫瑰花瓣似的，肚子很光滑，胸脯很丰满，臀部下也不需要再垫个枕头。第二天一大早他忽然发现她的容貌粗俗极了，就离开了她。他带着一只被打得发青的眼圈来到彼拉宫，手里提着那件上衣，因为袖子已经没了。

到了那天晚上，他动身离开了君士坦丁堡，到安纳托利亚②去。他在后来还经常回忆那次旅行，整天在种着罂粟花的田野里穿行，不管朝哪个方向走都仿佛不对，这使你感到很新奇，那里

① 博斯普鲁斯海峡是位于土耳其欧亚两个部分之间的海峡。该海峡西岸就是君士坦丁堡。
② 安纳托利亚位于土耳其的亚洲部分。

的人们种植罂粟花来提炼鸦片。到了他们曾经跟那些刚从君士坦丁堡来的军官一起发动进攻的地方，那些军官什么也不懂，大炮都打到部队里去了，那个英国观察员哭得像个小孩子似的。

就在那天，他第一次看到了死人，穿着有绒球的鞋子和白色的芭蕾舞裙子。土耳其人波浪般地不断涌上来，那些穿着裙子的男人在奔跑着，起初，军官们朝他们开枪，很快军官们就落荒而逃了，他同那个英国观察员一起跑，跑得肺都发痛了，整个嘴巴充满了那股铜腥味。土耳其人还在波浪般地涌来，他们实在跑不动了，就在岩石后面停下来休息。然后他从来没有想象到的事情在他的眼前发生了，后来，比这些更糟的事情他也看到了。所以，这些他都不能谈，虽然他已经回到了巴黎。他经过咖啡馆的时候正好看见坐在咖啡馆里的那位美国诗人，土豆般的脸上露出一副蠢相，一大堆碟子摆在他的面前，正在跟一个名叫特里斯坦·采拉[①]的罗马尼亚人讲着达达运动。特里斯坦·采拉一直戴着单眼镜，总是感到头痛，然后，他又回到寓所跟他分别已久的妻子在一起的时候，他又爱她了，气恼已经过去了，吵架也过去了，很高兴自己能够再一次回到家里。没多久事务所把信送到他的公寓。这一天早晨，他发现在一只盘子里托着一封答复他写的那封信的回信，他感到浑身发冷，想把那封信塞在另一封信下面藏起来。这时，他的妻子在一旁说："那封信是谁寄来的？亲爱的。"于是那件刚开场的事情就此了结。

他的脑海里浮现出，很多女人在一起时的喜怒哀乐，她们总会选最好的时机，和他吵架，特别是每当他最开心的时候出现争吵，真的特别的烦躁。关于这些，他还是一点儿也没有写过，因

① 特里斯坦·采拉（1896—1963），出生于罗马尼亚，达达主义的创始人之一，诗人、散文家、编辑，长期在巴黎从事文学活动。

为起先他绝对不想伤害她们任何一个人的感情，后来看起来好像即使不写这些，要写的东西也已经足够多了。但是他始终认为最后他还是会写的。有太多的东西需要写了。他目睹过这个世界的许多变化，不仅仅是那些事件而已，尽管他也都曾目睹过许多事件，他曾经观察过人们，即使是更微妙的变化他也仔细目睹过，而且记得人们在不同的时刻又是怎样表现的。他自己就曾经置身于其中，他写这种变化，观察这种变化，这就是他的责任。不过他再也不会写了。

“宝贝，你感觉怎么样呢?”她洗完澡从帐篷里出来了，“有奇怪的感觉吗?”

“还不错。”

“这会儿，我们可以吃饭了吗?”在她后面一个仆人拿着菜盘子，莫洛拿着折叠桌。

“你可以先吃饭，我要写点东西，趁现在。”他说。

“你一定需要肉汤来恢复自己的体力。”

“我不需要这样做。”他说，“今天晚上，我也许就要死掉了。”

“不要那么说。”她说。

“我现在大腿都已腐烂得差不多了。拿威士忌苏打来，莫洛。我不喝肉汤。”

“你身体还没好，需要肉汤来恢复体力。”她温柔地说。

“好吧，你说得对。”

肉汤太烫了，他只好把肉汤倒在杯子里，等凉了以后，他把肉汤一口气喝下去。一口也没有哽住过。

“你不用关心我啦，”他说，“你是一个好女人。”

她仰起那张曾在《城市与乡村》和《激励》的封面上刊登过

的，人人都爱、人人皆知的美丽脸庞望着他。虽然因为贪恋床笫之乐而稍有逊色，因为酗酒狂饮而稍有逊色，但她的胸部却依然美丽，她的胸部从未在《城市与乡村》上展示过，还有她那有用的大腿，她那轻柔的纤小的手。当他再一次看到她那动人的微笑，他感到死神离他越来越近了。这一次，它好像是一股气，好像一阵使火焰腾起、使烛光摇曳的微风，没有冲击。

“我的蚊帐，等一下他们可以把它拿出来挂在树上，旁边生一堆篝火。今天晚上我不想搬到帐篷里去睡了。”

你就在你听不见的温柔低语中死去了，就这样死了。再也不会吵嘴了。他现在不会再想去破坏它了，他从来没有经历过的经验。这一点他可以保证。你已经把什么都毁啦。但是他不会。他不会再去破坏了。

“你会不会听写呢?”

“不可以，我从来没有学过。”她告诉他。

“就这样吧。”

只要你能处理得当，即使是好像经过了压缩，你可以把那一切都写进去，只需要用一段文字就行。快没时间了。

在湖边的山上，有一所原木构筑的房子，缝隙都用灰泥嵌成白色。门边的柱子上挂着一只铃，为了让大家来吃饭。在房子后面是一片宽广的土地，土地的尽头是一片广阔的森林。一排伦巴底白杨树连接在房子和码头之间。沿着这一带迤逦而去的还有另一排白杨树。在森林的边缘蜿蜒着一条通向山峦的小路，他曾经在此采摘过黑莓。后来那所原木房子被烧塌了，在壁炉上面的鹿脚架上挂着的猎枪都烧掉了，枪筒和枪托跟融化在弹夹里的铅弹也都一起被烧坏了，搁在那一堆灰上——只有当那只做肥皂的大铁锅开始熬碱水时那堆灰才会派上用场。你问祖父能不能将那把坏掉的猎枪拿去玩，他拒绝了。你知道那把猎枪仍旧是他的，从此他再也不打猎了，也再没有买过别的猎枪。现在在原来的地方用木料重新盖了那所房子，墙壁被漆成了白色，从门廊上你可以看见白杨树和那边的湖光山色。从前挂在原木房子墙上的鹿角上的猎枪筒，再也没有人去碰过，就一直被搁在那堆灰上。再也没有猎枪了。

战后，我们就在黑森林里租了一条钓鲑鱼的小溪，有两条路可以跑到那儿。一条是从特里贝格走下山谷，然后沿着那条靠近那条白色的路的被覆盖在林荫下的山路走上一条山坡小道，穿山越岭，经过许多矗立着高大的黑森林式房子的小农场，一直走到小溪和小道交叉的地方。我们就在这个地方开始钓鱼。

另一条路，沿着树林边陡直地往上爬，翻过一座山，就会来到一片草地，我们走到草地对面的那座桥，小溪很狭窄，清澈见底而又湍急，一条条小溪被两边的桦树根拦腰截断。这一季，特里贝格的客店里生意很不错，店主人十分高兴。我们都是非常好的朋友。第二年通货膨胀，店主人前一年赚的钱，就连买进经营客店必需的物品都不够了，所以他自己把自己绞死了。

你能口头教我们，可是你无法用语言来形容那个城堡护墙广场，在街上，那些卖花的人把染花卉的颜料淌得路面上到处都是，公共汽车总站是从那儿出发。女人们和老头儿总是喝着用甜酒和用果渣酿制的低劣的白兰地，喝得醉醺醺的；小孩子们在寒风凛冽中淌着鼻涕；空气中到处都是贫穷和汗臭的气味，各种各样的醉态在“业余者咖啡馆”里上演；还有那些妓女们，她们就住在舞厅楼上，就住在“风笛”跳舞厅的楼上面。那个看门的女人在她的小屋里热情款待共和国自卫队员，一张椅上放着共和国自卫队员的那顶插着马鬃的帽子。门厅另一边的一家住户，她的丈夫是个自行车赛手，那天早晨，她在牛奶房打开的《机动车》报上看到丈夫在第一次参加盛大的巴黎环城比赛中名列第三的消息，她兴奋不已，大声笑了出来，整张脸都涨红了，跑到楼上，手里拿着那张淡黄色的体育报，高兴得哭了起来。

哈里，就是那个人，有一次要乘飞机出门，就在那天凌晨，经营“风笛”跳舞厅的女人的丈夫驾了一辆出租汽车来敲门唤他起身，动身前他们就在酒吧的桌边喝了一杯白葡萄酒。那时，他对那个地区的邻居都非常熟悉，因为他们都是穷人。

运动员和酒徒在城堡护墙广场附近。运动员在锻炼中忘却贫困，而酒徒则以酗酒打发贫困。他们是巴黎公社的后裔，所以对于他们来说，懂得他们的政治并不难，他们知道是谁打死了他们的父老兄弟和亲属朋友。当巴黎被凡尔赛的军队占领后，在继公社之后再次占领了这座城市之后，无论是什么人，只要是戴着便帽的，或者他们摸到手上有茧的，或者带有任何劳动者标志的，一律格杀勿论。就是在这个地区里，就是在这样的贫困之中，在一家酿酒合作社和一家马肉铺的街对面，他开始了写作生涯。

在巴黎再没有他这样热爱的地区，下面涂成棕色的老房子，那蔓生的树木，那白色的灰泥墙，那路面上淌着染花的紫色颜料，那在圆形广场上的长长的绿色公共汽车，那另一条热闹而狭窄的莫菲塔德路，还有那条莱蒙昂红衣主教大街从山上向塞纳河急转直下。那一条他经常骑着自行车经过的大街和那另一条通向万神殿的大街，那一条铺上沥青的大街是那个地区唯一的一条大街，车胎驶过，让人感到光溜平滑，高耸而狭小的房子在街道两边互相紧挨着，还有那家下等客店也高耸在其中，保尔·魏尔伦①就死在这里。他们的公寓里，只有两间屋子，他的房间就在那家客店的顶楼上，每月他都要付六十法郎的房租。他就在这间房间写作，可以看到巴黎所有的山峦以及鳞次栉比的屋顶和烟囱。

那个经营煤炭和木柴的人的店铺可以从你那幢公寓里看到，他也卖酒，只不过是卖一些低劣的甜酒。金黄色的马头被挂在马肉铺子外面，而那些金黄色和红色的马肉则被挂在马肉铺的橱窗里，他们就在涂着绿色油漆的合作社买酒喝，不仅便宜而且醇美。其余就是邻居们的窗子和灰泥的墙壁。每天夜里，都有人在那种典型的法国式的酩酊大醉中呻吟着。看见有人喝醉了躺在街上，居民就关上窗户，接着是一阵喃喃的低语。

“警察去什么地方了？警察总是在莫名其妙的时间里出现。准是跟女人在睡觉啦。”接着，不知道是谁，被人从窗口泼了一桶水，呻吟声停止了。“什么东西被倒下来了？水，这可真是个聪明的办法。”接着所有的窗子都关上了。他的女仆，玛丽，抗议一天八小时的工作制，她说：“要是一个丈夫每天工作到6点钟，那么他就不会花太多的钱在回家的路上，不会喝醉。但是如果只干到5点钟，那他每天晚上都会喝得烂醉，而且会连一个子儿也没有剩下。工人的老婆无疑是受缩短工时影响的最大受害者。”

“你还要喝点肉汤吗？”女人现在问他。

“差不多了，谢谢你。”

“那么再喝一点儿吧，对你的身体挺好的。”

“我现在想来点威士忌苏打。”

---

① 保尔·魏尔伦（1844—1896），法国著名诗人。

“酒对你一点儿好处都没有。”

“酒对我有害，柯尔·波特[①]写过这方面的歌词，并且还作了曲子。这种知识使你生我的气。”

“怎么会这样呢？我不讨厌你喝酒啊。”

“是啊，你不应该这样啊？”

他认为，我会得到我所要求的一切，好吧，只是我自己所拥有的一切，而不是我规定的一切，她离开了，他想接着睡一会儿，他太疲惫了，现在死神不知道去哪里了。他安静地待着，也许是骑车，在人行道上静静地行驶着。

他从来没有写过他喜爱的巴黎。其余那些他从来没有写过的东西又怎么样呢？

银灰色的山艾灌木丛和大牧场，浓绿的苜蓿和灌溉渠里清澈而湍急的流水，这些他从来没有写过的东西又是怎么样呢？在夏天里和麋鹿一样胆小的牛群，以及那条蜿蜒而上向山里伸展的羊肠小道。那持续不断的喧闹声和吆喝声，那一群行动缓慢的庞然大物，当你在秋天把这一群行动缓慢的庞然大物赶下山来的时候，在它们身后总是会扬起一片尘土。在暮霭中，群山后面嶙峋的山峰清晰地显现出来，在月光下一片皎洁，骑马沿着那条小道下山，美景尽收眼底。他还记得，当在黑暗中下山穿过那片森林时，一点都看不见路，只能抓住马尾巴慢慢地向前摸索着前进，这些故事都是他想写的。

还有那个专门负责打杂的傻小子，那次他一个人守在牧场，大家告诉他别让任何人来偷干草。那个从福克斯来的老坏蛋，经过牧场停下来想搞点饲料，傻小子过去给老头儿干活的时候曾被他揍过。这次孩子不让老头儿拿，老头儿说要再给他一顿狠揍。

---

① 柯尔·波特（1893—1964），美国抒情诗人和作曲家。

当老头儿想闯进牲口栏去的时候，孩子从厨房里拿来了来复枪，把他打死了。当他们回到牧场的时候，老头儿已经死了一个星期，尸体在牲口栏里冻得直僵僵的，一部分已经被狗吃掉了。但是你用毯子把残留的尸体包起来，让那个孩子帮你拖着，捆在一架雪橇上，你们两个穿着滑雪板，然后滑行六十英里，带着尸体赶路，把孩子带到城里去。傻小子以为自己尽了责任，不知道会被逮捕，你是他的朋友，一定也会得到报酬的。谁都能知道这个老家伙一向有多坏，饲料可不是他的啊，他怎么能偷呢？但是让孩子简直不能相信的是，行政司法官居然给自己戴上了手铐。于是他放声哭了出来。这一个故事是他留着准备将来写的。从巴黎，他知道有趣的故事至少有二十个，不过他一个都没有写。为什么？

“到底是什么原因，你清楚是什么情况吗？”他说。

“亲爱的，什么什么原因？”

“不清楚。”

自从他出现了以后，她就不再喝酒了，只要自己活着一天，他就不会写她一次，她们中的任何人，都不会出现在他的笔下。这些有钱的人，都显得笨拙不堪，他们整天就知道玩巴加门[①]，或者喝酒喝到底，不然就总是说个不停，真让人讨厌。他想起可怜的朱利安[②]对有钱人怀着的敬畏之感，那种罗曼蒂克的敬畏之感。有一次他开始写一部短篇小说，开头是“豪门巨富是跟你我不同的”。是的，他们虽然有钱，这句话，一点儿都不好笑，朱利安认为。他们是一种富有魅力、与众不同的族类。等到有一天，当他发现其实他们并非是他所想象的那样时，他也就毁了，

① 一种在当时流行的游戏，双方各有枚棋子，掷骰子决定行棋格数的游戏。

② 文章中所说的朱利安，是指美国小说家S.菲茨吉拉德。

就像其他任何事物把他毁了一样。他一向鄙视那些毁了的人。你了解这是怎么回事，因此你根本没有必要去喜欢这一套。什么事情都不会让他上当，因为什么都伤害不了他，假如他不在意的话。

如果现在死亡来临，他也不会感觉遗憾，可是就觉得痛苦。和所有人一样，它必须承受这种痛苦，除非，痛苦持续了太久，痛到难以承受。可是在这儿，一种不知道的东西却让他曾经痛得无法忍受，就在他感觉到有这么一种东西正准备撕裂他的时候，痛却已经停止了。

他记得很清楚，投弹军官威廉逊那天晚上钻过铁丝网爬回阵地的时候，被一名德国巡逻兵扔过来的一枚手榴弹打中了，他尖声叫着，央求大家把他打死。他喜欢炫耀自己，尽管身材有些胖，他却很勇敢，也是一个好军官。可是就在那天晚上，他在铁丝网里被打中了，一道闪光突然把他照亮了，他的肠子淌了出来，钩在铁丝网上。当他们把他抬回营地的时候，他还活着，他们不得不把他的肠子割断。哈里，打死我。有一回他们曾经对“凡是上帝给你带来的你都能忍受”这句话争论过，有的人认为，痛在经过一段时间后，会自行消失。可是他始终难以忘记在那个晚上威廉逊的遭遇。显然，在威廉逊的身上痛苦并没有消失，直到他把自己一直留着准备自己用的吗啡片都给威廉逊吃下以后，也没有让威廉逊立刻止痛。

可是，现在他这种痛苦却是让他感到非常轻松的，如果不变得更糟而就这样下去的话，那就没有什么好担心的了。要是有更好的同伴能够在一起，那应该是非常不错的。

他想要的那些同伴他每一个都想了一下。

很快他又想，你无论做什么事情总是太晚太久了，人家已经都走啦，不肯还在那儿一直陪着你，唯一还留下的，就只有女主人和你啦。

就跟我对其他一切东西感到厌倦一样，现在我对死越来越感到厌倦了，他想。

“真让人感觉疲惫。”他说出来。

“你什么意思？”

“你无论做什么，都可以坚持很长时间。”

她坐在他和篝火之间，他转过头瞅着她。火光在她那线条动人的脸上照耀着，他发现她有些困了，就这样靠坐在椅子里。就在那一圈火光外，鬣狗发出了一声号叫。

“我感觉非常疲惫，”他说，“我总是在写些什么。”

“你能够睡得着吗？”

“现在，我立马能睡觉，你是什么原因不睡觉的啊？”

“我和你在一起非常开心。”

“你有没有发现一些奇怪的东西？”他问她。

“我只是困啊，没有什么奇怪的感受。”

“我好像意识到了。”

就在这时候，他感到死神又一次临近了。

“我现在仅存的就是我的好奇心。”他说。

“在我看来，你是一个非常幸运的人，你没有丢失过任何东西。”

“是直接感觉出来的吗？”他说，“你们女人知道些什么呢。”

这个时候死神来了，就在帆布床的边上，他听到它的呼吸声。

“关于死神是镰刀和骷髅那些描述你可千万别相信。”他告诉她，“它很可能是一只鸟或者两个从从容容骑着自行车的警察。

要不然就是一只有着大鼻子的鬣狗。”

这会儿，他发现死神已经紧紧地围绕着他，虽然能感觉到，但是却没有任何形状。

“滚开，真是该死啊！”

它挨得更近了，它没有走。

“你喘气的模样真是让人讨厌，”他对它说，“你这个臭杂种。”

它理都没有理他，仍然步步紧逼着他，近到没有办法对话，它意识到他没有能力说话，它又慢慢靠近他，最后甚至爬到他的身上，他只想默默地将他赶走，但是，发现一点儿办法都没有，接着，它骑在他胸口上，它待在那儿，他一动也不能动，也不能说话，只听见那女人说：先生熟睡了，大家抬起床去帐篷里吧。

他不能开口告诉她把它赶走，现在它更加沉重地趴在他身上，这使他连气也快透不过来了。正当他们抬起帆布床的时候，忽然一切又正常了，重压从他胸前消失了。

一阵刺眼的亮光将他从熟睡中唤醒过来，他睁开双眼，发现天已经亮了，已是早晨了，没有太阳，但是天却出奇的亮。然后他听见了从天上传来飞机的声音！紧接着，两个男仆跑出来，在那片空地上用汽油点燃了他们事先早就准备好的干柴，并在上面堆上野草，两股浓烟冒了起来。飞机显得很小，在天上飞了一大圈，似乎在寻找降落的地点。浓烟被晨风吹向帐篷，飞机这次降低了高度了，又绕空地飞了两圈，接着便开始往下滑翔，平稳地着陆。老康普顿穿着宽大的便裤从飞机里走了出来。

康普顿朝他走来，头上戴着一顶棕色毡帽，上身穿着一件花呢夹克。

“发生了什么事？老朋友！”康普顿说。

“没怎么啊，没有发生任何事。”他想努力看清楚康普顿的脸，“你吃早饭了吗?”

“谢谢。我吃过了，来点茶就行啦。我没有能搞到那架‘夫人’，只弄到了这一架‘天社蛾’，上面只能坐一个人。”他忽然觉得康普顿的声音有些忽远忽近。“你的卡车正在路上。”康普顿继续说道。这真是一个奇怪的早上，不过飞机已经来了。

康普顿被海伦拉到一边去，她正在给他说着什么话。康普顿很快便走回来，显得更加兴高采烈。

“现在，我们要马上把你抬到飞机上，”他说，“把你安顿好后，咱们马上就走。我还要回来接你太太。等一下我们恐怕得在阿鲁沙[①]停一下，给飞机加油。”

“好的，喝点茶好吗?”

“我并不想喝。”

两个男仆抬起了帆布床，围着那些绿色的帐篷绕了一圈，然后沿着岩石走到那片空地上，经过那两股浓烟，现在正熊熊地燃烧着地上的野草，在风的吹拂下火燃得更旺了。他好不容易被抬进飞机，一进飞机他就躺在飞机上的皮椅子里，那条腿直挺挺地伸到康普顿的座位旁边。康普顿发动了马达，便上了飞机。海伦和两个男仆在飞机下面向他挥手告别，马达不断加快，“咔嗒”声逐渐变成熟悉的“轰轰”声，飞机在空地上摇摇摆摆地打着转儿，康普顿留神操控着飞机，在两堆火光之间的平地上颠簸着，极力避开空地上那些野猪的洞穴。飞机怒吼着，随着最后一次颠簸，一下子飞了起来。而他们都站在下面挥手，山边的那个帐篷显得扁扁的，那片灌木丛也显得扁扁的，一簇簇的树林，那一条条野兽出没的小道，现在似乎都平坦坦地通向干涸的水穴，他还看见有一处新发现的水，这是他以前从来没有发现的。那些平原

① 阿鲁沙是坦桑尼亚的一个城市。

上的斑马，现在只能看到它们的背脊隆起圆圆的一坨。大羚羊变得像长手指头那么小，当它们在平原上穿行时，就如同大头的黑点在地上爬行一样，当飞机的影子现在向它们逼近时，它们都惊吓得四散逃跑了，随着飞机不断爬高，它们的动作看不出是在奔驰了，现在它们显得更小了。极目望去，现在一片灰黄色的平原就在脚下，前面是老康普顿那顶棕色的毡帽和他那花呢夹克的背影。很快他们就飞过了第一批群山，在那里，他看见一群大羚羊正往山上跑去，接着他们又飞越了那生长着茁壮的竹林的山坡，高峻的山岭，还有陡峭的深谷里斜生着浓绿的森林，紧接着又是一座座尖峰和山谷，然后他们又穿越了一大片茂密的森林，飞过森林后接着又是一座山岭。山岭渐渐低斜，又出现一片平原，天热起来了，大地显出一片紫棕色，飞机不停地颠簸着，热烘烘的。这时康普顿回过头来看看他，看看在飞行中他的情况怎样。飞过了平原，紧接着又是一片黑压压的崇山峻岭。

方向转向了左边，目的地并不是飞往阿鲁沙，他认为，我们拥有足够的燃料。坐在飞机上往下看，大地被一大片粉红色的云覆盖着，就像过滤出来的云朵，可是，过了段时间，再去看看，却发现云朵像一片片白雪，就像是暴风雪前夜的第一阵雪，感觉像蝗虫飞过一样可怕。这会儿，他们开始向东方飞去，天色渐晚，周围的环境阴沉沉的，暴风雨突然来了，他们像是被瓢泼了一样，飞机越飞越高，穿出一道水帘，这时康普顿转过头来，对着他一面用手指着，一面咧嘴笑着，于是他顺着康普顿手指的方向望过去，就在前方，他看到了一座巨大的山巅，在阳光中显得那么宏大、高耸，它是那样宽广无垠，而且到处一片雪白，白得叫人有些不可置信，于是他明白了，那是乞力马扎罗山的山巅，那个地方就正是他现在要飞去的。

夜晚来临了，鬣狗停止了抽噎，这会儿，发出一阵阵奇怪的叫声，声音让人听了睡不着觉，她感觉非常紧张不安，难以入眠。在梦中，她回到了长岛的家里，第一次参加晚会的那天，他的父亲一直看着他，不过，他显得非常暴躁，不一会儿，她就被那种怪异的声音给吵醒了，她瞬间不知道自己身在何处，巨大的恐惧笼罩着她，她拿起手电照了照另一张床，睡在那里的是哈里，她记得在他睡着以后，他们把帆布床抬了进来。手电筒的光透过蚊帐照到床上，隐隐约约可以看见他的身躯，但是他的那条腿似乎被他伸了出来，耷拉在帆布床的边缘，纱布都掉落了下来了，上面还可以看见敷着的药，这幅景象她不忍再看下去。

"莫洛，"于是她开始喊道，"莫洛！莫洛！"

没有人回应。

接着她又喊："哈里，哈里！"睡在不远处床上的那个男人没有反应。这让她开始有一种不祥的预感。

她不由提高了嗓音继续喊："哈里！哈里快点儿醒醒！"

为什么没有任何反应？竟然也没有呼吸的声响。

帐篷外，那种奇怪的叫声还在不断地从鬣狗嘴里发出，就是那种叫声把她惊醒的。但是现在，她听不见鬣狗的号叫声了，她唯一能够听到的就只有她自己怦怦的心跳声。

桥边的老人

一个戴着一副钢丝边眼镜的老人坐在路旁，衣服上尽是尘土。一座浮桥在河面上搭着，卡车、大车、孩子、男人和女人们在拥过桥去。在桥边的陡坡上骡车正在蹒跚地向上爬，一些士兵在帮着推车，他们用足力气使劲儿地扳着轮辐。卡车摇摇晃晃地在马达声中驶上了斜坡，很快就把一切抛在后面，远远开走了，在齐到脚踝的尘土中农夫们还踯躅着。但坐在那里的那个老人，看着眼前的这一切，依旧一动也不动。他走不动了，太累了。

我的任务是过桥去侦察对岸的桥头堡，主要就是查明敌人现在究竟推进到什么地点。完成任务后我又回到桥上。这时过桥的车辆已经走得差不多了，行人也只剩下稀稀落落的几个，那个老人还坐在那儿。

“你来自哪里?”我问他。

“圣卡洛斯。”他微笑着对我说。

显然圣卡洛斯就是他的故乡，一提到它，老人便微笑了，显得高兴起来。

“我的工作是在那个地方照看动物。”他对我解释。

“嗯。”我说，一点儿都没有搞清楚。

“嗯，你瞧，”他又说，“我是最后一个离开圣卡洛斯的。我待在那儿照料动物。”

这次，我弄明白了。我看着他戴着的那副钢丝边眼镜，又看了看满是灰尘的黑衣服，以及尽是尘土的灰色面孔，他看上去既不像管牛的，也不像牧羊的。于是我问道：“什么动物?”

“什么都有，”他摇着头说，“它们很可惜地被放弃了。”

我凝视着河面上的浮桥，眺望埃布罗河三角洲地区，这里总是充满了非洲的色彩。究竟要过多久我们才能够看到敌人？我倾听着第一阵响声，一直倾听着，这种响声是战斗开始的标志，标志着那神秘莫测的遭遇战即将爆发，它将是一个信号。老人始终在那里坐着，并不知道这些。

“你在看管哪些动物?”我记得我刚才好像问过了。

“有一只猫，两只山羊，还有四对鸽子，”他说，“总共三种。”

“现在，你不得不把它放弃了?”我问。

“是啊。那个上尉对我说刀枪无眼。他叫我赶紧走，谁不怕那些大炮。”老人显得有些无可奈何。

“你如果走了的话，你的房子呢，怎么处理呢?”我目不转睛地注视着浮桥的另一头，那儿最后几辆大车正匆忙地驶下河边的斜坡。

“我没有房子，”老人说，“就只有刚才提到过的那些动物一直伴随着我。猫会照顾自己的，当然不要紧，但是，剩下的马和鸽子呢？它们怎么办呢？我简直不敢想，我就这么走了。它们怎么办?”老人脸上显出一丝担忧。

“你是怎样看待政治的呢?”我问。

“我一点儿都不关心，”他说，“我七十六岁了，已经走了十二公里。再也走不动了，至少现在是这样。”

“在那边通向托尔托萨①的岔路上有卡车，如果你还能够勉强走得动，你可以走到那儿去坐卡车。”我指着不远处对他说，“不久炮火就要打来，这可不是久留之地。”

“我，我可能还要再待一会儿，然后才能够接着再走，”他说，“你说卡车是开往哪儿的?”

“巴塞罗那。”我告诉他。

---

① 托尔托萨：位于西班牙塔拉戈纳省的城市。

“巴塞罗那?”他嘴里念叨着这个名字，略微沉思了一下，说：“好，我这边一个认识的人都没有，非常感谢你的帮助。”

他面无表情地看着我，显得非常疲倦。就这样，在短暂的沉默后，老人又开口了：“猫是不要紧的，不用为它担心。可是，剩下的那几只羊和鸽子呢？你觉得它们自己能活下去吗?”老人还是在为此忧虑。

“噢，它们完全可以自己照顾自己的。”

“你真是这样想的?”

“是的。”我看着不远处的河岸，现在大车已经全都开走了，那里已经看不见大车了。

“但是，战火虽然燃烧起来，它们又会有什么样的结果呢?”

“你能不能把鸽房锁起来?”我问。

“是的。”

“你是可以放心的，它们会飞走的。”

“嗯，是的，我知道，它们当然会飞。但是那些山羊呢？它们能远离炮火的打击吗?”他叹了口气，“不要这样想吧。”

“我得走了，”我站起来对他说，“你休息够了吧？起来走走吧。”

“你能陪我聊天，我真的非常开心。”他说，然后他撑着站起来，但是只是摇晃了几步，便很快向后一仰，还是坐在了路旁的尘土中。

“我那时候，是在那儿，照顾动物们。”他神情木然地说，但是显然这次不再是对着我讲了。

“我那时候，是在那儿，照顾动物们。”

现在，我对他毫无办法。那天正好是复活节的礼拜天，法西斯正在向埃布罗挺进。不过天气并不好，乌云密布，天空非常阴沉，法西斯飞机没有能够起飞。这对那个老人来说应该是个不错的消息，而且猫会照顾自己，这也许就是那位老人仅有的幸运吧。

过海记

一大清早，在哈瓦那，给酒吧送冰的车还没有来，流浪汉都还靠在大楼外的墙上睡大觉，你见过吗？在这个广场上专门修建一些供喝水的喷嘴。

还记得那一次，我们刚刚从码头上出来，准备到广场对面的三藩珠咖啡馆去喝杯咖啡，刚穿过广场，就见到一个没睡觉的乞儿在广场上接水喝。后来，我们走进咖啡馆里，刚刚在桌子边坐下，我们就发现那三个人早已在那里等我们了。

其中一个人等我们坐下后，就朝我们径直走了过来。

“行不行？”他急匆匆地问。

“不行，我办不到，昨天晚上我就对你们说过了，不行。”我斩钉截铁地对他说。

“你觉得什么价格最合理？你自己说吧。”

“我告诉过你，不是价钱问题，我真的办不到。”

这个时候，原本坐在那边的另外两位也走了过来，站在我的面前，很不高兴。对我来说，没有帮上他们这个忙，我也觉得非常遗憾，感觉愧对他们。

“一个一千块，你看怎么样？”其中一位用流利的英语问。

“我真的办不到，你拿再多的钱也没用，我说的都是实话。”我对他说。

“你知道，以后的时局是会变的，那时你就可以过上更好的日子了。”

“是的，我完全相信你的话，可是我是真的办不到。”我摊开手，耸了耸肩，无助地回答。

“有什么问题?”

“我现在的生活全得靠这条船啦。没有了船，我拿什么来养活自己?”

“你马上就有钱了，不就可以再买一条了？而且，比你现在的这条更好。”

“要真是那样的话，我都已经在牢房里坐着了，还买船来做什么?”

那一位依旧还是一个劲儿地往下说，显然他们认为只要多费些口舌，就一定能把我说动。“你只要点点头，马上就可以拥有三千块，而眼下这局面肯定是长不了的。这一点，你自己也很清楚。很快，很快，你就有好日子可以过啦。”

“听我说，伙计，”我毅然决然地说，“谁当选总统，跟我一点儿关系都没有。但是，我的原则是，我从来不会搭载任何一个会开口讲话的人，到美国去。”

“你是担心我们会将这件事说出去?”一直没有开过口的一位，早就没有了耐性，显得有些恼火了。

“我说过了，我从来不会搭载会开口的东西的。”

“你认为我们是 lengua larga①?”

“我可没这么说。”

“你知不知道什么叫 lengua larga?”

“当然。说的就是舌头很长的人。”

“要是碰上这种人，你可知道我们是怎么对付的?”

“嘿，伙计，要知道，这件事可是你们来找我商量的。不是我凑过去找你们的。所以，你们对我最好还是友善点儿。”我说。

---

① 西班牙语，意思是长舌妇。

“潘乔，你不要插嘴。容我们好好商量。”最开始出面说话的人，对刚刚有些发怒的那位说。

“可是，你也听到了，他认为我们会说出去。”潘乔说。

“听我说，”我有些不耐烦地说，“我已经对你们说得很清楚了，我的船从来不会搭载会开口的东西去美国。不会开口的东西在这个世界上有很多，麻袋里的酒坛子不会开口，柳条筐里的酒坛子也不会开口。可是人，就一定会开口。”

“这么说来，唐山佬也会开口吗？”潘乔再也忍不住了，气冲冲地说。

“当然会开口，只不过他们说的话我听不懂而已。”我依旧不温不火地对他们说。

“这么说你还是不干？”

“是啊，我说过了，不是我不干，而是我无法办到。”

“你应该不会将这件事说出去吧？”潘乔问。

显然，他这么气冲斗牛，肯定是对其中的一句话产生了误解。还有，就是他心里原本的那些打算现在全都落了空，这无疑也是他生气的原因之一。所以我就懒得搭理他。

“你应该不会是个 lengua larga 吧？”他又气鼓鼓地问。

“听我说，”我也没了耐心，对他没好气地说，“我不是告诉过你，这样凶干吗？一大清早的，发什么火呢？我现在连咖啡都还没有喝上呢。”我盯着他深陷而杀气腾腾的双眼，接着说：“你杀过许多人是吧？这我相信。”

“这么说对于我杀过人，你是认定了？”他眼露凶光。

“行了，”我说，“那是你自己的事，我可没什么兴趣。不过你既然求人办事，最好不要生那么大的气，行不？”

“我就是生气，非常生气，说不定我还要杀了你呢！”他大吼大叫。

“是啊，我怕了你了，行不？”来硬的，我最不怕，继续说，“你难道就不能在一边安安静静地待着吗？真是见鬼。”

“够了，潘乔！”刚才那头一位对潘乔吼道，并转过头来对我央求道：“对他的鲁莽，我非常抱歉，希望你不要介意。不过我还是真诚地希望你能够答应我们的请求。”

“没关系，我不会介意的。不过，这件事我的确办不到。”

那三个人没有再说什么，悻悻地走了。我注视着他们的背影，他们都是些衣着讲究的漂亮后生，让人一看就知道他们一定是很有钱的人。而且他们所讲的那种英语，也是部分有钱的古巴人才会说的。

这三个人中除了那个叫潘乔的，另外两个，像是亲兄弟俩。潘乔的个子比另外的那两个人略微高些，不过穿着都差不多。潘乔的头发梳得整齐发亮，衣着也很讲究。可能他就是脾气有些躁，为人却不一定会像他说话那样粗鲁。

他们刚走出咖啡馆的大门，向右拐过去，突然，一辆汽车，关着窗子，从广场的对面朝着他们疾驶而来。汽车在不远处停了下来，两个拿着枪的家伙，从汽车里一下子蹿了出来，其中拿着一支汤姆生式冲锋枪的是一个黑人，而另一个拿着一支锯短了的自动猎枪的则是一个穿一件白工作服的司机。

两个家伙一出来，就在汽车旁边趴了下来，手里的枪朝着刚刚走出去的那三个人开火了。我吓得脸色煞白，赶紧跑到左边的卖酒柜台的后面，将身子蜷成一团躲在里面。我听见那枪在一个劲儿地不停地射击。“啪！”先是咖啡馆窗户上的一块玻璃碎了，一颗子弹射了进来，紧接着，“啪！啪！啪！”又有更多的子弹射了进来，咖啡馆内右边壁框里的那个样酒柜，遭了殃，柜里面的那一排酒瓶一下子全部都给击得粉碎。屋子里到处都是破碎的玻璃碴儿，一片狼藉。

我小心翼翼地从柜台边上探出半个脑袋，朝外面看去。

刚刚走出咖啡馆的那三个人，已经有一个被打中倒在人行道上，就倒在距离咖啡馆被打碎的大玻璃橱窗外的不远处，他手脚摊开，面孔朝下趴着。另外两个则在隔壁丘纳德酒吧门前的一辆送冰车后面隐蔽着，开枪还击。有两辆这样的“热带啤酒”送冰车正好停在丘纳德酒吧的门前，其中一匹拉车的马，已经带着绑在身上的马具倒在了地上，四只蹄子在那里胡乱地踢腾，另一匹马则在那里不安地扬起后蹄，拼命地挣扎，被这突如其来的枪战给吓破了胆。

送冰车后尾的一角上，一个后生躲在那儿还击，可是没打中，子弹基本上向着人行道上飞了出去。那个拿冲锋枪的黑人趴倒在地面上，脸儿紧贴着路面，从地面上朝送冰车的尾部射出了一梭子子弹。这个办法不错，果然有一个被撂倒了。那人朝着人行道摔了下去，用手抱着头扑在那儿，整个上半身就暴露在人行道的边儿上。汽车司机看见了，举起手里的猎枪，以迅雷不及掩耳之势，对着倒下的那个人就是一枪，但是没有击中，人行道上立马就出现了无数的大号铅弹的印子，黑人趁这个机会拿出一盘子弹给自己的冲锋枪换上。

中弹后生的腿被另一个后生拉着，使劲儿朝送冰车后面拖去。那黑人迅速上好子弹，又趴在地面上把脸压到了路面上，朝他们射出一梭子子弹。过了一会儿，那个叫潘乔的家伙，居然从送冰车后面转了出来，脸色白得像条脏被单。他一闪身，躲在那匹还没有倒下的马的后面。一把大号的鲁格尔手枪在他的双手里稳稳地握着，一迈腿离开了马的掩护，一边开枪，一边朝着汽车一步步逼过去，汽车司机被他打中了。

潘乔又将枪对着那黑人啪啪啪一连开了三枪，其中的两枪都太高了，从黑人的头上飞了过去，而另一枪又打低了。那辆汽车的轮胎被他打中了，轮胎里的气喷射了出来，一股尘土被吹到街上扬起老高。唉，运气可真是够背的。

潘乔那家伙，走到距离汽车大约十英尺处，黑人从汽车后面将手里的冲锋枪抬起，又是一梭子子弹射了出去，潘乔的肚子不幸被一颗子弹打中了。黑人快速地把手里的枪扔了，我敢肯定那一定是黑人枪膛里的最后一颗子弹了。

潘乔那家伙，一手捂着受伤的肚子，一屁股坐在地上。他死死地抓住那把鲁格尔，努力地想挣扎着站起来，可是从腹部传来的阵阵剧痛，让他大汗淋漓，让他再也没有足够的力量站起来了，那黑人趁机将摔在司机身旁车轮上的那支猎枪拿起，对准潘乔就是一枪。潘乔的脑袋，立刻被无数呼啸而至的铅弹给掀掉了半个。这黑炭可真是够厉害的，我在心里一边赞叹，一边默默地祈祷，自己千万别受伤。

我拿过一瓶身旁开了的酒，往自己的喉咙里猛灌，惊恐之余，我也不管三七二十一了，直到今天我都还说不上自己当时喝的是什么玩意儿。我看到眼前发生的一切，几个活生生的生命，瞬间就消亡了，我感到心里说不出的难受。

我沿着柜台背后跑进了厨房，从厨房溜到了咖啡馆的外面，从距离广场老远的外沿绕过，看都不去看一眼那些迅速在咖啡馆门前聚拢的人群。我一口气跑回了码头大门，来到码头上，跑上了自己的船，这才舒了口气。

在船上那个包船的客人已经在那儿等着了，显得有些不耐烦。我把刚才在咖啡馆里碰到的事情跟他讲了。

“埃迪呢？你知道他在哪儿吗？”这个叫约翰逊的包船人问我。

“不知道，枪一打起来后我就没有再见过他。”

“你猜他会不会不幸被枪子儿给打中了？”

“不可能。那时候汽车正好刚刚从他们背后开来。所有的子弹在打进咖啡馆里后，基本上都打在了样酒柜上，这是我亲眼看见的。他们当中有一个家伙，就在玻璃橱窗跟前被打死的。你瞧，是这样，是这样一个角度，这就是他们来的方向。”我边说边用手比画着。

“看来你好像非常肯定似的。”他说。

“那是当然，我可是亲眼看见的呢。”我对他说。

我从船上抬起头来，正好看见埃迪慌慌张张地从码头上朝我们这边跑来。他跑起来摇摇晃晃的，好像全身的关节都散了架似的，看上去似乎比今天早上出去的时候更邋遢了。

“你瞧，那不就是埃迪吗?”

今天一大清早，埃迪的脸色看上去就非常难看，现在比早上显得更糟糕了。

“嘿，你当时在哪儿啊?”我关切地问他。

“除了趴在地上我还能去哪儿?”

“这么说，你也全部都看见了吧?”约翰逊问他。

“哦，别说了，当时的情况你没有看见，约翰逊先生，我现在一想起这事来就直想吐。”埃迪对他说。

“嗯，好了，我看你现在还是进来喝一杯吧。”约翰逊跟埃迪说完，便转过头来问我：“咱们现在是不是可以开船啦?”

“随时都可以，你来决定吧。”

“那好，今天的天气看上去怎么样?”

“不怎么样，应该和昨天差不多。我看也许比昨天还要好些。”

“好吧，那咱们现在就出发吧。”

“行啊，等鱼饵一到咱们马上起锚。”

在租我这条船的时候，他事先将一百块钱预付给了我，让我去办好海关手续、付清领事费用、把汽油加足、买上一些吃的，不过，至今我都还没有见过他一个子儿，除了那一百块钱。由我提供船上的一切，他只需支付每天的包租费，一天三十五块钱。晚上他会回到一家旅馆里去睡觉，然后在第二天的早上到船上来。

埃迪是这桩包船生意的介绍人，所以我不得不带上他，并且每天给他四块钱的辛苦费。

三个星期以来，我们这条漂亮的游艇，每天都会去湾流里钓鱼。

“船必须得加油了。”我对约翰逊说。

“行，加吧。”他不置可否。

“那就得支点儿钱给我了。”

“多少？”

“一次至少要加四十加仑，按照两毛八一加仑来算。那就必须得花十一块两毛。”我扳起指头给他算了算。

他将十五块钱从钱夹子里掏出给我。

“剩下的那些钱需不需要买点啤酒和冰带给你？”我不紧不慢地问他。

“也行，从我的那些欠账里直接扣除就是了。”他告诉我说。

我想：现在让他先包一个月再拿钱给我，除了开始给我的那一百块钱，得让他连续赊三个星期的账，时间是不是长了一点儿？按照惯例，我们一个星期一付最妥当。不过，话又说回来，既然他能够付得起账，晚一点儿付也没有什么关系。

虽然我有些失算，可是，既然当初都已经说好了，现在也就不能再更改了，只好让他先包满一个月再说。对我来说，只要他付得起账，包的时间越长越好。现在，距离一个月的租期，只剩下了这最后几天，我却忽然开始感到有些不放心了，可我也不好说什么，免得惹他生气，显得我小家子气，反而更不妥。

“来一瓶啤酒，怎么样?”他打开了冰箱，问我。

“多谢，我现在不想喝。”

这时，码头上那个在我们手下专门负责弄鱼饵的黑人跑了过来，我们准备解缆起航。

带着鱼饵的黑人上了船，我们的游艇就出发了，没用多久就出了港口。那黑人坐在甲板上，埋着头将两条鲭鱼拿起来做饵：他先从鱼嘴里将鱼钩插进去，然后将鱼钩从腮里拉出来，从另一边鱼的腹刺进去，从对面那边的鱼腹中扎出来，接着把鱼嘴并拢牢牢地系在接钩绳上，最后把鱼钩也给紧紧地系好。这样做，既可以很好地防止鱼钩脱落，又能够让鱼饵在水里平稳地浮游，不致打转。

在我们手下专门负责弄鱼饵的这个黑人，人很机灵。他头戴一顶旧草帽，衬衫里的脖子上挂着一串蓝色的伏都教念珠，一张脸上没什么表情，真是个名副其实的黑炭。在船上，他最爱做的就只有两件事：睡觉和看报。不过，他干起活儿来手脚麻利，而且装得一手好鱼饵。

“你会这样装鱼饵吗，船长?”约翰逊问我。

“当然。”我不假思索地说。

“那为什么你还要带上这个黑炭呢?”

“到时候成群的大鱼来了，你就清楚了。”我故作神秘地对他说。

“什么意思?”他疑惑不解。

“我没有这黑人装得快。”

“埃迪呢？他不行吗?”

“嗯，他不会。”

“不过，在我看来，总觉得完全没有必要花这笔开销。”他每天付给这个黑人一块钱，那个黑人每天晚上都去跳伦巴。约翰逊这会儿看上去有点困了。

“这人可是必须要的。”我坚决地说。

我们的船过了那批靠在莫洛堡附近专捕水底羊味鱼①的小艇，早已过了那批带有鱼舱的泊在茅屋村前的渔船，正向海湾中的分水处驶去。远处那一条看得见的深色线的地方那就是分水处了。两只大诱饵②被埃迪放了出去，黑人也已经装了三钓竿的鱼饵了。

海上吹起了一阵阵微微的东风，船向分水处驶去，不少的飞鱼被我们惊了起来，跳起了空中伦巴。一个个漩涡，不断地被近乎紫红的湾流卷起。湾流已经快要漫到近岸水域了。

个儿大的飞鱼跳出水面时，我们仿佛是看查尔斯林白③飞越大西洋的影片一样。出现了这些大飞鱼，对我们来说是最好不过的迹象了。

我站在船上，朝远处的水面望去，一小摊一小摊萎黄的果囊马尾藻浮在水中，这就说明我们现在已经到了湾流中心了。不时会看见有金枪鱼跃出水面，不过那都是些才两三磅的小鱼。前方的天空上，有不少的飞鸟在水面上方盘旋，乱啄水面上成群的小金枪鱼。

“就在这儿，现在咱们可以放竿了。”我对约翰逊说。

他将保险绳系上，接着又束好腰带，把那根大钓竿放下水去。那是一根装着哈代式绕线轮子的大钓竿，六百码长的三十六号线绕在绕线轮子上。我回头朝船尾看了看，饵料依旧好端端地在船后拖着，在船尾后面的波涛中随波起舞，我就把船朝这湾流里驶去。

---

① 羊味鱼：因味如羊肉而得名，产于西印度群岛及美国佛罗里达一带的一种食用鱼。

② 一般把拖在船尾的若干鱼饵叫作诱饵，上面没有鱼钩，只是起到引诱鱼类来追逐的作用。

③ 查尔斯林白（1902—1974）：美国飞行员。1927 年 5 月 20 日他从纽约出发，经三十三小时三十分飞抵巴黎，是世界上单身飞越大西洋的第一人。

“在椅子上有个插座，把钓竿把插在那里就好了。”我对他说，“这样你就不觉得拿着钓竿重了。记着，可别把线轮上的制动螺丝给拧紧了，这样有鱼上钩时，你就可以放心地由着它去使劲儿。万一你把它给拧紧了，只要上钩的鱼一使劲儿，你就会被鱼甩到大海里去的。”

每天，我都得跟他重复一遍这番话，我倒也不怕麻烦，毕竟这是人命关天的事。这些客人，除了知道包船以外，真正懂得钓鱼门道的寥寥无几。就算那些懂得些门道的几个，头脑也非常简单，他们不会用那些结实的线，万一碰到了大鱼，那些细线怎么靠得住呢？

“你看，今天的天气怎么样？”他似乎很虔诚地问我。

“非常好。”我高兴地对他说，“今天准是个大晴天，肯定不会错的。”

我叫黑人过来暂时替我掌会儿舵，并告诉他一定要沿着这儿到湾流的边缘，朝着正东方向行驶。我走到约翰逊那儿，约翰逊正坐在船尾，目不转睛地盯着钓饵在波涛里上下起伏。

“我再放一根钓竿出去，怎么样？”我问他。

“不用了。”他仍旧盯着鱼饵说，“我就喜欢由我亲手钓住这鱼，亲自和这鱼搏斗，亲自把这鱼捉到手。”

“那好，”我非常欣赏地说，“那叫埃迪也拿一根钓竿放出去，要是他那边有鱼上钩，还是由你来拉钩，怎么样？”

“不用，”他淡淡地说，“我觉得一根钓竿就可以了。”

“好吧。”

船还在被黑人朝外开，我朝前方看去，原来的那一大片飞鱼突然出现在了我们前边的不远处，就在上流的那个方向。

我回过头又朝港口望去，只见在阳光的照耀下哈瓦那显得非常壮观，从莫洛堡出港开过来了一艘船。

“如果我猜得没错的话，你今天肯定会有收获的，你可以甩开膀子搏斗一下了，好好准备一下吧，约翰逊先生。”我鼓励他说。

“是的，先生我看也是，”他说，“我们出海有多久了？”

“算到今天的话，刚刚三个星期。”

“这可真够长久的，都三个星期了才钓到鱼。”

“可不，这里的鱼都有个很怪的习性，”我告诉他，“平时一条也看不见。但是一旦它们来了，就是一大群一大群的，络绎不绝。要是这会儿还不来的话，以后的几天里恐怕也就不会再来了。今天湾流的势头很好，况且又吹起了好风，我想它们应该就要来了。”

“刚刚我们经过的时候倒还看见有些小鱼。”

“是啊，不过都没有前段时间多了。”我有些失落地说，“我以前不是说过吗。只要小鱼开始变少了，最后不来了，那么大鱼就要登场了。”

“嘿，伙计，我觉得你们当船长的总是这一套。不是来晚了，就是来早了，要不就是天气不好，或者风向不对。可是钱你们还一样地收。”

“要知道，”我对他说，“这个事情就麻烦在这儿，你们这些来这儿钓鱼的，常常不是来得过早，就是来得太晚，而且风向也总是不如人愿。好不容易出现了个适合钓鱼的好天，可偏偏又连一个钓鱼的主儿都没有。”

“你为何认为今天一定是个好天？”他有些不太高兴地说。

“放心吧，”我对他说，“今天一大早我就已经忙活个不停了，我敢保证你今天肯定也不会闲着的。”

我们坐在那儿专心致志地守着钓竿，看有没有尾随的鱼出现在船后。埃迪到船头去躺下了，那黑人也开始打起盹来。我敢肯定，昨天晚上他一定闹得够厉害的。

“麻烦你拿一瓶啤酒给我，好不，船长?”约翰逊像是命令我说。

“好的。”我从冰块底下替他挖出来一瓶冰透了的。

“你也来一瓶?”他也斜着眼睛问我。

“我现在不喝，到了晚上再喝。”我撇了撇嘴，说。

我开了啤酒的盖子，正准备给他递过去，忽然看见一个褐色的大家伙，从水底一下子蹿了上来，向着那做饵料的鲭鱼猛地扑来。

这大家伙的身子，就跟一根没有锯开的大原木差不多，比人的一条胳膊还长，一把“长矛”插在头上。

“千万不要硬拉!”我兴奋异常，朝约翰逊高声叫道。

“我知道，现在还没有上钩呢。”约翰逊依旧是不冷不热地说。

“好吧，那就等一等，一定要稳住。”

那大家伙是从水面下猛蹿起来的，所以一下子没有咬住鱼饵。但是，它一定会回头再来的，而且很快就会再来，这我知道。

“一定要稳住，只要它一咬住，就要记得把线儿松开。”

那大家伙从背后追上来了，就伏在水下，鱼鳍已经充分地展开，就像是一对紫红的翅膀，在它褐色的身体上，一道道紫红的条纹清晰可见。背鳍在水面上突起，一路“哗啦啦”地破开水面，朝着鱼饵直追过来，看上去就像飞快地黏上来的一条小型的潜水艇。它冲到了饵料的后面，头顶上的长矛也开始露出了水面，还左右甩了甩。

“快，让它咬住!把鱼饵送过去!”我更加兴奋，对约翰逊大声喊道。约翰逊将按在绕线轮子上的手一松，轮子马上“呼呼”

地飞快转动起来。那该死的小潜水艇一口就咬住了鱼饵，然后将它那原木似的身子一扭，朝水底坠下去。我看到它一身灿灿的银光在水面上一闪，然后就消失在水面上，带着钓线朝海岸的方向飞快地游去。

“好了，稳住，约翰逊！现在，把螺丝稍微拧紧点儿。”我继续说，“一定不要拧得太紧。”

约翰逊赶紧把制动螺丝拧了拧。

“千万不要拧得太紧了。”我再次叮嘱，并紧紧地盯着水面上的钓线，钓鱼线越来越斜了，我这才对约翰逊说：“现在使劲拧紧。”我继续说：“对，就是现在，咱们得让它知道知道厉害。没错，得让它知道知道厉害。这样，这个家伙才会显得安分一点。”

约翰逊用手把螺丝拧紧以后，眼光游回到了自己的钓竿上。

“快，狠狠地揍它几下，揍它，给它点苦头吃。让它知道知道咱们的厉害。”我对约翰逊说。

他狠命地揍了好几下，钓竿被逐渐拉得弯下来了，绕线轮子也在巨大的拉力下吱吱直叫。忽然，那大家伙“嘭”的一下，朝着水面上一跳，一下子就蹿出水面，朝着天上蹦去，在阳光下银鳞闪闪，不过，很快又“哗啦”一声一头栽到水里，看上去就好像一匹被推落悬崖的巨轮，“嗖”的一下，直接坠落了下去。

“现在快把螺丝松开！”我对他说。

“那样它会跑掉的！”约翰逊不解地说。

“放心，按我说的去做！没错，快，快！赶紧把螺丝给松开，赶紧！”我对他大声地说。

螺丝松开后，钓线就荡了下来。那大家伙使劲儿一蹦，这一蹦就直接蹦到了船后，朝出海的方向飞速地游去了。没过多久它终于再一次露出了水面。

这一次，我才看清了，这真是条不错的鱼，身围差不多就跟一根原木一样粗。在阳光的照射下，遍布全身的紫红条纹，不断地闪着灿烂的银光，看上去也越发显得鲜明了。很明显，鱼钩把它的口腔壁钩住了。这个大家伙正快速地朝前游着，海水被它高高耸起的背鳍给劈得白浪纷飞，卷起千堆雪。

“看，它快要跑啦！”约翰逊见钓竿上的钓线并没有绷紧，不由得焦躁万分。

“钩子钩得非常的牢，不用慌。现在绕线，咱们把它给拉过来。”我说。我朝着正在掌舵的黑人嚷道：“快！轮到我们赶上去啦！开足马力！”

那个大家伙一次又一次地蹦出水面，整个身子直撅撅像根桩子一样高高地跳起，然后又“哗啦”一声落下，每一次跌落回水里，都会溅起一大片高高的浪花。

钓线又渐渐地变紧了，这个大家伙在朝海岸的方向游了一阵之后，现在正打算转身改变方向。

“看来它是要准备逃跑了。”我说，“不过放心，只要钩子还在它的嘴里，咱们就能够跟着追上去。记住，螺丝一定不要拧紧，只管放线就好了，这叫放长线钓大鱼。”

现在，那条该死的马林鱼朝西北方向游去了，根据我的经验，只要是大家伙，一般最后都是朝那个方向去的。可是别忘了，还有个鱼钩挂在它的身上呢。

它游一阵蹦一下，游一阵又蹦一下，每次一蹦都是老远，落到水里时溅起的浪花同海上飞驰的高速快艇溅起的浪花差不多高。我们尾随着这个不知疲倦的大家伙，随着它的节拍一路紧追。

我亲自掌舵，在刚才转过弯来以后，一直让船和这个该死的大家伙保持着一个很好的距离，让它始终没有超出船尾。我一边注视着水面，一边还不住地向约翰逊嚷嚷，叫他一定不要把螺丝拧紧了，线也一定要绕得快。

忽然，我发现他手里的钓竿猛地一弹，顿时钓线一下子就都松了劲。没有经验的话，你是看不出来钓线松了劲的。因为在水里，钓线总会有一股不大的拉力。

“不用再白费力气啦，”我对他说，“它已经逃掉啦。”

那大鱼还在我们的前面，时不时地蹦出水面，似乎在向我们示威。真是一条不错的鱼，可惜让它给跑了。

“可是，我怎么觉得我的线还在被它拉着呢？”约翰逊神情沮丧地说。

“那不是鱼在拉，那是线本身在水里的分量。”

“我现在一点儿也绕不动了。它会不会是死了呢？”

“开什么玩笑，你看那儿，”我手指向那条大鱼的方向说，“不是还在那里活蹦乱跳的吗？”我站在船上，远远地朝那条马林鱼游走的方向看去，它已经游到了大约半英里，依然还不时地从水里蹦起来，蹦得水花冲天。

我拿过他的钓竿，将制动螺丝给摸了摸。该死的，拧得可真够紧。这样，就一点儿也不能将钓线拉出来。难怪线会被扯断了。

“我不是一直在告诉你，不要把螺丝拧紧吗？”

“可是，线不是一个劲儿被它往外拉嘛。”他嘟囔着，声音变得小了，像是一个犯了错的孩子一样。

“那又能怎么样呢？”

“我当然就只好将螺丝拧紧了。”

“听我说，伙计，”我说道，“一旦鱼上了钩，你不放线，钓线就一定会被鱼给扯断。再牢的线也没有用。”我继续说，“它们要是拉着线一开始跑，你这时必须把螺丝松开，也就必须得放线。那些靠捕鱼来维持生计的渔民，用的可是鱼叉绳呢。这么粗，都还没有十足的把握。现在，我们只能先任由它拉着钓线走，然后在后面用船去追它们，一直等到它们逃得筋疲力尽，没有力气再逃了为止。它们逃不动了，就会潜入海底去休息，这时你才可以把制动螺丝给紧一紧，然后才能够收线。”

“照你这么说，我这次本来是很有可能将鱼逮住的啰。当然，如果线不断的话。”

“当然，这是多么好的一次机会啊，不过，可惜了。”我有些失望。

“要是线没断的话，这会儿它也该支撑不住了吧？”

“它现在会怎么样，我倒是也说不准。反正，我们至少一直要等到它逃跑了，搏斗才可以算得上真正的开始。”

“那好，我们就再钓一条。”他说。

“行啊，不过，这钓线你先得把它绕好。”我对他说。

我们刚才那么大的动静，都没有把在睡觉的埃迪闹醒。这时，他才晃晃悠悠地来到了船尾。

“鱼跑了？”他问。

以前，埃迪并不是个酒鬼，原先他对船上的活儿，是一把好手，可如今却变得做什么都不行了。我转过头，看了看他：双颊有些凹陷，站在那儿，显得个子高高的，嘴唇朝下松松地垂着，一点儿白兮兮的眼屎，还在眼角上挂着，一头蓬松的头发，早已被太阳晒得失去了光泽。我知道，他现在准是犯了酒瘾憋得难受。

“你现在还是去喝瓶啤酒吧。”我对他说。他转身从冰箱里将一瓶啤酒取出来喝了。

“哎呀，我看，还是让我先把这个盹儿打完吧。约翰逊先生，多谢你的啤酒，祝你好运！”他睡眼惺忪，打了个大大的哈欠。真有他的，能不能够钓得到鱼，好像事不关已，高高挂起。

大概是中午的时候，又有一条上钩了。可是，到了最后还是被它挣脱了。这家伙看上去，是用了不小的力气，我们清晰地看见钩子被反弹到空中，足足有三十英尺那么高。

“这回又是怎么回事？我又哪儿没做好吗？”约翰逊不解地问我。

“你倒是做得非常好，”我说，“不过，被它挣脱，只是咱们运气不好而已。”

“约翰逊先生，”埃迪又醒了过来，坐在那儿一边喝着啤酒，一边慢腾腾地说道，“约翰逊先生，今天你的运气的确不怎么样。不过没关系，既然钓鱼没有运气，说不定你在女人身上就有好运气。要不咱们今儿晚上出去玩玩，你看怎么样？”说完又躺了回去。

下午 4 点左右，太阳直晒在我们的背上，火辣辣的。我们开始在逆流中返航。我们热得直冒汗。

事情偏偏有这么巧，就在我们的船已经快要靠近海岸的时候，一条黑乎乎的马林鱼，鬼使神差地撞到了约翰逊的钩子上。天啊，它可真大啊，可能是迄今为止，我见到过的最大的鱼了。

在下午返航之前，我们用一只毛乌贼做鱼饵，钓上来了四条小金枪鱼。后来，黑人将一条小金枪鱼拿了来做鱼饵，装在了约翰逊的钩子上。虽说小金枪鱼拖在水里重了些，不过却在船尾一路溅起一大片的水花。

系在绕线轮子上的保险绳，被约翰逊给解下了。他把钓竿搁在自己的膝头上，比他刚才一直用手把着要省力多了，一直用手把着，把他的胳膊都累酸了。由于鱼饵有点儿重，所以拉力也要大些。绕线的轮轴，需要他的手一直按住，时间一长，他按得累了，趁我没注意，他就偷偷地把制动螺丝给拧紧了。可是，对于他悄悄上紧了螺丝的事情，我却始终没有发觉。虽然他把竿的样子，在我看来不对头，我想，反正螺丝也是松的，到时候钓线也能够放得出去。再说了，老是数落他也不好。不过，钓鱼总还是该有个钓鱼的样吧。唉，算了，不用管他，反正都已经返航了。

我掌着舵，船正沿着湾流的边缘行驶，平稳地行驶到了老水泥厂的对面，距离海岸很近了。

这一带的海水比较深，总会有些漩涡之类常常卷起，因此，这一带的小鱼也总是特别的多。这时，一股水花在海面上冲了起来，那阵势就好像是一颗深水炸弹被投下来了那样，随即我便看见，一条黑色的马林鱼的长矛出现在了水面上。然后是它的眼睛，张大的下颌，最后整个脑袋都探了出来，黑里泛着紫红。巨大的背鳍在水面上完全高高地突起，看去和一艘大帆船的风帆差不多高，眼睛有一只汤碗那么大。镰刀状的尾巴，整个探出水面猛地一拍，大家伙就朝着钓钩上的那金枪鱼饵猛扑了上来，一口就把鱼饵给死死地咬住了。那家伙伸在前面的长长的嘴，足足有一根棒球棒那么粗，朝上翘起，海水都好像被它给劈成了两半。它那黑里泛着紫红的庞大身躯，出现在我的视线中，我在脑子里飞快地估算了一下，这条鱼看起来得有一千磅！天啊，真是太大啦!

我马上朝着拿着钓竿的约翰逊大声地喊道："快……"我刚刚说出一个字，就见坐在甲板椅子上拿着钓竿的约翰逊，一下子被吊了起来，"嗖"的一声被拉到了空中。他手里拿着的那根钓竿被绷得像把弯弓，仅仅在他的手里停留了一秒钟，钓线就被拉断了。紧接着，"啪"的一下，反弹回来的钓竿柄，狠狠地抽打在他肚皮上，上面的机件被震得碎开，一股脑儿都掉进了大海里。约翰逊"啪"的一下，被狠狠地甩到甲板上，摔了个四脚朝天。那条巨大的黑色马林鱼转眼就沉到水面下，不见了踪影。

制动螺丝被他给拧得过紧了，造成了这突如其来的祸事。鱼一冲上来，那股强大的惯性就把他连人带竿给掀到了空中，那样的一股巨力是谁都顶不住的。还好，保险绳早已被他给取了下来，否则，那么连他也会同那些碎掉的零件一起掉进大海。

我立刻将游艇的引擎关掉，跑到船尾。约翰逊还捧着肚皮坐在那里起不来，刚才他的肚皮被钓竿柄狠狠地抽了一下子。

“看来，咱们今天就只有到此为止了。”我十分沮丧地说。

“刚才那个家伙是什么？这么厉害。”他瞪大了眼睛，惊魂未定地问我。

“一条黑马林鱼。”我说。

“是吗？怎么会这样厉害呢？”

“是啊，它很厉害，这你也见到了。现在，咱们还是先把账算一算吧，”我说，“我花了两百五十块钱，买来了这个绕线轮子。不过，现在它在市面上已经涨价了。钓鱼竿是我花了四十五块买来的，还有那卷三十六号线，大概六百码不到。”

埃迪走了过来，拍了拍约翰逊的背。“约翰逊先生，看来你今天的运气确实不怎么的。说实话，这种事我以前倒还从来没有遇到过。”他有些幸灾乐祸地说。

“好了，埃迪，少说两句。”我对他近乎命令道。

“约翰逊先生，我敢向上帝发誓，这件事是到目前为止，我见过的最最稀罕的一件事了。”埃迪没有理会我，还是自顾自地往下说。

“的确是够稀奇的，居然会让我给碰到，想一想，鱼反而把我给钓了，真够背运的！”约翰逊说。

“你早上不是说喜欢亲自同鱼搏斗吗？你刚才干什么去了？自己怎么不去搏斗了？”我恼火透了，终于爆发了。

“可是，你也看见了，这种鱼那么大，我和它完全不是一个级别的。搏斗起来，还不是我吃苦头！”约翰逊说。

“是啊，这么大的鱼，保不准，你没打败鱼，反倒被鱼打败了呢。”我说。

“可是，有些人不是也捕到过吗?”

“当然，不过那要会钓鱼的人，才能够捕得到。但是，他们照样会吃许多苦头。想轻轻松松地捕获大家伙，那简直就是在做白日梦。”

“有个姑娘不是曾经捕到过一条，我见过她和那种大鱼站在一起的一张照片。”

“那不一样，”我说，“鱼将鱼饵吞到肚子里面去了，它肚子里面的家伙全都给钓钩拉了出来，直接就浮到水面上死了。那叫静钓。我现在说的是，鱼的嘴被钩住了，一直在船后拖着。”

“对于我来说，这种鱼太大了一些，”约翰逊自我解围说，“如果觉得钓起来没劲儿，那又有什么必要来呢?”

“对极了，约翰逊先生，我要的就是你这句话，”埃迪说，“如果觉得钓起来没劲，那又有什么必要来呢?”埃迪轻轻地捶了一下约翰逊的胸口，继续说，“我告诉你吧，约翰逊先生，你这话说得真是太好了，简直就是一语中的，一针见血。如果觉得钓起来没劲，那又有什么必要来呢？太好了，真是太好了。”

游艇在黑人的操控下正朝着莫洛堡驶去。说真的，看见那么大的一条鱼，我现在都还心有余悸，再加上钓具又损坏了，心里也感到很不痛快，对他们的话也没有怎么听进去。我在一旁静静地站着，没有理会他们。见我毫不热心，他们也就干坐在那儿，一人手里拿着一瓶啤酒，不时地喝上一口。

“船长，”过了会儿约翰逊对我说，“你能帮我倒一杯威士忌吗？嗯，最好掺上点水，谢谢。”

我默默地给他倒了一杯，又给自己也倒了一杯，没有掺水。

我想：这个约翰逊，来这儿都快钓了半个月的鱼了[①]，一直都没有什么收获，好不容易在今天钓上了这么一条大鱼，却被他给弄丢了，真是够晦气的。要知道，这可是那些打鱼人，一年也难得碰上的一条大鱼啊！不仅如此，我那么多的钓鱼用具也被他给弄丢了，还出尽了洋相，如今倒还坐在那儿跟个酒鬼一块儿喝酒，自得其乐，全然忘记了自己的身份。

船靠了岸，黑人站在码头上等着，我就问约翰逊说："明天还出去不？"

"算了吧，不去了，"约翰逊有气无力地说，"这样钓鱼，我钓得一点儿兴趣都没有了。"

"那好吧，你是打算把工钱给这位黑人付清，打发他走了？"

"是啊，我应该付他多少？"

"一块吧。如果你愿意的话可以再加点小费。"

约翰逊就拿出一块钱给了那黑人，另外又给了他两个两毛钱一个的古巴硬币。

"这个算是什么？"那个黑人拿着一枚硬币问我。

"哦，那是先生赏你的小费，"我用西班牙语说，"这点儿钱是他赏给你。你活儿干完了。干得不错。"

"明天还来吗？"

"明天不用了，他自己都不想去了，明天不要来了。"

那黑人将他用来系鱼饵的麻线球收拾好，把墨镜戴上，然后戴上草帽，转身就走了，连声再见也没说。

实际上，他可从来都没有把我们几个放在眼里，虽然他自己是个黑人。

"约翰逊先生，咱们的账你打算什么时候跟我结呢？"我趁机

---

① 原文如此，日期上有差异。

问他。

“明天吧，明天早上我去银行取钱，”约翰逊似乎有些不太高兴，继续说，“然后，咱们下午就把账给结清。”

“一共是几天，你自己算过吗?”

“当然，十五天。”他十分肯定地说。

“错了。应该是十八天，中间是十五天，但是今天也应该算上，那就是十六天，两头再各加一天。另外，今天绕线轮子、钓线和钓竿的损失你也总还得赔偿我吧。”

“那可不关我的事。”

“是啊，如果不是像今天这样，被你给弄丢了，的确与你无关。但是像今天这样，它们却是被你给弄丢的，就是你的事了。”

“这怎么能够算到我头上呢？我不是每天都有付给你租金吗？所以，在我看来，这不应该是我的事。”

“约翰逊先生，你要知道，”我说，“如果是鱼把那些东西给弄坏的，那就与你无关。可是，今天明明是因为你的疏忽，才把那些钓具都弄丢的。”

“那是鱼把东西拖走的，那是鱼从我手里给拖走的，这个，你也看见了，怎么能赖到我头上呢?”他很不高兴。

“是啊，可钓竿不是在你手里拿着吗？怎么就会被鱼给拖走了呢？还不是因为你把制动螺丝给拧得太紧了，而且钓竿又没有被你插在插座里。”我有些冒火了，明明是他的错，可恶的是，他错了居然还不承认。

“哼，反正你无权叫我赔偿。”

“嘿，伙计，话可不能这么说，你想想，我打个比方，你租了一辆汽车，结果你把车子从悬崖上给摔了下去，那么，你说说，你该不该赔?”

“如果当时我还在车里，就可以不用赔。”约翰逊说。

“瞧瞧，约翰逊先生，你这话说得可真是妙极了。”埃迪在一旁说话了，“船长，约翰逊先生所说的那个意思你明白了吗？”埃迪似乎在替约翰逊解围，他接着说，“他的意思是，如果人在车里的话，那么，他也就跟这汽车一起掉下悬崖，摔死了，当然不用赔了。瞧瞧，这话说得可真是妙极了。”

这个该死的酒鬼，我懒得理他。我盯着约翰逊，掰着指头对他说。“绕线轮子、钓竿、钓线，总共算下来是两百九十五块。”

“嗯，老实说，在我看来，你这是强词夺理。”他无奈地说，“既然你这样坚持，不过，那我们大家就各自相让点儿吧，怎么样？”

“好吧。本来你至少也要付给我三百六十块。既然你这么说了，那我就不问你要钓线的钱了。无论是谁遇到这样的大鱼，再结实的线也未必有用，所以钓线被拉断也并不怪你。我这样跟你算，事实上，谁知道了都会来告诉你，这是非常非常公道的了。”我看了一下埃迪，接着说，“可惜现在在这儿的只有个酒鬼，虽然这看起来对你来说似乎是一大笔钱，可是，你要知道，我当初买那副钓鱼用具，也是花费了这么一大笔钱的。那副钓鱼用具是这儿最好的那一种，要不，你在海上能够钓得这么自在吗？”

“约翰逊先生，你听听，他说什么来着？居然说我是个酒鬼，这个绰号我可不高兴。不过，他的话倒是没错，我可以向你保证，那副钓鱼用具的确是我们这儿最好的那种。真的，没错，他这话没错。而且在理，再说了，你自己也用过，好不好自己也应该感觉得出来，是不是？约翰逊先生。”埃迪虽然对我称他为“酒鬼”不高兴，但这回的确是在帮我说话。

“尽管我并不同意你的说法，但我还是觉得应该照付。这样吧，总共十八天，我每一天的租金就付给你三十五块钱，外加两百九十五块，你看怎么样？这个够干脆、爽快了吧。”约翰逊想了想，说道。

“那也行，不过，在这之前，你已经预付过一百，至于支付的那些费用，我会开一张清单给你，并将那些剩下的没有吃完的东西，作价扣除。不过得由你支付来回路上的吃喝。”我对他说。

“这也还算公平。”约翰逊说。

“约翰逊先生，听我说，这么算下来你可是捡了大便宜了，你要是知道如果换成了其他的船长，你知道吗，其他船长向陌生客人要起价来有多狠。你就会明白，你这次真是捡了大便宜了。在我看来，这可是船长对你的破格优待。这么看来，船长待你，简直跟对待他自己的亲人一样呢。”埃迪十分满意地说，仿佛要赔偿的不是约翰逊，而是他自己。

“嗯，那就这么说定了，明天我就去银行，然后我下午会来把账付清。后天我就回去了。”

“要不你跟我们一块儿回去，这样你也可以省掉一张船票。”

“算了，”他说，“我还是自己坐船去，这样能够节省时间。”

“那行，”我听他这么一说，心中的石头总算落地了，“还想再来一杯吗？”

“当然，”约翰逊说，“你心里的气应该都消了吧。”

“瞧你说的，我是那种小家子气的人吗？”我对他笑了笑。我们三个人坐在一起，每人喝了杯威士忌，这次我也加了些水。

第二天，在汽艇上，我几乎忙活了整整一个上午。除了要给主机上油，还有这样那样杂七杂八的事，我感觉自己连喝杯酒的时间都没有。中午，在郊区一家华人餐馆里，我简简单单地吃了一顿，只要花上四毛钱，就能在这种馆子里吃上一顿了，而且保证吃得饱饱的，非常划算。

我又去买了些东西，准备带回国送给妻子和三个女儿。这些东西，也就是女人喜欢的一些发梳、香水，还有几把扇子之类的小玩意儿。买好以后，我在码头上，顺路去多诺万酒吧里坐了一会儿，跟那儿的老板聊了几句，开了一瓶啤酒来喝，然后就一路走回三藩码头。

我又到另外的几家小酒店里去坐了坐，顺便又喝了一点儿啤酒。再后来，我又请弗兰基在丘纳德酒吧喝了两瓶，然后开开心心地一路回到了三藩码头上。弗兰基跟我一块儿回到了船上，我将两瓶冰啤酒从冰箱里取出来，又跟弗兰基一人一瓶喝了起来。我们一边喝，一边在船上闲聊着，等约翰逊回来救急，现在，我的口袋里只剩下四毛钱了。

从昨天晚上起，埃迪就不知道跑到哪儿去了，一夜都没有见到他。今天白天也一天不见踪影，不过他早晚会来的，这我知道。这个酒鬼，只要他没钱用了，就会马上回来，回到我的身边来。今天在酒吧里，我遇见多诺万时，他告诉我说，埃迪昨天晚上跟约翰逊一起，他们两人在他的酒吧里坐过一阵。你知道吗？埃迪这家伙还自己掏钱买酒请他喝呢。

时间过去许久了，约翰逊都始终没有出现，我不由得担忧起来：约翰逊难道自己走了？不来付账了？今天一大早我就给码头上留过话：要是他来了，就让他先到船上来等着我。可是，我回到码头上，他们告诉我说，他没有来。不过我转念一想，也许昨天晚上，他和埃迪喝醉了，结果一觉睡到了今天中午才起来呢。

下午 3 点半，银行关门了。没过多久，班机从我们的头顶上飞走了。下午 5 点半左右，我忍不住越来越着急了，难道这个家伙脚底下抹油，开溜了？难怪他昨天说，不用跟我们同行。

一直到了 6 点钟，我们在船上又等了半个小时，我终于忍不住了，就叫弗兰基去看看约翰逊还在不在旅馆里。我还想当然地以为他大概是因为昨晚喝醉了，还待在旅馆里睡懒觉，感觉不舒服，起不了床呢。

我在船上等着，等着，越等心里越焦急。我离开椅子，在甲板上不住地来回走动。他可不能就这样走了，要知道，他还差我八百二十五块钱没有付给我哩。

时间过得可真慢啊！我终于体会到了什么叫度日如年。弗兰基的身影出现在码头上的时候，我看了看表，才过去半个小时多一点的时间，可是我却感觉好像过了几个世纪似的。弗兰基一边直摇着自己的脑袋，一边急匆匆地朝我走来。

“他早就已经走了，搭下午的班机走的。”他说。

原来如此，这个该死的浑蛋，真是个浑蛋，上了当了，都怪我自己，太容易相信人了。这个时候飞机应该早已到了迈阿密。可是我现在身边就剩下四毛钱，连打电报的钱都不够。更为糟糕的是，领事馆也已经关门了。我算是认识你了，这个该死的浑蛋！

看起来，弗兰基也跟我一样不痛快。他为什么会这样，约翰逊可没欠他钱呢，反正我也不知道。他一个劲儿地摇头，拍着我的背安慰我。看样子，他倒是真的很不痛快。

“这个该死的浑蛋，”我对弗兰基说，“我们去喝一瓶冰啤酒吧。冰箱里的‘热带啤酒’还剩下三瓶，那还是约翰逊买的呢。”

现在，我一下子就成了穷光蛋了。十八天的包船费整整五百三十块钱全都没有了，被损坏了的钓鱼用具价值三百五十多块也一个子儿没见到。

我想：这个消息对于那帮经常在码头附近一带闲荡的家伙来说，应该够让他们高兴了吧。是啊，那些“海螺”① 肯定会因为听到这件事而兴高采烈的。

知道吗？就在前天，我本来就有三千块钱可得，只要我答应

---

① 那些住在西印度巴哈马群岛上土生土长的白人及其在佛罗里达南端一系列礁石小岛上的后裔往往被叫作“海螺”。一个原因是当地盛产海螺，另一个原因是他们爱吃海螺肉。

了那三个外国人的一再请求，把他们送到诸基列岛①，就会有钱可得，那可是整整三千块啊。其实他们也并不一定非要到达诸基列岛，只要把他们弄出这个国家就行，只要能出这个国家，无论哪儿都行。可是我当时却傻乎乎地拒绝了，唉，我的脑子怎么就突然不好使了呢?

现在这个局面，让我一下子该怎么应付呢? 要不贩一船酒回去吧，可是这行不通：一来，贩酒得有本钱，可我现在只剩四毛钱；二来，我的家乡镇上的酒已经够多了，没有人会再来买。所以，即使我能够将酒运回去，也根本无利可图。

可是，如果我就这样两手空空地回国，一毛钱都没有赚到，那么这个夏天，我们一家可就得在那个镇上挨饿了。知道吗? 我还有个家得养活呢。那可不行，不过，还好我出入港手续费都已经在入港时付清了。

唉，还有什么好说的呢，这个亏我算是吃定了。这个该死的约翰逊!

“弗兰基，现在怎么办? 我总得想点儿办法赚点钱呀。要不我怎么回去啊!”我沮丧透顶了。

“别着急，伙计，让我好好想想，替你谋划谋划。”弗兰基拍拍我的背说。

平时弗兰基总是在码头附近闲荡，找点零活儿干干。我此刻才知道，论心地善良、朋友义气，在这一带，再也找不到比他更好的人了。

不过，他非常喜欢喝酒，而且每晚都不醉不归，他的耳朵也相当背。我第一次把船开到这儿来，他常常帮我装货，所以我早就跟他熟识了。

---

① 礁石小岛的音译即是“基”，文中的诸基列岛是佛罗里达诸基列岛的简称，也就是指佛罗里达南端的一系列礁石小岛。其中以基韦斯特最为著名。

后来我不再运货，将船改成游艇，并添了一些必要的设备，改做起这招揽顾客到古巴钓箭鱼的生意。在码头附近、在咖啡馆或是在酒吧间里，我还是常常请他喝酒见面。由于他耳背，对别人，他往往会报以一笑，却并不答话，所以常常会给人似乎有点傻的感觉。

“听我说，伙计，你什么都肯运吗？”弗兰基问。

“是啊，我现在还有别的办法吗？我还有别的选择吗？”我有气无力地回答道。

“什么货物都肯？”他似乎不太相信，又问了一遍。

“是啊。”

“那好，让我来想想，看看能不能想到什么法子。”弗兰基顿了顿说，“那我到时候上哪儿去找你呢？”

“我一般会在佩拉①，我总是在那儿吃饭。”我说。

在佩拉，那里的饭菜算得上是物美价廉了，菜单上的菜基本都是一毛钱一份，汤只需要五分。你只要花上两毛五，就可以美美地吃上一顿，而且保证你吃得饱饱的。我们一同走到咖啡馆附近，才跟弗兰基分手。临走前，弗兰基握了握我的手，又伸手拍了拍我的背。

“听着，别急，伙计，你别急，”他安慰我说，“我弗兰基虽然没有钱，又爱喝酒，可是我够朋友。会办事，计谋又多。”

“嗯，是啊，弗兰基，你也别急。再见，老兄。”我简直就像抓住了救命稻草一样，但心中还是忐忑不安。

我进了咖啡馆，他则继续往前走。我走进大门，在一张桌子旁边坐下。一方新的玻璃已经换在了被子弹打碎的橱窗上，被打烂的样酒柜也都已经全修好了。

---

① 在西班牙语中“佩拉”一词是“珍珠”的意思。这里指的是三藩珠咖啡馆。

在卖酒柜台上，有好些西班牙佬在喝酒，也有几个坐在一旁的桌子上吃饭。另外一张桌子上，有些人玩起了多米诺骨牌。我花了一毛五向侍者要了一客土豆炖牛肉、一客黑豆汤。然后又要了一瓶“喝脱伊”啤酒，三样东西总共两毛五。招待过来时，我向他问起了那天枪击的事，他什么也不肯说。看样子，他们当初和我一样全都被吓破胆了。

我吃完饭，抽上一支烟，靠在椅子上休息，心里出奇地烦躁。这时，弗兰基从外面走了进来，还有一个人跟在他的背后。运“黄货”！一看见跟在弗兰基背后的那个人，我就知道怎么回事了。

“这位是辛先生。”弗兰基说，他办事果然非常快，这让他自己也感到有些得意，不由得一笑。

“你好！”辛先生说。

可以说，到我目前为止，我见过的最圆滑的一个“老狐狸”，无疑就是眼前的这位辛先生了。

他是中国人，这我一眼就看出来了。可是，他说起话来，却根本让人感觉不出他是中国人。你会发觉，除了个头、肤色、发式、眼睛，他同其他的英国人简直没有什么差别，一套洗得干干净净的白西装，配着黑色的领带、绸衬衫，一顶价值一百二十五块大洋的巴拿马草帽，戴在他的头上，显得文质彬彬的。

“一起喝杯咖啡，怎么样？”他问我。

“当然。”

“我想，这儿都是自己人吧？”辛先生说。

“嗯，这咖啡馆里的人，除了我们三个，你认为还有谁算是自己人呢？”我对他说。

“好，我就直说了，”辛先生说，“弗兰基告诉我你有一条船，对吧？”

“克尔麦思型，一百马力，三十八英尺长。”我竹筒倒豆子地说道。

“啊，很好，我听弗兰基介绍时，还以为只是条小帆船哩。”辛先生说。

“轻轻松松，就能够装两百六十五只货箱。”

“那么，租给我，你愿意吗？”

“你能够出什么价？”我高兴不已，却故作不太热心地说。

“价钱你一定满意，不过，我会自备船长、水手。你可以不用去。”

“那可不行，我可得看着这条船。它是我吃饭的家伙，我必须得跟着。”我嘴上这么说，脑子里马上就浮现出约翰逊了。

“嗯，既然这样，”辛先生说，他转过脸去对弗兰基说，“那么，你能暂时回避一会儿吗？”弗兰基冲他一笑，依旧坐在一旁没有动，看上去一副听得津津有味的样子。

“他只懂不多的英语，而且也耳背。”我说。

“哦，西班牙语你会说吧，你就用西班牙语告诉他，过一会儿再来，怎么样？”辛先生说。

我对着弗兰基用大拇指做了个手势。他看见后，就站起来走到卖酒柜台那边去了。

“西班牙语你自己不会说吗？”我问。

“嗯，当然会，”辛先生说，“恕我冒昧地问一句，你究竟碰到什么糟糕的情况了，怎么会想到……我是说怎么能够想到……”

“我没钱了，一个子儿都没有了。”

“嗯，原来是这样，这可真是够糟糕的。”辛先生说，“你的船有什么问题吗？我是说有没有欠账之类的，有没有人会要求扣押抵债。”辛先生看起来，非常老练。

“绝对没有的事，我保证。”我虽然很忐忑，但只要能挣到钱，现在我也顾不上了。

“嗯，那就没什么问题了，”辛先生说，“最后还有一个问题，对于我那些可怜的同胞，你的船上可以接纳多少呢?”

“哦？你的意思是说装人?”我有些惊讶。

“当然。”

“路程有多远?”

“一天。”

“嗯，这要看具体的情况，装上十二三个人应该没有问题。当然，那只是在没有行李的情况下。”我说。

“没有行李。”

“那好，目的地是哪儿?”

“这个到时候由你自己来决定。”辛先生说。

“什么？如果我没有听错的话，你的意思是说，由我决定把他们卸在哪儿?”

“是的，由你决定，你装上他们朝托图加斯①开，在中途会有一条帆船来把他们接去，至于在哪儿交接由你决定。”

“嗯，不过，我想你也知道，有座灯塔在托图加斯的洛格海基岛上，那里面有个电台，那电台跟两头可都是有联系的。”我说。

“这我当然知道，你肯定也不会把他们卸在那儿吧，谁会那么傻?”辛先生说。

“然后呢?”

“没有然后了，你负责装上他们，朝那个方向开。你要做的，仅仅是运送他们这一程路而已。怎么样，敢做吗?”

“然后呢?”我有些不安而警惕地问道。

---

① 曾叫作德赖托图加斯，是位于佛罗里达洲最南端基韦斯特西北的十个小岛。

“你和帆船碰面后，觉得把他们卸在哪儿最安全就卸在哪儿，这就不用我讲了吧，你完全可以见机行事。”

“那万一我到托图加斯帆船才出现呢？”事情还没办，我就有些担心了起来。

“这样的情况是绝对不会出现的，他们也不是傻子。”辛先生说。

“一个人，你出多少钱？”

“五十。”辛先生说。

“太少。”

“七十五，差不多了吧？”

“多少钱一个人？”

“哎，伙计，这也差不多了。你要知道，这笔钱并不是我一个人赚的，这其中牵涉的方面很多，关系也很复杂。你知道，要干成一件大事，靠我一个人是万万不行的。比如，没有方方面面的牵线搭桥，我也不能够发出这些通行证了。”

“你说的那些我都知道。不过，还有一点儿你忘记说了，那就是我并不需要付出什么代价，就可以做那档子事，是不是？”我反问道。

“呵呵，那这样，伙计，一百块钱一个怎么样？”辛先生说，“这个价钱可是最高的了。”

“是啊，的确不低，可是，麻烦你告诉我，要是因为干这个事而给逮住了，那么，我得在监狱里面待多久？”我直截了当地问道。

“十年，至少十年，”辛先生报以一笑，说，“可是，我亲爱的船长，事情怎么会那么糟糕呢。你并没有多大的风险，唯一的风险，就是怎么把旅客弄上船。其他的一切，都不是什么问题。”

“嗯，那要是没送出去，又得原船送回来了？”

“那也没什么问题。我可以将一部分钱退还。然后我告诉他们，这次没有找到好的人，坏了事。我会另外再想办法，把他们再运出去的。走这条路出去，都不容易，他们都是明白人。”

“那我呢？我怎么办呢？”我焦躁起来。

“这个嘛，我想，还是应该给领事馆捎个信儿。”

“哦，这样啊！”

“我亲爱的船长，在眼下，一千两百块可是个大数目啦。”

“我什么时候可以拿到钱？”

“你要是同意的话，我可以先付两百，剩下的一千，等到人上了船以后再付。”

“嗯，你就没有想过，要是我拿了这两百块一走了之呢？”

“那我也就只有自认倒霉了，”他笑笑说，“不过这种事你是不会做的，是不是，船长？”

“那好，你现在身上带着两百块没有？”我急不可耐地问道。

“当然。”

“就放在盘子底下。”他从钱夹子里抽出两百，放在了桌子上的盘子下。“好。”我说，“出港手续，明儿早上我就会办好，等到天黑以后我就开船。装货的地点是哪儿？”我似乎已经成竹在胸了。

“巴库拉瑙？”

“那好，你那边都没问题？”

“没问题。”

“嗯，还有，我们现在得先约好了，到时候怎么装货，”我说，“到时候在岬角上你亮出信号：两个灯光，一上一下。信号出现以后我就会把船开进港，但是不会靠岸，就在海面上等你们。你们坐一条船从码头上出来，货就直接从你的船上装到我的船上。你一定要亲自来，记得把钱带来。拿不到钱，我一个也不会让他们上船的。”

“没问题，”他十分干脆地说，“在你开始动手装货时，我先交一半，等到货全部装完以后，我再把剩下的付清。”

“好，就这样，一手交钱，一手交货。”我吃了上次的亏，这回变聪明了。

“好，就说定了，还有没有其他要补充的？”

“暂时就想到这些，”我说，“还有，就是一定不准带武器，枪支，刀子，包括剃刀，全都不许带，这一点也得讲清楚。当然也不能带行李。”

“当然，难道你还不相信我吗？船长，你应该能够看出来，咱们的利益可都是一致的。”辛先生自信满满地说。

“嗯，这种事情还是小心些好，你敢保证吗？”

“好了，我的船长，别再难为我啦，我亲爱的船长。”他说。

“行吧，那我就暂时相信你，你们什么时候会到那儿？”我对他说。

“午夜以前。”

“好吧，我想应该就没有其他的了。”我补充说。

“嗯，你是要怎样的票子？大票还是小票？”他问道。

“百元一张的票。”

一切谈定以后，他站起身来朝门外走去，我看着他一直走出去。弗兰基也在酒柜那儿看着他。他快要走出门的时候，弗兰基还冲他一笑。不用说，这中国人可真是八面玲珑。

弗兰基走到了我的桌子边。“谈妥了？”他单刀直入地问道。

“这个辛先生，你是在哪儿认识的？”我还是有些不放心地问道。

“他啊，做的生意可大了，专门负责运华工的。”弗兰基说。

“哦，你和他认识大概有多久了？”

“大概有两年了，”弗兰基说，“在他做这项买卖以前，有另外的人运华工。不过，这人后来被人给打死了。”

“我看辛先生迟早也会被人打死的。”

“嗯，我也这么想，不过他做的生意大着哪！”弗兰基说。

“生意的确很大。”我说。

“是啊。那些想要出去的华工，都是听别处的华工写信来说，那边好得很，所以运出去的华工，一般不会再回来。”弗兰基说。

“哦，是吗？那不是更好。”我说。

“他们喜欢吃大米。可在这儿，他们却连吃的都没有。”他接着说，“这儿光是华工就有几十万。基本上都是男的，女的少得可怜，只有三个中国女人。这些华工都不识字。识字的早就赚上大钱了。”

“为什么？”

“政府不允许。”

“那可真是遗憾。”我说。

“你跟他谈得怎么样了？做成生意了？”他问道。

“差不多吧。”我心中还是很不安地说。

“做生意不错，赚的钱又多。比搞邪门儿强多了。这生意要是认真做起来，可大着哪！”弗兰基说。

“来瓶啤酒，怎么样？”我对他说。

“这下你就不用担心没钱了吧？”他又冲我笑了笑说。

“当然不急了，我还要多谢你啊。就像你说的这生意大着哪！”我说。

“那可不是，听你这么说我也很高兴，只要你快活就行。运华工的生意不错。”弗兰基说着拍了拍我的背。

“是啊，的确不错。”

“我也替你高兴。”弗兰基说。他看上去开心极了，显然是因为已经顺利解决了我的问题。我站起来拍了拍他的背，表示我对他的感谢。

第二天早上，我办的第一件事就是找到了那位报关行里的代办，麻烦他将船的出港手续替我办好。按惯例，当他向我问起有关船员的名单时，我告诉他就我一个，没有其他人。

“就只有你一个人吗，船长?”他似乎不太相信，又问了一遍。

“是的。”我有些紧张地说。

“嗯，你不是还有个伙伴吗？他不跟你一起?”

“他不去，这个酒鬼，喝醉了，现在还不知道在哪儿躺着呢。”我说。

“哦，那你一个人过海可要当心点儿，挺危险的啊!”他关切地问道。

“没关系，好在路程只有九十英里，不长，我自己能够应付。要知道，船上带个醉汉那不是更危险?”我说。

我把船的两个油舱都加满了油。这儿的油价是两毛八一加仑，有点儿贵。我本来不大愿意在这儿把油加足的，可今天晚上要去哪里，我还不知道呢，所以我不得不把它们都灌满。

我这条船，要是把两个油舱都灌满的话，差不多能够装下两百加仑。加完油后，我把船开到美孚石油公司码头，就在港口对岸。

说来也怪，自从跟那个中国人见过面，将他的两百块订金收下了以后，对于这桩买卖，我就一直感到不安。我把船驶回到三藩码头，看见了正在码头上等着我的埃迪。

“嘿，哈利!”他挥着手向我招呼。我来到船尾把缆绳扔给他，他将缆绳在码头上拴好以后，就跳上船来。他看上去醉得更厉害了，那双睡眼也更蒙眬了。

“嘿，哈利，你打算怎么办呢？那个该死的约翰逊就这样溜走了。”他问我。

“你最好离我远点儿，看见你我就生气。”我对他吼道。

“嘿，老兄，听我说，我和你一样也觉得心里非常憋气。”

“你给我下船去。”我对他说。

“咱们今天要过海了，是吧？”他说，“还是回去的好。那个浑蛋也不会再来了。”他往椅子里舒舒服服地一靠，两腿一伸，仿佛他才是船老大。

“你留在这儿。”我命令道。

“为什么？哈利，别生我的气啊？我也不知道他是那种人啊！”

“你还好意思问我为什么？你给我下去，就是现在，下去！”我非常生气。

“嘿，老兄，别发火。”他嬉皮笑脸地说。

我走过去，毫不犹豫地一拳揍在他脸上，他用一只手捂着被揍的那半边脸，摇摇晃晃地离开船上了码头。

“哈利，老兄，听我说，如果是我的话，我是决不会这样对待你的。”他说。

“告诉你，我的船上现在不需要你了。”我说。

“那也用不着打我吧。”埃迪哭丧着脸说。

“不打你？不打你，你自己会相信吗？”

“那我一个人留在这里该怎么办呢？难道在这儿挨饿？”

“你会挨饿？放屁！你到渡船上去打工，不就可以回国了吗？”我说。

“可是，伙计，你待我这样也太不公平了。”他说。

“你这该死的，你还好意思跟我提公平？你连自己的亲人都会出卖，你还跟我提公平？”我对他说。

话是这样说，不过打了这个酒鬼，我还是有些后悔。那是一种什么滋味，想必你们也知道。不过，现在我这船上绝对不能再带上他了，就算我想带也不行了。

他无奈地顺着码头走了，看上去就像是三天没有吃饭似的。没走多远，他又重新转了回来。

“哈利，能给我几块钱吗?”

我从中国人给的预付的订金里面拿了一张五块的给他。

“看吧，伙计，你是挺够朋友的，这我一直都知道。可是，哈利，为什么不带我一起走呢?”他央求道。

“谁带着你，谁就会倒霉。”我没好气地回答说。

“嘿，伙计，我知道你在说气话，不过没关系，我能理解你，老伙计。等你气消了，你还会愿意跟我见面的，对吧?”他讨好地笑着说。

口袋里有了钱，他走出去时的步子，也变得快多了，不过即使是这样，我还是觉得他走路的样子恶心。

我上了岸直接到佩拉去，报关行的代办，已经在那儿等着我了，我们见面以后他把证件给了我。我请他喝了一杯，然后顺便就在那里吃午饭。没多久，弗兰基从门外走了进来。

“正好我有事找你，给，这个东西，有个人叫我把它交给你。”他一边说，一边把一卷东西交给我，那东西外面用纸包着，还有一根红绳子系在纸上，看上去像一根什么管子。

我惴惴不安地将红绳子解开，打开包在外面的纸，里面是卷着的一张纸，看样子像一张照片。我心里“咯噔”了一下：难道是有谁在码头上给我的船照了个相？我迫不及待地将那张纸展开来看。

好家伙。的确是张照片，而且是近景，照片上的竟然是个死去的黑人。黑人的脖子被整个给割断了，又被精心地给重新缝好。有张纸片挂在他的胸前，上面有一排歪歪斜斜的西班牙文，写着："这就是 lenguas larga 的下场。"

"谁把这个给你的？"我问弗兰基。

他指了指一个站在便餐柜台前的小伙子，喝得都快有点儿醉了。我认识这个西班牙小伙子，他常常在码头上打杂。

"你能叫他过来一下吗？"我说。

小伙子跟着弗兰基走了过来。他告诉我说，那个东西是两个年轻人交给他的，大概是在 11 点钟。他们问他是不是认识我，他说认识。于是，他们就把这个东西交给了他，他们还拿了一块钱给他，并告诉他一定要亲自把东西送到我手里。他说，他们全都穿着很讲究。他后来又把东西给弗兰基，让他交给我。

"看来这事不简单。"弗兰基说。

"是啊，不简单。"我心神不定地说。

"我想，他们可能以为，是你将他们的事给警察说了。因为出事的那天早上，那几个小子正好跟你在这儿碰头，不是吗？"

"很可能。"我也这么猜想。

"这事可不简单，"弗兰基说，"你还是赶快离开这儿的好。"

"他们还有什么其他的口信留下来没有？"我问那西班牙小伙子。

"没有了，他们只是叫我把这交给你，就走了。"他说。

"这事的确是不简单，看来我现在必须得走了。"我对弗兰基说，心里更加不安了。

"就是，这事可不简单，真是不简单。"弗兰基说。

我付了账，把所有的证件卷成一卷，急匆匆地出了那个咖啡馆，从广场横穿而过，直到进了码头大门，来到了码头上之后，我才稍微松了一口气。

我猜，现在我肯定被那帮小子给盯上了。看来那帮小子，跟那个叫什么潘乔的一样，一受到惊吓就会冒火，一冒火就会杀人。这真是一群蠢猪，我怎么会泄露有关他们的秘密给别人呢。

我走上了自己的那艘船，先把引擎热起来。弗兰基站在码头上看着，聋人的那种古怪的微笑，始终在他的脸上挂着。

我从船上来到他的跟前。“听着，伙计，”我说，“你可千万别卷进这件事里面去。”

他看着我，还是那种古怪的微笑，看来他没有听见我的话。我不得不对着他的耳朵大声嚷嚷。

“放心吧，坏事我是从来不做的。”弗兰基一边说，一边解开了船的缆绳。

等我上了船，弗兰基把握在手里的缆绳往船上一扔，我向他挥了挥手，就发动引擎，从泊位里把船开了出去，顺着航道一路朝前驶。快到港口的时候，正好遇见一艘英国货船也要出港，我加快速度从它旁边超了过去。

出了港，一直到驶出了莫洛堡，我才将船头转向正北，朝着基韦斯特的方向驶去。在途中，我降低了速度，然后离开舵轮，跑到船头，把缆绳在船头绕好，再跑回来把舵。刚刚还展现在船尾的哈瓦那，很快就被我远远地抛在背后，前面，一脉青山出现在我的视野里。

我在海面上飞快地开着船，过了一会儿，莫洛堡就消失在我的身后，又过了会儿，国家大旅馆也消失在了我的身后。现在，唯一还能够依稀可辨的，只剩下国会大厦的圆顶了。今天的风是一些微风，水流也并不算急。远处，两只小帆船，正挂着帆朝着哈瓦那的港口驶去。

我熄了引擎，由着船在海面上漂流。我知道，这时候白白地浪费汽油，是毫无意义的。等天黑以后，我再把船朝岸边开，一直到巴库拉瑙。晚上，莫洛堡的灯光能够望得见，就算船在海面上漂得远了些，也望得见考希马尔的灯光。按照现在的水流速度，我估摸着，到天黑的时候，应该可以漂出十二英里远，大概正好处于巴库拉瑙的附近。

将引擎熄了火以后，我爬到船头上，打量着周围。有两条小帆船在西边，正向港口驶去，国会大厦白白的圆顶在距离我老远的背后，在大海的边缘矗立着。

一些果囊马尾藻在湾流里漂着，为数不多的一些鸟正在那里啄鱼。我坐在舱顶上，仔细地观察这一带海面，除了看见一些褐色的小鱼，逐着马尾藻浮游以外，就没有看到什么别的鱼了。我曾听说，哈瓦那和基韦斯特之间的海不大，这完全是在胡诌嘛！现在这个地方，还只不过是在那片大海的边缘呢。

我在上面待了很长时间，才走下来回到下面的舵手舱里。天哪！那个该死的酒鬼埃迪竟在那儿！

"为什么这么漂着？引擎怎么啦？"他睡眼惺忪地问道。

"坏了。"

"你怎么没把舱门关上呀？"

"哎，该死！"我说。

这个浑蛋，居然趁我不在的时候又溜回来，悄悄地钻进了船里，躺在船舱里睡大觉呢。这个该死的，他竟然还带着两瓶酒。

我开动船的时候，他醒来了一下，可马上他又睡着了。一直等到我开到海湾里关了引擎，船在海面随波逐流地漂着，随着波浪上下摇晃，他这才醒了过来。

"嘿，老兄，你会带上我的，是吗？"他颇为得意地说。

"带个屁，我根本就没有把你的名字写在船员名单上。你现在最好马上给我跳到海里去，淹死！"我说。

"嘿，哈利，别开玩笑了，有了难处，我们应该拧成一股绳才对啊！"他依旧不紧不慢地说。

"谁会和你这个倒霉鬼拧成一股绳?"我说,"最坏的就是你这张嘴。你头脑一发热,谁还敢相信你这张嘴?"

"听我说,哈利。我可是个好人啦,你可以考验我啊,这样,你就知道我这个人有多好了。"

"去给我把两瓶酒拿来。"我命令道。我脑子一闪,有了另外的打算。

他把酒拿了过来,我拿起已经打开的那瓶喝了一口,然后把两瓶酒一起摆在舵轮旁。我转过头看看他,他居然还在那里傻愣愣地站着。我为自己不得不这样对待他而感到有些难过,也忽然觉得他很可怜。唉,我俩刚认识的那会儿,他可真是个不错的人哪。

"这船怎么啦,哈利?"他关切地问。

"再正常不过了。"

"那你老是这样瞅着我,又是怎么回事呀?"他耸了耸肩,觉得怪不好意思。

"好吧,老弟,听我说,"我可真是觉得他可怜,"你知道吗?你大祸临头啦。"

"什么?你说什么,哈利?"

"其实到底是怎么回事,我现在也还说不上来。"我说,"现在我自己都还理不清楚。反正你大祸临头啦。"

我们就沉默地在那儿坐了一阵,什么话也没有说。我发觉,现在想跟他说句话,都觉得很难。后来我到船舱里去把一支三〇三〇[①]温切斯特和一支气枪取了出来。这两个家伙一直被我藏在船舱里,我将气枪上的气筒打开,来回拉了几下,不错,很灵活,然后我又把气筒关上,接着把一颗子弹给推上了膛。那支温

① 三〇三〇是一种弹药重30格令、口径为0.3英寸的来复枪。

切斯特枪的枪膛里，我也把子弹上好，并且把弹盒装满子弹。

我将这两支枪连着枪套挂在舱顶底下，平时我的钓竿就一直挂在那个地方。那地方正好在我的舵轮的上方，这样只要我一伸手就拿得到，非常方便。为了不让枪生锈，我总是给每一支枪都上足了油，然后将它们放在用短羊毛做成的长枪套里。

我又从垫子底下，将一把史密斯韦森点三八特制手枪抽了出来，那是我以前在迈阿密当警察时用的。我把那把枪拿来上好了油，仔细地擦过一遍，同样将子弹装满，佩在自己的腰带上。

“发生什么事了？到底是怎么回事？”埃迪见我准备了几支枪，一脸茫然地问。

“什么事也没有。”我对他说。

“那为什么你要把些该死的枪都拿出来，而且还全部都上满了子弹？”

“我一向把这几支枪带在船上的，一般在钓鱼的时候，我用来打那些啄鱼饵的鸟，而且在诸基列岛一带，常有鲨鱼出没，万一遇上了也可以自卫。”我似乎是在安慰他说。

“该死，我知道没这么简单，告诉我，到底是怎么回事，哈利？”埃迪着急地问道。

“什么事都没有。”我像是在宽慰他，又像是在自我宽慰，对他说。我坐在那儿，在腰上的那支点三八随着船的每一次晃动，就会在我的腿上“啪”地撞一下。

我看了看坐在一旁的埃迪，心想：现在这么干，实在没什么意思了。不过，说实在的，我现在非常需要他呢。

“我现在有一件小事要去办。”我说，“地点是在巴库拉瑙。至于你要怎么做，到时候我会告诉你的。”

我不想将这件事过早地告诉他。我想，要是现在就告诉他，他除了害怕，估计就是恐惧了。到那时，他就连一个屁都顶不上。

“啊，哈利，我都会帮着你的。不管去干什么，你放心，用我，保证没错。可没有比我更好的帮手了。”他拍了拍胸脯说。

我盯着他，仔细地端详了起来，就像是研究一件古董。他睡眼蒙胧，好像永远都没睡醒似的，个子虽然高，但是哆哆嗦嗦的。就这孬货，能行吗？

“跟你商量个事，哈利，让我喝一口好不好？就一口，你知道，我不喝酒会发疯的。”他恳求我。我拿过放在船舵那儿的酒，让他喝了一口，然后一直坐在那儿等，等天黑。

海面上的夕阳，绝不“只是近黄昏”，而总是“夕阳无限好”，不时吹过一阵阵凉爽的风。等天黑尽了，我就发动引擎，朝着陆地把船缓缓地驶去。

太阳一落山，海水就汹涌了起来。我看了看海水的流向，知道现在正在涨潮。我逆着水流把船朝前驶去，船驶过了巴库拉瑙，也就是过去的考希马尔。

黑暗中，我把船停在了距离海岸约一英里的水面上。我仔细地打量着远处射来的灯光，等待着商量好的暗号出现。莫洛堡灯塔的灯光远在我们的西边，而林康和巴拉考阿两个灯塔的灯光则是在我们的对面。

我停下船，由着船顺着洋流漂浮。天已经很黑了，我关掉了船上所有的灯光。即使是这样，船漂到哪儿我都能够准确地认出来，也绝对不会错，毕竟我在大风大浪里摸爬滚打了这么多年。

“你到底要准备做什么呀，哈利？”埃迪战战兢兢地问我。

“你说呢？”

“我说？我不知道呀，要是知道就不会问你了。伙计，你可真把我给急死了。”他有些急不可耐地说。他将身子挨近我说话时，我闻到一股浓烈的口臭，简直就跟秃鹫差不多。

看来再不给他喝上几口，他就要发疯了。

“现在几点钟了？”我赶紧转移了话题。

“嗯，等我下去看看。”他说。回来后，他告诉我说是 9 点半。

“想吃点吗？”我问他。

“不用，”他摆摆手，说，“你知道我对吃的不怎么感兴趣，哈利。”

“那好，你现在可以去喝一口。”我说。

他立刻来了精神，蹿过去张口就喝。等他喝过一口后，我再问他感觉怎么样，他说现在觉得心里舒服多了。

“嗯，不错，我会再让你喝两口的，不过得再过一会儿。”我边制止他继续狂饮，边对他说，“不是我不让你喝，我知道你要喝了酒，才会酒壮英雄胆，可是现在船上的酒只有两瓶。所以你必须要省着点儿喝。”

“好吧，现在总可以告诉我，这到底是怎么回事了吧。”埃迪又近乎恳求地对我说。

“那好，你给我仔细听着，”我在黑暗中对他说，“过一会儿，我们要去巴库拉瑙，在那儿我们会接十二个中国人上船。”我顿了顿，继续说道，“你一定要记住，等一会儿，你要装作哑巴似的一言不发，我叫你怎么做，你就怎么做。等那十二个中国人都上了船后，我们就把他们关在前面的船舱里。你听明白了吗？那好，你现在先去船头从外面把舱门闩上。”

他摇晃着身子，朝船头走去，在夜空下，他的身影黑黑的。没走多远，便回过头来对我说：“哈利，再让我喝一口，可以吗？”

“现在可不行。”我说，“我可不想你现在就成个窝囊废。待会儿还得靠这酒来给你壮胆。”

“放心吧，哈利，我说过了，我非常棒。等会儿你就仔细瞧好了。”

“到目前为止，我唯一知道的就是你是个酒鬼！”我说，“听我说，等会儿，那十二个人会被一个中国人带来。他会先拿一笔钱给我。等那十二个人都上了船后，他还会拿另外的一笔钱给我。他第二次出手拿钱给我时，你就掉过船头，开足马力往海上开去。”我斩钉截铁地对埃迪继续说，“这边发生了什么事，你压根儿别理会。你唯一所要做的，就是把船一直开出去。听明白了吗?”

“再清楚不过了。”他也干脆地说。

“那好，听着，在船开到了海上以后，如果有中国人从舱门里逃出来了，或者是将船舱砸破冲了出来，你就将气枪摘下来打。只要他们一出来，你就用气枪把他们打回去。嗯，你会使气枪吗?”

“不会。要不你先教教我。”

“算了，就算现在教你，你也不会用。那支温切斯特你总会使吧?”

“当然，只要一扣扳机就成。”他小声地回答道。

“不错，”我说，“不过，你要记住，可别将我的船身打得到处都是窟窿。”我叮嘱他道。

“听我说，伙计，我觉得，你还是让我现在就把酒喝了吧。”埃迪近乎哀求地说。

“不行。现在你只能喝一小口。”

没想到，他接过酒瓶，一仰脖子就喝了一大口。这酒下了肚，埃迪说话也变得快活起来：“看来我们是要去运中国人了。嘿，我以前不是常说吗，要是我有一天落得身无分文了，我就去运华工。”我知道，现在他就算喝一瓶酒也不会喝醉了。心里都怕成这样，哪还能够醉得了呢？不过，我还是每隔一段时间，才会让他喝上一口，他这个人就是这样，有点儿酒在肚子里，才不至于吓得尿裤子。

“哦，这么说起来，难道你以前就从来没有两手空空过？”我反问他。我觉得这人实际上还是挺有趣的。

在我的允许之下，他又喝了三口，这样他的胆量，应该能够撑到 10 点半。我们任由游艇在海面上漂着，等了许久，我依旧没有看见事先约好的信号灯。在这之前，我倒是没有想到在这儿还要等这么久。按照我最初的打算，为了更好地避人耳目，就是在天黑以后出发，先把船开到海上，然后停下船，让其顺着洋流一路漂流到巴库拉瑙。

到了快要 11 点的时候，岬角上终于有两点灯光出现了。不过，我并没有马上就将船开过去，而是稍微等了一下，然后才把船朝前面缓缓驶去。以前这个港湾倒是挺大的，还有过一个大码头，是专门用来装沙的。不过，现在的巴库拉瑙只是个小港湾。一条小河的河水会流到这个港湾里，由于在雨季里河水不断上涨，河口的沙洲被上涨的河水给冲开了。到了冬天，由北来的大风一吹，那些沙全都被吹得堆积起来，渐渐地就把河口给堵死了。

以前，还有人曾一度驾着帆船，沿着这条小河溯流而上，沿河出产的番石榴，都靠着这些溯流而上的帆船给运出来，当地也因此形成了这个不大的小镇。

后来，小镇被一场强飓风给完全破坏了，如今，那里的人们早就搬走了，只剩了一间间的空房子。再后来，一些西班牙佬。在被飓风刮过后的废墟上，将那些空房子重新修葺一新。这儿就成了他们的一个俱乐部会所，每逢星期天，那些西班牙佬就从哈瓦那跑来这儿游泳野餐。在离海滩很远的地方还有一座房子，那是代管员的住宅。

在沿海一带，政府都会委派一个代管员驻扎在像这样的小地方。不过我想，那中国人肯定早就买通了所有的关节，而且用的肯定是自己的船。游艇在开进港湾时，陆地上飘来的那种灌木丛的芳香，还有一股海葡萄①的气味传到了我们的鼻子里。

“现在，你到船头去。”我对埃迪说。

“好的，不过船要往里开。你瞧，那边可都是暗礁。咱们得尽量靠这边走，那样就不会撞上什么了。”他一边朝船头走，一边对我说。

瞧吧，只要他不喝酒，他就是个非常不错的人。我没说错吧。

“现在要打起精神来啦。”我对正朝船头走去的埃迪说。然后把船小心翼翼地开到港湾的里边，来到一个那个中国人也能看得见我们的地方。

如果不是因为浪花拍岸的声音太大，我估计他们也该听得见游艇的引擎声。我不想在里面多等，可我又不能确定他们看见了我们，为了表示我们已经到了，我就亮了一次航行灯，随后，我马上便关掉，只亮了红绿两种颜色的。然后我将船头掉转，朝着港湾外面开去，将船停在港湾的入口外，引擎依旧开着并不熄火。

我对埃迪说：“到我这儿来一下。”我将酒瓶子递给他，他接过以后喝了一大口。

“是不是先要用大拇指扳上这玩意儿的扳机?”他小声问我。他坐在了驾驶座上，挂在舱顶下的两支枪的枪套，都已被我打开了，半尺来长的枪柄露在外面，待会儿拿枪的时候就会方便

① 这是在当地沙滩上长的一种植物结出的蓝色浆果，可以食用。

得多。

“不错。”

“嘿，真是个不错的家伙。”他说。

酒鬼就这样，只要肚子里有酒，转变的速度之快，不得不让你感到惊讶。

我们的船就在那儿停着。远处，从那个政府代管员的住宅里透出的一丝灯光，在穿过层层树丛后，依旧隐约可见。

我发现那两点亮光在岬角上逐渐地暗了下去，其中一点还能够看见，而另一点就完全消失了。我想，另外一点，一定是被他们吹灭了，剩下的亮着的那一点灯光开始在岬角上移动起来。

不久，一条船就从小港湾里开了出来，小船迎着我们划来，有个人在船上摇橹。从那个摇橹人前俯后仰的身影来看，我估计这把橹有点儿大。这一发现，让我的心里感到一丝高兴。既然是摇橹，那就说明一个人就可以了。

他们的船，靠到了我们的游艇边。

“晚上好，船长，很高兴能够再一次见到你。”辛先生平静地说。

“我也是，现在请把船划到船艄来，并排靠拢。”我说。

他对着那个摇橹的人说了两句什么，可摇橹的船无法倒退，我只好抓住船舷的上沿，用手将他的那条船朝我船艄上使劲儿地拉过来。

有八个人在他的那条船上：辛先生，摇橹的，加上六个中国人。本来我在伸手去拉他们的那条船时，就准备自己的天灵盖上会挨上一家伙。可我将船拉拢之后，天灵盖太平无事。辛先生从小船上伸手抓住了船艄。

“先把钞票让我看看，我要知道是不是真货。”我说。

他顺手交给了我一把钞票，我接过钞票走到埃迪掌舵的地方，将罗经柜里的灯打开。我在灯光下仔细验证钞票，没什么异常，就关了灯，走了出去。

埃迪一直在那里打哆嗦呢。“行了，别抖了，你自己拿酒喝一口吧。”我说。埃迪立马拿过瓶子，往嘴里一阵猛灌。

我拿着钞票回到船艄。

“没问题。”我说，“让他们上船，动作要快。”

尽管浪不大，可摇橹的古巴人和辛先生还是很费了点劲儿，才勉强把自己的小船稳住。辛先生朝那几个人说了句中国话，小船里的中国人就一窝蜂地朝船艄上攀来。

“不要一起来，这样船会翻的。”我连忙制止道。

辛先生又朝那几个中国人说了句什么，于是六名高矮胖瘦不同的中国人，才依次一个个地爬上船艄。

“带他们到里面去！”我对埃迪说。

“各位，请跟我到这边来！”埃迪说，嘿，看来他刚才那一口的确起到了壮胆的效果。

“把船舱锁上！”等他们都进了舱，我就对埃迪说。

“好的。”埃迪说。

“现在，等着我再去把下一批送来。”辛先生说道。

“好的，快去吧。”我对他说。

我往外一推他们的船，那个后生就开始一俯一仰地摇起橹来，小船很快就消失在黑夜中。

“听着，伙计，”我对埃迪说，“从现在起，你不要再喝酒了。你的胆量已经够大的啦！”

“你说了算，老大！”埃迪终于不再害怕了。

“你没事吧？”

“没有，我会有什么事呢？我只是觉得挺有趣的，”埃迪似乎忘记了刚才的发抖，接着说，“你刚才是不是告诉我说，用大拇指往后这么一推就行？”

“去把瓶子拿过来，我现在想喝一口。”我对他说。

“老大，酒已经没啦，不好意思啊！”埃迪有些得意地说。

“你这该死的酒鬼，现在给我仔细地听好。等一下你一看见他给我钱，就加大马力将船开出去。”

“放心吧，老大。”埃迪说。

我探手过去，接过埃迪拿过来的另一瓶酒，将瓶塞拔了出来，仰着脖子也喝了一大口，回到了船尾。然后我将塞子又给拧紧了，在两只柳条筐水壶背后将那瓶酒藏了起来。

“打起精神来，辛先生他们过来了。”我对埃迪说。

“没问题。”埃迪说。

小船正逐渐向我们靠拢。

这回我没有去拉他们的小船，而是让他们自己用手拢住，他们的小船靠上了我们的船艄。辛先生用手将我们装在船后的滚轮牢牢地抓住了。这滚轮是我们捕到大鱼，用来将大鱼拉到船上来的。

“就像刚才一样让他们一个一个地上船。”我说。

六个各色各样的中国人从船艄上了船。

“现在去打开船舱，把他们也领到里面去。”我对埃迪说。

“好的。”埃迪说。

“锁上船舱。”

“好的。”

埃迪做完这一切后径直走到船舵那里，把着舵轮。还不错，我想。

“辛先生，现在把剩下的钞票也先拿给我看看吧。”我说。

他从口袋里拿了钱，伸手递给我。我伸出手去，不过并没有接他手里的钱，而是攥住他的手腕子朝我的船上猛地一拉。他身子不由自主地往前一冲，就站到了我们的船艄上。我以迅雷不及掩耳之势，用另一只手死死地将他的脖子卡住。

船开动了，在“呜呜”的引擎声中，游艇的螺旋桨猛烈地旋转起来，出发了。趁着对付辛先生的空当，我瞟了一下那个摇橹的古巴人。他似乎被这突如其来的变故吓傻了，在小船船艄上呆呆地站着，一只手抓着船橹。辛先生虽然被我死死地卡住了脖子，但他仍在那儿拼命地蹦跳扑腾，那阵势，比被钩在拉钩上的海豚还厉害。

我铆足了劲儿，用力将他的胳膊扭到背后，用力往后扳。可是我用力过猛，他的胳膊被我一下给折断了。他的嘴里发出了一声古怪的声音，不过声音却不大。我一感觉到他胳膊断了，就放开了他的胳膊。

他的这条胳膊已经废了，我用双手抱住了他的身子。他扭过头来，狠狠地一口咬住我的肩。朋友，你知道吗？那个辛先生扑腾起来可真是厉害，简直像一条被钩住的马林鱼，在他的身上，那条断臂不住地晃荡个不停，最后还是被我给向前按倒，“扑通”一下跪在了甲板上。

我用双手死死地掐住他脖子，用力地想将他的脸按在甲板上，他拼命地左右晃动着脑袋，不让我得逞。他越是晃动得厉害，我就越用力；我越用力，他就越是晃动得厉害。谁知道，最后只听见“吧嗒”一声脆响，他的脑袋就无力地耷拉在了一边，脖子断了。真的，那“吧嗒”一声，清楚地传到了我的耳朵里。

他安静了下来，再也不能使劲儿挣扎了。所有的动作都停止了下来，他的身子瘫在甲板上一动不动，我还依旧压在他的身上喘着粗气。过了好一会儿，我确定他已经死了，才从他身上站了起来。他一动不动地横在船艄，面孔朝天，两脚直伸到舵手舱里，身上依然穿得漂漂亮亮。

我把散落在舵手舱地板上的钞票一一捡起，撇下他，走到罗盘柜旁，把刚才捡起来的钱点了数。然后，我就叫埃迪到船艄那边去，找找有没有铁块之类的东西，还由我掌舵轮。以前我们在斑礁区或岩底深水区捕水底鱼时，不敢直接把锚抛下，那样很容易钩住礁石，就常常拿这种铁块当锚使用。

“什么也没有呀。”他说。我猜想，他是怕到那边去，给自己找个借口。

“胆小鬼，你来掌舵，一直朝着外海开。”我命令道。

我看了看船舱，好像有一些动静，不过我并不担心。

两块我们在托图加斯的老煤码头上弄来的铁块被我找到了，我又找了些大号的钓鱼绳，在辛先生的脚踝上牢牢地绑上这两个重重的大家伙。

我们的船又朝前开了一段时间，我估摸着到了离岸约两英里的地方，就把他拖到船尾后的滚轮上，轻松地一推，他就顺顺当当地“扑通”一下滑到海里去了。他的口袋，我也懒得去翻看。我可不想再去摆弄他了。

随后我打了一桶水，从船尾底下拿出板刷，把从他鼻子里、嘴里流到甲板上的血迹擦得干干净净。埃迪这个该死的家伙，把船开得太快了，以至于我在打水时，差点儿摔到海里。

“慢点开。”我对埃迪说。

“要是他又浮起来怎么办?”埃迪说。

“浮起来？开什么国际玩笑。他现在被我扔下去的地方可有七百来英里①，”我斩钉截铁地说，“老弟，你想想看，七百英里，可深啦。他现在只会一路往下沉，沉到那么深。如果没有产生气体抬他上浮，他只会一直往下沉，何况还有来把他当点心的鱼，

①

还有推他走的水流。专心开好你的船吧，”我自信满满地说，“你用不着为辛先生操心。”

“有什么事，让你跟他过不去?”埃迪心有余悸地问我。

“什么事也没有，”我说，“到目前为止，我还是第一次遇到这样好打交道的人呢。可是我一直感觉到这里边有些不对劲儿。”

“你为什么要把他杀了呢?”埃迪不解地问我。

“这样，他就不用去害死另外十二个中国人。”我对他说。

“哈利，”他说，“我想我现在必须喝一口了，我见了他那颗散了架的脑袋，就恶心。再说，现在我肚子里的东西在闹腾得厉害。”

我递过酒瓶子给他，让他喝了一口。

“那帮船舱里面的中国人怎么办?”埃迪说。

“最好将他们尽快放了，”我对他说，“他们那么大的气味，免得把我的船舱给弄污了。”

“你打算在哪儿把他们放下呢?”

“随便哪个地方，只要能靠岸就送他们上去。”我对他说。

“那咱们这就把船向陆地开?”

“不错，”我说，“慢慢地开过去，注意礁石。”

船缓缓地通过礁区，向着不远处的陆地驶去。没过多久，一处隐隐发亮的海滩就出现在我们的视线里。不过，在礁区海水还是相当深的。再朝岸边走，水底就逐渐变成沙砾地了，坡度也开始逐步向上，直至岸边。

“到船头去，将水深报告给我。”

他将一根鱼叉杆拿在手里，走到船头，俯下身子不断地把鱼叉杆往水里插。如果还需要继续前进的话，他就会将手里的杆子朝前一指。他回过头来，示意让我停下，我停住了船，并把船往后倒退了一下。

“这里大约有五英尺深。”

“好，我们就在这里下锚了，”我说，“记住，万一来不及起锚的话，咱们就砍断锚缆、把锚拉脱。”我胸有成竹地说。

锚缆一点儿一点儿地被埃迪往外放，一直放到绳子不再拉紧了，他才把那一头牢牢拴在船尾上。这样，正对着陆地的方向就恰恰是船尾。

“你也知道，这水下面可全是沙砾地。”他说。

“水深有多少？船尾处的。”

“最多五英尺。”

“这把枪你来拿好，”我说，“这次咱们可要非常小心哪。”

“现在能让我喝一口吗？我紧张极了。”他说。

我摘下了气枪拿在手里，又把酒给他喝了一口。我将船舱的锁打开，推开舱门，朝着里面的人说了声：“都出来吧。”

一点儿动静也没有。

过了一会儿，一个中国人从门口探出头来，可当他一见埃迪手拿着长枪站在那里，就马上把脑袋缩了回去。

“放心吧。不会有人伤害你们的。”我说。

船舱里传来一片嘁嘁喳喳声，全都说的中国话，一句也听不懂。不过，依旧没有人出来。

“嘿，我说，都出来！出来！”埃迪说。我的天哪，这个家伙准是趁我不注意，又去偷偷地喝过酒了。

“听着，埃迪，我要是发现你再去偷偷地喝酒，我就一枪把你送下大海。”我对他说。

“还待在里面干吗？都快出来，要不然我可要向船舱里开枪啦！”我这又对船舱里的人喊道。

一个人扭过头来朝门角里瞅了一下，然后又回过头去和那一群中国人叽叽呱呱说开了，显然他刚刚看见了陆地。

“嘿，我说，别磨蹭了，出来吧，要不然我可真要开枪啦!”我说。

他们磨叽了半天，还是出来了。

说实在话，如果不是个心狠手辣的人的话，想把这帮中国人一个不留全部杀掉，那无论如何是下不了手的。退一步讲，就算是真的那么做起来，也一定非常麻烦，更别提中途出现什么变故了。

虽然他们都战战兢兢，十分害怕，但还是出来了。整整十二个人哪，而且一把枪都没有。我将气枪端在手里，慢慢地后退，直到退到船尾。“现在，全部都给我下水里去，”我说，“放心，我是不会在你们背后放冷枪的。”

十二个人站在那儿，充满了恐惧，盯着我，一动不动。

“下去。”我命令道。

还是没有一个人动。

“都聋了吗?快跳下去。你们这些胆小的外洋佬。”埃迪说。

“给我住嘴，醉鬼。”我对他喝道。

“我们不会游泳。”一个中国人说。

“不需要游泳，水不深。”我说。

“听见没有，都下水里去，快。”埃迪说。

“埃迪，你过去，到船艄去，”我转身对埃迪说，“你一只手拿鱼叉杆，一只手拿枪，把鱼叉杆插到水里，让他们看看水到底有多深。”

埃迪拿着鱼叉杆量给他们看了。

“真的不需要游泳?”还是那个人满腹疑惑地问我。

“不用。”

“没骗我们?”

“没有。”

“这是在什么地方？”

“古巴。”

“你们这些骗子，真该死呀！”他一边说，一边走到船边上，在那儿赖着不跳，过了好一会儿才松手跳了下去。他的脑袋沉到了水下，很快又从水底下探了出来，整个脑袋刚刚好露出在水面上。“该死的骗子呀，”他一边蹚着水朝岸边走去，一边还在绝望地嚷嚷，“该死的骗子呀！”

看来这家伙要被气疯了，不过他的确也够勇敢的。他在水里蹚了几步，转过头来用中国话对船上剩下的那些人说了句什么，其余的中国人，也都走到船艄边纷纷跳下水去。

“好，”我对埃迪说，“赶快起锚。”

月亮早就升起来了，皎洁的月光照在海面上。那群蹚水上岸的中国人，在水里露出的脑袋，我们在船上看得一清二楚。不远处那隐隐发亮的海滩，以及海滩背后一带的小树丛，也依稀可辨。

船缓缓地驶出礁区，来到宽阔的海面上。我回头朝着岸边看了一眼，月光下的山峦和海滩都显出模糊的轮廓来了。

我们开始朝着基韦斯特的方向驶去。“好了，埃迪，现在你去睡个觉吧，”我对埃迪说，“不过睡之前，先把舷窗全部都打开，让里面的气味散掉，顺便再把碘酒拿给我。”

“你怎么了？”他将碘酒拿来了递给我。

“没事，只是手指被割破了。”

“要不然我来把舵？”

“不用，你去睡觉吧，”我说，“过一会儿我来叫你。”

那张嵌壁床在舵手舱内、油箱的上方。他在嵌壁床上躺了下来，倒下去没多久他就睡着了。

我用自己的膝头将舵轮顶住，把衬衫脱下来，正好看得见被辛先生咬后留下的伤痕。看伤势，真够狠的，这一口咬得可不轻。我涂了些碘酒在上面，坐在那儿掌舵，心里琢磨：不知道会不会因为被这个中国人咬了一口，而感染上什么病毒？

船身被海水“哗哗”地刷着，机器非常平稳地运转着。半晌，我的脑袋终于转过弯来：呸，才不会这么轻易地被感染啦，不就是被咬了一口嘛！像辛先生这样的人，一天光是刷牙，大概就要两三遍哩。辛先生实在算不上一个精明的生意人，也许他是一个精明人，只是因为轻信我罢了。说实话，对于他我实在猜不透。

好了，现在所有的问题都解决了，嗯，还有一个问题，那就是这个埃迪了。这个酒鬼，指不定哪天酒劲儿一上来就会把今天的事说出去。

我一边坐在那儿掌舵，一边回过头看看睡得跟死猪一样的埃迪。心想，像他这样活着，倒还不如死了好哩，只要他死了，我就再不用担心了。

其实，我刚发现他在船上时，就打算干掉他。可是一切事情进行得那么顺利，我也就将之抛在脑后了。看着躺在那里的他，我的那种想法又开始蠢蠢欲动了。不过我再一想：如果我这样干了，说不定反倒把好事弄坏了，以后要后悔的，那又何必呢？可是，我又想到他的名字压根儿没在船员名单中，我还得付一笔罚款才能够把他带到国内。唉，留着他到底是好还是坏，叫我还真的有些难为情。

算了，不去想了，先就这样吧，反正以后有时间考虑这事，现在还是只管开船，先顺利回去再说。我掌着舵，时而还将酒瓶端起来喝上一口。

瓶里的酒已经所剩不多，还是他将这酒带上船来的呢。我喝完以后，将剩下的一瓶也打开，这可是仅有的一瓶了。说真的，我倒是非常喜欢把舵的。今晚的天气倒是不错，是理想的过海的夜晚。有几次我都觉得这一趟出海，肯定糟透了，不过这一趟出海，才是真正好着哩！

天亮了以后，埃迪才醒了过来。一睡醒，他的酒瘾就犯了，他告诉我说他难受极了，只想喝酒。

“你来把会儿舵吧，”我对他说，“我到处去看看。”

我又重新走到船艄，那儿早已没一点儿痕迹了。我还是用水把船艄又冲了冲，再把船边上用刷子刷了刷。我把枪退了子弹，放在舱里藏好，不过没有卸下腰带上的枪。船舱里已经闻不到一点儿气味，空气清新，十分舒服。右舷窗里的一个床位，被溅进来的一点儿海水打湿了，我将舷窗都关上了。现在，谁也不会知道我这船上搭过中国人了，就算那些精明的海关官员也不能看出。

我看看四周，就在装行船执照的镜框下面，我发现结关证连网兜都还在船舱那儿挂着。那是我上船时匆匆搁在那儿的，后来把这事给忘记了。我连忙把它取出来看了一遍。天啊，你猜我看见了什么？上面竟然有埃迪的名字！我急匆匆地来到舵手舱里。

“告诉我，”我说，“船员名单上怎么会有你的名字？”我既高兴又狐疑。

“哦，我去酒馆的路上，遇见了报关行的代办。他告诉我他要去领事馆，我就让他把我的名字一块儿写上喽。”

“你可真是个幸运的酒鬼。”我对他说，然后转身出了舵手舱，朝船舱走去，来到船舱里。我将腰里的那支点三八取了下来，重新藏好在船舱里。我知道，除了怕他醉酒后走漏消息，就不用再担心他了。

随后，在船舱里，我煮了一些咖啡来喝，便又到舵手舱去。

“船舱里煮的有咖啡。”我对他说。

“嘿，伙计，我对咖啡可不感兴趣啊，这你知道的。”他现在的脸色可真是难看，无论谁见了，都会为他感到可怜。

9 点钟，桑德基的灯塔出现在了我们的正前方一带。早些时候，我们就已见到了一些准备北上的油船，全都在海湾里停着。

“马上就要到了，我还是付给你四块钱一天吧。就跟约翰逊一样。”我对他说。

“昨儿晚上那笔买卖，你得了多少？”他也斜着眼睛追问我。

“六百块。”我平静地对他说。至于他信不信我的话，我倒是没有去考虑。

“难道就没有我的一份？”

“怎么没有？刚才我告诉你的那个数，不就是你的？”我对他说，“你可要记住，昨天晚上的事谁也别告诉，要是被我知道你把这事给说了出去，到那时可就别怪我不顾情谊，除了把你干掉以外，我别无选择。”

“我知道，哈利，咱们相处了这么久，你难道还不知道我是个什么样的人吗？我这个人可是从来都不喜欢在背后说闲话的。”

“我只知道你是个酒鬼。你一定要给我记住，不管你喝得有多醉，只要说出去一个字，你的人生也就走到头了。”

“嘿，哈利，咱们可是老朋友啦，这样说话可不该啊，再说了，我诚实可靠，这你知道的。”他说。

“诚实可靠？谁能保证一辈子都诚实可靠？”我对他说。不过，实际上我并不担心他，有谁会相信一个酒鬼的话呢？辛先生已经参观海底世界去了，不会再有时间来告我了。

那班中国人自己都是一大堆麻烦，肯定也是不会来告我的。至于那个摇船的后生，他自己做的是见不得光的买卖，更加不会来告我。只有这个埃迪，保不齐他哪天就会把这事给抖搂出去，可谁会相信一个酒鬼的话呢？

不过，话又说回来，这一切，又有谁能够拿得出一星半点儿证据？不然的话，人家一看到船员名单里有他的名字，风言风语肯定就会只多不少。这样看来，我确实还是挺幸运的。

当然我也可以告诉他们，说他掉在大海里了，可那种话肯定会有更多的闲言闲语，绝对错不了。算起来，埃迪真是好运当头，真是好运当头啊！

我们的船开到了湾流边上，海水的颜色发生了一些变化，不再是蓝色的了，而是带点儿淡淡的绿色。从船上朝着陆地的方向望去，长礁和西干岩两处的标桩已经能够被看见了，基韦斯特上的那些无线电天线杆也能够被看见了，还有那在一大片低矮建筑之上高高耸起的贝壳大旅馆。那野外冲天而起的滚滚浓烟，那是有人在焚烧垃圾造成的。

如今桑德基的灯塔已近在眼前，小码头和船库也看得见了，它们就在灯塔边上，算算路程，应该还只剩下四十分钟了。如今我得了一大笔外快，这一个夏天可以好好地过了，我心中感受到了一种强烈的快乐，乐得忘乎所以。

“埃迪，咱们俩，喝口酒怎么样？”我对他说。

“啊呀，哈利，太好了，”他一听，兴奋得差点儿跳起来，“我早就等你说这句话了，你可真挺够朋友。”

买卖人的归来

夜晚，他们过海而来，强劲的西北风不断地从海上吹来。

太阳升起以后，一艘从海湾南下的油船出现在他的视线里。天气很冷，在阳光的照射下，那油轮整个看上去白晃晃的，像一座高楼耸立在大海上。他对那黑人说："我们现在到了哪儿啦？"

那黑人直起身子，朝四周仔细打量了一番。

"这种景象不像是在迈阿密的西边啊！"

"胡说什么啦，咱们的船又不朝向迈阿密，这你知道。"他对那黑人说。

"我当然知道。我的意思也就是说，这样的高楼在佛罗里达诸基列岛是没有的。"

"我们现在是在朝着桑德基的方向行船。"

"我知道，可是咱们在海上行驶了这么久，到了这会儿早就应该看见桑德基了呀。就算是还看不见桑德基，那么，至少也应该看见那些位于美国沿海的暗礁群了呀！"

过了一会儿，他才看清那并不是什么高楼，只不过是一艘油船而已。又过了大约一个小时，桑德基的灯塔终于出现了，还是在那个老地方，一点儿都没改变：褐色的，细细的，直挺挺地矗立在那儿。

"嘿，总得对自己要有足够的信心，才能在船上掌舵。"他像是在自言自语，又像是对那黑人说。

"是啊，本来我倒是对自己信心十足的，"那黑人说，"可是自从走过了这一趟之后，我的信心受到了严重的打击。不是吗？

我的好伙计！”

“你的腿好点儿没有？”

“还是老样子，一直都在痛啊！”

“那倒没什么，”那人说，“只要注意别让绷带掉了，不要沾上什么脏的东西，过段时间它自己就会好的。”那人安慰他说。

现在船被他朝着西边开去，打算逐渐向沃曼基靠近。他们会到岸上去，在岸边的红树丛中躲过一个白天。那是个不错的地方，他们什么人都不见，就在岸上等着，自然会有船来接他们的。

“别担心，会好起来的。”他对那黑人说。

“该死的，以后会不会好，谁知道哇，我只知道现在痛得可厉害了。”那黑人咬牙切齿地说。

“放心，伙计。你的枪伤不算严重。”他宽慰黑人说，“等我们到了家我会帮你治好的。”

“这又有谁知道呢，反正我现在是挨了枪了，”那黑人说，“我以前可从来都没有想过自己会挨枪。可这又有谁知道呢，反正，这次我是倒霉透顶了。”

“我看你呀，只不过是受到了一点点惊吓罢了。”

“说什么呢，我现在痛得可厉害了。我可是挨枪了。痛了整整一夜，一阵阵抽痛。你没挨枪，你怎知道挨枪子儿的滋味？”

一路上，那黑人就这样嘀咕着，他总是忍不住想将绑在腿上的绷带解开来，好看看自己的伤口。

“嘿，我告诉过你，别动，千万别动它。”掌舵的那人说。在舵手舱里的地板上，四下里一麻袋一麻袋的酒，堆得到处都是，看上去像一只只火腿，瓶子里面的酒，也泼得到处都是，散发出阵阵酒气。黑人就在地板上面的麻袋堆里躺着，周围全都是麻袋。只要他稍微一动，破瓶、碎玻璃的声音就会从麻袋里响起。

如今沃曼基已经可以看得非常清楚了。船现在正朝着向沃曼基驶去。

“老天啊，现在真是痛得越来越厉害了，真是痛啊！”黑人龇牙咧嘴地说。

“我也为你感到非常难过，可是，韦斯利，我的确是无能为力，”那人说，“而且我还得掌舵。”

“行了，别假惺惺的了，你待条狗都比待个人好呢，不是吗？”黑人说。撕心裂肺的疼痛让他的脾气开始变得有些暴躁起来，说话也逐渐没有好声气了，不过那人依旧为他感到难过。

“韦斯利，你现在最好还是安静点儿躺着，那样也许会好受一点儿，”他说，“我会想办法来照应你的。”

“人家是死是活，你从来都不管，”黑人说，“你连一点儿人性都没有，这回，我算是看清你的嘴脸了。”

“别担心，你的枪伤我会替你好好治的，”那人说，“你现在最好还是躺着吧，安静点儿会好受些。”

“我看，你是没有办法治好我了。”黑人说。那个叫哈利的人这时不再说话了，其实对于这个黑人他倒是挺喜欢的，可眼下，他的确束手无策，除非给他补一枪。可是，他怎么能够忍心下这个手啊！

“当时，他们一开枪，我们就应该赶快停下，那样不是就没事了吗？”

那人沉默着没搭腔。

“难道一船酒，比一个人的性命还值钱？”那黑人还在那儿嘀咕。

那人只顾盯着前方专心地掌他的舵。

“只要我们当时赶紧停下，让他们把酒拿去，不就没事了吗?”

“不行,”那人终于忍不住开口说话了，“如果这样，咱们就得坐班房，而且酒和船也都会被没收。”

“那有什么，不就是坐班房嘛，我不怕,”那黑人说，“我怕挨枪子儿。”

那人不想再听他说下去，他渐渐被黑人吵得有点心烦了。

“到底是谁受的枪伤严重?”他问，“是你的伤还是我的伤严重?”

“当然是你,”那黑人依然不依不饶地说，“可我并不是雇来挨枪子儿的。要是会挨枪子儿，谁会愿意去啊。”

“韦斯利，不要这么激动嘛,”那人说，“现在说再多的话，也是于事无补的。”

这时船已经进了岛外的暗礁群，沃曼基就在距离他们不远的地方了。阳光洒下来，水面上波光粼粼。他把船开进航道时，阳光从水面上反射到他的眼睛里，看上去明晃晃的，让他很难看清前面的东西。那黑人八成是因为受了伤，已经精神错乱了。一路上，他一直絮絮叨叨个不停，现在甚至虔诚地祈求起上帝来了。

“难道他们不知道禁酒法废止了吗？为什么现在他们依然还要贩私酒呢?”他说，“为什么他们就不堂堂正正地用渡船运酒进来呢？为什么这样的买卖，他们还非要干呢?”

掌舵的那人瞅着航道，目不转睛。

“大家为什么不老老实实地干个正派营生，正正派派地做个老实人呢?”黑人还在那儿絮絮叨叨不止。

阳光非常耀眼，岸上的情形看不大清楚。可是，哪儿有来自岸边平静的涟漪，那人还是勉强能够看得出。他用单臂转动舵轮，让船转了个向。船在拐过一个弯儿后，航道就变得开阔了，于是他把两个离合器都脱开了，打起了倒车，船开始缓缓地靠到红树丛的边上。

“下锚的话，用我这唯一能够动的胳膊还行，”他说，“可是要是起锚，我一只胳膊就办不到了。”他望着躺着的黑人说。

“我可是动弹不得了。”黑人说。

“看你这样子，的确够恼火的。”那人说。

于是在十分困难的情况下，他把小锚从船上搬出来，再提起投到水里，不过抛锚倒是容易。

锚缆被他放出了好长的一段，船在水面上打了个转，一下撞到了红树丛上，舵手舱被树枝戳了进来。他从甲板上下来后，又回到舵手舱。心想：舵手舱里一塌糊涂，太乱了。

昨天晚上，他替黑人把腿上的伤口包扎了，他的胳膊上的绷带是黑人给他绑的。处理好了伤口，黑人就躺在舵手舱当中的麻袋堆里，他看着罗盘把舵，整整一夜都没有休息过。直到天亮，他都要注意罗盘，又要注意海上，还要注意桑德基的灯塔，所以对眼前的这一摊子，始终没有仔细地看过一眼。现在一看，这可真是个烂摊子！

那黑人的腿被放在另外的一个麻袋上。舵手舱被子弹给打出的弹孔，裂开了好大的口子，大概有七八个，上面的挡风玻璃也被打碎了。到底被打烂了多少货物，他现在也不清楚，在地板上除了那黑人的血淌到的地方，其他的那些血迹就是他自己的。

此刻，还数那股酒气最叫人受不了。酒气太浓了，把其他气味都淹没了。虽然船在红树丛下静静地停泊着，可是海湾里风大浪高，他依然觉得似乎有波涛脚下汹涌。别忘了，昨晚他们的船整整颠簸了一夜。

“我现在先去煮一点儿咖啡，”他对那黑人说，“咖啡煮好后我再过来照应你。”

“我不想喝。”

“可是我却想哩。”那人说。但是他一到船舱里，就感到脑袋发晕，因此不得不重新回到甲板上。

“好吧，咱们不喝咖啡了。”他说。

“我想喝点儿水。”那黑人说。

“没问题，我去弄。”

他倒了一杯水给黑人，还好水壶里还有一点儿。

“你当时为什么还要不顾一切地逃呢？他们可都已经开了枪啊！”

“是啊，可是他们为什么要开枪呢？”那人答道。

“找个医生给我看看，必须得找个医生看看。”那黑人急不可耐地说。

“当时，医生能做的，我可都已经替你做到了。你能告诉我还有什么没做到的吗？”

“你可不是医生，至少医生能把我的伤给治好。”

“放心吧，你很快就有医生了，接应的船一来，今天晚上你就有医生了。”

“就这样一直等着，我可不愿意。”

“我也不想，”那人说，“那我们就找点事来做，把这些酒都先处理掉吧。”

他把那些装着酒的麻袋拎起，往水里扔。可是对于只有单手独臂的他来说，这是一件艰巨的任务。虽说一麻袋酒只有四十来磅重，可是他没扔多少袋，就感到头晕了。于是，他一屁股坐在了舵手舱里，后来他干脆在地板上躺了下来。

“我看你这是自找苦吃。”那黑人说。

那人没有理睬他，只是枕着麻袋，默默地躺在舵手舱里。

红树的枝丫从外面伸进舵手舱里来，在他身上撇下稀疏的树影。不时吹过的海风，将树梢顶上的树叶吹得哗哗直响。他抬眼朝舵手舱的天空望去，看见淡淡的褐云，在北风的吹动下缓缓地向前移动，而且变换着各种形状。

“这么大的风，看来有人来的机会很小了，”他心想，“我们冒这么大的风出来，可能是他们预料不到的。”

“他们今天晚上会来吗？”那黑人问。

“当然会啊，”那人安慰说，“当然会。”

“风越来越大了。”

“他们一直都在等着我们呢。”

“别在那儿胡说了，你也看见了，风这么大，他们根本就不会来了。你不用拿假话来哄我了，这我清楚。”黑人的嘴巴几乎是对着麻袋说的。

“别担心嘛，韦斯利，不要激动。”那人说。

“说起来轻松，不要激动，不要激动。什么事都不要激动。都快要死了，能不激动吗？我就快要没命了，还不让激动。来呀，干脆把我扔到海里去，我就激动不了了。”黑人歇斯底里地嚷道。

“静下来好好躺一会儿，不要激动嘛！”那人还是和和气气，仿佛压根儿就没人受伤。

“他们不会来了，我知道，他们一定不会来了，”黑人绝望地说，“我实在是受不了啦！又痛又冷的，难道你不知道？难道你真的不知道？难道你是铁石心肠？”

那人只感觉到自己就像被掏空了心窝儿似的，挣扎着坐起身来，可却坐不稳。黑人转过脑袋在一旁看着他：他的右臂在晃荡着，一个膝盖抵在地面往上挺了挺，左手把右臂下吊着的手按在两个膝盖的中间，然后由左手扶住船舷边上钉着的木板，用力地站起身来。

他终于站了起来，两条大腿中间，依然夹着他的右手，看着黑人，心想：什么叫作痛，他这才算真正尝到痛的滋味了。

“只要我不去想它，倒也觉得没有那么痛了。”他像是对黑人说，更像是对自己说。

“我看，还是让我用吊带给你绑起来吧。”黑人说。

“我这胳膊肘就那样直僵僵的，弯不过来了，一点儿都动不得了。”那人说。

“那我们现在怎么办？”

“还能怎么办？扔酒呗，只要是咱们手够得到的，就往船外扔，你现在能够起来试一下吗，韦斯利？”那人对他说。

那黑人将身子挪了挪，刚想伸手去抓住一个麻袋，却又痛苦地哼了一声，重新躺在地板上。

“韦斯利，你没事吧？”

“天哪，这可真是要命。”那黑人说。

“你有没有这种感觉，动一动反倒觉得不是那么痛了？”

“我不能动了，稍微动一下就痛得厉害。我可是挨了枪的，你却还要我去扔酒。你想过没有，你这是冷酷、绝情。”那黑人说。

“我说过了，不要激动嘛！”那人还是心平气和地说。

“不要激动，不要激动，老是叫我不要激动，你要是再这么说，我可就要发疯啦！”

“不要激动嘛。”那人还是一脸平静地说。

“啊！”黑人不由得吼叫一声。他用手在甲板上一阵乱摸，就在舱口的围板下，摸到了一块磨刀石，于是便将它抓在了手里。

“你把我给逼疯了，我要将你的心肝挖出来，我要杀了你。”那黑人突然狂怒起来。

“不要激动嘛，韦斯利，你认为就这么块磨刀石，就能达成你的愿望吗？”那人依旧若无其事地说。

黑人哇哇直哭，脸紧贴着麻袋。那人依旧自顾自地提起一麻袋一麻袋的酒，慢慢地往船外扔去。

就这样扔了没多久，一阵引擎声传到了他的耳朵里。他停下来仔细一听，不错，是引擎声，而且越来越清晰了，他抬头朝着海面上看去，在小岛的端头，一条白色的船绕了过来，正沿着航道朝他们驶来。

“韦斯利，快看，有船来了，”他说，“咱们得加快干了，韦斯利！”

“好啊，可是我动不了。”那黑人不再狂躁了。

“嘿，听着，从现在起，我可要开始记你的账啦，我就不跟你计较先前的事了。”那人说。

“记吧，随你的便，反正挨过枪子儿的人，什么都不记在心上了。”那黑人对他说。

那条船顺着航道缓缓地开了过来。那人用他那只好手加快了扔麻袋的速度，汗水顺着他的脸上流下来。他根本顾不上看看那条开来的小船，只想着快点儿把麻袋全都扔掉。

“挪到一边儿去。”他一下子抓住黑人头下的那个麻袋，使出吃奶的劲儿，使劲儿一甩，扔到了船外。黑人从地板上撑起身来看了看。

“他们到了。”他说。

“不错，船上还有其他的游客。啊，那是威利船长。”黑人兴奋地说，再也顾不上自己的伤口疼痛了。

有两个人坐在那条白船船艄的钓鱼椅里，正在那里钓鱼，他们戴着白布帽、穿着法兰绒。掌舵的，则是个头戴毡帽、身穿防风夹克衫的老头儿，船就从这片红树丛跟前的岸边开了过去。

“哈利，你好啊。”那老头儿趁着船过的时候招呼了一声。那个叫哈利的人用他的那只没坏的胳膊，挥了挥手作为回答。船开了过去，那两个钓鱼人看了看他们这边，就转过头去同那老头说了些话。

“他要开到口子上，才掉过船头开回来的，”哈利对那黑人说，他将一条毯子从船舱里拿来了，“让我先用毯子替你遮起来。”

“是啊，是时候到你将我裹起来了①。可是他们一定会看到这酒的。我们该怎么做呢?”

“别担心，威利会去告诉镇上的人，我们在这儿的，他可是个好人，”那人说，“至于钓鱼的那两个家伙，倒是不会碍我们的事。因为我敢肯定，他们完全没有必要来管我们的闲事。”

他真开始感到有些惴惴不安了。他把右臂紧紧地夹在两条大腿之间，然后在驾驶座上坐了下来。他的膝盖不由自主地开始发抖，这一抖，上臂的骨头断处，便随着膝盖的抖动而擦得嘎嘎有声。他分开自己的两个膝盖，将那条手臂拉出，任意地挂在一旁。

这时，刚才开过去的那条船，顺着原航道又开了回来，再次从他们面前经过。坐在钓鱼椅里的两个人收起了钓竿，正在说话，其中一个拿着望远镜对他们这边打量。他们在说些什么，他一点儿听不出来，距离太远了。实际上，就算是听得见，他又能如何呢?

---

① 表示自己快要死了。

那条包租的游船叫“南佛罗里达号”，因为礁区外的风浪太大，他们到沃曼基的航道里来钓鱼。站在舵手舱里的威利·亚当斯船长心想：原来昨天晚上哈利过海来了。这小子倒真有 cojones[①]。不用说，昨天晚上，他肯定碰上了那阵狂风。不过他的那条船倒是不错，能够经得起海上风浪的。可是挡风玻璃碎了，又是怎么回事呢？这可有点儿不可思议。要是我的话，昨天晚上那样的鬼天气，我才不过海呢。现在基本上都不从古巴贩运私酒了，都是将酒从马里埃尔运来的。我才不会为了贩运私酒到古巴去呢。再说了，那儿随便你进进出出，自在得很，可不像去古巴那儿风险这么大。也许是因为那里根本就对此不查不禁吧。

“老板，你说什么？”

“那条船是做什么的？”其中一个坐在钓鱼椅里的人问。

“你是问那条船？”

“不错，就是那条船。”

“嗯，看上去应该是一条基韦斯特的船。”

“我不是问你这个，我问的是，船的主人是谁？”

“不知道，老板。”

“船主是做什么的？打鱼的吗？”

“嗯，也算得上是。”

“什么叫算得上？”

“他什么都会一点儿。“

“他姓什么你知道吗？”

“不知道。”

“你刚刚不是在喊他哈利吗？”

“我喊了吗？没有呀。”

① 西班牙语，意思是胆量。

“刚才我明明听见你在叫他哈利。”

威利·亚当斯船长盯着那个跟他说话的人：胖鼓鼓的脸儿，深深的眼眶，高高颧骨，薄薄嘴唇，一丝轻蔑的表情出现在嘴角，两道犀利的目光从帆布帽下射出，正看着亚当斯船长。谁都无法想象的是，在华盛顿那些女人眼里，这人可是个招人喜欢的美男子哩。

“是吗？那肯定是你听错了。”威利船长说。

“那个人身上有伤，你用望远镜看看，博士①。”另一个人一边说着，一边把望远镜递给了同伴。

“不用，不用望远镜，我就看得出来，”被称为博士的那个人说，“他是谁？”

“我也不清楚。”威利船长说。

“哦，是吗？那么我想，我们很快就会知道的，”那个人嘴角带着轻蔑的表情说，“把这艘船的号码抄下来。就是船头的那一个。”他对威廉船长说，用手指了指船头的号码。

“好的，博士。”

“嗯，那好，我们现在过去看看。”博士说。

“你是医生，是吗？”威利船长问。

“不是。”那个灰眼睛的人对他说。

“既然这样，那我就不开过去。”

“为什么不开过去？”

“他早就跟我们打过招呼了，现在他需要的是，我们能够去帮忙。要是我们帮不上忙，那我们也用不着过去了。在我们这里，有一个宗旨——各人自扫门前雪，莫管他人瓦上霜。”

“好吧。不过，你管不管，是你的事。你负责把我们送过去

① “博士”跟“医生”在英文中是同一个词，所以下文威利船长以为他是医生。

就可以了。”

威利船长没有理睬他们，依旧继续顺着航道，把船朝港口外驶去。

“嘿，我的话你没听见吗?”

“听见了。”

“那为什么我的命令你不服从?”那人很不高兴。

“听着，伙计，我为什么要听你的?你凭什么在我的船上神气活现?”威利船长毫不示弱地反问。

“我到底是什么人不用你管。你只管按着我说的话做就行了。”

“我为什么要听你的?”威利船长又问。

“好吧。既然你要打破砂锅问到底，那我就告诉你，你知道当今美国三个最重要的人物都有谁吧，我就是其中的一个。”

“那你怎么会跑到基韦斯特来?你到这儿来想干什么?”船长更加疑惑了。

“他就是×××。”另一个家伙探出了身子，像煞有介事地向威利船长介绍说。

“有这么个人吗?我怎么从没听说过。”威利船长有些丈二和尚摸不着头脑地说。

“哼，你会知道的，你很快就会知道的，”那个叫博士的人说，“我会让你们镇上所有的人都知道的!”

“这么说来你还真是不简单。”威利船长说。

“他是×××最亲信的顾问，同时也是×××最亲密的朋友。”另一个家伙介绍道。

“真会吹牛，”威利船长说，“他要真是你说的那个人，怎么会跑到基韦斯特这个地方来?”

“他到这儿来是休养的，”那个秘书说，“他很快就要出任

××××了。"

"哈里斯，住嘴，"那个被称为博士的人说，"那么，就请你送我们过去，到停在那条船边上去，行不行?"他做出了笑脸说。他的笑，看上去非常专业。

"我说过了，不行。"威利船长依旧不为所动。

"听着，你这个浑蛋白痴。你会后悔的，我一定会叫你吃不了兜着走的。"

"行啊，尽管来。"威利船长有些轻蔑地说。

"哼，我是谁你都还不知道呢。"

"你是谁关我屁事，"威利船长说，"你最好先想明白你自己现在这是在哪儿。"

"如果我没猜错的话，那是个私酒贩子吧?"

"你说呢?"

"咱们拿住了他说不准还能够去领一笔不错的赏金呢。"

"难说。"

"他犯法了。"

"是吗?你这么认为?他得养活他自己和他的家人。在基韦斯特，所有住在这儿的人，替政府干一个星期的活，才挣六块半钱，请问你们我们的血汗又是被谁吃掉的?"

"他受伤了。说明他在被人追捕。"

"我看那是他自己闹着玩，不小心打了自己一枪。"

"好了，咱们别在这儿说些毫无意义的话了。我们现在要做的，就是快到那条船上去，把他连人带船一起扣下。"

"扣下来?带到哪儿去?"

"基韦斯特。"

"哦，这么说来，你是个当官的?"

“刚才不是已经告诉过你了吗?”那秘书说。

“好吧。”威利船长说。舵轮把手在他使劲儿推动下打了个转，船一拐弯，驶到靠近航道的边缘上，连沉泥都被螺旋桨打得溅起一大片。

在一片“嘎嘎”声中，他的船就这样紧靠着航道的边缘，向那另一条停泊在红树丛下的船开去。

“你有没有枪?”那个被称为博士的人问威利船长。

“没有。”

“和钓鱼比起来，这个似乎更要有趣些吧，博士?”秘书说。

“不错，钓鱼一点儿意思都没有，”博士附和着说，“就算一条旗鱼被我钓到又能怎样呢?不比这事有意思。看来我运气不错，居然能够有机会亲自碰到。那人逃不掉了，他已经受了伤。”

“你这是孤身擒贼。”秘书以艳羡的口气说。

“当然，还得加上赤手空拳。”博士也沾沾自喜地说。

“嗯，就是，不像老是胡来的密探，还是联邦调查局的呢!”秘书说。

“埃德加·胡佛搞的宣传全都是夸大其词。”博士说，他命令威利船长:“现在把船并排靠上去。”

威利船长却将离合器松开，船并没有和哈利的那条船靠在一起，而是随水漂流。

“嘿，”威利船长向那条船上喊道，“千万不要将脑袋抬起来啊!”

“你在干什么?”博士生气地说。

“给我闭上你的臭嘴，你这个自以为是的家伙。”威利船长说。“嘿，”他向那条船上又喊了起来，“听着!在我这船上，有个家伙是华盛顿来的，看样子八成是个眼线，只是个眼线，是一个官府机构的什么头头。他将自己说得比总统还要重要，他说你是个贩私酒的，他要扣押你，他将你船的号码抄下了。你们只管到镇上去，把货扔掉，船不用管了，让他们弄去好了，你是谁，我不知道，因为我从来没有见过你。就算是要我认，我也认不出你……”

船漂走了，威利船长却只管继续大声喊：“我不知道是在哪里见过你的，要我重新再来一趟，我也忘记了该怎么走。”

“知道了。”酒船上也喊过来一声。

“我不到天黑不回，这个官府的大人物还要去钓鱼。”威利船长喊道。

“知道。”

“这个王八蛋爱钓鱼，”威利船长只顾朝船上大声嚷嚷，嗓子都快要喊破了，“可却说自己钓到的鱼不能吃。”

“大哥多谢。”传来了哈利的声音。

“你和那个家伙是兄弟？”博士问道。他虽然被气得一张脸涨得通红，可却依然改不掉爱打听的毛病。

“不是，”威利船长说，“我们通常隔船喊话都叫大哥。”

“我们回去吧，回基韦斯特去。”博士说，听起来，他的口气已经没有刚才那样信心十足了。

“不行啊，”威利船长说，“我拿你们多少钱就得干多少事。两位拿给我的钱可是包一天的钱。不错，我是个白痴，随便你们怎么想，不过我这船就是要让你包足一天。”

“咱们要不要跟他来硬的？这个老家伙，固执得很。”博士对他的秘书说。

“是吗？那可真是好极了，”威利船长说，“我也好久都没活动过了，浑身正难受呢，这个家伙可也是非常想给你们留下深刻的纪念的。”

他冲他们亮了亮一截铁管，那是打鲨鱼用的。

“两位为什么不玩个痛快呢？你是来休养的，而不是来寻烦恼的，对吧。”他接着说，“为什么不把钓线放出去呢？可你要知道，哪能在这种地方钓得到旗鱼呢？这里的水面那么窄，能钓到一条石斑鱼就已经很不错了。”

“你觉得呢？”博士有些底气不足地问道。

“我看还是算了吧。”秘书对着那根锃亮的铁管直瞅。

“刚才你说的，还有一点错误，”威利船长继续说，“实际上旗鱼的味道就跟马鲛鱼一样鲜美。卖价也跟马鲛鱼一样，一磅可以卖到一毛。”

“好了，你就别再啰唆了。”博士既沮丧又厌烦地说。

“是吗？既然你是当官的人，总该会关心我们普通人的这些事情吧。这些个东西，无论是涨价还是跌价，难道跟你们就没有什么牵连吗？”船长义愤填膺地继续说，“不是吗？肉价被压低，粮价被抬高，鱼价嘛，倒从来都是没有朝上涨过，只是一个劲儿往下跌。你们不就是专门搞这个的吗？”

“住嘴，少啰唆。”博士开始愤怒了。

酒船上，最后一袋酒被哈利扔下了水。

“把鱼刀给我。”他对那黑人说。

“鱼刀早就没啦。”

哈利将自动启动器按下去，引擎就“突突突”地发动了起来。他用左手拿着一把轻便斧，一斧头砍下去，锚缆被斩断了，和铁锚一起沉到了水里。

他心想：就让它沉到水里去吧，到时候回来捞酒的时候，一并把它捞起来就行了。我现在就把船开到加里森湾去，必须得去找个医生了。他们要将这艘船弄走就让他们弄走吧。我可不愿意让自己的这条胳膊和船一起丢。再说了，酒其实并没有打碎很多，只是碎了几瓶而已，剩下的这些酒的价值，也抵得上这艘船了。他将左侧的离合器推上，船在螺旋桨的推动下离开了红树丛。

如今，威利船长的船正朝着格兰德河口的方向驶去，已经差不多驶出有两英里远了。哈利望了望天空，又瞅了瞅海水，心想：已经开始涨潮了，现在过礁湖的话估计没问题了。他将右边的离合器推上，引擎马上轰鸣起来。船头猛地往上一翘，那丛红树林就从旁边飞快地一掠而过，远远地被甩在了船后。

他想：但愿能治好我的胳膊，但愿他们弄不走这船。六个月以来，来来去去马里埃尔一直都是畅行无阻，现在怎么会忽然想到对我们开枪呢？难道是某某人没给钱，把我们害得挨了枪？

“嘿，韦斯利，觉得好受些没有？”他回头朝舵手舱里边望了一眼，那黑人还躺在那儿，毯子依旧盖在他的身上。

“老样子，再也没有比这更难受了。”韦斯利说。

“回头你还有更难受的呢，等到医生给你检查时，你可别痛得哭出来。”哈利十分关切地对他说。

“你简直没有一点儿人性，就只知道说风凉话。”那黑人说。

哈利没有理睬他，心想：要说起好人来，那老威利倒是真算得上一个。当时我们的确不应该在那儿等，真是太失算了。可是我当时头晕得厉害，脑袋瓜儿自然也就不好使了。

前方那白色的贝壳大旅馆已经可以望得见了，城里的建筑，还有无线电天线杆也望得见了，特朗博码头的汽车轮渡也望见了。他要从这个码头绕过，向北到加里森湾去。

他想：他们被那老威利骂得够呛。真有意思，不知道那两个王八蛋是什么人？哎呀，我这会儿头晕得厉害，真是难受死了。当时我们要是不等在那儿就对了。是啊，实在是不该等在那儿。不知自己当时到底是怎么了？唉，太可惜了。

"哈利先生，在你往水里扔货的时候，我没能帮上你的忙，非常抱歉。"那黑人说。

"这不能怪你，老黑只要一挨了枪子儿，就没有一个顶用的了，这一点儿，我们大家都知道。"哈利说。

船在海面上飞速前进，轰鸣的引擎声，哗哗的海浪声响成一片。

他却似乎听见有一个陌生而空洞的嗡嗡声在自己的心中响起。他每一次从外面回家的时候，这声音总会在他的心里出现。他想：希望能够治好我这条胳膊，它对我来说还非常有用哩。

检 举

能够与白鹳夜总会①相提并论的，马德里当年的奇科特酒吧算是一个，只不过那里没有新走红的歌星和音乐助兴，那里的风格同华尔道夫饭店②的男士酒吧差不多。只不过男士酒吧从来不接待女客。

奇科特酒吧倒是男女不拒，不过那个地方毕竟是男人聚会的地方，所以在那儿，女客也就没有什么地位。只要老板有个性，那么他的酒吧就一定会办得有特色。这家酒吧的老板是佩德罗·奇科特，而佩德罗·奇科特正好就是一个很有个性的老板。

他这个酒吧老板颇有一些风趣，而且总是乐呵呵的，一团和气，从不得罪人。时下，风趣这东西早已成了稀罕之物，能够具备这一特长的人更是凤毛麟角了。

在我看来，风趣这东西，跟演戏的本事从来就是大相径庭的。奇科特和演戏不一样，他的风趣不是装的、不是假的。他待人和善友好，同巴黎里兹酒吧的那个侍者乔治比起来，他们难分伯仲，两个人都是那么和蔼可亲，都是那么精明能干。所以这种人开的酒吧自然是相当不错的。

当时的马德里，那些有钱的年轻人，讲究派头，经常到一个叫新潮夜总会的酒吧聚集，而去奇科特的，无疑都是些正派人。也有不少奇科特的客人，固然是我所看不惯的，事实上这样的人在白鹳夜总会里也不算少，但是每一次在奇科特，我都

---

① 位于纽约的一家著名的夜总会。

② 位于纽约的一家大饭店。

能高兴而归。那里不谈政治，想必就是一个重要的原因。当然也有一些酒吧、咖啡馆的客人，就是专门为谈政治而去的。既然在奇科特酒吧里可以不谈政治，那么就会神聊海吹，天南地北地谈这谈那。每一天到了晚上，在那里露面的，也会有城里最漂亮的女郎，我们总会在那里坐坐。一个美妙的夜晚就这样开始了。

另外，到那里去坐坐，你还可以知道谁在城里，谁又不在城里，谁又去了什么地方，谁又什么时候回来，等等，诸如此类的凡人琐事，你全都听得到。那里的侍者非常友好，就算你在城里一个熟人也没有，你坐在那里喝喝酒，也可以非常放松。

这完全可以算得上是一个俱乐部，而且是免费的那种。说不定，运气好的话，你还可以在那里结识个姑娘。在西班牙，奇科特酒吧是最好的酒吧，这一点毋庸置疑，就算说它是全世界最好的酒吧之一，我想也算不得过誉。我们这些经常到那儿去坐坐的人，都对这个酒吧怀有很深的感情。

更重要的是，那里都是品质绝佳的好酒。如果你要来一杯马蒂尼①，那里所用的全是极品金酒，你再也找不到比这更好的酒吧。

有一种地道的苏格兰产的原桶威士忌，也是奇科特所特有的，同那种所谓的名牌酒比起来，这种威士忌真不知要好多少倍，至于普通的苏格兰威士忌，就只能望其项背了。

那会儿，在北方的圣塞瓦斯提，叛乱刚开始，奇科特正在照看他的夏令酒吧。直到现在，那个酒吧他都还开着，而且据说是现在佛朗哥的地盘里最好的一家酒吧，依旧还叫作夏令酒吧。而他位于马德里的酒吧，则由店里的侍者代为经管，直到今天。可

---

① 一种鸡尾酒，以金酒（杜松子酒）为主料，再加苦艾酒等混合而成。

惜的是，现在已经没有好酒卖了。

在奇科特的老顾客中有一部分是支持政府的，不过大多数还是支持佛朗哥的。奇科特的酒吧是一个令人感到非常愉快的地方，往往最勇敢的人，才能够感觉到真正的愉快。最早战死沙场的人，照例是那些最勇敢的人，所以很大一部分奇科特酒吧的老顾客，现在已经死了。

好几个月以前，那原桶的威士忌就卖完了，1938 年 5 月，那纯黄金酒也被喝得点滴不剩了。现在，已经没有什么好酒可以在那里喝到了。所以，我想要是再过段时间，卢伊斯·德尔加多再到马德里来的话，也许就不会去奇科特酒吧，那场祸事也就不至于会被招来了。

1937 年 11 月份，他来到马德里，当时纯黄金酒在奇科特酒吧还有卖，印度奎宁水也还有卖。

他并不是那种为了能够喝上好酒而不顾性命的人，所以，几乎可以肯定，他到马德里来，恐怕也只是旧地重游，顺便进去喝上一杯罢了。如果清楚了当年这家酒吧的情形，清楚了他的为人，那么，你也就完全可以理解这件事了。

那天，我们在佛罗里达旅馆里接到了大使馆的管门人打来的电话，通知我们说，大使馆里宰了一头牛，给我们留了十磅鲜牛肉。

冬季的白天总是很短，就在接到电话的那天傍晚，我独自一人到大使馆去领肉。两个带长枪的突击队员，坐在大使馆门外的椅子上。牛肉就放在大使馆的门房内候领。

管门人说，那头牛太瘦了，不过这方牛肉倒是不错。我从厚呢上衣的口袋里掏出一些橡栗和炒葵花子，请他尝尝。我们两个人就站在门房的外边，闲聊了一阵，说了两句笑话。

和管门人告别后，我把肉夹在腋下，朝着回家的路走去。不时有炮弹落在大马路①那头。

为了躲避炮火，我顺便拐进了奇科特酒吧去。店里的人很多，我找了一张靠角落的小桌子坐，背后的窗口，早被沙袋堵住了。我把牛肉放在旁边的板凳上，坐在那儿喝了一杯金酒补汁②。

直到这个星期，我们才发现原来奎宁水在店里还有卖。你知道吗？自从叛乱爆发以来，几乎没有一个客人要过奎宁水。所以到目前为止，奎宁水还是卖的老价钱。晚报在这个时候还没有出版，一个卖传单的老婆子正在叫卖政党传单，十分钱一份。我拿出一个比塞塔给了她，在她那里买了三份，告诉她不用找了。她十分感激地说，上帝一定会保佑我的。我对她笑了笑，只管喝我的金酒补汁，看我的传单。

一个侍者走到我的桌子旁，对我说了两句话。

“是吗？”我不太相信，说，“不可能吧。”

“千真万确，”他说得斩钉截铁，无论是手里摆动的盘子，还是晃动的脑袋，都是指着同一个方向，“喏，就在那边。不过现在别看，等会儿再看。”他神神秘秘地告诉我。

“这和我没有关系。”我对他说。

“也和我没有关系。”

他走了，这时出来的晚报，正好在另外一个老婆子那里有卖，我就去买了一份。顺便朝着那个侍者刚才指的方向看了一眼。果然是他，我一眼就认出来了，侍者没有认错人。我们两个对那个人都非常熟悉。我想，果然是这个傻瓜！果然是这个大傻瓜！

---

① 大马路指的是马德里的商业区内的一条主干大道即霍塞安东尼奥林荫大道，呈西北—东南走向。

② 金酒补汁，也叫金酒开胃汁，金酒掺奎宁水喝。

这时，我的桌子边正好有个希腊人走了过来。他是第十五纵队的一个连长，在一次飞机轰炸中，四个弟兄死了，他自己则被埋在了土里。他被人救出来后，先是被送到后方医院里进行治疗，后来又转送到一家疗养院。

“嘿，约翰，你好吗？”我问他，“喝杯这玩意儿，怎么样？”

“这是什么，埃蒙兹先生？”约翰问我。

“金酒补汁。”

“什么是补汁？”

“实际上就是奎宁水。来尝一口吧。”我对约翰说。

“说实话，我本来是不大怎么喝酒的。不过奎宁水，喝了对热病倒是有些好处。我就试试吧。”

“约翰，你现在的身体情况怎么样？”我关切地问他。

“基本上好了。现在只是觉得，好像有什么东西总在脑袋里嗡嗡地叫。”

“看来你有必要再去找医生看看，约翰。”我更加关切地问。

“早就去看过啦。可是医生说我没有证明，不给我看。”

“我认识一些医院里的人，我打个电话去帮你说说，医生是不是那个德国人？”我说。

“对，就是那个德国人。他的英语说得糟糕透顶。”约翰说。

正说着，那侍者过来了。他在这里已经干了很长的时间，招待客人依旧是老派的规矩，并没有因为打了仗而有所改变。

“我的两个儿子都在前线，”他说，“其中的一个儿子已经阵亡，现在居然又碰上这档子事了。”

“这种事谁又能够预料得到呢？”

“是啊，可是你呢？你不是也已经知道了吗？”

“哦，我只是为了喝上一杯餐前酒才到这儿来的。”

“那你就帮我指点指点吧。我也不过仅仅是在这儿上班而已。”

“你还是自己想办法吧，对于政治我是不过问的。”我说。

“约翰，你懂西班牙语吗?”我问那希腊同志。

“不懂，不过阿拉伯语、英语、希腊语我全会说。阿拉伯语说得还挺好哩。我怎么会被埋在土里的，你知道吗?”

“这我就不清楚了，我只知道你被活埋了。”

他是岛民出身，黑黝黝的脸，不过还挺耐看，一开口就显得情绪激动，特别是对战争，他更是慷慨激昂。所以，他每一次说起话来，总是连挥带舞，看起来挺精神的。

“好吧，伙计，那我就告诉你这是怎么一回事。你知道，我可是个非常优秀的军人。我以前在希腊军队里，是一名上尉。那时，在丰特斯—德—埃布罗的壕沟里，我们正在阵地上守着。一架飞机从远处飞了过来，我仔细地打量着这架飞机。这架飞机飞到我们的头顶上，接着就这样转了个弯（说着用双手做出个飞机侧身转弯的动作）。我仔细一看，就对战友说：‘看啦，是参谋总部派来侦察的，马上就有很多飞机要来了。’”

“不出所料，果然，不一会儿就又来了很多飞机。于是，我就索性从壕沟里站起来观察。我仰起了头，把空中的情况指给连里的弟兄们看。来的共有两批，三架一批。一前，两后。很快一队三架飞过去了，我就指着前方对弟兄们说：‘现在飞过去的是一个编队。’”

“没过多久又飞过去了三架。我就低下头对弟兄们说：‘现在没事了，用不着再担心了。’然后我眼前一黑，就什么也不知道了，后来我就发现自己躺在医院里了。”

“那这事是在什么时候发生的?”

“一个月以前。后来别人告诉我：我是被埋在土里的，我头上的钢盔正好盖在我的脸上，所幸钢盔里的这点空气，还可以供我呼吸，直到被救援的人挖出来。不过我想，即使是那点空气，也都是爆炸后产生的硝烟，以至于让我在病床上躺了好久。不过，现在，我除了脑袋里老是在响以外，其他的都基本上好了。你刚才说这种酒叫什么名字来着？”

“金酒补汁。实际上就是施韦珀印度奎宁水。战前这家酒吧的档次非常高，你知道吗？当时要七个比塞塔换一美元，而这种奎宁水在这里就要五个比塞塔一杯。也是在前不久，我们才发现这里还有奎宁水卖，而且价钱没变。可惜的是，据他们说也只剩一桶了。”

“的确是不错的味道。这个城市是个什么样子的？在战前。”他又问我。

“嗯，其实跟现在也差不多，不过吃的东西就比现在丰富多了。”

那个侍者又过来了，俯下身子，凑到我的脑袋边。

“你看我不管，能行吗？”他说，“可是我觉得自己到底有这个责任啊！”

“随你吧，如果你想管，你就打电话。你记一记吧，这是号码。记着要找匹佩听电话。”我说。

他记了下来。

“实际上我跟他并没有什么过节，不过，这事关系到 Causa①，这样的一个人对我们的事业来说，肯定是有危险性的。”那侍者说。

“其他那些服务员怎么说？难道他们都不认识他吗？”

“谁都没有吭声。不过他是个老主顾了。我想都应该是认识的。”

---

① 西班牙语，意思是（正义）事业。

“嗯，我也是老主顾。”

“那你看，他现在会不会站在我们一边了呢？”

“不可能，”我说，“据我所知那不可能。”

“可像检举人这种事我以前从来没有做过。”

“那就要看你自己的了。会有别的服务员检举他也说不定的。”

“不会，他的底细只有那些老服务员才了解，可是那些老服务员是不会检举他的。”

“再给我来一杯纯黄金酒，只加点儿苦草汁，”我说，“这瓶子里还有奎宁水。”

“你们在说些什么呀？”约翰问，“我怎么听不太明白。”

“店里来了个人，他是一个法西斯分子，当年这人跟我们俩都认识。射猎场上我时常见到他，你知道吗？他打鸽子非常厉害。这个人非常勇敢，可也非常愚蠢。今天他来这儿就是非常愚蠢的，不管是什么原因到这儿来的。”

“是哪一个？指给我看看。”

“那边，你看那边，那个跟飞行员坐在一张桌子上的就是。”

“哪个？”

“黑脸的那个，一只眼被帽子遮没了，现在还在笑的那个。”

“你说他是个法西斯分子？”

“对。”他肯定地回答道。

“自打我从丰特斯－德－埃布罗前线下来以后，离法西斯分子最近的就要算是今天了。法西斯分子在这儿多吗？”

“有时比较多。”

“他跟你喝的也是一样的酒，”约翰说，“我们都喝这个酒，人家会不会把我们也当成是法西斯分子？南美西海岸的麦哲伦[1]

---

① 即智利的彭塔阿雷纳斯港。

你去过没有?"

"没去过。"

"那是个不错的地方。不过掌（章）鱼多了些。"

"什么多了些?"

"掌鱼。那个东西是有八条手臂的。"他的音没有念准。

"噢,"我说,"你是说章鱼。"

"对,就是那个东西,"约翰接着说,"参军以前我是个潜水员。在那地方干活挣的钱不算少,真不错,可就是掌鱼太多了。"

"让你遇到麻烦了?"

"麻不麻烦我也不好说。我记得,我第一次在麦哲伦潜下水,就看见了那种家伙。当然,那家伙也看见了我。它在我眼前一下子站了起来,就这样。"约翰用自己的手指撑着台面,把手猛地往上一提,同时肩膀往上一耸,眉毛也往上一抬。"一下子就站起来,比我还高呢,眼睛直直地盯着我看。我让他们赶紧拉绳把我给吊上去。"

"那东西很大?"

"到底有多大我也说不准,你知道,从头盔上那个眼罩的镜片里看出去,任何东西都会有点儿走样。不过我估计那头围,应该就有四英尺开外。而且,那东西一站起身来就是这个样子死死地盯着我的（做出一副盯着我看的样子）。它的八条腿就像踮着脚在沙滩上似的,后来我一出水面,就告诉他们说,我再也不下去了。那雇我的老板对我说:'约翰,你怎么啦?掌鱼有什么好怕的,它们比你还胆小呢。'我就顶了他一句:'胡说八道!'我们再来一杯这个法西斯酒怎么样?"

"好啊!"我说。

我一边和约翰闲聊,一边注意着那边桌子上的那个人。他名叫卢伊斯·德尔加多,我记得1933年我们在圣塞瓦斯提安打鸽子，那是我最后一次见到他。当时我们还一起看射猎大赛的决赛来着，就站在高高的看台顶上。

我们在那场比赛中下了赌注。本来这样大的赌注，我是下不起的，可鬼使神差，我却下了。他呢，也跟我差不多，也硬是加码押上。后来他一脸高兴地付清了自己的赌账，看上去就好像以能够付这笔赌账为荣似的。再后来，我们又一起在一家酒吧里的卖酒柜台前喝马蒂尼。当时我赌输了钱，可是我觉得这样才能将晦气送走，竟然有一种如释重负的感觉。只不过，我心里在想：这一下他可是输惨了，够他心疼一阵的呢。近一个星期来我一直状态不佳，他倒是运气极好，就连那种几乎不可能打到的鸽子，都会乖乖地撞在他的枪口上。所以，他常常自己打枪来跟人家打赌。

“咱们来掷银圆赌输赢，怎么样？”他问。

“你真想来？”

“当然，只要你愿意。”

“赌多少？”

他将一只钱夹掏出来看了看，哈哈一笑。

“你来决定，多少我都奉陪，”他说，“要不这样吧：咱们就赌八千比塞塔好了。我这皮夹子里大概也就只有这么多。”

这个数目在那个时候可要值到近一千美元。

“好吧，”我说，不过在这个时候，打赌时必然会有的那种心虚感，一下子把我刚才那份释然的心情全给淹没了。“谁坐庄？”

“我吧。”

我们在里面各放上一枚五比塞塔的大银圆，然后把双手拢成杯状，使劲儿在身前颠了几下，然后各自用自己右手捂住银圆，压在左手的手背上。

“就看你的吧，是哪一面？”他说。

我移开右手，大银圆了露出来，阿方索十三世①的侧面头像朝天出现在我们眼前。

“人头。”我兴奋异常地说。

“好吧，你赢啦，这些东西你统统拿去吧，你真是个好运的家伙，来，请我喝杯酒。”他把钱夹里的钱都给了我。“你难道就没有想过，去买一支上等的珀迪枪？”他问我。

“我对那东西不感兴趣，”我说，“不过话说回来，卢伊斯，如果现在你手头要是有点儿紧的话……”

我一边说着，一边就把手里这一小沓比塞塔大钞推到他面前，那可全是叠得齐齐整整、纸张又亮又厚的绿色一千比塞塔大钞。

“说什么呢，恩里克②，你赢啦，不是吗？”他说。

“话倒是这样说，不过咱们可是老相识了。”

“是啊，不过账还是要算清楚。”

“既然你这样说，”我说，“那么你打算喝什么酒呢？”

“就来一杯金酒补汁，这种酒的味道不用说了，怎么样？”

于是我们一人来了一杯金酒补汁。将他弄得身无分文，我的心中有些不安，不过我又觉得非常开心。所以，我觉得我这辈子，这杯金酒补汁的味道无疑是最好的了，再也不曾有过第二回，也不可能有第二回了。因此，何必在赢了钱之后，还非要装作一脸不乐意呢。不过，话又说回来，卢伊斯·德尔加多这个赌徒倒的确是挺有风度的。

“我看啦，只是在自己输得起的范围里赌，那是没有什么刺激的。恩里克，你说呢？”

---

① 阿方索十三世（1886—1941）：西班牙国王（1886—1931在位），1902年亲政，1931年王朝被推翻后流亡国外。

② 恩里克是亨利的西班牙语形式。

“我说不准。不过，我知道我自己一直都是输不起的。”

“别骗我了，你不是有很多钱嘛!”

“谁说的？不骗你。”我说。

“好吧，不过话说回来，谁没有钱呢，”他说，“只要他肯卖掉点儿什么不就有钱了?”

“我真的没有多少钱，不骗你。”

“得了，别这样说了。我认识的美国人可都是有钱人。”他似乎有些不高兴地说。

他这话说得也不错。当年无论是在奇科特酒吧，还是在里兹酒吧，只要是他碰到的美国人，每一个都是有钱的。可是今天，他重返奇科特，就在这里碰到一个没有钱的美国人。按说，我本来是不该来的，免得在这儿看见他。

不过话要说回来，既然这样一件愚不可及的事情，他执意要干，那也不关我的事了。现在我坐在自己的桌子旁，望着前面的桌子，不由得想起了以前。我感到不安起来，而且我还告诉了那个侍者保安总部反间谍局的电话号码，这就让我更加不安了。当然，即使我不告诉他，他也能把电话打到保安总部。可是我却给他指点了一条最便捷的捷径，让他们去逮捕德尔加多，而现在出现在我眼前的情况又分外复杂，这里边牵涉到本丢·彼拉多[①]式的处治手段啦，正义啦，公道啦，等等。我想那些作家之所以会成为富有魅力的朋友，被大家公认的那种，这种复杂的局面也一定功不可没吧。

这时，那个侍者又走了过来。

“你考虑得怎么样了?”他问道。

“如果要我亲自去检举他的话，是绝对不行的。”我说。刚才

① 本丢·彼拉多：罗马帝国驻犹太的总督（《新约》上译作巡抚）。《新约》记载说，耶稣就是被他下令给钉在十字架上的。

我就不该将电话号码告诉他，现在我开始打退堂鼓了。

“不过战争毕竟是你们的，我只是一个外国人而已，你们自己的问题，当然要由你们自己去解决。”

“可你不是和我们站在一边的吗？”

“是啊，一直都是一边的。不过这里边可并不包括检举老朋友。”

“那我呢？”

“你和我的情况完全不一样。”

我说的全部都是实话。话都已经说到这里，我也没有什么话好说了。现在想想，唉，要是我从来就没有听说过这事，那该多好啊。

年轻的时候，我曾一度热衷于探究人们处于这种情况下的举动。不过，现在我早已不再年轻，这种好奇心也就逐渐没有了。

我转过脸来，不再去看卢伊斯·德尔加多坐的那张桌子，只是望着面前的约翰。我知道，他去年就开始替法西斯当飞行员了。可现在，他穿着政府军的制服，坐在酒吧里，正在跟三个政府军的飞行员说话。那三个人，都是最近才从法国受训回来的年轻飞行员。

显然，这些新来的小伙子以前都没见过他。他这次来这里想干什么？该不会是想来偷一架飞机什么的吧，我这样想，不由得打了一个激灵。可是不管怎么说，他在这个时候到这个地方来就肯定是犯了傻。

“约翰，你觉得这酒如何？”我问。

“非常不错，”约翰说，“真是不错的酒。现在我感觉头里的嗡嗡声好像不怎么有了，整个人有点儿飘飘然了。”

这时，那个侍者走了过来，看上去十分激动。

“我检举他了。”他对我说。

“这下好了，”我说，“你的问题这一下都解决了。”

“是啊，”他带着一丝自豪地说，“他被我检举了！过不了多久，他就要被抓走了！”

“咱们现在就走吧，约翰，”我对约翰说，“等会儿，这里就会有点麻烦事了。”

“好吧，”约翰说，“为什么人总会遇到麻烦事，躲也躲不开。酒账该付多少？”

“你这就走了？”那个侍者问。

“是的。”

“可是是你把电话号码告诉我的啊！”

“我正好记得这号码。住在这城里，你就不得不记得大量的电话号码。”

“这么做是我的责任所在，对吗？”

“对啊。当然是责任，这东西可是来不得半点儿含糊的。”

“那我接下来该怎么做呢？”

“嗯，刚才你不是觉得已经一身轻松了吗？以后回想起来，说不定还会以此为荣呢。”

“这是你的包，别忘记带了。”那个侍者说。他把两个大信封交给了我，牛肉就被包在里面。

“我能够理解。”我对那个侍者说。

“我以前可从来都没有检举过别人。再说，他是我们这儿的老主顾，而且非常不错。显然，我检举他，并不是为了好玩。”

“我能理解，如果你觉得实在过意不去，你可以告诉他说，是我检举他的。我这么说，不是要伤你的心，也不是要挖苦你。你知道，由于我们现在政见不同，已经成了对头冤家了。要是他知道检举他的人是你的话，也许他会恨你的。”

“我怎么能够那样做呢。不过，你能够理解我吧？”他像是在问我，又像是在征询我的意见。

“当然，非常理解！”我说，接着又对他撒了个谎，“而且赞成。”在这个动乱的时期，说自己并不情愿的谎是常有的事。既然不得不这样做，那么，就应该趁早说这个谎，而且应该让这个谎尽量说得完美。

我同那个侍者握过了手，就跟约翰一起出了店门。走到门口的时候，我回头朝卢伊斯·德尔加多所在的地方，又瞅了一眼。一杯金酒补汁又摆在了他的面前，满桌子的人都正在那儿哈哈大笑，一点儿也不知道即将到来的麻烦。极大的欢乐洋溢在他那张黑黝黝的脸上，一双眼睛，显出了一丝猎手的精明。我想：天知道这会儿，又有一种什么角色被他冒充了？

到奇科特酒吧，对他来说的确是做了一件蠢事，可他显然就是专门要这样干的。因为等到以后，他回到了同伙那儿，他就可以将这件事搬出来，向他们炫耀炫耀了。

我们出了店门，刚走到大街上，一辆大卡车就在奇科特酒吧的门前停了下来。那是保安总部的车，总共有八个人从车上跳下来。六个在门外站岗，手里都端着冲锋枪。朝店里走去的是两个穿便衣的。一个人看见我们在门口，就要求看我们的证件，我告诉他，我是外国人，他对我说，这里没我们的事了，让我们赶紧离开这儿。

顺着大马路朝前走，脚下到处都是被炮轰过后遗下的碎玻璃和碎瓦砾。硝烟还在空气中弥漫，随时都能够闻到石毁墙倒的气息，高爆炸药的气息。

“你去哪儿吃饭？”约翰问我。

“我从领事馆领了些牛肉来，咱们就回旅馆里煮吧。”

“好吧，就让我来煮，我做菜还是不错的。”约翰说。

“牛是刚宰的，不过我看这牛肉倒是老得很。”我说。

“嗯，那没什么问题，在这个时候吃老牛肉是最好的事情了。”约翰说。

“那个法西斯分子到底是怎么回事？他为什么要到那个酒吧去？他难道不知道人家都认识他吗？”

“不知道，我想他脑袋肯定是不好使了。”

“我看也差不多，战争造成了许许多多的不幸，战争让许许多多人的脑袋都不好使了。”约翰十分沮丧而无奈地说。

“是啊，这句话你说得还真在理。”我赞赏地说。

回到旅馆，我向服务员要房间的钥匙，服务员告诉我说在我之前已经有两个同志上去了，钥匙已经给了他们。

“我现在得去打个电话，约翰，你先上去吧。”我说。

我走到电话间里，把我刚才给酒吧侍者的那个号码拨通了。

“喂，匹佩吗？”

电话里很快就传来了一个声音。“Quétal Enrique?”①

“我说，匹佩，一个叫卢伊斯·德尔多加的人是不是被你在奇科特酒吧逮到了？”

“Sí，hombre，sí. Sin novedad②，一切都很顺利。”

“他不知道是那个侍者检举的吧？”

“不知道，hombre③，不知道。”

“那好，那就告诉他，是我检举他的，行不行？千万别提关于那个侍者的事。”

“这有什么问题吗？其实说不说都没有关系。你知道，他现在是个间谍，是会被枪毙的。”

“这我清楚，”我说，“不过在我看来多少还是有一点儿关

① 西班牙语，意思是你好吗，恩里克？
② 西班牙语，意思是是啊，老兄，是啊。非常顺利。
③ 西班牙语，意思是老兄。

系的。”

“那就听你的吧，hombre。什么时候咱们见个面？”

“明天吧，我刚从领事馆领了一点儿牛肉。你到旅馆里来吃午饭吧。”

“啊，好啊，饭前记着一定要有威士忌。好啊，hombre。”

“Salud①，谢谢你啦，匹佩。”

“Salud，恩里克。不用这么客气，Salud。”

尽管他非常友好，但他的嗓音听起来像有一种杀气腾腾的味道，让我觉得挺陌生。不过当我从电话间里出来上楼去的时候，心里已经感到舒服多了。

喝酒的去处，对于奇科特酒吧而言，我们这些老主顾似乎都怀有一种特殊的感情。我知道也正是由于这个缘故，卢伊斯·德尔加多才敢蠢到到那儿去喝酒。本来他完全可以到别的地方去的。那个侍者说得完全正确，他的确是个好主顾，也是个老主顾，既然他到了马德里，就肯定要去一趟奇科特。

对于我们大多数普通人来说，人生中的那些小小的好事，要是自己能够办到的话，还是值得一做的。所以，对于我给保安总部的朋友匹佩打的这个电话，我还是很高兴，因为作为一名奇科特的老主顾，我希望那里的侍者，在他临死之前，依然会给他留下美好的印象。

① 西班牙语，意思是敬礼。

蝴蝶和坦克

这天傍晚，天正下着毛毛细雨。我从新闻检查处出来，沿着大街朝我住的佛罗里达旅馆走去。走了没多久，雨渐渐地下大了。我顺路拐进了奇科特酒吧，打算在里面喝一杯等雨小了以后再走。

现在，已经是马德里被包围以来的第二个冬天了。所有的东西都开始变得短缺起来，大家总是觉得肚子饿兮兮的，人们的脾气也变得越来越暴躁了，稍微碰到一些不对劲儿的事，常常就会不由自主地发起火来。说实在的，我其实没有必要停下，因为只要再过五条街，我就能够到旅馆了，可是，一看到奇科特酒吧的门，我就想，还是先进去喝一杯吧，等雨小了，再将剩下的这五条街走完。

酒店里很拥挤，整个店堂里烟雾腾腾，净是些穿军装的人。卖酒柜台前面的人足足围了三层，根本就挤不过去，酒只能从人群的头上递出来。大厅里更是没有一张空着的桌子。

好不容易一个认识我的侍者，替我在一张桌子旁挪了一个空位出来。我就在那儿坐了下来，同桌有一个瘦个子德国人，喉结隆起，脸倒是白白的。他在新闻检查处工作，我认识，另外的两个人就不认识了。

里面的歌声实在太大，以至于连自己说话的声音也听不见。我要了一杯金酒加安古斯图拉①，好解解雨里的寒气。店堂里，

① 安古斯图拉是安古斯图拉树皮制剂，有滋补和解热作用，味苦。

看上去每个人都兴高采烈，他们喝的基本上都是新酿的加泰罗尼亚酒，看样子，应该是喝得有点儿多了。同桌的那个姑娘伸过头来，在我的耳边说了些什么，我一句都没有听清楚，只好不住地点头。

我收回四下打量的目光，端详了一下对我说话的那个姑娘，这才发现那个姑娘长得并不好看。不过，我一直没有弄明白她刚才对我说了什么，想再问一遍，又觉得不好意思。后来侍者过来了，我才弄明白，原来她是要请我喝一杯。

那个跟她一起的男人，没给我留下什么印象，这也可能是因为，她给人的印象太深刻了，对她同伴的印象，我也就不怎么在乎了。她的面孔属于那种刚强的脸型，有几分古风；她身材高大，就像个驯狮师。那个跟她一起的小伙子，跟我们大家一样，穿了件皮上装。只不过，他的皮上装是干的，看来在下雨之前就来了。那女的上身穿的也是一件皮上装。在我看来，那个男的看上去似乎应该在脖子上系一条校友领带①才对。不过，他并没有那样打扮，这倒令我感到惊奇。

这时候，我已经在开始暗暗后悔了：我为什么要拐进奇科特酒吧来呢？我应该径直回家的啊！到了家，就可以换一身干干爽爽的衣服，把脚一搁，舒舒坦坦地躺到床上，然后再喝上一杯。哪会像现在这样，不得不看着对面的这一对年轻人。虽说光阴似箭，可面对着丑女，你就会感到度日如年。我坐在那里，不由自主地想：虽然我是个作家，虽然对各种各样的人，我都应该不厌其烦地深入探究，但是面对眼前的这一对，我却升不起一点儿想去探究的心思——不管他们到底是不是夫妻，他们的政见如何，他们是否略有家财。总之，关于他们的事都不想去探究。但我知

① 是英国公学毕业生系的领带。常常被看作守旧的标志。

道，他们一定是在广播电台工作的。在马德里，你见到相貌怪得出奇的人，不是军警人员，就必然是在广播电台工作的。不过，就这样坐着也不是办法，总得说两句吧，我就大声地问道："两位是在哪儿工作？广播电台？"

"啊，你怎么知道。"那姑娘惊讶地张大了嘴。看吧，我没猜错吧？

"同志，你好吗？"我又对那个德国人说。

"还行。你呢？"

"不怎么好，被雨淋了一身呗！"我说。他一歪脑袋，笑了。

"你有没有香烟？"他问。我把香烟掏出来递给他，这是我的倒数第二包了，他和那个相貌惹眼的姑娘，一人取了两支，而另外的那个年轻人只取了一支。

"你不再来一支吗？"我大声说。

"我只要一支，多谢！"他说。那个德国人却伸手将香烟又接了过去。

"行吗？"他笑笑，略一迟疑，问我。

"当然！"我爽快地答道。其实呀，对我来说，是非常有关系的，那德国人显然也看出来了。可是见了香烟他眼都红了，当然就顾不上那么多了。有时里面就像暴风雨前会出现一个间歇那样，震耳的歌声也会消停片刻，所以有时候我们即使不大声说话大家也都听得见。

"你来这儿的时间不短了吧？"那个相貌惹眼的姑娘问我。"来"字被她说成了"篮子"的"篮"。

"来来去去。"我不以为意地说。

"我想找你商量一些正经事，你看什么时候能找个时间？"那个德国人说。

"我到时候给你打电话吧。"我说。那些正派的德国人，都不喜欢他，因为这个德国人的行径总是有点怪。平日里，他总是以为自己的钢琴弹得非常好。只要你不让他去碰钢琴，那他就算不上讨厌。和他在一起，你必须要注意两条：一是不能让他聊上，二是不能让他喝酒。但是同他在一起，想不犯这两条几乎是不可能的。他的拿手好戏就是能够和你聊一些谁都没有办法知道的小道消息——不管是巴塞罗那、马德里、巴伦西亚，还是其他的政治中心，只要你说得出哪儿有某某人，他就总会说得出与此人有关的那些臭名昭著的新闻。

这时候，大厅里的歌声响了起来，这个时候是不方便说什么小道消息了。看来，今天下午就只能在沉闷中度过了。我下定决心，等下我回请过大家一杯以后，我就离开酒吧回家。

可在酒吧里，一件事却发生了。有个前额奇高、头发向后直梳、穿咖啡色套装、白衬衫黑领带的老百姓，不知从哪里拿出来了一个喷雾器，向身旁的一个侍者喷去。那个侍者手里正托着个盘子，盘子里摆满了酒。惹得大厅里的人们一下子哄堂大笑起来，那个侍者却气得脸红脖子粗。

“No hay derecho.”那侍者有些恼怒地说道。这句话的意思是：“你没有权力这样做。”在西班牙，这应该算得上是最强烈的抗议了。

那个手里拿着喷雾器的家伙，见逗笑成功，更加得意了。他似乎忘了现在这里是个围城，忘了现在已经进入了战争的第二个年头，忘了像他这样的老百姓在店里总共只有四个，忘了现在人人都正处于神经紧张状态。他又开始用喷雾器向另一个侍者喷去。

这个侍者也被他的举动气坏了，他的嘴唇都气得发抖了。可那个家伙却对着他满不在乎地又连喷了两次。这个侍者在奇科特酒吧已经干了整整十年了，况且，他已经上了年纪。他站在那里，连连摇头，还是有些人依旧觉得很好笑。这时，我忽然想找个地方去躲躲。

“No hay derecho.”那个上了年纪的侍者神情严肃地说。

这个时候歌声早已轻了下去，笑的人依然在笑，那个手拿喷雾器的家伙又对着另外一个侍者喷起来。那个侍者站住了身子，转了过来。

“No hay derecho.”他说。这回是谴责，可不是刚才的抗议了。然后三个穿军装的人从一张桌子上猛地站起来，向手拿喷雾器的那个家伙扑去，随即他们把那个家伙一下给推出了酒吧的大门，然后就听见“啪”的一声从门外传来，那个玩喷雾器的家伙，一定是被打了一嘴巴。那个喷雾器也被人捡起，扔出了门外。

三个人一副舍生取义、大义凛然的样子，回到了店里，看上去严肃而凶悍。过了一会儿，那个玩喷雾器的家伙也走了进来。他满脸血迹，头发凌乱地披在前额上，衬衫被扯开了，领带也被拉歪在了一边。他迅速地拿着那个喷雾器，怒目圆睁，对着这一店的人，瞄也不瞄，就喷了个满堂开花。

刚才回来的那三个人又有一个朝他猛冲过去，马上又有几个人上去帮他，把那个手拿喷雾器，正准备朝外跑的家伙给揪了回来，拉到店堂左边的两张桌子的中间摁住。那个手拿喷雾器的家伙，一路上不住地挣扎，然后听见“啪”的一声枪响，我一把抓住坐在对面的那个相貌惹眼的姑娘，立刻向厨房门冲去。

可是厨房门被关上了，我使劲儿用肩头顶，无论怎么顶，都没有顶开。

“就在这儿，就在这个角落里趴下吧。”我命令道。可是她却跪在了那里。

“趴下！”我说，然后用手硬是把她往下按。她看上去非常生气。

这时候在店堂里，那德国人和那英国公学毕业生模样的小伙子，每一个男人都将枪掏了出来。那德国人，正在一张桌子的后面躲着，而那英国公学毕业生模样的小伙子，则躲在一个角落里紧靠着墙。三个女郎站在靠墙的一条长凳上，她们使劲儿地踮起了脚，想要看个清楚，还不时尖着嗓子大声嚷嚷。

“嘿，你这个胆小鬼，我可不怕！”那个相貌惹眼的姑娘说，“这根本就不可怕嘛！”

“我可不想吃流弹，那可犯不上。”我对她说，“如果那个‘喷雾大王’不是自己一个人在这儿的话，说不定这事情会闹得很大呢。”我语气坚决地说。

不过，显然他是独自一个人来到了这儿。过了一会儿，枪也都被大家收起来了，而站在长凳上那三个尖声嚷嚷的金发女郎也被人抱了下来。在中间围成一团的人，一个个往后退了回来。我这才看清楚，刚才那个喷雾的家伙，已经仰面朝天，毫无声息地躺在地上。

“警察没来之前谁也不许离开！”门口有人喊道。

原来两名拿长枪的警察从街头巡逻队里走了过来，已经在门口站着了。门口那人的话刚说完，我就看见有六个人围在一起悄悄地商量什么，然后就好像橄榄球队的队员“列阵”那样，排成一排向门外走去。其中有一个人，就是开枪打他的那家伙，我先前看清楚了那人的脸。他们分出四个人，分别挡住两个警察，另外两个人就从两个警察的中间直穿而过。这真是个极其漂亮的掩护，就像在橄榄球比赛中，其中的一方队员挡住对方的两个防守队员，以便让自己的队友迅速插过去一样。他们刚刚出了门，正好碰到另外一个刚刚赶到的警察，那个警察拿枪上来一拦，喊道：“在事情没调查清楚之前，谁也不准离开。”

“刚刚出去的那几个人为什么就走了？他们都可以走，为什么，还扣住我们?”

“他们是机场的机械师，必须得赶回去。”有人说。

“既然已经有人走了，把我们扣住还有什么用呢!”

“大家都安静，事情总得依据法律程序来办，很快就会有保安部门的人来了。”

“既然有人都已经走了，把我们扣住也就没有意义了，难道连这一点，你们也不明白?”

“保安部门的人没来之前，大家都得在这儿待着。”

“真好笑!”我对那个相貌惹眼的姑娘说。

“不，这件事不仅好笑，我觉得简直就是令人发指。”那个姑娘义愤填膺地说。

这时我们已经从柜台下站了起来。她正瞪大了眼，目不转睛地盯着躺在地下的“喷雾大王”。“喷雾大王”双臂在身子两旁张开，拱起一条腿。

“天啊，他受伤了，怎么就没有人去救救他?我得去救救他。”

“如果是我的话，我是绝对不会在这个时候去碰他的。现在，谁敢触这个霉头啊!”我说。

“可他真是可怜，得赶紧施救。我以前受过护理训练，可以对他进行必要的急救。”

“听我说，这个时候你也别靠近他。”我说。

“为什么不能去?”她看上去十分懊恼。

“难道你看不出他已经死了嘛!”我说。

后来公安部门的人来了，结果大家在酒吧里被扣了三个小时。起初，他们用自己的鼻子挨个儿地嗅每一个人的手枪。这样，可以把开过火的枪查出来。嗅过四十来把以后，他们似乎也感到烦了，因为除了打湿了的皮上装的味，就没有其他的味了。

他们在“喷雾大王”的遗体后边摆了一张桌子，在那里坐着，又开始挨个儿查看人们的证件。“喷雾大王”躺在地上，脸色灰白，看上去宛如一座灰色的蜡像。他的衬衫不知什么时候被撕开了，就那么横在地上，看上去可怜巴巴的。人们必须得从他的身上跨过去，才能走到警察坐着的那张桌子边。两个便衣警察就坐在桌子后边一个一个地查验着各人的身份证件。小两口里的那个男的太紧张了，几次三番地将自己的证件找了又丢，丢了又找。本来那张安全通行证他是随身带着的，可是由于紧张，竟然忘记放在哪一个口袋里了，他一阵好找。好不容易找到后，他在手里拿了一会儿就又放到了自己的口袋里，可没过多久他就又忘记放在哪儿了，于是又不得不浑身上下找了一遍。他面孔涨得通红，满头大汗。看他现在的那副样子，似乎除了该系一条校友领带外，而且那种低年级学生戴的学童帽，也应该给他戴上。人们都说岁月催人老，可他现在看上去，倒是像年轻了十来岁。

就在等着检查证件的时候，我对那个相貌惹眼的姑娘说，这事倒是一个不错的小说素材，有时间我就把它写出来。特别是刚才那六个人为了能够冲出门去，而排成一列单行的情景，实在是太精彩了。

她一听连忙对我说，这可不能写，写出来的话，无疑是在给西班牙共和国的伟大事业抹黑。我说，这没什么值得大惊小怪的——安达卢西亚人在共和国成立前用大刀互相砍杀就有几百年长的历史，巴伦西亚一带在君主统治时期开枪伤人的事件也不计其数，奇科特酒吧在战争时期发生一件滑稽的枪杀事件，当然也就没什么大不了的。当然了，这跟政治完全扯不上关系。

我当然也能够将其作为写作的题材，就好比事情出在马赛、出在纽约、出在芝加哥、出在基韦斯特那些地方一样。听我这么说，她还是告诉我说不应该写。照这样看来，我想不赞成我写的人恐怕还有点儿多。不过那德国人却对我说，他倒觉得这个题材非常好，于是我把兜里的最后几支香烟都给了他，以示谢意。过了三个小时以后，警察检查了我的证件，然后告诉我可以走了。

见我许久没有回去，佛罗里达旅馆里那几位，早就有点着急了，因为当时常常有炮弹落到城里，如果在酒吧打烊以后还没回家的话，家里的人就会担心了。能够回到家，我心里当然也挺高兴。大家做晚饭的时候，我把今天在酒吧发生的事告诉了大家，效果倒是挺好的。

第二天早上，雨停了，不过初冬的天气依旧寒冷，大概中午12点45分，我又来到了奇科特酒吧，想在吃午饭之前，先来一杯金酒补汁暖暖身子，压压惊。这时，店堂里一般都没什么人，两个侍者同经理满脸笑容地来到我的桌子跟前。

“逮住凶手了吗?”我连忙问。

“别开玩笑啦，”经理说，“他开枪的时候你看见了吗?”

“当然，一清二楚!”我指了指那张桌子，对他说。

“其实我也看见了，”他说，“当时我就站在这儿。”他指了指不远处的一张桌子。“那家伙的胸膛被他的手枪直顶着。”

“后来剩下的那些人被扣到什么时候?”

“嗯，可久啦，一直到后半夜两点以后呢。”

“所以 fiambre 一直到今天上午 11 点才被弄走。”这里用的 fiambre 是个西班牙俚语，也就是尸体的意思，不过词却和菜单上的那个“冻肉”一样。

“这其中的那些内情，我想，你一定不了解呢。”经理说。

“是啊。他还不清楚呢。”一个侍者说。

“说起来这事可真是让人觉得稀奇。”另一个侍者说，“Muy raro[①].”

---

① 西班牙语，意思是稀奇极了。

“是啊，不仅如此而且还让人感到遗憾啦!”经理摇了摇头。

“是啊。说起来真是既稀奇又令人遗憾。”侍者神神秘秘地说。

“真的吗？赶快跟我说说吧。”

“这事可真是稀奇!”经理说。

“怎么稀奇？快跟我说说吧。说说，快!”

经理先朝四周看了看，然后隔着桌子将身子向我探过来，显得十分机密的样子。

“告诉你吧，”他说，“他那只喷雾器里，装的实际上是科隆香水。这个可怜的家伙。”

“所以他这恶作剧也算得上是善意的，知道吧。”侍者十分惋惜地说。

“他实际上也只不过是想逗个乐罢了。其实大家就不应该生他的气，”经理说，“这个可怜的家伙。”

“原来是这么回事，这么说起来他只是想给大家助个兴。”我说。

“是啊，其实这就是个不幸的误会。”经理说。

“那个喷雾器呢？后来怎么处理的？”

“公安部门拿去检验完毕后就还给他的家属了。”

“我看他们本来是想自己留着的。”我说。

“就是，”经理说，“平日喷雾器能够派上用场的地方还多着呢。”

“他是做什么的？”

“木匠。”

“结婚没有？”

“结了，今天早上他老婆和公安人员一起来的。”

“她说什么没有？”

“她‘扑通’一下跪在她男人的身旁，只是一个劲儿地说：‘哎呀，佩德罗，佩德罗，你这是怎么了呀？是谁这么残忍要下毒手害你呀？佩德罗啊！’”

“站在一旁的公安人员后来见她控制不住自己，就把她硬拉开了。”侍者说。

“后来我们听说那个男人的肺好像有点儿毛病，”经理说，“他参加过保卫战刚开始时的战斗。就是因为肺上有毛病，没有能够被留下来继续战斗。”

“这么说起来，他昨天下午只不过是到热闹的场所，来为大家鼓劲儿的喽。”我这样分析道。

“也不全是这样，”经理说，“听我说，这件事情真是稀奇极了！所有的一切都是那么的 Muy raro。其实只要给公安部那些人足够的时间，他们还是能够把事情的来龙去脉给查清楚的。

“他们在他的口袋里找到个工会证，根据工会证上的信息，他们找到了他的工作单位，然后他们向他干活那个工场的同志详细询问了有关他的一切。告诉你吧，你想都想不到。你猜怎么着，原来他昨天本来准备去参加一个婚礼，所以他就买了喷雾器和 agua de colonia①，就是在我们街对面买的那些东西。他事先打算用这来开个玩笑，并且也把自己的这个打算告诉过别人。他就是在我们盥洗室里灌喷雾器的，警察在那里找到了香水瓶。香水瓶上有商标，也有地址。买来以后，可能是因为下雨了，所以他就到我们的店里来了。”

“我现在都还记得他是几点进店的。”一个侍者说。

“在店里一片歌声的欢乐气氛中，他也就情不自禁地跟着乐了起来。”

---

① 西班牙语，意思是科隆香水。

“我看不只乐了起来，而且已经飘飘然了。”我说。

经理用他西班牙式的逻辑继续朝下说。

“只有害肺病的人在喝醉了的情况下，才会变成这样。”他十分肯定地说。

“老实说，如果只是作为一个故事来说，这样的情节我可不大喜欢。”我说。

“听我说，伙计，”经理说，“你哪儿去找这样稀奇的事情？他可真是乐坏了，以至于他忘记了战争的严肃性，他当时就像是一只蝴蝶。”

“啊，这是个不错的比喻，的确非常像蝴蝶。”我既惊喜又惋惜地说。

“我可是说正经的，不是在开玩笑，”经理说，“你能够懂我的意思？你看，就好像是一只蝴蝶同一辆坦克遇上了。”

他说得眉飞色舞，自鸣得意。西班牙式的逻辑被他发挥到了极致。

“嘿，伙计，今天本店请你喝一杯，就是这个故事你一定要写篇小说出来。”他说。

这时，那个玩喷雾器的家伙出现在了我的脑海里：一张灰色的脸、那张开的双臂、一双灰色的手和他那拱起的腿。看样子，他倒是的确有点像蝴蝶，可也不是太像。我觉得看上去他倒是更像一只死麻雀。反正无论怎么说，就是不太像个人的样子。

“那就这个，金酒加施韦珀奎宁水，给我来一杯，怎么样？”我说。

“请吧。来，对你来说，这个故事可是不错的素材，祝你早日将小说写出来。”经理拍了拍我的肩膀说。

“我会尽力的，”我说，“可你知道吗，有个英国姑娘告诉我说，这事不该写，就是昨天晚上，她说这是对伟大事业最恶劣的影响。”

“真是一派胡言，”经理不屑地说，“这个题目是那么有意思，也是那么有价值，在我看来，这可是我到目前为止见到过的最最稀奇的一件事了。想想看，不被众人理解的欢乐之情，跟在这座城市里长期笼罩的严肃、死板的空气发生了激烈的碰撞。多么有意思的素材啊！多么有诗意的素材啊！你一定得写写。”他全然忘记了“蝴蝶”先生已经被枪杀了。

“好的，我会写的。他有子女吗？”我说。

“没有，公安人员说的。你记住一定要写啊，对了，题目就用‘蝴蝶和坦克’。”他说。

“没问题，”我说，“我会写的。不过我不太喜欢这题目。”

“嘿，伙计，难道你不觉得这题目，有一种纯文学的味道吗？仔细想想，是不是？”经理显得异常兴奋。

“那行，”我说，“题目就叫这个‘蝴蝶和坦克’。”

在这个晴好的早晨里，店堂里的空气一片清新，一股打扫洁净了的气息在店里散发着。我跟这位经理一起坐在那儿，这个伟大的作品，在我们两人共同合作下诞生了。那一刻他真是扬扬得意，我端起金酒补汁喝了一口，双眼朝垒着沙袋的窗户外边看去，那人的妻子曾跪在这里说过的话，不禁在我的耳边响起：“佩德罗，佩德罗……是谁这么狠心会对你下这样的毒手啊？哎呀，佩德罗啊！”

于是我想：即使是公安人员查出开枪的那个人，也一定不会告诉她了。

海明威全集

海明威短篇小说集（下）

Ernest Hemingway Short Stories

〔美〕海明威 著
雪 茶 译 俞凌婷 主编

中国出版集团 现代出版社

决战前夜

我们在马德里找到了一座从高处可以瞭望到那个所谓“村舍”① 的公寓，公寓被炮弹打得破损不堪。尽管如此，我们最终还是选择这座公寓作为我们的工作基地。因为战斗的场面，可以一直伸展到小山上，尽现眼底。硝烟的气味充斥着鼻腔，只要张开嘴巴呼吸或者说话，舌头上就会沾满战场上飞来的尘沙，噼噼啪啪的各式枪声更是此起彼伏，连绵不绝，在耳边响成一大片，如同滚石从山坡上滚下。中间还夹杂着接二连三的隆隆巨响，那是我们背后排炮向外发射炮弹。巨响过后必然少不了“轰”的一声，转瞬间炮弹落地开花，滚滚而起的冲天黄尘弥漫着整个战场。

要拍好电影，这个距离我们总还嫌稍远了点儿。我们也曾往前挪过，可是那些家伙总是对着摄影机冷不防地来一枪，弄得你根本没法继续拍下去。

那架大电影摄影机是我们最贵重的东西。如果摄影机打坏了，我们此行也就宣告结束了。最终，我们在这种无处可拍的情况下把影片拍出来了，所以我们浪费不起胶卷，电影摄影机更得加倍保护。这些拍好的影片和摄影机，就都成了我们的心肝宝贝。

就在前一天，时不时迎面打来的冷枪，逼得我们撤出了一个拍电影的好位置。我只好拼命压低了脑袋，把小摄影机小心翼翼

① 所谓“村舍”，是郊外的“皇家猎舍”，在海明威的其他作品中有过一个说明。

地捧在小腹上，用胳膊肘支着地，一步一挪地爬了回来。子弹呼啸着从我背上掠过，打进了身后的砖墙。我的身上两次盖满了四散飞溅的泥粉砖屑。

不知为什么，下午太阳正好位于那帮法西斯背后的时候，我方才发动最猛烈的进攻。阳光几乎直射摄影机镜头，镜头便闪闪发亮，像日光反射信号器一样，对面摩尔人①瞄准了闪光开火。他们野蛮行动，以为这就是在里夫人②那儿见到过的日光反射信号器和军官的望远镜。所以你只要拿起望远镜，毫无遮蔽地来望一望，你就会如愿饱尝冷枪的滋味。更为恼人的是，摩尔人的枪法可精准着呢，弄得我整天紧张得要死，口干舌燥的。

一到下午，我们就在公寓拍影片，这个公寓还是被我们布置得不错的。我们找了一张破旧的花格帘子，在阳台上草草做了个遮阳棚，摄影机就架设在下面。不过，还是我说过的那句话：我们总还嫌距离远了点儿。

也不是真的很远，还是可以拍到一些场面的，比如那山坡上遍布的松树，那片湖，那一幢幢石头农家房子中了高爆榴弹后石屑四迸、粉尘弥漫。轰炸机打头上嗡嗡飞过，看不清楚面目，只能依稀可辨一些轮廓。我们可以拍到小山坡上骤然冲天而起的滚滚浓烟，拍到弥漫的尘雾。但隔着八百码到一千码这么远的距离，坦克看上去像些泥土色小甲虫，在草丛里快快地爬，口吐细细火光。小甲虫后面的士兵则成了一些小玩具人，一会儿卧倒，一会儿猫着腰往前跑，一会儿又卧倒，有的还能站起来往前跑几步，有的就没再挪动过一步。星星点点的人影布满了整个山坡，坦克一个劲儿地往前冲。

---

① 8世纪初进入西班牙的柏柏尔人的后裔。佛朗哥招募了大批摩尔人充当叛军。

② 柏柏尔人的一支。

尽管这样，我们还是希望能把战斗的清晰、完整的轮廓拍出来。我们已然拍到了许多近景。运气再好些的话，今后还能再拍到一些更好的近景。如果我们还能再拍到诸如骤然的尘土冲天，榴霰弹在空中炸开，滚滚的硝烟尘雾中手榴弹爆炸的光一闪、白花怒放等，一些可以体现战斗轮廓的精彩场面，那么我们的任务就基本上完成了。

等到天色暗下来之后，我们把大摄影机搬到楼下去，拆下三脚架，把各部分分作三堆，接着一次一个，带上东西飞一般穿过玫瑰树林荫路，穿过路口那个已经烧得光光的转角。对面就是旧日蒙大拿兵营马厩的石墙，只要我们到达石墙下就安全了。我们终于发现了这么个拍影片的好位置，每个人都兴致高涨。但我还是觉得距离稍嫌远了一点儿，不然颇有点儿自己骗自己了。

我们走在一条坡道上，这条路能通往佛罗里达旅馆。我对他们说："来吧，一块儿去奇科特酒吧喝一杯吧！"

可是他们还有一架摄影机得修，而且还得换胶片，再说了，那些已经拍好的胶片也必须赶快密封，我只好一个人去了。你知道在西班牙是不可能找不到伴儿的，换换空气也好嘛，我这样安慰自己。

已经是4月的黄昏，我举步走向奇科特酒吧时，高兴极了，只觉得既快活，又兴奋。我觉得我们干得很卖力，我想成绩定然不错。在街上走着走着，不知为何，我刚才志得意满的心情却全然烟消云散了。孤单单的一个人，我的头脑反而冷静了下来。之后才意识到我们毕竟离前线还是太远了，就算傻瓜也能看得出来：进攻其实是失败了，大大的失败了啊！我只是心里总还抱着希望——情绪一乐观，往往就被蒙住了双眼。想起前线的光景，此时此刻我明白，人民的军队终于发动进攻了，可是这样的进攻法可以说是索姆河之役①的重演啊！伤亡惨重，屡战不胜，令人窒息。只有一个后果：那就是自己毁灭自己。我把今天一天看到的、听到的合在一起回想一下，觉得真不是滋味。

我意识到进攻失败了之后，进了奇科特酒吧，只见那里一片烟雾喧嚣。柜台前人满为患，当我第一杯酒喝下去之后，这种体会就愈加强烈了。如果前线形势大好，只是我自己情绪欠佳，那么这一杯酒下肚，心情是一定会大好的；如果前线形势太糟糕，而我自己十分正常，那么喝上一杯酒，就会把糟糕的局面看得更透彻一些。

酒吧里这时满满的挤不下人了，想端起酒杯喝一口，还真得抬起胳膊往外挤挤才可以哩！我刚满饮了一大口，就被别人撞了一下，杯子里的酒洒了出来。我有些恼火，扭过头来一看，那撞到我的人居然朝我笑了起来。

“嘿，鱼儿脸。”一个人跟我说。

“嘿，你这个老山羊。”我回答他。

“我们找一张桌子坐吧。”他也不生气，说，“刚才我撞了你一下，看起来，你真的发火了。”

“你从哪里过来的呀？”我问道。他腰里佩着一把自动手枪，是一把大号的科尔特。据我所知，这枪以前有过三个枪主，我们还一直在到处找跟枪相配的子弹呢。他的双眼已经眍了进去，皮上装又脏又油腻，一脸胡子也好久没有打理了。他身材高大，脸上沾满了硝烟和油污，黑乎乎的。头上戴一顶皮防护帽，帽边上也都镶了厚厚的皮，帽子顶端由前往后加垫了护顶，是由一条厚厚的皮做成的。

“你从哪里过来的呀？”我又大声地问了一遍。

---

① 索姆河之役：索姆河在法国，1916年法国的福煦将军为减轻凡尔登方面所受的压力，发动索姆河之战，遭受惨重损失。因此成为第一次世界大战的一个重大战役。

“从‘村舍’来的呗!”他故意拉着个调子说——这个调子是学一个小听差的。从前我们一起在新奥尔良一家旅馆里，听到过小听差拉着那样的调子在大厅里传唤，我们两个人至今私下常常学这腔调开玩笑、取乐。

有两个士兵和两个姑娘站起来走了，空出一张桌子，我就说：“我们上那边去坐吧，那边有空位了。”

我们就在酒吧大堂中央的这张桌子旁坐了下来，他举起酒杯的时候，两手油污，两个大拇指让我看得呆了：叉弯里如同石墨一般黑。我一看便知，那是让机枪向后倒喷的烟气给熏出来的。

他拿着酒杯的手在抖。他伸出另外一只手，“你瞧我的两只手。”那只手也在抖。他还是拉着那个滑稽的调子说：“左右手，彼此彼此。”口气突然严肃起来，说：“你上去过啦?”

“我们去拍了些影片。”

“拍得怎么样?”

“不太好。”

“能看见我们吧?”

“你们在哪儿?”

“今天下午3点25分在进攻农庄。”

“啊，看见了。”

“满意吗?”

“怎么能呢?”

“我也不满意，”他说，“告诉你，这事荒唐透顶。对那样的阵地，这到底是谁的主意?为什么一定要发动正面进攻呢?那不是拿我们的生命开玩笑吗?”

一个矮个子抢先说道：“一个浑蛋叫拉尔戈·卡瓦列罗[1]。人

---

① 拉尔戈·卡瓦列罗：1869—1946年西班牙劳工领袖，1936—1937年任总理。

家给他副望远镜叫他看，他第一次看望远镜，就俨然成了个将军。这就是他自鸣得意的杰作。”说这话的是戴着厚厚的玻璃片眼镜的小子，我们过来的时候他就已经在这张桌子旁坐着了。

我们一起循声望去，那小个子对我们笑笑。阿尔·瓦格纳瞧瞧我，他是跟我一起来的坦克手，他还皱了皱眉——不过他的眉毛已经被战火烧掉了。

“同志，小声，要是旁边有人懂英语，你要被枪毙的。”阿尔·瓦格纳对他说。

“哪儿的话呢?”那矮个子说，“拉尔戈·卡瓦列罗才应该被枪毙呢。应该先枪毙他。”

“喂，同志，”阿尔·瓦格纳说，“你小声点儿好不好? 别人听到了你的话，还当我们是跟你一起的呢。”

那个眼镜片好厚的矮个子满不在乎地说：“我的话可不是胡说的。”我仔细打量了他一眼。他让人萌生一种肯定的感觉：他的话肯定不是胡说的。

“话虽如此，就算不是胡说，此时此地说出来也不合适。”我赶紧岔开话题，说，“来一杯怎么样?”

“好啊，不过，”他更加满不在乎地说，“跟你说说也没关系。你是个信得过的人。我了解你。”

“我也不见得就那么靠得住，”我自我解嘲地说，“再说这酒吧间毕竟是个公共场所。”

“同志，没关系，只有在酒吧这样的公共场所里，咱们才可以私下谈谈。因为我们在这儿说话谁也听不见。请问你是哪个部队的?”他对阿尔说道。

“我手里只是管着几辆坦克，从这儿出发走着去，大约有八分钟的路程。”阿尔对他说，“我们已经执行完毕今天的任务，上半夜我可以休息。”

“你为什么不赶紧去洗个澡？”我对他说。

“正想去好好洗洗呢，”阿尔说道，“就到你那里去洗吧。待会儿咱们喝完酒就去。你有去油污的肥皂吗？”

“没有。”

“没有也不要紧，”他说，“我口袋里还有省下的一点儿。”

小个子透过厚厚的眼镜片，目不转睛地盯着阿尔。

“同志，你是党员吗？”他问道。

“是啊！”阿尔说。“我知道这位亨利同志不是党员。”小个子说。

“那我可就不敢信任他了，”阿尔说，“我原本就不信任他。”

“你真是个浑蛋，”我不满地对他说，“要走了吗？”

“还不打算，”阿尔说，“我还想再喝一杯呢。”

“我对亨利同志可是非常了解的，”那小个子说，“我再说拉尔戈·卡瓦列罗的一些故事给你们听听。”

“一定得让我们听吗？”阿尔说，“你可别忘了，我是人民军队勇敢的战士，你不觉得你的故事会瓦解我的斗志吗？”

“你不知道，他小人得志，狂妄膨胀得要多厉害有多厉害，如今他日趋狂妄。他既当了总理又兼任陆军部长，谁也不能跟他套近乎了。你知道不？他原本是个很正直的工会领袖，可以说是介于已故的萨姆·龚帕斯①和约翰·卢埃林·刘易斯②之间，都是因为阿拉基斯泰因这家伙找到了拉尔戈·卡瓦列罗，才会让他猖狂至今。”

“你慢点儿说，”阿尔说，“我听不清楚。”

“啊呀，是因为阿拉基斯泰因找到了拉尔戈·卡瓦列罗！就

① 即塞缪尔·龚帕斯（1850—1924）：美国工会运动的保守派领导人。曾经任美国劳工联合会主席。

② 约翰·卢埃林·刘易斯（1880—1969）：英国劳工领袖。劳联—产联主要创建人及首任主席。

是现在在巴黎就任大使的那个阿拉基斯泰因！他称拉尔戈·卡瓦列罗是西班牙的列宁，这样，那可怜巴巴的拉尔戈·卡瓦列罗就硬着头皮做西班牙的列宁了；有人给他一副望远镜让他看看，他就自以为是克劳塞维茨[①]了。”

“这话你刚才说过一次了，”阿尔冷冰冰地说道，“那你又有什么根据呢？”

“哈哈，三天前，拉尔戈·卡瓦列罗还在内阁会议上夸夸其谈呢。在那次会议上，他高谈阔论的就是我们现在采取的这个行动。当时赫苏·埃尔南德斯也只是跟他开个玩笑，赫苏·埃尔南德斯问他战术和战略之间的区别。你猜那老拉怎么说？”

“不知道。”阿尔不满地说。我看得出来，这个新认识的小个子惹得他有点儿心烦了。

“他说：‘其实，战术就是对敌人发动正面进攻，战略就是侧面包抄敌人。’你见过这么有意思的事吗？”

“你还是赶紧走吧，同志，”阿尔有些惊惶地看了看四周，说，“你呀，真是让我们泄气透了。”

“可我们一定要让拉尔戈·卡瓦列罗下台，”那矮个子同志说，“等打完了这场仗，我们得马上把他赶下台。他这么愚蠢至极的行为，我看早晚要完蛋，还要来害我们。”

“好吧，同志，”阿尔对他说，“明儿早上我还得去参加进攻战呢。”

“什么，你们还要去进攻？”

“你听我说，同志。你要胡说些什么，你只管跟我说好了，因为听你讲的这些还蛮有意思，而且我也不是三岁小孩子，是好是坏我能分得清楚。可你千万别跟我打听什么，因为那样会给你

① 即卡尔·克劳塞维茨（1780—1831）：德国著名军事理论家。

招来麻烦的。”

“我只是想问问你个人的那点儿事。我打听什么消息啊！”

“你我之间都还不熟，还是不要问什么个人的事，同志，”阿尔说，“你为什么不到旁边的桌子上去坐坐，我想跟亨利同志说会儿悄悄话，我要问他些事情。”

“Salud，同志，”那小个子见他下了逐客令，便站起身来，“那我们就改天见吧。”

“那好，”阿尔说，“改天见。”

他对我们表示了一下歉意，就走到旁边的一张桌子前。马上就有几个士兵给他让出一个位置，我们的视线还没来得及转移回来，他就开始打开话匣说个不停了，且好像那些士兵都很感兴趣。

“你看这个小个子怎么样？”阿尔问我。

“我弄不懂。”

“我也弄不懂，”阿尔说，“他对这次进攻肯定有很多看法啊！”

他喝了一口酒，伸出手来给我看。“看见了吗？我的手现在不抖了。我在进攻之前向来是不喝酒的，我已经不是个酒鬼了。”

“那你今天怎么啦？”我说。

“你不是都看见了吗？你说现在的情况怎么样？”

“太可怕了！”我心有余悸地说。

“就是这样。说得太对了！太可怕了！我们的进攻是正面、两翼同时进行的，我看他现在是战略、战术全用上了。其他各路战线上情况怎么样？”他问道。

“杜兰攻占下了新赛马场。就是那个 hipódromo① 啦。现在部

① 西班牙语，意思是赛马场。

队就集中在通入大学城的那个走廊地带上。北边我们已经越过了科鲁尼阿路。从昨天早上起部队就在阿吉拉尔山下被阻挡不前了，直到今天早上形势也大致如此。听说杜兰的旅折损过半，你们那儿怎么样?”

“明天我们还要去攻打那些农家房子和那个教堂。我们的目标是人称‘山中隐士’的山上那个教堂。唉，山坡上被敌军挖了那么多的沟壕，每一个机枪据点都挖得深深的，而且工事固若金汤，打起来那才叫要命呢。我们攻上去，无论攻到哪儿都会成为众矢之的，三面受到机枪据点的扫射，简直就是活靶子。我们的炮又少得可怜，组织不起像样的炮火掩护，根本没办法把这些机枪火力压下去，又没有重型野炮好把这些机枪阵地摧毁。这不是拿我们当儿戏吗?”他气不打一处来，继续说，“更为要命的是，那三座农家房子里都有反坦克炮，教堂附近还有个反坦克炮兵群。打起来会惨不忍睹的。”

“准备什么时候开始?”

“这个问题恕我不能回答你。”他忽然压低了声音说。

“你别误会，我们得拍电影，我没有别的意思，”我说，“拍电影所得，我们全部捐献去买救护车。在阿尔加达桥的反击战中，我们就拍到了第十二旅。上个星期在品格隆附近的进攻战中，我们也把十二旅拍了进去，在那一仗里，拍到的几个坦克镜头是蛮不错的。”

“那一仗坦克的进攻很失败。”阿尔颓丧地说。

“我知道，”我说，“但是电影的效果拍得还是挺不错的。明天会是什么情景?”

“早点儿出来等着就好了，”他说，“可也别太早噢!”

“你现在感觉如何?”

“感觉浑身疲乏，”他说，“尤其是头痛得要命。不过比刚才好很多了。我们再干一杯，喝完先到你那里去洗个澡。”

“咱们还是先吃饭吧。”

“你先去占个座，我身上脏兮兮的，怎么去吃饭啊！我先回去洗个澡，一会儿再到大马路上来找你。”他感激地对我说。

“那咱们一块走吧。”

“别，回头我再来找你，还是你先去占个座。”他把头趴在桌子上，“老兄，我的头叫那些老爷坦克轰得真痛啊！耳朵里一个劲儿地响个不停，什么声音都听不见了。真难受啊！”

“你还是去睡一觉吧，兴许就好了。”我说。

“我不去。我想跟你在一起待会儿，我可不想睡了再多醒一次，还是等回去再睡觉吧。”

“你没有酒精中毒吧？”“放心，”他说，“我没事。汉克[①]。我跟你说，我看我明天要被打死了，我这个人不会随便说胡话的。”

我用手指尖在桌子上敲了三下。[②]

“这种感觉我就有过好多次了，相信我，是谁都会有这种感觉的。”我拍了拍他的肩膀，安慰他说。

“不一样，”他说，“我平常可是没有这种感觉的。你知道，我们明天简直是去送死，我们奉命攻打的目标，让我们去攻一点儿道理也没有。我的兄弟，我也没把握能让他们都冲上去，心里一点儿谱儿都没有。在那个当口儿，如果他们不肯去，我就算枪毙他们，他们也不会去的。再说了，我能让兄弟们白白送死吗？”

“一定不会有事的。”我再次安慰他说。

“怎么不会呢？明天要冲上去的，是我们步兵的精锐。跟第

---

① 亨利的昵称。

② 这是西方人的一个古老的迷信，如果说了不吉利的话，只要敲敲木头或摸摸木头，就可以逢凶化吉。

一次派去的那些胆小鬼可不一样，他们都是敢打敢冲的。”

“一定不会有事的。”

“怎么不会呢?”他说，“一定不会很顺利。反正我尽我最大的努力。叫他们上战场这没问题，带他们冲上去也没问题，怕就怕在他们一个一个被阻截，说不定会成功。我手下有三个兄弟，个个都是能人强将。只要他们哥儿几个，有一个没一开始就被打趴下了，就好了。”

“你这几个兄弟都是些什么样的人?”

“一个是希腊大汉，从芝加哥来的，这人生死不惧，勇气不减当年啊！还有一个是法国人，从马赛来的，这个人左肩还上着石膏，而且有两个伤口还没收口，就从皇家旅馆的伤兵医院里跑了出来，要求参加这次战斗。”好像是介绍自己的光辉业绩一样，他显得格外兴奋。他接着说：“他身上还绑着绷带呢，真不知道他怎么能坚持下去。我是说，我无法想象他们参加战斗。看着他，再硬的心肠也要为他心碎。他以前是个开出租汽车的。”他顿了一下，“我是不是说得太多了。如果我话说得太多，你得赶快叫我住嘴。”

“那第三个兄弟是什么样的人?”我说。

“第三个? 我说过有第三个?”

“是啊!”

“啊，对了，”他神秘兮兮地笑了笑，说，“所谓第三个人那就是我了。”

“那其他的人呢?”

“他们以前都是技术工人，哪里是什么当兵的家伙。第一，他们不能判断战场上的形势；第二，他们个个都贪生怕死。我怕他们克服不了这种胆怯，我也做过他们的工作，”他摇了摇头，说，“可是每次开战之后，他们就怕得要命，全都戴好坦克帽，站在坦克旁边，像个老坦克手的样子。他们爬进坦克，也还是很像个样子。可是，只要他们钻进坦克里面，顶盖一放下，坦克里边实际上就等于没有人。他们怎么能算是坦克兵？话又说回来，我们哪有时间训练新的坦克兵啊！”

“你还不去洗澡吗？”

“这儿挺好的，”他说，“我们再在这儿坐一会儿吧。”

“想想也真是可笑至极，战场就在大街的那头，要打仗就去，不打仗就到这儿来。”

“可我们来了还得走。”阿尔说。

“要不找个姑娘陪你聊聊？听说佛罗里达旅馆里来了两个美国姑娘，而且都是新闻记者。说不定能跟你聊得不亦乐乎呢。”

“我可不陪她们说了，我累坏了。”

“看见没，那边角落里那张桌子上是两个从休达①来的摩尔姑娘。”

他转头朝她们那头看了两眼。两个姑娘都是黑皮肤、浓头发。两个人，个子一高一矮，身材壮实，性格活泼，没什么说的。

“算了吧，”阿尔说，“我明天可是整天看着摩尔人，今天跟她们鬼混，这不是自找苦吃吗？”他苦笑了一下。

“哪愁没有姑娘啊，”我说，“马诺丽塔就在佛罗里达旅馆。她以前那个姘头，就是在保安部门的那个家伙，到巴伦西亚去了。那个姑娘可是‘忠实’可嘉啊，谁找她都行。”

“看你这话说的，汉克，你想要哄我干什么呀？”

“我不过是想要你重新精神焕发一下。”

“小孩子见识！”他说，“光我一个人精力充沛，能起屁作

① 摩洛哥北部港口，和直布罗陀相对。

用啊?”

“多一个人，就多一个人嘛!”

“我倒是一点也不怕死，”他说，“就是死也不算什么。只是这样去死，死得没有意思啊！像他们这样，发动这次进攻本就是错误的，让我们上前线本就是白白送死。我现在开坦克，也勉强算是行家了。假如给我一些时间，我恨不得培养一批优秀的坦克手。这样，我们的坦克就能更快一些，对面的反坦克炮就拿我们没办法了。哪像现在这样，坦克的机动性一点儿也无法发挥，让对面反坦克炮打得无法前进。”他略微停了一下，继续说，“不过我跟你说，汉克，坦克可没有以前想象的那么厉害了，你还记得不？以前大家都以为只要有坦克，就什么都不用怕了，一定会马到成功。”

“坦克在瓜达拉哈拉可是大展神威啊!”

“的确是这样。可那时都是老资格的坦克手，都是军人出身，对手又是意大利人。”

“现在又怎么样呢?”

“现在的情况大不一样啦。现在是签约的最后一个月了，那些雇佣军签的合约马上就要满六个月了。以前他们干得倒还很像个军人样，可是现在，这最后一个月，他们就只想自我保命，不像前五个月那样拼命。他们多半是法国人，过了这最后一个月他们就可以回国去了。可恶的是，他们现在真是只出工不出力，可以说是尸位素餐，占着茅坑不拉屎了。政府从俄国人那里买来了坦克。作为示范人员派来的那些俄国人，技术了得，可是他们都在陆续地往回调派。据说是要改派到中国去。新派来的西班牙人技术有好有坏。想要培养一批好的坦克手，怎么说也得六个月时间，而且更为要命的是，六个月也不过只是教会他们一些皮毛。如果想要新手们具备判断力，又能灵活发挥，还要有能手，才能完全具备掌控坦克的能力。而我们只有六个星期时间训练，而且人才不济啊！”

“他们这些人做飞行员还是很有能耐的。”

“他们做坦克手也应该是可以的。得有干得了的人来做坦克手，这就像当牧师一样，无能之人，怎么能够担当？但是如今，对方有大批反坦克炮来对付我们，我们可能更困难了。”

还有半个小时，奇科特酒吧就要打烊了，百叶窗已经拉下，现在连门也锁上了。打烊还早，但顾客已经不能进店了。

“我喜欢这个酒吧，”阿尔说，“现在店里已经安静多了。你还记得吧，那年我还在船上工作，在新奥尔良遇到你的时候，我们一块到蒙特利昂旅馆的酒吧喝了一杯，我们给了那个长得像圣塞巴斯蒂安①的小伙子一个两毛五的银角子，让他代我找 B. F. 斯洛布先生②？他拉着念经一样的怪腔怪调在喊名字找客人，笑死我了。”

“就是你说‘从村舍来呗’的那个调子。哈哈！”我故作轻松，开怀大笑了起来。

“是啊，”他说，“我现在一想起来就笑得不行。”他又接回原来的话说下去：“你瞧，他们现在已经不再怕我们的坦克了。坦克最终还是有用的。真的。只是眼下一碰见反坦克炮就承受不住了，我恐怕也该换个行当了。不过，也不见得。就现在的情势看来，坦克手要有能耐才能干得了。要做一个出色的坦克手，需要有相当的政治素养和军事素质才可以的。”

“你就是个很出色的坦克手嘛！”

---

① 圣塞巴斯蒂安：被认为是射手、士兵的保护神。圣塞巴斯蒂安身为古罗马的卫队长，身为早期的基督教徒，因为在军队中传播基督教，被皇帝下令绑在树上，命令士兵乱箭射死，但是未曾射死，随后被乱棍打死。

② 阿尔很可能是在开玩笑。因为“B. F.”有“大傻瓜”的意思，“斯洛布”有“饭桶”的意思。

“我很想明天就换个工作，”他说，“我怎么尽说些泄气的话呢，泄气的话说说也没什么，只要别打扰了人家就好。你知道，我很喜欢坦克啊，只是我对坦克却不是十分了解，每次使用都百般出错。步兵都不太懂坦克兵、坦克和步兵之间的关系，他们每次都躲在前进的坦克后面，这怎么行呢？他们每次进攻都躲在坦克后面，让坦克为他们做掩护，这怎么行啊？他们这样已经都对坦克产生了严重的依赖性。基本上，没有坦克他们就停滞不前了，连队伍都没有办法展开。”

“我明白。”

“如果我们有真正的坦克能手，他们就可以先冲在前面，发挥机枪该有的火力。然后再退回步兵的后面，以炮火轰击敌人阵地，把敌人大炮都打垮，等到步兵大举进攻的时候，再给步兵炮火掩护。如果再有一队坦克能发挥骑兵的作用，迅速摧毁敌人的机枪据点，那就更好了，不是吗？坦克既可以跨越壕沟，又可以向纵深和壕沟两翼进行三面射击。这样的坦克，只要有合适的时机，就可以带领步兵冲锋，在时机成熟之时，坦克就可以掩护他们推进。”

“可现在呢？”

“现在呀，到了明天你就清楚了。我们的大炮实在少得可怜，上面就把我们完全当作半机动装甲炮队来使用。我们如果停止了运动，那就变成了轻型炮队，没有了机动性，还有什么安全啊！敌人的反坦克炮，不是把我们当靶子了吗？如果待着不动就只能挨打，只能在步兵前面推进，充当铁甲开道车。最近一段时间，充当开道车的这些坦克，还会不会往前开，这里面的人还想不想往前开，是一点儿把握都没有了。就算是开到了目的地，也不知道车子背后还有没有步兵呢。”

“现在你们一个旅有多少辆坦克？”

“基本上一个营有六辆，一个旅那就是三十辆。差不多就是这些。”

“我们现在一块儿去洗个澡，洗完澡咱们再一块儿去吃饭吧！”

“也好。我说的这些，你不要为我操心，也不要当我是在忧虑什么，我也没什么可忧虑的。我只是有些累了，心中不快，很想找人说说。你也用不着拿话给我打气，我们那里有个政治委员，天天教导我们在为什么而战斗，我有什么可忧虑的呢？凡事我总想要尽量多动动脑子，我只想什么事都要高效率运用。”

“你为什么认为我要拿话给你打气了？”

“看你的表情就知道了。”他诡秘地一笑。

“我也不过是想看看你是不是需要找个姑娘，你说来说去，都是那些打死呀什么的泄气话。”

“算了，今儿晚上我是不想找什么姑娘了，这些泄气话嘛，我也想怎么说就怎么说了，只要这些话别让别人泄气就行。我的话让你泄气没有？”他盯着我反问道。

“走吧，到我那儿洗澡去吧，”我说，“你想怎么说就随便说呗，气泄光了也不干我事。”

“刚才说话的小个子，你看是个什么人？听他的口气好像很了解情况似的！”

“这个我不清楚，”我说，“要不我去打听打听。”

“他刚才的一番话说得我才叫泄气呢，”阿尔说，“那好，我们走吧。”

一位秃顶的老侍者给我们打开了奇科特酒吧的大门，我们出了酒吧来到街上。

“反攻进行得怎么样？顺利吗，同志？”老侍者在门口说。

“没问题，同志，”阿尔说，“相当顺利啊！”

“我很高兴，”那侍者说，“我有一个孩子在一四五旅，你们能见到他们吗?"

"我是坦克部队的,"阿尔说,"旁边这位同志是一位拍电影的。你见到了一四五旅吗?"

"没有见到过。"我平静地说。

"他们在埃斯特雷马杜拉路那头,"老侍者说,"他是我的小儿子,今年二十岁。我的孩子是营里机枪连的政委。"

"老先生,你是哪个党的?"阿尔问他。

"我的孩子是个共产党员,"那侍者非常高兴地说,"不过我是无党派的。"

"我也是共产党员,"阿尔说,"老先生,反攻还没有最终的成败,眼下还是有很大困难的。法西斯分子据守的阵地,可是非常牢固的。你们虽然在后方,也应该如同跟我们在前方一样坚定。虽然我们在目前一时还拿不下这些阵地,可是已经证明,我们现在有了一支能持续作战的军队,我们的军队将来一定会取得胜利的,你敬候佳音吧。"

"那埃斯特雷马杜拉路那边呢?"老侍者依然没有关门,站在门口又继续问,"那边的情况是不是非常危险?"

"没什么,"阿尔说,"那边情况很好。他在那儿,你就放心好了。"

"愿上帝保佑你,"那老先生说,"愿上帝照顾你、卫护你。"

我们来到了黑漆漆的街上,阿尔叹道:"唉,这老先生政治上有点儿糊涂,是不?"

"他可是个好人,"我说,"我很早以前就认识他了。"

"他看来是个好人啊,"阿尔说,"不过他的政治觉悟也太低了,是吧?"

佛罗里达旅馆的房间挤满了人。屋子里放着留声机,只见四下一片烟雾腾腾,还有几个人在地上掷骰子。来我们这里洗澡的同志络绎不绝，满屋子尽是烟气、肥皂气，脏军装的味，浴间里散出来的水汽味也混在一起，特别难闻。

那个叫马诺丽塔的西班牙姑娘，今天打扮得十分齐整、端庄，有点儿仿法国流行式样，神情也显得非常快乐、非常稳重。她现在正坐在床上，跟一个英国记者说着话，两只冷静的眼睛靠得很近。屋里除了留声机的声音有点吵人，也不是很吵闹。

"这房间是你的吧？"那英国记者说。

"这个房间是用我的名字在服务台那儿登记的，"我说，"我也就偶尔回这儿睡觉。"

"那这威士忌是谁的呢？"他问。

"是我的，"马诺丽塔说，"原来的那一瓶已经让大家喝光了，我就又买了一瓶。"

"姑娘，你真会办事，"我说，"这么说来我总共欠你三瓶酒了。"

"两瓶，"她大大方方地说，"这一瓶算我送的。"

桌子上，我的打字机旁边，有一罐打开一半的罐头，罐头里有很大一块熟火腿，看起来还很新鲜，边上红白纹理分明。时不时就会有个同志探起身来，用小刀切上一片，然后又蹲下去跟其他人掷骰子。我也过去切了一片吃。

"马上就轮到你洗澡了。"我对阿尔说。他一直在满屋子打量。

"你这房间不错啊，"他垂涎欲滴地说，"这罐火腿是哪儿来的？"

"我们向一支部队的 intendencia① 买的，"她说，"简直太棒了，是不是？"

"这'我们'说的是谁？"

"他和我，"说着，她得意地转过头去看了看那个英国记者，

① 西班牙语，意思是军需部。

“你看他不是挺有办法的吗?”

“马诺丽塔为人最厚道了,”那英国人说,“我们应该没有打搅你吧?”

“没事”我说,“这床我以后可能需要用,不过那也要过好久呢。”

“那我们到我房间里去,开个晚会玩,”马诺丽塔说,“你不会生气吧,亨利?”

“怎么会呢?”我感觉受到了莫大荣耀似的说,“我想知道在那边玩骰子的同志都是谁啊?”

“我不知道,”马诺丽塔说,“他们都是过来洗澡的,都是挺不错的好人,来了之后希望玩几把,就留下掷起骰子来了。你听说了我的坏消息没有?”

“没有呀!”

“简直坏透了。你应该认识我的未婚夫吧——他是公安部门的,前段时间到巴塞罗那去了。”她说。

“认识,当然认识。”

阿尔到洗澡间里去了。

“唉,他死了,在一次意外事故中被打死了。我在公安部门里面无依无靠,他答应过我的证件也没有给我,我很快就要被逮捕了。”说着,她显得十分忧伤。

“为什么?”

“因为我没有证件,他们说我总是跟你们这帮部队里的人混在一起,怀疑我很可能是个间谍。如果我的未婚夫平安无事,怎么会有这种恶心事?你能不能帮帮我的忙?”

“当然,”我直截了当地说,“你如果一点儿没有问题的话,也不会为难你的吧。”

“我想我还是暂住在你这儿安全些。”

“可你万一要是有什么问题，那不是要连累我吗？”我连忙制止。

“那你是不想让我在这儿了？”

“不妥。你要是碰上什么麻烦，打电话通知我就可以了。我从来没有听见你向别人打听过什么涉及军事的问题。我宁可相信你是个好人。”

“我当然是个好人呀，”她背对着那个英国人，探过身来，悄悄地对我说，“你觉得我待在他那儿可以吗？他不会是个坏人吧？”

“我也不知道。”我说，“我从来没有见过他。”

“你生气了，”她怏怏不乐地说，“这件事就先不说了吧，免得大家不高兴，我们一块儿吃饭吧。”

我走到在地上玩掷骰子的几个人跟前。

“你们一块儿去吃饭吗？”

那个手拿骰子的人头也没抬就说：“不了，同志，你要一块儿来玩玩吗？”

“我现在去吃饭了。”

“那我们在这儿等你回来吧，”另一个一起玩掷骰子的人，也是头也不抬地说，“快掷下去呀，我都照你的数全押了呀！快，快！”

“你捞没捞什么外快啊，带了来一块儿玩玩呀！”

这房间里我不只认识马诺丽塔，还认识一个人。他是十二旅的一个匈牙利人，正在那里放留声机。他显得不是很快活，而是忧伤满怀。

“Salud camarade[①]，”他说，“真的谢谢你的款待。”

“你不一块儿玩掷骰子吗？”我问他。

---

① 西班牙语，意思是敬礼，同志。

“我哪儿来那些闲钱，”他愤愤不平地说，“他们是飞行员，是签了合约的雇佣兵……他们的薪水可是一千块钱一个月呢。他们原本是在特鲁埃尔前线的，现在都到这儿来了。”

“他们怎么来到我这儿了呢?”

“他们中的有个人认识你，但是那人突然有事，被一辆汽车接到机场去了，走之前他们就开始赌起来了。”

“以后请随时来好了，”我说，“我随时欢迎你到我这儿来，不用客气。”

“我就是来听听几张新唱片，”他说，“没有打搅到你吧?”

“怎么会呢?没关系的，来喝一杯吧!”

“还是来点儿火腿吧。”他说。

一个玩掷骰子的人这时候探起身来径自切了一片火腿，转头对我问道：“你有没有见到叫亨利的人?他是这个房间的主人。”

“就是我了。”我有些诧异地回答道。

“啊，”他说，“真不好意思。你也想来一块儿玩玩吗?”

“等我吃了饭再回来陪你们一起玩吧。”我说。

“好吧。”他说。随即又含着一嘴的火腿，对地上嚷嚷：“嘿，你这个焦油脚[①]的浑蛋!你怎么总是把骰子掷出去之后，一定要撞在墙上弹回来才算数啊!你这是什么玩法啊!”

“那也不会帮你什么忙啊，同志哎!”旁边手拿骰子的那个人说道。阿尔从浴室里出来了，他周身洗得都很干净，只剩下眼圈四周还留着些污迹。

“赶紧拿块毛巾擦一擦。”我说。

“擦什么呀?”他摸不着头脑地回答我。

“你再到镜子前面去仔细照一照嘛!”

---

① 美国人为北卡罗来纳州人起的绰号。

“镜子上都是水汽，”他不以为然地说，“不管它，我自己觉得挺干净就好。”

“来吧，我们吃饭去吧。”我淡淡地说，“马诺丽塔。你们两个认识吗？”

马诺丽塔从上到下打量了一遍阿尔。

“你好！”马诺丽塔说。

“我觉得这主意不坏，”那英国人说，“我们就一块儿吃饭去吧。去哪儿吃好呢？”

“他们在玩骰子？”阿尔问我。

“刚才你来的时候没看见？”

“没有啊，”他说，“我刚才只看见了火腿。”

“他们是在玩呢。”

“你们去吃吧，”阿尔说，“我不去了。”

我们要走出房门的时候，只见六个人蹲在地上，而阿尔·瓦格纳正探起身子在切一片火腿。

“你是做什么的，同志？”我听见一个飞行员在问阿尔。

“坦克部队的。”

“坦克基本都已经不顶用了吧？”那飞行员说。

“好多不好的消息啦，”阿尔说，“你们在玩什么？是骰子吗？”

“要看一会儿吗？”

“我不看，”阿尔说，“只是我想来玩玩。”

我，马诺丽塔，还有那大个儿的英国人——我们三个人沿着过道一路走去，发现大家都已经去马路边那家饭店吃饭去了。只有那位匈牙利人还留在我的房间里，听他的新唱片。

我已经饿坏了，不过那家饭店的饭菜真是不敢恭维。跟我一起拍电影的那两位早已吃好，他们得赶紧回去修那架损坏的摄影机。

这家饭店开在地下室，要进去得先经过一个警卫，然后穿过厨房，再下一道楼梯才能到餐厅。里面是一派喧闹。

这家店主要供应的是小米清汤、马肉炒黄米饭，然后餐后还有橘子。原本供应的还有一种鹰嘴豆炒香肠，但是大家都说那味道难吃死了，可没想到的是，连这个菜也已经卖完。那边一张桌子坐着的都是报纸记者，其他的桌子上也人满为患，坐着军官和奇科特酒吧来的姑娘，还有一些是新闻检查人员，因为大街对面的电话公司大楼里就是新闻检查机构，其余的便尽是些形形色色的市民了。

这家饭店是一个无政府主义工团办的，里面卖的酒都是皇家酒窖的，瓶子上还贴着标签，标有入窖的日期。这些酒大多数都不知道是多少年以前的了，所以不是带有瓶塞味，就是漏了气的，没有一点儿酒的味道了，因此，我们总感觉名不副实，喝的不像是酒。可是，我们哪是冲着标签来的啊，我一连退了三瓶根本没法喝的坏酒，才算换到一瓶勉强有点儿酒味的。为此还吵了起来。

这里的服务生也不懂酒的牌子，给你拿来什么算什么，完全靠你的运气。他们跟奇科特酒吧的服务生差得远了，没法相提并论。这里的服务生都很讲‘礼’数，也就是说，他们都习惯了多要小费，他们经常准备一些特色菜，比如龙虾、子鸡什么的，留着要另外卖高价的。

可是今天，我们踏进店门之前，就连这些也早已让人买光了，所以我们只好要了清汤、米饭和橘子。这里的服务生就是一伙不择手段的奸商，因此我看见这家饭店就有点儿生气。要想在这里吃点儿特色菜的话，花的钱简直跟在纽约去一趟“二十一点”或“可乐您”① 差不多。

---

① 在纽约很有名的餐馆。

这最后一瓶酒，虽然不算是坏酒，可是味道却已经走样了。我们只好勉强凑合着喝，只是不想再去吵一架，为了这点儿事不值得。我正坐在那儿品尝，阿尔·瓦格纳进来了。他四处打量，看见我们在这儿，就走了过来。

"怎么这么快就过来了?"我说。

"我已经被他们搞得光屁股了。"

"才这么一会儿工夫呀!"

"跟这些家伙赌钱用不了多少时间呢，"他说，"他们都玩大的。现在还有什么可吃的?"

我叫来了一个服务生。

"时间太晚了，"那侍者摊摊手，说，"我们都已经卖完了。"

"这位老兄是坦克部队的，"我连忙介绍说，"他打了一天的仗，明天还要继续上战场，到现在还没有吃过饭。"

"这个与我无关，"那服务生一种事不关已、高高挂起的样子说，"现在已经很晚了，所有东西都卖完了。这位老兄怎么不到部队里去吃呢？部队里有很多吃的东西啊!"

"是我请他吃饭的。"

"那你也应该先通知一声呀！时间太晚了，我们所有的东西都已经卖完了。"他轻描淡写地说。

"叫领班来。"

服务领班说，大师傅早已回家，厨房也没有人了。他说完后，不管我们是啥态度，就径直走了。我想，他是因为我们退换坏酒的事，心里恼着火呢。

"就算了吧，"阿尔说，"我们另找一个地方去吃吧。"

"都这个时间了，其他地方估计也没可吃的了。他们还是有东西的。你等我去给领班说上几句好话，多给他点儿钱就好了。"

我就去这么做了，那憋着脸的服务生，端来了一盆冻肉片，一会儿又端来半只蛋黄酱龙虾，还端来一碟生菜小扁豆沙拉。那是服务生领班的私货，他本想留着或是带回家去，或是为了卖给来晚的顾客。

“多花了不少钱吧?”阿尔问。

“没有。”我撒谎道。

“一定多花了不少钱，”他说，“我会还你的，等我领到了饷。”

“你现在薪水多少?”

“我还不知道。说好的是十个比塞塔一天，如果我能当了军官，薪水就多了。不过我们都还没有领到，我也没有去问过。”

“同志!”我叫那服务生。他走过来了，脸上依旧很不高兴，因为刚才我越过了他找领班给阿尔买菜，他还在那里生气呢。“请再给我上一瓶酒。”

“要什么酒?”

“随便什么酒，只要不是已经陈得变了颜色的就行。”

“反正都是一样的。”

我用西班牙语骂了一句相当于“活见鬼”一类的难听的话。没想到服务生一会儿就拿来了一瓶 1906 年的穆通—罗特希尔德国酿。相比我们刚才那一瓶极糟红葡萄酒，这一瓶却绝妙无比。

“哎呀，真是好酒，”阿尔说，“真奇怪你刚才跟他说了什么，他怎么就给你拿来这样的好酒?”

“我什么也没说呀!他不懂酒，估计完全是碰巧，从酒库里随便抽出了这么一瓶好酒。”

“皇宫里现在没什么好酒了。”

“藏了好多年了，这里的气候条件又这么差，酒很容易坏。”

“那个消息灵通的哥儿们在那边呢。”阿尔朝对面一张桌子上一抬了一下头。

饭前跟我们夸夸其谈拉尔戈·卡瓦列罗的那个戴酒瓶眼镜的小个子，正在对面跟几个人说话。据我所知，和他坐在一起的，都是地位极高的大人物。

“我看他一定是个大人物。”我说。

“人一旦成了大人物，说话就没有丝毫顾忌了。听他这么一说，我明天去作战还有什么意思呢？要是他那些话放到明天以后再说多好。”

我替他把酒满上。

“他的话听起来也非常有道理，”阿尔又接着对我说，“我一直在不停地回想他的话。但是你知道，执行命令是我们这些军人的天职。”

“不要想那么多了，还是早点儿去睡会儿吧。”

“你要是能借我一千比塞塔，我倒想再回去跟他们好好赌一场，”阿尔若有所思地说，“我应得的薪水，肯定远不止这个数，我可以写个借条，把饷金押给你。”

“就不用你写借条了，你领到了饷钱再还给我就行。”我理解他，对他说道。

“我觉得我自己恐怕是领不了了，”阿尔说，“我这话说得有点儿泄气，是不是？我也很清楚，赌博就是醉生梦死，就是消极避世。可是只有这样，我才能把注意力放在骰子上，才不会去想明天。”

“那个叫马诺丽塔的姑娘，你喜欢吗？她应该很喜欢你。”我怕他过分焦虑、悲哀，就转移了话题。

“她的一双眼睛像一条蛇一样。”他摇了摇头。

“她人很和气，心眼儿也不错，不像邪路的女人。”

“我什么女人都不要，我只想回去，跟他们赌掷骰子。”他毅然决然地说。

桌子的对面，新认识的那个英国人，好像用西班牙语说了一句，马诺丽塔听了之后肆无忌惮地哈哈大笑起来。

这餐桌上的客人已经走了一多半了。

“我们喝完这些酒就走吧，”阿尔说，“你不来一块儿掷骰子玩玩？”

“你玩，我看看。”我说着就喊服务生拿账单来。

“你们要去哪儿呀？”桌子对面的马诺丽塔喊道。

“回旅馆去。”

“我们一会儿就来，”她说，“这个人很有趣呢！”

“她总拿我开玩笑，我都受不了了，”那英国人说，“我西班牙话一般般，她总挑我的错。请问，Ieche 这个词难道不是牛奶的意思吗？”

“那只是这个词的表面意思。”

“难道还有其他下流的意思吗？”

“应该是有的。”我说。

“那西班牙话的确太下流了。”他连连说，“好了好了，马诺丽塔，求你别再拿我开心了好吗？别再拿我开心了。”

“我可没有拿你开心啊，”马诺丽塔依旧不停地笑，“我可不是在笑话你的‘心’啊，我在笑 Ieche 这个词有意思。”

“这个词明明就是牛奶的意思呀！你刚才没听见埃德温·亨利也是这么说的吗？”

马诺丽塔一听又笑个不停，我们就站起来走了出去。

“这傻帽儿也真是的，”阿尔说，“看他这个傻劲儿，我真有点儿忍不住想把马诺丽塔带走算了。”

“呵呵，英国人谁猜得透呢。”我突然说。我突然意识到我怎么说出这样刻薄的话。我想我们已经喝得太多了。

外边大街上，天冷起来了，月光洒下来，高楼林立的宽广的大马路上，大片大片的白云留下的阴影层层推过。我们沿着人行道一路向回走去，水泥路面上，到处可见白天新打出来的弹坑，弹痕清楚，炸得到处都是的石子，都还没来得及扫掉。

我们一路上坡，向着卡里奥广场走去，佛罗里达旅馆就矗立在广场上，相比之下广场对面的那一段缓坡，就显得毫无气势。宽阔的大马路的尽头，便是前沿阵地，顺着那一段缓坡一直向前伸去。

旅馆门外的黑暗角落里有两个岗哨。我们过了岗哨到了门口，突然大马路那头传来了逐渐密集的枪声，我们站在那儿听了听，交火声猛烈地闹腾了好一阵子，才渐渐平息。

“如果真要这么闹不停的话，我恐怕得去瞧瞧了。”阿尔边说边用心听着。

“没事，”我说，“应该是在很远的左方，我估计在卡拉万切尔一带附近。”

“听起来大概就在‘村舍’里。”

“一到晚上总是这样，声音老远就传过来。常常要上当的。”

“他们今天晚上，应该是不会向我们发动反击的，”阿尔说，“因为他们占着这么有利的阵地，我们却是在那么一条‘河’里①，他们怎么可能离开对自己地形有利的阵地呢？就算把我们从那么条‘河’里给赶出来，又有什么用呢？”

“什么河？”我不解。

“我说的‘河’，你还会不知道？”他十分惊讶地说。

“哦，是那么条‘河’啊！”

“对了，‘一条没有桨的河’。”

“我们进去吧，这样的交火声天天晚上都会有，用不着去听。”

---

① “在‘河’里”：是一句俗语，指作“在河里又没桨”。有处境困难、毫无办法或动弹不得的意思。亨利一时没有领会，只理解了字面的意思。

我们进了旅馆，径直穿过大厅，走过服务台前。服务台上那个值夜班的服务生站起身来，陪我们来到电梯间门口。他按了一下电钮，电梯就下来了。电梯里有个男人，他身上反穿着一件白色的卷羊毛夹克衫，光秃秃的脑门儿微微发红，脸上怒气冲冲，涨得通红。他腋下夹着、手里拿着足足有六瓶香槟。

“浑蛋，把电梯按到下面来干什么？”他怒不可遏地骂道。

“你在电梯里待了一个多小时了。”那值夜班的人说。

“我没办法啊！”穿羊毛夹克衫的那人说。转头冲着我问：“弗兰克在哪儿？”

“哪个弗兰克？”

“你还会不认识弗兰克吗？”他说，“来，帮我把这电梯按上去。”

“你喝醉了。”我对他说，“好了，别说了，我们送你上楼去吧。”

“你也会喝醉的，”那个穿白色羊毛夹克衫的人说，“你不会喝醉吗？同志哎，同志哎，快告诉我，弗兰克在哪儿？”他突然哀号了起来。

“你说他在哪儿呢？”

“在亨利那小子的房间里，他在那儿掷骰子要钱。”

“跟我们一块儿走吧，”我说，“别乱弄那些按钮了。就是因为你胡来，所以电梯才老是动不了。”

“飞机再大我都开得来，”穿羊毛夹克衫的那人说，“笑话，这架小小的电梯我还会玩不开？要不然，我给你来个特技表演？”

“得啦得啦，”阿尔对他说，“你喝醉了，我们要去跟他们掷骰子了。”

“你是什么人？看我拿香槟酒砸你。”

“你敢！”阿尔说，“我倒要让你清醒清醒。你这个酒鬼，你也敢来冒充圣诞老人！”

“酒鬼也敢冒充圣诞老人！”那个秃顶的人说，“说我是酒鬼冒充圣诞老人！难道共和国就是这样来报答我的？”他沮丧着，说话带着哭腔。

电梯停在我住的那一层楼上，我们顺着路走过去。“分两瓶拿着。”那个秃顶的人说。接着话头一转：“你知道我为什么会喝醉吗？”

“不知道。”

“不知道，那我也不告诉你。不过你知道了准会吃一惊的。酒鬼也冒充圣诞老人！好，好，很好！你是做什么的，同志？”他问阿尔。

“开坦克的。”

“你呢，同志？”他又问我。

“拍电影的。”

“而我却是个酒鬼，冒充圣诞老人。好，好，很好！我再说一遍。好，好，很好！”

“你快去酒里泡着吧，”阿尔说，“你这个酒鬼也来冒充圣诞老人！”

来到了我的房间门外。阿尔的胳膊被那个身穿白色羊毛夹克衫的人拿拇指和食指钳着。

“你倒真是有趣啊，同志，”他颠三倒四地说，“你倒还真是有趣。”

我打开门。屋里烟雾缭绕，赌局依旧。跟我们走时一个样，只是桌上的火腿已经一点儿不剩，满瓶的威士忌也已倒个精光。

“阿秃来了。”一个掷骰子的人兴奋异常地说。

“同志们，你们好吗？”阿秃边鞠躬边说，“你好？你好？你好？”

赌局一哄而散，大家像连珠炮般纷纷向他提问。

“我已经报告上去啦，同志们，”阿秃说，“我这儿还有点儿香槟酒请大家喝。就这件事呀，现在我觉得别的都无所谓，就是那个精彩的场面，才真叫有意思。”

“你的僚机那时都溜到哪儿去啦?”

“那可不能怪他们，”阿秃说，“眼前的景象可吓人了，我眼都不眨专心致志地看着，根本就没想起来我还有僚机哪，直到那群‘菲亚特’[①]并齐向我冲过来，有从头顶上掠过去的，有从一侧擦过去的，有从肚皮底下钻过去的，这时我才想起了他们，我这才发现我那架忠实的宝贝飞机，不知什么时候已经失去了尾巴。”

“哎呀，你当时别喝醉酒就好啦。”一个飞行员说。

“我当时没醉，不过现在倒是有点儿醉了。”阿秃说，“希望在座的各位同志、各位先生陪着我喝个痛快，因为今天晚上我心里高兴，尽管刚才一个无知的坦克手骂我，骂我是酒鬼冒充圣诞老人。”

“还好当时你没有犯糊涂，”另一个飞行员说，“那你又是怎么顺利返回机场的呢?”

“先别插嘴，听我说嘛!”阿秃特别神气地说，“我是坐十二旅的指挥车[②]回到机场的。多亏了我那顶忠实的降落伞，这才降落到了地面，都怪我牙班西话[③]说得不是很好，人家还差点儿把我当成了法西斯坏蛋哪。后来，总算都解决了这些麻烦事，因为我在那儿跟他们好说歹说，他们这才最终相信了我的身份，没想到吧，我居然还受到了少有的优待。哎呀呀，可惜你们没有看见

① 意大利制造的飞机。

② 指专供指挥官及参谋人员乘坐的车。

③ 舌头不听使唤，把“西班牙话”说成了“牙班西话”。

那架‘容克’机起火的情景。那群‘菲亚特’向我冲来的时候我还就正在看这档子事。哎呀呀，我真是没办法给你们描绘出来。”

“他今天在哈拉马上空击落了一架三引擎的‘容克’机。可恶的是，队里的其他飞行员却扔下他跑了。他的飞机被打了下来，只好跳伞逃生。”一个飞行员说，“你认识他的，他就是阿秃杰克逊。”

“那你是落到多少高度才把降落伞打开的，阿秃？”另一个飞行员问道。

“足足掉到了六千英尺哪，至今我胸口下的横膈膜，还像开裂了似的疼哪，因为那会儿绷得太紧啦。我当时真担心我的身子会被撞成两截，跟五马分尸差不多的那种。那群‘菲亚特’少说也得有十五架，我必须一一安全躲开。我只有使尽浑身解数去操纵降落伞，不管怎么着，也得降落到河的右岸来。我飘啊飘，飘了大半天，着地的时候还真是摔得不轻，幸亏风向还顺。”

“弗兰克有事到阿尔卡拉去了，”另一个飞行员说，“我们就在这儿掷骰子耍钱。在天亮以前我们也都得赶回阿尔卡拉去。”

“玩骰子我可不感兴趣，”阿秃说，“我只想喝香槟酒——那就用装香烟屁股的那几只杯子喝吧。”

“杯子我来洗吧。”阿尔说。

“为冒牌圣诞老人效劳，”阿秃说，“不，是为我们亲爱的圣诞老人同志效劳啦！”

“得啦得啦！”阿尔边说，边拿起杯子往浴间里走去。

“他是坦克部队的吗？”有个飞行员问。

“是的，仗一开打他就在坦克部队里了。”

“大家都说我们的坦克在战场上已经不顶用了。”一个飞行员说。

“你已经跟他说过一回了，”我说，“你还是少说两句吧，他都打了一天仗啦。”

“我们谁又不是打了一天仗？你说啊！其实我就是想问问，难道我们的坦克在战场上真的不顶用了吗？”

“确实是已经不太顶用了。不过他还是一个不错的坦克手。”

“我看他也错不了，看上去就是个好样的。那边他能挣多少钱？”

“一天十个比塞塔，”我说，“现在他领的可是中尉饷了。”

“给西班牙人去当中尉吗？”

“是的。”

“要我说他肯定疯了，要不然就是有政治色彩？”

“他有政治色彩。”

“哦，是这样啊，”他说，“那就怪不得了。嘿，阿秃，当时你飞机没了尾巴，风还那么大，也不容易跳伞，一定够你受的吧？”

“可不是嘛，同志。”阿秃十分庆幸自己得以生还。

“那你当时又是怎么个感觉呢？”

“我当时大脑高速运转，一秒都不敢停止啊，同志。”

“阿秃，有几个人从那架‘容克’机里跳了伞？”

“四个人，”阿秃十分肯定地说，“总共是六个机组人员。我肯定把那个驾驶员打死啦。当时我就注意到，他立马停止了射击。还有个兼机枪手的副驾驶，十之八九也让我给撂倒了。证据是他的射击也停止了。不过也有可能是机枪太烫的缘故。反正跳伞的只有四个人。要不我把当时的情景给你们讲讲？要是我讲起来，保证你们会惊得目瞪口呆。”

这时他已经在床上坐了下来，手里端着一大杯香槟酒，脑袋红红的，脸也红红的，冒着亮晶晶的汗珠。

“你们怎么也不来跟我干杯呀？”阿秃问道，“希望同志们都能为我干一杯，干了杯我再给你们讲这绝顶美妙、也绝顶吓人的场面。”

我们都干了杯。

“刚才我说到哪儿啦？”阿秃问道。

“还说呢，我看你已经喝得迷迷糊糊的，”一个飞行员说，“还绝顶美妙、绝顶吓人呢——不要开玩笑了，阿秃。也真是奇怪了，我们怎么会都来听你说。”

“我一定详尽细致地讲给你们听，”阿秃说，“不过在讲之前我得先再来一杯香槟。”其实我们刚才为他干杯的时候，他的那杯酒也早已被他一饮而尽。

“他要是再这样喝下去会醉倒的，”另一个飞行员说，“倒个半杯给他吧。”

阿秃一口又喝干了。

“我一定详尽细致地讲给你们听，”他说，“我还要再喝点儿。”

“我说，阿秃，别这样不要命地喝好不好？有句话我必须跟你说清楚了：这几天，你是没有飞机可飞了，我们明天可还要上天的，即使是好玩，但也不能闹着玩儿。”

“报告我已经递上去了，”阿秃说，“到了机场你们一定能看到有一份我的报告的。”

“行了，阿秃，快别啰嗦了。”

“我肯定会详尽细致地讲给你们听的。”阿秃意犹未尽。他那干涩的眼睛几次闭上又睁开，然后又冲着阿尔叫了声：“嘿，圣诞老人同志。”这才又继续说：“我肯定会详尽细致地讲给你们听的。同志们，你们只要好好听着就是了。”

接着他就开始说。

“这真是绝顶美妙、新鲜、精彩极了。”阿秃说着，又一口把杯里的香槟酒喝干。

“不要胡闹啦，阿秃。”一个飞行员说。

“真的，我有特别深刻的感受，”阿秃不理会大家，接着说，“真是绝顶深刻得已经不能再深刻了。”

“我们还是回阿尔卡拉去吧，”一个飞行员说，“我看这个红皮脑袋一时半会儿还难以清醒过来。还要不要继续掷骰子？”

“我相信他会清醒过来的，”另一个飞行员说，“他只不过是过于激动，情绪失控罢了。”

“你们是在数落我吗？”阿秃问道，“难道共和国就是这样来报答我的吗？”

“我说，圣诞老人，”阿尔说，“到底那是怎样一个情景呀？”

“你也要来问我？”阿秃瞪着眼睛看着他，“连你也要来问我？难道你从来都没有穿越过火线吗，同志？”

“没有，”阿尔说，“我这眉毛，可是在刮脸的时候，不小心让灯火给燎掉的。”

“耐点心嘛，同志，”阿秃说，“这个新鲜、精彩的场面我会详尽细致地讲给大家的。要知道，我不仅是个飞行员，而且还是一个作家，作家，你们信吗？”

他说着还直点头，来证实自己所说的确实一点儿都不假。

“他是专门给密西西比州默里迪安城的《百眼神报》写文章的，”一个飞行员说，“从来都没有停止过写作，人家又不好叫他别写。”

“我是有当作家的天赋的，”阿秃说，“我具有新颖独到的创作手法。我有一份剪报，可惜现在找不到了，那剪报上就说，我有这种才华，要不是战争的话。现在我可要开始详尽细致地讲啦。”

“好吧，你快说到底是怎样的情景呀？”

“同志们，”阿秃说，“那情景可真是无法用言语来形容。”说着又把酒杯伸了出来。

“我刚才跟你们说什么来着?”一个飞行员说，“看起来，他这个糊涂病，一个月里也好不了，兴许永远都好不了。”

“你呀，你这个小晦气精!”阿秃说，“那好，我讲，当时我驾驶飞机侧身一转弯飞掉了。我向下一望，那家伙在直冒烟呢，不过它一直保持自己的航向，想飞去山的那边。我看那家伙跌落得很快，我全力拉起来爬到高空，再次发动俯冲，向它冲去，想跟它玉石俱焚。那时我还有僚机掩护呢，就看那架敌机身子歪了一下，烟冒得更加厉害了，随后他的座舱门就打开了，座舱里面像座鼓风炉的炉膛一样，火烧得旺旺的，接着他们就开始跳伞了。我早已完成了个半滚，从下面迅速拉起飞机。我马上回头向下望去，他们一个个从机舱里钻出来，穿过这鼓风炉的炉门，不顾一切地跳下去逃命去了。降落伞打开之后，看上去就像一朵朵特大、特美的大喇叭花开了花一样，而那架敌机早已成了一大团烈火，一个劲儿地翻滚，真叫人看得过瘾。四顶降落伞在天空中滑翔而行，那个奇景想再看第二次都困难了，后来一顶降落伞边上着了火，降落伞一着火那人就飞速掉下去了，我正欣赏他时，身边就掠过一连串子弹，紧跟着‘菲亚特’就来了，又是子弹又是‘菲亚特’，前后来的，一阵接着一阵。”

“你真不愧是个作家，”一个飞行员说，“你应该去给《空战英雄》发稿子。你可不可以痛快地告诉我结果怎么样啦?”

“那好，”阿秃说，“我就告诉你。不过我可不是骗你的，那可真是个难得的奇观哪！我从前还从来没有打掉过这么大的三引擎‘容克’机呢，我高兴得紧啊!”

“谁都高兴的，阿秃。那你赶紧告诉我们结果啊!”有人急不可耐，对他这样卖关子有些不高兴了。

“好好，”阿秃说，“我再来一口酒，就告诉你们。”

“你发现他们的时候，当时你怎么样啊？”

“我们原本是V形左梯队的编队。当发现他们，我们马上改为梯状左梯队的编队，开足了马力径直向他们冲去，差点儿撞上了他们，才突然一个横滚。我们还打坏了他们三架。那帮‘菲亚特’却可恶，总是躲在阳光里看不到。就当我独自在那里左右观看时，他们就猛然朝我扑过来了。”

“你的僚机都哪儿去了呢？”

“没。那得怪我。我正在看他们冒烟呢，他们早都飞走了。我正看得忘乎所以呢，哪里还顾得上什么队形呢。我以为他们大概是重整了队形，又往前飞了吧。我不知道那些了，你别问我了，再说我也累了。我当时正得意呢。我现在累了。”

“你是说困了吧？你早就喝多了，困了。”

“我是真的累了，”阿秃说，“以我这样的境地，喊喊累，总还是应该的吧。勉强算是我困了，也不会说我不应该困吧。你说是吧，圣诞老人？”他对着阿尔说。

“对，”阿尔说，“困是应该的呢，我也早就很困了。还玩掷骰子吗？”

“我们得送他到阿尔卡拉去，我们也得马上去那儿报到呢！”一个飞行员说，“怎么啦？你输了很多？”

“输了一点儿而已。”

“那你还想翻本试试吗？”那飞行员问他。

“我带了一千来翻本呢。”阿尔说。

“那我陪你玩，”那飞行员说，“看来你们那里军饷真的不多啊！”

“相当少，”阿尔说，“我们比你们可少了很多。”

他把我刚才借给他的一千比塞塔的钞票向地上一放，接着将骰子拿起来合起双手，在手心里摇了又摇，然后双手一开，“啪”的一声扔在地上。

没想到，两个骰子都是一点，这令阿尔非常失望。

“要来的话可以再来。”那飞行员望着阿尔说，顺手收起阿尔的钞票。

“不来了。”阿尔说。他站了起来。

“手头紧吗？”那飞行员眼里满是好奇地问他。

“用不着了。”阿尔说。

“我们得迅速赶到阿尔卡拉去了，”那飞行员说，“以后有机会，我们还要来玩。我们要把弗兰克还有其他一些弟兄，一起拉来这儿。到那时我们可以痛痛快快地玩一场。你搭我们的便车回去吗？”

“对，要搭车吗？”

“多谢了！”阿尔说，“我走回去就可以。反正大街那一头就是。”

“好吧，那我们走了，到阿尔卡拉去了。你们有谁知道今儿晚上的口令呀？”

“噢，汽车司机天黑以前去过，他肯定知道，他肯定听说了。”

“来吧，阿秃，看你这个醉鬼都快睡着了。”

“我才没有呢，”阿秃说，“弄不好，我还能当个人民军队的王牌飞行员呢。”

“你如果要当王牌飞行员，那得打下十架飞机呢——就算意大利飞机也算。你才仅仅打下了一架呢，阿秃。”

“我打下的可不是什么意大利飞机，”阿秃说，“我打落的是德国飞机。你没有看见呢，当时机舱里真是熊熊的一片火海，烧得可厉害啊！”说起这些光辉事迹，他一下子就来了精神。

“快把他扶出去吧，”一个飞行员说，“你看他又在给密西西比州默里迪安城的那家报纸写文章呢。好啦，再见啦！多谢你的盛情招待。”

他们互相握过手就走了。我把他们送到楼梯口。电梯已经停运了，我就目送他们走下楼去。阿秃被人左右搀扶着，脑袋被震得一颠一颠的，已经困得迷糊了。他现在可真是困得要睡着了。

我拍电影的那两位同事，还在他们的房间里忙忙碌碌地修理那架坏了的摄影机。这种事只能细细捣弄，而且特费眼力。我问：“你们看能修好吗？”那个高个子说：“行，一定能修好。不修好也不行啊！我发现有个部件裂开了。”

“有什么客人来访？”另一个问，“我们一直待在这里，没有时间，这架要命的摄影机太难修理了。”

“是一帮美国的飞行员，”我说，“还有一个坦克手也在，我们以前就认识。”

“那一定很有趣了？真遗憾，我不能到场啊！”

“是啊，”我说，“相当有趣。”

“你也快去睡觉吧，明天我们都得早点儿启程。早上没有精神怎么行呢？”

“这架摄影机还要修多久啊？”

“瞧，又坏了。这样的弹簧真是倒霉透了。”

“让他去修吧，我们怎么也得把这家伙修好了再睡。你明天什么时候来叫我们起床？”

“5 点钟，好吗？”

“好吧，天刚亮就好。”

“明天见。”

“Salud！好好睡一觉吧。”

“Salud，”我说，“我们明天再往前靠点儿才行。”

“对，”他说，“我也是这么想的，越近越好。很好，咱俩都想到一块儿了。”

我回到房间，阿尔脸对着灯光，已经在大椅子里熟睡了。我拿了条毯子给他盖上，他却醒了。

“我要走了。”

“就在这儿睡吧，我一会儿把闹钟拨好，到时候会吵醒你的。”

“万一闹钟出了毛病呢，”他说，“我还是走的好，我可千万不能迟到。”

“真遗憾，你把钱都输了。”

“他们迟早都会让我输得光光的，”他说，“这帮家伙掷骰子赌钱，那手段毒得很呢。”

“那最后一盘骰子，可是你自己掷的嘛！”

“他们也有后招呀，他们会一直盯着你下注，什么时候输光，什么时候才算完，这帮机灵鬼家伙！这帮家伙也真叫人费解，我看他们军饷也不会比我们多多少。一个人如果为了钱而赌钱，那么我看他们有再多的钱也不够他们赌的。”

“我陪你一起走回去吧？”

“不用了，”他说着就站起身来，顺便把他腰间的那把大号科尔特枪扣好。刚才吃完饭要玩骰子的时候，他把枪摘下来了。“谢谢了，我现在状态非常好。我又可以看到前途了，人只要能看到前途就好。”

“我倒很想跟你一起走走。”

“你还是留步，好好睡一觉吧。我走了，战斗打响以前，还有足足五个钟头，可以让我睡上一个好觉。”

“这么早就开始？”

“对啊。天还黑着呢，你们也拍不成电影。你还是抓紧多睡会儿吧。”他从皮上装里取出一封信，放在桌子上，“请你把这封信收好，寄给我在纽约的兄弟。他的地址，我已经写在信封的反面。”

“好的，不过我料想没有必要寄的。”

“是啊，”他说，“暂时可能没有这个必要了。信里边有些照片和其他东西，给他们留个纪念。我兄弟有一个很漂亮的妻子。给你看看她的照片吧！”

他从信封里取出了照片，照片是夹在他的身份证本子里的。照片上有一个浅黑肤色的美丽姑娘，好像站在湖边的一艘船旁。

“这是在卡茨基尔山区①照的，”阿尔说，“我说得没错吧，他的妻子真是个漂亮的女人。她是个真真正正的犹太姑娘。算了，不唠叨了，免得我再多嘴说出什么泄气的话来。再见了，老弟。放心吧，我没有骗你，我现在状态很好。不过今天下午出来的时候，我心里真不是个滋味呀！”

“让我陪你去走走。”

“不用了，你回来还要路过西班牙广场，惹上麻烦那就难办了。那里的岗哨一到晚上就盘查森严的。再见了，明儿晚上我们再聚。”

“这样说就对了。”

我头顶上的房间里，传来马诺丽塔跟那个英国人的大声喊话。由此可见她并没有被逮捕。

“对，这样说就对了，”阿尔意犹未尽地说，“不过，有时候不憋三四个钟头，还真说不出这样的话来。”

他已经把那顶加垫皮护顶的皮防护帽戴上了，所以看上去脸色也黑沉了下来，他的眼下还有两个很明显的乌黑眼圈。

① 位于纽约州。

“我们明儿晚上在奇科特酒吧见。”

“好的，”他说，却避开了我的眼光，“明儿晚上我们在奇科特酒吧见。”

“几点啊？”

“停，不用多费口舌了，”他说，“明儿晚上在奇科特酒吧不见不散，几点就不用说定了。”说完便出去了。

你如果对他的为人很不了解，你一定会当他为什么事生了很大的气，因为你没有亲眼见过他明天要去进攻的那一带是什么样的地形。

不过我知道他内心有个角落，真的在生气，非常生气。让人生气的事情有很多，自己要去白白牺牲便是其中的一条。但是我觉得，既然他明天要去进攻，心中还是憋着那么股气最好！

山梁下

一天气温最高的时候，飞沙走石，我们口干舌燥，鼻子里满是沙尘。我们背着沉重的器材，撤离了火线，退到那道长长的山梁上。

山梁下有条河，预备队的西班牙军队就在那儿集结。

我背靠着岩壁坐在战壕里，把肩膀和后脑靠在泥土上，就不用担心流弹了。我向下望去，一眼就看到河谷里的阵势。这里有坦克预备队，坦克上都用油橄榄树枝掩护着。左边有些指挥车，车身上都糊着泥巴、盖着树枝做些伪装。中间抬担架的人组成了一列长队，过了山口往下走，一直来到山梁下的平地上。他们把伤员送到停在那里的救护车上。

运送物资的骡背着很多的面包和酒，一溜儿由骡夫牵着，不断地从这山梁的口子里往上走来，提着空担架的人，也跟着骡群顺着小路缓缓上行。

右边，山梁弯曲处的下面，我能看见一个山洞口。洞内是旅参谋部所在地，从洞顶通出来的通信电线，翻过我们头顶的那道山梁，蜿蜒而去，直到前方。

身穿皮衣、头戴头盔的摩托兵骑着车沿着小路颠簸而来，路实在太陡了，只好推着车走，随后就把车停在路边，步行到山洞口，一头钻了进去。

一个我认识的大个子匈牙利摩托兵走出了山洞，只见他把一些文件放进公文皮包里，走到他的摩托车边上。他把车推到骡和担架手的队伍里，快走几步，腿一跨便骑上车。在一阵轰鸣声中，他翻过山梁扬长而去，扬起了一阵沙尘。

山下的平地上往来的救护车络绎不绝，平地的那边有一行青枝绿叶，表明那里有条河。那附近有一座红瓦大宅，还有一个有着灰墙的磨坊。大宅在河对岸，附近的树丛里透出我们的炮队开炮的闪光。炮正好打向我们这个方向，三英寸口径的炮筒，总是紧连着闪过两道闪光，然后是两声低沉而短促的“嘣嘣”声，接着炮弹就在愈来愈响的呼啸声中，突突地朝我们飞来，经过我们头顶上继续飞向前方。我们还是那个老大难问题—大炮稀缺。目前至少需要四十门大炮方才够用，可那儿一共才四门，只能两门一放。这次进攻，早在我们撤退之前就已经注定失败了。

“你们是从俄国来的吗？”一个西班牙士兵问我。

“不，美国。”我说，“有没有水？”

“有的，同志。”他递给我一只猪皮囊。这些预备队士兵，其实都只是顶着士兵的空名、穿着军服的民兵而已。这次压根儿就没有打算用他们去进攻，所以他们就乱哄哄地集结在山梁下的这一线上，三个一伙、五个一群，吃吃喝喝，聊着天儿，有的干脆还傻傻地坐着干等，等着新的任务呢。这次进攻，是由国际纵队中的一个旅负责的。

我们俩都喝了水。水带着股沥青味，还有股猪鬃味。

“还是酒比较好喝，”那个士兵说，“我可以去给你们弄酒。”

“好。不过还是水比较解渴。”

“打仗的时候口渴最难受了。我们虽然只是预备队，可我同样觉得很口渴。”

“那是因为恐惧，”另一个士兵颇为老到地说，“口渴都是恐惧引起的。”

“不，”又一个士兵说，“恐惧引起口渴，这话没错。可是打仗的时候，心里即使没有恐惧，也同样口渴得厉害。这又作何解释呢？”

“打仗嘛，心里总是很恐惧的。”第一个士兵说。

“就你这样。”第二个士兵说。

“这很现实嘛！第一个士兵说。

“只有你这样。”

“把你的臭嘴闭上，”第一个士兵说，“我只不过是说实话罢了。”

那是一个天朗气清的4月天，风很大。从山口上来的骡队踏起了滚滚的尘土，一头一大团，担架两边的人也各扬起一大股，风一吹就搅成一片。山下平地上的救护车，更是卷起一长串一长串的沙尘，随风飘舞，满地黄尘。

我现在不那么担心了。我相信今天是不会被打死的了，因为上午的工作做得不错，而且在刚开始进攻的时候，我们曾两次死里逃生，使我胆子大了起来。

第一次是在我们随着坦克前进的时候，我选了个地方，准备就在这个角度拍摄进攻的场面。后来我突然觉得这里不安全，就把摄影机往左挪了差不多两百码。走之前，我还用最最原始的方法在那里留了个标记。没想到不到十分钟，一颗六英寸口径的炮弹就落在我原先所在的地方，炸得好像那里从来就没去过人一样，只有地上清清楚楚地出现了一个很大很大的弹坑。

两个小时过后，一个刚从营里调到参谋部的波兰军官，毛遂自荐要带我们去看波兰人刚攻陷的阵地。没想到一出山坳，没了掩护，我们发现自己竟暴露于机枪火力下，我们只好下巴紧贴着地，两个鼻孔都吸满了沙土，硬生生地从机枪火力下面爬了出来。更悲哀的是，我们发现那天波兰人不仅没有攻克半个阵地，反倒又从出击点往后退了一些。此时，我躲在战壕里，汗流浃背，饥渴交加。进攻时的种种危险虽然已经过去了，但内心却留下了一片空虚。

“你们真的不是从俄国来的?”一个士兵问，“今天有俄国人来这儿。”

“是啊，但我们不是俄国人。”

“你长得就像个俄国人。”

“没那回事，“你搞错了，同志。我虽然长得有些古怪，但并不像个俄国人。”我十分肯定地说。

“那他长得像个俄国人。”说着指着我那个正在鼓捣摄影机的同伴。

“可能有点儿像，但他也不是俄国人。你是哪儿的人呢?”

“埃斯特雷马杜拉人。”他扬扬自得地说。

“埃斯特雷马杜拉有俄国人吗?”我问。

“没有，”他回答的口气更加骄傲了，“埃斯特雷马杜拉没有俄国人，埃斯特雷马杜拉人也不去俄国。”

“请问你的政治立场。”

“我讨厌一切外国人。”他说。

“这个政治立场太含糊了。”

“我讨厌的有摩尔人、英国人、法国人、意大利人、德国人、北美人、俄国人。”

“按你讨厌的程度排列?”

“对。不过我应该是最讨厌俄国人了。”

“老弟，你的想法倒真有意思，”我说，“你是法西斯的信徒吗?”

“不信。我是个埃斯特雷马杜拉人，我生来就讨厌外国人。”

“他的想法太奇怪了，”另一个士兵说，“你别太当真了。比如说我吧，我就喜欢外国人。我来自巴伦西亚。请再喝一杯吧。”

我伸手接过杯子，嘴里还有前一杯酒的余味呢。我看了一眼这个埃斯特雷马杜拉人。他瘦高的身材，脸色憔悴，满脸胡茬儿，两颊深陷，肩上披了一条毛毯披肩。他一挺身子，气鼓鼓地站了起来。

“别伸出头，”我赶紧阻止他说，“很多流弹飞来呢。”

“我才不怕流弹呢，我就是讨厌外国人。”他咬牙切齿地说。

“流弹是不用害怕，”我说，“不过既然是预备队，就应该尽量避免吃流弹。能避免而不去避免，这样受伤就太不值得了。”

“我可是无所畏惧的。”那个埃斯特雷马杜拉人说。

“算你走运，同志。”

“这话倒没错，”手拿酒杯的那一位说，“他确实不知道害怕。连 aviones① 都不怕。”

“他疯了，”另一个士兵说，“大家都怕飞机。飞机虽说不会杀死很多人，可让人恐惧。”

“我不怕，我才不怕飞机，我就是无所畏惧的，”那埃斯特雷马杜拉人说，“可我就是讨厌所有外国人。”

一个穿着国际纵队制服的人，个子高高的，从山口里走下来，一边肩膀上斜披着一条毛毯，在腰部打了个结，他在两个抬担架的人旁边走着，似乎根本就不在乎自己到了哪里。他高昂着头，那神气像在梦游。他是个中年人，没有带枪，从我这儿看去，也没看出他受了伤。

我看着他一个人离开了战场，走向山下。还没走到指挥车所在地，他就一个左转弯，还是那么异样地昂首挺胸，高昂着头，翻过山梁的后沿，走出了我的视线。

我的搭档正忙着换手提摄影机的胶片，并没有注意到他。

从山梁那边打来一颗炮弹，只见在快接近坦克预备队的地方，一股尘土夹杂着黑烟冲天而起。

---

① 西班牙语，意思是飞机。

旅部所在的洞口，有人伸出脑袋往外瞅了瞅，又马上缩了进去。我觉得倒是可以去这个地方，不过进攻失败了，我想他们肯定都怒气冲天，我才不想去看他们的脸色。如果打赢了，他们也乐意拍个电影。可吃了败仗，谁都憋了一肚子气，说不定真会把你抓起来押送回后方。

“他们可能要炮轰我们了。”我有些忧惧地说。

“对我来说，炮轰不炮轰都一样。”那个埃斯特雷马杜拉人说。我渐渐有点儿腻烦这个埃斯特雷马杜拉人了。

“你们还有酒吗？”我问。我仍然觉得口渴。

“有啊，老兄，多的是。”那个态度和善的士兵说。他是个小个子，手很大，身上脏得要命，一脸的胡茬儿，都快赶上他那板刷头的头发了。“你觉得他们快要炮轰我们了？”

“照理说很有可能，”我近乎肯定地说，“只是，这场战争可是什么都说不准的。”

“这场战争怎么了？”埃斯特雷马杜拉人一听，马上气急败坏地问道，“这场战争碍着你的眼了？”

“你给我闭嘴！”那个态度和善的士兵说，“我是这里带班的，这些同志是我们的贵客，怎么能对贵客无礼呢？”

“那就请他不要再说我们这场战争的坏话，”埃斯特雷马杜拉人说，“外国人，可不许跑来我们这里，说这场战争的坏话。”

“你老家在哪个镇，同志？”我问埃斯特雷马杜拉人。

“巴达霍兹，”他说，“我是巴达霍兹人。我们受够了奸淫掳掠，先是英国人，后来又是法国人，现在是摩尔人。他们无恶不作，没有一个好东西。今天摩尔人做的坏事，也未必就比当年威灵顿[①]手下的英国兵厉害多少。大家去翻下历史嘛！英国人杀死

① 威灵顿（1769—1852）：英国统帅，先后担任首相、外交大臣等职。1808—1815 年，曾带兵与拿破仑的部队在西班牙和葡萄牙交锋。

了我的太奶奶，还烧掉了我家的房子。”

“我很遗憾，”我说，“但你为什么要讨厌北美人呢？”

“当初我父亲被征去当兵，就是被美国人打死在古巴的。”

“这我也很遗憾。相信我，我是真的很遗憾。那你又为什么要讨厌俄国人呢？”我追问道。

“因为他们是苛政的代表，而且我也不喜欢他们的长相。你长得就像俄国人。”

“恐怕我们最好还是离开这儿。”我跟我的搭档说，他听不懂西班牙语，“看来我长得很像俄国人，这会惹来麻烦的。”

“我都快睡着了，”他说，“这儿挺适合睡觉。你只要别多说话，就不会惹祸上身的。”

“这儿有位同志不喜欢我，我想他可能是个无政府主义分子。”

“那好，你要小心点儿，别被他打死就行了。我可要睡了。”他若无其事地说。

两个穿皮外套的人从山口里走来，一个身材矮小粗壮，一个中等身材。他们都戴着便帽，都是扁脸盘、高颧骨，腰里别着毛瑟驳壳枪。

他们走向我们。那个高一点儿的用法语跟我说：“你见过一个法国同志从这里经过吗？一条毯子在肩膀上斜扎着，像扎着武装带那样，年纪在四十五岁到五十岁之间。你见过这个人吗？离开前线去后方了？”

“没有，”我说，“我没见过这么个同志。”

他瞅了我一会儿，我看到他的眼珠黄里带灰，眨也不眨地盯着我。

“谢谢你，同志！”他说，他说的法语腔调很怪。随后，他跟和他一起来的那个人说了些什么，舌头飞速转动，我听不懂他的话。说完他们就离开了，一直爬上山梁的最高处，那儿可以把下面几条山沟里的动静看得清清楚楚。

“那才是真正的俄国人的长相呢。”埃斯特雷马杜拉人说。

“别说话！”我说。我正在仔细观察这两个穿皮外套的人。他们顶着十分密集的火力，站在那儿查看山梁下河这边的那一片高低不平的地方。

突然，其中一个人发现了寻找的目标，手指向前一指。两个人像猎狗似的飞奔起来，一个直接翻下山梁，另一个从旁边包抄过去，像是要去阻断什么人的去路似的。另一个人还没有跑下山梁顶，我就看见他拔出手枪，枪口指着前面一路跑去。

“你看着心里舒服吗？”埃斯特雷马杜拉人问我。

“跟你一样难过。”我说。

我听见在山梁顶的后面，响起了毛瑟枪断断续续的枪声，一连开了十几枪。肯定是隔太远了，没打中。一阵枪声后，过了一会儿，又响起一声枪响。

那埃斯特雷马杜拉人生气地看了我一眼，沉默不语。我想，如果开始炮轰的话，也就不会发生这事了，可是炮轰偏偏一直不肯开始。

那两个身穿皮外套、头戴便帽的人一起翻过山梁走回来了，然后他们又一起下坡来到山口，屈膝弯腿地走下坡路。我知道，两腿动物下陡坡总是这样一副怪样子。他们刚要转入山口时，恰巧一辆坦克、轰隆隆地从山口里下来。他们闪在一边，让坦克过去。

发动一场毫无胜算的进攻是荒谬的，失败当然在所难免。那天，坦克又打了败仗，如今撤离前线，就像橄榄球员因为表现不佳被换下场了一样。过了山梁，有了掩护，他们都把炮塔打开了，头戴皮防护帽的坦克手双眼直瞪着前方。

那两个穿皮外套的扁脸汉子为了避让坦克，就闪在山梁上，正好站在我们旁边。

“你们找到那个同志了吗?”我用法语问个子较高的一个。

“是的，同志。谢谢你!”他说，目光把我从头到脚打量一遍。

“他说什么?”那埃斯特雷马杜拉人问。

“他说他们已经找到那个同志了。”我告诉他。那埃斯特雷马杜拉人不吭声了。

那天一上午，我们都留在这个法国中年汉子转身而去的地方。我们一直在这里蒙沙尘、熏硝烟，听着那一片喧闹，死的死，伤的伤。怕死的暗自怕死，有人表现英勇，也有人有流露出胆怯。

这是一片翻过了就等于找死的沟壕纵横的土地，我们一直留在这里。在这里，你得紧贴地面趴着，得堆起一个土堆来掩护你的脑袋，得把下巴颏儿死命地往泥土里钻。等到命令一来，就得上那个要命山坡，哪怕上去了也只是死路一条，也义无反顾。

我们一直和这些人一起趴在地上，他们等的坦克始终没来，却只听见大量的炮弹从头上呼啸而过，轰然炸响，弹片夹杂着土块四处飞溅，有如挖开了一个泥泉，泥流直往外喷射，枪声嘟嘟、弹飞嗖嗖，在上空交织成一片。

我们知道他们在那里等着是什么感受，他们已经无路可走了。如果命令下来，要他们继续前进，那就只能冒死前进。

整个上午，我们都一直留在这里，留在那法国中年汉子转身离去的地方。我很理解，一个人一旦看清了为一场必败无疑的进攻而牺牲，一定是件蠢事——比如人往往在临死前就比较清醒，见解正确。一旦突然会把问题看得很清楚，看清了这场进攻必败无疑，看清了这场进攻愚不可及，看清了这场进攻实际上是怎么回事——就像那个法国人那样，一旦看清楚这些，他完全有可能想要全身而退，一走了之。他之所以转身而去，很有可能不是因为怕死，而是因为他已经看穿了，是因为他突然明白了他非走不可，明白了除了离开，再也没有其他办法可以挽回败局。

那个法国人虽然从这场进攻中离开了，却依然保持着高度的尊严。

作为一个普通人，我很理解他。但是因为他是一个军人，自然有督战队的人不会放过他了。于是，他刚刚在这边摆脱了死亡的威胁，翻过了山梁，到了那边枪弹打不到、炮弹飞不来的地方，正走向河边，说不定还正想着已经胜利大逃亡了呢，死亡就马上降临到他的头上。

“哼，这些家伙。”那埃斯特雷马杜拉人对那两个战地宪兵晃着脑袋，对我咕哝。

“这就是战争，”我无可奈何地说，“在战争中不得不服从纪律。”

“难道我们就为了服从这种纪律而去死吗？”

“可没有纪律，大家都活不了。”

“纪律，有这种纪律，也有不像这样的纪律，”埃斯特雷马杜拉人说，“听我说，2月，我们刚好也是在这里，那时法西斯向我们进攻。我们被赶出了那些山头，也就是今天你们国际纵队想要夺取但又夺不下来的那些。我们撤退到这儿，也是在这道山梁上，国际纵队上来，接管了我们前面一带的防线。”

“我知道这件事。”我说。

“可有件事你不知道，”他只顾生气地往下说，“当时有个跟我一个省来的毛孩子，被排炮吓坏了，他往自己手上打了一枪，以为这样可以离开前线，因为他害怕了。”

此时在场的其他士兵都在听，有几个还点了点头。

“对这种人，按说是给他们把伤口包扎好，立马送回前线，”

埃斯特雷马杜拉人又接着说道，“这是正确的。”

“是啊，”我说，“应该如此。”

“应该如此，”埃斯特雷马杜拉人说，“可毛孩子那一枪打得太狠了，骨头竟被打得粉碎，结果感染了，只好把手截肢。”

有几个士兵又点点头，显出一脸惋惜的样子。

“继续说，告诉他后面的经过。”有一个说。

“其实，这样的事还是少说为妙，”剪板刷头、一脸胡子茬儿、自称是带班的那一位说。

“可我有责任、有义务告诉人家真相。”埃斯特雷马杜拉人说。

那个带班的耸耸肩膀。“我对这事也颇有意见，”他继续自顾自地说，“那你就继续说吧。不过我是不想再听人说起了。”

“这毛孩子从2月开始，就一直待在山谷内的医院里，”埃斯特雷马杜拉人说，“我们这儿有几个人在医院里见过他。大家都说他很讨医院里的人喜欢，他也尽量做些一只手力所能及的事情。他一直没有被抓起来，也从来没人说过要把他怎么样。”

那个带班的一句话也没说，又递了一杯酒给我。他们全都在那儿听，就像不识字的人听讲故事一样。

“昨天，直到黄昏，我们都不知道要发动这一场进攻。直到太阳落山以前，我们都以为这一天就这样平平淡淡地过去了。没想到就在那时，他们却顺着小路把他从河边的平地上带来这山口了。那时我们正在做晚饭，他们把他带过来。一共只有四个人。一个是毛孩子帕科，有两个就是你刚才看到的身穿皮外套、头戴便帽的家伙，另一个是旅部的军官。我们看见他们四个人一起上来山口。帕科的手并没有被铐着，也没有被绳索什么的捆绑着。

“我们一见到他，全都围了上去，大家说：‘嘿，帕科，你好吗？帕科，一切都顺利吗？帕科老弟，帕科你这个老小子！’”

“他说‘一切都好。一切都很不错，只除了这个——’，说着给我们看他那条断臂。”

“帕科说：‘那是胆小鬼干的傻事，为此，我现在真后悔。不过我就算只有一只手，也要做个有用的人。我要为我们的正义事业，尽力所能及的力量。’”

“对，”一个士兵插嘴说，“他是这么说的，我也听见了。”

“我们都跟他聊天，”埃斯特雷马杜拉人说，“他也跟我们聊天。打仗时，这种穿着皮外套带着手枪的人一来，准没什么好事，就像背图囊、挂望远镜的人来了一样。不过我们还以为他们只是带他来看看的，我们没有去过医院。去的人都很高兴见到他，我说了，当时正是晚餐时间，昨天傍晚天气晴朗而且暖和。”

“这风是晚上才开始刮的。”一个士兵说。

“后来，”埃斯特雷马杜拉人又继续黑着一张脸往下说，“他们中的一个人用西班牙语对那军官说：‘是在哪里？’”

“那军官就问了：‘这个帕科是在哪里受伤的？’”

“当时是我给他回答的，”那个带班的人说，“我指给他看，就在你那个地方再下去一点儿。”

“就在这儿。”一个士兵说着，指了一下那里。我也看出来就是那里，一眼就能看出那个地方。

“他们中一个人就拽着帕科的胳膊，把他带去那里，抓着他的胳膊把他按在那里，另一个就说起了西班牙语。他的西班牙语的错误层出不穷。刚开始我们都忍不住要笑出来，连帕科都觉得好笑。那话我也不能完全听懂，不过那些话的大意是，必须严惩帕科以儆效尤，使今后不再发生自伤事件，今后如有人再犯都将照此严惩不贷。”

“于是，他们就一个人拽着帕科的胳膊——帕科早已觉得愧疚难当，一听被说成这样，更是臊得无以复加。另一个拔出手枪，一句话都没有对帕科说，对准他的后脑勺就是一枪。之后没有再说过一句话。”

那些士兵都木然地点了点头。

“就是如此，”一个士兵说，“你能看出那个地方。倒下的时候他的嘴巴就对着那儿。你能看出来的。”

我虽然靠在这儿，也早就把那个地方看了个一清二楚。

“对他来说，一切来得那么突然，让他一点儿思想准备都没有，”那个带班的忧伤地说，“太残忍了。”

“就是因为这样，所以我现在不但厌恶其他国的外国人，也憎恨俄国人，”埃斯特雷马杜拉人说，“我们不能对外国人抱有什么幻想。如果你是外国人，我只能说很抱歉。但现在对我而言，外国人都无一例外。你和我们在一起，面包也吃了，酒也喝过了，我想你现在也该离开了。”

“话可不能这么说，”那个带班的对埃斯特雷马杜拉人说，“还是要讲点儿礼节的。”

“我看我们还是离开吧。”我说。

“你不生气吧？”那个带班的说，“你尽管待在掩蔽部里，想待多久都可以。你还觉得渴吗？要不要再喝点儿酒？”

“谢谢你了，”我说，“我们还是离开比较好。”

“我那么厌恶外国人你能理解吧？”埃斯特雷马杜拉人马上追问我。

“我很理解。”我说。

“那好，”他说着就伸出手来，“握手我还是乐意的。对你本人，我还是愿意祝你好运。”

“我也祝你好运，”我说，“祝你本人好运，也祝你作为一个西班牙人能够有好运。”

我叫醒了拍电影的搭档，两个人就一起从山梁走下，往旅部走去。这时候坦克都已经陆续回来了，那巨大的响声，弄得人们都快听不见自己说话的声音了。

“你刚才一直在跟他们聊天？”

“在听他们说呢。”

“听到什么趣事了吗？”

“多的是。”

“接下来你打算怎么办？”

“回马德里。”

“我们应该去见见将军。”

“对，”我说，“一定要见见。”

将军憋着满腔的怒火。这次进攻，上面只派给他一个旅的兵力，要他发动突袭，而且要在一夜之间部署好一切。这种任务，本来最起码得一个师才能执行。他能用的实际上只有三个营，一个营得留着做预备队。

那个法国坦克司令为了壮下胆子，投入进攻。他喝得醉醺醺的，结果烂醉如泥，不能行使指挥职能。等他醒过来，等待他的也就只有被枪毙了。

坦克部队没能及时到达，后来根本就不可能向前移动了，因此三营中有两个营没能到达出击目标。另一个虽然攻下了目标，却导致一个突出部无法防守。如果非要说有什么战绩，那也仅仅是抓住了几个俘虏。将军拿不出战绩，俘虏反倒都被杀了。俘虏们被坦克部队送往后方，坦克兵杀了他们。

“有些什么是我可以写的？”我问。

“能写的都写在正式公报里了。你那只长颈瓶里还有没有威士忌？”

“有。”

他喝了一口，很不舍地舔了舔嘴唇。他以前在匈牙利轻骑兵里担任上尉，后来担任红军骑兵游击队队长时，在西伯利亚截获了一列车黄金，顶着零下四十摄氏度的酷寒，在那里守了一整个冬天。我们是好朋友了，他很爱喝威士忌，现在已经死了。

“你快离开吧，”他说，“有没有车?”

“有。”

“影片拍好了吗?”

“拍了些，都是坦克的。”

“坦克!”他一听“坦克”，就咬牙切齿地说，“那帮猪头!怕死鬼！你要多加小心，别把命丢了。你很适合当作家。”

“我现在写不出来。”

“以后再写，以后你可以把全部都写出来。可别把命丢了，关键是别把命丢了，好了，你快走吧。”

他的劝告，他自己却没能听进去，因为过了两个月，他就被打死了。可是，那天最奇怪的一件事倒是我们拍的坦克的影片冲洗出来竟是出乎意料的精彩。从银幕上看去，这些坦克一路往山上冲去，锐不可当，宛如一艘艘巨轮似的登上了山顶。在一片隆隆的声响中，坦克直冲向我们镜头里的那个胜利的假象。

那天要说有谁最接近胜利的话，可能应该数那个高昂着头退出战斗的法国人了。但他的胜利也真是非常短命，他才下山梁走到半山坡上就没命了。

我们沿着山路走到山下去坐指挥车回马德里时，看见他摊开四肢，倒在那山梁坡上，身上还围着那条毯子。

他们都是不朽的

那座房子刷着玫瑰色的墙粉，由于潮湿，墙粉都脱落了，褪色了。

从阳台往外望，街道的尽头便是湛蓝湛蓝的大海。人行道上种着桂花树，长得很高，罩住了楼上的阳台，树荫下一片清凉。阳台的角落里有只柳条笼，里面养了一只百舌鸟，这会儿鸟没有唱歌，甚至没发出唧唧啁啁的叫声。有个年轻人，刚刚把身上的外套脱下来，把鸟笼罩住了。他二十八九岁、长得黑黑瘦瘦、下眼发青、满脸胡子拉碴的。此刻，年轻人正微噘着嘴唇，站在那里用心听。有人想要打开那上了锁、下了闩的前门呢。

他听着，听到风从紧靠阳台的桂花树枝间吹过，听到一辆出租车从街上开过时的喇叭声，还听到孩子们在一块空地上玩闹的喧嚷。接着他听见钥匙在前门的锁里转动的声音，锁明明已经打开了，但下了门闩推不开，又重新上锁了。同时，他还听见了从空地上传来的球棒击棒球声，伴随着西班牙语的尖叫呐喊。

他在那儿站着，舔了下干燥的嘴唇，又继续听下去，这一次又听见有人想要从后门开门进来。

这个叫恩里克的年轻人把鞋子脱了，小心翼翼地放好，踩着阳台的花砖轻轻地走过去，到了能看见后门的地方，向下望去。后门口没有人。他又悄悄回到前面，尽可能地缩着身子，望着大街。

桂花树下，有个戴着窄边平顶草帽、身穿灰色羊驼呢上衣和黑裤子的黑人，行走在人行道上。恩里克四周观察了一下，并没有第二个人。他眼观六路，耳听八方，在那儿站了好长时间，然后才取下罩在鸟笼上的外套，穿在身上。

他听那一阵的时候，全身早已大汗淋漓。如今在树荫下，被凉爽的东北风一吹，倒觉得冷了。外套里腋下挎了个皮枪套，上面被汗水泡出了一圈一圈白色的盐霜，套子里装着一支四五口径的科尔特手枪。因为摩擦频率高，他的腋窝下面有块皮肤被磨出了一个肿块。他躺在一张靠墙的帆布床上，耳朵还在仔细听着。

鸟在笼子里又是叫又是跳的，年轻人抬头瞅了一眼，然后起来把搭钩解开，笼子的门打开了。鸟歪着脑袋，往打开的笼门探了一下又缩回去，不一会儿又斜挺着尖尖的嘴巴，把头往前一冲。

“来吧，”年轻人轻轻地说，“没骗你。”

他只好把手伸进鸟笼里，鸟一个劲儿地往后逃，贴在柳条上扑打着翅膀。

“你这个小笨蛋，”那年轻人悠悠地说。他从鸟笼里抽出手来。“我就把门开着。”

他脸儿朝下趴在床上，双臂合拢枕着下巴，眼睛半眯着，耳朵还在仔细聆听。他听见鸟从笼子里飞了出去，后来又听见一棵桂花树上有了鸟的歌声。

“装成是空关的房子，却养了这么一只鸟，不觉得太傻了吗，”他心想，“傻成这样，不惹来这许多麻烦才奇怪呢。自己这么愚蠢，怎么好意思怪别人呢?”

此时天气已经非常凉快了，孩子们还在空地上打棒球。年轻人从腋下解下皮枪套，取出那把大手枪搁在腿边，一会儿就进入了梦乡。

他醒来时，天已经黑了。转角上，街灯的亮光从桂花树的枝叶丛中透了出来。他爬起来走到前面，在墙的掩护下，躲进阴影里，把街上四周打量了一圈。转角的一棵树下一个头戴窄边平顶草帽的人站在那里。恩里克看不出他的上衣和裤子的颜色，不过可以肯定那是个黑人。

恩里克飞奔到阳台的后面。那里除了紧邻的两户人家的后窗里透出些灯光映在野草地上以外，四下便漆黑一片了。后面有多少人，谁也说不准。真的有这种可能，因为现在可不比下午了，隔壁第二户人家的收音机正开着，他现在什么都听不清楚了呢。

突然，一声警报器的呼啸传来，仍然是越响越烈。年轻人马上觉得头皮发麻，像被针刺一般。

这种针刺感来得太突然，就像难为情时突然感到脸红一样。这感觉，像身上长了痱子似的，来得快，去得也是一样突然。原来这警报器的呼啸声是从收音机里传出来的，插播在一则广告里的，随即便是播音员嗲声嗲气的声音："盖维世牙膏，品质最好，举世无双，永保第一。"

恩里克在黑暗中微笑一下。有人该来了。

录音机的商品广告里，警报器的呼啸声过后，便是个小孩的哭声，播音员说玛尔塔—玛尔塔巧克力一到，小孩儿马上破涕为笑。然后传来一声汽车的喇叭声，顾客去加油站要加绿色汽油。"不用跟我说那么多。我只要绿色汽油。绿色汽油便宜实惠，同样一加仑汽油可以多跑好几里路。最划算的汽油！"

这些广告，恩里克早就听得快能背出来了。他去打仗，打了十五个月才回来，这些广告还是一成不变。想必广播电台还是用的以前的录音，那警报器的呼啸声，还是照样骗到了他，让他顿时觉得头皮犹如针刺一般，十分难受。这种针刺感，犹如捕鸟的猎狗闻到新鲜的鹌鹑臭迹，就会浑身绷紧一般，无疑是危急时刻的生理反应。

他也不是一开始就有这种针刺感的。刚开始，遇到危险，心里感到恐惧，他就觉得肚子里发空。他只觉得全身酸软，像发烧了一样，只觉得浑身都动弹不得，想要往前挪动一下身子都会觉得双腿僵硬，像麻木了一样。现在连这种感觉都没有了，他该做什么就能做什么，爽爽利利的。

有些勇者就是如此，往往刚开始会很容易害怕，但是到后来，就只剩下这宛如针刺的感觉。他现在一感觉到危险，就只剩下这么一种反应（不算出汗这一点，他知道这一点是永远避免不了的），而且现在这种反应也只不过起个报警作用，仅此而已。

他望向那边的树下，那个戴草帽的人此刻已经坐在人行道边了。恩里克正站在那儿偷看，忽然一颗石子落到阳台的砖地上。他在墙边角落找了一会儿，没有找到。把手伸到床下探了探，还是没有。他正在那儿跪着，又有一颗小石子落在砖地上，弹起来滚到了阳台边上的角落里，又弹到了街上。恩里克终于捡到了前一颗石子。那是一颗普通的小卵石，手感很光滑，他就放进口袋里，进屋去，下楼走到后门。

他闪到门边，把那把科尔特枪从枪套里拔出来，紧紧地攥在右手里。

“胜利。”他用西班牙语轻轻说道，好像嘴里很不属于说这两个字似的。然后，他光着脚丫悄悄溜到门的另一边。

“属于应该得到胜利的人。”门外有人回答。对暗号的是个女声，语速很快，嗓音带着颤抖。

恩里克拔去两道门闩，用左手把门打开，右手依然死死地握着科尔特枪。

门外一个姑娘站在一片黑暗中，提了只篮子，头上还裹着一方头巾。

“你好。”他打了声招呼，就关上门，上了闩。黑暗中他听见她喘气的声音。

他接过篮子，拍了拍她的肩膀。“恩里克。”她也招呼一声，他看不见她的双眼散发着的光芒，也看不见她脸上是什么表情。

“走，去楼上，”他说，“前面有人监视，他看见你了没有？”

“没有，”她说，“我是从空地穿过来的。”

“我带你去看，跟我去阳台。”

恩里克提着篮子，他们一起到了楼上。他把篮子放在床边，去阳台口上一看。那个戴着窄边平顶草帽的黑人已经不见了。

“原来如此。”恩里克轻轻地说。

“原来怎样？”那姑娘问，过来拉着他的胳膊，也往街上望去。

“原来他已经没在这儿了。有什么吃的？”

“真对不起，让你一个人孤孤单单地在这儿待了一天，”她愤愤不平地说，“真是岂有此理，一定要我等到天黑了才来。我迫不及待想要来，整整等了一天啦。”

“让我待在这里，让我不知所措。天还没亮我就被他们从船上带来，丢在这所被监视着的房子里，只给了我一个联络的暗号，一点儿吃的都没有。我总不能把暗号当饭吃吧。反正这房子因为其他原因，被人监视了，就不应该把我丢在这里。还让我体验这种十足的古巴风味！可当年我们至少还有饭吃吧。你还好吗，玛丽亚？”

她在黑暗里吻上了他的嘴，吻得那么热烈。他感觉到她饱满的嘴唇，紧紧地贴着自己的嘴唇，感觉到她的身子靠在自己身上颤抖。这时一阵剧烈的刺痛，袭上他背上的后腰处。

“哎哟！当心点儿。”

“怎么了？”

“当心我的背。”

“背上怎么了？受了伤了吗？”

“真该让你看看。”他既想阻止又快活地说。

“现在就看好吗?”

“等会儿再看吧。我们必须先吃点儿东西，再离开这儿。这儿存放的什么东西?”

“很多东西。四月失败后，留下的东西都在这儿存着。以便将来再用。”

“遥遥无期的将来，”他说，“他们知道这儿被监视了吗?”

“肯定不知道。”姑娘说。

“都放着什么呢?”

“有些原籍的步枪。还有很多箱弹药。”

“今晚应该把所有东西都转移出去。”他塞了满满一嘴，“我们还得要做好几年的工作，才会再用到这些东西。”

“这醋渍油炸鱼怎么样?”

“真美味，来靠近点儿。”

她坐直了腰来靠在他怀里，一只手放在他的腿上，一只手抚摩着他的脖颈，喊道:“恩里克呀，我的恩里克呀!”

“碰我时要当心啊，”他边吃边说，“我的背可不能碰。”

“你回来了不用打仗了，开心吗?”

“还没想过这些。”他说。

“恩里克，楚丘还好吗?”

“在勒黎达①牺牲了。”

“菲利佩呢?”

“牺牲了。同样是在勒黎达。”

“那阿尔图罗呢?”

“在特鲁埃尔牺牲了。”

① 西班牙地名，下文的特鲁埃尔也是。

“那维森特呢?”她的声音都有些含混不清了，这时两只手也已经紧握着搁在他腿上了。

“牺牲了。在塞拉达斯那场战役中攻过公路的时候。”

“维森特是我兄弟啊!”此时她独自僵硬地坐着，从他身上把手抽回来了。

“我知道。”恩里克说。他还是继续吃着。

“我只有他一个兄弟啊!”

“我以为你已经知道了。”恩里克说。

“我一直都不知道，他可是我的兄弟啊!”

“真对不起，玛丽亚。我不应该这么心直口快的。”

“他牺牲了? 你确定他牺牲了? 会不会是传闻呢?”

“我可以告诉你：活下来的只有罗赫略、巴西利奥、埃斯特万、费洛，加上我五个人。其他的都牺牲了。”

“都牺牲了?”玛丽亚瞪大了眼睛。

“都牺牲了!”恩里克说。

“让我怎么接受呢?”玛丽亚说，“你想一下，这叫我怎么接受呢?”

“多说无益。人都已经不在了。”恩里克似乎有些绝情地说。

“并不仅仅因为维森特是我的兄弟。自己的兄弟牺牲我倒没什么。可他是党的优秀分子啊!”

“没错。他是党的优秀分子。”

“真不值得。精英都付诸东流了。”

“不。值得的。”

“你怎么能这么说话呢? 这太不像话了。”

“不。是值得的。”

然后她哭了，恩里克仍然自顾自吃着。“别哭，”他说，“目前首要任务是考虑一下，我们要怎么工作，才能顶他们的缺。”

“可他是我的兄弟啊。你还不明白吗？是我的兄弟啊。”她有些情绪失控了。

“我们大家都是兄弟。有的壮烈捐躯了，有的还活着。现在我们被派回国，以保存下一些实力。不然真要全军覆没了。可工作我们还是得继续下去。”

“可为什么他们都牺牲了呢？”

“我们被编在一个突击师里。所有人，不是死了就是伤了。”

“维森特是怎么死的？”

“他是在穿过公路时，牺牲在右边一座农场房子里的机枪火力下。那座房子里的火力点封死了整条公路。”

“当时你也在场？”

“嗯。我带领一连。在他的右边。我们虽然最终拿下了那座房子，可花了很多时间。里面的敌人有三架机枪。两架在宅子里，一架在马棚里。很难靠近。我们只好调了一辆坦克上去，对着窗子开火，这才打下了最后一架机枪。我有八个弟兄牺牲了。代价太惨重了。”

“在哪里发生的？”

“塞拉达斯。”

“我怎么没听说过这个地方。”

“你不会听说的，”恩里克说，“这一仗输了。将来不会有人知道的。维森特和伊格纳哓都是在那里捐躯的。”

“你说这种事有价值吗？那种人才，特地到国外打败仗，还牺牲了生命，值得吗？”

“玛丽亚，说西班牙话的地方怎么能算是国外呢。只要是为了自由而捐躯，死在哪里都一样。当然，我们应该努力减少牺牲，力争活下去。”他宽慰她说。

“可你想一下，牺牲的都是什么样的人才啊——到那么远的地方——又都是吃败仗。”

“他们不是为了牺牲才去的。他们是去战斗的。牺牲，对于他们来说，只是偶然现象。”

“可打的都是败仗。我的兄弟是在败仗中牺牲的。楚丘是在败仗中牺牲的。伊格纳晓也是吃败仗牺牲的。”

“这些只是一部分。我们的任务，其实有的是不可能实现的。也有很多看上去不可能办到，最后却完成了任务。但有时候侧翼部队没能及时配合出击，有时又火炮稀缺。有时候接受了任务却没有充足的兵力——在塞拉达斯就是如此。因为各种各样的原因，就打了败仗。但是归根结底，这也不算什么失败。”

她没有回答，他也吃好了。

此时树梢头的风已经很大了，阳台上感觉到冷了。他把碗碟放在篮子里，拿餐巾擦了擦嘴。他把手擦干净，伸过去抱住了姑娘。姑娘在哭呢。

“不要哭了，玛丽亚，”他亲吻了一下玛丽亚的额头，说，“既然事情已经发生了，还是面对现实吧。我们应该思考一下做些什么事情。还有很多事情要做呢。”

她不说话。借着街灯的光，他看见了她的脸色：两眼直直地瞪视着前方。

“我们必须收起那一套空想主义。这里，就是那种空想主义的一种体现。我们一定要停止恐怖主义行动。我们一定要保证今后的行动，再也不重蹈革命冒险主义的覆辙。”

姑娘还是没有说话，他凝望着她的脸，这多少个月来他一直惦念着这张面孔，要是工作以外还能再想点儿什么的话，就是思念这张脸。

“你的话就像教条里说的，”她终于开口了，“不像人话。”

“对不起，”他说，“这是我得到的教训，生命的教训。我只知道这几条是目前的首要任务。这对我来说是最迫不及待的现实。”

“对我来说，最现实的事是牺牲了许多同志。”她依然沉浸在巨大的悲痛之中。

“我们向烈士们敬礼，但是这并不是最重要的。”

“你这话又像是教条里说的了，”她生气地说，“你的心都成了教条啦!”

“很抱歉，玛丽亚，我以为你懂的。”

“我只理解那些壮烈牺牲的同志。”她说。

他知道她这话与事实不符，因为她没看到他们牺牲，他才是亲眼所见的：在哈拉马橄榄树林中那次遇到下雨，在基霍尔纳被打得房屋倒塌的那次是大热天，在特鲁埃尔的那次正在飘雪。只是他也知道她话里有责备他的意思：维森特死了，但他却活着。这使他突然觉得无比痛心——他一直都不知道自己心里原来还有那一个顺乎本能、通乎人情的小角落，会因为战友的牺牲而感觉到如此的悲痛。

“这里本来有只鸟，”他说，“关了一只百舌鸟在笼子里。”

“是吗?”

“我把鸟放了。”

“你倒是心地善良!”她讽刺地说，“战士都这么有感情吗?”

“我是个优秀战士。”

“这我相信。你说的话就像个优秀战士。我的兄弟是个什么样的战士呢?”

“非常优秀的战士，比我有活力。”

“可你会自我反省，你会像教条那么说话。”

“我要是能活力四射就好了，”他说，“可我怎么学都学不会。”

"活力四射的人都牺牲啦。"她反唇相讥。

"不，"他说，"巴西利奥就很有活力。"

"那他也会牺牲。"她说。

"玛丽亚！能不能别这么说话。你的话带有明显的失败主义情绪。"

"你说话像教条，"她冲着他说，"不要碰我。你的心是冰冷的，我恨你。"

他随即又感到一阵心痛，尽管他一直觉得自己的心是冰冷的，以为除了疼痛之外什么都不会令他伤心了。他在床边坐着，身子向前探。

"把我的外套拉起来。"他说。

"我不拉。"

他拉起外套的后襟，弯下腰。"玛丽亚，你看看吧，"他说，"这可不是教条里的东西。"

"我看不到，"她说，"也不想看。"

"你摸一下我背上靠腰的地方。"

他感觉到姑娘的手指摸到他背上那个巨大的凹陷处，凹进去很深，能塞进去一个棒球呢，这是伤口遗留下来的一个形状奇特的疤。当时伤口从这边腰窝一直穿透到那边腰窝，做手术的医生，为了清洗伤口，把整个戴着橡皮手套的手都伸进去了。

他感觉到姑娘触摸到了疤上，他立刻紧揪着心。可是，马上他就感觉到被紧紧抱住，两片嘴唇吻了上来。先是猛然一痛，身体像是落进了白浪翻滚的大海中，一个又高又猛、亮得晃眼睛的巨浪劈头打来，完全没过了他的头顶。但是一吻到她的嘴唇，却又犹如在茫茫大海中遇到了一个小岛。那两片唇瓣还在！还在！可后来还是被淹没了，不过此时他也感觉不到疼痛了，他发现自己变成了单独坐着。

“那没什么，”恩里克说，“说不上有什么要原谅的。不过这都是教条里没有的。”

“经常痛吗?”

“不碰到就不会痛。”

“那脊髓呢?”

“受了点儿小伤。肾脏也受了点儿伤，不过不是什么大问题。弹片从这头打进去，从那头出来。下面还有几处伤，腿上也有。”

“恩里克，请原谅我。”

“没什么原不原谅的。只是不能好好地跟你亲热亲热，太扫兴了，所以我也没办法高兴起来，真对不起。”

“等你康复了再好好亲热亲热吧。”

“嗯。”

“你会好的。”

“是的。”

“我来照顾你。”

“不，我来照顾你。我根本没把这么点儿伤放在心上。只是被碰到或者撞了的时候，会痛得很难受。但是我并不怕。”他接着说，“我们要尽快开始工作，得尽快离开这里。今晚就要把存放在这儿的东西转移了。要再找个新的地方，首先要不被怀疑，其次要东西放在那儿不会坏。短时间内我们还不会用到这些东西。有很多同志还要接受训练。到那时这些子弹可能早就不能用了。这里的天气，雷管很容易坏的。我们要赶紧走了，我真是个笨蛋，在这儿待了这么久。是哪个笨蛋把我安排到这儿来的，我倒要请他去党委说清楚。”

“我今晚就带你去党委，他们还认为今天让你躲在这房子里很安全呢!”

“让我躲在这座房子里简直就是乱搞。”

“我们马上走吧。”

“早就该走了。”

“吻我一下，恩里克。”

“可一定要非常非常小心才行。”他说。

于是，他们在一片漆黑中坐到床上，他尽可能地小心翼翼，闭着眼，两人的唇瓣紧紧地贴在一起。

他终于感受到非常幸福而不感到疼痛，他终于突然有回到家的感觉而不觉得疼痛，他终于有了生还的感觉而不觉得疼痛，他终于感受到被爱的欢愉而还不感到疼痛……现在因为相爱已不再觉得空虚，可见起初还是有不踏实的地方，四片嘴唇在黑暗中紧紧地贴在一起，那份轻松真是既幸福又体贴，虽然是漆黑一片，却是那么温暖。

他正处在这种黑沉沉了无疼痛的世界里，突然响起一阵警报器的呼啸。那种切肤之感就好比人世间最难挨的剧痛。那是正宗的警报器，不是从收音机里放出来的。还不止一个，而是两个。从街道两端分头而来。

他一转头，立刻站了起来。他觉得自己还没享受多久这种回到家的感觉。

“快出去，从空地穿过去，”他说，“快走。我在楼上射击，绊住他们。”

“不，你走，”她说。“听话，我留下来射击，他们会以为你在屋里。”

“来，”他说，“我们一起走。这里没什么值得保护的。反正这些东西也没用了。还是走吧。”

“我留下来，”她说，“我要保护你。”

她把手伸到他腋下，想要抽他枪套子里的手枪，他抬手给了她一巴掌。“走吧。别做笨女人。快走！”

他们马上下楼，他感觉到姑娘紧紧依偎在他身边。他把门打开，两个人一起迈出门口，来到屋外。他转身锁上门。“快跑，玛丽亚，”他说，“往那边的空地上跑。快跑呀！”

“我要跟你一起走。”姑娘粗声粗气地说。

他立马又给了她一耳光。“快跑！到了那边就从野草里爬过去。原谅我，玛丽亚。可你一定要走。我往那边跑。快跑呀，”他说，“你真蠢！还不快跑！”

他们一起钻进野草丛里。他又跑了二十步，听到警报器的呼啸渐渐停止了，警车停在屋前，他赶紧卧倒，往前爬去。

他脸上沾满了野草的花粉，不停地挣扎着往前爬，双手和膝盖被蒺藜草扎得一阵阵刺痛。耳朵里听见有人往屋后跑去。他们包围了那座房子。

他不停地向前爬，脑子里在拼命琢磨，疼痛都被抛在脑后。

“可为何要拉警报器呢？”他疑惑不解，“怎么不再派一辆车子来从后面包抄呢？怎么不弄个聚光灯或探照灯来照亮这片空地呢？古巴人嘛！”他又想：“他们会这么笨？这么声张？他们料定房子里没有人？他们来肯定是为了查抄那批东西。可为什么又要拉警报器呢？”

他听见后面那群人破门而入了，那座房子被他们团团围住了。他听见房子附近连续响了两声很长的哨子声，他仍旧不停地挣扎着往前爬。

“这些蠢货，”他心想，“不过现在他们一定发现那篮子和碗碟了。这帮家伙，也会这样查抄！”

此时他已经快到空地的尽头了，他知道，现在他一定要起来冲过马路，奔向对面的房子。他已经摸索出了一种不会引发疼痛的爬行方法。现在无论做什么动作，他几乎都能适应了。就是突然变换动作，还是免不了要引起疼痛，所以他实在不想站起来。

他在野草丛中一膝顶地挺起身来，忍住疼痛的冲击，总算挺住了，接着又引起了一阵疼痛：把另一只脚也一并上抬，好能够站起来。

他刚刚抬腿，跑向对街另一块空地后面的房子，忽然咔嗒一声探照灯亮了起来，将他罩住了。他正好在那道光柱下完全暴露了，面对着灯光，两边都是黑暗，黑白分明。

原来还有另外一辆警车没有拉警报器，悄悄开过来，在空地后面的一个转角处守株待兔，探照灯就是从这辆警车上照出来的。

恩里克那消瘦枯槁、轮廓分明的身影，在光柱下直起腰来，就想从腋下的枪套里把那把大手枪掏出来。就在这一刹那，隐在黑暗里的那辆餐车上的几把冲锋枪一起向他开火。

他只觉得像当胸挨了记闷棍，不过他能感觉到的也只有那第一棍。之后的几棍都是空有其声了。

他脸朝下栽倒在野草丛中，在他倒下的时候，或者可以说在亮起探照灯，直至他被第一颗子弹打中的那一瞬间里，他心里就一个念头：“他们到底没那么愚蠢，恐怕还真要好好对付他们呢。”

如果他还来得及有第二个念头的话，那就是希望另一个转角上没有警车。可偏偏那个转角上也有，此时车上的探照灯正在空地上搜寻，巨大的光柱在玛丽亚姑娘隐藏的草丛上扫来扫去。漆黑的警车上，几个机枪手手持机枪。那膛线密集、丑陋却厉害的汤姆生枪枪口紧跟着探照灯光来回转动。

黑暗中，那辆打探照灯的警车后面，一个黑人站在树影中。他头戴一顶窄边平顶草帽，身穿一件羊驼呢上装，一串蓝色的伏都教念珠挂在衬衫里面。他悄悄地站在那里，看探照灯到处搜寻。

探照灯不停地在野草地上搜寻，姑娘在草丛里直挺挺地贴在地上，下巴都陷进了土里。自从听到那一阵枪声后，她就没有再动弹过一下。她觉得自己的心脏贴着地面跳个不停。

“你看见她了？”警车上有个人问。

“让他们去草地那边搜。”前排座上的警官说。他就喊树下的那个黑人：“Hola[①]！你去那座房子，让他们成疏开队形去野草地里搜，往我们这边搜过来。一共就两个人吗？”

“就两个人，”那黑人轻轻说道，“另外一个已经落网了。”

“速去传令。”

“是，警官！”黑人说。

他把草帽拿在手里，就顺着草地的边缘跑向那座房子。现在那座房子所有的窗口里都已灯光大亮了。

姑娘在野草地里趴着，双手抱住了头顶。“快帮我一把，至少也让我挺过去。”她对着草丛低声说。可不是对什么人说的，因为那里一个人都没有。过了一会儿她就突然哭了起来：“救命啊，维森特。救命啊，菲利佩。救命啊，楚丘。救命啊，阿尔图罗。救命啊，恩里克。救命呀！”

要是以前的话，她早就开始祷告了，可是她现在已经不干这一套了，她只觉得自己好像缺少了些什么。

“如果我被他们抓住了，可一定要帮我，不能让我招供啊，”她嘴贴着野草说，“一定不能让我招供啊，恩里克。可千万不要让我招供啊，维森特。”

她听见他们犹如猎人轰赶野兔一样，从后面的草丛里搜过来了。他们四处敞开，按照散兵的阵式推进，手电筒的光在野草中乱晃。

---

① 西班牙语，意思是喂！

“天啊，恩里克，”她说，“快来救命啊！”

她放下抱着脑袋的手，握成拳头放在两边。“还是这么做好，”她心想，“如果我一跑，他们肯定会开枪。还是这样干脆。”

她慢慢站了起来，向着警车跑去。探照灯气势汹汹地照在她身上，她虽然在跑，眼睛却只看到探照灯，视线里就只有那一圈晃得让人眼花的白光。她想，还是这个办法最好。

有人在她后面呐喊，但是没人开枪。有个人猛地一下将她抱住，她马上倒了下去。那个人按住她，她听见那人喘粗气的声音。

另外有个人用双手往她腋下一夹，将她拉了起来。他们抓住她的双臂，押着她走向警车。他们并没有太过为难她，只是押着她一直走向警车。

“放开我！”她说，“放开我！放开我！”

“她是维森特·伊尔图维的姐姐，”那警官说，“这人倒有利用价值。”

“已经审讯过她了。”另一个人说。

“就是没有严刑逼供。”

“放开我！”她说，“放开我！放开我！”她大声呼喊：“救命啊，维森特！救命啊，救命啊，恩里克！”

“他们都已经没命了，”有人瓮声瓮气地说，“都不能救你啦。你别固执了。”

“不，”她说，“他们会来救我的。死了也可以救我的。能，能，一定能！我们牺牲了的同志一定会来救我的！”

“你去看一眼恩里克吧，”那警官说，“看他还能救你吗？他现在正在那辆警车的后座上呢。”

“他现在就在向我伸手了，”玛丽亚姑娘说，“你们没看见吗，他现在就向我伸出手来了。感谢你，恩里克。感谢你！”

“我们走吧，”警官说，“这女人疯了。留下四个人守着里面的货，一会儿派一辆货车来运走。我们先带这个疯女人回局里。到了局里她会招的。”

“你妄想，”玛丽亚拽住他的袖子说，“你们没看见吗，大家都在向我伸出手来。”

“瞎扯，”警官说，“你疯了。”

“他们没有谁会白白牺牲的，”玛丽亚说，“大家都在向我伸出手来。”

“让他们再过一个小时来救你吧。”警官说。

“他们会来救我的，”玛丽亚说，“不用你操心。现在已经有数不清的人在向我伸出手来了。”

她靠着车座的椅背，坐在那儿几乎动也不动。她看上去信心坚定得出奇。在五百多年前的鲁昂镇的市场上，也有个跟她差不多年纪的姑娘怀着这样一股信心①。

玛丽亚并没有想到这一点。车上的人谁都没想到。两个姑娘一个叫贞德，一个叫玛丽亚，她们并没有其他的共同点，只是在需要的时候心中都突然涌起了这么一份出奇坚定的信心。此时挺直了端坐在车中，脸上被弧光灯照得一片光亮的玛丽亚，却让车上那群警察的心里都觉得很不自在。

车子发动了，最前面的那辆车上，坐在后座的警察们，再次把机枪装进厚厚的帆布套里，他们把枪托卸下来插进了斜兜，把枪管和把手柄装进大盖袋，弹盒则装进了小网袋里。

那个头戴平顶草帽的黑人走出屋子的阴影，向最前面那辆车打了个招呼，就一头钻进前座。如此一来，前排座上司机旁边就

---

① 指法国民族女英雄贞德（冉·达克，约 1412—1431）。贞德于英法百年战争末期重创英军，成为法国人民爱国斗争的旗帜。后被封建主出卖，在法国北部被俘。教会法庭秉承英人意旨，诬之为“女巫”，判以火刑。1431 年 5 月 30 日牺牲。鲁昂在法国北部。

坐了两个人。四辆警车一转弯开上了大路，顺着这条大路开去就是滨河大道，一直通向哈瓦那。

那个挤在前座的黑人，将手伸进衬衫里，触碰到了那串蓝色的伏都教念珠。他的手拨着念珠，坐在那儿一声不吭。

他在投靠哈瓦那警方当上间谍之前，本来是个码头工。今晚干了这趟差使，就可以拿到五十块钱。在目前的哈瓦那，五十块钱可是个不菲的数目，那黑人的心思已经没在钱上了。车子开上大堤上那灯火通明的车道时，他慢慢地稍微偏一下头，借机回眸一望，只见姑娘高昂着头，脸上散发出自豪的光彩。

黑人大吃一惊，从头到尾拨了一遍那串蓝色的伏都教念珠，紧紧地抓住不放，可是念珠也缓解不了他心中的惧怕。此刻让他心神不宁的，是一种更加古老的魔法了。

好狮子

从前有一头狮子，跟别的很多狮子一起在非洲度日。别的狮子都是坏狮子，每天吃斑马、角马，吃形形色色的羚羊。更令人恐怖的是，有时候这些坏狮子还吃人，它们吃斯瓦希里人、恩布卢人、万多罗博人，还特别喜欢吃印度商人，因为印度商人个个身肥体壮，很符合狮子的口味。

这头由于生性善良而惹人喜爱的狮子，背上长了一对翅膀。就因为它的背上长着翅膀，所以其他狮子都要拿它寻开心。

"看它背上还长着翅膀呢!"它们经常这么说，说完大家就哄堂大笑。

好狮子性格仁慈，只以意大利面条和蒜味明虾为食。"看它都吃什么呀!"它们还经常这么说。

那些坏狮子说得开怀大笑，还故意吃了一个印度商人给它看。那些母狮子就饮印度商人的血，舌头舐出哗哗的声音，好像大猫似的。它们还不时停下来对着好狮子一阵奸笑，或是狂笑一阵，顺带也对它的翅膀咆哮一气。它们都是很坏的狮子，心眼儿非常歹毒。

那好狮子却把翅膀收拢，蹲在那儿，很有礼貌地问，它能不能来一杯内格罗尼或亚美利加诺①，它从来都不喝印度商人的血，只喝这些饮料。有一天，它们抓到了八头马萨伊人的牲畜，它却怎么都不肯吃，就吃了点意大利干制面条，喝了杯波莫多罗②。

① 看似是"内格罗人"和"亚美利加人"的意思，实为两种混合酒的名称。

② "金苹果"的意思，可能是一种酒的商标名。

这样一来，那些坏心眼儿的狮子火冒三丈，其中有头母狮最坏，它的胡须上还沾着印度商人的血。它把脸蹭在草地上，怎么擦都擦不掉，马上就说："你算老几，自认为比我们都厉害十倍？你从哪儿来的，你这头吃面条的狮子？你到底来这里干吗来了？"它对好狮子咆哮一气，那些坏狮子顿时笑意全无，也都一齐咆哮。

"我爸爸住在一座好大好大的城里，它站在钟楼下，脚下有成千上万只鸽子，都是它的子民。每当这些鸽子飞起来，就哗啦啦直响，宛如一条奔腾的河流。我爸爸所在的那座城里，皇宫宝殿的数量超过了整个非洲。在我爸爸对面，有四尊大铜马，都是一脚腾空的姿势，因为它们都惧怕我爸爸的威严。

"我爸爸的那座城里，人们出行不是走路就是坐船，马都不敢进城，因为对我爸爸心存惧意。"

"你爸爸是只鹰头飞狮[1]。"那头坏母狮舔着胡须说。

"你扯淡，"一头坏狮子说，"根本没有这样的城市！"

"给我一块印度商人肉，"另一头很坏的狮子说，"这马萨伊人的牲畜是刚宰的，还不好吃。"

"你扯淡，不要脸，你这鹰头飞狮的小杂种，"那头心地最坏的母狮咬牙切齿地说，"我还不如把你咬死算了，连你的翅膀也一起吃光了。"

这可让好狮子吓得不轻，因为它见到那头母狮，瞪着黄眼睛，噗噗地上下甩动着尾巴，胡须上的血都凝结成一块一块的。因为母狮从来都不刷牙，它还闻到一股非常难闻的异味从母狮嘴里喷出来。那母狮的爪子下面，还按着几块腐烂的印度商人肉，既让人恶心，又让人感到惨绝人寰。

---

① 即格里芬，出自希腊神话。格里芬头、翼、前腿像鹰，身、尾、后腿像狮子。

“不要咬死我，”好狮子说，“我爸爸是一头高贵的狮子，很受大家尊敬，我说的都是实话。”

说时迟，那时快，那头坏母狮扑向它。可它翅膀一扑，飞到了天上，在那群坏狮子的头顶上空打了个盘旋，那群坏狮子都眼巴巴地望着它怒吼。它往下一看，心想：“这帮狮子太野蛮了。”

它又在它们头顶的空中打了个盘旋，如此一来，那群坏狮子就咆哮得更凶更大声了。然后它又突然低飞下去，好把那头坏母狮的表情看个清楚。那头坏母狮一蹲后腿站了起来，想要抓住它，可是爪子够不着。因为它是一头有素质有涵养的狮子，能说一口漂亮的西班牙语，它就说了声：“Adios①.”“Aurevoir②.”他又用标准的法语向大家大声呼喊。

那群坏狮子操着一口非洲的狮子语，叽叽喳喳地叫嚷个不休。

于是好狮子就打着盘旋，越飞越高，飞向了威尼斯。它在威尼斯广场上降落了，大家见到它都非常高兴。它飞起来，在爸爸的两颊上亲了一下，看到那些铜马依然扬着蹄子，看到大教堂，真的比肥皂泡还漂亮。钟楼仍然在老地方，鸽子都回到窝里准备睡觉了。

“非洲如何？”它的爸爸问。

“太野蛮了，爸爸。”好狮子十分难过地答道。

“现在我们这里有夜明灯了。”它爸爸说。

“我看到了。”好狮子的回答完全是一副孝顺儿子的语气。

“我的眼睛有点儿难受，”它爸爸悄悄说，“你现在要去哪儿，孩子？”

“去哈利的酒吧。”好狮子说。

---

① 西班牙语，意思是再见。

② 法语，意思是再见。

“代我问候西普里阿尼，告诉他我过几天就去结清我的账。”它的爸爸说。

“好的，爸爸。”好狮子说完，就轻轻地落到地上，改用四只脚走到哈利的酒吧。

西普里阿尼酒吧里，和以前一样。它的朋友们都还在。可是它从非洲回来，自己反倒有些改变了。

“喝一杯内格罗尼吗，爵爷？”西普里阿尼先生问。

可好狮子是从很远的非洲飞来的，它在非洲待过了就不一样了。

“你们有没有印度商人三明治？”他问西普里阿尼。

“没有，不过我可以帮你做。”

“你派人去做吧，我先要一杯马蒂尼，要纯干的[①]。”它又补充一句：“戈登金酒做的那种。”

“好的，”西普里阿尼说，“谨遵吩咐。”西普里阿尼十分有礼貌地回答。

狮子这才掉转头，看看这店里的高贵的人们，意识到自己又回到了故乡，可也总算是外出开过眼界了。它心里非常高兴。

---

① 一种以金酒为原料的混合酒，所谓“干”的意思就是不含果味或甜味。

忠贞的公牛

从前有一头公牛，名字不是费迪南德[①]，它一点都不喜欢鲜花。它就喜欢斗，跟同龄的牛斗，跟不同年龄的牛斗。总而言之，它是一头很优秀的好牛。

它的一对角坚实如硬木头，尖利像豪猪刺。角斗的时候，角根顶得很疼，它也毫不在意。它的颈背上有一大团隆起的肉，用西班牙语说叫“莫里略”，每当准备要斗时，它的这团“莫里略”就会像一座小山一样突起。它没事就要斗，仿佛它生来就是为斗而活着的。它一身皮毛黑亮而有光泽，一对眼睛明亮异常。

一旦它为了什么事而斗起来，那就一定是很认真的，就像有些人吃饭、看书、朝拜一样。它一旦斗起来，就非得置对方于死地不可。可其他牛也不怕它，因为它们都是优良品种，是无所畏惧的。不过它们也不想招惹它，更不希望跟它斗，那毕竟占不到便宜。

它并不专横跋扈，也没有坏心眼儿，可它就是喜欢斗，就像人爱好唱歌，想要做国王、当总统一样。它根本想都不想，在它看来，斗是它的天职，是它的分内事，是它快乐的源泉。

它在高高的山石坡上斗。它也在栓皮槠树下、在河边茂盛的草地上斗。它每天从河边走十五英里路去高高的山石坡上。但凡有哪头牛胆敢看它一眼，它就跟哪头牛斗。不过它从来都不

① 美国动画片大师瓦尔特·迪士尼（旧译华德狄斯耐）的一部风靡全球的动画短片，名叫《公牛费迪南德》。

生气。

说它不生气其实也不对，因为它心里还是憋着一团气。只不过它自己也不知道为什么要生气，因为它不会思考。它是一头极其优良的牛，它就喜欢斗，除此以外，它什么也不想，什么也不做。

你猜它后来如何了？它的主人（如果这种牛也有主人的话）知道这是一头了不得的好牛，但因为这牛总是跟其他牛斗，斗掉了他很多的钱便觉得很棘手。一头牛本来可以卖一千多块，可跟这头好牛斗过之后，就只能卖一百多块了，有时还卖不到这个数呢。

它的主人是个心地善良的人，他决定不把这头牛送去斗牛场上挨杀，他要留下它，让它在自己的牛群里配种。

可是这头牛也确实是头怪牛。第一次让它去牧场上，跟要配种的母牛一起相处，它却选中了其中一头年轻漂亮的。和同群的母牛比起来，这头母牛体形比较苗条，肌肉更加发达，皮毛更有光泽，是最可爱的。既然不能斗了，它就爱恋上这头母牛，看都不看一眼其他的母牛。它觉得要爱就爱得轰轰烈烈，就爱得专心致志，它只想和这头母牛在一起，对其他母牛根本视如敝屣。

原本那养牛的牧场主还等着这头牛会有所改变，会开窍儿。可这头牛就是固执，它就是只钟情于自己所爱的那头母牛，不爱其他母牛。

于是，牧场主就把它和另外五头公牛一起送去斗牛场上挨杀。尽管这头牛对母牛忠贞不渝，但斗起来还是有两下子的。它在场上斗得非常出色，观众都赞不绝口，不过最佩服它的应该还是宰杀了它的那一位。专业术语叫作剑手，斗牛结束时，他的斗牛士紧身衣已经被汗水浸湿透了，嘴巴也干得很厉害。

“Que toro más bravo[①].”剑手把剑交给助手的时候，他如是说道。只能剑柄朝上拿着剑，剑锋上还滴着血呢，每一滴血都是从这头勇敢的公牛的心脏里流出来的。如今，那头牛正被四匹马拖出斗牛场去呢。

“是啊！这就是比利亚马约侯爵的那头奇怪的牛，就因为它对一头母牛忠贞不渝，爵爷只能把它处理掉了。”那个无所不晓的助手说。

“我们做人恐怕也要忠贞些才好。”那剑手若有所思地说。

① 西班牙语，意思是这头牛真是太勇敢了。

得了条明眼狗

“后来我们怎么样了？”他问她。她就都告诉他。

“这段往事，我怎么没有任何印象，一点儿都不记得了？”

“你还记得游猎队临走时的情况吗？”

“应该记得，不过现在却想不起来。我只记得有很多女人头顶着水罐，顺着小路去河滩上打水；我还记得有个伢子赶一群鹅到水里，一次又一次地赶；我还记得鹅都走得慢吞吞的，总是刚一下去就又回来了。知道吗，当时的潮水也涨得很高，河边的低地上是一片黄色，航道是从远处的岛前经过。风不停地吹，没有苍蝇，当然也没有蚊子。头顶是屋顶，脚下是水泥地，用支杆撑着屋顶，所以很透风。白天一直都非常凉爽，晚上更加凉快。”

“你还记不记得，有一次遇到低潮，一条大独桅船，倾斜着船身开进来的，有多恐怖，多惊悚吗？”

“记得，我记得这样一条船，船上的人全上岸，顺着河滩上的小路走来，那群鹅见了他们胆怯，女人见了他们也很胆怯。”

“那天我们打到了很多鱼，可是因为风大浪大，就只能回来了。”

“我还记得。”他看起来异常兴奋。

“你今天已经回忆起很多了，”她说，“不要用脑过度了，以免头疼。”

“可惜的是当时你没能弄架飞机去桑给巴尔，”他说，“当时我们住的那片河滩上，顺着河滩再往里面去，里边倒是很适合停飞机的。飞机在那儿降落、起飞，都没问题。”

“我们随时都可以去桑给巴尔，你今天就不要太操心去回忆了。不然我给你念篇文章听听？过期的《纽约客》杂志里，经常有些我们当时没注意的好文章。”

“不，请不要念，”他像是恳求我说，“说说话吧。谈谈以前的好时光。”

“不然给你讲一下外面的情况？”

“外边在下雨，”他了无兴趣地说，“这我知道。”

“很大的雨呢，”她对他说，“这种天气，游客是不会出门的。风也刮得很厉害，我们还是去楼下烤烤火吧。”

“也好。我早就对他们不感兴趣了。我只是想听他们说说话。”

“有些游客非常讨厌，”她鄙夷地说，“不过也有比较文雅的。在我看来，其实应该说来托尔契罗①旅游的游客是最高雅的。”

“这话也不是全无道理，”他说，“我倒没有想到过这些。真的，如果不是万分高雅的游客，到这里来，确实没有什么好看的。”

“你要不要来一杯酒？”她说，“你知道我是干不好这护理工作的。我没学过护士，也没有这经历。不过我会调酒。”

“那就喝一杯吧。”

“你喝什么？”

“都可以。”他说。

“我先保密。我下楼去调。”

他听见房门打开又关上，听见她走下楼时的脚步声，心想：我一定得让她出去做一次旅行，我一定要想个好办法办到这事，我还得找个切合实际的由头。我是只能这样过一辈子了，我一定要想办法，一定不能因此而毁了她一辈子，毁了她的所有。

虽说就体质而言，她也不怎么样，但这段时间以来她倒是一直很健康，勉强能算得上好。只是要保持每天没有病痛，劲头是一点儿不错的。

① 意大利威尼斯湖中的一个小岛。

他听见她上楼了，他能听出她手里端着两杯酒时的脚步声，跟刚才空手下楼时已经不一样了。她听见了雨打在窗户玻璃上的声音，闻到了壁炉里山毛榉木柴燃烧的气息。她走了进来，他伸手去接，手碰到酒杯握住，还跟她碰了下杯。

“是我们到这里来以后最爱喝的那东西，”她说，“堪培利①配戈登金酒加冰块。”

“太好了，你不学那些油腔滑调的姑娘，她们不好好说‘加冰块’，偏偏说‘埋几颗暗礁’。”

“我不会这样说的，”她说，“我永远不会这样说。我们以前都‘触过礁’，忌讳着哩。”

“既然命运已经如此了，难以挽回，那我们就要努力坚持下去，”他全都记起来了，“你还记得我们是从何时开始忌讳那种话的？”

“在我弄到那头狮子的时候。这头狮子壮实不壮实？我好想再见它一面。”

“我也是。”

“啊，抱歉。”

“你还记得我们是从何时开始忌讳那句话的吗？”

“我刚才又差点儿说漏了嘴呢。”

“你知道，”他对她说，“我们能够在这里也很庆幸。我还清楚地记得当时的情景，一切都记忆犹新，一切都像刚发生的那样。我还是第一次用这句成语，以后也要忌讳了。可当时的情景实在是太美了。现在我只要听到雨声，眼前就能浮现出雨点纷纷打在石子路上，纷纷滴落在运河里和湖面上。我还知道，刮什么样的风时树就怎么弯，在哪种的天色下教堂和塔楼是哪种景色。哪有比这儿还适合我的地方呢，这儿真的非常完美，非常和谐。

---

① 堪培利是意大利的一种酒。

我们有不错的收音机，有不错的磁带录音机，我一定要写出以前没写出来的好文章。有了这录音机，只要肯努力，每字每句都能改到称心为止。我可以慢慢来，只要嘴里说这么一字一句，眼前也就豁然开朗了。即使有什么不对的话，倒过来一听就能听出来。我还可以重新再来，字斟句酌，修改到心满意足为止。亲爱的，这里有太多优点了，真是非常理想。"

"噢，菲利普……"

"嗐，"他说，"双眼漆黑也不过如此。这跟真正处在黑暗中的感觉不一样。我的心里看得非常清楚，我的头脑也在一天天好转，我能记起以前的事了，我还能自如地运用我的想象力。你等着看吧。今天我的记忆力不是有所提高了吗？"

"你的记忆力一直都在不断提高，你的身体也在一天天健壮起来。"她也感同身受。

"我身体很健壮，"他说，"我看你能不能……"

"能怎么样？"

"能出门一趟，换个环境，去休息一段时间。"

"你不要我了吗？"

"我当然需要你了，亲爱的。"

"那为什么还要赶我出门去呢？我知道我对你照顾不周，不过有些事别人是干不来的，我却能干，而且我们早就彼此相爱了。你爱我，你知道的，还有谁能像我们这样相惜、相知、相爱无悔的呢？"

"我们在一片漆黑中过得很幸福。"他说。

"我们在大白天也过得很幸福的。"她说。

"你知道，我倒挺喜欢这样双眼漆黑的。从某些角度看，这倒比原来要好。"

"别把高调唱过头了，"她说，"何必呢，装得有多胸怀宽广似的。"

“你听听雨声，”他突然停了下来，过了一会儿，又说，“现在潮情怎么样了？”

“退得很低了，再刮一次风，水位就更低了。差不多都可以走着去布拉诺[①]了。”

“如此说来只有一个地方能走着去了，”他说，“鸟多不多？”

“大多数是海鸥和燕鸥。都在沙洲浅滩上栖息，风大，飞起来受不了。”

“没有其他水鸟吗？”

“有一些，风这么大、这样的潮位，平时被淹没的沙洲浅滩都冒出水面了，水鸟都在那儿踏沙漫步，挺悠闲的呢。”

“你看春天是不是就要来了？”

“我也说不准，”她说，“不过看这样子肯定还不会。”

“你喝完酒了吗？”

“快喝完了。你怎么不喝？”

“我要留着慢慢品尝。”

“喝了吧，”她说，“你一滴都不能喝的时候，不是难受得要命吗？”她对他说。

“不，我告诉你，”他说，“你刚才下楼去的时候，我就寻思着：我觉得你可以去巴黎，再从巴黎去伦敦，去看形形色色的人物，去痛痛快快地玩玩，等你回来肯定到春天了，那时你就可以把一切原原本本地讲给我听。”

“不行！”她说。

“我觉得这么做，才是挺明智的，”他有些决绝地说，“你知道，我们也不是一天两天处在这种棘手的处境了，我们要试着调整自己的生活节奏。再说我可不希望把你累垮了。你知道吗？”

“你别老这样说‘你知道’‘你知道’的行不行？”她快要急

① 威尼斯附近的一个市镇，在岛上。

出眼泪来了。

“你听懂了吗？这可是我们目前最重要的事。至于说话嘛，我留神学着点儿就是，一定不让你听了生气。等你回来听到了，可能还会让你欣喜若狂呢。”

“你晚上怎么办？”

“晚上容易解决。”

“我就知道你会说容易解决！你可能连睡觉都学会了吧。”

“我会学会的，”他对她说，这时才喝下半杯酒，“这也是我的一部分计划。你知道我这计划有这些好处：你去玩好了，我也就安心了。这样，我这辈子第一次问心无愧，自然就睡得安稳了。我拿个枕头，代表我那颗没有愧疚的心；我抱着它，就会慢慢睡着的。就算醒来，我可以去想一些甜蜜的、美好的念头；要不就想想自己有哪些不好的地方，好好下定决心改正；再不，就回忆一下以前的事。你知道，我唯一的希望就是，你去开开心心地玩。”

“请你别再说‘你知道’了。”

“我一定尽量留意不说。我已经当这三个字是忌讳了，只是一不小心，就说漏嘴了。总之我不想要你只是起一只明眼狗[①]的作用。”

“我才不是这种人呢，你难道还不知道吗？何况，那也不叫明眼狗，应该是‘明眼’导盲狗。”

“我知道，”他对她说，“坐到我身边来，好吗？”

她就过来靠着他在床上坐着，两个都只听见雨点紧锣密鼓地打在玻璃窗上，不再言语。他很想不用盲人的姿势，去抚摩她的

---

① 美国新泽西州莫里斯敦有一所训练导盲犬的基地，招牌叫“明眼”，意思是盲人有了导盲犬就可以和明眼人一样。所以这种狗正确的说法应该叫作“明眼”导盲犬（seeing－eyedog），叫明眼狗（seeing－eyeddog）便产生了歧义，因此下文要加以更正。又：本文的题目故意用错误的说法——明眼狗。

头和她漂亮的脸蛋，可如果不这样，他又要怎样才能摸到她的脸呢？他把她紧紧抱住，亲吻她的头顶。

他想：我只好改天再劝劝她了。我一定不能乱来。她摸起来是那么的可爱，我爱死她了，我给她造成了那么大的损失，我一定要学会好好地照顾她。我只要想到她，一门心思恋着她，事情就都会圆满解决的。

“我再也不会老是把‘你知道’‘你知道’挂在嘴上了，”他对她说，“我们就把这当成是一个新的开始吧。”

她摇摇头，他感觉到她在颤抖。

“你想说什么，就尽管说吧。”她说着亲了亲他。

“别哭，我的好姑娘。”他说。

“我不可以让你睡觉时抱着臭枕头。”她说。

“好！那睡觉时就不抱臭枕头。”

他心里默默地命令自己：停下来！快停下来！

“哎，听我说，”他故作开心地说，“我们快去楼下，去炉边的老位子上，舒舒服服地坐着，一边吃午饭，一边听我给你详细说说，说说你这猫是多么好，我们这对猫是多么幸福。”

“我们是真的很幸福。”

“我们会安排好一切的。”

“我就是不想被人赶走。”

“你怎么会被人赶走呢。”

可是，扶着扶手，战战兢兢地一步一探往楼下走的时候，他却在心里琢磨：我要让她去，要尽快想个办法让她去，可一定不能伤害她的感情。因为这事我做得的确不怎么厚道，确实不怎么厚道。可不这么做的话，我还能怎么办呢？无计可施啊——他心里想。真的是无计可施。不过，走着瞧吧，也许慢慢地，你就会想出办法来的。

人情世故

那盲人把酒馆里每一台吃角子老虎机的声音都听得滚瓜烂熟。我不知道他用了多长时间，才做到听熟这些机器的声音，不过我猜想，这时间是肯定不会短的，因为他老是跑一家酒馆。他常去的镇却有两个。他总是要等天完全黑下来，才离开下等公寓，一路步行来杰塞普镇。听见汽车从大路上开来，他便站在路边。车灯照到他之后，人家或许会停下，让他搭顺风车；或者根本不理他，径自在结冰的大路上扬长而去。那得看车上有多少人，有没有女客而定，因为那盲人身上有一股相当难闻的味，尤其是在冬天。不过，总会有好心人停下来让他搭车，因为他终归是个盲人啊！

大家都认识他，叫他“盲公”。在那里，这样称呼一个盲人完全是表达善意。他赖以生存的那家酒馆叫作“向导”。相邻的也是一家酒馆，也同样设有赌博设备和餐厅，这家酒馆叫作“食指”。

两家酒馆都以山名为招牌，办得都很不错，卖酒的吧台也都是古典风格，两家连赌博的设备也大致相似，如果不看招牌，你还以为是一家人开的两个分店呢。只是在“向导”馆可能会吃得更加心满意足，但“食指”馆却有一道牛排完胜对方，上桌时还会发出嗞嗞的声音呢。而且“食指”馆通宵营业，连带着做早市，从天亮一直到上午 10 点喝酒都是免费。杰塞普一共就这么两家酒馆，照理说也没必要来这一套。不过这两家酒馆，历来就是这种规矩。

“盲公”之所以会选中“向导”馆，大概是因为那儿走进店门，在卖酒的吧台的正对面，就有一排吃角子老虎机在左手边靠墙一字儿排开，因此他容易掌握这儿的吃角子老虎机的情况，不像“食指”馆，地方大，空处多，吃角子老虎机到处分散着。

这天晚上，外面奇寒无比。他脸色难看，从店门跨进来，八字胡上挂着冰丝，从双眼流出的黄水也凝成了小冰条。连他身上的异味都被冻住了，不过那也只是一会儿工夫的事，等店门关上，他的气味几乎立刻就散发开来了。

我一向不怎么忍心看他，不过这天还是很仔细地看了他一眼。因为我知道他总是坐顺风车来的，实在搞不懂怎么会被冻得这么狼狈。我既关切又好奇地问道：

“你从哪里走过来的，‘盲公’？”

“威利索耶的车子开到铁路桥下就把我丢下来了。之后没有车子来，我就徒步走来了。”

“他为什么要丢下你呢？”有人问。

“说是我有难闻的气味。”

有人在拉吃角子老虎机的扳手了，“盲公”立马竖起耳朵，仔细聆听那飞轮呼呼转动的声音。结果没有得彩。“有没有什么大款在玩？”他问我说。

“你没听见吗？”

“还没听出来。”

“一个大款也没有，‘盲公’，今天是星期三。”我告诉他。

“我知道今天是星期几，还需要你来告诉我吗？”“盲公”似乎对我的回答颇为不满。

“盲公”顺着那一排吃角子老虎机走过去，按顺序在漏斗下的底盘里掏了一圈，看看有没有人家遗落的硬币。那是肯定没有的，不过照惯例，这是他的首要行动。他回到吧台前，又来到我们这里，阿尔钱尼想请他喝酒。

“不喝了，”“盲公”说，“七弯八拐的，我得当心哪。”

“怎么会七弯八拐的呢？”有人问他，“你不是一条笔直的路出了酒馆就可以一直回到公寓。”

“我走过的路那么多，”“盲公”说，“说不定就要动身，还要这么七弯八拐地走咧。”

有人在“吃角子老虎”上得了彩，不过不是大彩头。可“盲公”还是走到那边。那台“吃角子老虎”吐出的是两毛半的硬币，有个年轻人在那里玩，心不甘情不愿地扔给了他一枚。“盲公”摸了摸，才放进兜里。

“谢谢，”他说，“保证你有去就有来。”

那年轻人说：“希望如此吧。”然后又按下一枚硬币在“老虎”口里，往下拉一下扳手。

果然，他又得了彩，这一次得的还真不少。他抄起一大把硬币，递了一枚给“盲公”。

“谢谢，”“盲公”说，“你运气很好啊！”

“我今晚走运了，”那个扳“吃角子老虎”的年轻人说。

“你走运也就是我走运。”“盲公”说。那年轻人就又接着往下扳，可是之后他就再没得过彩，“盲公”站在旁边，着实太难闻，样子又非常难看，最后那年轻人只好停下来不玩了，来到了吧台前。“盲公”是不会知道的，事实上他是被“盲公”赶跑的，因为年轻人什么都没说。所以“盲公”只是用手在吃角子老虎机里又掏摸了一下，就在那儿站着，等着新来的酒客来赌了。

轮盘桌上还没开张，骰子台上也还没开张，扑克牌桌上只有几个管赌台的在那儿坐着相互打闹。虽然不是周末，但这样生意清冷的夜晚，在镇上倒也实属罕见，一点儿也不热闹。除了吧台，整个酒馆压根儿一点儿生意都没有。只有吧台还是个舒适的地方，本来在“盲公”进店以前，也并不讨厌这个酒馆。现在大家却都在心里暗自琢磨：还是去隔壁“食指”馆吧，不然就干脆拍拍屁股回家。

“想喝点儿什么，汤姆？”掌柜弗兰克问我，“本店赠送你一杯。”

“我想要走了。”

“喝一杯再走吧。”

“那就老规矩，掺点水吧。”我说。弗兰克又问那年轻人要喝什么，那年轻人穿着一身很厚的俄勒冈都市装，戴着一顶黑色的帽子，胡子刮得精光，脸上都长冻疮了，他要了一样酒——老福雷斯特牌的威士忌。

我冲他点一下头，举了下杯子，两个人就都慢慢品着。“盲公”在一排吃角子老虎机的那边。我想，他心里可能也多少知道：要是人家看见他站在门口的话，估计就没人进来了。尽管如此，他却不觉得不好意思。

“这人的眼睛是怎么瞎的？”年轻人问我。

“我也不知道。”我说。

“他可能是打架打瞎的吧？”那陌生的年轻人说完，还摇了一下头。

“的确，”弗兰克说，“就是那次打了一架，从那之后他连说话的声音都变得尖锐了。跟他说吧，汤姆。”

“我可没听说过这件事。”

“啊，对，你不可能听说的，”弗兰克说，“哪会听说过呢？那时你估计还没来这镇上呢。先生，有天晚上，也像今晚这么冷，估计更冷一些。那一架打得很利落。我没看见是怎么起的头，反正后来就看到他们从‘食指’馆里面一路打着出来。一个是黑仔，就是现在的‘盲公’，另一个年轻人叫威利索耶，他们拳脚相加，磕膝盖，抠眼睛，牙齿咬，什么动作都有，我看见黑仔的一只眼睛掉出来，在脸颊上挂着。他们就这样在冰封的路上打，吓得我们都想躲起来。当时路上还堆着很高的积雪，我们和‘食指’馆两家店里面的灯光把路上照得灯火通明。威利索耶只顾着抠眼睛，后面有个叫霍利斯桑兹的还替他加油呐喊：‘快咬下来！像葡萄那样咬下来！’此时黑仔也咬住了威利索耶的脸，很大一口，猛地一用力，就咬了一块下来，马上又咬了很大一口下去，两块肉都落在冰上。威利索耶为了使他把嘴松开，只管死命地抠他的眼窝，后来只听见黑仔哇地惨叫一声。你知道吗？我从来都没听到过那么凄惨的声音，比杀猪还恐怖呢。”

“盲公”此刻早已悄悄地出现在我们的身后，我们闻到了他身上的味道，都把脸转过来。

“‘像葡萄那样咬下来’，”他尖着嗓音说，双眼直直地对着我们，头在来回摆动，“那是挖出我的左眼，他又一声不吭地弄瞎了我的右眼。等到我什么都看不见了，就狠狠地踩我。他这就干得不厚道了。”说着拍拍自己身上，仿佛是在讲述别人的故事。

“我那时打架还挺厉害的，”他平静而凄然地说，“可还没等我反应过来是怎么回事，就已经被他干掉了一只眼睛。我敢肯定，如果不是因为碰巧，哪有那么容易被他弄瞎？就这样，”“盲公”的语气里并没有一点儿埋怨的意思，“我打架的日子就此终结了。”

“给黑仔来一杯。”我跟弗兰克说。

“我的名字是‘盲公’，汤姆。这是我自己争取来的名字。你们亲眼看见我怎么争取的。知道吗？把我眼睛咬瞎的那个人，正是今晚在半路把我赶下车的那个家伙。我们一直都没有和好。”他有些激动了。

“你把他打成什么样了？”那个陌生的年轻人问。

“啊，你在这附近总会看见他的，”“盲公”说，“你一看到他肯定能认出来。我现在不说，等你见到了大吃一惊吧。”

“你最好还是别看见他，以免睡不着觉。”我对那陌生的年轻人说。

“你不知道，我之所以偶尔想见见他，就是因为这个原因，”“盲公”说，“我倒真想要能好好看他一眼。”

“你知道他变成了什么样子的，”弗兰克对他说，“你有一次走到他面前摸过他的脸。”

“今晚又摸了，”“盲公”高兴地说，“他就是因为这个原因赶我下车。这人一点幽默感都没有。我跟他说，今晚天这么冷，他为什么不多穿一些，小心冻到了脸上的肉。我只是想善意地提醒他，可他根本听不出来我是开玩笑的。你们知道，威利索耶，这个家伙永远都不会懂人情世故。”

“黑仔，本店请你喝一杯，”弗兰克说，“我没有便车送你回去，因为我就住在附近。那你今晚就在我这店堂后面睡好了。”

“那就谢谢你了，弗兰克。只是拜托你不要叫我黑仔。我早就不叫黑仔了。我的名字是‘盲公’。”

“喝一杯吧，‘盲公’。”

“好的。”“盲公”说着，伸出手来，接过杯子，很准确地冲着我们举了一下酒杯。

“那个威利索耶，可能已经一个人回家了，”他说，“他也真是的，连说句笑话开个玩笑都不会。”

度夏的人们

从霍顿斯湾镇外一条小石子铺成的路可以去湖边，一口清澈的泉水在中途路的边上汩汩而出，一个不起眼的瓦沟里冒出水来，漫过瓦沟边的裂口一直往外流淌，一路流过茂密的薄荷地，最后流进一片沼泽地里。热得受不了的尼克忍不住把手伸进泉水里，夜晚泉水冰凉，尼克却一直把手伸进水里直到胳膊凉到受不了，所以他缩回胳膊，在路边坐下。手伸进水底时，感觉指尖上有翻滚的沙子从泉眼里喷出来，细细的好像很轻很柔的羽毛拂过。尼克想：我要是全身浸在里边那该有多好啊。那肯定比按摩还要舒服。

在路的那头，一栋白色的住宅坐落在疏密相间的树丛中，那就是比恩的家。在摇曳的枝叶下，隐隐露出屋下几根支撑的脚桩，这座小楼临水而立。忙碌了一天的人们，都在那儿游泳放松呢。他忽然看到一辆汽车停在仓库旁边的路上，他知道这是奥德加的，奥德加追求着凯特，他们一定在那儿，他就更不想去码头上了。他恼怒这个奥德加，两道炽热的目光总是朝凯特瞟去，那眼神让尼克很不舒服。他也不看看自己那副模样，一点儿也不识趣，难道凯特会看上他？这种人如果想来跟她“好”的话，凯特不会给他好脸色，心里是厌恶的，只想离他更远，怎么会嫁给他呢？可是奥德加如果想要打动她，应该投其所好，凯特也许会慢慢接受了，就会对他热情，不会只想逃离了，没准她会敞开心扉，舒展自己，愉快地、开开心心地和他交往。但那还不是爱情，奥德加以为那就是爱情开始了，老是激动，经常把眼睛睁得很大。这样一来凯特怎么会接受，吓得连碰都不让他碰了。事情就全坏在他急于求成，结果适得其反。奥德加很快意识到了自己的缺点，希望凯特能理解他，请求跟以前一样两人做朋友。一起在沙滩上追逐嬉戏，做做泥人，有时坐条小船一起游玩。凯特喜欢穿游泳衣在沙滩上玩，无奈的奥德加，总是忍不住用充满了爱意的眼神去瞅着凯特。

奥德加为人非常不错的，待尼克很好，从来没有人对他这么好的。奥德加其实今年才三十二岁，他不幸患有精索静脉曲张，不得已动过两次手术。所以他模样难看，看上去比实际年龄显老，有点不堪入目。奥德加非常懊恼大家都把他当稀奇看，在这阴影里始终走不出来，他非常难过，这是无法改变的事实啊。因此他怕过夏天，看见别人投来异样的目光时，他的心里难受极了，心情一年比一年变得更坏。尼克觉得他怪可怜的，他同情到也想去体会下那种滋味。哦，这可不能让奥德加知道，知道了没准会气得自杀的。但是像奥德加这样的人怎么可能和自杀连到一块儿呢？他不可能那么干的。他对待感情是执着的，而且言行一致。奥德加总以为爱情就是一切。其实，奥德加对凯特付出了很多，大家都是看在眼里的，感情的事就是要在心灵上给予关怀和呵护，让她明白你的真心。并且还得有个过程，得用时间和行动来慢慢打动对方，多说好话，也得冒些风险，掌握好分寸，得体贴对方，可不能一开始就用力过猛，那样只会吓坏了人家。总之还得看对方对你的行动是否动了心，是否有了好感，如果答案是肯定的那么就可以适当接近，可以用开玩笑的方式来消除对方的害怕。只要对方心里不抗拒了，事情也就顺利了。如果只是一厢情愿地爱，那才是叫人害怕的。试想没任何过程怎么会产生爱情呢？除非他是尼古拉斯·亚当斯，能够如愿以偿，因为他身上有一种独特的魅力和强大的力量。

而爱情这种力量也许是长久的，也许会转眼即逝。在尼克心里还是很同情奥德加的，要是尼古拉斯·亚当斯的能力能分点儿给奥德加，助他在爱情方面一臂之力也不错。要不，传授点儿经验给奥德加听听也好嘛。不过别忘了，不能对人无话不谈啊，对奥德加尤其如此。不，也不光是对奥德加。对任何人都应当保持一份必要的戒心，你看天下许多事情都是坏在了说得太多上，也就惹来了无数麻烦。而他就犯了这个最大的毛病，才把那么多好事搞砸了的。当然，对于普林斯顿、耶鲁和哈佛大学里的童男子，我们还是应该多讲讲的，这样他们才能了解到更多知识。也许是男女同校的原因吧，其他许多州立大学里已经没有一个童男子了。因为他们有许多机会接触异性，要是遇上了心仪的姑娘，彼此觉得有缘合得来，他们也就结合在一起了。想一想像奥德加、哈维、迈克以及许多这个年龄阶段的小伙子，他们也许还未体验和感受过爱情吧，他们的爱情又会是怎么样的呢？这他就不得而知了。毕竟他们还处于青涩的年龄，见得少。只知道一点那就是他们是世上最好的人。他们将来会怎么样，谁也无法预见！许多事情都没经历和体验过呢，他懂事才不过十来年，怎么可能像哈代和汉姆生①那些著名的大作家能写出那么多呢？他可没这本事。等他好好磨炼几十年，到了五十岁再看能不能写出惊世骇俗的作品，或许能吧。

在黑暗中他沉默了许久，跪下来，双手捧起清凉的泉水大大地喝了一口。也许是喝得太猛了，把眼睛鼻子都刺痛了，他只要喝水的时候鼻子没在水里就会有种感觉。夜晚的泉水很冷，喝下去感觉像吃了冰激凌一样精神为之一振。

---

① 哈代（1840—1928）：英国作家，他是横跨两个世纪的作家，早期和中期的创作以小说为主，继承和发扬了维多利亚时代的文学传统；晚年以其出色的诗歌开拓了英国20世纪的文学。《德伯家的苔丝》的作者。汉姆生（1859—1950）：挪威作家，1920年诺贝尔文学奖获得者，《大地的成长》的作者。

他仰望着漆黑的夜空，他相信自己将来一定能成为一个伟大的作家。他也感觉自己比别人懂事，大家都比不上他语言表达和写作上的天赋，这一点，至少周围没人能比上他。只是现在他懂的事和经历的还不够多，将来一定会多起来的。他对自己完全有信心，也相信自己能做到。唉，还是游泳去吧。与其这样胡思乱想耽搁时间，不如和大伙儿一起玩。于是他向前面走去，沿途路过了汽车和左边的大仓库（一到秋天这里丰收的大批苹果和土豆都装船运走），又经过了比恩家那独特的白色住宅（大伙儿有时就点亮了提灯聚在宅子里的硬木地板上载歌载舞），一直走上码头，来到了大家游泳的地方。

此时大伙儿都泡在水里聊天嬉闹，身体在水里就像鱼一样自由地荡来游去。尼克沿着架在水面上的粗木条向码头走去时，只听见长长的跳板发出了噔噔两响，接着“扑通”一声。水花四溅，就听见码头底下哗哗啦啦一片水声激荡。他想：这位肯定是“老吉”① 了。哪知冒出了水面的却是凯特，浑身湿漉漉的攀着梯子上岸来了。

“韦姆奇②来了”，凯特朝大伙儿喊道，“韦姆奇。一块儿来吧，可好玩着哪！”

“嘿，韦姆奇！”“老兄哎，你怎么来了呢？”奥德加说，“真是有趣极了。”

“韦姆奇你在哪儿？”“老吉”的声音从很远的地方传来，看来他已经游得很远了。

“我猜韦姆奇你这家伙不会游泳吧？怎么跑过来了？”水面上传来比尔深沉的男低音。

尼克一听就来了劲儿。谁说我不会游泳，我这不是来了吗？

---

① “吉”是个外号，原意为印度液体奶油。

② 尼克的外号。

咱们来比试比试，谁怕谁啊！他立刻蹬掉了帆布鞋，一把脱下衬衫，三两下便踹掉了长裤。光着脚踩在码头的木板条上，感觉还沾着沙子呢。于是他几步跑上软软弯弯的长跳板，脚在跳板上使劲儿地用力一蹬，整个人就被弹起来，顺顺溜溜一下子钻进深水里，水花几乎没有溅起，直接潜入水底。他通常临跳前会深深地吸一大口气，那样到了水里他就潜得比较深比较久，在短时间里是一点儿问题也没有的。然后使劲往前洑，弓起了背并且把脚伸直，像鱼儿一样不停摆动着。一会儿冒出了水面，一会儿潜下去，一会儿面孔朝下，在水上漂浮了一阵，又一翻身，睁开眼来，平仰在水面。他对游泳不感兴趣，只对跳水有兴趣，而只有在跳水的那一瞬间他才感到兴奋，用力扎到水里时，他觉得自己忘记了一切，只感受到水带来的冲击。

“怎么样，韦姆奇？”突然从背后传出个声音，原来“老吉”就在他的背后。

“非常有劲儿。”尼克说。

他再次吸了一大口气，身子一弯曲两手抱住脚脖子，然后把膝头弯在下巴下，整个人像虾米似的缩成一团，缓缓下沉到水里。慢慢感受着水的温度，水的上层是暖和的，可是再往下沉去，感觉水很快就变凉了，如果继续沉下去便有点儿冷了。当接近水底时那简直是非常冷，冷得人的心都会缩紧了，尼克觉得受不了这个温度了，于是赶快潜到了水底。湖底是软软的泥灰土，他一伸腿，脚在湖底上用力一蹬，“嗖”的一下就蹿出了水面。他扭头一看周围是黑沉沉的一片，除了听见哗哗的水声，其他什么都看不见。尼克就浮在水面上歇歇气，慢慢地有一脚没一脚地踩踩水，他觉得在水里这么漂着真是惬意自在啊！而奥德加和凯特还在码头上有说有笑呢。

“听说有的海里会发磷光？你游过那种水吗，卡尔？”

“没有呢。”奥德加只要一跟凯特说话，就显得特别温柔，连声音都不自然了。

尼克心想：真是那样的话，恐怕我们一见阳光身上就会燃烧了，道听途说啊所以他不打算再听他们谈话了，于是吸了一大口气，把膝头屈起，两手紧紧一夹，直接就向水底潜去，这一次他没有闭上眼睛。他慢慢地下沉，开始还有一点儿偏，就比较缓慢，于是换了个姿势笔直沉下去。可是因为天黑了在水里什么也看不见，看来自己第一次闭着眼是对了。这一次他不打算沉到底，感觉大概到中途了就开始往前游了，一直游到凉水层里，紧靠着湖面的暖水层。虽然是夏天但湖底的水依然很冷。他觉得在水下潜泳可是悠然自在的，他不太喜欢在水面上游，总认为水面上比较乏味，可要是在大海的海面上游泳那又是很有趣的，这是由于海水浮力比较大的缘故吧。但是水里有股盐卤味，苦咸苦咸的，而且在海水里游泳口渴得十分厉害。相比较还是在淡水里游好些。感觉水比较柔和。像今天这样的天气，晚上天热，泡在水里有多好呢。他上来换气，钻出水面一看，发现自己正好就在码头边上跳板的那个位置，于是就攀着梯子爬了上去。

“嘿，韦姆奇，给我们来个跳水表演好不好？”凯特说，“跳一个漂亮的。”他们背靠着一个大木桩正坐在码头上休息呢。

“要不溅水花的也行，老兄。”奥德加说。

“好吧。”

尼克来到跳板上，夜色中他摆好了姿势，只见一个黑黑的身影一跃而下，动作是那么优美。其实，他跳水是靠仔细看海獭学会的。在水里尼克一个漂亮的转身就往上游去，心想：唉，要是凯特能跟我在一起游泳该有多好啊。可是讨厌的奥得加一直在她身边。他一下蹿出了水面，糟糕，眼睛里、耳朵里全是水，主要是他透气透早了。

“太精彩了，简直太棒了。”凯特在码头上欢呼道。

湿漉漉的尼克攀着梯子上来了。

“他们两个家伙游哪儿去了呀?”

“都游到很远的湾里去了。”奥德加说。

尼克感觉累了，顺便就挨着凯特和奥德加的身边躺下。这时听见了“老吉”和比尔在远处说话和划水的声音。他们两个竟然游了这么久还不累。

“你的技术可以和跳水运动员媲美了，韦姆奇。”凯特看着尼克说道。偷偷拿脚在他的背上触了触。被她这么一触，一股异样的感觉传遍全身，尼克不由得浑身一颤。

“哪儿的话呢!”他说。

“你跳得真的是好极了，韦姆奇。”奥德加竖起大拇指说。

“哪儿呀!”尼克笑笑说，然而心里却无比得意。他在想，要是带上个人，牵着她的手一起伏在水下。然后踩着这湖底的沙子一起追逐，玩累了又一起浮出水面换口气再下去，这样多惬意呢。其实，只要懂得窍门、水性好的要下去是很容易的事。当初为了练习水下呼吸，他在水下干了许多别人都没干过的事，比如喝过一瓶牛奶，吃下一根香蕉。不过要做到这些必须克服水下的浮力，比如找块石头抱着，比如湖底能有个什么圆环，能用胳膊钩住，那样在水下想干什么都容易了。哎呀，胡思乱想一些什么呀，这怎么可能呢！到哪儿去找那样的姑娘，再说就算找到了这么一个会游泳的姑娘，人家也不一定干得了这个呢，姑娘家一般都只会简单的游泳，她们怎么会有难度的潜水呢？潜水的话估计会喝一肚子的水，要是凯特的话准会被淹死，那时救她都来不及呢，凯特基本上没有一点儿水下功夫，唉，真希望这世上能有那样的姑娘，即使有那样的姑娘，那也得自己能够遇到才行，可能永远也没有，除了他还有谁有这样的水下功夫？像他这样的好水性方圆几十里也很少有，哼，会游泳也不算什么本事，听说在伊万斯顿[1]有个家伙，可以在水下憋气六分钟，但是这人神经肯定有问题。尼克想要是自己能做条鱼，那就没人敢和他比了。不不，那成了一条鱼的他还有什么好呢。他自己忍不住笑了出来。

“什么事这样好笑啊？说来听听，韦姆奇。”奥德加沙哑着他那破嗓子说道，他的声音就是那种表示跟凯特想亲近的那种，怪怪的。

“我真想自己能变成一条鱼。”尼克说。

“你小子这都想得出来。”奥德加哈哈大笑说。

“有什么不可以？”尼克说。

“别老说蠢话了，韦姆奇。”凯特说。

“你不想做条鱼吗？天天在水里游泳，那样夏天就不热了。”他头枕着木板、背对着他们说。

“不想，我没想过，”凯特说，“至少今天晚上不想。”

尼克悄悄移动了下身子，用背紧紧地顶住了凯特的脚。

“奥德加，你难道没想过自己变成一个什么动物吗？真那样的话你愿意变作什么呢？”尼克说。

“我想变成约·皮·摩根[2]。”奥德加说。

“亏你想得出来，奥德加。”凯特说。尼克却明显感觉到了奥德加一脸得意。

“我倒想能变作韦姆奇。”凯特调皮地说。

“你算了吧，做韦姆奇的太太也没有这可能性。”奥德加幽幽地说。

“韦姆奇怎么会有太太呢。”尼克说。他用力鼓了鼓背部的肌

---

① 芝加哥以北的一个城市。

② 约翰·皮尔庞特·摩根（1837—1913）：美国大金融家、铁路巨头。其子同名（1867—1943），也是金融家。

肉暗示一下凯特。凯特于是伸出了两条腿，都抵在他背上来回地晃动，尼克感觉自己就像搁在火堆上的木头一点就会燃起来，背上跟烤火似的。

“别把话说得那么绝。”奥德加说。

“真的我是铁了心的，”尼克说，“其实我想娶一条美人鱼。”

“那不就有韦姆奇太太了吗?”凯特说。

“不，不可能有，”尼克说，“我可不会让她做我太太。”

“你为什么不让她做呢?”凯特说。

“我就是不让她做。我就是让她做她也不敢，鱼能嫁人吗?”

“美人鱼是不能嫁人的。”凯特开心地笑着说。

“那我再称心也是没有太太了。”尼克说。

“你小子小心触犯了曼恩法①。”奥德加说。

“没关系，我们只要不踏进四英里的领海范围就是了，”尼克说，“吃的嘛，可以让走私酒的贩子给顺便带过来。如果你们想我了，只要把潜水服一穿，就可以到水底来看我们，我们打算安心在水底过二人世界了。奥德加，如果布特斯坦要是想来的话，你也可以带她一块儿来，一般星期日下午总在家的。”尼克故意在那儿瞎编故事想入非非。

“我们明天干什么，凯特?”奥德加沙哑着嗓子说，又是那种表示想跟凯特亲近的声音了。

“不谈明天的事，”尼克说，“还是谈一谈我的美人鱼吧!”

“得了得了，你的美人鱼已经谈够了。”奥德加说。

“那好，”尼克说，“那你跟奥德加就谈你们的，我可要想想我的美人鱼哩!”

“你好没正经，好惹人讨厌，韦姆奇。”

---

① 由美国国会议员曼恩（1856—1922）提出，并于1910年6月在美国国会获得通过的一项法案。法案规定各州之间禁止贩运妇女。

“你瞎说，我是很老实的好人呢。”他于是闭上了眼睛，故作深沉地说：“别来打搅我啊。我在想她呢，想我们以后幸福的生活。嘿嘿！”

于是他就躺在那儿胡思乱想，想他的美人鱼，思绪已经跑得老远老远。凯特的足背还一直顶在他背上，她和奥德加在说什么他也听不清楚，他根本也没心思去听他们的谈话。

他这时候脑海一片空白已经什么都不想了，就静静地躺在那儿，放松着，好不快活。

这时传来比尔和“老吉”边走边说话的声音，他们已经在前边上了岸，正顺着湖滩一直走到汽车停止的跟前，发动车子，将车倒到码头上来。尼克一翻身爬起来，几下穿好衣服。比尔和“老吉”坐在前座，尼克和凯特、奥德加他们就一起坐在后排，因为游得太久大家都很累了，此刻身子都靠在后面一动也不想动。比尔的车速很快，很快车子呼地驶上了坡，一下子拐到大路上。在公路主干线上，尼克看见前面过来车子的灯光了，每当车在上坡时，两眼一抹黑什么也看不见，所有灯光便消失了。一会儿车子赶了上去，强烈的灯光便又直晃眼了。其实比尔开车技术蛮好的，超车就更是不用说了。只见眼前的车都一闪而过，那一瞬间眼前只觉模糊一片。公路与湖岸是并行的，地势很高。可以看到一辆大轿车自沙勒瓦①的方向开来，而且在司机背后坐着一个油光满面的大阔佬。只见一辆辆车迎面而来，又从身边飞驰而过，他们把车子都开得飞快，甚至连车头灯都不减光，轰的一下把汽车开得跟列车一样一闪而过。比尔还没有碰上一辆车能超过他，只是有一辆亮起了闪光灯估计想超车吧。比尔见状立刻加快速度，把那车远远地甩下了。快速行驶到快接近目的地了，比尔

① 沙勒瓦在密歇根北部，是一个避暑胜地。

减慢了车速，只见他把方向盘猛地一打，一下子就拐上了一条黄沙路，这条黄沙路是从果园穿过，然后一直通到宅子里的，汽车低速地缓慢地在果园里一路驶去。这时凯特把嘴凑近尼克的耳边。

“记住，最多个把钟头，韦姆奇。”她悄悄地说。尼克拿大腿使劲顶了顶她的大腿表示收到。这时汽车在果园的小山顶上绕了一圈，就在宅子前面停下。这也是凯特和奥德加所住的宅子了。

“姑妈睡了。大家轻点儿!”凯特说。

“明天见，各位老兄拜拜，”比尔悄声说道，“我先走了，明儿早上再过来。”

于是大家悄悄地互相道了晚安，就各自回去了。

剩下尼克和“老吉”走得最慢，他们从挂满了果子的果园里穿行而过，尼克伸出手，顺势就从一棵“公爵夫人”① 的枝头摘下了一个大大的苹果。尽管苹果还是青色，不过青苹果的味道也是可以接受的。他一口咬了下去，嘴里立刻充满酸酸甜甜的味道，汁水也很新鲜。

“你小子跟‘飞鸟’估计今天游得挺舒服的，游了那么久，‘老吉’。”他说。

“也不是很久吧，不过游得很爽，韦姆奇!”“老吉”答道。

经过了信箱地，他们就出了果园，来到一条州公路上。尼克发现在公路跨过小溪的地方，溪谷里弥漫着一片冷雾，看上去有种烟雾缭绕的感觉，尼克在桥上站住不想离开。

“快走呀，韦姆奇，这有什么好看的啊!”老“吉”说。

“好吧，来了。”尼克应了一声。

他们在夜色中顺着公路又爬上了山坡，山坡上矗立着一个教

---

① 苹果的一个品种，红纹，椭圆形。

堂，此时教堂附近静悄悄的，只听见蟋蟀在角落里叫得欢。他们沿着公路的方向拐入了一片小林子里。拐出林子后，便进入镇里边了。一路上只看到黑漆漆的，没有一家还有灯光。霍顿斯湾镇的人们告别了一天的喧嚣，已经沉沉地进入了梦乡。

“我今晚还不想睡呢。”尼克说。

“那我陪你再走走？”

“不用了，‘老吉’，你回去休息吧。”

“我和你就走到你家的小宅子①为止吧。”“老吉”说。来到尼克家那个小宅子门前了，他们拨开搭钩，轻轻推开纱门，走进了厨房。尼克打开冷藏柜，寻找食物。

“吃点什么，‘老吉’？”他说。

“馅饼吧。”“老吉”说。

“我先吃上一块。”尼克说完，就拿出几块油炸鸡和两块樱桃酱馅饼放在油纸上包好。

“这个我可要带走吃的。”他说。“老吉”吃完了馅饼，喝了满满一勺水。

‘老吉’呀，你要是睡不着想要看书的话，就到我房里随便去拿好了，我出去溜达溜达，还没睡意呢！”尼克说。“老吉”一直盯着那包点心直瞅。心想他带这么多干吗？

“这么晚了可别干蠢事啊，韦姆奇。”

“不会的，放心好了。‘老吉’。”

“那就好。千万别干蠢事啊。”“老吉”说完，推开了纱门，几步穿过草地就到自家小宅子里去了。尼克顺手拿了张报纸，关上灯和门后也出来了，一边走一边把点心用报纸再包了一层。他很快就穿过了湿漉漉的草地，一跃翻过栅栏，顺着大榆树下的路

① 所谓“小宅子”，指的是乡间的小型避暑别墅。

横穿过小镇，过了十字路口绕过最后一批“农村免费投递”信箱，不一会儿就来到通沙勒瓦的公路上了。四周很安静，也许是夜深了的缘故吧，连一辆路过的汽车也看不到。一过小溪，他直接抄近路穿过一片旷野，那头是紧靠地边的，于是尼克就绕着果园的围栏走，到了一处低矮的栅栏前停下来翻过去，一头钻进了那边的林地。在林地中央长着四棵青松树，它们紧紧地长在一起。好像几个人抱在一起似的，中间留出很大的空间，地上软绵绵的全是松针。虽然现在是夏天的深夜了，但这里一点儿露水也没有。这里的树木被砍伐的机会很少，所以树下的落叶很多，就像铺了一层厚厚的棉被，踩上去那是又干燥又暖和。这里没长什么矮树乱草，看起来很是整齐干净，就像天然的大床。尼克坐下来，把点心放在一棵青松的树根旁边，于是就躺下来等着。在黑暗中听见越来越近的脚步声，他猜一定是凯特过来了，但是他躺着一动也没动。由于夜晚光线太暗凯特并没看见他，只见黑暗中凯特手上抱着毯子，站在那儿就像一个孕妇挺着个大肚子在张望着，半晌没走一步。尼克不禁一笑，他觉得凯特看起很是滑稽。

“喂，布特斯坦，快过来。”他朝凯特喊道。

“哎哟，韦姆奇，你把我吓死了。我还以为你没来呢。”

“布特斯坦亲爱的，在这里。”尼克向她招手。凯特跑过来，他一把抱住她，把她紧紧搂在怀里，只觉得她的身子微微抖了一下，于是尼克把她抱得更紧，让她紧紧偎在他胸前，只觉得她的身子都贴在自己身上了，那娇柔的模样真是越看越可爱。

“我太爱你了，韦姆奇。”

“布特斯坦我亲爱的，我亲爱的。”尼克说。

“来，我们把毯子铺在地上吧，这样我们就可以把衣服脱了躺下来休息了。”尼克说。

“嗯，好的，韦姆奇。”凯特说，“为了拿这毯子我冒了很大的风险呢。”

“我知道，亲爱的。”尼克说。

于是他们坐在毯子上脱掉了衣服，尼克突然觉得有些很不好意思。

“我不穿衣服好看吗，你喜欢吗，韦姆奇？”

“哎，我们还是赶快钻到毯子里去吧，外面凉。”尼克越来越不好意思了。他们于是就双双躺在毛糙的毯子里。当他紧紧贴上她冰凉光滑的肌肤，只觉得浑身像被火在烤一样，他要的就是这个感觉，很刺激和兴奋。过一会儿就会觉得全身心的惬意了。

“这样好吗？”

凯特一个劲儿问着，并且在他身上抚摩着，硬是要他说。

“这样很舒服吗，亲爱的？”

“哦，韦姆奇。我就是喜欢这样。我想要的就是这样。知道吗？”凯特柔声说道。

他们躺在毯子里。相互听见彼此的呼吸声，韦姆奇把鼻子贴着她背部的脖子，顺着一路往下移。

“你身上有一股淡淡的清凉味很好闻。”他说。

尼克开始拼命吻她的背。凯特被吻着趴下了。

“这样好吗，亲爱的？”他问。

“我喜欢！这太舒服了！哦，来吧，韦姆奇。我想要你。求求你，来吧，”凯特也拼命地吻着尼克，“来吧，来吧。我的韦姆奇。我求求你，韦姆奇。”

“这不来了嘛。”尼克说。于是把凯特抱得更紧了，感觉快融为一体了。

突然他身子不知怎么就碰上了粗糙的毯子，心里感觉很不好受。导致刚才的激情一下就灭了。

“你嫌我不好吗，怎么了，韦姆奇？”凯特对韦姆奇的突然停下感到很意外。

“不，你挺好的。”尼克说。刚才的一刺激，令他变得格外清醒，看事情也看得很清楚明白，他觉得必须控制自己。“我饿了，我们起来吃点东西吧，我带了吃的。”他说。

“嗯，不要起来，要是我们一直在这儿能睡到天亮，那该有多好啊！”凯特紧紧依偎着他不动。

“那当然是再好不过了，”尼克说，“可是你还得回屋里去啊。”

“我不回去。”凯特倔强地说。

尼克翻身起来，一阵微风吹在身上感觉凉凉的。他赶紧穿戴整齐，这下觉得好多了。

“起来吧，快把衣服穿好了，斯塔特[①]。”他说。她却一把拉过毯子蒙住了头，躺在那儿一动不动。

“等会儿嘛，我还想躺着。”她在毯子里说。尼克取来点心在毯子那儿打开。一股香味扑鼻而来。

“快，赶紧把衣服穿好，斯塔特，来闻一闻，这是什么好吃的？”他说。

“我不高兴，我不吃，”凯特说，“我不回去，我偏要在这儿睡到天亮。哼！”她在毯子里撒了一会儿娇。最后说道：“把衣服给我吧，韦姆奇。”

尼克把衣服递给了她。

“尼克，我不想起来了。”凯特说，“就算我在这里露天睡一个晚上，他们也以为我是出来乘凉，带着毯子睡着了，不会乱想什么的。”

“可是在外边睡不安全，不舒服的。”尼克说。

---

① 凯特的外号。

“我会照顾自己的。”

“不要倔强了，乖，吃点儿东西吧，吃完了我就得回去了。”尼克说。

“等等，我得穿件衣服。”凯特说。

于是他俩就坐在毯子上，开心地吃着油炸鸡和樱桃酱馅饼。

后来他原路返回，很快就回到了小宅子里。他上楼轻轻地走，小心翼翼，尽量不踩出声来，以免惊醒其他人。他终于躺在床上了，感觉很惬意舒服，这下手脚可以尽情舒展开，彻底放松，再把头往枕头里一埋。那样很快就会进入梦乡的。明天要去钓鱼了。他有一个习惯，临睡前还要默默地祈祷一次才能入睡，于是他祈祷着，为家人，为自己（但愿自己将来能成为一个伟大的作家），为凯特，为哥们儿，为奥德加，大家都生活快乐吧，还祝愿明天能钓许多鱼，最好来个大丰收。唉，奥德加，不是我对不起你，感情这东西确实勉强不来的。睡在那边小宅子里可怜的奥德加老兄啊！想到这儿，他觉得明天恐怕没心思钓鱼了，他今儿晚上估计都睡不着的了。可是这些都有什么办法呢，谁也没办法解决这些问题的。

最后一方清净地[1]

“尼基，”妹妹对他说，“尼基，你听我说。”

“可我不想听。”

他目不转睛地盯着那口清泉，看泉眼里清澈的泉水噗噗地往外冒，一小股一小股的沙子也跟着泉水喷出来。一根带杈的枯树枝插在泉眼旁边的小石子地里，树杈上挂着一只水杯，铁皮的。尼克·亚当斯转过头看了看那个水杯，又回过头来继续注视那股泉水，不断涌出的清泉汇成一道水流，清澈的水在小石子路上快乐地流淌着。

这条石子路并不长，一眼就能看见路的尽头。他抬头望了望石子路那头的山冈，又望了望湖和湖边的码头。湖面上碎浪翻滚着沫儿，白白的，他的目光越过湖面，看到了那片有茂密树木的土地，那片土地是尖角形。他坐在一片黑森森的杉林沼泽地旁边，背靠一棵大杉树坐着。他的妹妹坐在他旁边的那片青苔上，伸出一只胳膊搂着他的肩膀。

“他们都在等你呢，等你回家吃晚饭，”妹妹轻轻地对他说，“有两个乘马车来的人，他们一来就问你在哪里。”

“那么谁告诉他们了？”

“除了我以外，肯定没有人知道你在哪里呀！你今天钓到很多鱼了吗，尼基？”

“一共钓到二十六条。”

---

① 这篇短篇小说是海明威没有完成的一篇作品，最先刊登在《尼克·亚当斯故事集》。

“那些鱼大吗?”

“正适合做菜。”

“哦，尼基，你可别把那些鱼卖了呀。”

“那老板娘愿意出一块钱一磅的价格买我的鱼。”尼克·亚当斯告诉她。

妹妹全身都是褐色的，皮肤都被太阳晒成了褐色，一双美丽的大眼睛也是深褐色的，只是一头深褐色的头发被晒得有些发黄，一绺绺地散在脑后。兄妹俩相亲相爱，无话不谈，别人根本就不能接近他们的领地，在他们的眼里，家里其他成员无疑都是“别人”。

“他们全都知道了，所有的事情，尼基，”妹妹语气听起来很是绝望，“他们商量着说要拿你以儆效尤，还准备送你去教养院呢。”

“只有一件事让他们找到了证据，”尼克说，“不过这么看来，我最好还是暂时到别的地方避一避。”

“我跟你一起去好吗?”

“不行，请原谅，我们一共有多少钱，妹妹?”

“只有十四块六毛五，我把钱都带来了。”

“你还听到他们有没有说什么别的话?”

“没说别的了，他们只是说一定要在家里等，直到你回去为止。可怜的妈妈为了招待他们，还得想法子弄吃的，现在她一定头疼死了。”

“已经招待他们吃过午饭了吗?那么现在他们在家里干些什么呢?”

“他们什么也没干，就在纱窗阳台上闲坐着。他们还向妈妈要你那支猎枪来看，其实我一见到他们在栅栏前面出现，就赶快把猎枪藏到柴棚里了。”

“你早就想到他们会来?”

“是的，你不是也早就想到了吗?”

“是，这些浑蛋!”

“对，他们真是一群浑蛋，”妹妹说，“我已经长大了，你怎么还不放心让我跟你一起去呢?我已经藏好了枪，而且还带来了钱。”

“可是有你在，我会担心的，”尼克·亚当斯对她说，“而且我根本不知道自己可以到哪里去，我还没想过呢。”

“你怎么会没有想过呢?”妹妹有些不高兴。

“如果我们两个人一起去的话，就会引人注意了，肯定会引起别人怀疑的。你想，一个小伙子和一个小姑娘，那是多么惹人注意啊!”

“那我装成个男孩子总可以了吧，”她说，“反正一直以来我都很想做个男孩子。我可以把头发剪短一些，那么谁能看出我是个姑娘呢?”

“这倒是真的，”尼克·亚当斯说，“你说得对。不过，我们还要更周全地考虑一些事情。”

“求你，求你了，尼基，我求求你。”她说，“让我和你一起去吧，我可以给你帮很多的忙呢。如果你把我独自一人留在家里，我会感到孤单的，何况家里那么冷清。你说是不是?”

“现在我一想到要离开你，心里就已经感到孤单冷清了。”

“我说对了吧?而且你这次出去恐怕要好几年才能回来，谁说得准呢?让我跟你一起去吧，尼基，求求你，让我一起去吧。”她搂着他亲了又亲，两条胳膊把他搂得越来越紧。尼克·亚当斯一直看着她，他感到没法子思考这件事了，脑子里像一团乱麻，他拼命试图理清自己的思路。这件事情可真难办哪，但是，他又想不出有什么其他的办法。

“按理说，我不应该把你带在身边的。准确地说，我不该闯这个祸。”他想了想，又说，“好吧，你跟我一起去。不过，我可能顶多带着你出去两三天。”

“好的，没关系，”妹妹对他说，“你让我什么时候回家，我听你的话就立刻回家。如果你觉得我给你添麻烦，让你感到厌烦，或者给你增添了负担，我也立刻回家就是了。”

“那么我们来商量一下接下来要怎么做吧。”尼克·亚当斯说完，又抬头向石子路的两头张望了一会儿，然后望了望天空，空中飘浮着厚厚的高层云，他又望了望那片尖角地以外的湖，湖面上仍然翻滚着白色的浪花。

“我必须穿过那片树林，走到尖角地那边的小旅馆去，那里的老板娘会买我的鲑鱼。”他对妹妹说，“她早就定好了这些鱼，准备今晚等夜市来临做菜卖。我也不知道怎么回事，现在的人们到餐馆里点鲑鱼的可多了，比点鸡的还要多。这些鲑鱼都非常好，我已经把它们都剖了，掏洗干净，而且也用包干酪的布把它们包好了，所以这些鲑鱼现在还很新鲜，不会变味。我还想告诉她，本地的猎监员一直在追查我的下落，或者说他们四处搜捕我，我必须出去，到别的地方去躲一躲。我想让她给我一只小的平底锅，然后再向她要一些盐，一些胡椒粉，如果可以的话，我还想要些咸肉，一些酥油和玉米粉。最好再请求她给我一只布袋，能装上所有的这些东西，然后，我要找些杏干、李干，再找一些茶叶，最好多带些火柴，也要随身带着小斧头。唯一不足的是，我只能拿到一条毯子。老板娘心肠好一定会帮我的忙，因为我卖鲑鱼给她是犯法的，而她找我买鲑鱼也同样触犯了法律。”

“我倒可以再找到一条毯子，”妹妹对他说，“那把枪我就裹在一条毯子里，我会带上我们的鹿皮鞋，我还要回去换一条工作裤，换一条其他样式的，顺便把衬衫也换了，脱下来藏好，这样他们就不会知道我换上另一套衣服走了。我还要把肥皂、梳子，以及剪刀和针线包都带上，那本《洛纳杜恩》① 和那本《瑞士家庭鲁滨孙》② 也都要带上。"

"再去找点儿？22 口径的子弹，能找到多少就带多少。"尼克·亚当斯正说话的声音忽然低了下来，轻声说道，"快过来！躲到这里来！"原来他发现有一辆马车正从路的那头驶来。

他们一下子扑倒在杉树后面，两个人的脸都贴着地上软绵绵的青苔，他们清晰地听到了路上传来嗒嗒的马蹄声，还有细微的咿呀的车轮声。而坐在马车上的人全都默默无言，并没有一个人说话。当马车经过他们面前的时候，尼克·亚当斯闻到了马车上的人的气味，还闻到了拉车的马身上的汗味。这时他以为他们会把车停下来，拉着马到泉水边饮水或者休息一下，急得全身都冒出汗来，直到那辆马车驶向码头，越走越远，渐渐地消失了，他的一颗心才放下来。

"就是他们到家里找我去了吧，小妹？"他问。

"是的，就是他们。"她说。

"来，我们爬到后面的沼泽地去。"尼克·亚当斯说完，拖着他那袋鲑鱼，爬往后面的沼泽地。这一带的沼泽地虽然长满青苔，却显得并不泥泞。他爬到沼泽地以后才慢慢站起身来，四处打量后就把装着鲑鱼的口袋藏在一棵很大的杉树后面，向他妹妹做了个手势，让她跟着继续走到沼泽地的里面。他们尽量放轻了脚步，像两只灵巧的鹿，钻进了杉树林包围的沼泽地里。

"我认识其中的一个人，"尼克·亚当斯说，"这个王八蛋，是一个地地道道的黑心肝的人。"

---

① 这是布莱克默，一位英国小说家写的一部历史小说。

② 这是瑞士人魏斯写的一部小说，用德文写的，写了一个遭遇海难的家庭在荒岛上的故事。这部小说被译成多种文字出版。

“这坏蛋说在四年以前就已经注意你了。”

“我知道。”

“另外那个，那个穿着一身青色的衣服的大个子，脸色像烟草渣的，他是从本州的南部来的。”妹妹说。

“我知道了，”尼克说，“我已经看到他们了，我得趁此机会快走。你现在一个人回家不会有什么问题吧？”

“不会的，我从那条小路翻山过去。他们的马车只能在大路上行驶，我就不去走大路了。晚上我在哪里跟你碰头呢，尼基？”

“我看你还是不去的好，小妹。”

“我一定要去，你别担心，不会有什么事的，这也没什么大不了。我会写一张字条留给妈妈，告诉她我跟着你一起走了，我还会告诉她你会好好照顾我的。”

“那么好吧，”尼克·亚当斯只得答应了，“我就在那边的大青松的旁边等你，瞧见没有，就是那棵遭过雷击的大青松。你走进树林，一直往里走，很快就会看见有一棵树倒在地上，我们就在那里碰头。你知道那棵树吗？而且你回去的时候，就会途经那棵树的。”

“知道了，那棵树离我们家很近呢。”

“是的，你带着那么多的东西走太远的路程会有困难，我想让你尽量轻松。”

“好，我听你的，但是你千万不要去做冒险的事啊！”

“我恨不得现在就拿把枪，赶到树林边，在码头上崩了那两个浑蛋，然后到老磨坊弄块铁芯，把它们用铁丝系在那两个浑蛋的身上，让他们从此永沉水底，再也不要浮起来。”

“那么从此以后呢，你又准备怎么做呢？”妹妹问，“可是他们是上面指派到这里来的。”

“我相信谁也没派那两个王八蛋来。”

“可是你把那只驼鹿打死了呀，你还卖鲑鱼，他们查了你的小船，船上有许多你打死的东西呀！”

“我打这些东西可并没有犯法。”

他不想说出这些东西都是什么，因为他知道就是这些东西被他们认为是他犯法的证据。

“我明白，可是你总不能因此而去杀人吧，我之所以要跟着你就是因为担心你会做傻事。”

“我们不说这件事了，不过我倒是真的恨不得宰了那两个王八蛋。”

“我明白，你的心情我完全理解，”她说，“我的心情也和你一样。可即便如此，我们也不能去杀人呀！尼基，这样的傻事不值得我们做，你答应我绝不会那么做，好吗?”

“不行。现在看来把鲑鱼给老板娘送去恐怕也会惹上麻烦呢。”

“我帮你给老板娘送去。”

“不，这些鲑鱼太重了，还是我去吧。我准备带着这些鲑鱼从沼泽地穿过，然后绕到旅馆后面的那片树林里并在那待着。你呢现在就到旅馆去，看看有什么情况没有，如果一切正常的话，你就到树林里来找我，我会在那棵大椴树下面等你。”

“穿过沼泽地然后再绕过去，那路程可很远的呢，尼基。”

“只有这样绕过去才能避开教养院。”

“其实我可以跟你一起穿过沼泽地到那里去的，到了那里，我去找她，你先别进去，就在树林里等我出来，然后我再和你一起把货送给老板娘。”

“这个办法倒是不错，”尼克说，“不过我还是认为应该按我说的那么做。”

“为什么，尼基?”

“因为如果我们分开走的话，很有可能在路上你就会遇见他们，那么你就知道了他们会到哪里去，然后来告诉我。我会一直在旅馆后边树林里的那棵大椴树下面等你的。”

于是，他们分头出发了。尼克到了那个树林，一直坐在那里等着。一个多小时过去了，他还是没有看到妹妹，这时他不禁有些担心起来，又过了一会儿她总算出现在树林里了，脸蛋红红的，尼克知道她一定累坏了。

“他们现在都在我们家里呢，”她对尼克说，“他们就坐在我们家的纱窗阳台上，在那里喝着威士忌加姜汁汽水。他们卸下来了马车，把马牵到我们的马棚里去了。

他们说会在我们家一直等到你回来为止，因为妈妈说你去小溪钓鱼了。我想妈妈一定是说漏嘴了，反正她不会故意那么说吧。”

“旅馆那边的帕卡德太太是什么情况？”

“我到旅馆去了，在那里的厨房里看到她，她还一直问我有没有看见你，我就跟她说没看见。她还说她一直在那里等着你给她送鱼去，等着在晚市的时候卖呢。看起来她很着急，再没什么了，我看你还是快点儿给她送去吧。”

“好的，”他说道，“这鱼还很新鲜，我给它们垫上了凤尾草呢。”

“我跟你一起去好吗？”

“好的。”尼克说。

他们所说的那家旅馆就是那一座长长的木头房子，那房子面向湖的一面有个阳台。房子门口木头台阶很宽阔的，通过这些台阶可以一直走到那个向湖中远远地延伸出去的码头。台阶两旁的杉木白坯的护栏，跟阳台周围杉木白坯的护栏是一样的。除了护栏，阳台上的椅子也是杉木白坯的，那些穿白衣服的中年人都在椅子里坐着。房子前面的草坪上有三根水管，泉水噗噗地从水管里冒出来，水管跟前有几条小路一直通到那里。水管里的水散发出一股好似臭蛋的味道，因为那是地底下抽上来的矿泉。以前，尼克兄妹经常也会到这里来喝水，他们把这当作一种锻炼身体的方式。不过此时此刻他们却直接朝旅馆背面的厨房走去。有一条小溪经过旅馆旁边流进那个湖里。他们跨过小溪上的一座木板桥，悄悄地溜进厨房。

“把鱼洗一洗，然后放在冰箱里就可以了，尼基，”帕卡德太太对他说，“待会儿我有空再来过秤。”

“帕卡德太太，”尼克说，“请等一下，我想跟你说一些话，可以吗?”

“现在就说吧，”她说，“没看见我现在正忙着吗?”

“你可不可以现在就给我钱。”

帕卡德太太围着一条方格围裙，她看起来大方而美丽。不过这时候显然她非常忙，而且厨房里的帮手也都在她的身旁忙活着。

“你不会想把鲑鱼卖给我吧，难道你不知道卖鲑鱼是违法的吗?”

“这我知道，”尼克说，“这些鲑鱼不是卖的，是我送给你的。我只是向你要一些劈柴的工钱。”

“那行吧，我现在就去拿，”她说，“不过我得到外面屋里拿钱，你跟我到那里去拿吧。”

尼克兄妹于是就跟着她来到屋外，一起走到从厨房到冷藏室去的那条木板通道上。她忽然在通道上停下了，她把手伸进围裙口袋里，从里面掏出一个皮夹子。

“你得赶快离开这里，孩子，”她慈祥而紧张地说，“你必须赶快离开这里。你需要多少钱?”

“我应该得到十六块钱就行。”尼克说。

“我拿二十块给你，”她对他说，“不过，小妹妹可不能跟你一起受苦啊，还是让她回家去吧，顺便看着那些人，等你走远了，他们就不会再找你的麻烦了。”

“你什么时候听说他们的事情了？”尼克问。

她看着他，摇摇头。

“卖鲑鱼是犯法，买鲑鱼同样也是犯法，而且可能更严重。”她压低声音说，“你最好还是先到其他地方去躲避一段时间，等他们追得不再这么紧了再商量以后的对策。尼基，不管别人怎么说你，你可始终还是个好孩子啊。情况真要是非常严重的话，你可以去找帕卡德帮忙。如果你需要什么，可以趁夜里到我这儿来拿。你只要敲敲窗，我就知道了，而且我是很容易惊醒的。”

“今晚的夜市你不会再上鲑鱼了吧，帕卡德太太？我想你应该不会再上这道菜了吧？”

“当然不能上了，”她说，“不过不用担心，这些鲑鱼可不会浪费的。帕卡德很喜欢这些鲑鱼，他一个人就能吃六七条，还有我的朋友们，也有不少像帕卡德这样能吃的。但是你可一定要小心哪，尼基，等过一段时间，他们不再追着这件事不放了，就没什么大问题了，现在你去别的地方躲一躲吧。”

“小妹也想跟我一起去。”

“你怎么能带她一起去呢，出去受苦那怎么行？”帕卡德太太说，“今天夜里你再到我这里来吧，我会准备一些你需要的必备的东西。”

“能给我一只小的平底锅吗？”

“好的，所有你需要的东西我都会帮你准备好的。帕卡德也很清楚你需要用什么东西。我会和他商量。钱呢，我另外就不再给你了，免得因此给你招来麻烦。”

“我很想去见见帕卡德先生，顺便向他要一些东西。”

“只要是你需要的，他都会给你的，无论什么东西。不过你要记住，千万别去他的店里找他。”

“那么我把需要的东西写下来，让我妹妹给他送去好了。”

“好的，那么你随时都可以写张字条去告诉他你需要什么东西。”帕卡德太太说，“其他的你不用担心，帕卡德也会帮你想办法的。”

“那么再见了，哈利大妈。”

“好的，再见了。”她说完，亲了亲他的脸。他很喜欢她来亲他，他喜欢闻她身上那股好闻的味道，就是厨房里那股烤面包的味道。帕卡德太太的厨房里总有一股好闻的味道，他认为她身上的那股味道跟厨房里的味道也一样好闻。

“你不用担心，不过千万别做什么坏事。”

“放心吧，我不会做坏事的。”尼克说。

“那太好了，”她说，“帕卡德先生一定会帮你想办法的。”

后来暮色降临了，兄妹俩又在他们自己家背后的那座小山上的那片大青松林里会合了。那时太阳已经躲到了湖那边的山后面。

“所有需要的东西我都带来了，”妹妹说，“你看这个包还挺大的呢，尼基。”

“嗯，我看到了。那两个人在家里干什么呢?”

“他们吃了晚餐，吃得好饱的，现在他们正坐在阳台上喝酒呢。他们俩都在自夸，互相吹嘘自己有多么聪明。”

“现在看起来他们并不聪明。”

“他们的计划就是让你挨饿，直到你饿得受不了，”妹妹告诉他，“他们还说你最多在树林里待两三夜后就得乖乖地回家。只要你饿得受不了，感到头晕目眩的时候，你就得乖乖回家了。”

“妈妈给他们做了晚餐，什么样的晚餐？”

“简直糟透了。”妹妹说。

“那就好。”

“我把你单子上的那些东西可都找齐了。妈妈偏头痛又犯了，已经睡了。睡觉以前，她还给爸爸写了封信。”妹妹说。

“你有没有看到那封信？”尼克问。

“没有看到，妈妈把那封信放在她的房间里，还有写着明天要买东西的那张清单，也放在一起。不过明天早上她发现家里的东西不见了，那么她又得重新开一张清单了。”妹妹说。

“他们在我们家里喝了多少酒？”尼克问。

“大概一瓶吧！”妹妹说。

“如果往那酒里放了迷药什么的！那才叫痛快呢。”尼克说。

“你告诉我怎么放吧，我来做，直接就把药放在酒瓶里吗？”妹妹问。

“不是的，一般都把药放在酒杯里，然后再倒酒。可惜我们没有迷药呀！”尼克说。

“药箱里有这种药吗？”妹妹问。

“没有。”尼克说。

“那我可以把拔力高①放在酒瓶里。他们还留下了一瓶酒没有喝呢，或者在酒瓶里加上点甘汞②。这个东西我们家有一些。”妹妹说。

“不行，你别做，”尼克说，“不如等他们睡着了以后，你就想办法倒出他们的那一瓶酒，倒一半就可以，找一只旧药瓶，把酒倒在药瓶里，然后拿给我。”尼克说。

“好的，我回去了，回去看着他们，”妹妹说，“哎呀，如果

---

① 一种含鸦片的复方樟脑酊，通常用来止痛、镇咳、止泻。

② 一种泻药。

我们有迷药就太好了。我从来都没有听说过这种东西呢。”

“其实也不是什么神奇的东西，”尼克对她说，“不过就是一种药而已，这种药叫作水合氯醛。有些窑姐儿想要从伐木工人口袋里把他们的钞票掏出来，就会把这种药放在酒里让他们喝。”

“照你这么说，这可是一种邪门的药，”妹妹说，“不过如果有可能，我们也应该准备一点，以防不测。”

“让我亲亲你吧，”哥哥说，“为了以防不测，我们下去看他们喝酒。我很想听听这些坐在我们家里的人怎样地浑蛋，怎样地说三道四。”

“那么你要答应我，无论听到什么，或者看到什么都决不发火，也决不能做坏事，好吗?”妹妹说。

“好的，我答应你。”尼克说。

“你也不要去伤害马圈的那匹马，那匹马可跟这件事没有任何关系，它只不过是被他们用来拉车罢了。”

“好，我不伤害那匹马。”尼克说。

“如果我们现在有迷药就太好了。”妹妹显然很相信哥哥的话，而且似乎认为就应该这么干。

“可我们确实没有这种药，”尼克对她说，“我想除了波依恩城外，其他地方都找不到这种药。”

兄妹俩一起坐在那个柴棚里，眼睛盯着家里纱窗阳台上的那两个家伙，他们聚桌而坐，一举一动都被兄妹俩看得清清楚楚。月亮还没有升上天空，天色很黑，不过这两个家伙背后的那片湖光，把他们的轮廓勾勒得很清晰明亮。这会儿，他们俩却都没有说话，而是不约而同地把身子探了出去，俯在那张桌子上。尼克听见了冰桶里翻动冰块的声音。

“没有姜汁汽水了。”这是其中一个的声音。

“这下被我说中了吧，我说过我们很快会喝光这些姜汁汽水的，”又传来另一个的声音，“可你总不相信，固执地说够了够了。”

“你去弄点儿水吧，到厨房里去，那里提桶、勺子，什么东西都有。”

“我可是够了，不想喝酒了，我要睡觉去了。”

“难道你不等那个孩子回来了吗？”

“我不等了，现在我要去睡一会儿，你自己先在这里守着吧。”

“你说今天晚上他会回来吗？”

“不一定。我可要去睡一会儿了，你如果困了就来把我叫醒。”

“我在这里守一夜也没关系，”说话的是那个本地的猎监员，“以前我为了抓一个晚上出去捕鱼的人，通常都会守上一个通宵，所以对我来说，这不过是家常便饭，即使让我守一夜眼皮也不会合一下。”

“我和你一样也是这么精神百倍，”那个从南边来的人说，“不过现在我眼睛需要稍稍地闭一下了。”

尼克兄妹俩一直盯着他，直到他走进屋去。妈妈告诉那两个家伙，如果想睡觉的话可以到起居室隔壁的卧室里去睡。兄妹俩看见他在屋里擦了一根火柴，火柴的光芒熄灭后，屋子里又陷入一片黑暗。另外那个当地的猎监员，原本在桌子旁边坐着的，后来也伏在桌上，头枕着胳膊，不一会儿就听见了呼噜声。

“我们在这里再等一会儿，等他睡熟了，就可以进屋子里去拿东西。”尼克对妹妹说。

“你别进去了，就在栅栏外等着吧，”妹妹说，“万一他醒了，看到我在屋里走动不会产生怀疑的，但是如果他醒来看见你就麻烦了。”

“那好吧，”尼克说，“我把这个包里的东西先拿走，幸好这个包里已经收好需要的大多数东西了。”

“这样黑，你能找到所有的东西吗?”

“没问题，那把好猎枪放在哪里呢?”

“就搁在后面那个棚顶高处的人字木上，你拿的时候要小心，别让它掉下来，也别把木柴碰倒，响声肯定会惊动他们的，你先前藏的那把枪再拿上或者再藏好。”尼克说。

“你放心吧。”

她先走进屋子，然后出来，走到房间另一头的栅栏角上，尼克仍躲在他们俩提前说好的那里，那里有一棵倒下的大青松，他在大松树的后面把东西打成背包以便携带。这棵大青松就是在去年夏天被闪电击中，又被秋天的暴风雨肆虐着倒下的那棵。这时候，远山背后刚刚露出月亮美丽的脸，树底下洒下一大片明亮的月光，尼克打包的时候也能看得清清楚楚。妹妹把手里的口袋放下，说：“他们俩都睡得像死猪一样，尼基。”

“嗯，那就好。”

“南边来的那个人跟阳台上的这一个的呼噜声真是此起彼伏。需要的东西我基本上全都找齐了吧。”

“你真行，小妹。”

“我留了张字条给妈妈，告诉她我跟你一起走了，顺便也能看着你，不让你惹祸上身。我还告诉她千万不要对任何人说，还跟她说你一定会好好照顾我的。这下妈妈肯定放心了。然后我把那张字条从她的房门下面的缝隙塞进去，因为她的房门已经锁上了。”

“唉，真是活见鬼!”尼克说出这句话以后，又赶紧向妹妹道歉，“对不起，小妹。”

“其实不能怪你，因为我总不至于给你添麻烦吧。”

“你真会说。”

“现在我们可以放松一下了吧?”

“好的。”

“我带来了威士忌，”她兴奋地说，“我并没有倒完，在那个酒瓶里还留下一点儿。这样他们就会互相猜忌，进而怀疑对方喝掉了那些酒，他们那里还有一整瓶呢。”

“你带来自己的毯子了吗?”

“当然了，这还用说嘛。”

“那么我们走吧。”

“我们往哪里走呢，我来猜猜吧，先一路顺风，是吧？这个包没加别的什么，只不过多了一条我的毯子，这包就显得更大了。我来背上这把枪吧。”

“好吧，你穿的哪双鞋子?”他问。

“那双结实的鹿皮工作鞋。”妹妹说。

“有没有带什么书?”他问。

“我带了《洛纳杜恩》《诱拐》①，还带了《呼啸山庄》。”妹妹说。

“你只能看看那本《诱拐》，其他那些书都是大人才看的。”他说。

“《洛纳杜恩》是一本好书，才不是给大人看的呢。”妹妹辩解道。

“那么我们就朗读这本书好了，”尼克说，“如果朗读的话我们还可以把这本书多读几天。可是，小妹，现在你跟我一起的话，事情就不那么好办了，因此我们需要快点走。速度要快，别

① 这是英国作家史蒂文森写的一部小说。

看那两个浑蛋长着一副蠢样子，他们的脑子可不蠢呢。也许喝了酒他们会干蠢事。”

这时尼克已经打好了包裹，他把背带收紧往后一靠，又穿上了自己那双鹿皮鞋。他用胳膊把妹妹搂住：“你当真要去吗?”

“我一定要去，尼基。都现在这个时候了，你不能再犹豫不决了，你是知道的，我已经给妈妈留下条子了。”

“好吧，”尼克说，“那么我们走吧。你先背着枪，背不动了就把枪给我。”

“我全都准备好了，就等着你说出发两个字了。”妹妹说，“哥哥我帮你拿着背包，你就容易背起来。”

“你一分钟都没有睡过，可现在必须得马上赶路了，你觉得困吗，撑得住吗?”

“没关系。趴在桌子上打呼噜的那个家伙跟他的同伴吹牛说，一夜不睡他也不犯困，其实我才是这样，我真的可以一夜不睡呢。”

“可能他以前真有那本领呢，”尼克说，“不过你必须注意一个问题，那就是鞋子一定要合脚，千万要保护好脚，不能让脚出现什么问题。你的鹿皮鞋合适吗?”

“合适，其实整个夏天我都没有穿鞋，光着脚走路，这下脚的皮肤已经磨硬啦。”

“我也有一双铁脚板，”尼克说，“那么，我们走吧。”

踩着满地软软的青翠的松针，他们出发了。这片树林里的树木确实都很高，也很密，大树之间也没有什么灌木丛。他们就顺着山坡一直往上走，月亮的脸从树梢间悄悄露出，把两兄妹的身影勾勒得清晰可见：尼克背的那个包很大，妹妹则背着那支点22口径的长枪。他们走到了小山顶上，再回头望去，只见月光下的湖面闪烁着粼粼波光，那片尖角地只露出黑乎乎的影子了，再后面就是湖对岸连绵的山峦了。

“我们就在这里向那个湖告别吧。”尼克·亚当斯对妹妹说。

“再见了，可爱的湖啊。”小妹说，“我爱你，永远爱你。”

他们很快走下了那座山冈，又越过宽阔无垠的旷野，再穿过一片果园，翻过一道栅栏，他们就来到一片地里，这里麦茬累累。他们没有喊累停下，继续走着穿过了这片麦茬地。当他们向右望去的时候，能看到山谷里的那个屠宰场和那个大谷仓。在靠近湖的地方，还有一块高地，这时那块高地上有一间农家的老木屋映入他们的眼帘。一条长长的道路，两旁都栽着钻天杨，在月光下，这条路一直通到湖边。

“在这样的道路上走，你的脚痛吗，小妹？”尼克问。

“一点儿不痛。”妹妹说。

“我们要避开狗，所以选择这条路。”尼克说，“虽然那些狗看到我们以后，就会立刻停止叫声的。可是哪怕只有一声狗叫，也有可能会被那些人听见的。”

“我知道，”她说，“他们听见那些狗叫了几声以后又不叫了，准会猜到我们来了。”

他们一边走一边向前望去，这条路的远处已显出山峦隆起的黑乎乎的轮廓。他们又走过了一片没有麦茬的麦田，越过一条低洼小溪，那条小溪的流向是朝着水上冷藏所的。他们又沿着逐渐隆起的地势穿过另一片麦田，这片麦茬累累的麦田尽头有一道栅栏，越过这道栅栏，就是一条沙土大路了，大路的另一边是密密层层的二茬林子，再看不见别的了。

“我先爬过去，然后再拉你上来。”尼克说，“我要先过去观察一下这条路的情况。”

他爬到栅栏顶上，可以看到他们刚才所经过的地方：刚才走过的那片绵延起伏的辽阔土地、还有他们家旁边黑压压的树林，以及月光下波光粼粼的湖面。看了好一会儿，他才转过头观察那条大路。

“他们不可能沿着我们来的这条路追上来的，因为这条大路积着很厚的沙土，所以很快会把我们留下的那些脚印掩盖住的，这样他们就不会那么容易发现我们的去向。”他对妹妹说，“如果你不嫌沙子硌脚的话，那么我们尽量靠着路边走吧。”

“尼基，照我看，他们也挺愚蠢的，他们没有想到要出来追我们的。你看他们今天的情形：他们哪儿也不去，就赖在家里死等，还没吃晚饭呢，他们都喝得有几分醉了，最后的情形就更别提了。”

“但他们还是去过码头找过我的，”尼克说，“那时候，我可正在那里的。如果不是你通知我，我现在已经被他们逮住了。”

“虽然他们非常愚蠢，可他们一听到妈妈说你可能去钓鱼了，自然而然地会想到你准是到那条小溪去了。我从家里出来以后，他们肯定对我们的船查过了，发现我们的船都在那里，准会猜到你去小溪那里钓鱼了。这里的人都知道你钓鱼的地方除了磨坊，就是榨房的下游地区。这些他们也都知道的，不过考虑问题就显得特别迟钝了。”

“好了，即便就像你说的这样，”尼克说，“可是他们的判断还是正确的。”

妹妹取下那把枪，从栅栏缝里把那枪递给了哥哥，然后一猫腰也从栅栏的中间爬了过去。她挨着哥哥，两个人一起站在那条沙土路上，尼克伸出一只手轻轻地摸着她的头。

“你一定累坏了吧，小妹？”

“没有，我没事。我很高兴能跟着你，一点儿也不觉得累。”

“如果你觉得不太累的话，你就沿着沙土厚的这一边路走。沙土上有那些人的马蹄踩出的蹄印，而且沙子又松软干燥，即使我们一不留神而留下脚印，他们也不容易看出来。我走那边有点硬的路。”

“我也可以走那边的。”

“不，一定不能把你的脚擦伤了。”

他们沿着那条路向两湖之间那片高地走去，那条路一路都是上坡，偶尔有短短的下坡路。路的两旁全都是密密层层的二茬林子，路跟林子之间都长满了灌木，全是黑莓紫莓之类的灌木丛。路的前面，从树林子里隐约看到一个个山头的影子，好像一排锯齿排在那里，而此时月亮很快就要落下去了。

“你现在觉得怎么样呢，小妹？”尼克问他妹妹。

“真是太刺激了。尼基，每次你离家出走都有这么刺激吗？”

“哪里会有刺激呀，有的只是寂寞。”

“什么样的寂寞？”

“心里苦恼又憋闷，反正是说不出的难受。”

“我跟你在一起的时候，你会不会还觉得寂寞呢？”

“不会了。”

“这次你跟我在一起，没有去找特萝迪①，你是不是有点不高兴了？”

“你为什么总是要提起她呢？”

“我没有呀，我没有总是提起她呀。也许你心里一直在想她，所以你才会觉得我总是提起她。”

“你可真是会说，”尼克说，“因为你告诉了我她在哪里，我才知道的，也才想起她来的。既然已经知道了她在哪里，自然而然就会想一想她现在在干什么这一类的事罢了。”

“也许我根本不应该来。”妹妹说。

---

① 这是一个印第安姑娘，是尼克的恋人。在海明威的一篇名叫《两代父子》的小说里写到过她。

“我早就告诉你不应该跟我来的。”尼克说。

“唉，算了吧，”妹妹说，“我们现在这样干什么呢，是在学人家吵架吗，学他们的粗鲁无礼吗？如果你根本不需要我帮什么忙，我现在就回去好了。”

“闭嘴！”尼克说。

“请你不要这么训斥别人，尼基。你说吧，我回去呢还是留在这里。什么时候你想让我回去我就回去，不过我可不想跟你吵架。这样跟自己的亲人吵架的人，我们见到的还少吗？”

“不错。”尼克说。

“我也知道，你是没办法推掉我，才带我一起来的。其实我是为你着想，也不想你遇上什么麻烦。我说错了吗，难道不是我来通知你，你才没被他们逮住吗？”

他们就这样说着话，很快就来到那块高地。站在这里又能看见那个湖了，只不过从这里看，那个湖似乎变得狭窄了，变得有些像一条大河。

“到了这里，我们必须从田野里抄近路穿过去了，”尼克说，“接下来我们就要走上那个难走的伐木古道。如果你真想回去的话，在这里你就可以往回走了。”

他走到树林的深处，取下背包放在地上，妹妹也把那把枪取下，靠在背包上。

“坐下休息一会儿吧，小妹。”他说，“我们都很累了。”

尼克躺了下来头枕着那个背包，他的妹妹也躺在他旁边，把脑袋枕在他的肩头。

“我不会就这么走的，尼基，除非你一定要我离开。”她说，“不过，我可不想再跟你吵架。你可不可以答应我，我们以后都不要再吵架，好吗？”

“好的，我答应你。”

"我再也不会提起特萝迪了。"

"去她的吧，特萝迪！"

"我会做你的好伙伴，尽量帮你忙。"

"你可一直都是我的好伙伴。有时候我心里会烦躁，或者因为寂寞，才会发脾气，你不会介意吧？"

"什么话呢。我们现在相互照顾，再找些事情来做，我们的日子就可以过得很快乐的。"

"好的，从现在开始，就快快乐乐地生活。"

"我一直都很快乐啊！"

"我们前面的道路相当难走，而接下来，马上就有另一段路更是非常难走，但是走过了这两段路以后，我们就到达目的地了。不如等天亮了我们再继续赶路吧，现在你好好地睡一觉，小妹，你有没有觉得冷啊？"

"我一点儿都不冷，尼基。我穿着一件外套呢。"

她把身子蜷了起来，挨着尼克很快就进入了梦乡，不一会儿尼克也沉沉地睡去。两个钟头以后，当天边刚刚露出曙光，他们就被惊醒了。

尼克一直在二茬林子里兜着圈子，兜了很多圈，他才带着妹妹踏上了那条伐木古道。

"我们要留意，一定不能留下从大路转向古道的足迹。"他对妹妹说。

那条伐木古道杂树丛生，一路上他都得低头哈腰，避免被那些枝丫撞上。

"这条路就像隧道一样。"妹妹说。

"再往前走一段就开阔了。"

"我以前到过这个地方吗？"

"你肯定没来过。以前你跟我一起打猎也走过很远的路，可从来没有来过这里。”

“这条路走完后，我们就到达那个秘密地方了吗？”

“不是的，小妹。我们还得继续走，要经过好几片大片的土地，都是乱木丛生的土地，我们得走好久呢。我们要去的那个地方是没有任何人的。”

他们一直沿着古道走去，从这条古道又拐上了另一条路，那条路更加偏僻又杂草丛生。这条路走完终于看到了一片空地，也很荒芜，长着烧荒后新长出来的野草灌木，还能看到野草丛中坐落着伐木人住过的几间旧木屋。这些小木屋已非常破旧了，有些小屋的屋顶已经塌了。在这条荒路的旁边汩汩地流着一眼清泉，兄妹俩跑到那里喝了点儿泉水。他们已经走了整整一夜，肚子早就饿得咕咕叫了，可是太阳还没有升起来。

“这地区原先是一片青松林，”尼克说，“那一年为了剥青松树皮卖，这里的青松树被大肆砍伐，最后丢下了青松树木在这里自生自灭。”①

“这条路为什么又变成这样呢？”

“他们肯定先砍远处的树木，剥下树皮，再把它们拖来堆在路旁，为方便以后更容易地拖到树林外头。他们这样一路砍过来，最后砍到这里了，剥下的树皮也全都堆在这里，预备以后再拉出去。”

“你的意思是说，我们必须经过这一大片乱木地后，才能到达那个秘密的地方？”

“是的，我们走过这片乱木地以后，再向里边继续走上一段路程，又会经过一片乱木地，走过那片乱木地就到了原始森林了。”

---

① 这里指的是印第安人。印第安人砍下松树，剥下青松皮，把它们卖给波依恩城的皮厂。在其他作品中，海明威也提到过这件事。

“很奇怪他们已经砍了这么大一片树林，而那片树林为什么又留着没砍呢？”

“我也不知道为什么，那边的树林可能是有人管理的，不肯卖给他们吧。不过他们偷偷地砍了不少那边树林的外围，他们肯定会向那片树林的主人赔一笔采伐费。幸好他们没有进入那片树林里面，所以那里暂时还是比较隐秘，并没有通向树林里面的路。”

“可是为什么没有人从小溪里走呢？顺着那条小溪应该能找到进去的路吧？”

现在他们正在休息，还没有准备走进那片难闻的乱木地，因此，尼克也很愿意给妹妹讲讲其中的道理。

“你知道吗，小妹，那条小溪流经的地方很长，它在流经刚才我们走的那条大路以后，会流过一片庄稼地。那片庄稼地的主人却用栅栏圈起来这块地，霸道地说那是他家的牧场，无论谁在流过那块庄稼地的小溪里钓鱼，都会被他撵走。所以如果沿着小溪走的话，到了那座桥下面，往前就再也不能走了。有人想绕过他的屋子，然后穿过他围起来的牧场，这也必须从那条小溪上经过。于是，他又故意在这一段小溪的前面放上一头凶狠的公牛，这头牛见了谁都会发脾气，把他们赶走。我可从来也没见过这么凶狠的牛，而且它一直都守在那儿，一直都那么杀气腾腾，只要看到有人来它就会撒野。因此谁也别想从那庄稼人的地通过，再往前会经过一片杉林沼泽地，那片沼泽地到处都是深深的水窟窿，地形不熟悉的人根本无法过去。就算是熟悉地形的人，要经过那片沼泽地也得费一番工夫。那片沼泽地通过以后，再往前就到达那个秘密地方了。因为我们是翻山过去的，所以走的路会更远，在那个秘密的地方的前面还有一片沼泽地，那可是名副其实的沼泽地呢。这个绝地任谁也别想从那里过去。好了，现在我们出发吧，我们必须要走过面前这段难走的路。”

他们已经走过了那段难走的路，并且更难走的路也被他们甩在身后了。一路上，尼克爬过的木头堆数也数不清，有的木头堆已高过他的头，最低的木头堆也有他的腰那么高。每次爬这些木头堆，他都先把枪接过放在木头堆的顶上，然后爬上去，再把妹妹一把拉上来，让她先爬到木头堆的那一头滑下去，或者自己先滑下去，接过枪，再伸手把妹妹接下来。他们还得踩过或者绕过一堆堆的树枝乱丛。这一片热烘烘的乱木地，长着许多形状不同、颜色各异的野花，花粉纷纷扬扬飘到小姑娘的头发上，她被呛得直打喷嚏。

走了一会儿，他们就坐在一根被剥了皮的大原木上休息，妹妹对尼克说："这块乱木地真难走。"那棵大原木去了皮的地方灰溜溜的，准确地说那根日益朽烂的木头全都是灰溜溜的，那里除了野花野草异常茂盛以外，所有的高大树干看起来全都是灰溜溜的，包括那些树木的枝丛，也全都是灰溜溜的。

"过了这里就再没有这样的乱木地了。"尼克说。

"这块地真是让人厌烦，"妹妹说，"还有，那些该死的野草让这块地看上去就像没人看管的墓地，一大片乱树和各种不知名目的野花也很让人厌烦。"

"现在你知道为什么我不想摸黑走这条路了吧?"

"因为这样的地方在黑夜里根本没办法走过。"

"是的，不过过了这个地方我们就再也不用害怕他们会追来了。过了这里，前面的路就好走了。"

终于，他们顶着炎炎的烈日走过了那片乱木地，走进了那片茂密的原始森林。那片乱木地倒真是挺宽阔的，一直延伸到那道山梁的顶上，离那道山梁不远就是那片原始森林了。森林里很阴凉，一层褐色的树叶覆盖在土地上，脚踩上去很有弹性。所有的树木都长到六十英尺高的地方才分出枝丫，那片高大的树木下也没有矮树灌丛，因此林荫里很是凉爽，在树林里走，能听见高高的树梢上树叶窸窸窣窣的声音，还有微风轻轻吹过的声音。他们走在密密层层的树叶把阳光全都遮住的树林里。尼克知道，只有在中午时分，阳光可以透过那些枝丫交错的树梢上的树叶。此时妹妹拉着他的手，紧紧靠在他身边，跟着他走。

"我并不害怕，尼基，不过这个地方令我觉得不大自在。"

"我也有这样的感觉，"尼克说，"而且每次经过这里我都有这种感觉。"

"我以前可从来都没有到过这样茂密的森林。"

"在这一带原始森林只剩下这里了。"

"这片树林很大吗？"

"我们走的这段路也相当长。"

"估计我一个人走的话肯定会害怕的。"

"我只是感觉不大自在，真的不是害怕。"

"我刚才就这么说了。"

"我知道的，也许正是因为我们感到害怕，所以才故意这么说的吧。"

"不是的，跟你在一起我一点儿都不怕。可要是让我独自一人在这里走的话，肯定害怕得要命。你以前跟别人一起到这里来过吗？"

"没有，我从来都是一个人到这里来的。"

"你不害怕吗？"

"不怕，只不过我总感到有些不自在。这里感觉就像是在教堂做礼拜的时候那样的吧。"

"尼基，待会儿我们要去的那个地方，也像这里一样茂密森严吗？"

“不会的，这你完全不用担心，那个地方非常好非常令人愉快。不过你现在倒可以尽情体会下这里，小妹。这样的感觉和气氛对你会有好处的，过去的原始森林都是这样的。我看这一片森林，恐怕就是目前还保留着的最后一方清净地了，这里可从来没有人来的。”

“我喜欢过去，不过不太喜欢这里这样森严的氛围。”

“并不是全都这样显得一派森严的，不过所有的青松林应该都是这样的。”

“在这片林子里走真刺激，本来我觉得我们家后面的那片树林就很刺激了，可是跟这里比起来还差得远呢。尼基你相信上帝吗？如果你不愿意回答的话也可以不回答。”

“我也说不清楚。”

“那么好吧，你不必告诉我。可是到晚上时我会做祷告，你同意吧？”

“我没有理由不同意。如果到时候你忘记了，我会提醒你的。”

“谢谢你！走到这样的原始森林里之后，我觉得心里只有一个想法，就是相信上帝。”

“所以，所有的大教堂都会制造这样的气氛。”

“你从来没有看到过真正的大教堂吧？”

“没有，只是在书里看到过，我能通过那些文字的描写去想象。我认为这片原始森林就是我们这里最好的一座大教堂。”

“你认为我们有机会去欧洲看大教堂吗？”

“当然有机会啦，不过首先我们必须摆脱掉目前的麻烦，然后还要学会挣点钱。”

“你认为你写的文章怎么样，能挣到钱吗？”

“只要我的文章精彩出色。”

“我觉得如果你写一些比较轻快的作品，成功的机会更大呢。不过这不是我的意见，是妈妈她说你的文章总是让人那么忧伤。”

“《圣诞老人》杂志也说我写的文章让人感到太忧伤，”尼克说，“虽然他们没有这么直接说，可是他们并不喜欢我的文章这一点却很明显。”

“《圣诞老人》可是我们一直以来最喜爱的杂志啊。”

“我知道的，”尼克说，“可是现在他们已经对我的作品表示不满意，嫌我的作品太忧伤了，而现在我还根本算不上一个大人呢。”

“那么要怎样才算个大人呢？难道是结婚以后就算个大人了？”

“不能这么说。不过，如果不是个大人，他们也只能把我送到教养院；如果我是个大人的话，他们就可以把我送进监狱了。”

“这么看来，幸运的是，你还不是大人。”

“他们别想把我送到任何地方去，”尼克说，“虽然我写的文章比较忧伤，不过在这个时候，我们可别再说那些忧伤的话了。”

“我可没有说你的作品让人感到忧伤啊！”

“我知道的，可是别人都这么说呀！”

“现在，我们要让自己快乐起来，尼基，”妹妹说，“自从我们进入这片森林之后，就再也没有笑过了。”

“不用多久，我们就可以走出这片森林了，”尼克对妹妹说，“走出这片森林以后，就能到达我们的目的地了。你是不是有些饿了，小妹？”

“是的，我有点儿饿了。”

“我猜你肯定饿坏了，”尼克说，“就在这里吃两个苹果吧。”

他们走下有很长一段缓坡的小山，发现前面的树林地上已经有斑驳的阳光出现了。终于走到这片森林的边缘，地上是一片茂盛的草木，四周都是白珠树和蔓虎刺。透过那些树干，能看到山坡上是一片开阔的草地，并且一直延伸到水边的一排白桦树下面。那片草地和那排白桦树的下面，是一片黑绿色的、看起来黑黝黝的杉林沼泽地。在杉林沼泽地以外的远处有一带黛色山峦。杉林沼泽地和山峦之间有一湾湖水，不过在这儿他们可看不见那湾美丽的湖水，唯一能感觉到的就是中间有很大的间隔，他们猜测准有一湾湖水在那里，隔开杉林沼泽地和山峦。

“这是泉水，”尼克指着那片间隔地给妹妹看，“你看到那些垒起石头的地方了吗？那里就是以前我露宿的地方。”

“尼基，这个地方可真是太美了，非常美，”妹妹说，“在石头那里还能看到湖，是吗？”

“确实有些地方能看到湖的，不过我想这里当作住处的话会更好。我现在就去捡些树枝来生火做早饭吧。”

“这几块耐火石看起来可是很久以前的东西了。”

“这里就是很久以前才有人居住的，”尼克说，“看起来这几块耐火石还是印第安人的呢。”

“这片森林里既没有小路，也没有看到树上有白茬儿指路[①]，奇怪你怎么能准确地找到这条路呢？”

“你有没有看见在三道山梁上竖着的那道指路杆？”

“我什么都没看见呀。”

“那以后我会指给你看的。”

“是你竖的那些指路杆吗？”

“当然不是的，很早以前就有了。”

“为什么你不早点儿指给我看呢？”

“我也不知道，”尼克说，“可能我只是想你称赞我一下吧。”

---

① 在森林里走路，通常都会走一段路程就在一棵树上削去一块树皮，露出树木的白茬儿，以此作为指路标志。

“尼基，我想他们永远都别想在这里找到我们。”

“但愿如此吧。”尼克说。

就在尼克兄妹俩刚刚踏进第一片乱木地时，在他们家纱窗阳台上睡着的那个猎监员，被清晨的阳光惊醒了。他们家坐落在靠近湖的高地那里，一片绿树掩映，清晨的太阳就从房子后面那片开阔的山坡上露出笑脸，此时他的脸上射满了灿烂的阳光。

这个猎监员原来一直伏在桌子上的，醒了后去喝水，回来以后干脆躺在了地上，拿个椅垫在地上当枕头。现在他醒了才发现自己睡在地上，于是赶紧爬起来。他睡觉的时候是向右躺着的，因为他左边腋下还挎着手枪皮袋，在枪袋里面插着一支史密斯·韦森左轮枪，点三八口径。现在他的脑子清醒了，赶紧伸手摸了摸那支枪心才放下来，于是感觉到刺眼的阳光，脸就转过去。他来到厨房里，在厨房切菜桌旁边的那只水桶舀水喝。有一个女用人正在把柴往炉膛里放，要生火，那个猎监员就说：“你弄些早饭来吃，怎么样？”

“没有早饭。”女用人回答。她晚上是睡在房子后面的那间小屋的，半个小时以前她来到厨房。她刚走进来就瞧见那个猎监员，肆无忌惮地躺在纱窗阳台的地上，阳台桌子上放着一瓶几乎只剩下空瓶的威士忌，她先是吓了一跳，后来就是极度反感极度愤愤然。

“你说没有早饭，这到底是什么意思？”猎监员问她，可并没有放下手里的勺子。

“没有早饭就是没有早饭。”

“为什么会没有早饭呢？”

“没有东西吃呗。”

“那么总有咖啡吧？”

“也没有。”

“茶呢?”

“都没有，什么都没有。没有咸肉和麦片，也没有盐和胡椒粉，全都没有，咖啡没有，博登牌罐头奶油没有，也没有珍妮大婶牌荞麦粉，什么都没有。”

“你说些什么呀?昨天晚上我明明看到还有很多吃的东西嘛!”

“现在什么都没有啦，这些东西一定是让‘五道眉儿’① 全都叼走啦。”

另外一个猎监员被他们的说话声惊醒了，他也来到厨房。

“早上好啊!”那个女用人跟他打招呼。

可是那个猎监员根本没有理睬她，只是对另一个猎监员说:“埃文斯，你怎么了?”

“昨天夜里那小王八蛋肯定是回到这里来了，他拿走了好多吃的，看起来足有一驮。”

“不准在我的厨房里骂人。”那个女用人说。

“我们出去吧。”那个从南部来的猎监员说道。于是他们两人又走到纱窗阳台边，并且随手把厨房门关上了。

“这到底是怎么回事?”南边来的那个猎监员指了指桌上那瓶“老格林河”。“你看看，这瓶一夸脱的酒现在只剩下四分之一还要少了，你看看你，你都醉成了什么样子!”

“可是我没有偷着多喝一口呀，我一直精神百倍地坐在桌子前面呢。”

“你一直坐在那里?”

“我坐在这里等着那个亚当斯家的兔崽子回来呀。”

“肯定还喝了点儿酒。”

① 是一种叫作金花鼠的松鼠。

“我可一点儿都没喝。到 4 点半左右我就醒了，我还到厨房里喝了点水，然后就躺在这门前休息了一会儿。”

“你休息时为什么不躺在厨房的门前呢?”

“如果他真的回来的话，我在这里不是更容易发现他吗?”

“后来呢?”

“我想他多半是从窗户爬进来的，反正他肯定溜进厨房了，还把那么多的东西带走了。”

“胡说八道!”

“你那会儿又在干什么呢?”那个本地的猎监员问。

“我还不是跟你一样在睡觉。”

“这就是了！我们还在这里争吵有个屁用。”

“你去把那女用人叫到阳台上来吧。”

那个女用人很快就来到阳台上，南边来的那个猎监员对她说：“你现在就去告诉亚当斯太太，说我们要找她说话。”

女用人没有说什么，只是默默地转过身，走进里面的屋子，并且随手关上了厨房门。

“你收拾一下吧，那些没开的，还有已经喝光的空酒瓶，”那个南边来的猎监员说，“这个瓶子里剩的酒只有那么一点儿了，没什么用了。你要不要再喝一杯?”

“谢谢，我不想喝了，今天我还有事情办。”

“那么我喝一杯，”南边来的那个猎监员说，“你喝得已经比我喝得多了。”

“我发誓，你走了以后我真没喝过一口。”那个本地的猎监员仍然不肯罢休。

“你为什么总是没完没了地说这个?”

“我可一点儿都没有说错。”

那个南边来的猎监员又放下了酒瓶。这时女用人进来了，并且随手关上了门。于是他就冲那个女用人说："事情办得如何，太太怎么说？"

"太太又犯了偏头痛，现在不能见你们。她说既然你们有搜查证，想搜的话就尽管搜吧，搜完了请走。"

"她有没有说什么关于她儿子的事呢？"

"她没有见到孩子回来，她一点儿都不知道孩子做的事。"

"那么你们家别的孩子呢？"

"去沙勒瓦做客了。"

"通常他们都是到谁的家里去了？"

"不知道，太太说她也不知道他们去谁的家里了，只知道他们跳舞去了，而且他们会一直住在朋友家里，星期天以后才回来。"

"那么昨天在这个房子里那个四处转悠的孩子叫什么名字？"

"昨天哪里有孩子在这儿转悠呀，我没看见一个孩子的影子。"

"明明有的。"

"可能是哪个小孩儿来找家里孩子玩的，也可能是某个从外地来度假的游客的孩子。你看到的孩子是男孩还是女孩？"

"是个十一二岁小姑娘，褐色头发，褐色眼睛，她的脸上长满雀斑，她的皮肤晒得黑黝黝的。上身穿着一件男衬衫，下面穿一条工装裤，赤着脚。"

"这可说不清楚，"女用人说，"你说这个小女孩有十一二岁？"

"呸，别问了，"南边来的猎监员说，"从这种乡巴佬嘴里还能问出什么来吗？"

"你说我是乡巴佬吗，那么他是什么？"女用人说着瞟了一眼那个本地的猎监员，"真不知道埃文斯先生又算什么呢？我的孩子跟他的孩子是在同一所学校读书呢。”

“那个小姑娘到底是谁，跟这家是什么关系？”埃文斯问女用人，“苏珊你快说吧，你即使一个字不说，我也会想办法查出来的。”

“我怎么知道她是谁呢？”那个被叫作苏珊的女用人说，“你没看到现在到这里串门的人可不少，真是什么样的人都有，我甚至都疑惑自己是不是住在一个大城市里了。”

“你不会给自己找麻烦的，是吧，苏珊？”埃文斯又问。

“怎么可能呢，先生？”

“我可不愿意跟你开玩笑的。”

“你自己呢，你当然也不会给自己找麻烦吧？”苏珊问他。

于是他们出去了，走到马棚，牵出那匹马，在马棚外面套好车，南边来的那个猎监员说：“我们追查这件事并不顺利呢，是不是？”

“这样一来，他可逃得远远的了。”埃文斯说，“他竟然拿了那么多吃的，什么都不缺了，他肯定也拿到枪了。不过他跑出这一片地区是不可能的，我看一定能逮住他的。你辨认足迹怎么样？”

“不行，我确实不擅长这个，你呢？”

“如果在雪地里，我也许还行。”另外那个猎监员说着说着咧开嘴笑起来。

“我想我们不一定非得循着他的足迹追寻吧。只要我们研究一下，仔细地分析他可能到什么地方去，这不就行了。”

“他带了那么多东西，我看他一定不会逃去遥远的南边。因为如果到南边去的话不需要带这么多吃的东西，只要带够到铁路线的食物就行，那样就可以搭火车去了。”

“我也不知道他到底从柴棚里拿走了什么东西，不过他肯定到过厨房，而且把厨房里的东西拿走了一大堆。这样他肯定会逃到某个地方躲起来，我现在就去调查一下他平时最喜欢去的地方，还有他经常来往的朋友、他的生活习惯。沙勒瓦、圣伊格内斯、佩托斯基，还有席博伊根[①]，我想我们要截住他就去这几个地方守着。你说说看，如果是你你会逃到哪里去呢?”

“我会向西北半岛逃去。”

“我也这么想，以前他去过那一带应该了解那里。假如他真的是往那里逃的话，最容易抓住他的地方就是渡头。一旦他过了渡头要抓他就很麻烦了，从这里到席博伊根范围相当的广，而他对这一带又非常熟悉，我们得尽快到渡头那儿。”

“我们现在还是去看看帕卡德吧，今天不妨先查查这一路看看。”

“你说他会搭乘东约旦—大特腊沃斯线[②]的那列火车去吗?”

“也不是完全没有可能。不过如果他那样做的话，就会离他的家乡越来越远了，我猜他最可能去的，还是某些熟悉的地方。”

他们正准备出去，而且已经打开栅栏门了，这时苏珊从屋里走了出来。

“我可以搭你们的车吗?我想到镇上的铺子里去买一些食品杂货什么的。”

“你怎么知道我们会去铺子里?”

“昨天你们不是在商量着要去找帕卡德先生吗?”

“我想知道你买了东西以后又怎么把它们运回来呢?”

“我想，要搭个便车应该没有多大问题，有很多外出旅行的人，还有很多人要到我们这一带湖边来玩。别忘了今天可是星期

① 沙勒瓦、席博伊根、佩托斯基，三个地方都在密执安西北半岛的北端。圣伊格内斯位于密执安半岛对岸，跟这三个城市隔岸相望。

② 东约旦就位于佩托斯基附近，大特腊沃斯湾则位于西北半岛的西部。

六啊。”

“那好吧，你上车吧。”本地的那个猎监员说。

“真是谢谢你了，我太感谢了，埃文斯先生。”苏珊连声道谢。

他们没过多久就到了杂货铺，这个杂货铺其实也是当地的邮局，埃文斯下车，把牲口拴在马槽前面。他跟南边来的那个猎监员站在那里并没有立刻走进店去，而是商量着什么。

“这个讨厌的苏珊，我真不想再跟她多说一句话。”

“我也是。”

“不过帕卡德倒是个很好的人，在这个地区像他这样和气又朋友多的人，恐怕再也找不到第二个了。因此，关于买鲑鱼的事，你可要千万注意，决不能说成是他的什么过错。吓，是不可能吓倒他的，而且我们绝对不能招惹他，让他反对我们那就糟糕了。”

“你认为他会跟我们合作吗?”

“如果你的态度不好的话，这件事就准办不成。”

“好了，我们去会会他吧。”

苏珊早就走进铺子里面，她快速穿过店堂，走过一排排玻璃陈列柜，走过那些开了盖的货桶，走过一排排列整齐的纸盒，又走过琳琅满目的罐头架，她可一眼都没有看那些东西，一步也不停留。她一直走，走进杂货铺里面的邮局，那里陈列着许多信箱，都是专用的，还能看见一个领邮件、卖邮票的窗口。当她看到那个窗口并没有开，于是又一直往后屋走去。在那间屋里，她看见了帕卡德先生，他正拿着一把铁撬试图撬开一箱货。帕卡德先生抬头一看是苏珊，于是向她微微一笑。“约翰先生，”苏珊说得非常快，“有两个猎监员到杂货铺里来了，他们要抓尼克。昨天晚上尼克走了，还有他的小妹妹也跟他在一起。这件事你可千万要保密别走漏风声。他妈妈也知道这件事，估计她那里是不会出什么问题了，她总不会把这事说出去吧。”

“他带走了家里吃的东西，是吗?”

“带走了一大半。”

“你看看你们需要些什么，只管在杂货铺里去挑，挑完以后把清单开好，回头我一样样跟你核对。”

“可那两个人就要进来啦。”

“好吧，你从后门出去，然后从正门进来。现在我就出去招呼他们。”

于是，苏珊绕过这一排长长的木板房，重新登上正门的台阶。她一踏进杂货铺的门，就发现有很多人在里面，也许是买东西的。她认识几个送篮子来的印第安人，还有两个印第安小伙子，他们站在左边那里第一排的玻璃陈列柜前面，正在看柜里那些陈列的钓具。在那个放钓具的柜子旁边是一只放药品的玻璃柜，那里面摆的药她全都知道，她还知道经常都有谁来买这些药。因为她在这个杂货铺里曾经做过售货员，干了一个夏天，所以她对那些纸盒上用铅笔写的字母代号很清楚，以及那些数字都有什么样的意义。她也知道在那些纸盒子里的鞋子、冬天用的罩靴，还有羊毛袜子、手套，以及帽子、套衫等都分别在什么地方。甚至她能准确地说出这几个印第安人送来给杂货铺的那些篮子能卖多少钱，因为现在已经过了用篮子的季节，不会有好价钱了。

“你怎么这会儿才送来这些篮子呀，塔贝肖太太?”她问。

“那一天玩得太开心了，就是 7 月 4 日那天，这事一直没顾上。”那个印第安女人微笑着对她说。

“比利怎么样?”苏珊问。

“我也不知道，苏珊。我已经有四个星期没有看见他了。”那个印第安女人说。

“为什么你不把篮子拿到旅馆去，或许那里的游客对这些篮子感兴趣也说不定呢?”苏珊说。

“那当然是个好办法，”塔贝肖太太说，“我已经到那里去过一次了。”

“你就更应该每天都拿着这些篮子去卖嘛!”

“可是那一段路程好远哪。”塔贝肖太太说。

当苏珊在杂货铺里一边跟熟人说话，一边替主人家买东西列清单的时候，那两个猎监员也走了进来，他们是在店堂后边跟约翰·帕卡德先生见了面。

一双眼睛是青灰色的，头发黑黑的，还留着黑色的八字胡，乍一看就让人们觉得他不会是这家杂货铺的老板，也不像来光顾杂货铺的客人，倒像是一位走错了地方的治安官员先生，或者说像个豪爽的赌徒。在约翰先生年轻的时候，他曾经离开密执安北部外出谋生，而且一去就是十八年。他先在这里开过几家酒馆，生意倒是很不错。后来这一带的树木被砍伐光了，他就买了农田住了下来。再后来这个县里决定行使地方自决权，全县禁酒，所以他又买下了这家杂货铺。那时他正经营着一家旅馆，可是他说没有酒吧的旅馆根本不叫旅馆，所以他几乎从来不去那个旅馆，所以就全部交给他太太管理。太太经营这家旅馆可是顺风顺水的，先生说他非常不愿意把时间浪费在这些顾客身上。这里住的顾客有的是钱，他们可以去任何想去的地方度假，可他们偏偏选择这样一家没有酒吧的旅馆，而且他们只要坐在阳台上的摇椅里，随着摇椅一摇一晃地就可以消磨一下午的时间。于是他称这些游客为“换茬的”①，他在跟太太谈起他们的时候，总要对他们

① 原文为 change of lifers，在这里是双关语，有“来换换生活，体验生活情趣的人”的意思，又有“正处于更年期的人”的意思。

刻薄地挖苦一顿，幸好太太非常爱自己的先生，从来都不计较先生对此的揶揄。

“你喜欢叫他们‘换茬的’就叫吧，随便你叫吧，”有一天晚上，太太对枕边的他说，“虽然我也算是一个有能耐的女人，可我这个女人唯独服从你，不是吗?”

太太非常欢迎这些游客的到来，因为她认为其中有些游客是文化人，能给这里带来文化气息。先生还用了一个比喻说，太太喜爱文化修养就像那些伐木工爱嚼“无敌牌”烟丝一样。从这句话可以看出，他对太太的这种爱好怀有不敬之意。只不过他并非有意。太太自己也对先生说过，她爱文化修养就好像先生喜爱那些上等的陈年威士忌一样，她还说：“帕卡德，其实对于文化修养不修养的事情，你根本不用操什么心。我是绝对不会要求你这样那样的，也不要求你显得有文化，只是我始终觉得有文化修养，这个人就非同凡响。”帕卡德先生说，如果她喜欢文化修养，那么就尽管去欣赏那些文化修养吧，他不会管也管不着，只要别让他去参加什么肖托夸①或者其他什么进修班就行了。以前他曾经参加过野营布道会，也参加过一个叫作“奋兴”的布道会，可什么肖托夸他却是从来都没有参加过。他说，虽然野营布道会和那个“奋兴”布道会同样让人无聊，没有意义，可是他们鼓动了一些人，这可是真的。布道会以后还会有些男女相悦之事进行。可是不管是野营布道会，还是“奋兴”布道会，都是不用会后付参会费的。先生告诉尼克·亚当斯，每次他的太太去参加那些由所谓的著名的传道士，也就是像“吉卜赛人”史密斯②那样的知名人士主持的“奋兴”布道会以后，总会担心好一阵，她担心先

① 在美国流行的一种活动，类似于学校在暑期组织的文娱教育活动，经常都在野外举行，以这种活动的始创地——纽约的肖托夸而得名。

② 这是英国的“奋兴派”传道士，他有着吉卜赛人血统，曾经周游世界多次，到处布道。

生的灵魂不能得到上帝的拯救，不能得到永生，不过幸好帕卡德先生与史密斯的相貌极像，所以最后太太还是放下心来，依旧过自己正常的生活。可是至于肖托夸这玩意儿到底怎么样，他就不知道了。有时约翰先生心想：也许文化修养总比那些宗教信仰要斯文些吧。只是这样的问题应该是一个让人冷静、深思熟虑的问题吧，可是人们对此如痴如狂。所以他认为，人们的这种表现绝不仅仅是因为赶时髦。

"不可否认，这玩意儿对人们有强烈的吸引力，"他曾经这么对尼克·亚当斯说，"我猜这种活动可能接近于'摇喊'教派[①]的性质，它的表现却是思想方面的。建议你以后不妨研究一下这个问题，然后告诉我你的看法。既然你的理想是当个作家，那么你就应该尽早地去熟悉这些，如果晚了，你的作品就跟不上时代的发展了。"

约翰先生对尼克·亚当斯非常喜欢，还说他的身上带有"原罪"。虽然尼克并不理解他说的这话，但是他仍然为此感到自豪。

"你终究会做出些大的或小的事情，而且将来你肯定会为此忏悔，小伙子，"当时，约翰先生这么对尼克说，"这件事呢，也不能不说是人世间一大美事。对于应不应该忏悔，还是等到以后再烦吧。得引起你注意的是，这样的事是难以避免的。"

"我可不想做什么坏事。"尼克马上回答。

"我当然不希望你做什么坏事，"约翰先生说，"可是每个人都会做这样那样的事。我们不能说谎，不能偷盗。可是想想，世界上又有谁能保证自己没有说过一句谎话呢？这是不可避免的，关键是你得靠自己的意志来判断，不能对什么样的人说谎话。"

---

① 耶稣教的一支，这个派别的特点是在做礼拜的时候，大声地叫喊，或者乱动表示自己的虔诚。

“我认为，我绝不能对你说谎话。”

“好吧，不管有什么事，你都绝不要对我说谎，我也绝不说谎话骗你。”

“我一定会努力做到这一点的。”尼克坚决地说。

“不是努力地做到，”约翰先生说，“而是你一定要做到。”

“那么好吧，”尼克认真说，“我做到绝对不跟你说谎话。”

“你那个姑娘现在怎么样？”

“听人说她在北边的苏河[1]工作。”

“嗯，这姑娘的模样是挺美的，而且我一直都非常喜欢她。”约翰先生说。

“我也是。”尼克说。

“想开点儿，不要太难受了。”

“这可真由不得我了，”尼克说，“不过这事完全就不能怪她。她本来就是那样的性格，我想如果让我再选一次，我还是会选择跟她好的。”

“也许不会这么选了吧。”

“我想还是会的，我还是喜欢她，我只能尽量克制自己吧。”

约翰先生心里想着尼克，脚步却一直不停，来到店堂后边的柜台，他看见那两个猎监员就在柜台前面站着等他。他停住脚步打量着这两个人，只是他一个也看不顺眼，并且心里觉得很厌烦。他向来对那个本地的猎监员埃文斯没有好感，而且压根儿就看不起他，可是当他看到南边来的那个家伙，他心里提醒自己要更加小心谨慎，因为他意识到这个人可是更加危险的分子。虽然他还没有更深入地了解这个人，也没有时间进一步分析他的言行

① 苏河就是连接苏必利尔湖，以及休伦湖的苏圣马里运河（这条运河一共有三条，其中两条在美国，一条在加拿大）。

举止，就单看那人的面相他就感到这人深藏不露：他的眼神深邃看不透，嘴巴抿得紧紧的，一般即使是嚼烟草的人也不用这样抿紧了嘴。他的表链上拴着一枚真的驼鹿牙。这枚鹿牙是相当精致的，甚至可以说是难得的精品，看上去是一头五岁左右的雄鹿鹿牙，漂亮得让约翰先生也禁不住盯着它多看了一眼，随后他又看到这个人的上衣向外鼓起一大块，他知道那准是藏在他腋下的手枪皮袋。

“你用随身带着的那把大枪打死了这头雄鹿吗？”约翰先生向那个南边来的猎监员问道。

那个人听到这话，很不以为然地瞅了一眼约翰先生。

“不是，”他回答，“是用温切斯特 45—70 型长枪在怀俄明的开放区打的。”

“啊，原来你还会用长枪，可真了不起。”约翰先生说着，又向柜台下张望了一番，“你的脚可不小。你这次出来追捕孩子们还带着这么大的枪？”

“你说‘孩子们’。还带个‘们’字，到底是什么意思？”南边来的那个猎监员说。他试图抓住约翰先生的把柄，追问出点儿什么。

“意思就是你正在找寻的那个孩子。”

“可你刚才确实说了‘孩子们’。”南边来的那个猎监员说。

约翰先生知道再这么跟他纠缠下去情况只会越来越糟，于是，他说：“埃文斯你又带了什么枪去追捕那个孩子呢？那孩子可是揍过你的孩子，据我所知还不止一次呢。你一定会带着一个大家伙去吧，埃文斯。不过你可要小心，那孩子说不定也能把你揍一顿呢。”

“既然如此你为什么不把他交出来，让我们会会他呢？”埃文斯说。

“你可确实说的是‘孩子们’，约翰先生，”南边来的那个猎监员不依不饶，“为什么你会这么说？”

“我就要这样说怎么啦，因为我看到你这个浑蛋在这里。”约翰先生说，“你这个狗杂种，用八字脚走路的杂种。”

“如果你跟我们真要用这样的态度的话，你为什么不敢从柜台后面走出来呢？还缩在那里干什么？”南边来的那个猎监员说。

“你要弄明白，你现在可是跟合众国的一位邮政局长在说话，”约翰先生毫不示弱，“你说的那些话，只有‘粪团脸’埃文斯会给你做证，除此之外没有第二个人知道你说了什么。大概你也非常清楚为什么别人叫他‘粪团脸’吧。回去好好想想吧，你很快就会想明白的，你不是干侦探这行的吗？”

约翰先生现在觉得很痛快，他成功地阻击了对方的进攻，至少已经跟对方打了个平手，现在这样的心情有很多年他都没有体会到了。以前他就是这么高兴，这么痛快的，哪里像后来，为了生活不得不去侍候游客吃饭睡觉，每天看到他们坐在阳台的粗木摇椅上他就心里烦，看着他们前前后后地摇晃着，望着旅馆前面的湖景他就更烦。

“现在你听着，你这个八字脚，我知道你是谁了，我全都想起来了。你一定把我忘记了吧，不记得我了吧，摆八字脚的家伙？”

南边来的那个猎监员听到这话就一直瞅着他，怎么也想不起来他是谁。

“我可记得你，就在那天，汤姆霍恩被绞死[1]的那一天，你就

① 汤姆霍恩确有其人。他原本是骑兵部队的一名侦察兵，离开军队以后在牧场干活，后来遭人陷害，终致被绞死的结局。华纳电影公司曾经根据一本书，据说是他的自传改写成剧本，拍成电影《汤姆霍恩》，在全国放映。

在夏延[1]，”约翰先生决定向他摊牌，“当时大老板已经答应要给好处，于是，一大帮的人就诬陷他，你也是那些人中的一员，现在你该想起来了吧。你应该能想起你那会儿在帮着那些人谋害汤姆。你还记不记得在梅迪辛鲍[2]开酒馆的是谁？你都老了居然还做出这样的事，是不是因为这个原因呢？你的记性难道真是这么差劲儿？”

“那你又是什么时候从西部离开来到这里的？”

“就在汤姆的案子结案两年以后，我离开了那里。”

“真他妈的活见鬼。”

“你一定不会忘记，当我们带上行李准备离开格雷布尔[3]的时候，有人送了一枚鹿牙给你吧？”

“当然记得。但是吉姆你听我说，我必须得逮住这个孩子。”

“我的名字是约翰，”约翰先生继续说，“我叫约翰·帕卡德。来吧，我们一起到后面去喝一杯。你也熟悉一下那位‘疙瘩脸’埃文斯先生吧，不过我们这里的人都习惯叫他‘粪团脸’埃文斯，现在为了体面一点儿，我给他改了个名字。”

“我说，约翰先生，”埃文斯先生对他说，“你难道就不能友好一点儿，帮帮我们？”

“你那个不好听的名字我已经改掉了，难道不是吗？”约翰先生说，“那么请问两位老弟我能帮什么忙呢？”

他们边说边走进后屋，一个货架在屋子的角落里放着，约翰先生就从货架的下面一格取出一瓶酒，把它交给南边来的那个猎监员。

“喝吧，尽情地喝，八字脚，”他说道，“看你的样子我就知

① 这是怀俄明州的首府。

② 怀俄明州辖区内的一个小镇，就在梅迪辛鲍河（意思是魔弓河）畔，距离夏延不远。

③ 位于怀俄明州北部地区的一个小镇，这个小镇附近有格雷布尔河。

道你准得喝两杯了。”

看到他们每人都喝了一杯后，约翰先生又问道：“为什么你们要去抓这个孩子呀？”

“因为他违犯了渔猎法。”那个南边来的猎监员说。

“怎么会违犯渔猎法呢？”

“上个月的12日，他把一头雄鹿打死了。”

“两个大人，堂堂的男子汉，带着枪去追捕一个小孩子，就是因为这个小孩子在上个月12日打死了一头鹿。”约翰先生平静地说。

“当然还不止这些，他的违法行为可远远不止这一件。”

“我猜只有这一件你们掌握了确实的证据。”

“可以这么说吧。”

“除此以外，他还有哪些违法行为呢？”

“他做的事可多着哪。”

“不过那些事你们可都没有什么证据。”

“这是你说的，”埃文斯说，“单就这一件来说，是铁证如山。”

“你能确定日期是12日？”

“是的。”埃文斯说。

“为什么你不向他提问题，总是让他问你牵着你的鼻子走？”南边来的那个猎监员忍不住提醒他的搭档。一听这话，约翰先生笑了，“别打搅他的思路，八字脚先生，”他说，“我想让他那颗脑袋仔细想想，好好地发挥出色的作用。”

“你跟这孩子熟吗？”南边来的那个猎监员问。

“非常熟。”

“那么你跟他有没有买卖上的交往？”

“就是有时候他会到我店里来买点什么东西，但他总是马上付钱。”

“那你知道他可能会到哪里去吗？”

“可能在俄克拉何马，那里有他的亲戚。”

“最近你什么时候见过他？”埃文斯又问。

“行了吧，埃文斯，”南边来的那个猎监员说，“你再这么问下去会白白浪费我们的时间。非常感谢你的酒，真是好酒啊，吉姆。”

“是约翰，”约翰先生平静地说，“你的名字呢，难不成就是摆八字脚的？”

“波特，亨利·杰·波特。”

“我说，摆八字脚的，你不能拿枪指着一个孩子啊！”

“我的任务是逮住他，把他押回来。”

“可你一向都是个凶狠的杀人不眨眼的家伙。”

“我们走吧，埃文斯。”南边来的那个猎监员说，“在这里只会白白浪费我们时间。”

“你可一定记住我的话，一定不能开枪啊！”约翰先生低声地说。

“我听见啦！”南边来的那个猎监员说。

于是，这两个人又重新穿过店堂，走出了杂货铺。他们把牲口牵来，套上轻便马车，赶着马车走了。约翰先生目送他们的车一直朝着大路的另一头奔驰而去。他看到埃文斯在赶车，而南边来的那个猎监员一直在跟他说着什么话。

“他怎么会叫亨利·杰·波特呢，”约翰先生心里暗暗地想，“我可是记得他叫作‘摆八字脚的’什么的。因为他的脚很大一般买不到合适的鞋子，所以不得不定做靴子，所以大家都叫他‘八字脚’。叫着叫着又叫成了‘摆八字脚的’。在内斯特家的那个被枪杀的小伙子一案里，就是他找到了现场附近的泉水旁边的足迹，据他说是汤姆的足迹，汤姆才因此遇害的嘛。可是‘摆八字脚的’，他叫作‘摆八字脚的’什么呢？只是我从来没有听说过他的姓，难道叫他‘摆八字脚的’八字脚吧。或者是‘摆八字脚的’波特？不会的，肯定不叫波特。”

“实在抱歉，塔贝肖太太，我实在不能收你这些篮子，”他对塔贝肖太太说，“你现在才送来，已经太晚了，错过了买卖时间了，这些篮子又不能留着到明年再卖。我建议你把这些篮子拿到旅馆去，耐心地兜售给游客，脱手也不难的。”

“你把它们买下来然后拿到旅馆里去卖吧。”聪明的塔贝肖太太想到了这个办法。

“不，你自己拿去卖给他们，会很受欢迎的，”约翰先生说，“你模样美丽，讨人喜欢。”

“那可是很多年以前的了。”塔贝肖太太笑着说。

“苏珊，你跟我来，我有话要跟你说。”约翰先生对苏珊说。

于是他们俩走到后屋。一进屋，他就对她说：“快告诉我，这到底是怎么回事？”

“我不是已经告诉你了吗？他们到这里来是要抓尼基，他们原本想等他回家，然后在家里逮住他。幸亏尼基的小妹妹跑出去给他报了信，尼基才知道他们在家里埋伏，就在昨天晚上，趁他们喝醉以后，睡得叫也叫不醒的时候，跑回家拿了些吃的东西，然后就悄悄地溜走了。他带了不少吃的东西，足够他们吃两个星期的。他把枪也拿走了，小妹妹也跟着他一起去了。”

“为什么小妹要去？”

“这我就不知道了，约翰先生。我猜她可能是想跟她哥哥互相照应吧，她还可以顺便看着点儿，为了不让哥哥做出什么坏事惹出麻烦来。你知道尼基的那个脾气。”

“你的家跟埃文斯的家很近，你有没有发现什么地方是尼克可能去，而埃文斯心里又不知道的?”

“他是到处打听，所有能打听的地方他都打听了。可我不知道他心里有没有底。”

“那么你认为他们兄妹俩会去什么地方呢?”

“这个我也不清楚，约翰先生，你知道尼基可是去过很多地方呢。”

“得提防那个跟埃文斯在一起的家伙，他可不是什么善男信女，那是个地地道道的坏蛋。”

“这人看起来也不怎么精明嘛。”

“别小看他，他的模样根本是看不出什么的，这人深藏不露。他是喝多了酒，才显得那么糊涂。实际上，这人很精明而且心地坏透了，以前我就认识他。”

“你需要我办什么事吗?”

“没事，苏珊，如果有什么情况或者需要帮助的话，请你尽快来告诉我。”

“好的，约翰先生。我算好货款以后，要请你复核一下。”

“可是待会儿你怎么回家呢?”

“你不用担心，我早想好了。我可以搭便船坐到亨利家的码头，然后从他们家再划一条小船到码头上，装上这些东西再回去。约翰先生，你知不知道他们都准备怎么对付尼基啊?”

“我也正在担心呢。”

“听他们的谈话，似乎准备送他去教养院什么的。”

“如果他没有把那头鹿打死就好了。”

“现在他自己也非常后悔。他跟我说过，他在一本书里看到，说打野兽的时候，只要枪法准，可以做到只擦伤野兽的皮毛，把它们打昏而不会伤它们的性命，因此尼基很想试试。他说虽然他知道这是在干傻事，可还是想试试。于是他忍不住朝那头鹿开了枪，结果子弹射穿了鹿的脖子。看到这样的情景他也非常难过，还说他真傻，什么只打伤不打死，这种事情无论如何他都不应该去试。”

“原来如此。”

“之后他把那些鹿肉挂在以前那个水上冷藏所里，后来埃文斯一定发现了这些鹿肉，不过也不一定是他，但是鹿肉反正是被别人拿走了。”

“有谁会把这件事告诉埃文斯呢?”

“我想埃文斯的那个儿子最有可能。这臭小子一天到晚跟踪尼克，尼克却没有看见他。很有可能他还看到尼克打死那头鹿的情景。这小子也是个浑蛋，约翰先生。不过他跟踪人的本领倒是高超，也许有可能他这会儿正躲在这屋里呢。”

“那不可能，”约翰先生反对说，“不过也许他躲在屋子外边偷听。”

“我想他肯定是追赶尼克去了。”苏珊说。

“你有没有听见那两个家伙在你主人家的屋里提到过他?”

“一个字都没有提到他。”苏珊说。

“那么埃文斯肯定把他留下了，留在家里。这样看来我们就不用过于担心这小子，就是他想做出什么事来，也得等那两个家伙回去，他得等到大人们回到家里以后才会有行动。”

“要不今天下午我就从湖里划船回去，叫个孩子到埃文斯家里探听一下情况，看有没有雇人到他家里干活，如果他雇了人的话，说明他那小子就不在家里了。”

“我看那两个家伙一大把年纪了，是不可能去追踪尼克的。”

“可是那小子对此可非常擅长呢，约翰先生，他不但了解尼基又很清楚尼基的情况，他还知道尼基经常去的地方。他很快就会找到兄妹俩的踪迹，并带大人们去抓他们。”

“来，我们到邮局里面去吧，在那里谈稳妥。”约翰先生对她说。

于是他们走进了邮局，映入眼帘的是许多插信格子、排列整齐的专用信箱、摆得井井有条的大张大张的原封邮票，还有桌子上的挂号登记簿、盖销邮戳，以及印台，一直走到所有这些东西的后面他们才停住，又关上了领邮件的窗口。这时苏珊却升起一种自豪感来，就像当初她在杂货铺里工作坐进邮局的那种自豪。他们一走到里边，约翰先生就说：“你认为他们会到哪儿去，苏珊?”

“这我真的不清楚，不过我想他们肯定不会走太远，否则他就不会带上小妹一起去。而且我认为那个地方一定是个他认为很好的地方，否则他也不会带小妹去的。竟然连尼克钓鲑鱼给旅馆做菜那件事，现在他们也知道了，约翰先生。”

“也是那小子发现的?”

“是的。”

“恐怕我们得想个办法对付埃文斯家的那个小子。”

“我真恨不得把他杀了。我相信小妹之所以要跟着她哥哥去，一定也是因为这坏小子，她担心尼基会杀了他。”

“你得想想办法，情况太不好，我们一定得跟他们联系上。”

“好的，可是你也必须想想办法呀，约翰先生。知道这件事以后，亚当斯太太完全垮了，偏头痛的老毛病又犯了。你看，这里有封信，你拿去吧。”

“把这封信投进邮筒里，”约翰先生说，“这封信是交给邮局寄的。”

“昨天晚上我看到他们都睡着了，当时我真想把他们杀了。”

“千万别那么做，”约翰先生小声地对她说，“这样的话不能说更不能有这样的想法。”

“难道你从来都没有那种恨不得想要把谁杀掉的想法，约翰先生?”

“当然我也有，不过你要知道你这样的想法是不对的，而且这样做也根本不能解决问题。”约翰先生苦口婆心地劝说道。

“我爸爸就杀过一个人。”

“这么做只会害了他自己呀!”

“当时他实在太生气了，控制不了自己。”

“必须学会冷静，必须得沉住气，”约翰先生说，“你是时候该走了，苏珊。”

“今天晚上也可能明天早上，我一定会再来看你的，”苏珊说，“如果我还能在这里工作的话，那该多好啊，约翰先生。”

“我也很希望你能继续留在这里工作，苏珊。可是，你知道帕卡德太太却不这么想。”

“我明白的，”苏珊说，“所有的事情都会有遗憾存在。”

这时，尼克兄妹正躺在嫩草铺成的地铺上，地铺上面还架了个斜斜的棚顶，那是兄妹俩共同搭起来的。这个棚就搭在青松林的边上，棚的前面是一座山坡，山坡后面是杉林沼泽地，从沼泽地朝外望就是遥远的连绵的青山了。

“如果你觉得这里还不够舒服的话，小妹，我们还可以从那青松树上剥下一些软树脂垫在嫩草的下面。不过今天晚上可太累了。将就这么过一宿吧，明天我们再把这里好好拾掇一下，直到把它弄到称心如意为止。”

“已经非常舒服了，”妹妹说，“这样静静地躺着，什么都不用想，什么都不用做，我从未有现在这么轻松惬意呢，尼基。”

“这个地方确实非常舒服，”尼克说，“而且这个地方也非常隐蔽，但我们仍然需要注意尽量把火堆烧得小一些。”

“从对面山上也能看见这里的火堆吗?”

“很可能看得见的，”尼克说，“因为在夜里，火光是最引人注意了，很远的地方都能看见。我可以用树枝支起一张毯子，这样遮住火光，就没那么容易被人发现。”

“尼基，如果没有人追我们，我们只是来这里玩的话，那可就太好了。”

“现在这样想还为时太早，别再做这样的幻想了，”尼克说，“我们的逃跑生活刚刚开头，以后还不知道有什么样的事会发生呢。而且，如果只是贪玩的话，我们就不会来这里了。”

“请原谅，尼基。”

“没关系，”尼克对她说，“小妹，听我说，我到下面去，我要去钓几条鲑鱼，来做我们的晚饭。”

“我也跟你一起去，不行吗？”

“不，你最好就是留在这里休息。走了一整天，我们都累坏了，这次真难为你了。你就在这里看会儿书，也可以安安静静地躺着休息。”

“那块乱木地可真难走，是吗？我想那就是世界上最难走的一段路了，你看我还行吧？”

“你很了不起，做得很好，而且搭棚建营地你也帮了很多忙，不过现在你最好就在这里好好休息。”

“你给我们这个营地起个名字吧。”

“一号营地吧。”尼克说。

说完，他就沿着山坡向下，向那条小溪走去。快到溪边的时候，他停下来，在路旁砍了一根有四英尺长的柳枝，并且把枝条修理得光溜溜的，却并没有削去柳枝的皮。现在，他看见那条窄窄的清澈的小溪了，水很深流得又湍急，小溪的两岸都长满了青苔。小溪一路向前，流进那片沼泽地。清澈的溪水流得那么快速，在水流最急的地方，他看见水面上涌起的一朵朵水花。尼克就在那里站住了，并没有继续往小溪两岸走，因为他知道在小溪两岸的地下同样也有水流，跟小溪的水流可是相通的，他想如果贸然地踩上去肯定会惊动那些鱼的。

他知道在溪流中央肯定会有不少的鱼，因为现在这个季节正是鲑鱼洄游产卵的季节，每年这个夏末就是钓鲑鱼的好时机。

在他衬衫的左边口袋里装着个烟草袋，他取出烟草袋，从里面掏出一卷丝线，大致剪下了比柳条还要稍短的一截，系在柳枝尖端，而他早已在那里弄好了一个浅浅的槽口。随后他又从烟草袋里把钩子取了出来，系在丝线上，又捏着钩子试了试钓线的拉力强度以及柳枝的柔韧度。做完这一切，他朝溪流里放下钓竿，又走回到溪边的那个小白桦林里，这是个跟杉木林子毗连的白桦林，林中可以看到一棵枯死多年的小白桦树，倒在地上。他翻开那棵枯树，看见了树干下面的土里有几条蚯蚓，正慢慢地从洞里钻出来。蚯蚓并不大但都遍体鲜红。他把这些蚯蚓捡起来，放进一只扁圆的原先装哥本哈根鼻烟的盒子，盒盖上有一些特意钻好的小孔。然后，他又在蚯蚓身上撒了些泥土，又把那棵枯树搬回原处。算起来他到这里来找鱼饵已经是第三年了，幸运的是他每一次到这个地方来都能找到合适的鱼饵；每一次，他把枯树翻开找到鱼饵以后，总会把那棵枯树搬回原处。

他心想：这条溪流的河床到底宽阔不宽阔呢？小溪上游那里还有另外一片沼泽地，那块沼泽地里的水几乎都是由这条小溪向外泄的。他抬头看了看小溪的两头，又看了看那座山上青松林下面他们打好地铺的地方。随后他走回去拿起那根钓线钓钩都已经弄好的钓竿，在钩子上很仔细地穿上饵料，为求吉利他还啐了口唾沫。他提着那根穿上钓饵的钓竿，就小心翼翼地向那条很窄但很湍急的小溪走去。

这一段小溪真的特别窄，只要他把那根柳条钓竿轻轻一挥，都可以把钓鱼钩甩到小溪对岸。还没有走到岸边，就听见哗哗的水流声，看见汹涌的波涛。为了不让自己的身影倒映在清澈的溪水里，他离岸边远远地站住了，他又取出了烟草袋，从里面掏出两颗铅丸，这是两颗边上开缝的铅丸，把它们嵌在钓线上距离钓鱼钩子大约有一英尺的地方。这很容易做到，只要用牙齿轻轻一咬，铅丸就牢牢地把钓线钳住了。

鱼饵是两条蜷曲的蚯蚓，他把钓竿轻轻一挥，又轻轻从水面上放下，鱼钩落在湍急的水面，然后在水流中打了个旋就沉下去了，他拿着钓竿，把拴线的那一头放低，任凭水流一直在拖钓线、钓鱼钩和鱼饵，他看到它们一起被拖到溪岸下面的暗水道里。过了一会儿，他突然发现钓线拉直了，而且感觉到被使劲儿地拉紧了。他轻轻地把钓竿抖了一下，钓竿还是那么弯，像一个直不起腰的老头儿。他感觉到钓线虽然被拉得紧紧的，但是在不断地抽抽拉拉，他就用力把钓竿往上提，钓线却始终拉得紧紧的。后来钓线终于松劲了，随着钓线渐渐地拉高，又窄又深的溪流里显出一条狂蹦乱跳的鱼。最后鲑鱼被钓线拉出了水面，在空中扑腾个不停，随后钓竿一荡，把这条鱼甩到了尼克的背后，只听“扑通”一声溪岸上落下一条大鱼。这条鱼在阳光的照耀下，鱼鳞闪闪发光。尼克定睛一看，这才看清楚正在凤尾草里翻滚的那条鱼。尼克捧起那条鱼，发觉这条鱼很肥，捧在手里沉甸甸的，好似发出诱人的鱼的香味。尼克仔细地看着这条鱼，鱼背的颜色很深，乌黑透亮的斑点布满身体，鱼鳍显出美丽的色彩并且边缘是白晃晃的，鱼鳍靠里则镶着一道黑线，而鱼腹部分则是一片可爱的金色，就好比夏天的晚霞一样。尼克把那条鱼拿在手里，勉勉强强才能攥住它。

他心想：对于我们的那个平底小锅来说，这鱼可就有点大了。但它已经受伤了，只能索性宰了它。

他拿出猎刀，用刀把猛砸鲑鱼的脑袋，再把那条不能动弹的鱼靠在身旁一棵白杨树的树干上。

“唉，这条鱼实在可惜了，”他自言自语地说，“这么大的一条鱼，最适合给帕卡德太太了，用这样大小的鱼给她的旅馆里做菜是很合适的，而让我和小妹吃这条鱼就未免浪费了。”

他心想：我还是回到上游去吧，在上游找一个浅些的地方再钓两条小点的鱼。可真是的，我把这条鱼从鱼钩上硬拉下来的时候，它肯定觉得痛极了。竟然还有人说逗一逗上钩的鱼是有趣的事，随便他们怎么说吧，如果没有从钓钩上取下过鱼，是决不会了解自己这么一拉会给鱼造成多大的伤害，造成多大的痛苦。即便那种痛苦只有一刹那，难道就不算是痛苦吗？它们本来在水里过得非常逍遥而自在，却忽然来了一个人，把它钩住了，又从水里把它提起来，吊在半空，他觉得对于鱼来说这种滋味是很不好受的。

他又暗自寻思：可真奇怪，这条小溪真够稀奇的，钓鱼反而要去钓小些的鱼，可不是奇怪吗！

他又捡起那根刚才撂在地上的钓竿，看到钓竿上的鱼钩已经弯了，他用手仔细把鱼钩扳直，然后提着那条大鱼向上游走去。

他心想：在距离上游的那片沼泽地并不远的地方，有一处卵石滩，那里的溪水很浅。也许那里可以钓到两条小鲑鱼。小妹也许不喜欢这条大鱼，如果她想回家，我还是要送她回去的。就是不知道那两个老家伙现在到底在干什么？但是埃文斯家的那个浑蛋小子也一定知道这个地方吧。那个浑蛋，王八崽子！除了这里的印第安人，看来谁也没有到这里来钓过鱼。真想做个印第安人，那该有多好啊！他想，如果做个印第安人倒可以省去很多麻烦。

于是他沿着小溪向上游走去，他尽量小心翼翼，不靠近小溪的岸边，可有一次还是踩上了一处空心地，地下的暗流处呼地蹿出一条大鲑鱼，溪水里边猛地溅起一道水花。这条鲑鱼非常大，大的让人怀疑它是怎么在这条小溪里转身的。

那条鲑鱼迅速逃到上游，又呼的一声钻进了溪岸下面那里的暗流，尼克望着那条鱼逃去的方向说："你什么时候来到这里的？好家伙，那么大的一条鲑鱼！"

在那条布满卵石的浅水滩上，他真的又钓到了两条小小的鲑鱼。虽然是小鱼，不过体形很美，体态也很结实。他把三条鱼剖好，扔掉了鱼的内脏，又用溪水把鱼洗干净，掏出口袋里已经褪色的小糖袋把鱼包了起来。

他心想：幸好小妹喜欢吃鱼呢。如果能采些浆果就是一顿丰盛的晚餐了。我倒是知道哪里有浆果，肯定能采到一些。他转身走上那座山坡，向他们的宿营地走去。这时候太阳已经下山了，这天气真是好啊。他抬头，举目远望，一直望到那片沼泽地的外面，有一只鱼鹰在那边的天空翱翔，根据距离推算，那里就应该是那湾湖水所在的地方了。

他悄悄地走近他们搭的那个棚，妹妹是一点儿都没发现。她正侧身躺着，在看书呢。他说话的声音很轻，因为不想把妹妹吓着。

"小捣蛋，你在干什么呢？"

妹妹转过脸，看了他一眼，微微一笑，摇了摇头。

"我把长头发剪了。"她说。

"哎呀你怎么剪的？"

"当然是用剪子剪呀，还能怎么剪呢？"

"可是这里没有镜子，你怎么剪呢？"

"不用镜子，我左手拉住头发，右手拿着剪刀剪掉它。这很容易呀，你看我现在是不是像个小子?”

“是，像个婆罗洲的蛮小子。”

“当然我不可能像主日学校的学童那样剪得整整齐齐，这怎么可能呢。我是不是把头发剪得像个野蛮人?”

“还不至于那样。”

“太刺激了，”她说，“现在我虽然是你的妹妹，可外表一看又是个男孩子了。你说我从此就能变成个男孩子吗?”

“不可能。”

“如果可能的话就好了。”

“别说傻话了，我的小妹。”

“也许是吧，你说现在的我像不像个傻小子?”

“有一点儿。”

“你帮我把头发修理整齐一些吧，你可以拿着这把梳子，一边梳一边剪。”

“确实我应该帮你修一下，我做不到像理发店那样修得很好。对了，你饿了吗，傻兄弟?”

“哼，难道我就不能做你不傻的兄弟吗?”

“我可根本没想过，要用你这个妹妹去换个兄弟，再说了我也不愿意。”

“可现在你不能不换啊，尼基，难道你还不明白?我们必须这么做。是的，我应该先问问你再做，可是当我想到我们现在是不得不这么做的时候，我索性先不跟你说，自己赶快做了这件事。”

“好，你做得好，”尼克说，“没什么好怕的，你做得非常好!”

“谢谢你，尼基，非常感谢!刚才我听你的话一直躺在这儿想好好休息一阵的，可是脑子里总是在胡思乱想，我想我应该做什么来帮你的忙呢。刚才我还想过，把你的那个烟草盒子带上，到席博伊根那样的市镇去，我要在那里找一家大酒馆，然后想办法弄一盒子迷药回来。”

“那你能找谁要迷药呀？”

这时尼克已经坐了下来，他的妹妹顺势就坐在他膝头上，妹妹用胳膊把他脖子搂住，那一头短发挨着他的脸蛋偎偎擦擦。

“我去找窑姐儿里的那个妈妈要，”她说，“你知道那家酒馆的名字吗？”

“不知道。”

“我知道，那里叫作‘皇家十元金币旅馆’。”

“你要去吗？你到那里去做什么呢？”尼克吃惊地问。

“我可以做窑姐儿的随从，也叫下人。”妹妹说。

“做窑姐儿的随从，你知道都需要做一些什么吗？”

“喏，无非是跟着那些窑姐儿来来去去，比如：在她们的后面给她们提着长裙子；或者如果她们要上马车，就帮着开车门；再比如她们要去哪个房间了，走在前面给她们带路。我想做的这些事情大概就跟女王身边的那些侍从女官差不多吧。”

“那么你知道做一个随从应该怎么跟窑姐儿说话吗？”

“只要不失礼，可以想说什么就说什么。”

“你说一句话我听听，兄弟。”

“比如我可以这么说：‘哎呀，小姐，今儿的天气可真热呀，就算是只待在金丝笼子里的鸟，这么热也肯定受不了的。’无非就是这一类的话。”

“那么窑姐儿又会怎么说呢？”

“她就会说：‘你说得不错，不过那样的生活也算一种乐趣。’因为她是一个出身很卑微的窑姐儿，我就给这样的窑姐当随从。”

“你会怎么介绍自己的身世呢？”

“我会说我是一位写忧伤小说的作家的妹妹，不，我是他的弟弟，而且我有良好的教养。这样的话那个妈妈很喜欢我，那些窑姐儿也都很喜欢我。”

“你最后弄到迷药了吗？”

“当然是成功地弄到了迷药。她会对我说：‘小甜甜，你拿去吧，这可是灵丹妙药呢。’我对她说‘谢谢’！她还会说：‘请你代我向你那位写忧伤小说的作家哥哥问好，如果他到席博伊根来的话，你可得告诉他我们这个地方呀，让他有空到这里来看看哟，我们都很欢迎他呢。’”

“下来吧，到那边坐着去。”尼克有些厌烦地说。

“那里的人可都是用这样的语气说话的。”小妹坚持说。

“我要去做晚饭了，你还没有饿吗？”

“那我来做晚饭吧。”小妹说。

“不用了，”尼克说，“你编你的故事吧。”

“你说我们在这里会过得很愉快吗，尼基？”

“现在我们不就过着愉快的生活吗？”

“我还做了一件事呢，当然也是为你做的，你想不想知道？”

“我猜这件事肯定是在你决心把头发剪掉、做些什么有用的事情以前干的吧？”

“这件事就很有用的嘛！我一告诉你你肯定就明白了。让我亲亲你吧，在你做晚饭的时候，这不影响什么吧？”

“先不说这个，你倒说说看，你还做了什么事情？”

“昨天晚上我偷了他们喝的那瓶威士忌，我一直很担心，我是不是变成了一个堕落的人，一个小偷。你说，我只偷了这一样东西，我算不算是一个小偷？”

“不能算吧，那瓶酒不是已经开了嘛！”

“是的。可是当我在厨房里拿着那个装着酒的大酒瓶往空的小酒瓶里倒酒的时候，有一些酒溅到我手上了，我把这些酒都舔了，我想我这么做估计就是因为我的道德堕落了。”

“你舔了那酒，觉得味道如何？”

“可真是烈酒，而且有点奇怪，我还感到有点儿让人恶心。”

“这就足以说明你并没有像你说的那样道德堕落。”

“哎，那就好了呀，因为如果我真的道德堕落的话，我就不仅帮不上你，反而会害了你的，是吧？”

“这个我也不知道，”尼克说，“你还为我做了一件什么事情？”

他已经生好火了，把那个平底小锅搁在火堆上，正往锅里放一片片的熏肉。他看到妹妹双手抱着膝盖，在一边坐着看着他。一会儿她放开手，把一条胳膊往下伸，然后使劲儿一撑，接着把两条腿直伸出去。她学得很好，为了做个男孩子，她开始模仿他们的动作。

“我认为还要学习应该怎么用这两只手。”

“你只要别拿到头上去拢头发什么的就行。”

“这个我当然知道了。如果我可以模仿一个年纪相当的男孩子的话，我一定会学得让别人一点儿都看不出来。”

“你模仿我吧。”

“你当然是最好的人选呢，模仿你当然最合适了，不是吗？不过你可不能笑话我呀！”

“这个我可不敢保证。”

“哎呀，希望我不会不留神，坚决不能让别人看出姑娘家的样子来。”

“不会的。”

“其实我们外形长得挺像的，你看我们都是一样宽的肩膀，腿也一样长。”

“你不是说还要为我做件事吗，究竟是什么事？”

尼克一边说，一边从那些已经枯死倒在地上的树干上砍了一段木头，劈开当柴烧。锅里的熏肉片已经煎得成焦黄色，边缘都微微地卷起，这样熬出的油正好用来煎鲑鱼。很快，他们都闻到一股鲑鱼的香味。尼克不停地往鱼身上淋油，每过一会儿就把鱼翻个身，然后继续往身上淋油。这时天色渐渐暗了下来，在小小的火堆背后早已支好一张帆布，这样火光就被挡住，避免别人发现。

“你还要为我做什么事？快说吧。”他禁不住又问。只见小妹把身体往前一探，啐了口唾沫在火堆里面。

“你看我啐这口唾沫的样子像不像个男孩子？”

“反正总还够不到锅子。”

“你知道吗？我有可厉害的绝招哪，是我看了《圣经》，才学来的[①]。我要用三颗大铁钉，趁那两个老家伙，还有那个坏小子正在熟睡的时候，对准他们的太阳穴把大铁钉给敲进去，我要让他们每人都挨一颗。”

“可是你认为应该用什么来敲钉子呢？”

“无声锤子。”

“那你有什么办法才能让这锤子不发出声音呢？”

“我当然有办法啦，我可以用软布把它包得厚厚的，敲打的时候就不会有声音了。”

“但是敲钉子可不是一件容易的事啊。”

“嘿，没什么困难的，《圣经》里的那个女人不也是这么干的吗。我一定会等机会的，你忘了，我不是等到那两个带枪的大男人喝得酩酊大醉，人事不省了，趁着黑夜还围着他们转了一圈

① 此处所说的故事是《旧约·士师记》里的章节：“西西拉疲乏沉睡，希百的妻子雅亿取下帐篷的橛子，手里拿着锤子，悄悄地走到他旁边，将橛子从他的鬓边钉进去，钉入后，西西拉就死了。”

吗？我还偷走了他们的威士忌。既然我已经做了这些事了，为什么不索性把他们彻底地解决呢？而且我这个方法可是从《圣经》里学来的。”

“不过《圣经》里并没有提到什么无声锤子。”

“可能是我弄错了吧，无声船桨应该也可以的吧。”

“也许吧。不过我们不能做这样的傻事啊，我们绝对不能去杀人啊！你之所以要跟我一起来，不就是为了防止我去做这样的傻事吗？”

“我知道。不过我也很清楚以我们的脾气和性格来说，我们俩都很容易犯罪，尼基。跟其他的人相比，我们不一样。何况我已经是一个道德堕落的人了，还担心什么呢？干脆把这件事干得彻底一点儿。”

“你疯了，小妹，”他制止道，“别说那样的话了，你喝了茶是不是睡不着觉啊？”

“我不知道。不过我从来不在晚上喝茶，最多只喝一点儿薄荷茶。”

“我会泡一些茶，泡的淡一些，然后给里边兑上罐头炼乳。”

“如果我们带的茶叶不多的话，尼基，我就不喝茶吧。”

“喝一点儿试试看，我在牛奶里加上茶叶这样就有一种淡淡的特别的风味。”

不一会儿他们已经煎好了熏肉片和鲑鱼。尼克切了几片黑面包，给自己和妹妹一人两片，他们拿起一片黑面包浸了一下锅内的肉油，然后一边嚼着油浸面包，一边吃鲑鱼。那鲑鱼煎得可是太好了：皮脆而肉嫩，真的很美味。他们吃完鲑鱼，把鱼骨头投进火堆里，又用另一片面包夹上一些熏肉片。小妹吃完面包，还喝了一些加炼乳的淡茶。尼克又从枯树丛中捣鼓了两段细木片，塞住了炼乳罐头上的洞。

“够了吗？还要吃吗？”

“够了。你煎的鲑鱼真好吃，熏肉也很美味。而且我们还在家里找到了黑面包，看起来我们还是够走运的。”

“我再给你削个苹果吧，”他说，“我们明天也许还有更好吃的东西。我看今天晚上恐怕你还没有吃饱吧，小妹？”

“我已经吃得很饱了。”

“真的？一点儿都不饿了？”

“不饿，我再也吃不下任何东西了。不过我还有一些巧克力呢，你要一点儿吗？”

“你怎么会有巧克力？”

“我的藏宝袋里可是应有尽有的。”

“什么？”

“我的藏宝袋呀。我积攒了很多东西，全都藏在藏宝袋里。”她晃了晃她的藏宝袋。

“噢。”

“这一块巧克力是很新鲜的。从家里的厨房里我还拿了一些，不过那些不太新鲜了。我们先吃这块新鲜的巧克力吧，留着那些不新鲜的，到急需的时候再吃。你看看我的藏宝袋，也有一根绳子系着藏宝袋的袋口，就像烟草袋那样可以把它收紧。假如我们能捡到什么天然的金块，这个藏宝袋是最适合放金块了。尼基你看，反正我们都已经逃跑出来了，不如干脆跑到西部去，好吗？”

“这件事我还没考虑过呢。”

“我真希望我打开这个藏宝袋，看到里面装满了天然的金块，我可要高兴死了，金块价值十六块钱一盎司哩。”

尼克没有说话，将平底锅洗干净，又把背包拿进他们搭的那个棚里，还是放在靠近头的一边，然后就开始收拾睡觉的地方。他先在嫩草上铺了一条毯子，当作褥子，又拿出另一条毯子做被子，盖在上面，还把毯子在小妹那一头折了一道边塞在褥子底下。他又拿起了刚才沏茶用的那个小铁皮桶，把它洗得干干净净，走到清澈的泉水边，汲了满满一桶的泉水拿回来。等到他回来的时候，妹妹已经躺在地铺上，而且枕着那条蓝色牛仔裤裹着的鹿皮鞋枕头睡着了。他亲了妹妹一下，妹妹并没有惊醒，于是他把自己那件旧的格子花呢衣服披在身上，把手伸进背包里摸了好一阵，终于找到了那一小瓶威士忌。

他小心地旋开瓶盖，闻了闻，他的鼻子飘进一股很香的酒味。他从那个小铁皮桶里舀了半杯刚打来的泉水，又在杯子里倒上一点威士忌，然后坐在那里慢慢地喝着。他把每一口酒都含在舌头底下，呷好一会儿，才慢慢把那口酒倒腾到舌头上，慢慢地咽下去。同时他的目光转向那一小堆木炭火：一阵晚风轻轻地吹来，小小的火光被吹得一闪一闪的。尼克一边品着那杯掺冷水的威士忌，一边盯着那堆小小的炭火，陷入了沉思。后来杯里的酒喝光了，他又用杯子舀了点儿冷水，喝完那杯水这才躺下睡觉。他把枪放在左腿下，也用裤子把鹿皮鞋裹上当枕头，头靠在上面硬邦邦的，虽然不舒服，但是也不算很难受。毯子的另一头紧紧裹在他的身上，做完祷告，于是他也睡着了。

半夜里他被冻醒了，把盖在自己身上的那件格子花呢衣服取下来，盖在妹妹的身上，他自己则转过身来背朝她默默坐着，而且坐到了边上，多匀些毯子出来压在她身下。他伸出手摸了摸那把枪，把它拿出来重新放在左腿下边。夜晚的空气真的很冷很冷，冷空气吸到鼻子里都有点痛了，同时有一股新砍的青松味，还有松枝上的树脂味。现在他被冻得完全清醒，才意识到原来自己如此的劳累，累得筋疲力尽。好一会儿他才感到舒服了一些，没那么累了，背上也有一种暖烘烘的感觉，他回头一看原来妹妹的身子靠着他，他心想：我一定要好好地照顾她，让她过得快快乐乐，然后一定要把她平平安安地送回家。听着她均匀的呼吸，享受着夜的静谧，他很快又睡着了。

当他再一次醒来，天空刚刚露出第一丝亮光，只能勉强看见沼泽地外那连绵的远山的轮廓。他仍然躺在那里没有出声，只是把僵硬的身子稍稍舒展了一下。过了一会儿，他才轻轻地坐起来，把自己的卡其裤子套上，又穿上鹿皮鞋。他看了看妹妹，她还睡得甜甜的，那件暖和的格子花呢衣服早已被她拉起来，衣服的领子却垫在下巴底下，清晨的阳光照着她那高高的颧骨，她长着点点雀斑的黑黝黝的脸，此时也在阳光中透出了淡淡的玫瑰红，头发剪得短短的，把她的小脸蛋儿越发衬得眉清目秀，特别是那特别直又特别挺的鼻梁，长长的睫毛覆在眼睛上，特别美。他目不转睛地盯着她，恨不得立刻把她现在的模样画下。

他心想：现在她的样子看起来就像一头小野兽，她睡觉的样子也像一头小野兽。可是她这样的一头短发显得有些突兀，像什么呢？就好像有人在砧板上一斧头砍断了她的头发似的，而且总感觉有些像雕像。他当然很爱妹妹，可是妹妹对于他的爱却似乎比普通兄妹之间的关爱更深。不过，他又想：我们是兄妹嘛，也许是我想得太多了，至少我希望是这样的。

他不想把妹妹叫醒了，他想到自己都是如此劳累，而且筋疲力尽了，更不用说她了，她肯定早就累坏了，让她多休息一会儿。如果我们可以平平安安地在这里度过一段时间，就说明我们现在的做法是正确的：我们就应该这么做，躲得他们远远的，等到这件事平息以后，南边来的那个猎监员准会自己滚蛋。不过我想，我应该让小妹尽量吃得好一点儿，可遗憾的是，现在我实在拿不出什么真正像样的东西来。

当然也有一些东西，那背包里不是装了很多东西嘛，够重的了。不过我们今天确实应该去弄些浆果。如果可能的话，最好打一两只松鸡，然后再采些鲜美的蘑菇。熏肉还得节省着用，虽然我们带的熏肉足够多，而且还有起酥油。她昨天晚上估计吃得太少了，平时她习惯喝很多牛奶的，还喜欢吃甜食。不过我肯定会想到办法的，我们会找到好吃的东西，幸好她很喜欢吃鲑鱼，而且昨天煎的那几条鲑鱼也确实好吃，她也非常满意这些食物，不用担心她吃不好。可是尼克啊，老弟，你昨天晚上的东西可不够多啊，她肯定没有吃饱。所以现在还是让她继续睡觉休息吧，别去叫醒她，现在你有很多活要干呢。

他小心翼翼地从背包里拿出一些东西，睡梦中的妹妹这时微微一笑。她笑起来的时候，那高高的颧骨上黑黝黝的皮肤立刻就绷紧了，同时也显出了本来的肤色。她还是没有醒来，尼克也没有理她，自己生好火准备做早饭。昨天砍好的柴虽然还剩下不少，但他却只用了几根柴，生了小小的一堆火。他沏好茶，是清茶，一边喝茶，一边吃了三颗杏干。他又拿起《洛纳杜恩》读，可是这本书他早就看过了，再读这本书的时候觉得很是枯燥无味。他不禁想到：这次从家里逃跑出来，这就是一个损失。

昨天傍晚，在他们建好营地以后，他就拿出来了几个李子干，把它们放在一个装好水的铁皮桶里浸泡。现在这些李子干已经泡透，他把它们拿出来，放在火上慢慢地煮。他心想还得再捣鼓点什么吃的才行。于是又从背包里找到一袋精荞麦粉，又拿出一个搪瓷锅、一个铁皮杯。他把荞麦粉倒在搪瓷锅里，和上水搅拌成糊状。他取出植物油做的起酥油，然后剪下一块空面粉袋子，用这块布裹住一根新砍下的枝条，然后拿出一段钓鱼绳子把它紧紧地扎在那根枝条上。妹妹一共带了四只旧面粉袋，蛮够用的，他为自己有这么一个能干的妹妹真感到自豪。

他把面糊调好以后，就将平底锅放到火上，又把起酥油倒进锅里，那根蒙着布的枝条就用来抹油。抹好油的平底锅里泛起一层乌黑的亮光，随后发出哧哧声，接着是噼啪声，他又向锅里加了一次油，然后倒进面糊并摊平。锅里的面饼慢慢地起泡，边缘也渐渐变硬了，面饼也膨胀起来，还有了纹理，颜色也变成了灰白色。他拿出一块新削的干净木片，到锅里把饼翻了个儿，上面的一面已经煎得金黄脆亮，下边接触平底锅的那面仍哧哧作响。锅里的面饼分明一个劲儿往上膨胀，可是他提在手里时仍然觉得还是那么重。

“早上好啊，”妹妹醒了，说，“我睡了个懒觉，很晚了是不是？”

“没什么事，小鬼。”

她站了起来，那件衬衫的下摆于是落下来，罩住了她黑黝黝的大腿。

“你已经做完所有的事了？”

“还没有呢，你瞧我现在才刚刚开始煎饼。”

“你煎的这个饼香喷喷的，闻着已经让人流口水了。我去泉水边洗个澡，然后再来帮你。”

“千万别去泉水里洗澡。”

“没事的，我可不是什么高等人，没那么讲究。”说完，她消失在棚的后面。

“你把肥皂放到哪里去了？”她说。

“就放在泉水边。在那里我还放了个猪油桶，顺便请你把里边的黄油拿出来，放在泉水里凉着。”

“我很快就回来。”

那个桶里用油纸包着的黄油足有半磅重，她把那个桶一起拿了回来。

他们把黄油抹在荞麦饼上，还把“木屋”牌糖浆也抹在饼上。糖浆是装在一个装罐头的铁皮盒里，旋开罐头上那个烟囱状的口子，就可以倒出糖浆来了。过了一晚，兄妹俩都饿极了，抹了黄油和糖浆的荞麦饼香喷喷的，黄油涂到饼上就化了，跟糖浆一起流进荞麦饼的褶皱里，吃起来味道真是不错。李子也煮好了，装在两个铁皮杯子里，他们先吃李子，然后喝了一些汁，又用原杯沏了些茶喝。

“这李子真好，这样好吃的李子除了过节，别的时候是吃不到的，”小妹说，“味道可真是绝佳的！昨天晚上你睡得好吗，尼基？”

“很好。”

“谢谢你帮我盖衣服。没想到这一夜我们都过得这么愉快。”

“是啊，你半夜里有没有醒呢？”

“直到现在我还没醒呢。尼基，你说我们永远都可以待在这个地方吗，就在这里生活好吗？”

“那怎么行，你长大以后还要嫁人的。”

“嫁给你不就行了。我长大以后就跟你一起同居，我做你的妻子啊，我看过报纸上也有一篇文章写这样的故事的。”

“你一定是在一篇文理不通，语法又混乱的文章里看到这个故事的吧。”

“是啊，我就是要根据这样文理不通的规矩先跟你同居，然后做你的妻子，行不行啊，尼基？”

“不行。”

“我偏要这么做，我偏要瞒着你去做。做这样的事情很容易，我们只要在这里一起生活一段时间，就算是过了一段时间的夫妻生活。如果他们要算时间的话，我就让他们从现在算起，就像占地那样的规定。”

“我不会让你去提出这样荒唐的申请。”

“我的思想你可控制不了的，你也不能控制我的行为。这就是我的文理不通的规矩，其实我一直在琢磨这件事，都不知道琢磨的多久了。我还想去印些名片，名片上就写：尼克·亚当斯太太，地址是密歇根十字村，还特别注明目前处于同居阶段。在我的规定期间，每年我都会向别人发一次这样的名片。”

“我认为并没有一个人会赞成你这么做的。”

“这个办法不行，我还有另一个办法呢。我要先趁我没成年的时候，给你生几个孩子，那么根据文理不通的规定，你就只能跟我结婚了。”

“那可就不只是文理不通了。”

“我也搞糊涂了。”

“这样的事情到底可不可行，现在谁也不清楚。”

“肯定可行的，”她说，“那个索先生①肯定盼着我们这么办哪。”

“也许索先生把这些情况弄错了呢。”

“那怎么可能呢？尼基，其实这个文理不通的玩意儿就是索先生想出来的。”

“我想应该是他的律师吧。”

“哎，反正是索先生打的这场官司。”

“我并不大喜欢索先生。”尼克·亚当斯对妹妹说。

“好啊，索先生的某些方面我确实也不大喜欢。不过如此一来，报纸上就有新闻了，看起来也有意思多了，是吧？”

“可是如此一来，有的人就更反感他了。”

---

① 这里以及下文提到的索先生，还有斯坦福·怀特先生，都牵涉20世纪初在美国轰动一时的一件凶杀案。美国著名建筑设计师斯坦福·怀特是个知名人物，有钱又有地位。他曾经追求一个美丽而且风骚的歌舞女演员，名叫内斯比特。可是内斯比特并没有接受他的追求，而是嫁给了当时的铁路巨头哈里·索。仅在婚后一年多，索知道内斯比特在与自己结婚以前跟怀特有旧情，因此枪杀了怀特。审讯时，索声称他之所以这样做，只是为了捍卫妻子的名誉。当时这件凶杀案闹得举国哗然。法庭的第一次审理因为陪审团意见不一致没有做出裁定，而在第二次审理时，法庭又宣布被告精神不正常，并以此为由把索无罪释放。

“还有人也很反感斯坦福·怀特先生。”

“我看他们这是妒忌吧。”

“这我相信，这就是事实，尼基，就像别人妒忌我们一样。”

“你说现在是不是有谁正在妒忌我们呢？”

“现在恐怕不会有人妒忌我们吧，很有可能连妈妈都会把我看作逃犯，为了逃避法律制裁而离家出走。她也会认为我们浑身都是罪孽。幸好她并不知道，我把那瓶威士忌也给你带来了。”

“那瓶酒味道很不错的，昨天晚上我就尝过了，是很不错的酒。”

“啊，那就好了，这辈子我是第一次干偷酒这样的事呢，没想到居然偷了一瓶好酒，你说是不是很奇妙？我还以为，只要跟那两个家伙有关系的东西肯定不是好东西呢。”

“别再提那两个家伙了，一想到他们，我就烦死了，别说他们了。”尼克说。

“那么好吧，今天我们要做一些什么事呢？”

“你想做什么事呢？”

“我想到约翰先生的那个铺子去，买回来我们缺少的全部东西。”

“现在可不能去。”

“我知道现在不能去，那么你说我们可以做什么事呢？”

“我们可以到林子里去采些浆果，如果幸运我还可以打到一只松鸡，最好多打几只。鲑鱼倒是很多，随时可以钓到。不过如果天天吃鲑鱼的话，也会吃腻的。”

“你以前也吃腻过？”

“没有，不过我倒是听说有人吃多了就会腻了。”

“鲑鱼我可吃不腻的，”小妹说，“鲑鱼比狗鱼好多了，狗鱼吃一点儿就腻。可是鲑鱼和鲈鱼是怎么吃也不会腻的。是真的，尼基，我说实话不骗你。”

“还有大眼狮鲈，怎么吃都吃不腻，”尼克说，“不过铲鲟除外。老弟，铲鲟这种鱼保证你吃多了会腻得不得了。”

“那种‘草耙骨’我可不爱吃，”妹妹说，“我一看到这种鱼就直倒胃口。”

“我们先把这儿打扫干净，我会找另一个地方藏好弹药，然后我们就一起到林子里采浆果，如果遇到野鸡什么的也顺便打上几只。”

“我带两个猪油桶去吧，再带上两个面粉袋。”妹妹说。

“我说小妹，”尼克说，“请千万要记住‘上厕所’啊！”

“你说得对。”

“这可真不能马虎。”

“我知道，你自己绝对也要记住。”

“我不会忘记的。”

尼克走进了那片树林，把一盒步枪长弹，就是点 22 口径的那种埋在一棵大青松根部，又埋了几盒散装的点 22 口径的步枪短弹，再把腐熟的松针堆在那棵大青松根部就一点儿也看不出来了。然后他把手举得高高的，在那棵大青松下他能够到的最高的地方，削下了一小块儿厚厚的树皮，这就是标志了。他又四下打量了一遍，记清楚了树的方位，然后才走出树林，来到山坡上，沿着那个山坡向下走到他们的棚前面。

现在太阳已经升得老高，阳光明媚，天空很高很蓝，很清澈，一朵白云也没有。跟妹妹在一起的时候，尼克总是感觉非常愉快。他心想：别考虑得太多，管它最后是什么样的结果呢，只要开开心心地把现在的生活过好了。他似乎突然明白了一个道理：只有过好今天这一天，才是最真实的，预料明天会发生什么事情是谁也无法做到的。如果天没有黑，今天就还是今天，等到一觉醒来，到了明天，就变成第二个今天。他认为自己这一辈子懂得的道理中，只有这个道理最重要了。

今天真是个晴朗的好天气，他背着那把枪来到营地，心里一阵喜悦，不过时不时地那件烦恼的事情会令他想起，每次想起来心里就会痛一下，就像被口袋里揣着的那个鱼钩扎了一下那样。他们背包留下了并没带在身上，估计大白天的，也不会有狗熊来这里找东西吃吧，即使真的有狗熊的话，通常也只在山下的那片沼泽地附近找浆果吃。不过尼克还是有点儿不放心，他把那瓶威士忌埋在泉水后面的土里。这里也有一棵已经倒下的枯树，他们就从这棵枯树上砍木柴用来烧火。趁妹妹没有回来这工夫，尼克赶紧坐在这棵枯树上检查他的枪。他们现在准备去打松鸡，所以他把枪里的弹盒取出来，把长弹倒出，再把这些子弹都放进一只麂皮袋，取出那些点 22 口径的短弹装在弹盒里。因为用短弹打不会有那么响的枪声，而且即使打中了松鸡也不至于把肉打烂。

他做好一切以后，准备出发了。可是妹妹还没有回来，他心想：这丫头，究竟到哪里去啦？可转念一想：可不能发脾气呀，不是你告诉她让她慢慢的吗，现在你又着什么急呢？可他心里仍然急，甚至急得有些发慌，因此他就生自己的气了。

“来了，我来了，”妹妹说，“真是抱歉，我去了那么长的时间，我可能走得实在是太远了。”

“没关系，”尼克说，“我们现在就出发吧，猪油桶你带上了吗？”

“带了，盖子都一并带上了。”

他们沿着那道山坡向下走，很快就来到小溪边上。尼克站在那里，望着溪流上游，仔细观察了好长一段时间，又上上下下地打量起山坡来。妹妹把猪油桶放进一个面粉袋里，又用另一个面粉袋把它系好，搭在肩上。然后她也站在那里，一直盯着他。

“钓竿你不用把它带上吗，尼基?”妹妹问他。

“不用，如果要钓鱼的话，我可以砍一根树枝做钓竿。”

他提着那把枪走在前面，并且始终跟小溪保持着一定的距离，不太远也并不靠近。他这样子就是在打猎了。

“这条小溪真是奇怪。”妹妹说。

“这是我所见过的最大的一条小溪了。”尼克对她说。

“这看起来明明是一条小溪，可又如此之深，深得吓人。”

“你不知道，这条小溪里不断有新的水源流进，”尼克说，“还连通着溪岸以下的地方的水源，通得可深哩。溪水也非常冷，小妹，你不信就把手伸进溪水里试试。”

“哟，真的冷得刺骨。”她缩回冻得发麻的手说。

“只有当太阳照着它的时候才会暖和一点点，”尼克说，“不过也不会暖和很多。我们慢慢走吧，一路走一路看看能不能打到什么东西，如果再走一段路程就会看到一个可以采浆果的地方。”

他们就一直沿着那条小溪慢慢走着，尼克一边走一边观察沿岸的情况。他在路边发现了水貂的足迹，把那些足迹指给妹妹看。他们又发现了好几只红冠戴菊莺，小小的，这些莺在杉树林里飞来飞去捕食昆虫。那些鸟或纵或跳，体态轻盈，动作敏捷，灵巧地在杉树林里盘旋，就连兄妹俩走过去它们也并不躲开。除了莺鸟，还有雪松太平鸟，它们文静娴雅、高贵动人，走路的姿势都是那么优美，更迷人的是它们翅膀和尾巴的覆羽处的星星点点，那是些火漆般的圆点。妹妹显然很喜欢这种鸟：“这鸟真是一种极美的鸟，尼基。我相信绝对不会再有比它更美的鸟了。”

“它的容貌就跟你的容貌一样美。”他说。

“好了，尼基，别开这种玩笑了，我喜欢雪松太平鸟，一看到它时心情又激动、又高兴，甚至高兴得眼泪都快流出来了。”

“这种鸟通常会盘旋着轻轻落下，然后在地上走几步，它们的姿态是那么高贵，看上去既文雅，又十分友好。”尼克说。

他们继续往前走，走着走着，尼克突然举起了枪，她几乎没有看清哥哥瞄准的目标是什么，就听到了枪声。随后她就听到“扑通”的一声落地，声音很沉重，她看到一只很大的鸟在响声中掉在了地上，接着是一阵胡乱扑腾而且拍打翅膀的声音。她又看到尼克接连扣响扳机，每次枪声以后都有一阵胡乱扑腾着翅膀的响声从柳树林里传来。紧接着又是扑棱棱的一片，一群褐色的大鸟轰的一下飞出了柳林，有一只并没有飞出多远，就落了下来，落在柳树上。它的脑袋已经歪了，羽冠倒下来了，脖子里的那一圈美丽的羽毛也乱了，它还睁着眼睛，使劲盯着地上那几个扑腾着却再也飞不起来的同伴。他们看到这是一只美丽而又丰满的大鸟，个头儿特别大，它的脑袋向下探出来，似乎已经傻了。尼克慢慢地又向它举起枪来，妹妹却在旁边轻轻地说：“算了，尼基。别再开枪了，我们今天已经打得够多了。”

“好吧，”尼克说，“那么你来打这一只好吗？”

“不，尼基，我可不想打。”

于是，尼克走进柳树林，捡起掉在地上的那三只松鸡，用枪托狠狠地把它们的脑袋砸晕，然后把它们全都摊在青苔上。妹妹伸手摸了摸这些松鸡，它们的身体还是暖和的，每一只都有丰满的胸脯和美丽的羽毛。

“等着吧，我们很快就有好吃的了。”尼克说，他感到心里快活极了。

“可我现在为它们感到难过呢，”妹妹说，“它们其实跟我们一样，在今天早上还过着自由而快乐的生活呢。”

她又抬起头，看了看那只歇在柳树上的已经受伤而无法飞翔的松鸡。

“你看，它的样子真是傻乎乎的，呆头呆脑，现在只知道瞪眼呢。”她说。

“到了每年的这个季节，松鸡就变得呆了，印第安人把它们叫笨鸡。这些松鸡只有在尝过挨打的滋味后，才会学得聪明点。其实树上这种松鸡并不是真的笨，这是披肩松鸡，而有的松鸡却怎么也学不聪明，那种松鸡叫柳树松鸡①。”

“我们可别像它那样，怎么学也学不聪明。”妹妹说，“你去赶走那只大鸟吧，尼基。”

“你来吧。”

“走吧，快走吧，松鸡。”

那松鸡还是待在那里，好似傻了一样一动不动。

尼基举起枪对着它，它仍然站在树枝那里，呆呆地看着他。尼克心想，如果真的打死这只松鸡的话，妹妹一定会很难过。于是他弹了一下舌头，一呼啸，那声音就像松鸡从暗处突然蹿出来一样，可那只松鸡还是毫不动弹，呆呆地看着他。

“我们走吧，别理睬它。”尼克说。

“请原谅，尼基，”妹妹说，“看起来这只果然是一只笨得可怜的松鸡。”

“你就等着吃美味的松鸡肉吧，”尼克说，“律法规定也不能打松鸡吗？你吃过松鸡肉以后就会明白我们为什么要到这里来打松鸡了。”

“眼下松鸡也是不准打的吗？”

“是的，是这样规定了。除了我们以外谁还能打得到呢？被我打死的大鸟数不胜数，不过这时候的松鸡长得正壮，如果我们能捉到松鸡，就要每天吃一只。这种大鸟可不是好鸟，它们总是捕捉小鸟，把有益的鸟都吃光了。”

① 学名叫雷鸟。

“大鸟？一只这样傻呆呆的笨松鸡也叫大鸟吗？我们要打它还不容易吗？”妹妹说，“听你这么说，我就觉得不那么难受了。拿个面粉袋把它装起来吧？”

“我得先剖开它，掏去内脏，再包上凤尾草，就可以保鲜一段时间，然后把它装进面粉袋子里。弄好这些鸡我们再走吧，不用担心，这里距离浆果地已经很近了。”

于是，他们背靠着一棵杉树坐下了，尼克把那些松鸡都剖开，掏出内脏，手里能感觉到它们还热乎乎的。他拣出来可以吃的肝、肠等拿到小溪里洗干净。收拾完之后，他又把鸡毛理了理，用凤尾草包上，放进那个面粉袋子中。然后用钓鱼绳扎好面粉袋的袋口和两角，把那个面粉袋子搭在肩上。他又把那些不能吃的内脏拿到小溪边，向溪水里扔去，还特意拣出来鲜红的松鸡肺，单独投进溪水里，鲑鱼立刻从又急又猛的水流中浮起来抢食。

“这个做鱼饵可是挺好的啊，可惜我们现在用不着，”他遗憾地说，“我们就当这些鲑鱼暂时是存在这条小溪里吧，等我们需要的时候，随时都可以来拿。”

“如果我们家附近也有这样一条小溪的话，我们就发财了。”妹妹说。

“如果这样一条小溪在我们家附近的话，也许这些鱼早就被捕完了。像这种没有被人发现的，还保留着原始痕迹的小溪，也只有这里才有了。湖湾那边虽然也有一条小溪，不过那地方实在太偏僻，人根本没办法过去。即使是这里我也从来没有带人来过，更没有把其他的人带到这条小溪钓过鱼。”

“谁会到这里来钓鱼？”

“肯定不会有人。”

“也就是说在我们之前，没有任何人在这条小溪里钓过鱼了？”

“也不完全是，以前来这里打鱼的就是印第安人。不过自从印第安人不再做剥青松皮的买卖以后，他们就离开了，再也没有来过这里。”

“那么埃文斯家那浑蛋小子知道这个地方吗？”

“他不会知道的。”尼克刚刚说出这话，嘴就闭上了，说实话心里有些不安，在他的脑海里清晰地浮现出来埃文斯家的小子。

“你在想什么，尼基？”妹妹问道。

“没有，没想什么。”尼克说。

“你明明就是在想事情，为什么不告诉我呢，我们可是同甘共苦的好伙伴呀！”

“也许他知道，”尼克有些绝望地说，“该死！也许他真的知道我在这里！”

“你不能肯定他知道还是不知道，是吧？”

“不能肯定！也正因为这样我才心里烦，如果我能肯定他知道的话，我就不会带你到这里了。”

“这么说来，他很可能已经找到我们的营地，在那里等我们呢？”妹妹说。

“别说这样晦气的话，难道你真愿意那浑蛋找到我们吗？”

“怎么可能呢，”她说，“请原谅，尼基，我不该提那个浑蛋小子。”

“不，不是你的错，”尼克说，“我倒很感激你提醒了我。我之前也想到过这一点，可事情太多一时之间又忘了，就没再去想。以后我还得多想想这种事情，牢牢地记住这一点。”

“你总是在想事情。”

“可我就是没有想过这件事。”尼克懊恼地说。

“好了，别说了，我们现在到山下去采浆果吧，”小妹说，“我们已经到了这里了，只能顺其自然、随机应变了，不是吗？”

“是啊，”尼克说，“我们现在就走，去采浆果，然后就回营地。”

不过尼克现在总是有点担心，他认为不能不防着点儿，一路上他都在想接下来自己应该怎么办。他知道，现在最重要的是镇定，千万不能惊慌失措。因为到目前为止，并没有什么情况发生。他们刚到这里的时候是现在的样子，现在仍然是那个样子。也许以前埃文斯家的小子确实跟踪他来过这里，不过似乎也没有多大的可能，他不能肯定了。他想起来那次他从霍奇斯家经过来到这里的时候，是最有可能被这小子跟踪的，但是细细想来这仍然不一定。根本没有人到这条小溪来过，没有任何人来钓过鱼，他完全可以肯定这一点。不过，再想一想，来这条小溪的人无非就是为了钓鱼，而埃文斯家的那小子对于钓鱼并不感兴趣。

“那可恶的浑蛋小子盯上我了，总是找机会跟踪我。”他说。

“我知道，尼基。”妹妹说。

“他甚至已经找过我三次麻烦了。”尼克说。

“我知道，尼基。可是千万别因为这样而去杀他呀。”

尼克心想：果然如此，她跟我一起来就是为了阻止我干这种事。为了不让我这么做，她竟然跟我来到这个地方。所以我不能在她面前提起做这种事。

“我知道的，我不能这么做，”他说，“事情已经到如此地步了，咱就别再说这件事了。”

“只要你不去杀死他，”妹妹说，“所有的问题都容易解决，车到山前必有路嘛！”

“我们回去吧。”尼克说。

“我们不去采浆果了？”妹妹问。

“不去了，改天再去吧。”尼克说。

“你是不是有点担心了，尼基？”妹妹问。

“是的，请原谅，我也让你担心了。”尼克说。

“可是我们现在回营地又有什么用呢?”妹妹问。

“可以早点知道发生了什么事。”尼克说。

“我们不能照原计划去采浆果吗?”妹妹问。

“今天不去了吧。我并不是害怕什么，小妹你用不着因此而害怕，只是我总是有点儿放心不下。”

尼克一边说着话，一边急急忙忙地和妹妹离开那条小溪，两人走进了树林。他们先是绕着树林边缘走，再绕到山上，然后再从山顶上往下走回营地。

他们小心翼翼地向营地走过去。尼克提着枪走在前面，他看到营地周围还跟离开前一模一样，显然没人来过。

“你就在这里照看着,”尼克对妹妹说，“我要到远处查看查看。”他放下装松鸡的面粉袋，还有那个原本想用来装浆果的桶，把它们交给妹妹，独自一人一直向小溪上游走去，他走了很长一段路程才走出妹妹的视线，立刻把枪里装的那些短弹换上了长弹。他在心里暗暗地想：我真的不想打死他，可是子弹总得换过来吧。他拿着枪在田野里查看着，仔仔细细地搜索，可是一个人影也看不到，于是他又下山，再次走到那条小溪边，沿着小溪往下游又走了很长一段，直到确定绝对没有人来过，才回到营地。

“对不起，小妹，刚才我有些紧张，确实反应过度了。”他说，“我们做一顿午餐好好地吃吧，这样晚上就不用提心吊胆地做饭，害怕火光泄露了我们的踪迹。”

“可我现在实在有些担心哪!”她说。

“你不用担心什么，到现在为止什么异常的事情都没有发生。”

“可是我们连这小子的影子都没有看到，只是提了一下，就已经吓得不敢去采浆果了。”

“我明白你的意思，可是你看，事实上这小子没有来，而且他可能从来都不知道这个地方，从来都没有来过，也许我们永远都不会再见到他了。”

“尼基，你有没有觉得，他不在的时候比我们在这里看见他的时候更令人害怕。”妹妹说。

“是啊，可害怕也不能解决问题呀！”尼克说。

“我们接下来该怎么做呢？”妹妹问。

“我看我们最好还是等天黑再做饭吧。”尼克说。

“怎么又改变主意啦？”妹妹问。

“我想天黑以后他就不可能来了，他不可能摸黑穿过那片杉林沼泽地到这里来，那样对他来说肯定不安全。只有在清早，黄昏，以及深夜里，这三个时间是最安全的，我们完全不用担心。因此，以后我们要像鹿一样，尽量白天睡大觉，只在这三个时间出来活动才可能安全。”尼克说。

“他也可能根本就不会到这里来。”妹妹说。

“是的，这也很可能。”尼克说。

“那我还是继续留在这里跟你在一起，好吗？”妹妹问。

“我想我还是送你回家吧。”尼克说。

“不，不要送我回家，尼基。如果我不在这里，谁来看着你呀，谁来阻止你杀他呀？”妹妹说。

“听我说，小妹，以后请你别再说什么杀不杀的了。你一定要记住，我从来都没有这么说过，我没有说过要杀谁。我不会这么做的，永远都不会做杀人的事。”尼克说。

“你保证？”妹妹问。

“我保证。”尼克说。

“那我就放心了，真是太高兴了。”妹妹说。

“你根本就不用担心，也没必要因此而高兴，根本没有谁说过要杀人。”尼克说。

“好吧，就当我从来没有这么想过，也从来没有这么说过。”

妹妹说。

“我也是。”尼克说。

“当然了。”妹妹说。

“我的确没有这么想过。”尼克说。

他心想：好啊，现在你倒说的好像根本没有这么想过，其实你无时无刻不是这么想的，准确地说，你从来都没有放弃过这样的想法。不过千万不能跟她说出你的真实想法，甚至想都不能这么想，只要你一想她肯定就能觉察到，毕竟她是你的妹妹啊，因为兄妹之间有什么想法都能相互感应到的。

“你饿了吗，小妹？”尼克问。

“有一点儿。”妹妹说。

“那先吃一点儿硬巧克力吧，现在我就去小溪旁边打些清凉的泉水来。”尼克说。

“没关系，现在什么都不吃也不要紧。”妹妹说。

他们静静地坐在那里，望着沼泽地外的青山，望着青山上面的天空。仍然跟往常一样，11 点钟时天起风了，在对面的天空大朵大朵的白云逐渐聚集着。天空那么高那么远，而且那么蓝那么清澈，涌起一朵一朵纯白色的白云，随着渐渐增强的大风从青山后面腾空而起，越升越高，聚集在高高的天空。沼泽地上可以看到云影掠过，然后云影又从山坡掠过。这时风吹进了树林，习习的凉风吹在他们身上，他们感觉很舒服。他们躺在树荫里，嚼着硬巧克力，那个巧克力不是很苦，却的确很硬，嚼起来嘎吱嘎吱响，吃着巧克力，喝着那个铁皮桶里的泉水，只觉得那么清凉爽口。

“这里的泉水真是不错，既甘甜又清凉，昨天我们第一次去尝的那处泉水其实也跟这差不多。”妹妹说，“而且吃了巧克力以后再喝这泉水，觉得这水更好喝了。”

“你饿了吗，我们现在就做饭吧。”

“你不饿的话我也不饿。”

“我总是感觉肚子饿。我刚才真傻，都走到一半居然又回来了，我们应该继续去采浆果的。”

“不，你不是傻，你只是想立刻回来查看情况的。”

“我没告诉你吧，小妹，记不记得我们曾经路过的那块乱木地？那附近有个地方，其实也是个好地方，浆果很多。以前我去过那里，还在那里采过浆果。我把东西藏好，然后我们就穿过树林到那里去吧，在那里采上满满的两桶浆果，把明天吃的也采上，你这次跟我出来，肯定不会觉得不值。”

“好吧，趁现在我还走得动。”小妹说。

“你饿吗？”尼克问。

“我不饿，因为刚刚吃了巧克力，现在我一点儿都不觉得饿了。不过我还是希望能够留在这里看会儿书。刚才我们去打松鸡的时候，已经走了那么多路了。”小妹说。

“好吧，”尼克说，“昨天你走了那么多路，难道不觉得累吗？”

“也许有点儿吧。”小妹说。

“那么我们休息一下吧，趁这段时间我给你读《呼啸山庄》。”尼克说。

“我已经不是小孩子了，还需要你读给我听吗？”小妹调皮地问。

“这有什么不可以的呢，况且你总是比我小。”尼克说。

“好吧，请你读吧。”小妹说。

“好的。”尼克说。

一个非洲故事

他在等待月亮升起来，而他的手一直轻轻地抚着身旁的小狗基波，让它安静下来，不发出声音，只是他感觉到基波竖起了一身的狗毛。他们俩，人和狗，都十分小心地观察着四周的情况，屏息凝神听着周围的动静。月亮终于露出笑脸来，在他们的身后拖了两道影子。他不由得把狗脖子搂住了，感觉到那狗也紧张得浑身颤抖。夜里万籁俱静，他们没有听到一点儿声音，戴维也还没有发现大象的踪影，直到那狗转过头，把整个身子紧紧地贴在他的身上，他才发现大象的身影。可是很快他们就被大象的影子完全罩住了，只看到大象悄无声息地从他们身边经过。一阵微风从山那边吹来，带来一股浓浓的大象的味道，是陈年的酸臭味。直到那大象走过了，戴维这才看到那头大象左边的那支象牙很长，几乎都碰到地面了。

他们又伏在那里等了一会儿，发现并没有别的象走过来。于是戴维起身，带着小狗基波拔腿就跑，借着月光向着那头象离去的方向追赶。狗把他跟得紧紧的，只要戴维一停下来，小狗的鼻子就撞进了他的膝弯。

戴维想，一定要追上去看清楚这头大公象，因此他一路狂奔，终于在森林边上，那头大象被他追上了。而那头大象却一直朝山那边走去，它迎着轻微的晚风一直缓缓而行。现在戴维离它非常近了，那头大象庞大的黑色身影又一次把他笼罩了，他又闻到那陈年的酸臭的味道，可还是看不到大象右边的那支象牙。他跟那只狗也不敢再靠近了，于是，他顺着风向把狗送回去，走到一棵大树脚下，他按了按小狗的头部，让它蹲下，示意它就留在这里等待。那狗果然蹲在那里了，可是戴维起身去追赶那头大象的时候，他感觉到那个潮乎乎的狗鼻子又撞在他的膝弯里了。

这样，一人一狗，跟着一头大象，来到了树林中的一片空地上。他看到大象就在那里站住了，还扇动着它的大耳朵。树影完全罩住了它庞大的身躯，转眼一想月光应该能照到它的头部吧。于是戴维伸手到自己背后，轻轻地合住了狗的嘴，然后屏住呼吸，擦着迎面而来的晚风，悄悄地转了身，只让自己一边的面颊感到凉风拂过。这样他一直慢慢地侧着身，不让自己跟那个庞大的身躯之间留下一丝空隙，终于他慢慢地绕到大象的前面了，也终于看到了那个巨大的脑袋，还有那对慢慢扇动的巨大的耳朵，也看到了它右边的那支象牙，那一支象牙真是足足有他大腿那么粗，呈弧形向下弯曲，几乎触到地面。

心咚咚地跳着，他带着小狗基波又退了回来，这时候他的脖颈上能感觉到凉凉的晚风。他们沿着来的那条路退了出去，一直退出森林，来到那片空旷的狩猎区，那是一片空旷的野地。他发现那狗现在跑在他前头了，但是没跑多远它就站住了，原来它面前有两支猎矛。这是因为他们刚才去追踪大象的时候，扔下了两支猎矛在这里。他提起套在长矛皮套上的皮圈，把两支长矛一起背在肩上，手里则始终拿着那支从不离身的最称手的长矛，然后带着小狗基波循着象迹反方向向庄园奔去。这时候，月亮却已经高高地挂在天空，他不禁有些纳闷儿：为什么听不到庄园里的鼓声？如果父亲在那里却没有鼓声传来，这可就有点儿奇怪了。

戴维再一次感到浑身疲乏的时候，是他们再次循着象迹追寻那头大象的时候。

一直以来，他以为自己比那两个大人更健康、精力更旺盛，对他们追踪大象的时候走得慢吞吞的很不耐烦，尤其是父亲规定，每隔一个小时就必须停下来休息一次，他认为那完全没有必要。他总是走在队伍的前面，把朱玛和父亲落下很多，可是当他感觉疲劳不堪的时候，两个大人却依然面不改色，呼吸均匀好似没走多少路。中午的时候，他们仍然按规定在整点休息了五分钟，再启程出发时，他发现朱玛的速度反而加快了。也许他的速度并没有加快，只是看起来似乎有点儿快了，而他们在路边还见到了象粪，虽然摸上去还是没有一点儿热气，可是比以前见到的已经新鲜多了。他们经过最后一堆象粪以后，走在前面的朱玛停下了，取下枪交给戴维，让他背上。可是又继续追踪一个钟头以后，朱玛看他累成那样，就把枪要回去了。他们循着象迹一直往山坡上追踪，可是现在，象迹又转向了下方，他们站在那里，透过森林里的隙缝戴维看见前面是一片起伏不平的地区。父亲转过头对他说："戴维，坚持住，我们马上就会走上这条很难走的路了。"

这时候他突然意识到一个问题：刚才他领着他们去查看那些象迹的时候，他们其实就应该打发他回到庄园。朱玛早就看出这个问题了，现在父亲也看出来了，可是如今已经走到了这个地方，只能继续走下去了。他又犯了错误，现在无计可施了，只能冒一下险了。

戴维盯着路旁那个又大又圆的大象脚印，把地面踩得平平实实，连凤尾蕨全都被踩倒了，他看到还有一棵被踩断的杂草几乎都快干枯了。朱玛把那棵草捡起来，抬起头望了望太阳，又把断草递给父亲，他的父亲伸出两个手指捏一捏那根草，又把那根草转了一圈，查验着那草的受损程度来判断大象离开的时间。戴维这时才留意到那棵小草的花已经蔫了，就快死了，但却并没有被晒枯，白色小花的花瓣也并没有脱落。

“真是太好了，”他父亲说，“走吧，就快追到它了。”

夜幕降临了，他们的脚步还前行在那片崎岖的土地上，一路走，他一路昏昏欲睡。直到看见那两个大人，他才突然意识到自己真正的敌人其实是困倦，于是，他提起精神，紧紧跟上他们的步伐。他还是昏昏欲睡，但还是强迫自己一定紧紧跟在大人的后面，希望借此可以驱赶走那可恶的睡意。两个大人则轮流走在前面仔细寻找象的足迹，一个小时交换一次；而走在后面的那个就负责要他跟上，因此每隔一段时间，走在后面的那个大人就回头看看，看他到底跟上没有。天色暗下来，夜幕也降临了，他们停下来，在没有水源的森林里扎下营地，他实在太累了，一坐下来就睡着了。当他半夜里醒来的时候，看见朱玛正提着那双鹿皮鞋，抚摩着他那双赤脚，看脚上有没有水泡。父亲给他盖上了那件上装，正坐在他身边，手里拿着一块冷熟肉，还有两片饼干。父亲又递给他一个水瓶，那里边装着冷茶。

“别担心，那头象总会停下来，它也总得吃东西，戴维，”他的父亲说道，“你的脚情况良好，并没有损伤，跟朱玛的一样好。你慢慢地吃点东西吧，再喝些茶，然后睡一觉。我们进行得很顺利，现在什么问题都没有。”

“请原谅，我实在太困了。”

“你昨天晚上跟基波一起狩猎，又赶了一夜的路嘛！为什么你不该感到困倦呢？如果想吃的话，建议你再来点儿肉吧。”

“不，我不饿。”

“好的，看这情况我们还需要赶三天的路程，不过明天就能找到水源，有很多的小溪从山上流下来。”

“那头象到底要去哪里?”

“朱玛以为他自己知道的。”

“难道情况很糟吗?”

“不算太糟，戴维。”

“我又想睡觉了,”戴维这么说,“这次我不用盖你的上衣。”

“我跟朱玛身体都很好,”父亲说,“你是知道的，而且我睡觉从来都不怕冷。”

父亲还没来得及跟戴维道晚安，他就又睡着了。后来他曾经醒过一次，深夜明亮的月光照射在他的脸上，他想起了那头象在森林中停留站立时，两只扇动着的大耳朵，沉重的象牙使它不得不垂下头来。这时戴维在黑夜中突然想到，每当他想起那头象的时侯内心都感到空落落的，也许是因为他正好醒来，觉得肚子饿。可是实际上并不是这么回事，这是在接下来的三天中他才逐渐弄明白的。

第二天的情况简直糟透了。还在清晨时他就明白对于一个孩子来说，不单单是睡眠这一方面让他看起来跟一个大人有所不同。在刚启程动身的三个小时以内，他比任何一个大人都显得精神饱满，他向朱玛要求背那支点 303 口径的步枪，可是朱玛却坚决地摇了摇头。他今天甚至没有一点儿笑意，他可一直都是戴维最好的朋友，他还教戴维如何狩猎。昨天他还把枪给我的，戴维心想，而且今天比昨天的精神要好得多。事实也是这样，可是刚到了 10 点，他就明白了这一天的情况将会更糟，甚至比昨天还要糟。他以为，自己已经有能力跟父亲一起追寻猎物的踪迹，就跟他以为自己能够打败他一样，这都是极其愚蠢的想法，以前他并不明白自己的失败不仅仅是因为对手是他们，他们是大人。而除此以外，他们都是职业猎人，他突然意识到为什么朱玛竟然吝啬得连微笑都没有。因为他们都很清楚那头象曾经做过什么，但他们只是指点象的踪迹，此外一声不吭。每当他们的追踪变得难以选择的时候，他的父亲总是让朱玛决定应该怎么办。他们停在一道水流前面，把水壶装满水，父亲说："只要够一天喝的就可以了，戴维。"也不知过了多久，他们终于走完那段崎岖不平的地带，开始朝森林前进。在这里，他们看到大象的足迹朝右转，跟另一头大象之前的足迹混合在一起。他看到父亲好像在跟朱玛商量着什么，等他走到他们身边的时候，朱玛回过头查看他们来时的路线，然后向一簇岩石构成的小山眺望，那是矗立在远方干旱地区中的一座小山，他的样子似乎是在观察远方地平线上的三座青翠的山峰，以此测定大象的方位。

"朱玛已经知道那头象去哪里了，"父亲向他解释说，"以前他以为自己已经确定了大象的去向，可是没想到那头象后来竟然走到这里来了。"他也回头看着他们花了一整天好不容易穿过的那片地区。"现在它要去的地方道路很好，只不过我们还得爬坡。"

直到天黑，他们一直都在爬坡，最后在一块没水的空地上扎营了。在快要天黑的时候，有一小群鹧鸪跨过那条小路，于是戴维拿出了那副皮弹弓打死了两只鸟。这群小鸟走在大象的足迹里，似乎在洗沙浴。它们一个个胖乎乎的，还排得整整齐齐。戴维的皮弹弓射出的第一颗卵石把一只鸟的背脊打断了，它倒在地上开始抽搐，它的翅膀不断地拍击只听见嘭嘭响的声音。另一只鸟奔向它，并用嘴啄它，戴维又拿起一颗卵石放在弹弓上，猛力地向后拉，这颗卵石射向这只鸟的肋骨。然后他飞奔上去伸手去捡那只鸟，这时其他的鸟吓得呼的一下全飞走了。朱玛转过头来，当他看到这一切的时候他笑了。于是戴维捡起这两只还带着体温的、胖乎乎、有着光滑羽毛的小鸟，用他的猎刀刀柄猛砸它们的头。

他们正在扎营，做夜宿的准备工作。父亲说："我还从来没有在海拔这么高的地方看到这种鹧鸪出现。你却打中了其中的一对，干得不错。"

朱玛拿出一根棒，串上两只鸟，在一小堆炭火上烤着。他跟父亲躺在一起，看着朱玛烤那两只鸟，他父亲拿出酒瓶扁扁的瓶盖，倒了一杯兑过水的威士忌，一口喝光了。鸟烤好了，朱玛把每只鸟的胸脯肉连同心脏分给他们俩每人一块，他自己只吃头颈、背部和两条腿。

"现在我们的晚餐是不是丰盛多了，戴维，"父亲对他说，"我们这一餐真的十分宽裕了。"

"我们在这头象的后面多远?"戴维问。

"实际上我们很接近它了，"父亲对他说，"不过还得看月亮升起以后，这头象是不是还会继续赶路。今晚它比往常迟到了一个小时，比你第一次发现它的时候迟了两个小时。"

"朱玛怎么会认为他了解这头象的行踪呢?"

"因为他曾经把这头象打伤了，而且就在距离这里不远的地方，他杀死了它的配偶。"

"那是什么时候的事?"

"就在五年前，"他说，"不过时间也许并不准确。那时你还是个小孩儿。"

"从此以后那头象就独来独往了吗?"

"他是这样说的，而且从此他就没再见过它，只是偶尔听到别人谈起过。"

"他有没有说这头象有多大?"

“接近两百磅[1]吧。这可是我见过的大象里头最大的象。他说在这片地区，只有一头象比它更大，而且也在这附近出没。”

“我看我现在睡觉就睡得很好，”戴维说，“希望明天我的身体能更强壮。”

“今天你就表现得很出色，”父亲说，“儿子，我为你感到骄傲，同时朱玛也会为你而骄傲的。”

夜空中月亮升起来了。他醒来，心里想着除了他因为打死那两鸟而显露的熟练的手法以外，他们并不为他感到骄傲。当他第一次在夜里发现这头大象的时候，就跟踪过它，并且看清了它是两支象牙俱全的庞大动物，然后才回去找父亲和朱玛这两个大人，他们才出来追寻象的踪迹。戴维知道因为这事他们的确感到骄傲。不过艰难的追踪一旦开始，他们就用不上他了，而且他甚至可能成为他们成功捕猎过程中的阻碍和危险，就像那只小狗基波成为他在夜间逼近这头象时的负担一样，他甚至还认为他们俩肯定在为没能把他及时送回去而恼火。这头大象的每支象牙看起来都有足足两百磅重。这头象象牙那么长，比一般大象象牙的长度超出了很多，所以这头象就逃不过被人追猎的命运，现在他们三个就要把它打死了。戴维毫不怀疑他们会打死它的。因为这头象，戴维强忍着熬过了一天。虽然中午赶路的速度差点儿把他拖垮了，但他还是坚持了下来。也许他们是看到他的坚持而感到骄傲吧，不过对于这次狩猎行动来说，他确实没有任何用处，至今也没给狩猎行动带来任何好处，如果没有他在，或许他们的行动就会顺利得多。就在那一天，他的脑海里有好多次都闪现出这样的念头，真希望他没有把这头象的踪迹告诉给任何一个人。就在

---

① 这里指每支象牙的重量。猎人猎象都是为了获得象牙，所以他们说象大小通常都是指象牙的重量。

下午的时候，他还想过但愿这头大象没有被任何一个人发现。当他醒来，明亮的月光让他明白了那些都是幻想，残酷的事实依然存在。

整个早晨，他一直都在写作，并且竭力清晰地回忆那时的感受，以及那一天的真实情况。最让他感到困难的是把他当初的感受真实地表达出来，不要受到后来这些感受的影响。在他感到劳累之前，那个地区的地貌的样子，所有的细节都像这个清晨一样在记忆中清晰而鲜明，没有一点儿变化，因此他写出的这一部分相当出色。可是他仍感到困难的就是对于那头象的感情，他很清楚，现在最好的办法就是暂时把这一段搁下，以后再写，这样他可以有更多的时间，去想清楚当时的感受到底是什么，而不是后来的。他也很清楚这份感情正在他的脑海中酝酿，并且逐渐清晰，可是今天他太累了，实在没有办法准确地想起来。

他们来到一条很久以前的象道上，继续追寻那头象的踪迹。这条穿过森林的道路已经被踩平了，踩烂了。看起来似乎这条道路也有很久的历史，也许自从山上淌下的熔岩冷却以后，开始长起又高又密的树木以来，象群就从这条路经过了。现在朱玛看起来似乎胸有成竹，他们的速度很快。也许父亲和朱玛都以为即将大功告成，在象道上走起来非常轻松，甚至在穿过那条从树叶中透过的斑驳光影的道路时，朱玛还拿下那支点 303 口径的枪给他背上。后来，他们看到了小路左方的密林中走出来一群象。这群象在这条象道上留下了一堆堆还冒着热气的新鲜粪便，也留下了一个个浅平的圆脚印，而他们却因此而失去了那头象的踪迹了。朱玛有些气急败坏地夺回了那把点 303 口径的步枪。到了下午，他们终于逼近了那个象群，他们绕着象群走，他们的目光透过树丛注视着这些灰色的庞然大物，并注视着它们扇动的大耳朵，还有那些卷起又放开以后在不停搜索着气味的长鼻子。他们的耳边不时传来树枝折断的声音、树木被推倒的声音，还有象肚子里辘辘的声音，以及粪便掉在地上啪嗒的声音。

他们终于又找到了那头老公象的脚印，那脚印转上了一条比较窄的象道，朱玛向戴维的父亲看了看，咧开嘴笑了，露出一口洁白整齐的牙齿，父亲也向他点了点头。此时他们之间似乎在交流着一个不可告人的秘密，就像那天晚上，他在农场上看到他们时的那种情景一样。

没过多久，他就发现了这个一直没有说出口的秘密。在树林中朝右的地方，有一条那头老公象踩出的小路，一直通到那里。那是一个足足有戴维胸膛那么高的颅骨，天长日久的日晒雨淋，把骨头都弄得发了白。颅骨的额上有个深深的凹痕，像是子弹穿过留下的。在颅骨两只空空的白色眼窝之间还有几道明显的隆起的梁，像喇叭一样展开，通向另外两个空洞，那里曾经被砍掉过两支象牙。朱玛低着头朝那个颅骨望了望，然后向一个地方指了指，那地方是他们正在追踪的那头大象站过的。朱玛还指出来：是那头象用长鼻子把那个颅骨从原来放着的地方稍微挪动了一点儿位置，并且指出了在那个颅骨旁边的地上它的两支象牙所留下的痕迹。他看看戴维，指了指白色额骨上那个很大的凹处中间那个洞，还指出了颅骨耳朵四周骨头上的四个密集的洞，然后向戴维和他父亲咧开嘴笑了，很意料之中的那种。又从他的口袋里掏出一颗实心子弹，把这颗点 303 口径的子弹塞进额骨上的洞里面。

“朱玛就是在这里击伤那头大公象的，它冲向朱玛，朱玛开枪击倒了它，又朝耳朵开了两枪，最后就结果了它的性命。”戴维的父亲继续说着，“现在这头象是它的配偶。准确地说应该是它的伙伴，因为这头象也是一头大公象。”

这时朱玛指点着那些在地上散落的骨头，向他们说明那头大公象是怎样在这些骨头之间走动。两个大人发现了这些骨头后，看起来都很高兴。

“你认为它和它的伙伴在一起待了多久?”戴维问父亲。

“这我可一点儿都不知道，”他父亲说，“你去问朱玛吧。”

“请你去问他吧。”

于是他的父亲开始和朱玛交谈了几句，朱玛看了看戴维，笑笑。

“他说大概是你年龄的四五倍吧，”谈完以后，戴维的父亲对他说，“其实他并不肯定，而且也不关心这个。”

我可很关心这个，戴维心想。在月光中我看到它形单影只又茕茕孑立。我有基波做我的伴，基波也有我做它的伴。这头公象并没有伤害过任何一个人，现在我们追寻着它的踪迹来到了这个地方，这个它伙伴死去的地方，它是来看望它的。但我们还会杀死它，不可否认，这是我的错，是我把它出卖了。

这时候，朱玛也已经查看清楚了这条道路的方向，向戴维父亲招手示意，他们立刻又出发赶路了。

父亲是完全不需要依靠捕猎大象来维持生活，戴维心想。如果那天我没有看到它的话，它就不会被朱玛发现了。他曾经有过杀死这头象的机会，可那次他只是杀死了它的伙伴，打伤了它。那天夜里基波和我发现了它，但是我实在不应该把这个发现告诉他们，我应该为这头象保守秘密，并且始终在心里记住它就可以了，让大人们去农场陪他们的女人吧，让他们去喝得烂醉吧。那时候朱玛就酩酊大醉，我们都没法把他弄醒。从此以后，我一定要保守一切秘密，不管什么消息永远都不告诉他们，任何消息都不会对他们说。如果他们杀了那头象，朱玛一定会拿着他应该得到的那份象牙换酒喝，还有可能他会再买一个该死的老婆。为什么你没有在能够帮助这头象的时候帮它一下？那一天，只要你不去说就能救它一命了。不，即使这么做也不能阻止他们的行动，朱玛肯定会坚持这次行动的。只是你不应当把发现它的消息告诉他们。确实不应该告诉他们任何消息。以后你可得牢牢地记住了，永远不要把任何消息告诉任何人，永远都不要再那么做。

他的父亲站在那里等他赶来，然后非常温和地说："它肯定是在这里休息过了，它已经不像过去那样赶路了。看起来我们很快就能赶上它。"

"去他的猎象行动。"戴维脱口而出，不过话说得很轻很轻。

"你说什么?"他的父亲没听清就问他。

"去他的猎象。"戴维又说了一遍，不过还是说得很轻。

"你小心说话，好端端的一件事别搅和了。"父亲说，还很不客气地用眼睛直瞪着他。

戴维心想：他们都是一起的，他可是很聪明的人。现在他肯定一切都明白了，从此以后他肯定永远都不会信任我了。不过我根本不需要他的信任，因为我也决定从此不再告诉他任何消息，对谁都不说，永远都不去说了。

到了第二天早上，他们又回到那山坡的背面。地面上的脚印显示出那头象已经不像以前那样迅速地赶路，而是四处走动而且漫无目的，只是偶尔在一个地方停下找点东西吃，戴维已经看出来他们跟它的距离越来越近。他拼命地想回忆起当时他看到大象的感觉。而那时候，他对这头象还并没有什么特别的好感，这是他必须记住的一点。那时的他仅仅只是怀着一份挥之不去的忧伤，那是身体的疲惫所产生的情绪，因为疲惫让他深刻地体会到年龄的悲哀。虽然那时他还很小，但同时也懂得了年老的时候会有什么事情发生。基波不在身边，他有些寂寞，又联想到那头象，朱玛杀死了它的伙伴，让它独自生存，这不得不让他强烈地开始反感朱玛，并把那头象看成自己同病相怜的兄弟。第一次在月光下看到那头象的时候，他和基波一起跟踪它，并且在林中的一块空地上靠近它，他们才看清了那头象那两支硕大的象牙，现在他终于明白对于他来说，这件事是多么重要，但他却无法预料以后这样的事情会不会再发生。现在他非常清楚父亲和朱玛会毫不犹豫地杀死这头象，而他却爱莫能助。那天夜里，他匆忙地赶回农场通知他们，就是把这头象出卖了的表现。那时候，他曾经这么错误地想，如果我们拿到象牙的话，别人会杀死我的，并且不会放过基波。现在他知道事情并不会这样发展。很有可能这头象会找到它出生的地方，他们也会跟踪到那里，就在那里把它杀死。他们一定认为这样做就是最完美的结果，而整个猎杀过程应当算十全十美了。他们还很盼望着在当初杀死它伙伴的那个地方杀死它。这一定会成为他们之间的笑谈，会让他们这些大人兴奋无比。这帮该死的凶手，杀害伙伴的凶手，戴维心里无声地骂着。

这时他们已经走到那片茂密树林的边缘了，戴维断定那头象就在前面很近的地方。他闻到了它的气味，他们都听见了树枝被它扯下来，折断的时候噼噼啪啪的响声。父亲伸出手搭在戴维的肩头上将他拉了回去，示意他在林子外面等，然后从口袋里掏出一只小包，打开小包，掏了一大把灰向空中抛去。那些灰从空中落下来，微微地向他们这边飘了一点儿，父亲于是向朱玛点点头，一猫腰就跟着朱玛钻进那片密林。戴维只看到他们的脊背，还有他们的屁股很快地钻进去，随即不见了，丝毫听不到一点儿走动的声音。

戴维在那里站着，一动不动，耳朵仔细地分辨那头象吃东西的声音。他仍然能闻到象的气味，而且气味很浓很浓，就像那天夜里他在月光下潜伏在距离它很近的地方，观察那两支出色的象牙时闻到的那种味一样。他一直站在那里，一会儿周围悄无声息了，象的气味也消失了。紧接着从林中传来一声悲惨的尖叫声，以及撞击声，然后是点 303 口径的步枪声，他父亲那支点 450 口径的枪也接连响了两声，枪声深沉，空气也被震荡得嗡嗡地响。那种被撞击而破裂的声音越来越远，一步步地渐渐消失了，他快速钻进密林。却在看见朱玛后就被吓得面无血色，原来朱玛的前额上淌着鲜血，正顺着脸颊往下流，父亲则脸色煞白，眼睛里窝着怒火。

“它直接朝朱玛冲过来，把他撞倒了，”父亲告诉他，“朱玛同时也击中了它的脑袋。”

“那么你击中了它哪个地方？”

“我尽力击中它那该死的地方，”父亲说道，“跟着这些该死的血迹走。”

血可真多啊！有一股鲜红色的血喷在树干、树叶和藤蔓上，喷溅的地方有戴维的头那么高，只是还有一股暗红色的血，却喷溅在低处，血泊里面还有它胃肠里的脏东西。

“它的肺部和肚子被打中了，”父亲查看了血迹判断说，“我们很快就会发现它倒在地上了，或者无法动弹。真希望会是这样。”他又补充了一句。

他们果然没有猜错，它确实无法动弹了，它的表情痛苦而绝望，因为它再也走不动了。它被击中后坚持在那片寻找食物的密林中横冲直撞，希望继续前进，逃脱目前的厄运。它坚持跨过了一片稀疏的林地，而戴维和他的父亲也一路奔跑着，追寻着道路上的血迹。后来这头象钻进了密林，戴维他们也跟在后面。他看见那头象就在前面不远处站着，一大片灰色的身躯，它已经靠在一棵树的树干上。在这个距离，戴维还只能看见象的臀部。后来他的父亲向那头象跑去，他就跟着跑过去，一直跑到庞大得就像一条船的那头大象侧面，戴维看到一股鲜血顺着它的肋腹流到地上。他的父亲则毫不迟疑地举起步枪，瞄准，开枪。那头象转过头来看着他们，两支大象牙也显得如此笨重，如此缓慢地随着转过来，父亲接着开了第二枪，它摇晃起来，就像一棵快要倒下的大树一样，随后哗啦啦地向着他们倒下。但它还没有完全死掉，除了刚才的伤口，它的肩部也被击裂了，此时它倒在地上，一动不动。戴维看到它的一只眼睛还在活生生地望着自己。它的睫毛很长，戴维看着睫毛下的那只眼睛，他觉得这是自己一生中所见过的最鲜活的生命了。

“用点 303 打它的耳腔，”父亲吼道，“快动手呀。”

“你来打。”戴维记得自己这么说。

这时，朱玛一瘸一拐地也赶来了，他满脸鲜血淋漓，前额的皮肤也掉了下来，耷拉在左眼上，鼻子的皮肤也掉下来了，露出了鼻骨，甚至有一只耳朵被扯破了。他一言不发，拿过戴维手里的步枪，几乎把枪杆完全插进了那头象的耳腔，他猛拉枪栓，这枪栓便狠狠地向前弹出，接连开了两枪。第一枪打出时，象的那只眼睛睁得很大，但很快变得呆滞，一股鲜血涌出耳朵，两道鲜亮的红色立刻淌在皱巴巴的灰色皮肤上。这血的颜色跟刚才的可不同，戴维心想我应该牢牢记住这一点，而他也确实记住了，但他却发现，这样的记忆根本没有什么用处。这时候象的尊严、高贵，包括所有的美，像被风吹掉似的一下子消失得无影无踪，眼前看到的只是一大堆皱巴巴的淌着鲜血的肉。

“好了，我们终于打死它了，谢谢你戴维。”他记得父亲曾经这么对他说。“现在我们最好立刻生一堆火，让我给朱玛治伤。来吧，过来吧，你这个鲜血淋漓的汉子、汉普蒂·邓普蒂[①]。我们已经得到那些象牙了，现在它跑不掉了。”

朱玛咧开嘴笑了，走到父亲的身边，他的手里还紧紧攥着没有一根毛的象尾巴。他跟父亲讲了句脏笑话，父亲随即就操着一口斯瓦希里语问了朱玛一大堆问题：还有多远才能到达有水的地方？还有多远你才能找来人手搬走这里的象牙？你还好吗，你真是个没用的老浑蛋。你的骨头断了吗，要紧不？

所有的这些问题都得到了答复以后，父亲就对戴维说：“你现在就陪我回去，回到我们放背包的地方，就是我们刚进树林追它的那个地方。朱玛可以在这附近找些木头，生一堆火。我把医药包放在背包里了，我们必须要快，一定在天黑以前到那里取回背包，再赶到这里来。朱玛完全可以放心，你的伤口不会感染的，这样的伤痕和爪子抓伤的是不同的。好了，我们走吧。”

他又想起那头象，想起它的眼睛，当那眼睛失去生气以后，它也失去了所有的尊严，等他跟父亲拿着背包赶回来以后，看到这头象的身躯开始膨胀起来，尽管这个夜晚非常凉爽。他想再也看不见那头象了，眼前只有这具灰扑扑、皱巴巴的正在膨胀的尸体，当然还有两支硕大的象牙，颜色棕黄，上面血迹斑驳，正是为了这两支象牙他们才把它杀死的。他用拇指指甲把象牙上的血迹刮了一些托在手里，此时那血迹已经干了，像一片干了的火漆，他把这片干血迹放在衬衫口袋里。只是他觉得，除了从那头

① 英国无名氏的童谣作品中的人物，形象是一个蛋形的矮胖子。有一次，他坐在墙头上，跌了下来，摔得粉碎，从此再也不能复原。

象的身上取得这点儿血迹以外，就只有寂寞的感觉了。

屠宰了那头象以后，他的父亲就在火堆旁尝试着跟他交谈。

“它是杀人凶手，你应当知道的，戴维。”他曾经也这么说过，“朱玛告诉我它杀了很多人，数也数不清。”

“那些人全都是想杀死它的，不是吗？”

“那当然了，”他的父亲这么说，“它长着这样的一对值钱的象牙嘛。”

“那怎么能说它是凶手呢？”

“我不跟你辩理，你随便怎么想吧，”他父亲说，“遗憾的是你的思维完全被它搞乱了。”

“真希望它杀了朱玛。”戴维记得自己当时那么说。

“你这样想实在有点过分了吧，”他的父亲说，“朱玛可是你的朋友啊，难道你忘了这一点？”

“现在不是了。”

“我想你实在没必要这么跟他说。”

“他知道的。”戴维说道。

“我看你一定误会他了。”他父亲说。不过两个人的谈话也就此停止了。

后来，虽然发生了那么多事，他们终于还是安全地带回了象牙。那两支象牙就靠在房子的墙上，这是一幢用枝条和泥筑成的房子。两支象牙的尖端挨在一起放着，象牙是那么长又那么粗，甚至双手摸到它的人也不敢相信这是真的。象牙向内弯成完美的弧形，两个尖端碰在一起，可是没人能够得着到那个圆弧的顶端，就连他的父亲也够不着。这下朱玛和他的父亲，还有他因此成了英雄，甚至小狗基波也成了一只英雄的狗，就连那些帮忙抬象牙的人也都被奉为英雄，一些已经略有醉意的英雄，而且将会酩酊大醉。这时他的父亲问他："你想妥协吗，戴维？"

"好啊！"他说道。因为他已经决定了，从现在开始再也不把秘密告诉任何人了，他早已下定了决心。

"我真是太高兴了，"他的父亲说道，"这样一来，事情就简单多了，也容易处理多了。"

于是他们都在那棵大无花果树的树荫下围坐下，坐在老人坐的凳子上，旁边的小屋墙上靠着那两支象牙，他们拿着一个葫芦瓢制成的杯子，里面盛着土酿啤酒，这酒是一个小姑娘和她的小弟弟端来的。现在他也不再是那个让人可憎的小讨厌鬼了，而是英雄们的助手，他坐在尘土中，那只被看作是英雄才会拥有的英雄狗也坐在他的身旁。小狗抓着一只养了好几年的童子鸡在玩，它也成为英雄们喜爱的宠物。现在英雄们全都围坐在一起了，而且痛快地喝着啤酒，大鼓咚咚地敲起来，人们开始庆祝这次成功的狩猎行动，跳起了欢快的舞蹈。

搭火车记[①]

父亲轻轻地推了我一下，我醒了，看见他站在我的床铺面前，四周看起来还是黑漆漆的一片，我可以感觉到父亲把手按在我身上。这时我的脑子已完全清醒了，我的眼睛看得很清楚，感觉也非常敏锐，可是我的身体却似乎仍然在睡梦中沉睡，并没有醒来。

“吉米，”他说，“你醒了吗?”

“是的，我醒来了。”

“那赶快起床，穿好衣服吧。”

“是的。”

他仍然站在床边，我心里想着要起来，可整个身体却不听使唤还在熟睡。

“快起来，快点儿穿好衣服，吉米。”

“好的。”我爽快地答应，可身体仍然躺在床上动不了。后来我身体终于醒来，才从床上爬起来。

“对了，这才是好孩子呢。”父亲说。我光着脚踩在地毯上，伸出手到床后面拿衣服。

“你的衣服在椅子上呢，”父亲对我说，“快穿上鞋子袜子。”说完他就走出了房间。因为天气现在变冷了，穿衣服就变得非常

① 海明威早期曾经写过一部拉德纳式的小说［按：这是一位美国小说家，名叫林·拉德纳(1885—1933)］，这部小说没有题名，也没有最终完成，这里选的一篇就是出自这部小说稿的前四章。虽然只是片段，却也自成一个出色的短篇，这篇小说与《拳击家》《五万元》两篇风格相似，可谓一脉相承。

麻烦。整整一个夏天我都没有穿鞋子和袜子，现在要重新穿上鞋子、袜子我觉得很不舒服。父亲这时又走回屋里，坐在床铺上。

“穿着鞋觉得疼吗?”

“鞋有点儿紧。”

“鞋紧也得穿。”

“知道，我不是正在穿吗?”

“过两天给你换一双吧。”他又说，“刚才我说的话其实算不上什么至理名言，吉米，我只不过记得有这么句老话罢了。”

“我知道。”

“正如‘两打一，没出息’一样，也是一句老话。”

“我倒觉得这句比‘鞋紧’那句好听，更有意思。”我说。

“可是这一句也许并没道理，”他说，“因此你听起来才觉得顺耳。而听起来顺耳的老话一般都是没有什么道理。”天气真冷，我把这只鞋的鞋带系好，就准备好了。

“你想不想穿那种扣子鞋?”父亲问我。

“无所谓。”

“如果你喜欢穿那种鞋的话，以后就换一双那样的鞋。”他说，“你一定喜欢穿那种鞋的，是的，就应该穿上扣子鞋。”

“好了，我准备好了。”

“你知道我们现在要到哪里去吗?”

“我只知道要去很远很远的地方。”

“什么地方?”

“加拿大。”

“我们的确也会去加拿大的。”他说。我们就一起走进厨房，我看见厨房里的窗户都上了窗板，厨房的桌子上点亮着一盏灯，厨房中间放着一个手提箱、一个行李袋，还有两个帆布背包。

“先吃早饭吧。”父亲说着，从炉子上端起平底锅和咖啡壶过来，坐在我身旁，我们一起吃火腿蛋，还喝了加炼乳的咖啡。

“尽量吃，一定要吃饱。”

“我再也吃不下了。”

“还剩下一个鸡蛋，你把它吃了吧。”他拿翻饼夹子夹起平底锅里剩下的最后一个鸡蛋，把它放在我的盘子里。这个鸡蛋看起来是煎了很久，它的上面都煎得脆了。我吃着鸡蛋，同时朝屋里四下打量。心想如果我们这次离开后不再回来的话，还真应该多看看这个厨房，把它牢牢地记在心里。角落里有个生锈的炉子，已经掉了半个热水槽盖子。有一把木柄的洗碗刷，却嵌在炉子顶上那天花板下面的椽木缝里。我还记得那天傍晚，父亲发现那里有只蝙蝠，随手就把洗碗刷扔过去，没想到那把洗碗刷从此就卡在了那里。他一直也没取下那把洗碗刷。父亲开始想借此提醒自己应该换一把新的刷子了，后来可能又觉得这把刷子能让他想起那只蝙蝠，因此一直就没有取下那把刷子。我用袋网逮住了那只蝙蝠，然后将它关在笼子里，并且笼子周围蒙上布幔。蝙蝠这种小眼睛、小牙齿的东西，被关在笼子里就拢起翅膀，全身缩成一团。天黑以后，我们带着笼子来到湖边放了它。它从笼子里出来以后，拍拍翅膀，就轻盈地向湖边飞去。它飞到湖中央，突然从空中扑下来紧贴湖面掠过，但很快又腾空而起，在空中回旋之后，从我们的头顶上飞过，朝着茫茫夜色中的那片树丛飞去了。我又看了看厨房：厨房里有两张铺着漆布的桌子，一张是用来吃饭的，一张用来洗碗；还有一个白铁桶，通常这个铁桶是用来提湖水的，而厨房里的那个水槽则是用来储存湖水的；厨房里还有一个搪瓷桶，那是仿花岗石纹理的桶，是用来盛放井水的。厨房里还有一个放置食品的柜子，柜门上却挂着一条擦手毛巾，还有一条擦碗毛巾，挂在炉子上方的毛巾架上；厨房的角落靠着一把扫帚，柴箱内现在还剩了半箱木柴，所有的锅都整整齐齐地挂在墙上。

我仔细地打量着厨房，试图把这些留在记忆里，我真的很喜欢这个厨房。

“怎么，”父亲说，“你真的打算记住这里，永远记住吗？”

“我想是的，我应该会永远都记住这个地方。”

“说说你都会记住些什么呢？”

“发生在这里的所有有趣的事情，快乐的事情。”

“除了搬柴提水那些苦差事？”

“那些事吧也不算怎么辛苦。”

“你说得不错，”他说，“那些确实不能算苦差事，你就要离开这里了，不觉得有一些难过吗？”

“如果我们是去加拿大的话，那么就不会感到难过了。”

“我们不会在加拿大定居的。”

“甚至在那里住一段时间都不会？”

“我们只是暂住，不会住很久的。”

“那最后我们会去哪里呢？”

“到时候再说吧。”

“别担心，到哪里去对我来说都一样，无所谓的。”我说。

“不错，这样的心态很好。”父亲说着，掏出一包香烟，点燃了一支，然后递过来整包香烟：“你不抽一支吗？”

“不抽。”

“好极了。”他说，“那么你出去拿一个桶，堵住烟囱口吧，我来锁门。”

于是，我走出门去。天还没有亮，但是微微的亮光已经沿着山峦的轮廓线透露出来。我看到屋顶边上靠着的那架梯子，又在柴棚旁边找到那个旧提桶，他们通常会提着这个桶来采浆果，于是，我提着这个桶爬上了梯子。我的鞋因为是皮底子，所以踩在梯子上滑溜溜的，有一种悬在半空心里不踏实的感觉。我把那个桶扣在烟囱管顶上，这样一来既能挡住雨水，不让它流进屋子里，二来又可以挡住松鼠和金花鼠，不让它们钻进屋里去捣乱。我站在屋顶上极目远望，看到了树丛，树丛的远处是湖。我又回过头望向另一边，看到柴棚顶、栅栏，还看到更远处的山峦。此时天色已经亮些了，这是拂晓，感觉冷飕飕的。我望着那些树丛，望着那个湖，希望在心里把一切都记住。我又四处眺望，打量四周的景物：打量屋子后面那一带山峦，打量更远处的树林，又打量着柴棚顶。所有的这些，所有的一切可都是我非常喜爱的东西，柴棚、栅栏，还有山峦和树林，无论哪一样都是我曾经的爱，我多么希望这次我们不是远走他乡，而只是跟平常一样出去钓鱼，很快就会回来。父亲关门的声音唤醒沉思中的我，所有的箱子、背包都已经搬出来了，就放在屋外的地上。他转身把门锁上，我扶着梯子正准备下来。

“吉米。”父亲叫我。

“哎。”

“屋顶上的感觉如何啊？”

“就下来了。”

“不用急，我也上来待一会儿。”他一边说一边就往上爬，慢吞吞又小心翼翼的。他也像我一样四下眺望。“可真舍不得走啊。”他说。

“既然如此，我们为何不留下呢？”

“我也说不清楚，”他说，“不过我们现在就要走这是事实，而且的确是非走不可。”

我们慢慢地下了梯子，父亲收起那架梯子，放进柴棚。我们提着皮箱，背着背包走到码头。那里系着一艘汽艇，汽艇上还罩着一层漆布，漆布罩上布满了露水，汽艇的引擎和座椅也都沾了露水，湿了。我揭开那层漆布罩子，用一团废弃的棉纱头把座椅擦干。父亲把码头上的行李全都搬到汽艇里，放在汽艇前部。我解开了所有的缆绳，重新回到那艘汽艇里，用手攀住了码头。然后父亲拉动了一只小开关，开始发动引擎。他先转了两下转盘，把汽油吸入油缸，接着抓住手摇柄摇了整整一圈，带动汽艇的飞轮，引擎发动了。我把缆绳先套在码头的一个木桩上，让它把汽艇暂时拖住。螺旋桨搅动着湖水，这时汽艇好像一条使劲挣脱束缚的大鱼，它激起的水花形成一个个漩涡不断扑向码头那些木桩。

“吉米，开船吧。”听到父亲的吩咐，我放开缆绳，于是汽艇载着我们离开了码头，向远处驶去。从湖岸上树木的缝隙之间，我仍然看见了那间已经上了窗板的小屋。转过头去，码头比刚才短了很多，映入眼帘的是一长溜儿青色的湖岸。

“还是你来开船。”父亲对我说。于是，我走到船头，掌好舵后，把船头稍稍偏过一点儿，向着那块尖角地疾驰而去。这时候，仍然能看见身后的湖滩、码头、船库，以及香枞树丛，可是没过多久，汽艇驶过了一大片开垦地，一个小小的河湾越来越近了。在河湾，小河就从这里汇入湖中，河湾沿岸长满了茂密的、挺拔的青松，河湾前面就是尖角地了。那里也是一片树木茂密的湖岸。现在我得加倍小心：因为就在接近尖角地的那片水域下面有沙洲，而且一直向湖心延伸，那区域可有好大一片。靠近沙洲的地方可都是深水，我驾着船沿着深水区的边缘前行，不多一会儿就到了沙洲的地方。可令人有些奇怪，湖面下的那一片沙洲竟然消失了，长在水里的是一大片蓝花水草，汽艇螺旋桨吸起的水流，带着这些蓝花水草纷纷向我们的船靠近。很快汽艇又驶过了尖角地，而身后的码头和船库都已杳无踪迹，在尖角地上只看到三只乌鸦踩着沙悠闲地散步，一根陈年老木头有一半陷在沙地里，有一半露着，除了这些就只有眼前辽阔的湖面了。

我听到火车开来的声音了，随后就看见火车向车站驶来。刚看见火车的时候，它正从很远的一个转弯处驶来，小得很，而且快得很，一小节一小节的车厢接连不断地飞速进入我的视线。火车似乎把整个山冈都带动了，而山冈又把火车背后的树带动了。火车头距离我们越来越近，能看到“噗”地喷出一股白气，然后就听到一声长长的汽笛声，接着又喷出一股白气，又是长长的一声汽笛声。天还没有大亮哩，火车行驶在一片沼泽地的对面。火车轨道两旁可都是泉水，清澈的泉水在汩汩地流淌着，而泉水的底部那片褐色的土地才是沼泽地。一团雾气正好笼罩在沼泽地的上空。在雾气中，沼泽地上有一些被林火烧焦、枯死的树，呈现出一片没有生机的灰色，细细的，立在那里。天空露出微弱的亮光，时间还早，寒风吹在身上，冷飕飕的。火车更近了，笔直地开过来，看起来越来越大。我退到铁轨的旁边，有意无意地回头看了看：湖边的那两家杂货店、几个船库，就连那长长的一直延伸到湖中的码头都静默在晨光中。车站附近还有一个自流井，在一方铺着小石子的地中央。一根涂着褐色防水膜的水管把自流井里的水抽出来，在晨光中喷出，水花四散飞溅又落进一个水池里。自流井的后面就是湖了。当一阵微风吹来，湖面上波光粼粼很是让人轻松。沿着湖岸有一些树林，还能看到我们从家里开来的那艘汽艇还系在码头上。我们会把这艘汽艇寄存在弗雷德·卡恩伯特的船库里，托他照看。

火车进入车站，速度渐渐减慢，直至停在车站。列车员和扳闸员都从车上跳下来，于是父亲向弗雷德·恩伯特道了别。

“你们什么时候回来呀?”

“很难说，弗雷德，”父亲说，“开春的时候这艘汽艇就拜托你给上漆了。”

“好的，再见了，吉米，”弗雷德对我说，“多多保重啊!”

“再见，弗雷德，保重。”

我们跟弗雷德握手道别以后，就上了火车。列车员走到前面的车厢，扳闸员很快地收起作踏板用的小木箱，飞身跃上已经开动的火车。站台上，弗雷德却还站在那里，我一直看着车站的方向，能看到他在送我们上车的地方站了一阵走了，看着车站附近自流井里的水管把水喷射在阳光中，车站也变得越来越小，湖也变了，最后这些都看不清了，眼前只有向地平线伸展开去的枕木和那片沼泽地了。等到火车过了熊河，穿过一个隧道以后，那片沼泽地也看不见了，只有铁轨和枕木飞快地向后退去。轨道两旁野草丛生，实在没有什么值得记忆的东西了。车厢外面的一切似乎都不再是以前的样子，变成了一副陌生的面孔。树林子变了，湖泊也变了。经过那里的时候，不觉得那是我们曾经住过的湖滨，只觉得不过就是一个湖。

“你在这里会沾染一身煤灰的。”父亲对我说。

“那么我们进去吧。”我说。看着车窗外陌生的地方，我不禁怅然若失。也许我们住的那个地方和窗外一带的景色一模一样，可我心里总有一种异样的感觉。还是那样的阔叶树林，还是那样正在变色的树叶，这似乎有点像了，但是当我看见那一片山毛榉林的时候，心里就只有深深的怀念，怀念家乡的树林，再也提不起来兴趣了。不过，当时我并不明白，我以为我们要经过这一带，而且这一带也会带给我跟家乡一模一样的感觉。可是我错了。家乡跟这里完全不同，这里的山比这里的树林更加让人讨厌。我想密歇根的特点之一可能就是连绵不断的山峦。当我从火车上向远处眺望的时候，看到树林、沼泽，有时候还看到河，并不觉得有多奇怪，反倒饶有兴趣。后来又看到一座座山，建造在山上的农舍，还有山后面茂密的树林，虽然看起来跟家乡的山也没有多大的不同，可心里却感到异样，甚至看着山上的每一处都不舒服。我想这当然是极度思念家乡的一种心理。当然这一条铁路沿线有许多座山，但是那种异样的感觉挥之不去，总让我觉得看着什么都不顺眼。想起那一天天气晴朗，打开车窗，早秋清闲的空气扑面而来，我感到饿了。这也难怪，我们从家里出发的时候天还没亮，现在都快 8 点半了。这时，在车厢那头转悠的父亲走回到我们的座位坐下。

“怎么样，吉米?”

“我肚子饿了。”

他把手伸进口袋，变戏法似的掏出一块巧克力，接着又掏出一个苹果。

“跟我走，我们到吸烟车厢去。”说着他站起身。我也站起来，立刻跟着他穿过车厢，来到前面那节吸烟车厢。我们俩并肩坐在一个双人椅上，父亲坐在靠窗的位置。吸烟车厢那么脏，座椅上包的黑皮被烟灰烧成一些星星点点的洞。

“你看着对面的座位。”父亲轻声地对我说，他的眼睛却望着窗外让人不觉得他在说话。有两个人坐在对面。靠窗坐的那个望着窗外，手铐的一头铐在他的右手腕上，另一头就铐在他旁边的那个人的左手腕上。

还有两个人坐在他们前一排，他们的样子我还没看见，从他们的后背看来，他们俩看起来就像对面的两个人一样。而这两排靠过道的一前一后两个人正说着话。

“哎，赶早车①!”我们对面那个说。

“我们为什么不搭夜车呢?”坐在前排的那个说，却并没有回头。

“难道你愿意跟这种人睡在一起吗?”

“只不过就是一个床铺睡个觉罢了，这有什么关系呢?”

“我觉得还是这样坐着比较舒服些。”

“舒服个屁。”

在我们对面靠窗坐的那个汉子终于回过头来，看了看我们，还眨了眨眼。这个人个子小，头上戴着一顶帽子，我还看到帽子里他的脑袋是用绷带裹着。坐在他旁边的那个也戴着一顶帽子，好像是因为要出门所以才戴的。这个人脖子很粗，穿一身蓝色衣服。

坐在他们前面的那两个人身材相差不多，靠过道坐的那个人脖子有些粗。

“老兄，给支烟抽。”向我们眨眼的那个人隔着身旁那人冲父亲说。

他身旁那个粗脖子的人闻声扭过头来，仔细打量我和我父亲。眨眼的那人望着我们笑了笑，父亲把香烟掏出来。

“你真的打算给他烟抽?”那个好像押犯人的问。父亲将整包香烟递到过道对面的座位上。

“我来拿给他吧。”那押犯人的说。他伸出左手接过香烟，仔细地捏，又用铐上的右手拿着，左手从烟盒里抽出一支并递给眨

① 意思是早车只有座席，不像夜车有卧铺。

眼的那人。那人又望着我们笑了笑，押犯人的给他点上了烟。

“你对我还挺好哩。”他对身旁押他的人说。

那包香烟又从过道那边被押犯人的递回来。

“你也抽一支吧。”父亲说。

“不用，谢谢了。我现在嘴里正嚼着哪。”

“你们要走很远吗?”

“去芝加哥。”

“真巧我们也是。”

“那可真是个好地方，”这时候靠窗的小个子搭话说，“我去过那里。”

“这我相信，”那押犯人的对他说，“我相信你去过。”

我跟父亲都站起身来，穿过过道并坐到正对他们的座位上。前排座位上的那个押犯人的也回过头来看我们，他身旁靠窗坐的那个人却盯着地下。

“发生了什么事吗?”父亲问。

“这两位先生可都是通缉的杀人犯。”

靠窗的那个人又冲我眨眨眼睛。我不解地望望他。

“请注意你的语言，”他说，“我们这里的人可都是有身份的。”

“谁被杀啦?”父亲又问。

“一个意大利人。”那个刑警回答。

“你刚才说是一个什么人?”那个小个子居然笑容满面地问道。

“一个意大利人。”刑警重复了一遍，但并没有看那个小个子。

“那么到底是谁杀了他?”小个子盯着那个刑警问，眼睛睁得大大的表示他很奇怪。

“真会装糊涂，你这个小子。”那刑警说。

“你说什么呢，”小个子说，“我不过想问你，警官，是谁杀了那个意大利人？”

“就是他，是他杀了那个意大利人。”这时候，坐在前排的那个犯人突然开口了，大声地说。“就是他张弓搭箭然后那个意大利人就被杀死了。”

“闭嘴。”刑警叫道。

“警官，”小个子又说，“我可没有杀人，我根本没有杀那个意大利人。我不可能去杀一个意大利人，因为什么意大利人我从来就不认识的。”

“记下他的话，给他加一条罪状。”坐在前排的那个大个子犯人说，“他还要抵赖，这就是罪上加罪。他居然胡说，不是他杀死那还有谁杀死那个意大利人呢？”

“警官，”那个小个子又问，“你说说吧，到底是谁把那个意大利人杀死了？”

“就是你呗。”那刑警回答。

“警官，”小个子又说，“这不是事实，是诬陷。我没有杀那个意大利人，我实在不想过多地解释，确实不是我杀的，我真的没有杀什么意大利人。”

“他还不认罪，一定得给他判更重的罪名，”大个子犯人又说，“警官，你说吧，你是怎么杀死那个意大利人的呀？”

“你这么做可就错啦，警官，”小个子犯人说，“简直错得离谱，这错误可是很大的一个呀。无论如何你也不该把那个意大利人杀了呀。”

“哪个意大利人也不能杀呀。”大个子犯人接上他的话。

“你们给我闭上臭嘴！”警官怒气冲冲地喝道，“他们都是吸毒的人，”他又向父亲说，“说话疯疯癫癫，自己管不了自己，和那些到处乱爬的臭虫没什么两样。”

“臭虫？”小个子的嗓门儿竟然很响亮，“警官你看看，我身上就没有什么臭虫呀！”

“其实他家世世代代都是贵族，还做过英国的伯爵老爷，”这时，另一个犯人也说，“不信的话你们就问那位元老大人吧。”他向着父亲抬了抬下巴。

“还是问那个小伙子吧，”大个子犯人说，“他的年龄跟乔治·华盛顿的年龄差不多，他绝对不会说假话的。[①]”

“你说呀老弟。”前排的那个大个子犯人盯着我，眼睛都快要瞪了出来。

“闭嘴。”警官再一次呵斥他们。

“是的，警官，”小个子犯人说道，“让他闭嘴吧，无缘无故扯进来这个小孩子干什么呢？”

“当年我也是个好孩子。”那个大个子犯人说。

“闭嘴，闭上你的臭嘴！”刑警喝道。

“你说得很对，警官。”对面的小个子犯人向那个刑警说。

“闭上你的臭嘴！”紧接着小个子犯人又说了这第二句话，而且冲着我直眨眼。

“我看我们回去了吧。”父亲对我说。“再见。”他又向两个刑警说。

“好的，午餐时见。”坐在前排的那个刑警这时向父亲点点头。而小个子犯人又向我们眨了眨眼，奇怪的是他一直看着我们沿着过道走向原来那节车厢。前排的那个大个子犯人则没有回

---

① 有一个故事说华盛顿幼年时曾经把父亲一棵心爱的樱桃树砍倒了，不过他没有逃避，也没有说谎，而是向父亲承认了自己的错误。

头，一直在望着窗外。我们从那节车厢穿过，又回到原来的车厢里。

“哎，吉米，你认为这是怎么回事?”

“我不清楚。”

“我也是。”父亲说。

在卡迪拉克，我们去吃午餐。我们已经在柜台跟前坐下了，才看见他们走进来，找了一张桌子坐下。我觉得这顿饭吃得很好，不仅有鸡肉馅饼，还有牛奶，我还吃了一盘青浆果饼配冰激凌，真是美味啊。怪不得这家小饭馆生意很好。小饭馆的门开着，正好能看到停在外面的火车。吃完后我走到便餐柜台前面，坐在一张圆凳上，看他们四个人围在一桌吃饭。两个犯人只有用左手吃，两个刑警则只能用右手吃。当那两个刑警用刀子切肉的时候，他们不得不用左手拿着叉子帮忙，这样犯人的右手也同时就被他们拉过来了，于是桌面上就出现了他们铐在一起的手。我留神细看那个小个子犯人，他吃饭的时候也不知道是不是故意的，时不时地突然一动，即使搁着，那只手搁的位置也是别扭的，那个警官的左手总是被他拉住。看起来好像是无意的，可那个警官总是被他弄得很不自在。而另外那一对就配合得好得多了，至少不像他们让人看着感到别扭。

“吃饭的时候，为什么不去了家伙呢?”小个子犯人对铐着他的警官说。警官一言不发，也不理睬他。他伸手去拿咖啡，刚端起那杯咖啡准备喝时，小个子却突然一动，把他的咖啡弄洒了。那个警官看也没看小个子，猛地把胳膊一伸，小个子的手腕立刻被手铐吊了起来，而小个子的脸上重重地就挨了一下。

“王八蛋!”小个子恨恨地骂了一声。他的嘴唇破了，于是咂了咂嘴唇。

“你骂谁?”警官厉声问道。

“不是你就行了,”小个子说,“我已经被你拴在手上了,怎么还敢骂你呢,我可不会骂你的。”

警官把手放到那张桌子底下,眼睛直直地盯着小个子。

“你想怎么样?”

“不怎么样,”小个子回答。警官又盯着他看了一会儿之后,再一次用戴着手铐的左手去拿咖啡。他的手一伸,小个子的右手也不得不从桌子的一头拉到另一头。警官端起那杯咖啡,刚刚举到嘴边,杯子突然从手里脱落,咖啡泼洒得四处都是。警官想也没想,抬手就冲着小个子的脸上挥了两下。小个子的嘴唇又破了,流了不少血,他咂咂嘴唇,看也不看那个警官,只盯着桌子。

“现在你该挨够了吧?”

“是的,”小个子说,“挨了不少揍。”

“那么现在你心里可舒服点儿了?”

“现在我心里舒服极了,”小个子说,“你呢?”

“把你的脸擦干净,”警官说,“嘴还在流血。”

我们目送他们一对一对上了火车,我们也走出旅馆上了车,找到了自己的座位坐好。其中的另一个刑警——大家并没有叫警官的那个,也就是那个押大个子犯人的,根本没有理会刚才餐桌上的那种情况。只是漠不关心地看着。大个子犯人同样也看到这些,却什么都没说。

我们的丝绒车座上有些煤灰末子,父亲就拿着报纸掸了掸。火车又启动了,我盯着窗口,想看清楚卡迪拉克的面貌,可是没有用,除了那个湖,以及湖边的锯屑堆,路边的一些工厂,以及那条跟铁轨平行的漂亮而平坦的公路以外,什么都看不到了。

“别把头探出窗外，吉米。”父亲说。于是，我坐了下来，反正什么有意思的东西也看不到。

“知道这个小镇吗？阿尔莫·加斯特就是这里的人。”父亲说。

“哦。”我淡淡地回答。

“刚才发生在餐桌上的事，你都看到了吧？”父亲问。

“看见了。”

“看得清清楚楚了？”

“我还不敢肯定。”

“你觉得那小个子为什么要捣乱呢？”

“我想他是故意的，他想让那个警官觉得不方便，或许会给他去掉手铐的。”

“除了这个，你还看见了什么？”

“除此以外，我就看见他的脸先后重重地挨了三下，其他再没看到什么。”

“那警官揍他的时候你看着哪里？”

“看着他的脸呢，我就只看见那警官在揍他的脸。”

“我告诉你吧，”父亲说，“那警官抬起铐着他右手的那只手，用手铐揍向他脸的时候，他的左手已经迅速地抓起桌上的一把餐刀并塞在口袋里，那是一把钢口的餐刀。”

“我没有看见这些。”

“看问题你要看得更全面一些，”父亲说，“每个人都有两只手，吉米，准确地说是我们一生下来就有两只手。如果你想全面地了解一件事，你就得把两只手都看着。”

“那么你看到跟他们同桌的另外两个人，他们又做了些什么呢？”我问父亲，他却笑了。

“我没有注意他们。”他说。

整个下午我们都坐在车厢里，没有去任何地方。我靠在车窗边看外边的景色。不过窗外的景色对我来说已经没有多大的吸引力了，我想到有件事肯定更有意思，但是我也不想跟父亲说想去吸烟车厢，如果父亲提出来去那就好了。他原本坐在位置上看书，也许是我在座位上坐立不安，弄得他好像也心神不宁，不能集中精神看书了。

“你不看书吗，吉米?”他问我。

“我不看，”我说，“我可没时间看书。”

“那么你现在在做什么呢?”

“等着呀。”

“是不是你想到前边吸烟车厢去?”

“是的。”

“你是不是认为我们应该把看到的事情告诉那个警官呢?”

“不，别说。”我说。

“这可是有关道德的选择。”说完他把书合上了。

“你想告诉那个警官吗?”我问。

“不，不想，”父亲说，“更何况那两个人都还没有上法庭呢，更没有被法庭判罪，只要没被法庭判罪的人，谁也不能说他们有罪，我们就应该把他们当作无罪的人对待，也许那个意大利人不是他杀的呢。”

“你认为他们是吸毒鬼吗?”

“我不知道，目前他们是否吸毒还看不出来，”父亲说，“有很多吸毒的人都不会像他们那样说话呀，无论他们吸可卡因还是吸吗啡，或者吸海洛因。”

“那么他们是吸什么毒品呢?”

“这我就不知道了，”父亲说，“我也在思考到底是什么东西能让他们那样说话。”

“我们还是到前面吸烟车厢去吧。”我说。于是父亲把他的手提箱拿下来，打开放好那本书，从口袋里又掏出什么东西，把它们一起放进了皮箱。他锁好箱子，站起身来，我就跟在他后面，一起向吸烟车厢走去。我们走到吸烟车厢的过道上，我看见了那四个人，都在座位上安安静静坐着。我们就走过去，坐在他们对面。

小个子这时把他的帽子拉得低低的，头上的绷带也完全都被遮住了，他的嘴唇肿起来了，肿得很厉害，但他没理会，只是一直望着窗外。他身旁那个警官却昏昏欲睡，努力地睁着眼睛，不一会儿，又闭上了，又努力睁开，他就这样一会儿开，一会儿闭地打着瞌睡。他看起来非常困倦，困倦得马上就会睡着。此时前面那排的两个人可都在打瞌睡了，犯人把头歪向车窗，刑警把头歪向过道，可是这样歪着两人都很难受，因此他们困得睡着的时候，头已经彼此歪到一块儿了。

那小个子看了看身旁的那个警官，又看了看我们这边车厢的一头，他的目光经过我们的身上，一刻也没有停，似乎有些不认识我们了。看他的样子，他看遍了吸烟车厢里所有的人，也已发现这节车厢并没有多少乘客。然后他又看了看那个警官。父亲这时候从口袋里拿出一本书，坐在那里看起书来。

“警官。”小个子叫那个警官。警官睁开眼睛，盯着他。

“我想上厕所。”小个子说了自己的需求。

“现在不行。”说完，这个警官又闭上了眼。

“我说，警官，”那个小个子继续耐心说道，“我必须得去，难不成你从来都没有憋不住必须上厕所的时候?”

“现在不行。”警官又说。他被小个子叫醒，并没把瞌睡完全赶走，他可不想放弃。他的眼睛又要闭上了，如果他睁开眼站起来的话，那就得重新酝酿才能睡着了。小个子依然看看我们，脸上还是一副不认识的表情。

“警官。”他又叫那个警官。警官仍然没有理睬他。小个子舔了一下嘴唇，“警官，你听我说吧，我现在必须上厕所。”

“好吧。”说着，警官也许被叫得不耐烦了，站了起来，小个子也跟着站起身，两个人一起从过道里向车厢那头的厕所走过去。我探询着看了一眼父亲，他说：“你想去看就去吧。”于是，我就跟在他们后面也从过道里向厕所走去。

他们俩都在厕所门口站着。

“我一个人进去就行。”小个子说。

“不行。”

“我要上厕所，我要一个人进去。”

“不行。”

“为什么不行？你在外面把门锁着不就行啦。”

“把家伙去掉了就不行，这是规定。”

“得了吧，警官，上厕所可是我一个人上。”

“我得看着。”警官说完跟着他走进厕所，随即关上了门。我没有再走开，我想知道他们到底怎样，于是就坐在厕所对面的那个座位上。我望了望坐在车厢里的父亲，他仍在那看书。我听见他们在厕所里说话，但是却听不清楚。跟着我看到门把手转了一下，似乎里面有人想开门，随后就听到是什么东西撞在门上的声音，接连撞了两下，然后是那个东西倒在了地上的声音。又传出那种杀兔子时把兔子后腿提起来，往树桩上撞兔子头的声音。我急忙向父亲使眼色，打手势。同时还听到那种声音连响三下后，门的下面就流出了什么东西来了。我定睛一看，是血呢，正在慢慢地往外淌。我穿过过道飞奔到父亲身边。“我看见门的底下流出血来了。”

“你就坐在这里。”父亲说完，一下子站起来，跨到过道那边，碰了碰打瞌睡的那个刑警的肩膀。那刑警睁开眼睛，抬头看着他。

“你的伙伴刚才去厕所了。”父亲对他说。

“去就去吧，”那刑警说，“这有什么？”

“刚才我的孩子也去那里，看见厕所门底下有血流出来了。”

刑警一听，从座位上跳了起来，跟他一起的那个犯人还在睡觉，被他猛地一拉就扑倒在座位上。那犯人也睁开眼睛看着父亲。

“跟我来!”那个刑警命令犯人。那个犯人坐在那里却没有动弹。“我叫你跟我来!”刑警又说了一遍，犯人仍然没有动弹。“如果你不跟着来的话，我就把你屁股揍得开花。”

“到底发生什么事情了，大人?”犯人问。

“我叫你跟我来，狗杂种。”那个刑警骂道。

“哎，你可不能骂人啊。”犯人说。

这下他们两人顺着过道向厕所走去，刑警把手枪拿在右手，走在前面，那个犯人则磨磨蹭蹭地跟在他身后。乘客们当然还不知道发生了什么事，纷纷站起来观望想知道为什么。父亲大声地说：“请大家都坐回自己的座位上，千万不要走动，也不要站起来。”说着，他牢牢地抓住我的胳膊。

那个刑警走到厕所门口，看到了门底下流出来的血，他回头盯着那个犯人。犯人看见他盯着自己，就站住了并哀求说：“别!”那个刑警并不理会他，左手使劲儿甩了一下就把那个犯人弄得一个踉跄，在地上跪了下来。同时他又哀求道：“别!”那个刑警却死死地盯住他，迅速把手里的枪倒了个儿，用枪口猛砸犯人的脑袋。犯人一下倒在地上，脑袋和两手都扑在地面。他仍然摇着头连声哀求："别别！别别！"

那刑警根本不听他说，接二连三砸下去，直到他没有声音，只见他脸朝下趴在地上，一颗脑袋耷拉在胸前。那个刑警眼睛紧盯着厕所门，手没闲着，在地上放下手枪，弯腰迅速地打开了手上的那副手铐。立即又捡起手枪，站起来到车厢里拉绳通知停车，然后他才握着厕所的门把手准备开门。

这时候，火车也开始减速。

"是谁在外面，不许进来。"门里面传出一个人的声音。

"开门！"刑警说完就往后退了一步。

"阿尔，"那个声音又传了出来，"阿尔，你怎么样还好吗？"

听到这话那个刑警立即闪到门的一边。而火车也越来越慢。

"阿尔，"那个声音再一次说，"如果你没事的话就答应我一声。"

车厢里静悄悄的，没有声音。火车终于停了，扳闸员打开车厢门，走了进来，问："发生什么事了？"这时他看到了倒在地上的人，还有那摊血，同时看到了那个拿枪的刑警。列车员这时也从车厢那头走了过来。

"厕所里面有个家伙杀了人。"那个刑警对他们说。

"哪还有人呢！早就跳窗逃走啦。"扳闸员说道。

"把那人看着。"刑警说完，推开车厢的门立即冲了出去。我跨到过道的那边向车窗外张望。一道栅栏挡在铁轨旁边，栅栏以外是一片树林。我又向铁轨的两头张望，看见那个刑警匆匆跑了过去，可是没过一会儿他又折了回来，并没看到其他什么人。那个刑警回到火车上，好不容易打开了厕所的门，这是因为倒在地上的警官把门压住了，不过他并没有死，而厕所的窗子大约打开了一半。大家赶紧把受伤的警官抬起来放到座位上，大家也把那个犯人抱起来，安置在另一个座位上。那个刑警就把犯人铐在一只大皮箱的提手上。此时车厢里的人都不知所措，不知道应该留在车厢里照看这个警官呢，还是跑出去帮忙追捕那小个子，或者做其他的什么事情。于是大家都下了火车，站在铁轨旁边向远处张望着，望向那片树林边上。扳闸员说他看见小个子跳下车，穿过铁轨跑进树林了。那个刑警就两次进入树林，但又两次退了出来。小个子抢走了警官的手枪，所以没有谁愿意冲进树林里去抓他。后来火车重新启动了，因为他们决定到最近的一个车站去向州警报告，把小个子的相貌特征印出来全国通缉。父亲帮助他们照料受伤的警官，他清洗了伤口，伤口都在锁骨和头颈之间。他吩咐我去厕所里取来卫生纸，还有毛巾，把这些东西折起来，堵在警官的伤口上，又撕下警官的衬衫袖管来裹紧他的伤口。他们做好了一切急救措施，父亲还帮那警察把脸擦干净。他肯定撞得不轻，一直昏迷不醒，不过父亲说他的伤势并不严重。车一靠站，他们就把受伤的警官送下了车，另外那个刑警带走了受伤的犯人。这个犯人看起来就像傻了一样，叫他干什么他就干什么。他的脸色煞白，而且脑袋上隆起一个大大的紫血块。父亲帮他们安顿好那个警官以后，就回到火车上了。我看到受伤的警官被抬上了车站上的一辆运货汽车，这辆车准备把他送到医院。刚才车上的另一个刑警正在车站打电报。我们还没有走进车厢，只站在车厢的进口处，看到火车就缓缓开动了。我又看见那个受伤的犯人一直站在那里，靠着车站的墙在哭。

我突然觉得这件事一点儿也没有意思，而且心里一点儿都不好受，转身走进了车厢。我又看到了扳闸员，他正提了一个水桶，拿着一团废纱头擦洗地板。

“他怎么样，大夫？”他问父亲。

“我不是大夫，”父亲说，“不过我认为他受的伤并不严重。”

“这两个警察个子可是很大啊！”扳闸员说，“连那么一个小矮子居然也应付不了。”

“你看见他跳窗出去了？”

“可不是嘛，”扳闸员说，“准确一点儿说，他刚刚跳下去落在铁轨上的时候，我就发现了。”

“当时你有认出他了吗？”

“没有，那会儿猛然一看我倒没认出来。你说他是怎么扎伤他的，大夫？”

“一定是从背后扎伤他的吧，扑上去扎的。”父亲说。

“奇怪他怎么会有这把刀？”

“这谁都不知道了。”父亲说。

“还有一个可怜的傻瓜在这里，也真是的，”扳闸员说，“他真傻，他可没有想过逃跑。”

“是啊！”

“可结果还是被那个警察猛揍一顿。你都看见了是吗，大夫？”

“是的，都看见了。”

“那个可怜的傻瓜。”扳闸员又说。此时他已经把地板洗干净了，只看得见水印已经没有血迹了。我们从吸烟车厢走出来，回到自己的座位上。父亲默默地坐着，一言不发好像在思考什么问题。

“我说，吉米。”过了好一会儿，他才说。

“是的。”

“你有什么想法吗？”

“我说不清楚。”

“我也是，”父亲说，“心里很难受，是不是？”

“是的。”

“我也很难过。但你害怕吗？”

“看到血流出来的时候很害怕，”我说，“还有看到那个警察打犯人的时候，我也很害怕。”

“那是很正常的。”

“你害怕吗？”

“不，不怕，”父亲说，“你再说说那血是什么样的？”

我想了一会儿说：“又浓又滑。”

“那可是血浓于水啊，”父亲说，“世界上无论是谁，在他的生活中，都是可以首先体验到的这句话的意思。”

“这句话说的不是这个意思吧，”我有些怀疑，“那血浓于水说的是亲属关系嘛！”

“不，”父亲说，“说的就是这个意思，不过当你可以真正体验到这个意思的时候，你肯定会感到吃惊。比如我永远都忘不了，我曾经第一次有这种体验时的感受。”

“你第一次体验是什么时候？”

“那会儿我只感觉鞋子里面全是暖烘烘、腻稠稠的血。多得就像打野鸭的时候灌进长筒靴里的水一样，不同的是血是暖烘烘的，比较黏稠，也比水更滑。”

“那到底是什么时候发生的事？”

“啊，那可是很久很久以前的事了。”父亲说。

卧车列车员①

晚上睡觉的时候，父亲让我睡下铺，说这样明天早晨我醒来后就可以看到窗外的景色。他还说他可以睡上铺，这没什么关系的，况且他现在还不想睡。于是我把衣服脱下来，放在上面的网兜里，接着穿上睡衣躺到铺上。然后我把灯关了，又把窗帘拉开。可是这会儿躺在铺上什么都看不见，于是我坐起来，又觉得冷得想打哆嗦。父亲拿出床铺下面的皮箱来，放到床上打开，从里面取出睡衣，扔到上铺，只见他从里面拿出一本书、一瓶酒，又拿出一个小瓶子来，灌了满满一小瓶酒。

“那我给你开灯吧。”我说。

“不用了，”他说，“我还能看见。你想睡觉了吗，吉米?”

“有点儿。”

“那么睡个好觉吧。”说完他把皮箱关上，又放到床铺下面去。

“你把鞋子放在哪里？没有放在外边吗?”

“我把它放在网兜这里了。”说完，我从床上爬起来，去取网兜里的鞋，可是父亲却早已找到了，他拿出那双鞋，把它放在过道里，随后又拉上了帘子。

“难道你还不准备休息吗，先生?”列车员走过来问他。

“是的，”父亲说，“我还想去趟厕所，再在那里看会儿书。”

“好吧，先生。”列车员走了。我躺在被窝里，拉过厚厚的毯

① 此篇和上一篇《搭火车记》都是那部没有写完而且也没有名字的小说稿片段。

子盖上，四周顿时一片黑暗，窗外也是一片黑暗，我忽然觉得那种感觉真是特别有意思。车窗只开了下面部分，因此仍然可以从纱窗吹进来一股股寒风。绿色的床帘子扣得严严实实，虽然火车开得很快，但是仍在不停地摇晃，在床上却感到非常安稳，只是偶尔听到汽笛的声音。我不知不觉就进入了睡梦。醒来时，我看了看窗外，发现列车开得非常慢，原来这时正穿行在一座铁桥上。在灯光的照耀下，可以看到桥下的水面波光粼粼，车窗外闪闪发光的大桥铁架飞速掠过。这时，我看到父亲准备上铺睡觉了。

“你醒了吗，吉米？”

“是的，我们现在到哪里啦？”

“正在进入加拿大，而且是在过边界线呢，”他说，“不过天快亮的时候，火车将驶出加拿大的边境了[①]。”

我赶快从铺上爬起来，向车窗外面望去，我想看看加拿大，可是很遗憾，这会儿只看到铁路编组场和许多货车。不知为何列车在这里停下了，有两个工人拿着手电筒，一晃一晃走过来，并且时不时地停下，用手里的榔头敲敲车轮子，除此以外，什么都看不到了，于是我又回到铺上。

“那这里是加拿大的什么地方呀？”我问。

“温泽，”父亲对我说，“明天见，吉米。”

天亮了，我也从睡梦中醒来。发现窗外是一个不知名的风景优美的地方，像是密歇根，只不过这里的山更高，这里的树林叶子却已经全都变黄了。我把衣服穿好，伸出手到帘子下面拿出那双鞋，发现鞋子竟然已经被擦得干干净净。我穿上鞋子，把帘子挂起来，来到通往卧铺车厢的过道里。在那里我看到许多铺位都

① 乘火车从密歇根到纽约州，最近的路线就是经过伊利湖北岸，穿越加拿大。

还挂着帘子，看起来人们还在沉睡没有几个醒了的。我走到厕所，向里面张望了一下。看到黑人列车员靠在皮垫坐椅上睡着了。他的睡姿也很简陋，用帽子把眼睛遮住，把脚搁在一张椅子上，嘴张得大大的，头却往后仰着，双手在身前一起握着。我看了他一眼，就一直走到车厢另一头去看风景，可是那里的风很大灰尘又多，而且也没有坐的地方。我又走回来，为了不惊醒那个列车员，我蹑手蹑脚地走进厕所，坐到厕所的窗前。清晨的厕所里铜痰盂的气味很浓的。此时我竟然有些饥饿，但我可以忍着，继续眺望窗外的秋景，或者看那个列车员睡觉。火车经过的这一片地区有很多树，山上有成片的矮树丛，成片的林子，附近的农舍看上去都那么漂亮，道路也修得平坦宽阔，看起来倒是个打猎的好地方。我发现这里跟密执安唯一不同的就是，这里的景色一路看去都几乎是相同的，像极了一幅完整的图画。而密执安却是各个地方都有不同的景色，像是几幅画中毫不相干的片段。这里没有沼泽地，也看不到一点儿森林大火的痕迹。似乎每处景色都有主人专门照料，可每一处又都是那么优美，枫树的叶子变成了红色，山毛榉的叶子也变了颜色，甚至就连那些随处可见的矮栎树的叶子也变得五颜六色，随处都能看见鲜红一片的苏模树。如此看来，这一带真是非常适合野兔繁衍。好奇心驱使我四下寻找猎物，可是所有的东西都从眼前急速掠过，什么都看不清楚，唯一能看到的是天空中的鸟。有一只雄鹰正在田野上空展翅盘旋，另一只雌鹰也在附近飞翔；金翼啄木鸟绕过树林边上，它们有可能正在向南迁徙；有两次我还看到了冠蓝鸦。我们经过一户农舍，他们的屋外有着辽阔的草地，一群双胸斑沙鸟在草丛里觅食。火车经过那里时，其中的三只惊吓地拍着翅膀飞了起来，在空中盘旋一圈，飞到树林上面，其余的那些好像习惯了火车这大家伙，仍若无其事地继续觅食。列车来了个大转弯，我能看见前面的车厢竟然弯成了一道美丽的弧线，还能看到火车头，驱动轮飞速旋转，又看到铁轨下面则是一个极深的河谷。我无意中回头，看见黑人列车员醒了，正盯着我看呢。

“你在看什么？”他问我。

“没什么。”

“可你看得那么专注。”

我什么也没有说，不过心里在想，他终于醒了，真好。他的脚仍然搁在椅子上，并没有起来，只是伸手将帽子扶正了。

“昨天还在这里看书很晚的人是你父亲吗？”

“是的。”

“他喝酒可真厉害。”

“他酒量好。”

“是的，酒量好得没说的，真是好酒量。”

我又无语了，不知道说什么了。

“昨天晚上，我还跟他喝了两杯，”那个列车员又说，“我倒是喝醉了，他却可以一直坐到半夜，什么事都没有。”

“是的他从来没醉过。”我说。

“我看也是，不过得提醒一下他了，如果他一直这么喝的话，对身体是没什么好处，而且他的五脏六腑都会受伤的。”

我没有说话。

“你饿了吧，老弟？”

“是的，”我说，“我的肚子饿得咕咕叫呢。”

“现在这会儿餐车应该有东西卖了。来，我们到后边去，弄点儿什么东西填饱肚子。”

我们一起向列车后面的餐车走去。我们穿过了两节车厢，都是卧铺车厢，第三节车厢才是餐车。我又跟着他走过餐车里一排排餐桌，来到厨房。

“嘿，伙计，你好。”黑人列车员向大师傅打招呼。

“乔治大叔啊。”大师傅回答。厨房里还有四个黑人，正围在一张桌边上打牌。

“给我们来点儿吃的怎么样？”

“现在还不行啊，”大师傅说，“都还没有准备什么东西呢。”

“那么可以喝两口吧？”乔治说。

“不，不。”大师傅连连推辞。

“你看，这里有呢，”乔治说着，手伸向衣服侧面，从口袋里掏出一只小瓶，“是这个小伙子的父亲送给我的，可得多谢他的一番好意。”

“他可真是够大方的。”大师傅说着，抹了抹嘴唇。

“小伙子的爸爸可是世界冠军。”

“哪个项目的冠军？”

“喝酒冠军。”

“噢，他真够大方的，”大师傅又说，“昨天你去哪里吃晚饭了？”

“我是跟那一群黄娃娃①一起吃的。”

“他们一直都在一起？”

“一直闹腾着，从芝加哥开始，到底特律时才散。我们现在为他们取名白色爱斯基摩人。”

“现在好啦，”大师傅边忙活边说，“现在全都准备好啦，”他拿了两个鸡蛋在油炸锅的边上敲破了，“为冠军的儿子来一份火腿蛋怎么样？”

“谢谢你。”我说。

“你的那番好意让我也沾点儿光如何？”

---

① 指肤色较淡的黑人和白人混血儿。

“当然可以。”

“希望你的父亲可以永远当冠军，”大师傅又舔了舔嘴唇说，“这位小伙子也喝酒吗？”

“不，他不喝，”乔治说，“我还得看着点儿他，别让他出什么事最好。”

大师傅做好了火腿蛋，盛进两只盘子。

“请坐吧，二位。”

乔治和我就在厨房里坐下，热情的大师傅又端来两杯咖啡，然后在我们对面坐下。

“你愿不愿意再让我尝一尝你的那番好意？”

“非常乐意，”乔治说，“我们要回去了，回车厢里去，最近铁路行情如何？”

“行情坚挺，”大师傅回答，“那华尔街的行情呢？”

“狗熊[①]全都改做多头了，”乔治对他说，“现在如果做熊妈妈无疑是有很大风险的。”

“目前看来还是小熊[②]最可靠，”大师傅说，“巨人队可太骄傲，所以要赢得联赛冠军不太可能。”

说到这里乔治咧开嘴笑了，大师傅也笑了。

“你是哥儿们，够交情，”乔治对他说，“每次到这里来看你我都很高兴。”

“快走吧，”大师傅说，“如果再不走的话，拉卡万纽丝要到这里来找你了。”

“那个姑娘，我爱她，”乔治说，“谁敢碰她，试试看？”

---

① 在言论股市的行话中，做“空头”的被叫作“狗熊”（可能出自一句俗语“熊未捉到先卖皮”），做“多头”的被叫作“公牛”。“熊市”“牛市”的说法就源出于此。后来谈话中提到的“熊妈妈”“小熊”，也都是由此衍生出的名词。

② “小熊”指的是芝加哥的职业棒球队，下文中所提到的“巨人”指的是纽约的职业棒球队（后来这支球队属于旧金山）。两支球队都是参加“全国联赛”（“全国联赛”是美国棒球联赛中最高水平的两大联赛之一）的球队。

“快走吧，”大师傅又说，“否则那帮黄娃娃要对你不客气了，也决不会放过你的。”

“我真的很高兴，老哥，”乔治说，“这会儿真是太高兴了。”

“好了，快走吧。”大师傅说。

“再赏脸喝一口吧。”乔治说。

大师傅又抹了抹嘴唇，“我的客人要走啦，祝你们一路顺风！”他说。

“等一会儿我会过来吃早饭的。”乔治对他说。

“好，请你吃，免费。”大师傅说。乔治仍然把那个小酒瓶放进衣服口袋。

“再见了，慷慨的好人。”他说。

“早点儿滚吧。”一个打牌的黑人说。

“好吧，再见了各位。”乔治说。

“我们吃早饭的时候再见。”大师傅说。于是我们走出了厨房。

我们又从原路穿过餐桌和过道，返回原来的车厢，乔治看了看号码牌，牌子上显示了两个号码，一个12号，一个5号。乔治拉了一下一个什么小东西，那些数字就消失了。

“你就坐在这里吧，不用客气。”他说。

于是，我在厕所里坐下，他径直走向过道那头去了。不过没多大工夫，他又回来了。

“好啦，已经把他们全都侍候得好好的。”他说，“你好像很喜欢铁路上的这些事，吉米？”

“你怎么知道我叫吉米？”我惊奇地问。

“你父亲不是叫你吉米吗？”他说。

“是啊。”我说。

“那就对了。”他说。

“我非常喜欢，”我说，“刚才你和那位大师傅说话总是那么有趣吗？”

“不，詹姆斯[1]，”他说，“我们只有在心里高兴的时候才这么说。”

“你们一起喝酒以后呢？”我说。

“不一定，只要我们两人都感到高兴时就是这样的聊天，大师傅跟我志同道合。”

“什么叫志同道合？”我问。

“我们人生观相同。”他说。

我还没说话呢，就听到电铃响声。乔治走到外面又拉了一下那箱子里的小东西，然后回来。

“你有没有看见剃刀扎人的事情？”他问。

“没有。”我说。

“想不想听听？”他问。

“好啊！”我说。

铃声再次响起来。“我还是看看去吧。”说完，乔治就走出去了。

他一回来就坐在我身边，“剃刀要用得好可是不简单的一件事，”他说，“但有的人不是理发师也会把这家伙用得非常熟练。”他看了看我，“别瞪着眼睛看着我了，”他说，“我随便说说而已。”

“我不怕。”我说。

“我想你也不用害怕，”乔治又说，“你有最要好的朋友陪着你呢。”

“是的。”我说。看得出来，他有点醉了，话语明显多了

① 吉米的正名。

起来。

“你爸爸难道有很多这样的东西吗?”他掏出那个小酒瓶。

“我不清楚。”我说。

“你爸爸算是一位标准的绅士，一位高尚的慷慨的绅士。”他拿出酒瓶喝了一口。

我没有说话。

“待会儿再说剃刀的事。”乔治说完，从上衣里袋取出一把剃刀，他把剃刀放在左手掌心里。他的手掌看起来是淡红色的。

“你看看,”乔治对我说，“用起来很简单，一点儿都不神秘。”

他托着剃刀给我看。我这会儿看清了那是一把黑柄的剃刀，是用骨头做的。他把剃刀打开，闪亮的、锋利的刀锋就露出来，然后交到右手。

“有没有一根头发，嗯，看看你的头发行不?”

“什么意思?”

“你拔一根头发来，我的头发不行，太韧了。”

我把头发拔下一根，递给了乔治。他左手捏着我那根头发，看了一会儿，右手的剃刀一扬，头发就被截成两半。“首先刀口一定要足够锋利,”他说着，他的眼睛却并没有从那半截头发上移开，那把剃刀在他手里一转，刀锋就转到了另外一边，只见他反方向一扬，头发又被削去了一半。“其次你的动作一定要干净利落,”乔治说,“如果你能做到这两点可就非常了不起了。”

这时电铃又响了，他把剃刀收好，交给了我。

“帮我保管一下。”说完，他又走了出去。我把那把剃刀拉开又折拢，心想，这不就是一把普通的剃刀吗?乔治又回来了，就在我身边坐下。他不由得拿出酒瓶又喝了一口，可是没酒了。他拿起那个瓶子看了看，仍把它放回自己的口袋。

“请你给我那把剃刀。”他说。于是我还给他，他又把它放在左手掌心里。

“刚才你已经看到了，”他说，“要做得精彩的话必须得是一把锋利的刀，而且动作一定要干脆。当然还有更重要的一点就是手要稳。”

他又拿起剃刀，右手轻轻一挥，刀身就轻松地出来了，于是他的指关节贴着刀背，把刀锋亮在外边。他慢慢地将手转动着，示意让我看清楚：剃刀柄就藏在他握紧的拳头里，他的食指和拇指扣住刀身，也牢牢地握着这把刀，并且亮出它的锋口。

“现在看清楚啦？”乔治对我说，“你再看看，一定要用得熟练，还要掌握技巧。”

说完，他站起身来，啪地把右手一伸握紧了拳头，贴着指关节就亮出那把刀。这时能看到刀身在阳光的照耀下闪闪发亮。乔治一低头，抡着那把刀连砍三下，接着退后一步又挥了两挥。然后他沉下身去，左臂把脖子护住，带着刀子的拳头却在飞快地一捅一收，不停地这样做，同时身体不断闪躲。他挥着刀快速在空中砍了一下、两下、三下、四下、五下，一直砍到了六下他才收手，直起腰来。他满头大汗，满足地折好剃刀又放在口袋里。

“如果要想练习使用技巧，”他又说，“最好左手拿一个枕头配合。”

他坐下来擦掉脸上的汗水，又摘下帽子，把里面的皮垫圈擦了擦，然后就喝了杯水。

“其实刚才的一切可都是不实际的，”他缓缓地说，“剃刀怎么可能用来防身呢？既然你能拿剃刀捅人家，人家自然也能用剃刀捅你。当然再有个枕头防御就好了。可是你想想，你在随手能拿到剃刀的地方能看得到枕头吗？人家总不会在床上等着你拿着剃刀去捅吧？所以刚才那些不过是假想的，吉米。可是黑人就用它作武器，可以说它就是地地道道的黑人武器。现在你知道黑人怎么使用这种武器了。让剃刀在手里翻个个儿，就是他们改进这种武器的唯一的一个地方。只有一位黑人，杰克·约翰逊①，他真正具备了自卫的能力，而且也这么做了。可结果呢？他被关进莱文沃思②。我这两下子比起杰克·约翰逊来，可算是班门弄斧了！不过没关系，吉米，一个人会过怎样的一生，全凭他自己的想法。像我和大师傅，我们这样的人，都有脚踏实地的人生理想和计划，即使我们某些观点不尽正确吧，日子总算踏踏实实。像杰克老哥或者是马库斯·加维③这样的黑人，他们的脑袋里装的可全是不切实际的幻想，他们最终会被抓去坐牢。如果我继续幻想着剃刀的话，最后的结果也不知道会怎样呢。幻想可全都是虚无缥缈的啊，吉米。如果你喝了酒以后一个小时左右，你就会明白我的那种感觉了。说实话，我们俩还算不上朋友呢。"

"不，我们是朋友。"我说。

"好老弟，吉米，"他说，"你看那个老哥，是个可怜的'虎斑草'，看看他现在，受到什么样的待遇啊。如果他是个白人，早就可以挣下百万家财啦。"

"他原先是做什么的？"我问。

"他原先是个优秀的拳击手，非常出色的拳击手。"

"他们最后让他干什么呢？"

"总是不停地在铁路上去奔波，做一些琐碎的事情磨平他的

---

① 杰克·约翰逊：是一位黑人重量级拳击手。在美国拳击赛中他是第一个获得冠军的黑人拳击手。他曾经在比赛中多次击败白人对手，后来引起了种族骚乱。他结过两次婚，而且都是和白人妇女结婚，这也让他遭到了一些人的攻击。后来，他以"诱拐妇女罪"被法庭判刑一年。

② 莱文沃思：联邦监狱所在地，位于堪萨斯州东北部。

③ 马库斯·加维：一位黑人，生于牙买加，后来到纽约。他认为作为黑人在一个白人居多的国家是不可能被人们公平对待的，所以他的主张是，黑人就要"回到非洲去"。在20世纪20年代的时候，有两万多的支持者。他也因此得到大量捐款，他把捐款所得的钱用来创办黑人企业，希望用企业的赢利提供他倡导的那场"回到非洲去"运动的经费。1925年他被指控为"利用邮件设置骗局"，并且被法庭判刑一年。

才智。”

“可惜了。”我说。

“吉米，这都是小事，还有更严重的呢。如果你可能从女人那里染上梅毒什么的，那么你的老婆就会跑掉。在铁路上做事的话，往往晚上都不能回家和老婆团聚，因此跟你好的女人，都是没办法选择才选择你的。而你是管不住她的，也是因为这样。作为一个男子汉，一辈子能得到多少欢乐呢？喝酒以后，心里不过是多了点儿？不快，但那又算得了什么？”

“你心里是不是觉得不好受？”我问。

“是的，很不痛快。如果没有这样的事情，我就不会这么说了。”

“早晨，我父亲起来的时候，也常常有这种不痛快的感觉。”

“是吗？”

“是的。”

“那他怎么办呢？”

“他就锻炼身体呗。”

“唉，每天早晨，我也得去收拾二十四个铺位，不过这也是个摆脱烦恼的好办法。”

下雨天在火车上待着，就会觉得时间过得特别慢。雨点打在车窗上，玻璃也都湿漉漉的，外面的景色也就看不清楚了，即使看得清楚，在雨中，所有的景色都很类似。我们一路上经过大小城镇好几个，可到处都在下雨。火车到达奥尔巴尼，经过赫德孙河的时候，雨下得更大了。我走出那节车厢，站在车门那里，乔治打开门，这样我就可以看到外面的景色，可是除了我看到那座湿漉漉的铁桥架以外，就只能看见密密麻麻落在河里的雨点，还有前面那些水淋淋的车厢。不过高兴的感觉也随之而来，这一场秋雨毕竟带来一股清新的气味，有点像潮湿的木柴或者沾水的铁器散发的味道，很湿润，很清爽，感觉就像我们曾经居住的那个湖滨秋天一样。车厢里不少乘客，可是各做各的，没什么意思。有个漂亮的妇女曾经叫住我，让我挨着她坐下，我这么做了。后来我才知道，她也有个孩子，跟我年纪相仿，她是坐这列火车到纽约的某个地方去，她会在那里接任教育局长的工作。我心想：现在如果能跟乔治到餐车的厨房里去，听听他跟大师傅的谈话，那肯定有趣多了。可是乔治在白天不大说话，而且做事也中规中矩，但我仍然注意到他不断地在喝冰水。

雨终于停了，不过很大片的云团飘浮着，低低的聚集在山面上。火车正沿着赫德孙河行驶，周围是一片田野，优美的风景映入眼帘，我只在肯伍德太太家里一本书的插图上看到过如此美丽的风光。却从来没有真正地看到过。我还记得我们在湖滨住着的日子里，星期天我就会去肯伍德太太家里吃饭。我看到她家客厅里的桌子上放着一本大书，上面就有美丽的风景，每次到那里，我都要翻翻那本书，看看那些美丽的画。那是些版画，而画面上的风景就有现在我看到的田野，而且是雨后的田野，还有这样的河，还有河畔耸立着的也是这样的山，山上也有跟这一模一样的灰色山岩，偶尔还能在河的对岸看到列车迎面疾驰而来。树叶已经是秋天的颜色，不过有时候河面在那些树木的枝丫间露出一角，看上去这河就没有那么古老，也不像书上的插图了，倒感觉这里是真实的、可以居住的地方，如果住在这里，可以钓钓鱼，或者一边吃午餐，一边可以看着一列列火车开过。不过眼前的这河仍然有些阴暗、凄凉，而且陌生，似乎又不像是现实中的情景，倒像书上的版画。估计是因为刚下了一场大雨，太阳还没来得及照耀，所以一切都显得灰暗。一阵秋风吹过，落叶欢舞，踩在地上的落叶也很舒服，树呢，还是那样，只是光秃秃的，没有了叶子。一旦被雨淋湿，地上的落叶就全无生气，湿漉漉全都贴在地上了，树也变得湿漉漉的有些难看了。赫德孙河的这一段路上，虽然景色秀丽，但我始终感到是陌生的，我仍然只愿意回到湖滨。在那里，虽然没有画上的景色，但我有着一种感觉，跟书上的插图给我的感觉一模一样，复杂而温暖。每次，都在那个客厅里看这本书。那是别人的家，那是在吃饭以前，屋外的树在雨后也是湿漉漉的，北方已到秋末季节了，天气是那样又潮又冷，鸟儿的踪迹再也看不到，我们也不喜欢再去树林里散步，只想在下雨天生一堆火，在屋里待着。我想我不是一个多愁善感的人，只是看到赫德孙河沿河的景色后，我才生发出那么复杂的感受。下雨的时候，一切都会变得陌生，即使是自己的家乡也不能避免。

岔路口感伤记[1]

中午以前，我们来到了岔路口，并且在那里开了枪，误杀了一个法国人。看起来这是个普通老百姓，当时他正快步从我们右方的田野里穿过，直到他走过那户农舍，第一辆吉普车才向这里开过来。克劳德大声地命令他站住，他却不予理会，在田野里更快地跑起来，于是雷德一枪就打死了他。这个人是雷德在那一天打死的第一个人，他看上去很兴奋。

我们一直以为他是个穿着百姓衣服的德国人，没想到他竟然是法国人，至少在他的身份证上是这么写的，身份证还显示他是苏瓦松人[2]。

“Sans doute c’était un Collabo[3]（他肯定是个奸细）。”克劳德说。

“难道刚才他不是想逃跑吗？”雷德也说道，“克劳德喊他站住的时候，可是说的一句标准的法国话。”

“我们登记‘猎获簿’的时候，就写他是一个奸细吧。”我说，“把他的身份证照给他放回身上。”

“如果他真是苏瓦松人，那么他为什么要跑到这里来？”雷德又问，“要知道苏瓦松距离这里有很远的距离呢。”

“我们的部队并没有开到这里，他就逃走，足以说明他真是个奸细。”克劳德进一步解释。

---

① 《岔路口感伤记》是一个短篇小说，而且是完整的，作者写作的时间大约在第二次世界大战结束至1961年之间。

② 苏瓦松是巴黎的一个城市，位于巴黎东北约八十公里的地方。

③ 原文为法语，下同。

“他这张脸可真够难看的。”雷德瞅着地上那个人说。

“被你弄坏了点儿，”我对他说，“你现在听好了，克劳德，照原来的样子把他的身份证放好，他身上的钱我们谁也不许动一个子儿。”

“我们不拿别人也会拿的。”

“但是你不要去拿，”我又说，“别忘了德国鬼子会给我们送来足够的钱。”

然后我吩咐他们停好两辆车，又吩咐他们布置好“买卖”开张的地方。我还派奥内西姆到小餐馆去打听情况，他得穿过田野再过两条路，走到那个上好窗板的小餐馆去，问问餐馆主人看到多少人马逃了出去，这条路可是逃跑的必经之路。

奥内西姆回来说，有不少人马已经逃走了，他们全都逃往右边那条路。我知道接下来会发生的事情，在这里会有更多的人马逃跑，于是，步测了一下我们布置的两个埋伏点到这条路的距离。我们手上拿着的是德国人的武器，如此一来，即使德国人听到这个岔路口发出的什么巨大的响声，他们听到熟悉的武器声根本不会怀疑。我们在过了岔路口以后很长一段距离的地方布置了埋伏点，这样岔路口就不会被弄得满地狼藉，像杀人场一样。我们要诱使德国人尽快地走到这条岔路上来，而且源源不断地往这里来。

“这个 guet - apens（伏击）可真是太妙了。”克劳德说。雷德问我这个词语是什么意思啊？我告诉他就是“埋伏”的意思。雷德很高兴地说他很喜欢这个词，会好好记住的。他现在老自以为是地说一些法语，回答命令的时候，他也十有八九会用他所谓的法语。他说得很不标准也很滑稽，不过我倒很喜欢。

那是夏末，天气非常好，我记得从此以后再也没有出现这样的好天气了。我们准备好所有的东西，就地躺在埋伏点。我们前面是两辆车，车的前面又是个很大、很坚固的肥料堆，发出一股难闻的气味。沟的后面有一片草地，那里的草还像平常的夏天那样有股草的芳香，埋伏点近旁的两棵树下有一片清凉的绿荫。我在想也许这两个埋伏点的位置是不是太靠前了，不过只要火力够猛，敌人又来得快的话，这样的距离很合适消灭他们。当然一百码才是个好位置，不过五十码更好，而我们现在可能不到五十码。当然，在伏击的时候我们还是觉得近一点儿比远一点儿好。

也许有人会说埋伏点设得这么近是不妥的，可是我们打起来的时候得从埋伏点赶出去，打完以后还得再赶回埋伏点去，同时还要尽可能清除掉路上那些伏击后的痕迹，所以这个距离正好。不过车辆就没法隐蔽了，估计后来的车辆会按常理推断是被飞机打坏了，所以停在那里的。只是那天看不到飞机飞过，不过逃跑的人他们是无法断定是否有飞机曾经来过这里。何况那些人都在匆忙逃跑，哪里顾得上去想这么严谨的问题。

“Mon Capitaine（我的队长），”这时候，雷德对我说，“如果我们的先头部队开到这里，听到这里有德国人的枪炮声，可千万不要赶来把我们的命给打没了。”

“两辆车上都有我们的人，他们密切注意先头部队的动向，而且他们会打信号避免我们相互打起来，这你不用担心。”

“那我就不担心了，”雷德说，“我已经有战功了，我打死了一个货真价实的奸细。只是现在我们才只有这么一点儿战果，希望接下来的伏击可以痛痛快快地杀他几个德国鬼子。Pas vrai（不是吗），奥尼[1]？”

我们听到奥内西姆说：“Merde（放屁）。”而同时，我们听见一辆汽车开来的声音，而且开得飞快。在那条两边种着山毛榉的

---

① 奥内西姆的爱称。

路上，我看到那辆车飞驰而来。那是一辆大众车，能看出绿灰色的伪装，并且车子给压得沉甸甸的，车上坐的可都是戴钢盔的士兵，看样子就像拉着去赶火车一般。我还从农舍的一堵石墙上拆下两块石头放在埋伏点的路旁，可以用来瞄准。那辆大众车刚过了岔路口，继续沿着我们面前这条上山的路驶向我们这里的时候，我就立即命令雷德："车到第一块石头时，干掉那个开车的。"又向奥内西姆下令："机枪扫射，高度：一人身高。"

只听雷德的枪一响，大众车的那个驾驶员就失去了对车的控制。他戴着的钢盔遮住了脸，看不见他有什么样的表情，只看见他松开了手，可是并没有紧紧蜷缩成一团，也没有死死抓住方向盘。我们的机枪在驾驶员松开手之前就已经猛烈地开火，车子一下子就冲到了沟里，车上的人全都被抛了出来，看上去和电影的慢镜头一样：有的人摔出来跌在路上，二分队的弟兄冲上去来个短点射，显然他们爱惜弹药。其中的一个人打了个滚儿，另外一个人还在爬，我正看着这种情景，克劳德结果了他们两个。

"我那一枪好像把驾驶员的脑袋打中了。"雷德不无得意地说。

"你可别太得意。"

"在这么远的距离打枪，枪口是很难避免不往上抬，"雷德说，"因此我就瞄准他最低的部位，然后开枪射击。"

"伯特兰，"我向二分队那边大声喊道，"请你带着你的手下搬开他们。把他们的 Feldbuch[1] 全都拿来，搜出的钱你保存着，我们回头再分。快点儿搬开他们，你也去帮忙吧，雷德。把他们都扔到沟里去吧。"

我没有看他们打扫战场，眼睛一直望着小餐馆那边向西的那

---

① 德语，原本是"野外作业记录本"的意思，这里可能是指证明德国兵身份的证件之类，下文提到的"饷簿"也很可能是指的这种证件。

条公路。我其实不敢看打扫战场，除非我必须跟他们一起参与打扫。看打扫战场确实是一件难受的事，我想我都感到难受，他们也不见得好受到哪里去，不过我可以命令他们，我是带队的队长。

“你结果了几个，奥尼?”

“八个，应该没有漏掉的吧，不过我只能保证我打中了他们。”

“这么近的距离啊?”

“是，即使打中了也不能说明什么的，可我毕竟用的是他们的机枪啊!”

“我们必须做好下一次战斗的准备，快点儿。”

“我看这辆车子估计还没有怎么损坏。”

“待会儿再去查看那辆车吧。”

“听。”雷德说。我凝神听了听，立刻吹了两下哨子，于是大家赶紧都退了回来，雷德也拖着最后一个德国人的一条腿跑得飞快，把死人脑袋颠得直颤。很快我们又埋伏起来。可是时间一分一秒地过去了，路上并没有出现什么，这下我倒真的有点儿急了。

给我们安排的任务很简单：我们要在敌人的逃亡路线上进行狙击，而且要横跨两侧狙击他们。不过我们做不到“横跨两侧”，因为我们没有那么多人手，不可能同时在道路两旁设伏击，而且我们也没有那样的技术条件，如果再碰上敌军的装甲车辆我们可就黔驴技穷了。幸好我们设置的两个埋伏点都备有威力无比的武器，两枚德制的Panzerfaust①。它的威力比正规部队里配备的那种美式火箭筒还要大很多，而且轻便，弹头大，还可以扔掉发射管。不过最近我们在德国人撤退的时候，缴获的这种火箭筒可就很少能用，因为有的被暗地里安上了饵雷，还有的被故意破坏

① 德语：钢甲拳。这里指的是德制反坦克火箭筒。

了。因此我们只用那些所谓的“时鲜货”，并且总是从中随意抽几个货样，让德国俘虏先来试试看。

那些被抓获的德国俘虏，即使是被非正规部队抓住的，他们的态度也往往非常合作，他们的态度甚至比得上饭店的领班，或者那些三四流的外交官。我们一直认为德国人就像走上邪路的童子军。不能不提这样的说法也是称赞他们，称赞他们这些优秀军人。而我们可就称不上什么了，我们干的可真是一种肮脏职业。用法语说，就是“un métier très sale（一种极其肮脏的职业）”。

反复审问以后，我们知道了从这条路上逃跑的德国人都是逃往亚琛的，我很清楚，现在我们打死他们一个，以后我们在亚琛，或者在齐格菲防线后面就能多一些胜利的希望。这是个简单的道理，我就喜欢这样简单的问题。

过了好一阵，我们才看见路上来的人，原来是四个骑自行车的德国人，看上去也匆匆忙忙，但是都显得非常劳累。很明显的一点，就是他们并不是自行车部队的人。

其实他们只是普通的德国兵，自行车也是偷来的。骑在最前面的那个人看到路上的血迹还很新鲜，他一扭头又看见了那辆汽车，于是明白发生了什么，就用全身力气狠命地蹬自行车的右脚蹬，这时我们向他开了枪，同时也向另外三个开了枪。那四个人挨了枪子儿显得不由自主地从自行车上摔下来，真是很惨。也许驮着人的马中了枪会比这更惨，也许一头奶牛误入枪林弹雨被子弹打穿肚子的时候也比他们惨。可是在如此近的距离内，看到一个人中了枪并从自行车上摔下来，感同身受的感觉让人受不了。而眼前倒下的是四个人、四辆自行车，那种感受更加强烈。自行车翻倒在路上，感觉就像一种尖细的声音像剑一样刺进心里，人摔下来的声音如此沉闷，他们身上佩带的装备，随着他们的身体倒地在地面上噼噼啪啪响成一片，这一声声都敲击着我们的耳膜。

“快把他们抬走，搬到路外面去，”我说，“藏起那四辆 vélos（自行车）。”

我扭过头去再往路上观察的时候，小餐馆打开了一扇门，走出来了两个戴帽子、穿工作服的人，他们每个人都拿了两只瓶子。这两个人慢慢地穿过岔路口，转了个弯走向埋伏点后面的田野。这两个人都穿运动衫，外面套着一件旧上装，一条灯芯绒裤子，脚上是一双农村靴。

“一定注意他们的动静，雷德。”我命令道。他们继续往前走，离我们越来越近，他们把瓶子高高地举过头顶，竟然走到我们跟前来。

“卧倒！”我向他们喊道。他们赶紧趴下，把瓶子放在腋下，从草地上向我们爬过来。

“Nous sommes des copains（我们是朋友）。”有一个人大声喊道。这人嗓音如此深沉浑厚，只是一开口就闻到一股酒气。

“快点儿过来，你们这两个酒糊涂的 copains（朋友），快过来我们认识一下。”克劳德回答。

“我们正在过来呀！”

“现在下这么大的铁弹雨，你们出来干什么？”奥内西姆向他们喊道。

“我们给你们送来一点儿小礼物。”

“刚才我去你们那里了，为什么不那时送给我你们的小礼物？”克劳德问道。

“哎呀，现在情况有变化嘛，camarade（同志）。”

“怎么变？变得有多有利啦？”

“Rudement（大大的有利）。”爬在前面的那个酒鬼 camarade 抢着说。另一个人在后面，趴在地上递给我们一只瓶子，语气极为不快：“On dit pas bonjour aux nouveaux camarades（不向新同志问好)？”

“Bonjour（你好），”我对他说，“Tu veux battre（你们是想跟我们一起打仗)？”

“如果你们需要的话。不过我们想问问：这些 vélos 可以给我们吗？”

“战斗结束以后再说吧，”我说，“你们以前在部队干过吗？”

“那是当然。”

“好吧，给你们每人发一支德国步枪吧，另外还有两夹子弹，你们就沿着这条路往我们右边走，走到两百码远的地方，如果有过路的德国人就开枪吧，来一个毙一个。”

“我们跟你们在一起，好吗？”

“我们可是专干这个的，”克劳德说，“听队长命令吧，他说怎么做你们就怎么做。”

“到那边去，找一个对自己有利的地方，可不能朝我们放冷枪。”

“戴上这个臂章，”克劳德又说。他打开了一个口袋，那里面全是臂章。“现在你们是 Frane - tireurs（游击队员）了。”可是，他挺慎重地没有说出游击队完整的名称。

“结束以后把 vélos 给我们？”

“如果你们一个敌人也没打中，就一人给一辆；如果打中了，一人给两辆。”

“那么得的钱呢？”克劳德说，“他们可是用的咱们的枪呀！”

“得的钱就给他们吧。”

“不应该全给他们，他们又不用接什么军令。”

“所有的钱都要交回来，我们自然会分一份给你们的。Allez Vite（快去)！Débine - toi（走呀)！”

“Ceux sont des poivrot spourris！”克劳德大声地说。

“即便是拿破仑时代，也有酒鬼呢。”

“也许吧。”

“肯定是的，”我说，“我相信这一点，而且肯定。”

我们都躺在草地里，草还是那么茂密，那么生机勃勃。扔在沟里的尸体渐渐地引来了苍蝇，有普通苍蝇，还有那种青头大苍蝇都飞来了，公路的黑色路面上，那些鲜血四周还有些蝴蝶在飞舞。有黄的蝴蝶，有白的蝴蝶，拖过尸体的地方血迹还在，同样也有蝴蝶在飞舞。

“我从来都不知道，原来蝴蝶是吃血的。”雷德说。

“以前我也不知道。”我说。

“这也难怪，我们出来打猎的时候都是在冬天，那时已经看不到蝴蝶了。”

“我们以前在怀俄明那里打猎，那种‘小木桩’地鼠[①]，还有土拨鼠早就躲到洞里去了，可那时候只是9月15呢。”

“我倒很想弄清楚那些蝴蝶到底是不是真的在吃血。”这时，雷德说。

“要不要把我的望远镜借给你?”

他蹲在蝴蝶旁边，仔细地看了好一会儿，才说：“真他妈的难说，我只能说它一直停在那里。再没什么发现。”然后他又扭过头对奥内西姆说：“哦，奥尼呀，Pauvre（可怜的）德国鬼子太差了。Pas de（没有）手枪，Pas de binoculaire（连望远镜都没有）。他妈的什么都 rien（没有）。”

“Assez de sous（可有的是钱），”奥内西姆说，“我们这次找到了不少钱。”

“他们有钱也不知道到哪个鬼地方花去。”

---

① 北美大草原的一种地鼠，它能挺起身子站着，静止不动的时候看起来像个小木桩，人们也叫它们“小木桩”地鼠。

“留着吧，以后再花。”

“Je veux（我想），maintennant（现在）就花掉这些钱，我忍不住了。”雷德说。

克劳德拿出那把童子军的万能刀，那上面有拔塞钻，他开了一瓶酒，拿起来闻了闻，就递给我。

“C’est du gnôle（这是烧酒）。”

二分队也在他们那边享受自己的那一份。本来他们跟我们可是最亲近的伙伴，可现在分开埋伏以后，感觉他们就像外人了，而我们的那两辆车更有一点儿后方梯队的感觉。我心想：人真是奇怪，一分开就会自然疏远的。以后要注意这一点，竟然还有这么一件需要注意的事情。

我举起酒瓶喝了一口。那是一种高纯度的烈酒，酒性极烈，喝进去胸中就像有一团火烧起来了。我把瓶子又还给克劳德，克劳德接过去，递给雷德。雷德一仰脖子，喝了一大口，眼泪立马都流出来了。

“这里通常会用什么东西来酿酒，奥尼？”我问。

“土豆吧，还要到铁匠铺去弄点儿他们从马蹄上修下的边皮加在里面。”

我把这句话翻译给雷德听。“我喝过不少酒，只是没尝过土豆酒。”他说。

“他们一般把这种酒装在生锈的钉桶里，然后在里面放几枚旧钉子，用来提酒味。”

“我可得再喝一口，把嘴里那股味道冲淡，”雷德说，“Mon Capitaine，咱们要死的话，就一起死好不好？”

“Bonjour，tout le monde（向世界人民问好）。”我对他说。这是我们经常说的一个笑话，这个笑话说有个阿尔及利亚人，他不知道犯了什么罪，很快就会在桑丹监狱[1]外面的街道上被法庭送上断头台，当被问到他有什么遗言的时候，他就是这么潇洒地说了一句。

“为蝴蝶干杯。”奥内西姆又喝了一口，说。

“为钉桶干杯。”克劳德也举起瓶子。

“听！”雷德说着话，把酒瓶递给了我。这时我们都听见了，是一辆履带车的声音。

“好家伙，这可是个大奖！”雷德说。“Along ongfang de la patree le fucking jackpot ou le more...”[2] 他轻声唱起歌来，这时候，钉桶酒对他已经不起作用了。我又举起酒瓶，喝了一大口酒。之后我们全都趴在埋伏点，用目光检查了一遍所有的东西，然后盯着左边的公路。没过多久，一辆半履带式德国兵车出现在我们视野内，挤在车上的人只能勉强站着。

一般来说，设置埋伏伏击逃亡敌人的时候，都要在埋伏点的另一侧道路上埋四颗饼状地雷，如果道路宽阔还可以多埋一颗。我们这次任务呢也不例外。这些地雷在埋下的时候都先把保险打开，一颗颗排在地里就像那个圆形大跳棋一般[3]，不过一个个比特大号汤盘还要大，又像傻呆呆的蛤蟆，伏在那里不动弹。一般都将四五颗地雷排成一个半圆形，然后再拔些野草，盖在地雷上面，还得用一根绳子把这些地雷串起来。这种绳子在船用杂货行就能买到，是一种普通的黑油粗绳。绳子的另一头牢牢地系在里程碑上就不会被发现了，通常一公里会有一个标石，叫作 borne，当然也可以系在任何一个坚固的拔不出来的物体上。让这根绳子松松

---

① 这是位于巴黎的一座监狱。

② 他哼的是《马赛曲》，但是因为他的法语发音并不标准，又随口带着英文，意思变成了：“前进，前进，祖国的孩子们，但愿大奖滚滚而来……”

③ 西洋古时候的一种跳棋，要在地上画棋盘，那种跳棋的棋子特别大。现在的苏格兰仍然保留着这种风俗。

地横在路面上，另一头挽个圈，并由其中的一队伏兵掌握。

开来的这辆兵车沉甸甸的，驾驶员面前只有一个瞭望口，此刻，重机枪也都高高地昂起头，向空中警戒着。我们则紧紧盯着兵车，直到它步步逼近。我们看见车上全是满满的党卫军，接着能看见他们的领章了，又看清他们的面孔了，现在愈来愈清晰了。

我向二分队大喊一声："拉绳。"二分队把绳子猛地一收，可没想到原本排成半圆形的地雷全都给拉移了位置。我心想这下可就露馅了：一眼就能看出那是些被青草掩饰的饼状地雷！通常在这种时候，要么驾驶员看见了地雷立即刹车，要么他就一直往前开，撞上地雷，爆炸。我知道，行驶中的装甲车辆不能打，不过只要一刹车，那种大弹头的德制火箭筒就会派上用场了。

那辆兵车飞快地向我们这里开过来了，我们已经把车里的一切都看得清清楚楚。车上的人们只顾着回头观察有没有我们的先头部队追赶。克劳德和奥尼因为紧张脸色发白，雷德脸上的肌肉抽了一下，而我却总觉得这时候感到肚子里被掏空了似的。很快兵车里就有人发现了路上的血迹，也发现了沟里的那辆大众车和那些尸体。他们立即大喊大叫起来，驾驶员和坐在他身边的军官肯定也看到路上的地雷了，只见车子一偏猛地刹住了，刚想倒车后退的时候，火箭筒适时地击中了那辆车，同时两个埋伏点上的枪一起向他们开火。兵车上的那帮家伙急急忙忙用他们的地雷构筑起一道路障，这样幸存的人能得到一点儿掩护。就在那辆兵车被炸毁的时候，我们全都低了头，只感到乱七八糟的东西朝着头上撒下来，就像喷泉被打开了一样。不过，掉下来的不是水珠，那可都是钢铁之类的硬家伙。我在这当儿迅速抬起头看了一下：克劳德、奥尼，还有雷德，都在射击。我也拿起一支施迈瑟①向

① 一种德国冲锋枪。

瞭望口射击，我感到背上湿漉漉的，而且脖颈上全都是血，这时候我终于明白喷泉的来历了。只是感到纳闷，这兵车为什么没被炸个大开膛，甚至也没被炸翻，就这么全完了。这时候，我们车上的五〇机枪①也开始射击个不停，因此各种声音震耳欲聋。兵车里安静了再也没人露脸了，我想应该了结了，正准备挥手命令五〇机枪全都停止射击，兵车里突然扔出一颗木柄手榴弹，并不远，只有一点点的距离就爆炸了。

“他们竟然要杀死自己的死人，”克劳德嘲讽地说，“我过去喂它两颗怎么样？”

“让我来，我再给它一家伙。”

“行了，有那么一次就够受的了，我背上已经刺满一背的花子。”

“好吧，那你去吧。”

在五〇机枪的掩护下，在草地上克劳德迂回地爬到那辆兵车附近，他拿出一颗手榴弹，先拔去保险销，把手“啪”的弹开，他看着那颗手榴弹在手里冒烟后，过了一会儿，才一挥手把它高高地抛了出去，正好落在兵车的另一侧②。手榴弹强烈的爆炸声把的人都震得跳起来了，弹片打在装甲板上一片哐哐的响声。

“出来！”克劳德用德语喊道。没有人出来，但是一把德国冲锋枪开火了，位置是右边的瞭望口。雷德见状对着瞭望口打了两枪。那挺冲锋枪又开火了，很显然雷德的枪根本打不到他。

“快出来！”克劳德又大声地喊。那挺冲锋枪继续开火，不过听起来却像小孩子顽皮的时候，拿根棒在栅栏上一路走一路磕碰的声音。而我们向他还击的枪声听起来也同样阴阳怪气。

① 是一种口径为0.5英寸的机枪。

② 这种手榴弹跟木柄手榴弹不同，它不用拉弦，只需要拔去保险销，然后手指压住手榴弹上的把手。然后掷出去，松开手指，把手也跟着脱开，导火线被点燃，几秒钟后爆炸。如果距离敌人较近，可以先脱开把手，等待导火线点燃后再投出。

“回来，克劳德，”我大声地喊，“雷德，你射击这边的口子，奥尼，你射击那边的。”

很快克劳德回来了，我说：“该死的德国鬼子。干脆甩掉剩下的那个家伙吧。以后一定可以弄到的，而且他们的先头部队就快到了。”

“这辆兵车可是他们的后卫部队。”这时，奥尼说。

“你去打。”我命令克劳德。于是他开了炮，把兵车的前舱给打得无影无踪，然后进去搜钱财和饷簿。我在外面又喝了口酒，向我们的车挥挥手。车上五〇机枪的弟兄高高地举起手在头顶上挥舞。我靠着一棵大树坐下，一边思考一边监视公路那边的动静。

他们拿来了搜到的饷簿，带着血迹。我把它们专门装在一个帆布包里面，那是专放饷簿的包。钱也搜到了不少，也都血迹斑斑，奥尼和克劳德还跟二分队的人一起把党卫队的肩章撕下了好多，把能用的冲锋枪全都收来了，甚至还拿了几支不能用的，把这些东西统统都装在一个红条的帆布袋里。

我从来都不碰这些钱，那是他们喜欢的东西，我却一直认为碰了钱就会倒霉的。不过搜了好大一笔钱，可有的分了。伯特兰拿出一枚一等铁十字章递给我，我把它放在衬衫口袋里。我很难保留这种东西，即使在身边放上一时半会儿的，过后肯定全都送掉了。我可不愿意留下任何东西，我认为留着这些东西难免会因此倒霉。虽然我接过这枚章，心里却在想：如果以后能把它退回去，或者把它送给他们的家属那就好了。

现在，我们看上去就像在屠宰场遇到了爆炸一样，浑身上下都是那些被炸飞的大大小小的肉块打过的痕迹，有几个人钻进兵车肚子里去了，出来的时候身上也不干净。刚开始并没有留意，后来发现无数的苍蝇围着我转，才明白自己的模样是多么凄惨了。

那辆被炸毁的半履带式兵车只能让它横在路当间了，如此一来，所有的车辆经过这里都不得不减速了。我们幸运的是没有一个人伤亡还收获颇丰，这个地方也完全被破坏了，今天没法再打了。更何况我从他们缴获的东西上，肯定这辆兵车就是敌人的后卫部队，即使接着打，最多就打几个散兵可怜虫了。

“行了，排除地雷，收好东西，我们回那个农舍去洗干净。在那里我们照样可以封锁公路，把它封锁得严严实实。”

于是大家都兴高采烈地提着沉甸甸的东西跟来了，只有那两辆车就留在那里。我们围着农舍场院里的抽水机，把自己洗干净。雷德给自己铁片划破擦伤的地方搽了碘酊，又给奥尼、克劳德，还有我的伤口上撒上一些消炎粉，然后，克劳德也同样给雷德弄上这些东西。

“那房子里一点儿喝的都没有吗?”我问勒内。

“我不知道，根本没有工夫去看。”

“你进去看看。”

他进去找了几瓶红葡萄酒出来，还可以喝。我们就随随便便地坐在一起，一边清点武器，一边聊天说笑话。我们有严格的纪律却不拘泥于形式，只有在部队里，或者需要做给别人看的时候，我们才讲究这些。

“Encore un coup manqué（又是一场空欢喜）。”我说。那个笑话很老了。在我们的队伍里曾经有一个无赖，每次我命令把小鱼放过去等待大鱼上钩的时候，他就会这么说。

“今天打得真厉害。”克劳德说。“简直有点儿让人受不了。”米歇尔说。“我真的，我可干不下去了。”奥内西姆说道。

“Moi, je suis la France（我，我就是法兰西哦）。”雷德大声说。

“你还打吗?”这时克劳德问他。

“Pas moi（我不会打了），”雷德回答，“不过，我来指挥。”

“你还打吗？”克劳德又问我。

“Jamais（坚决不打了）。”

“你的衬衫上为什么全是血？”

“我在照料一头母牛产崽呢。”

“这么说，你是个助产士或者是个兽医？”

“除了我的姓名、军衔和军号以外，我什么都不用说。”

我们又喝了些酒并且没有忘记观察路上的情况，我们等待着先头部队。

“Qù est la 该死的先头部队（这该死的先头部队到底在哪里呀）？”雷德问。

“这是他们的机密，我怎么知道。”

“幸好他们没在我们 accrochage（接触）的那个时候到来，“奥尼说，“告诉我，mon Capitaine，你有什么感觉，在发射那家伙的时候？”

“我感觉肚子里就像被掏空了似的。”

“那么你心里有什么想法呢？”

“心里想，上帝啊可千万别打飘了。”

“我们还真是幸运：他们挺有油水的。”

“他们居然没有向后退躲开我们。”

“今天下午我正高兴呢，可别扫了我的兴。”马塞尔说。

“看见了吗，两个德国鬼子，骑自行车的那个，”雷德说，“现在从西边过来了。”

“好家伙，胆子确实真够大的。”我说。

“Encore un coup manqué！”

“谁打这两个？”

那两个人已经全都把身子扑在车把上，速度还不紧不慢的。

他们的靴子看上去实在太大了，踩在自行车脚镫上显得特别别扭。

“我用 M－i① 来打。”我说。奥古斯特递给我那把枪。等到前面那个德国人骑到过了半履带式兵车，没有树木可以遮住他身影的地方，我瞄准了他，并且把枪口跟着他往前移动，枪响了，没有打中。

“Pas bon（不行啊）。”雷德闷声说道。我把枪口又往前移了一些又开了一枪。那个德国人同样悲惨地从车上跌下来倒在路边，那 vélos 翻了，一个轮子在空中还打转。后面那个骑车的拼命地蹬，没一会儿，那两个 copains 也开枪了。只听见他们“嗒砰嗒砰”的枪声，很刺耳，却没有打中那个骑车的人，他一个劲儿往前蹬，很快就消失在远处。

“Copains 真他妈的不 bon（中用）。”雷德骂道。

又过了一会儿，那两个 copains 也回来了，走到了我们大部队里。这让我们队伍里的几个法国人感到又羞又恼。

“On peut les fusiller（能不能毙了他们）?”克劳德问。

“不，我们从来不枪毙酒鬼。”

“Encore un coup manqué?”听奥尼这么一说，大家稍微缓和了一些，不过心里还是不痛快。

前面那个 copain 在他的衬衫口袋里还藏着一瓶酒，当他站在那里举枪致敬的时候，那瓶酒泄露了行迹。他说：“Mon Capitaine, on a fait un véritable massaore（队长，这一次可杀得真痛快）。”

“闭嘴，”奥尼说，“拿出你们的家伙，全都给我。”

“可是我们刚才在你们的右翼呢。”那 copain 洪亮地抗议。

“你们有个屁用，”克劳德说，“两位尊敬的酒鬼先生，现在

---

① 一种英制半自动步枪。

马上立刻闭嘴滚蛋吧。”

“Mais on a battu（可我们刚才确实打了啊）。”

“还敢说呢，放屁，”马塞尔说，“Fout moi le camp（立刻滚）。”

“On peut fusiller les copains（能不能毙了这两个朋友）？”雷德又问。他这会儿就像鹦鹉学舌。

“你也闭嘴，”我喝道，“克劳德，刚才我确实说了，结束以后给他们两辆 vélos。”

“是的，你是说了。”克劳德说。

“你跟着我，我们去拿两辆最坏的来给他们，顺便收拾了那个德国鬼子，还有那些 vélos。其余的人继续在这里封锁道路。”

“以前可不是这样的规矩。”一个 copain 说。

“以前的规矩以后就不能用了，反正那时候的你恐怕也是个醉鬼，什么都不知道。”

我们走到公路上，先去看了看那个德国人。他还没有死，可是他两边的肺都被打穿了。我们尽量和气地扶着他躺下，尽量让他觉得舒服，又帮他脱去了上衣衬衫，还撒了消炎粉在他的伤口上，克劳德拿出急救包帮他包扎。他有一张讨人喜欢的脸，最多只有十七岁。他想要说话，可是一个字都说不出来。他已经听惯了在这样的情况下应该如何对待，因此也尽量照着这样去做。

克劳德剥下了两件死人的上衣，做了个枕头给他。然后轻轻地抚了下他的脑袋，又替他按脉搏。那个人一直盯着他，仍然说不出话。这时，克劳德俯下身亲了亲他的前额。

“搬走路上那辆自行车。”我转过头向两个 copains 说道。

“Cette putain guerre（该死的战争），”克劳德在说，“让战争见鬼去吧。”

那个小伙子并不知道我打伤了他，所以也特别不怕我。我走到他身边，也按了一下他的脉搏，终于明白克劳德刚才的举动了。我想如果我懂事些的话也应该亲亲他。可是这样的事情当时是不会想到的，后来就成了终生的遗憾。

“我还想留下来，多陪他一会儿。”克劳德说。

“非常感谢你。”我对他说。然后我走到树木背后，看那个藏着的四辆自行车，这时，那两个 copains 已经站在那里了，像两只乌鸦一样。

“你们拿这一辆，还有这一辆，foute moi le camp（立刻滚蛋）。”我把他们的臂章剥下来，塞进自己的口袋。

“可是我们刚才打枪了呀，你说过的打枪的话每人两辆。”

“滚，立刻滚，”我生气大声地说，“听见没有？现在就滚。”

他们失望地走了。

没过一会儿，一个十三四岁的孩子从小餐馆里跑出来，要那辆新的自行车。

“今天早上，他们抢走了我的那辆。”

“好，你把那辆拿去吧。”我说。

“剩下的两辆呢？”

“走吧，快走，这里危险，别到公路上来了，大部队很快就到了。”

“难道你们不是大部队吗？”

“不，”我说，“非常遗憾，可我们并不是大部队。”

那个孩子骑着那辆好的自行车走了。我就顶着炎炎夏日，回到农舍的场院里，在那里等我们的先头部队。那时候，我的心情糟透了，不过我知道以后还会有更糟的时候。是的，我肯定。

“今天晚上我们会去城里吗？”雷德问我。

“当然去。大部队从西边来，现在应该攻下那座城了吧。你没有听见声音吗？”

“当然听见了。中午以后就听见声音了，这个城好吗？”

“等大军到达这里，我们跟他们联系上以后，就沿着小餐馆前面那条路走，一直走，就到那座城了。”我打开地图，指给他看，“从这里往前，大约一英里路就到那座城了。看见了吗，转个弯，就在地势低下去的地方？”

“我们还打吗？”

“不，今天不打了。”

“你还有衬衫吗？”

“有，不过比这一件更脏。”

“不会有比这件更脏的了。把它脱下来我洗一洗去。这么热的天，待会儿即使没有干透，也可以穿。你是不是心里不痛快？”

“是的，很不痛快。”

“为什么克劳德还不来？”

“他在陪着那个孩子，那个我打伤的孩子，他要看他合眼。”

“还是个孩子？”

“是啊！”

“唉，该死。”雷德说。

过了一会儿，克劳德回来了还推着两辆 vélos。他交给我那个小伙子的 Feldbuch。

“把你的衬衫也脱下来吧，我去洗干净，克劳德。奥尼和我的已经洗过了，现在都快干了。”

“谢谢你，雷德，”克劳德说，“还有酒吗？”

“我们又在屋里找到几瓶，还找到些香肠。”

“那太好了。”克劳德说。看得出来，他还在郁郁寡欢，真的无法排解呢。

“等到跟大部队会合以后，我们就到城里去。这里距离城里只有一英里多的距离。”雷德对他说。

“以前我去过那里，”克劳德说，“是座不错的城市。”

“我真希望今天不打了。”

“好吧，明天再打。”克劳德说。

“明天也许用不着打了。”

“是的，有可能。”克劳德说。

“高兴点吧。”

“胡说什么，现在我显得不高兴吗？”

“好吧，”雷德说，“你先拿着这瓶酒和香肠，我现在就给你把衬衫洗了。”

“谢谢你，”克劳德对他说，“我们俩分了这瓶酒吧，不过，我想肯定谁也喝不痛快。”

有人影的远景[①]

这座公寓曾经遭遇战火的洗礼，公寓里面已经损坏了，电梯也早就停止了，就连支撑电梯上下的那根钢柱也弯了，六层高的大理石楼梯已经碎裂了好几级，走过那里的时候，只能小心翼翼地踏在石级边上，仿佛一不小心就会“扑通”一声掉下去似的。房间的门还是好的，可是有些门的背后其实什么都没有，如果你推开门直接跨进去的话，很可能一脚踩空而跌下去。它被几颗高射炮弹击中，底下三层和正面的四楼楼面已经全都被炸毁了，只剩下顶上两层正面的四个房间和每一层后面那排房间幸免于难，而且居然还能供应自来水。

这座公寓被我们叫作“老宅子”。现在是战争最紧张的时候，公寓的正下方，被几条大街环绕的小高地近在咫尺，那顶上边沿一带就是阵地前沿。现在还能看到那里作战用的战壕和经历日晒雨淋的沙袋，站在这座破损公寓的阳台上，可以把一块碎砖瓦或者是灰泥片什么的扔到那里去。不过现在的前线已经推进到河对岸去了，那里有荒废的皇家猎舍，在猎舍背后是一座山冈，山坡上松树茂密的地方就是。那里正进行着激烈的战争，而这座“老宅子”则被当作瞭望哨，同时也是一个拍新闻片的好地方。

其实那个地方并不安全，天气又冷得难受，而且总是吃不饱，但乐观的我们仍然常常开玩笑。

① 《有人影的远景》写的是西班牙内战，这个短篇写于1938年左右。1939年2月7日，海明威致函当时出版社的编辑马克斯韦尔·珀金斯先生，建议他编一个新的小说集，在信中，他提到了这篇小说。

每当炮弹把房屋击中的时候，砖屑泥粉立刻冲上半空，很快又落下来，厚厚的就堆在镜面上。在这座楼梯随时都会垮塌的公寓里，我发现居然有一面落地长镜完好无损，于是恶作剧地用指头在镜面上抠了几个字，大写的印刷体“约翰尼的死期”，然后找个借口把摄影师约翰尼引到那个房间里。真是糟糕！他进去的时候正好炮弹横飞，狂轰滥炸，他迎面看到这种鬼神一样的指示，脸色煞白，吓得魂都没了，当他明白这是我的恶作剧时气愤极了，很久以后我们才言归于好。

第二天，在旅馆门前停了一辆汽车，我们往那辆车里装器材。装完以后，我上车后觉得挺冷，就把车窗玻璃都摇起来。这时，窗玻璃上几个红色大字赫然映入我的眼帘，似乎是用一支唇膏涂的印刷体字：埃德小人①。但这毫不影响我们用这辆带标语的汽车，甚至用了好几天，我想西班牙人看到这个一定会觉得莫名其妙。他们肯定会猜想一番：这些字是荷兰的什么革命组织或者美国组织的名字，或者是标语口号之类的。

一直到后来，当地的驻英国大使才化解了我们之间的恩怨。起初我们对这位大使很反感，每次出行到前线那个方向的时候，他就会戴上一顶德国式的大钢盔。当时钢盔并不多，突击部队是最需要用到这个钢盔的。因此，只要看到他戴钢盔，反感的情绪立刻就会占据了大伙儿的头脑。我们和他碰上是在一位美国记者的住处，这位记者是女的，她那里有一个很好的电炉。

大使对这个房间很喜欢，因为他觉得这里十分舒服，把这里叫作“俱乐部”。他还向大家提出一些奇怪的建议，建议大家各自带着酒来这个既暖和又愉快的地方，简直是饮酒取乐的好地方。那位女记者工作勤奋而积极，一直以来都非常注意，不让

① 原文是 EDISALICE，这个词语中 lice 应该用单数 louse，因此后文中两个人因为这个字各执一词，互不相让。

“俱乐部”跟自己的住处扯上任何关系，所以现在知道自己的住处竟然如此明确地被题名，而且被归类，这就像挨了当面一拳。

第二天我们都在工作，就在“老宅子”里，为了让摄影机镜头可以避开下午强烈的阳光，我们煞费苦心地找出一张破席子遮在镜头上面，这时看到那位女记者陪着大使来了。他说他在“俱乐部”里曾经听到我们谈起这个地方，所以特意过来看看。我正好在破阳台一角的阴影里观察，我拿着一副双筒望远镜，是那种小型的八倍蔡司镜，只要我拢起双手盖在上面，就足以避免反光的影响。我看到就快开始进攻了，飞机很快就会飞起来轰炸，因为政府军那时候严重缺乏重炮，所以每次进攻前都会进行这种必不可少的飞机轰炸。

在当时的情况下，我们一向都躲在屋里进行所有的工作，每个人都像耗子一样秘密地工作着，一点儿形迹也不敢露出，因为没有人愿意让这座看似空无一人的楼房因此招来炮火的攻击，那样我们就无法完成工作，而且也不可能再待在这里进行观察了。可是那位大使却走进房来，还拉了一把空椅子坐在阳台正中，钢盔和特大号双筒望远镜，以及其他的装备一应俱全。而我们的摄影机斜斜地架在阳台一侧，并且进行了精心伪装。我隐蔽在阳台另一侧，一个黑黑的角落里。为了避免被山坡上的人发现，我们都小心翼翼地躲在暗处，不走进那些阳光能晒到的开阔地方。这位大使却大摇大摆地坐在亮堂堂的阳台中央，戴着钢盔，那架势就像是全球总参谋长似的，他的望远镜看起来亮晃晃的，简直就是一架日光反射信号器。毫无疑问，他这架势也像是想吸引对方的火力。

“你看，”我说，“我们现在在这里工作。你坐在那个地方，对面山上的人肯定会看见你的望远镜发出的反光。这样你也可能会被发现的。”

“在房子里是不会有危险的。”大使不以为意，态度反而像上司对下属一样，若无其事的样子。

“如果你打过野羊，”我说，“那么你应当知道：当你很远就能看见野羊的时候，野羊也能在很远的地方看见你。你用你的望远镜是不是清楚地看见对面山上的人？他们同样也有望远镜的，同样也可以清楚地看见你，这样你觉得你还安全吗？”

“在房子里是不会有危险的。”大使还是重复着那句话，“他们的坦克在哪里呀？”

“那里，”我说，“就在树底下。”

此时两个摄影师气坏了，不停地做着怪脸，而且都攥紧拳头，在头顶上乱挥。

“我把大摄影机移到后面去。”约翰尼说。

“小妞儿，躲开，躲远一些不要过来！”我大声地冲着那女记者喊。然后又对大使说：“你知道吗，他们肯定会以为你是某个参谋长，人家看到你的钢盔和望远镜，会认为你是指挥作战的人。知道吗，大家也会因你而吃苦头的。”

他仍然重复那句话。

忽然，一颗炮弹落了下来，随后就是一声巨响，似乎有一根蒸汽管爆裂了，同时还能听到帆布被撕裂的声音。没等爆炸声消失掉，灰泥墙粉开始噼噼啪啪往下掉，顶着漫天的尘雾，我推着女记者往门外跑，迅速躲到后面那排房间里去。就在我冲出房门的时候，我身旁闪过一个头戴钢盔的家伙，蹿向楼梯口。就像一只野兔一跃而起，左蹦右跳一溜烟儿地向外逃走，可是野兔的速度都比不上这位大使啊！只见他从尘雾弥漫的过道一闪而过，冲下楼梯，夺门而出，一下站在街上。一位摄影师告诉我，就算他的莱卡摄影机调到最快，快门也没办法拍下这位大使闪电般的连环动作。虽然有点儿夸张，但却一针见血。

这幢房子足足被快速轰击了一分钟左右。平行射出的炮弹不断呼啸而来，然后击中房子，轰然爆炸，然后是陡然一震，这些声音持续不断，这些感觉也不容你休息。后来总算打完了，但我们躲在原处又等了几分钟，确定不再有炮弹了，才来到厨房打开水龙头喝口凉水缓缓，然后另找一个地方，架起摄影机再拍再工作。此时正是我方进攻开始的时候。

那女记者现在可恨透大使了。“他带我来这里的，”她说，“他竟然还告诉我这是个安全的地方。结果他自己溜得挺快，你瞧再见都没说一声。”

“这个人根本没有绅士风度，”我说，“你看，小妞儿。注意看啊，喏，开始啦。”

此时对面山坡上有些士兵站起身来，猫着腰，小跑向前面那片小树林子的一座石头房子。所有的炮弹都打向那里，石头房子被腾起的一阵阵尘雾不时地全部遮住。那些尘雾被风吹散的时候，石头房子又显露出来，就像一艘破雾而出的船一样。这时一辆坦克在士兵的前面摇摇晃晃开得飞快，似乎一只飞快向前爬的圆顶炮鼻虫，很快又消失在树林里。忽然，那些跑步前进的士兵一下扑倒在地。原来他们的左边又冲出一辆坦克，消失在树林里，树林里一直闪着坦克开火的火光。这时，那座石头房子冒烟了，烟雾渐渐散去的时候，我们看见一个原本伏在地上的士兵纵身跳起来并拼命往回跑，奔回他们的战壕。很快又跳起来一个，一只手抓着枪，另一只手抱着头。接下来士兵们几乎全部撤退了。只是有的跑着跑着突然倒下，而有的就一直趴在地上再也没有起来。整个山坡都能看到横七竖八趴在地上的士兵。

“怎么了?”女记者问。

“他们的进攻失败了。”我回答。

“怎么?”

“他们也没能坚持到最后。”

“为什么不呢？难道后退跟前进不是一样危险吗？”

“不一定。”

女记者举起望远镜想看得清楚一点儿，可是她很快又放下了。

“现在什么都看不见了。”说完她的泪水就顺着两颊直流，也不停地抽搐。以前我从未见到她流泪，尽管遇到过很多让人伤心的事。不管是谁，就算是将军在打仗的时候，也免不了流泪。不管他们嘴里怎么说，这都是事实，这种情况下大家还是能忍则忍，尽量少流眼泪，因此我从来没有看到这个女记者流泪。

“我们看到的就是一场进攻战，这样结束了？”

“是的，这就是一场进攻战，”我对她说，“你现在也明白了。”

“接下来会怎么样呢？”

“如果还有人要带队指挥的话，也许会打发他们再次冲上去。不过我估计这是不可能的了，你数一数就知道这场战争有多大的损失了。”

“那些人全死了吗？”

“不一定，有的可能只是受了重伤，无法动弹了。不过这种情况也不是很多。而在天黑以后，就会有人上来抬他们下去的。”

“那辆坦克怎么办呢？”

“幸运的话，还能撤回去。”

可是其中一辆已经没有这样的机会了。在我话声刚落之际，从松林里腾起一股乌黑的烟柱，又随风飘散，继而变成乌黑的一团，滚滚浓烟里我们能看见红彤彤的火舌。随后只听一声巨响，一阵翻滚的白烟把黑烟顶得更高，下面的火苗更大了。

“着火的是一辆坦克。”我对她说。

我们拿着望远镜继续看。有两个人正从壕沟的角落里爬出来，他们抬着一副担架，从斜坡往山上爬去。他们爬得很慢，应当非常吃力，不知道怎么了忽然前面那个人的腿一软跪下了，跟着一屁股坐在地上。后面那个也一下子扑倒在地，但他仍然坚持爬起，用胳膊钩住前面那人的肩，把他拖着向壕沟爬去。可是，没一会儿他就停住不动了，他的脸朝下直直地趴在那里，而且一直趴在那里。

他们已经停止炮击石头房子了，四周都静悄悄的。那户农家大院的围墙和围墙里的场院那么黄，在青青的山坡上显得很抢眼。山坡上也筑了工事，还挖了交通沟，每一处泥土翻起的地方都添上了白色的瘢痕。有些小火堆在山坡上升起了袅袅细烟，那就是行军炉灶做饭时冒出的烟。从这里往上向农家大院看去，一路上全都是死伤的士兵，就像是许多扔在青草坡上的包裹，那就是这场进攻战遗留下的唯一东西。着火的坦克还在树林里，冒出又黑又油的浓烟。

“真是吓人哪，”那个女记者说，“我这辈子真的还是第一次看到这样的场面，可真吓人哪！”

“打仗的场面就是这样的。”

“你不觉得讨厌吗？”

“我非常讨厌，我一直都非常讨厌战争。可我做军事记者，就必须知道这些东西。这场战争是正面进攻战，通常在下面的进攻方都会很惨。”

“难道没有别的进攻方式？”

“有啊！还有很多，前提是你得拥有军事知识，遵守军纪，还得拥有一位训练有素的班排长，特别重要的是，要有出奇制胜的战术策略。”

“现在已经天黑了，我们没法再拍任何东西了。”说着，约翰尼用罩子罩起他的远距离摄影镜头，又向另一个摄影师打招呼，“喂，‘小人’哥，收工啦，我觉得今天干得相当不错。”

“你说得对，”另一个摄影师说，“我们今天拍到的有些镜头简直珍贵无比。很遗憾这场进攻没能取得胜利。算了，不去想这些事，希望我们可以早日拍到得胜的镜头。不过那样的日子往往都是下雨，或者下雪。”

“我可再也不想看到这样的场面了，”女记者说，“今天看到了这些已经让我更加了解战争，不过我实在不想再看了，再也不会有什么好奇，或者丰厚的稿酬能够吸引我了。他们一个个都是男子汉，都是血肉之躯啊，和我们一样的血肉之躯！可是，就这么一次进攻，他们就再也回不来了。”

“你不是男子汉，”约翰尼说，“你只是个人，这不能混为一谈。”

“戴钢盔那家伙又来了。”这时候，另一个摄影师说，他的眼睛盯着窗外，“他还是大模大样地往这边走来了。我希望有颗炸弹扔下去，准把他吓个半死。”

我们忙着收拾摄影器材，那位大使还是头戴钢盔进来了。

“哈喽，”他向我们打招呼说，“有没有拍到好影片？伊丽莎白，我的汽车正好就停在这幢房子后面的小街上，我送你回去。”

“我会跟埃德温·亨利他们一起回去的，你不用担心。”那女记者说。

“风没那么大了吗？”我应酬似的问他。

他并没理睬我，还问女记者：“你不去吗？”

“不去，”女记者说，“我们大家会一起走的，谢谢！”

“那么晚上在‘俱乐部’碰面吧。”他仍然乐呵呵地说。

“对不起，‘俱乐部’再也不需要你了。”我尽量说得有绅士风度。

于是大家一起向楼下走去，大理石楼梯原本就有窟窿，现在又有新的伤痕，因此我们走得十分小心，不停地跨过、绕过那些裂痕，这就像走在一座永远都走不完的楼梯上。我看到一个已经撞扁了的“铜帽子”，原本是炮弹引信头上的东西，它的底部还有灰泥的痕迹。我把它捡起来，递给那个叫伊丽莎白的女记者。

“我不要。”她坚定地说。我们走到门口，一齐站住了，而那个戴钢盔的家伙在前头还一个人走。他似乎并不担心，就那样端着架子穿过大街，谁都知道，这里有时会遭到冷枪射击；到了对面，他在墙头的掩护下，端着架子继续走，幸好并没有什么危险。于是我们一次一个，快速冲向街对面的墙下。通常在经过一片开阔地的时候，最容易遭到射击的是第三个或者第四个人。所以我们几个都安全地过了这个关口以后，心里总会感到一阵轻松和高兴。

我们就在墙的掩护下沿着那条大街走，我们四个人拿着摄影机，脚下是那些新飞来的铁片、刚刚碎裂的砖块，还有成块的石头，并排走在一起。前面那个家伙戴着钢盔，仍旧迈着官步。我们一路看着他，心想无论如何他都不再是“俱乐部”的人了。

“该死！我还得回去写电讯稿呢，”我说，“今天这份电讯稿可真不好写，只能写进攻失败啦。”

“你到底怎么啦，老兄?”约翰尼问道。

“你总能找到一些可写的事吧，”另一个摄影师委婉地对我说，“今天发生了这么多事情，总该有一些值得写的事情吧。”

“他们什么时候去抬回那些伤员呢?”女记者问。她并没戴帽子，步子跨得很大，走路的姿势看起来也很随便，她的长发正好披在她所穿的皮领短夹克衫的领子上，由于光线愈来愈暗，头发看上去就成了土黄色。她转过头，她的头发也跟着一晃，然后她煞白的面孔就露出来了。

“我不是说了吗，得等到天黑以后。”

“上帝保佑，快点天黑吧，”她感慨地说，“原来这就是战争，原来我要来采访报道的事情就是这样的。那两个抬担架出去的人，他们是不是死了？”

“死了，”我肯定地说，“一定死了。”

“他们走得太慢了。”女记者的语气中不胜怜悯。

“是有的时候想走可腿却迈不开，”我说，“这就像陷在深沙里的感觉，有时候又像在做梦。”

那个戴钢盔的大使仍然在前面走。他的左边是一排被毁坏的残破的房屋，右边是营房的一面砖墙。他的汽车就停在大街的尽头，而那里还有一所房子，我们的车就停在那所房子的背后。

“还是带他回‘俱乐部’吧。”这时，女记者对我说，“我可不想让任何一个人受到伤害，即使是感情的伤害也不行，什么都不行。嘿！”她大声地喊，“等等我们，我们来啦。”

戴钢盔的那人听到后就站住了，回过头，他那个戴着笨重的大钢盔脑袋一起转过来，像长在牲口头上的两只角，看着特别滑稽。他在那儿等着，我们迎上前去。

“想搭我的车？”他问。

“不用，我们的汽车就停在前面。”

“我们都去‘俱乐部’吧，”女记者说道，又冲他微微一笑，“你也来吧，来的时候带上一瓶酒，如何？”

“太好了，”他说，“你说我带什么酒好呢？”

“什么酒都行，”女记者说，“你喜欢带什么就带什么吧。现在我得进行还没有完成的工作，所以我们就在 7 点半左右碰头吧。”

“你还是搭我的车回去吧，”他说，“他们那辆车上人多，可能太挤，还得装这些玩意儿。”

“那好啊，”她答应得挺爽快，“搭你的车我很高兴，谢谢你啦！”

于是他们俩就上了车，我们把摄影器材全都装在另一辆车上。

“你怎么啦，老兄？”这时，约翰尼说，“为什么你的女朋友被别人送回家了？”

“这场进攻战让她心乱如麻，说不出的难受呢。”

“如果看了进攻战而无动于衷的女人不算真正的女人。”约翰尼说。

“这次进攻就是惨败，”另一位摄影师说，“幸好她观察的地方距离前线战场还有一定距离。今后我们可再也不能让她这样近距离看了，不管有没有危险，那种场面恐怕没有几个人受得了。今天以她看的距离来说，就像看一场电影，电影里的一场老式又真实的战斗场面。”

“她真是个善良的姑娘，”约翰尼说，“她跟你可一点儿相同都没有，我的 lice 哥。”

“我也很善良的，”我说，“不过你说错了，应该是 louse，不是 lice，lice 是复数。”

“我就要用 lice，我喜欢用这个词，”约翰尼说，“这个词听起来更强硬。”

他又抬起手擦掉了他在车窗上看到的那几个用唇膏写的字。

“明天不如我们换个花样开玩笑吧，”他说，“现在我们俩总算扯平了，镜子上写字的事就到此为止了。”

“行，”我说，“那就太好了，我很高兴。”

“你呀，lice 哥！”说着，约翰尼用力拍拍我的背。

“告诉你应该用 louse！”

“不，我就用lice，我喜欢这个字，非常喜欢，这个字确实要强硬百倍。”

“去你的!”

“那好吧，”约翰尼笑了，他看起来心情很好，“现在我们又是老朋友了。不过我们都得注意一点儿，不能在打仗的时候伤了朋友之间的情谊。”

你总是这样，碰到件事就要想起点儿什么[①]

“你这篇小说写得可真好！”孩子的父亲说，“你知道你写的这篇文章有多么好吗？”

“我并没有让她把这篇文章给你看，爸爸。”

“你还写过其他什么呢？”

“就写过这一篇小说。真的，我没有让她给你看，可是你说的小说能得奖是真的？”

“哦，她让我给你辅导一下。不过你的文章已经写得非常好了，不用谁辅导了。你只要照这样子继续写下去就行了。对了，你用多长的时间写完这篇小说？”

“我也没有用很长时间。”

“你怎么知道有这么一种海鸥？”

“大概是我在巴哈马听说的吧。”

“你从来没到狗礁去过，你也没看到什么埃尔鲍基。无论是在凯特基，还是在比美尼，你都是看不到海鸥来筑窝，甚至也看不到燕鸥。即使是基韦斯特也只有些最小的燕鸥来筑窝。”

“是的，那种燕鸥我叫它‘该死的彼得’，它们都把窝筑在珊瑚礁上。”

“它们通常就在浅滩上筑窝，”父亲说，“可到底你是怎么知道小说里所说的那种海鸥呢？”

---

① 《你总是这样，碰到件事就要想起点儿什么》是一篇完整的短篇小说，故事以古巴为背景。海明威于1939—1959年间在古巴的“瞭望山庄”定居。

“也许是你告诉我的吧，爸爸。”

“这真是一篇非常好的小说，让我想起了另一篇，那是很久以前看过的小说了。”

“你总是这样，碰到件事就会想起什么。”孩子说。

那年夏天，父亲看到孩子很喜欢看书，于是在他的藏书室里给孩子找了些书让孩子看。如果孩子不去打棒球，也不去俱乐部练习射击的话，他中午就会到这所大房子来吃午餐，每次过来，他最常说的事就是他正在写作。

“如果你想让我看看，就拿来吧，有什么问题尽管问吧，”父亲说，“你记住一定要写你熟悉的东西。”

“我就是写的熟悉的东西。”孩子说。

“我不想监督你做什么，更不想规定你做什么，”父亲说，“不过，如果你愿意，我可以用我们都熟悉的内容，给你列几个简单的写作题目，要知道经常进行这样的练习对写作很有益处。”

“我觉得我的写作还挺顺利。”

“那你就不用给我看了，当你想给我看的时候再给我看吧。你看了《当年在远方》这篇文章了吗？很喜欢吗？”

“非常喜欢！”

“刚才我说出题目，指的是我们一起去逛市场以后，或者去看斗鸡以后，各自写下我们的所见所闻所想，把记忆中最深刻的东西写下来就可以了。哪怕只需要记一些小事情，比如，两只公鸡在斗鸡比赛休息的时间里，鸡主人会抱回大公鸡做个简单调理，他们通常都会扒开鸡嘴往鸡的嗓子里灌点儿酒。诸如此类的事情，看看我们各自都看到了什么，写下了什么。”

孩子点点头，可是很快就把目光从父亲的身上移开，转向面前的盘子。

“要不我们到咖啡馆去玩扑克骰子①，那么你还可以写别人的谈话。也不要一五一十地全写，只要写出你觉得有点儿意思的几句话就可以了。”

“我现在恐怕还做不到这样写呢，爸爸。我就想按我原来的写法那样继续写。”

“照你的想法来做吧。我并不想干涉你，也不想影响你。刚才我说的方法只是一些普通的练习，就像弹琴得练指法一样，我很愿意陪你一起练习。不过这样的练习并不是非做不可的，还有更好的办法都是可以写出一篇出色的小说。”

“我想还是照那篇小说的写法继续写下去吧。”

“这样也好。”父亲说。

父亲心想：我以前像他这么大的时候，比他可差得远了，我认识的人没有像他写得这么好的，也没有像他那样的好枪法。他才十岁就参加过射击表演，而且是跟大人和职业选手比试枪法。结果十二岁就取得射击比赛的资格。他打枪就像一个雷达那么准确，决不轻易向没到射程以内的目标射击。看见那些突然飞起的野禽，绝不会因为慌乱而措手不及。他经常打长尾野鸡或者野鸭，他不但射击姿势优美，而且枪法准确。

每次进行打鸽子比赛，只要他一来到比赛场的水泥地上，从旋转门走进射击栏，那块挂起的黑条纹金属板一显示他的名字，职业选手们全都不说话了，全神贯注盯着他。也只有他上场的时候，全场才会鸦雀无声。他把枪举起来架在肩上，然后低头看了看枪托底部的位置，看它抵在肩膀上什么部位，有些职业选手见状通常都会心地一笑，似乎发现了什么秘密一样。接着他把腮帮靠下，贴在腮上，又把左手伸出去，慢慢移动身体的重心到左脚

① 有一种扑克骰子刻着扑克图案，还有一种骰子引用扑克牌的打法掷出花色，也被称为掷扑克骰子。

上。他的枪口抬起来，很快又低下去，又往左移了移，然后往右移了移，最后才满意地定格在正中。他会把右脚后跟轻轻一提，将浑身的力气集中在弹膛里那两发子弹上。

“预备！”从他嘴里吐出的这两个字低沉而沙哑，一点儿不像小孩子说的话。

“预备！”那个管鸽笼的人随之应了一声。

“放！”他那低沉的嗓音一落，不知从五个笼子里的哪一个笼子又飞出来一只灰鸽，它一蹿，贴着草地箭一般掠过，又飞向那道白色的矮栅栏。打出的第一颗子弹就中了，第二颗子弹也打中了。只见那只鸽子的脑袋立即朝前一冲，从空中就栽了下来。谁也没看清子弹的轨迹，只有射击的行家才看出鸽子被第二颗子弹打中，在空中就中弹死了。

这时，孩子都会面无表情地打开枪筒，走出比赛场地，他低着头眼睛看着地下，就像没听到全场的喝彩声一样。假如这会儿有职业选手称赞他：“好样的，斯蒂维。”就会听到那个沙哑的嗓音说：“谢谢！”

他把枪架好在枪架上，看父亲上场比赛。父亲比赛完以后，父子俩就一起到那个露天的冷饮柜台前面。

“我想喝瓶可口可乐可以吗，爸爸？”

“你最多只能喝半瓶。”

“好吧。刚才真遗憾，我的动作那么慢，以致让那只鸽子抢了风头。”

“那鸽子有冲劲儿，而且飞得很低很低，斯蒂维。”

“如果我动作快一点儿的话，那就谁也不会知道这只鸽子的样子了。”

“你已经打得够好的了。”

“不用担心我，我一定会在接下来的比赛中发挥出应有的水平，爸爸。只喝了这么点儿可乐，绝不会让你慢下来的。”

他开始打第二只鸽子了，地笼的弹簧门刚一打开，鸽子一下子就从暗沟口里窜出来了，可是它刚起飞就被打死了。大家都看得很清楚，这只鸽子被第二枪打中了，而且鸽子落地的地方距离笼子还不到一码远。

当孩子回到休息室的时候，本地的一个射手对他说：“好，这一次你打得很轻松，斯蒂维。”

孩子没说话，只是点了点头，搁好那把枪，又看了看记分牌。可父亲还在四个选手的后面，于是他找到父亲。

“这一次你确实出手很快了。”父亲对他说。

“我在打的时候听见了开笼声，”孩子回答说，“我真不是故弄玄虚，爸爸。我很清楚几个笼子是都有开笼的声音，可是我听到了今天二号笼的声音比别的笼子更响些。看来该给这个笼子上油了。难道谁也没有注意到这件事？”

“我总在听到开笼声以后就转过枪口。”

“是的，可是如果声音特别响，那么就是左边。因为左边的声音特别响。”

此后父亲连打三轮，从二号笼却没有一只鸽子放出来。后来真从二号笼飞出来一只时，他却是一点儿都没有听到开笼的声音，结果他的第二发子弹在很远的地方才击中那只鸽子，鸽子落下来撞在栅栏上，幸好刚落在界内。

“哎呀，爸爸，请原谅，”孩子说，“他们已经上过油了，刚才我真不该多嘴！”

父子俩一起参加了国际射击大赛，那是最后一次。晚上他们闲聊的时候，孩子说：“我实在有些弄不懂，为什么有人打不中鸽子呢？”

“千万不能对别人说这样的行话啊！”父亲叮嘱他。

“我不会对别人说的，可这是我的真心话，怎么也不应该打不中。我只有一次失败了，即便如此也两枪都击中了，只是让它掉在了界外。”

“不管怎么说，你还是失败了。”

“我知道，我是失败了。不过我还是不明白，一个合格的射手他怎么就打不中一只鸽子。”

“也许再过二十年你就会明白了。”父亲说。

“请你别生气，爸爸，我并没有说你。”

“没关系，”父亲再次叮嘱道，“可是一定不能对别人说这样的话。”

这些都是他在对那篇小说、孩子的写作捉摸不透时想到的。虽然孩子很有射击的天赋，但是，要成为一个打飞禽的能手也是得经过训练的。可现在他已经忘掉这个辛苦锻炼的过程了。他忘了，刚开始自己也无法击中目标，是父亲教他扒开衬衫，看一看枪托抵在肩膀上的位置，他曾因位置不对臂膀上都肿了。是父亲教他每次举枪以后，一定要回头看一看枪是否架好，确定枪已经架好了，再招呼人家放鸽子。

他也忘了父亲三番五次教给他的动作要领：跨前一步，把身体的重心落在这只脚上，莫抬头，只需要转枪口就行了。那怎样才能做到移动身体的重心到前面那只脚呢？只要稍稍抬起右脚后跟就万无一失了。于是他学会父亲的口诀：莫抬头，转枪口，快出手。父亲还教他一定要记住，不要考虑得分多少的问题。可是一定要在鸽子刚出笼的时候就击中。瞄准的时候只看鸽子的嘴，如果看不见嘴，就估计嘴巴应该在它应该在的位置，瞄准它。唯一的要求就是出手要快。

这孩子天生就是优秀的射手，但是父亲也一直帮着摔打，希望磨炼他，让他成为一个神枪手。每年父亲都要陪他进行艰苦的训练，以提高射击速度。刚开始，他射击的命中率只有十之六七，后来提高到十之八九，然后一直徘徊在这个水平，过了一段时间后，提高到二十枪内没有一枪失手，可惜的是他始终不能百发百中。

孩子的第二篇小说一直就没有给父亲看过，直到暑假结束。他说他并不满意现在的稿子，他会改到完美了才给父亲看。他还说在这个暑假他过得非常愉快，从来没有的轻松愉快，而且还看了这么多好书，他还感谢父亲没有逼他写作。暑假毕竟是暑假，这个暑假过得真好，是他有史以来过得最痛快的一个暑假了，跟父亲在一起的日子可真是说不出的快乐，好极了。

七年以后，父亲在一本书上看到了当年孩子那篇得奖的小说。那天他在以前孩子住过的那个房间里查阅几本书时，无意中发现了这一本。当他看到这本书的时候，突然就意识到孩子的那篇小说是怎么回事。他记得当年就有似曾相识的感觉，只是未深加查询。他翻开书，果然有这样的一篇，一模一样，连题目都只字未变。原来这本书是一部短篇小说集，其中收录了一位爱尔兰作家的优秀文章。他的孩子把这篇文章一字不漏地抄下来了，甚至题目都没有换。

父亲心想：自从那年夏天，孩子的小说得奖到今天，已经七年了。在最近的五年里，孩子做尽了一切坏事和蠢事，父亲总是宽容地待他，父亲以为，孩子瘸了才会变坏的。而以前孩子一直是优秀的，只是在那最后一个暑假之后的一两年才开始改变的。

现在他明白了，一直以来，这孩子都不算是个好孩子。现在回想起来，他总会觉得这是他作为父亲的悲哀，因为他才明白射击根本不能促使人进步！

大陆来的大喜讯[①]

猛烈的南风已经持续刮了三天，王棕树灰色的树干被刮得弯了腰，长长的棕叶也被刮倒过去，弯着身子似乎马上就要脱离树干，在前面独立排成一行似的。风并没有因此而减弱，反而愈刮愈猛，暗绿的叶柄被风撕扯着，只听见拼命嘶叫的声音，后来也纷纷被风扼杀掉。杧果树的枝丫也挣扎了一阵，徒劳无功，啪嗒啪嗒地掉了。杧果花被南风带来的热浪烤得枯焦，花梗都干瘪了。地上的草也枯萎了，泥土里的水分都被风带走了，随风而来的是漫天灰尘。

这样的大风整整刮了五天五夜，风息以后，全是一幅灾难的景象：王棕树的叶子大半都僵僵地吊在树干上，死了；还没有成熟的杧果，有的被吹落到地上，没有被吹落的也在树上干死了，花蔫了，花梗都枯萎了。今年的杧果可算是全完了，一点儿收成都没有了。其他的作物也不例外。

跟大陆的电话终于通了，他赶紧说："喂，辛普森医生。"话筒里传来那破哑嗓子发出的声音："是惠勒先生吗？哎呀，惠勒先生，今天你的孩子可把我们大家都担心死了，真的。我们照例会在电休克治疗以前给他用喷妥撒纳这种麻醉剂，以前我就注意到他对于喷妥撒纳的耐药力很强。以前他有没有弄过什么跟麻醉剂有关的玩意儿？"

"据我所知他没有。"

"真的没有？可也是，没有什么稀奇古怪的事。我们今天可算是真的领教了，我们五个大人被他弄得像小孩儿一样手足无

① 《大陆来的大喜讯》也是一篇完整的短篇小说，以古巴为背景。

措。真的，我们五个大人都变成孩子了，只能延期他的治疗。是的，他如此害怕电休克这很不正常，是没有理由的，所以今天我给他用了一些喷妥撒纳，但是我认为，今天不能给他再做这种治疗了。你也别着急，我倒认为今天有个现象值得我们高兴。今天他没有跟我们闹一点儿别扭，惠勒先生。以前还从没有这样的好现象，看样子这孩子确实进步了，惠勒先生。今天我还夸奖他呢。当时我就夸他：'斯蒂芬，我一直都不知道你竟然这么懂事呢。'你一定会满意目前他在这里的情况的，并且会夸奖他的。今天那件事发生以后，他给我写了封信，那封信写得可真有趣。我这就给你寄过去。你以前收到过我寄给你的信吗？哦，是了，是了，那一定是什么事情耽搁了寄信。我的秘书负责这些事情的，他总有做不完的工作，不用说，你会理解的，惠勒先生，因为我可是非常忙啦。的确如此，他不肯接受治疗时就开始骂人，而且确实难听，难听到极点，不过后来他也向我道歉了，这样看来他很有绅士风度。如果你看到孩子现在的模样就好了，惠勒先生。现在他十分注意自己的仪容了，看上去就是一位大学生，一位标准的时髦青年。"

"接下来你们会怎么给他治疗？"

"你放心，我们会给他治疗的。我认为首先得加大一倍喷妥撒纳的用量，他对这种麻醉剂的耐药力真是让人吃惊啊。你肯定知道，目前进行的这些治疗都是按照他的要求增加的，听起来他似乎有点'自虐狂'，在那封信里面也能看出他透露出这样的意思。不过我觉得你不用担心，没关系，这孩子对现实已开始有点儿明白了。我现在就给你寄信过去。看到信你一定会为孩子现在的情况感到欣慰的，惠勒先生。"

"你们那边天气好吗？"

"什么？哦，你说天气呀！我看这样的天气也许就是这个季节的特点吧，只不过今年未免有点儿过分。是啊，今年是和往年不太一样，其实今年的天气的确有点儿怪。有事的话就跟我们电话联系吧，惠勒先生。总之孩子现在的情况有所进步，那我想不出还有什么让我着急、让我担心的呢。我这就给你把他的信寄去。我看这封信不能不算写得蛮漂亮的。是的，惠勒先生。哦，不，不，惠勒先生。知道吗，惠勒先生，我认为他目前一切都非常顺利，根本不用担心。你想跟他通话吗？好的，我给你转到医院的电话。可是我想也许明天通话更好，因为他刚做完治疗，难免会感到劳累，明天吧，明天通电话会好些。你说今天并没有给他做治疗？是的，是的，我都说糊涂了，你说得一点儿不错，惠勒先生。只是我觉得就目前的情况来说，这孩子体力比较差，担心这样的事会让他很吃力。对，是的，明天才做治疗，我必须增加喷妥撒纳的用量。这是他自己要求这一系列治疗的。那么你后天再给他打电话吧，明天他做完治疗，到后天也休息好了。是的，惠勒先生，就这样。你不用担心也不用着急，他现在有这样的进步算是最好的效果了。今天星期二，那么你就星期四再打过来跟他通电话吧，那天什么时候都行。”

一直到星期四南风更加猛烈了。不过现在看来再强劲的风也不能对树木造成什么危害了。棕榈树那些焦黄枯死的叶柄最多被风吹折罢了；杧果树那些残留在花梗上的一两朵花最多被热气烤蔫罢了；而杨树的叶子会被风吹得有些发黄。还有游泳池，会积起一池的尘土和落叶。虽然有纱窗隔着，尘土还是可以吹进屋里来，无论是书里，还是画上尘土都落得满满的。奶牛都伏在栏里，即使背着风，它们嘴里也都是含着沙粒的草料。惠勒先生当然记得，大风总会在四旬斋期间①刮起来，因此也被叫作四旬斋风潮。故而当地人会给每一场恶风起一个名字，而这些恶风也常常被一些蹩脚作家拿来做文章。他可从来不想写这样的事，比如

① 复活节之前的四十天，有守斋悔罪的习俗，纪念耶稣曾经在荒野禁食，称为“四旬斋”。无论是天主教还是东正教，甚至耶稣教中某些教会都会有这样的规定。

他坚决不写那蹩脚作家写的句子：那些棕榈树的叶梗被狂风刮落，在树干前面倒挂着，形成整齐的一行，就像一排少妇背风而立，风把她们的头发吹向前方；他也坚决不写“他们在起风前一天晚上散步的时候闻到阵阵杧果花香”“蜜蜂在窗外杧果花丛中嗡嗡地飞舞”。其实这样的时候，蜜蜂早就不见了影踪。他也坚决不用外文称呼这种风。那些蹩脚文章就会以风的各种外文名字为题，敷衍成篇。这样的文章简直太多了，他甚至能说出几大筐这样的名目。此刻，惠勒先生正用笔在写文章，他一个字一个字地写，他实在不想在这四旬斋风潮中拿出那个打字机来用。

有一个跟他儿子同龄的小伙子在他家里打杂，这个小伙子跟他的儿子一起长大，是形影不离的朋友。这时那个小伙子走了进来：“打给斯蒂维的电话已经接通了。”

“嘿，爸爸，”话筒里传来了斯蒂维那种沙哑的嗓音，“我很好，爸爸，我一切都好，真的。我从来没有像现在这么痛快过。现在，那些个劳什子全都被赶跑了，我现在就是那种难以想象的痛快，眼前的一切我又能清清楚楚地看到了。你问辛普森医生，是吗？哦，他也很好。我相信他，他可真是个好人，爸爸。我真的相信他，我对他也很有信心。他总是那么平易近人，还准备给我增加治疗次数。你们都好吗？那就好。你问这里的天气呀？还行吧。我的治疗并没有遇到什么困难。真的，一点儿困难都没有。我很好，一切都好。我也很高兴听你说一切都好，现在我算是明白了。那就说到这儿吧，别再浪费电话费了。代我向大家问声好。嗯，再见了爸爸，咱们见面再说。”

“斯蒂维向你问好呢。”惠勒先生放下电话，对打杂的那个小伙子说。

小伙子也想起当年的情景，愉快地笑了。

“谢谢他的关心。他好吗？”

“好，”惠勒先生说，“他说一切都很好。”

那片陌生的天地[①]

迈阿密的天气又热又闷，从大沼泽吹来的陆地风把蚊子也随着吹过来了，早上也有很多。

“快走吧，”罗杰说，“我必须得去弄点儿钱，你汽车方面懂不懂？”

“不怎么懂。”

“看看报纸，在那些分类广告里找找，了解一下有谁出让什么样的汽车，我现在就去弄点儿钱，让他们汇到这里的西联[②]。”

“这样你就能拿到钱了？”

“只要我的电话打通以后，我就能让我的律师立刻汇钱过来。”

他们住在比斯坎湾大街的一家旅馆，房间在十三楼，他们拜托旅馆的服务员下楼去帮他们买报纸和其他一些东西。他们在这里租了两个房间，房间下面就是海湾，从房间的窗户向外望去，能看到一座公园，大街上车辆来来往往的。在登记的时候，他们都用了真名。

“你就住这间吧，转弯处的这间，”罗杰说，“也许这个房间能吹到海风。我住那一间，为了方便打电话。”

---

① 《那片陌生的天地》是海明威一部没有完成的小说的前四章。在1946至1947年间及1950至1951年间，海明威写了这部小说，不过写一阵又停一阵。1970年出版的《岛在湾流中》是海明威的遗著，那部作品有个初稿就以未完成的这个片段作为故事起源写下去的。海明威后来在写《岛在湾流中》时，明显改变了小说原来的创作思路，删去了这几章。而且在《岛在湾流中》终稿中，作者重新使用了这个片段中的一些人名，把它们冠名给另外一些人物。即便如此，仍然能看出《那片陌生的天地》这个短篇本身的统一与完整。

② 西部联合电话电报公司。

“要我帮忙吗？”

“你现在可以帮我看看这份报纸，找找分类广告里那些出让汽车的消息，我看另一份。”

“我们要找什么样的车？”

“跑车，关键是轮胎一定要好，尽量挑最好的出来。”

“你认为我们能弄到多少钱？”

“我想向他们要五千。”

“那太好了，他们能给你这么多吗？”

“我不知道，现在我就去打电话确定。”说完，罗杰走进隔壁那间房。房间的门刚关上，又立刻打开了，他问：“你还爱我吗？”

“这还用说吗，”她说，“趁现在服务员还没回来这会儿，请你亲亲我吧。”

“好的。”

他紧紧地把她拥在怀里，一个劲儿地亲。

“这就对了。”她说，“可是为什么我们要把房间分开呢，一间不就够了？”

“我估计领汇款的时候他们可能会查对我的姓名。”

“是吗？”

“如果我们运气好一些，就不用在这里住一晚了。”罗杰说。

“真的？这么快就能走？”她问。

“如果运气好的话。”罗杰说。

“那么我们是否可以用吉尔奇夫妇这个名称？”她问罗杰。

“用斯蒂芬·吉尔奇夫妇合适些。”罗杰说。

“我看还是称呼斯蒂芬·布拉特·吉尔奇夫妇更好。”她说。

“我必须得赶紧去打电话了。”罗杰说。

“你快点儿啊，别去太久哦！”

他们来到一家海鲜餐馆，这个餐馆是希腊人开的，他们准备在这里吃完午餐后离开。这个餐馆是有空调的，在酷热的城市里就像是沙漠中的一片绿洲。菜也货真价实，都是海味，只不过比起埃迪海鲜馆，就像是一锅反复煎的锅底陈油跟刚见黄的鲜白脱相比。不过罗杰很喜欢餐馆的那瓶希腊白葡萄酒，味道清凉醇正，淡淡地带着一股树脂香。他们还要了樱桃酱馅饼做饭后甜点。

“我们去希腊吧，那儿的海岛很多。”她对他说。

“你没有去过希腊吗?”

“只有一年的夏天去过，我非常喜欢那里。”

“我们一定会去的。”

两点钟的时候，钱已经汇到西联。不过，只有三千五。虽然不是他们所希望的五千，但3点半，他们已买回了一辆别克牌跑车。虽然是二手车，但里程计显示却只跑了六千英里。车上还有两个很好的备用轮胎，挡泥板也完好无损，车上还配有收音机，车前带有大反光灯，车后还有一个容量很大的行李箱，车的颜色是沙色的。

赶到5点半时，他们又买齐了所有的日用品，并且结了账走出旅馆，此刻旅馆的门卫正在帮他们把旅行袋装进车里。天气依然那么热，热得要命。

罗杰穿着一身厚厚的军装，热得满头大汗，在亚热带夏天穿这样的衣服，相当于在拉布拉多①的冬天只穿一条短裤那么难受。他拿了小费给门卫，然后上了车，开着车沿着比斯坎湾大街一直向前行驶，后来又向西拐，驶上了那条去科拉尔盖布尔斯②以及

① 拉布拉多是一个半岛，位于加拿大东部，地处高纬度地区，拉布拉多寒流从岛的东岸经过，因此，那里气候冷湿。

② 迈阿密西南部的一个城镇。

“泰迈阿密小道”[①] 的公路。

“你觉得快乐吗？” 他问那姑娘。

“真是太快乐了，你说这一切都是真的吧，不会是做梦吧？”

“不会，肯定是真的，你看这么热的天，而且我们要了五千却只拿到三千五。”

“那你认为这辆车我们是不是买贵了？”

“不贵，一点儿都不贵。”

“买过保险了吗？”

“买了，还加入了三 A 会[②]呢。”

“我们的行动称得上特别迅速吗？”

“简直是神速。”

“剩下的钱你都带在身上啦？”

“当然，都放在衬衫口袋里，而且用别针扣着呢。”

“那可是我们的小金库。”

“也是我们现在全部的家产了。”

“你估计这笔钱够我们用多久？”

“当然不能只靠这笔钱维持生活，我还会去挣一些。”

“可是至少我们得靠这笔钱维持一段时间。”

“那是当然。”

“罗杰。”

“嘿，小妞儿。”

“我想知道你爱不爱我？”

“我说不清。”

“那你说你爱我吧。”

“我真的说不清楚，不过我一定会慢慢把这些理清楚的。”

---

① 这是个历史遗留的名称，现在是国家公路中的一段。

② 指的是美国汽车协会。

“可我却是非常爱你。爱死你了，爱死你了，爱死你了。”

“希望你一直这么爱我，我会觉得这是对我的支持。”

“你到底为什么不愿意说爱我，为什么呢？”

“以后再说吧。”

本来一路上她都把手放在他大腿上的，现在却缩回去了。

“好吧，”她悻悻地说，“以后就以后说。”

他们的汽车正沿着那条通往科拉尔盖布尔斯的公路向西驶去，很快便穿过了迈阿密郊外，那里景色比较单调，苦热不堪。而在路边，还能看到一些店铺、加油站，以及市场。不断有车辆从后面超上来，这是因为这个时候正是人们离开市区着急回家的时候。没过多久，科拉尔盖布尔斯从道路左方闪过：一座座楼房，有威尼斯式的矮窗，在佛罗里达的这片草原上耸立着。而当年的沼泽地上，那条笔直的被太阳烤得发热的公路向远处延伸。这时候，罗杰也加快了速度，汽车飞驰向前，划破沉闷的空气，一阵阵气流从仪表盘上的通气孔，以及斜开的通风窗里钻进车里，顿时感到清凉起来。

“这辆汽车还挺漂亮的，”姑娘说，“我们买到了这辆汽车算是挺幸运的吧？”

“非常幸运。”

“看来我们的运气不错，你说是吗？”

“目前看来确实是不错的。”

“你对我太没有信心了。”姑娘郁闷地说。

“别误会，不是那样的。”罗杰赶紧解释道。

“我们难道不能好好地在一起，快乐地过日子吗？”

“我们现在不是很快乐嘛！”

“可是你的语气显露着你根本不像快乐的样子。”

“好吧，那么就像你说的，我不快乐。”

“那么你就不能快乐起来吗？你看，像我这样才是真正快乐。”

“我一定会快乐的，”罗杰说，“我保证。”

罗杰一直盯着面前这条公路，他不知道自己有多少次开着车行驶在这条公路上。只要一看到前面延伸到地平线的路面，他就知道准是这条路，路的两边有沟渠，也有森林，还有沼泽。现在，虽然还是行驶在这条旧路上，可是车子换了，而且坐在身边的人也变了。每当想到这些，先前那种无名的空虚又涌上心头，他意识到必须控制住这股情绪。

“我爱你，小妞儿，”于是，他说，虽然这并不是他的真心话。不过说出来之后倒也像那么回事，于是他就继续了，“我非常非常爱你，相信我，我一定会对你好的。”

“还要感到快乐。”

“一定会感到快乐的。”

“那就太好了，”她说，“现在我们俩的行程开始了吗？”

“我们不是早就行驶在路上了吗。”

“那么我什么时候才能看见那些飞禽呢？”

“在这个季节，飞禽可在遥远的地方呢。”

“罗杰。”

“哎，布拉特钦。”

“如果你真感到不快乐，不必装出快乐的样子。反正我们往后的日子还很长呢，快乐的时间有的是。我也不想问你现在的心情怎么样，我就代表我们俩好好地享受快乐吧。今天我可真是太高兴了。”

他看见前方的道路已经向右拐了，而接下来却不是往西，折向西北，就进入那片森林沼泽地了。现在可好了，他松了一口气。再走一会儿，他们就能看到枯死的柏树上那个很大的鱼鹰窝了。而刚才车子驶过的地方，就是当年他打死那条响尾蛇的地方。那一年冬天，他跟戴维、戴维的妈妈一起驾车经过这里，那时安德鲁还没有出生。那一年，他们俩先是到大沼泽地的贸易站去转转，在那里买了塞米诺尔人①的衬衫，然后回到汽车里就穿了起来。他把那条大响尾蛇打死后，把它卖给一帮赶来做买卖的印第安人。他们很喜欢这条蛇，他们说这种蛇的皮质地极好，并且带着十二颗响环。至今罗杰还记得那条耷拉着脑袋的大蛇，尽管脑袋已经被砸得几乎看不清，但看起来仍然那么大，提在手里感觉又粗又沉，印第安人接过那条蛇却高兴地笑了。在那一年，他居然还打到了一只野火鸡，当时正是旭日东升的清晨，浓雾渐渐散开，银白色的雾里渐渐显出一棵棵柏树黑黑的身影，一只赤铜色的野火鸡突然从雾气里闯出来，横穿公路，只见它昂起了漂亮的头，大踏步走，随后它觉察到了什么，就把头一缩想逃跑，但没有跑掉，他扣动扳机，随后就看见野火鸡扑通一声倒在路上。

"我很高兴嘛，"他对那姑娘说，"我们将要到达的地方可非常有趣。"

"今天晚上我们能到哪里？"

"别担心总有地方落脚的。你看，到了海湾这一边②，陆地风就不会吹过来了，吹来的是凉爽的海风。"

"那可好极了，"姑娘说，"我们就不用像第一个晚上那样在刚才那家旅馆里过了，那可真是难受啊！"

"我们的运气很好，居然不用继续难受地窝在那里。真没想到这么快就能从那里走。"

"不知道现在汤姆怎么样了？"

---

① 那是当地的一个印第安人部落。

② 指佛罗里达州西岸，濒临墨西哥湾。

“他一定感到寂寞。”罗杰说。

“他是个了不起的人吗？”

“他是我的朋友，最要好的朋友，而且也是我心中的道德典范，我一直视他为父兄，他也给过我很多经济上的援助。他几乎就是个圣人，而且是个乐呵呵的圣人。”

“我从来没见过像他这样的好人，”她说，“看见他那么爱你，那么爱孩子们，无论是谁见了都会感动得流泪的。”

“希望孩子们能够陪着他好好地过这个夏天。”

“你不会是想他们想得发疯了吧？”

“这我不知道，我只是一直都非常想念他们。”

那次打到野火鸡以后，就把它放在后座上，那是一只很重的火鸡，摸上去还暖呼呼的，它有一身铜色的羽毛漂亮极了，也非常耀眼，不像家养的那种只有蓝色和黑色，戴维的妈妈兴奋得说不出话来。过了好一会儿，她才说：“让我先抱着吧，待会儿我再把它放到后边去，我要好好看看。”于是，他在她膝上垫了一张报纸，她的胆量还挺大的，只见她托着那只火鸡，把它满是血污的脑袋塞进翅膀，又用它的翅膀把血污掩得严严实实，然后就坐在那里，抚摩火鸡胸脯上的羽毛，一直摸啊摸啊，罗杰只顾着开车并没有看她。最后听见她说：“现在已经完全凉了。”于是她重新抱起火鸡，放在后座上，她还说：“谢谢你让我玩这么久，刚才我真舍不得放下呢。”当时罗杰一直握着方向盘，还转过头去吻了她一下。她又说：“罗杰呀，我觉得我们太幸福了，而且我们永远都会这样幸福的，是吗？”他还记得她说这句话时，是在车子正好驶到前边的第二个转弯处。他看看窗外，太阳已经落到树梢上，仍然不见飞禽的踪影。

“你不会因为想念他们，就没有心情爱我了吧？”

“不会的，真的。”

“我非常明白你现在的感受，可是你不可能一辈子都留在他们身边陪他们呀，是吧?”

“是的，所以你完全不必担心，小妞儿。”

“我喜欢你叫我小妞儿，我很高兴你这么叫，再叫叫我。”

“那只有在一句话结束的时候那么叫一声才自然，”他又说，“小妞儿。”

“或许因为我年纪比你小得多的原因吧。”她说，“我非常喜欢这些孩子，那三个孩子我都喜欢，我认为他们都是很好的孩子。在见到他们以前我从来没有看到过这么可爱的孩子。可是安迪年纪那么小，我不可能嫁给他，而且我爱的是你呢。所以我告诉自己忘记他们，永远跟你在一起，一起享受幸福。”

“你很好。”

“不，我才不好呢，我这个人有很多缺点。但我很清楚什么是爱。我不知道自己什么时候开始爱上你的，不过当我爱上一个人的时候，我会尽量注意自己的行为，并改掉那些缺点的。”

“能这么做就很了不起了。”

“哦，我会改得比现在好得多。”

“我觉得现在你就很好了。”

“那好吧，暂时就做这些。罗杰啊，我觉得自己太幸福了。今后我们永远都会这么幸福吗?”

“当然，小妞儿。”

“一直都这样幸福吗?这句话是多么傻呀，我知道我不该问，我又有一个那样的妈妈让我很担心，而你呢，又是见过那么多世面的人。不过我还是相信我们会很幸福的，我完全相信。因为这辈子我能做的就只有爱你，既然我会做到这一切，那么我就可以享受幸福喽，是吧?求你了，告诉我这是可能的。”

“我想是吧。”

他以前可不是这样说的，而是把“可能……”“可能……”这样的话挂在嘴上。虽然是在别的车里，而且在别的国家。但是就在这个国家他也说了那么多的“可能”，而他内心也确实相信这是可能的，因为所有的事情都是可能的。以前事情就是如此，比如在这条路上，就是目前的这一段道路，右边是运河，河水清澈透明，缓缓向前流淌，以前在这条运河里很有可能有印第安人撑独木舟，可是现在没有了。只有以前才有这样的可能，而且那是在飞禽销声匿迹以前，是打到野火鸡以前的几年。在那一年打死大响尾蛇的时候，他们还看到印第安人在这条运河里撑着独木舟呢。一只雄鹿横放在小舟前面，白颈白胸，细长的鹿腿被高高地搁起，蹄子那么纤巧，犹如一颗破碎的心，雄鹿的鹿头朝着那印第安人，头上刚刚生出来一对漂亮的鹿角。他们停下车，向那印第安人打招呼，可是他听不懂英语，只是朝他们咧嘴一笑，放在印第安人船头的那只小雄鹿虽然已经死了，却仍睁着大大的眼睛，直直望着那印第安人。那时可能看到这样的事，在那以后的五年里也有可能看到这样的事。可如今呢？如今没有那些可能了，物是人非了，不过只要还有实现的希望，哪怕是一丁点儿希望，他觉得都必须提出来。即使于事无补，也不能不提，因为不提的话可能连希望都没有了。所以他不能不提，因为提出来，希望才会有，才会有去实现希望的信心，而怀着这样的希望和信心，也许真的会实现这些可能。他心想：“也许”这个词语真是丑恶，尤其是在“雪茄烟抽到尽头”① 之时，这个词儿更没用。

“你有没有带烟？”他问那个姑娘，“还不知道那个打火机能不能打燃呢？”

“我没有试过，一直都没有抽过烟呢。我早就已经不紧

① 这里指的是“山穷水尽”的意思。

张了。”

“原来你是不紧张就不抽烟吧?”

“不抽，我平常都不抽。”

“那么打打那个打火机。”

“好的。”

“原先你是跟谁结婚?”

“嗯，我们不说那件事，我不想说。”

“好的，不说。我只是问他姓什么叫什么名字?”

“反正你也不认识他。”

“你不想告诉我吗?”

“不想，罗杰。我一点儿都不想提。”

“那么好吧。”

“请原谅，”她说，“他原来是个英国人。”

“原来?”

“是的，他是个英国人，只不过我说话总是喜欢添上‘原来’两个字。刚才你不也用了这两字吗?”

“‘原来’是不错的两个字，”他说，“比‘也许’可要好很多。”

“既然你都这么说，那就很肯定吧，反正我也不懂，但是我知道你不会错的。罗杰。”

“哎，小妞儿。”

“你感觉好些了吗?”

“是的，好多了，非常好。”

“那好吧，我告诉你吧，那是直到后来我才发现他是如此放荡、可恶的家伙。以前他装得挺像，没有露出一丝一毫的形迹。真的，我肯定是爱得糊涂了吧，可他深藏不露，表面上看起来却是一表人才。你肯定知道这样的人都是表里不一的，但我不知道。后来我终于发现了他的底细，而且很快就发现了。实话跟你说吧，当天夜里我就发现了。好了，不说这事了，好吗？"

"可怜的海伦娜。"

"别那么叫我，还是叫我小妞儿吧。"

"哦，我可怜的小妞儿、心肝宝贝。"

"叫心肝倒也挺好听的。但是你不要又叫小妞儿，又叫心肝，那样显得就不搭了。其实我妈妈认识这个人。那时候我想，为什么妈妈看到我与他在一起时却不告诉我他是这样的人呢？事后她才说她从来没有留意过他是怎样的人。我问她：'为什么你不去多留意一下呢？'她说：'我认为你应该知道自己在做什么，不用我多管闲事。'我说：'难道你不能告诉我他是怎样的一个人吗？你为什么提前很早不告诉我？你一点儿也不担心我？难道就没有谁能跟我说的？'她却说：'宝贝儿，别人都认为这感情是你自己的事，你会处理自己的事情的。大家都这么想的，他们也都以为你是根本不会在乎这些事的，况且咱们这个岛上这种人多的是，这是谁都知道的，我当然以为你已经知道这些事啦。'"

此刻她坐在他身旁，直挺挺地坐着，一动也不动，说话的腔调也平淡无奇。她没有学当时的口吻来说，仅仅只是复制当时所说的话，至少是按记忆中的原话复制的吧。而且听起来罗杰也认为那的确像是原话。

"妈妈可真会说，她的嘴一向是那么甜，"她说，"那天她跟我说了好多她有理由的话。"

"忘记吧，"罗杰说道，"我们把不愉快的东西全都忘记了吧，忘得干干净净。现在就做，把这些东西丢在路边就好了。如果你有什么烦恼需要排遣的时候，随时欢迎你对我说。现在我们忘记那些事，彻底地忘记，把它们全都丢掉。"

"我正希望这样呢，"她说，"而且正在努力这么做，刚才我还说了别谈这事好吗?"

"是的,你说了,请原谅。不过我心里很高兴,因为现在你已经丢开那些事情了。"

"你真是个好人,不过也不用这么反复地告诉我,听起来就像念咒语、驱魔似的。就像我会游泳所以不需要救生圈。他呀,他原来的确是仪表堂堂,真的。"

"痛痛快快地说吧,如果你还想说的话。"

"别这么说了,此时你有一种优越感,即使你尽量地表现得谦和,但看起来仍那么不可一世,连语气也有点儿。我说,罗杰。"

"什么,布拉特钦。"

"我已经深深地爱着你了,以后我们就不要这么做了,不再来这一套,好吗?"

"好的,你说得对。"

"我很高兴你这么说,我们高兴起来,永远不提这些,好吗?"

"好极了。你看,"他对她说,"那边的飞禽,这可是我们看到的第一批飞禽。"

就在道路左边,那一片隆起在沼泽里的柏树那儿,看起来就像个树岛,飞禽停在黑沉沉的枝叶丛中,阳光照在它们身上,它们白色的身影显得非常清晰。太阳沉下去了,那些飞禽也纷纷飞起来,在天空中可以看到它们白色的身影缓缓掠过,它们的腿是长长的。

"它们准是到树林里过夜来了,白天它们都在沼泽地里觅食。仔细看,它们的翅膀向后一收,那长长的腿就往前面伸,那时候就是准备着陆了。"

"我们能看见鹭吗?"

“你看，那不是?”

这时候，汽车停下了，隔着那片越来越暗的沼泽地，林鹭拍着翅膀在空中回旋着，最后全都降落在沼泽地的另一个树岛上。

“这种鹭以前栖息的地方可比现在要近得多，感觉现在有些遥远了。”

“希望明天早上我们还能看到这些鸟。”她说，“现在车子停了吧，我调杯酒给你喝吧?”

“一边走一边调吧。如果一直停在这里，我们就会让蚊子饱餐一顿了。”

他发动了汽车，有几只蚊子早就飞进了车里，那是“大沼泽地种”特殊品种，又大又黑。他赶快把车门打开，挥舞着一只手猛轰猛赶，蚊子也就被这一阵风给轰了出去。姑娘在随身带着的包里边找了下，从里面拿出两个搪瓷杯，然后拿出一瓶苏格兰威士忌，这是一瓶纸盒包装的白马牌威士忌。她又拿出餐巾纸把两个杯子擦干净，从那个纸盒瓶里托着给杯子倒上酒，接着打开保温壶，取出冰块加在酒里面，最后冲上苏打水。

“干杯，为了我们的幸福。”说着她递给他那个冰凉的搪瓷杯，他一只手接过来，慢慢地喝着，而他的左手始终把在方向盘上，眼前的道路已经变得昏暗不堪了。又过了一会儿，他打开车灯，两道亮光立刻驱散了前面的黑暗，这下很远的地方都能看见了。两个人就这样一边开着车，一边喝着威士忌。这瓶酒开得正是时候，喝了酒以后他们感到心里舒畅多了。罗杰心想：看来喝酒不是完全没有好处，只要在恰当的时候喝。酒真的是很好的东西。现在这杯酒，就完全发挥出它最好的作用。

“把酒倒在杯子里喝，总有点儿黏糊糊的感觉，而且滑溜溜的。”

“因为那是搪瓷杯。”罗杰说。

“不过搪瓷杯最方便，”她说，“酒味不错，是不是?”

“整整一天了，我们还是第一次喝威士忌酒呢。不过午餐时候的那瓶树脂香葡萄酒也挺好喝。恐怕能算我们的好朋友的，我看只有这种‘醉死大老虎’的玩意儿。”他说。

“你给酒起的这个名字真有意思。你们都是这样的吗，都叫威士忌‘醉死大老虎’?”

“那可是打仗时候的事。我们就在打仗的时候无聊地发明了这么个名字。”

“老虎之类的大家伙可没办法在这里的树林里藏身。”

“是呀，那些大家伙恐怕早就被打完了。”他说，“很可能他们坐了那种沼泽地专用大车，就是轮胎奇大的那种车到处搜索，藏也无处藏。”

“那一定很麻烦吧，我看还是喝一搪瓷杯‘醉死大老虎’最省力了。”

“其实用铁皮杯子装酒喝最好，我说的是味道比这还要好。”他说，“不说它醉不醉老虎的事，光是那种酒味就让你心满意足。不过那样喝必须得有冰凉的泉水，最好先把杯子在冰凉的泉水里冷却一下。看到泉水时你也能看到泉水里面直冒气泡，还能看到一小股一小股的沙子也直往上冒。”

“我以后也能尝尝吗?”

“当然可以，一定让你尝遍所有的东西。如果给酒里边再加上点儿野草莓，那味道就别提有多美了，呱呱叫啊。有时候我是先加上柠檬，把柠檬切开，挤出汁水，然后连皮把柠檬一起放进去。然后捣烂野草莓加到酒里面，最后再从冰窖里取一小块冰出来，把上面覆盖的锯屑冲干净，放进杯子里，这时再把威士忌倒进去，同时还要不停地搅拌，一直搅，直搅到整杯酒都变得冰凉。”

“不加水了？”

“不用加了，冰化以后就有水了，再加上加进去的草莓汁和柠檬汁呢，已经足够了。”

“现在我们还能摘到野草莓吗？”

“肯定能的。”

“能采到做一个松饼那么多的野草莓吗？”

“我保证能。”

“唉，还是别说这些，说到吃我肚子就饿了。”

“还有大概一杯酒的路程，”他诙谐地说，“喝完这一杯酒，我们也该到了。”

这时候，天完全黑了，汽车在夜色中行驶，沼泽地黑乎乎地匍匐在路的两边，车灯明晃晃地仍然照向前面很远的地方。酒驱散了往事的阴影，就像车灯驱散了黑暗的夜色一样，罗杰说：“小妞儿，再给我调一杯吧，如果你愿意的话。”

她很快就调好了酒，说：“不如我帮你端着酒吧，你想喝的时候我就端给你喝如何？”

“我自己拿着，开车没什么妨碍。”

“我帮你拿着也没关系呀，反正你喝过酒以后很痛快，是吗？”

“说不出的痛快。”

“你太夸张了吧，就说很痛快就行了。”

车的前面已经可以看到灯光了，表明那是一个村子，那是开林拓地那会儿建起来的，罗杰就从左边那条路拐进去。汽车经过一家杂货店，接着是一家百货店，然后又经过一家餐馆，沿着一个人影都没有的平坦的街道驶去，看得出来这条街道是通往海边的。于是到了一个转弯的地方，他拐向右边，就行驶在另一条平坦的街道上了，又经过了一些空地，一些稀稀落落的房屋，最后他们看到一个灯光标志，是加油站，还看到一个霓虹灯广告牌，那里有一个汽车旅馆，独立小屋式的汽车旅馆。那个广告牌还说这些小屋是一律面朝大海的，而且海边还有通往附近的公路干线的道路。他们的车就停在了加油站。从加油站里走出来一个中年男人，应该是老板了，他的脸色在广告牌灯光的照耀下发青，罗杰请他检查一下车子的油、水系统，并且告诉他把汽油加满。

“这里的小屋怎么样？”罗杰问他。

“很好啊，老板。”那人说，“小屋是又漂亮，又干净。”

“那里的被单干净吗？”罗杰又问。

“它有你想象的那么干净，你们准备在这里住一晚？”那人问。

“如果不走就在这里住一晚。”罗杰说。

“住一晚只要三块钱。”那人说。

“让这位太太到那里去看看行吗？”

“当然行，这里的床垫是非常舒服的，床单是一尘不染，而且每个房间都有淋浴，都是两头通风的，非常凉爽，房间里所有的卫生设备都是新式的。”

“我去看看吧。”姑娘说。

“给你一把钥匙，保管瞧得上，你们是从迈阿密开车来的？”

“是的。”

“我也觉得西岸那边比较好。”那人说，“这辆车的油、水系统都很好，没问题。”

这时，姑娘从小屋里回来。她说：“我看到的那间倒是很不错的，而且是凉爽的。”

“现在的风都是从墨西哥湾吹来的。”那人又说，“天气预报说今天晚上的风向不会变的，明天一天也是这样，有可能星期四还会持续半天。你试过屋里的床垫了？”

“看上去还不错。”

“我的太太很勤快，总是把那里拾掇得看不见灰尘的影子，有时候我觉得她太傻了。你瞧她收拾这几间屋子累得都快倒下了，今天晚上我让她去看戏了，放松放松。你知道，洗那些东西最费事了，可她都洗得干干净净。好了，请看，正好九加仑油。”说完他走过去挂好油泵的软管。

“你有没感觉到这人有点怪。”海伦娜悄悄地对罗杰说，“不过那小屋倒是挺好，也很干净。”

“怎么样，打算在这里住下吗？”那人问。

“好吧，”罗杰说，“就在这里住一晚上，希望和你想的一样。”

“那么请您在登记簿上登记一下。”

罗杰在登记簿上填了“罗伯特·哈钦斯夫妇，迈阿密海滨道9072号”，写完还给他那个登记簿。

“你跟那位教育家[①]是亲戚？”那人一边在登记簿上记下罗杰的汽车牌照号码，一边问他。

“很遗憾，没有一点儿关系。”罗杰说。

“其实不用感到遗憾，”那人说，“他也没什么了不起的，只不过我们刚才在报纸上看到了一些关于他的消息。你还需要什么？”

“不用了，待会儿我自己开车进去，我们的东西不多，自己搬就行了。”

“好的，三块钱，加汽油九加仑，加上州税一共是五块半。”

“附近有吃饭的地方吗？”罗杰问。

“镇上还有两家餐馆，两家差不多大小吧。”

---

① 这里指的是罗伯特·梅纳斯·哈钦斯，是美国的著名教育家。

“你喜欢哪一家?”

“听别人说绿灯很不错。”

“我怎么好像听说过这家餐馆的名字,”姑娘说,“不过我已经不记得在什么地方听说的。”

“这倒很有可能,那家餐馆的老板娘是个寡妇。”

“对,我知道了,就是那家。”姑娘说。

“不需要我帮忙了?”

“不需要,我们可以了。”罗杰说。

“不过有一句话我必须要说,”那人说,“哈钦斯太太可真是美丽啊!”

“谢谢,”海伦娜说,“谢谢你的夸奖,我想是因为这里灯光的衬托吧。”

“不,”他说,“这可不是恭维的话,是我的真心话。”

“我们快点儿进去吧,”海伦娜说,“可别把美丽的我给弄丢了。”

小屋里的陈设简陋但也算齐全。靠墙放着一张双人床、一张桌子,铺着漆布,两张椅子,天花板上还挂着一个电灯泡。屋里还有厕所,有个淋浴设备,一面镜子贴在洗脸盆上方。洗脸盆旁边有一个毛巾架,挂着干净毛巾,屋子的另一头有根挂着几个衣架的横杆。

罗杰提着包进了屋,海伦娜从包里拿出冰壶、两个杯子,还有那瓶纸盒包装的苏格兰威士忌,把这些东西都放在桌子上,她又拿出一个纸袋来,袋子里装的都是苏打水,白石牌的。

“别那么愁眉苦脸的,”她说,“这床可是干净的,至少床上的被单很干净。”

罗杰就伸出胳膊搂住她,亲了亲。

“请你关掉灯。”

罗杰伸手关掉开关，在黑暗里吻着她，他把嘴唇轻轻贴在她的嘴唇上，他感觉到她噘起了嘴，却没有张开，她的头向后仰着，可她的身子还在他的怀里发抖。他不由得把姑娘搂得更紧了，他的耳朵里传来海浪的声音，海上吹来的凉风吹到他的身上，他感觉到姑娘的头发被风吹得披散在他手臂上，像丝一般柔滑，这会儿他们俩都把身子挺得直直的。他的手慢慢地落到她的胸前，他感觉到她的乳房的变化，是在手指的抚摩下苏醒了，并且像花蕾一样骤然怒放。

“哦，罗杰，”她喃喃地说，“来吧，来吧。”

“别说话。”

“这就是那个什么了吗？哦，可真美妙。”

“别说话。”

“他一定会对我很好的，是吧？我也一定会好好地珍惜他，他不会粗鲁吧？”

“别担心他不会的。”

“哦，我太爱你了，因此我也同样爱他。我们现在可以尽情地享受了，我早就迫不及待了。整整一个下午我可是一直盼望他的，我已经苦苦地熬了一下午了。”

“那么现在就好好地领略一下吧。”

“哦，来吧，快来，快来吧。”

“再亲亲我。”

在黑暗中他觉得自己身处一个陌生的境地，如此陌生，似乎很难进去，而且突然来到这个环境让他感到别扭，心里很是没底，可是很快，这里就变成了令人头晕目眩的幸福之所。所有的焦虑、危险和恐惧都被抛到了九霄云外，他被若即若离的幸福感包围了，他感到幸福越来越近，虽然有时候他把握不住，也似乎所离不远。以往的事全都忘记了，今后的事也不愿再想了。他在这黑暗中看到了幸福的灿烂曙光，近了，近了，更近了，越来越近了，他向着那曙光奔去，一直向前奔，谁也不相信他可以奔得那么久，奔得那么远，而且那么快乐。他勇敢地、越来越快乐地奔向这突然得到的火热的幸福。

“啊，你真是我的心肝宝贝，”他说，“啊，可爱的，我的心肝。”

“哦。”

“我真的要谢谢你，谢谢你，亲爱的幸福天使。”

“我现在已经死了，”她说，“你不用谢我，我现在已经幸福死了。”

“宝贝你要不要再来一次？”

“不要，我已经死了。”

“那我们就？”

“不要，请你相信我，我已经不知道怎么表达我现在的这种心情，语无伦次吧。”

后来，又过了一会儿，她说：“罗杰。”

“哎，小妞儿。”罗杰探寻着说。

“你感觉满足吗？”她说。

“很满足，小妞儿。”罗杰说。

“有没有让你感到失望的事？”

“没有，一点儿都没有，小妞儿。”罗杰说。

“你说你爱我，是吗？”她问。

“是的，我爱你。”他撒谎了，其实他的真心话是“我爱你刚才给我的快乐”。

“再说一遍。”她说。

“我爱你。”他仍然没说实话。

“你再说一遍。”她说。

“我爱你。”他已经决定不说实话。

“你已经说了三遍，”只听她在黑暗里说道，“那么我相信你了，我会强制你兑现你的诺言。”

风吹在身上，很凉，棕榈树叶在风中哗啦啦地响，像下雨一样。过了一会儿姑娘轻轻地说：“今天这个夜晚果真如此可爱，你知道我现在在想什么吗？”

“想吃东西。”罗杰说。

“你难道是料事如神吗？”她惊奇地说。

“因为我的肚子也饿了。”罗杰说。

他们来到了绿灯餐馆准备吃饭，餐馆的老板娘、那个寡妇非常善解人意，在他们吃饭的餐桌底下喷了驱蚊水，又端来一盘焦脆鲜鱼子炸咸肉。他们要了一瓶冰镇王牌啤酒，又各自要了一份牛排土豆泥。牛排很瘦，看起来就是那牛除了草就没吃过什么了，牛排的味道实在一般。不过这倒不影响他们的食欲，他们饿极了。姑娘在桌子底下把她的鞋子踢掉，光着脚贴在罗杰的脚上。她确实很美，他很喜欢看她，连那种贴在脚上的感觉都是美滋滋的。

“感觉好吗？”

“当然。”

“让我也尝尝，怎么样？”

“别让寡妇老板娘看见就行。”

“我也觉得挺好的，”她说，“所以说我们的肌肤彼此很合得来，不是吗？”

他们要了一份菠萝馅饼作为最后一道甜点，两个人又各自喝了一瓶王牌啤酒，啤酒很凉，是从冰箱里的冰水底下现取出来的。

“只是我的脚上可满是驱蚊水呢，”她说，“如果没有驱蚊水的话，感觉会更加美妙。”

“驱蚊水不妨事，我觉得即使沾着驱蚊水也非常美妙了，来，使劲儿踹两下。”

“我可不想把你踹得连椅子一起翻过去。”

“好吧，那就这样，感觉也不错。”

“你从来没有像现在这样痛快过吧？”

“从来都没有。”这一次罗杰说了实话。

“不一定非去看电影不可吧？”

“当然，如果你不想看的话，咱们就不去看了。”

“那我们回去吧，回旅馆去，明天早晨一早就启程出发。”

“也好。”罗杰说。

他们付了饭钱，还要了几瓶冰镇的王牌啤酒，拿一个纸袋装上带走。就开着车回到旅馆，把车就停在小屋之间的那片空地上。

“这车子真是懂得我们的心意。”她一走进小屋就说。

“那很好啊。”罗杰说。

“刚开始我并不喜欢它，可现在我觉得它真好，可以说是我们的好伙伴。”她说。

“这辆车子确实不错。”罗杰说。

“你说刚才那人是不是神经有点儿问题？”她问。

“不是，我想大概他眼红了。”罗杰说。

“他都那么一大把年纪了，还眼红这个？”她问道。

“可能吧，不过也可能他是高兴才这么说的。”罗杰说。

“好了，别想他了。”她说。

“我可没有想他。”罗杰说。

“这辆汽车可以做我们的保镖呢。现在我们经过评测已经是好朋友了。你难道没有感觉到吗？我们刚才从那个寡妇老板娘的餐馆回来的时候开起这车有多么顺当吗？”她问道。

“我也感觉到了，确实有点儿不一样。”罗杰说。

“我们不用开灯了吧。”她又问道。

“好的。”罗杰说，“我想洗澡了，要不你先洗吧？”

“不，还是你先洗吧。”她说。

他很快就洗完澡躺在床上，他听到哗哗的水声，后来水声停了，大概是在擦干身子吧，没过一会儿她就像小鸟一样扑到床上，似乎走开这么久很有点儿舍不得，不过现在身上可凉爽了，而且洗完澡也轻松极了。

“哦，我的美人，”他说，“我的心肝。”

“你有了我，真的很高兴吗？”她说。

“真的，我的心肝。”他说。

“你对我真的非常满足？”她又问道。

“非常满足。”他又一次说了实话。

“我们可以一直这么快乐地走遍全国，一直这么恩爱，然后就走遍全世界。”

“可我们现在还在这里。”

“是的，我们现在还在这里，的确是这样。目前我们就在这个地方，啊，这里是那么黑暗，可又是多么好、多么美又多么可爱啊。真是一个可爱的‘这里’啊。我还是觉得在黑暗里，这里竟是这么可爱。啊，真是可爱的黑暗，在这里你得听我的话，你还要多爱我一些，求你了，一定要多爱我一些啊，一定要珍惜我。求你，求求你，好好地珍惜我吧，请你一定要珍惜我吧，哦，这黑暗多么可爱啊！”

他又发现自己处于那个陌生的境地了，不过这一次他最后却没有孤独感了，虽然后来他醒着但仍然感到陌生，两个人都躺着，谁也没有说话，可能是觉得此时的沉默更甚于语言吧。他想现在这个天地是属于他们俩的了，既不是他的，也不是她的，只能是他们俩共同的，是真正属于他们俩的，而且他们彼此都很清楚这一点。

凉风一阵阵地从黑暗的屋里穿过，她说：“瞧瞧现在你感到非常愉快了，而且很爱我呢。”

“是的，我现在非常愉快，也很爱你。”

“你不用再重复一遍，这很明显。”

“我知道，我是不是来得很慢？”他突然问。

“是有点儿慢，不过我可没介意呀。”

“能够这样子爱你，我真的很高兴。”

“现在你明白了吧？”她说，“真的什么都不用担心。”

“我真的爱你。”他又突兀了一句。

“我早就想过，你可能会爱我的。我当然非常希望你会爱上我。”

“我爱你。”他又紧紧地搂住了她，“我真的爱你，听见了吗？”

他听到的回答又是“这是很明显的”，这倒让他颇感意外，尤其是第二天早上，他仍然听到这句“这是很明显的”，这令他就又一次感到意外了。

他们并没有在第二天早上立即动身。由于罗杰醒来的时候看见海伦娜还睡着，于是就盯着她看，她的头发全都一起拢在脑后，甩到另一边，披散在枕头上，那张被晒黑的脸庞可爱极了，那双闭着的眼睛和那紧闭的嘴唇比醒着的时候还要漂亮。他还看到她那灰白的眼睑，长着长长的睫毛，此刻那美丽的嘴唇安安静静地睡着，像睡熟的孩子那么安静。被单盖在她的身上，她的乳房在被单下面隐隐隆起。他不想叫醒她，想让她多睡一会儿，吻她也怕惊醒了她，于是他穿好衣服，走了出去。肚子饿得咕咕叫，可心里却非常愉快，还闻到了清晨的气息，也看到了鸟在空中一边飞翔一边快乐地叫着，那股从墨西哥湾吹来的微风轻轻地吹拂着他的脸，他不禁又使劲嗅了嗅。经过绿灯餐馆以后再过一条街，就是村子里的另一家饭店了。准确地说，那里只有一个便餐柜台，他走到柜台前面并在凳子上坐下来，要了一杯加牛奶的咖啡，又要了一份火腿煎蛋三明治，是黑面包做的，不过他不挑食。柜台上摆着一份《迈阿密先驱报》，那是午夜版的报纸，肯定是有个过路的卡车司机把它扔在这里了，他一边吃着三明治、喝着咖啡，一边看报，报纸上登载了西班牙军事叛乱的消息。他咬了一口三明治，感觉到嫩嫩的溏心蛋迸开了，全都散在黑面包上面，他也闻到了面包的气味，一片萝卜泡菜的气味、蛋的气味，还有火腿的气味，他端起杯子，又闻到了一股早咖啡的清香。

“那边可有点儿乱呢，是吗?”掌柜的问。这是个上了年纪的老人，帽子衬圈线把他的脸分成截然相反的两部分，帽子衬圈线以下的地方都被晒得黑黑的，帽子衬圈线以上的地方则一片煞白，还有点点雀斑。他的嘴薄薄的、很难看，戴着一副钢边眼镜。

“是有点儿乱。”罗杰回答。

“欧洲国家都这样的，”那人又说，“一个又一个的乱子总是不断闹出来。”

“再给我来一杯咖啡吧。”罗杰对掌柜的说道。他想一边看报，一边晾凉这杯咖啡。

“假如他们追究根源的话，就会发现教皇才是一切事件的罪魁祸首。”那人把咖啡倒好以后，又放了牛奶壶在旁边。

罗杰对此很感兴趣，抬起头看了看，然后把牛奶倒进杯子里。

“其实所有这些事情的根源在三个人身上，”那人对他说，“第一个是教皇，第二个是赫伯特·胡佛，第三个就是富兰克林·德拉诺·罗斯福。”

罗杰在座位上舒展了一下身子，继续听那人所说的这三个人的利害关系，什么你中有我、我中有你的。罗杰很有兴趣地听他的言论。他心想：美国这地方可真奇妙。在这里吃早餐还能免费听到这么有趣的谈话，都不用去看《Bou - vardet Pécuchet》[①] 了。他心想：这样的评论报纸上是不可能看到了，不如听听他的高论。

“那么犹太人呢？”最后他向掌柜问了一句，“那些犹太人应该怎么办呢？”

“犹太人早就成为过去了，”掌柜的继续说，“自从亨利·福特的《犹太长老会谈纪要》[②] 这本书出版开始，犹太人的买卖全都被砸了。”

“你认为他们真的完了？”

“这还用说吗，老兄，”掌柜又说，“犹太人永远也没有出头的一天了。”

“我还没有想到这些，也没想的这么远。”罗杰说。

“告诉你吧，”那人向罗杰探过身来说，“老亨利总有一天会抓住教皇的，就像他紧紧地抓住华尔街一样，也牢牢地把教皇抓在手里。”

“他已经抓住华尔街了，什么时候的事？”

“哎呀伙计，”那人又说，“华尔街可算是完蛋啦。”

“那么亨利肯定是有办法的。”

---

① 《布法尔与白居谢》是一篇没有完成的长篇小说，是法国作家福楼拜所写，小说讽刺了那些所谓的研究，不得其法。

② 亨利·福特：福特汽车公司的老板。文中提到的《犹太长老会谈纪要》并非真实的，而是一份伪造的文件，这份文件曾以多种文字在世界各地发行。包括希特勒在内的反犹势力就用这部伪造的文件作为证据，诬陷犹太人图谋统治全世界，从而兴起反犹浪潮。

“你说亨利？你可真的说对了，我发表一下感慨：亨利可以说是时代的巨人啊！”那人说。

“那么希特勒呢？”罗杰问。

“希特勒可是一个说话算数的人。”那人说。

“那么俄国人呢？”罗杰问。

“你问我这个问题，算是问对了。那些俄国熊嘛，就让它留在自己的后院里吧。”那人说。

“好哇，这样一来，所有的问题估计也差不多都解决了。”罗杰站起来说。

“这样看来形势还不错。”掌柜说，“我可是个乐观的人，你等着看吧，一旦老亨利把教皇抓住了，他们全都得垮台。”

“你都看过什么报纸？”

“所有的报纸都看，”掌柜说，“不过我的这些见解报纸上可没有的，这都是我思考以后的结论。”

“我该付多少账？”

“四毛五。”

“这可是一顿很好的早餐。”

“欢迎再来。”掌柜说着，把那份罗杰刚刚放下的报纸从柜台上拿起来看。“他一定又在琢磨什么问题了。”罗杰想。

罗杰在回汽车旅馆途中，经过一家杂货店，觉得无事可干，于是他在那里买了一份最新出版的《迈阿密先驱报》，又买了剃胡子的刀片、几包洁齿口香糖、一支薄荷剃须膏，还有一瓶消毒药水以及一台闹钟。

他回到小屋，轻轻地打开门，走到桌子面前放下包，那包里面都装着买来的东西，桌子上还堆放着保温壶、搪瓷杯、装在牛皮纸袋里的白石牌苏打水，还有好多瓶呢，昨晚买来的两瓶王牌啤酒忘记喝，也都放在桌子上，海伦娜依然睡得很熟，都没有一点儿要醒的迹象。他就坐在椅子上一边看着报纸，一边看她睡觉。屋外的太阳已经升到空中了，她的脸上却照不到明亮的阳光，小屋的另一边的窗子里，有阵阵微风吹进来，拂过她的身上，她睡得很香，一动不动。

罗杰想看看报纸上的各种新闻公报，试图根据这些来推测当前形势的发展，以及人们当前所面临的问题。他心想：让她睡吧。如今一切乱象都开始了，我们也只能过一天算一天了，尽量每一天都充实地度过，一天也不要虚度。事情的发展已远远超出我所预料的，目前我还可以再等一等，不必立刻赶去。也许政府①会镇压住叛乱，那时所有的问题很快都会解决，否则，就得从长计议了。如果我这两个月不是跟孩子们待在一起的话，现在肯定也正在做着应该做的事。不过他又想：我并不后悔陪着孩子们一起度过的这两个月，只不过现在去的话已经太晚了。说不定还在赶去的途中，那件事就已经了结了呢。估计这样的事情今后肯定会遇到很多，在有生之年我们都能看到，多得很呢，多得让你头疼。在汤姆和孩子们的陪伴下，今年夏天我过得非常快乐，非常充实。现在我又有了这个心仪的姑娘，暂且安下心来等待，必要的时候我一定立刻就走，那就等到那时候再来操心吧。这件事肯定只是开头，而且一旦开始了就不会很快结束，只有把他们彻底消灭，斩草除根，否则就不会结束。他想：我认为这样的事情永远都不会结束，至少我们这一代是不会结束了。不过他又想：在跟他们的第一次较量中也许是他们占了上风，所以这一次恐怕不一定需要我去了。

其实这样的事早在他预料之中，他知道迟早都会发生的，因此他特意留在马德里，在那里等待了整整一个秋天，事情果然发

① 指1936年2月成立的西班牙共和国联合政府。

生了，可他却为自己寻找各种借口想要撒手不管了。前一段时间他到孩子们那里去了，似乎情有可原说得过去，因为他相信那个时候西班牙根本不会发生什么谋反的事情。可是现在有了，现在事情发生了，他还在这里？他在做什么？他在寻找各种各样的理由，说服自己不用去。他心想：很可能我还没赶到那里，问题就已经解决了，任何事情都需要从长计议嘛。

他有所顾虑的还有一些问题，只是当时他意识里并没有发现而已。在他的优点得到发挥的同时，他的缺点也在悄悄地萌生，就像冰川底下的裂缝一样慢慢滋生，如果这么说有点儿夸张的话，那么就把它比作肌肉之间的一层层脂肪吧。只要这些缺点没有大到足以摧毁优点的时候，它们往往隐而不露。因此他自己并没有意识到，也不知道怎样才能去化解。他只知道这样的事情发生了，而他不能不理，他必须做自己该做的事，可是他又找出各种理由证明他并不是非去不可。

虽然这些理由多少都有几分道理，可转眼一想似乎又不是那么令人信服啊，只有一点是不可否认的，那就是他必须给自己的孩子多挣钱，还有要给孩子们的妈妈的生活费，因此他得好好写些文章，以筹足他们的生活费用，否则他觉得自己就不算是个男子汉。他心想：我已经想好了六个很好的短篇的构思，很快就能写出来，这样自己就算完成了一样工作，这几篇小说将会为我在西海岸所做的那件违心事做出补偿。即使六篇小说中写成了四篇，我也可以安心了，当然也能算是将功补过了。违心？呸！哪里只是违心，简直就像拿个试管给你，让你提供精液用于人工授精。而且为了要你搞出来，午间给你准备了一间办公室，还配备了一名秘书。那对男人来说简直是奇耻大辱啊。不过那件事跟性丝毫的关系也扯不上的，这样说只是这样打个比方而已。他的意思只是，他接受了钱，却不是让他写代表自己最高水平的作品。

呸！还最高水平！简直就是制造垃圾，制造无聊的、令人厌烦的垃圾！现在他必须发挥出自己最好的水平，而且还要把以前的最好水平超越，这样才能将功补过，恢复自己的名声。他想，这件事并不难，很快就可以动手做。只要我认认真真地写，肯定能发挥出最好的水平，也比得上耳聪目明的上帝的杰作（嘿，上帝！老兄啊，快祝我好运吧！听说老兄你目前也混得不错，我真是为你高兴)！那我就不会再为此而内疚了，只要那个家伙，神通广大的尼科尔森，只要他能帮我推销出四篇小说中的两篇，那我们走了以后就再也不用担心孩子们的生活费了。你说到我们？是的，是我们，你难道忘了吗？不就像儿歌里唱的那只小猪，不就像是我们吗？我们、我们、我们千里迢迢回家乡。只是我们现在不是回家乡，而是遥远地离开家乡了，越来越遥远。家乡？简直是笑话，我哪里有什么家乡啊！哦，不对，有的，我有家乡，这里不就是我的家乡？这里的一切都可以是家乡啊！小屋，汽车，还有那原来非常干净非常舒适的床单，甚至还包括那绿灯餐馆，餐馆里的寡妇老板娘，以及那冰镇的王牌啤酒，路边的那家杂货店，海湾吹来的阵阵微风，便餐柜台里的那个奇怪掌柜，那个黑面包做的火腿煎蛋三明治。吃一份可以再带走一份，并且还可以夹一片生洋葱的。随着声音“请帮我把汽车的油加满，再检查一下油、水系统，顺便也帮我检查一下轮胎好吗”？然后就会听到嗞嗞的响声，压缩空气打进轮胎里去，老板笑眯眯地看着你，免费为你服务。这就是真实的家乡啊，而且到处都能看到沾满斑斑油渍的水泥地，一路都可以看到破轮胎的家乡，生活设施却非常舒适，有卖可口可乐的红色自动售货机的家乡。公路当中有一条分道线，那也是家乡的边界线。

他暗暗地想：瞧你，怎么也有这样的想法，跟那帮鼓吹什么“美国前途无限广阔”的激进作家一个样了。这你就不得不多加小心了，可千万要注意别被卷了进去。他的眼睛盯着睡觉的姑娘，他的心里可是思绪联翩：家乡，是个不得不忍饥挨饿的地方；家乡，是个被压迫被剥削的地方；家乡，是个恶势力遍布各处，随时得准备斗争的地方；家乡，是个永远都不应该留恋却又无法忘却的地方。

不过他又想：看来，现在我还不用立刻就走，我有充分的理由，是可以留下来的。他听到良心对自己说：是的，你不用立刻就走。他说：我没闲着，还可以在这里写小说。是的，写小说，还要发挥出最好的水平，不，一定要超过最好的水平。于是，他暗暗说道：好吧，那就这样吧，我的良心，咱们可谈好了。既然这样，那么她就可以继续睡着。他又听到良心说：别吵醒她，让她睡吧。从今以后你可要好好照顾她，用全副心思把她照顾好。他默默地在心里说：我会的，我会尽我所能照顾她，而且至少我还会写出四篇优秀的小说。他的良心又说：一定要写好啊。他又说：我的良心，放心，一定会写好的，会写出第一流的作品来。

就这样，他许了愿，下定决心，那么应该立刻拿起铅笔和旧抄本，削好铅笔，开始写吧？可他没有那么做，他拿过一个搪瓷杯，往里面倒上白马牌威士忌，倒了大约一英寸半高，然后旋开冰壶盖子，从那凉飕飕的壶底把一大块冰掏出来，放进杯子。接着打开一瓶白石牌苏打水，一直往杯子倒，直到冰块都完全浸在水里面，他的指头转了转冰块，才慢慢喝起来。

喝着酒，他心里不觉又开始沉思起来：他们占领了塞维利亚、西属摩洛哥、布尔戈斯、潘普洛纳，以及萨拉戈萨，剩下巴塞罗那、巴伦西亚、马德里和巴斯克地区①，现在仍然掌握在我

① 巴斯克人居住区，在西班牙西北部。

们手里。现在两面的边界都还保持着畅通，看起来形势还不算太坏，而且可以说已经非常不错。我待会儿要去买一张好的地图，这个可是目前最需要的一件物品。应该在新奥尔良可以买到，或者莫比尔①就有。

不过现在没有地图，他就凭头脑里大致的印象开始琢磨事件发展的形势。他想：当前最大的问题是萨拉戈萨被占，去巴塞罗那的铁路线被切断了。而且无政府主义在萨拉戈萨市有很大的势力，虽然还比不上巴塞罗那或者莱里达，但这势力实在也不容小视。看来那里没有像样地抵抗过，或者根本就没有抵抗。如果政府那边有足够的力量应该先夺回萨拉戈萨，必须从加泰隆尼亚②方面加强进攻，尽快夺回萨拉戈萨。

如果他们可以一直掌握马德里—巴伦西亚—巴塞罗那这条铁路线的话，再打断马德里—萨拉戈萨—巴塞罗那那条铁路线，同时坚守伊隆③不失，那么就不会有太大的问题。只要保证法国能源源不断运来物资，那么他们在北线的巴斯克地区就可以积聚起强大的力量，攻占莫拉高地，这一仗应该是最难打的。对于南线的形势，他几乎就没有什么印象，只知道如果叛军进攻马德里的话，他们势必取道特茹河谷④，同时，他们很可能发动北面的攻击。如果他的判断不错的话，那么只有先下手为强，设法或者强行从瓜达腊马山⑤的山口通过，就像拿破仑当年一样。

这时，他又想：如果那时我没有来这里跟孩子们团聚就好了。如果我在那里就好了。不，不能这么说，你又不是神仙不可

① 莫比尔位于亚拉巴马州，城市规模比路易斯安那州的新奥尔良要小。从佛罗里达州沿着墨西哥湾西行，先经过莫比尔，然后到达新奥尔良。

② 加泰隆尼亚位于西班牙的东北部地区，这个城市北面跟法国接壤，东面濒临地中海。巴塞罗那就位于这个地区。

③ 一个市镇，靠近法国边境。

④ 特茹河位于马德里以南的地方，由东往西流入大西洋。

⑤ 马德里以北地区，瓜达腊马山脉横亘于此。

能面面俱到。既然你到了这里，在事情刚发生的时候不可能立刻赶到那儿呀。你不是救火队员，你需要对孩子们尽你应尽的义务，这跟其他的义务一样重要。他觉得应该这么说：那就静观其变吧，什么时候孩子们不能在这个世界太太平平地生活了，必须进行战斗的时候再去吧。可是很显然这句听起来漂亮的话实际上并没有多大的作用，他又想，这么说吧：当战斗比团聚更重要的时候我再去吧，这样说来可就痛快了，而且似乎很快就可以兑现。

他告诉自己：这个问题考虑成熟以后，自己知道应该做什么了，就坚决照这样去做吧。前提是一定要把问题考虑成熟，一定要踏踏实实地做到。他自己答应了：就这么做吧。于是继续琢磨起来。

11 点半，海伦娜醒了，而他已喝完第二杯酒了。

“为什么你不叫醒我呀，亲爱的?”姑娘醒了，她睁开眼睛又翻了个身，冲着他笑了笑说。

“你睡觉的模样非常可爱。”他说。

“可是我们本来决定的，一早就启程赶路的呀，现在晚了。”海伦娜说。

“明天早上再走吧。”他说。

“吻吻我吧。”海伦娜说。

“好的，吻你。”他说。

“搂住我。”海伦娜说。

“好的，我紧紧搂住你。”他说。

“这就对啦，”她说，“哎，这就对啦。”

她到浴室冲了淋浴，用橡皮帽把头发裹住走出浴室，她说：“亲爱的，你不会寂寞难挨，所以才喝酒吧?”

“哪里，我只是想喝两杯。”他笑笑说。

“你有没有觉得心里很不痛快?”她问。

“完全没有，我心情很好。”他说。

“那就好了，请原谅，我睡了那么久。”她说。

“不如我们先到海里游泳，再回来吃午饭吧。”

“这样吗?”她说，“我现在饿得心都慌了。我们能不能吃完午饭以后，打个盹儿，或者看看报纸什么的，然后再去海里游泳?”

“Wunderbar.”①

“那么就决定今天下午不走了?”她问。

“好吧，你决定吧，小妞儿。”他说。

“来，过来。”她说。

于是，他走过去。姑娘搂住了他，他感到这个刚刚洗了淋浴的身体还没有擦干，全身又透着一股清新凉意的美丽姑娘在他身边等着，不动了，他欣然吻了她，这是一个款款的吻，他感到她紧紧贴住自己的那个地方都被压疼了，不过却很愉快。

“你怎么了?”

“没什么。”

“那好吧，”她说，“咱们明天再走吧。”

这里的海滩上全是白沙，又白又细，就像面粉一样，视线内有好几里长。那天傍晚，他们就沿着沙滩一直走了很远，然后才到海里游泳。他们在清澈的海水里仰泳嬉戏，后来他们又回到海岸，继续沿着海滩往前走。

“这里的海滩可真美，比比美尼②还美。”姑娘说。

“可这里的海水就没有那边纯净了，照理说墨西哥湾流的海水应该有一种什么特色吧，奇怪的是这里却没有。”

---

① 德语，意思是好极了。

② 位于巴哈马群岛，在佛罗里达州附近。

“的确没有什么特色，不过要跟欧洲的海滩比起来，这里已经非常好了。”

在那片洁净松软的沙滩上漫步，是一种享受，而且走在不同的地方还有不同的感觉。有时候感觉干而且软，有时候感觉像粉末，有的地方有点潮湿，踩上去软绵绵的，还有的地方踩上去感觉很结实，微微带些凉意，位于退潮线的沙子就是这种。

“如果孩子们在这里就好了，他们可以给我当向导，给我讲许多有关海的故事。”

“我来给你当向导如何？”

“不用了，你只要走在我的前面，你的背影就是一个很好的向导。”

“你走前头。”

“不，还是你走前头。”姑娘坚持说。

或许觉得只看背影有些寂寞，她又从后面追上来：“不如我们一起跑吧。”

于是，他们在碎浪打不到的那段沙地上悠闲地慢跑，那沙地很结实，跑起来是很惬意的。她跑得很好，似乎没有多少姑娘可以跑得这么稳健。即使罗杰加快步伐，她也能轻松地跟上来。于是罗杰保持着原来的速度向前跑，没过一会儿就稍稍加大步伐。她也很快跟上了，说：“嘿，你可别累死我啊！”于是，他停下来，亲了亲她。她的身上跑得热烘烘的，说：“别，你别这样。”

“为什么呢？”

“我们先去游泳吧。”她说。正好这时有一个浪头从海上打来了，在海滩上拍得粉碎，水花还把一片沙子飞溅起来，于是，他们冲进那片浪花里，游往海里，游到澄清的海水以后，她浮在水面上，只露出脑袋和双肩。

“现在来吻我吧。”

她的嘴唇有一股咸味，脸上也湿漉漉的，他正吻得起劲的时候，她转过头，被海水湿透的秀发全都披散在他肩头上。

“是有点儿咸，不过感觉美极了，”她说，“使劲儿吧，使劲儿搂紧我。”

于是，他搂紧了她。

“打过来一个大浪，”她说，“这真是好大一个浪呢。憋住劲儿，浪头打来的时候，我们一起朝它冲进去。”

他们被那浪头打得连续打了好几个滚，但他们俩始终没有放开，一直紧紧搂在一起，而且他一直用自己的腿护住她的腿。

“这可比淹死好多了，”她说，“再来一次。”

这一次他们特意挑选一个最大的海浪，当浪头卷起到半空中，正要落下来的时候，罗杰抱着姑娘纵身向飞浪底下冲去，浪花砸下来，又打得他们连续打了好几个滚，就像海上冲来的一段浮木一样滚上沙滩。

“我们把身上的沙子洗干净以后，就在沙滩上躺躺吧。”她说。于是他们两人又一起游到海里，到清澈的海水里去转了转，然后找了一段结实的海滩，在阴凉的地方并排躺下。后来又有一个浪头打来，不过只在他们的脚趾和脚踝处舔了舔。

“喂，罗杰，你还爱我吗?”她问。

“我爱你，小妞儿，非常爱你。”罗杰说。

“我也非常爱你，我喜欢跟你做伴，这很有意思。”她说。

“我会找乐子呗。”罗杰说。

“我们玩得很快乐，不是吗?”她问。

“是非常快乐，都快乐一整天了。”罗杰说。

“我只快乐了半天，都怪我，没出息，我睡到那么晚才起来。”她说。

“好好地睡一觉可以尽快恢复精神。”罗杰说。

“我睡到那么晚可不是为了恢复精神，这是因为我已经习惯晚起了，想早起都起不来。”她说。

他紧紧偎着她，无限依恋地右脚挨着她的左脚，腿贴着她的腿，手也轻轻抚摩她的脑袋和脖子。

“看你，这漂亮的头发都湿透了，在这里吹了海风会不会受凉?”罗杰有些担心。

“不会的，如果我们以后一直住在大洋边，我就应该剪掉长发了。”她说。

“可我们不会永远居住在大洋边的。”罗杰说。

“其实把头发剪短了很好看，你看到我剪短头发的样子一定会大吃一惊的，不过也会喜欢的。”

“你现在的样子我就非常喜欢。”罗杰说。

“想想剪短了头发游泳那才美妙呢。”她说。

“睡觉的时候，短头发可就没那么妙了。”罗杰说。

“不一定吧，”她说，“如果我剪短头发，你就可以当我是个小姑娘嘛!”

“是吗?”罗杰问。

“不会错的。如果你实在想不起来，我可以提醒你的。”她笑着说。

“小妞儿?”罗杰问。

“什么，亲爱的?”她说。

“在特定的时间你可以做爱吗?”罗杰问。

“嗯。”她说。

“现在怎么样?”罗杰问。

“你说呢?”她说。

“不如我们到海滩两头仔细看看去，如果没有半个人影的话，在这里做也未尝不可。”罗杰说。

“我想这一带海滩是非常冷清的。”她又说。

他们沿着海边往回走，海风使劲儿地吹着，可以看到海浪只在很远的地方拍击着海滩：已经退潮了。

“这件事似乎很简单，也许没什么问题吧，”姑娘说，“好像是我遇上你以后，就什么事都不用干，每天就是吃饭、睡觉、做爱。其实事实并非如此。”

“不过现在我们暂时也只能这样。”

“我也想这是暂时，还是可以的，也许不能那么说吧，只能说暂时还可以这样过吧。可是久了以后，你会不会觉得乏味而受不了呢?”

“怎么会呢。”不管跟谁在一起，也不管是在哪里，欢娱过后他通常会有一种极度的寂寞和空虚的感觉，可是刚才激情过后，以前那种熟悉的感觉却没有出现。自从昨天晚上他们开始以后，他就再也没有过去那种无端的寂寞和空虚的感觉了。“你给了我很多好处呢。”

“如果是这样的话，那就太好了。如果我们的脾气彼此不合，总是出现你让我心烦，我让你苦恼，天天吵闹的话，那样的生活不是太可怕了吗?”她说。

“不会的，我们才不是那种人。”罗杰说。

“我也绝对不会那么做的，可总是我们俩在一起，你会不会觉得生活乏味呢?”她问。

“不会的。”罗杰说。

“可是现在你不是正想着别的事吗?”她说。

“是的。我正在想能不能买到《迈阿密每日新闻报》。”罗杰说道。

“那就一定是下午出版的那份吧?”她问。

“我很想看看报上刊登的西班牙方面的消息。”罗杰说。

“关于武装叛乱的事？”她问。

“是的。”罗杰说。

“给我说说这事好吗？”她问。

“好的。”罗杰说。

于是，他把自己所知道的那些全都给讲给她听了，听完，她问道：“你心里一直在想这件事，是不是？”

“是的，不过今天已经整个下午没想过了。”罗杰说。

“待会儿我们看看报纸，也许刊登了什么消息吧，”她说，“明天我们还可以在车上听收音机。明天无论如何我们都要起早出发了。”

“我上午买了个闹钟，这下不用担心睡过头了。”罗杰说。

“你很机灵嘛，我很幸运找到这么个机灵鬼做丈夫，是吗，罗杰？”她说。

“哎，小妞儿。”罗杰说。

“不知道晚上的绿灯饭店还有什么难吃的东西。”

第二天清晨，天还没亮他们就动身了，到吃早饭的时候，他们已经走了上百英里的路。他们远远地把大海、海湾甩下了，还有那些木排码头，以及鱼品加工厂，然后很快钻进了内陆的畜牧地带，映入眼帘的是一成不变的松树和矮棕榈。当他们到达佛罗里达中部的一个小镇时，正好是吃早餐的时候，于是他找了家便当餐馆，在那里吃早餐。这家餐馆在广场背阴的一面，餐馆对面就是法院：一所红砖的房子，房子前面还有一片青翠的草坪。

“我都不知道自己怎么撑过的，后面整整五十英里路程。”姑娘看着那张菜单说。

“其实我们应该在蓬塔戈达那里停下吃早餐的。”罗杰说，“那时候正好合适。”

“可是我们早就说过一定要走到一百英里才停下的，”姑娘说，“不过我们确实说到做到了。亲爱的，你想吃什么?”

“我要一份火腿煎蛋，还要一杯咖啡，外加一大片生洋葱。”罗杰跟那个女服务员说。

“请问你要单面煎蛋还是双面煎蛋?”那个女服务员问。

“单面。”

“那么这位小姐呢?”

“我要一份烤土豆泥加腌牛肉末的，要烤得很老，然后再要两个水煮蛋。”海伦娜说。

“请问要茶、咖啡，还是要牛奶?”

“要牛奶吧。”

“来点什么样的果汁?”

“葡萄柚吧。”

“那么要两份葡萄柚汁。你介意我想要一点洋葱吗?”罗杰问。

“我也很爱洋葱的。”她说，“不过我更爱你，而且我在早餐的时候不会吃洋葱。”

“吃点洋葱有好处的，”罗杰说，“我觉得洋葱跟咖啡是绝配，而且吃了以后开车就不会感到寂寞。”

“你不会是因为寂寞才吃洋葱的吧?”

“不是的，小妞儿。”

“我们的车速度还快吧?”

“也不算很快。待会儿我们要过桥，又要穿镇，根本不能痛痛快快地一口气开下去。”

“你看，牛仔。”她说。这时两个穿着西部工作服、骑着牧牛矮种马的人在餐馆外面停下，一翻身下了牛仔鞍①，然后把马拴

---

① 这种鞍又被称作“西部鞍”。这种鞍的鞍座极深，前鞍桥特别高。西部牛仔都喜欢给马配上这种鞍。

在餐馆前的栏杆上，就蹬着奇特的、跟子高高的靴子，走到人行道上。

“这一带有不少牛呢。”罗杰说，“开车的时候要特别留意，因为不知什么时候就有牛群通过。”

“我不知道在佛罗里达这个地方竟放养了这么多牛。”

“很多呢，而且现在人们养的都是良种牛。”

“现在还有一些空闲，你要不买份报纸看看？”

“我确实想看看，”他说，“我到那边的账台上看看有没有。”

“报纸在杂货店里就有卖。”账台上的人告诉罗杰，“圣彼得斯堡，还有坦帕①的报纸，也能在杂货店里买到。”

“杂货店在什么地方？”

“那边转弯的角上就是杂货店了，很容易找到的。”

“我去杂货店买报纸，你还需要买什么东西吗？”罗杰问姑娘。

“如果有的话就买一包骆驼牌香烟吧。”她说，“还有别忘了，我们那个冰壶里冰不多了，得添点冰了。”

“好吧。我到店里问问去。”

罗杰很快回来了，买了早报，还买了包香烟。

“形势不大好呢。”他把报纸递给她。

“刚才广播里听到的消息有没有提到？”她也不禁担心起来。

“这倒没有提到，可是形势看起来一点儿都不好。”他说。

“杂货店里有冰块吗？”她问。

“我忘记问了。”他用手指敲敲头。

女服务员给他们端来了两份早餐，以及葡萄柚汁，他们俩先喝冰凉的葡萄柚汁，然后吃早餐。罗杰一边吃一边聚精会神地看

---

① 这两个城市都在佛罗里达州西部。

报，海伦娜则把她那份报纸靠在玻璃杯上，也看了起来。

“你们这里有番茄辣酱吗？”罗杰抬起头，问女服务员。女服务员是个瘦瘦的金发女郎，带着那种乡村小酒店里村妹子的气质。

“当然有啦，”她回答，“你们难道是从好莱坞来到这里的吗？”

“我在那里待过一段时间。”

“这位小姐难道不是从好莱坞来的？”

“她正打算到那里去呢。”

“哎呀，是吗，”女服务员说，“可不可以给我在本子上签个名？”

“非常乐意，”海伦娜说，“我可不是什么大明星呀！”

“你将来一定会成为一个大明星的，亲爱的。”女服务员说，“请等一下，”她又说，“我现在就去拿支钢笔来。”

她拿了一个本子递给海伦娜。是个新本子，兖皮面子，灰色。

“这个本子是我刚买来不久，”她说，“而我做这份工作才一个星期的时间呢。”

海伦娜翻开本子的第一页，在那里签了海伦娜·汉考克几个字。

这一手字跟她平常的笔迹完全不一样的，写得那是相当花哨，她把以前学过的各派书法全都混在一起显现出来了。

“哎呀呀，这名字写得多么漂亮啊！”女服务员赞不绝口，“能给我再题几个字吗？”

“告诉我你叫什么名字。”海伦娜说。

“我叫玛丽。”

于是，海伦娜在那个花哨的签名前面又写了几个字“向玛丽致意，你的朋友”，不过这几个字就说不上什么笔体，看起来有些不伦不类。

“哎呀，真是太感谢你了，”玛丽很激动，又对罗杰说：“你也题几个字在上面好吗？”

“好啊，”罗杰说，“非常荣幸，你姓什么，玛丽？”

“啊，姓不写了吧。”

于是，他又写上几个字“祝玛丽永远幸福”，并且签了罗杰·汉考克的署名。

“你是她父亲吧？”女服务员问。

“是的。”罗杰心里一紧回答。

“哎呀，真是太好了，可以由自己的父亲带进好莱坞。”女服务员不无羡慕地说，“那么就祝你们好运。”

“承你贵言。”罗杰说。

“你不用谦虚，”女服务员说，“你们肯定前程无量，不过在礼貌上我必须得说一下的。这么说你很早就结婚了吧？”

“是的。”罗杰回答。他心想：这话她倒说对了，不如就按照她想的来说吧。

“她的妈妈肯定很美。”女服务员说。

“可以说是绝世美人。”他说。

“那她现在在什么地方？”女服务员问。

“在伦敦。”海伦娜说道。

“哎呀呀，真是的，你们一家都是见过大世面的。”女服务员说，“还要牛奶吗？”

“谢谢，我不要了。”海伦娜回答，“你的家是哪里的呀，玛丽？”

“我是米德堡的，”女服务员说，“就是沿着这条路往前走，不远就到了。”

“那么这里呢，你喜欢这里吗？”

“也喜欢，这里比我们那里要大些吧。”

“你下班后都有些什么娱乐呢?”

“我喜欢玩，一有空我就出去玩。请问你们还要什么?”她问罗杰。

“什么都不要了，我们马上要走了。”罗杰说。

他就付了账，顺便跟女服务员握了手。

“多谢你打赏我的两毛半小费，”女服务员说，“谢谢你的签名。我相信不久以后会在报纸上看到关于你们的报道。祝你好运，汉考克小姐。”

“也祝你好运，”海伦娜说，“愿你有一个平平安安的夏天。”

“一定会的，”女服务员说，“也请你多保重。”

“我会的，你也是。”海伦娜也说着分别的话语。

“谢谢你，”玛丽说，“现在我可不能再陪你们了。”

她咬了咬嘴唇，然后转身走进了厨房。

“这姑娘可真不错。”海伦娜在上车的时候对罗杰说，“原来我也想告诉她的，我们有事不能再在这里耽搁了。可是我担心这么说让她感到不安。”

“我们得往冰壶里添冰了。”罗杰说。

“好吧，我去装吧。”海伦娜说道，“今天我什么事还没有做过呢。”

“我去吧。”

“不，你就在这里看报，我去装。威士忌还剩下多少?”

“盒子里还有一瓶没开的。”罗杰说。

“那就好。”海伦娜说。

于是罗杰坐在那里看报纸，他心想：我现在还是看报吧，待会儿得开整整一天的车呢。

“好了，只花了两毛半。”姑娘回来了，拿着冰壶说，“只是这里的冰块全是小块小块的，小冰块不太好，易融化。”

“晚上到了其他的地方再添点儿就行了。”

出镇以后的道路长长的一直往前延伸，汽车就行驶在这条又长又黑的公路上，一路穿过草原和松林，又穿行在湖泊之间、群山之中，公路就像嵌在这片色彩斑驳的半岛上的黑色条纹一般。海风已经吹不到这里，此刻暑气熏蒸着，天气愈来愈热，幸好汽车一直保持着七十英里的时速，而且笔直地行驶，这样就会有迎面而来的风。姑娘扭头看向窗外，两边的田野纷纷往后退去，说：“开快车是不是很有意思？就好像重新回到青年时代了。”

“什么意思？”

“我也讲不明白。”她说，“感觉就是，世界仿佛都缩小了似的，只有年轻的时候才会有这样的感觉。”

“我从来不去想年轻的时候是怎么样的。”

“我知道，”她说，“可我总是忍不住要想。也许你没有失去青春，因此你就不去想那些，而正因为不想，你也就不会失去。”

“你说到哪里去了，”他说，“这根本没有一点儿逻辑关系啊。”

“我知道，”她说，“不过我会慢慢把这些关系厘清的，那时就什么都通了。虽然现在似乎还讲不通，但我只是说说罢了。”

“好的，你说吧，小妞儿。”

“也许会有人说我如果明智的话，就不会跟你一起在这里了。”她顿了一下，又说，“不，我很明智，我一定还会来的。我懂得一种‘超乎寻常的理’，而不是平常人所懂的那道理。”

“就像超现实主义那样？”

“完全扯不上关系的，我很讨厌超现实主义那玩意儿。”

“我可不怎么讨厌，”他说，“自从有了这玩意儿我就喜欢它了。现在它已经没落了，却赖着不走，始终霸占着历史舞台。”

“可是事物真正兴盛起来的时间，往往都是在它没落以后。”她说。

“这话却有道理。”罗杰说。

“我是说，在美国这样的地方，事物在没落以前是绝不会兴盛起来的。而当这个事物在伦敦兴盛起来的话，那就不知道它早已没落了多少年了。”她说。

“你怎么会有这样的理论，从哪里看到的，小妞儿?”罗杰问。

“这些全都是我自己思考得出来的结论。”她说，“在等你的时候我有的是时间思考。”

“我什么时候让你等过啦?”罗杰问。

“怎么会没有？只不过你自己不知道罢了。”她说。

他看到前面有两条路，必须赶快做出抉择：两条路的路程差不多，他熟悉其中的一条路，路面平、景致好，因为他曾经多次跟安迪和戴维的妈妈行驶在这条路上，现在是选择走这条熟悉的老路，还是走那条可能没有好景色的新路呢?

他心想：还有什么值得我考虑的，当然选择新路痛快啦。哪怕像那一天晚上经过“泰迈阿密小道”的时候一样再惊起什么来，我也不怕。

车里的收音机开着，他们正收听新闻广播，在中午以前全播的是“肥皂剧”，那时候，他们关掉了收音机，只在整点的时候听新闻。

“你看现在的情景难道不像罗马起火只看热闹吗?”罗杰说道，“东边起火了，你所有的希望都烧光了，你却开着一辆车，以七十英里的时速向西北方向疾驰而去。而矛盾的你一边在远离那个地方，一边又收听着那里的消息。”

“只要车子一直往前开，不是也能到达那里嘛。”海伦娜说。

“还没等到达就栽进大海了。”罗杰说。

“罗杰，你必须去吗？如果必须你去的话，你就应该去。”海伦娜说。

“嘿，不是的，不一定要去，最起码现在不需要去。就在昨天早上，你睡觉的时候，我已经仔细考虑过了。”罗杰说。

“我睡那么久，你也看了那么久吧？怪难为情的。”海伦娜说。

“这么睡是很好的嘛，昨天晚上你有没有睡够？我叫醒你的时候天还很早呢！”罗杰说。

“我昨天晚上睡得很好。罗杰？”海伦娜说。

“怎么了，小妞儿？”罗杰问。

“我们跟那个女服务员说了谎话，这不大好吧。”海伦娜说。

“她那么爱打听，”罗杰说，“你不知道，那么说能省很多麻烦。”

“你像我的父亲吗？”海伦娜问。

“除非我在十四岁的时候就生你。”罗杰说。

“幸好你不是我的父亲，”她说，“否则事情可就麻烦透了。我们的事可能本来已经够麻烦了，这不是被我快刀斩乱麻解决了。我会不会让你感到厌烦呢，因为我才二十二岁，又喜欢睡懒觉，而且总是嚷着肚子饿？”

“我所见过的最美的姑娘就是你了，你睡觉的样子可真是奇妙，说话也那么有情趣。”

“好了，别再说了。为什么我睡觉的样子奇妙啊？”海伦娜问。

“就是奇妙嘛！”罗杰说。

“我问你是什么样的奇妙？”海伦娜问。

“我可没有研究过人体结构，”他说，“只是心里爱你，如此而已。”

“你不想再谈谈？”海伦娜问。

“不想，你呢？”罗杰说。

“我也不想，这样的事叫我怎么好启齿呢？想起来就会觉得很不好意思。”海伦娜说。

“布拉特钦我最好的妞儿，我们是不是很幸运呢？”罗杰问。

“是的，非常幸运，不说这些吧。你认为，安迪、戴夫①，还有汤姆他们会对此高兴吗？”

“我想不会的。”罗杰说。

“我们还是给汤姆写封信吧。”海伦娜说。

“好吧。”罗杰说。

“你猜他现在做什么？”海伦娜问。

罗杰的目光从方向盘往下移，看了看下仪表盘上的时钟来推测汤姆的日程。

“现在他可能已经放下画笔，在喝一杯了。”罗杰说。

“要不我们也来喝一杯呢？”海伦娜问。

“好啊！”罗杰说。

她拿出杯子来，从冰壶里抓了两把小冰放进那个杯子，倒上威士忌，又添加了苏打水。前面的这段新公路还是又宽阔又平坦，一直远远地伸展到地平线以外，公路的两旁都是松林，可以看到松树上有采松脂而开的槽。

“这可不像是兰德斯公司的工作。”罗杰一边说，一边端起杯子，嘴里的酒冰凉爽口，真是美味，只可惜冰块实在太小，不一会儿就化完了。

---

① 对戴维的爱称。

“是不像，我知道的兰德斯公司在他们所有的松树之间都会种黄荆豆。”海伦娜说。

“而且他们不会让囚犯队干这些活儿，”罗杰说，“可这一带干活的全是犯人。”

“告诉我怎么回事。”海伦娜说。

“要说这真是太不像话了。”他说，“州里所有犯人都被带到采松脂和伐木的工地。在经济危机最严重的时候，从火车上下来的人全都被逮住。通常火车上到处可见找工作的人，有的往东跑、有的西跑的、有的往南跑。火车一出塔拉哈西[①]，就有人截住火车，赶走车上的人，把他们全押去关起来，然后给他们统统判刑，作为囚犯承包给采松脂的，还有伐木的工地。这个地方既腐朽又黑暗，虽然那么一大堆法律条文问世，可就是暗无天日。”

“有时候松林地区也很可爱的。”海伦娜说。

“哎呀有什么可爱的呀，简直可恶至极。你知道吧，在这个地方有很多不法之徒，可所有的活儿都是囚犯在做，简直是个奴隶社会。所以这里的法律条文只是给人看的。”

“幸好我们很快就走完这段路了。”海伦娜说。

“是啊，不过我想我们还是应该了解一些情况，了解到底是怎么回事，为什么会这样。还要了解谁才是恶棍，谁是豪霸，应该如何铲除他们。”

“我很乐意去铲除他们。”海伦娜说。

“你还不知道有多危险呢，如果你敢碰一下佛罗里达的政治势力，就够你受的。”

“真的有那么厉害吗?”海伦娜问。

“你想象不到的厉害。”他说。

---

① 位于佛罗里达州北部的一个城市。

“你很了解这些?”海伦娜问。

“略知一二,”他说,“我曾经跟几个好心人去试过,可丝毫也动不了他们,我们却个个头破血流,当然我参与的只是嘴上的战争罢了。”

“你不想参与政治活动?”海伦娜问。

“当然不想,我只想当个好作家。”他说。

“我也希望你这样。”海伦娜说。

前面的公路从一片稀稀落落的树林里穿过,汽车经过这片阔叶林后,又过了好几处沼泽地,那里都是柏树,接着又经过一个圆丘的地带,来到一座铁桥前面,桥下能看见清澈的河水,曼妙而欢畅地流淌着,河岸边是成行的栎树,可以看到在桥头上一块牌子上写着:森旺尼河[①](原文如此)。

汽车就上了桥,过了河,顺利到达河对岸,公路还一直往正北延伸。

“恐怕只有梦里才能见到这样的河,”海伦娜说,“这么清澈的河水,颜色又这么浓,世上绝无仅有!改天我们能不能弄一只小划子,在这河里划呢?”海伦娜问。

“这河的上游也有桥,我知道的,这条河的任何一段都有绝美的景色。”罗杰说。

“改天我们来这儿划划船好吗?”海伦娜又问。

“好啊。我知道上游有个地方,那里的水清澈见底,没有鲑鱼才怪。”罗杰说。

“那里不会有蛇吧?”海伦娜问。

“我想肯定有的。”罗杰说。

---

① 这里的森旺尼(Senwannee)显然是拼写错误的瑟旺尼(Sunwannee)。瑟旺尼河发源地在佐治亚州,流经佛罗里达州,在墨西哥湾入海。作曲家斯蒂芬福斯特把这条河写入《家乡的老人家》这首歌,这条河就从此闻名遐迩。

“我怕蛇，非常怕。不过只要我们够谨慎，应该不会被蛇伤到吧?”海伦娜问。

“我保证你没事，冬天我们到那里去玩。”罗杰说。

“竟然可以到如此美妙的地方去。”她说，“我看到这条河以后永远都忘不了。可惜我们最多只能按一下照相机的快门，没法多看一眼，如果车子可以在这里停一下那就好了。”

“那再退回去看看吧?”罗杰问。

“我们回来路过这里的时候再看吧。现在我可只想往前开，不停地一直往前开。”海伦娜说。

“我们总得在什么地方停下来买点儿东西吃吧，要不买些三明治吧，可以一边走一边吃。”罗杰说。

“再喝杯酒，”她说，“一会儿我下车去买三明治。你说这些店里能买到哪种三明治?”

“总该有汉堡包吧，也许还有夹烤肉的三明治。”罗杰说。

这杯酒跟第一杯一样冰凉，可是冰块被风一吹，化得很快。海伦娜手里拿着他的酒杯，要喝的时候才递给他喝，海伦娜拿着酒杯尽量地避开迎面而来的热风。

“小妞儿，你今天是不是比平时喝得多?”罗杰问。

“那有什么，每天的午餐以前我都会喝两杯兑水的威士忌，你没想到吧?”她说。

“我只是希望你别喝醉了。”罗杰说。

“不会的，我喜欢喝的时候就喝，不想喝了，就不喝了。现在我们一边开着车在野外行驶，一边喝酒，我做梦都没有想到会发生这样的事情。”她说。

“如果我们停下车来逛逛，或者到海边去看看古迹什么，也会很有意思。不过我现在只想快点儿到西部去。”罗杰说。

“我也这么想，我还是第一次到西部呢。这里我们以后随时都可以来玩的。”她说。

“去西部的路还有很远哪，不过开车去可比坐飞机有趣多了。”罗杰说。

“你的车也开得跟飞机差不了多少。罗杰，西部一定让人兴奋吧？”她问。

“我总是觉得令人兴奋。”罗杰说。

“我从来没有去过，现在我们俩能一起去，是不是很幸运呢？”她说。

“我们还得经过很多地方才能到西部呢。”罗杰说。

“那也挺有意思的，哎，我看到前边了，那不是有卖三明治的小镇吗？”她兴奋地说。

“是的，到了下一个小镇我们就去买三明治。”罗杰说。

下一个小镇是以伐木业为生的集镇，排在公路两旁的是两排长长的砖木房屋，这条路也就是镇上唯一的街道了。铁路附近就有木材厂，铁轨旁堆起高高的木材堆，小镇上热烘烘的空气里还混合着松木柏木的锯屑味。这时罗杰开着汽车去加油，顺便检查车上的油、水、气系统，而海伦娜则来到一家快餐店去买吃的，她要了汉堡包，还有浇上热调味汁的烤猪肉三明治，她用一个牛皮纸袋提到车上来，她手里的另一只硬纸袋里装了啤酒。

汽车又启动了，驶出小镇就感觉不到那股热气了，姑娘拿出一瓶啤酒，开了后，只见两个人是一边吃三明治一边喝冰啤酒。

“这里没有我们婚宴上喝的那种美味的啤酒，”她说，“只有这一种。”

“这种也不错，冰冰凉凉的。一边吃烤肉三明治一边喝啤酒，真是惬意又美味。”

“店里的人说跟‘王牌’相比，这种啤酒可一点儿都不逊色。他们还说，喝过了这种会以为就是‘王牌’。”她说。

“我觉得比‘王牌’的味还好。”罗杰说。

“那牌子的名字可真奇怪的，又不是德国名字，只可惜招牌纸被水打湿了，被弄掉了。”她说。

“瓶盖上有牌子。”罗杰说。

“盖子早就扔了。”她说。

“到了西部我们再买好的吧。你不知道吧，愈往西的地方出产的啤酒愈好。”罗杰说。

“我也喜欢这里的面包和烤肉，西部那边恐怕没有比这更好的了。你认为味道怎么样？”她问。

“很美味，其实这一带并不是很在意饮食的地方，对吃的很随意。”罗杰说。

“罗杰，你让我在午餐以后打个盹儿，好吗？如果你困的话，我就不睡。”她说。

“好啊，你睡吧。我现在一点儿都不困，如果困倦的话，我会告诉你的。”罗杰说。

“再给你开瓶啤酒吧。糟糕，我又忘了看瓶盖。”她说。

“没关系的，我就喜欢喝那种不知道名字的啤酒。”罗杰说。

“可是如果知道了，下次就可以再买这种牌子呀！”她说。

“下次买到的就不是这里产的，很可能就是另外一个陌生的牌子了。”罗杰说。

“罗杰，我想睡会儿，你不介意吧？”她又一次说。

“不，美人儿。”罗杰说。

“如果你不想我睡着的话，我也可以不睡。”她说。

“睡吧，如果你醒了觉得寂寞，我们可以说说话。”罗杰说。

“那么午安吧，亲爱的罗杰。谢谢你，是你带着我远行，让我尽情地享受了那两杯酒，还有那三明治，以及那种不知道牌子的美味啤酒，我还看到了‘遥远的瑟旺尼河之滨’①，希望我醒来后我们会到达西部。”她打着哈欠说。

“好好睡吧，宝贝儿。”罗杰说。

“好的，需要的时候叫醒我好了。”

说完，她蜷在汽车座椅里就沉沉地睡着了，而罗杰依然开车，他一直注意着前面的道路，以便避让突然冲出来的牲口。不过车子还是飞快地开过一片松林地带，他每隔一小时就看看里程表的数字，尽量将时速控制在七十英里左右，可是比预定的六十英里路还多跑了几英里呢。他从来没有跑过这一段公路，不过他对佛罗里达这一带地方仍然熟悉。他开着车在路上飞驶，只盼望着赶快走完这段路程。通常开车的时候要尽量观察周围的情况，不能埋着头开，可现在，他想着赶远路，心里急迫就埋着头一个劲儿地开。

他心想：这真是无聊又厌烦。一直开车原本就无聊，而望向前方除了那条路，竟没有可看的景色。这一带在凉爽的季节也可以信步闲游一番，可像现在这样赶路，那就真是无聊透顶了。

这还只是这段旅程的开头呢，也许时间久了自然就习惯了。目前最重要的是培养自己的耐性，精神倒好，也不困。可能只是眼睛看累了吧，也看厌了，至于我自己可没有觉得厌烦，他心想。只能怪眼睛，是它在作怪，而且好久都没有这样长时间地一直坐着不动了，这个本领也得磨炼磨炼。大约到后天，就不会有这样的感觉了，那时会越开越带儿劲儿，习惯了而不觉得累。是的，很久都没有这么一直静坐不动了。

---

① 这里的话借用了《家乡的老人家》这首歌的一句歌词。

他伸手打开汽车里的收音机。海伦娜仍然没有醒来，他就开着收音机，任由收音机含含糊糊的声音响起在耳边。

他心想：有她在汽车里睡觉，这很有意思。即使她睡着了也能给你做个伴。你真是个幸运的家伙，如此的幸运。你刚刚才体会到几分孤独，甚至你还为此认真思索过，直到有些许心得，可是突然你又旧病复发，跟那帮无聊的人在一起厮混。即使他们不像以前那帮人，可仍然无聊透顶。不，也许比以前那些更无聊呢。你跟他们在一起混，自然也就变成一个无聊人了。幸运的是总算在后来安全脱身，跟汤姆和孩子们聚在一起，你们也相处得挺不错，你已经觉得幸福得难以形容了，即使生活发生必要的变化，也只会变到寂寞的那段情景，完全没想到后来这个姑娘会来，于是，你像是突然跨进幸福的天地，并且成了这个天地的拥有者。如果把这个幸福的天地看作是战前的匈牙利，那么你就是卡罗伊伯爵①。其实就算你还不是这片领地最大的拥有者，至少多半的野鸡之类的兽禽却都在你的领地上生存着。不知道她是不是会喜欢打野鸡呢？也许她会喜欢的。我现在还可以，打野鸡什么的，都难不倒我。不过，我倒从来没有问过她是不是会打猎。她的母亲是个奇怪的人，每回都是在过足了大烟瘾、兴奋起来的时候有一手好枪法。她并不是一个天生的坏女人。相反，她非常可爱，既活泼，对人又和蔼，一向在男女关系上都是无往而不利，而且我认为她的话从来都是有口无心。真的，我认为她说的可都是心里话。恐怕正因为如此，才会感觉到那么危险吧。反正听起来，她的话都是心里话。不过，最后她丈夫自杀了。而在这之前，谁也看不出来他们夫妻俩的婚姻不美满，也许这就是社会

① 米哈依·卡罗伊，拥有匈牙利的大部分土地。第一次世界大战以后，他曾经担任匈牙利首相、匈牙利民主共和国总统。后来他流亡国外，匈牙利对其缺席判决，没收他的土地。

的通病了。所有开头欢喜的故事，最后都是以惨祸或巨变告终。这个结果估计也是吸毒者的必然结果吧。不过再想一想，吃配偶的蜘蛛，一定有不少是相当漂亮的。而她当时可真是俏，乖乖！无人可及，真是绝无仅有。看来亨利老兄不过被她当作一顿可口的点心而已。亨利也长得挺俊的，而且当时我们大家都非常喜欢他。

不过蜘蛛当然是不吸毒的，他又想。跟这妞儿在一起可得牢牢记住这个问题，就好比一个飞行员一定要记住一架飞机的最低时速是多少一样，如果低于这个速度飞机就会失事。他得记住：她有一个那样的母亲。

他想，记住这事也不难。不过自己也不能忘记，自己的母亲也是一个下流女人，可同时你也很清楚你跟你母亲是完全不同的。那么为什么要把她的“低速速度”认定是跟她母亲一样呢？而你自己就跟你母亲完全不一样嘛！

可是谁也没说她们一样啊，谁也没有说她跟她母亲一样啊。刚才我不过是提醒自己，应该记住她的母亲是那种人，仅此而已呀。

可这也不对嘛，他想。记住她的母亲与她又有什么关系呢？那在你最需要的时候，这个姑娘来到了你的身边，你为此也没有付出什么代价，也没有什么缘故，完全是她主动来到你身边的，对，她是自愿的。她是那么可爱，又是那么爱你，而且对你充满希望和幻想。可现在，趁她在你身旁的座位上睡着的时候，你就这么诋毁她，把她对你的好全都抹杀了，你甚至没有听到一声鸡叫，更别说什么两遍、三遍了①，就是收音机里也听不到什么呀。

---

① “鸡叫”“两遍”这些词语，都出《新约》典故。《马太福音》章节：“耶稣说：我实在告诉你（指彼得），在今夜鸡叫以前，你必须三次不认我。”《马可福音》里的章节：“耶稣告诉他：我现在告诉你，就在今天夜里，在鸡叫两遍以前，你必须三次不认我。”后来那天夜里彼得果然三次都没有认耶稣，“立时鸡就叫了”（详见《马太福音》章节）。《马可福音》则写：“立时鸡叫了第二遍”（见其中章节）。

你真是个坏东西！他在心里暗暗骂了自己一句，又看看旁边在座位上熟睡的姑娘。

我想，你之所以诋毁这个主动跟你走的姑娘，无非是因为你担心她会离开你，或者担心她会对你有所约束，或者是担心你们两个在一起的这件事不能成为现实，不过无论怎样你都不应该诋毁她。除了你自己的孩子以外，你总得有个值得你爱的人吧。虽然你记得这个姑娘的母亲至今仍然是个下流女人，那么你也不能忘记你的母亲也曾经是个下流女人。因此，你应该更加理解这姑娘，对她更加体贴。因为没有证据表明她将来一定会成为下流女人，就好比你将来也不一定就是个卑鄙小人。在她心目中，你的形象比实际更高大，也许你因此会上进。而且你已经循规蹈矩很久了，这足以说明你可以做个规矩人。从那天夜里你在码头上干了那个携妻带狗的老百姓之后，再也没干过一件狼心狗肺的事了。你没有喝醉过，甚至都没有起一点儿坏心。可惜你现在已经不是教徒了，否则你完全可以大声说出忏悔的话。

她以为现在的你就是真实的你，她以为你就是她在这几个星期以来眼里看到的这么一个好人，很有可能她以为你其实就是这样的人，甚至还会以为人家在故意抹黑你。

既然如此，为什么你不趁此机会从头再来呢？真的，你完全可以从头再来嘛。好了，别傻啦。他听到内心的角落里有这么一个声音叫出来。不过他还是继续对自己说：真的，就应该这样。她心目中的你就是那么个好人，而此刻你也就是那么一个好人，你完全可以做到这一切，你也已经做到了。从头开始完全可以的，而且又有这么好的机会，你能做到的，你必须要做到。你还许下了那么多的心愿吗，好啊，许吧，如果有必要我就会许下好多心愿，我还要许让我实现那些心愿的愿望。不，先别许那么多心愿吧，曾经你不是许下心愿却并没有做到吗？他不知道怎么反驳这个想法了。你可不能还没开始做就想放弃啊。不会的，我绝对不会那么做。慢慢来，先看能够做到哪些事，一件件地说，就说当天的，说了就去做。无论对你自己还是对她，每天就要坚定地兑现许下的愿望。他想：这样就不会食言了，我可以从头再来，仍然做一个正经人。

可是他又想：如此下去你会不会成为一个令人讨厌的道学先生呢？那样的话你如果不注意就会让她厌烦的。你不是一个道学先生吧？起码平常不是这样道学吧。行了，别再自己骗自己了。那么起码一般情况下绝对不是吧。行了，别再自己骗自己了。

他说：好吧，那么良心大哥，你也不要总是这么一本正经地去教训人啊。听好了，良心大哥，我知道你有很大的权威，只要你肯为我说句话，那么我遇上的种种麻烦早就解决了，可是你却叫苦，先生，你能不能稍微宽容些呢？我知道你良心大哥所说的话必须用斜体字表示①，可有时候，所有的字几乎都是黑体字，而且线条极粗。良心大哥，你不用吓唬我，我仍然对你言听计从，就像“十诫”一样，即使“十诫”没有刻在石板上，我一样对它心怀虔敬。你知道的，良心大哥，比如一直以来，听到打雷的声音人们都会惊恐万分。可是如果你仔细观察闪电的话，你会发觉果然闪电才是真正厉害的，而打雷在闪电比较之下就不那么吓人了。哎呀，你这个家伙，怎么净捣乱呢，我可是想来帮忙的呢。良心说。

姑娘还在熟睡，汽车上坡以后进入塔拉哈西城。他心里想：只要遇到红灯，车一停，她大概就醒来了。可是姑娘仍然没醒，他就继续穿过老城，接着向左拐，沿着国家公路一直往南驶去，

---

① 在中文里就改用仿体字排。

之后进入了一片景色优美的林木地带，这样的林木地带很长，从这里一直延伸到海湾沿岸。

他又想：姑娘，你最了不起的就是能睡，而对于这样的身材来说你的胃口也堪称一绝，不过这些都不算最奇的，最奇的是你一个姑娘家有忍受几天不洗澡的能耐。

他们的房间在十四楼，这个房间里可不太凉爽。罗杰打开窗子，又打开风扇，才觉得稍微好些。等服务员出去以后，海伦娜对罗杰说："别丧气，亲爱的。别发愁了，这里还不错。"

"我还以为可以让你住个有空调的房间。"

"空调房有它的不足，睡在空调的房间里面也会难受，就像睡在地窖里一样。这个房间很不错了。"

"本来还可以去另外那两家旅馆看看的，可是那里的人都是我的熟人。"

"没关系，现在这家旅馆里的人也都认识我们俩了，问题是应该怎么称呼我们？"

"罗伯特·哈里斯先生和太太。"

"真是个好名字，有这么好的名字，我们过日子也不能马虎了。你先去洗澡吗？"

"不，你先洗吧。"

"好吧，不过我肯定要洗一段时间你不介意吧，我要洗个痛快喽。"

"去吧，如果想睡，就在浴缸里睡一觉。"

"有可能的，我今天不是已经睡了一天了吗？"

"你的睡功可真行，不过今天有几段路的确乏味得让人想睡觉。"

"还行，我觉得有好几段路景色还挺美呢。真没想到新奥尔良会是这样的，这出乎我的意料。以前你是经常来的，难道你也一直觉得新奥尔良是如此平淡乏味？我从没来过，只能瞎猜。我以为这个城市跟马赛差不了多，河景总有得看吧。”

“这个城市好吃好喝的东西还算不错。附近的夜景也还不错，应该说相当美。”

“那天黑以后我们再出去吧。这里真不错呀，有几个地方看起来还挺美的。”

“那么晚上我们去逛，明天天一亮就出发。”

“这么说，也只能在这里吃一顿饭了。”

“没关系。等天气转凉了，有胃口了，我们再到这里来玩。”

“亲爱的，”她说，“我们还是第一次碰到这样扫兴的事。”

“千万别让这件小事败坏我们的兴致。先洗个澡，舒舒服服的，然后喝两杯，今天晚上我们就用平时两倍的钱来享受这一顿如何，再回来好好地亲热。”

“别再想着到电影里的新奥尔良去玩了，”罗杰说，“晚上我们就在新奥尔良的床上玩吧。”

“可也得吃饭啦，你刚才有没有吩咐服务员带白石牌苏打水上来，冰块再买些吧？”

“都说过了，你想喝一杯吗？”

“不，我以为你也许要喝一杯。”

“马上就到。”罗杰说。这时响起了敲门声，“你看，不是来了？快到浴缸里去吧，放水洗澡去。”

“在浴缸里洗澡真是舒服，”她说，“把全身都泡在水里，当然除了鼻子外，还可以把乳头也露出来，还有十个脚趾，一直泡呀泡呀，估计泡到水凉了也不想出来。”

服务员送来了冰壶、瓶装苏打水和报纸，他接过赏钱，转身出去了。

罗杰调好了一杯酒，然后给脑后枕上两个枕头，靠在床上看报，晚报看完又看早报，觉得很舒服。虽然报上报道的西班牙的局势并不乐观，不过迄今各地形势都不明朗。他仔细地查看了三份报纸里所有关于西班牙的消息，接着又仔细地看其他的电讯以及本地的新闻。

“你没事吧，亲爱的？”浴室里海伦娜问道。

“很好。”罗杰说。

“你衣服脱了吗？”海伦娜又问道。

“脱了。”罗杰说。

“内衣还穿着吗？”海伦娜问道。

“没有。”罗杰说。

“你皮肤还很红吗？”海伦娜问。

“是的。”罗杰说。

“你知道吗，今天早上①我们一起去游泳的海滩，是我所见过的海滩中最可爱的了。”海伦娜说。

“真不知道什么原因令那里的沙那么白，那么细，就像面粉似的。”罗杰说。

“亲爱的，你是不是皮肤还很红很红？”海伦娜问。

“怎么了？”罗杰问。

“我想你了。”海伦娜说。

“一会儿泡一泡冷水应该会褪掉的。”罗杰说。

“可是我泡在水里皮肤还是红红的，你一定会喜欢的。”海伦娜说。

“是的，我喜欢。”罗杰说。

---

① 原文如此。

“哎，你不用回答。”她说，“在看报吧?”

“是的。”罗杰说。

“报纸上说到西班牙的形势还好吗?”海伦娜问。

“不好。”罗杰说。

“那可太糟了，目前形势很严峻了?”海伦娜又问。

“还不至于那么糟，真的。”罗杰说。

“罗杰?”海伦娜说。

“哎。”罗杰说。

“你还爱我吗?”海伦娜问。

“当然爱，小妞儿。”罗杰说。

“那你继续看报纸吧，我还想在水里泡一会儿，我也想一想这件事。”

罗杰又躺在床上了，耳边传来大街上嘈杂喧嚣的声音，这对他没什么影响，他仍然继续看报、喝酒。很快就是一天中的黄金时间了。还记得以前在巴黎居住的时候，他总会在这个时间独自去咖啡馆看晚报，顺便喝一杯开胃酒。可是这个城市怎么能跟巴黎比呢，甚至都比不上奥尔良①。其实奥尔良也没有什么特别之处，可就是让人觉得它挺好，挺喜欢的。住在奥尔良恐怕比住在这里舒服一些。不过他对这个城市的郊区的情况并不清楚，他一直觉得自己在这方面比较迟钝。

虽然他对新奥尔良了解不多，但却喜欢上这个城市，不过这个城市肯定不能负担太高的期望值。而且在这个季节来这里，也实在不是时候。

他记得来过两次，一次是在冬天，带着安迪来的，另一次则是带着戴维，在这里都游遍全城。第一次，他们向北走的时候，

① 是法国中部的一个城市，位于巴黎以南大约一百公里的地方。

并没有住在新奥尔良城里。他们从城的北面的公路绕了过去，这样节省了许多时间，然后沿着庞彻特兰湖北岸，经过哈蒙德向巴吞鲁日驶去，当时走的那条路是新路是正在修建的，因此他们那一路都迂回曲折，最后再从巴吞鲁日向密西西比州穿越北上。他记得当时北方正好有一股南下的暴风雪，其南部的边缘刚好笼罩着密西西比州。他们向南返回的途中到达了新奥尔良。天仍然是很冷的，他们在这里吃喝方面很是尽情，当时对这个城市的印象是不潮也不湿，非常冷却令人愉快，安迪把全城的古玩铺子都逛遍了，最后看中古玩店里一把剑，就用圣诞节攒下的钱买了下来。他把剑藏在汽车座椅背后的行李箱内，睡觉的时候也不离身，就带在身边睡。

带戴维来的那次是在冬天，他们住在一家饭店里，不过记不清是哪家饭店了，反正不会是做游客生意的那种。他只记得饭店好像在一个地下室里面，用柚木做的桌椅，又好像只有长凳，没有椅子。也许都不是这样，反正他记不清楚了，不记得饭店的名字，也不记得饭店的位置，依稀觉得跟安托万酒家①的方向正好相反，饭店的那条街不是南北向，而是东西向，当时他带着戴维在那里住了两天。可说不定他记错了，比如他经常在梦中把里昂的那家饭店和蒙梭公园②附近的那家饭店混为一谈。他在年轻的时候，醉酒以后也常常发生这样糊涂的事。一种好像到过什么地方，可是什么都找不到的感觉，他呢，越是找不到，越觉得那是个好地方，没有别的地方比得上。但是他可以肯定，他肯定没带安迪去过这个地方。

“我洗好啦。”她从浴室走出来说。

---

① 一家豪华酒店，位于新奥尔良，那里的“洛克菲勒牡蛎”最为著名。
② 位于巴黎。

“你摸摸，凉丝丝的，”她说，然后躺到床上，“你摸摸，全身都是凉丝丝的。舒服哎，你别走呀，我喜欢你呢。”

“这会儿我先去洗个澡。”

“要去就去吧，可我不希望你去。如果你要在鸡尾酒里加上一片醋洋葱的话，不会洗了那片醋洋葱吧？你要喝杯味美思酒，不会洗洗那酒吧？”

“酒杯和冰块总得洗下吧。”

“那可不同，而且你不是酒杯和冰块。罗杰，我想你了，我们再来亲热亲热吧，你不觉得这个‘再’字很好听吗？”

“真希望我们永远都这么‘再’下去。”他说。

他轻轻地在她的身上抚摩，一直从腰下抚摸到肋下，他的手还沿着那条柔美的身体曲线一直抚摩到隆起的诱人的乳房上。

“是不是很美的曲线？”

他不回答只顾亲吻她的乳房，她说：“现在凉丝丝的呢，你可要嘴下留情哪。请你轻一些，好好地疼爱我吧。你知道吗？稍不注意是很容易把乳房碰痛的。”

“我知道，”他说，“我知道的，乳房是很容易碰痛的。”

过了一会儿，她又说：“另一个乳房有些妒忌呢。”

又过了一会儿，她说：“想想上帝的安排真不合理，我有两个乳房，而你只能吻一个。为什么上帝要把人所有的东西都一分为二，而且隔得那么远呢。”

他伸出手轻轻地揽住她的另一个乳房，稍微搭着点儿，然后他就沿着那仍然凉丝丝的可爱的肌肤一直往上亲吻，直吻到她的嘴上。两个人的嘴唇贴在一起，左擦一下右擦一下，她的动作性感，样子娇媚，他亲吻着她的嘴。

“哦，亲爱的，”她喃喃地说，“哦，亲爱的快来吧。我最亲爱的宝贝，疼我的宝贝，可爱的宝贝。哦，快来吧，来吧，快来吧，我最最亲爱的宝贝。”

很久以后，她才说：“如果因为我的自私耽搁了你洗澡，那我对此真是太抱歉了。刚才我洗完澡以后，心里只想着自己。”

“傻丫头这并不算自私。”

“罗杰，你是不是爱我？”

“是的，小妞儿。”

“你觉得后来是不是没劲了？这感觉或许你有吧。”

“不是啊。”他撒了谎。

“可是我觉得后来我更带劲了，不过这怎么能告诉你呢。”

“可是你已经告诉我了。”

“才没有呢，我才不会全都告诉你呢。可是我们仍然是很痛快的，是吗？”

“是的。”罗杰这话倒是真话。

“我们洗个澡，然后出去吧。”

“现在我去洗澡。”

“明天我们还是再待一天吧。我想修修指甲，还得剪头发。当然我也可以自己做这些事，不过如果请人弄就能做得更好，你也会喜欢的。而且我们可以晚点起来，在城里逛一逛，然后再休息一晚，第二天早上走。”

“也好，听你的。”

“现在我有点儿喜欢新奥尔良了，你呢？”

“我也这么想。很久都没来了，变化可真大。”

“我进去一下，很快就好了，待会儿就让你洗。”

“我就冲个淋浴，很快就会好了。”

他们准备乘电梯下楼。这里都是很漂亮的黑人姑娘负责开电梯，电梯里挤满了下楼的客人，开得飞快。当电梯启动以后，他心里是一种极度空虚的感觉，同时也感到海伦娜的身子紧紧贴在他身上。

“如果你发现自己看到了飞鱼从水面跃出，或者乘急速下降的电梯却没有什么感觉的时候，你最好立即回房间睡觉。”他对她说。

“我至今心有余悸呢。”她说道，“有时你只想到房间里睡觉，就是这个原因?”

电梯门打开了，客人陆续走进老式的大理石面的底层大厅。此刻的大厅热闹起来了，有的等人，有的等座位吃饭，还有的只是闲聊，无所事事的样子。罗杰说：“你在前面走，让我看看你走路的样子。”

“我走到哪里去呀?”

“向那个空调酒吧的方向走。”

他忍不住在门口一把拉住了她。

“你真美，而且气质非凡，如果我今天是第一次在这里看见你，我也一定会一见倾心的。”

“如果我踏进这大厅，即使只是远远看见你，我也一定会对你一见倾心的。”

“我今天如果是第一次看见你的话，我的五脏六腑准会翻江倒海，就连心窝儿都会掏出来献给你。”

“我一直都有这种感觉。”罗杰一口气说了这么一大堆心里话。

“你不可能一直都有这种感觉的。”

“也许吧，不过我确实经常都有这样的感觉。”

“小妞儿，新奥尔良确实是个挺好的地方，对吗?”

“幸好我们来了，是不是？”

这里的酒吧间是宽大又舒适，高高的天花板的板壁是深色的，冷气逼人。海伦娜紧紧挨着罗杰坐在一张餐桌上。“你看。”她说。她抬起那晒红的胳膊，胳膊上起鸡皮疙瘩了。“你有时也会让我起鸡皮疙瘩的，”她说，“不过这是空调作的怪。”

“是很冷，不过很舒服。”

“我们喝点儿什么？”

“喝醉好吗？”

“小醉一番还行吧。”

“那么我要苦艾酒。”

“我也能喝点儿吗？”

“为什么不试试呢，你从来没喝过这种酒吗？”

“从来没有。我故意不喝的，就是想跟你一起喝。”

“别胡说。”

“不是胡说，我真是这样想的。”

“小妞儿，别再胡说八道啦。”

“不是胡说八道。我一直后悔没有保住自己的身子，因为我怕你厌烦，除了懊悔有一段时间我跟你也确实没什么好说的。但我始终保持着不喝苦艾酒这个戒，是真的。”

“你们有上等的苦艾酒吗？”罗杰问酒吧服务员。

“规定那种酒是不能买卖的，”服务员说，“不过我自己还存了一点点。”

“是那种六十八度的‘库维—蓬塔利耶’① 吗？不会是什么‘塔拉戈瓦’② 吧？”

---

① 库维是瑞士的一个小城，跟位于法国东部的蓬塔利耶城隔山相望，都是出产苦艾酒的地方。

② 这里似乎是塔拉戈纳，西班牙的一个城市，产塔拉戈纳红葡萄酒。

“错不了的，先生，”服务员回答，“请见谅我不能拿出原装的瓶子，我把它装在一个普通的‘佩诺’① 酒瓶里。”

“我可以分辨得出。”罗杰说。

“那是肯定的，先生，”服务员说，“那你喜欢冰镇的呢，还是喜欢滴着喝？”

“我要滴着喝，不用冰镇，你们这里有滴盘再给我拿个滴盘吧。”

“有的，先生。”

“不用给里边加糖。”

“那么这位小姐加糖吗，先生？”

“不要，让她也试试不加糖的酒吧。”

“好的，先生。”

服务员走了以后，罗杰在桌子底下又悄悄地拉住海伦娜的手：“哎，我的美人儿，怎么样？”

“真是太好了。我们在这个地方还能喝到美味的老窖，待会儿我们再找一家上等饭店好好吃一顿。”

“好啊，吃完了就睡觉去。”

“你这么爱睡觉？”

“我以前不爱，可现在是爱了。”

“你为什么以前不爱？”

“不说这些吧。”

“好吧，不说就不说。”

“我并不会一个个地问你以前曾经爱过的人，比如我们不一定要提到伦敦，是吧？”

“是的。”

---

① 指佩诺茴香酒，这是一种很普通的开胃酒。佩诺是商标名。

“不如聊聊你吧，说说你的美丽。你知道吗？你的一举一动可都像个顽皮的小伙子。”

“罗杰，你说实话，你难道真的喜欢我走路的姿势？”

“看到你走路的样子，我的心都要蹦出来了。”

“其实我觉得也没什么特别呀，不过就是昂起头、挺起胸、迈开大步走呗。我知道一定有走路的诀窍，可惜我不知道这个诀窍是什么。”

“小妞儿，你这样的气质还要什么诀窍呢。你如此美丽，让我看一眼都觉得幸福。”

“我不会永远这么美丽吧。”

“白天都是这样美丽。”他说，“告诉你，小妞儿，你要注意，喝苦艾酒一定要慢慢地喝。虽然苦艾酒里掺了些水，冲淡了酒的味道，不过它仍然是烈性酒。”

“好的，我会这么做的，这是罗杰的信条嘛！”

“但愿你不会改变主意，就像卡罗琳夫人那样。”

“除非是原则问题，否则我不会改变也不想改变。不过你根本就不像‘他’。”

“我也不愿意像‘他’。”

“我可认为你一点儿都不像。在大学里时，还有人说你像‘他’呢。也许他们只是恭维，可我生气地跟英语教授大吵一架。你知道，那会儿我们的作业就是看你的作品，其实我用不着，我早就看过你所有的作品了，只有班上其他同学需要完成，你的作品并不多。罗杰，你不认为应该多写一些吗？”

“我们很快就到西部了，到那里以后我马上写。”

“那么明天我们就不应该再耽搁了。只要你写文章，我就会感到非常快乐。”

“比现在还快乐?”

“是的,”她说,“比现在还要快乐。”

“那么我一定努力地写。等着瞧吧。”

“罗杰,我对你有没有妨碍呢?是不是我给你喝太多的酒?太黏着你?”

“没有,小妞儿。”

“如果这是真心话,那我就太高兴了,我一直都希望自己能助你一臂之力。我知道我挺傻,我还经常胡思乱想:有时幻想你危在旦夕,是我跑来救了你;有时你好像差点儿被淹死;有时候你好像差点儿被火车撞死;有时候你又好像在失事的飞机里;有时候你又好像迷失在崇山峻岭。你是不是想笑我,那就尽情笑吧。有时我甚至还会幻想,好像你已经厌烦所有的女人了,对她们都感到失望,而我却在这时闯入你的生活,你也如此地爱我,我也无微不至地照顾你,所以你就写出了不朽的巨作。这样的幻想是不是非常美妙?今天我在汽车里就这么幻想过。”

“这样的故事,除了电影,就是在什么书上看到过。”

“哦,那是,我也看过这样的电影,肯定也有这样的书。可是你认为这样的事真的不会成为现实吗?难道我对你没有一点儿好处?不是那种不切实际的好处,也不是生个小宝贝之类的,而是对你的写作真正有益的、让你既能以最好的状态写出超水平的优秀作品,又能幸福。”

“而且为什么电影里有这样的事,我们为何就不能有呢?”

这时,服务员端来了苦艾酒,还在两个酒杯口上搁了两小盘碎冰,罗杰把那个小水罐拿起来,往酒杯里滴水,之后黄色的纯净的酒随之变成了乳白色。

罗杰盯着酒杯,看那混浊的颜色差不多了,就说:“试试看吧。”

“感觉真奇怪，”姑娘喝了一口，说，“喝下去肚子里觉得暖乎乎的，不过这味道嘛，就像药一样。”

“就是药，而且是很猛的药哩。”

“我还没有必要吃药吧，”姑娘说，“不过喝起来也不错，喝上几杯会醉呢?”

“很快就会醉，我最多喝三杯，你自己决定吧，不过别喝得太快，一定要慢慢喝。”

“我会小心的。除了味道像药以外，我还没有什么感觉。罗杰?”

“哎，小妞儿。”

这会他感觉心里开始发热，热的就像胸中怀着一个炼金术士的炼金炉一样，发着烫。

“罗杰，你说我会不会像我想象的那样，有益于你?”

“我想我们一定会彼此相亲相爱，互相帮助。不过不能只是幻想。我认为只幻想是没好处的。”

“可你知道吧，这就是我的性格。我专爱幻想，脑子里经常充满罗曼蒂克的想法。我就是这么个人。如果我愿意过普通又安静的生活，那么我也不会跟你去比美尼。”

罗杰听了心想：不一定吧，如果你的心愿跟这个想法是一致的，这不也非常实际吗，那就不是什么幻想了。可是从他内心的另一个角落升起又一个想法：你这小子，喝了一杯苦艾酒，就露出你卑劣的本性了，你真是愈来愈不成器了。但是他听到自己说：“我也不知道，小妞儿。不过我认为幻想那玩意儿其实是有危险的。刚开始可能只是些小孩似的幻想，比如说想我啦，可是你长此以往的胡思乱想，最后就会无法摆脱了，那时候很可能就会冒出不好的想法。”

“也就是说想你也不一定就是无害的?”

“不不，想我当然是没有关系的，至少幻想关于我的事还是没有危险的。你幻想救我，又没什么害处的。不过我认为现在你幻想救我，以后你就可能幻想拯救全世界了，接下来你也许就会幻想拯救自己了①。”

“我确实很想拯救全世界，我希望自己也能做个拯救全世界的人。这可是个大题目，不过现在我还是先救你。”

“那么我可真被吓坏了。”罗杰笑笑说。

他端起那杯苦艾酒，又喝了一点儿，精神觉得好多了，可心里却又添了心事。

“你经常都会幻想?”

“从我记事起就有这个习惯，而且总是幻想你的事也有十二年了。不过我不能把这些想法全都告诉你，因为太多了大概有几百个那么多呢。”

“我看你与其总是幻想，不如写篇文章呢?”

“我为什么不写呀，可是写作哪里有幻想那么容易呢，而且也难得多。我写出来的文章又远远没有我的幻想那么有趣，我的幻想是真正精彩呢。”

“可是如果你写出来的话，那么你就永远是你作品中的女主角。”

“不一定，没那么简单的事。”

“好了，别说了，那就不要把这事放在心上了。”他又端起苦艾酒，抿了一口，然后把这口酒含在舌头底下。

“我根本就没放在心上，”姑娘又说，“我很清楚我要的只是

① 在英语中，“救自己”的另一个习惯的别解，是“偷懒”的意思。

你，现在我终于如愿以偿了。不过我要你成为一个大作家。”

“你看你着急的样子，好像不用吃饭似的。”他说。

他的心仍然还像刚才一样揪得很紧，此刻，尽管苦艾酒的热力冲进他的大脑，这股热力在脑子里冲击着，可是他还是放心不下。他暗暗地问自己：你想想看，如果现在出点什么事的话，后果可就很严重。你仔细想想，在这个世界上，什么样的女人才会如此结实，就像一辆完好无损的二手“别克”车一样？这辈子你就见过两个壮实的女人，可是你一个都没有留住。现在她喝了这东西，能要你怎么样呢？这时，他脑子里另一个自己又说话了：好啊，你这个卑劣的小人！今天晚上不过喝了一杯苦艾酒，果然你很快就原形毕露。

于是他说道：“小妞儿，现在我们什么都别管，尽情地享受这来之不易的相亲相爱的幸福吧。（虽然在苦艾酒的作用下，他已经很难把这些字说得清楚，不过他终于还是努力地说出了这句话）我们一到目的地，我就开始工作，努力写作，一定写出最好的作品。”

“那真是太好了。”她说，“我都跟你说了自己胡思乱想的事，你没有生气吧？”

“没有关系。”他撒谎了，“你的幻想可是非常有趣的。”这倒是真心话。

“我想再来一杯，可以吗？”她问。

“可以呀。”现在他有些后悔了：虽然他最心爱的酒要算苦艾酒，但他今天确实不应该喝。而以前他喝苦艾酒的时候几乎总会碰上倒霉事，而这些倒霉事也都是他咎由自取。他觉察到姑娘已经意识到目前情况有些不对，因此他极力克制自己：今天千万不要惹出什么事来。

“我没有说什么让你很不痛快的话吧？”

“没有，小妞儿。来，干杯，祝你幸福。”

“应当祝我们俩幸福。”

他总觉得第二杯酒比第一杯的味道好，因为味蕾已被苦艾的苦味刺激的麻木了，当喝第二杯酒的时候，尽管已尝不出甜味或者格外的甜，但也尝不出多少苦味了，甚至舌头上另一些部位的感觉增强了。

“这酒味真是奇怪，不过也很美妙。可我还没有看到这酒发挥好的作用，我们俩是不是已经走到误会边缘？”她这么说。

“不会的，”他说，“只要我们俩心心相印，什么事情都很快会过去的。”

“你是不是觉得我太不切合实际了？”

“不就是喜欢幻想嘛，那有什么关系。”

“不，你不会不介意的，如果你心里真不痛快而瞒着我的话，我就不能再这么爱你了。”

“我没有不痛快，”他撒谎，“我也不会不痛快的。”他的语气已很坚定，“说别的事吧。”

“当我们到达西部以后，你就可以开始写作，那就太好了。”

他心想：她的反应似乎有些迟钝呢。也许是喝了这玩意儿造成的吧？不过他仍然随声附和着：“是啊。我担心那时候你会因此而感到厌烦。”

“怎么会呢。”

“我一旦开始工作，就会努力地不停地写。”

“我也写。”

“这就很有意思了，”他说，“就像白朗宁夫妇[①]一样，可惜

---

① 白朗宁夫妇都是著名的英国诗人。丈夫叫罗伯特，妻子叫伊丽莎白·巴莱特。

我没看过他们的诗。”

“罗杰，别拿正经事开玩笑。”

“是吗？”可他心里却在不断地告诫自己：记住，一定要冷静，在这时最重要的是冷静，千万不能头脑发热惹出什么事来。“我喜欢随时开开玩笑，”他说，“我想你说的那样很好啊，你看在我写作的时候你就不会感到无聊，也有事情做了。”

“你会用一点儿时间看看我写的文章吗？”

“可以啊，我很乐意。”

“真的？”

“当然是真的。我非常非常乐意去看你的文章，不骗你。”

“我喝了这酒，怎么就感到自己似乎无所不能？”姑娘说，“感谢上帝，幸好以前我没喝过这酒，我们继续说说写作的事怎么样，罗杰？”

“那能不好吗？”

“为什么你又这么说呀？”

“我也不清楚自己这会儿是怎么了，”他说，“好吧，就说写作吧。来谈谈，真的不是跟你开玩笑，说吧。你说写作怎么啦？”

“你把我弄糊涂了。我并没有要求你把我看作与你同等水平的人，或者要求让我做你的搭档。我的意思是说，如果你愿意说说这件事的话，我也很想跟你谈谈，只是谈谈。”

“那我们谈吧，刚才你说写作怎么啦？”

姑娘这时哭了起来，她坐得直直的两眼瞅着他。她并没有呜呜地哭出声来，也没有扭过头去。泪水顺着脸颊流下，两眼却一直瞅着他，她的嘴抽泣着，都变大了，但是嘴角却没有耷拉下来，也没像别的人那样嘟得高高的。

“你别这样，小妞儿，”他安慰道，“请你别这样。我们就说写作，或者说别的什么也行呀，我会尽量和你好好谈，按照你的想法来谈，好吗？”

她把嘴唇咬了咬，擦擦眼泪才说：“尽管我嘴上说不想跟你做搭档，可我心里却不是这么想的。”

我想她一定幻想过这样的事，你真是的，这又有什么关系呢？罗杰心想。你这个家伙，怎么又伤她的心呢？赶快安慰她一下，快别让她伤心了。

“你知道吗，我希望你喜欢我，不是因为我跟你同床共枕这个原因。同时，我还希望你喜欢我的头脑，愿意跟我聊天，说一说我们彼此都感兴趣的事情。”

“当然可以，”他说，“现在就可以，聊什么都行，布拉特钦妞妞，你的写作有什么都可以跟我说呢，我最亲爱的？”

“刚才我想说我喝过这酒以后，又产生了那种奇怪的感觉，那种感觉是准备写作的时候才有的。那种感觉告诉我所有的事都是可能的，那种感觉还告诉我一定会写出绝妙的文章。于是我开始写，可没想到写出来的作品索然无味。而且我越想真实地写，越是觉得写出来的文字乏味无比。可是如果不着实际地写吧，又觉得写出来的文字可笑至极。”

“让我亲一下。”

“啊，在这个地方？”

“是的。”

他从桌子这边探过身去，亲了亲她，“你哭的样子也很美。”

“请原谅，刚才我哭了，”她想确定我的态度，于是就说，“你是不是真的愿意跟我聊天，聊这些事情？”

“当然是真的。”

“我告诉你吧，我其实一直梦想着会有这样的事情发生。”

我果然没有猜错，他想。好吧，这有什么关系呢？要聊天就聊吧。也许聊着聊着我也就很喜欢，就按照她的意思和她做相同的事情。

“你觉得你在写作上有什么样的问题呢？”他问，“除了在开始写以前，感觉一定能写出佳作，可写出来的文章却索然无味以外，你还有什么问题呢？”

“你刚开始写作的时候也会有这个问题吗？”

“没有，我从开始写作以来，总觉得自己什么事都可以办成，而且写起文章来，就有一种在创造世界的感觉，写好以后再看，仍然觉得那可是绝妙的好文章，心里会想，这怎么可能是自己写的呢？这一定是在报刊上看到的。大概这样的文章只有在《星期六晚邮报》这份报纸才能看到吧。”

“那么你写作时有没有觉得泄气的时候？”

“刚开始从来没有泄气过，那时我就觉得，自己写的短篇小说是有史以来最伟大的作品，普通人根本不可能理解，他们怎么会明白这些文章的妙处。”

“你真是那么的自以为是？”

“恐怕不只是自以为是。不过我从来不认为我是自以为是，那是非常自信罢了。”

“如果你说的是我读过的那批，也就是你最早的那批短篇小说的话，我认为确实是这样，你也完全有理由充满自信。”

“不，不是那批，”他说，“你从未看过的，那批最早的，也是最为满意的短篇小说，全都丢失了。你所看到的那些都是我后来灰心丧气时期的作品。”

“怎么会全都丢失呢，罗杰？”

“一言难尽，改天我再给你说吧。”

“现在就说好吗?”

“我不想说，因为这样的事情别人也经历过，甚至比我优秀得多的作家也同样经历过，所以从我的嘴里讲出来显得有些扭捏造作了。这种事，虽然不应该发生，但事实上却难以避免，至今我还为此伤心不已。不，其实并不伤心了。现在似乎平静了，那伤口结了一层厚厚的疤。”

“说给我听听，既然不是结痂而是结疤了，说一说也不会触痛的吧。”

“不会的，小妞儿。这都是当年的事了，我一向都把我的底稿放在一个硬纸夹里，打印稿放在另一个硬纸夹里，复写件就放在第三个硬纸夹里。这样归放后看起来很有条理，或许我只是没找到更好的办法。唉，说起这件事心里就觉得有些难过!”

“别难过，说说吧。”

“事情是这样的：那时我正在报道洛桑会议，又快到假期了，安德鲁的妈妈，一个可爱的姑娘，非常美丽又心地善良……”

“我从来不妒忌她，”姑娘说，“我只妒忌戴维和汤姆的妈妈。”

“谁也不该妒忌，知道吗，她俩确实都很好。”

“那也是以前的事了，以前我妒忌她，”海伦娜说，“现在没有了。”

“这就证明你的品德高尚，”罗杰说，“你说应不应该给她打个电报呢?”

“行了，说你的事，别招人讨厌了。”

“那好吧，就是安迪的妈妈，她想到洛桑看我，顺便把我写好的东西全都带上，趁我们在一起休假的时间，我仍然可以写作，她心里自以为帮了我很大的忙。因为想让我惊喜一下，她就没有在信中提及这件事。因此我去接她的时候，还一无所知。她打了电报来，说会比计划的时间晚一天。可是我们一见面，她却一个劲儿地哭，问她呢，她只会说糟糕，糟糕，不能说，不能说这些话，接着又哭。哭得那么伤心，仿佛心碎了似的。还要继续说吗？”

“快说吧。”

“整整一个上午，她就是哭，不说话，我把一切最坏的事情都想到了，一一问她，她总是摇头。我心想，最坏的结果大不了就是她 tromper① 了我，或者她爱上别人了。然后我又问她是不是这件事，她说：‘哎呀，这样的话你都说得出来？’接着又是一阵哭。这下我倒松了口气，她也终于说出了事情的真相。

“原来她收好所有放稿子的文件夹，把它们统统都放在一个皮箱里，到了车站，她找到巴黎—洛桑—米兰的那趟快车的头等卧车包房，放下那皮箱和其他行李，又下车去站台上买了一份伦敦报纸以及一瓶埃维安②矿泉水。坏就坏在她下车去买东西了。你还记得那个车站吗，去里昂的火车站？那里的站台上随时都有一种手推车式的活动货摊，有卖报纸的、杂志的、矿泉水的，还有卖小瓶干邑白兰地以及纸包着的火腿三明治的，那种面包片又长又尖，还有的会出租枕头、毯子之类的东西。当她买完东西很快回到包房的时候，发现皮箱不见了。

“她立刻就办了所有的手续。你该知道法国警察的办事规律。她首先出示 carte d'identité③，先要证明她不是国际骗子，而且也不是个妄想症患者，接着要证明她的确有这么一个皮箱，那些文件有没有涉及政治吧，不是的话那就不是重要文件吧，而且人家说，夫人，你应该保留复本吧？那一夜就折腾了这些事情。第二

---

① 法语，意思是欺骗。

② 埃维安是法国的一个地名。这是沿日内瓦湖建造的其中一个休养胜地。

③ 是法语，意思是身份证。

天还有一名侦探来我们住的地方搜查，当然没找到皮箱，却搜出来一把猎枪，他追问起来，不过我可是有 permis de chasse[①] 的。如此看来，这些警察已经对她有所怀疑，至于是不是让她到洛桑去，他们也有所保留。据说她发现那个侦探竟然一直跟踪她到列车上，即将开车的时候，侦探还来到包房里问：‘夫人，请你检查清楚啦，你所有的行李都还在吧？没有什么遗失的东西吧？没有再遗失什么重要的文件吧？’

“于是我安慰她：‘没关系的。不是有底稿、打印稿、复写件吗，你总不会全带上吧？’

“‘可我确实全带上了呀，所有的文件我都装进皮箱了。’她说，‘罗杰，我很清楚地记得我全带上了呀。’她说的也是真的，我赶到巴黎一看，的确如她所说。我还记得当时走上楼梯，打开房门走进去的情景：先是开锁，按住门上的黄铜活闩把手一转，接着往后一拉，立刻传来厨房里雅韦耳水[②]的气味，首先映入眼帘的就是饭厅桌子，桌上已有一层尘土，都是从窗缝里钻进来的。我一般把稿子放在饭厅里的碗橱里，我快步走过去一看，哪里还有稿子的踪影。应该在那里的呀！应该有几个文件夹，文件夹摆放的样子我还历历在目呢。可现在，什么都没有了，纸盒里的回形针、橡皮擦、鱼形卷笔刀没有了，在左上角留着回信地址的那些信封也没有了，甚至被我藏在一个波斯小漆盒里（这是个内侧画着‘春画’的小盒子）的国际通用邮券，准备随稿附去以备退稿时用的，也没有了。全都被装在那个皮箱里了，也全都没有了。还有用来封信封或者封邮包的那支红火漆也都没有了。我呆呆地站在那里，盯着那个波斯盒子内侧的画，我才注意到画

① 是法语，意思是狩猎执照。
② 一种含次氯酸盐的消毒液。

上的那些东西大得不成比例，不过也不足为奇，‘春画’就是这样的特点，我一向深恶痛绝色情的东西，无论是那些照片，还是那些图画，甚至文字。一个朋友从波斯回来，送给我这个盒子。我只看过一次这里面的画，就是他给我的时候，为了不扫他的兴，因此看过一次，从此就一直用来存放邮券和邮票，从来不看那些画的。总之我当时看到装底稿、打印稿、复写件的文件夹果然全都不见了的时候，我气得连气似乎都出不了。过了很久，我才缓过来默默地锁上碗橱门，躺到卧室的床上，我的胯下夹着一个枕头，怀里又搂着一个枕头，躺在床上难过得一句话都说不出来了。我以前从来不会夹个枕头，或者搂个枕头躺着，可现在我只能让枕头给自己顶住，我心里很明白：自己所写的一切，自以为十分出色的一切，现在全没了。我不知道已经多少次修改过这些作品，已经改得非常称心、非常满意，一下子全没有了，同时我很清楚我不可能再按原来的样子重新写出来了，因为只要改完稿子，我就会忘记这件事，每次重看自己的作品，自己也会为此而惊讶，不知道自己是怎么写出这些文章的。

“因此我只能抱着枕头躺在那里一动也不动，心里无比的绝望。这是真正的绝望的滋味，是我以前从未有过的，以后也不会再有的绝望。我的前额紧紧地贴着床上罩的那张波斯巾，身上感到毫无力气，这床其实就是个弹簧垫子安在地板上的，床罩上灰尘扑扑，尘土味不断刺激我的鼻腔，我就那么躺着，绝望地躺着，搂着那两个枕头，我唯一的安慰。”

“那次你一共多少作品丢失了呢？”姑娘问。

“一共有十一个短篇，一个长篇，此外还有一些诗作呢。”

“可怜的罗杰。”

“没关系，也没什么好可怜的，我的脑子里还有东西。不只是这些，我还可以写出其他的东西来。可我那时真的是心乱如麻，你知道吗，我根本不愿意相信我的稿子丢失了的事实，而且丢得这么彻底，一个字都不剩啊！”

“那后来你怎么办呢？”

“没什么办法，也不知道怎么办，就在那儿躺着，躺了好长一阵。”

“你有没有哭？”

“没有，那会儿我一滴眼泪都流不出来的，就是心死了的感觉。就像满屋的灰尘一样根本挤不出半点儿水。那你在绝望的时候会哭吗？”

“当然会啦。我在伦敦就哭过，但是我能哭出来。”

“请原谅，小妞儿。我心里光顾想着这件事，其他的全忘了，没顾及到你，对不起。”

“后来你又是怎么办的呢？”

“噢，后来我终于起来了，下楼去招呼大楼看门的女人。她问我太太怎么样。看起来她很焦急又有些担心。因为警察已经来过公寓查了，还向她询问了一些事，不过她的态度非常真诚。她问我有没有找回那个被偷的皮箱，我说没有，她遗憾地说这真是太不走运了，一切都是不幸的，她还问我是不是真的把所有写好的文章都装在里面。我说是啊，她不相信地说你怎么可能不留副本呢？我说那副本可都在皮箱里啊。这时她说：“Mais Caalors①.”你竟然把副本跟底稿一起丢了，那留副本干吗呀？我说太太错把那个副本也装进皮箱里了。她说：这一错可无法挽回了，这真是糟糕透了，先生总该记得自己写的文章内容吧。

① 法语（下同），意思是可是到底怎么回事呢。

我说：全都不记得了。她说：先生这样可不行啊。Il faut le souvienne rappeler[①]. 我说：Oui, mais ce n'est pas possible. Je ne m'en souviens plus[②]. 她说：Mais il faut faire un effort[③]. 我说：Je le ferais[④]. 可没有一点用啊。她又问：Mais qu'est - ce quemonsieur va faire[⑤]? 先生在这里已经工作三年了。我看见过先生写作时的样子，有时在转角上的那家咖啡馆里写文章，有时我帮先生送东西上来，也看见先生辛苦地坐在饭厅的桌子上写。Je sais que monsieur travaille comme un sourd. Qu'es - ce que il faut faire maintenant.[⑥] 我说：Il faut recommencer.[⑦] 那看门的女人听了以后当时也哭了。我伸出胳膊搂着她，闻到她身上的腋臭，还有一股尘土味。以及不干净的旧衣服的气味，她的头发也很难闻，她还把头靠在我的胸前那么哭。我还是那样一直搂着她，不能推开。后来她问：还有一些诗也一起丢了吗？我说：是的。她又惋惜地说：这真是太不幸了。可你总不会忘记那些诗的。我说：Je tâcherai de la faire.[⑧] 她说：那快些吧。今天晚上你就开始。

"我对她说：我会的。她说：先生啊，太太真是又美丽又和气的人，tous le qui'il y a de gentil[⑨]，可是她这次犯了个大错误。一起喝杯麦克酒[⑩]，好吧？我答应了她：好的。于是她吸了吸鼻子，从我胸口离开，找来酒瓶和两个小酒杯。她端起酒杯说：为

---

① 一定要记起来。
② 是啊，可是说出来谁都不信。我已经全都忘记了。
③ 再尽量想想吧。
④ 我想了。
⑤ 可是先生现在有什么办法呢？
⑥ 我知道，先生写的时候简直就像在拼命。现在可怎么办呢？
⑦ 只有再从头开始吧。
⑧ 原文如此，其意应是：我再尽量想想。
⑨ 原文如此，重复上一句的法语。
⑩ 用榨去汁水葡萄酿制的白兰地，就叫作麦克酒。

你的新作干杯。我也说：为我的新作干杯。她说将来先生一定能做法兰西学院的院士。我回答她：怎么可能呢。她说：你不知道吧，应该是美利坚学院。需不需要换瓶朗姆酒喝？我还保存着一些朗姆酒。我说：请别再费心了，就麦克酒很好。她说：好吧，再来一杯。接着她又告诉我：其实现在你可以去酒店，痛痛快快地喝个不醉不归，马塞尔今天不会来收拾房间的，等会儿我的男人来了，守着这烂摊子，我就上楼帮你打扫房间去，让你今天晚上好好睡一觉，明天又是新的一天。我问她：需要我帮你买什么回来吗？明天的早餐要我自己解决吗？她说：好吧，那么你给我十个法郎，我给你做早餐，别担心如果有多余的我会找给你，不过今天这顿晚餐你得出去吃。虽然出去吃饭要贵得多，不过也没有别的好办法了。Allez voir des amis et manger quelque part①. 要不是我的男人会回来，我倒非常乐意陪你去。

“我说：现在我们可以一起去爱好者咖啡馆喝一杯吧。喝上一杯热热的格洛格②。她说：那可不行啊，我的男人没在，我就不能迈出这笼子一步。Débine - toi maintenant③.

“你的钥匙交给我了，你回来的时候，我保证收拾得妥妥当当。

“她可真是个好人，那时我的心情不觉已好多了，而且我也开始明白，唯一的办法就是从头再来。但我也不确定是否还能写得那么好。那些短篇小说中有写拳击的，有写棒球的，有写赛马的。而且都是我最了解、最熟悉的题材，其中还有几篇写第一次世界大战。当我接触这些题材开始写作的时候，激情也禁不住涌

① 去看看朋友，然后找个地方吃饭。

② 格洛格是一种掺水的烈酒（比如朗姆），有时候在里面加柠檬汁和糖，这种酒一般都喝热的。

③ 你现在就去吧。

上心来，文思敏捷，字如泉涌。我在这些作品里倾注了所有的激情，我把自己的所见所闻所感，凡是能表达出来的都写进了作品里，我写了一遍又一遍，改了一遍又一遍，直到我全部的激情从身上消失，全部侵入文字里面。由于我很早就从事报纸工作，因此只要写出来的东西后，脑子里就不会留下印象了。就像每天把报道写过，留下的记忆用海绵或者湿布头把黑板擦得一干二净一样。至今我还仍然保持着这个坏习惯，现在它可让我吃苦了。

“可是我这绝望的心理被那个看门女人，以及她的那股气味和她那种踏实的、果断的作风一下击中要害，就像敲击一枚钉子，敲的位置恰到好处，动作又利落又有力。当时她就让我觉得我必须立刻开始做点什么，即使已经无济于事，却能够有益于自己。那时候我心里早已有这样的想法：也许丢了那长篇小说是一件好事呢，因为我内心已经有一个意识，我可以写出更好的一部长篇小说来，这种感觉就好像看到风推雨移，乌云渐散，渐渐可以看清楚海面一样。我仍然非常怀念那些短篇小说，我觉得我的家，我的工作，还有我仅有的一把枪，以及我微薄的积蓄，甚至还有我的妻子，已经全部地深深地融合在那些短篇小说里面，当然我也非常怀念那些诗。不过总的来说绝望的心情已经渐渐消退了，剩下的只是怀念，对失去的宝物深深的怀念。这感觉也是很难受的。”

“我明白怀念的滋味。”姑娘说道。

“可怜的姑娘，”他无来由地又说，“你知道吗？怀念虽然难受，却不会要你的命。不过绝望就不一样了，它可很快就会夺去人的生命。”

“真会要人的命？”

“我想是的。”他说。

“再来一杯好吗?”她问道，“这件事后来又怎么样了，继续说说好不好？我实在忍不住很想知道这种事情最后的结果。”

“那我们再来一杯吧，”罗杰说，“只要你对这些不厌烦，我就接着说说后来的情况。”

“罗杰，别说什么厌烦不厌烦的，以后你再也不许这么说。”

“有的时候我自己都觉得自己厌烦死了，”他说，“因此，如果我会惹你厌烦，那也似乎在情理当中。”

“快调酒，调好后就跟我说说后来的情况。”